하늘의 문

『하늘의 문』 초판 당시 신문 서평

우리말에 대한 작가의 남다른 애정과 해박한 이해가 빛난다.
— 한겨레신문

중국의 노장 철학부터 인도의 우파니샤드, 서구의 기독교까지 동서
양 풍속과 신화에 깃든 성속(聖俗)의 의미를 다각도로 다룬다.
— 동아일보

인간의 삶과 죽음, 사랑과 증오, 신화와 종교를 넘나들며 인간 존재
의 근원을 캐묻는 보기 드물게 진지한 소설. (……) 인생, 사랑, 종교
의 그물에서 벗어나 자기 구원을 성취시키려는 한 떠돌이의 이야기.
— 경향신문

이 소설을 통해 작가는 절대의 교리나 논리에 얽매이지 않는 인간
영혼의 자유를 노래하면서, 인간이 인간으로서의 위엄을 갖출 수 있
는 정신의 높이가 어떤 것인가를 끊임없이 탐구하려 한다.
— 조선일보

하늘의 문

이윤기 장편소설

야곱은 꿈에, 하느님과 천사가
사다리를 오르락내리락하는 것을 보았다.
꿈에서 깨어난 야곱은 두려움을 이기지 못하고 외쳤다.
〈참말 하느님께서 여기 계셨는데도
내가 모르고 있었구나.
이 얼마나 두려운 곳인가.
여기가 바로 하느님의 집이요,
하늘의 문이로구나.〉
─「창세기」28:11~17

차례

제3부
패자 부활

제1부
바람개비

1
앞소리

언젠가 김포 공항에서, 로스앤젤레스로부터 남편이 날아오기로 되어 있다면서 근 두 달 동안이나 매일같이 성장(盛裝)하고 나와 공항 안내소를 기웃거리며, 〈로스앤젤레스를 거쳐 오는 마지막 비행기가 몇 시에 도착하지요?〉 이렇게 묻고 다닌다는 한 여인을 본 적이 있는데, 나에게 오늘날의 종교인들은 그 여인을 떠올리게 한다. 상당한 미인이었던 이 여인은 근 두 달 동안 공항에서 관리들의 인기를 독차지했었다고 나는 들었다. 공항에 상주하는 수많은 관리들에게 이 여인은 일상의 무료를 달래 주는 훌륭한 창작 동화 구연가 노릇을 했기 때문이다. 그러나 공항 관리들의 즐거움은, 이 여인이 가족의 손에 이끌려 정신 병원으로 들어가는 사건과 함께 끝이 났다. 여인의 신분이 정신이 조금 이상한 노처녀로 드러난 뒤, 남편이 오기로 되어 있다는 추론 역시 이 여인의 환상 속에서 어떤 전제가 비약적인 발전을 거듭하는 바람에 생긴 것으로 판명되었다.

상상 임신으로 헛배 부른 영혼의 재난이여.

미국의 베델 대학에 도착한 날 한 꿈을 꾸었다. 〈사람이 해골을 무서워하는 것은 죽음이 두렵기 때문이다.〉 이런 생각을 하면서 혼자 신라의 옛 서울, 경주 남산의 무덤 사이를 지나고 있었다. 한겨울이라서 실색한 소나무에 견주어 대나무 잎이 섬뜩하도록 파랬다. 그런데 그 대나무 숲에 신라 시대를 살던 미라가 하나 나타나 가만히 나를 내려다보았다. 나는, 〈내가 죽음이 두려워서 해골이 나타나는 모양이다〉 이렇게 생각하며 가만히 앉아서 눈을 감았다. 한동안 그렇게 앉아 있다가 눈을 뜨니 미라는 사라지고 없었다. 계속해서 산을 오르다 조그만 암자에 들렀다. 스님은 법당에 앉아 목탁을 두드리고 있다가 인기척이 느껴졌는지 뒤를 돌아다보았다. 그런데 산을 오르면서 만났던 그 미라였다. 돌아서서 산 아래로 내달았다. 그런 마음의 상태로는 남산을 종주해 낼 것 같지 않아서였다. 마을에 이른 나는 한 집을 들러 물을 청했다. 주인이 문을 열고 나오는데 얼굴을 보니 역시 그 미라였다. 기겁을 하고 돌아서다가 나는 꿈을 깼다.

꿈을 깨지 않았으면 나는 그날 밤새도록 미라의 세계를 방황했을 것이다.

미국살이 3년째 되는 해였을 것이다. 나는 당시에 몸 붙이고 있던 베델 대학을 떠나, 같은 주 중부 소도시에 있는 연하의 친구 백 교수의 빈집에서, 그가 한국에 가 있을 동안 그해 여름을 난 적이 있다. 백 교수의 집 문은, 특별히 손잡이의 단추를 눌러 두지 않는 한 자동으로 잠기게 되어 있었다. 나는 밖으로 나올 때마다 늘 손잡이의 단추를 누르거나 열쇠 가지고 나오는 것을 잊지 않으려고 무던히도 애를 썼다.

그러던 어느 비 오는 날 초인종 소리가 났다. 현관문을 열었다. 아무도 없었다. 혹시 가까운 친구가 나 있는 곳으로 쳐들어와서는 그냥 나서기 미안하니까 장난을 해보는 모양이라고 생각하고 집 모퉁이를 돌아가 보았다. 아무도 없었다. 환청을 경험한 것을 보면 그때 사람이 그리웠던 모양인가? 혼자 살면서도 그리워하는 이가 있는 사람은, 바람이 창문을 흔들면, 그곳이 그리운 이가 올 수 있는 곳도, 때도 아닌데도 불구하고 가슴이 철렁 내려앉고는 한다. 그런데 아무도 온 사람이 없어서 다시 들어가려고 하는 순간 비바람에 현관문이 닫히고 말았다. 내 주머니에는 열쇠가 없었다. 그렇게 조심하자고 다짐했는데도 사람이 부르는 소리에 그만 열쇠 챙기는 것을 잊었던 것이다. 집을 한 바퀴 돌면서 혹시 잠기지 않은 문이 있는지 찾아 보았다. 없었다. 내 손으로 꼭꼭 잠그고 살았기 때문이다. 집을 한 바퀴 돌았을 때는 속옷까지 젖어 있었다. 처마 밑에서 온갖 궁리를 다 하면서 근 한 시간을 보냈다. 배도 고프고, 담배도 피우고 싶고, 무엇보다도 소변이 마려웠다. 그러나 아무 짓도 할 수 없었다…….

백 교수 집 앞을 지나는 경찰차를 발견하고 달려나가 그 차를 세운 것은 세 시간 넘게 비에 젖은 채 처마 밑 잔디밭에서 오돌오돌 떤 뒤였다. 나는 경찰관에게 길게 설명했다. 말이 짧은 사람은 설명이 긴 법이다. 〈……이 집은 내 친구 백 박사의 집인데, 백 박사가 한국에 가 있는 동안 내가 쓰고 있다, 조심하지 않으면 문밖으로 내쫓긴다는 것을 알고 있었는데도 불구하고 이렇게 바보 같은 꼴이 되고 말았다, 내 신분증도 집 안에 있다…….〉

경찰관은 내게 말했다. 「유 아 락트 아웃, 안츄(밖으로 갇힌 거군요)?」

나는 경찰관의 경쾌한 표현에 내심 감탄하면서 그렇다고 대답했다.

락트 아웃 맨…….

안에 갇힌 것이 아니라 밖에 갇힌 자.

열쇠를 집 안에 두고는 문을 잠그고 나온 자.

제 손에 제 집으로부터 쫓겨나서는 밖에서 비를 맞으며 떨고 있는 자.

제 허물로 낙원을 잃고 밖에서 그 허물을 한하며 이를 가는 자.

열쇠가 들어 있는 낙원으로 열쇠 없이 들어가려고 하는 자.

따라서 문을 부수지 않고는 낙원에 들어갈 수 없는 자…….

사람은 안으로만 갇히는 것이 아니다. 그날 나는, 오늘의 종교를 사는 사람들의 보편적인 비극을 체현하고 있는 기분이었다.

그해 늦여름 백 교수가 한국에서 돌아오는 바람에 나는 미시간 주 중부에 있는 베델로 돌아왔다. 베델 대학 구내의, 내가 살던 교환 교수 아파트 옆방에는 이집트에서 온 회교도 물리학 교수가 있었는데 그와 나는 자주 어울리고는 했다. 아파트 뜰은 잔디 손질이 잘되어 있어서 해바라기하기가 참 좋았다. 나는 겨울의 일조 시간이 터무니없이 짧아서 피부에 일종의 곰팡이 같은 것이 슬었고, 그래서 겨울만 되면 사타구니가 가려워지는 바람에 그것을 막아 보려고 자주 뜰로 나가 여름과 가을의 해바라기로 살갗을 연단하고는 했다. 잔디밭에서 해바라기를 하자면 물것이 많았다. 그래서 간이침대가 하나 있어야 했다. 나는 간이침대를 하나 준비했다. 담배를 피워야 하니까 담배와 라이터와 재떨이로 쓰일 만한 물건도 하나 준비했다. 따거운 볕 아래서 오래 책을 읽고 있으면 눈이 부실 것 같아서 색안경도 준비했고, 컬컬해질 때를 대비해서 맥주도 두 병 준비했고, 시장해질 때를 대비해서 소시지도 두어 개 안주로 구웠다. 나는 이 많은 물건을 들고 나가 햇살이 뜨거운 잔디밭 나무 그늘에서 책도 읽고 노트도 했다.

그날은, 옆방에 사는 회교도 하메드 교수가 나와 내 간이침대 옆 잔디밭에 벌렁 드러누웠다. 그에게는 간이침대와 담배와 라이터가 없는 것은 물론이고 맥주도, 소시지도, 색안경도 없었다. 그런데도 그는 단출하게 행복해 보였다. 하메드 교수는 언젠가 나에게, 자기는 한국인을 좋아하지 않게 되었다고 말한 적이 있다. 한국인을 초대했다가 거절당한 적도 있고, 한국인으로부터 인종 차별을 당한 일도 있는 것이 그 이유라고 했다. 피부가 검은 하메드가 한국인으로부터 어떤 푸대접을 받았는지 궁금했지만 그는 그 문제에 관한 한 입을 굳게 다물어서 한마디도 들어 낼 수 없었다. 그러나 한국인을 초대했다가 거절당한 일은, 하메드의 초대를 거절한 당사자가 나의 옛 친구라서 비교적 자세하게 알고 있었다.

그해 5월 초, 같은 아파트에 사는 홀아비 물리학자 이 박사가 한국으로 떠나기로 되어 있다는 걸 알면서도 나는 긴하게 쓸 것이 있어서 같은 중부에 있는 백 교수의 집에 은거하지 않으면 안 되었다. 그런데 하메드 교수는 나를 대신해서 이 박사에게 전화를 걸어, 자기 집에서 홀아비 물리학자끼리 저녁을 하자고 했던 모양이다. 공교롭게도 5월 초는 회교력으로 라마단에 해당하는 시기다. 물리학자보다는 호전적인 기독교 신자 쪽에 더 가까웠던 이 박사는 당일에 가서야 하메드에게 전화를 걸어 사정이 있어서 저녁 초대에 응할 수 없노라고 말함으로써, 종교 전쟁으로 이미 한차례 상처를 입은 바 있는 이 하메드를 매우 골나게 했다.

언뜻 보면 하메드는 이 박사를 초대하기에 앞서 인정이냐 계율이냐를 놓고 한바탕 고민을 했을 법하고, 이 박사는 초대에 응하기를 거절함으로써 수다스럽기로 유명한 하메드와 십자군 원정까지 들먹거리는 껄끄러운 입씨름을 피하면서 절묘하게 회교도 친구를 단식월 범계로부터 구해 준 것으로 보인다. 그러나 그것이 아니었다. 이 박사가 귀국한 다음에야 여행에서 돌아온 나는 이 박사가, 한국식으로 상차림까지 해놓고 기다린 회교도 하메드를 매우 섭섭하게 만들었음을 알게 되었다. 그런데 바로 그 일 때문에 나와 하메드 교수는 급속하게 가까워졌으니 이 박사에게는 대단히 미안하게 된 셈이다.

맥주와 돼지고기로 만든 소시지는 보기만 해도 기겁을 하는 하메드 교수에게 나는 술과 돼지고기를 금하는 회교의 율법이 과거에는 당연했을 테지만 현대에도 유효하게 느껴지느냐는, 회교도들이 너무나도 많이 받았을 터인 시시콜콜한 질문을 우스개 삼아 했다.

나는 하메드에게 말을 시킬 때마다 자주 후회하고는 했다. 이 박사는, 〈설교가 너무 길어서〉 하메드를 좋아하지 않았다.

하메드는 예의 그 장광설을 시작했다.

「맥주와 돼지고기 말인데, 우리 인간은 알라의 뜻을 헤아릴 수가 없어요. 마시지 말라면 마시지 않고, 먹지 말라면 먹지 않으면 되는 거지요. 세상은 변해도 율법은 변하지 않아요. 변한 세상에 맞추어 율법을 고쳐 놓고, 세상이 또 바뀌면 고친 것을 되돌려요? 그것은 안 되지요. 나는 이 박사 때문에 범계를 한 것 같지만 그렇지 않아요. 모하메드는 산들바람이 친구 부인의 옷자락을 살짝 날려 준 덕분에 친구 부인의 젖가슴을 훔쳐본 적이 있대요. 모하메드께서 어떻게 했는지 아세요? 모하메드께서는 〈산들바람이여, 감사합니다〉 했답니다. 얼마나 인간적인 분입니까? 이렇게 인간적인 분이, 라마단의 나그네 대접을 범계로 죄줄까요. 당신이 자꾸 율법 율법 하니까 하는 말인데, 사실 우리도 살짝살짝 마시고는 해요……. 오마르 크하이얌이 술을 예찬했다는 거 알고 있어요? 한 병의 빨간 술과, 목숨

17

이을 양식만 있으면 오두막에 살아도 마음은 왕자보다 나을 거다…… 그 랬어요. 술이 없어도 나는 늘 왕자 노릇 하지만…….」

그는 이러면서 꼬마 맥주 한 병을 집어 한 모금 마신 뒤 수염을 쓰윽 문 지르고는 말을 계속했다. 그는, 사람에 따라서 〈크〉 혹은 〈흐〉라고 발음 하는 아랍어를 반드시 푸짐하게 〈크흐〉로 발음하고는 했다. 그래서 그의 고향 〈카이로〉도 늘 〈일 크하이로〉였다.

「……인간의 뜻, 신의 뜻이 다르고 나와 당신의 뜻이 다르지요. 그거 모 르고는 종교 안 돼요. 『코란』에 나오는 모세와 크히드르 이야기를 들어 보 겠어요? 모세는 사막에서 유랑하다가 크히드르라는 사람을 만나요. 말 몇 마디 나누어 보니까 지혜로운 사람 같았던 모양이지요? 모세는 크히드 르에게 동행하자고 말하지요. 그러자 크히드르는 모세에게 이렇게 말한 답니다. 〈그대가 나를 이해하지 못하게 될까 봐 두렵다. 그대가 나를 이해 하지 못하고 내 행위를 그대의 자로 재고 나를 핍박하게 될 때 나는 그대 를 떠나게 될 것이다.〉 이 크히드르는 사실 여느 사람이 아니라 알라께서 보내신 천사였답니다. 이들은 동행이 되어 사막을 건너요. 어느 가난한 어 촌에 이르렀을 때입니다. 크히드르는 그 어촌에 한 척뿐인 어선을 보고는 배의 바닥에 구멍을 내어 그 배를 가라앉혀 버립니다. 모세로서는 크히드 르가 한 행위를 이해할 수 없었지만 가만히 그 의미를 생각해 봅니다. 그 러나 모세로서야 알 수 없었지요. 그다음 마을에서 크히드르는 모세가 보 는 앞에서 잘생긴 청년을 하나 죽여 버립니다. 모세로서는 이해할 수 없었 지만 가만히 그 의미를 생각해 봅니다. 그러나 모세에게는 이해가 가는 일 이 아니었지요. 그다음 마을에는 이교도의 성이 있었는데, 크히드르는 무 너져 있던 그 성의 성벽을 말끔하게 수리합니다. 이교도들의 성을 말이지 요. 모세로서는 도저히 더 이상 견딜 수 없었겠지요. 모세는 화를 내면서 크히드르에게 설명을 요구했어요. 크히드르는 설명했지요. 〈나는 어촌 사 람들을 구하기 위해 바닥에 구멍을 내어 배를 가라앉혔다. 해적들이 그 배 를 손에 넣으러 오고 있었기 때문이다. 가라앉힌 배는 끌어 올리면 된다.

18

그러나 그 배가 그대로 있었더라면 해적은 마을 사람들을 깡그리 죽이고 그 배를 끌고 갔을 것이다. 나는 잘생긴 청년을 죽였다. 그 청년이 파렴치한 짓을 하러 가는 중이었기 때문이다. 이로써 나는 신앙심 깊은 그 청년의 부모를, 죽음으로만 씻을 수 있는 오욕으로부터 구해 냈다. 나는 이교도의 성벽을 수리했다. 내가 수리하지 않으면 성벽 폐허에 묻힌 재물이 드러날 터였기 때문이다. 나는 이로써 필경 그 재물로 인해 파멸하게 되어 있는 신심 깊은 두 청년을 구했다. 누가 옳은가? 그대의 윤리적 의문이 옳기만 한가? 나의 잔인한 손질이 그르기만 한가? 잘 가라, 모세여. 신의 뜻을 머리로만 헤아리지는 말라.〉 모세는 그제야 자기 정의의 잣대로 크히드르의 정의를 잰 것을 후회하고 더 가르쳐 줄 것을 애원하지요. 하지만 크히드르는 모세를 떠납니다. 신의 창조적인 행위가 선하냐, 악하냐 하는 것은 인간의 잣대로 재는 것이 아니지요. 나에게 선한 것이 당신에게도 선할까요? 다리 이쪽의 선이 다리 저쪽에서도 선일까요? 인간의 관계도 그런 것이 아니겠어요? 내 잣대로 남을 재지 않아야 합니다. 당신의 잣대로 나를 재서도 안 되고, 내 잣대로 당신을 재서도 안 되는 것이지요. 비판받기 싫으면 남을 비판하지 말아야 합니다. 나름의 잣대……. 이것이 사람들에게 얼마나 많은 상처를 입히나요? 기독교에서도 이와 비슷한 가르침이 있지요? 기독교에서는 〈남에게 대접을 받고 싶으면 남을 대접하라〉는 구절을 두고 황금률이라 하지 않습니까? 대체 누가 옳고 누가 그릅니까? 누가 악하고 누가 선합니까? 먹이 사슬이 자연의 생태계를 유지시킨다는 걸 인간이 알게 된 게 도대체 얼마나 됐지요? 옛날 미국의 기독교인들은 자기네들의 양식이 되는 초식 동물을 번성시키기 위해 육식 동물 박멸 운동을 폈더랍니다. 그러자 초식 동물이 막 불어나기 시작하더라지요. 초식 동물이 무지막지하게 불어났으니 어떻게 되었겠어요? 풀밭이 배겨 날 수 없지요. 풀밭이 사막이 되면? 초식 동물도 절멸할 수밖에 없잖아요? 아프리카에서는 사자가 초식 동물을 잡아먹고 삽니다. 초식 동물이 불쌍해서 자비를 베푼답시고 이 사자를 멸종시켜 버리면요? 곧 초식 동물도 멸종하고

맙니다. 물론 엄청나게 불어난 초식 동물이 풀뿌리까지 파먹어 버리는 바람에 아프리카는 거대한 사막이 된 다음이겠지요. 맹목적인 자비가 아프리카를 사막으로 만들어 버리면 나일 강도 흐르지 못합니다. 각설하고, 이 박사를 원망하지 않겠다고 했는데 이것 참 또 이렇게 원망하게 되네요. 어째서 한반도 북쪽 사람들은 공산주의를 만들어 수출한 사람들보다 더 공산주의적이고, 한반도 남쪽 사람들은 기독교를 들여다 가르친 사람들보다 더 기독교적인지 모르겠어요. 남북이 다 호전적이고 배타적이라는 의미에서 그렇다는 겁니다. 우리 회교도 사이에서는, 미국에 와 있는 한국인들은 또 유색 인종을 노예로 부리던 사람들 이상으로 인종을 차별한다는 소문이 돕니다. 중국인, 일본인들은 안 그러는데 유독 한국인들만 그런대요. 저희들도 유색 인종이면서 말이지요.」

나는 지나가는 말로 〈한국에는 모세만 있고 크히드르는 없어서 그런가요?〉 하고 말했지만 그때 하메드의 이야기가 나에게 안긴 놀라움은 굉장했다.

「미안해요. 한국인에 대해 너무 심하게 말한 거지요?」

내 침묵의 동안이 길어지자 하메드는 내가 화난 것을 감춘 채 혼자 삭이고 있는 줄 알았던 모양인지, 맥주병을 든 채로 슬며시 돌아누울 차비를 했다. 나는 맨몸으로 잔디에 누운 하메드 교수에게 미안풀이 삼아, 간이침대와 담배와 라이터와 재떨이와 맥주와 소시지와 색안경과 책과 노트까지 한 짐 잔뜩 싸들고 나온 것이 좀 창피하다고 말했다. 하메드는 느릿느릿 이렇게 말했다.

「우리 회교의 많은 성인들은, 삶으로부터 요긴하지 않은 것들을 하나씩 없애 나가라고 했어요. 아인슈타인은 세탁비누와 세숫비누도 구별하지 못했대요. 그것도 구별해서 쓰지 못하느냐고 구박하는 아내에게 이 희대의 천재는, 비누까지 그렇게 따로따로 장만하면 인생이 얼마나 복잡해지겠느냐고 했대요. 권위 있는 물리학자가 보증하거니와 아인슈타인은 분명히 그랬을 거예요. 사탕 빼앗아 먹는 재미로 애들의 대수 숙제를 도맡아 해주다가 애들의 학교 선생님으로부터 야단을 맞기도 한 노벨 물리학상 수상자가 바로 아인슈타인이었으니까요. 하지만 창피할 거야 뭐 있나요, 다 조국의 형편 나름 아니겠어요?」

나는 하메드 교수가 들어간 뒤에 그를 흉내 내어 간이침대에서 내려와 잔디밭에 오래오래 엎드려 있었다.

「간이침대 갖다 놓고 잔디밭에 내려와 눕는 건 또 무슨 재민가요?」 하메드가 외출할 차비를 하고 나오다가 두 손을 이마에 댔다가 공중으로 뿌리는 시늉을 하면서 웃었다.

「간이침대부터 없애는 연습을 시작했어요.」

「그다음에는 잔디밭을 없애는 겁니다.」

나는 엎드린 채 잔디에 얼굴을 묻었다. 하메드의 자동차가 부르릉거리기 시작했다.

〈잔디밭을 없애?〉

우리 아파트 앞뜰은 넓기도 하려니와 잔디가 하도 좋아서 봄철만 되면 수백 명의 여학생들이 몰려, 침실 창 밑이 되었든 욕실 창 밑이 되었든 벌거벗고 드러눕는 바람에 홀아비들에게는 여간 난처한 볼거리가 마련되는 게 아니었다. 햇빛에 굶주린 북국의 처녀들은 소변기 앞에 서면 바로 내려다보이는 곳이라고 해서 벌거벗고 눕는 것을 사양하지 않았다. 그런 계절이 오면 잔디밭 바로 옆 도로를 지나는 자동차의 운전자들은 늙은이건 젊은이건 할 것 없이, 벌거벗고 드러누운 여학생들을 구경하느라고 속도를 뚝 떨어뜨리고는 했다.

그래서 잔디밭 옆 길의 별명이 〈5마일 길〉이었다.

백 교수 집에 있을 동안 나는 그를 대신해서 매일같이 잔디밭에 물도 주고, 잡초도 뽑고 잔디를 깎기도 했다. 그런데 잡초를 뽑을 때마다 옛날 우리 고향 산밭의 잡초를 뽑을 때와는 느낌이 달라서 거북해지고는 했다. 잡초를 뽑다 보면, 잔디를 깎다 보면, 어쩐지 전체주의적인 정치 집단, 전체

21

주의적인 종교 집단의 하수인 노릇을 하고 있는 기분이 되고는 했다. 잔디 가꾸기와 전체주의? 그렇다.

잔디밭 가꾸기는, 구체적인 소출이 없다 뿐이지 곡식 가꾸기와 아주 비슷하다. 처음 조성된 잔디밭에는 잔디와 잡초가 반반이다. 이때 잡초를 뽑아 주지 않으면 잔디가 잡초에 밀려 자라지 못한다. 그러나 한차례 김을 매면서 잡초를 뽑아 주면 잔디가 번지면서 이번에는 남아 있던 잡초를 몰아낸다. 그 뒤부터는 웬만큼 생명력이 강한 잡초가 아니면 밀생한 잔디밭에서 견디지 못한다. 그런데 문제는 생명력이 강한 잡초다. 쑥이나 바랭이나 질경이나 클로버 같은 잡초는 잔디가 웬만큼 밀생해도 끄떡없이 버틴다. 그래서 주인은 끊임없이 이런 잡초를 뽑아 주고, 제초제로 죽이기도 한다. 그래도 죽지 않으면 이번에는 잔디깎이로 밀어, 자라되 잔디 높이 이상으로는 올라오지 못하게 한다. 전체주의적인 키 맞추기, 눈높이 맞추기가 아닌가.

그런데 내가 그런 짓을 거북하게 여긴 데는, 소출도 없는 잔디에 왜 그런 가치를 부여해야 하는가 하는, 다분히 농투성이의 자식다운 편견이 깔려 있다. 왜 쑥밭이나 바랭이밭이나 질경이밭이나 클로버밭이 아니고 꼭 잔디밭이어야 하는가? 물론 잔디가 이 잡초들보다 보기에도 낫고 촉감도 부드럽다는 우리의 보편적인 합의가 내려져 있는 것은 사실이다. 하지만 왜 의심해 보면 안 되는가? 내가 잔디밭에서 전체주의를 생각한 것은, 전체주의 아래서 이런 고민은 엄격하게 금지되어 있기 때문이다. 왜 반드시 기독교여야 하는? 왜 반드시 불교여야 하는가? 왜 반드시 회교가 아니면 안 되는가? 『우파니샤드』는 〈진리는 하나이되 현자들은 이를 여러 이름으로 언표(言表)한다〉고 하지 않았던가? 성서는 〈이 산에서만 해야 하는 것도 아니고 예루살렘에서만 해야 하는 것도 아니다〉라고 하지 않았던가? 어째서 자기에게 알맞은 믿음의 형식을 찾으면 안 되는가? 우주라고도 하고 세계라고도 하는 광대한 움직임을 관조하는 나만의 창조적인 습관과 만나면 어째서 안 되는가? 보수적이고 회고적인 철학이나 종교가 아

22

니면 왜 안 되는가?

어째서 이로써 자기 해방의 길을 모색하면 안 되는가?

왜 이것이면 안 되고 저것이어야 하는가?

이런 생각을 열심히 하면서 고무호스 끝을 쥐고 잔디에 물을 주다가 백 교수의 이웃인 듯한 한 중년 부인으로부터 지청구를 들었다.

「비가 오는데도 물을 주나요?」

나는 비가 뿌리고 있는 줄도 모르고 잔디에 물을 주고 있었던 것이다.

나는 잔디에 엎드린 채 나무에서 노트로 떨어진 자벌레 한 마리의 안내를 받으며 하메드 교수의 말을 메모하기 시작했다. 그러고는 돌아누워 푸른 하늘과 흰 구름과 미국의 전략 공군 폭격기가 내뿜는 하얀 항적운을 바라보면서, 사람들에게 땅에 누워 하늘을 쳐다보는 기회 대신에 하늘에서 땅을 내려다보는 기회가 점점 늘어나는 것은 고약한 일이라고 생각했다. 나는, 〈여기까지 올라왔는데도 하느님의 처소는 보이지 않는다〉고 한 적이 있는 어느 시건방진 우주인을 재미없게 생각했다.

그날의 해바라기는 내 사념의 일광욕이었다.

2
베델은 바다

    미국으로 건너갈 때는 그 나라가 꼭 저승 같다는 생각이 들었는데 사실 그곳은 저승이기보다는 바다에 가까웠다. 자그마치 온 세계 107개국의 학생과 교환 교수와 연구원들이 모여들어 버글거리던 미국의 베델 대학은 온 세상의 물이라는 물은 다 모아들인 바다의 한 귀퉁이 같은 곳이었다. 베델 대학의 도서관은 온 세상의 문자화한 정보라는 정보는 다 모아들이고 있다는 의미에서 역시 정보의 바다 한 귀퉁이 같은 곳, 인접 대학들과의 도서관 간 대출 시스템을 원활하게 돌리고 있다는 의미에서는 거대한 정보의 순환이 이루어지는 가멸한 바다 같은 곳이었다. 그러나 그 인문의 바다는 한 가지 중요한 바다의 미덕을 결여하고 있었는데 그것은 그곳으로 흘러든 물이 학문이라고 하는 지극히 인위적인 장치에 걸러졌다는 점이었다. 그래서 그 바다를 두고 〈무슨 기특한 것인들 없는 것이 있겠으며, 어떤 괴이한 것도 모이지 않는 것이 있겠느냐〉고 찬양하는 것은 어울리지 않았다.

    소도시 베델에서는, 미국인은 폭이 넓고 단순하지만 깊이가 없고, 영국인은 일반적으로 깊이가 있고 단순하지만 폭이 넓지 못하며, 독일인은 일반적으로 폭이 넓고 깊지만 단순하지 못하고, 프랑스인은 탁월한 사고 기능을 갖추고 있어서 정세하다고 주장하는 린위탕(林語堂)의 농담을 한번 확인해 보는 것도 언제든지 가능했다. 시간이 한 주일을 주기로 유한 순환하는 듯한 베델 대학은, 어떤 의미에서는 세계 종교의 7일장 같은 곳이기도 했다. 이곳에서는 기독교, 유대교, 불교의 의식은 물론이고 부지런한 학인에게는 밀교, 라마교, 힌두교 심지어는 아프리카 원시 종교의 의식을 접하는 것도 가능했다. 한 다리만 건너면 시크교도나 부두교도나 심지어는 인디언 샤먼을 만나는 것도 어느 정도 가능한 이 인종의 전시장은 종교에 관한 한 한 권의 참조 목록과 같은 곳이었다.

하늘로 통하는, 서로 다른 무수한 문(門)이 마주 보고 있는 거리. 베델은 그런 곳이었다.

〈성하(聖下)〉로 새겨지는 영어 단어 〈히즈 홀리니스〉가 거의 반대 개념에 가까운 뜻으로 쓰이면서 테이블을 넘나들던 한 토론회를 나는 아직도 잊지 못한다. 하물며 토론회가 끝나고 나서 바티칸의 교황을 〈성하〉라고 부른 티베트인 가톨릭 경제학자와 달라이 라마를 〈성하〉라고 부른 이탈리아의 티베트 불교도 물리학자가 서로 정답게 포옹하고 헤어지던 광경을 내가 어떻게 잊을 수 있겠는가?

나는 동양과 서양이 만나는 그 베델에서, 수많은 문화의 변혁과 문명의 파멸을 이겨 낸 것은 무던히도 과묵한 종교들뿐이었다는 사실과 함께 인류의 역사는 한 나라의 역사를 중심으로 하는 국지사(局地史)의 시대를 지나, 보편적인 세계사의 시대를 맞고 있다는 것을 다행스럽게도 예감할 수 있었다. 한 종교가 침묵하는 문제에 대해서 다른 언어를 통하여 무수한 암시를 던지는 다른 종교를 한사코 거부해야 하는 까닭을 나는 이해할 수 없다.

내가 미국인이라고 불리는 한 백인과 흑인을 처음으로 만난 것은 한국전쟁이 터진 1950년 여름 한 우연한 사건을 통해서였다. 그 두 사람과의 기이한 만남은 한국에 의한, 불행한 미국 체험의 연장선상에 놓인다. 그 사건 이후로는 미국이라는 나라 이름이 등장할 때마다 내 뇌리로는 그 미국인들이 스쳐 지나가고는 했다. 이상하게도 흑백의 영상이 되어 지나가고는 했다. 그러나 그 백인과 흑인의 모습이 떠오르는 일은 오래 계속되지 못했다. 천연색 이미지가 밀려 들어왔기 때문일 것이다. 어쩐지 나라고 하는 사람이 미국과 인연이 있는 것 같아서 그 뒤로도 나는 줄기차게 그 문화의 주위를 맴돌았다. 미국의 문화를 선망하고 있었기 때문일 것이다. 그러나 문화에 대한 선망이면 모르겠으되 미국에 대한 선망이라면 나는 그 선망이 부끄러워질 것 같다. 그러나 나와 미국의 물리적인 만남은 두 차례의 불행한 미국 체험이 아득한 옛일로 잊혀 가던 즈음인 1983년에야 이루어졌다.

1983년에 나는 미국으로 건너갔다.

우리 한국인들은 저승에서도 이승에서 일어나는 것과 같은 일들이 일어난다고 믿었다. 우리 한국인뿐만 아니라 북아시아 사람들 대부분이 예부터 그렇게 믿었다.

일어나기는 일어나되 이승과는 거꾸로 일어난다고 믿었다. 이승에서 해가 뜨면 저승에서는 해가 진다고 믿었다. 이승 사람들은 대개 오른손을 쓰는 것과는 달리 저승의 혼령들은 왼손을 쓴다고 믿었다. 그래서 조상 제사는 닭이 울기 전에 끝마치고 이승 사람들이 잠자리에서 일어나기 전에 혼령을 배웅해야 했고, 제상의 수저는 이승의 왼손잡이 대접하는 모양으로 차려야 했다. 세상을 떠난 사람이 생전에 아끼던 물건을 그 무덤 앞에서 깨뜨리거나 불사르는 우리 풍습에는, 이승에서 깨어지거나 타는 것만이 저승으로 온전하게 전해진다는 믿음이 고스란히 담겨 있다.

10여 년 전, 미국행 오후 2시 비행기에 오르면서 나는 모든 것이 거꾸로 돌아가는 기이한 나라로 가고 있는 것 같다는 느낌에 시달렸다. 김포 공항의 출국 게이트는 사람을 내보내고 짬이 생길 때마다 무정하게 닫히고는 했다. 잠시도 그냥 열려 있는 법이 없었다. 게이트가 닫힐 때면, 그 문 뒤로는 어김없이 돌아서서 손을 흔드는 사람이 보였다. 그러나 다음에 게이트가 열릴 때는, 돌아서서 손을 흔들던 사람의 자리는 비어 있기가 보통이었다. 게이트 앞에는 우는 사람들이 많았다. 우는 사람들은, 떠나보내는 사람 뒤로 게이트가 닫혀야 돌아서고는 했다. 입양아들은, 통곡하는 일가붙이들을 뒤로 하고 보모의 가슴에 하나씩, 혹은 둘씩 조그만 꾸러미처럼 매달린 채 게이트 안으로 들어갔다. 그들 뒤로도 게이트는 어김없이 닫히고는 했다. 수키를 그렇게 떠나보내지 않았더라면 그 앞에서 내 코끝이 아리지는 않았을 것이다.

나는 게이트로 들어가면서, 돌아서서 친구들을 향해 손을 흔들어야 할 것인지 말아야 할 것인지 망설였다. 결국 나는 돌아다보지 않았다. 친구들은 섭섭했을 것이다. 내 뒤로도 게이트가 닫혔다. 나는 되돌아가고 싶어도 되돌아갈 수 없었다. 친구들로부터 지나치게 매정하게 등을 돌렸다는 생각이 들어 나는 게이트 앞에서 기다렸다. 다음 사람 차례에 게이트가 열리면 손이라도 흔들어 주는 게 좋을 것 같아서였다.

게이트가 열렸다.

그러나 나는 손을 올리다 말고 바로 내리지 않으면 안 되었다. 친구들은 게이트를 뒤로하고 벌써 승강기 쪽으로 가고 있었다. 나를 묻어 버리고 돌아서서 저희 갈 길을 가는 것 같았다. 부르고 싶었지만 생각은 소리가 되어 나오지 않았다. 출국 게이트가 저승의 문인 것은 분명 아닌데도 나는 어째서 그런 생각을 했던 것일까? 비행기에 오른 것도 아니고 내 땅을 떠난 것도 아닌데, 어째서 내 뒤로 한번 닫히면 다시 열리지 못하는 문이 내 땅에 있는지 그것이 기이했다.

출국 심사대의 관리는 컴퓨터로 내 과거를 투시했다. 그 관리 역시 웃지 않았다. 내 기록에서 그를 웃길 만한 과거는 지워진 모양이었다. 나는 이렇게 해서 저승문을 연상시키는 세관과 출국 심사대를 지나 면세 구역에 이르렀다. 사람들의 발걸음이 여기에서부터는 현저하게 느려지고 있었다. 〈면세 구역〉이라는 표지판이 자꾸만 〈면죄 구역〉으로 보였다.

한국인들에게 미국은 이제 생소한 나라가 아니라고 한다. 그것은 사실이다. 미국의 문화가 낯선 바람처럼 우리에게 밀려들면서, 그래서 우리 문화가 미국 쪽으로 가파르게 기울어지기 시작하면서 미국이 우리에게 가까이 다가와 있는 것은 사실이다. 그러나 그런데도 불구하고 미국은 여전히 우리에게는 모든 것이 거꾸로 된 〈거꾸로 나라〉이다. 공간적으로는 지구의 반대쪽에 자리 잡고 있는 나라, 시간적으로는 동반구의 해가 져야 비로소 해를 떠우는 서반구의 나라, 내 나라에서 쓰던 언어와 하던 생각을 완전히 바꾸어야 비로소 뜻을 전할 수 있는 나라, 나고 자라면서 배운 삶의 문법을 버리고 어린아이로 거듭나고 배워야 겨우 몸을 붙일 수 있는 나라이다. 주소를 쓰되, 제 이름부터 쓰고 나라 이름은 맨 끝에 쓰는 나라, 아이가 잘못을 저지르면 밖으로 쫓아내는 것이 아니라 밖으로 나가는 것을 금지시키는 나라가 미국이다. 뿐만 아니다. 미국은 나에게, 내가 사랑하던 많은 사람들이 들어가기만 하면 소식을 끊어 버리고는 하는 이상한 나라이기도 하다.

그 나라를 향한 초행길의 복잡한 절차는 내 신경을 극도로 피곤하게 했다. 면세 구역에 당도하고부터는 내 안에 굳어져 있던 확신은 깡그리 방기하고 보딩 패스의 숫자 하나하나와 탑승구의 숫자 하나를 맞추어 놓고는, 남들의 움직임에 세심하게 주의를 기울이면서 움직이지 않으면 안 되었기 때문이다.

그런데 왜 나는 저승에라도 가고 있다고 생각했던 것일까? 저승도 이승과는 모든 것이 거꾸로 되어 있는 나라이고, 미국도 내가 살던 나라와는 많은 것이 거꾸로 되어 있는 나라여서 그랬을까? 그래서 자꾸 저승 생각에 시달렸던 것일까? 두려움 때문이었을 것이다. 모르기는 하지만 무수한 송별회를 치르면서 쌓이고 쌓인 숙취가 지나치게 내 여행을 극화시키면서 공연한 비장감을 부추겨서 그랬는지도 모르겠다. 이유야 어떻든 서울을 떠나 미국에 당도하기까지 내내 그런 생각에 시달렸던 것만은 분명하다.

승객을 맞아들이느라고 복도에 도열해 있는 미국인 승무원들 때문에 미국은 김포 공항에 서 있는 노스웨스트 항공사의 비행기 문턱에서 시작되고 있는 것 같았다. 공항에 들어선 순간부터 비행기로 들어가기까지, 밝아 보이는 것이 있었다면 그것은 저승사자와는 거리가 멀어 보이는 스튜어디스의 미소뿐이었을 것이다.

자리를 찾아 앉는 순간부터 나는 유체 이탈이라도 준비하는 심정으로 호흡을 가다듬었다. 그러고는 단단히 보아 두어야겠다는 생각으로 동그란 창 쪽으로 몸을 기울였다.

노스웨스트가 활주로를 질주하기 시작했다.

내게서 그리 멀지 않은 자리에는 노부부가 앉아 있었다. 말소리를 들을 수 없어서 어느 나라 사람인지는 짐작할 수 없었다. 팔뚝이 떡갈나무 가지 같고, 손마디가 갈코리처럼 튼튼해 보이는 노인은, 비행기가 활주로를 미끄러지면서부터 아내의 손을 꼭 잡았다. 휘청하는 느낌과 함께 내가 이승으로 삼고 살던 나라가 맹렬한 속도로 가라앉으면서 뒤쪽으로 밀려나기 시작하기까지 노인은 아내의 손을 그렇게 잡고 있었고, 아내는 노인에게 사랑과 원망이 복잡하게 뒤섞인 듯한 눈길을 보내고 있었다. 나는 노파의 얼굴에서 원망이 사라지고 사랑만 남게 될 때까지 그 노부부를 바라보느라고 조금 전까지도 내가 있던 공항을 상공에서 내려다보는 경험을 놓친 셈이지만 그리 아쉽게는 생각되지 않았다. 나는 아마 그 노인의 모습에서, 원망과 사랑을 그렇게 잘 조화시키는 데 철저하게 실패한 나의 모습을 보고 있었을 것이다.

한국의 시각은 15일 오후 2시인데 디트로이트는 밤이라고 했다. 그래서 열두 시간을 날아 거기에 내리면 같은 15일 오후 2시가 된다고 했다. 맙소사! 같은 날 같은 시각이라는 것이었다. 나는 한국 시각 8월 15일 오후 2시부터 미국의 동부 시각 8월 15일 오후 2시까지의 열두 시간을 중복해서 살게 되는 셈이었다. 나는 어디에선가 그 시간을 되돌려 주어야 하리라는 것은 짐작했지만 그것을 어떻게 계산해 내어야 할지는 짐작조차 되지 않았다. 그래서 비행기가 하늘로 날아오르고부터는 내내 머리가 어지러웠다.

밤의 나라를 향한 긴 야간 비행의 예감도 저승 나들이라도 하고 있다는 느낌을 부추겼다. 그러나 야간 비행은 길지 못했다. 한국의 시계가 한여름의 오후 6시를 가리킬 때 밤이 왔다가 9시에 동이 트고 밤 10시에 해가 뜨고 말았기 때문이다. 비행기가 그 무지막지한 속도로 단 세 시간 만에 밤을 무찔러 버렸기 때문이다. 기내에서 얻어 마신 위스키의 취기 역시 저승 나들이를 하고 있다는 느낌을 맹렬하게 부추겼다. 물 밑에서 들려오는 듯한 이방인들의 이방 말도 그런 분위기를 돋우었다. 알래스카의 구름 위에서, 취한 눈으로 일출의 희한한 광경을 바라보는 경험은 참으로 기이했다. 겨우 세 시간에 그 무지막지한 속도로 한 반구의 어둠을 무찌르고 구름 위를 나는 비행기가 나에게는 흡사 사람들의 혼백을 저승으로 데리고 가는 거대한 저승 새 같았다.

미국의 첫날을 나는 그렇게 비행기에서 맞았다. 내가 타고 있었던 것은 분명히 최신식 여객기였고 내 여행을 가능하게 하는 것은 분명히 입국 비자가 찍힌 여권이었다. 그런데도 비행기 바깥의 시각과는 상관없이 각기 저희가 이승으로 삼고 살던 땅의 아침에 맞추어 화장실 앞에 줄을 서면서 이국 사람들이 그려 내는 인상적인 풍경화는 분명히 저승길 어디엔가 있을 듯한 대합실 풍경으로 보였던 것을 어쩌랴? 화장실로 통하는 복도를 보면서 내가 떠올린 것은 정확하게 저승의 대합실이었다.

비행기에서 내려다본 미국 땅은 내가 본 영화의 장면 장면을 토대로 상상하던 것과 별로 다르지 않았다. 딱 하나, 파란 들판에 군데군데 누워 있는 허연 누에고치 같은 것이 무엇인지 그것 하나만 궁금했다. 내 옆자리의 타이완 사람은 그것이 골프장의 모래 벙커라고 설명해 주었다. 나는 그 모래 벙커라는 것을 내려다보면서 인간을 생각했다. 벽을 쌓아 올리고는 거기에다 창을 뚫는 인간, 호수를 메워 집을 짓고는 마당에다 연못을 파는 인간을 생각했다. 그때 내가 생각한 인간은 정확하게, 황무지를 잔디밭으로 바꾸고 거기에다 모래 벙커를 만드는 그 인간이었다.

30

내가 타고 있는 항공기의 그림자를 내 눈으로 좇을 수 있게 되었던 것은 항공기가 디트로이트에 착륙하기 직전부터였다. 그 전에도 그 그림자는 단지 내 눈에 보이지 않았을 뿐 어디엔가 있었을 터인데도 흡사 존재하지 않던 그림자가 갑자기 나타난 것 같아서 반가웠다. 나는, 사람이라는 것은 제 눈에 보이지 않는 것은 존재하지 않는 것이라고 믿는 모양인가, 이런 생각을 하면서 쓸쓸해했다. 그림자는 무심하게 호수와 벌판과 구조물과 주차장을 지나면서 멀리 보이는 활주로로 다가가고 있었다. 항공기와 그림자가 활주로 위에서 만나는 순간 나는 가벼운 흥분을 억제할 수 없다. 처음으로 낙하산을 타고 모래 위에 접지하면서 한동안 떨어져 있던 내 그림자와 만나던 공수 부대 시절의 흥분이 되살아났다.

제 그림자와 만난다……. 그러면 그것은 저승이 아니지.

공항에 내린 각양각색을 한 사람들의 움직임이 유난히 굼떠 보였던 것도 이승과 저승 사이를 오락가락하는 듯하던 당시의 내 마음 상태와 무관하지 않았을 것이다. 김포의 출국 심사대 관리는 웃음기가 없는 얼굴로 한국말을 했지만, 디트로이트의 입국 심사대 관리는 활짝 웃으면서 영어로 물었다. 내가 조심조심 대답하자 그는 내 여권에다 뭔가를 썼다. 희한하게도 왼손으로 썼다.

내가 세관을 돌아 나왔을 때 하우스만 박사가 내 이름을 불렀다.

「유복 군, 여길세.」

내 이름이 정확한 한국어로 불릴 때의 놀라움은 굉장해서 바로 그 순간에, 저승에 온 듯하다는 내 느낌은 절정에 이르렀다. 놀라움이 컸던 까닭은 그가 한국어를 유창하게 한다는 사실 인식에 길들어 있으면서도 느낌은 옛사람들 느낌의 틀에서 한 치도 벗어나지 못하고 있었기 때문이다. 옛사람들은 저승에서도 자기 모국어가 무리 없이 쓰일 수 있을 것으로 믿었을 테니까.

이럴 때 이성은 무력해진다.

내가 베델 대학에서 첫 밤을 맞은 그 시각, 한국은 한낮일 터였다. 따라서 그 첫날 밤에 내가 잔 잠은 약간 긴 낮잠에 지나지 않았을 것이다. 베델시 베델 대학에 도착한 그날 밤, 깊이는 들 수 없는 잠을 자면서 나는 한 꿈을 꾸었다. 꿈속에서 나는 꽤 재미있게 여겨지는 우화를 한 토막 썼다. 나는 꿈에서 깨어나는 즉시 그 우화의 이미지를 메모장에 기록해 두었다. 그런데 내가 정작 꿈에서 깨어났을 때는 그 이미지가 메모장에 기록되어 있지 않았다. 나는 꿈속에서 꿈에서 깨어나는 꿈까지 꾸었던 모양이라고 생각하고는 다시 메모해 두었다. 그런데 또 잠에서 깨어나 보았지만 여전히 그 우화의 이미지는 메모되어 있지 않았다. 나는, 잠에서 완전히 깨어났다는 것을 여러 차례 확인하고는 그 이미지를 정확하게 메모했다.

그러나 그 메모는 지금 나에게 남아 있지 않다. 그것조차 꿈이었기 때문이다. 장자(莊子)를 향한 나의 기울어짐이 그런 꿈을 꾸게 했는지, 〈……꿈 깨면 또 꿈이요, 깬 꿈 또한 꿈……〉이라는 육자배기 한 구절이 내 잠 속에서 꿈이 되었는지 그것은 잘 모르겠다. 그러나 그것은 중요하지 않다. 장자가 되었든 육자배기가 되었든 내가 그런 꿈을 꾸었다는 사실 자체는 나의 무의식이 그러한 발상과 인식의 궤도를 공유하기 때문이었을 것이므로.

다음 날 오후 나는 베델 대학 국제 대학의 학장 댁에 인사를 갔다가 뜰 한구석에 개망초 꽃이 하얗게 피어 있는 것을 발견했다. 왈칵 반가운 생각이 들었다. 나는 잎을 따서 냄새를 맡아 보았다. 개망초에서는 원래 냄새가 나지 않는다. 전후인 50년대의 일이지만, 나에게는 하루 종일 밭에서 잡초인 이 개망초를 뽑아 본 피곤한 경험도 있고, 연한 개망초를 풋나물 삼아 무쳐 먹은 쓰라린 경험도 있다. 뿐만 아니다. 어머니 모시는 상여가 달밤의 메밀꽃같이 하얀 개망초 꽃밭 위를 지나던 일, 그것을 보면서 하던 생각도 나는 잊지 못한다.

……저승도, 모르는 사이에 우리가 무수히 밟고 다니는 개망초밭 같은 것일까? 무서워라……. 천하디천하게 자라다가 사람의 손길이 잠시만 뜨면 슬며시 들어가 그 터를 제 마당으로 삼아 버리는 개망초의 무서운 생명

력, 그 개망초의 의미 없음, 그런데도 불구하고 분명하게 존재하는 저 엄연함…….

그런데 그 개망초 꽃을 나는 미국에서 만나고는 망연자실, 어째서 한국의 잡초가 이 땅에도 있을까, 이런 생각을 하면서 이 잡초에 묻은 내 경험과 느낌을 되새김질하게 되었다.

「개망초가 지천이네요.」

내가 이렇게 말하자 나를 학장 댁으로 안내한 한국인 농경제학자는 대답했다.

「한국과는 베지테이션(植生)이 비슷합니다.」

그러나 나는 〈식생〉을 말했던 것이 아니다. 개망초 꽃이 나에게 안기는 이미지와 〈에리저런〉이라는 이 풀이 본바닥 사람들에게 안기는 이미지에는 어떤 차이가 있을까, 다른 사람들에게는 나의 개망초에 해당하는 어떤 등가물이 있는 것일까, 나는 이런 생각을 하고 있었던 것이다.

그런데 그로부터 며칠 뒤, 어느 한국 신문이 연재하는 〈한국의 들풀〉 시리즈가 개망초의 천연색 사진과 함께 실은 놀라운 기사를 읽게 되었다. 그 기사에 따르면, 개망초는 우리 한반도의 터풀이 아니라 미국에서 잉여 농산물과 함께 묻어 온 귀화 식물이었다.

나는 놀라고 말았다. 부끄럽기도 했다. 세상에…… 우리 땅에 지천인 이 개망초가 귀화 식물이라는 것이다. 그러니까 귀화 식물인 이 개망초는 불과 30년 사이에 우리들로부터 상당히 절실한 어떤 역사성을 획득하고 있었던 것이다. 따라서 나는, 사실은 북아메리카 대륙의 풀인 개망초를 내 고향에서 경험하고는, 내 고향 풀을 북아메리카 땅에서 해후하고 있는 것으로 착각했던 것이다.

그로부터 며칠 동안, 〈잡초 2백 가지의 이름을 되뇌다 보면 그중에서 문득 자기 이름을 발견하는 수가 있다〉던 고은(高銀) 시인의 산문 한 구절이 내 속을 맴돌게 된다. 우리는 귀화한 개념의 숲 속에서 살고 있다. 나는 내 기억에 얼마나 많은 개망초가 있는지 아직은 알지 못한다. 우리 역시 우리 땅에 얼마나 많은 개망초가 있는지 알지 못하고 있을 것이다. 개망초는 나에게, 세상을 읽되, 종교를 읽되, 문화를 보되, 항상 개망초 저 자신을 기억해 줄 것을 은밀하게, 그리고 상징적으로 요구하는 것 같았다. 개망초는, 얽혀 듦의 문제가 규명되지 않는 상태에서 벌어지는 〈너의 종교〉와 〈나의 종교〉, 〈너의 문화〉와 〈나의 문화〉의 편 가르기 행위가 과연 온당한 일인지 생각하게 한다.

시베리아 무속에 관한 책에서 〈구트〉, 〈푸닥〉, 〈텡그리〉, 〈박샤〉 같은 말을 만날 때마다, 언제 틈이 나면 그 방면의 공부를 좀 해야지 하는 생각을 자주 한다. 〈영혼〉을 뜻하는 〈구트〉는 우리말 〈굿〉과 관련이 있기가 쉽고, 망인의 영혼이 저승으로 가다가 만나는 장애물인 〈푸닥〉은 우리말 〈푸닥거리〉와, 〈신〉, 혹은 〈수호자〉라는 뜻을 지닌 〈텡그리〉는 우리말 〈당골네〉와, 샤먼을 지칭하는 〈박샤〉는 〈박수무당〉 할 때의 우리말 〈박수〉와 관련이 있어 보인다. 그렇다면 〈김 박사〉, 〈이 박사〉 할 때의 〈박사〉는 원래 무당을 지칭하는 말이었던 셈이다. 하기야 요즘의 일부 박사들은 제정일치 시대의 무당 노릇을 영험하게 잘하고 있기도 하다.

언어학자들은, 언어의 기원과 민족의 기원이 반드시 일치하는 것은 아니라고 한다. 그래서 그런지 영어의 특정 분야 단어군을 만날 때마다 고개가 끄덕거려지고는 한다. 우리말 중에서도 무속과 관련 있는 말을 보면 시베리아 쪽 영향을 많이 받은 것 같아 보인다. 그런데 농경과 관계가 있는 말을 들여다보면 이번에는 영어조차도 전혀 남의 언어 같지가 않으니 묘하다. 잘 알려져 있다시피 영어는 〈인도 유럽어〉에 그 뿌리를 두고 있는 언어이고, 인도 유럽어 즉 인구어(印歐語)는 인도어에 그 뿌리를 두고 있는 언어이다. 연전에 우리말 중에서도 농경과 관계가 있는 말은 남방계, 곧 인도어 및 남부 중국어에 그 뿌리를 두고 있다는 글을 읽은 적이 있다. 그렇다면 내가 미국에서 경험하는 우리말과 영어의 만남은, 인도 근방에서 한반도로 올라와 있다가 나와 함께 태평양을 건너 미국으로 건너간 우리말과, 인도 근방에서 유럽으로 건너가 수 세기를 견디다가 대서양을 건너 미국으로 온 영어와의 만남이기가 쉽다.

그리스 대지의 여신의 이름 〈데메테르〉는 〈따(地)〉의 〈메테르(어머니)〉라는 뜻이다. 그런데 뉴욕의 〈맨해튼〉은 〈만취의 땅〉을 뜻하는 인디언 말 〈만하 따〉에서 온 말이라고 한다. 우리도 〈지(地)〉를 새길 때 〈따 지〉라고 하지 않는가. 따⋯⋯따⋯⋯땅⋯⋯. 가만히 혀끝으로 소리 나게 굴리고 있으면 문득 역사의 향기가, 대륙의 냄새가 코끝을 지나가고는 한다.

그런데 그리스 여신의 이름과 미국의 지명에서 〈하늘 천, 따 지〉 할 때의 〈따〉를 만나고도 별로 놀라지 않던 내가, 영어가 〈불〉을 〈파이어〉, 〈숯〉을 〈수트〉, 그을린 것을 〈탠〉, 보리를 〈바알리〉, 〈밀〉 비슷한 곡물인 기장을 〈밀렛〉, 마소의 〈똥〉을 〈덩〉, 〈암말〉을 〈매어〉, 자루가 긴 〈호미〉 같은 연장을 〈호우〉, 〈삽〉을 〈쇼블〉이라고 부르는 것을 보고는 자주 놀란다.

이것이 무엇인가.

베델 대학에는 〈보태니컬 가든〉이 있다. 새기자면 〈식물 공원〉이 되겠지만, 내가 보기에는 아무래도 〈식물 박물관〉이 좋을 것 같다. 여기에는 약 5천 가지의 식물이 자라고 있는데 나는 이곳을 대단히 좋아해서 여기에 갈 때는 반드시 메모지를 가지고 가고는 했다. 우리에게 낯익은 식물의 귀에 익은 이름과 영어 이름을 한번 견주어 보고 싶었기 때문이다.

보태니컬 가든의 식물 하나하나에는 각기 이름과 원산지를 밝힌 조그만 딱지들이 붙어 있다. 〈아가씨 엄지손톱〉, 〈양치기의 지갑〉, 〈금양 모피〉, 〈양의 귀〉, 〈사막의 촛불〉. 그 이름과 내력을 읽고 있으면 동화나 민담의 나라에 와 있는 듯한 생각이 들고는 했다.

여기에는 우리 한국의 주위에는 너무 많아서 우리가 일일이 그 이름을 기억할 필요조차 없는 풀꽃들이 많이 있다. 미국에서는 〈플랜테인〉이라고 불리는 질경이, 〈호스 테일(말꼬리)〉이라고 불리는 쇠뜨기, 〈피그 위드(돼지풀)〉라 불리는 개비름도 있다. 우리나라에서는 강장제로 쓰이는 익모초가 〈머더 오트(어머니 풀)〉라고 불리는 것도 재미있었고, 딸 낳으면 시집보낼 때를 준비해서 심는다는 오동나무가 〈프린세스 트리(공주 나무)〉라고 불리는 것도 재미있었다. 수양버들에 〈위핑 윌로우(우는 버들)〉라는 이름표와 함께, 〈거의 대부분의 문화권에서 이 버들은 여인의 정한(情恨)과 맥락을 함께한다〉는 설명문을 읽고, 영어 이름을 우리 이름과 견주면서 〈야, 식물을 두고 많은 사람들이 꽤 비슷비슷한 생각들을 하는구나〉하는 느낌과 함께 꽤 문화 인류학적인 감회에 젖어 들기도 했다.

그런데 질경이, 익모초, 쇠뜨기, 개비름 같은 풀을 비롯해서 보리, 밀, 무, 감자, 순무 같은 식용 식물은 우리는 물론이고 우리 조상들과 대단히 인연이 깊다. 어찌나 깊은지 이런 식물이 〈보태니컬 가든〉에서 자라고 있는 것을 볼 때마다 나는 이런 생각이 들고는 했다. 〈어째서 우리 것이 여기에서 이렇게도 하염없이 자라고 있느냐. 왜 이런 식물들이, 저희를 찢어 먹고, 데쳐 먹고, 삶아 먹은 덕분에 이렇게 헌헌장부(軒軒丈夫)로 자란 나에게 특별한 감회를 표명하지 않는가.〉

이런 생각이 들면 쓸쓸해지고는 했다.

그러나 나는 이제 알고 있다. 이 지구촌을 돌아다니다 보면 지금까지 우리가 우리 것이라고 알던 것들이 사실은 우리 것이 아니었다는 쓸쓸한 인식에 이르고는 한다. 그렇다. 앞에서 이름을 든 식물이 이 지구에 사는 목적은 인간의 먹이가 되는 것이 아니었다. 우리에게는 그 이름이 너무나 다정한 모든 생물의 목적은 인간이 아니었다. 따라서 한국인은 더욱이 아니었다.

나는 이것을 진작에 알았어야 했다.

우리에게 친숙한 식물의 목적이 우리 한국인이 아니었듯이 지구의 목적도 인간이 아닐 것이다. 인간은 이 지구를 잠깐 살다 가는 나그네 같은 존재에 지나지 못할 것이다. 우리는, 식물은 우리보다 더 오래 이 땅의 주민 노릇을 한다는 것을 알아야 한다.

정원사들이 잘 알고 있듯이, 어떤 두 그루의 식물도 동일하지는 않은데

이 개개의 생물이 저희의 특유한 충동을 드러내는 현상을 두고 〈생의 목적〉이라는 수선스러운 언어를 사용하는 것은 얼마나 부적절한 일인가?

얽혀 듦의 문제가 그러하고 삶이 그러하다는 것을 나는 베델을 통해서 알게 되었다.

지금은 내 기억의 뒤켠으로 물러앉은 저 베델이라는 이름, 월포드 하우스만과 수니 하우스만과 수키 하우스만이라는 이름과의 기이한 인연이여. 그런데 내 아들 마로가 거기에 합류했다고 한다. 마로와 수키의 만남이 여상스럽지 않다. 한국의 베델에서 지어진 인연이 미국의 베델에서 나란히 꽃으로라도 피어나려는가. 또한 아름다울 것이다.

앞소리가 터무니없이 길어졌다.

할 말이 많아서.

나는 아무래도 베델 이야기를 써서 남기지 않으면 안 되겠다.

3
고향은 작은 저승

30년 만에 돌아와 6년째 머무는 내 고향 집에서 이 글을 쓴다. 길게 쓰려던 것은 아니었는데 베델에서 날아온 수니 하우스만의 편지와 내 아들 마로의 편지가 이 글을 아주 길게 쓰도록 했다.

돌아볼 나이가 아닌데 돌아보게 했다.

1988년 9월 나는 마흔다섯 살이 되어서야 오래 돌아보지 못했던 아버지의 유골을 모시고 고향으로 돌아와 어머니 옆에 모셨다. 오랜 방황과 모색 끝에 여장을 풀고 몸 푼 여자처럼 나른하게 한번 쉬어 보는데 쉰 살은 너무 어린 나이가 아니라고 나는 생각한다. 쉰 살은 우리들의 아버지들이 반평생을 입었을 것임이 분명한 조선 옷 차림으로 아버지들의 자리에 한번 서보는 데 적당하고도 합당한 나이라고 생각한다. 아버지가 섰던 자리와 아버지가 입었던 조선 옷에서 너무 멀리 떨어져 살았던 나 같은 사람에게는 특히 그러하다는 것이 내 생각이다.

30년을 우회한 끝에 나는 고향을 발견하게 된 셈이다. 내가 찾은 고향은 30년 전의 고향과는 사뭇 다른 것이므로 〈발견〉이라는 표현은 타당하다.

옛 주인을 알아보고 짖어 주는 애견 아르고스가 없었어도, 베틀을 오르내리면서 기다리는 열녀 페넬로페가 없었어도 나는 오딧세우스 이상으로 행복했다. 오딧세우스가 아니기는 하나 나 역시 떠나고 싶으면 언제든지 떠날 것이다.

내가 고향에 돌아와 확인한 것 중의 하나는, 내 기억 속의 고향은 물리적인 고향에 지나지 못했었다는 점이다. 뒤로는 토양이 척박하나마 선산이 있고, 그 자락에는 조부모의 무덤, 그 아래로는 굽은 소나무 몇 그루가 쓸쓸한 부모님의 무덤이 있는 마을, 한식이 되면 뗏밥 걱정, 8월이면 벌초 걱정, 10월이면 묘사 걱정이 얼마나 오랜 세월 내 피를 말렸던가. 어느 가을 밤 미국에서 읽은 소동파(蘇東坡)의 〈……해마다 내 단장을 끊는 곳 어디인가 헤아려 보다가, 달 밝은 밤의 소나무 한 그루 외로운 작은 산등성이임을 이제 알았네(了得年年腸斷處 明月夜短松岡)〉, 이 한 구절 때문에 나는 얼마나 많은 술을 마셨던가.

그러나 나는 이제 내 기억 속에 자리 잡고 있던 물리적인 고향과, 나와 더불어 거듭난 고향을 화해시키는 데 대체로 성공을 거둔 듯하다. 따라서 나는 이제 달 밝은 밤에 소나무 한 그루 외로운 작은 산등성이의 내 어머니 무덤 앞에 앉아도 술을 마시지 않을 수 있다. 어머니의 세상과 내 세상이 다르지 않을 것이라는 믿음이 그것을 가능하게 한다. 아버지의 허묘를 아버지의 뼈로 채운 나의 작은 정성도 그것을 가능하게 한다.

내 고향에서 벌어지고 있는 사람들의 한살이는 내 아버지 세대의 한살이와 다르지 않아 보인다. 일본에서 거슬러 되짚어 확인해 낸 아버지의 한살이 역시 나의 한살이와 별로 다를 것이 없어 보인다. 나는 이제, 내 아들 마로의 한살이 역시 나의 한살이와 다르지 않을 것으로 확신한다.

일본에서 모셔 온 아버지의 유골을 어머니 옆에다 모신 날, 그 작고 척박한 선산, 할아버지와 할머니와 아버지와 어머니 무덤 앞에서, 깊이 배운 것도 없고 많이 가진 것도 없는 나의 형님 유선은 말했다.

「보게 이 사람아, 고조부모 묘소를 우리가 찾지 못하는 것처럼, 먼 훗날에는 우리 자손들도 여기에 있는 우리 부모님 묘소를 찾지 못하는 날이 올걸세. 부모님 산소 아랫자리는 우리가 묻힐 것임이 분명한 자리 아닌가? 저 자리 역시, 고인총상금인경(古人塚上今人耕) 한다시던 우리 어머니 말씀대로 언젠가는 밭이 되고 말 것이네. 우리가 고조부모 묘소를 찾지 못하고 있듯이 장차 우리의 자손들도 우리 묻힌 자리를 찾지 못할 것이 분명해 보이지 않는가? 그렇게 돌고 도는 것임에 분명하네. 우리가 두런거리고 있는 지금 이 시각에 우리 아버지 어머니는 틀림없이 우리 옆에 계실 것이네. 나무가 되어 자라거나 꽃이 되어 피어 계실 것이네. 우리가 그렇게 믿는데 어딜 가시겠는가? 우리 자식들이 이 선산에 우리처럼 이렇게 앉아 두런거리고 있을 때 우리가 여기에 있지 어디에 있겠는가? 아이들이 그렇게 믿는데 우리가 어디로 가겠는가? 우리가 죽은 뒤에도, 마로와 진학이가 이 자리에서 이렇게 두런거릴 것인데 오늘의 이 같은 광경이 이곳에서 되풀이될 것이니 이곳을 우리의 저승으로 삼는 것이 옳지 않겠는가. 그러므로 고향에서 살다가 죽고 싶다는 것, 타향에 살다가도 죽음만은 고향에서 맞고 싶다는 것이야말로 자네가 즐기는 말마따나 죽음을 미리 죽어 두고 싶다는 것이 아니고 무엇이겠나……. 참으로 잘 돌아왔네.」

……나도 그렇게 생각합니다. 매일 잠을 자면서, 죽음을 모른다고 해서는 안 되지요. 잠이 곧 작은 죽음인 것을요. 부모님이 살고 떠나고 묻힌 이 선산 자락에 앉아서, 저승을 모른다고 해서는 안 되지요. 이곳이 곧 그분들의 작은 저승인 것을요…….

유선 형의 말이 내 마음에 그렇게 좋을 수가 없었다.

고향의 발견은 〈나〉의 발견이다.

댓돌 밑에서 자라는 한 그루 개망초와 나는 다를 것이 하나도 없다. 뽑히지 않으면 개망초는 내년에도 돋아날 것이다. 이 소박한 도돌이표 하나를 찾아내는 데 나는 30년이라는 세월을 썼다. 그러나 나는 세월을 낭비했다고는 생각하지 않는다. 평화와 행복을 찾은 척하고 사노라면 자주 참 평화와 행복이 느껴지고는 한다. 평화와 행복을 찾은 듯한 느낌은, 나 자신과 세계를 해석하는 나만의 공식과의 만남을 체험할 때만 가능하다. 내가 찾아낸 공식은 단순하다. 내가 이 공식을 찾아내는 데 그토록 긴 시간을 쓴 것은 그 공식이라는 것이 지나치게 단순했기 때문인지도 모른다.

내 고향에는, 어린 시절의 나를 기억하고 내 귀향을 기특하게 여기는 사람들이 많다. 그러나 나를 기특하게 여긴다고 해서 그들이 나의 행복에 영향을 미치는 것은 아니다. 그들은 나를 자기네들과 비슷한 인간으로 만들고 싶어 하는 듯하다. 그러나 그들의 노력은 성공을 거두지 못할 것이다. 내가 어떠한 인간인가에 따라 어떠한 종류의 사람들이 나의 이웃이 되는 것이지, 나의 이웃이 나를 어떠한 인간으로 만들어 주는 것은 아니므로. 이것은 종교에 대한 나의 태도이기도 하다. 따라서 〈종교〉를 〈이웃〉이라는 말로 바꾸어 낸 데 지나지 않으므로, 둘 다 유효하다.

고향이 좋다.

고향에는 세월의 잣대 구실을 하는 것들이 많은데, 그 세월이라는 것이 남의 세월이 아니고 내 세월이어서 좋다. 허벅지 굵기로 자란, 내 손으로 접붙인 감나무를 쓰다듬는 것은 캘리포니아의 거목 세쿼이아를 쳐다보는 것보다 훨씬 감동적이다.

고향 집 마구간에 있는 암소가 30년 전 우리 형제가 기르던 암소의 직계 자손이라는 고종형의 말에 나는 얼마나 놀랐던가. 동경의 우동 가게 〈나사케 소바〉 주인은 증조부 때부터 지켜지는 백 년 전의 전통에 따라, 하루의 영업이 끝나면 국물 한 사발을 남겨 놓았다가 그다음 날 만드는 국물에다 섞는다면서 〈오늘의 우동 국물에도 틀림없이 백 년 전의 국물이 섞여 있을 것이오〉 했다. 하지만 고종형의 소는 우동 국물이 아니다. 내 허벅지 뒤쪽에는, 30년 전 바로 그 소의 뿔에 긁힌 자국이 아직도 흉터로 남아 있다.

지사현(蜘絲峴) 위에는 어린 시절 미끄럼질하던 무덤이 있었는데 흔적도 없다. 내종질(內從姪)에게 〈여기에 무덤이 있지 않았느냐〉고 물으니 〈에이, 원래 없었어요〉 한다. 나에게는 분명히 있었는데 어린 그에게는 원래 없었던 것이다.

마루에 앉아 내려다보면, 동구로 들어오는 사람들이 보인다. 누구인지 알아볼 수가 없어서 〈쌍안경이라도 하나 있으면 좋겠다〉고 생각하다가 문명에 너무 깊숙이 버릇 들어 있는 데 깜짝 놀란다. 동구로 들어서는 사람이 누구인지 남보다 먼저 알아본다고 해서 조금도 더 행복해지지 않는다는 것을 잘 아는데도 그런 생각을 하게 된다. 잡초 이름이 생각나지 않아서 애를 태우는 나를 보고 고종형수가 비어지는 소리를 한다.

「아주버님이 이름 몰라도 그놈의 잡초 지겹게 잘 커요.」

이곳에 얼마나 머물게 될는지 그것은 나도 모른다. 붙박혀 살자고 결심한 것이 아니다. 서울에 붙박혀 살기를 한사코 거절한 것과 같은 이유에서. 고향에서 이따금씩 대구나 서울로 나들이하고는 한다. 서울에서 하는 일은 주로 큰 서점에 들러 책 짐을 꾸리는 일이고 대구에서 하는 일은 주로 우체국에서 내 사서함을 터는 일이다. 나의 행복은 책도 편지도 초월해 내지 못한 그런 경지의 초라한 행복이나, 초라해서 더욱 오붓한 행복이다.

4
내 평화의 그늘

　대구의 우체국 사서함에서 수니 하우스만이 베델에서 보낸 장편소설을 방불케 하는 편지를 꺼내기 몇 시간 전, 나는 서울에서 고속버스로 대구로 내려오고 있었다.

　그날 오전 내 마음이 내내 불편했던 것은 고속버스 운전기사 때문이었다. 그는 자존심이 몹시 강한 사람 같았다. 그러나 자기가 운전하는 고속버스보다 빨리 달리는 자동차가 있으면 대뜸 상처를 입고 마는 것을 보면, 어쩌면 그의 자존심은 그렇게 튼튼하지 못했기가 쉽다. 그는 끊임없이 다른 운전자를 향해 욕지거리를 해대면서 차선을 한꺼번에 두세 개씩 바꾸고는 했는데, 내 경험으로 미루어 장담하거니와, 앞차의 룸 미러에 비치는 우리의 고속버스는 흡사 목표물의 상공에 이르러 편대를 이탈하는 폭격기 같았을 것이다. 편대를 이탈하는 폭격기는 실제로는 서서히 편대를 벗어나는 것이지만 카메라의 위치 때문에 우리 눈에는 좌우 이동이라도 하는 것처럼 보이고는 한다.

　나는 손을 그렇게 초조하게 놀리는 운전사를 본 적이 없다. 그는 앞 차의 움직임에 몹시 민감해서 조금이라도 자기 마음에 들지 않으면 경적을 울리거나 상향등을 껌뻑거리거나 했는데, 더욱 놀라운 것은 자동차가 순조롭게 달릴 수 있어서 경적이나 상향등을 쓸 필요가 없게 되면 고속으로 와이퍼를 돌려 멀쩡한 앞 유리를 마구 닦아 대었다는 점이다. 그는 공사구간을 만나면 도로 공사를 욕했고, 자동차의 흐름이 조금이라도 정체되면 연방 시계를 보아 가면서, 옆 창을 열어 놓고 담배를 피워 대며 교통 행정 당국을 비난하고는 했다.

나는 그 운전기사의 건강이 걱정스러웠다. 그날 오전 내 마음이 내내 불편했던 것은 끊임없이 불안과 초조에 시달리는 듯한 그 고속버스 운전사의 건강이 걱정스러웠기 때문이었다. 성격이 병을 만든다고 믿고 있던 나는 그 고속버스 운전사는 분명히 위궤양을 앓고 있을 것이라고 확신했다.

「무엇에 쫓기는 것 같습니다.」

내가 던지는 말에 운전사가 대답했다.

「나만 쫓깁니까, 어디?」

놀라웠던 것은, 그 버스에서 내리는 순간부터 내 마음이 조금도 불편하지 않게 되었다는 점이다. 나는 곧 그 까닭을 납득했다. 나는 뒷자리에 앉아 운전사의 불안과 초조를 걱정하면서 그와 별로 다를 것 없이 비슷한 불안과 초조에 시달리고 있었던 셈이었다. 그날 나는 심한 수치심에 시달려야 했다.

〈나도 쫓기고 있는 것인가?〉

하우스만 부인이 되면서 김순희에서 수니 하우스만으로 개명한 수니 할머니를, 나는 남편이 옆에 있으면 〈형수〉라고 부르고, 없으면 〈누님〉이라고 불렀다. 바로 이 수니 할머니가 보낸 장편소설을 방불케 하는 편지는, 나의 국내 주소가 사서함 번호로 되어 있는 것을 못내 섭섭하게 여기는 것으로 시작되고 있었다. 수니 할머니는 내가 주소를 밝히면 순일한 내 삶이 번쇄해지는 것이 두려워 부러 사서함을 쓰면서 살아가고 있다는 것을 잘 알고 있었는데도 불구하고 그 장방형의 강철 상자만은 자꾸만 마음에 걸렸던 모양이다. 추운 날에는 손을 불면서 그 싸늘한 강철 상자 앞에서 열쇠를 짤랑거리는 나의 궁상스러운 모습이 마음에 걸려서 그랬을까, 아니면 사서함이라는 것이 시신을 보관하는 데 쓰이는 병원의 설합형 철관을 연상시켜서 그랬을까. 평생을 병원에서 보낸 분이니 사서함을 철관으로 연상하지는 않았기가 쉽다.

하여튼 수니 할머니는 나를 나무라기부터 했다.

  자네에게 무얼 보내려고 할 때마다, 그것이 자네의 사서함에서 오래오래 묵을 것이 마음에 걸리고는 하는데 그럴 때마다 그만 힘이 빠지고 만다……. 자네에게도 이제 따뜻한 주소가 있어야겠다. 나는 이런 글을 쓸 때마다 늘 자네의 그 싸늘한 강철 사서함을 향하여 쓰고 있는 것 같아서 싫다…….

나는 여기까지만 읽고 돌아서면서 속으로 하릴없이 수니 할머니에게 골을 내었다.

〈보세요. 우리 마음에 걸리는 것이 어디 사서함뿐인가요? 포리스트 드라이브[路]에서 그 댁으로 들어가는 골목에 서 있는 〈*DEAD END*(막다른 골목)〉라는 도로 표지판을 볼 때마다 나도 마음에 턱턱 걸리고는 합니다. 어차피 우리가 사는 집은 모두 막다른 골목에 있는 것이 아닌가요? 우리의 삶이라고 하는 것이 그 막다른 곳에 있는 것을 향하고 있는 것이 아닌가요? 우리는 기왕에 죽어야 하는 죽음이라면 하루바삐 죽어 두지 않으면 안 된다고요.〉

책 반 권이 족히 될 만큼 묵직한 인쇄물을 고쳐 잡는데, 역시 바닥에 떨어졌으면 탁 소리를 내었을 만큼 묵직한 또 하나의 봉투가 우체국 바닥 대신 내 무릎에 떨어졌다. 내 아들 마로가 하우스만 부부에게 보낸 편지였다. 마로의 편지 봉투 안에는 또 한 장의 편지가 들어 있었다. 재인이 역시 하우스만 부부에게 보낸 편지였다. 이 모자가 하우스만 부부와 연통하고 있었다는 점이 나에게는 조금 뜻밖이었다.

〈이 세상에서 가장 미운 여자는 한때 사랑했던 여자〉라는 말에 나는 동의하지 않는다. 한때 사랑했던 여자에 대한 사랑은 영원히 식지 않는다고

나는 믿기 때문이다. 한때 사랑했던 여자가 이 세상에서 가장 미운 여자가
되는 것은 그때의 사랑에 진정성이 모자랐기 때문이라고 나는 생각한다.
그 증거로 나는 지금도 한때 사랑했던 여자 중 하나를 기억해 낼 때마다
한숨을 쉬고는 한다.

마로의 편지를 먼저 일별했다.
컴퓨터가 찍어 낸 편지에 섭섭한 감정을 노출시키는 짓은 이제 구시대
적이다. 나도 컴퓨터 없이는 편지 한 장도 쓰지 못한다. 그런데도 불구하
고 내 아들과 나 사이에 컴퓨터가 하나 가로놓여 있는 듯한 느낌은 유쾌
하지 못했다.
사서함 앞에서는 그 편지를 읽을 수 없었다. 〈아버지를 찾으러 미국으
로 간다〉는 글귀가 문득 지면에서 내 눈으로 뛰어올라 내 마음을 휘저어
놓았기 때문이다.
아버지의 전설과 유골을 찾아 일본을 누비고 다니면서도 한 번도 내가
아버지로서 〈찾기〉의 대상이 될 것이라고 생각해 본 적이 없다. 그런데 마
로는 아버지를 찾으러 미국으로 가겠다고 했다. 그렇다면 내가 내 아버지
의 과거와 유골을 찾아 일본을 방황하고 있던 해로부터 몇 년 뒤 내 아들
은 나를 찾아 미국 땅에 당도한다는 뜻이 된다. 결국 마로는, 아버지를 찾
아다니고 있는 내 뒤에서 나를 찾아다니고 있었다는 이야기가 된다.
나는 그제야 고속버스 운전사 뒤에서 그 운전사의 건강을 걱정하느라
고 내 정신의 건강을 다치고 있었던 까닭과, 그것을 납득한 뒤에 부끄러워
했던 까닭을 이해했다. 〈내 안에 있는 나〉는 내 예감의 더듬이를 흔들면서
나에게 암시적인 하나의 에피소드를 제공한 것임이 분명했다.

버스를 타고, 대구에서 50킬로미터 떨어져 있는 고향 마을로 가면서 나
는 〈말이 씨가 된다〉는 우리 속담을 생각했다.
내가 아는 사람 중에 박(朴)이라고 하는 사람과, 그와 절친한 김(金)이

라는 사람이 있는데 두 사람은 낚시질을 대단히 좋아했다. 박과 김은 종종 아내를 대동하고 낚시질을 다니고는 했다. 박은 낚시터에서 술에 취하면 김에게 〈너 내 말 안 들으면 저수지에다 밀어 넣어 버리고 갈 거야〉 하는 식의 거친 농담을 하고는 했다. 물론 김의 아내도 박이 부주의하게 그런 농담을 곧잘 한다는 것을 알고 있었다. 어느 날 박과 김은 아내들을 대동하지 않고 낚시를 떠났다. 그런데 그날 밤에 김이 실족하여 저수지에 빠져 죽는 사고가 발생했다. 물론 박과는 아무 상관도 없는 사고였다. 그러나 김의 장례를 치르고 난 뒤 박은 자기 아내에게 이렇게 말했다.

「말이 씨가 된다고…… 김의 부인과 눈을 마주칠 수가 없더라고. 말이라고 하는 것은 지망지망히 할 것이 못 되는구먼.」

나는 박과 김의 경우, 말이 씨가 되어 익사 사고의 열매가 되었다고는 생각하지 않는다. 나는 이 속담을 거꾸로 풀어, 김의 익사라고 하는 사건의 예감이 박의 무의식에 걸려들고, 박은 무의식으로 받아들인 이 예감을 말로써 언표한 것이라고 믿는다.

수니 하우스만의 편지와 내 아들 마로의 폭발물 같은 편지와 쌀쌀맞으리만치 짤막한 재인의 편지 중에서 수니 하우스만의 편지를 먼저 풀어내는 데는 약간의 인내가 필요했다. 그러나 수니 할머니는 자신의 편지에다 마로와 재인의 편지를 동봉함으로써 그것을 요구하고 있음이 분명했다.

수니 할머니의 글은 컴퓨터에서 출력한 장문인 것으로 보아 일기라도 쓰듯이 매일매일 조금씩 오래 써온 것임이 분명했다. 컴퓨터 앞에 앉은 할마시의 모습이 생각나서, 그리고 그의 모습을 떠올리고 웃는 것은 긴장을 푸는 데 여간 요긴한 일이 아닐 것 같아서 잠깐 혼자 웃었다. 칼질할 때면 도마 위에서 하얀 얼레빗살이 되고는 하던 수니 할머니의 손은 컴퓨터의 자판에만 올라가면 열 마리의 하얀 새앙쥐처럼 그만 몹시 분주해져 버리고는 했다. 평생의 절반은 한국의 수녀원에서, 나머지 반은 미국의 병원에서 간호사로 보낸 분이라서 그의 영문 타자 솜씨는 거의 속기사에 견주어질 만했지만 한글을 타자할 때면 어찌나 서툰지 늘 나의 지청구를 듣고는 했다. 나는 그 반대여서 우리의 지청구 대차 대조의 결론은 늘 제로였다.

미국 생활 어언 20년이라 군데군데 영어 단어가 박힌 그의 편지는, 내가 쓰고 있는 이 일문의 구성에 지극히 유용하게 보이기로 기록의 머리말 삼아 여기에 실어 두기로 한다.

WILFORD & SUNI HAUSMAN
1625 FOREST DRIVE
BETHEL CITY, MI 48824
DEC. 15. 1993

사랑하는 유복 선생

자네에게 무얼 보내려 할 때마다, 그것이 자네의 사서함에서 오래오래 묵을 것이 마음에 걸리고는 하는데 생각이 거기에 미치면 그만 힘이 빠지고는 한다. 그러므로 자네는 지난여름 이래로 편지를 보내지 못한 우리를 용서해 주어야 할 것이다. 사서함이라고 하는 것이 어느덧 우리 이모션(정서)에 생소하게 되고 만 것은 대체 내 나이 탓인가, 문명에 대한 나의 지겨움 탓인가. 자네에게도 이제 아름다운 우편 번호와 따뜻한 주소가 있어야겠다. 그런 것이 있으면 자네를 향해서 이 장편소설을 쓰는 나의 수고는 지금보다 훨씬 스위트(달콤)해질 것이다.

과학이 달갑지 않게도 이 세계로부터 밤을 앗아 간 이래, 온 땅의 절반을 가리고 있던 밤은 이제 사람의 가슴으로 숨어들어 지우기 어려운 어둠이 되었다. 세상의 어둠은, 빛 앞에서 소멸되는 것이 아니라 다른 곳으로 숨어든다는 생각이 나와 윌포드의 가슴을 무겁게 한다. 자네의 아들 마로와 내 딸 수키야말로 그 어둠의 제물이 된 장본인들이 아니던가. 나와 윌포드는 근 1백여 일째, 저희 가슴에다 시대의 어둠을 묻은 두 젊은 것들에게 부대끼면서, 임상 심리학자들이 그러듯이 날마다 그 어둠과 싸우고는 한다.

자네는 아직 마로와 재인 앞에 나타날 준비가 되어 있지 않은가? 자네는 아직 우리에게 부여한 이 끔찍한 비밀 취급 인가를 해제할 준비가 되어 있지 않은가? 자네는 아직 내 딸 수키를 생부모 앞에 세워 주는, 강물 같은 은혜를 베풀 준비가 되어 있지 않은가? 나에게는 불행히도 나에게만은, 자네에게 부여한 비밀 취급 인가를 해제할 준비가 되어 있다. 윌포드는, 인간으로 진화해도 아직 프리스트(사제)의 풍습이 남아 있어서 그런지 요지부동이다.

기다리는 것이 고통스러웠다. 마로와 우리 수키는 저희들 힘으로는 시대가 안긴 어둠을 몰아낼 수 있을 것 같지 않다. 가슴에 비밀을 묻고 있다는 것은 얼마나 고통스러운 일인가. 나는 날마다, 마로에게 자네 있는 곳을 가르쳐 주고 싶다는 유혹을 마흔 살 어름의 부끄럽던 섹슈얼 에피타이트(성욕)처럼 은밀하게 느끼고는 한다. 그러나 그런 유혹이 어찌 나만 느끼는 유혹이겠는가. 나는 자네 역시 수많은 비밀을 묻은 채, 날마다 그것을 드러내는 유혹과 싸우면서 살고 있다는 것을 잘 알고 있다. 그러니 이 늙은이의 어리광에 속아 넘어가지 않기를 바란다. 자네가 싸우고 있을 동안은 나도 싸울 수 있을 것이다.

아, 힘들어요.

어떤 의미에서는, 〈쉬운 것은 사제의 삶이고, 어려운 것은 종교인의 삶이며, 가장 어려운 것은 이교도의 삶이 아니겠어요〉 하던 자네의 그 시건방진 주장을 수긍하자는 유혹까지 느끼고는 하나, 하느님을 섬기던 나와 윌포드가 이것을 억세프트(수긍)하게 되기까지는 아직도 오랜 세월이 소용될지도 모르겠다.

자네가 이 사실을 알고 있는지, 혹은 아직도 알지 못하고 있는지 나는 모르겠다. 작년 여름에 수키는, 생부모를 찾는다면서 서울로 날아가 마로의 도움을 얻어 대구와 서울을 방황하다가 기진맥진이 다 되어 귀국한 일이 있다. 수키, 이것이 이렇게 나의 속을 긁는다. 자네는 오해하지

49

말기 바란다. 생부모를 찾아 보겠다는 생각 자체가 내 마음에 싫은 것이 아니다. 나에게 자기 출생의 비밀을 털어놓기를 요구하는 태도가 내 속을 긁는 것이다. 나에게, 배지도 않은 아이 낳기를 요구하면서 연출해 내는 그 반항적인 분위기가 나를 슬프게 하는 것이다.

나는 지난여름 수키 앞에서 울음을 터뜨리는 그래니(할마시)가 되었다. 수키가 흘렸을 법한 눈물 때문이었다. 토요일에 내 집에 들러 나하고 밤늦게까지 이야기를 나눈 수키가, 주일에 우리 부부가 성당을 다녀오기까지 제 베드룸에서 내려온 것 같지 않아 내가 수키 방으로 올라가 보았다. 유복 선생, 믿기지 않아도 믿어야 한다. 수키는 그때까지도 자고 있었는데 방에는 위스키 냄새가 진동했다. 확인해 보지는 않았지만 수키의 입에서도 같은 냄새가 났을 것으로 나는 믿는다. 수키의 머리맡에는 위스키 병과 지난 5월 어느 주일의 『뉴욕 타임스 매거진』이 있었는데, 내 낌새를 채고 잠에서 깨어난 수키는 그 매거진을 내게 건네주고는 건배라도 청하듯이 술병을 쳐들었다. 수키의 시선에 메스머라이즈되어 (홀려) 얼떨결에 잡지를 말아 수키가 내미는 술병에 댐으로써 수키와 이상한 일로 건배한 꼴이 되고 말았다. 나는 죄지은 할마시 모양이 되어 그 잡지를 들고 아래층으로 내려오고 말았다.

잡지에는 제인 마아크스라는 여자가 투고한 「우리는 이렇게 나를 입양했다」는 기사가 실려 있었는데, 내용은 이러하다. 20여 년 전 자네가 우리에게 보냈을 당시의 수키 모습과, 지금의 내 꼴을 생각해 보면 내가 그 기사를 읽고 얼마나 비참해했는지 까닭을 이해할 수 있을 것이다.

제인과 로버트 마아크스 부부는 버몬트 주의 로컬 어답테이션 에이전시(입양 사무소)에서 한국의 한 사내아이 사진을 보고, 토실토실한 뺨과 파인애플 꼭지같이 곧추선 머리카락 모양이 그만 마음에 들어 그 아이를 입양하기로 결심하게 된다. 한국의 입양 주선 기관이 마아크스 부부에게 전해 준 인포메이션(정보)은, 저고리 안에 〈동영〉이라는 이름과 버스데이트(생년월일)가 쓰여진 쪽지가 들어 있었다는 것, 그리고 서울의 북부 경찰서 앞에 버려졌다는 것이 전부였다. 이 아이는 한국의 입양 주선 기관을 통해 뉴욕의 케네디 공항에서 마아크스 부부의 손으로 넘겨지는데 마아크스 부부가 이 아이에게 지어 준 이름은 〈조쉬 그랜트 마아크스〉였다. 이때 조쉬는 생후 겨우 3개월이었다지 아마.

그런데 조쉬는 네 살이 채 되기도 전에 한 아시아 사람을 보고는 〈엄마, 저 사람도 어답트된 거야?〉 하더니, 네 살이 되었을 때는 거울에 비치는 자기 모습을 보고는 〈거울을 보는데 코리언 보이가 나타났어〉 하더라고 한다.

조쉬가 네 살이 되었을 때 마아크스 부인은 처음으로 임신을 하게 된다. 아이를 낳은 뒤에 발생할 사태를 짐작해 보다가 당황한 마아크스 부인은 조쉬에게 〈너에게도 너를 낳아 준 엄마와 아빠가 있다〉, 〈너도 엄마의 배 속에서 자라났지만 이 엄마의 배는 아니다〉 하는 등, 출생의 비밀을 조쉬에게 조금씩 털어놓게 된다. 조쉬는, 그럴 리가 없다면서 강한 반발을 보였다고 한다. 부부가 합세해서 〈생부모는 너를 사랑했지만 키울 수가 없어서 너를 우리에게 보낸 것이고, 우리는 너를 사랑하니까 절대로 너를 다른 곳으로 보내지 않는다〉고 설득하자, 조쉬는 〈쫓아 버린 걸 보면 내가 뱃 보이(나쁜 애)였던 게 틀림없어〉 했다고 한다. 그날부터 조쉬는 칠드런즈 페어(어린이 공원) 같은 데 가서도, 클라운(광대)이 자기를 훔쳐 갈지 모른다면서 자동차에서 내리지 않는가 하면, 낯선 사람이 자기를 데려갈지도 모른다면서 창문이 조금만 열려 있어도 잠을 안 자는 등, 심한 앵자이어티(불안) 증세를 보였다.

마아크스 부부는 도리스 메논이라고 하는, 이 방면의 전문가를 찾아가 조쉬의 앵자이어티 문제를 상의했다고 하더라. 이 문제에 대한 전문가의 견해는 옛날에 수키 문제로 아파하면서 내가 내린 결론과 크게 다르지 않았다. 말하자면 〈나는 정말 오래오래 이곳에 있을 수 있을까〉, 〈내가 정말로 이곳에 빌롱(속)하는 것일까〉, 이런 질문에 대한 확실한 해답이 내려지는 순간 앵자이어티는 사라져 버린다는 것이다. 하루는 일본인 부부가 마을에 들어와 길을 묻고 있는 것을 보고도 조쉬는, 〈저 사람들이 내 패어런츠(부모)인지도 모른다〉고 했다더라.

나이가 한 살씩 더 들어 가자 조쉬는 가라테를 배우고, 꼬마 스카우트 대원이 되고, 승마를 배우고, 시도 때도 없이 뒷마당에서 아이들과 어울려 지아이 조 놀이를 하느라고 우당탕거리고, 백파이프를 배우는 등 겉으로는 아주 쾌활하고 바쁜 아이 시늉을 하더란다. 그러나 마아크스 부인이 보기에는 거기에도 포이그컨시(매운 구석)가 있었다고 한다. 초등학교에 들어간 조쉬는 학교에서 돌아올 때마다 주머니 하나 가득 메탈 더어대드(쇠 쪼가리), 콘크리트 부스러기 같은 걸 집어넣고 와서는 이것을 가지런히 정리하고는 했는데, 이런 습관을 곱게 보지 않는 마아크스 부인에게 〈어떤 사람이 쓰레기로 버린 물건이 다른 사람에게는 보물이 되는 수도 있어요〉 하더란다.

하지만 늘 그랬던 것만은 아니었던 모양이다. 조쉬가 마아크스 집안의 식구라는 것을 확인하고 확인받기 위해 애를 쓴 흔적이 자주 보인다. 미네소타 주에 있는 마아크스 부인의 시가(媤家)에 가서는 조부모들 앞에서 자기 미들 네임이 그랜트 대통령과 무관하지 않은 〈그랜트〉라는 걸 몹시 자랑스럽게 여기기까지 했다고 한다. 심지어는 마아크스 부인이 동유럽 출신의 유대인이라는 것을 알고는 「지붕 위의 바이올린」 같은 영화에 특별한 관심을 보이기도 했다고 한다.

그러나 자네도 잘 알다시피, 이런 평화는 프래자일한(깨어지기 쉬운) 것이다. 소아과 의사가 마아크스 부인과 조쉬가 함께 앉아 있는 자리에서 〈조쉬 생가의 메티칼 히스토리(병력)가 있으면 도움이 되겠는데요?〉 하고 묻는 상황, 이웃집 아주머니가 울타리 너머로 아주 큰 소리로, 〈한국에 조쉬의 친형제가 있대요, 없대요?〉 하고 묻는 상황을 상상해 봐. 이런 평화는 하루아침에 깨어지고 만다.

마아크스 부인은, 기르던 고양이 중 한 마리가 아무 데나 오줌을 싸고 돌아다녔지만 버릴 수가 없었다고 고백한다. 그 고양이에 대한 사랑이 식지 않아서가 아니라, 버려도 좋다는 조쉬의 허락이 떨어지기까지 기다려야 했기 때문이었다. 마아크스 부인은 허락 없이 버릴 경우 어리석게도, 조쉬가 그 고양이의 신세와 자기의 신세를 동일시할까봐 두려웠다고 고백한다. 그런데 그 고양이는 조쉬의 지갑이 들어 있는 바지 엉덩이 주머니에다 오줌을 싸버림으로써 스스로 마아크스 부인의 어려운 문제를 해결해 주었다는군.

「버려도 좋아요.」

조쉬는 이렇게 말했지만 정말로 고양이와 이별해야 하는 순간에는 눈물을 비쳤다더라.

조쉬와 동생 크리스가 각각 열한 살, 일곱 살이 되었을 때 이 둘을 친정에 맡겨 놓고 유럽 여행을 떠났는데, 어느 날 조쉬가 사라져 버렸다고 한다. 할아버지가 다락방에서 혼자 울고 있는 조쉬를 찾아냈는데 그때 이 애는 할아버지를 붙잡고 〈할아버지, 내가 이래 가지고 칼리지(대학)는 어떻게 가지요?〉 하더란다. 자네도 잘 알다시피, 대학에 들어가면 누구나 부모와 떨어져야 하는 곳이 미국이다. 수키도 그랬다.

조쉬가 고등학생이 되었을 때의 어느 날, 양부 로버트 마아크스 씨는 『사이언스 타임스』에서 아시아 학생들이 미국의 학교에서 탁월한 면모를 보이는 원인을 분석한 기사를 읽다 말고 이걸 조쉬에게 보여 주었던 모양이다. 조쉬는 기사를 읽고는 양부에게 신문을 돌려주면서 퉁명스럽게 이러더란다.

「공부하라고 푸쉬하는(족치는) 부모가 있는 진짜 아시아 애들에게나 해당되는 이야기지 나와는 상관없어요.」

마아크스 부인이 옆에 있다가 민망해서 〈유전이라는 게 있잖니? 네 생부모는 틀림없이 머리들이 좋았을 거야〉 하자 조쉬는 〈머리가 좋은 사람들이 나를 버렸겠어요?〉 하더란다.

「형편이 나빴으니까 그랬겠지. 너무 가난해서 그랬는지도 모르겠고.

어쩌면 엄마가 아팠는지도 몰라. 아빠를 찾지 못해서 그랬는지도 모르고……」

「내가 그럼 사생아라는 거예요?」

유복, 고등학교 시절의 수키 입에서 얼마나 많은 사금파리 같은 언어들이 튀어나와 나와 윌포드에게 상처를 입혔는지, 자네는 모를 것이다. 이것을 〈신랄〉이라고 하는가? 수키는 신랄했다.

각설하고, 고등학교 졸업반이 되자 조쉬는 양부모와 함께 서울에서 자기가 잠시 몸 붙였다는 고아원을 보고 싶어 했지만 양부모는 공연한 서울 여행이 양아들의 묵은 상처를 다시 건드리는 것이나 아닐까 두려워했다고 한다. 입양 전문가에게 전화를 걸어 다른 입양 가정에서는 그 경우 어떻게 대처하느냐고 묻는 마아크스 부인에게 전문가는 시큰둥하게 이러더란다.

「글쎄요, 간다 간다 하는 사람들은 많은데 실제로 간 사람은 하나도 못 보았어요.」

조쉬와 양부모는 한국어로 쓰인 고아원 주소만으로 무장하고는 장도에 올랐다지. 그런데 시작이 좋았던 모양이다. 1965년에 그 고아원을 설립한 김(金)이라고 하는 원장이 1993년까지 그 자리를 지키고 있더래. 김 원장은 조쉬에게 타일렀다고 하더군.

「생부모는 너에게 아주 귀중한 선물을 준 셈이다. 따라서 너를 좋은 가정으로 보내 주고, 밝은 장래가 열리도록 해준 그분들을 마땅히 고마워해야 한다. 한국의 형편은 19년 전보다 훨씬 나아지기는 했어도 많은 한국인들은 여전히 어려운 시절을 살고 있다. 보아라, 우리 한국인들은 이렇게 깡마른 몸을 하고 있다. 우리는 과로에 시달리고 있다. 우리에게 삶을 즐길 여유 같은 것은 없다. 고아들에게는 더욱 그렇다. 한국 사회에서 고아들은 잔인한 지탄의 대상이 되어 있다. 고아들은 군대에는 갈 수 있어도 특정한 부대에서는 받아들여지지 않는다.」

「누가 뭐래요?」

양부모가, 조쉬가 어밴던드 차일드[棄兒]로 발견된 북부 경찰서를 방문하고 싶다고 했을 때 김 원장은 고개를 가로젓더란다.

「그러실 것 없습니다. 나는 조쉬의 첫 법적 보호자입니다. 조쉬의 인생은 바로 이곳에서 시작되었습니다.」

「그래요. 내 인생은 바로 여기에서 시작되었어요.」 조쉬도 고개를 끄덕였다지.

그로부터 근 열흘 동안 일행은 자동차로 나라 안의 여러 곳을 여행했는데, 김 원장은 조쉬에게 한국의 문화유산을 자랑스럽게 여길 것을 권했고 조쉬도 흔쾌하게 〈그래요, 여기가 내 조국이에요〉 하더란다.

그러나 서울을 벗어나면서부터 양부모는 아시아에서 태어나 미국에서 자라난 자기 아들이 하이브리드(혼혈아)라는 사실을 절감하게 되더라는군. 조쉬는 겉모습은 한국인이면서도 한국어는 한 마디도 하지 못했는데, 바로 이게 사람들을 몹시 컨퓨즈되게(헷갈리게) 했고, 사람들의 컨퓨전이 조쉬에게 프러스트레이션(좌절)을 주고는 하더란다. 관광객용 한국어 책을 펴 들고 한국어로 웨이트리스를 불러 놓고는, 키득거리는 웨이트리스 앞에서 쩔쩔매더라는 조쉬.

「내 꼴이 우스워 보여요. 나는 역시 외국인이군요.」

설악산을 오를 때는 〈역시 버몬트 주가 좋아요〉 하더라는 조쉬.

조쉬와 배다른 동생은 무장이 완벽한 군대의 벙커에 홀딱 반하는 것 같데요. 지아이 조 놀이에 나오는 것과 똑같은 벙커였으나 한국의 벙커는 진짜였으니 그럴 수밖에. 그러나 전통 한식 여관의 딱딱한 바닥에서 잔 날, 〈진짜 침대〉 타령은 조쉬가 맨 먼저 하더래.

「이 나라에 애착이 가는 건 어쩔 수 없어요. 내 내부에 얼마나 많은 한국의 문화가 스며들어 있는지 모를 거예요. 하지만 끔찍해요. 한국 사람보다 더 한국적인 외국인? 상상할 수 있겠어요? 불가능할 거예요. 자수정을 잊지 마세요. 자수정은 공교롭게도 내 탄생석이자 한국의 수출 품목이니까요…… 하지만 여전히 내가 한국에서 자라지 않았다는 건

다행이에요. 저 양념 냄새, 견딜 수 없거든요.」

조쉬는 금년 가을에 대학에 들어갔대. 마아크스 부인은 남편과 함께 자동차에다 조쉬의 짐을 실어 기숙사까지 따라갔다지. 조쉬는 자신 있어 보였대. 마아크스 부부도 그런 것이 좋아 보여 편안한 마음으로 작별 인사를 하고는 다섯 시간 자동차를 몰아 집으로 돌아왔는데 그날 밤에 조쉬에게서 전화가 왔더란다. 마아크스 부인이, 이 기사 이야기를 했을 때 조쉬는 이렇게 말했다고 한다.

「사실은 내게도 비밀이 있는데요……. 사실은 집을 떠나기 직전에 가슴에다 어마어마하게, 믿기지 않을 정도로 어마어마하게 많은 공기를 집어넣고는 뱉어 내지 않은 채로 참을 수 있는 데까지 한번 참아 보았어요.」

…….

유복 선생, 한 청년의 가슴으로 숨어든 어둠의 정체를 기록한 마아크스 부인의 글은 여기에서 끝난다.

작년, 수키는 군대에 가 있는 마로에게 뻔질나게 편지질을 하더니 결국은 서울을 다녀왔다. 다녀온 뒤에도 나는 수키에게, 대구와 서울에서는 어떻게 지냈느냐고 물어볼 수가 없었다. 진실을 듣게 될 것이 무서웠기 때문이다. 아, 진실이라고 하는 것은 이렇게 무서운 것인가? 이 나이가 되어도 진실을 두려워하는 것을 보면 나는 헛산 것인가?

수키의 귀향도 조쉬의 경우처럼 쓸쓸한 귀향이었을 것이라고 생각하니 가슴이 아파서 견딜 수 없었다. 거기에다 서울에 간 조쉬 옆에는 양부모와 아우까지 있었지만 수키 옆에는 우리가 없지 않았는가.

넋을 놓고 하염없이 앉아 있는데 수키가 내려와 내 옆에 앉으면서 묻더라.

「마미도 날 서울 보내 놓고, 마아크스 부인처럼 가슴이 아팠나요?」

「아니…….」 나는 아니라고 대답했다.

「마미는 조마조마했지? 내가 바이올로지칼 마더(생모) 찾아 마미 옆

56

을 떠날까 봐?」

「아니.」

「또 아니래. 그럼 내가 빈손으로 돌아왔을 때…… 마미 기분은 어땠어?」 수키는 목이 잠겨 오는지 입술을 비죽거리느라고 이 말을 한달음에 끝맺지 못했다.

「나는 네 엄마야. 엄마는 딸에게 좋은 일이 일어나면 좋아지고 딸에게 슬픈 일이 일어나면 슬퍼진다.」

수키가 울음을 터뜨리며 내 가슴에다 제 몸을 던지는 바람에 나도 아마 이 말을 끝맺지 못했을 것이다.

펑펑 울다가 벌떡 일어난 수키가 내게 물었다. 내 품 안에서 언제 눈물을 닦았는지 수키의 얼굴은 비 갠 하늘 같았다. 수키 요것이 이렇듯이 앙큼하다.

「마미, 나 왜 울었는지 알아요?」

「슬퍼서 울었겠지.」

「아니야. 마로 한(韓)이 오는 게 좋아서 울었지.」

마로는 지난 8월에 도착했다.

마로는 미국으로 오기 전에 우리 부부 앞으로 편지를 보내 주었는데, 자네를 찾아 나서겠다는 그 결심이 기특하기도 하려니와, 그 편지는 그러면 우리 부부와 수키는 무엇이냐, 해가면서 우리와 수키 사이의 거리를 따져 보는 계기를 만들어 주어서 좋았다. 우리는, 마로에게서 일어난 심경의 변화가 수키에게도 똑같이 일어났을 것이라고 확신하기에 이르렀다. 어쩌면 반대였기가 쉽겠다. 마로는, 수키로 인하여 비슷한 결심을 하게 되었노라고 주장하고 있거든.

자네가 일별하고 싶어 할 것 같아서 동봉한다. 윌포드 영감이 논문에서 손을 뗀 지 오래라, 천날만날 하던 글 심부름에서도 놓여난 행복한 처지이기는 하다. 그런데 행복한 것은 좋은데 나 같은 프로도 컴퓨터

자판을 두드리는 일이 벌써 어둔해지고 말았다. 그래서 여기에 입력시키는 대신 실물을 보내니 아들의 편지를 먼저 읽고 다시 이 늙은이의 사설로 돌아와 다시 인내를 보여 주기 바란다.

월포드 하우스만 박사와 수니 하우스만 부인께
한글로 쓰는 것을 용서하십시오.
저는 아버지를 찾아 미국으로 갑니다.
지난 한 해는 저에게 견딜 수 없이 고통스러운 한 해였습니다. 그 까닭은 저의 아픔을 제 것으로 인정하기를 거부한 것에 대해 줄곧 부끄러워하고 있었기 때문입니다. 한편으로 지난 한 해는 저에게 홀가분하게 행복한 한 해이기도 했습니다. 그 까닭은 저 자신을 부끄러워하는 것이 더 이상 부끄럽지 않게 되었기 때문입니다. 덕분에 저는, 행복이라고 하는 것은 고통과 아주 가까운 곳에 있다는 옛말의 참뜻을 알게 되었습니다.
작년 여름 저는 군대에서 공무로 잠시 서울에 나왔다가 우연히, 제 앞으로 온 수키 하우스만 양의 편지를 보게 되었습니다. 저는 이로써 저의 아버지가 오래 하우스만 박사의 문하에 있었다는 것을 알았습니다.
제가 〈우연히〉라고 하는 것은 약간의 사연이 있었기 때문입니다. 어머니는 편지가 제 앞으로 왔는데도 불구하고 이것을 숨기고 있었던 모양입니다. 제가 편지를 발견하고는 버릇없게도 화를 냈을 때 어머니가 몹시 당황해하는 눈치를 보인 것이 그 증거입니다. 어머니에게는 수키와의 교류를 원천 봉쇄하려는 의도가 있었던 것으로 보입니다.
두 분을 불쾌하게 해드리고 싶지는 않습니다. 그러나 저는 이 말씀을 드려 두지 않으면 안 되겠습니다. 어머니는, 당신의 팔자나 아들의 근본은 염두에서 지우고 오로지 수키의 근본만을 염두에 둔 것 같습니다. 부모 된 분들의 마음을 헤아리시어 제 어머니를 용서하시기 바랍니다. 수키의 한국 방문 일자에 저의 휴가를 맞춘 것은, 앞으로는 어머니의 뜻만 좇을 수 없다는 저의 강력한 메시지였습니다. 그러나 이런 것들은 중요하지 않습니다. 중요한 것은 수키가 저에게 보낸 편지 속의 한 구절, 출생의 비밀을 알지 못하는 채 사는 답답한 심경을 토로한 구절입니다.

〈도와주세요, 이 어둠을 걷어 낼 수 있도록 도와주세요!〉

나는 이 말이 터져 나온 심연의 깊이를 모르겠습니다. 이 한마디 말은 새로운 의미로 날마다 저에게서 부활을 거듭했습니다. 그리스도를 섬기시던 분들에게 〈부활〉이라는 말을 함부로 쓴 것을 용서하십시오. 그러나 저는 이보다 더 적절한 표현을 알지 못합니다.

수키가 제 입으로 말하지 않는다니 제가 자세하게 말씀드리지요. 수키가 도착하기로 되어 있는 날 저와 어머니는 김포 공항으로 나갔습니다. 그리고 거기에서 아름다운 수키를 만났습니다. 어머니 역시 수키가 아름답다는 것을 부정하지 않았습니다. 그러나 저는 제 어머니의 마음을 잘 압니다. 수키가 아름다우면 아름다울수록 당신의 아들은 그만큼 더 위험해지는 것입니다. 수키가 한국어를 아주 조금밖에 하지 못하는 것도 어머니를 불안하게 했을 것입니다. 어머니는 우리 두 사람 사이를 건너다니는 영어를 거의 이해할 수 없었을 테니까요. 수키는 제가 알아들을 수 있도록 영어를 지독하게 천천히 말하지 않으면 안 되었습니다.

우리 셋은 제 부모님의 고향이기도 하고 제 고향이기도 하고 수키의 고향이기도 한 대구로 내려갔습니다. 그러고 보니 대구는 하우스만 박사의 임지이자 부인의 고향이기도 하군요. 어머니가 함께 가신 이유는 짐작하시겠지요? 어머니는 제 외가에 사령부를 차리고 저에게는 반드시 어두워지기 전에 외가로 들어와서 자야 한다고 엄명했습니다. 저의 외숙은 〈마로 어미가 삼태기로 하늘을 가리려 드는구나〉 하면서 웃었습니다.

두 분께서는 대구의 〈칠성 보육원〉이라는 고아원을 통하여 수키를 입양했다고 하셨습니다만, 그 보육원에는 수키의 입양 기록이 남아 있지 않았습니다. 이것이, 희망에 차 있던 우리가 처음으로 맞닥뜨린 벽이었습니다. 그러나 원장은 친절하게도 수키가 입양될 당시인 1975년

8월에 그 보육원에 있던 여자아이들 중 연락이 가능한 두 처녀를 불러다 주었습니다. 두 처녀는 모두 수키보다 두 살 위였습니다. 한 처녀는 대학생이었고, 또 한 처녀는 식당의 여급으로 일하고 있다고 했습니다. 그런데 저희들은 여기에서 또 하나의 벽을 만나야 했습니다. 1974년 이래로 자매처럼 가깝게 지낸다는 이 두 처녀가 당시 수키를 만난 적이 없다고 주장한 것입니다. 뿐만 아니라 이 두 처녀는 이구동성으로 수키가 그 보육원에 정식으로 등록된 원아가 아니었던 것으로 확신한다고 말했습니다. 수키도 그 보육원을 기억하는 것 같지 않았습니다.

「1975년이면 나의 전임자가 원장으로 재직하던 시절입니다. 나는 사람들로부터, 당시에는 원아가 아닌 고아도 해외 입양에 필요할 경우에는 보육원이 임시 원아로 받아들임으로써 사무 절차를 대행했던 것으로 압니다.」

원장의 이 한마디에 우리는 절망하고 말았습니다. 이때부터 우리는 수키의 기억에 의지하지 않으면 안 되었습니다. 그러나 잘 아시다시피 당시 수키는 만 네 살이 조금 넘은 아이에 지나지 못했습니다. 수키가 기억하고 있는 것은 대구 근처의 〈얼배〉라는 마을에서 살았다는 것, 대구에서 그 마을로 넘어가는 길가에는 야트막한 고개가 있고 고개 위에 소나무가 서 있었다는 것, 그 집에는 확실하지는 않으나 〈이진학〉이라고 하는 국민학생 오빠가 있었다는 것, 마을 주위는 온통 논밭이었고 마을 앞에는 저수지가 있었으며 저수지 옆에는 브래지어 한 짝을 엎어 놓은 것과 모양이 비슷한 산이 있었다는 것 정도였습니다.

〈얼배〉는 〈월배(月背)〉의 경상도식 발음일 터입니다. 우리는 월배로 가보았습니다. 택시 운전사는, 월배가 대구로 편입되어 지금은 행정 구역상 달서구에 속한다고 말해 주었습니다. 저는 옛 월배면에 수키가 기억하는 것과 비슷한 곳이 있느냐고 물어 보았습니다. 물론 수키의 표현인 〈브래지어 한 짝〉은 〈삿갓〉으로 바꾸어야 했습니다. 운전사는 고개를 갸웃거렸습니다.

「20년 전 모습이 남아 있을 턱이 없지요. 이 부근 어딘가에 대구시와 옛 월배면의 경계 표지판이 서 있었을 겁니다.」

운전사 옆자리에 앉아 줄곧 산세를 살피고 있던 수키는 운전사의 말이 떨어지는 순간부터 긴장하는 것 같았습니다. 뒷자리에 앉아 노변의 간판을 읽고 있던 저는 한 병원 간판을 지나면서 소스라치게 놀라고 말았습니다. 〈송현 정형외과〉의 간판이었습니다. 송현이라면 〈송현(松峴)〉, 즉 〈소나무 고개〉일 가능성이 있었기 때문입니다. 그렇다면 수키가 기억해 낸 〈소나무가 서 있는 고개〉는 바로 송현일 가능성이 아주 큰 것입니다.

우리는 차에서 내려 복덕방을 찾아 들어갔습니다. 복덕방의 주인은 〈송현동(松峴洞)〉이라는 지명은 그 고개 이름에서 유래한 것이 분명하다고 대답했습니다. 저는 수키가 그려 낸 마을의 모습을 그에게 들려주었습니다.

「그렇다면 송현 2동일 겁니다. 옛날의 송현 2동 마을 앞에는 실제로 저수지가 있었고, 저수지 옆으로는 엎어 놓은 삿갓 모양의 산이 있었으니까요. 하지만 지금 그 마을의 위치를 정확하게 찾는다는 것은 불가능합니다. 저수지가 매립되고 그 지역은 아파트 단지로 변했거든요. 산은 그대로 있습니다.」

우리는 복덕방 주인으로부터 약도를 받아 다시 택시에 올랐습니다. 꽤 큰 구조물로 이루어진 스카이라인 뒤로 아닌 게 아니라 정말 엎어 놓은 삿갓 모양의 야트막한 산이 있었습니다. 그러나 산만 솟아 있을 뿐, 주위는 온통 아파트였습니다.

수키는 그 산 밑에 오래오래 앉아 있고 싶어했습니다. 우리는 〈이진학〉이라는 이름을 수소문하는 실수는 하지 않았습니다. 했더라면 웃음거리가 되었을 터입니다. 수키는 저를 위로해 주었습니다.

「마로 오빠, 이제 숨통이 좀 트여요. 진짜로 우리 엄마를 찾았으면 좋았겠지만, 내 쪽에 준비된 게 하나도 없잖아요? 세상이 일제히 공모자가 되어 우리 엄마와 나를 떼어 놓았나 봐요. 하지만 한국과 나 사이의 끈이 될 만한 것은 진짜로 찾아내고 싶었어요. 그런데 이렇게 찾았잖아요? 올라가 본 적은 없지만 틀림없이 이 산이에요. 그런데 아주 쬐끄맣게 되어 버린 것 같아요. 그러고 보니 〈송현〉이라는 말도 들은 것 같네요. 나는요, 이스라엘에 가서도 유적지 같은 건 안 봤어요. 그리스도가 디디던 땅, 그리스도가 쬐던 태양, 그리스도가 마시던 공기, 그리스도의 옷자락을 휘날리게 했던 바람…… 그런 걸 경험해 보는 것으로 족했어요. 여기에서도 마찬가지예요. 정확하게 18년 전에 보고 있던 산을 보고 있잖아요? 햇살도 이렇게 내리쬐고 있잖아요? 그런데 공기는 영 아니다…….」

「함께 살았다는 이진학이라는 아이는 당시 몇 학년이었는지 기억나?」

「기억 안 나요. 그런데, 책가방을 늘 짊어지고 다녔어요.」

「당시 책가방을 짊어지고 다니는 애들은 거의 대부분이 1학년이었어. 그렇다면 일곱 살이었겠구나. 당시에 일곱 살이었다면 1968년생이었겠고…….」

저는 시간이 좀 걸리겠지만 찾아 보겠다고 약속했습니다. 옛날과는 달라서 이런 식의 사람 찾기는 거의 컴퓨터 검색으로 이루어지는 시대이기 때문에 어쩌면 가능할 것도 같았기 때문입니다.

「미국에 있는 엄마 아빠도 나처럼 이렇게 캄캄할까요? 정말 나에 대한 정보는 하나도 모르는 채 나를 받아들였을까요?」

「올 때 여쭈어 보지 않았나?」

「철벽이야. 아빠가 성직을 떠난 직후이기는 하지만, 가톨릭의 성직자들이 남의 비밀을 지켜 주기로 들면 이건 철벽이에요. 그래서 내가 더 이러지.」

「아직 때가 되지 않았다고 판단하시는 건 아닐까?」

「그걸 누가 판단해요? 그분들이 하느님인가요?」

우리는 삿갓 산이 올려다보이는 곳에 앉아 이런 이야기를 나누었습니다.

수키가 문화의 차이에서 오는 불편 때문에 겪은 어려움은 여기에 일일이 쓰지 않겠습니다. 두 분에 대한, 수키에 대한 제 어머니의 눈매가 곱지만은 않다는 것도 고백해 두어야겠습니다. 솔직하게 말씀드리겠습니다. 저는 두 분에게는 수키 생부모에 대한 약간의 정보가 있을 것으로 믿습니다. 종적을 감추고 만 제 아버지에 대한 정보도 있으리라고 믿습니다. 이 편지에서 가장 중요한 대목이 바로 이 대목이라는 것을 부디 알아주셨으면 합니다.

수키가 덧난 상처를 안고 미국으로 돌아간 지도 10개월이 지났습니다. 몸과 마음이 파김치가 되어 출국 게이트로 나가는 수키의 뒷모습을 보면서 저는 하나의 깨달음을 얻는 동시에 저 자신에게 한 가지 질문을 던졌습니다.

〈나는 수키를 절대로 저렇게는 내버려 둘 수 없다.〉

〈그런데 너는 뭐냐? 너는 대체 누구냐?〉

저는 저 자신에게, 〈너는 누구냐〉고 묻는 경험을 갖지 못했습니다. 그 까닭은 제가 물리적인 삶에 발목을 붙잡힌 시대를 행운으로 누리며 살고 있었기 때문입니다. 〈너는 누구냐〉는 물음이 우리 삶을 물리적으로 바꿀 수 있다는 이론에 동의하지 못하는 시대에 살고 있었기 때문입니다. 그런데 수키는 저로 하여금 이 물음을 던질 수 있게 해주었습니다.

〈너는 누구냐?〉

던져지는 순간부터 이 물음은 기묘한 연쇄 반응을 일으키며 다른 물음을 던져 왔는데, 그 첫 번째 연쇄 반응의 결과는 〈아버지는 누구냐〉라는 물음이었습니다. 이 물음이 던져지면서 저는 이제야 저 자신을, 어디에서 어떻게 비롯되었는지도 정확하게 모르는 채 주어진 삶을 짐승처럼 살고 있는 부끄러운 존재임을 깨달아 나가기 시작했습니다. 저의 안에 있는 또 하나의 저는 저에게 명령했습니다.

〈네 아버지는 누구냐? 이제 가서 네 아버지부터 찾아라!〉

저의 아버지 찾기는 이렇게 해서 시작되었습니다. 아버지를 찾으러 나설 때가 되어서야 저는 알게 되었습니다. 저는 수많은 옛이야기를 읽었습니다. 그러나 옛이야기의 주인공들이 어느 날 문득 〈나는 누구인가, 나는 어디에서 왔는가〉라는 의문을 제기할 때도 저는 그것을 제 이야기인 것으로 짐작하지 못했습니다. 열 살도 채 되지 못한 우리 설화의 주인공들이 〈나는 왜 아버지와 형이 있는데도 불구하고 아버지를 아버지라고 부르지 못하고 형을 형이라고 부르지 못하는 것일까〉 하고 스스로에게 묻는 대목에서도 그것을 제 이야기인 것으로 짐작하지 못했습니다. 그러나 아버지를 찾아 떠나면서 저는, 주인공이 이와 비슷한 물음을 던지는 순간부터 수많은 옛이야기가 갑자기 의미심장해지는 까닭을 알게 되었습니다.

저는 바로 이 물음이, 저 자신이 속하던 세계를 떠나게 한다는 것을 알았습니다. 그 세계가 보다 나은 세계, 보다 먼 세계, 보다 높은 세계가 아니어도 좋습니다. 저는 이 물음에 해답이 내려지는 세계이면 그것으로 좋습니다. 이 물음이 제 삶의 잠을 깨우고, 진정한 삶의 문을 열어 줄 것이기 때문입니다. 따라서 제 삶의 물리적인 변화를 가능하게 하지 않아도 좋습니다. 이 물음이 제 삶을 바꾸어 놓지 않아도 좋다고 여긴 까닭은, 이 최초의 물음의 연쇄 반응이 결국 아버지가 곧 저라는 것을 알게 해주었기 때문입니다. 아버지와의 만남은 곧 저와의 만남이기 때문입니다. 제가 여기에서 무엇을 더 바라겠습니까.

그러므로 저의 인생도 지금부터 아주 의미심장해질 것입니다. 저는 〈부족한 인간만이 아비 없이 위대한 인물이 되지 못한다〉는 대단히 부족한 좌우명을 폐기로 결심했습니다. 〈위대한 인물〉이라니요? 제가 아는 위대한 인물은 제 근본에 대한 존재론적 이해가 부족한 인간은 아니기 때문입니다.

잃어버린 것들을 찾아 나서는 일들이 왜 하필이면 이 시대에 이렇듯이 자주 벌어지고 있는 것일까요? 왜 하필이면 이 시대에 저와 수키에게 아주 비슷한 일이 일어나고 있는 것일까요? 이 시대가 혹시, 우리가 정신없이 사느라고 잊어버렸던 많은 것들을 다시 찾아야 하는 시대라서 그런 것일까요?

부끄럽습니다. 스물여섯이라는 나이가 부끄러워 저는 자주 잠을 설칩니다. 저는 〈이유복〉의 아들로서 〈한마로〉라는 이름을 쓰고 살아온 것을 부끄럽게 여깁니다. 고통스러워하지 않았던 자신을 부끄럽게 여깁니다. 저는 제 삶에 묻어 다니는 아버지의 역사를 공백의 역사로 간직한 채 살아온 것을 부끄럽게 여깁니다. 저는 저의 개인사에 자리 잡고 있는 그 공백을 제가 책임질 일이 아니라고 생각했는데, 이것 역시 저를 참으로 부끄럽게 합니다.

아버지의 행방이 확인되지 않기 시작한 것은 1988년의 일입니다. 그해에 아버지가 서울로 들어왔던 것으로 확신합니다. 이것은 하우스만 박사와 부인께서도 확인해 주신 바 있습니다. 그러나 저는 서울에서 아버지를 만나지 못했습니다. 몇 차례 어머니에게 아버지의 행방을 물었습니다만 어머니의 입은 끝내 열리지 않았습니다. 저는 그때, 어떻게 하든지 어머니로부터 대답을 이끌어 내었어야 했습니다만, 아버지의 행방이 견딜 수 없게 궁금해지기 시작한 것은 겨우 작년의 일입니다.

아버지의 행방이 궁금해진 것은 제가 한 여자를 사랑하게 되었기 때문입니다. 한 여자를 사랑하면서 비로소 저는 알게 되었습니다. 저는, 사랑하던 여자로부터 아들을 빼앗기고 사랑을 빼앗긴 채 오래 그 집 문전을 서성거렸음이 분명한 아버지의 비극을 가슴 아파할 수 있었습니다. 어머니는 냉혹할 정도로 차가운 분이어서 그분의 입을 통해서는 아버지 이야기를 한마디도 들을 수가 없었습니다. 어머니는 당신이야말로 순교자적 삶을 산다고 믿는 것 같습니다만, 제가 보기에는 어머니야말로 박해자가 아니었을까, 의심해 보고는 합니다.

저는 어머니의 친구분들, 아버지와 절친했다는 네 친구분 중 유일하게 서울에 있는 기동빈 박사, 그리고 대구의 옛 친구분들을 만나 아버지의 행방을 묻는 해괴한 아들이 되어야 했습니다. 유감스럽게도 많은 분들은 아버지를 좋게 말하지 않았습니다. 10년 이상 아버지를 만난 적이 없다는 이분들의 말을 간추렸을 때, 아버지는 어머니에게 많은 죄를 지은 분인 것으로 드러났습니다. 저는 이로써, 불행하게도 어머니만이 박해자였던 것은 아니었다는 암시를 받았습니다. 불쌍한 아버지는 대학에서 만난 어머니와 동거를 시작한 뒤에도 황음무도(荒飮無道)의 탕아 노릇을 그만두지 않았다는 혐의를 받고 있었습니다. 수없이 자살을 결행함으로써 처자를 방기했다는 혐의를 받고 있었습니다. 가엾게도 아버지는 청소년 시절에 짝사랑하던 여자로 하여금 딸을 낳게 했다는 혐의까지 받고 있었습니다.

아버지가 정말 어떤 분이었는지 저는 모릅니다.

몰라도 좋습니다.

저는 공상 과학 영화 「스타 워즈」를 잊을 수 없습니다. 우주 정복자의 하수인 다스 베이더가 젊은 전사 루크 스카이워커 앞에서 가면을 벗고는 〈내가 너의 아비이다〉라고 고백하는 장면은 저의 가슴을 시리게 했습니다. 다스 베이더의 가면 아래로 드러난 얼굴은 자기 뜻에 따라 사는 완전한 인간의 얼굴이 아니라 조직의 뜻을 좇는 일 이외에는 아무것도 모르는 미숙한 인간의 얼굴이었습니다. 아버지는 다스 베이더와는 정반대되는 인간이라고 저는 압니다만, 장차 제가 만날 아버지가 그런 얼굴을 하고 있는 낯선 분으로 확인되는 한이 있어도 저는 만나야 합니다.

어린 시절의 저에게, 아버지는 사랑의 대상도 아니고 증오의 대상도 아니었습니다. 외가는 저에게 아버지를 증오의 대상으로 삼도록 끊임없이 요구했습니다. 그러나 저에게는 아버지를 어느 쪽으로든 치우치게 인식하는 습성에 길들 기회가 없었습니다. 외조모는 아버지를 증오의 대상으로 삼으라는 요구를 늦추지 않았고, 아버지는 저에게 당신을 사랑의 대상으로 삼을 기회를 자주 주지 않았기 때문이었을 것입니다. 슬프게도 아버지는 무관심의 대상에 지나지 않았습니다. 아버지는 어머니에게, 어머니의 말마따나 손님에 지나지 않았고 저에게까지도 정다운 손님 같은 존재에 지나지 않았습니다. 아버지에 대한 저의 기억 중 가장 큰 부분을 차지하는 것은 어머니로부터, 외가로부터 끊임없이 박해받는 모습일 것입니다. 어린 시절의 저에게 늘 궁금했던 것은, 아버지가 무슨 죄를 얼마나 지었길래 그렇듯이 제 외가의 원망받이가 되고 있는 것일까 하는 것입니다.

저는 동갑인 아버지와 어머니가 스물두 살 되는 해에 태어났습니다. 잘 아시겠지만, 한국의 경우 여성이 스물두 살에 자식을 낳아 어머니가 되는 경우는 적지 않습니다. 그러나 남성이 스물두 살에 자식을 낳아 아버지가 되는 경우는 극히 드뭅니다. 그 까닭은 가정을 꾸릴 수 있게 되기까지 한국의 남자들은 기본적으로 한 차례, 혹은 두 차례의 무서운 통과 의례를 치르지 않으면 안 되기 때문입니다. 그중의 하나는 대학 입학이라는 것이고, 또 하나는 병역의 의무라는 것입니다. 첫 번째 통과 의례는 사람에 따라서 스스로 면제의 대상이 될 수 있기는 합니다. 그러나 두 번째의 통과 의례는 한국의 남성에게는 의무가 되어 있습니다. 저에게서 구체적인 아버지 찾기가 저의 나이 스물여섯 살이나 되어서 시작될 수 있었던 것은 저 역시 이 두 가지 통과 의례를 치르고 한 남성으로 일어설 수 있기 전까지는 그것이 전혀 불가능했기 때문입니다. 어머니가 꾸리는 삶에서 이 두 가지 일을 치러 내지 못한 상태에서는 아버지 찾기가 시작될 수 없었습니다. 어머니는, 이 두 가지 의례를 치러 내지 않은 사람은 남자로 치지 않습니다.

그런데도 아버지는 스물두 살에 어머니로 하여금 저를 낳게 했습니다. 저는 태어나고 얼마 되지 않아 외숙의 아들로 입적되었습니다. 저는 아버지와 어머니의 관계를 파국으로 몰아간 결정적인 사건이 바로 이것이었던 것으로 알고 있습니다. 이것은 아버지와 어머니의 결혼사진이 없는 것과 관계가 있을 것입니다. 한국의 부부라면 거의가 가지고 있는 서양식 결혼식 사진이 유독 어머니에게만 없다는 것은 아버지가 이 두

가지 중요한 통과 의례를 완료하기 전에 자식을 두었다는 것과 밀접한 관계가 있을 것입니다. 어쨌든 이유복의 아들임이 분명한 저는 청주 한 씨 한재기(韓宰基)의 아들로 자라났습니다. 외가의 어른들이 틈날 때마다 이유복을 원수 삼는 것으로 보아, 어머니가 틈날 때마다 저에게 이유복과 닮지 말 것을 요구하는 것으로 보아, 제가 그분의 아들이라는 것은 의심할 나위가 없었습니다. 제가 아들이 아니었다면 아버지가 이따금씩 저를 찾아 주었을 턱이 없습니다. 그때 이미 아버지와 어머니는 남남이 되어 있었을 터인데도, 아버지는 몇 차례 저와 어머니가 사는 집에 들르고는 했습니다. 아버지는 어머니에게 상당히 다정했지만 어머니는 늘 아버지를 못마땅하게 여기고 가까이 다가오는 것을 꺼려했는데, 당시 국민학생이던 나에게 어른들의 이런 관계는 굉장한 수수께끼에 속했습니다.

그 시절의 어느 날, 아버지는 우리 집을 들러 제 방에서 하룻밤을 묵어간 적이 있는데, 그날 밤에 아버지와 했던 놀이가 제 기억에 생생하게 남아 있습니다. 그날 밤 아버지는 아무것도 그려져 있지 않은 종이 한 장을 보여 주면서 물었습니다.

「이 종이에 무엇이 그려져 있지?」

「아무것도 없는데요?」 저는 아무것도 없다고 대답했습니다.

「아빠가 뭘 그렸는데?」

「그리긴요……. 아무것도 안 그렸는데. 비밀 잉크로 그렸어요? 불에 쬐면 나오는 거예요?」

「아니야. 아빠가 여기에다 눈 내린 벌판을 그렸어.」

「……」

「그뿐만이 아니야, 토끼도 그렸어. 눈과 색깔이 똑같이 하얀 토끼. 안 보여?」

「안 보여요.」

「안 보일 거다. 위에서 내려다보고 그렸거든.」

아버지로부터 놀림을 당하면서도 재미있었습니다.

아버지는, 이번에는 그 종이에다 연필로 빗금을 여러 개 주욱주욱 그은 뒤 저에게 보여 주면서 다시 물었습니다.

「어디 맞혀 봐라. 여기엔 무엇이 그려져 있지?」

「빗금이잖아요.」

「빗금 말고……」

「비가 오고 있나요?」

「맞았다! 하지만 비는 하늘에서 땅으로 수직으로 떨어지잖아? 그런데 왜 이렇게 빗금이 되어 있지?」

「바람이 불고 있나 봐요. 이쪽에서 이쪽으로……」 저는 이렇게 대답하면서 손가락으로 백지의 오른쪽과 왼쪽을 가리켰는데, 그때 아버지는 저를 껴안아 주기까지 했습니다.

아버지는 이따금씩 동화 같은 것을 쓰고는 했습니다. 제가 즐겨 읽던 어린이 잡지에도 이따금씩 아버지의 동화가 실리고는 했으니까요. 당시 저는 학교를 오가면서 새 잡지가 나오기만 하면 목차를 들추어 아버지의 동화가 실려 있는지 여부를 확인하고는 했습니다. 그래서 아버지의 동화가 실려 있으면 어떻게 하든지 그 잡지를 사서 어머니 몰래 읽고는 했습니다. 아버지 동화에서는 언제나 제 이름이 곧 주인공의 이름으로 쓰이고 있었기 때문입니다. 아버지의 핏줄이어서 그랬을까요? 어린 나이에도, 활자가 된 자신의 이름을 만나는 감흥은 굉장한 것이었답니다. 지금 생각하면, 아버지는 어떤 이유 때문인지는 모르지만 자주 떳떳하게 접근할 수 없는 아들인 저에게, 동화를 통하여 어떤 메시지를 전하려 했던 것 같습니다.

아버지가 제 이름을 주인공의 이름으로 쓴 동화가 꽤 많습니다. 따라서 저는 아버지를 사랑과 그리움의 대상으로 기억해야 하는 것이 마땅합니다. 그러나 저는 아마 너무 어렸던가 봅니다. 어린 저에게는 동화보다는 물리적으로 함께하는 시간이 더 소중했기 때문에 그랬는지도 모르겠습니다. 아버지 쪽으로 열려 있는 제 마음은, 문이 열리고 빛이 들면 잠깐 환해졌다가는 문이 닫히면 다시 캄캄해지는 조그만 창고 같았습니다. 어린 저의 마음은 안이 늘 환하도록 빛을 가두는 법을 알지 못했습니다.

중학교, 고등학교에 진학하게 될 때마다 학교는 호적 초본을 요구했는데, 저는 이때마다 외숙과 외숙모가 각각 아버지와 어머니가 되어 있는 호적 초본을 제출하지 않으면 안 되었습니다. 고등학생이 되어서야 저는 호적 초본에 어머니는 아버지와 혼인한 적이 없는 미혼녀로 기록되어 있다는 사실을 알았습니다. 그러나 저는 그 까닭을 궁금해하거나, 그 문제로 고민할 시간이 없었습니다. 고등학교 시절의 생활은 맞물려 돌아가는 거대한 톱니바퀴 사이에서 살아가는 생활과 다를 것이 없었습니다. 톱니바퀴 사이에는 제가 반드시 지켜야 하는 저의 자리가 있었습니다. 여기에서 잠시라도 벗어난다는 것은 맞물려 돌아가는 그 톱니바퀴에서 퉁겨져 나오거나, 두 톱니바퀴 사이에 끼여 재생 불가능한 상태가 되는 것을 뜻합니다. 어머니는 제가 그런 상태에 이르지 않게 하기 위해서 최선을 다했고, 어머니의 교육 탓이었겠지만 저 역시 그런 삶이 약속하는 보상을 조금도 의심하지 않았습니다.

자기의 근본에 민감해지기 시작한 사춘기 시절에도 저는 근본과 만날 준비가 되어 있지 못했습니다. 아버지에 대한 질문을 제기할 때마다 자동적으로 연상되는 반문, 〈이씨의 아들이 왜 청주 한씨냐〉는 반문이 견딜 수 없이 껄끄러웠기 때문입니다. 저는 어린 시절에는 어렸기 때문에 아버지와 관련된 문제에 무관심할 수밖에 없었지만 나이가 들어 가면서부터는 비겁하게도 저 자신을 보호하는 한 방편으로 그 문제를 의도적으로 피했던 셈입니다. 결국 저는 아버지에게 충실하지 못했습니다.

어린 시절부터 그때까지 줄곧 저를 궁금하게 만들었던 것은 친가와의 관계입니다. 외조모가 자주 원망하면서 입에 올렸던 것으로 보아 저에게는 친조모도 있고 백부도 있었던 것이 분명합니다. 그러나 청주 한

씨 가문의 호적에 오르고부터 저에게는 그런 분들과의 만남이 전혀 허용되지 않았습니다. 그런데 더욱 이상했던 것은, 조모와 백부는 물론이고 아버지 고향의 어떤 분도 제 어머니를 아는 척한 적이 없고 어머니 역시 그분들 일을 입에 올린 적이 없다는 점입니다. 저에게 이것만은 어떻게든 풀어야 할 숙제였습니다. 그러나 저는 부끄럽게도 이 숙제를, 학교가 저에게 부여하는 숙제에 앞세우지 못했습니다.

어머니 이야기도 조금 하지 않으면 안 되겠습니다. 어머니는, 아버지가 중도 작파한 신학교를 졸업해 낸 것은 물론 그 자리에서 대학원을 마치고 학위까지 받아 냄으로써 아버지를 몹시 쓸쓸하게 만들었을 법한 그런 분입니다. 어머니는 아버지가 그토록 염원하면서도 결국은 현실로 만들지 못했던 일을 두 가지나 성취함으로써 아버지를 쓸쓸하게 만들었기가 쉽습니다. 어머니의 말에 따르면 아버지는 그리스도 사랑하기를 염원했고, 대학에서 가르치는 일을 염원했다고 합니다. 그런데, 아버지는 모르겠습니다만 어머니는 모교에서 그리스도를 가르침으로써 이 두 가지를 다 성취한 것으로 보입니다. 어머니는 살인적인 인내심을 지닌 무서운 기독교인입니다.

제가 대학에 입학한 직후에 아버지는 미국에서 제가 다니던 학교로 보낸 편지에서 처음으로 어머니를 정의한 적이 있습니다. 〈산이 없어서 하늘이 넓다. 땅을 넓게 차지하고 있는 나라가 역시 하늘도 넓게 차지하고 있는 모양이다〉로 시작되는 아버지의 미국 도착 일성(一聲)은 아마 그 편지의 일부였던 것 같습니다. 아버지가 조금씩 그리움의 대상이 되기 시작한 것은 그때부터였을 것입니다. 아버지는 어머니를 정의함으로써 제가 얼마나 고통스러운 청년 시절을 보내고 있는가를 이해하고 있는 것 같았습니다.

〈……학창 시절, 우리는 장난삼아 네 어머니와 가위바위보를 하고는 했는데, 네 어머니가 정색을 하고 있는 한, 처녀 시절의 네 어머니를 이겨 먹은 사람은 한 사람도 없었다. 너도 알다시피 가위바위보의 승률은

50퍼센트이다. 그런데도 네 어머니의 승률은 늘 90퍼센트를 넘었다. 나는 그것을 이상하게 여겼는데, 뒷날 나는 장난삼아 무당들을 만나고 다니면서 네 어머니의 사주를 넣어 보고 나서야 그 까닭을 알았다. 내가 만난 무당들 중 영험하기로 소문나 있던 한 무당은, 이상하게도 네 어머니 점괘는 카랑카랑하게 나오지 않는다면서 〈혹시 예수 믿는 거 아니오?〉 하고 묻더구나. 아직도 사방에다 무벽(巫壁) 같은 것이라도 치고 사는지. 가엾다. 사방을 폐허로 만들어 버려야 직성이 풀리는 그 무서운 결벽이 지금은 어떠한지……. 세계의 모든 인간이 다 행복해지면 어떻게 하려는지……. 원망하는 것이 아니라 가엾어하고 있는 내 마음을 네가 헤아리기를 염치없이 부탁한다…….〉

그때 아버지의 주소를 알았더라면 저는 아버지에게 〈저 역시 지금 폐허가 되고 있는 중입니다〉 하고 써 보냈을 것입니다. 제가 아버지를 그리워하기 시작했다는 것은, 아버지에 대한 풍문을 의심하기 시작했다는 뜻입니다.

어린 시절 저는 어머니로부터 조모 돌아가실 당시의 이야기를 잠깐 들었습니다. 어머니의 말에 따르면, 할머니 부고 기별을 받은 아버지는 방바닥에다 돗자리를 깔고, 그 위에 정화수 한 그릇을 떠놓은 다음 함께 북향재배하자고 눈물로 호소했더랍니다. 그러나 어머니는 끝내 거절하셨다더군요. 아버지는 아마 혼자 그 돗자리 위에서 북향재배하고는 통곡했을 것입니다.

얼마 전 어머니는 옛날 조모의 부고를 받던 바로 그 방에서 이번에는 외조부의 부고를 받았습니다. 예상했던 대로 어머니는 눈물을 보이지 않았습니다. 어머니는 침착하게 서울에 있는 친지들에게 전화를 걸어 부고 기별을 보냈습니다. 저는 어머니가 외조부의 죽음에 어떤 반응을 보일지 궁금했습니다. 어머니와 함께 대구로 내려갈 준비를 하면서 저는 언제든 어떤 식으로든 터져 나올 어머니의 오열을 기다렸습니다. 어머니가 방 안에 혼자 있는 시간이 길어지자 밖에서 기다리던 저는 방 안으로 들어가 보았습니다. 저는 어머니가 소리를 죽여 울고 있는 줄 알았습니다.

어머니의 눈가는 여전히 말라 있었습니다. 울음을 참느라고 어찌나 깨물었는지 어머니의 아랫입술은 빨갛게 피멍이 들어 있었습니다. 저는 어머니의 뼈에 사무치도록 아주 매정하게 말했습니다.

「왜 그래야 합니까, 어머니.」

두 분 중 어느 분이 순교자이고 어느 분이 박해자였는지 저는 모릅니다. 그러나 저는 매정한 순교자를 알지 못합니다. 눈물 많은 박해자를 저는 알지 못합니다.

제가 아는 한 아버지를 밖으로 내어 몬 분은 어머니였기가 쉽습니다. 그렇다면 아버지의 뒤를 밟기 위해서는 저 역시, 아버지에 대한 속죄의 한 방법으로 어머니가 이룩해 놓은 쾌적한 삶터를 떠나지 않으면 안 될 것입니다. 저는 아버지를 만나면 함께 어머니에 대한 공동 방어선의 구축을 제안할 것입니다. 아버지는 현실에 드러나는 아버지 이상의 어떤 것을 촉발시킬 만한 상황으로 자신을 던져 넣었던 것으로 보입니다. 그렇다면 저도 그렇게 해야 아버지에게로 다가갈 수 있지 않겠습니까.

아버지가 산 세상은 험한 세상이었던 것으로 저는 짐작합니다. 그 세상으로 나가는 것도 이제는 두렵지 않습니다. 제가 아버지의 광야로 나서고자 한 것은, 아버지의 방황을 길잡이 삼아 제 몫의 광야로 용기 있게 나설 준비가 되었음을 뜻합니다. 수키에게, 저의 광야로 함께 나갈 것을 제안할 준비가 되었음을 뜻합니다. 함께 나가면 그것은 수키 몫의 광야가 되기도 할 것입니다.

8월 28일 오후 2시에 내려서는 디트로이트 공항에서 저의 광야는 시작될 것입니다. 한마로.

…….

마로의 편지는 여기에서 끝났다.

재인이 하우스만 부부에게 보낸 편지를 펴 들었다. 무서운 예감이 가슴을 두근거리게 했다. 마로의 편지에 따르면 재인은 수키의 내력을 알고 있는 것 같지 않았다. 내력을 알고 있었다면 마로가 하우스만 댁과 합류하게 하는 것은 고사하고 수키와의 접근조차도 허용하지 않았을 터이기 때문이었다. 재인의 편지는 펼치기조차 두려웠다. 만일에 재인이 수키의 근본을 짐작한다면 이 무고한 두 젊은이들까지 내몰리지 않으면 안 될 터이기 때문이었다.

여전히 차갑게 아름다운 글씨가 수많은 벌레가 되어 내 몸속을 스멀거리는 것 같았다. 그러나 그것뿐이었다. 수많은 벌레들이 스멀거리면 당연히 그래야 할 터인데도 재인의 벌레는 내 몸속에서 따뜻함을 지어내지 못했다.

수니 하우스만 부인께

아들을 보내고 나니 집이 온통 빈 듯이 허전해서 몇 자 적습니다. 아버지에 이어 아들까지, 두 대(代)에 걸쳐 폐를 끼치게 되어 송구스럽습니다. 저의 부덕을 탓하면서 뼈를 깎아 나갑니다.

마로는 제 아버지를 닮아서 고집이 아주 셉니다. 아버지의 고집이 제 가슴에 치유하기 어려운 멍울을 만들었듯이 아들의 고집 역시 만년을 외롭게 만들 조짐이 보여서 여간 불안하지 않습니다.

작년 여름에 겪은 따님의 일을 잊지 못합니다. 수키 양의 용기에도 박수를 보냈습니다만, 따님이 생모의 뒤를 밟는 것이 마음에 편하지 않으셨을 텐데도 불구하고 한국 여행을 허락하시고 주선해 주신 데 고개를 숙입니다. 수키 양의 도로(徒勞)가 가슴 아픕니다만, 한국에 오면 언제든지 작년처럼 저의 집에 묵을 수 있다는 것을 부디 상기시켜 주시기 바랍니다.

수키 양이 다녀간 이래로 마로가 전에 없이 제 아버지를 찾아 나서겠다고 한 것이 저에게는 큰 부담이 되었습니다. 아이들이 제 부모를 찾아

책임을 묻겠다고 나설 만큼 장성했다는 것이야 기쁜 일이지만, 여의치 않을 때는 그것이 적의로 변하는 수가 종종 있어서 마음이 무거워집니다.

하늘의 뜻만 좇으면서 살아왔는데 나날이 사람의 일에 눈 가는 일이 잦아집니다. 아버지를 잘 살펴 주셨으니 모쪼록 그 아들도 바르게 지도해 주시기를 바랍니다.

한재인.

재인의 편지 어느 구석에도 수키의 내력을 짐작하는 낌새는 보이지 않았다. 그것이 우선 다행스럽게 여겨졌다. 잡다한 생각이 행간을 넘나들었다.

사람의 한 살이에서, 과거로부터 온 네 사람의 영혼을 한꺼번에 마중하는 경험은 흔치 않다. 〈과거에서 온 사람들〉이라고 나는 쓰고 있다. 그러나 어찌 그들이 과거에서 온 사람들이기만 하랴. 정확하게 말해서 수니 할머니와 재인은 과거에서 온 사람임이 분명하다. 그렇다면 마로와 수키는? 마로와 수키는 과거에서 왔는가, 미래에서 왔는가……. 두 젊은이는 어쩌면 미래에서 온 사람들인지도 모른다.

재인의 글은 퍽 부드러워져 있었다. 특히 〈나날이 사람의 일에 눈 가는 일이 잦아집니다〉라는 대목이 그랬다. 그러나 나에 대한 비아냥과, 마로와 수키에 대한 염려가 암시되어 있는 마지막 구절 〈아버지를 잘 살펴 주셨으니 모쪼록 그 아들도 바르게 지도해 주시기를 바랍니다〉에서는 재인 특유의 한기가 느껴졌다.

과거에서 왔든 미래에서 왔든 내 삶과 가장 가까운 거리에 있던 사람들을 한꺼번에 맞이하는 데는 굉장한 정신의 에너지가 필요했다. 그러나 나는 내 정신을 곧추세울 어떤 대책도 세우지 못한 채로 수니 할머니의 글을 읽어 내려가지 않으면 안 되었다. 그들의 도래는, 내가 숨쉬며 살아야 할 때의 도래와도 같은 것이었다. 그 앞에서 나에게는 어떤 선택의 여지도 없었다.

유복 선생,

별로 공부한 것도 없는 나 같은 아낙네가, 사람 사는 이치를 눈치채 버리면 그거 참 난감할 거라…….

디트로이트의 메트로 공항에서 마로를 보는 순간, 내게는 사람 사는 일을, 사람 사는 이치를 눈치채는 것이 무서웠다. 자네가 정확하게 10년 전에 걸어 나오던 메트로 공항의 입국자 게이트에서 훨씬 젊기는 하나 거의 같은 모습으로 걸어 나오는 마로를 보는 순간, 잠깐 동안이나마 내 기억이 뒤엉키는 듯한 이상한 착각을 경험했다. 자네가 곧잘 쓰던 〈데자부〉라는 표현을 여기에다 쓰는 것은 당치 않다. 〈데자부〉는 필경은 기억의 오류일 터이지만 그날 내가 경험한 것은 오류가 아니었다. 마로는 자네의 판박이 같았다. 내 말은 물리적인 판박이만을 뜻하는 것은 아니다. 마로는 자네가 삶에다 찍어 둔 도돌이표를 살고 있는지도 모른다는 생각까지 들었다. 이 생각이 무서웠다. 어찌 무섭지 않겠는가. 판도라의 상자가 투명해져 버린다는 것은, 적어도 범부에게는 무서운 일이다.

10년 전, 우리가 자네를 맞아 함께 메트로 공항에서 베델로 올 때의 일을 기억할 것이다. 운전석에는 윌포드, 그 옆에는 나, 윌포드 뒤에는 수키, 그리고 수키 옆에는 자네가 앉았었다. 그리고 10년 세월이 흘렀다. 내 뒷자리에 앉아 있던 자네가 마로로 바뀌었을 뿐, 똑같은 일이 되풀이되었다. 나는 마로에게 베델 대학 이야기를 들려주다 말고 소스라치게 놀랐다. 10년 전에 자네에게 하던 이야기를 되풀이하고 있다는 것을 깨달았기 때문이다.

수키와 마로 사이에는 1년 전 서울과 대구를 누빈 역사를 공유하는 만큼 기묘한 느낌의 흐름이 있었다. 그것이 오누이의 느낌이든 아니든 우리에게는 그것을 차단할 권리가 없다. 자네에게도 없을 것이다.

마로가 베델로 온 지도 넉 달이 되었다.

그동안 있었던 일을 낱낱이 다 써 보낼 도리는 없다. 우리 집에서 일주일을 묵고 돔(기숙사)으로 들어가면서 마로가 자주 윌포드와 나의 겨냥을 벗어났기 때문이다. 어쩔 수 없는 일이다. 우리 집 포오치에 깃들어 알을 낳고 새끼를 간 비둘기를 보면서 느낀 것이네만, 〈성장〉이라는 말은 행동 범위의 확장과 동의어가 아닐 것인가. 마로가 우리 집에 자주 나타나지 않는 것이 마음에 걸리고는 한다.

마로와 수키는 밖에서 자주 만나는 모양이다.

어쩔 것인가.

두고 바라본다.

우리 세대의 살림은, 선대의 바탕 위에 우리가 우리 손으로 꾸민 것이지 선대가 꾸며 준 것이 아니다.

윌포드는, 부러 그러는 것이겠지만 마로에게 곰살맞게 굴어 주지 않는다. 공항에서 우리 집으로 올 때부터 그랬다. 나는 마로에 대한 윌포드의 태도에서, 새끼를 물에다 집어넣는 어미 비버의 모습을 떠올리고는 한다.

「아버지 소식은 못 들은 채로 비행기를 탔겠구나?」 베델로 오는 길에 윌포드는 마로에게 아마 이렇게 물었을 것이다.

「아버지가 떠난 이곳에서 뒤를 한번 밟아 보겠습니다.」

마로가 이렇게 응수하니까 윌포드가 말꼬리를 잡아채더라.

「떠난 곳? 목적지라는 뜻이냐, 출발점이라는 뜻이냐?」

「이곳 역시 하나의 출발점이 아니겠습니까?」

「틀렸어. 출발점은 한 곳밖에 없어. 특히 네 아버지 같은 사람에게는.」

「그게 어딘데요?」

「비롯된 곳일 테지.」

「……」

마로는 윌포드의 말귀를 알아먹지 못했다. 윌포드는 마로를 시험하고 있었는지도 모르겠다.

「너도 편지에다 네 아버지가 쓴 이야기를 인용했다만, 나도 하나 생각나는 것이 있다. 한 부자가 세상을 떠나면서 아들에게 금고 하나만을 덜렁 남기면서, 금고에 재물이 잔뜩 있으니 열쇠를 찾아 금고를 열어 보라고 한다. 아버지가 세상을 떠난 후 외아들은 오랜 고생 끝에 열쇠를 찾아내는데, 열쇠는 바로 제 주머니에 있었어. 아들은 드디어 금고를 열게 되지. 그런데 금고 속에는 아무것도 없어. 부자의 아들이지만 금고 속에 아무것도 없으니 어떻게 해. 고생고생하면서 홀로서기를 할 수밖에. 아들은 홀로서기를 한 연후에야, 말하자면 아버지의 재물이 필요 없게 된 연후에야 그 금고 자체가 곧 아버지가 남긴 재물이라는 것을 알게 된다. 금덩어리로 만들어진 금고였던가…….」

월포드는 이따금씩 나를 곁눈질하면서 이런 말을 했던 것으로 나는 기억한다. 그는 마로를 시험하고 있었음이 분명하다. 그는 마로에게 〈나에게는 네가 필요로 하는 해답이 있고 실제로 이렇게 그 해답을 던져 주고 있다, 네가 받아 보아라〉, 이런 암시를 던지고 있었던 것인가. 금고와 재물이 둘이 아닌 것을, 문제와 해답이 둘이 아닌 것을 알기까지 마로에게는 약간의 모색이 필요하게 될 것 같았다.

마로는 월포드와 내가 자네의 행방에 대한 어떤 단서를 가지고 있는 것으로 확신하는 듯했다. 그래서 처음 한 주일 동안은 늘 우리 부부 곁을 맴돌면서 분위기를 읽으려고 귀를 기울이고는 했다. 그러나 마로에게 그것은 쉽지 않았을 것이다. 월포드가 나에게, 마로를 상대로는 절대로 한국어를 쓰지 못하도록 엄명했기 때문이다. 월포드는 마로에게 매정하다. 마로가 우리 집에 당도한 날부터 그랬다. 우리 집에 당도한 그날, 마로는 우리 부부에게 거실 바닥에 앉기를 청했다. 절을 하고 싶다는 것이었다. 그런데 월포드는 그것을 허락하지 않았다.

「네 마음을 이해한다. 네 아버지도 나에게 사제의 예가 아니면 형제의 예라도 갖추고 싶어 했지만 내가 거절했다. 로마에 가면 로마의 법을 따라야 하듯이 이곳은 미국이니만치 미국의 법식을 따라야 할 것이기 때문이다. 나도 〈입향순속(入鄕循俗)〉이라는 말에 따라, 한국에서는

15년 동안이나 한국의 법을 따르면서 살았다. 〈주체〉라는 말은 한국에만 있는 것이 아니다. 따라서, 이곳은 미국이니만치, 당장 내일부터 교수들을 만나 악수하게 될 경우가 있더라도 두 손으로 상대의 손을 잡거나 허리를 구부리거나 하지 않도록 해라. 너야 교수들에게 존경하는 마음을 보이고 싶겠지만 상대는 그것을 아첨하는 것으로 받아들이기가 쉽다. 많은 한국 학생들은 교수들이나 동료들로부터 그런 오해를 받는다. 너를 미국 사람으로 만들려는 것이 아니다. 기왕에 미국으로 왔으니 하루빨리 미국식 삶에 적응해야 할 것이기 때문이다. 오늘은 이렇게 한국어로 말하지만 내일부터는 한국어를 쓰지 않겠다. 우리 부부도 집에서는, 특별한 경우를 제외하고는 한국어를 쓰지 않는다. 한국에서도 나는 수니 할매를 비롯, 어떤 사람에게도 영어를 쓴 적이 없다. 내가 정확한 한국어를 말할 수 있는 것은 이 때문일 것이다. 여기는 미국인 만큼, 너도 나에게 한국어를 자제함으로써 하루빨리 정확한 영어를 말할 수 있게 되기를 바란다. 너는 한국에서 갓 온 학생이니 영어에 서툴러도 큰 흉은 안 된다. 그러나 자랑은 아니라는 것을 명심해라.」

마로는, 어른들이 짐짓 해보는 꾸지람에 울상을 짓는 아이 같은 얼굴을 하더구나. 덩지만 컸지 아직은 어리다는 인상을 받았다.

유복, 〈세대 차이〉라는 말에서는 〈내〉가 속하지 않는 세대에 대한 원망이 묻어난다. 우리는 〈세대 차이〉라는 말을 기성세대를 비난하는 말로 쓰지 않았던가. 그런데 수키를 키우면서 비로소 나는 내가 바로 그 원망의 표적으로 밀려나고 있다는 느낌을 자주 받고는 했다. 마로가 온 뒤로 그런 느낌은 구체적인 현실이 되고 말았다. 젊은것들은 공모를 잘한다.

마로는 우리 집에 도착하자마자 서울로 전화를 거는데, 자네 부인이 뭐라고 했는지는 모르지만 퉁명스럽게, 〈사랑하는 마음을 악연이라고 해서는 안 되지요……. 그건 이제부터 제가 정합니다〉 하더라. 자네 부인이 내게 〈무슨 악연이 있어서 두 대에 걸쳐서 뒷바라지를 하시게 하는

지 송구스럽습니다……〉 한 것으로 미루어 그 말이 그 말 아니었나 싶다. 그런데 마로가 제트랙(시차)에 시달릴 터인데도 수키가 놓아줄 생각을 않길래 내가 수키에게, 〈손님이 피곤해하는 것 같은데 내일 이야기 하려무나〉 했더니, 수키란 년 역시 내게 〈그건 이제부터 제가 정했으면 해요……〉 하더라.

그날 밤 마로와 수키는, 우리가 침실로 올라간 다음에도 거실에서 술을 마시더니만 자정 지난 시각에 난데없이 울음소리가 들려서 내려와 보았더니 둘이서 술병을 사이에 두고 울고 있는 거라.

모두(冒頭)에 풀어 놓았던 내 생각을 되풀이해 본다.

전등이 밤을 몰아낸 줄 알았더니, 온 땅의 밤은 사람의 가슴으로 숨어들어 가 지우기 어려운 어둠이 되었다는 생각, 세상의 어둠은 빛 앞에서 소멸되는 것이 아니라 보다 은밀한 곳으로 숨어든다는 생각이 나와 월포드의 가슴을 무겁게 했다.

우리 부부에게는 더 이상 어둠이 아니지만, 마로에게는 자네가 어둠이네. 우리는 자네가 신호를 보내지 않으면 이 어둠을 걷어 줄 수가 없네. 자네에게는 어둠이 아니겠지만, 우리 부부와 수키에게는 수키의 과거가 어둠이네. 자네에게는 아직도 수키의 이 어둠을 걷어 줄 용의가 없는가.

언제면 이 어둠이 걷힐지.

힘들어요.

두 젊은 것들이 펴는 공동 전선에 대처하기가 힘들어.

월포드가 세 차례에 걸쳐 마로를 나무란 것이 작은 사건일 수 있을 것 같아서 자네에게 전해 둔다.

온 지 며칠 안 되는 어느 날 아침 마로가 월포드에게, 미국의 이민국에 전화를 걸어 자네의 출국 기록을 확인해 줄 수 없느냐고 하더라. 월포드는 퉁명스럽게 반문하더라.

「한국에서는 출입국 기록을 열람해 보았느냐?」

「외무부 여권과로부터 아버지의 여권이 현재까지도 유효한 상태라는 것만 확인했습니다. 출입국 기록은 접근이 쉽지 않았습니다. 외무부 소관이 아니고 출입국 관리 관청 소관이라서요.」

「한국에서 네가 하지 못한 일을 미국에서 나더러 하라느냐?」

「……」

「영어가 익숙해진 다음에 네가 하도록 해라. 그러나 쉽지는 않을 게다. 너는 수사 요원이 아니니까.」

「그것도 아버지의 프라이버시에 속합니까?」

「어프로치가 틀렸어. 네 아버지의 진짜 프라이버시에 접근해야지 외무부나 법무부나 이민국을 뒤지고 다니는 것이 아니야.」

「생사 확인부터 해야 할 것이 아닙니까?」

「네 아버지는, 네가 생각하고 있는 것보다 훨씬 복잡한 사람이야.」

「무슨 뜻이신지요.」

「물리적인 기록이 무슨 도움이 될까? 나도 이 점 때문에 고심하고 있다.」

「도와주십시오.」

「네가 나를 도와주려무나.」

마로가 뺨 맞은 듯한 얼굴을 한 채로, 지하실에 있는 자네 방과 거실을 몇 차례 오르내리더니만 훌쩍 바깥으로 사라진 뒤에 월포드는 내게 이러더라.

「당신, 〈불도 켤 때 켜야 아들도 낳고 딸도 낳는다〉는 속담 기억하고 있나? 마로 저 녀석은 엉뚱한 데다 촛불을 켜고 있다. 오래 걸릴 모양이다.」

마로는 기숙사로 떠나기까지 한 주일 동안 베이스먼트(지하실)에 꾸며 둔 자네 방에서 지냈다. 첫날, 〈아버지의 짐이 어디에 있습니까?〉 하고 묻길래, 내가 얼떨결에 〈지하에 있다〉고 했더니 마로는 착잡한 생각에 시달리는 것 같더라. 나도 어느덧 한국말을 이렇듯이 부주의하게 쓰는 할마시가 되어 버린 모양인가. 월포드로부터 지청구를 들었다.

기숙사로 떠나기 전날 아침이던가? 마로가 지하실에서 책 한 권을 들고 거실로 올라오더니 나와 윌포드에게 따지듯이 묻더라. 증거물을 확보하고 피의자를 윽박지르기로 작정한 형사의 얼굴 같은 표정이었다.

「아버지는 1988년 여름에 서울에 오셨습니다. 아버지에 관해서라면 절대로 입을 열지 않는 어머니도 이것만은 저에게 확인해 주셨습니다. 제가 서울에서 전화로 여쭈었을 때 수니 할머께서도 분명히 말씀하셨습니다. 아버지는, 올림픽이 열리던 해 여름 서울로 떠나셨다고요.」

「그랬어.」

「그 뒤로는 소식이 온 적이 없다고 하셨지요.」

「그런 말은 한 적이 없는데⋯⋯. 하지만 우리도 소식을 궁금하게 여기기 시작했던 게 아마 그 여름이었을 거야.」 나는 아마 그랬을 거다.

참, 마로는 처음에는 나를 〈하우스만 부인〉이라고 부르다가 내게 된통 혼이 나고부터는 줄곧 〈수니 할매〉라고 부른다. 마로 그것이, 내가 고쳐 주지 않으면 이렇게 매정하다.

「이것을 어떻게 설명하시겠습니까?」

마로는 이러면서 일본어로 된 책의 겉장을 펼쳐서 우리에게 보여 주었다. 1989년에 자네가 동경을 들렀다가 다녀가면서 놓아둔 책이었을 거라. 『고대 그리스 문화와 인도 문화』라는 책이었는데, 속표지에는 〈'89년 여름, 於東京大覺書店〉이라는 글귀와 함께 자네 서명이 들어 있었네. 몹시 낭패스러웠네만 윌포드가 〈소포로 내게 부쳐 온 것〉이라면서 어물쩍 넘어가는 바람에 모면이 되었을 거라. 마로가 더 따지고 들면 나는 〈1988년 이후로는 소식이 끊어졌다〉는 말은 한 적이 없다고 우길 참이었네. 어쩌자고 우리는 이렇게 거짓말을 하면서 살아야 하는지. 하늘이 무서워서 하는 말이 아니고 마음이 불편해서 하는 말이네.

「어째서 네 아버지의 생각을 읽으려고 애를 쓰지 않으냐? 너는 우리에게, 네 아버지를 내어놓으라고 따질 셈이냐?」

윌포드가 나무라니까 마로는 머쓱해하면서 다시 지하실로 내려가는데, 표정이 밝아 보였어. 제 딴에는 꼬투리를 잡았다고 생각한 모양이지?

〈이분들이 뭔가를 감추고 있다.〉 마로는 어쩌면 이렇게 생각하고 있었는지도 모르겠다. 아니, 정확하게 말하면, 마로는 베델에 도착한 순간부터 우리가 뭔가를 감추고 있다는 느낌을 받은 것 같았다. 한국에서 올 때는 자네의 생사 여부에 대한 확인조차 되지 않은 상태였는데도 불구하고 우리는 태평이었거든. 그러니까 마로는 우리의 느긋한 분위기를 읽는 순간, 제 아버지 찾기의 숙제를 낙관한 것 같아.

그날 오후에 마로는 자네의 컴퓨터를 켰던 모양이야. 우리는 마로가 상기시키기까지 자네의 파일에 패스워드가 걸려 있다는 걸 알지 못했어. 마로는 자네의 논문이나 잡문 원고의 파일을 열려고 할 때마다 컴퓨터가 패스워드를 묻는 데 몹시 상심한 것 같았네. 하여튼 이 패스워드를 두고 웃지 못할 일들이 많이 벌어졌네. 철없는 수키에게는, 그게 재미있었던 모양인가?

「어떤 사람이 친구 컴퓨터의 파일을 열려고 할 때마다 컴퓨터가 〈패스워드를 아세요?〉 하고 묻는 거예요. 주인공은 친구가 패스워드로 삼을 만한 별의별 단어를 다 짜 맞추었지만 파일은 열리지 않아요. 그러니 화가 날 수밖에. 어느 날 또 컴퓨터 앞에 앉아 파일을 열어 보려니까 컴퓨터가 또, 〈패스워드를 아세요?〉하고 물었어요. 주인공은 화가 나서 〈NO(몰라)〉를 때리지요. 그러니까 파일이 좌르륵 열리더래요. 그러니까 한번 해보지 그래요?」

고해(告解)에 버릇 든 우리 부부의 컴퓨터 파일에는 패스워드가 없다. 자물쇠가 없으니 열쇠가 없는 셈이다. 그래서 나는 어떤 사람이 자기 컴퓨터 파일에 패스워드를 건다면 어떤 단어를 걸게 될 것인지 짐작할 수가 없다. 그 사람이 한마디로 내리는 인생의 정의가 그 사람 컴퓨터의 패스워드가 될까? 수키의 말처럼 지극히 하찮고 사소한 한마디가 패스워드 노릇을 할 수도 있는 것일까? 아니다. 나에게도 패스워드라는 것이 있기는 하구나. 내게도 네 자리의 비밀번호가 있기는 있다. 차례를 기다리면서, 에이티엠 앞에서 돈을 찾는 앞사람을 볼 때마다 그 사람이 어떤 숫자를 비밀번호로 삼았는지 궁금해지고는 한다. 생년일까? 생월 생일일까? 0000도 번호는 번호다.

기숙사로 옮겨 간 뒤로는 밖에서 수키와 자주 만날 뿐, 마로는 우리 집에 자주 들르지 않는다. 그러나 올 때마다 지하실에서 있는 자네 서재에서 책을 한 아름씩 안고 가는 것으로 보아, 윌포드는 물론이고 주위 사람들에게 자네의 행적을 꼬치꼬치 캐묻는 것으로 보아, 식탁에 앉아 함께 밥을 먹다가도 거실에서 윌포드와 이야기를 나누다가도 후다닥 지하실로 뛰어 내려갔다가 고개를 갸웃거리며 올라오는 것으로 보아 마로는 이 패스워드라는 것에 들려 있는 것임에 분명하다.

마로의 움직임을 좇는 윌포드의 눈길이 한동안은 곱지 않았는데, 마로에게 자네 컴퓨터의 패스워드가 강박 관념이 된 듯하고부터는 많이 부드러워지고 있는 것 같다. 추수 감사절에 우리 집에 온 마로는 윌포드에게 이런 말을 하더라.

「종교 개념에서 패스워드를 찾는 것은 포기했어요. 어쩐지 거기에는 있는 것 같지 않아서요. 생각하면 생각할수록 패스워드는 아주 가까운 곳에 있을 것 같다는 느낌을 받고는 합니다. 그래서 영자화시킨 어머니 이름, 제 이름도 넣어 보았고, 하우스만 박사의 존함도 넣어 보았어요.」

「할아버지의 함자도 넣어 보지 그래?」

「모르고 있습니다. 죄송합니다.」

「아니, 할아버지 함자를 모르느냐?」

「죄송합니다. 친할아버지의 함자는 모릅니다. 일본에서 돌아가셨다는 말씀만 들은 적이 있을 뿐입니다.」

「세상에……. 그럼 할머니 뫼신 선산 있는 곳은?」

「모릅니다.」

「아버지 고향을 모르느냐?」

「모릅니다.」

「모르는 것이 많구나.」

수키가 제 아버지의 말을 받아 이러더군.

「패스워드는 〈PASSWORD〉다, 어때요?」

「벌써 해봤어.」

「……」

「물론 패스워드가 있어야 파일이 열리고, 파일이 열려야 아버지가 남긴 글을 읽을 수 있습니다만, 아버지의 글을 읽을 수만 있으면 패스워드를 알아낼 수 있을 것 같다는 생각도 듭니다. 물론 불가능한 일이기는 합니다만……. 지하 서재를 다 뒤졌습니다. 하지만 아버지의 육필 원고는 찾을 수가 없습니다. 혹시 두 분께서는 있을 만한 곳을 아시는지요?」

「네 아버지가 컴퓨터에만은 개명이 빠르더라. 한국에서, 시작(詩作)에만은 보수적이고 싶다고 주장하면서 한사코 컴퓨터를 거절하는 어느 시인에게, 〈이놈아, 아주 붓으로 쓰지 그러느냐〉 하고 악담을 했다는 네 아버지다.」

마로가 돌아간 뒤 윌포드는 내게 이런 말을 하더라.

「한국의 출입국 관리 관청이나 미국의 이민국을 뒤지고 다니겠다는 발상에 견주면 제 아버지 원고에 접근하겠다는 발상이 진보의 조짐이기는 하다. 하지만 컴퓨터를 돌리고 있는 게 여전히 한심하다. 시대는 컴퓨터 시대라도 공상 과학 영화에 나오는 말처럼, 〈컴퓨터를 끄고 느낌을 믿어야 하는〉 상황 같은데……. 내가 보기에는 이유복을 찾는 것보다 이유복이 매설한 패스워드를 찾는 게 훨씬 어려운 것 같다……. 요즘의 기독교인들 같아. 머리만 있지 가슴이 없어.」

아버지 원고에만 접근할 수 있으면 패스워드를 알 것 같은데, 패스워드를 몰라서 원고에 접근할 수가 없다…… 고 마로는 말했다.

유복. 달포 전에 마로가 남기고 간 이 말은, 어쩌면 그렇게도 정확하게 자네가 플레전트시티의 백 군의 집에서, 열쇠를 잊고 나오는 바람에 밖으로 갇힐 수밖에 없었다던 그 상황을 상기시키는지. 무엇이 우리를 이렇듯이 밖으로 내몰았는가. 우리는 무엇이 모자라서 이렇듯이 밖을 배회하고 있는 것인지.

며칠 있으면 윈터 브레이크(겨울 방학)와 함께 크리스마스 휴가가 시작되면서 그리스도가 또 한 차례 이 땅에 내리신다. 수키는 물론이고 마로도 우리 집에서 크리스마스 휴가를 보내기로 했다.

우리는 함께 기도하고 함께 생각할 것이다. 가슴으로 생각하면 해답이 가까이 있을 것 같기도 하다. 오랜 친구 수니 하우스만.

추신: 수키에게도 마로에게도 아직은 보여서는 안 되는 것이니만치 이 편지 파일에만은 나도, 우리 부부만 아는 은행 구좌의 비밀번호로 패스워드를 걸어야 할까 보다.

한 장씩 넘어가던 수니 하우스만의 편지가 한 권의 책이 되어 내 앞에 엎드렸다. 인쇄용지 마지막 장의 글씨가 뒤집힌 종이 뒤로 희미하게 비쳐 보였다. 가지런한 문자열이 섬유질인 종이 뭉치 속에서 혈관이 되어 살아서 꿈틀거리는 것 같았다.

아비를 찾는다…….

되도록이면 한곳에 머물지 않으려고 〈떠나기〉를 일삼았을 뿐, 나의 오랜 주제는 〈떠나기〉가 아니었다. 나는 떠나기 위해 떠난 것만은 아니었다. 나의 떠남은, 수탐(搜探)의 준비 과정에 지나지 못했다. 내 수탐의 배후에서 벌어지고 있는 또 하나의 수탐은 나를 당혹게 했다. 그 당혹감은, 자신을 객체화시키는 경험의 부재에서 온 것이기가 쉬웠다. 나는 나 자신을 객체화시키는 데 취약하다.

마로의 도미(渡美)는 나에게 충격을 주었다. 고백하거니와 나는 아내가 나를 찾지 못하도록, 아들이 나를 찾지 못하도록 꽁꽁 숨어 버린 것이 아니다. 아무래도 잊힌 것 같아서, 잊히지 않았다면 잊히는 것이 좋을 것 같아서 그 앞으로 나서지 않은 것뿐이다. 나는 이것을 큰 허물로 여기지 않는다. 내가 살아온 내력을 알지 못하는 사람은, 아내와 아들 앞에 나서지

86

않는 것을 허물로 삼고 나를 비난하지 못한다. 나서지 않음 역시 내 사랑법의 하나이므로.

제 조상의 선산 자락에 있는 아비를 찾아 미국에 건너가 있는 내 아들 마로의 희극적인 운명은, 숨 가쁘게 달려와야 했던 우리의 가파른 시대와, 가족사에 대한 재인의 무지와, 한 여자에 대한 애증조차도 반듯하게 정산하지 못하는 내 불민의 소치가 아니라면 대체 무엇일 것인가.

불민을 고백하는 것이 나에게는 조금도 수치스럽지 않다. 그러나 내 봉두난발의 개인사는 내가 이룬 내 집의 가족사와 무관하지 않고, 내 가족사는 아버지가 이룬 우리 집의 가족사와 무관하지 않다. 개인사가 가족사와 무관하지 않는데, 가족사가 어떻게 민족사와, 민족사가 어떻게 세계사와 무관할 것인가. 나는 이로써 내 방황의 책임을 세계에 전가하자는 것이 아니다. 단지 한 역사의 사슬에 꿰어 살아온 고단하던 우리 시대 이야기를 하자는 것일 뿐이다. 나는, 사람은 제가 속하는 시대를 떠날 수 없다는 주장에 섣불리 동의하지 않는다. 그러나 그 시대를 떠나기를 기도한 자는 고통스럽다.

아내와 아들이 내 고향을 알지 못하는 것은 우리의 비극이다. 내 고향을 잃은 것은 내 아내 재인의 비극이다. 재인의 비극은 곧 나의 비극이자 내가 마로에게 물려주게 되는, 확대 재생산된 비극이기도 하다. 이 비극은 어쩌면, 아비를 찾겠다는 마로의 기특한 시도를 통해 해소될지도 모른다. 그러나 그것은 난망이다. 내 고향 선산의 무지개가 재인의 실용주의 현실에는 존재하지 않는다. 제 어미의 성(姓)을 받은 마로의 현실은 고대의 모계 사회와 현대의 실용주의 사이의 어느 어름에 존재한다. 그는 나와 같은 현실을 살고 있지 않다.

그런데 마로가 잃어버린 것이 어찌 아비뿐이랴.

마로가 아비를 찾으려면 씨앗과 토양에 대한 인식이 있어야 하고, 뿌리와 줄기와, 꽃과 열매를 두루 알아야 한다. 그러나 마로는 씨앗과 뿌리에 무지하다. 한국과 미국의 관청을 기웃거리며 아비의 행방을 수소문하겠다는 내 아들의 발상은 희극적이다. 수니 하우스만 부인이 전하는, 패스워드 이야기가 내게는 쓰디쓴 희화(戲話)로 들린다. 그것은 차라리 마로가 속하는, 뿌리도 줄기도 없이 허공 중에 핀 한 송이 꽃 같은 세대의 희극이다. 현상의 배후는 한 치 뒤가 암흑이다.

컴퓨터에 써놓은 내 잡문 파일에 패스워드라는 것이 걸려 있기는 할 것이다. 베델 대학의 종교 문제 연구소에 한글을 쓸 수 있는 컴퓨터는 많지 않아서 한국인 연구원들은 한글을 써야 할 때마다 내 컴퓨터를 차고앉고는 했다. 그 바람에, 잡문 파일이 저잣거리에 나서는 것이 싫어서 패스워드를 걸어 놓은 기억이 있기는 하다. 그러나 그 잡문에 내가 어떤 마음을 얼마나 실었는지 그것은 기억나지 않는다. 그러나 패스워드가 오랫동안 내 화두 노릇을 했으니만치 당분간 마로의 화두 노릇도 익히 할 것이다.

이제 와서, 〈아비는 여기에 있다〉고 말하는 것에 어떤 의미가 있을 것인가. 마로의 뿌리는 내가 찾아 주어야 할 것이 못 된다. 그리웠지만 나는 마로에게 내가 있는 곳을 가르쳐 주지는 않기로 결심했다.

고향 마을의 닭이 울었다. 닭이 울고부터는, 내 세간이 고스란히 남아 있는 하우스만 댁의 지하실은, 마로가 들락거린다는 그 음습한 서재는, 나의 현실에서 아득한 거리로 벗어났다.

<u>5</u>
너의 산과 나의 산

산행의 경험이 있는 사람은 뒤에 오를 사람에게 그 산 이야기를 들려주는 것을 의무로 삼아야 할 것이므로, 나처럼 종교를 통하여 사람의 길을 찾아 나섰으나 나의 동도후학(同道後學)이기도 한 내 아들 마로와, 어쩐지 내 딸같이 느껴지는 수키 하우스만을 위해 이것을 써서 남긴다. 이 기록은 마로가 자력으로 나를 찾아오면 전해질 터이나, 나를 찾아오지 않으면 사장(死藏)의 운명을 벗어나지 못한다.

산 이야기가 하고 싶다.

산이 하나 있다.

산이라고 하는 것은 물리적이고 절대적인 형태를 지니고 있다. 그러나 우리의 눈앞에 그 물리적이고 절대적인 모습을 송두리째 드러내는 법이 없다. 나그네 눈에 그 산의 모습은 보는 각도에 따라서, 계절에 따라서, 거리에 따라서, 마음의 상태에 따라서 각각 다르다. 산은 그것을 바라보는 나그네 눈에 자기가 가진 무한한 측면을 드러낸다. 지나가면서 보는 산이 다르고 지나오면서 보는 산이 다를 수밖에 없고, 다가서면서 보는 산이 다르고 물러서면서 보는 산이 다를 수밖에 없다.

산은 많은 사람들의 삶터가 되고 일터가 된다. 산에 사는 사람도 있고 산을 오르는 사람들도 있다. 산을 자르고 뚫어 광물을 캐는 사람도 있고 나무를 베는 사람도 있고 그 자락에서 농사를 짓는 사람도 있다.

이들 중에서 누가 그 산을 가장 잘 아는 사람일까? 그 산에 사는 사람일까? 그렇다면 종교를 가장 잘 아는 사람은 성직자일 것이다. 그 산을 자르고 뚫고, 표본 시료를 채취하고 이것을 현미경으로 관찰하는 사람일까? 그렇다면 종교를 가장 잘 아는 사람은 신학자일 것이다. 그 산에서 돌을 캐고 나무를 베는 사람이 산을 가장 잘 아는 사람일까? 그렇다면 종교를 가장 잘 아는 사람은 성전의 환전상(換錢商)들일 것이다. 그 산에서 농사를 짓는 사람일까? 그렇다면 종교를 가장 잘 아는 사람은 종교인일 것이다. 산을 사랑하여 산을 자주 오르는 등산객은 어떨까? 사람은 산을 보듯이 제 근기에 맞게 종교를 보고 인생을 본다.

산의 쓸모는 들의 쓸모에 견주면 실로 그지없이 초라하다. 너른 들 군데군데 박혀 있는 빈산을 보고 있노라면 〈들을 보고 있으면 절로 배가 부른데 빈산을 보고 있으면 허기가 진다〉던 옛사람들 말이 생각나고는 한다. 하지만 그렇기만 한가? 나는 산을 볼 때마다 산이 지니는 〈쓸모없음의 쓸모〉와 함께 우리 마음속의 빈자리를 떠올리고는 한다. 마음속의 빈자리, 이것이야말로 필경은 쓸모 있는 것들이 들어찰, 일견 쓸모없어 보이는 빈자리가 아니겠는가. 산이, 우리 가난이 까닭이기는 했어도 나는 산이 많은 나라에서 태어난 것을 조금도 애석하게 생각하지 않는다. 고향이 산속에 박혀 있다는 것은 나에게는 행복이다.

70년대에 들면서부터 휴일이면 큰 산은 온통 행락 인파로 붐비고는 했다. 우리 동패는 산을 잘 아는 좌장이 샅샅이 훑고 자리를 잡아 준 덕분에, 물이 있는 곳으로는 정상에서 가장 가까운 은밀한 골짜기에서 만나고는 했다. 약속이 없어도 그 은밀한 골짜기로만 올라가면 반가운 얼굴을 네댓씩 만날 수 있어서 좋았다.

산을 오르다 보면, 기슭에서 멀어지면 멀어질수록 등산객의 수가 줄어드는 것과, 수가 줄어들수록 산을 즐기는 방법이 점잖아지는 것을 확인하고는 한다. 환경 오염을 심각한 문제로 인식하게 되기 이전의 시절이라 사람들은 산을 철저한 향유와 유린의 대상으로 삼고는 했다. 산골짜기의 물은 깨끗해 보인다. 그래서 기슭에 자리를 잡은 사람도 그 물로 밥도 짓고 채소도 씻는다. 그러나 이들의 눈에 보이지 않을 뿐, 위에는 그 물에다 얼굴을 닦는 사람들이 있고, 또 그 위로는 발을 씻는 사람들이 있고, 더 위에는 머리를 감느라고 비누를 푸는 사람들도 있는 것이 보통이다. 그런데도 산을 다 올라가 보지 못한 사람들은 제각기 자기네들이 고른 자리는 가장 맑은 물이 흐르는 곳으로 여긴다.

등산객이 마시는 물은, 그 등산객의 근기에 맞는 물이다. 정상을 겨냥하고 산을 오르는 사람들의 눈에만 그것이 보인다. 그러나 물이 있는 곳으로 정상에서 가장 가까운 곳을 찾는 일은 쉽지 않다. 그래서 자주 오르던 산이 아닌 경우, 정상에서 가장 가까운 데 있는 가장 깨끗한 물을 찾으려다가 산행을 불행하게 끝맺는 경우가 더러 있다.

위에서 더럽혀지고 있는 줄도 모르는 채 그 물을 마시는 사람이 어리석은 것인가. 정상에서 가장 가까운 데 있는 물을 찾으려다가 산행을 불행하게 끝맺는 사람이 어리석은가.

단골은 아니어도 이따금씩 약수터라는 데를 다니고는 했다. 가보면 누가 그렇게 쓸고 가꾸었는가 싶게 약수터는 늘 정갈했다. 나는 늘 미안해하고 고마워하면서도 그 약수터에다 비질 한 번을 보태지 못했다. 산행을 다녀 보면 험한 바위를 쪼아 내고 만든 돌계단 같은 것을 더러 만난다. 그럴 때마다, 이 깊은 산중에서 누가 이런 일을 했을까 하는 생각을 해보고는 한다. 어느 누구의 전용로일 까닭도 없고, 매일 다녀야 할 길도 아닌데 그 위험한 바윗길에는 돌계단이 있다. 눈이라도 쌓여 있을라치면 가파른 바윗길에도 턱이 생긴다. 누군가가, 뒤에 오는 사람이 밟기 좋게 계단을 만들어 놓은 것이 분명하다. 누굴까, 무슨 마음으로 그렇게 하는 것일까.

그런데 나는 그 수수께끼를 풀었다.

혼자 도봉산 넘어 회룡사 쪽으로 내려가면서 내려다보자니 약수터 앞에 쪼그리고 앉아 약수터를 청소하는 사람이 있었다. 송(宋)이라고 하는 화가였다. 그는 내가 옆에서 지켜보고 있는 줄도 모르고 무아지경에 빠진 사람처럼 약수터를 치우고 있었다. 그는 한 주일에 한 번 밖에는 그 산을 오르지 못하는 만큼 자기 자신을 위해서만 그곳을 청소하는 것은 아니었을 것이다.

송 화백은 우리 산행 무리의 좌장이다. 그가 있는 곳에는 늘 사람들이 끓었다. 무리 중에는 송 화백의 격에는 도무지 어울리지 않는 사람도 있어서 이따금씩 하산주에 취해 송 화백의 속을 썩이고는 했다. 그런데도 송 화백은 그런 사람들을 물리치는 법이 없었다.

그런 그가 어찌 산이 아닐 것인가.

눈이 많이 온 날 깊은 산중에 있는 내 친구 지명 스님의 절에 갔다. 마을에서 절까지는 꽤 먼 오르막길인데도 눈은 깨끗이 치워져 있었다. 사람이 많이 드나드는 절도 아니었다. 그 절에 단 한 분뿐인 지명 스님에게 내가 〈손님 오시게 되어 있는 모양이네?〉 하고 물었다.

그러자 지명 스님이 반문했다.

「왔잖아?」

이러한데 어떻게 〈나〉의 산이 〈너〉의 산과 같을 수 있겠는가. 우리는 우리에게 걸맞은 산을 찾아 떠나야 한다.

6
우리가 넘은 산

　내 아들에게, 아비에 관한 이야기를 풍편소문(風便所聞)처럼 듣게 만든 것을 퍽 미안하게 생각한다. 나는 해야 할 숙제가 너무 많아서, 지은 죄가 너무 많아서, 그리고 슬프게도 아내의 담벽이 너무 높아서 내 아들에게 자주 다가갈 수 없었다. 이로써 내 아들에게 지게 된 이 빚은 다 갚기가 어려울 것이다.

　시대가 원(怨)이다. 나도 내 아버지 이야기를 전설처럼 듣고 자라났다. 나에게 아버지는 전설이다. 전설 속의 아버지라서 나는 아버지의 얼굴을 사진으로조차도 본 적이 없다. 아버지는, 어찌 된 일인지 사진을 한 장도 남기지 않았다. 아버지는 자기의 운명을 예견하고 시커먼 흑백 사진을 잔인한 증인으로 남기고 싶지 않았던 것일까? 아버지는 우리 형제의 상상력을 한 장의 흑백 사진으로 가로막고 싶지 않았던 것일까? 화공에게 조상의 도민증 사진을 맡겨 커다란 초상화로 재생시키던 것이 유행이던 시절에도 우리는 그것조차 할 수 없었다. 아버지가 일본에서 세상을 떠났다는 것도 어머니는, 관부 연락선으로 건너온 풍편소문을 통해 전해 듣고 뒷날 우리 형제에게 옮겨 주었다. 시대가 침묵하는 바람에 일본에서 우리 마을까지 그 소식이 인편에 전해지는 데 한 달이 걸리던 시절이었다.

　내가 아버지의 유골을 찾기까지는 그로부터 45년이 걸리게 된다. 내 아버지와 나 사이에 있을 터인, 잃어버린 고리를 찾아내는 데 근 반세기가 걸리게 된다. 그러므로 반드시 시절이 일을 더디게 하는 것만은 아닌 모양이다.

　내 아버지 이야기는 우리 식구들이 들을 때마다 흐뭇해하고는 하던 작은 에피소드로 시작하고 싶다.

　내 나이 스무 살 때, 고향에 가서 겪은 일이다. 나는 그때 신체검사 때문에 고향으로 내려갔다. 당시에는, 남자의 나이가 만 스무 살이 되면 반드시 본적지인 고향으로 돌아가 신체검사를 받아야 했다. 그리고 이 신체검사에서 신체에 이상이 없는 것으로 판명되면 그다음 해에 징집영장이 나오는 것이 보통이었다.

　우리는 평소에는 국가라고 하는 것을 별로 의식하지 못한 채로 산다. 그러나 이 병역 의무 수행을 앞둔 신체검사를 계기로 나는 두 번째로 국가라는 존재를 경험적 실재로 만난 셈이다. 내가 처음으로 국가의 존재를 실감한 것은 연좌제 때문에 심한 좌절을 경험한 10대 후반의 일이고, 최근의 일로는 1983년 미국으로 떠나기 위해 여권을 만들고 있을 때의 일이다.

　연좌제 앞에서 좌절을 맛본 이야기는 뒤로 미루기로 한다.

　내가 신체검사를 받던 그해의 신체검사장이었던 군청 소재지의 한 국민학교에는, 나와 나이가 같은 처녀가 둘씩이나 나와 우리들을 몹시 어리둥절하게 했다. 20여 년 전에, 글을 모르는 부모들이 딸을 낳고도 아들의 출생 신고서로 잘못 작성된 서류에 도장을 찍었기 때문이다. 그 시절에는 이런 일이 심심치 않게 있어서 우리가 얼마나 암흑의 세월을 살았던가를 일깨워 주고는 했다.

　그해 신체검사를 마치고 나는 이웃 면의 산길을 걸어 40리쯤 떨어진 고향 마을로 가기로 했다. 물론 면 소재지까지 가는 버스가 있었으니까, 버스에서 내리면 10리 길만 걸어도 고향에 닿을 수 있었다. 그러나 굳이 산길 40리를 걷기로 작정했던 것은, 열네 살이 될 때까지 고향 마을에 살았으면서도 이웃 마을의 풍물에 얼마나 무지했던가 하는 자책감 때문이었다. 고향 마을에 살 당시, 정말이지 10리, 15리 정도만 떨어져 있어도 그것이 남의 마을이면 그 마을은 벌써 완벽한 미지의 땅에 속했다. 한곳에 몇 세대씩 살아왔기 때문에 생긴, 마을과 마을 간의 기묘한 배타심 같은 것이 그런 분위기를 만들지 않았나 싶다. 내 고향과는 불과 20여 리를 남겨 놓고 이웃 마을을 지나면서 나는 마을과는 꽤 떨어진 외딴 주막에 찾아들었다. 주막 마당의 널평상에는 이미 손님들이 여럿 있었다. 술손님들 중에는 얼굴이 낯익은 사람들도 있었다. 그러나 그들은, 10여 년 만에 양복 차림으로 들어선 나를 알아보지 못했다.

「막걸리가 마실 만합니까?」 이렇게 물으며 주막의 빈 살평상을 찾아 앉자 주모이기가 쉬워 보이는 쉰 줄 아낙네가 조그만 돌절구에서 손을 뽑으며 허리를 폈다.

「마실 만하고말고요. 아지매 술도 독하지 않으면 사 마시지 않는 게 요즘 인심이랍니다.」

나는 널평상을 등지고 살평상에 앉았다. 자갈을 깔고 앉는 듯한, 엉덩이에 익은 감촉이 좋았다. 가을 오후의 햇살은 내가 지나온 오솔길과 가을 타는 풀잎을 어루만지며 나른하게 늙어 가고 있었고, 군청 소재지에서 주막까지 나를 데려다 준 오솔길은 혼자 논밭 사이로 가고 있었다. 벼가 잘 익은 논을 지나면서 설렁줄을 흔들어 참새 떼를 날린 바람은, 이번에는 산을 오르면서 은사시나무의 잎을 하얗게 뒤집었다.

「이 술 조심하시구랴. 조심 안 하면 손님이 일어설 때 다리를 걸지도 모르니까.」 주모가 이렇게 말하면서 개다리소반에 소박하게 술상을 차려다 주었다. 혼자서 그 술을 따라 마시고 있는데, 이상하게도 주모는 내 옆을 떠나지 않고 나를 이모저모 뜯어보고 있었다.

「왜 그러세요?」

내가 묻자 주모가 실없이 웃었다.

「혹시 세무서에서 나온 분이 아닌가 하고. 내가 몰래 담은 밀주니까 세무서에서 나왔으면 날 잡아가요.」

나는 웃기만 했다. 나는 나이가 겨우 스물을 넘겼을 뿐인데도 세무서원으로 보일 만큼 걸망하고 몸집이 컸다.

「그것은 농으로 한 말이고…….」 주모는 이러면서도 고개를 갸웃거리며 내 얼굴과 내 발을 번갈아 바라보고는 했다. 주모의 머리에 가리는 바람에, 가장자리를 잡힌 동전 모양이 된 해가 산으로 내려가고 있었다.

「세상에 닮은 사람도 참 많지…….」

「내가 누구를 닮아 보입니까?」

「말을 한들 알겠소만……. 발이 참 크기도 하오. 그 구두 발에 맞소?」

「설마 발에 안 맞는 구두를 신고 다니려고요? 왜요? 내가 어느 발 큰 분을 닮아 보입니까?」

「그러게 말이오.」 주모가 채신 없이 깔깔대고 웃었다.

나도 유난히 발이 컸다는 내 아버지와 숙부 사이에 있었다는 일을 생각하고는 웃었다.

「젊은이는 왜 웃지요?」

「나는 그럴 일이 있어서 웃습니다만, 아주머니는 왜 웃으시지요?」

「옛날 이 근동에 얼굴도 젊은이 비슷하고, 발도 젊은이 발처럼 아주 큰 사람이 있었는데 그 사람을 생각하고는 웃었지요.」

나는 그 주모의 얼굴을 다시 한 번 바라보았다. 오래 떠나 있었다고는 하나 그래도 나는 내 고향 마을에서 국민학교를 마치다시피 한 사람이다. 그러나 주모의 얼굴은 전혀 내 눈에 낯익어 보이지 않았다.

「아주머니는 이 근동 사람이 아닌 것 같은데요?」

「굴러들어 온 돌이 박힌 돌 나무란다더니……. 젊은이야말로 이 근동 사람이 아닌데?」

「나는 이래 봬도 감나무골 토박이였답니다.」

「그래요? 감나무골 누구네 집 손이오?」

「감나무골 정대홍이 내 종형이랍니다.」

「정대홍의 외종제라면 둘밖에 없는데. 외숙도 하나밖에 없고…….」

「정대홍의 외숙이 하나밖에 없는 것은 아니지요.」

「하나는 미성(未成) 때 일본 간 빨갱이가 아닌가?」

「빨갱이라도 외숙은 외숙이지요. 그런데 남의 집 족보를 꿰고 있구먼요, 아주머니는?」

「그러면 자네가 유선이라는 말인가?」

「나는 유선이가 아니라 유선의 아우되는 유복이랍니다.」

곧 설명하게 될 테지만 〈유복〉이라는 이름에는 눈물겨운 사연이 있다. 주모가 달려와 내 손을 덥석 잡고는 얼굴을 다시 한 번 뜯어보다가 코끝을 닦았다. 해가 진 다음이라 주모의 주름살과 눈물은 내 눈에 잘 보이지 않아서 좋았다.

「그래⋯⋯. 그래서 그랬구나. 내가 보지도 못한 용은 그리면서도 눈에 익은 뱀은 못 그리고 있었구나. 자네 나이 올해 갓 스물 맞나?」

「그래서 신체검사 받으러 고향 왔어요.」

「어쩐지 발이 크다 했다⋯⋯. 내가 발을 보고 자네를 알아본 셈이네. 그래, 근력은 좋으신가?」

「어머니도 아세요? 누구신지 저는 짐작도 안 가네요.」

「자네 혹시, 민영이 어미라고 들어 보았나?」

「옛날 군위 장거리에 살았다는 민영이 어머니 말인가요?」

「그래. 내가 바로 민영이 어미네. 이름조차 더러운 민영이 어미⋯⋯.」

그러니까 그 주모는, 내 아버지의 애인 중 한 분이었던 셈이다. 전해지는 바에 따르면 아버지에게는 민영이 어머니 같은 애인이 몇 분 더 있었다. 그러나 그렇다고 해서 아버지가 난봉꾼이었다는 뜻은 아니다. 어머니는, 의지가없는 과부 주모 여인네들을 농 삼아 애인이라고 부르면서 뒤를 돌보아 주고는 했다면서 아버지를 자랑스럽게 여겼으니까.

「그나저나, 어서 아버지 모셔 와야지⋯⋯.」

「숙부님이 일본에서 저렇게 기광(氣狂)이신데 그게 어디 쉽겠어요?」

「그러게 말이다.」

「그러나저러나, 아까 제 발을 보고 왜 그렇게 웃으셨어요?」

「자네는 왜 웃었나?」

「저는 숙부님을 생각하고 웃었습니다만⋯⋯.」

「나도 그 이야기를 생각하고 웃었다. 자네 숙부가 자네 아버지 소 팔아 감추어 놓은 돈 훔쳐 들고 일본 동경으로 도망가던 날⋯⋯.」

민영이 어머니와 나는 아버지와 숙부 이야기를 하면서 함께 술을 마셨다. 나는 자주 웃었지만 그는 자주 울었다.

나는 어머니로부터 아버지의 발 이야기를 자주 들었다.

해방되기 전의 일, 따라서 내가 태어나기 전의 일이다.

숙부는 아버지가 소를 팔아 감추어 둔 돈을 훔쳐 들고 가만히 마을을 떴다. 그러고는 고향에서 대구까지 백여 리 길을 걸어서 갔다. 한밤중에는 버스가 없었기 때문이었다. 숙부는 밤새 걸어 대구 근방에 있는 주막 마루에 앉아 국밥을 시켜 들고 있는데 주막 앞에서 버스가 섰다. 혹 아는 사람이라도 만날까 봐 두려웠던 숙부는 눈을 내리깔고 국밥만 계속해서 들고 있었는데 문득 그의 눈에, 버스에서 내려서는 커다란 신발이 보였다. 숙부는 가슴이 철렁 내려앉았지만 가만히 고개를 숙이고는, 〈참, 그 발, 우리 형님 발만큼 크구나〉 이런 생각을 했다. 그런데 쇠스랑 같은 손이 덜미에 내려앉아 놀란 숙부는 얼떨결에 고개를 들어 보니 거기에 아버지의 얼굴이 있더라고 했다. 아버지는 숙부를 붙잡아 돈을 빼앗기 위해서 따라나섰던 것이 아니었다. 그는, 일본으로 떠나려고 야반도주한 것임이 분명한 하나뿐인 아우에게, 논 두 마지기 팔아 둔 돈까지 안겨 주려고 숙부를 뒤쫓았다고 한다.

1940년 즈음이었던 모양인데, 숙부는 그 길로 일본으로 건너갔다. 그러고는 뒷날 일본이 패전하고 조선이 독립한 뒤 재일 조선인 연맹에 가입하면서부터 공산주의자의 길을 걸었는데, 이 일이 우리 가족사를 두고두고 괴롭혔다.

98

아버지는 1942년에 일본으로 건너갔다. 내 형 유선이 1943년생이고 내가 1945년생인 것은 아버지가 1944년 일시 귀국했음을 뜻한다.

아버지는 1945년 8월 29일에 세상을 떠났다고 들었다. 나는 아버지가 세상을 떠나던 해 9월 29일에 태어났다. 1945년은 이 시대를 살고 있는 많은 나라의 많은 사람들에게 나름의 대단한 의미를 지니는 해이다. 팽창주의의 광기가 일으킨 세계 대전이 유럽에서, 태평양에서, 그리고 아시아에서 차례로 끝난 해가 바로 1945년이다. 그러나 유대인을 제외하면, 어떤 나라 사람들이 이해에 부여하는 의미도 한국인이 부여하는 의미에는 견주어지지 못한다. 연합군이, 정확하게 말해서 미국이 2차 대전에 승리함으로써 한국이 일본으로부터 해방된 날이 바로 이해이다. 그래서 미국은 이날을 종전의 날이 아닌 승전의 날로 기념하고, 일본은 1945년 8월 15일을 패전의 날이 아닌 종전의 날로 기념하며 한국은 승전도 종전도 아닌 광복의 날로 이날을 기념한다.

아버지가 오사카에 인접해 있는 후세(布施) 시의 숙부 댁에서 세상을 떠났다는 소식이 어머니에게 전해진 것은 9월 29일이었다. 아버지의 직접적인 사인이 된 것은 우키시마마루의 침몰 사건……. 당시 아버지가 운명한 숙부의 집 주소는 후세 시 아라카와 산초메……. 아버지가 일하고 있던 곳은 아오모리 현의 오미나토……. 우키시마마루가 침몰한 곳은 교토 부 마이즈루……. 이런 일본 말 단어들은 여러 차례 들은 것이 아닌데도 불구하고 언어라기보다는 기호로 내 뇌리에 새겨졌다.

이 소식이 전해짐으로써 어머니는 우리 마을 최초로, 아들 낳은 날 과부가 된 것으로 판명되는 산모가 되었고, 나는 태어난 지 몇 시간 만에 유복자로 판명되는 아기가 되었다. 마을의 한 싱거운 노인은 내 울음소리와 어머니의 울음소리가 함께 나는 우리 집을 향해, 〈그래도 가족 수는 변함없는걸, 뭐〉 했다고 한다.

나는 해방된 해 태어난 해방동이라고 해서 삼칠일 안에는 〈해동〉이라고 불리다가 유복자로 판명되면서 내 이름은 유복(裕福)이 되었다. 마침 항렬자가 〈유(裕)〉 자이고 형이 유선(裕善)이어서 작명의 아퀴는 제대로 맞게 되었던 셈이다. 그러나 〈유복〉은 관명(冠名)이어서 우리가 대구로 떠나기까지 줄곧 해동이로 불렀다. 나는 대구로 나오면서부터 이 이름을 아주 버리게 된 셈이나 고향에 갈 때마다 사람들이 유복이라는 이름을 몰라서 해동이라는 이름을 살리지 않으면 안 되었다.

유복자가 어떤 것인지는 유복자가 되어 보지 못한 사람은 모른다고 하는 따위의 상투적인 말은 쓰지 않겠다. 나에게 유복자라는 단어는 눈물 젖은 손수건 같은 느낌을 주고는 한다. 눈물 젖은 손수건은 격정적인 눈물과 실용적인 수건의 점이(漸移) 지대에 위치한다. 그러나 그것은 습윤하다.

홀어머니와 우리 형제는, 그 시대의 우리 땅 사람이면 누구나 그랬듯이 참으로 가난했다. 그러나 〈가난〉이라는 낱말을 지금 쓰이는 같은 말의 개념과 동일하다고 여기면 안 된다. 내 시대에 쓰이던 〈가난〉이라는 말은 내 시대가 석기 시대를 방불케 했던 만큼 일단은 석기 시대적이다.

우리가 산 시대는 채집 경제 시대, 자급자족의 시대였다. 우리가 겨울에 입는 옷은 어머니가 목화를 기르고 면화를 따고, 씨아에 넣어 씨와 솜을 나누고, 무명 활시위를 활꼭지로 튀겨 면화를 타고, 물레 괴머리에 가락을 걸고 꼭지마리를 돌려 실을 잣고, 날과 씨를 베틀에 올려 일일이 바디를 쳐서 짜고, 이렇게 짠 북덕무명을 자르고 마름질하여 지은 것이었다. 우리가 여름에 입는 옷은 어머니가 삼을 기르고, 다 자란 삼을 잘라다 삼칼로 잎을 훑어 내고는 삼 솥에 찌고, 뜨거울 때 삼 껍질을 벗기고, 그 긴 여름의 졸음을 이기려고 떫디떫은 생감을 터뜨려 먹으면서 삼실을 일일이 잇고, 그렇게 이어진 삼실에 조밥 풀을 먹이고, 날과 씨를 베틀에 일일이 바디를 쳐서 짜고, 이렇게 짜인 삼베를 자르고 마름질하여 지은 것이었다. 뿐인가. 우리가 먹은 보리밥은, 어머니와 내 형이 가을에 씨를 뿌리고, 봄철에 몇 차례 잡초를 뽑고, 여름에 거두어 낱알을 털고, 디딜방아에 넣어 찧고 까불고, 한 번 삶아서는 너무 단단해서 먹을 수 없으니까 두 번 곱삶아 낸 것이었다. 우리가 먹은 나물은 어머니와 나와 형이 봄 산과 봄 들을 누비면서, 배가 고프면 진달래꽃을 따먹고 개울물을 마시면서 캐고, 말리고, 삶고, 우려서 독을 빼고, 된장으로 무친 것이었다. 우리의 배고픔은 어쩌면 자급자족을 위한 뼈 빠지는 노동 사이사이의 사치스러운 순간들이었는지도 모른다.

그러나 이것은 가난이 아니라 정상적인 석기 시대적 삶이다. 가난이라고 하는 것은 자급자족 경제마저 제대로 되지 않아서 석기 시대적 삶의 사이클도 온전하게 살지 못하게 하는 상황을 말한다. 가을걷이를 하기도 전에 다래라고 불리던, 덜 익은 목화 열매를 따먹지 않으면 안 되었고, 보리걷이를 하기도 전에 여린 보릿잎으로 국을 끓여 마셔야 했고, 덜 익은 보리 이삭을 끊어다 삶아 먹어야 했던 상황을 말한다. 먹어도 먹어도 가시지 않던 우리들의 허기가 바로 가난의 실체였다. 지독한 섬유질 덩어리인 보릿겨로 개떡을 만들어 구워 먹고는 배변을 못 하고 울던 기억, 연한 산나물을 날로 먹었다가 개울물까지 토하고 다북솔 밑에 누워서 울던 기억이 가난의 실체였다. 열 살이 채 못 되던 내 형은 땔감을 하러 갈 때마다 손쉽다고 진달래 뿌리를 어찌나 캐었던지 우리 선산에서는 오래오래 진달래도 피지 못했다.

그로부터 몇 년 뒤인 중고등학교 시절 우리나라에는 유난히 성경을 무대로 한 영화가 많이 들어왔던 것 같다. 나는 그때 본 영화들을 잘 기억하는데, 영화가 광야로 묘사하는 이스라엘의 빈 들이 어쩌면 그렇게 우리 산야와 비슷하던지……. 마을은 작은 야산으로 둘러싸여 있었는데도 불구하고 우리는 소를 풀어 놓을 수 있을 만한 풀밭을 찾기 위해서는 반 시간이나 한 시간씩 소를 몰고 걸어야 했다. 전쟁을 치르면서 수많은 산림이 불탄 데다 전쟁 직후의 기근으로 많은 사람들이 풀뿌리와 나무껍질로 연명해야 하는 시절을 거쳐야 했기 때문이었다. 우리가 어릴 때는 〈송기〉라는 것을 종종 먹고는 했는데, 이 송기는 전해에 자라 오른 소나무 가지의 속껍질, 혹은 몇 년씩이나 자란 소나무 둥치의 속껍질을 말한다. 전해에 자란 소나무 가지의 경우 속껍질을 벗기면 한 해를 헛자란 셈이 되었고,

몇 년을 자란 소나무의 경우 둥치의 속껍질을 벗기면 그 자리에서 말라 죽었다. 그러나 허기에 시달리던 당시의 우리는, 몇 년을 좋이 자란 소나무를 한 그루씩 죽여 가는 줄도 모르고 소나무 둥치의 겉껍질을 벗겨 내고는 속껍질을 훑어 내어 허기를 달래고는 했다. 이렇게 껍질을 벗기운 소나무는 며칠을 못 가 벌겋게 말라 들어갔고, 이렇게 말라 버린 소나무는 뿌리째 땔감으로 뽑혀 나가고는 했다. 그 시절의 산야에 견주면 밀림을 방불케 하는, 지금 우리 한국의 산야를 보는 데만 버릇 들어 있는 사람들은 내 말을 절대로 믿으려 하지 않을 것이다.

밭에서 하루 종일 끈질긴 잡초인 개망초를 뽑던 것도 그 여름의 일이다. 우리는 밭에서 뽑아낸 이 개망초를 데쳐 된장에 무쳐 먹기도 했다. 나는 산과 들의 독초와 식용 식물에 얼마나 정통했던가. 날로 먹을 수 있는 것, 데쳐야 먹을 수 있는 것, 삶아서 물에 우려야 먹을 수 있는 것을 나는 잎만 보고도 척척 알아맞힐 수 있었다. 그로부터 30여 년 뒤 독초와 식용 식물을 자유자재로 구별해 냄으로써 베델 대학 농과 대학의 식물학 교수들을 놀라게 한 나의 재능은 이런 우중충한 과거의 부산물이지 다른 것이 아니다.

중국인 철학자 린위탕(林語堂)은, 그것이 어디에 사는 누구가 되었든 중국인을 한번 긁어 보면 페인트 같은 분식(粉飾) 아래로 자존심이 드러난다고 했지만, 40, 50대의 한국인은 어디를 긁든 전쟁의 상처와 함께, 상처받은 자존심과 복잡한 추억이 되어 있는 가난의 흔적이 드러난다.

한국인의 자존심은 족보와도 관련이 있다. 후일 나는 미국에서 미국인들의 〈족보〉에 해당하는 것을 본 적이 있다. 한 미국인이 가보라면서 보여 준 족보, 그것은 가죽 장정이 된, 말안장만큼이나 튼튼한 성경이었다. 성경 겉장에는 1850년에 그 성경을 처음으로 손에 넣은 사람의 이름이 있고, 그 옆에는 1855년에 이 사람과 결혼한 여자의 이름이 쓰여 있었다. 그러고 나서부터 이 성경은 다음 세대로 대물림이 되고 있었는데, 이것을 소장하고 있는 사람은, 맨 처음 성경을 손에 넣은 사람의 5대손인 것으로 되어 있었다. 나는 그에게, 거의 대부분의 한국인들은 이삼십 대 조상의 이름까지 정확하게 쓰인 족보를 가지고 있다고 말해 주면서 우리 집에만 해도 정확하게 22대조, 햇수로는 670년 전부터 조상들의 이름과 생몰 연대와 간단한 행장(行狀)과 묘지의 위치까지 기록한 아홉 권의 족보가 있다고 말해 주었다. 그는 몹시 놀라는 눈치를 보이면서, 사실 자기는 미군의 이동 외과 병원을 무대로 한 시리즈 희극 영화 「매쉬」를 통해서밖에는 한국인을 알 기회가 없었다면서 미안해했다. 그래서 나는 한국 전쟁을 무대로 한 「매쉬」라는 영화야말로, 점령 지구 혹은 주둔 지역 토민들에 대한 미국인들의 형편없는 예단과 편견이 진정한 이해를 얼마나 가로막고 있는가를 보여 주는 본보기 같은 영화라고 말해 주었다.

〈가령?〉 하고 그가 물었다.

나는 내친김에 이런 말을 하지 않을 수 없었다.

「그 영화가 한국 음악이랍시고 틀어 대는 음악은 중국과 일본의 가락, 그 영화가 한국 옷이라고 입히고 있는 옷은 한복이 아니라 미국인들의 상상력이 그러려니 하고 만들어 낸 의상에 지나지 않는답니다. 그뿐인가요? 그 영화 속의 한국인들이 쓰는 한국어, 그것은 한국어의 전문가인 나도 잘 알아들을 수 없을 정도로 조잡해요. 나는 이 영화를 볼 때마다 몹시 골을 내고는 해요. 첫째는 자존심이 상하기 때문이고, 둘째는 미국인들의 조잡한 현지인 이해 수준을 아무도 반성하지 않으려 하기 때문이지요. 나는 월남전 당시 현장에 있었어요. 내 근무지는 한국군의 매쉬(이동 외과 병원) 바로 옆이었는데, 나는 한국군 군의관들이 월남인들을 미국인이 한국인 다루듯이 하는 걸 보고는 분노를 삭일 수 없었어요. 모멸을 당해 보지 않은 사람은 남을 모멸하지 않아요. 한국의 군의관들이 미군 군의관들의 못된 버릇을 배워, 엄청난 문화 전통을 지닌 월남인들을 능멸하는 사태를 보고는 참을 수가 없었어요.」

전쟁이 터진 것은 형과 나의 나이가 각각 여덟 살, 여섯 살, 정확하게 만 나이로 말하면 각각 일곱 살, 다섯 살 때의 일이다.

우리 가족은 마을 사람들과 함께 내 고향에서 40리쯤 떨어진 과수원 마을로 피난 가 있다가 열흘이 채 못 되어 돌아왔다. 이때의 체험 중에서 가장 인상적인 것은 똥밭이었다. 우리가 피난 간 곳은 북부 경북의 신령과 영천 그 어름이었는데, 전쟁이 끝나자 우리는 어떤 노래 가사의 일부를 〈신령 영천 콩밭에는 똥도 많더라〉로 개작해서 부르고는 했다. 그때 한반도 남부 지방 사람들이 피난 간 것은 주로, 공산군이 있을 만한 곳이면 모조리 초토화시켜 버리는 미군의 공습 때문이었다. 우리가 열흘이 채 못 되어 돌아온 것은 한 마을 어른의 현명한 판단 때문이었다. 우리 마을은 험악한 앞산과 가파른 뒷산 사이에 조갯살처럼 끼여 있었는데, 그 어른의 판단에 따르면, 〈미군 조종사의 기술이 제아무리 좋아도 그렇게 빠른 폭격기 위에서, 살짝 벌어진 조개껍질 사이로 폭탄을 떨어뜨릴 수는 없는 일〉이었다. 결국 그의 판단이 옳았던 것으로 판명되었지만, 미국 공군 조종사가 비행기 위에서 폭탄을 떨어뜨리던 시절에 우리가 그런 마을에서 석기 시대적 문명을 살았다는 것은 별로 자랑스럽지 못하다.

그러나 우리에게는 비행기 못지않게 소중한 것들이 있었다. 바로 이 말을 하려고 나는 근천스럽게도 내 어린 시절의 가난 이야기를 하고 있는 것이다.

전쟁이 나던 해, 그러니까 1950년 8월의 일로 기억한다. 8월로 기억하는 까닭은 그 일이 있던 날 마루에 앉아 마당의 대추나무에서 딴 대추를 먹고 있었기 때문이다. 내 고향 대추는 8월 이전에 따 먹으면 배앓이를 한다.

오후였을 것이다. 어머니와 형은 산밭에 나가고 없었다. 별안간 몸집이 우리 마을 어른의 갑절은 되어 보이는 이상한 군인 두 사람이 기우는 여름의 짙은 그림자를 끌고 우리 마당으로 가만히 들어섰다. 나는 기겁을 하고 마루로 올라섰다. 급하면 사랑방으로 뛰어들 참이었던 것 같다. 우리집 사랑방은 대대로 빈소가 차려지는 곳, 우리가 늘상 조상 제사를 모시던 곳이다. 그곳은 여느 방이 아니었다. 사랑방 문은 우리에게 이승의 것이 아닌, 어떤 다른 세계로 들어가는 신성한 문이었다.

그러나 어쩐지 그들이 나를 해칠 것 같지는 않았다. 나는 본 적은 없지만 들은 적은 있어서, 〈아하, 이것이 유엔군인 모양이구나〉 하고 바로 짐작했다. 한 사람은 백인이었고, 또 한 사람은 흑인이었다.

그때 우리는 본 적도 없는 흑인을 〈인도징〉이라고 불렀다. 〈인도징〉은 〈인도인(印度人)〉이라는 뜻의 일본말이다. 정확하게 말하면 흑인과 인도인은 다르지만, 콜레라라는 전염병의 한자 표기가 〈호열랄(虎列剌)〉이면서도 항용 〈호열자(虎列刺)〉로 잘못 쓰이던 것처럼, 이말도 잘못 전해진 채 그대로 미국의 흑인을 지칭하는 말로 쓰이고 있었다. 해방된 지 5년밖에 안 된 때여서 일본어 그대로 쓰이는 말이 꽤 많던 시절이었다.

내가 백인과 〈인도징〉을 본 것은 그때가 처음이었다. 나는 그림으로도, 사진으로도 미국인을 본 적이 없었다. 눈과 코와 입과 귀가 우리 것처럼 제자리에 박혀 있다는 것이 오히려 놀라울 정도로 이상한 얼굴을 하고 있는 사람들이었다. 땀에 젖은 두 사람의 군복은 군데군데 찢겨 있었다. 찢긴 군복 사이로는 살갗이 보였는데 백인의 살갗은 우리와 비교도 되지 않을 만큼 하얬고 흑인의 살갗은 우리와 비교도 되지 않을 만큼 검었다. 내 살갗의 색깔은 그 사이에 있었다. 흑인은 당시 〈데쓰카부도(鐵冑)〉라고 불리던 철모도 쓰고 소총도 들고 있었지만 백인에게는 총이 없고 머리에 쓴 것도 그냥 천으로 만든 국방색 작업모였다. 가시덤불 같은 데 심하게 긁혔던지, 백인의 얼굴에서는 피가 흐르고 있었고, 입가에는 백태가 허옇게 끼어 있었다. 흑인은, 살갗의 바탕 색깔이 너무 짙어서 그 위로 피가 흐르고 있는지 땀이 흐르고 있는지 분간할 수 없었다.

나는 씹고 있던 대추를 삼키지도 뱉지도 못한 채 마루에 서서 이들을 내려다보았다. 백인이 담벽에 붙어 서서 자기가 넘어온 고개 쪽을 바라보자 흑인은 소총을 그에게 내밀었다. 쫓기고 있었던 모양이었다. 백인은 손을 내저으면서 계속해서 그 고개를 바라보았다. 흑인은 두 팔을 벌리고 고개를 갸웃거리고는 나에게 다가와 바가지로 물을 퍼서 마시는 시늉을 했다. 나는 마루에 올라서 있었고, 흑인은 처마 밑에 서 있었는데도 불구하고,

나는 꼿꼿하게 서 있었고 흑인은 허리를 구부리고 있었는데도 불구하고, 나는 그를 올려다보지 않으면 안 되었다. 나는 바로 목이 마른 모양이라고 생각하고, 부엌으로 뛰어 들어가 큰 바가지로 물을 하나 떠가지고 나왔다. 흑인은 두 손으로 바가지를 받아 들고는 소처럼 들이마셨다. 입으로 들어가는 물보다 가슴팍을 적시는 물이 더 많아 보였다. 두 되들이가 실히 되는 바가지의 물을 다 비운 흑인은 빈 바가지를 나에게 넘겨주고는 백인에게 다가가 뭐라고 속삭이더니 백인 대신 담벽에 붙어서서 고개 쪽으로 소총을 겨누었다.

나는 무서워서 귀를 막고는 눈을 감았다. 그러나 총소리는 나지 않았다. 가만히 눈을 떴더니 백인이 내 앞에 서 있었다. 그는 웃으면서 바가지를 가리켰다. 나는 다시 부엌으로 뛰어 들어가 또 한 바가지의 물을 떠가지고 나왔다. 물을 들이켜는 그의 목구멍에서 소가 여물을 삼킬 때 내는 것과 똑같은 소리가 났다. 물을 마신 백인은 흑인에게 다가가 담벽에 등을 붙이고 잠깐 앉아 있다가 다시 나에게 다가와 또 한 차례 손짓을 했다.

백인은 앳되어 보였다. 외국인의 나이를 짐작하는 것은 쉬운 일이 아니다. 그러나 어쩐지 어른이 아니고 아이 같았다. 백인의 손짓은 숟가락 같은 것으로 무엇인가를 입으로 퍼 넣는 시늉이었다. 이 시늉에 이어 백인은 한 손으로 배를 가리키며 눈을 찡그렸다. 나는 그 시늉말을 알아먹었다. 먹을 것이라고는, 어머니가 소쿠리에다 퍼 담고는 삼베 수건으로 덮어 둔 보리밥밖에 없었다. 나는 다시 부엌으로 뛰어 들어가 보리밥 소쿠리와 된장찌개가 담긴 뚝배기를 들고 나왔다. 유엔군이 고기만 먹는다는 말은 들은 적이 있었다. 그러나 구체적으로 어떻게 먹는지는 전혀 알지 못했다.

어머니는 식간(食間)에 우리가 시장해 보이면 손바닥에다 보리밥 한 주걱을 터억 놓고는 그 위에 된장찌개 같은 것을 뿌려 주고는 했다. 말하자면 간식이었던 셈인데, 우리는 손가락 사이로 된장 국물을 줄줄 흘리면서 그 간식을 달게 먹었다. 그러나 우리가 열 살을 넘기고부터는 어머니는 아무리 졸라도 그런 식으로는 간식을 먹게 해주지 않았다. 열 살이 넘은 사

106

람은 상에 차려진 것만 먹어야 한다고 어머니는 주장했다.

　나는 백인의 손을 끌어, 어머니가 그러던 대로 보리밥 한 덩어리를 올리고 그 위에다 된장찌개를 끼얹어 주고는, 먹는 시늉을 해보였다. 유엔군은 양반이 아니니까 그렇게 먹게 해도 좋을 것 같았다. 우리가 달게 먹었듯이 백인도 달게 먹기 시작했다. 백인이 보리밥 덩어리를 베어 먹으면서 흑인에게 다가가자 이번에는 흑인이 왔다. 나는 흑인에게도 똑같이 해주었다. 흑인은 백인 옆으로 다가가 담벽에 등을 대고 앉아서 보리밥을 먹기 시작했다. 흑인의 손바닥에서 보리밥은 쌀밥처럼 하얗게 보였다.

　흑인이 보리밥을 다 먹고 바지에다 손바닥을 닦고 있을 때였다. 우리 집에서 한 5백 미터쯤 떨어진 우리 선산 자락에 지사현(蜘絲峴)이라고 불리던 조그만 고개가 있었다. 벌레를 잡으려고 거미가 그물을 쳐놓은 형국과 비슷하다고 해서 지어진, 말하자면 이름이 꽤 풍수지리학적인 고개였다. 어머니는 우리 선산이 바로 지사현 위에 있는 만큼 우리가 장차 크게 될 것이라는 말을 더러 한 적이 있다. 바로 그 지사현에 사람의 그림자가 나타났던 것이다.

　지사현에 나타난 사람이 허리를 구부린 채 손을 들어 휘젓자 두 사람이 더 나타났다. 지사현에서 마을로 지나는 길이 우리 집 앞을 지나게 되어 있는 만큼, 지사현에 모습을 나타내었던 사람은 반드시 우리 집 앞을 지나게 되어 있었다. 나는 그 사람들이 우리 집에 들이닥칠 경우 어떤 일이 벌어질 것인지 상상할 수 없었다.

　먼저 움직인 사람은 흑인이었다. 흑인은 오리걸음으로 내 앞에 다가와 손가락을 세운 채 입술에 대고는 뭐라고 속삭였다. 나는 그가 무슨 말을 하고 싶어 했는지 알아먹을 수 있었다.

　두 유엔군은 오리걸음으로 마당을 지나 사랑채 뒷담을 넘었다. 그렇게 몸집이 큰 사람이 둘씩이나 넘어갔는데도 담 뒤에서는 아무 소리도 들려오지 않았다. 나는 삼베로 보리밥 소쿠리를 덮고 된장찌개 뚝배기와 바가지를 챙겨 부엌의 제자리에 되돌려 놓았다.

그들이 들이닥친 것은 내가 다시 마루로 내려와 대추 먹는 시늉을 마악 시작하고 있을 때였다. 인민군들이었다. 인민군을 본 것도 그때가 처음이었다. 둘은 장총을 들고 있었고, 하나는 권총을 뽑아 들고 있었다. 노끈 같은 것이 얽혀 있는 모자 위에는 풀이 잔뜩 꽂힌 채 시들어 있었다. 우리 마을의 청년들과 똑같은 얼굴을 하고 있는 것이 그렇게 놀라울 수가 없었다. 당시 내 형이 학교에서 그려 온 포스터에 따르면 공산군은 생김생김이 영락없는 괴물이었기 때문이다.

나는 인민군의 신발을 내려다보면서 울음을 터뜨렸던 것 같다. 인민군은 아이를 죽일 때는 발로 밟아 죽인다는 소리를 어디선가 들었기 때문이었다. 내가 운 것은 죽는 것이 무서워서가 아니라, 밟혀 죽은 내 시체를 붙잡고 통곡하는 어머니의 모습을 떠올렸기 때문일 것이다.

권총 든 인민군이 나에게 다가왔다.

「얌마, 어른 없어?」 말이 거칠지 않은 것이 뜻밖이었다.

「아버지는 돌아가셨고, 어머니는 밭에 나가셨어요, 형과 함께.」

「아까 산밭에 있던 그 아낙인가 봅니다.」 장총 든 인민군이 거들었다.

「미국 놈들 지나갔지?」 권총이 또 물었다.

「흰둥이 하나와 〈인도징〉 하나요?」 나도 모르게 내 입에서 나간 말이었다.

「그래그래, 어디로 가던?」

「저 산을 넘어갔어요.」 나는 지사현에서 우리 집 앞을 지나 옆 마을로 빠지는 산길을 가리켰다.

지금도 믿기지 않는다. 그것은 내가 꾀를 내어 한 말이 아니었다. 그런데도 내 말이 지어낸 효과는 굉장했다.

「흰둥이 하나와 〈인도징〉 하나라는 건 어떻게 아네?」

「봤으니까요.」

「틀림없이 저 산길로 갔지?」

「갔다니까요.」

「거짓말이면 죽는다? 우리가 헛걸음하면 와서 너를 이 권총으로 팡 쏘아 버릴 텐데, 그래도 좋아?」

「갔어요.」 나는 또 거침없이, 그리고 자신 있게 말했다.

권총은 가만히 외양간으로 다가가 안을 들여다보았다. 장총 하나가 멜빵끈을 조절하면서 권총에게 소리쳤다.

「꼬맹이가 데데한 게 거짓말도 못하게 생겼어요. 넘어가시지요.」

그 말에 권총을 권총집 안으로 찔러 넣은 인민군 지휘관은 내게 다가와 내 뺨을 살짝 아프지 않게 때리고는 훨씬 더 부드러운 어조로 말했다.

「물 좀 다오. 그리고 임마, 먹을 것 좀 없냐?」

「……」

나는 다시 부엌으로 들어가 먼저 물을 한 바가지 떠서 권총에게 건네주고는 다시 들어가 보리밥 소쿠리와 된장찌개 뚝배기를 들고 나왔다. 그러고는 급하게 물을 나누어 마시는 바람에 군복 앞섶이 젖은 세 인민군들에게도 보리밥을 나누어 주었다. 우리 세 식구가 그날 밤에도 먹고, 그 이튿날도 먹을 식은 보리밥이었다. 보리밥은 짓는 데 시간이 오래 걸리기 때문에, 어머니는 농번기에는 늘 한 소쿠리 지어 놓고 며칠씩 먹게 했다.

「살겠구나야. 고맙다, 꼬마야. 공부 잘하라.」 권총이 말했다.

그러고는 동아리를 이끌고 뒷산으로 들어갔다.

그들이 사라지고 난 뒤에도 그 자리에서 꼼짝도 할 수 없었다. 그들이 어디에선가 나를 바라보고 있는 것 같았기 때문이었다. 뒷담 쪽에서 인기척이 들리고 백인과 흑인이 담을 넘어왔을 때는 마루 밑으로 숨어들고 싶었다. 금방이라도 뒷산에서 인민군들이 우루루 몰려 내려올 것 같았다.

흑인이 뒷산 쪽으로 총을 겨누고 있을 동안 백인이 내게 다가와 나를 껴안고는 등을 두드렸다. 소에게 밟히고 있는 기분이었지만 문제는 기분이 아니라 뒷산으로 올라간 인민군들이었다. 나는 그의 품속에서 겨우겨우 머리만 뽑아내어 뒷산 쪽을 바라보았다. 뒷산 마루에 사람의 그림자가 일렁거리는 것 같았다. 인민군들이 그사이에 뒷산 마루까지 갔다면 그다지 걱정할 일이 아니겠다 싶었다.

백인이 주머니를 뒤적거리다가 가늘고 길쭉한 것을 하나 꺼내어 내 손에 쥐여 주었다. 만년필이었다. 만년필이라면 나도 본 적이 있는 물건이었다. 백인은 뚜껑을 열고, 꽁무니에 달린 조그만 펌프를 뽑았다가 살며시 밀었다. 잉크가 나와야 할 터인데도, 방게가 거품 뿜듯이 잉크 방울만 몇 개 뿜는 것으로 보아 말라 가고 있었던 모양이었다. 그는 그 만년필을 내 손에 쥐여 주고는, 조금 전에 인민군 장교가 아프지 않게 때린 뺨에다 쩍 소리가 나게 입을 맞추었다. 흑인도 다가와 주머니를 뒤졌지만 그는 아무것도 찾아내지 못했다. 그 역시 나에게 입을 맞추었다. 흑인의 입술은 겉보기와는 달라서 그렇게 부드러울 수가 없었다. 두 사람은, 그러고는 뒷산 쪽으로 사라졌다.

유엔군도 구경하고 인민군도 구경했다는 사실, 유엔군과 손짓 발짓으로 대화를 나누었다는 사실이 내게는 꿈 같았다. 유엔군과 인민군이 사라져 버린, 마당에 남은 고요가 그런 느낌을 부추겼다. 꿈이 아니었다. 내 손 안에는 까만 만년필, 그 백인의 손때가 묻어 껍진껍진한 느낌을 주는 문명이 들어 있었으므로 그것은 꿈이 아니었다.

나에게 그 문명은 문화의 세계로 통하는 문이기도 했다.

뒷날 나는 한국전사(韓國戰史)를 통해 유엔군과 북한군을 만난 것이 8월 15일 전후의 일이었음을 확인할 수 있었다. 당시 국군은 북한군의 8월 공세로부터 대구를 방어하기 위해 대구 북방에 자리잡은 국군 6사단을 주축으로 이른바 〈Y 라인〉을 구축하고 있었다. 적의 총공세가 시작된 것은 8월 15일이었고, 대구역에 여섯 발의 포탄이 떨어진 것은 8월 18일의 일이었다. 따라서, 유엔군과 북한군이 거의 동시에 우리 마을에 나타난 것은 저 유명한 다부동 전투가 벌어지기 직전의 일이었을 가능성이 컸다.

내가 확인한 바에 따르면 두 유엔군은 당시 왜관을 중심으로 방어선을 구축하고 있던 미 제1기병 사단, 북한군은 8월 공세의 핵을 이루고 있던 북한군 15사단에 소속되어 있었기가 쉽다.

그날 밤에 나는 어머니로부터 호되게 꾸지람을 들어야 했다. 보리밥 때문이었다. 어머니와 형은 긴긴 여름 해가 저물도록 밭에서 일을 하고 돌아온 만큼, 소를 잡아먹어도 시원치 않을 정도로 시장했을 터였다. 그러나 보리밥이 남아 있을 리 없었다. 시장하기는 나도 마찬가지였지만, 희한한 사건을 두 차례나 체험한 내 정신은 배가 비어 있다는 것을 감지할 만큼 한가하지 못했다.

어머니는 보리밥을 앉히고 툇마루로 나와 나에게 보리밥이 없어진 까닭을 소상하게 설명하게 했다. 나는 울면서, 흐느끼면서 이야기를 다 하고 만년필을 보여 주었다. 어머니는 만년필을 받아 등잔불 앞으로 가져갔다.

그사이에 형이 물었다.

「〈인도징〉은 정말 오골계처럼 새카맣게 생겼던?」

오골계는, 깃털과 살은 물론이고 뼈까지 까만 닭을 말한다. 그러나 〈인도징〉이 오골계 같더냐는 형의 말에 그렇다고 할 수 없었다. 이빨이 하얗던 것으로 보아 〈인도징〉의 뼈도 희기가 쉬울 것 같아서였다. 그래서 이렇게 대답했다.

「아니, 영천 대말(大馬)의 자지 색깔과 똑같더라.」

이렇게 대답했다가 어머니로부터 또 꾸지람을 들었다. 그러나 흑인의 피부색을 그보다 더 잘 설명할 수는 없었다. 흑인의 피부색을 설명하자면 나와 형이 공유하는 체험 중에서 어떤 사물을 끌어올 수밖에 없었는데, 우리가 피난 갔을 때 영천에서 함께 본 말의 성기 색깔은 거기에 가장 가까웠다.

「네가 손에 피를 묻혔구나……」 어머니는 두 시간 이상 걸려 지은 보리밥을 우리에게 나누어 주면서 한숨을 섞어서 중얼거렸다.

네가 손에 피를 묻혔구나…….

어머니의 말은 사실이었다. 인민군 권총과 두 장총의 시체가 뒷산 너머에 있는 국통산 기슭에서 발견되었다는 소문이 마을로 들어온 것은 바로 그다음 날이었다. 당시는 국통산 전투가 시작되기 전이어서 그 세 인민군은 우리 집을 지나간 바로 그 권총과 두 장총인 것이 확실했다.

어머니는 내게 또 물었다.

「유엔군과 인민군이 다녀간 걸 본 사람이 있느냐?」

없었다. 마을은 20호밖에 안 되는 조그만 산비탈 마을이었는데, 우리 집은 그 비탈의 맨 꼭대기에 있었다. 유엔군이나 인민군은 큰 소리를 내고 지나갈 입장도 서로 아니었다.

「인민군이 낙동강까지 밀고 내려왔다더니 정말인 게로구나. 해동이 너, 이 이야기 절대로 다른 사람에게 해서는 안 된다. 물론 만년필을 누구에게 보여 주어서도 안 된다. 만년필은 세상이 좋아질 때까지 내가 보관하고 있으마. 그리고 선이 너도 입을 닫고 살아야 된다. 이것은 목숨이 왔다 갔다 하는 문제니까, 목숨을 부지하려거든 입을 다물어라.」

「왜요?」 형이 물었다.

「유엔군에게 밥을 주었다는 걸 알아 봐, 인민군이 그냥 두겠느냐. 인민군에게 밥을 주었다는 걸 알아 봐, 아군이 그냥 두겠느냐…….」

어머니의 말은 사실이었다. 다음 날부터 마을로는, 유엔군을 도와준 누구누구가 인민군에게 총살을 당했다는 무시무시한 소문이 나들이한 사람들 입에 묻어 들어오고는 했다. 그로부터 며칠 동안 나는 거의 날마다 인민군에게 총살을 당하거나, 밟혀 죽거나, 죽창에 찔려 죽는 악몽에 시달려야 했다.

내 고향은, 지금은 탱크 모양의 전쟁 박물관이 서 있는 경상북도의 유명한 격전장 다부원에서 50리쯤 떨어진 군위군(軍威郡)의 아주 외진 산골 마을이다. 내가 다니던 국민학교 교가 첫머리에 나오는 산 이름인 국통산도 격전지로 유명하다. 그러나 우리 가족은 다부원의 전투가, 국통산의 전투가 어떻게 되어 가는지 전혀 알지 못했다. 나에게 다부원과 국통산의 전투는 총소리와 대포 소리와 밤중에 이따금씩 볼 수 있던 섬광일 뿐이었다.

국군과 유엔군이 낙동강에서 반격을 개시, 인민군을 북쪽으로 밀고 올라간다는 소문이 돌 즈음, 어머니가 이런 말을 했다.

「해동이 너, 인민군이 유엔군 못 봤느냐고 물었을 때 뭐라고 대답했다고 했지?」

「〈흰둥이와 인도징요?〉 하고 되물었지요. 그 흰둥이와 인도징은 살았을까요?」

내가 이렇게 대답하자 어머니는 내 머리를 쓰다듬으며 〈그 흰둥이와 인도징이 목숨을 건졌다면 그 말 때문에 건졌을 게다〉 이러면서 웃었다.

「해동이가 한 그 말 때문에 살았다니, 그게 무슨 뜻인데요?」 형이 물었다.

어머니가 우리에게 설명해 주었다.

「그게 바로 말에다 지르는 빗장이라는 게다.」

「말에다 빗장을 질러요?」

「나무꾼과 선녀 이야기 알지? 사슴이 사냥군을 피해 도망치다가 나무꾼에게 살려 달라고 했지? 나무꾼은 그 사슴을 땔나무 더미 속에 숨겨 주지 않았어? 조금 있다가 사냥꾼이 와서, 사슴 못 보았느냐고 물을 때, 나무꾼이 뭐라고 했지?」

「못 보았다고 했잖아요?」

「그래. 하지만 〈뿔 없는 암사슴 말인가요?〉 이랬으면 좋았을걸 그랬지.」

「왜요?」

「못 보았다고 하면 사냥꾼이, 거짓말을 하고 있는지도 모른다고 나무꾼을 의심하겠지만, 〈뿔 없는 암사슴 말인가요?〉 하고 물으면 그때부터는 어디로 갔는지 그것만 궁금해지는 바람에 의심을 못 하게 된다. 이게 빗장이라고 하는 거다. 네가 〈흰둥이와 인도징요?〉 하고 물은 게 바로 말 빗장이라는 게다.」

나는 정말이지, 그런 걸 알고 그렇게 말했던 것은 아니었다.

나는 어머니가 실제로 이 말 빗장이라는 것으로 학생 둘을 경찰관들의 손길로부터 피신시키는 것을 본 적이 있다. 1960년 4월 19일을 전후해서 학생들이 독재 정권에 저항, 봉기한 것은 우리가 대구로 나온 다음 해의 일이다. 당시 우리가 세 들어 살던 집 가까이에는 몇 차례 민의원을 지내던 꽤 유명한 사람의 집이 있었다. 그런데 2월 28일에 시작된 학생 운동이 격화되면서 대학생과 고등학생들이 몰려와 이 집에 무수히 돌을 던지다가 결국 불까지 지르는 사건이 발생했다. 내가 중학교에 첫 등교하기 며칠 전의 일이었다.

시위를 주도하는 학생들 중에서 고등학생들은 대개가 내가 입학하기로 되어 있는 학교 선배들이었다. 나는 시위하는 경위도 모르는 채 단지 그 고등학생들이 그 집에다 던질 돌멩이를 찾느라고 두리번거릴 때마다 돌을 주워다 주었던 기억이 있다. 대학생과 고등학생들이 화염병(횃불이던가) 비슷한 것을 던지기 시작한 것은 이 집 안에 있던 사람들이 돌멩이를 피해 다른 곳으로 피한 뒤였다. 이 집이 불타기 시작하자 경찰이 출동했다. 우리들 어린 구경꾼들은, 학생들이 경찰에 저항하는 틈을 타서 각기 집으로 도망쳤다.

집으로 돌아왔을 때 어머니는 마당에서 풋나물을 다듬고 있었다. 내가 방으로 들어가고 나서 얼마 되지 않아 어지러운 발자국 소리에 묻어 대학생 하나와 고등학생 하나가 우리 집으로 뛰어 들어왔다.

「숨겨 주십시오!」얼굴이 피투성이가 되어 있던 대학생이 다급한 목소리로 이렇게 말했던 것 같다.

내가 방문을 연 것과, 두 학생이 신발을 신은 채로 우리 방으로 뛰어든 것과, 진압봉을 든 경찰관 둘이 우리 집으로 들이닥친 것은 거의 동시에 일어난 일이었던 것 같다. 경찰관들이 어머니에게 학생들을 보지 못했느냐고 물었을 때 어머니는 이렇게 되물었다.

「대학생 하나와 고등학생 하나 말인가요?」

경찰관들이 그렇다고 대답했을 때, 어머니는 우리 집 옆에 있는, 울타리가 둘러쳐진 공장 부지를 가리키면서 대답했다.

「저 담을 넘어갔어요. 다쳤던데요.」

114

경찰관들은 그 담을 넘어갔는데, 두 학생을 쫓아 어디로 갔는지 그 뒤로는 두 번 다시 우리 집에 나타나지 않았다.

어머니는 구변이 좋은 분이 아니었다. 그러나 어머니 구변의 묘미는 겉으로 표현되는 말의 배후에 있었다. 나는 어머니가, 내가 이것을 배울 만큼 오래 살아 주지 못한 것을 한탄하고는 한다.

내가 무슨 글짓기에서 상을 받았을 때의 일로 기억한다. 어머니는 내가 쓴 글을 두어 차례 읽어 보고는 나에게 이렇게 말했다.

「네가 쓴 이야기를 듣고 있자 하니 꼭 신 신고 발바닥 긁는 것 같아서 내 성미에는 하나도 차지 않는다. 네가 이모 따지고 저모 보태고 위아래 양옆으로 더하기 빼기를 일쑤 한다만 글 속에 글 있고 말 속에 말 있어야 하는 것이 이야기인데 턱도 없다, 턱도 없어. 이야기를 그렇게 당나귀 찬물 건너듯이 하면 안 된다. 그러니 내 이야기 한 자루 들어 보고 이야기꾼의 묘리를 풀어 보도록 하여라. 이야기의 재미가 말 밖에 있어야지 말 안에 있어서야 되겠느냐. ……예전 어느 고을에 자식들 다 취성시켜 대처로 보내고 단둘이 사는, 부엉이 같고 올빼미 같은 영감 할마시가 있었더란다. 반백년을 함께 살았으니 영감이고 할마시고 그저 밤에 보는 밤나무, 낮에 보는 낮자루 같지 않았겠느냐만, 이 영감 할마시는 그게 아니고 늙은 금슬이 찰떡같이 어울려지던 모양이었던가 보더라. 하루는 영감 할마시가 농장구 설거지, 부엌 설거지를 끝내고 느지감치 방에 들어가 호롱불을 밝히는데, 예전 촌사람들 어디 손 놀 새 있었느냐? 영감은 윗목에 앉아서 새끼 꼬고. 참, 새끼 꼬는 거 이제는 잊어버렸제? 왼손으로 짚단 대가리 모아 쥐고, 오른손으로는 검불을 툭툭 훑어 낸 연후, 젖지 않을 만하게 물 뿌리고 곰배로 노골노골하게 패서 꼬아야 새끼가 야문 법이다. 그래, 영감은 윗목에서 새끼머리 깔고 앉아 새끼 꼬고, 할마시는 아랫목에서 물레로 명을 자았더란다. 서로 일감 잡은 것은 좋은데, 영감 할마시는 입이 궁금했던지 또 이야기라는 것을 하는데, 글눈 어두운 할마시한테야 무슨 이야깃거리

115

가 있었을까? 이야기는 글을 아는 영감이 주로 맡아서 했지. 옥루몽 이야기, 사씨남정기 이야기, 구운몽, 권익중전, 조웅전, 유충렬전 이야기를, 노루 때리던 작대기 울거먹듯이 줄줄 울거먹었겠지. 영감은 이야기를 하다가 신명이 나면, 전당호 밝은 달에 채련하는 아해들아, 십 리 창강 배를 띄워 물결이 급다 마소…… 이런 소리도 더러 붙여 해가면서 양창곡이가 여덟 계집 거느리는 이야기를 하고, 그러면 할마시는, 영감도 재주 있거든 헌계집 하나 차고 들어와 보소, 헌옷 얻어 입어 봐야 걸렛감, 헌계집 차지해 봐야 송장치레밖에 더 해요, 이러면서 앙알앙알하고 그랬지. 밤새 이야기만 하던 영감이 첫닭 우는 소리에 가만히 할마시 물레를 보니 물렛가락에 실 감긴 것이 없어. 할마시는 영감 이야기 들으면서 웃느라고 밤새 한 일이 하나도 없었던 게야. 그래서 영감은 꼬고 있던 새끼 끄트머리를 잡고 할마시를 겨냥하고 치면서, 〈할마시야, 정이 각각이고 흥이 각각이면, 귀도 각각 손도 각각인 게야. 이야기를 손으로 들었어? 닭 울도록 뭐 했어?〉 이러는데, 이 일을 어쩔꼬. 영감이 닭 울 때까지 꼰 새끼가 윗목에서 아랫목까지도 안 가더란다. 망할 놈의 영감 할마시, 밤새 호롱불의 기름만 말리고 있었던 게다. 어떠냐 재미있느냐……」

〈말의 빗장〉과 함께 떠오르는 친구가 있다.

20여 년 전 서울에서 친구와 살고 있을 당시, 우리는 조석으로 시장에 나다녔다. 나는 시장을 좋아해서 지금도 다른 나라 도시에 가든, 한국의 어느 도시를 가든 반드시 시장을 둘러본다. 희한한 물건이 많기 때문이기도 하지만 가장 큰 이유는, 시장은 혼자서 떠도는 사람에게 한 끼를 아주 낭만적으로 값싸게 때울 수 있게 하기 때문이다.

우리가 자주 다니던 시장에서, 먹거리와 직접 관계가 있는 가게 주인은 대개 우리와 가까웠다. 내 친구의 말주변이 아주 좋았기 때문이었다. 내 친구에게는 우스갯소리 몇 마디로 생판 모르는 가게 주인으로부터 물건을 외상으로 얻어 내는 재주가 있었다. 그러니까 우리는 친구의 말주변 덕

116

분에 그 시절에 이미 신용 카드를 쓰고 다녔던 셈이다.

　시장에서 친구는 호텔의 한식 요리사로 행세했다. 시도 때도 없이 쳐들어오는 악우(惡友)들의 술 치다꺼리를 하느라고 하도 시장을 뻔질나게 드나든 이력을 과장해서 그렇게 허풍을 떨었을 것이다. 시장 사람들 보기에 내 친구는 틀림없이 음식에 관한 한 많은 것에 대해 정통한 사람이었다. 그래서 가게 주인들은, 고객의 질문을 받을 때마다 혹 친구가 가까이 있으면 친구의 자문을 구하고는 했다.

　그런데 내 친구가 구사하는 현란한 말장난의 함정은 바로 어머니가 나와 형에게 일러 주던 그 말 빗장이었다.

　「육개장을 끓이는 데 숙주나물을 넣는 게 좋은가요?」

　고객으로부터 질문을 받고 야채 가게 주인이 이렇게 물으면 내 친구는 대답하기 전에 먼저 야채 가게의 고객에게 〈주인이 뚱뚱한가요, 아니면 마른 사람인가요?〉 하고 묻는다.

　「마른 편인데요.」

　고객이 이렇게 대답하면 친구는 기침을 하고 권위를 부리면서 가르쳐 주고는 한다. 주인의 체형을 묻는 질문, 이것이 그의 말 빗장이다. 이때부터는 그가 무슨 말을 하든 그 사람은 곧이듣게 되어 있다.

　「그러면 숙주나물은 넣지 마세요.」 친구는 이런 식으로 대답하고는 한다.

　야채 가게 주인의 반응은 대개의 경우 다음과 같다.

　「모르는 것이 없으셔.」

　이런 질문을 받을 때도 있다.

　「국을 끓일 때 굵은 파는 삶아서 넣어야 한다는 말도 있고, 그냥 넣어야 제맛이 난다는 말도 있는데요?」

　그러면 친구는 말 빗장을 채우기 위해 천천히 묻는다.

　「오늘이 며칠이지요?」

　야채 가게 주인이 〈6월 29일 아닌가요?〉 하면, 이때부터는 명령해도 괜찮다. 말 빗장이 채워져 있기 때문이다.

「하지가 지났군요. 삶아서 넣으세요.」

그렇다고 해서 그가 사기에 능한 사람이었다는 뜻은 아니다. 실제로 부추, 차총이, 마늘, 평지, 무릇 같은 강정 식품은 오훈채(五葷菜)라고 해서 불가에서는 삼가는 채소인데 견주어 숙주나물은 이와는 반대되는 나물이어서 허약한 사람에게는 좋지 않고, 가을이 가까워지면 파의 대궁이가 딱딱해지기 때문에 삶아서 넣는 편이 좋다는 것은 우리 시대의 상식이었다. 그러므로 그는 단지 말 빗장으로 죄 없는 말장난을 해본 것에 지나지 않는다. 그의 이런 요리사 행세는 내가 미국으로 떠나오기 전까지 계속되었다.

요컨대 어머니는 수사학이라는 학문이 있다는 사실조차 모르면서도 이미 철없는 아이가 얼떨결에 한 말을 듣고 고도의 수사학 냄새를 맡아 낸 분이었다. 뒷날 이런저런 공부를 하면서 나는 어머니가 참으로 많이 안 분이되, 지식으로 알지 않고 지혜로 알고 있었다는 것을 만족스럽게 확인한 적이 한두 번이 아니다.

북쪽에서 전쟁이 계속될 동안에도, 우리 형제는 〈공부하는 놈과 저금하는 놈은 살게 되어 있다〉는 어머니의 기대를 저버리지 않으려고 열심히 공부했다. 우리는 조선 시대 교과서였던 『천자문』과 『명심보감』, 중국의 교과서였던 『소학』과 『대학』을 뜻도 모르는 채 깡그리 외느라고 둘 다 아홉 살에야 국민학교에 들어갈 수 있었다.

그처럼 곤궁하던 시절에도 어머니는 한 책 한 책의 수료를 격려하느라고 곡식을 변통하여 책거리 떡 같은 것을 만들어 우리에게도 먹이고, 마을 사람들에게도 돌리고는 했다. 우리는, 어머니가 우리에게는 공부를 시키고, 당신은 틈틈이 책거리 떡쌀 여축(餘蓄)을 하는 모양이라고 생각했다. 책을 뗄 때가 가까워지면 어머니는 끊임없이 삯일을 찾아다녔다는 사실을 알게 된 것은 훨씬 뒷날의 일이다.

어머니를 생각할 때마다 물에 젖어서 싸늘한 손의 감촉이 생각나고는 한다.

우리는 처음에는 관솔불 밑에서, 내가 여섯 살이 된 해부터는 면화씨 기름불 밑에서 공부했는데, 왜기름이라고 불리던 등유의 혜택으로 코 밑에 그을음 자국이 생기지 않아도 좋게 된 것은 여덟 살이 되어서였다. 우리 마을 사람들은 잿물을 받아 빨래를 했고, 지우초라는 식물의 뿌리에서 나오는 염료로 옷감을 물들였고, 화장실에서는 종이는 고사하고 고무래로 부드럽게 두드린 짚을 썼다. 비누와 염료와 신문지는 언감생심이었다.

화장실과 관련해서 잊히지 않는 일이 하나 있다. 국민학교 1학년 교과서에는 화장실 문 그림과 함께 문에 손을 대려고 하는 아이 그림이 있었다. 선생님은 우리에게, 그 아이가 무엇을 하려고 하는지 아는 사람은 손을 들어 보라고 했다. 나는 손을 들고 자신 있게 대답했다.

「문을 열려고 그럽니다.」

아이들은 아무도 웃지 않았다. 아이들에게도 그것은 정답으로 들렸을 터였기 때문이다. 그러나 선생님은 웃으면서 대답했다.

「도시의 화장실 문은 이 그림에 나와 있는 것처럼 나무판자로 되어 있다. 그래서 밖에서 똑똑 두드리고, 안에 사람이 있으면 그 사람이 다시 그 문을 똑똑 두드리게 된다. 이것을 〈노크〉라고 한다.」

우리 집 화장실 문은 나무로 되어 있지 않았다. 우리 집뿐만 아니라 어떤 우리 급우네 집 화장실 문도 나무로 되어 있지 않았다. 우리 화장실 문은 거적이었다. 그래서 〈노크〉라는 것은 할 수 없었다. 우리의 노크, 그것은 헛기침이었다. 그러므로 내가 그렇게 대답했어도 아무도 웃지 않았던 것이었다. 그날 〈노크〉는 도시 문화에 대한 나의 노크가 된 셈이었다.

내가 우리의 삶이, 우리의 가난이 석기 시대적이었다고 하는 까닭이 여기에 있다.

내가 지금 석기 시대였다고 자조하고 있기는 하나 우리들에게도 절실하게 아름다운 삶의 순간이 있었고, 우리 나름의 세계가 열리는 듯이 아득해지는 깨우침의 순간순간이 있었다.

나와 형은 새를 기르면서 세계를 읽기 시작한 경험을 공유한다.

내 나이 여남은 살 때의 일일 것이다. 어느 봄날 나는 땔감으로 쓸 솔잎을 긁으러 우리 선산에 올라갔다가 알이 다섯 개나 들어 있는 멧새의 둥우리를 발견했다.

먹을 것이 귀하던 시절이라서 만일에 꿩의 알이 든 둥우리를 찾아낸다면 그것은 굉장한 횡재에 속했다. 꿩의 알은 굵기도 하려니와 많기도 해서 우리 세 식구라면 한 끼가 아주 푸짐했다. 그에 비해 멧새 알은 꽤 흔했지만 별로 인기가 없었다. 너무 작았기 때문에 우리는 멧새 알을 〈새앙쥐 볼가심거리〉라고 했다. 우리는 생쥐에게나 어울리는 먹거리라는 뜻으로 이 말을 썼다.

형과 나는 그게 멧새 알이라는 걸 잘 알았다. 산새의 알에는 대개 가뭇가뭇한 무늬가 있다. 그러나 당시의 우리 키 높이쯤 되는 다북솔 가지에서 기중 흔하게 눈에 띄는 것은 멧새 둥우리였다.

나는 그거나마 형이 동의하기만 하면 삶아 먹을 생각이었던 것 같다.

「있던 자리에 도로 갖다 놔.」 형이 나에게 명령했다.

「아무 나무에다 갖다 놓아도 돼?」

「안 돼. 어미 새가 따라오면서 울던?」

「아니.」

「그러니까 원래 있던 곳에 갖다 둬야 해. 어미 새는 제 둥우리가 어디로 갔는지 모를 테니까.」

「하지만 여기에서 꽤 먼걸. 가봐야 그 나무 찾을 자신도 없다. 둥우리 들고 오느라고 옆 돌아볼 새 있었나, 뭐?」

나는 형에게 삶아 먹자고 말할 수는 없었다. 형이 먼저 그러자고 하면 못 이기는 척 그럴 생각이 있었을 뿐이다.

「그럴 거다. 멧새라는 놈은 정말 평범하기 짝이 없는 나무에만 둥우리를 틀거든. 그러면 좋은 수가 있다.」

형은, 사실은 자기도 멧새 둥우리를 하나 보아 두었다고 말했다. 그러

120

니까 형은 새알이 든 둥우리를 하나 보아 두고 틈만 나면 올라가 보면서 새끼를 기다리던 참이었다.

「따라와.」

나는 형을 따라 산으로 올라갔다. 형이 보아 두었다는 둥우리에는, 내가 내려온 것과 똑같은 알이 여섯 개나 들어 있었다. 똑같은 둥우리에 든 똑같은 알…… 형은 자기 둥우리의 임자인 멧새를 속여 먹을 심산이었다.

「새는 수를 셀 줄 모른대. 그래서 홀수인지 짝수인지 그것만 맞추어 보고는 제 알을 알아보고 품어서 새끼를 깐대.」

형은 이러면서 내 둥우리의 알을 그 둥우리에다 하나씩 집어 넣었다. 알은 모두 열한 개였다.

「이 둥우리에는 여섯 개가 있지 않았어? 여섯은 짝수잖아. 그런데 지금은 열한 개가 되어 버렸네. 홀수가 되어 버렸어.」

「그래? 그럼 한 개는 버리자. 그래야 짝수가 될 테니까.」

알이 섞이고 보니 어느 것이 형의 알이고 어느 것이 내 알인지 알아볼 수 없었다.

「눈 감고 한 개를 집자. 재수 보기다.」

형은 눈을 감고 열한 개의 새알 중 한 개를 집어 멀리 던져 버렸다. 재수가 좋지 못한 알 하나가 팔매질을 당한 것이다.

「이제 됐다. 짝수로 맞추었으니까. 며칠 뒤에 다시 와보자.」

우리는 둥우리를 감쪽같이 손질해 놓고 산을 내려왔다.

그런데 열흘 뒤에 가보았는데도, 스무 날 뒤에 가보았는데도 알은 그대로 있었다. 그래도 우리는 줄기차게 기다렸다. 그러나 한 달 하고도 열흘이 지났는데도 마찬가지였다. 형은 알 하나를 집어 깨뜨려 보았다. 까맣게 썩어 있었다. 하나만 썩은 것이 아니었다. 다 썩어 있었다.

「젠장……」 산을 내려오면서 형이 말했다. 「내 잘못이다. 속임수를 써서 짝수 맞출 줄만 알았지 우리가 한 가지 생각 못 한 게 있다.」

「그게 뭔데?」

「생각해 봐라. 열 개는 너무 많았어. 멧새의 그 쬐그만 날개로 열 개를 어떻게 다 품어? 우리가 그 생각을 못 했던 거다.」

나는 그때 어렴풋이 어설픈 지식과 진정한 사랑에 관한 나름의 생각을 했을 것이다.

그다음 해의 일이었을 것이다.

땔나무하러 산에 갔다 온 형이 말했다.

「멧새 둥우리를 찾았어. 새끼가 다섯 마리나 있더라. 둥우리째 내려와서 한번 길러 보자.」

「기르자면 어미 새가 있어야 하는데, 무슨 수로 어미 새를 잡아?」

「다 수가 있다.」

밤 나들이를 좋아하던 형은 미제 손전등을 흉내 내어 손전등을 만들고는 했다. 손재주가 좋은 형이 깡통 바닥에 거울을 붙이고, 그 앞에다 관솔불을 세워 만든 아주 간단한 손전등이었다. 그런데도 이것은 당시까지 마을에서 쓰이던 초롱과는 사뭇 달랐다. 초롱은 빛이 사방으로 퍼지는 바람에 앞을 밝히는 데 효과적이지 못했다. 그러나 형의 관솔 손전등에 붙은 거울은 관솔불 빛을 한 방향으로만 반사하게 했기 때문에 초롱에서 상당히 진보한 손전등일 수 있었다.

형은 관솔불 손전등에 만족할 수 없었던지 기어이 그 시절에는 귀하디귀한 미군용 손전등을 샀다. 땔나무를 팔고 그 돈으로 산 것이었던가? 형은 그 기역 자 꼴 손전등을 권총처럼 허리띠에 차고 다니며 거들먹거리고는 했다.

캄캄한 밤에 손전등으로 새를 비추어 본 적이 있는 사람은 알 것이다. 새는 강렬한 손전등 불빛 앞에서 한동안은 꼼짝도 하지 못한다. 물론 새를 잡으려면 새에게 정신을 차릴 틈을 주면 안 된다.

나와 형은 한밤중에 매미채와 손전등을 들고 형이 보아 두었다는 멧새 둥우리 있는 곳으로 올라갔다. 우리는 숨을 죽이고 바닥을 기어 둥우리에 접근했다. 형이 손전등을 켜자 어미 새는 잠시 어리둥절하고 있다가, 내가 매미채로 덮치는 낌새를 알고는 포르르 날아올랐다. 그러나 내 매미채를 벗어나지는 못했다.

우리는 별이라도 딴 기분으로 산을 내려왔다. 나는 어미 새가 든 매미채, 형은 두 손으로 새끼 다섯 마리가 든 둥우리를 모아 들고 내려왔다. 우리는 둥우리와 어미 새를 싸리를 촘촘하게 엮어 만든 빈 닭장에다 넣었다. 야생 동물을 길들여 본다는 희망에 가슴이 뛰었다.

그러나 어미 새는, 우리가 다음 날 닭장으로 나비 애벌레, 풀무치 새끼, 지렁이 같은 먹이를 넣어 주었지만 본 척도 하지 않았다. 어미 새는 발로 싸릿대를 그러쥐고 있거나, 그 비좁은 닭장 안을 불안한 듯이 날아 볼 뿐, 새끼에게 먹이를 주기는커녕 저 자신도 벌레 한 마리 축내지 않았다. 새끼들은, 어미가 움직일 때마다 노란 부리를 빨갛게 벌리고 체구에 어울리지 않게 큰 소리로 울었다. 그러나 어미는 새끼들을 알은척하지 않았다.

하루가 그렇게 갔다. 다음 날 우리가 보았을 때 나비 애벌레와 풀무치는 까맣게 썩어 있었다. 우리는 초조했다. 우리는 집안일을 거들면서도 닭장에서 눈을 떼지 않았다. 그러나 변화의 조짐은 보이지 않았다.

사흘 째 되는 날, 나는 어미 새가 둥우리 위에 앉는 걸 보았다. 나는 형을 불렀다. 우리는 대추나무 뒤에 숨어 닭장 안을 들여다보았다. 촘촘한 싸릿대 사이로 안을 훔쳐보기는 쉬운 일이 아니었다.

놀라운 광경이 벌어지고 있었다. 어미 새는, 먹이를 얻으려고 노란 부리를 벌리는 새끼의, 열리지도 않은 눈을 쪼는 것 같았다. 우리는 닭장 앞으로 다가갔다. 어미 새는 새끼의 날개를, 혹은 대가리를 찍어 한 마리씩 한 마리씩 둥우리에서 닭장 바닥으로 떨어뜨리고 있었다. 둥우리에서 쫓겨 나온 새끼는 더 이상 움직이지 않았다. 세 마리가 그렇게 죽어 가는 걸 보고는 더 기다릴 수가 없어서 내가 손을 넣어 어미를 잡아 내고는 나머지 두 마리의 새끼를 살펴보았다. 둥우리에 남아 있던 두 마리의 새끼 역시 싸늘하게 식어 있었다. 장난삼아 손목에다 얼음 조각을 올려놓고 오래 견

디기를 겨루어 본 적이 있는 사람은 알 것이다. 새끼를 쥔 내 손바닥으로
는, 이런 장난을 할 때 경험한 것과 비슷한 차가움이 파고들었다.

「이리 내.」

형은 내 손에서 어미 새를 빼앗아 드는 순간, 담벼락에다 태기장을 쳤
다. 두 번 칠 필요가 없었을 텐데도 형은 떨어진 새를 집어 세 번이나 태기
장을 쳤다. 어미 새는 순식간에 무참하게 형체도 없이 일그러졌다. 형이
하지 않았더라면 내가 그랬을 터였다.

왜 그렇게 분했던지.

뒷날, 미국으로 떠난 시인 박남수의 다음 일절을 읽고 충격에 가까운 감
동을 받게 되는 것은 바로 이런 체험이 있었기 때문에 가능했을 것이다.

······포수는 한 덩이 납으로 새의 순수를 겨냥하나
매양 떨어지는 것은 한 마리 상한 새에 지나지 않는다.

그러므로 내가 쓰는 〈가난〉이라는 말 역시 먹을 것이 없어서 끼니를 건
너뛰는, 물리적으로 지극히 고단한 상황만을 의미하지는 않는다. 내가 쓰
는 〈가난〉이라는 말에는, 우리가 가난을 벗으면서 함께 벗어 버린, 그래서
지금도 몹시 그리운 어떤 정서가 아주 복잡하게 묻어 있기도 하다.

같은 마을에 살던 나의 고모에게는, 끼니때마다 우리가 제대로 먹을 것
을 끓이는지 애돌애돌해하면서 늘상 우리 집 굴뚝을 바라보는 버릇이 있
었다. 그 고모는 아버지와 숙부의 하나뿐인 누님이었다. 아버지가 해방되
던 해 세상을 떠났고, 숙부가 일본에서 연락을 끊고 있던 형편이어서 고모
는 친정의 살붙이인 우리 걱정을 늘 그렇게 했다. 그러나 어머니는 곡식이
떨어져 끓이고 삶을 형편이 되지 못하는 날에도 고모가 안심하고 밥을 먹
을 수 있도록 부엌에다 빈 불을 지펴 굴뚝으로 연기를 올려 주고는 했다.
어머니는 남의 양심에 짐 지우기를 몹시 꺼려 했다.

우리는 그렇게 가난했다.

우리가 남들보다 가난했던 것은 논밭이 적었기 때문이라기보다는 아버지가 일본으로 떠나기 전에 진 빚이 많았기 때문이다. 우리의 양식은 가을걷이가 끝나가기 무섭게 빚쟁이에게로 넘어가고는 했다. 어머니 역시 겨우내 먹을 양식도 남기지 않고 곡식으로 빚 갚아 나가기를 거절하지 않았다. 그런데 어머니는 뒤에 곤궁해서 다른 사람으로부터 곡식을 빌 때도 빌어 준 사람에게 꼭 한 가지 당부를 하고는 했다. 그것은 곡식을 빌어 갈 정도로 겨울 양식이 일찍 떨어졌다는 말이, 우리 곡식을 모조리 가지고 간 그 빚쟁이 귀에는 절대로 들어가지 않도록 해달라는 당부였다.

우리는 그렇게 가난했다.

전쟁 직후에는 우리 집에도 한풀나기 송아지가 한 마리 있었다. 송아지는 우리가 가진, 유일하게 값나가는 동산(動産)이었다. 그런데 이 송아지가 어느 해 늦여름 까닭 모를 병을 앓다가 죽었다. 요즘 가만히 생각해 보면 고사리 중독이 아니었을까 싶다. 마을 사람들은, 곱다시 한재산을 날리게 된 우리 형편을 안타깝게 여겨 주기보다는 싼 쇠고기를 먹을 수 있게 된 것을 몹시 다행스러워하는 눈치였다. 모르기는 하지만 그들은 우리 송아지가 돌림병으로 죽은 것이 아니라는 것만 확인하고는 바로 집으로 돌아가 칼을 갈았기가 쉽다.

그러나 어머니는 한사코 송아지에 칼질하자는 마을 사람들의 요구를 거절하고 힘 좋은 사람을 사서 송아지를 옮기게 하고는 당신이 손수 판 선산 자락의 구덩이에 묻고 형과 교대로 며칠을 지켰던 것으로 나는 기억하고 있다. 마을 사람들은 〈함께 일을 하고 정을 들인 소〉도 아니고 송아지인데 그럴 것이 없지 않으냐고 대들었지만 어머니의 반응은 단호했다. 송아지라서 더욱 그럴 수 없다는 것이었다. 송아지가 돌림병으로 죽은 것이 아니었던 만큼, 마을 사람들로 하여금 칼질하게 하고 싼값에 나누어 먹게 했더라면 우리의 그해 겨울은 훨씬 덜 추웠을 것이다. 그러나 어머니에게는 그런 일이 일어날 수 없었다.

한풀나기 송아지라는 말은, 한 해 여름의 풀을 먹었다는 뜻이다. 그 송아지를 여름 내내 산야로 몰고 다니면서 놓아 먹이고 거둔 것은 나였다. 그러나 그 송아지에 대한 어머니의 애정은 나의 애정에 견줄 바가 아니었다.

지금과는 달리 농사에 없어서는 안 될 동물이었던 당시의 소는 시인들로부터, 〈짐 지고 가는 것을 보면 창생을 위하여 몸 바치러 가는 애국자나 선지자 같은 동물〉, 〈사람이 수성(獸性)을 버리고 신성(神性)에 이르기 위해서는 가장 본받아야 할 스승〉으로 찬양을 받던 짐승이기도 했다. 우리에게 몸이 닳도록 일을 하고도 그 몸을 우리 양식으로 남기는 소는, 육신으로 우리 양식받이가 되고도 그 육신이 닳도록 일하고 세상을 떠나는 우리 조상과 다를 바가 없었다. 그래서 우리가 혹 소 꿈을 꾸었다고 하면, 어머니는 손을 꼽아 제삿날을 셈해 보고는 했다. 혹시 어머니가 날짜 계산을 잘못해서 제사 모시기를 잊는 바람에 조상이 현몽한 것은 아닐까 싶어서 그랬을 것이다.

우리가 어리던 시절까지만 하더라도 전문적으로 소를 도살하고 칼질하는 백정이 사회의 온갖 천대를 받았던 까닭이 여기에 있다. 그러나 천민 대접을 받았어도 이들 역시 소를 대접해서, 도살할 소는 〈어사 나으리〉, 도살장은 〈천궁〉이라고 높여 불렀다고 한다. 전날 목욕재계한 백정이 천궁 안에서 어사 나으리의 정수리를 치는 연장까지도 그들은 〈촛대(燭臺)〉라고 돋우어 불렀다고 한다. 미국이 텍사스에서 수백 마리씩 방목해서 생산해 낸 쇠고기를 싼값에 사라고 해도 한국이 덥석 사들일 수 없는 까닭이 여기에 있다.

조부모의 무덤이 있는 곳, 언제가 될지는 알 수 없었지만 일본에서 아버지의 유골이 수습되는 대로 묻힐 자리가 마련되어 있는 곳, 그 맨 아랫자락에는 소도 묻히고 개도 묻히던 곳, 그곳이 바로 우리 선산이었다. 크기라고 해봐야 한 정보(町步)가 될까 말까 했지만, 이 산은 우리에게는 여느 산이 아니라 성산(聖山)이었다. 선산 맨 위에는 조부모님의 산소가 있고 바로 그 아래에는 봉분만 있을 뿐, 유골은 함장(合葬)되어 있지 않은 아버지의 허묘(虛墓)와 장차 어머니 묻히실 자리가 나란히 있었으며, 그 왼쪽에는 공산주의자가 된 후세 숙부와 숙모의 자리도 있었다. 그 아래로도 무덤 자리가 많았지만 어머니는 그것이 누구의 자리인지는 설명하지 않았다. 그러나 우리 형제는 어렴풋이 알고 있었다.

불행히도 고조부모와 증조부모가 묻히신 안동의 선대 선산의 위치는 아버지와 숙부만이 알고 있었다. 아버지와 숙부가 알고 있었다면 어머니도 알고 있을 법하지만 어머니는 선대 선산의 성묘에는 여자가 늘 제외되는 시대의 여성이었다. 어머니는 그 선대 선산을 찾으면 돈이 되는 것을 알고 있으면서도 애써 찾으려고는 하지 않았다. 먼 친척이 우리의 형편이 나날이 어려워져 가는 것을 보고 그 선대 선산을 찾아서 팔기를 권하자 어머니는 이렇게 말했던 것으로 기억한다.

「고인 총상(塚上)에 금인경(今人耕)한다고, 옛사람 무덤은 지금 사람의 밭이 됩니다. 그 밭 자락도 몇 대째 누군가가 갈아먹었을 터인데, 그걸 지금 빼앗아 그 사람들 굶기게요? 내가 굶어도 그렇게는 못 해요.」

어머니는 가난해도 그렇게 가난했다.

할머니가 살아 있을 당시 어머니는 팥을 구하지 못해 동짓날의 팥죽을 끓이지 못한 적이 있었던 모양이다. 할머니는, 팥죽을 끓이지 않은 것에서 어머니 형편이 어려워진 것을 알고는, 오래 병치레한 것을 미안해하면서 그로부터 며칠 뒤에 세상을 떠났다고 한다. 어머니는 세상을 떠날 때까지 근 25년 동안 팥죽을 입에 대지 않았다.

어머니는 우리에게 쌀 한 줌과 콩잎을 함께 넣어 죽을 끓여 주는 한이 있어도 조상 제사에 쓰일 제물과 씨보리 자루는 축내지 않았다. 뿐만 아니다. 제기로 쓰일 목기 일습과, 명절 제상에 올릴 건어물을 한꺼번에 장만하기 위해서는, 손수 일궈 낸 것이기는 하지만 당시에는 목숨만큼이나 아끼던 밭뙈기를 팔아 치우는 것도 마다하지 않던 분이 내 어머니였다. 우리 집에서는 밥그릇으로 당시 〈백철(白鐵)〉이라고 불리던 하얀 알루미늄 그릇을 쓰고, 제기로는 사기 그릇을 썼는데, 어머니는 이것을 매우 부끄럽게 여겼다. 원래 우리 집에서 대대로 쓰이던 제기는 목기였고 일상 밥그릇으로 쓰이던 것은 유기였다. 그러나 어머니가 목기 일습을 마련한 것은 당시 우리 집에는 목기도 유기도 없었기 때문이었다. 어머니는, 목기는 내가 없앴고, 유기는 일본인들이 없앴다는 말을 입버릇처럼 하고는 했다.

어머니의 설명에 따르면, 목기가 없어진 것은 나 때문이었다. 제사 직후 목기가 물에 젖자 어머니는 이것을 그늘에 내어 말리고 있었는데, 당시 다섯 살이던 내가 이것을 더 빨리 말리려고 양지 쪽으로 내어놓는 바람에 하나같이 심하게 갈라져서 못 쓰게 되었다는 것이다. 어머니가 시키지도 않은 짓을 하는 바람에 조상 대대로 쓰이던 목기 일습을 요절낸 나는 그 뒤에도 시키지 않은 짓으로 종종 어머니의 속을 썩였다.

우리 집에서 유기가 사라진 것은 내가 태어나기 2년 전의 일이었다. 태평양 전쟁의 막바지에 몰리던 일본이, 탄피 만들 금속이 달리자 유기 공출이라는 이름으로 한반도의 놋쇠라는 놋쇠는 다 빼앗아 갔다는 것이었다. 어머니는 뒷날 미군이 남긴 탄피를 보면서 〈일본 놈들이 요것 만드느라고 우리 놋그릇을 모조리 걷어 갔으니, 이번에는 미국 놈들의 요것을 녹여서 놋그릇을 만들었으면 좋겠다〉고 한 적이 있다.

그런데 어머니는, 제기를 못 쓰게 만든 것이 당신의 아들이었다는게 늘 마음에 걸렸던 모양이다. 어머니는 그 뒤 제사 때마다 〈제기를 어서 장만해야 조상님들이 저 애를 원망하지 않으실 텐데……. 내 마음에 자꾸 걸리니 조상님들 마음엔들 안 걸리실까〉 하는 말을 곧잘 했다고 한다. 어쩌면 어머니는, 내가 혹 조상의 원망받이라도 될까 봐서 밭뙈기를 팔아서라도 제기 일습을 장만했는지도 모르겠고, 제기 일습을 장만하기 위하여 피땀으로 그 산밭뙈기를 일구었는지도 모르겠다. 어쨌든 어머니는 새 목기로 제사를 차리면서 우리에게 〈목기에다 제수를 진설하니 마음이 이렇게 좋은걸〉, 이러면서 〈양반은 죽어도 개헤엄은 안 치는 법〉이라고 가르쳤다. 그런 의미에서, 우리는 가난했지만 더없이 위풍당당하고도 지극히 종교적이었다.

128

어머니는 제사 범절에 까다로웠다. 제사 뒤의 그 기름진 음식 때문이었을까. 제사는 내 어린 시절 기억의 중요한 부분을 이룬다.

처리하려면 힘에 부치는 일이 자주 돌아올 때 사람들은 〈가난한 집 제삿날 돌아오듯 한다〉고 말한다. 우리는 가난에 시달리면서도 거의 한 달에 한 번꼴로 제사를 모시었다. 우리 집안은 다섯 대를 봉제(奉祭)했는데 다섯 대라면 고조부모, 증조부모, 조부모, 부모 그리고 우리 세대이다. 다행히도 어머니가 살아 계셨고, 우리 세대가 제사 흠향할 불행한 일이 없어서 우리는 고조부에서 아버지까지 일곱 분의 기일마다 드는 기제사, 설과 음력 9월 초아흐레에 드는 중양절(重陽節)의 명절 제사, 10월의 시향 묘사, 이렇게 모두 열 차례 제사를 모시었다.

제물을 흠향하는 분들 중 어머니가 시집와서 대면한 분은 아버지와 할머니뿐이었다. 따라서 나머지 다섯 분은 어머니로서는 본 적도 없는 분들이었다. 그런데도 어머니는 결사적으로 유교적이었다. 제삿날이 되면 어머니는 정말 제수 흠향하실 조상이 우리 집 안으로 들어온다고 믿었다. 그래서 어머니는, 들어오는 귀신의 목에 걸리는 일이 없도록 밝을 때 빨랫줄부터 걷었다. 귀신은 젯밥에 섞여 들어갈 수도 있는 뉘와 나물에 섞여 들어갈지도 모르는 머리카락을 가장 싫어한다고 해서 우리는 초저녁부터 젯밥 지을 쌀을 상 위에 부어 놓고는 뉘를 골랐고 어머니는 정성을 다하여 나물을 다듬었다. 제상을 차리는 법식도 어머니는 우리에게 까다롭게 가르쳤다. 짐승의 고기는 동쪽에, 물고기는 서쪽에 차려야 했고, 과일을 차리되 대추, 밤, 배, 감의 순서가 제대로 지켜지지 않으면 안 되었다. 〈법답지 못한 것〉은 곧 상스러운 것이었다. 어머니는, 귀신은 이승과 정반대인 세상을 사는 만큼 모든 것을 거꾸로 해야 한다면서 산 사람의 상을 차릴 때는 밥그릇 오른쪽에 놓는 수저도 제사상에서만은 밥그릇과 국그릇의 왼쪽에 놓게 했다.

귀신의 밥상은 거꾸로 차리는 풍습 때문에 우리 어린 시절, 왼손잡이 아이는 몹시 홀대를 받았다. 아버지들은 아들이 왼손으로 밥을 먹으면 수저를 빼앗기도 했고, 그래도 말을 듣지 않으면 빈방 같은 데 가둔 다음 오른손을 쓰도록 연습하게 만들기도 했다. 왼손잡이 처녀는 시집가기가 몹시 힘들던 시절이기도 했다.

배례(拜禮)라는 것은 절을 하는 것을, 국궁(鞠躬)이라는 것은 존경하는 마음으로 허리를 구부리고 있는 것을, 유식(侑食)이라는 것은 조상들의 혼백이 와서 음식을 들 동안 가만히 엎드려 있는 것을 말한다. 촛불을 밝히는 것은 조상이 우리에게 내린 기운에 보답하기 위함이요, 밥과 술은 조상이 우리에게 내린 넋에 보답하기 위함이라고 했다. 배례를 할 때도, 국궁을 할 때도, 유식을 할 때도 어머니는 우리 뒤에 앉아서는 조상이 그 자리에 와 있는 것과 똑같이 두런두런 이승 소식을 전하고는 했다. 아버지의 제삿날에는 부러 퉁명스럽게, 〈우리 애들 제대로 키워 놓아야 유골을 수습해 오든지 말든지 할 테니까 탈 없이 잘 크게 해주어야 할 게요〉 하면서 도움을 청하기도 했다. 그러나 그것은 아버지에게 하는 말이 아니었다. 우리에게 끊임없이 던지는 다짐이었다.

제사가 끝나기 전에 닭을 울리는 날에는, 우리는 어머니의 야단받이가 되어야 했다. 이승과는 모든 것이 거꾸로인 저승의 귀신은 닭이 울기 전에 저승으로 돌아가야 하기 때문이었다. 제사가 끝나고 사립문 밖까지 나가 지방(紙榜)을 불사르고 들어와 제사 음식을 먹고 있을 때 닭이 울면 어머니는 조상이 제사를 잘 드시고 갔다면서 대단히 흡족해하고는 했다.

대여섯 살 코흘리개 때부터, 우리는 거의 한 달에 한 번씩 이런 식으로 엄숙하게 제관 노릇을 했다. 때로는 어머니로부터 배워서 어흠어흠 헛기침까지 했다. 헛기침은, 제사가 다음 순서로 진행될 때 제관들에게 제주가 보내는 신호였다. 헛기침이 화장실 노크 대신 쓰이던 시대였다.

우리는 어머니로부터 보학(譜學)이라고 하는, 해괴한 조선 시대 학문도 배워야 했다. 보학이라는 것은 남의 족보, 특히 남의 족보와 관련된 상식을 말한다. 어머니에게 전해진 할머니의 주장에 따르면 보학은 처음 만난 사람과의 대화를 흉허물 없게 만들어 주는 선비의 필수 과목이었다. 그래서 우리는 열 살 안쪽의 개구쟁이 시절에 이미 웬만한 집안의 내력과 돌림자의 내림은 짐작할 수 있었다.

어머니로부터 배운, 당시에는 요긴하지 않아 보였지만 나중에 요긴하게 느껴진 것이 촌수에 따른 호칭이었다. 아버지의 아우가 우리에게 숙부가 되는 것에서 시작되는 이 촌수 따지기는 숙부의 아들딸, 그 아들딸의 아들딸, 아버지 사촌의 아들딸, 그 아들딸의 아들딸까지는 쉬워도 이모와 고모, 내종과 외종, 시가와 처가의 관계에 이르면 여간 까다로운 것이 아니었다. 어머니는 촌수가 먼 일가붙이라도 조항(祖行)과 숙항(叔行)과 질항(姪行)과 손항(孫行)을 늘 반듯하게 따지기를 바랐다. 질녀와 조카는 엄연히 남녀의 구별이 있는 만큼 섞어 쓰는 것도 어머니는 용납하지 않았다. 어머니는 〈너희 이모 딸의 남편〉이라는 식의 표현 대신 〈내 이질서(姨姪壻)〉라는 말을 씀으로써 우리가 재빨리 그것이 누구를 지칭하는가를 알아내게 했다.

그러나 나의 관점에서 따지는 촌수에는 그럭저럭 훈련된 뒤에도, 어머니 아버지의 관점에서 따져지는 촌수를 환산하기까지는 실로 긴 시간이 필요했다. 어머니는 과갈지친(瓜葛之親)을 반듯이 따질 수 있어야 사람 구실을 제대로 할 수 있다고 했는데 이 어려운 한자말은 오이 덩굴과 칡덩굴처럼 뒤엉킨 인척 관계라는 뜻이다. 우리 형제는 어머니의 이 약간은 과욕한 훈육에 힘입어 과갈지친을 지나치게 반듯하게 따져 냄으로써 뒷날 많은 사람들의 빈축을 사게 된다.

이것 때문에 친구와 언어 문화를 두고 입씨름까지 벌이는 사태가 빚어지기도 했다. 이런 것 따지는 일을 하찮게 여기는 어떤 친구에게서 내 사무실로 전화가 걸려 왔다. 대학 다니는 조카를 보낼 테니까, 어떤 책을 좀 빌려 달라는 내용이었다. 나는 대학 다니는 친구의 조카, 즉 훤칠한 청년을 상상하면서 기다렸다. 그러나 막상 온 사람은 처녀였다. 나는 건네주기 전에 이런저런 이야기를 하면서 그 처녀를 〈김〉이라고 불렀다. 친구의 조카가 아니면 질녀일 테니까 틀림없이 〈김〉일 거라고 짐작한 내 잘못이었다. 처녀는, 자기는 〈김〉이 아니고 〈박〉이라고 했다. 놀란 내가 어떻게 된 일이냐고 묻자 처녀는 대답했다.

「저는 삼촌의 친조카가 아니고 삼촌 누님의 딸이거든요.」

나는 그제야 그 친구가 〈생질녀〉를 보내면서 〈조카〉를 보낸다고 한 것임을 알았다. 나중에 그 친구에게 전화를 걸어 항의했다. 우리 사이에는 이런 말이 오고 갔다.

「이 사람, 생질녀라고 했으면 내가 알아들었을 것을 공연히 〈조카〉라고 해가지고 이런 실수를 하게 하나?」

「지금이 어느 시대인데 이질녀, 생질녀를 따지나? 복잡한 세상 간편하게 조카로 통일하더라고.」

「복잡한 세상이니까 세분화된 언어를 써야 하는 것이 아닌가? 세분된 약속, 분화된 정보가 실린 언어를 쓰는 것, 이것이 곧 제대로 된 언어 문화 아닌가?」

나는 영어로 된 책을 읽을 때도 영어의 표현법에는 이것이 세분되어 있지 않아서 여간 곤욕스럽지 않았다. 그들이 쓰는 〈안트〉가 도무지 고모인지, 이모인지, 숙모인지, 외숙모인지, 백모인지, 〈엉클〉은 숙부인지, 외숙부인지, 이모부인지, 고모부인지, 〈커즌〉은 친사촌인지, 외사촌인지, 고종사촌인지, 이종사촌인지, 손위인지, 손아래인지, 〈부라더인로우〉는 처남인지, 매형인지, 매제인지, 〈시스터인로우〉는 며느리인지, 올케인지, 시누이인지 궁금해서 행간을 열심히 찾아야 직성이 풀리고는 했다. 영어를 한국어로 번역할 경우, 존비칭(尊卑稱)이 엄격하게 결정되어야 하는 만큼 대단히 중요한 문제인데도 불구하고, 그들의 문장에서 이것을 반듯하게 알아내기는 여간 어려운 일이 아니었다. 나는 나중에 미국에 머물게 되면서야 구조가 종적인 우리 문화에서는 그렇듯이 중요했던 것들이 구조가 횡적인 미국 문화에서는 대수롭지 않게 여겨진다는 것을 알았다.

조상 제사는 원래, 효도를 모든 행동 규범의 시작으로 본 유교에서 양식화한 것인데 유교적인 것이 종교적이라면 우리는 그렇게 종교적이었다. 우리만 그렇게 했던 것이 아니라 온 마을이 그렇게 했다. 조상 제사 말고도 마을에는 한 달이 멀다 하고 마을에서 벌어지는 동신제(洞神祭)와 영등제(靈登祭)를 비롯, 정월이면 제수굿, 2월이면 영등굿, 3월에는 꽃맞이, 4월이면 조왕굿, 5월이면 단오굿, 6월에는 머슴먹이굿, 7월에는 칠성굿, 8월이면 조상굿, 9월이면 단풍굿, 10월이면 성조굿, 동짓달이면 당산굿…… 온갖 제사와 굿판이 다 벌어졌다. 그래서 나는 어두워지기만 하면 저승 귀신들이 와서 어슬렁거리는 우리 마을의 밤이 그렇게 무서울 수가 없었다. 밤만 되면 숲과 나무는 여느 숲, 여느 나무가 아니었다.

어머니는 산이나 들에서 무엇인가를 먹을 때마다 꼭 음식의 한 귀퉁이를 헐어 귀신들에게 던져 주는, 이른바 〈고수레〉를 하고는 했다. 그런 어머니를 보고 자란 우리에게 세상은 우리의 삶터일 뿐만 아니라 정처가 없는 귀신들의 광야이기도 했다.

어머니는 우리에게 귀신에는 좋은 귀신과 사곡(邪曲)한 귀신이 있다는 것을 가르쳐 주었다. 총각이 죽어서 된 몽달귀신, 처녀가 죽어서 된 손말명귀, 홀아비가 죽어서 된 말뚝귀신, 과부가 죽은 골무귀신은 모두 한을 품고 죽은 모질고 악한 두억시니들이지만, 삼신할매가 지은 우리는 조상의 영이 돌보고 있으니만치 조상의 귀신들을 잘 모셔야 한다고 가르쳐 주고는 했다. 어머니는 밥알을 그냥 내버리면 그 밥알이 수채에서 다 썩을 때까지 앉아서 지켜보는 귀신이 있다면서 구정물도 걸러서 버렸다. 우리는 고자가 되는 것이 두려워 흐르는 물에는 절대로 오줌을 누지 못했다.

그로부터 20년 뒤 나는 월남에서 처음으로 이매망량이 없는 마을을 체험했는데, 그것은 내 나이가 들어 그런 것을 두려워하지 않게 되었기 때문이 아니었다. 그것은 월남의 마을이 내 마을, 내 실존의 마당이 아니었기 때문이었다. 두려운 귀신이 없는 곳에는 마음의 의지가지가 되는 귀신도 없었다. 수많은 종류의 귀신들과 같이 살던 우리는 종교적이지 않을 수 없었다. 땔감이랍시고 진달래 뿌리나 캐 오던 내 형도 열한 살이 되고부터는 큰 나무를 쓰러뜨리고 이것을 장작으로 토막 내어 시장에 내어다 팔고는 했다. 믿기지 않겠지만 내 형의 나이는 분명히 열한 살이었다. 형의 지게는 꼬마 지게였던 만큼 땔감을 한 짐 지고 가서 팔아도 값은 늘 반값이었다. 그래도 우리는 그 돈으로 종이도 사고, 연필도 사고, 소금도 사고, 〈얼간이 고등어〉 혹은 〈간잡이 고등어〉라고 불리던 자반고등어도 사고는 했다.

내 형은 공부를 썩 잘하는 편이 못 되었다. 형은 이따금씩 학교를 빠져가면서까지 시장에 내어다 팔 땔나무도 해야 했고, 장날이 되면 그 땔나무를 시장으로 져내기도 해야 했기 때문이었다. 하여튼 형은 어머니 치마꼬리에 그림자처럼 묻어다니기는 해도 농사에 관한 한 작은 장정 노릇을 너끈하게 해내었다. 형은 어쩔 수 없이 그러는 것처럼 일을 앞세워 공부로부터 살금살금 멀어져 갔다.

우리 마을에 우마차는커녕 우마차 다닐 길도 없던 시절이었다. 형은 지게로 장작을 져나르지 않으면 안 되었다. 50년대에 들면서 우리 한국의 산들이 민둥산이 된 것은 전쟁 탓도 있지만, 수많은 시골 사람들이 도시 사람들에게 땔감을 파느라고 낙엽이라는 낙엽은 다 긁고 나무라는 나무는 다 베었기 때문이다. 물론 나무가 다 베어진 뒤로는 낙엽도 긁어다 팔 수가 없었다.

닷새에 한 번씩 장이 설 때마다 내 형은 장작을 두 지게씩 지고 나가서 팔았다. 믿기지 않겠지만 혼자서 두 지게씩 지고 나가서 팔았다. 당시에는 하루에 장작을 두 지게씩 지고 나가서 파는 사람이 종종 있었다. 그렇다고 해서 지게 두 개를 동시에 지고 나가는 것은 아니었고 한 짐을 읍내까지 져다 팔고, 돌아와서 또 한 짐을 지고 나가는 것도 아니었다. 지게 하나를 지고 한 5백 미터쯤 가다가 내려놓고, 돌아와서는 두 번째 지게를 지고 가서 그 옆에다 내려놓고……. 이런 식으로 되풀이해서 지게질을 함으로써 두 짐을 내어다 판 것이다.

장작을 팔자면 살아 있는 나무를 베어야 한다. 내 형은, 지금으로서는 생각도 할 수 없지만 거의 매일같이 아름드리 소나무를 찍어 넘겼다. 형에게는 묘한 버릇이 있었다. 나무를 찍기 전에 도끼머리로 나무둥치를 가볍게 세 번씩 두드리면서 이렇게 중얼거리는 버릇이 그것이다.

「나무요, 나무요, 도끼 들어가요.」

내가 나무에게 그렇게 말하는 까닭을 묻자 형은 이렇게 대답했다.

「내 나이 겨우 열한 살밖에 안 되지만 이 나무는 백 살도 넘을 것 아니냐. 내가 도끼질을 하는 것은 구처(求處)가 없기 때문이지만, 세상 구경 오래 한 나무의 혼을 욕보여서야 되겠냐. 나무에 혼이 있을 테니까, 내 도끼 들어가기 전에 피하라고 그런다.」

〈나무요, 나무요, 도끼 들어가요…….〉

우리는, 아니 내 형은 그렇게 종교적이었다. 형은, 성수(聖樹)를 도끼질했다가 아귀병을 얻는 그리스 신화의 에리시크톤의 멘탈리티를 겨우 열한 살 때 극복했을 만큼 종교적이었다. 나는 아홉 살 때 들은 이 정다운 말을 쉰 살이 된 지금도 따뜻하게 기억한다.

그로부터 30년 뒤 나는 승주 송광사에 가게 된다. 가깝게 사귀어 모시던 스님을 배웅하러 광주 원효사에 내려가 영결식에 참석한 뒤, 영가(靈駕)를 모시고 다비장 가는 동패에 끼었던 것이다.

〈다비〉라는 말이 반드시 화장(火葬)을 뜻하는 것은 아니지만 불가에서는 그렇게 쓰인다. 처음 보았는데, 다비는 이렇게 했다. 먼저 땅을 깊이 파고, 여기에 숯을 여러 가마니 묻은 뒤, 그 위에 판을 얹고, 관 위에 장작을 흡사 봉분 모양으로 쌓은 연후에 장작 밑에다 기름을 여러 통 붓고 불을 붙이는 것이다. 그러나 그냥 앞뒤 없이 불을 붙이는 것이 아니고 화봉(火棒)을 든 스님이 창혼(唱魂)을 한 뒤에 불을 붙인다. 그러니까 돌아가신 스님의 혼은 불러내어 버리고 육신만 거기에 둔 채로 불을 붙이는 것이다.

「스님, 스님, 불 들어가요. 시방 세계가 불바다 될 게요. 스님, 스님, 불 들어가요!」

창혼의 내용은 이랬다. 사대 육신을 불사름으로써 무량겁다생(無量劫多生)으로 지은 번뇌 업장을 벗고 열반 대도에 드는 자리이니, 슬퍼해야 할 자리는 분명히 아니다. 그런데도 창혼하는 스님의 목소리는 몹시 떨렸다. 산을 내려오는 내 귀에 오래 그 소리가 남아 있을 만큼 감동적으로 떨렸다.

〈스님, 스님, 불 들어가요……〉

참으로 이상한 일이 아닌가? 여느 혼도 아니고, 20여 년 수도한 스님의 혼인데 그냥 거기에 있다고 불에 탈 리 없을 터인데도 창혼하는 스님이 그렇게 혼을 불러내는 것이 참 이상했다. 그러나 그게 그렇게 정다워 보일 수가 없어서 나는 내 형이 나무의 혼을 불러내던 것을 생각했다.

그런데 그로부터 몇 년 뒤에 나는 또 이와 흡사한 광경이 벌어졌다는 신문 기사를 미국에서 읽게 된다. 80년대 초 한국의 대통령을 지낸 사람이 선영(先塋)을 너무 사치스럽게 꾸며 국민들의 손가락질을 당하게 되었을 때의 이야기이다. 국회의 특별 조사반은 이 전직 대통령의 선영을 조사하러 들어갔던 모양이다. 선영 이야기가 나왔으니 말이지만, 조상 자랑하기 좋아하는 사람을 영어로는 〈감자potato〉라고 부른다. 쓸 만한 것은 다 땅속에 묻어 놓고, 쓸데없는 것으로 솟아나와 있는 사람이라는 뜻이다. 그런데 조사단은 그냥 불쑥 선영으로 들어가 조사한 것이 아니고, 조사를 시작하기 전에 〈고인에 대한 예의라면서 술을 따라 예를 표한 뒤에 조사를 시작했다〉는 것이다. 그러니까 내 형이 나무를 찍기 전에 도끼 등으로 나무를 툭툭 건드리면서, 〈나무요, 나무요, 도끼 들어가요〉 했듯이, 저 송광사 다비장에서 창혼하던 스님이 다비 더미에 화봉을 들이대면서 〈스님, 스님, 불 들어가요〉 했듯이, 이 조사단 역시 무덤 앞에 술을 따라 예를 표한 뒤에 〈자, 이제 조사단이 들어가요〉 했을 것이다.

우리나라 사람들의 이런 면면을 볼 수 있어서 나는 참 행복하다. 내 형을 비롯, 우리 한국인은 이렇듯이 종교적이었고 지금도 그렇다.

내가, 우리가 어린 시절을 보낸 마을이 석기 시대를 방불케 했다고 쓴 것은 우리가 오랫동안 정체된 문화를 살고 있었다는 뜻이다.

대도시에서는 물론 그렇지 않았다. 우리 마을에서 백 리쯤 떨어진 대구만 해도 당시 인구가 50만이 넘는 대도시였다. 이 도시에는 라디오도 있고, 전깃불도 있고, 미국의 전쟁 영웅 오디 머피의 영화가 상영되는 극장도 있었다. 그러나 백 리 밖의 우리 마을에는 나무 괭이를 쓰는 사람도 있었고 짚신을 신는 사람, 나막신을 신는 사람도 있었다. 약을 모르고 살던 우리는, 다쳐서 피가 나면 송홧가루를 뿌렸다. 대구에서 온 어떤 사람은 붓에다 머큐로크롬을 찍어 눈병이 난 아이의 눈가에다 빨간 동그라미를 그려 주고는 했다.

내가 굳이 석기 시대라는 자조적인 표현을 쓴 것은 전쟁 직후부터 우리의 문명 살림살이에 밀어닥친 변화가 얼마나 엄청난 것인가를 강조하기 위해서이기도 하다.

전쟁이 끝나자 마을 사람들의 살림살이부터 달라지기 시작했다. 우리 마을에서 멀지 않은 국통산 전투에서는 수백 명의 인민군과 유엔군과 한국 군경이 전사한 것으로 전사(戰史)는 기록하고 있다. 우리 형은 학교를 오가는 길에 매장되지 못한 시체가 썩어 가는 전 과정을 정확하게 보고 다녔다고 말하고 있다. 전투가 끝나고 몇 달이 지나고부터 이 격전지는 우리 면민의 거대한 재활용 고물 창고가 되었다. 마을 사람들은 저마다 이 산으로 올라가 포탄피, 장약 통, 자동차 타이어, 드럼통, 깡통, 자동차 수평 스프링, 철모 같은 것을 거두어 와서 일상 생활 용품으로 전용하기 시작했다. 우리 마을에 그렇게 많은 철기 문화가 들어온 것은 그때가 처음이었다. 바야흐로 우리 마을은 찬란한 철기 시대를 맞는 것 같았다.

전쟁이 나기 전까지 우리 마을의 굴뚝은 대개가 물에 이긴 흙과 돌을 켜켜이 쌓은 것이거나, 밑이 빠져 버린 항아리를 세로로 쌓아 올리고 중간중간에 진흙을 이겨 붙인 것이거나, 판자로 만든 네모꼴 기둥이 대부분이었다. 그러나 국통산 고물 창고에는 이보다 훨씬 좋은 굴뚝 재료가 있었는데

137

그것은 포탄의 장약 통이었다. 강철로 만들어진 이 장약 통의 바닥을 잘라 내어 버리고 철사 같은 것으로 이어 붙이면 굴뚝으로 쓰기는 안성맞춤이었다. 이 장약 통은 또 망치로 두드리면 소리가 썩 괜찮았기 때문에 종으로도 쓰였다. 학교에는 물론, 우리 마을 동구 밖에도 이런 종이 하나 매달려 있었다. 이 종은 급한 일이 생길 때마다 마을 사람들에게 비상을 걸 수 있어서 좋기는 했으니 구장(區長)이 이 종 두드리기를 너무 좋아하는 바람에 자주 마을의 평화가 깨어지고는 했다.

자동차의 평판 스프링으로 괭이로 만들어 써본 사람들은 입이 닳도록 미국 쇠의 강도를 찬양했다. 우리나라 대장간에서 만들어진 괭이는 자갈밭에서는 날이 무디어지는 데 견주어 미국제 평판 스프링으로 만들어진 괭이는 자갈을 너끈히 부수어 버린다는 것이었다.

전쟁 전까지 우리가 쓴 지게 멜빵은 짚으로 넓고도 단단하게 땋은 일종의 굵은 새끼 같은 것이었다. 짚이라는 것이 원래 단단하지 못한 것이라서 이렇게 땋은 멜빵은 한 해에 한 번씩 갈아 주지 않으면 안 되었다. 그러나 미군들이 화물을 동일 때 쓰는 하네스라는 이름의 넓적한 나일론 끈과 낙하산 벨트는 평생을 써도 닳을 것 같지 않은 경이로운 지게 멜빵이 되었다.

시장에는 자동차 타이어를 잘라서 만든 고무신과 슬리퍼와 파리채가 등장했다. 미국의 고무는 우리나라 고무와는 비교도 되지 않으리만치 질겨서, 폐품을 이용해서 만든 것인데도 값은 재래의 고무 제품보다 훨씬 비쌌다. 잘 모르는 사람들이 이것을 불평하면, 장사치들은 〈이래 봬도 이게 미제라고요〉 하고 자랑스럽게 말하고는 했다.

구두쇠를 지칭할 때 쓰이던 〈고래 힘줄처럼 질긴 사람〉이라고 하던 표현 대신 〈미제 낙하산 줄처럼 질긴 사람〉이라는 표현이 자리를 잡아 가기 시작한 것도 이즈음이었다. 까닭 모르게 실실 웃는 사람을 만나면 〈돈 많은 과부에게 새장가 가는 꿈이라도 꾸었나〉 하던 어른들도 이즈음부터는 표현을 바꾸었다. 〈미국 놈 지갑을 주웠나, 웃기는 실실 왜 웃어?〉 이것이 새로 쓰이던 말이었다.

철모도 우리 마을에서는 다양하게 쓰였다. 우리 마을에 집집에는 대개 한두 개씩의 철모와 화이버가 있었는데, 이런 것들은 세숫대야로도 쓰이고, 감자 찌는 솥으로도 쓰이고, 양동이로도 쓰였다. 그중에서도 가장 요긴하게 써먹은 사람은 아마도 이것을 똥바가지로 쓴 사람일 것이다. 재래식 똥바가지는 박으로 만들어진 것이어서 걸핏 하면 깨어지기도 하려니와 박이 인분을 흡수하고 있어서 쓰지 않을 때도 악취가 몹시 났다. 그러나 철모는 깨어질 염려도 없고, 흐르는 물에 씻어 버리면 늘 깨끗했다. 게다가 미국인들이 쇠를 어떻게 잘 벼렸던지 몇 년을 써도 썩는 법이 없었다.

폐품이기는 하지만 그래도 형태가 온전해서 우리가 여러 모로 요긴하게 쓴 물건 중의 하나는 기관총 실탄 통이었다. 2차 대전을 무대로 한 영화를 보면 경기관총을 든 사수 옆으로는 늘 네모난 통을 하나 든 조수가 따라다니는데 이 통이 바로 기관총 실탄 통이다.

이 실탄 통은, 실탄이 다 쓰인 뒤부터는 통 노릇을 제대로 했다. 손잡이까지 달려 있는 이 철제 실탄 통은 단단하기도 하려니와 뚜껑에 고무 캐스킷까지 붙어 있어서 뚜껑을 닫으면 그야말로 물은 물론이고 공기도 새지 않았다. 우리는 이 통을 물놀이 때, 요즘의 튜브처럼 아주 요긴하게 썼다. 많은 사람들은 이 통에다 자물쇠를 달아 금고로 이용했는데, 그로부터 40년이 넘게 지난 지금도 시장에 가면 닳고 닳은 이 통을 휴대용 금고로 쓰는 상인들을 볼 수 있다.

우리의 놀이도 바뀌었다.

술래잡기나 숨바꼭질, 제기차기나 팽이 돌리기에 머물던 우리들의 놀이도 무서운 속도로 개화했다. 어린 시절 우리는 국통산으로 올라가 실탄이 가득 든 실탄 통, 곡사포 장약, 소총의 방아틀뭉치 같은 것을 주워서 놀았다. 실탄을 까서 까만 화약을 길에다 몇 미터 길이가 되게 쏟아 놓고 한쪽에다 불을 붙이면 화약은 순식간에 저쪽으로 타들어 가고는 했는데, 우리는 도화선이라는 물건이 그보다 근 백 년 전에 발명된 줄도 모르고 쌀알보다 조금 굵은 화약을 이어 갖가지 모양의 도화선을 만들어 내고는 했다.

그렇게 만들어진 도화선을 이용하면, 오소리 굴에다 화약을 잔뜩 부어 넣고 멀찍이 떨어진 곳에서 불을 붙일 수도 있었다.

마을에는 화약을 까서 한 바가지쯤 부엌에다 두고 불쏘시개로 쓰는 집도 있어서 화약을 잘 아는 어른들을 아연실색하게 만들기도 했다. 화약 놀이는 우리가 그 전에는 체험해 본 것이 없는 재미를 안겨 주었다. 화약은 사제 총의 발명을 자극했다. 국통산에는 나무로 된 개머리판만 썩어서 없었을 뿐, 총열, 총신, 방아틀뭉치는 얼마든지 있었다. 손재주가 좋은 사람은 참나무를 깎고 여기에다 총의 부속품을 맞추어 사제 총을 만들기도 했다.

화약을 이용한 새 놀이가 얼마나 재미있었는가는 학교 교실에 가면 금방 알 수 있었다. 전쟁 직후 우리 반의 아이들 수는 일흔 명이었는데 이 가운데 열 명 이상은 불발탄을 분해하다가 팔이 잘린 아이거나, 실탄을 가지고 놀다가 뇌관을 건드려 한쪽 눈을 잃은 아이거나, 얼굴에 화상 흉터가 있는 아이들이었다.

학교뿐만이 아니었다. 당시에는 이렇게 온전하지 않은 사람들이 참으로 많았다. 허벅지 아래가 잘려 나무 그루터기 같은 것만 끌고 다니는 사람, 한쪽 팔이 없어서 빈 소매만 흔들고 다니는 바람에 전혀 균형이 안 맞아 보이는 사람, 코 없는 사람, 귀 없는 사람, 외눈에 외팔, 외다리에 외귀를 겸하는 사람들…… 그런 사람들이 흔하던 시절이었다. 그런 사람들 중에는 명예로운 사람들도 많았지만 그렇지 못한 사람들도 없지 않아서 종종 사회적인 문제를 일으키고는 했다. 문제를 일으킨 사람들은 주로, 사고로 부상을 당하고도 〈백선엽이의 혜산진 부대를 따라 백두산까지 갔다 온 사람을 이따위로 대접하는 게 애국이냐〉고 주장하면서 민폐를 끼치고는 했는데, 이런 사람들도 상이군경에 대한 정부의 원호 정책이 강화되면서부터는 하나둘씩 사라졌다.

그러나 화약의 용도 중 미국인들도 몰랐던 것은 아마도, 이 화약이 복통에 기가 막히게 잘 들었다는 점일 것이다. 횟배를 앓다가도 이 화약을 한 숟가락쯤 먹고 가만히 엎드려 있으면 희한하게도 복통이 멎었던 것이다.

미군의 쓰레기통에서 나온 폐품 중에 깡통만큼 다양하게 재활용된 물건도 드물 것이다. 손재주 좋은 사람들은 깡통의 뚜껑을 오려 내고 이것을 잘라 펴서는, 이렇게 펴진 양철 판을 여러 장 이어 붙여 온갖 물건을 다 만들었다. 시장에는 깡통으로 만들어진 필통도 있었고, 양동이도 있었고, 쓰레받기, 장난감도 있었다. 심지어는 이렇게 이어 붙인 것으로 지붕을 덮는 사람도 있었다. 깡통 중에서 가장 큰 깡통이 오일 드럼이라고 할 수 있겠는데, 도시에서는 오일 드럼이 철판으로 되돌려져 물통, 냄비, 솥 같은 것으로 만들어졌다. 오일 드럼의 재활용은 이로부터 몇 년 뒤에 드럼통을 두드려 만든 자동차가 선보여짐으로써 절정에 이른다.

전쟁 직후의 이러한 한국 문화는 〈깡통 문화〉라고 불리기도 했다. 미국의 문화를 받아들이되 정면으로 받아들이지 못하고 겨우 폐품으로 받아 일구어 낸 미국 문화의 사생아적 변방 문화라는 뜻이었을 것이다. 이 말에는 깡통으로 대표되는 미국의 폐품을 물리적으로 변형시키는 데 머물지 않고, 변형시켜 재활용하는 정신을 문화 의식 전반에까지 파급시켰다는 비아냥거림, 변형(變形)의 문화를 변성(變成)의 문화로 드높이지 못하는 의식 수준에 대한 자조가 담겨 있는 듯하다.

학교 생활에도 당연히 변화가 왔다. 당시 내가 다니던 국민학교 상급반에는 도시락을 가지고 오는 아이는 절반이 채 되지 못했다. 그 나머지는 점심시간이 되면 물로 배를 채웠다.

그러나 전쟁이 끝난 뒤에는, 학교로 수많은 마분지 통이 실려 들어 왔다. 옥수수 가루와 탈지분유가 들어 있는 이 마분지 통 겉면에는, 예외 없이 악수하는 두 개의 손 그림이 그려져 있었다. 상급 학년들에게는 점심시간마다 옥수숫가루로 만든 죽과, 분유죽이 배급되었기 때문에, 점심시간이 될 때마다 우물가에서 두레박에 매달리는 아이들 수는 현저하게 줄어들었다.

우리 저학년들은 빈 보자기를 하나씩 주머니에 넣어 갔다가 학교가 끝나면 분유를 배급받아 가지고 왔다. 손을 대고 누를 때마다 보자기 안에서 뽀드득거리는 분유는 우리의 허기와 호기심을 자극했다. 우리는 보자기에 작은 구멍을 내고는 조금씩 빨아 먹으면서 집으로 돌아오고는 했다. 집에 당도할 때쯤이면 우리 입술이 닿은 보자기의 구멍 주위는, 젖어 있던 분유가 마르면서 딱딱하게 굳어 있는 것이 보통이었다.

우리가 한 주일에 두 차례씩 학교에서 배급받는 탈지분유의 양은 그리 많지 않아서 집에 오는 그날로 없어져 버리고는 했다. 그러나 우리 마을에만 해도 우리 갑절이나 되는 분유를 집으로 가져오는 아이들이 있었다. 일요일이면 읍내 교회에 다니는 아이들이었다. 우리 마을에는 그때 예배당에 나가던 아이가 셋이나 있었다.

예배당에 다니는 아이들은 분유뿐만 아니라 구호물자, 학용품 같은 것들까지 배급받아 왔다. 그래서 예배당 다니는 아이들은 우리와 뗏물도 다르고 교양도 달랐다. 우리는 대체 교회에서 무엇을 하는데 그런 것을 주는지 몹시 궁금해했다. 아이들은 〈기도하고 찬송하면 된다〉고 대답했다. 그러면 우리는 또 그 기도와 찬송이 어떻게 하는 것인지 또 한 차례 굉장히 궁금해지고는 했다.

예배당에 다니는 세 아이는 우리들에게서 점점 멀어져 갔다. 〈부활절〉이니 〈추수 감사절〉이니 〈성탄절〉이니 하는 말들을 처음 들은 것도 그 아이들의 입을 통해서였다. 아이들은 그런 명절이 될 때마다 엄청나게 많은 선물을 받아 가지고 옴으로써 우리의 애를 태웠다. 그 아이들의 부모들은 농번기가 되면 아이들 일손이나마 요긴하게 쓰일 터인데도, 예배당에서 배불리 점심을 얻어먹고도 한 아름씩 안고 오는 물건 때문에 읍내 나들이를 말리지 못했다.

그 아이들은 마을에서도 저희들끼리만 어울리면서 〈감람나무 열매 되어 귀엽게 자라세〉라든지 〈천성문(天城門)을 바라고 나가세〉 운운하는 노래를 부르고는 했는데, 나는 그런 노래보다는 선물 쪽이 더 부러웠다. 특히 누런 포장마차 대열이 인디언과 싸우면서 거대한 황야를 지나 바다에 이르는 그림책은 더할 나위 없이 나를 유혹했다.

그러나 어머니는 일언지하에 거절했다.

「예수쟁이들은 조상 제사를 못 모시게 한다더라. 너도 제사 모시는 게 싫으냐?」

그것이면 충분했다.

굶주린 코흘리개 시절이어서 배만 부르게 해주면 많은 것을 희생시킬 수 있을 것 같았는데도 불구하고, 유엔군들 손에 홀랑 벗긴 채 디디티 분무기 앞에 몸을 맡기는 일은 영 내 마음에 좋지 않았다. 우리는 온몸이 새하얗게 된 채, 옷이 열 가마에서 나올 때까지 오돌오돌 떨고 있어야 할 때도 있었다.

회충이 많던 시절이라 유엔군이 공급하는 구충제 산토닌은 우리가 의무적으로 먹어야 했던 약이었다. 산토닌은 늘 노란 색깔을 볼 때마다 아직도 내 기억에 떠오르는 약이다. 당시 우리들의 얼굴은 지금 아이들의 얼굴과는 달리 노리끼리했는데 선생님들은 회충이 몸속에서 영양분을 빨아 먹고 있기 때문에 그렇다고 했다. 이 회충을 없애기 위해서 먹는 약이 산토닌이었는데, 이 약의 색깔 또한 노랬다.

산토닌은 빈속에 먹어야 효과가 있는 고약한 약이었다. 빈속에 독한 산토닌을 먹고 조금 있으면 현기증이 나면서 이번에는 온 세상이 노랗게 보이고는 했다. 얼굴이 노랬던 우리는 노란 산토닌을 먹고, 서로서로 〈너도 구름이 노랗게 보이니〉 하고 물어보기도 하면서 나무 그늘 같은 데 한참씩 누워 있고는 했다.

현기증이 나게 하고 세상이 노랗게 보이게 하는 산토닌이 싫었지만, 몸속에서 영양분을 가로챈다는 회충만큼은 싫지 않았다. 회충은 보기 어려운 기생충이 아니었다. 산토닌은 먹을 것이 없어서 자주 굶어 본 아이들에게뿐만 아니라 먹을 것이 넉넉한 집안 아이들에게도 굶는 것을 경험하게 한 대단히 공평한 약이기도 했다.

굶는 것이 싫어서, 하늘이 노랗게 보이는 것이 싫어서 산토닌을 배급받아서 먹는 대신 교묘하게 버리는 아이들도 있었다. 그러나 우리는 정기적으로 대변을 조금씩 가지고 가서 검사를 받아야 했기 때문에 그런 아이들의 비행은 검사 때 어김없이 드러나고는 했다.

아이들의 대변의 견본을 성냥갑에 넣어 가지고 오면 학교에서는 성냥갑 겉에다 학반과 이름을 쓰게 하고 이것을 모아 군 보건소로 보냈다. 보내자면 포장을 해야 했다. 그런데 이렇게 포장된 대변의 견본 꾸러미가, 학교 선생님들이 정성스럽게 마련해서 포장한 보약 선물 꾸러미와 바뀐 사건이 있었던 모양이다. 이런 내용의 글을 어느 잡지에서 읽은 적이 있다. 선물을 받을 사람은 회갑을 맞은, 어느 선생님의 아버지였다. 그 꾸러미를 가지고 대표로 잔칫집으로 간 교감 선생님은 〈드시고 오래오래 사십시오〉 하고 인사를 드림으로써, 그 자리에서 꾸러미를 열어 본 노인을 매우 어이없게 만들었다고 한다. 거의 같은 시각, 대변 견본을 검사하려고 꾸러미를 기다리던 군 보건소 직원들에게 일어난 일은 이보다 좀 나았을 것이다.

미국의 잉여 농산물과 함께 구호물자가 마을로 들어오기 시작한 것도 이즈음이었다. 우리 마을로도 기계로 압축하고 강철 테로 단단히 묶은 듯한 옷가지 한 덩어리가 들어왔다. 장정이 지게로 빠듯하게 지고 왔으니, 20여 호뿐인 우리 마을 사람들에게는 몇 가지씩 돌아갈 수 있을 만큼 가짓수가 많았던 것으로 기억한다. 구호물자에는 여자용 원피스, 남자용 외투, 가죽옷, 모자, 장갑, 구두 등 별별 것들이 다 있었다. 그러나 순모 제품인 경우, 기계로 압축된 데다 태평양을 건너올 동안 짓눌려 있어서 그랬겠지만, 우리의 재래식 다리미로는 구김살을 펼 수가 없어 대개의 경우 구겨진 채로 그냥들 입고는 했다. 어머니들이 직접 솜을 넣어서 만든 고깔 모양의 겨울 모자를 쓰고 다니던 아이들도 이때부터는 양털로 짠 미국제 빵

모자를 쓸 수 있었고, 양털로 짠 미국제 장갑을 끼고 다닐 수 있었다. 그러나 양털로 된 모자와 장갑은 오래가지 못했다. 당시 우리 마을의 아이들은 집에서는 아궁이에 불을 넣어 소죽 같은 것을 끓였고, 밖에서 놀 때는 모닥불을 피우기가 일쑤였는데, 양털로 된 것들은 군데군데 눋고 오그라들고 타고 하다가 하나씩 자취를 감추었기 때문이었다.

우리 마을에는 구호물자 때문에 집에서 쫓겨난 불운한 부인이 있었는가 하면, 도시의 미군 부대에 덜커덕 잡역부로 취직이 된 운 좋은 사람도 있었다. 운이 나쁜 부인네는 구호물자로 배당받은, 젖가슴 골이 훤히 보이는 미국 부인네의 옷을 입고 마을을 나돌아 다녔다가 친정으로 쫓겨 갔고, 운이 좋은 사람은 역시 구호물자로 배당된, 무슨 휘장이 기계 자수로 새겨진 스웨터를 입고 미군 부대에 취직하러 갔는데, 담당 장교가 그 휘장을 보고는 눈물이라도 흘릴 듯이 감격해하는 바람에 그 자리에서 덜커덕 취직이 되기도 했다. 뒤에 알려진 바에 따르면 스웨터에 자수된 그 휘장은 그 미군 장교가 졸업한 미국 어느 고등학교의 휘장이었다고 한다.

구호물자의 포장에 쓰인 강철 테 또한 요긴하게 쓰였다. 마을 사람들은 그 강철 테를 잘라 칼을 만들었다. 어떤 사람은 이렇게 만든 칼을 산나물 캘 때 썼다. 산나물을 캐자면 뿌리짬의 흙 속으로 칼을 찔러 넣어야 하는데 이 칼은 강철제여서 끝이 무디어지는 법이 없었다. 또 어떤 사람은 이 칼을 오래오래 갈아 면도칼로 쓰기도 했다. 이 면도칼로 수염을 깎고 나온 그는 〈이래 봬도 미제 면도칼로 깎은 수염이여〉 하고 으쓱거리기도 했다.

구호물자로 배당된 옷이나 모자나 장갑의 공통점은 우리 한국인의 체구에 지나치게 컸다는 점이다. 국민의 평균 신장이 지금보다 10센티미터나 작던 시절이라서 구호물자가 배당되는 날 마을은 온통 자조적인 웃음판이 되고는 했다. 우리 마을 어른 두 사람이 한꺼번에 들어가도 허리가 차지 않는 바지가 있었는가 하면, 마을에서 키가 가장 큰 사람이 입었는데도 주머니가 장딴지 옆으로 늘어지는 외투도 있었다. 구호물자 덩어리에서 나온 구두는 거의가 우리 마을 사람들에게는 너무 커서 인기가 없었다.

그러나 버릴 수 있는 형편도 아니어서 몇몇 사람은 구두코에 솜을 잔뜩 넣어서 신고 다니기도 했다. 여성용 원피스도 부인네들의 자리를 웃음판으로 만들었다. 젖가슴이 큰 미국 부인의 원피스였던지, 구호물자 덩어리에서 나온 원피스 중 하나는 젖가슴 자리에 각각 베개 하나씩 들어가고도 남았다.

그러나 우리 형제는 구호물자의 혜택을 받지 못했다. 어머니가 허락하지 않았기 때문이었다. 우리는 변함없이, 어머니가 손수 짠 옷감을 손수 마름질하고 손수 솜을 넣어 지은 까만 바지저고리를 입어야 했다. 이때부터 〈핫바지〉, 〈바지저고리〉라는 말이 어른들 입에서 나와 어린 우리들 사이로도 퍼졌다. 〈시대를 읽지 못하는 미련퉁이〉라는 뜻이었다.

우리 형제는 그런 소리를 들으면서도 내 나이 열세 살이 될 때까지 여름이면 흰 홑바지저고리, 겨울이면 검은 핫바지저고리를 입었다. 그렇다고 전혀 혜택을 받지 못했다고 할 수는 없다. 솜씨가 좋았던 내 어머니는 구호품 옷을 뜯은 뒤에 다시 재단해 주고 삯으로 쌀을 받기도 했기 때문이다.

미국의 문화가 밀려오면서 적당한 한국어 역어(譯語)가 없는 말들은 영어 그대로 쓰이기 시작했다. 그런데 당시 우리나라에는 일본을 통해서 들어온 일본식 영어도 꽤 많이 흘러다니고 있었다.

그중에서 가장 재미있는 것으로 내 기억에 남아 있는 것은 위인들의 이름이었다. 학교에서 우리는 이탈리아 물리학자의 이름은 〈돌젤라〉가 아니라 〈토리첼리〉이고, 영국의 수상 이름은 〈짜찌루〉가 아니라 〈처칠〉이며, 일본으로부터 항복을 받아 낸 〈마카사〉가 사실은 인천 상륙 작전을 감행한 미국의 원수 〈맥아더〉와 같은 인물이라는 것도 알아내었다. 뿐만 아니라, 〈고무〉는 〈검〉과 같은 말이고, 〈도라꾸〉는 〈트럭〉, 〈미루꾸〉는 〈밀크〉, 〈니야까〉는 〈리어카〉와 같은 말이라는 것도 알았다.

영어로 된 말을 한두 마디 섞어 쓰는 게 근사하게 여겨지던 50년대 말, 대구에서 고향으로 가는 버스 안에서 내가 목격한 현장이 이 시대 풍속도의 한 전형이 될 수 있을지 모른다. 버스가 험한 다부원 고개를 힘겹게 오르고 있는 중이어서 속도가 걷는 사람의 속도를 넘지 못하고 있었을 때였다. 뒷자리에 앉아 있던 한 할아버지가 운전사에게 점잖게 호령했다.

「이봐, 운전사, 이래 가지고 고개를 어떻게 넘는가? 거 〈부레끼〉 좀 세게 밟게!」

영어를 꼭 한마디 쓰고 싶었던 이 할아버지는 영어를 근사하게 쓰고 싶었던 나머지 운전사가 밟아야 하는 것은 〈부레끼(브레이크)〉가 아니라 〈악세루(악셀러레이터)〉라는 것을 걸 깜빡 잊었던 것이다.

그로부터 10년이 더 지난 60년대 중반까지도 일본어와 일본식 영어는 우리 한국인들에게서 사라지지 못했다.

60년대 말 월남에서 만난 한 한국인 선원으로부터 나는 배의 엔진에 관한 설명을 들을 기회가 있었다. 그때 나는 그가 말하는 〈산끼도(三汽筒)〉과 〈욘끼도(四汽筒)〉는 알아들을 것 같아도 〈싱구리〉와 〈다부리〉는 끝내 알아들을 수 없었다. 설명을 요구해서 알아낸 바에 따르면 〈싱구리〉는 〈싱글single〉, 〈다부리〉는 〈더블double〉 엔진이었다.

그는, 아무리 낡은 엔진이 장착된 고물선으로든, 늘 〈호수비〉 항해를 즐긴 자칭 〈고물 선장〉이었다. 그의 〈호수비〉는 〈풀 스피드〉였다. 우리가 일본을 통해 간접 수입한 말과 직접 수입한 말은 이렇게 달랐다. 그러나 일본식 영어가 아직까지도 우리 한국에서 줄기차게 쓰이고 있다는 것은 그렇게 부끄러워해야 하는 것만은 아닐 것이다. 언어라고 하는 것은 그 선원의 고물선과는 달라서 선장이 마음대로 방향을 틀 수 있는 것이 아니므로.

내가 국민학교 졸업반이던 해, 우리는 고향을 떠나 대도시인 대구로 이사 가지 않으면 안 되었다. 당시 내가 알기로는 일본에 있던 후세 숙부 때문이었다. 후세 숙부는 어머니의 원망받이이자 희망의 등불이었다. 그가 어머니의 원망받이였던 것은 아버지를 일본으로 불러 기어이 객사하게 한 장본인이었기 때문이고, 그가 희망의 등불이었던 것은 아버지의 유골을 고향으로 송환시키는 데 중요한 역할을 할 수 있는 유일한 사람이었기 때문이다. 후세 숙부 자신이 아버지의 유골을 모시고 들어오면 더없이 좋았을 터이나 그것은 현실적으로 전혀 가능하지 않았다. 50년대의 한국은 공산주의자인 숙부가 들어올 수 있는 그런 분위기가 아니었다.

그런데 문제는, 일본의 공산주의자들이 재일 교포를 북한으로 송환하기 시작하고, 숙부가 여기에서 중요한 역할을 하는 것으로 알려지면서 발생했다. 우리 마을에는 이때 북송된 사람들의 집안이 더러 있었는데, 바로 이들이 우리 집을 원수로 삼기 시작한 것이었다. 당시의 분위기로는, 북송에 앞장선 숙부는 우리 마을의 북송 교포 가족에게는 피붙이를 사지로 보낸, 용서하지 못할 빨갱이였다. 당시 그런 정황을 자세하게 알 나이가 아니었지만, 우리 형제는, 숙부를 공공연히 비난함으로써 우리 집안을 싸잡아 매도하는 마을의 어떤 정서를 어머니는 견디지 못하는 모양이라고 짐작했다.

북송된 아들을 둔 어느 할머니가 영감의 장례식 날 평토제 제상 머리에서 하던 푸념이 아직도 내 기억에 생생하다. 그 할머니는 우리 집 쪽을 내려다보면서 외쳤다.

「이대복이 이놈, 내 아들 내놔라!」

〈이대복〉은 내 숙부의 조선 이름이었다. 어머니가 아무 대꾸를 않자 할머니는 어머니에게 푸념했다.

「그 집구석이 내 집안과 무슨 원수를 졌다고 이대복이가 내 아들을 이 지경으로 만들었노…….」

아니, 이러한 분위기는 어쩌면 빌미였는지도 모른다. 어쩌면 어머니가 논밭을 팔고 이농함으로써, 공부로부터 나날이 멀어져 가는 형을 시골의 농투산이들로부터 떼어 놓고, 시골 국민학교에서 공부를 썩 잘하던 나에게 대처 교육을 받게 하고 싶어서 그 빌미를 과장했는지도 모른다.

시골에서 쓰이던 살림 중에서 대구에서도 쓰일 만한 살림을 고르면서 어머니는 얼마나 고통스러워했던가? 한 세기 가까이 뿌리박고 살던 집의 이삿짐은 한 수레도 되지 못했다. 대구라는 대도시는, 석기 시대적 삶을 사는 곳이 아니었기 때문이다.

우리는 이때 참으로 많은 살림을 고모댁으로 넘겼다. 쟁기, 써레기, 길마, 극젱이, 작두, 지게 같은 농기구와 씨아, 물레, 베틀, 나틀같이 입성 마련하는 데 쓰이던 것들과 맷돌, 절구, 장독, 가마솥, 다식판(茶食板), 함지, 널방석같이 먹거리 마련하는 데 쓰이던 것들과 장롱, 반닫이, 병풍 같은 가구붙이 등 이루 헤아리기 어렵다.

그런데 헤아리기 어렵다면서 내가 이렇듯이 헤아리는 데는 까닭이 있다.

도시로 나와 개명(開明)되어 있는 세상을 보면서 치밀어 오르는 나의 분노는 굉장한 것이었다. 우리는 대구의 중학교에만 해도 확성기가 있고, 전등이 있고, 악대부가 있고, 피아노가 있다는 것을 모르고 살았던 것이었다. 그런 것은 미국이나 일본에만 있는 줄 알고 살았던 것이었다. 나는 우리가 시골에서 경험한 가난을 두고 누구를 원망하자는 것이 아니다. 시골에서 그토록 가난하게 살았던 것은 우리가 바깥세상에 대해 너무나 무지했고, 일본으로부터 해방되면서 갓 출범한 새 정부가 전쟁의 뒤치다꺼리를 하느라고 농촌을 소외시킬 수밖에 없는 상황이었기 때문이었을 것이다. 그러므로 이 분노는 우리 자신들을 겨냥한 것이었기가 쉽다.

그러나 이 분노는 그로부터 십수 년 뒤에 민속촌에서 느낀 분노에 견주면 아무것도 아니다. 뒷날 나는 잡지사 기자가 되어, 개장을 앞둔 민속촌에 초대된다. 관리 회사가 홍보를 위해 신문과 잡지의 기자들을 불러 특별히 구경하게 하는 모양이었지만, 나는 10여 년 전에만 해도 우리가 썼고, 당시에도 시골 고모 댁에서 쓰이고 있던 수많은 시골 살림이 아득한 옛날의 유물인 양 선보이고 있는 데 걷잡을 수 없이 분노했다. 그때의 분노는 배신감에서 온 것이었기가 쉽다. 나는 민속촌을 소개하는 기사 대신, 정부가 경제 발전을 선전하고 싶어서 일부 국민의 삶을 박물관에 처넣고 있다고 썼다. 이 기사는 물론 활자가 되지 못했다.

민속촌의 개장, 그것은 어머니가 말하던 말의 빗장과 다를 바가 없었다. 대부분의 도시인들이 정부의 의도는 의심해 보지도 않고 민속촌을 둘러보면서 부주의하게도 대뜸 감회에 먼저 젖어 들고는 했기 때문이다.

7
우회

    대구에서도 우리는 석기 시대적 가난이 현대적인 가난으로 그 모습이 바뀌었을 뿐 가난하기는 시골에서와 다를 바가 없는 삶을 살았다.

    내가 회중전등의 전구가 아니라 가정용 전구를 처음 본 것은 대구에서였다. 불이 켜진 채로 터지면 온 집 안이 불바다가 된다는 말을 정말로 믿고, 천장에 매달린 채로 그네처럼 흔들리는 전구를 볼 때마다 가슴을 졸이고는 하던 일, 도대체 어떻게 뉴스가 나오고 음악이 나오는지 궁금해서 라디오 앞에서 한참 쪼그리고 앉아 있던 일, 돌아가는 선풍기에 날개가 있는 줄 모르고 손을 대어 보던 일……. 이런 일이 나에게는 1950년대 후반이 되어서야 일어났다. 촛불이나 등잔의 정서가 증발한 것을 아쉽게 여긴 것은 훨씬 뒤의 일이다.

    당시 대도시에 속하던 대구로 나와 내가 했던 끔찍한 실수 하나는, 지금 생각해도 진땀이 난다. 당시 대구에는 내 재종 형수되는 분이 있었다. 내 고향에서는 형수는 〈아지매〉라고 하고, 여느 부인네는 〈아주머니〉라고 불렀다. 그러나 당시 내가 알기로 〈아지매〉는 아주머니의 사투리였다. 재종형 댁에 간 날 나는 사투리를 감추고 싶어서 재종 형수를 〈아주머니〉라고 불렀다. 그런데 그 집안 사람들은 어른 아이 할 것 없이 까르르 웃었다. 재종형이 그 까닭을 설명하면서 핀잔을 주었다.

    「임마, 네 고향에서 대구까지는 백 리밖에 안 된다. 사투리가 같다는 말이다. 따라서 대구라고 해서 아지매를 아주머니라고 부르지는 않는다. 눈치 빠른 것은 좋지만 사람이 그렇게 속이 얇아서야 쓰느냐.」

이때의 실수 때문에 나는 지금도 사투리도 하나의 문화라고 생각하고 사투리 쓰는 것을 부끄럽게 여기지 않는다.

나는 꽤 이름 있는 중학교에 좋은 성적으로 들어가, 한 동급생 집의 가정 교사가 되었다. 명목상으로는 그 동급생 아우의 가정 교사였다. 그러나 그의 부모는 입학 성적이 썩 좋았던 나를 옆에다 둠으로써 맏아들인 내 동급생에게 은근히 압력을 넣으려고 했던 것으로 보인다.

그 동급생의 집은 고기와 비싼 겨울 과일을 밥 먹듯 하는 큰 부잣집이었다. 나는 그때, 나까지 그런 것을 즐겨 먹으면 혹시 그 집에서 나를 고용한 것을 후회하게 될까 봐 고기와 과일을 좋아하지 않기로 결심하고, 그 집에도 그렇게 일러 주었다. 그리고 그렇게 결정한 뒤로는 값비싼 고기와 과일에는 손을 대지 않았다. 과일은 그런 대로 견딜 수 있었지만 고기 앞에서 견디기는 얼마나 어려운 시련이었던가. 먹지 않으면 몸이 발달하지 않는다고 해서 고기는 그 집을 나오면서 먹기 시작했지만, 어른이 된 지금도 나는 과일은 별로 좋아하지 않는다. 과일을 앞에 두면 그때의 일을 생각하면서 더 맛나게 먹을 것 같은데, 나는 그렇게 하지 못한다. 음식의 맛은 그 음식을 맛나게 먹었던 기억과 밀접한 관계가 있다고 나는 생각한다.

대구로 나온 그해 겨울의 일이다. 시골의 고종형이 어렵게 어렵게 수소문하여 우리 사글셋방으로 찾아왔다. 우리 사글셋방은 고향 사람들에게는 물론 고종형에게도 알려져 있지 않았다. 후세 숙부가 만든 그늘을 우리 형제에게 드리워지지 않게 하려는 어머니의 뜻이 그렇게 했을 것이다.

「외숙모도 참. 애들이 장차 무슨 일을 하려면 신원 조회를 받아야 할 테고, 신원 조회가 본적지로 넘어오면 따르르하게 나올 텐데 대구에 숨어 버린다고 후세 외숙의 그늘이 어디 간답니까?」

고종형은 이렇게 어머니를 원망하고는 종이쪽지 한 장을 꺼내 어머니

앞에다 놓았다. 어머니가 우리를 데리고 대구로 나온 진짜 이유를 어렴풋
이나마 알게 된 것은 그때가 처음이었을 것이다. 고종형은 우리 세 모자를
번갈아 바라보면서 물었다.

「해동이 아니면 선이가 인민군에게 쫓기는 양놈을 숨겨 준 일이 있습니
까? 인민군에게 밥을 먹여 보낸 뒤에 양놈들에게도 밥을 먹여 주었다는데
요? 네들 그런 적이 있냐?」

「인민군에게 밥을 줘?」 어머니가 안색을 바꾸면서 반문했다.

형보다 더 놀란 것은 물론 나였다. 나는 만년필을 생각했다. 까만 만년
필은 그때 이래로 내가 중학교에 들어가기까지 마른 채로 있었다.

「……어느 씨 못 할 종자가 그러더냐?」 얼굴이 하얗게 질리면서 어머니
의 입술은 가볍게 떨리기 시작했다.

〈인민군〉이라는 단어가 어머니에게는 자기방어 기제의 방아쇠 노릇을
한 것이었다.

「사실은 이번 가을 외숙모네가 대구로 나가고 나서 웬 양키 하나가 양
(洋) 말 하는 통역관 한 사람을 데리고 찾아왔었어요. 통역관이 통역하는
말을 들어 보니까 이래요. 9년 전에 이 양키는 흑인 병사 하나와 무슨 연
락차 나왔다가, 국통산 일대를 뒤지고 다니던 인민군 수색대 세 놈에게 걸
렸답니다. 그래서 의성 쪽에서 산을 넘고 들을 지나고 하면서 진동한동 도
망치다가 지사현을 넘어 외숙모 댁으로 들어갔더랍니다. 아, 화를 내실 일
이 아니니까 다 들어 보세요……. 그런데 요만한 아이가……」 고종형은
방바닥에서 손을 당시의 내 키만큼 올리고는 말을 이었다. 「……저희 양키
들을 숨겨 놓고는 인민군 세 놈에게 밥을 먹이고……」

「양키들에게 먼저 밥을 먹였어요. 인민군들에게 보리밥뎅이를 먹인 것
은……」

「닥치거라!」 내가 고종형의 말을 고치려는데 어머니가 소리쳤다. 나는
어머니 앞에서 말을 이을 수가 없었다.

「너였구나……. 어쨌든 양키들은 외숙모 댁에서 인민군으로부터도 살

고, 배도 채운 참이어서 이번에는 인민군을 추격, 국통산 기슭에서 쏘아 죽였던 모양입니다. 그것도 연발 자동으로요. 그러고는 어떻게어떻게 왜관까지 갔는데, 바로 그 직후에 국통산 전투, 다부원 전투가 터지지 않았어요? 양키들은 부대 이동을 따라 오키나와로 갔다가 전쟁 끝나자 미국으로 들어갔답니다. 그런데 백인은 해동이를 잊어버릴 수 없더라지요. 그래서 금년에 한국 잠깐 나온 김에 의성에서부터 근 하루 동안이나 저희들이 도망친 길을 밟아 기어이 외숙모 댁을 찾아낸 거지요. 그래서 내가 만났어요. 내가, 외숙모 댁 주소를 아나요? 대구 어디에 가 있다고 했더니 이렇게 미국 주소와 통역관 주소를 적어 주고 갔어요. 해동이하고, 유선이하고, 어디 한번 읽어 봐라……. 이름이 무엇이라고 하더라만……」

나는 고향에서 끝마치지 못한 국민학교의 자투리 6학년을 다니는 처지라 영어 공부가 되어 있지 않았다. 형 역시 농사일하고 장작이나 패어 팔다가 대구로 나온 형편이라 영어를 읽을 수 있을 리 만무했다.

어머니가 고종형에게 보인 반응은 이상하게도 과민했다.

「너 이놈, 시키지도 않은 짓을 하고 다녀? 양놈들이 너와 만나는 걸 본 마을 사람들이 있느냐, 없느냐?」 어머니는 고종형을 모질게 나무랐다.

「있을 거구먼요.」

고종형의 대답이 끝나기가 무섭게 어머니는 그 종이쪽지를 집어 발기발기 찢고는 문을 열고 부엌 화덕에다 넣어 버렸다. 눈 깜짝할 사이에 일어난 일이었다. 종이쪽지는 그렇게 타 없어졌다.

「애들 장래에 좋은 일이 될지도 모르는데 왜 이래요? 미국 놈 지갑 줍는다는 말도 못 들었어요?」 이번에는 고종형이 화를 내었다.

「굶어 죽어도 오랑캐 덕은 안 본다. 월사금 그렇게 내어 보고도 모르느냐? 그리고, 너는 도대체 정신이 있는 놈이냐, 없는 놈이냐? 국통산 전투 직전에 국통산 기슭에서 인민군 세 놈이 총 맞아 죽었다는 것도 모르느냐? 그 일 때문에 인민군들이 읍내로 들어와 도대체 몇 사람이나 죽이고 갔는지 그것도 모르느냐? 지금 세상이 안 뒤집어지고 천년만년 간다고 누가 보장해? 나는, 세상이 뒤집어지든 안 뒤집어지든 똑같은 세상을 살련다. 그리고, 양놈이 은혜를 알면? 도대체 너는 정신을 어디에다 두고 사는 놈이냐?」

「참, 그놈의 양놈 때문에 나만 정신 어디에 두고 사는지도 모르는 놈이 되고 말았구먼……. 또 와도 모른다고 그래요?」

「하면?」

그것으로 끝났다.

그날 어머니의 속내를 알 리 없는 고종형은 주소도 모르는 집을 물어물어 찾아왔다가 뺨만 맞고 간다고 투덜대면서 막차가 떨어졌을 터인데도 우리 단칸방을 나섰다.

그날 밤에 우리 세 식구는 다 잠을 이루지 못했다. 단칸방이라서 불면은 전염성이 강했다. 어머니의 한숨 소리를 듣고 있던 형이 조심스럽게, 아주 조심스럽게 입을 열었다.

「아는 미국 사람이 생기는 거야 안 나쁠 텐데요……. 유복이가 공부도 잘하니까…….」

고향을 떠나면서 내 이름은 유복이로 굳어져 있었다.

어머니의 대답은 한참 뒤에야 건너왔다.

「성제수훈(聖帝垂訓)이 어쨌다고?」

「……」 형은 대답하지 못했다.

「유복이가 안 자고 있으면 외워 봐라.」

「일일행선(日日行善)에 복수미지(福遂未至)하나 화자원이(禍自遠而)요, 일일행악(日日行惡)에 화수미지(禍遂未至)하나 복자원이(福自遠而)라. 행선자(行善者)는 여춘원지초(如春園之草)하여 불견기장(不見其長)이라도 일유소증(日有所增)이요, 행악자(行惡者)는 여마도지석(如磨刀之石)하여 불견기손(不見其損)이라도 일유소훼(一有所毁)니라.」

「새겨 봐라.」

「나날이 좋은 일을 하면 비록 복이 바로 굴러 들어오는 것은 아니지만 화가 스스로 멀어져 가고, 나날이 나쁜 짓을 하면 비록 화가 바로 미치는

155

것은 아니지만 복은 스스로 물러간다. 좋은 일 하는 사람은 봄 뜰의 풀과 같아서 그 자라는 것이 눈에 보이지 않아도 나날이 자라는 바가 있음이요, 나쁜 일 하는 사람은 칼 가는 숫돌과 같아서 그 닳는 것이 보이지 않아도 나날이 닳는 바가 있음이라.」

「이제 되었지?」

그것이면 족했다.

우리는 그 수훈을 소박하게 믿었다. 따라서 산상수훈(山上垂訓)이 파고들기에는 약간의 시간이 필요했다. 이렇게 믿는 사람에게 계산 장부를 들고 저승 앞에서 기다리는 베드로가 긴요할 리 없었다.

「그래도 주소까지 찢을 거야 뭐 있어요.」

형의 말에 어머니는 형 쪽으로 돌아누우면서 호통을 쳤다.

「똑똑히 들어 두어라. 그 미국 놈들이 고마워하면? 고맙다고 쌀이라도 한 가마 지프차에다 실어다 주면? 미국 놈들 손에 죽었다는 인민군은 어떻게 돼? 유복이 때문에 인민군이 셋씩이나 죽었다는 건 어떻게 돼? 내 겨레 산중고혼(山中孤魂) 만든 것은 싹 감아 부치고 미국놈이 짊어지고 온 쌀만 목구멍으로 넣어? 어째 생각이 거기까지밖에는 못 가?」

「……」

「남에게 입힌 은혜는 잊어버려야 이것이 복을 짓는다. 남에게 척진 일은 드러내어 갚음을 해야 화를 면한다. 세상이 이렇게 되었으니 드러내어도 좋기는 하겠다고 생각하는 모양이지만 나는 그렇게 못 한다.」

「……」

「인연이 있으면 만나게 되겠지. 인연에 없는 것은 좇아서 되지 않고, 인연이 지어진 것은 끝로 파도 파내지 못한다. 그러니까 쓸데없는 생각 말고, 잠이나 자라.」

어머니는 〈인연〉이라는 말을 쓰기 좋아했다. 어머니가 자주 쓰던 〈인연이 봉사 마누라〉라는 말은 인연이 있기만 하다면 장님도 아내를 얻을 수 있다는 뜻이었다.

8
오버페이서

중학생 시절에야 나는 비로소 〈깡통〉을 통한 문화가 아닌, 진짜 서양의 문화와 기독교 문화를 만나게 된다.

2학년 때 나는 도서반원, 말하자면 학교 도서관의 사서가 되었는데, 내 기억으로 이 자리는 극빈 우등생에게만 돌아오는 자리였던 것 같다. 이때 반장 노릇 하던 한 해 선배로부터 뒷날 나는 많은 은혜를 입게 된다.

수천 권에 이르렀던 장서와의 만남은 통발에 갇혀 있던 고기가 물을 만난 형국이었다. 당시의 우리는 학교 수업 예닐곱 시간에, 집으로 돌아가서도 대여섯 시간씩 공부하지 않으면 안 되었다. 따라서 독서의 즐거움을 누리려면 엄청난 대가를 치러야 했다. 결국 나는 독서를 선택하고, 한 해 동안 수백 권의 소설을 읽어 치움으로써 학년 석차를 자그마치 2백 등이나 떨어뜨리는 대기록을 세워 내었다. 조만간 석차를 원래 자리로 되돌려 놓지 않으면 당시 나를 먹여 주던 내 동급생의 집에서 쫓겨나게 되는 것은 거의 확실했다. 내 성적이 내 동급생의 성적과 같을 수는 없었으므로.

그런데 나는 거기에다가 기독교까지 만나고 말았다.

나는, 〈그리스도를 땅에서 주웠다〉는 참람한 표현을 곧잘 쓰고는 한다. 그렇게 말한 데는 까닭이 있다. 사춘기에 들면서 나는 정체 모를 어떤 욕망, 갈증 같기도 한 욕망에 시달리기 시작했다. 오관에 걸려 들어오는 모든 외부 자극을 이성과 연결시키게 되는 그런 갈증이었다. 무수히 읽으면서 나도 모르게 훈련한 관능적인 감각 역시 이런 갈증을 더하게 했을 것이다. 이런 갈증이, 나만 경험하는 것이 아니고, 이것을 은밀히 해소하는 것이 나만이 아니라는 사실을 알기까지 나는 몹시 고통스러웠다.

내 몸과 마음속에서 황음무한 개, 후안무치한 돼지, 헬금거리기를 잘하는 여우, 잔망스러운 원숭이 같은 짐승들이 스멀거리는 것 같았다. 말하자면 내 몸과 마음속에서 수성(獸性)이 꿈틀거리고 있다는, 불쾌한 느낌을 하루도 지울 수 없었던 것이다. 공명정대하게 산다는 이상을 하늘에다 걸어 놓고 나날이 거기에 이르는 계단을 하나씩 오르는 기분으로 실천하던 나에게 이것은 어떻게든 닦지 않으면 안 되는 더럽고 천박한 화냥기 같은 것이었다.

그러던 어느 날 길에서 우연히 교회의 전도 책자 한 권을 주웠다. 종이가 귀하던 시절이었는데도 불구하고 교회에는 웬 종이가 그렇게 많았던지, 사람들이 많이 모이는 곳이면 이런 책자는 지천이었다. 나는 그 책을 주워 든 순간, 반은 젖어서 빵처럼 부풀어 올라 있는 그 책의 뒤표지를 본 순간 교회가 종이 부자인 까닭을 이해했다. 분명히 한국어로 되어 있는데도 불구하고 전도지를 펴낸 곳은 미국의 선교 단체, 인쇄한 곳도 미국이었다.

〈박 군의 심정〉이라는, 고색창연한 제목이 달린 이 여남은 쪽짜리 책자는 크기가 손바닥만 했다. 첫 번째 쪽에는, 박 군이 방바닥을 기어다니고, 걸음마를 시작하고, 소꿉놀이를 하는 그림이 그려 있었던 것 같다. 그런데 두 번째 쪽에는 두 개의 커다란 오뚜기 같은 것이 그려져 있었다. 그러나 그것은 오뚜기가 아니라 위쪽의 타원은 청년이 된 박 군의 얼굴, 아래쪽의 커다란 계란꼴 타원은 박 군의 마음이었다. 박 군의 마음에 해당하는 타원 속으로는 쥐, 소, 호랑이, 토끼가 기어 들어가고 있었다. 세 번째 쪽에는 용, 뱀, 말, 양, 원숭이, 닭, 개, 돼지가 기어 들어가고 있었다. 네 번째 쪽은, 이렇게 박 군의 마음속으로 들어간 자축인묘진사오미신유술해가 그 안에서 날뜀으로써 박 군을 몹시 고통스럽게 만들고 있는 그림이었다. 실제로 박 군의 얼굴은 몹시 불행해 보였다. 다섯 번째 쪽에는 꼬리가 화살

158

촉같이 생긴 악마까지 합세하여 박 군의 얼굴을 악마와 비슷하게 만들어 가는 그림이 그려져 있었다.

그런데 여섯째 쪽 한 귀퉁이에는 그리스도의 빛나는 모습이 있었다. 이 그리스도의 몸에서 비쳐 나오는 빛줄기에 자축인묘진사오미신유술해와 악마들이 몹시 당황해하는 그림이었다. 일곱째 쪽은 그리스도가 박 군의 마음속으로 들어가기 시작하자, 자축인묘진사오미신유술해가 박 군의 마음 밖으로 쫓겨 나가는 그림, 여덟째 쪽은 박 군의 마음속에는 배광(背光)도 찬란한 그리스도만 들어앉는 그림, 아홉째 쪽은 기고, 걸음마하고, 소꿉놀이할 때의 행복을 되찾은 박 군의 환한 얼굴 그림이 실려 있었다.

마지막 쪽에는 무슨 글이 실려 있었던 것 같은데 얼른 기억나지 않는다. 모르기는 하지만 〈가까운 교회로 가시오〉 이런 메시지였던 것 같다. 미국 같으면 〈콜 톨 프리(수신자가 요금을 부담할 테니 지금 전화를 거시오)〉 메시지였을 것이다.

어쨌든 나에게는 이 메시지가 명약관화했다. 자축인묘진사오미신유술해가 박 군의 마음속에서 농간을 부리는 그림은 나를 소스라치게 했다. 나는 전도 책자의 저자에게 완벽하게 들켜 버렸다는 느낌을 지울 수 없었다.

나는 그 뒤로도 책이라고 하는 것이, 내가 살면서 느끼던 것과 똑같은 것을 기록하고 있는 데 자주 놀라고는 한다. 내가 좋아하는 책은 무엇을 자꾸 가르치고자 하는 책보다는 내가 하고 싶어 하는 말을 대신 해주는 책, 내가 하고 싶어하던 고백, 그러나 여러 가지 이유에서 나는 할 수 없었던 껄끄러운 고백을 대신 함으로써 공범 의식의 체험을 통하여 내 죄를 닦아 주는 듯한 그런 책이다.

하여튼 나는 학교에서 가까운 교회로 달려가 네 권의 성경책을 얻어 왔다. 두꺼운 성경책이 아니라 전도 책자와 비슷한 모양으로 네 복음서를 각각 한 권으로 만든, 역시 손바닥만 한 책이었다. 역시 미국에서 인쇄된 책이었다. 아예 이름을 올리고 가라고 자꾸만 조르는, 찰거머리 같던 교회 전도자들의 친절에 온몸이 근질거렸던 것을 제외하면 그날의 수확은 대단한 것이었다.

밤을 새워 가면서 그 네 권의 성경을 읽을 수 있었던 것은, 어머니로부터 떨어져 있었기 때문에 가능했을 것이다. 어머니와 떨어지면서 나는 고삐 풀린 망아지처럼, 뭔가가 있어 보이는 것이면 무조건 덤벼들고는 했다. 호기심 때문만은 아니었다. 동급생들을 볼 때마다 내가 시골에서 보낸 십 수 년의 세월은 석기 시대였다는 생각을 그만둘 수 없었다. 그래서 나는 〈여기에 뭐가 있다〉고 판단되기만 하면 거기에 덤벼들어 흡수지처럼 빨아들이고는 했다. 틈만 나면 내가 몸 붙이고 있던 집에서 레코드도 듣고, 화집도 보았다. 청소년에게 관람이 허가된 영화면 하나도 놓치지 않았다. 음악을 좋아하고 그림을 감상할 줄 알아서가 아니었다. 나에게 그런 것들은 다 암기를 통한 학습이었다. 나는 다행히도 암기를 통한 학습으로 시작한 이런 일들에 서서히 중독되어 갈 수 있었다.

나는, 네 복음서를 읽은 바로 그날 밤에 그리스도를 만났다.

서양의 문학이, 서양의 예술이 섬겨 오던 그리스도를 만났다.

여물지 못한 머리로도 그를 만나는 것은 가능했다. 그를 읽으면서 끊임없이 내 머리를 맴돈 한마디는 이것이었다.

〈나는 이분을 안다, 전부터 알고 있었던 것이 분명하다!〉

그날 밤 나에게 충격을 준 것은 성경이 지니고 있는 어마어마한 힘이었다. 그리스도로 하여금 결연히 〈나를 따라오너라, 내가 너희로 사람을 낚는 어부가 되게 하리라〉고 언명하게 할 수 있는 그 엄청난 힘이었다. 〈나를 따르라〉는 한마디 말로 세금장이였던 마태오로 하여금 벌떡 일어서서 그 뒤를 따르게 한 그리스도의 무서운 힘이었다.

〈두드려라. 그러면 열릴 것이다.〉

〈좁은 문으로 들어가라.〉

〈비판을 받지 않으려거든 남을 비판하지 말라.〉

〈나는 길이요, 진리요, 생명이다.〉

160

〈여자를 보고 음욕을 품은 자는 이미 간음한 것이나 다름없다.〉

〈그것은 네 말이다.〉

그의 간결한 언명은 공리와 세속의 일상성에 젖어 있던 사람들을 일거에 터뜨리는 폭발물 같은 것이었다. 그러나 그의 폭발물과 같은 언명은 어쩐지 그것을 받아들일 준비가 되어 있는 사람의 내부에서만 폭발할 것 같은 느낌을 주었다.

〈귀 있는 자는 들으라.〉

이 힘 있는 한마디도 나를 사로잡았다. 나는 그의 말을 알아들을 수 있을 것 같았다. 나에게는 귀가 있는 것 같았다. 그러므로 나는 그의 말을 들을 수 있을 것 같았다. 그것은 결국 내가 그리스도에 의해, 그의 간결하면서도 정신적인 힘으로 가득 차 있는 언어를 받아들일 자격이 있는 사람으로 선택되었음을 의미했다.

어쩌면 나만이 그리스도를 진정으로 만나고 있는지도 모른다…….

나는 그리스도에 의한 이 은밀한 인가를 자랑스러워하지 않을 수 없었다. 그리스도는 나에게, 자신의 언명을 이해한다는 자격을 부여한 뒤에 내 존재의 바탕을 뒤흔들었다. 그것은 어떤 소설에서도 느껴 본 적이 없는 전혀 새로운 힘이었다.

〈여기에 뭐가 있다!〉

어린 나에게 그리스도라는 존재는, 그 뒤에 알게 된 유명한 노랫말 마따나 〈언젠가 어느 곳에선가 한 번은 본 듯한 얼굴, 가슴으로 항상 혼자 그려 보던 그 얼굴〉이었고, 그 앞에 선 내 영혼은, 〈단 한 번의 눈길에 터져 버린 내 영혼〉이었다. 그날의 만남은 〈바람이 불어오는 곳〉과의 만남이었다. 이 만남은 〈바람이 불어 가는 곳〉을 향해 떠난 오늘까지도 계속되고 있다.

동급생 중에는, 내가 어떤 것으로도 따라잡을 수 없던 수재가 둘 있었다. 하인후(河仁厚), 기동빈(奇東彬)이 바로 그들이다.

하인후 이야기부터 하지 않으면 안 되겠다.

아버지가 의사였으니만치 집안이 유복했던 그는 늘 학년 석차에서 다섯 손가락 밖으로 나가지 않을 정도로 성적이 우수했다. 나는 도시로 나온 빈농의 유복자인 데다 더부살이까지 하고 있었으니 집안 같은 것은 따질 처지가 아니었고, 도서관 사서가 된 뒤부터는 학년 석차도 도무지 그와는 비교가 되지 않았다.

공부만 잘하는 것이 아니었다. 그는 그림을 잘 그려서 미술 실기 시간에는 늘 〈수〉를 받았고, 영어 노래나 이탈리아 가곡의 가사도 수십 곡이나 외고 있을 만큼 노래도 좋아하고 또 썩 잘 불렀다. 그러나 나는 그림도 별로 그려 본 적이 없어서 미술 성적은 운이 좋아야 〈미〉였고, 아는 노래라고는 학교에서 배운 노래와 당시 시골에서 유행하던 「공양미 삼백 석」, 「방랑 시인 김삿갓」, 「아리조나 카우보이」 같은 노래 정도였다. 그는 음악 교사의 특별한 요청으로 바이올린을 학교로 가져와 음악 시간에 연주해 보였는데, 그가 근 10년 전부터 가정 교사로부터 바이올린을 배운다는 것은, 대구에 산 아이들 중에서도 희귀하게밖에는 누릴 수 없던 특권이었다. 나는 도무지 거기에 견주어질 수 없었다. 나는 대구로 나오기까지는 서양 악기는, 하모니카를 제외하면 하나도 본 적이 없었다. 본 것이 있다면 북, 장구, 매구(꽹과리), 징 같은 시골의 풍경이 고작이었다. 보기만 했을 뿐 두드려 본 것도 아니었다.

그는 운동에 만능이었다. 당시 우리는 체육 시간이 될 때마다 배구, 농구, 기계 체조 같은 것을 배웠는데, 나는 배구할 때는 손가락 삐기, 농구할 때는 공 맞고 코피 흘리기, 기계 체조 시간에는 뜀틀 안고 뒤집어지기가 일쑤였지만, 그는 어느 것이 되었든 놀라운 몸놀림을 보여 주었다. 그러던 그는 야구부가 신설되자 야구부원이 됨으로써 또 한 번 나를 놀라게 했다. 나는 대구로 나오기까지는 야구라는 것이 있는 줄도 알지 못했다. 야구 장갑이니 방망이니 하는 것은 물론 본 적이 없다. 그를 따라 운동장으로 나갔다가 그가 던진 야구공을 멋모르고 맨손으로 받아 보던 날, 공이 그렇게 무겁고 딱딱한 데 나는 얼마나 놀랐던가. 놀라움 뒤에 온 것은 서글픔이었다. 몸으로 할 수 있는 것중에 내가 그를 이길 수 있는 것은 낫질, 삽질, 괭이질, 지게질뿐일터였다.

그는 키가 나보다 근 한 뼘은 컸고, 얼굴도 귀공자처럼 준수했다. 나는 어찌 된 일인지 중학교 3학년이 되었는데도 신장순으로 매겨지는 번호에서 60명 중 20번을 넘어서지 못하고 있었다. 그는 자그마치 55번이었다. 그는 알지 못했겠지만 이것은 두 가지 이유에서 나를 슬프게 만들었다. 그 하나는 내 나이가 그의 나이보다 두 살이나 많았다는 것, 또 하나는 심한 영양실조의 후유증을 앓고 있는지도 모른다는 걱정이 그것이었다.

나는 그를 추종했다.

그런데 그가 지니고 있던, 글을 잘 써서, 운문이든 산문이든 학교 안팎의 온갖 백일장을 휩쓸던 또 하나의 면모가 나에게는 행운이었다. 그와 더불어 말석이나마 급제의 영광을 누리게 되면서 나는 그의 추종자에서 일약 친구로 발돋움하게 되었기 때문이었다. 이렇게 친구가 된 뒤부터 이번에는 하인후의 불가사의에 가까운 독서량이 나에게 심한 좌절감을 안겨주었다. 2학년 때 도서부원이 되면서 한 해에 수백 권씩이나 읽어 치운 나의 독서 수준도 그에 견주면 한심한 것이었다.

그러나 그것은 서로 자란 환경이 다른 만큼 당연했다. 하인후의 허락을 얻어 그의 집을 방문한 날, 나는 그의 아버지 서재를 보고는 아득해지고 말았다. 서재의 장서는 거의 우리 학교 도서관 장서에 육박하고 있었다. 그런데도 하인후는 이틀이 멀다 하고 도서관을 기웃거렸던 것이다. 요컨대 그의 독서는, 내가 시골에서 산나물을 캐고 있을 때, 송아지를 몰고 나가 풀을 뜯기고 있을 때, 겨울 보리밭에서 돼지 오줌통을 축구공 삼아 차고 있을 때도 계속되고 있었기가 쉬웠다. 거기에 견주어 나의 독서는 대구로 나오면서 시작된 것에 지나지 못했다. 그 전에 시골에서 내가 읽은 책이라고는 『옥루몽』, 『권익중전』, 『사씨남정기』, 『조웅전』, 『장화홍련전』 같은 어머니의 애장서에 불과했다.

그는 나의 적수가 아니었다. 그의 독서량은 가장 적절할 때 절묘한 표현으로 자연스럽게 되살아나고는 했다.

「미당을 읽는 것은 좋은데 외우는 것은 좋지 않아.」

교지에 실린 나의 시를 보고 그가 내뱉은 한마디였다.

「미당?」

「서정주 말이야.」

내가 이 말에 기가 죽고 만 것은 당시 서정주를 너무 좋아했던 나머지 쓰려고 하기만 하면 자꾸만 서정주의 시구가 머릿속을 맴도는 바람에 애를 먹고 있었기 때문이었다. 요컨대 하인후는 나를 초라하게, 초조하게 만들 수 있는 유일한 급우였다. 그런데도 그는 고맙게도, 내가 어머니에게 쫓기다시피 하면서 약간의 한문을 읽고 한시를 외우면서 보낸 어린 시절을 부러워함으로써 나를 위로해 주고는 했다. 그러나 결국은 이것조차도 나를 더욱 초라하게 만들었다. 나는 그를 부러워하면서도 부럽다는 말은 한 번도 해본 적이 없기 때문이었다.

3학년이 시작되면서부터 내내 나는 그를 따라잡아 보려고 무진 애를 썼다. 나는 그 친구처럼 공부도 잘하고 싶었고, 그림도 잘 그리고 싶었고, 야구공도 잘 받고 싶었다. 그리고 무엇보다도 바이올린을 켤 줄 아는 사람이 되고 싶었다. 나는 하인후를 맹렬하게 추격했다. 그러나 거리가 좁혀지는 것 같지는 않았다. 그는 저만치서 나를 내려다보면서 나를 가르치기도 하고 격려하기도 했다. 그러나 그의 충고는 늘 따뜻한 것만은 아니었다.

내게는 계단을 한꺼번에 둘씩 뛰어올라야 성에 차는 공격적인 버릇이 있었다. 3학년 당시 우리 교실은 5층에 있었다. 내가 아침에 그렇게 계단을 오르면 하인후는 뱀같이 차가운 눈을 하고는 이렇게 나무라기도 했다.

「너의 계단 오르기에는 문제가 있다. 너의 목표는 계단 오르기가 아니다. 너의 목표는 교실에 이르러 수업을 준비하는 것이다. 그런데도 너는

164

계단을 오르는 데 너무 힘을 쓴 나머지 지친 상태에서 수업을 시작한다. 너는 한 번에 두 계단씩 오르지만 나는 한 계단씩 오르겠다. 그러나 너는 나보다 계단을 더 잘 오르지는 못할 것이다.」

나는 미술 실기 점수가 좋지 못했다.

우리가 미술 시간에 그리던 풍경은 대개가 교정이었다. 오기가 났던 나는 일요일에 학교로 나가 미술 시간에 자주 그리던 풍경을 하루 종일 그리곤 했다. 어떤 날은 열두 장씩이나 그렸다. 그러고 나서 오래지 않아 나는 〈우〉를 거쳐 〈수〉를 받아 낼 수 있었다. 인후에게 나는 이 이야기를 자랑 삼아 했다. 그러자 그가 말했다.

「너의 〈수〉는 좀 곤란하다. 너는 〈수〉를 목적으로 삼았는데 그래서는 안 된다. 열심히 그리기는 했다만 너는 미술이라는 것을 과소평가하고 있다. 너는 아마 그림을 잘 그리는 사람은 못 될 것이다.」

나는 야구에 반해 틈틈이 인후가 속해 있는 야구부를 드나들면서 주전자로 물도 떠다 주고 간식 심부름도 하면서 열심히 야구를 배웠다. 그러나 방과 후면 도서관 근무가 있었기 때문에 그럴 기회가 많지는 않았다.

어느 날 나는 그렇게 기웃거리다가, 부상당한 선수를 대신해서 중견수 노릇을 한번 해보는 굉장히 영광스러운 기회를 붙잡을 수 있었다. 중견수 자리는, 공이 높이 떠서 날아올 확률이 많은 자리이다. 나는 공중 볼을 여러 개 잡아 내었다. 2루수가 놓친 땅볼도 여러 개 잡아내었다.

그런데 나에게는 묘한 버릇이 있는 것으로 드러났다. 전력 질주해서 볼을 잡아 내는 것까지는 좋은데, 볼을 잡는 순간에 그만 넘어지고 마는 바람에 다른 내야수나 외야수에게 제대로 송구할 수 없었다. 공수가 교대되어 땀을 닦고 있는데 인후는 친절하지 못하게도 이런 말을 했다.

「너는 야구를 너무 화려하게 하려고 한다. 너는 볼을 잡는 순간 한차례 바닥을 뒹굴어 너의 플레이를 과장하고는 한다. 다시 말해서 너는 기회 있을 때마다 너의 플레이를 드라마타이즈[劇化]한다. 그러나 그것은 잘하는 야구가 아니다.」

이날 나는 처음으로 인후에게 대들었다.

「나는 플레이를 극화한 것이 아니다. 나는 포구에 최선을 다한 것뿐이다. 포구한 즉시 송구하지 못하는 상황이 벌어지게 한 것은 내 잘못이다. 그러나 나는 그렇게밖에는 할 수 없었다. 나는 어떻게든 볼을 잡아야 했다. 다른 사람에게 송구하는 것은 그다음 문제다.」

야구부 지도 교사가 우리 이야기를 듣고 있다가 말했다.

「포구하는 순간에 넘어지는 것은 포구에 정신을 쏟는 바람에 오버페이스, 즉 자기의 주력 이상으로 달리기 때문이다. 주력 이상으로 달려서라도 포구하겠다는 정신은 좋다. 그러나 이렇게 볼을 잡는 사람이 훌륭한 야구 선수가 될 수 없는 것은 분명하다. 인후에게서는 이런 일이 일어나지 않는다. 인후의 충고를 귀담아 두는 것이 좋다. 어차피 도서부원인 네가 야구 부원이 되는 것은 불가능한 일이기는 하다만…….」

이런 일이 잦아지면서 나는 인후의 친구에서 다시 추종자로 전락했다. 그에 견주면 나는 자신의 실패를 하나의 양식화한 본보기를 만드는 오버페이서에 지나지 않았다. 그는 잘 발달해 가는 육체와 나날이 명민해지는 정신으로 학급에서, 미술실에서, 음악실에서, 체육관에서, 그리고 야구부에서까지 기둥 노릇과 소금 노릇을 해냈다. 넘치지 않으면서도 항상 일정한 거리를 앞서 가는 놀라운 힘, 모든 친구들에게 다 관대한 것은 아닌데도 항상 일정한 관용의 품격을 유지하는 놀라운 분위기……. 그에게는 내가 아무리 쫓아가도 쫓아가지지 않는 어떤 것이 있었다.

집안일까……. 그런 것 같지는 않았다. 가난했지만 나도 그렇게 막되게 자랐던 것은 아니었다. 인후의 집이 부럽기는 했지만 집안을 흐르는, 뿌리가 잘려진 듯한 느낌을 주는 문화까지 부러웠던 것은 아니었다.

두뇌일까……. 그가 비상한 두뇌의 소유자로 보였던 것은 분명하다. 그는 링컨이 게티스버그에서 한 연설 전문을 두 시간 만에 욀 수 있는 두뇌

166

의 소유자였다. 그러나 내가 그에게서 맡아 내는, 범접하기 어려운 어떤 분위기는 그의 두뇌가 지어 내는 것이 아닌 것임에 분명했다.

〈여기에 뭐가 있다!〉

그에게는 무엇인가가 있었다.

9
어디서 본 듯한 얼굴

학교와 내가 몸 붙이고 살던 집 사이에는 꽤 크고 유명한 베델 교회가 있었다. 나는 만일에 교회에 나가기로 결심한다면 그 교회로 가리라고 마음먹고 있었다. 위치로 보아 여러모로 편리할 것 같았기 때문이다. 그러나 내가 베델 교회를 택했다는 것은 예사스러운 일이 아니다. 후일 나는 이 〈베델〉이라는 이름과 여러모로 인연이 있는 것으로 드러나게 되기 때문이다.

그 교회의 간판을 보기까지는 〈베델〉이라는 말이 무슨 뜻인지 나는 알지 못했고 들어 본 적도 없었다. 당시 내가 알기로 〈벧엘〉은 와이셔츠 상표 이름이었다. 설마 교회가 와이셔츠 상표를 붙였을 리 없을 테니 분명히 와이셔츠 회사는 족보가 있는 말을 상표로 삼았을 것이라는 짐작만 했다.

휴일을 앞둔 어느 날 밤늦도록 그리스도를 읽던 나는, 그리스도가 어떻게 섬겨지는지, 다른 사람들은 그리스도를 어떻게 이해하고 있는지 확인해 보기로 마음먹었다. 아침을 먹자마자 베델 교회로 가서는 문지기에게 〈오늘부터 이 교회에 나오고 싶은데 들어가도 좋습니까?〉 하고 물었다. 문지기가 뜨악한 얼굴을 하고는 내 교복을 아래위로 훑어보면서 퉁명스럽게 말했다.

「학교 안 가면 다 주일이냐? 오늘은 주일이 아니라 현충일이다.」

나는 어째서, 휴일과 주일을 동일시하고 있었을까. 나는 지금도 이런 실수를 곧잘 한다. 목표만 볼 줄 알았지 다른 것은 안중에도 두지 않는 공격적인 성격 때문일 것이다. 목표를 향해서만 매진한다……. 그랬으면 한 분야에서 성공을 거두었을 터인데도 나는 그렇지 못하다. 그 목표라는 게 자주 바뀌었기 때문이다.

돌아서려는데 문지기가 덧붙였다.

「중고등학생회는 모임이 있는가 보더라. 당회장실에 들어가서 안내를 받아라.」

나는 〈당회장실〉이라는 곳을 찾아갔다. 어마어마한 환영을 받을 줄 알았는데, 부목사라고 자기를 소개한 젊은 목사는 심드렁하게 〈중학생들은 중학생들끼리 모임을 갖게 되어 있다〉면서 사람을 보내어 중학생회 회장을 부르게 했다.

학생회장이 올 동안 부목은 학생회가 어떤 일을 하는지 내게 설명해 주었다. 그의 말에 따르면 중학생들에게는 주일 아침에 참석하는 대예배 이외에도 오후의 학생회 예배가 따로 있었다. 학생회 예배가 끝나면 〈KJV〉 독회가 있는데 이 시간에는 희망자들을 위해 영어에 능통한 강사를 중심으로 〈킹 제임스 버전King James Version〉 성경, 즉 〈흠정역〉이라고 불리는 영어 성경을 함께 읽기도 하고, 교회 성가대 지휘자로부터 성가 합창을 지도받기도 하고, 클래식 음악 감상회를 갖기도 하고, 부활절이나 성탄절이 되면 배역을 정하여 성극을 무대에 올리기도 한다고 했다.

가슴이 뛰었다.

제대로 찾아 들어왔구나.

교회 문화는 바로 서양 고전 문화의 관문일 것이라는 나의 짐작이 맞아떨어진 것이었다.

영어 성경을 줄줄 읽을 줄 아는 나, 소프라노와 함께 이중창을 멋들어지게 할 수 있는 나, 첫 소절만 듣고도 베토벤과 모차르트를 구분하는 나, 무대에서 시몬 베드로의 역할을 해내는 나의 모습을 상상했다. 가슴이 뛰면서 힘이 났다. 그런 상태는 학생회장이 들어와야 할 시각에 하인후가 들어올 때까지 계속되었다. 그가 학생회장이었던 것이다.

169

뭔가가 있어 보이던 하인후의 분위기…….나는 굉장한 것을 발견한 기분이었다.

중고등학생 시절 교회에서 경험한 것들을 다 기억하지 못한다.

기억이라고 하는 것은 더러 기묘한 장난도 하는 것 같다. 때로는 기억의 주인인 나에게 유리하게 자체 재편성하는, 공정하지 못한 기능까지 지니고 있는 것 같다. 따라서 지금 과거의 일을 자세하게 쓰는 데는 한 가지 주의가 필요하다. 그것은 재편성된 기억은 여기에서 제외되어야 한다는 것이다. 어른이 된 다음에 얻게 된 인식을 그 시절의 인식으로 여기는 것은 공명정대하지 못하다. 나는 공정하게 하는 것을 전제로 하고 그 시절의 일을 몇 가지 되씹어 보고 싶다. 나라고 하는 것은 결국 내 과거의 퇴적물일 것이므로…….

나는 여기에서, 내가 교회로 걸어 들어간 동기에 불순한 것이 약간 섞여 있었다는 것을 먼저 고백해 두지 않으면 안 되겠다. 앞에서 나는 그리스도가 어떻게 섬겨지는지, 다른 사람들은 그리스도를 어떻게 이해하고 있는지 확인해 보기로 마음먹었다고 했다. 그것은 사실이다. 그러나 그 동기의 이면에는 또 하나의 동기가 있었을 것이다.

내가 교회에 몸을 맡긴 것은, 자유가 두려워서, 혼자 싸우기가 너무 외로워서였을 것이다. 소외의 주체가 없는 기이한 소외감을 견디기 어려워서였을 것이다. 외로운 싸움을 싸울 때 내 편이 되어 함께 싸워 줄 어떤 동아리가 필요하다고 여겼기 때문일 것이다. 힘이 있는 문화 동아리에 얽혀 듦으로써 석기 시대적 과거를 은폐하기 위해서였을 것이다. 결국 내가 교회로 들어간 것은 그리스도를 만나기 위해서가 아니라 교회를 이용하기 위해서였기가 쉽다.

그런데 교회로부터 나는 바로 이 불순한 의도를 고백할 것을 요구받았다. 나는 학생회에 들어가자마자 인후와 학생회의 회지를 편집하지 않으

170

면 안 되었다. 이 일 저 일 쫓기는 데가 많았던 인후에게는 나의 입회가 여간 생광스럽지 않았을 것이다. 교회 뒤쪽에는 〈학생회실〉이라는 이름의, 학생회가 쓰는 조그만 방이 있었다. 학생회지를 편집하면, 줄판에다 등사 원지를 긁고, 이것을 등사기로 찍어 내는 시설 일체가 그 방에는 있었다.

우리는 그 방을 〈시체실〉이라고 불렀다. 회지 작업으로 밤을 새우든, 밀린 시험 공부를 하느라고 밤을 새우든, 그 방에 들어가는 날이 곧 초주검이 되는 날이 되기 십상이었기 때문일까? 아니었을 것이다. 인후는 그 방이 우리의 청춘과 관능의 시체실이라는 뜻에서 그렇게 불렀던 것 같다. 그러니까 그 방은 우리의 벼락공부 방으로도 개방되고 있었던 셈이다. 개방되는 대신, 그 방에서, 말하자면 교회에서 밤을 새우는 사람에게 어겨서는 안 되는 규칙이 있었다. 그것은 새벽에는 어김없이 일어나 새벽 기도회에 참석하지 않으면 안 된다는 것이었다.

「멀리서 새벽 기도회에 참석하러 오는 사람이 있는데 교회 안에 있는 사람이 기도회에 빠지는 것은 있을 수 없는 일이다.」

이것이 노목사의 방침인 만큼 절대로 빠지지 말아야 한다고 인후는 강조하고는 했다.

회지 원고 마감과 학교 시험을 앞둔 어느 토요일, 나는 내가 몸 붙이고 있는 집에는 어머니에게 간다고 핑계를 대고는 혼자 회의실에서 밤늦도록 일을 하고 공부를 하다가 새벽녘에 잠이 들었다. 잠깐 눈을 붙이고 새벽 기도에 참석할 생각이어서 아마 책상에 엎드린 채 잤던 것 같다.

한기를 느끼고 깨어 보니 아침이었다. 일어서는데 무엇인가가 내 어깨에서 스스르 미끄러져 내렸다. 노목사의 가운이었다. 교회지기인 사찰 집사는, 가운이 내 손에 있게 된 경위를 설명하고 목사관으로 들어가는 나에게 이런 말을 했다.

「세종대왕이 용포를 벗어 집현전 학자에게 덮어 주었다더니 그 짝이구나. 노목사님 모신 지 30년이나 되지만, 가운 벗고 새벽 기도회에 나오신 것은 오늘 처음 보았다.」

나는 그날 아침 가운을 접어 들고 목사관으로 들어가 눈물을 줄줄 흘리면서, 새벽 기도회에 빠진 것에서부터, 문화에 합류하자는 불순한 의도를 가지고 교회에 들어온 것까지 고백하고 참사람으로 거듭날 것을 약속했다. 아침은, 울기에도 적당하지 않고 고백하기에도 적당하지 않은 시간이다. 그런데도 나는 그렇게 했다. 폭풍에 겉옷을 벗기운 것이 아니고 따뜻한 햇살을 견디지 못해 스스로 겉옷을 벗는 느낌은 대단했다.

그로부터 오래지 않아 여름 방학이 시작되었고, 방학이 시작되자마자 우리는 교회가 주관하는 수련회에 참가했다. 사흘 동안 야영지에서 진행되는 수련회는 일종의 신앙 강화 대회 같은 성격을 띤다고 인후는 설명했다.

처음 이틀은, 중간중간에 기도회가 있었다 뿐이지 여느 나들이와 다를 바가 없었다. 그런데 사흘째 되는 날 밤, 내가 아직까지도 잊지 못하는 수련회의 하이라이트가 시작되었다.

이 행사는 그동안 교회 안팎에서 지은 죄를 자복하고, 십자가에 못 박히기 전날 제자들의 발을 씻어 주던 그리스도를 생각하면서 서로의 발을 씻어 주는, 대단히 상징적인 순서로 이루어져 있었다. 따라서 발을 씻어 주는 순서는 정죄를 확인하는 순서였던 모양이다. 행사 현장에는 커다란 십자가가 서 있었는데, 한 고등학생 임원은 이 십자가에다 무엇을 연방 끼얹고 있었지만, 수련회 경험이 없던 나는 어둠 속에 왜 십자가가 서 있는지 왜 기름 같은 것을 계속해서 끼얹고 있는지 그 까닭을 알지 못했다.

행사가 시작되자 젊은 부목사가 지나치다 싶을 만큼 격정적으로 어린 우리들을 죄인으로 몰아갔다. 그의 말에 따르면 우리는 태어나면서 이미 죄인인데도 불구하고 회개하기는커녕 나날이 죄를 쌓아 가고 있는 독사의 자식들이었다.

「……하느님이 드신 분노의 활은 이미 팽팽하게 당겨졌고, 그 시위에는 이미 화살이 걸려 있습니다. 한순간 그 화살이 여러분의 피를 마시게 하는 것은 약속도 아니고 은혜도 아닙니다. 하느님의 분노일 뿐입니다…….」

172

그러나 그는 질타하는 데 그치지 않고 그리스도의 사랑에 의지하면 반드시 용서를 받을 수 있을 것이라는 말로 설교를 끝내고는 기도를 시작했다. 기도는 그의 눈물과 함께 시작되었다. 그는 하느님의 화살과 우리 사이를 막고 나서는 것 같았다. 그의 기도는 하느님에게 우리를 용서해 주기를 애원한다기보다는 공격적으로, 그리고 순교자적으로, 우리를 쏘려면 자기를 먼저 쏘아야 한다는 주장에 가까웠다. 그날 낮에만 하더라도 소매 없는 블라우스와 반바지 차림을 한, 에덴동산의 이브처럼 통통하고 예쁜 사모와 함께 시냇물에 발을 담근 채 〈참 아름다워라, 주님의 세계는〉을 부르던 부목사가 아니었다.

부목사가 기도하는 도중에 학생들은 하나씩 둘씩 울음을 터뜨리기 시작했다. 그의 기도는 〈불타는 십자가를 바라보면서 그리스도의 고난을 떠올리고, 그리스도의 고난에 우리 죄를 맡기자〉는 말로 끝이 났다.

우리가 눈을 뜨는 순간 십자가는 불타기 시작했다. 학생들이 통성 기도를 시작했다. 불타는 십자가 앞의 통성 기도는 바로 통곡으로 변했다. 어린것들의 죄를 용서해 주기를 비는 부목사의 애절한 기도에 울먹거리고 있던 우리 중고등학생들에게 불타는 십자가는 통곡의 방아쇠 노릇을 하고 있었다. 무슨 죄를 그렇게 많이 지었는지, 주먹으로 바위를 치면서 우는 아이도 있었고, 풀을 뽑으면서 통곡하는 아이도 있었고, 손톱이 부서져라 땅바닥을 할퀴며 우는 아이도 있었다.

사춘기여서 그랬을까? 죄를 지은 기억은 사춘기 기억에서부터 시작되고 있었다. 정체 모를 어떤 욕망, 갈증 같기도 하고 허기 같기도 한 이상한 욕망에 쫓긴 죄, 오관에 걸려 들어오는 모든 외부 자극을 이성과 연결시킨 죄, 부당한 수단으로 은밀히 그것을 해소시켜 온 죄, 하인후와 함께 어깨를 두드려 인사하는 척하면서 여학생의 어깨로 브래지어 끈이 지나가고 있는지 여부를 확인한 죄, 수련회에 와서까지 부목사 사모의 가슴과 허벅지를 곁눈질한 죄……. 그 나이에 알맞게 지은 죄가 우리에게는 얼마든지 있었다.

가진 돈이 하나도 없어서 헌금 주머니에 빈손을 넣었던 죄도 있었고, 학생회 공금으로 배갈을 사서 맛본 죄도 있었다. 무수한 죄를 떠올리면서 불타는 그리스도의 십자가 앞에서 빌었던 것 같다. 그리스도가 스펀지 같은 것을 하나 들고 있다가 내 눈물에 이 스펀지를 적셔 내 죄를 북북 문질러 닦는 것 같았다. 추상에 머물던 죄악을 언어로 바꾸어 내뱉는 순간 내 마음속에 있던 자축인묘진사오미신유술해가 쫓겨 나가는 것 같았다.

뒷날 나는 그리스도와 자축인묘진사오미신유술해가 갈마들면서 내 마음속을 드나드는 시절을 경험하게 된다. 열두 가지 짐승과 열두 제자를 거느린 그리스도가 내 마음속에서 공방을 거듭하던 그 시절 나는 문득 우리에게는 기독교만으로는 담아내지 못할 뜻이 있고 예수라는 이름만으로는 채워 내지 못할 정서가 있다는 생각을 하게 되었다. 그때부터 나는 그리스도의 이름에 기대어 우리 육즙이 켜켜이 묻어 있는 이 자축인묘진사오미신유술해를 소독해 버린 자들에게 심한 분노를 느끼게 된다.

〈박 군의 심정〉에 나오는 자축인묘신유술해진사오미 해석은 하나의 음모였다. 바지런함과 우직함과 용맹스러움과 양순함과 상서로움과 지혜로움과 유용함과 유순함과 꾀 많음과 성실함과 넉넉함을 표상하던 정든 짐승들을 〈박 군의 심정〉의 저자는 각각 잔망스러움과 우둔함과 포악함과 겁 많음과 허황함과 교활함, 음탕함, 무력함, 잔꾀 많음, 소심함, 같잖음, 더러움을 표상하는, 말하자면 수성(獸性)을 상징하는 짐승으로 바꾸고 만 것이다. 좌시할 수 없는 음모가 아닌가.

이때의 내 분노 역시 굉장한 것이었다.

그러나 그 당시 통곡한 뒤의 느낌은 참으로 개운한 것이었다. 나는 내 죄가 말끔히 씻긴 것을, 거룩한 어떤 힘에 의해 거듭난 것을 믿어 의심하지 않았다. 나는 정말 그때 거룩한 것을 체험했던 것일까?

십자가를 불태우고 죄를 자복하는 순서에 이어 시냇물을 가운데 두고 두 줄로 나란히 앉아 서로의 발을 씻어 줌으로써 이 정죄를 확인하는 순서가 시작되었다. 이 순서가 시작되는데도 불구하고, 여전히 십자가 앞에 꿇어앉아 흐느끼는 학생도 있었다. 이런 학생은 부목사가, 초상집에서 자반뒤집기를 하며 우는 상주에게 그러듯이, 그만하면 되었다고 살살 달래어서 시냇가로 끌어오지 않으면 안 되었다.

나와 서로 발을 씻어 주기로 되어 있는 상대는 믿기지 않게도 나와 같은 중학생 3학년인 선우하경이었다. 원래 발을 씻어 주는 파트너는 동성이 원칙이었는데 어째서 그런 일이 벌어졌는지 나는 알지 못한다.

내가 선우하경에게 주의를 기울이게 된 것은 그날 낮의 일이다. 선우하경은 얼굴이 유난히 희고 입술이 유난히 검었다. 그날 낮에는 풍선을 불어 엉덩이로 터뜨리는 점잖치 못한 놀이 순서가 있었는데, 목사의 사모나 여선생이나 여학생들의 엉덩이 짓이 연상시키는 관능이 웃음으로 변함으로써 놀이판은 웃음판이 되었다.

그런데 이 웃음판은 시작된 지 오래지 않아 싸늘하게 식고 말았다. 선우하경이 풍선을 불어 내지 못한 것이다. 몇 차례 시도하는데도 불구하고 풍선은 부풀지 못했다. 하경은 풍선을 가만히 땅바닥에 내려 놓고는 숲 속으로 들어가 버렸다. 이로써 분위기는 싸늘하게 얼어붙고 말았다. 나는 그렇게 되는 이유를 짐작할 수 없었다.

인후가 그때 나에게 속삭였다.

「투베르쿨로시스가 중증이라는구나…….」

그는 의학 용어에 관한 한 굉장히 어려운 말도 거침없이 썼다. 그 때 이미 의사가 될 꿈을 키우고 있었음이 분명하다. 나는 〈투베르쿨로시스〉라는 의학 용어를 알지 못했다. 그러나 〈투베르쿨로……〉가 연상시키는 〈투베르클린 반응〉을 떠올리면서 나는 그것을 〈폐결핵〉으로 알아들었다.

「저 나이에?」

「폐엽 절제 수술까지 받았대. 소프라노인데도 소리를 울려 내지 못해. 폐활량 때문인가.」

「…….」

「폐엽 절제 수술은 겨드랑이 밑을 열고 들어가니까 아마 겨드랑이에 흉터가 있을 거다. 네가 한번 확인해 봐라.」

「죽일 놈…….」

내가 그 하경의 발을 먼저 씻어 주기로 했다. 나는 선우하경에게 발을 내밀라고 말했다. 나는 그리스도가 본보인 것을 의례로 재현하고, 이로써 그리스도에게 다가가는 다짐으로 삼고자 했다.

하경은 베드로처럼 말했다.

「내 발을 씻길 수는 없어요.」

나는 그리스도의 말을 흉내 내어 그를 나무랐다.

「내가 이 발을 씻기지 아니하면 거기와 나는 아무 상관도 없어지게 되어요.」

「있었던 것 같잖아요.」

「베드로 흉내를 내길래 예수님 흉내를 내어 봤어요.」

웃지 않는 것으로 보아 하경은 그 대목을 외우고 있지 않은 것 같았다. 하경은 바위 위에 앉아 있었고 나는 자갈밭에 앉아 있었다. 하경은 어둠 속에서 나를 내려다보고 있었고, 나는 어둠 속에서 하경을 올려다보고 있었다.

그것뿐이다.

그런데도 세계가 내 앞에서 폭발했다.

폭발은, 하경의 낯선 냄새와 함께 왔다. 반듯한 이목구비, 창백한 얼굴 위의 유난히 짙은 입술……. 그것은 내가 처음으로 경험하는 하경과의 만남이 분명히 아니었다. 내게는 그런 곳에서 그런 소녀를 올려다본 경험이 분명히 있었다……. 나는 그것이 언제 어느 곳이었는가를 기억해 내고 싶었다.

나에게 이런 순간이 있었다…….

나는 이 소녀를 안다…….

그러나 기억해 빌 수 없었다. 그것은 겨우 십수 년을 산 내 삶에서는 일

176

어날 수 있었던 것이 아니므로.

이것은 야곱의 우물가에서 마른 입술을 핥으며 사마리아 여인에게 마실 물을 애원하던 그리스도의 모습이 연상됨으로써 생긴 내 기억의 오류였을까? 바위에 앉은 모습에서, 로렐라이 언덕에 있었다는 〈마녀〉를 떠올렸기 때문일까? 바위 위에서 젖은 몸을 말리는 인어 공주를 떠올렸기 때문일까? 내 본능이 상대를 여성으로 감지하고, 어디에서 보았다는 느낌을 강화시킴으로써 그 만남에 의미를 부여하게 했던 것일까?

아니었다. 그것이, 나에게 버릇 들지 않은 그런 연상이 폭발을 일으키는 것처럼 강렬했을 리 없다. 나는 그의 발을 어떻게 씻어 주었는지 전혀 기억할 수 없다. 내 발을 씻는 그의 손길이 어떠했는지도 기억할 수 없다.

불타는 십자가 앞에서 죄를 닦고 돌아서서 하경의 발을 닦으면서 나는 〈처음으로〉 죄를 짓는 참으로 희한한 경험을 하게 된다. 그렇다고 해서 내가 하경에게서 관능을 느꼈다는 뜻은 절대로 아니다. 나는 아마 하경의 한쪽 허파가 되겠다고 결심했던 것 같다.

이것이 교회의 영향권 안에서 나에게 일어났던, 내게는 중요해 보이는 두 사건 중의 하나이다. 그 이후부터 나는 교회를 위해 열심히 일했다. 그때 나는 그리스도를 위해 일하는 것과 교회를 위해 일하는 것은 같다고 생각했다. 그런 나에게 교회는 몇 가지 놀라움을 안겨 주었는데, 지금 내가 쓰는 언어로 그때의 놀라움을 설명하면 다음과 같다.

내가 예감하고 있었듯이 언어를 통해서 전해진 그리스도가 우리의 삶을 끊임없이 간섭했다. 나는 조금씩 세상의 모든 사물을 그리스도 적인 것과 비그리스도적인 것으로 이분하기 시작했다. 내가, 모르는 사이에 세상 만사를 선악(善惡) 혹은 성속(聖俗)의 이분법으로 나누고 있다는 것을 안 것은 훨씬 뒤의 일이다.

시간이 흐르면서 나는 신약 성서의 네 복음서를 통해 알게 된 그리스도가 교회의 그리스도와 다른 데 놀라고는 했다. 그리스도를 굉장히 아름다운 분, 영적인 분이라고 여겼는데 교회에서는 그리스도가 아주 무서운 분,

끊임없이 물질을 변화시키는 분으로 해석되고 있는 데 나는 놀라지 않으면 안 되었다. 가령, 보물을 쌓되 땅에다 쌓지 말고 하늘에다 쌓으라는 그리스도의 가르침은 내가 좋아하던 구절 중의 하나였다. 베델 교회의 대예배당 입구에는 투표함 같은 헌금 궤가 있었는데, 이 구절이 바로 이 헌금 궤 위에 씌어져 있는 것을 보았을 때 내가 느낀 당혹감은 대단한 것이었다. 그리스도의 간결하고 명쾌한 언명의 체험은 내가 혼자서 신약 성경을 읽던 데서 한 발자국도 나아가지 못했다.

나를 놀라게 한 것은 교회의 신도 전체를 상대로 하는 예배 말미에, 목사가 감사 헌금을 한 사람들의 이름을 일일이 소개하거나 그 사람을 앞으로 불러내어 간단한 연설을 하게 하는 순서가 있다는 것이었다. 인후의 설명에 따르면 이 순서는 노목사 혼자서 교회를 인도할 당시에는 없었는데 젊은 부목사가 들어오면서 생기게 된 순서였다.

시장으로 영전하게 된 부시장, 국장으로 승진한 과장, 부교수가 된 조교수, 총장으로 선임된 학장, 미국 유학을 떠나게 된 어느 신혼부부, 값비싼 일본제 카메라를 장만하게 된 지방 신문 사진 기자, 학생회의 인연으로 결혼하게 된 장로의 아들과 집사의 딸……. 이런 사람들에게 이 시간은 저희들이 맞게 된 경사를 은혜라는 이름으로 자랑하는 자리였다. 따라서 이 시간은 아직 범사에 감사하는 신앙을 마련하지 못한 신도들에게는 자신이 더욱 초라하게 느껴지는 시간이기도 했다.

한 소아과 의사는 하느님 은혜로 큰돈을 벌어 7층짜리 병원을 짓게 되었다면서 교회 신축 기금으로 거액의 감사 헌금을 바치고 이 자리에 선 일도 있다. 그 소아과 의사는, 자기에게 그렇게 큰돈을 벌게 해주느라고 하느님이 얼마나 많은 아기들을 울렸는지 알았더라면 그 자리에서 그렇게 하느님의 은혜를 찬양할 수는 없었을 것이다.

또 하나 나를 놀라게 한 것은, 교회의 높은 사람들이 모인 당회와 학생들이 모이는 중고등학생회, 대학생회라고 하는 곳이 으리으리한 화족의 모임이었다는 것이다. 하인후는 기회 있을 때마다, 저 애는 도지사 아들,

저 애는 시장 딸, 저 애는 대학 총장 아들…… 이런 식으로 회원들의 면면을 나에게 귀띔해 주었다. 나같이 내세울 것이 아무것도 없는 아이도 있기는 했다. 그러나 하인후는 그런 아이들을 〈뜨내기〉라고 부르면서, 뜨내기는 곧 사라지게 되어 있다고 말했다. 나는 흡사 속옷 바람으로 정장한 신사 숙녀들 속으로 들어간 기분이었다. 그러나 나는 뜨내기가 되어서는 안 되었다.

교회의 구조에 조금씩 버릇 들어 가면서 나는 그 까닭을 이해했다. 당시의 베델 교회에는 대구 사회에서 성공한 사람들이 많았다. 그들에게 교회는 내용과 실질을 겸하는 건강한 사교장 역할을 한다는 느낌을 주었는지도 모른다. 사회에서 성공한 사람에게 교회는 아내가 남편을 마음 놓고 풀어 놓을 수 있는 곳이기도 했고, 남편이 아내를 마음 놓고 풀어 놓을 수 있는 곳이기도 했다. 자식을 풀어 놓기로 교회는 더없이 좋은 풀밭이었다. 자식을 그런 풀밭에 풀어 놓는 부모들에게 자식에게 일어날 수 있는 최악의 일은 자식이 교회를 뛰쳐나가는 사태일 터였다. 그러나 그들에게는 최악의 사태가 빚어져도 그것이 자식에게 일어나는 최악의 사태일 수는 없었다. 교회를 뛰쳐나간 자식이 서는 최악의 출발점, 그것은 비기독교인들의 아들딸이 서는 최선의 출발점일 수 있기 때문이었다.

〈교회의 기독교도들은 뱀처럼 지혜롭기는 하나 비둘기처럼 순결한 것 같지는 않다…….〉

이것이 내가 교회 생활에 익숙해지면서 받은 섭섭한 인상이었다.

어쨌든 이렇게 해서 나는 그리스도 형제의 친교가 베푸는 안락한 교양의 무대에 합류할 수 있었다. 그들은 나를 따돌리지 않았다. 비록 빈농의 유복자였으나 나는 여전히 수재에 속하고 있었으므로.

교회에 합류한 그해 가을 나는 무서울 정도로 심한 상사병을 앓았다.

나에게 상사병을 안긴 주범은 선우하경이었고 공범은 나 자신이었다. 잠을 잘 때는 제외하고는 하루 종일 하경의 일만 생각했다. 생각만 난다면 그것은 상사병이 아니다. 상사병의 징후가 보이면, 정신 집중이 전혀 되지 않아서 공부 같은 것은 전혀 할 수 없게 되고, 식욕이 떨어지면서 하루 종일 먹지 않아도 허기를 느낄 수 없게 된다. 가을이라는 계절은 이 상사병에는 가장 어울리는 무대를 제공했다.

교회에서 나는 한 주일에 한 번씩, 혹은 운이 좋으면 수요일 밤에도 만날 수 있었으니까 적어도 한 주일에 두 번씩은 선우하경을 만날 수 있었다. 그러나 이것은 나의 상사병 징후의 치료에는 아무 도움도 되지 못했다. 원한다면 하경의 친구가 될 수도 있었을 것이다. 그러나 나는 그렇게 하지 않았다. 내가 상사병을 일으키게 한 공범이 나 자신이었다고 까닭이 여기에 있다.

나는 일단 선우하경이라는 소녀의 아름다움을, 지상(至上)의 아름다움으로 과장했던 것 같다. 그리고 하경이 앓고 있는 병을, 이 지상의 아름다움에 더할 나위 없이 어울리는 비장미의 극치로 파악했을 것이다. 그런데 여기에 또 하나의 심리적인 요소가 끼어든다. 그것은, 내가 정결함의 상징으로 보았던 하경이 사실은 남학생들과의 교제가 지나치게 넓은 불량 학생이라는 근거 있는 소문이었다.

나는 그럴 기회가 있는데도 절대로 하경에게는 다가가지 않았다. 상사병이 깊어지면서 토요일에는 하루 종일 먹지도 않고 잠도 자지 않은 채 일요일을 기다리는데도 나는 이렇게 해서 만나게 된 하경에게 다가가지 않았다.

나는 도망쳤다.

고백하거니와, 나는 하경이라고 하는 실체를 실체로 인정하지 않음으로써, 수많은 독서를 통해 경험한 여성의 이미지를 거기에다 투사함으로써, 내가 꾸며 낸 극적인 상황에 되도록이면 오래, 되도록이면 깊게 참가하려고 했을 것이다. 그래서 나는 하경을 먼빛으로 그리워하고, 다가오면 피하고, 말을 붙여 오면 더듬거리고는 했다. 이렇게 함으로써 하경을 〈현실화〉의 대상에서 떼어 놓고 내 〈비현실화〉 작업을 촉진시켰던 것 같다.

그해 가을의 내 방황과 사색 속에서 하경은 「라 트라비아타」의 비올레타가 되어 갔다. 나의 상상력 안에서 하경은 언젠가는 내 앞에 무릎을 꿇고 아리아 「아, 그대였던가」를 부르게 되어 있는 비올레타였다.

그해 가을 인후는 하경에 대한 나의 짝사랑이 병증에 이르러 있음을 파악하고는 무수히 말했다.

「그럴 만한 애를 보고 그래라.」

인후의 충고는 나에게 약이 되지 못했다.

입학할 당시 전 학년 420명 중 2위였던 석차가 350위로 떨어지면서 나는 교사들로부터도 버림받은 자식이 되었다. 그러나 어떤 교사도 내가 안고 있을 법한 문제에 관심을 가져 주지 않았다. 오히려 나에게는 그 편이 고마웠다.

나는 이때의 일을 조금도 부끄럽게 여기지 않는다. 나는 내 아들 마로에게 같은 일이 일어났었다고 하더라도 그를 나무라지 않을 것이다.

10
아이 앰 스파르타카스

다음 해 나는 겨우겨우 고등학생이 되었다.

그러나 나의 고등학교 시절은 길지 못했다.

우리 학교에는 성질이 모질고 독한 교사가 하나 있었다. 독일어를 가르쳤기 때문에, 그리고 키가 아주 작았기 때문에 그의 별명은 〈쁘띠 히틀러〉였다. 그의 키는 우리 학급에서 가장 작은 아이와 거의 비슷했다.

이 쁘띠 히틀러는 아이들에게 주먹을 잘 휘둘렀다. 그런데 어른이 아이를 때리듯이 그렇게 때리는 것이 아니고 싸움에서 이겼다는 느낌을 맛보기 위해 때리는 것 같았다. 모질게 때림으로써 키가 작은 열등감을 해소하려는 것 같았다. 그는 걸핏하면 시계까지 풀고, 꼭 맞붙어 싸우듯이 제자를 때렸는데, 얻어맞은 우리는 스승에게서 맞았다는 느낌 대신에 일대일의 싸움에서 지는 데서 오는 것과 비슷한 모욕감을 느끼고는 했다. 책을 좀 읽은 내 친구 하나는 쁘띠 히틀러의 그런 버릇을 두고, 〈우리 중에 말이나 행동이 조금이라도 이상한 아이가 있으면, 자기 키 작은 걸 깔보고 그런다고 넘겨짚기 때문〉이라고 해석했다.

어느 날 독일어 시간이 시작되기 전 칠판에 낙서가 있었다. 낙서는 칠판 꼭대기에 되어 있었다. 따라서 키 큰 아이가 했거나, 키가 작은 아이라면 의자를 놓고 올라가서 했기가 쉬웠다.

내용은 이랬다.

〈히틀러를 이기는 수단은 한 가지, 히틀러의 십팔번인 폭력이다 — 레지스땅스.〉

쁘띠 히틀러가 들어와 그 낙서를 읽었다. 쁘띠는 키 큰 아이를 불러 낙서를 지우게 하거나, 이보다 그릇이 더 컸다면, 앞에 앉은 아이게 의자를 가져다 놓게 하고 몸소 그 위에 올라가 낙서를 지웠으면 좋았을 것이다. 그러나 그는 두 손으로 교탁 양 모서리를 잡고, 가슴을 잔뜩 부풀리면서 독을 올렸다. 그의 목소리는 그렇게 차분할 수 없었다. 폭풍 전야였다.

「자수해라. 어느 놈이 썼느냐?」

「……」

「나를 때리겠다는 뜻이 아니냐?」

「……」

「비겁한 놈들.」 쁘띠가 중얼거렸다.

「……」

침묵이 흘렀다. 쁘띠로 하여금 자기가 무슨 말을 했는지 잊어버리게 할 만큼 긴 침묵이었다. 그런데 누군가가 속삭이듯이 말했다.

「……비겁한 건…… 아니지요.」

「너 이놈, 나와!」

쁘띠가 호통을 쳤다. 〈비겁〉이라는 개념을 성공적으로 정의해 낼 것 같지 않던 아이가 나갔다. 시계를 풀고 넥타이를 느슨하게 하면서 기다리고 있던 쁘띠는 아이가 나오자마자 치고 차고 했다.

「네가 썼어?」

「아닙니다. 저는 〈폭력〉을 말한 게 아니고 〈비겁〉을 말했을 뿐입니다.」

그 아이는 코피를 흘리며 들어왔다. 우리 시대에는 그런 일이 흔했다.

「정말 더러운 시대다. 나는 지금 교사가 된 것을 후회하고 있다. 누가 썼나? 나오너라.」

「……」

「일방적으로 때리지는 않겠다. 도전이 용기 있는 행동이 될 수 있으려면 당당한 도전이어야 한다. 그런데 오늘의 이 도전에는 한 가지가 결여되어 있다.」

「…….」

「좋다, 모두 일어서.」

우리는 일사불란하게 일어섰다.

「의자에다 독일어 교과서를 놓는다……. 놓았으면 그 의자를 머리 위로 든다……. 팔을 펴! 독일어 교과서를 떨어뜨리는 놈이 있으면 그냥 두지 않겠다.」

우리는 쁘띠 히틀러로부터 그런 모욕을 당했다. 사랑, 예술, 종교, 철학. 이렇게 고상한 개념의 홍수 속에서 꿈꾸듯이 살던 우리는 그런 모욕을 당했다. 그 모욕을 다 견디면 우리는 쁘띠 히틀러의 노예가 될 터였다.

「너희들같이 비겁한 것들이 있다는 것은 대구 처녀들에 대한 모욕이다…….」

대구 처녀들에 대한 모욕……. 이 말이 내 가슴에 턱 걸려들었다. 대구 처녀가 나에게는 선우하경을 의미했다. 나는 선우하경을 모욕할 수는 없었다. 쁘띠의 입에 그 이름이 올려지는 것은 더욱 참을 수 없는 일이었다. 나는 의자를 교실 바닥에 내던지고는 걸어 나갔다.

「아이 앰 스파르타카스(내가 바로 스파르타카스올시다)!」

나의 목소리는 떨렸을 것이다.

그 낙서는 내가 했던 것이 아니다. 그런데도 나는, 의자를 들고 서 있는 것보다는 얻어맞는 편이 좋을 것 같아서 나갔던 것뿐이다.

침묵이 흘렀다. 정말 무서운 침묵이 흘렀다. 나도, 쁘띠 히틀러도 그 침묵을 깨뜨리지 못했다.

「아이 앰 스파르타카스!」

두 번째 스파르타카스가 그 침묵을 깨뜨렸다. 기동빈이라는 친구였다.

나는 이 세상에서 두 번째로 〈아이 앰 스파르타카스〉를 외치기가 첫 번째 외치기보다 어렵다고 생각한다. 첫 번째 외침은 자기방어를 목적으로 하는 필사적인 저항의 발로이지만 두 번째 외침은 선창자의 보호를 목적으로 자기 몸을 버리는 희생정신의 발로이기 때문이다.

이어서 세 번째, 네 번째, 다섯 번째의 스파르타카스가 레지스탕스 대열로 나섰다. 하인후는 이 대열에 끼지 못했다. 그러나 나는 인후를 잘 알기 때문에 그를 원망하지 않는다.

〈스파르타카스〉를 외친 우리는, 현장 지도 교사의 눈을 피하여 커크 더글러스와 진 시먼즈가 나오는 영화 「스파르타카스」를 본, 말하자면 교칙 위반자들이었다. 우리는 그 당시, 노예 무리에 섞인 스파르타카스를 잡으러 온 로마 병사들에게, 노예들이 서로 자기가 스파르타카스라고 우기는 이 장면에 얼마나 큰 감명을 받았던가!

그날의 독일어 시간은 그렇게 끝이 났다.

쁘띠 히틀러가 다른 교사들과 공모하여 내 목을 조여 오기 시작한 것은 이상한 일이 아니었다. 그러나 그는 바보가 아니었다. 나에게 물리적인 압력을 가할 경우 자기가 안아야 하는 위험 부담 정도는 계산할 줄 아는 사람이었다. 쁘띠 히틀러 사건의 후유증은 엉뚱한 곳에서 나타났다. 내가 몸붙이고 있던 집에서 나를 해고한 것이다. 나는 이 두 사건에 분명히 관계가 있다고 여긴다.

나는 어머니와 형이 거처하는 단칸방으로 돌아왔다. 돌아오는 그날 나는, 거기에 오래 있지 못하리라는 것을 예감했다. 어머니의 단칸방은 교회에 다니는 나, 엉뚱한 음모를 꾸미는 나, 짝사랑에 빠진 나를 수용할 만큼 넓지 못했다.

나를 보호하기 위해 두 번째로 몸을 던진 기동빈에 대해 조금 설명할 필요가 있다. 동빈과 나는 이 일을 시발로 급속하게 친구가 되었다.

하인후가 다소 답답한 일면을 보이면서도 자기의 일에는 한 치의 빈틈도 보이지 않는 기독교인이라면 기동빈은 매사에 공격적이면서도 대개의 경우 그 공격에서 승리를 거두어 내는 호쾌한 이교도였다. 인후가 미각이 섬세하게 발달한 미식가라면 동빈은 질과 양을 두루 따지는 탐식가였다. 인후가 모범 답안지 같은 수재라면 동빈은 전혀 전범(典範)으로 천만부당한 악동이었다. 그러나 기묘한 것은 학교 성적으로 인후가 동빈을 따라잡은 경우는 그다지 많지 않았다는 점이다.

우리 셋이 자주 어울린 것은, 감히 말하거니와 넓게는 인류의 지성사에 대한 관심, 좁게는 시(詩)에 대한 공통의 관심 때문이었다. 우리는 만날 때마다 인생, 미래, 영혼, 자유 같은 단어들을 자주 입에 올렸다. 동빈의 여러 면모는 칼을 뽑아 고르디우스의 매듭을 명쾌하게 잘라 버린 알렉산드로스를 연상시키고는 했다. 함께 어울릴 때마다 나와 인후는 사랑이니, 영원이니 하는 몽상적인 단어를 자주 썼다. 그럴 때마다 동빈은, 〈사랑이라는 것은 성욕이라는 나무에서 핀 꽃에 불과하다〉는 주장을 펴고는 했다. 그는, 거침없이 타락한 뒤에 오는 유쾌한 순간을 아느냐는 등의 공격적인 궤변으로 우리를 윽박지른 적이 한두 번이 아니었다.

그해 여름, 낚시 여행을 떠나는 인후의 아버지를 두고 동빈은 이런 말로 인후의 아버지를 비아냥거린 적이 있다.

「나 같으면 낚시질 같은 것은 하지 않겠다. 강가로 다가가는 내 의도는 명백하다. 물고기를 잡아 매운탕을 먹고 싶은 것이다. 나는 그물을 하나 사 들고 들어가 고기를 한 바구니 건져 매운탕을 끓여 먹을 것이다. 그러고는 돌아올 것이다.」

그 말을 듣고 있던 인후가 그에게 〈공자가 《군자는 낚시질을 할지언정 그물질은 하지 않는다(釣而不綱)》고 한 적이 있는데 아느냐〉고 물었다.

「그런 말이 있었어?」 이것이 기동빈이 보인 반응이었다.

그로부터 동빈은 방학 중이었는데도 불구하고 공자를 읽느라고 근 한 주일 동안이나 우리 앞에 나타나지 않았다. 동빈은 그런 인간이었다.

이 게걸스러운 탐식가는 자신의 빈구석을 채워 줄 만한 것이 보이면 즉시 행동으로 옮겨 그 대상을 향해 선전 포고를 하고는 했다. 그런 점에서 그는 나와 비슷했다. 그러나 그가 구사하는 전술은 대개의 경우 국지전이

었다. 그의 전술에서 개개의 국지전은 개개의 교두보를 확보하는 수단이
었다. 그는 이 교두보를 통해, 명확하게 정해진 목표로 접근하고는 했다.
내 경우는 전면 배수전이었다. 그러나 위험 부담이 대단히 많은 이 전면
배수전조차 지나치게 낭만적이고 지극히 즉흥적이었다.

학창 시절에 우리는 〈미성년자가 보아도 좋은 영화〉가 아니면 영화관
에 들어갈 수 없었다. 미성년자이면서 아무 영화나 보아도 좋은 미성년자
는 근로 청소년들뿐이었다. 근로 청소년들은 미성년자라도 미성년자 보
호 대상에서 제외되는 것이 보통이었다.

그러나 당연한 일이지만 영화관 측의 사정은 그렇지 못했다. 영화관으
로서는 어른이 되었든 미성년자가 되었든 돈을 내고 들어오는 손님은 그
대로 받아들이고 싶었을 것이다. 따라서 미성년자가 굳이 그 영화를 보겠
다면서 우기고 들어오면, 〈감히 들어오라고 할 수는 없었지만 사실은 바
라던 바올시다〉 했을 법하다.

교사들은 〈교외 지도〉라는 명목으로 영화관에 파견되어 영화가 시작되
기 전에는 영화관으로 들어오는 학생들을 잡아들이다가, 영화가 시작되
면 공짜로 한 편의 영화를 느긋하게 감상함으로써 일석이조로 여가를 쾌
적하게 선용했다.

미성년자가 볼 수 없는 영화를 보기 위해 영화관에 들어갔다가 적발되
면 중징계를 면할 수 없었다. 당시의 징계로는 한 주일 정도의 유기 정학
처분이었던 것 같다. 그런데 동빈이 어느 영화관에선가 교외 지도 교사에
게 적발당하는 일이 발생했다. 그것도 바로 악질 〈쁘띠 히틀러〉에게 적발
당하는 더할 나위 없이 비극적인 사태가 발생했다. 동빈은 그날 통금 시간
이 되기 전에, 다음 날 아침에 제출될 쁘띠의 교외 지도 보고서를 봉쇄하
지 못할 경우 정학 처분을 당하는 것은 불문가지였다. 교외 탈선 정도는
문제가 아니었다. 쁘띠가 기동빈을 저 통한의 스파르타카스 사건의 종범
으로 기억하고 이를 갈고 있을 터였기 때문이었다.

우리는 기동빈을 걱정했다. 그러나 그는 고르디우스의 매듭에 도전하는 알렉산드로스처럼 결연히 칼을 뽑아 들었다. 그날 밤이 되자 동빈은 술 마실 일이 생겼다면서 우리를 저희 집으로 불렀다. 동빈은 편모의 외아들이어서 그 나이에 이미 가장 노릇을 하고 있었다.

교외 탈선 문제는 깔끔하게 해결되었다고 그는 말했다. 들은 바에 따르면 그 해법은 이랬다. 그날 초저녁 동빈은 쁘띠를 찾아갔다. 그냥 찾아간 것이 아니고 스물네 병들이 맥주를 한 상자 가지고 갔다. 그냥 가지고 간 것도 아니고, 포목상에서 광목을 열 자 끊어, 맥주 상자에 돌려 감아 멜빵을 만들어 함진아비가 혼수 지듯이 걸머지고 갔다.

쁘띠는 독 오른 배암 같은 얼굴을 하고 동빈과 맥주 상자를 번갈아 바라보더라고 했다. 동빈은 맥주를 한 병 뽑아 들고 들어가, 우선 쁘띠와 쁘띠 부인에게 차례로 큰절부터 하고는 각각 맥주를 한 잔씩 따랐다. 그러고는 빌었다. 모르기는 하지만 분위기 읽기에 능하고 구변이 좋은 동빈이었으니 틀림없이 쁘띠보다는 쁘띠 부인을 상대로 감동적인 연설을 했을 가능성이 크다. 한숨을 쉬고 앉아 있던 쁘띠는 눈길로 용서를 비는 부인과 눈물로 용서를 비는 동빈을 번갈아 보다가 이윽고 입을 열었다.

「다음부터 조심해, 임마.」

쁘띠의 말이 떨어지기가 무섭게 동빈은 다시 큰절을 올리고는 쁘띠의 방을 나왔다. 그냥 나온 것이 아니라 잠깐 사이에 빈 맥주병을 가지고 나왔다. 빈 맥주병만 가지고 나온 것이 아니었다. 동빈은 그 빈 맥주병을 살며시, 뽑았던 자리에 꽂은 다음 멜빵에 팔을 끼고는 상자를 걸머졌다. 물론 스물네 병의 맥주 중 스물세 병은 고스란히 그 상자 속에 들어 있었다.

나와 인후는 동빈의 공부방 한가운데 놓인 그 맥주 상자를 확인했다. 틀림없이 빈 병은 하나뿐이었다. 나머지 스물세 개의 병은 새 병이었다. 포복절도하는 우리 앞에서 동빈은 온갖 형용사를 다 동원해 가며, 자기가 맥주 상자를 되지고 나올 때 쁘띠 부부가 짓던 표정을 묘사했다. 물론 그 맥주병은 나와 동빈이 그날 밤에 비웠다.

188

그런데도 뒷맛이 왜 그렇게 개운치 않던지. 쁘띠에 대한 동빈의 복수가 왜 그렇게 싫던지.

그러나 이것은 악연의 시작에 불과했다. 그 뒤부터 나는 동빈은 나의 친구이기는 하되, 몸은 가까이 두어도 마음은 늘 먼 곳에다 두는 친구가 되었다.

그런데도 우리는 자주 어울렸다.

세월이 흐른 다음에야 나는 알게 되었다. 우리 셋이 자주 어울렸던 것은 나 자신이 바로 하인후와 기동빈 사이에 어중간하게 위치하고 있었기 때문이었다. 나는 하인후같이도 되고 싶고 기동빈같이도 되고 싶어서 양다리 교우를 하고 있었음이 분명하다. 그러나 나는 하인후도 될 수 없었고 기동빈도 될 수 없었다.

그로부터 오랜 세월이 흐른 지금 우리는 어떻게 살아가고 있는가?

기동빈은 성공한 시인이 되어 있다. 백만장자 의사가 되어 있다. 그의 매력적인 모습은 텔레비전에서도 자주 나타난다.

하인후는 시인도 되지 못했고, 의사는 되었어도 백만장자 의사는 되지 못했다. 인후는 내과 의사로 일하다 나이 마흔 넘어 미국으로 건너가, 선교학 학위를 받고 목사 안수를 받더니 한동안은 난폭한 회교도들이 득실거리는 히말라야 산 밑의 어느 오지 마을에 가 있기도 했다. 거기에서 날아온 그의 편지가 지금도 내 가슴을 친다.

〈……오늘 열두 살 난 내 아들은 회교도 아이들이 던진 돌멩이에 이마를 맞아 피투성이가 되어 돌아왔다. 나는 교회로 들어가 십자가 밑에서 울었다. 그리스도의 못 자국에 운 것이 아니고 내 아들의 피에 울었다. 그러고 나서는 내 아들의 피에 운 것을 그리스도 앞에 속죄했다. 유복아. 나는 왜 내 아들의 아픔을 내 아픔으로 아파해서는 안 되니……〉

나는 이 편지를 가슴에 안고 인후를 대신해서 펑펑 울었다. 나는 내 아들의 아픔을 내 것으로 아파해도 그리스도에게 조금도 미안하지 않을 것이므로.

189

11
빈 들의 유혹

고등학생으로 맞은 첫해 여름에 나는 학교 공부를 거의 놓다시피 했다. 학교 공부를 놓다시피 했다고 해서 당시 질이 좋지 못한 것으로 판단되던 아이들과 어울렸다거나, 못된 짓을 하고 다녔다는 뜻은 아니다. 학교라고 하는 체제에 따르기를 거절했을 뿐, 내가 공부하는 시간은 조금도 줄어들지 않았다. 그러므로 학교 공부와 멀어졌다는 것은 내 공부와 가까워졌다는 뜻일 수 있다. 하나와 멀어지지 않고는 다른 하나와 가까워질 수 없었다.

나는 지금도 사전을 펴들고 어떤 항목을 찾을 때면, 바로 그 항목을 찾고 사전을 덮는 것이 아니라 이 항목 저 항목 옮겨 다니고는 한다. 때로는 정작 찾아야 할 항목은 잊어버린 채, 몇 분 동안이나 사전이 지어 내고 있는 언어의 미로 속을 헤매고는 한다.

뒤에 부연하게 되겠지만 나는 그 시절에도 영어를 공부하되, 감자 캐는 기분으로 했다. 감자를 캐어 본 사람은 알 것이다. 감자 잎줄기를 잡고 그냥 당겨 뽑으면 감자가 딸려 나오기는 해도 다 딸려 나오지는 않는다. 이럴 때 조심스럽게 호미를 흙 속에다 박고 무겁게 긁는 기분으로 끌어당기면서 잎줄기를 뽑아 올리면 감자가 주렁주렁 딸려 나온다. 나는 감자가 한꺼번에 많이 딸려 나오는 것을 좋아했다. 따라서 능률의 극대화 같은 것은, 적어도 내게는 그때나 지금이나 쥐뿔도 아니다.

190

〈바이시클bicycle〉이 〈자전거〉인 것에 나는 만족할 수 없었다. 나는 〈바이bi〉 또는 〈비스bis〉는 〈둘〉을 뜻하는 라틴어라는 것을 알아낸다. 그런데 이것을 알아 놓으면 여간 편리한 것이 아니다. 〈바이애뉴얼bi-annual〉은 〈격년(隔年)〉, 〈바이센티니얼bi-centinial〉은 〈2백년 기념 축제〉가 된다. 나는 〈바이bi〉라는 것으로 수많은 단어를 사전 없이도 해석해 내었다. 내가 실수한 것이 있다면 〈바이블Bible〉의 경우이다. 나는 신구약 두 가지로 이루어져 있어서 〈바이블〉이라고 불리는 줄 알았기 때문이다. 그다음에는 〈시클cycle〉이 〈바퀴〉를 뜻하는 〈퀴클로스kyclos〉라는 고전 그리스어의 자손이라는 것을 알아낸다. 그러면 〈바이시클bicycle〉은, 〈바퀴가 두 개인 탈 것〉이 된다.

내가 이런 짓을 하고 있을 동안 내 동급생들은 자전거의 페달, 크랭크, 스포크, 핸들을 차례로 배워 갔을 것이다. 그러나 나는 그럴 수가 없었다. 내 방법이 옳다고 여겼기 때문이다. 아니, 이것은 방법의 옳고 그름의 문제가 아니라 공부하는 사람의 형질 문제일 것이다.

나는 이때부터 일본어에도 본격적으로 매달렸다.

내가 일본어를 시작한 것은 그보다 한 해 전이었다. 국민학교 시절만 해도 학교나 관공서의 정문에 붙어 있는 표어는 틀림없이 〈방공(防共)〉과 〈반일〉이었다. 따라서 중학생이 혹은 고등학생이 일본어를 공부한다는 것은 온당한 일이 못 되었다. 일본이라고 하는 것은 혐오의 대상, 반대의 대상, 비난의 대상으로만 삼아야 했다. 다른 판단은 도무지 가능하지 않았다. 한자로 된 제목만 보고는 저 유명한 『신곡(神曲)』을 가져다 읽으려고 펼친 뒤에야, 그것이 일본어로 되어 있는 것을 발견했을 때의 참담함이라니, 1945년생의 숙명이었다.

일본어를 공부하기로 결심한 것은 중학교 시절 도서관에서 일하고 있을 당시였다. 우리 도서관 장서의 3분의 2는, 일제 시대의 장서에서 넘어온 일본어 책이었다. 당시 한국어로 된 책은 표지 장정부터 인쇄, 제본에 이르기까지 허술하기 짝이 없었다. 단단하게 장정이 되고, 깨끗하게 인쇄가 되고, 양장이 된 책은 거의 틀림없이 일본어 책이었다.

내가 일본어를 공부하기 시작한 데는 몇 가지 이유가 있는데 그중 가장 중요한 이유는 일본 체험에 대한 예감 때문이었을 것이다. 우리 형제는 벌써 그 나이 때부터, 일본으로 건너가 아버지의 유골을 수습해 와야 한다는 생각에 쫓기고 있었다. 더구나 나는 나대로 그 일을 해야 하는 사람은 바로 나여야 한다는 생각에 사로잡혀 있었다. 아버지가 우리에게 남긴 숙제는 일본어를 모르고도 할 수 있을 정도로 간단한 것이 아니었다.

나는 일본어를 공부하기 시작한 지 1년이 지난 뒤부터 일본의 문학작품을 읽기 시작했다. 일본어를 1년밖에 공부하지 않은 내가 일본어 책을 가지고 다니면서 읽으면, 속사정을 모르는 사람들은 내가 굉장히 머리 좋은 소년인 모양이라고 찬탄하고는 했다. 그러나 한문의 바탕이 있던 나에게 일본식 한자는 그다지 어려운 것이 아니었다. 내가 배워야 했던 것은 동사의 어미 활용법과 형용사와 부사와 의성어와 의태어 같은 것들이었다.

어찌 보면 사전 찾는 법을 익힌 정도에 지나지 않았는지도 모른다. 그러나 나는 그 정도의 훈련으로도 약간의 문학 작품까지 읽을 수 있었다. 물론 정교한 독서는 되지 못했을 것이다. 이러한 일본어 읽기는 물론, 한국에서와 똑같은 의미로 쓰이는 한자가 일본어로는 어떻게 발음되는지 전혀 알지 못하고 읽는, 말하자면 침묵의 언어 공부였다. 나는 아직도 일본식으로는 한자를 잘 읽지 못한다. 자막의 도움을 전혀 받을 수 없는 라디오 방송은 잘 들어 내지 못한다.

무슨 짓을 하고 있는지 잘 알고 있었다. 시기적으로 너무 이르게 나는 학교가 요구하는 공부, 제도가 요구하는 공부가 아니라, 내가 궁금하게 여기는 세계, 내게 기쁨을 주는 공부를 하고 싶었다. 무슨 결심이 있었을 것이나 이때의 내 결심을 언어로 표현해 낼 수는 없었다. 그런데 오래지 않아 내 결심을 언어로 구체화하는 날이 왔다.

고등학생이 된 그해 여름, 하인후는 나에게 강연회에 함께 갈 것을 권했다. 대구의 기독교 학생회와 가톨릭 학생회가 청소년을 위해 특별히 공동 주선한 강연회라면서 하인후는 이렇게 덧붙였다.

「왜관에 있는 어느 성당의 신부님이신데, 약간 독특한 분이다. 한국에 는 유럽이나 미국의 신부님들이 많으니까 미국인이라는 것 하나만 가지 고는 독특할 게 없는데, 이 양반 별명이 〈불칼〉이란다. 성질이 불칼 같아 서 성당도 까고, 교황청도 까고, 개신교회도 까고, 혁명 정부도 까고……. 하여튼 인자한 신부님과는 거리가 멀어.」

나는 그날 YMCA에서 불칼 신부의 강연을 들었다. 청소년을 위한 강 연이라고 해서 우리 같은 고등학생이 많을 줄 알았는데 뜻밖에도 대학생 들이 대부분이었다. 하인후와 나에게는 이런 식으로 우리 눈높이보다 높 은 데에 맞추는 버릇이 있었다.

그 시절의 우리에게는 서양 사람을 만나고 그 사람을 묘사할 때는 곧잘 서양의 영화배우에 견주고는 했다. 아마 우리에게는 서양 사람에 대한 영 상 정보가 영화밖에 없었기 때문이었을 것이다. 가령 〈코가 너무 큰 엘리 자베스 테일러〉라든지, 〈물을 탄 커크 더글러스〉라든지, 〈머리를 기른 율 브리너〉라든지 하는 식이었다.

불칼 신부는 〈크고 굵은 스펜서 트레이시〉였다. 어디서 본 듯하다는 느 낌도 그를 보면서 스펜서 트레이시를 연상했기 때문일 것이다. 그는 로만 칼라는커녕 넥타이도 매지 않은 노타이 차림을 하고 나왔다.

나는 그날 들었던 강연 내용을 다 기억하지는 못한다. 더 정확하게 말하 자면 기억하지 못한다기보다는, 기억하기는 해도 뒷날의 내 생각이 보태 어지면서 매우 윤색된 내용으로 기억하고 있을 것이다. 그러나 당시에 들 은 어떤 설교나 강연보다도 그의 강연을 더 잘 기억한다. 그의 강연에는, 내가 언어로 그려 내지 못했을 뿐, 평소에 내가 말하고 싶어 하던 내용이 자주 등장함으로써 나를 깜짝깜짝 놀라게 했기 때문이다.

불칼 신부는 먼저, 자기는 우리의 신앙을 강화하기 위해서 온 것도 아니 고, 공부 잘하고 그리스도를 착실히 믿어 행복한 기독교인이 되도록 격려

하러 온 것도 아니라고 전제하고 나서 발음은 다소 불안정하나 문법 하나만은 완벽한 한국말로 이렇게 말했다.

「……여러분들의 부모님들이 들으면 질겁을 하겠지만, 나는 여러분을 광야로, 빈 들로 내몰기 위해서 왔어요…….」

「항국에는 강야가 없는데예?」

누군가가 지독한 사투리로 중얼거리는 바람에 좌중에서는 웃음이 터졌다. 그도 한동안 따라서 웃고 나서 웃음기가 가시지 않은 얼굴 그대로 말을 이었다.

「창조적인 인간으로 살려면 어떻게 살아야 하느냐, 나는 지금 그 이야기를 하고 싶어요. 나 역시 창조적인 인간이 되려고 노력하고 있어요. 창조는 하느님만 하신다고요? 그래서 내가, 창조하라고 하지 않고 창조적인 인간이 되라고 한 거예요. 내가 광야로 나가라니까 한국에는 광야가 없다고 하는군요. 그 사람 누군지는 모르지만 창조적인 사람이 못 되는 게 틀림없어요. 창조적인 사람은 내 말을 그렇게 알아듣지 않거든. 내가 말하는 광야는 상식적인 삶이 전개되지 않는 곳이라는 뜻이에요. 상식이 역전되는 곳이라는 뜻이에요. 그리스도의 광야나 모하메드의 히라 동굴은 다른 것이 아니에요. 석가모니는 스물아홉 살에 출가해서 서른다섯 살에 깨달음을 얻었다지요? 석가모니가 6년 동안을 헤멘 곳, 거기가 석가모니의 광야예요. 달마 대사는 중국 소림사 석굴에서 9년 동안 벽만 바라보며 도를 닦았다지요? 소림사의 석굴, 거기가 달마의 광야예요. 나는 여러분에게 광야로 나가서 그리스도같이 되라고, 석가모나나 모하메드나 달마처럼 되라고 요구하는 게 아니에요. 내가 광야로 나가라고 하는 것은 코 밑들이 거뭇거뭇한 나이가 되었으니, 이제 좀 학교에다 교회에다 박은 코를 잠깐 들고 자기가 누구인지, 자기의 소명이 무엇인지 그것을 알아내라는 것이지요. 현실에 깨어 있으라는 거예요. 이것이 아니다 싶으면 그 현실을 박차고 나가는 것도 두려워하지 말라는 거예요. 그리스도는 광야로 나가 40일을 금식하지요? 그때 그리스도는 당신이 누구인지 당신의 소명이 무엇인지 알아내었을 거예요. 그래서 마귀가 와서 그리스도를 시험하지 않았어요? 그리스도는 시험에 끄덕도 하지 않았지만요. 이 광야를 두려워하면 안 돼요. 광야로 나가는 것을 두려워하지 말라는 것은 상식이 뒤집어지는 사태를 두려워하지 말라는 뜻이에요. 이 광야에서 돌아오면 또 한 번 광야로 나가야 해요. 이 제2의 광야로 나가는 것도 두려워하지 말아야 해요. 패러독시컬해지는 것을 두려워하지 말라는 뜻이에요. 패러독스가 무엇인가요? 정설인 오소독스를 물고 늘어지는 이 패러독스가 무엇인가요? 오소독스를 물고 늘어지는 패러독스, 이게 바로 정설을 물고 늘어지는 이설(異說)이랍니다. 나는 가톨릭 사제지만 이런 소리를 잘 하고 다녀서 교구 사람들을 굉장히 헷갈리게 하지요. 어떤 목사는, 학생들에게 패러독시컬해지라니, 당신 돈 거 아니냐고 기겁을 하고는 하지요. 그리스도에게는 뭐 패러독시컬했을 때가 없나요? 있어요. 나는 늘 이 세상의 역사는 〈아니다〉라고 하는 사람들에 의해서만 호전된다고 믿어요. 다시 말해서 정설과 맞붙는 것을 두려워하지 않고 이설을 부르짖는 사람들에 의해서만 호전된다고 믿어요. 모듬살이의 질서에 순응하지 않고 제2의 광야로 나가는 사람에 의해서만 호전된다고 믿어요. 그리스도는 바리새인과 사두가이인들에게 〈임마, 그런 게 아니야〉라고 하지 않았어요? 그때는 바리개인과 사두개인의 믿음이 오소독스였고, 그리스도의 주장은 패러독스였어요. 이때부터 그리스도 앞에 기다리는 것은 제2의 광야이지요. 갈릴레이는, 모두가 지구가 넓적하다고 주장하는 오소독스 앞에서, 〈아니다〉라고 했어요. 그래서 재판을 받고 온갖 욕을 다 보지요. 그게 바로 갈릴레이의 광야였어요. 이 갈릴레이의 광야에는 마침내 교황청도 손에 들게 되지요. 여기에는 개신교 학생들이 많지요? 내가 마르틴 루터를 좀 찬양하면 안 될까요? 마르틴 루터가 교황청을 상대로 낸 95개 조항으로 된 항의서, 그건 대단한 패러독스였어요. 하지만 그게 아직도 패러독스인가요? 멀리 갈 것이 없네요. 순교자 이승훈이 평택 현감을 지내면서 주장한 천주학이 당시의 패러독스 아니었나요? 순교자 이차돈이 주장한 불교 공인론은 패러독스 아니었나요? 그런데 지금 어떻게 되었어요? 이차돈의 패러독스가 오류라는 증명을 누가 하기라도 했나요? 이승훈의 패러독스가 아직까지도 패러독스인가요? ……나는 대구를 드나들면서 고등학생들은 공부를 너무 많이 하고 대학생들은 공부를 너무 안 하는 데 충격을 받고 말았어요. 그런데 고등학생들의 공부가 창조적인 놀이와는 너무나 거리가 멀고, 대학생들의 놀이가 공부와는 너무나 거리가 먼 데 또 한 번 충격을 받고 말았어요. 그래서 오늘 이야기를 이렇게, 꼭 무슨 극렬분자처럼 하는 거예요. ……창조적인 삶이라고 하는 것은 제1의 광야, 제2의 광야로 나가야 가능해져요. 〈아니다〉라고 할 수 있을 때 비로소 가능해져요. 그러자면 여러분은 여러분 몫의 광야로 나가야 해요. 다양한 경험과 다양한 지식을 쌓아야 해요. 학교는 공부를 하게 하는 체제이지, 삶을 가르쳐 주는 곳은 아니에요. 교회는 그리스도를 만나게 하는 체제이지, 그 자체가 그리스도인 것은 아니에요. 나는 내가 사는 삶의 커리큘럼은 학교와 교회가 마련해 주지 않는다는 것을 잘 알고 있어요. 사람은, 창조적인 사람은 자기 삶을 위한 커리큘럼을 스스로 마련해야 한다는 게 내 생각이에요. 미당 서정주의 〈나를 길러 준 것은 8할이 바람이었다〉는 시구를 기억하는 사람이 많겠지요? 서정주는 그 바람을 서정주만을 위한 커리큘럼이라고 한 것 같지 않은가요……」

나에게는, 적어도 나에게만은 그의 강연은 벼락과 같았다. 따라서 나는 벼락을 맞은 것 같았다.

무수한 질문자들이 손을 들었다. 한 고등학생이 물었다.

「신부님, 외국 신부님들도 한국에 오시면 대개 한국 이름들을 가지시던데, 신부님께는 그런 것이 없나요? 없으면 가지실 생각은 없으신지요?」

이때부터 불칼 신부는 질문자들을 어린아이 다루듯이 했다.

「나에게까지 창씨개명 시키려고? 한국 이름? 왜 없어, 있지. 나더러 〈불칼〉이라고 하더군. 또 하나 있어. 내 이름이 〈하우스만〉이거든. 그래서 어떤 싱거운 사람이 〈집사람〉이라고 해. 옳은 말이기는 하지만 나에게는 집 사람도 없고, 또 내 이름의 〈하우스만〉은 영어가 아니고 독일어야.」

「어떻게 해서 한국에 오시게 되었나요?」

「물론 농담이지만, 〈땅끝까지 선교하라〉던 말씀을 좋아서 왔다고 해두자. 한국이 땅끝에 있는 나라 아닌가. 극동이니까……. 하지만 미국이나 유럽 사람들이 〈파 이스트Far East〉라고 부른다고 해서 여러분도 그렇게 부르는 것은 좋지 않아. 유럽 사람들은 자기네들에게서 가장 가깝다고 해서 터키, 시리아 같은 나라를 〈근동〉, 이란, 이라크 같은 나라를 〈중동〉, 한국이나 일본 같은 나라를 〈극동〉이라고 부르고 있으니까……. 진담을 하자면 내가 한국을 선택한 데는 개인적으로 중요한 이유가 있어요. 하지만 내 개인적인 심중소회를 피력하는 자리가 아닐 테니까 그건 개인적인 자리로 미루기로 합시다.」

「신부님께서는 〈교회〉, 〈교회〉 하시던데, 이 말을 성당과 구별해서 쓰신 것은 아니겠지요?」

「에끼, 이 밴댕이 소갈머리 같으니라고. 기독교와 천주교가 따로 있는 것이 아니고, 기독교 안에 개신교와 천주교가 있어. 교회와 성당이 따로 있는 것이 아니고, 교회 안에 개신교 교회와 천주교 성당이 있어. 자꾸 따로 놀려고 하지 말게. 어쩌다 이게 이렇게 되고 말았는지, 원……. 불교에 대한 기독교의 태도만 해도 그래. 나는 스님들과도 친하게 지내고, 이따금씩은 불교 청년회 같은 데 가서 공짜 강연도 해. 여기에서 이렇게 공짜로 하는 것처럼……. 우리 가톨릭 학생회 돌대가리들 몇 놈 데리고 가려면 한사코 안 가려고 하는데 내게는 이게 촌스러워 보이더라고. 자꾸 편 갈라서 싸울 생각을 하지 마. 종교인들이 가장 인색한 것으로 관용이라는 말이 있어. 세계의 거의 모든 종교가 신도들에게는 관용하기를 권면하지만 조직으로서의 종교는 관용이라는 것을 별로 실천하지 않아. 종교 중에서도 우리 기독교가 특히 심해. 기독교는 종교 중에서도 가장 틀에 박힌 채로 굳어져 있다는 비판을 많이 받는데, 여기 귀 기울이지 않으면 나쁜 사람 돼. 개개의 종교가 진리에 대한 독점권을 가지고 있다고 생각하는 것이야

197

당연하지만 기독교에서는 이게 좀 심하지 않을까 하는 생각이 들고는 해. 이건 함부로 말했다가는 매 맞기 십상이니까 천천히 좀 의논해 보아야 할 문제일 거야. 하지만 마음을 지금보다 조금 더 열어야 해. 석가모니의 신비스러운 인격이 쏟아 낸 향기로운 말이 우리 마음에 스며드는 것을 한사코 막을 일이 뭐야?」

청중이 조금 술렁거렸다.

「신부님께서는, 선행만으로도 천국에 들어갈 수 있다고 생각하세요, 아니면 믿음을 통한 거듭남을 통해서만 천국에 들어갈 수 있다고 생각하세요?」

「이 질문은 매우 까다로워서 중세 같으면 아차 하는 순간에 화형주(火刑柱)에 매달리기 십상이겠어. 그래서 사제는 공개적인 질의응답은 잘 하지 않아. 궤변의 돌팔매를 맞기 쉽거든. 이것은 나의 개인적 의견이야. 그리스도가 태어나시기 전, 아니 그보다 훨씬 전이라도 좋아, 여기 이 한반도에 살던 사람, 아프리카에 살던 사람, 아메리카에 살던 원주민들 중에는 좋은 일 많이 하고 죽은 사람이 많을 거라. 틀림없이 있겠지? 그런 사람들이야 하느님이 누군지 그리스도가 누군지 몰랐을 거라. 그런데 그게 그 사람들 책임이야? 그리스도를 생각해 보자고. 그리스도는 분명히 당신을 통하지 않고는 천국에 들어갈 수 없다고 하신 일이 있기는 해. 그러나 이것을 거듭나야 한다는 뜻으로 받아들여야지, 교회에 나오지 않고는, 그리스도를 믿지 않고는 천국에 들어갈 수 없다고 해석하면 안 돼. 그렇다면, 벗은 사람을 입히고 주린 사람을 먹인 게 곧 당신을 입히고 먹인 거라고 하신 말씀은 어떻게 해석해야 해? 그리스도를 몰랐다는 이유 하나만으로 심청이 같은 효녀가 지옥에 가 있다고 주장하는 일이 가능할까? 그리스도가, 당신을 몰랐다는 단 한 가지 책임을 물어 친구를 위하여 목숨을 버린 사람을 지옥에다 넣으실까? 그리스도는 그럴 분이 아닐 거라. 물론 교회야, 그리스도를 통하지 않고는, 교회를 통하지 않고는 천국에 들어가는 일이 불가능하다고 하고 싶겠지. 하지만 나는 그렇게 생각하지 않아. 나는 이 세상에는 보이는 교회와 보이지 않는 교회가 있다고 생각하는 사람이야. 나는, 선행은 보이지 않는 교회에 대한 믿음이라고 생각해. 이런 선행은 곧 자기 삶에 대한 봉사인데, 나는 이 봉사는 언제나 기독교적인 것으로 육화할 수 있다고 믿어. 그런데, 자네, 이 질문을 내게 던진 자네 말이야, 지옥에 가는 게 두렵나? 천국에 들어가고 싶어서 교회에 나가나?」

「……」

「어떤 성직자는 이렇게 기도했다네. 〈하느님, 만일에 내가 지옥에 가는 것이 두려워 이렇게 하느님을 섬기는 것 같거든 지금 지옥 불로 저를 홀랑 그을려 버리소서…….〉 자네도 이런 기도 한번 할 용의 없나?」

「〈아니다〉라고 말하라는 것은, 학생 운동에 동참하라는 뜻으로 오해될 소지가 있는데요?」

「나는 자네들에게 단답형 질문을 던지고 있지 않아. 그러니까 자네의 해석을 가지고 나에게 혐의를 걸지 마. 하지만 그렇게 오해될 소지가 있다면 대답해야겠지. 대안도 없으면서, 지구가 둥글다고 하는 주장에까지 〈아니다〉 하고 나서라는 것이 아니야. 내 입으로는 내 노래를 불러야지 남의 노래만 불러서는 안 된다는 것이지. 학생 운동? 그게 자네 노래라면 나가서 불러야지. 그러나 남의 노래까지 따라 불러서는 안 되겠지.」

「천주교에서는 조상 제사에 관대하다고 하던데, 이 점에 대해서는 어떻게 생각하시는지요?」

「나는 원래, 성경 구절을 이렇게도 저렇게도 해석함으로써 내 주장의 근거로 삼는 것을 좋아하지 않아. 말씀은 증명하는 것이 아니거든. 종교는, 그것이 진실이라고 입증될 때는 끝나고 말아. 입증이 끝났을 때? 우리는 그것을 과학이라고 부르지. 하지만 저 학생의 질문은 우리의 종교 생활과 일상생활에서 대단히 중요한 것이라서 조심스럽게 내 생각을 말해 보기로 하지. 두 가지 측면에서 이야기해 보세. 즉 우상 숭배의 문제와 내세관의 문제가 여기에는 얽혀 있네. 우상 숭배라니……. 조상이 우상이던가, 조상이 신이던가? 아니야. 〈너는 나 이외에는 다른 신들을 네게 있게 말지니라〉고 한 것은 다른 신을 섬기지 말라고 한 것이지, 당신 말고는 어떤 것도 공경하면 안 된다는 뜻은 아니었어. 하느님께서 모세에게 이런 계명을 내릴 당시 이스라엘에는 잡다한 유목신들이 많은, 다신교 시대였다는 것을 잊어서는 안 될 거야. 그런데 〈있게 하지 말라〉는 말이 〈절하지 말라〉는 말로 번역되면서 결국은 〈절하지 말라〉가 된 것 같은데, 십계명이 말하는 〈있게 하지 말라〉는 것은 절하는 것과 달라. 자네, 교회에 가서 절하나? 않을 거야. 절이라고 하는 것은 한국인이 자기보다 높은 것을 공경하는 양식이니까. 그리스도는, 너희 부모를 공경하라고 했지? 죽은 부모 공경, 그게 제사 아닌가? 내세관의 문제는 약간 까다로워. 조상 제사를 지내지 않는 사람들은 사자에 대한 걱정은 하느님께 맡겨야 하는 만큼 간단한 추모 예배로 충분하다고 주장하는 모양이야. 왜? 하느님을 믿으면서, 조상의 사후 세계를 하느님께 맡기지 않는다는 것은 독신(瀆神)이라는 것이지. 하지만 반드시 그렇기만 한 것일까? 수천 년, 혹은 수백 년 동안에 이루어진 한 민족의 정서가, 혹은 세상을 떠난 사람들에 대한 공경의 양식이 그렇게 간단히 바뀌는 것이 과연 가능할까? 지금 미국에서 살고 있는 린위탕이라는 중국인은 자기가 기독교인인데도 불구하고 중국인의 조상 제사를 두고 이렇게 해석하고 있더구먼. 〈중국인의 무릎은 서양 사람들의 무릎보다 훨씬 부드러워서 그런거니까, 그거 자꾸 나무랄 일이 못 된다.〉 어떤가, 대답이 되었나?」

「재미있는 분이지?」 강연이 끝나고 하인후가 나에게 물었다.
「벼락이라도 맞은 것 같다.」
나는 정말 그런 느낌이었다.
강연회 뒤에는 불칼 신부를 모신 저녁 식사 자리가 있었다. 강연을 주관한 몇몇 교회의 고등학생회 및 대학생회 대표들만 참석하는 자리였지만 하인후는 고맙게도 내게 함께 가지 않겠느냐고 물어 주었기 때문에 나도 낄 수가 있었다.
중국 음식점 2층에서 나는 윌포드 하우스만 신부를 가까이서 볼 수 있었다. 거구인데도 불구하고 아무리 보아도 얼굴은 영화 「노인과 바다」에 나오던 그 스펜서 트레이시 같았다. 한국에 온 지 5년밖에 되지 않는다면서도 그가 구사하는 한국어는 나에게 심한 열등감을 느끼게 하기에 충분했다. 그는 담배도 피우고 배갈을 시켜 마시기도 하면서, 술잔 받기를 한사코 거절하는 대학생들에게 껄껄 웃으면서 이렇게 말했다.

「우리 그리스도의 형제들이 정말 조심해야 하는 것은 술과 담배가 아니라 비속해지는 것이야. 바라건대 금주와 금연이 자네들을 비속해지는 것으로부터 지켜 줄 수 있기를……. 유럽에 가면 그쪽의 성직자들은 신구교를 막론하고 술 담배를 피하지 않는데 미국은 대기(大忌)를 하지. 풍속의 문제와 계율의 문제를 혼동하지 않으면 돼.」

하인후가 〈신부님의 강연에 벼락을 맞은 아이〉로 나를 소개하자 그가 물었다.

「어떤 대목이 벼락같았나?」

「어머니가 제례에 엄하십니다만 엄하지 않다고 하더라도, 제사 참례는 거부하지 않았을 겁니다. 그래서 이것 때문에 그동안 마음이 많이 거북했는데 오늘 아주 편해졌습니다. 그리고 커리큘럼의 문제…….」

「커리큘럼 어쩌고 한 것은 고등학생들에게 한 얘기가 아니야…….」 불칼 신부가 불칼로 내려치듯이 내 말을 자르고 들어와서 나는 굉장히 머쓱해지고 말았다.

저녁 자리가 파할 무렵 불칼 신부는 이런 말을 했다.

「여러분의 친구가 되고 싶어. 특히 고등학생들……. 한국에서 일어나고 있는 과도기 현상, 나는 매우 주의 깊게 보고 있어. 미국의 문화가 밀려들면서 한국에서는 유럽 국가가 수백 년에 걸쳐 경험한 가치관의 변화를 지난 십수 년 동안 경험해 버렸고, 그리고 앞으로 몇 년 동안도 그렇게 경험하게 되어 있어. 미국 영화는, 처음에는 여자의 발목 나오는 것만 허용하다가 차츰 정강이, 무릎, 허벅지…… 이런 식으로 풀리다가 지금은 젖무덤이 다 드러나고 있지 않아? 그런데 한국은? 6.25 전까지만 해도 한복으로

201

몸을 온통 감싸고 다녔는데 지금은 젖가슴이 출렁거리는 미국 여배우들이 마구 쏟아져 들어오고 있어. 다른 문화와의 갑작스러운 만남은 아주 위험할 수도 있다는 게 내 생각이야. 나는 얼마 전에 소년 교도소에 가보고는 충격을 받고 말았어. 문제아들 중에 교회를 다녀 본 아이들이 왜 그렇게 많은지……. 그래서 교회를 다니다 만 문제아는 진짜 문제아가 된다는 말도 있나 봐. 거꾸로 배우니까 그럴거야. 누구라도 좋아. 친구로 생각하고 왜관으로 날 찾아와 주면 누구든 환영이야. 감히 말하거니와 나는 어느 곳에서 오는 요청도 거절하지 않게 해달라고 기도해. 왜? 사실은 귀찮을 때도 많거든…….」

뒷날 나는 〈다른 독서가 뒤를 받쳐 주지 못할 경우 이른바 명저라는 것은 우리 정신에 유독할 때가 종종 있다〉는 소리를 하고 다닌 적이 있다. 내가 이렇게 생각한 것은, 이른바 명저에 걸린 고압 전하에 감전되어 대전체(帶電體)가 되어 버린 독자에게는, 바로 그 명저의 눈으로만 세상을 보는 경향이 생길 수 있다고 여겼기 때문이다. 말하자면 유연한 관점에서 세상의 사물을 보는 것이 아니고, 명저가 끼워 준 색안경으로만 세상을 파악하려고 할 우려가 있다는 것이다. 물론 이것은 다른 독서가 뒤를 받쳐 주지 못할 경우에만 그렇다. 하기야 명저라는 것은, 독자에게 베푸는 관점의 색안경이 부정적인 색안경이 아닐 경우에 붙는 이름이기는 하다.

나는, 읽은 책이라고는 성경뿐이어서 오로지 사랑으로만 세상을 파악하는 사람을 만난 적이 있다. 나는 그 사람과는 두 번 다시 만나고 싶지 않았다. 사랑으로 세상을 보는거야 나쁘지 않지만, 그것 때문에 다른 것은 죽어도 보려 하지 않았기 때문이다.

뒤를 받쳐 줄 스승을 만나지 못해서 그랬을까? 월포드 하우스만 신부의 전기 충격과 같은 발언은 내 속으로 맹독이 되어 퍼져 나가기 시작했다.

나는 마음을 굳혀 나가기 시작했다.

12
질러가는 길

여름 수련회를 떠나는 날을 나는 얼마나 두려움에 떨고 가슴 설레며 기다렸던가.

교회의 학생회에 속하는 고등학생들은 여느 학생들과는 다른 행운을 누렸다. 여느 학생들의 경우, 불량 학생으로 낙인찍히는 위험 부담을 각오하지 않고는 남녀가 혼성으로 야영을 떠나는 것은 불가능했다.

그러나 우리에게는 그것이 가능했다. 가능했던 것은, 우리는 동행하는 부목사 부부와 몇 명의 지도 교사들로부터, 혼성 야영을 영적인 어떤 양식으로 끊임없이 승화시킬 것을 요구받기로 되어 있었기 때문이다. 우리의 교제는 〈주 안에서의 영적인 친교〉라는 이름으로 언제든지 가능했다.

마음이 벌써 간교해지기 시작했던 것일까? 나는 그토록 고대하던 수련회를 맞았어도 불타는 십자가 아래서 지은 죄를 자복하는 통회의 모임과, 상대를 정하여 서로의 발을 씻어 주는 세족의 순서에는 참석하지 않았다.

달이 아주 밝은 밤이었다. 우리의 연례행사장 금오산은 대구에서 기차로 겨우 한 시간 떨어진 곳에 있는 산이다. 그러나 대구에서 보는 것에는 견줄 수 없으리만치 달빛이 밝고 별이 굵었다. 달이 밝은 금오산은 그때 이미 내게는 성산(聖山)이었다. 나는 해체된 소형 천막을 이불 삼아 덮고 누워, 공터에서 불타고 있는 십자가를 내려다보면서, 비명 소리를 방불케 하는 내 또래 아이들의 통성 기도 소리를 듣고 있었다.

별안간 손전등의 빛줄기가 내 얼굴로 날아왔다. 회장인 선배 하나와 부회장 하인후였다. 밤 행사에 빠진 인원을 점검하러 나왔던 게 분명했다.

「너 여기에서 뭘 해? 왜 내려가지 않고?」 회장이 내 몸에서 천막을 걷었다.

「이 녀석은 그동안 죄를 하나도 안 지었나 봐요. 내려가시죠.」

인후가 회장의 등을 밀었다. 회장은 뭐라고 하려다가 내가 지어내는 분위기가 심상치 않았던지 후적후적 앞서서 내려가기 시작했다.

인후와 나는 한동안 불타는 십자가를 내려다보고 있었다. 침묵은 인후가 깨뜨렸다.

「별종들이네……」

「……」

「너와 하경이 말이다. 임마, 천막은 치라고 있는 거지, 이불처럼 덮으라고 있는 거야? 하경은 조금 전에 수건과 비누를 챙겨 들고 계곡을 따라 올라가더라……」

「혼자?」

「그래.」

「미쳤구나. 달밤에 선녀 놀이를 할 모양인가?」

「헛소리 말고 올라가서 보초 좀 서줘라. 산짐승이 있을 것 같지는 않다만……」

「사람이 무섭지 짐승이 무서운 시절이야?」

「안 가겠다는 말은 아니구나. 설마 목욕까지야 하겠냐? 머리 정도야 감겠지……」

달밤이라고 해도 계곡은 어두웠다. 나는 가만가만 올라가다가 그래서는 안 될 것 같아서 발소리를 내면서 올라갔다. 큰 바위 뒤로 물 끼얹는 소리가 들렸을 때는 크게 헛기침을 했다.

「누구예요?」 하경의 음성이 분명했다.

「나요……. 무섭지도 않아요?」

나는 싸늘한 바위에 이마를 대고, 대답이 건너올 때까지 가만히 있었다.

「인후가 고자질했구나. 넘어와도 좋아요. 얌전히 있으니까……」

나는 계곡을 되짚어 내려가 버릴까 하다가 가만히 바위 뒤로 올라갔다. 하경은 바위에 앉아 머리를 빗고 있었다. 대체 하경이는 바위에 앉기를 좋아했던 모양인가?

무릎까지 젖어서 젖은 데가 검게 보이는 청바지, 하얀 브래지어, 달빛에 하얗게 빛나는 어깨끈……. 결핵이 가슴까지 말리는 줄 알았던 나에게는 놀라운 일이었다. 하경의 발밑에서는 흐르는 물도 소리를 내지 못했다. 달빛은 그 아래 보이는 사물을 문득 낯설어 보이게도 하고, 훨씬 그윽해 보이게도 했다. 하얀 가슴, 하얀 어깨, 달빛에 부서지는 계곡물, 연하디연한 비누 냄새, 그 냄새에 섞여 있는 듯한 살냄새……. 달빛 아래에서 풍경과 냄새는 하나가 되었다. 나는 폐엽 절제 수술의 흔적이 있다는 그의 겨드랑이에서 눈을 뗄 수 없었다. 석가모니가 열고 나왔다는 마하마야 부인의 겨드랑이에도 꿰맨 자국이 남아 있었을까…….

내가 이렇게 생각하는 순간부터 하경은 하경보다 훨씬 높은 무엇이 되었다. 그러나 그는 땅으로 자꾸만 내려서려고 했다.

「십자가에 석유 끼었다가 머리카락에 튀었어요. 다가오지 말아요.」

내게는 더 다가갈 생각이 없었다. 흐르는 시냇물 소리를 즐기던 사람이, 그 소리를 더 좋게 하려고 돌멩이를 모두 치웠더니 시냇물은 소리를 잃어 버리더라고 했던가. 나는 아름다움이 주인인 세계에 무료입장한 것만으로도 충분했다.

「왜 안 내려갔어요, 캠프파이어에는?」 그가 물었다.

「연출이 싫어서요.」

「나하고 같네요? 석유는 내가 끼었었으니까 결국은 내가 연출한 셈이거든요.」

「혼자 있어도 무섭지 않다면 나는 내려가겠어요.」

「할 말 있어서 올라온 게 아니고요?」

「할 말은요······.」

「그럼 내려가세요. 나, 좋은 애가 못 되어요.」

나는 다시 내 자리로 내려왔다. 캠프파이어에서 돌아온 인후가 나에게 밑도 끝도 없는 소리를 했다.

「우리 나이가 옛날 같으면 장가들어서 애 낳았을 나이다.」

모르기는 하지만, 누구를 좋아하거나 사랑하는 것은 우리 나이면 당연하다는 뜻으로 했던 말 같다. 미국의 흑인 가수 냇 킹 콜이 솜사탕같이 부드럽고 달콤하게 불렀던, 사랑에는 나이가 없다는 것을 암시하는 노래 「투 영」이 유행하던 시절이었다. 사랑에 빠진 청소년들은, 너무 어린 나이에 이러는 것은 아닐까 하고 양심의 가책을 느끼던 청소년들은 누구나 그 노래를 좋아했을 것이다.

〈나 좋은 애가 못 되어요······.〉

그날 밤을 거의 뜬눈으로 새웠다. 에로틱한 공상을 한 것도 아니다. 이상하게도 선우하경에게만 생각이 미치면 에로틱한 공상은 자취를 감추고는 했다. 그 뒤로도 그랬다. 그렇다고 고통에 몸부림친 것도 아니다.

천만에. 얼마나 아름다운 밤이었던가. 아름다운 밤의 추억을 많이 가지고 있는 사람이 부자라면 나는 굉장한 부자라고 할 수 있다. 그날 밤에 내가 눈으로 본 것, 코로 맡은 것, 귀로 들은 것들은 금오산의 달빛과 별빛과 물소리와 벌레 소리가 어울리면서 얼마나 많은 상념을 지어 내던가.

캠프파이어 다음 날에는 서너 시간 동안 금오산을 오른 뒤에 야영 장비를 철수하기로 되어 있었다. 나는 산을 오르고 싶은 마음이 별로 없었지만 하인후가 우기는 바람에 따라나섰다. 혼자 뒤처진 채 천천히 올라갔다. 공교롭게도 앞에서 하경이가 올라가고 있었다. 나는 속도를 늦추었다.

여자의 비명 소리가 들린 것은 비좁은 등산로가 개울과 가까워지고 있을 무렵이었다. 나는 뛰어 올라갔고, 앞서 가던 인후는 뛰어 내려왔다. 개울과 등산로가 만나는 곳에 하경이가 서 있었다. 하경이의 발은 물에 잠긴

가시덤불에 갇혀 있었다.

「왜 그래요?」 내가 물었다.

「뱀 봐요!」 그가 이러면서 손가락질을 했다.

두어 뼘이 될까 말까 한 비단뱀 한 마리가 돌 틈으로 들어가고 있었다. 머뭇거릴 겨를이 없었다. 나는 뒤에서 겨드랑이에 손을 넣어 그를 가시덩굴 밖으로 끌어내어 바위에다 앉게 했다. 발목에는 긁힌 자국이 있었다. 청바지 자락은 전날 밤처럼 젖어 있었다.

「물린 거요?」

「글쎄요.」

나는 다급한 지경인데, 옆에서 보고 있던 인후는 돌아서서 산을 휘적휘적 산을 오르기 시작했다.

「이 친구가 독사에 물렸어!」 내가 소리쳤다.

「알아서 해!」 인후는 뒤도 안 돌아다보고 말했다.

「물렸어요?」

「모르겠어요.」

「물렸으면 독을 뽑아야 하는데?」

「어떻게요?」

「물린 곳을 칼로 째고 독을 빨아내야 하는데……」

내가 주머니칼을 꺼내어 날을 펴자 하경이 웃으면서 물었다.

「그 칼로 째려고요?」

「이 방법뿐이랍니다.」

「아니…… 왜 그렇게 웃겨요?」

왜 그렇게 웃겨요……. 이것이 내가 그 유난히 덥던 여름, 그 아름다운 금오산에서 하경이로부터 들은 말이었다. 그는 그 말 한마디에 돌처럼 굳어진 나를 남겨 놓고는 인후의 뒤를 쫓아 올라갔다.

나는 한동안 그렇게 서 있다가 그 산을 내려왔다. 야영 장비가 있는 곳으로 내려온 것이 아니고 아주 기차역으로 내려왔다. 내려와서는 금오산

기슭의 소도시 구미의 한 술집에서, 내 귀에서 잉잉거리는 〈왜 그렇게 웃
겨요〉를 들으면서 술을 사 마셨다.

금오산은 은자(隱者)의 산이다.
조선 왕조를 인정할 수 없었던 전조 고려의 충신 삼은(三隱) 중 한 사람
인 야은(治隱) 길재(吉再)가 숨어 살던 산이다. 무왕의 불의를 막지 못한
것을 한탄하여 수양산으로 들어가 고사리만 꺾어 먹다가 죽은 중국의 충
신 백이와 숙제처럼, 길재가 고사리를 꺾던 산이다. 이 산 초입에는 채미
정(採薇亭)이라는 정자가 있다.
금오산은 또 수양 대군의 왕위 찬탈을 인정할 수 없었던 생육신 중의 한
분인 이온전(李溫專)이 숨어 들어가 고사리의 씨를 말리던 산이기도 하다.
그러나 백이와 숙제와 길재가 품었던 한, 생육신 이온전이 품었던 한은,
사육신 중의 한 분인 성삼문(成三文)의 한에 견주면 얼마나 초라한가? 성
삼문은, 〈아무리 푸성귀라지만 더러워진 땅에서 난 것인데 어찌 먹을 수
있더냐〉고 세 은자를 질타하고는 죽음을 맞았다.
그 금오산에서 내가 기껏 한 처녀로부터 들은 소리는 이것이다.
〈왜 그렇게 웃겨요.〉

학교는 더 이상 다니지 않기로 했다.
방학이 끝났지만 나는 등교하지 않았다. 등교하는 대신 고등학교 2,
3학년 교과서와 참고서 같은 것들을 사 모았다. 내 오버페이스의 청사진
은 너무나 선명했다.
……광야로 나선다, 학교에서 나의 광야로 나선다. 나의 광야를 떠돌아
야, 제도 안에서는 절대로 허용되지 않는 헤밍웨이, 보들레르, 오스카 와
일드, 페이터, 그리고 무엇보다도 이시카와 다쿠보쿠(石川啄木)를 마음
놓고 읽는 것도 가능해진다. 저 쁘띠 히틀러의 체제에서 이것은 불가능하
다. 지름길로 가야 한다. 타락할 시간은 없다. 읽으면서, 고등학교 졸업 자

격과 대학 입학시험 자격을 동시에 부여하는 검정고시에 응시한다. 그래
서 동급생들보다 먼저 대학에 들어감으로써 많은 사람들을 놀라게 한
다…….

「창조적인 사람은 자기 삶을 위한 커리큘럼을 스스로 마련해야 한다는
게 내 생각이에요……. 미당 서정주의 〈나를 길러 준 것은 8할이 바람이었
다〉는 시구를 기억하는 사람이 많겠지요? 서정주는 그 바람을 서정주 자
기만을 위한 커리큘럼이라고 한 것 같지 않은가요?」

어머니와 형에게는 이미 나의 결심을 저지할 어떤 힘도 남아 있지 않았
다. 어머니는 4년간이나 혼자서 경제적인 모든 문제를 해결해 온 내가 더
이상 품속의 자식이 아니라고 여겼던 모양이다. 내가 학교를 그만두었다
고 했을 때도 어머니는, 〈자신이 있느냐〉면서 이렇게 말했다.

「너는 어디에 내어놓아도 네 앞가림을 할 것이다. 그렇다고 해서 내 말
을 부담으로 삼지는 말거라.」

나는 그해 가을 구세군 교회에서 경영하는 야간 공민학교의 심부름꾼
이 되었다. 공민학교라고 하는 것은 정규 중고등학교로 인정받지 못한 교
육 기관이었다. 그러므로 여기에서 공부하는 학생들은 문교부가 시행하
는 자격 검정 시험을 치러야 고등학교 입학시험이나 대학 입학시험에 응
시할 수 있었다.

고학생들이 대부분인 공민학교 학생들은 초저녁에 와서 공부하고는 밤
10시쯤이면 돌아갔다. 그때부터 다음 날 초저녁까지, 교실 네 개가 있던
그 공민학교는 완벽하게 내 것이었다.

그러나 내가 심부름꾼 노릇을 한 것은 두 달이 채 되지 않는다. 나는 중
고등학교의 국어와 영어만은, 비록 성적표에 그렇게 나와 있지는 않았지
만, 내가 다니던 학교에서는 어느 누구도 나를 따라잡을 수 없다고 확신
하고 있었는데, 공민학교 교장이 이것을 인정하고 비공식으로 중학교 과

정의 국어와 영어 강의의 일부를 맡겼기 때문이었다. 열여덟 살에 비공식으로나마 〈강의〉를 맡음으로써 나의 급료는 심부름꾼 급료의 갑절로 뛰어올랐다.

나는 여기에서 매우 복잡한 계획을 세우고 무려 십수 과목에 이르는 고등학교의 교과 전 과정을 공부했다. 국어와 영어와 수학과 역사는 내 동급생들도 열심히 공부하고 있는 과목일 터였다. 그러나 나는 물리, 생물, 화학, 지리 심지어는 미술, 음악, 체육의 간단한 이론까지 공부하지 않으면 안 되었다.

지금도 그렇지만 나는 공부하거나 일을 할 때는 약간 공격적이다. 공격적이 되는 까닭은 명백하다. 나는 칼의 길이가 짧다고 불평하는 한 스파르타 병사에게 그 병사의 어머니가 했다는 충고를 잘 알고 있었다.

〈칼이 짧으면 짧은 만큼 더 다가서서 찌르면 된다.〉

혼자서 공부하는 일이 쉽지 않다는 것을 깨달은 나는 〈다가서서 찌르기〉, 즉 〈막고 푸기〉를 시작했다. 〈막고 푼다〉는 말은 원래 시냇가에서 고기를 잡을 때 쓰는 말이다. 낚시질이나 그물질로 고기를 잡는 것이 아니라 물의 흐름을 아예 막아 버린 다음, 그 사이에 고여 있는 물을 퍼내 버리고 큰 고기는 모조리 건진다는 뜻이다.

영어의 경우, 나는 8만 단어가 수록되어 있는 영한사전 한 권을 준비하고는 하루에 2백 단어씩 외워 나갔다. 그러고는 한 달 뒤에 내가 외운 단어가 90퍼센트 이상에 이른다는 사실만 확인되면 사전을 앞 페이지부터 차례로 찢어 쓰레기통에다 처박고는 했다. 사전은 하루에 네댓 장씩 찢겨져 쓰레기통으로 들어갔다. 2천 페이지에 이르던 그 사전은 계획된 1년을 조금 넘기면서 내게서 흔적도 없이 사라졌다. 이렇게 공부한 후유증이겠지만 나는 영어 단어의 발음도 정확하지 못하고, 악센트를 제자리에 떨어뜨리는 데도 늘 서툴다. 이 시절의 내 경험은, 지금도 특정 단어를 만날 때마다 그 단어를 머릿속에 넣으려고 애쓰던 저 야간 공민학교의 어둠을 떠올리게 하고는 한다. 나에게 단어 하나하나, 숙어 하나하나는 나에게만

의미가 있는 어떤 역사성을 지닌다. 그러나 그 역사성은 허망하다. 필연성을 의심해 본 적이 없는 역사성이므로.

국어 공부도 거의 그렇게 이루어졌다. 나는 고등학교 전 과정의 국어 교과서를 모조리 외우기로 하고 실제로 그렇게 했다. 나는 지금도 글을 쓸 때는, 나의 문장이 나도 모르는 사이에 그때 외운 문장의 흐름을 따르는 바람에 곤혹을 느끼고는 한다.

수학은 항상 나에게 우리의 이성이 어떻게 확장되어 갈 수 있는가를 가르쳐 주었다. 선분 위에 있던 점이 평면 위에 놓이면서 가로와 세로의 수치로써 그 위치를 표시하는 데 그치던 수학은, 중학교부터는 1차 방정식의 직선 그래프에서 2차 방정식 곡선 그래프로 발전하더니, 드디어 나에게 그 곡선을 가로축이나 세로축을 중심으로 회전시켰을 경우에 생기는 입체의 부피를 구할 것을 요구했다. 수학은 직선에서 평면으로, 평면에서 입체로, 입체에서 공간으로 끊임없이 진화하면서, 야학의 빈 교실에 고여 있는 채 영어 단어나 국어 교과서를 외우고 있는 내 정신의 지진(遲進)을 비웃었다. 학교를 떠난 것은 수학적으로 말하자면 2차 방정식 그래프에 그려지는 곡선의 변곡점이었다.

나는 이 시절의 공부가 내 삶을 풍부하게 해주었다고 생각하는 만큼, 학교를 벗어났던 것을 후회하지 않는다. 나는 물리, 생물, 화학, 역사, 지리를 비롯, 심지어는 미술, 음악, 체육의 기본적인 이론에도 거의 생소함을 느끼지 못하는데, 이것은 다 그때의 외로운 공부 덕분이다. 학교에서 공부하던 내 친구들은 대여섯 과목의 공부로 충분했다.

이듬해 여름, 이 야학에서 겪은 일을 나는 잊을 수 없다. 내가 일을 하기도 하고, 배우기도 하고, 가르치기도 한 야학은 주택가 한가운데 자리 잡고 있는 구세군 교회 2층이었다. 나는 여기에서 새벽까지 공부하다가 춥지 않을 때는 거기에서 자기도 하고, 추울 때는 날이 밝을 때를 기다렸다가 집으로 돌아가고는 했다.

한밤중의 교회는 참으로 기묘한 곳이 되고는 했다. 아무도 없는 한밤중의 교회라도 여전히 그리스도의 성전이어야 하는지, 아니면 주일에 성전이 되기 위해서 빈 채로 기다리는 여느 구조물이라고 해야 하는지, 소년도 아니고 청년도 아닌 열여덟 살배기에게는 그게 분명하지 못했다. 모르기는 하지만 나는 그 구세군 교회가 교파가 다른 데다 주 중에는 야학으로 쓰여졌기 때문에 성전이라는 의식은 희미하게밖에 갖지 않았던 것 같다.

교회는 이브를 꾀어 금단의 과일을 먹게 한 뱀을 사갈시하는 곳이다. 그러나 열여덟이라는 나이는 무수한 뱀에게 둘러싸이는 나이, 심지어는 제 몸속에도 한 마리의 뱀을 기르는 나이이다.

나는 그 한여름 밤에 물소리를 들었다. 누군가가 몸에 물을 끼얹는 소리를 들었다. 샤워가 없던 시절에 남자는 초저녁에도 몸에 물을 끼얹을 수 있었지만 여자는 식구들이 다 잠이 든 자정 어름이 아니면 물을 끼얹을 수 없었다. 나는 망설이다가 가만히 복도로 나가 창가로 다가갔다. 주택가의 불은 거의 꺼져 있었지만 야학과 담 하나를 상거해 있는 집 안뜰은, 외등 아래 희미하게나마 드러나고 있었다.

거기에서 누군가가 알몸에다 물을 끼얹고 있었다. 여자이기 때문에 자정을 넘긴 시각에 물을 끼얹고 있었을 터였다. 아니, 자정을 넘긴 시각에 물을 끼얹고 있었으니까 분명히 여자일 터였다.

내 눈앞에서 여자는 몸을 훔치다가 이따금씩 젖가슴을 두 손으로 들어 올리면서 그 무게를 가늠해 보는 것 같았다. 비누질을 하다가도 여자는 이따금씩 몸을 꼬고 제 몸매를 자랑스럽게 내려다보는 것 같았다. 여자의 몸에 묻은 거뭇거뭇한 어둠, 그것은 내 상상력 안에서는 도저히 헤어날 수 있을 것 같지 않은 어둠이었다.

여자는 오래지 않아 방으로 들어갔다. 그는 금방 잠들 수 있었을 테지만 나는 잠을 이룰 수 없었다. 나는 고통스러웠다. 그날따라 선우하경 생각도 나를 정화하지 못했다. 십자가에 달린 채 고통스러운 얼굴로 나를 내려다보는 예수 그림도, 기도하는 어린 사무엘 그림도 나에게는 위안이 되지 못했다. 다행히도 곧 장마철이 되었으므로 나는 두 번 다시 악몽에 시달리지 않아도 좋았다.

장마가 끝나고 나서 그 집에 이웃해 있는 구멍가게에 그 집에 누구누구가 사느냐고 물은 것은 고상하지 못한 호기심 때문이었을 것이다. 그러나 그 집에는 홀아비 부자밖에 살지 않는다는 것을 확인했을 때 나는 키가 한 뼘 자라는 기분이었다.

나는 알게 되었다. 나는 분명히 여자의 요염한 몸매와 여자에게 묻은 어둠을 보았으므로 그것은 절대로 환상일 리가 없다고 확신했지만, 물을 끼얹는 사람을 여자로 상정해 버리면 그런 환상은 얼마든지 시작될 수 있다는 것을 알게 되었다. 선입견으로 존재하지도 않는 환상을 만들어 내고 거기에 시달릴 수 있는 나 자신이 참으로 부끄러워 그 뒤로도 오래 자책하고는 했다. 나는 야학의 청소년에게도 내가 겪은 것을 들려주지 못했던 것을 지금까지도 부끄러워하고는 한다.

나는 이때부터, 사념이라고 하는 것은 나름의 사념체를 창출할지도 모른다, 따라서 어떤 사물에 대하여 〈존재한다〉고 믿는 순간부터 정말로 존재하게 될지도 모른다는 생각을 하게 되었다.

베델 교회는 내가 소속된 유일한 조직이었다. 야간 공민학교의 주인인 구세군 교회의 사관들은 내가 자기네 교회로 옮겨 와 학생회 같은 것을 일으켜 주기를 바랐지만 나는 단호하게 거절했다. 나는 그때 이미 베델 교회의 문화권에 깊숙이 들어가 있다고 생각했다. 나는 나날이 믿음을 강화함으로써 그 문화권에의 소속감을 강화하지 않으면 외로움을 견딜 수 없을 것 같았다.

그러나 그렇게는 되지 않았다.

그리스도를 읽으면 읽을수록, 그리스도를 사랑하게 되면 사랑하게 될수록 내 마음은 교회에서 멀어져 갔다. 내 눈에 보이는 베델 교회는 그리스도의 성전에서 하루가 다르게 유복한 무리의 사교장으로 변해 가는 것 같았다.

그리스도를 사랑하면서 그리스도를 이 세상에서 가장 아름다운 분으로 여기던 이 시절, 나는 그에게서 행복과 슬픔을 함께 느끼고는 했다. 야곱의 우물가에서 마른 입술을 핥으며 비천한 사마리아 여인에게 물을 구하는 그의 모습은 늘 내 마음을 아름다운 것으로 가득 채웠고, 감람산에서 비통한 마음을 모아 기도하던 그의 모습은 오장육부가 뒤틀리듯이 나를 고통스럽게 했다. 나는 세상에서 가장 고단해 보이는 그의 이름에 기대어서는 어떤 기도도 하지 않겠다고 결심하면서, 피투성이 그리스도의 그림을 걸어 놓고 억만장자가 되기를 기도하는 백만장자는 기필코 물리쳐야 할 원수로 삼기 시작했다. 내가 〈사도 신경〉을 외지 않기로 결심한 것은 그즈음부터였다. 신경을 외자면, 그리스도가 〈하느님 우편에 앉아 계시다가 저리로서 산 자와 죽은 자를 심판하러 오시는 것〉을 믿는다고 해야 했고, 우리의 〈몸이 다시 사는 것〉을 믿는다고 고백해야 했기 때문이었다. 그런 고백은 할 수 없었다.

나의 중심이 교회에 실려 있지 않았기 때문일까? 교회의 연출에 속고 있다는 느낌, 교회라는 메커니즘 안에서 놀아나고 있다는 느낌, 무리가 지어 낸 흐름에 휩쓸려 내 진실이 헛돌고 있다는 느낌, 그리스도니 구원이니 하는 개념을 실어 내기에 교회는 너무 경박하다는 느낌 때문이었을까? 나에게, 자유를 구속당하거나 긴 약속에 붙잡히는 것을 몹시 견디기 어려워하는 기질이 있었기 때문이었을까?

나의 기도는 나날이 길어졌다.

그러나 긴 기도는 실패한 기도를 의미한다.

나는 이때부터 시인이라도 된 기분으로 내 주머닛돈으로 술을 사 마시기 시작했던 것 같다. 자유를 사 마신다는 기분으로 그렇게 했다. 그러나 시인의 정신이 마련되어 있지 않은 나에게 술은 나날이 정신을 황폐하게 할 뿐이었다. 나는 이때부터 심한 불안과 좌절감 속에서 나날을 보냈다. 내 육신은 대도시 대구에 살고 있는데도 불구하고 정신은 꼭 황폐한 내 고향의 산야를 헤매고 있는 것 같다는 느낌이 밤낮 없이 나를 괴롭히고는 했다. 엄청나게 기름진 정신의 자양분을 한 달에도 몇 권씩 우겨 넣는데도 불구하고 내 마음속에는 풀밭도, 공원도 생기지 않았다.

중학교 때 우리에게 국어를 가르치던 선생님을 찾아갔다. 그는 우리에게 시와 소설의 독법과 즐기는 방법을 가르쳐 준 분이자, 펜이 어떻게 칼보다 강한가를, 의로움이 어떻게 의롭지 못함을 이길 수 있는지를 논리적으로 설명해 준 분이었다. 그는 내가 실제로 만난 최초의 시인이기도 했다. 국어 시험지가 배포되는 순간까지 교과서에 코를 박고 있던 우리들을 내려다보면서, 〈이 광막한 우주의 시간 앞에서 부끄럽지도 않으냐〉고 질타하던 분이었다. 나는 그에게, 내가 안고 있는 문제를 설명했다. 그는 이렇게 말했다.

「너 지금 시를 쓰냐? 시는 삶이 아니고 삶의 그림자야. 자신의 모색은 대학에 들어가고 나서 해도 늦지 않다. 나는 정신이니 모색이니 하는 것들이, 학교가 귀찮아 네가 꾸며 낸 핑계가 아니기를 바란다. 지금의 교육 체제는 안락하다고는 할 수 없어도 뛰쳐나가야 할 만큼 괴로움을 안기는 것도 아니다. 너 같은 아이는 우리 같은 교직자를 고통스럽게 만든다.」

나는 그를 고통스럽게 만든 것을 미안하게 생각하면서, 그의 시가 그의 삶에서 나온 것이 아니라고 확신하면서 모교를 나왔다.

내가 모교를 나서면서, 나에게 용기를 북돋아 줌으로써 학교를 탈출하게 한 장본인인 불칼 신부를 떠올린 것은 내가 문제의 본질에 접근하기 시작한 증거일 것이다. 불칼 신부를 만나 보면 재미있는 이야기를 들을 수 있을 것 같다는 생각이 들었다. 나는 아무에게도 불칼 신부를 만나겠다는 내 생각을 비치지는 않았다. 미국인을 좋아한다는 말도 조심스럽게 해야 할 만큼 우리는 폐쇄적이었다. 나는 〈양놈을 되게 좋아하는 한국 놈〉이라는 인상도 다른 사람에게 주고 싶지 않았고 〈미국 놈의 지갑〉을 주우려고 미국 놈의 주위를 얼쩡거린다는 인상을 주기는 더욱 싫었다.

어려운 일을 만날 때마다 그가 자주 생각났다. 이것이 내가 그를 만나기로 마음을 먹게 된 이유였다.

나는 그에게 편지를 내었다. YMCA에서 강연을 들었다, 저녁 식사하는 자리에서 내 친구는 〈신부님 강연에 벼락을 맞은 아이〉라고 소개한 바 있다, 그냥 한번 뵙고 싶다, 이런 내용과 함께 야학의 전화번호로 전화를 걸어 주었으면 좋겠다고 썼다.

며칠 뒤, 야학의 교장실로 전화가 걸려 왔다. 불칼 신부는 다짜고짜 이렇게 말했다.

「그렇게 길게 안 써도 자네가 누군지 잘 알아. 그러니까 시장에 들러 순대나 한 줄 사가지고 토요일 오후 3시까지 와. 순대 집에서 새우젓 얻어 가지고 오는 것 잊지 말고…….」

왜관은 대구에서 기차로 반 시간밖에 걸리지 않았다. 성당은 초라한 것과 깨끗한 것이 오순도순 서로를 돋보이게 하고 있는 것 같았다. 성당 옆 뜰에는 지붕만 덩그런 조그만 휴게소가 있었다. 포도 덩굴에 덮인 그 지붕 밑에는 비에 씻기어 가무잡잡하게 색깔이 변한 탁자와 의자 서너 개가 놓여 있었다.

신부의 손에 이끌려 지붕 밑으로 들어가 하늘을 올려다보았다. 포도 덩굴이 제대로 엉키지 못해서 하늘이 다 보였다. 덩굴은 영양이 부실해 보여도 포도송이는 어찌나 탱탱한지, 흡사 여윈 어머니의 탱탱한 젖을 보는 것 같았다.

놀랍게도 탁자에는 탁주 주전자가 놓여 있었다. 나는 대구에서 사 온 순대 보따리를 가만히 그 옆에 놓으면서 물었다.

「순대를 좋아하세요?」

「응, 좋아하고말고. 그런데 먹을 차례가 잘 오는 걸 보면 아마 순대도 나를 좋아하는 모양이라. 여보세요, 순이 아가씨…….」

불칼 신부가 가만히 부르자 수녀 한 분이 소리 없이 다가왔다. 신부와는 연배로 보이는 수더분한 한국인 수녀였다. 나는 지금도 신부가 수녀를

216

〈아가씨〉라고 부를 수 있는지 없는지 알지 못한다. 그러나 그는 그렇게 불렀다. 수녀복만 입지 않았더라면 나는 신부의 시중을 드는 시골 아주머니로 알았을 것이다.

신부는 〈심상찮은 문제아임에 틀림없는 학생〉이라고 나를 소개하고는, 순대의 반을 덜어 수녀에게 주면서 농담을 했다.

「순이 아가씨, 드시고 떠나세요. 여행의 기본은 마음에 맞는 벗과 든든한 위장이랍니다.」

수녀가 접시를 들고 안으로 사라지자 그가 설명했다.

「좋은 분이야. 대구 가톨릭 병원 간호원으로 계시는데 내가 적적할까 봐 자주 다녀가시거든. 곧 대구로 돌아가셔야 해. 아마도 내가 좋은가 봐.」

그는 내가 따르는 탁주 잔을 받아 달게 마시고는 내게도 한 잔을 따라 주었다. 내가 마시기를 망설이는 눈치를 보이자 껄껄 웃었다.

「자네를 척 보고 알았어. 몰래 막걸리도 살짝살짝 사 마시고 그러지? 막걸리를 마시는 예수쟁이, 그거 매우 언유주얼하구먼. 안 그러는 예수쟁이라면 나하고 배짱이 맞을 까닭이 없어.」

습관이 되었는지, 그는 〈매우 언유주얼하다(유별나다)〉는 표현을 자주 썼다. 자신이 유별난 사람이어서 그랬을까?

막걸리라면 사실이지, 살짝살짝 마시는 정도가 아니었다. 우리 형제는 국민학교 시절부터 어머니와 함께 거의 한 달에 한 번꼴로 한 되가 실히 되는 제주를 나누어 마셔 온 터였다. 나는 신부로부터 몸을 살짝 돌려 탁주를 단숨에 마시고는 잔을 내려놓았다.

「막 서두르는 것 같군. 그럴 것 없어. 천천히 놀다 가도 되니까. 이 동네 사람들은 요새 가을걷이하느라고 굉장히 바빠. 나도 울력 나갔으면 대접을 잘 받는데, 자네 때문에 못 갔어. 그래서 그 벌충을 시키려고 순대를 사 오게 한 거야.」

「울력이라뇨?」

「응, 여러 사람이 힘을 합쳐서 일하는 거 있잖아 왜? 이 동네 사람들이 그걸 〈울력 성당〉이라고 하더군. 〈성당〉이라기에 귀가 번쩍 트였는데, 우리 성당이 아니라 〈무리 짓기[成黨]〉더군.」

그는 부러 그러는 것 같지 않은데도 내가 이야기를 꺼내기 쉽도록 편안한 분위기를 만들어 주었다. 나는 그에게, 학교가 싫어서, 혼자 좋아하는 공부나 좀 하면서 검정고시를 준비하고 싶은데 어떻게 생각하느냐고 떠보았다. 만일에 그러기에는 너무 어리다면 나는 내 나이가 사실은 열여덟 살이나 된다고 말할 생각이었다. 그러나 그의 대답은 뜻밖이었다.

「다 해놓고 뭐? 벌써 그렇게 하고 있지? 언제부터?」

「작년 여름입니다.」

「전화를 걸었을 때, 거기가 어디냐고 물었더니만 구세군 교회의 야간 공민학교라고 하더군. 교장이라는 양반에게 내가 자세히 물어봤지. 집안이 어려운가?」

「어렵기는 어렵습니다만, 저는 중학교 1학년 때부터 저 혼자 학비를 꾸려 온 만큼 학교 그만둔 게 반드시 그것 때문인 것만은 아닙니다. 학교는 저의 체질과 맞지 않습니다. 체질이 맞지 않는다고 다 그만둘 수야 없는 일이지만, 저는 훌륭한 대안을 마련할 수 있을 만큼 강합니다.」

「그러면 내게 물어볼 것도 없지 않나? 자네 같은 사람을 잘 알아. 충고를 수집할 뿐, 절대로 따르지는 않을거야. 내가 어떻게 해서 자네 같은 사람을 잘 아는지 짐작할 수 있나?」

「혹시 신부님께서도 그렇게 해오신 게 아닙니까?」

「맞아.」

「솔직하게 말씀드리겠습니다. 지난해 신부님의 강연을 듣고 나서 힘을 얻었습니다. 저에게는 그런 힘이 필요했습니다.」

「내가 철없는 고등학생의 마음에 독을 풀었구나. 내가 그렇게 엉뚱한 짓을 잘해.」

「정확하게 그렇습니다.」

「내가 어떻게 도와주었으면 좋겠나?」

「저는, 제가 안고 있는 문제를 제대로 설명할 수만 있으면 신부님께는 해답이 마련되어 있을 거라고 믿습니다.」

「좋은 말이군. 한번 설명해 보게. 해답은, 문제의 정확한 진술 속에 들어 있는 경우가 많거든.」

정확하게 내가 처한 상황이 전해지기를 바라던 나는 단어의 선택에 주의하면서 설명을 시도했다. 나는 그의 앞에서라면 발가벗기우는 것도 두렵지 않았다.

「지난해 신부님의 말씀을 듣는 순간, 바로 저 자신에게만 말씀하시고 있다는 느낌을 받았습니다. 물론 신부님 말씀을 듣지 않았다고 하더라도 그랬겠지만, 저는 확신을 가지고 과감하게 학교를 뛰쳐나가 혼자서 공부하고 있습니다. 올가을까지 고등학교 전 과정을 끝내 버릴 결심으로 대단히 열심히 하고 있습니다. 그런데도 저는 굉장한 불안에 시달립니다. 이따금씩은 학교 뛰쳐나온 것을 후회하고는 합니다. 저는 그 이유를 모르겠습니다.」

「……엉뚱한 질문이 되겠군. 책을 좋아한다는데, 어떤 책을 좋아하지?」

「꽤 잡다합니다만, 최근에 푹 빠져서 읽은 책은 오스카 와일드입니다. 번역이 안 된 책이 많아서 애를 먹습니다. 가을 시험이 끝나면 일본의 시인 이시카와 다쿠보쿠의 전집을 독파할 생각입니다.」

「매우 언유주얼한 취향이군. 하지만 나 일본 시인은 잘 몰라. 그러니까 유럽이나 미국 쪽 작가로 몇 사람만 더 들어 보게.」

「헤밍웨이는 거의 다 읽었습니다. 나브꼬프가 참 좋았고, 보들레르의 시집도 번역판이 나오는 대로 읽고 있습니다.」

「꽤 탐미적이로군……. 하던 이야기 마저 들을까?」

「저는 독학을 선택했는데 저에게는 이게 광야입니다. 그런데 저에게는 이 광야가 괴롭고 몹시 힘이 듭니다.」

「그 광야는 진짜 광야가 아니라는 것만 먼저 잔인하게 말해 두겠네. 자네가 그 광야에서 이루려는 것이 무엇인가? 공부해서 남보다 빨리 대학에 들어감으로써 남들을 깜짝 놀라게 해주려는 것, 그리고 좋아하는 독서를 통해 교양을 쌓아 만나는 사람을 깜짝 놀라게 해주고 싶다는 것이 아닌가? 그러므로 그 이기적인 광야는 진짜 광야가 아니야. 그렇다면 자네가 행복하지 못한 까닭은 다른 데 있는 게 아니야. 이기적인 데서 찾으면 돼. 자네가 행복하지 못한 것은, 자네의 공격적인 공부의 성과를 눈으로 확인하지 못하는 데서 온 것이기가 쉬워. 보상을 바라지 않으면 좋은데 자네는 그 결과를 제대로 보상받지 못할까 봐 불안해하고 있는 것 같지 않나? 내게는 그렇게 보이는데?」

「……저는 그리스도를 사랑합니다. 그리스도가 병자를 낫고, 죽은 자를 살려 낸 것을 믿습니다. 제가 믿기만 하면 그리스도는 저에게도 같은 기적을 베풀 수 있다는 것을 확신합니다. 그러나 그가 한 내세의 약속은 하나도 믿기지 않습니다. 하느님이라는 존재도 믿기지 않습니다. 다만 그리스도만 믿습니다. 저는 약간 고통스럽기는 합니다만 이렇게 고백할 수 있습니다. 저는 교회가 하느님의 존재, 그리스도의 존재를 확신한다고 생각하지 않습니다. 확신하고 있다면 그렇게 경박할 수가 없을 것이라는 게 저의 생각입니다. 그래서 교회가 싫습니다. 얼마 전 교회에서는 부흥회가 있었습니다. 저는 이 부흥회라는 게 교묘한 연출로 사람들을 들뜨게 하기 때문에 별로 좋아하지 않습니다. 그런데도 이따금씩 부흥회를 기웃거리는 것은 몇 가지 확인해 볼 것이 있었기 때문입니다. 그런데 부흥회에서 부목사의 노모가 할렐루야를 외치면서 미친 사람처럼 길길이 뛰더군요. 그런데 다른 할머니 한 분이 퍽 부러워하면서 묻더군요. 어떻게 하면 성령을 그렇게 받을 수 있느냐고요. 그랬더니 그 부목사의 노모가 그러더군요. 〈하도 성령이 안 내려서 이래 보는 겁니다.〉 저는 교회가 싫어졌습니다. 모두가 부목사 노모 같아 보입니다.」

「자네 자신이 싫어지지 않았나?」

「저는, 저 자신이 싫어지지 않도록 주의하고 있습니다.」

「자기를 많이 사랑하는 사람은 학교든 교회든 조직을 좋아하지 않지. 자기의 순정만큼 진하지 못하다고 생각하기 때문일거야. 그 조직이 자기만큼 내부를 향하여 엄격하지 못하다고 생각하기 때문일 거야.」

「교회가 싫어졌다기보다는 교회라고 하는 조직이 싫어졌다고 할 수 있습니다. 다시 한 번 말씀드립니다만 그리스도는 사랑합니다.」

「교회나 조직이나 그게 그거 아닌가? 자네가 교회의 조직을 싫어하는 까닭은 짐작이 돼. 자네는 학교라는 체제를 버렸지? 그러고 나서 외로우니까 교회라고 하는 조직에 사랑을 쏟고 있어. 자네는 체제 밖에다 또 하나의 체제를 만들어 놓고 그 체제, 그 교회에다 사랑을 쏟아붓고 있어. 교회가 감당할 수 없을 만큼 맹렬한 사랑을……. 교회의 조직이라면 결국 교회의 사람들이겠는데……. 어려운 고백이 되겠지만, 나 역시 교회의 사람들을 좋아하지 않아. 왜? 교회에 발을 들여놓은 지 얼마 안 되는 사람들은 참 좋아. 그런데 한참 다니게 되면 이런 사람에게 서서히 구원에 대한 확신 같은 게 생기게 되는데, 이때부터는 좋아 보이지 않아.」

「교회에 발을 들여놓는 사람들을 그렇게 만드는 게 교회가 하는 일이 아닙니까?」

「다행히도 아니야. 성자는 끝없이 오르지만 여느 인간은 다 오르면 떨어지게 되어 있다네. 종교인에게 가짜 확신만큼 무서운 것이 없어. 신화나 영웅 이야기 더러 읽어 보나?」

「아직 깊이 읽지는 못했습니다.」

「어제의 영웅은 오늘 순교하지 않으면 내일 폭군이 된다는 말이 있다. 영웅적인 인간은 목표를 세우고 거기에 도달하려고 하지? 그런데 순교한다. 순교는 좌절하는 것 같지만 사실은 좌절이 아니야. 목표에 이르려는 그의 여행은 다른 사람에 의해 계속되니까. 이 여행은 다른 사람에 의해 성취되는 경우가 많아. 따라서 순교는 좌절이 아니라 타의에 의해 얻게 되는 승리와 같은 것이지. 그런데 그 승리를 자기 손으로 쟁취하면? 폭군이 되는 경우가 많지. 왜? 오만해지니까. 나는 기독교인들을 볼 때마다 그런

221

생각을 하게 돼. 여느 인간에게 가장 어울리는 일은 회의(懷疑)하는 것이
야. 말하자면 확신을 간구하게 되는 상태이지. 그런데, 〈이거다〉 하고 확
신하는 순간부터 그 사람이 하는 생각, 하는 짓은 참으로 오만해 보여. 하
느님과 직통 전화라도 놓은 것 같아지거든. 미안하지만 이 사람 앞에 기
다리는 건 파멸밖에 없어. 그리스 신화에 나오는 이카로스가 그랬고. 이카
로스 알아?」

「압니다.」

「……파에톤이 그랬고, 벨레로폰이 그랬고, 오이디푸스가 그랬어. 확신
에 이르는 기간이 짧으면 짧을수록 보이지 않는 파멸은 빨리 와. 자네, 미
국을 어떻게 생각해?」

「좋은 나라, 부러운 나라라고 생각합니다.」

「내가 생각하기에는 미국이 흡사 새의 깃털을 주워 거대한 날개를 만들
고, 이 날개를 제 몸에 달고 비행을 시작하는 이카로스 같아. 미국은 2백
년 만에 저기에 와 있어. 너무 빨리 온 거지. 빨리 목표에 도달하면 디클라
인, 즉 하강의 속도가 빨라. 회의와 주저. 종교에서 이것은 좋은 약이야.
대구에서도 내가 그랬지? 진리로 증명되어 버린 것은 종교가 아니라 과학
이라고. 자네, 그리스도를 교회에서 찾지 않는 게 좋을 거야. 사람들에게
서 찾아. 그리스도를 모르는 사람들에게서 찾아도 좋아. 거기에도 그리스
도는 있어.」

「거기에도…… 그리스도가 있습니까?」

「있지.」

나는 선우하경 이야기를 했지만 잘할 수가 없었다. 그 일을 설명하려면
내 속에 있는 언어가 아니라, 내가 읽어서 얻게 된 생경한 언어가 동원되어
야 했기 때문이었다. 그러나 나는 최선을 다했다.

「나는 여자를 잘 몰라. 하지만 고맙군. 이런 이야기는 해주기가 쉽지 않
았을 텐데. 솔직하게 말해서 한국인이 〈전생〉이라고 부르는 것, 나 잘 몰
라. 한국인은 자주 쓰더군. 인연이라는 말과 함께. 하지만 전생에 만난 것

같다……. 이런 느낌을 받았다는 대목이 내 마음에 걸리는군. 진실한 만남은 이런 감정이 있어야 가능하다고 주장하는 사람도 있지만, 아니야, 내 생각은 그렇지 않아. 왜? 그건 예정되어 있는 만남이지, 가꾸어 가는 만남이 아니거든. 진실한 만남은, 되도록이면 만날 당시 상대로부터 받는 인상이 강하지 않은 것이 좋다, 나는 이렇게 생각해. 왜냐? 그래야 진실한 것들을 쌓아 나가는 만남, 가꾸어 가는 만남이 되거든. 어디인지는 모르겠지만 어쨌든 어디에선가 본 적이 있다……. 이런 느낌을 한국말로는 뭐라고 하는지 모르겠군. 글쎄, 어디인지는 모르지만 본 적이 있는 것 같다……. 프랑스 말에 이런 여성을 지칭하는 말이 있을 거라……. 하지만 잊었어. 한국어로는 〈요녀〉 비슷한 뜻일 거야. 이런 여자와의 관계가 위험한 까닭은, 이 관계에는 자기의 느낌과 주장만 있을 뿐, 상대의 생각은 전혀 고려되지 않기 때문이야. 그 처녀와 자네의 경우도 그래. 자네는 세계가 꽝 폭발하는 것 같더라고 했지? 선우라는 처녀도 그랬을까? 자네 말을 들어 보니까 그러지 않았기가 쉽겠군. 자네는 선우라는 처녀를 세계와 동일시하는데 그 처녀는 아니다……. 그렇다면 뭔가? 선우라는 처녀는 자네의 마음이 만들어 낸 어떤 것이 아닌가? 만일에 선우라는 처녀와 교제한다면 자네는 틀림없이, 거의 틀림없이, 전생에 만난 것 같은 느낌에 합당한 어떤 것을 요구하게 될 거라. 이것은 안 돼. 접근하지 않기로 한 것은 잘한 일이지 싶어. 못 견디게 보고 싶어 하면서도 결코 접근하지 않는다……. 이 것을 자네는 심화시킨다고 표현했나? 이것은 좋게 말하면 순수한 미의식의 발로라고 할 수 있겠고, 나쁘게 말하면 자네 이기심의 발로라고 할 수 있겠군.」

「이기심이라고 하셨습니까?」

「그 학생, 품행이 바르지 못하다며? 자네가 다치기 싫어할 수도 있는 것이 아닌가? 어쩌면 자네의 본능이 자네를 저지하고 있는지도 모르지. 이로써 뱃사람들의 본능이 로렐라이로부터 스스로를 지키듯이, 오딧세우스의 본능이 세이렌으로부터 스스로를 지키듯이 자네 역시 자신을 지키고 있는지도 모르지. 나는 이렇게밖에는 말할 수 없어. 나는 여자를 잘 모르거든. 성인 열전에는 이런 여성이 흔하기는 하지만.」

「기도도 관능적인 연상을 막아 내지 못합니다.」

「기도가 뭘 막아 내? 자네가 성자야? 자네에게 이런 말을 한다는 것은 슬픈 일이지만 나도 막아 내지 못해. 수도에 방해가 된다고 자지를 자른 수도사를 보고 한 이교도가 〈야, 이놈아, 그게 천국의 열쇠인데, 그걸 잘라?〉 하고 비아냥거리더라는 이야기가 있어. 성욕? 시달리지 않고 되는 게 뭐 있어? 그것은 자네만 겪는 일이 아닌 만큼 고민할 거리가 못 되네.」

「…….」

「라틴어로, 〈도미네, 논 숨 디그누스〉라는 말이 있다. 〈하느님, 우리 인간들은 하찮습니다〉 이런 뜻이다. 하지만 하찮다는 걸 아는 것 또한 인간이다. 자네 나이 때는 〈인간이라는 게 도대체 뭐 이래〉 싶을 때가 자주 있다. 감람산에서 하신 그리스도의 기도 생각나나? 그리스도 같은 분도, 가능하기만 하다면 그 잔을 당신에게서 옮겨 달라고 기도했다. 그러나 그리스도가 위대한 분이시다. 자기가 기도한다고 꼭 그렇게 하지는 말고 하느님 뜻대로 하시라고 했거든.」

「…….」

「자네 입으로도 자신을 공격적인 사람이라고 표현했으니까 하는 말인데, 목표를 지나치게 의식하고 있다는 인상을 받게 되는군. 나는 얼마 전에 〈나비는 수심을 몰라서 바다가 조금도 무섭지 않다〉는 어느 월북 시인의 시구를 읽고는 망연자실했던 적이 있네. 몸무게를 의식하지 말게. 새가 제 몸무게를 알고도 저렇게 잘 날 수는 없을 거야. 올리버 크롬웰도 〈사람은 자기가 올라가고 있는 줄 모를 때 가장 높이 올라간다〉고 했네.」

「신부님도 공격적인 분이신지요?」

「글쎄. 공격적인지 아닌지 그것은 모르겠지만 내게도 공격 목표 같은 것이 있기는 있어.」

「들려주십시오.」

그는 이런 말을 했던 것 같다.

……첫째는 사람이 쳐놓은 그물이 어디까지인지 그것을 알아내기. 이것은 물리적인 공부를 통해서만 가능할 거야. 둘째는 사람이 쳐놓은 그물에서 빠져나가 하느님이 쳐놓은 그물에 걸리기. 우리들의 지성 너머엔 영성이라는 것이 있다는 것이 내 생각인데, 이것은 영성을 통해서만 가능할 거야. 셋째는, 이 하느님의 그물에서도 빠져나가 궁극적인 평화를 찾기. 이것을 가능하게 하는 것이 무엇인지, 더 아파하고 더 앓아 봐야 알게 되겠지……. 한국에서 시작된 공부가 내 마음을 확장시킨 것 같아. 하지만 사제의 삶에 반드시 유익하기만 한 공부는 아닌지도 모르지. 어려운 시절을 맞았어…….

「그런데 자네는 학교에 다니지 않는 걸로 아는데 왜 고등학생의 제복을 입고 있나? 왜 자네는 머리를 짧게 깎고 다니는가?」

나는 그에게 고백했다.

당시의 우리 사회에는 두 종류의 청소년들이 있었다. 학생과 근로자가 그것이었다. 학생은 머리를 짧게 깎아야 했고 반드시 고등학생의 제복을 입어야 했다. 그래서 많은 고등학생들은 머리를 조금이라도 더 기르고 사복을 입어 보기를 소원했다. 그러나 같은 청소년이라도 근로자들은 머리를 마음대로 기를 수 있고 옷도 마음에 드는 것으로 입을 수 있었다. 이들은 머리를 짧게 깎고 제복을 입어야 하는 고등학생들을 선망했다.

나는 근로자는 아니었으나 그렇다고 해서 학생이었던 것도 아니다. 어느 쪽인가 하면, 나는 학생이고 싶었던 것 같다. 나는 나 자신의 정체를 확인받을 길이 없어 불안에 시달리며 헤매는 나그네였다. 나는 광야로 나간다고 큰소리를 치고 다녔지만 어떤 것에도 소속되지 않은 뿌리 없는 상태는 나를 견딜 수 없게 했다.

나는 하우스만 신부에게, 나의 짧은 머리카락과 검은 제복은 수도복 같은 것일 수도 있고, 교회의 학생회로부터 근로자로 대접받지 않으려는 안간힘 같은 것이기도 하다고 고백했다.

「몇 살인가?」

「열여덟 살입니다.」

「자네가 나를 사제로 대하고 있지 않은 것이 고마워. 사실은, 사제 대접 받는 데 조금 지쳤거든……. 영어식으로 말해서, 교회의 쥐처럼 가난한 내가 어떻게 하면 자네를 도와줄 수 있을까…….」

「벌써 많이 도와주셨습니다.」

나이가 갑절이나 되는 분을, 더구나 머리카락이 노랗고 눈이 파란 이국인을 친구로 여기게 되기까지는 많은 세월이 필요했다.

나는 이렇게 해서 그를 만났다. 그러나 그와의 만남이 내 평화와의 만남은 아니었다.

그는 어째서 나를 자꾸 빈 들로 내몰기만 했던지…….

13

하늘 목장

그해 가을 나는 검정고시에 합격했다.

이 검정고시라고 하는 것은 주로, 주경야독하는 독학생을 위한 제도이다. 그래서 고등학교에서 배우는 전 과목에 대한 일정한 성취를 인정받되 한꺼번에 전 과목의 합격을 모두 따내어야 하는 것이 아니라 한 해에 몇 과목씩, 몇 년에 걸쳐 전 과목의 합격을 따내어도 좋게 되어 있었다. 말하자면 기왕에 급제한 과목은 일정한 기간까지는 유효하게 되어 있었기 때문에 낙제한 과목을 공부하여 몇 과목씩 급제를 보태어 나가도 되는 대단히 편리한 제도였다. 그러나 나는 그해 가을 단번에 전 과목을 급제함으로써 고등학교라는 악몽에서 단번에 벗어날 수 있었다. 내 동급생들이 고등학교 2학년이 되어, 장래의 희망에 따라 문과와 이과로 나뉘어 시험 준비를 시작하고 있을 때의 일이었다.

나는 내 시대의 체제로부터 탈출하는 데 일단은 성공했다고 믿었다. 나는 내 앞에 보다 자유롭고도 영광스러운 오버페이스의 미래가 기다리고 있을 것이라고 믿었다. 그러나 그것은 착각이었다. 나의 작은 성공은 빈 들로 나서기 위해 거쳐야 하는 하나의 역설적인 관문에 지나지 못했다. 그러니까 성으로 들어가기 위해서 하나의 관문을 통과한 것이 아니라 성 밖으로 나가기 위해서 하나의 관문을 통과한 셈이었다.

우리 시대에는 그랬다. 교육의 체제를 이탈한다는 것은 곧 주류를 이탈한 삶을 살기로 작정하는 것, 혹은 다시 주류에 합류하기 위해서는 혹독한 시련을 감당해야 한다는 뜻이었다.

검정고시를 준비하면서 내가 은밀하게 노린 것, 그것은 서울에 있는 대학이 아니었다. 당시 내 고향에는 우리 또래의 가슴에 가만히 불을 지르고는 하던 연례행사가 하나 있었다. 바로 도미 유학생 선발 시험이 그것이었다. 이 시험의 특징은 고등학생만을 그 대상으로 한다는 것이었다. 나는 학교를 뛰쳐나와 바로 이 유학생 선발 시험을 은밀히 준비했던 셈이다.

이 장학회는, 낳아 주고 길러 준 고향의 빚을 갚기로 결심한 한 전쟁고아의 향토애의 산물이었다. 한국 전쟁이 끝난 직후에 미군들을 따라 미국으로 들어간 교포가 한 분 있었다. 이분은 텍사스 주에서 작은 목장을 일으키고 이것을 20년 동안 가꾼 뒤에 장학회를 하나 만들었다. 이 장학회가 바로, 그 교포가 가지고 있는 목장의 이름이자, 존 스타인벡의 소설 제목이기도 한 〈하늘 목장〉 장학회였다. 당시 하늘 목장 장학회는 텍사스 주에서 공부하고 있는 한국의 유학생들에게 장학금을 지급하는 한편, 고맙게도 내 고향에 〈하늘 목장 장학회〉를 만들어, 해마다 우리 도내에서만 남녀 고등학생을 각각 한 사람씩 선발하여 텍사스 주 휴스턴 가까이 있는 피어슨 공립 고등학교에서 1년 동안 공부하는 특전을 베풀고 있었다. 그분이 이런 프로그램을 만들기로 작정한 이유가 한국의 고등학교 교육에 문제가 있다고 여겼기 때문이었는지, 아니면 전쟁 통에 학교를 제대로 다니지 못한 데 한을 품고 있었기 때문이었는지 그것은 나도 잘 모르겠다.

이 장학회의 유학생 선발 대행 기관은 바로 이 〈하늘 목장〉 프로그램에 따라 해마다 남학생, 여학생을 각각 한 사람씩 선발하여 미국으로 보내는 일을 전담하고 있었다. 대행 기관은 도내의 한 신문사였는데 이 시험의 합격자가 남학생일 경우에는 반드시 지켜야 하는 엄격한 규칙이 있었다. 그것은, 한 해 동안의 공부를 마친 뒤에는 반드시 귀국하여 병역 의무를 치러야 한다는 것이었다. 바로 이 때문에 〈하늘 목장 장학회〉의 장학금으로 미국으로 떠나기 위해서는 시험에 합격해야 하는 것은 물론이거니와 도내 유지로부터 까다로운 신원 보증을 받지 않으면 안 되었다. 유지는 학생의 후원자가 되어 신분을 보증하되, 학생이 약속대로 1년 뒤에 귀국하지 않을 경우에는 금전상의 손해를 감수하겠다고 서약하든지, 아니면 학생을 회유해서 어떻게 하든지 귀국시켜 병역 의무를 치르게 하겠다고 서약하지 않으면 안 되었다.

그러나 당시에 알려진 바에 따르면 그 장학회의 기금을 받고 미국으로 떠난 운 좋은 한 쌍의 학생들은 대부분 그 자리에 눌러앉아 대학에 진학하는 경우가 많았다. 더욱 놀라운 것은 미지의 나라 미국이 제공하는 무제한의 자유와 이 자유의 포식 이후에 찾아오는 향수가 이 외로운 두 남녀 학생을 종종 부부로 만들어 버리곤 한다는 점이었다.

60년대 중반의 해외 유학, 특히 미국 유학은 국가 고시에 합격할 정도의 실력을 갖춘 극소수의 수재들이나 미국인과 특별한 관계를 맺은 사람들이나 엄청난 부자들에게나 열려 있는 더할 나위 없이 좁은 문이었다. 당시 우리 한국의 국민 소득이 1백 달러를 넘지 못하고 있었던 만큼 무리도 아니었다. 당시의 많은 젊은이들에게 그랬을 테지만 특히 나에게 미국은 성실함과 경건함이 미덕으로 섬겨지고, 이 두 가지의 단순한 미덕을 줄기차게 섬기는 것만으로도 행복하게 살아갈 수 있는, 이 세상에서는 아주 드문 나라였다. 나는 수많은 소설과 영화를 통하여 거의 매일같이 그것을 확인하고는 했다. 따라서 미국은, 유토피아는 아니라고 하더라도 적어도 나에게는 용감한 전사가 꿈꾸어 봄 직한 전장 같은 나라, 모험심이 강한 뱃사람이 꿈꾸어 봄 직한 대해 같은 나라였다. 용감한 전사가 전장에 대한 꿈, 모험심이 강한 뱃사람이 꾸는 대해의 꿈은 하나의 공통되는 인식을 전제로 한다. 그것은, 실패는 확실하게 죽음을 의미한다는 인식이다.

나는 주위 사람들이 알지 못하게 은밀하게 이 시험을 치르고 며칠 뒤에 합격자로 내정되었다는 전보를 받았다. 이 시험에 합격했다는 것은, 내가 도내에서 영어 공부를 가장 많이 한 학생이었다는 뜻은 아니다. 미래에 대한 설계가 반듯한 학생들 중에는 영어 성적이 대단히 우수한데도 불구하고, 단지 단기 유학이라는 이유 때문에 이 장학생 선발 시험을 대수롭지 않게 생각하는 학생들이 많았기 때문이다. 영어가 모자라는 학생들은 바로 단기 유학이라는 이유를 들어 이 제도를 신 포도 보듯 하기도 했다.

내가 〈은밀하게〉 이 시험을 치렀던 것은 어머니의 우려와 충고 때문이었다. 어머니는 〈아는 듯 모르는 듯 은밀하게〉 시험을 보고 〈은밀하게〉 그 결과를 기다려 보기를 눈물로 간청했다. 나는 내가 합격자로 내정되었다는 사실을 알게 되는 즉시 신문사에 합격자 발표를 당분간 미루어 줄 것을 간청했다. 신원 조회의 결과에 자신이 없었기 때문이었다.

신문사의 당무자는, 긴 회의 끝에 난 결론을 나에게 들려주었다.

「응시 자격에 〈해외 유학에 결격 사유가 없는 학생〉이라고 명시되어 있었는데도 불구하고 자네가 여기에 응시한 것은 일단은 자네의 실책이다. 그러나 특정한 사람에게 해외 유학의 결격 사유가 발생하게 된 것도 사실은 우리 모두의 비극이니만치 자네만을 나무라지는 않겠다. 한 재미 한국인의 향토 사랑의 깊이와 자네가 어렵게 차지한 영광을 널리 알리는 것도 바람직한 일이지만, 자네가 떠나지 못할 경우에는, 자네 운명이 국가에 의해 관리되고 있다는 사실을 만천하에 공표하는 셈이 되는데, 이것은 우리도 바라지 않는다.」

장학생 선발을 대행하던 신문사의 주선으로 신원 진술서를 쓰고 신원 조회를 의뢰해 놓고 기다리는 기간은 나에게 길고도 긴 세월이었다. 내가 은밀하게 응시했다고는 하나, 시험장에는 내 중학교 동창이 많았던 만큼 발표 전에 하인후가 이미 이 사실을 알고 있다는 것은 별로 놀라운 일이 못 된다. 그러나 하인후는 고맙게도 결과를 묻지 않았다. 묻지 않았다는 것은, 그가 가지고 있는 예감의 더듬이는 무엇인가 잘못되어 가고 있음을 감지했다는 뜻이다.

나는 이때, 국가라는 존재가 얼마나 무섭게 엄연한 현실인가를 처음으로 깨달았다. 지금도 사람들은, 평소에는 국가라는 존재를 별로 의식하지 못하고 살다가도 여권을 신청할 때부터 국가의 존재를 무섭게 인식하게 된다는 말들을 곧잘 한다. 내가 국가라는 것을 처음으로 무섭게 경험한 것도 바로 그때였다. 나의 조국은 경찰의 신원 조회 의뢰서를 통해, 후세 숙부의 찬란한 이력 때문에 그 조카인 나에게는 해외 유학을 허락할 수 없다는 붉은 메시지를 보내 주었다. 〈아는 듯이 모르는 듯이 은밀하게〉를 강조하던 어머니의 우려가 현실이 된 것이었다.

어머니는 그때 나를 위로했다.

「아직 인연이 아닌 모양이다만 예전 같으면 연좌가 이만하고 말지 않았을 테니 더 기다려 보면 때가 올 게다.」

어머니가 〈예전 같으면 연좌가 이만하고 말지 않았을 테니〉라고 말한 뜻을 나는 잘 이해했다. 어머니는 〈일가붙이가 저렇듯이 나라의 반역자가 되어 있을 경우 삼족을 멸하던 예전 같으면 우리는 목숨도 부지하지 못했을 것이다. 그러니까 연좌로 인한 이 정도 불편으로 나라를 원수 삼지는 말자〉고 말하고 있는 것이었다.

나는 유학생 선발 시험에 실패한 사람이 되거나, 연좌제로 앞길이 처음부터 막혀 있는 사람이 되어야 했다. 나는 전자를 선택해야 했다. 후자가 될 경우, 많은 친구들로부터 기피 인물로, 미래가 없는 사람으로, 동정의 대상으로 낙인찍힐 것이 확실했기 때문이었다. 나는 질시의 대상이 될지언정 동정의 대상이 될 수는 없었다.

그 고통은 참으로 견디기 어려웠다.

나이를 먹은 지금, 나는 내가 겪은 수많은 고통 가운데서 가장 고통스러웠던 일이 어떤 일이었는지 종종 생각해 보고는 한다. 그럴 때마다 내가 경험한 고통스러운 일들에 순서를 매기는 것은 불가능하다는 것을 깨닫고는 한다. 그러나 당시 그 고통은 그때까지 내가 경험한 것 가운데서도 가장 견디기 어렵던 두 가지 고통 중의 하나였다. 나는 고통스러운 많은 일들이 나의 욕심에서 비롯된다는 것을 알게 되기까지, 끊임없이 〈내 삶에서 가장 고통스러운 순간〉으로 고통스러워해야 했다.

만일에 교회의 교우들이 이 일에 괴상망측한 반응을 보이지 않았더라면 나는 이 하늘 목장 사건으로 입었던 상처의 치유를 세월에 맡겼을 것이다. 내가 고통스럽게 사랑하던 베델 교회의 학생회 교우들은, 신문이 다른 학생의 이름을 발표한 순간 일제히 나를 위로했다. 그중에서도 최고의 걸작품은 젊은 부목사가 나에게 들려준 위로와 충고의 말이었다. 그는 나에게 말했다.

「자네가 그 시험에 응시했다는 걸 알고 기도 많이 했네만 기도가 처음부터 제대로 안 되더라고. 하느님의 뜻에 합당하지 않았던 거지. 그때 나는 이미 자네가 이 시험에 실패하리라는 걸 알고 있었어. 공부 더 해서 내년에 다시 한 번 응시해 보게. 자네는 검정고시에 일찌감치 합격함으로써 1년을 벌어 놓은 셈이니까…… 이번 일로 자네가 겪는 고통을 주님의 연단이라고 생각하게.」

만일에 부목사가 나에게 그 고통이 나의 욕심에서 비롯된 것이라고만 귀띔해 주었던들 그해 가을이 그렇게 비참하지는 않았을 것이다. 그것만 알았더라면, 하인후가 교회에다 내 유학이 좌절된 진짜 이유는 내 신원 조회 의뢰서에 붉은 글씨의 소견서가 첨부되었기 때문이었다고 자랑스럽게 폭로했을 때도 충분히 잘 견딜 수 있었을 것이다. 그러나 나는 하인후를 이해했다. 그는 나의 능력이 과소평가되기를 바라지 않았던 것뿐이었다.

그로부터 근 20년 뒤의 일이다.

베델 대학으로 간 지 두 달이 채 못 된 10월의 어느 날 나는 전화를 통해 한 옛 친구의 음성을 들었다. 의과 대학의 예방 의학 교수로 있던 그 친구는, 교환 교수 자격으로 마악 휴스턴에 도착한 참이니 한번 다녀갈 수 없겠느냐고 했다. 휴스턴은 베델 대학에서 갈 때 자동차로 꼬박 스물네 시간을 남하해야 하고 올 때 역시 꼬박 스물네 시간을 북상해야 하는 거리, 따라서 오고 가는 데만 나흘이 걸리는 곳에 있었다. 그 친구가 만일에 두 달 먼저 미국에 온 나의 도움이 필요하다고 했더라면 나는 망설이지 않았을 것이다. 그러나 그것이 아니었다. 그는 나와 술을 한차례 마시고 싶어 하는 데 지나지 않는 것 같았다. 나는 망설였다. 그 예방 의학 교수에게 나는 무엇이며, 그는 나에게 무엇이냐. 아무리 곰곰 따져 보아도 우리의 사이는 오고 가는 데만 나흘을 써가면서까지 함께 마셔야 하는 사이는 아니었다.

그런데도 나는 휴스턴행을 결심했다. 예방 의학 교수보다 내가 더 만나고 싶은 것은 나에게 깊은 상처를 안긴 저 피어슨 공립 고등학교였다. 내 운명 곁으로 슬그머니 다가섰다가 내가 이데올로기에 덜미를 잡히고 있다는 것을 알고는 저만치 물러서 버린 저 통한의 피어슨 공립 고등학교를 나는 기어이 보고 싶었다. 그러나 이틀간의 거리는, 미국에 건너간 지 두 달밖에 안 된 40대에게 그리 만만한 거리는 아니었다. 그래서 기회를 기다리던 참인데 예방 의학 교수는 그 기회를 나에게 제공한 셈이었다.

나는 아침 일찍 베델 대학을 출발, 아칸소의 주도 리틀록에서 일박하고 그다음 날 휴스턴으로 들어갔다. 그리고 그날 밤은, 당시 자리를 잡아 가고 있던 한국인 상가의 횟집에서 그 친구 가족과 함께 술을 마셨다. 예상했던 대로 효용의 법칙상 그 술은 자동차로 이틀을 달려와서 마실 만큼 맛나는 술은 아니었다.

그다음 날 나는 친구의 손을 뿌리치고 피어슨 고등학교로 자동차를 몰았다. 벽돌담에 박혀 있는, 〈피어슨 고등학교〉를 알리는, 파랗게 녹슨 동판부터 나의 가슴을 설레게 했다. 20년 만에, 결혼할 뻔했던 여자, 그래서 은밀하게 그리워하기도 했던 여자를 만난 그런 느낌이었다. 20년 전, 하늘 목장 장학생 선발 대행 기관이었던 신문사에서 나는 피어슨 고등학교의 요람을 본 적이 있다. 넓은 잔디밭 위로 나즈막하게 펼쳐진 붉은 벽돌로 지어진 단층 건물군, 지방 도시의 종합 운동장을 방불케 하는 거대한 원형 축구장, 오케스트라, 도서관, 잔디밭 한가운데 거치되어 있는 사무엘 휴스턴 장군 시절의 대포……. 그때까지도 내 뇌리에는 그런 사진의 이미지들이 남아 있었다.

피어슨 고등학교는 내 기억에 남아 있던 이미지 그대로 거기에 있었다.

그것은 놀라운 일이었다. 우리는 추억 속에 담겨 있던 곳곳을 만날 때마다 그것이 아주 조그맣게 줄어든 것을 보고 놀라고는 한다. 추억의 명소가 줄어들 리는 없다. 따라서 그것이 작게 보이는 것은 우리의 기억이 그것을 실제 이상으로 크게 기억했기 때문일 것이다. 그러나 피어슨 고등학교는 그렇지 않았다. 피어슨은 20년 전의 모습과 조금도 다름이 없었다. 끊임없이 과거의 이미지를 현재의 이미지로 편집하고 재편하는 내 기억의 습관도 피어슨 고등학교의 이미지에만은 손을 대지 못했던 것 같았다. 어쩌면 피어슨은 처음부터, 내 기억이 아무리 편집하고 재편해도 영향을 받지 않을 만큼 충분히 컸기 때문에 그랬는지도 모르겠다.

학생용 주차장에 자동차를 놓고, 한동안 짝사랑하던 피어슨의 축구장 잔디에 앉아 오가는 고등학생들을 바라보고 있었다. 한국인 학생이 만나고 싶었다. 한국인 학생을 만나면, 물어보고 싶은 것도 많고 들려줄 이야기도 많다. 한국 학생이 없으면 중국인이나 일본인이라도 좋았다. 내가 아는 한, 하늘 목장의 장학생은 더 이상 그 학교에 없었다.

오후 3시쯤 되자 학생들이 쏟아져 나오기 시작했다. 주니어나 시니어 학생들은 우리 베델 대학의 저학년과 별로 달라 보이지 않았다. 다행히도 일본인으로 보이는 학생이 하나 있었다. 일본인은 수염이 유난히 굵어서 깎은 자리도 선명하다. 나는 정중하게 그 학생을 불렀다.

「실례지만, 일본인이지요?」

나의 질문에 그 학생이 대답했다.

「일본계 미국인입니다. 일본분이신지요?」

「나는 코리안이오. 혹시 코리안이 있는가?」

「코리안은 없고…….」

「나는 미시간 주의 베델 대학에 공부하러 온 〈리(李)〉라는 사람일세.」

「코리안은 없고…… 코리아계 일본인은 있어요.」

「그런가……. 귀가 길을 방해해서 미안하네만 그 학생과 잠깐 이야기를 나눌 수 있도록 나를 좀 도와줄 수 있을까…….」

234

「하리모토(張本)는 일본에서 온 지 아직 6개월밖에 되지 않아서 영어가 대단히 서툽니다. 코리안은 거의 하지 못하고요. 혹시 저패니즈가 가능하신지요?」

「조금……. 자네는?」

「저도 조금입니다. 일본에 가면 맨날 놀림감이 되고는 하지요. 데이비드 호시카와(星川)라고 합니다. 그 친구의 의향을 물어보고, 반가워하면 데리고 내려오겠습니다.」

〈하리모토(張本)〉라면, 장씨(長氏) 성을 쓰던 재일 조선인의 전형적인 귀화 성씨였다.

호시카와는 처음 만나는 타인을 지나치게 경계하는 여느 일본인과 달랐다. 내가 아는 한 여느 일본인에게, 처음 만나는 사람 앞에다 책배낭을 벗어 두고 교사로 올라가는 일은 일어나지 않을 것이다.

잠시 후 호시카와는 혼자 내려왔다.

「싫다던가?」

「죄송합니다. 내키지 않는 모양입니다.」

「안됐군. 반가울 텐데…….」

나는 호시카와에게 20년 전에 있었던 이야기를 지극히 솔직하고 공정하게 들려주었다. 연좌제를 설명하기가 조금 부끄러웠지만 후세 숙부 이야기도 빠뜨리지 않았다. 그런데 〈후세〉라는 지명이 나오자 호시카와의 눈이 별처럼 반짝거렸다.

「〈후세〉라고 하셨습니까?」 호시카와가 물었다.

「아는 곳인가?」

「오사카 부의 후세인가요?」

「나는 일본을 잘 모르네만 분명히 오사카의 후세일세.」

「아버지의 고향이 오사카입니다. 하리모토 역시…….」

「역시?」

「아닙니다, 아무것도 아닙니다.」 호시카와는 황급히 얼버무렸다.

「오사카 사람인가?」

「모릅니다. 저는 아무것도……」

문득 내 마음에 터억 와 닿는 무엇인가가 있었다. 나는 호시카와에게 담배를 권했다. 내 아들 나이의 호시카와는 스스럼없이 담배를 받아 물었다.

내가 아는 한 오사카 근방에는 코리안이 많았다. 만일에 하리모토가 오사카, 혹은 후세 출신의 코리안이라면, 더욱이 미국에 온 지 6개월밖에 되지 않는다면, 일본어로 대화가 가능한 코리안을 기피할 까닭이 없을 터였다. 호시카와의 어조에서 묻어나고 있는 이상한 느낌도 나는 떨쳐 버릴 수 없었다. 하리모토가 나를 기피하는 까닭을 설명하는 방법은 단 한 가지뿐이었다. 그의 가족은 친북 단체인 재일 조선인 총연합회 쪽으로 기울어 있는 귀화 일본인일 가능성이 컸다.

「오사카에 코리안이 많이 살고 있다던데?」

「저도 그렇게 들었습니다.」

「하리모토에게 코리안이 만나고 싶어 한다고 했는가?」

「네. 베델 대학의 교수님이라고 했습니다.」

「교수는 아니네만……. 휴스턴에는 코리안 상가가 많이 들어서고 있더군. 하리모토는 여기에 살아도 적적하지 않겠어.」

「……」

「자네는 일본인 상가를 좋아하나?」

「저는 미국에서 태어났기 때문에 가봐야 별로 즐겁지 않습니다만 부모님은 거의 매일이지요.」

「하리모토는?」

「자주 가지요.」

「코리아 타운에?」

「아뇨, 저패니즈 몰에요.」

「코리아 타운에는?」

「……」

「한 핏줄이어서 궁금할 뿐이네.」

「하리모토에 대해서는…… 아무것도…….」

「조소렌(朝總聯)을 아는가?」

「아버지로부터 들어서 조금…….」

「조소렌계 학생도 미국에 오는 데는 지장이 없는가?」

「일본인이니까요.」

「물론 저패니즈 패스포트겠군?」

「저는 아무것도 모릅니다. 괜찮으시다면 이만 실례하겠습니다……. 약속이 있어서요…….」

「정말 고맙네. 잘 가게.」

호시카와는 일본식으로 딱 소리가 나게 목례하고는 돌아섰다. 돌아선 뒤부터는 걷는 모습부터가 미국식이었다.

마음이 몹시 불편했다. 나는 잔디밭에 모로 누워 마음이 불편한 까닭을 헤아려 보았다. 가슴 깊은 곳에서 분노가 치밀어 오르기 시작했다. 불과 20년 뒤에는 일본으로 귀화한 조총련계 조선인에게까지 입학이 허용되는 그 학교에, 불과 20년 전에는 입학 허가가 나 있었는데도 불구하고 숙부가 조총련계에 몸을 담았다는 단 한 가지 이유만으로 조국으로부터 출국을 거절당한 사실을 나는 어떻게 받아들여야 했는가? 피어슨이 나의 인생을 크게 바꾸어 놓기는 했을 것이다. 그러나 그것이 아깝고 원통해서가 아니었다. 피어슨과 나의 인연이 상징하는, 국가가 개인에게 상처를 입힐 수 있다는 사실 자체가 나에게는 견딜 수 없이 아리고 쓰렸다. 그렇다고 해서 내 나라를 비난하고 있었던 것은 아니다. 내 나라를 향하여 울었던 것뿐이다.

나는 〈하리모토〉에 대한 생각이 너무 무거워 다시 휴스턴 친구를 찾아 하루를 더 묵고 베델로 돌아왔다.

〈이것은 나에게 무엇인가……. 일본과, 둘로 갈라진 내 나라와, 미국은……. 내 아들에게 이것은 무엇일 것인가…….〉

14
자살과 살인

이야기를 되돌리자.

나는 그해 가을, 대학 입학시험을 두 달 앞둔 절박한 시점에, 사람이 얼마나 걸으면 죽게 되는지 확인해 보기로 결심하고 대구를 떠났다. 죽을 때까지 걸어 보기로 결심했다는 것은 그해에는 대학 입학시험을 보지 않기로 결심했음을 뜻한다. 고등 공민학교에서 오랫동안 일을 한 덕분에 내게는 〈양키 시장〉이라고 불리던 대구의 한 시장에서 여행 장비를 사 모을 만한 돈이 있었다. 등산 장비의 국산화는커녕 수입도 되지 않던 시절이어서 나는 누군가가 미군 부대에서 빼돌린 야전군 장비를 호된 값으로 사들이지 않으면 안 되었다. 배낭과 슬리핑 백, 판초 우의, 방한모, 장갑 등 어느 것 하나 국방색이 아닌 것이 없었다. 국방색 군용품은 경찰이나 헌병의 눈에 띄는 족족 압수당하게 되어 있던 시절이어서 나는 시장에서 사 온 검은 물감으로 이 많은 장비를 일일이 물들이지 않으면 안 되었다. 어머니의 도움을 받으면서 국방색 군용 장비를 검게 물들이고 있자니 내 미래가 온통 검게 물들여지고 있는 기분이었다.

서울로 떠나면서 만일의 경우에 대비해서 준비한 것은 검정고시 합격증 사본과, 내 사진이 붙은 대학 입학시험 응시 원서였다. 서울로 올라가 입학시험을 치르기 위해서 준비한 것이 아니었다. 불심 검문을 당할 때마다 사진이 붙은 내 응시 원서로 신분을 증명하기 위해서였다. 학교를 떠난 나에게는 학생증이 없었다. 당시 나는 자주, 공산주의자로 쫓기다가 사살당하는 꿈을 꾸고는 했다.

그해 가을 나는 견본을 잔뜩 짊어진 철물 장수 모양을 하고 대구에서 서울에 이르는 3백 킬로미터 거리를 일주일 만에 주파했다. 당시 내가 서울에서 한 일이라고는, 장차 내가 응시하게 될지도 모르는 농과 대학교 두 군데를 둘러보고, 이화여대 강당에서 있었던 미국의 어느 도시 오케스트라의 연주를 본 것이 고작이었는데, 뒷날 하인후는 음악에 대한 나의 정열을 과장할 때마다 부주의하게도 〈연주회를 보러 대구에서 서울까지 걸어 올라간 사나이〉라고 나를 소개하고는 했다. 그러나 이것은 절대로 사실이 아니다. 나는 그때 자살을 하고 있었던 것이다.

나는 확률에 맡겨 본 이 자살 여행에서 참으로 놀라운 것을 몇 가지 발견했다.

나는 소주를 여러 병 마시고 밤길을 걷다가, 꽁꽁 얼어붙어 있는 논바닥에서 하룻밤을 자고도 동사하는 대신 옷만 흠뻑 적신 채로 너끈하게 깨어난 적이 있다. 햇빛에 눈이 부셔서 잠을 깨어 보니 누워 있던 자리의 얼음이 정확하게 내 몸 크기만큼 녹아 내 옷을 적시고 있었다. 이로써 나는 겨울철에 만취한 채로 밖에서 잠이 들면 거의 틀림없이 동사한다는 속설을 여지없이 깨뜨린 셈이었다. 하기야 그날 밤 내가 취한 채 끊임없이 고통스러운 상상과 악몽에 시달리지 않았다면 나는 죽었을지도 모른다.

근 한 달 동안이나 계속된 이 여행에서 또 하나 내가 발견한 것은 새벽과 저녁의 아름다움이다. 나에게 너무나 낯익은 밤과 낮은 서로 대극하는 온갖 것들, 말하자면 천국과 지옥, 선과 악, 믿음과 불신, 남성과 여성, 특히 삶과 죽음 같은 것들의 표상이었다. 밤길을 걷다가 맞게 되는 새벽의 미명과, 하루 종일 걷다가 맞게 되는 해진 뒤부터 어두워지기까지의 그 박모(薄暮)의 아름다움을 발견한 기쁨은 대단한 것이었다. 미명과 박모의 아름다움에 대한 구체적인 나의 표현은 그로부터 20년 이상의 세월이 흘러야 가능해지게 되지만, 나는 그 아름다움에 취하여 노래를 부르고는 했다.

내가 잘 알고 있던 노래는 교회에서 부르던 찬송가가 대부분이었다. 그러나 나는 기독교인이 되고 나서 처음으로, 내 정서를 송두리째 표현하기에 찬송가는, 만일에 천박(나는 이 말을 마음에 담는 데 얼마나 망설였던가)하다는 말이 지나치다면 핵심에서 겉도는, 도무지 어울리지 않는 노래라는 것을 알았다. 나는 찬송가 부르기를 그만두고 가만히 걸었다. 오히려 침묵이 찬송가보다는 나의 기쁨을 드러내는 데 적절했다.

〈세상의 온갖 개념을 대극하는 두 가지 개념으로 이분하는 것은 어리석은 일인지도 모른다……〉

나는 그때 처음으로, 기독교인에게는 위험하기 짝이 없을 터인 이런 생각을 했던 것으로 기억한다. 밤과 낮 사이에 존재하는 미명과 땅거미의 아름다움. 삶과 죽음 사이에 있는 어떤 것, 천당과 지옥 사이의 어떤 것, 선과 악 사이의 어떤 것, 거룩한 것과 속된 것 사이의 어떤 것……. 그런 것의 아름다움을 발견하게 된 것을 굉장히 대견스럽게 여겼다.

이 여행에서 내가 찾아낸 재미있는 일 중에, 내가 지금도 틈만 나면 그때를 추억하면서 즐기는 일이 있다. 그것은 걷는 일 그 자체이다.

걷고 있노라면 눈앞에 보이는 것들이 모두 내 생각으로 변하는 것이 좋았다. 걷고 있노라면 조금 전까지만 해도 눈앞에 펼쳐지던 풍경이 차례로 뒤로 밀려나고는 했는데, 이것은 나에게 시간 체험의 상징적인 이미지가 되어 주어서 좋았다. 걷고 있을 때 내 눈은 게을러도 좋았다. 나는 걷고 있을 동안은 내 눈에 어떤 책임도 지우지 않았다. 나는 〈간산청아목(看山淸我目)〉이라던 선시(禪詩) 한 구절의 의미를 이해했다. 걷고 있을 동안 내 눈은 끊임없이 사물을 보는데도 피로를 느끼기는커녕 시간이 흐를수록 그만큼 맑아지고 있는 것 같았기 때문이다.

걸으면서 가만히 보고 있노라면 산의 모습은 수시로 달라지고는 했다. 나는 걸으면서 보는 산의 모습에서 그리스도의 모습을 생각했다. 그리스도라는 절대적 실체가 그러했듯이, 걸으면서 내가 보는 산의 절대적 실체 역시 보는 각도에 따라서, 보는 사람의 근기(根氣)에 알맞은 모습만을 드러내고는 했다. 나는 내가 본 산의 모습을 다른 사람들에게 전하는 일이, 내가 사랑한 그리스도의 모습을 다른 사람들에게 전하는 일이 얼마나 어려운 일인가를 깨달았다.

걷고 있노라면 내 코로 들어오는 모든 종류의 냄새가 신통하게도, 동일한 냄새를 맡던 과거의 한 순간을 떠오르게 하는 것이 좋았다. 마을을 지나면서 맡는 저녁 연기 냄새, 주막 앞을 지나면서 맡는 술 냄새, 중국집 앞을 지나면서 맡는 짜장면 냄새는 정확하게 동일한 냄새를 맡던 여러 상황 중에서 가장 절실한 상황을 떠올리게 했다.

냄새를 맡으면서 걷고 있었는데 갑자기 가슴이 답답해진 적이 있었다. 나는 무엇이 내 가슴을 답답하게 만들기 시작했는지 알 수 없었다. 나는 냄새가 전혀 의식하지 못하는 사이에 가슴을 답답하게 할 만한 기억을 촉발할 수 있다는 것을 알지 못했다. 걸으면서 했던 생각을 거슬러 해보아도 그런 기억을 촉발할 만한 생각의 실마리는 잡히지 않았다. 나는 눈과 코와 귀를 긴장시킨 채 천천히 오던 길을 되짚어 걸어가 보았다. 오던 길을 되짚어 걷던 나는 곧 내가 그보다 조금 전에 동네 어귀에서 이야기를 나누고 있는 두 여학생 사이를 지나왔다는 사실을 알았다. 그러고는 무엇이 내 가슴을 답답하게 했는가를 이해했다. 내가 의식하지 못하는 사이에 여학생들의 냄새는 선우하경에 관한 추억을 떠올리게 했고 그 추억이 나도 모르는 사이에 내 가슴을 답답하게 했던 것이었다.

걷고 있으면 귀는 또 얼마나 즐거웠던지.

나는 숟가락으로 냄비 바닥을 긁는 소리, 자동차가 급정거할 때 나는 브레이크 소리, 분필에 들어 있는 석회 덩어리가 칠판을 긁는 소리, 귀에 들리는 것 같기도 하고 들리지 않는 것 같기도 한 도시 소음의 악성(惡性) 교향곡을 극단적으로 싫어할 뿐, 소리라는 소리는 대체로 다 좋아한다. 솔바람이 지어 내는 물소리는 오래된 술처럼 순후해서 좋고 바람이 전선

줄을 지나면서 지어 내는 소리는 증오처럼 강경해서 좋다. 여러 개의 고드름이 바위에 달린 채 물방울을 떨어뜨리고 있으면 나는 반드시 다가가 그 여러 개의 물방울이 무슨 리듬으로 떨어지고 있는지 확인해 보고는 한다. 고드름 끝에서 개울로 떨어지는 물방울은 목금과 비슷한 소리를 낸다. 떨어지는 물방울이 여러 개라도 각각 그 떨어지는 주기가 있어서, 어우러져 나는 소리는 대개는 어떤 리듬과 흡사해지는 것이 보통이다. 나는 고드름에서 떨어지는 물방울이 때리는 트로트 리듬도 들어 보았고 심지어는 이보다 훨씬 복잡한 보사노바 리듬도 들어 보았다.

걷는 중에 눈이라도 내릴라치면 그날은 오관의 잔칫날이 되고는 했다. 위대한 방랑 시인 김삿갓의 노래, 〈날려 오는 흰 눈은 3월의 나비 모양이요, 밟히는 흰 눈 소리는 6월 개구리 소리더라(飛來片片三月蝶 踏去聲聲六月蛙)〉가 떠오르는 날이면 술은 반드시 막걸리가 아니어도 좋았다.

촉각은, 내가 장도에 오른 계절이 겨울이어서 추위에 떨었을 뿐 별로 은혜를 누린 것 같지 않다. 하지만 비단 자락처럼 살갗에 감겨 오는 습윤한 봄바람, 한 줄기의 시원한 물처럼 살갗 위를 흘러가는 삽상한 가을바람이 부는 계절에도 그럴 것인가? 산정에 올라 땀을 씻고 있는데 어디에선가 시원한 바람 자락이 불어오면 우리는 그 바람을 〈처녀가 죽어서 된 바람〉이라고 부르고는 했다.

나는 미각을 통해서 누리는 혜택을 강조하고 싶지는 않다. 그러나 하루에 백 리를 걸어 당도한 주막 평상에서 마시는 한 주전자의 탁주 맛만큼 다리의 피로를 감미로운 피로로 완벽하게 바꾸어 내는 것은 없다. 그러나 그 맛을 누리기 위해 백 리를 걸어 보라고는 누구에게도 권유하지 않는다. 그러므로 도보 여행에서 미각이 누리는 은혜는 간접적이다.

걷는 것이 좋았던 이유 중의 또 하나는 자신을 세계로부터 분리시키려고 노력하지 않아도 걷는다는 원시적 행위 속에서는 아주 자연스럽게 분리되어 버리기 때문이었을 것이다.

나는 걸으면서 앞에서 시냇물을 가로지르는 징검다리를 보았다. 징검다리를 본 순간 징검다리가 상기시키는 상징적인 의미를 생각하고 있었는데, 정신을 차리고 보니 앞에 징검다리가 없었다. 나는 뒤를 돌아다보았다. 어느새 나는 징검다리를 건너와 있었다.

나는 징검다리를 되건너갔다가 다시 건너와 보았다. 결코 쉽게 건널 수 있는 징검다리가 아니었다. 그런데도 나에게는 눈으로 디딜 바위를 거중잡고, 발로는 조심스럽게 바위 하나하나를 건너 디딘 기억이 없었다. 나는 상념에 빠진 채로 나 자신을 징검다리로부터 완벽하게 분리시키고 있던 것이었다. 완벽한 자동 보행……. 나는 이때 처음으로 정신과 육체를 분리시킬 수 있다는 것을 알았다.

내 안에는 귀신이 한 마리 들어 있었다. 난독한 책과 그 책의 주장이 내 안에서 끊임없이 제 목소리를 내고는 했다. 나는 이 귀신을 〈먹물 귀신〉이라고 불렀다. 그런데 이 도보 여행이 끝난 뒤부터 나는 다른 한 마리의 귀신이 〈먹물 귀신〉과 합류했다는 느낌을 받고는 했다. 이 귀신 역시 내 안에서 끊임없이 제 목소리를 내고는 했다. 나는 이 귀신을 〈빈 들 귀신〉이라고 불렀다. 이 두 귀신은 내 안에서 같은 목소리를 낼 때도 있었지만 대개의 경우 서로 상반되는 주장을 하고는 했다. 나는 이 두 귀신이 내는 〈내 안에 있는 나〉의 목소리에 오래오래 시달려야 했다.

뒷날 나의 정신적인 스승이 되는 포이스는 걷는 것을 이렇게 찬양한다.

〈걷고 있노라면 아득한 옛날의 유인원 적 선조들이 처음으로, 이 깜짝 놀라는 대지를 가로질러 달리던 때 느끼던 저 환희로운 느낌과 함께 직립하여 걸을 수 있게 된 데 대한 유치한 명예가 우리 마음속에서 되살아난다. ……사제의 본능과 예술가의 본능과 신비가의 본능으로, 니체는 앉은 자세가 감동적이고 영감적인 사상에 어울린다는 사실을 부정한다. 육체를 걸친 해골인 동물로서의 인간은 수평이 되어 있을 때나 수직이 되어 있을 때, 즉 누워 있을 때나 서 있을 때 그 삶의 초점을 가장 용이하게 맞출 수가 있다. ……의자나 자동차의 좌석 사이에서 보내는 삶은 원숭이의 삶이지 인간의 삶은 아니다. 앉은 자세로 생각할 때 생각은 엉덩이가 하는 것이지 영혼이 하는 것이 아니다. 여자들이 남자들보다 생명을 훨씬 깊게 의식하는 것은 남자들보다 서 있는 시간이 길기 때문이다. 물질이 가진 자력(磁力)은 일반에게 알려진 정도 이상으로 인간의 사상을 빛나게 하는 데 도움을 준다. 지구 자체의 자력이 몸속의 자력과 일치하는 것은 아무래도 우리가 걷고 있을 때인 것 같다. 그러나 걷는다는 사실이 참으로 중요한 것은, 걸을 때는 우주에서 고립되기 때문이다. 걸을 때 우리는 스스로를 고립시키기 위한 노력을 하지 않아도 된다. 걷고 있을 때 우리의 본성은 수용적이며 평화적일 수 있다. 걷고 있을 때, 우리는 대기의 풍경 속에서 사물이나 인간이나 죽음을 태연하게, 자유롭게, 그리고 편안하게 바라볼 수 있다. 물론 자동차로 집에서 도피할 수도 있다. 그러나 자동차 그 자체는 우리와 자연 사이에 끼어든 기계적인 발명품에 불과하다. 걷는다는 단순한 신체적 과정은, 한 발을 다른 한 발 앞에 놓는다는 것은, 길바닥이나 풀밭을 밟는 것 그 자체만으로 우아하고 지혜로운 사상을 창조하는 행위이다. 걷고 있을 때 사람은 자기 몸을 의식하지 않는다. 다리를 내뻗을 때 운동의 현실 감각을 의식하는 법도 없다. ……〉

이 발견은 나에게 중요한 경험이었다.

뒷날 서울의 번화가에서, 한 젊은이가 나에게 손을 벌린 채로 접근하면서 이렇게 말했다.

「수색까지 가야 하는데 차비가 없습니다. 좀 보태 주십시오.」

수색까지는 15킬로미터쯤 될 것이다. 나는 그에게 말했다.

「나랑 함께 수색까지 걷자.」

청년은 돌아서면서 투덜거렸다.

「시발, 누가 걷는대……?」

모르기는 하지만, 만일 우리 삶에서 걷는 일이 얼마나 소중한 경험인가를 발견하지 못했다면 그 청년은 지금도 행인들에게 손을 벌리고 있을지도 모른다.

서울에서 이틀을 쉰 뒤 나는 다시 부산을 향하여 4백 킬로미터 되는 거리를 두 주일에 걸려 낼 계획을 세우고 한강을 건너 관악산을 오른쪽으로 올려다보면서 남태령을 넘었다. 서울에서 대구까지 되짚어 내려오는 길은, 서울로 올라가면서 걸은 길과 중복될 때가 많았다. 중복되는 길을 걸을 때마다 나는 바닥 모를 벼랑으로 떨어지기라도 하는 것처럼 아득해지고는 했다. 〈이렇게 하릴없이 되짚어 내려오게 된다는 것을 알았어도, 서울로 가는 내 발걸음이 그렇게 힘찰 수 있었을까……〉 이런 느낌 때문이었다.

낮 동안 길섶 같은 데서 쉴 때나 밤에 싼 여인숙 같은 데서 쉴 때면 나는 주머니에서 단가(短歌)를 잘 쓰는 일본의 시인 이시카와 다쿠보쿠의 시집을 꺼내 읽고는 했는데, 바로 이 느낌을 받았을 때는 이시카와를 흉내 내어,

잃은 것을 찾고 있을 때마다 느끼는 두려움,
이미 찾아본 데 있을까 봐.

이런 식의 단가로 읊어 보기도 했다.
나는 이때 읽은 이시카와 다쿠보쿠의 단가를 지금도 백여 구 외우고 있다.

나 혼자 울어 보고 싶어서,
가서 자보는 여관집 이부자리.

죽고 싶지 않으냐고 물었더니,
목에 난 흉터 보여 주는 작부.

나무등걸에 한쪽 귀 대고
하염없이 껍질을 뜯다.

도보 여행 중에 가장 자주 주머니에서 꺼냈던 것이 세 가지 있다. 그중의 둘은 자주 꺼내고 싶어서 꺼낸 이시카와 다쿠보쿠의 시집과 김삿갓의 시집, 다른 하나는 반공을 국시(國是)의 으뜸으로 삼고 혁명을 일으켰던 정부의 철통 같은 야간 검문 때문에 자주 꺼내지 않으면 안 되었던 급조 신분증 응시 원서였다. 여행이 끝났을 때 이 두 가지는 사이좋게 모서리가 강아지 귀 끝처럼 날강날강해져 있었다.

나는 김삿갓이라는 시인이 잡시나 쓴 방랑객으로 일반에 오해되고 있는 것을 아쉽게 생각한다. 「화로」, 「목침」, 「요강」, 「종이」, 「발(簾)」 등을 읊은 『영물편(詠物篇)』의 단시들은, 프랑스의 작가 쥘 르나르의 『박물지(博物誌)』를 저만치 뛰어넘는다고 믿는다.

두 주일 뒤 나는 부산에 도착하여 청학동에 여인숙을 얻어 놓고 태종대의 기암절벽에서 겨울 바다를 드나들면서 사흘을 묵었다. 태종대의 기암절벽과 그 절벽의 뿌리로 부딪쳐 오는 험악한 파도는 당시 더할 나위 없이 고통스러운 것으로 여겨지던 나의 감정 습관이 사실은 얼마나 하찮은 것인가를 깨우쳐 주었다.

나는 이 태종대를 드나들면서 단가를 습작한답시고 이시카와의 흉내만 잔뜩 내다가 사흘 뒤에는 완행열차를 타고 대구로 돌아왔다.

어머니는 고향에 가고 집에 없었다.

부산의 형사대가, 그로부터 1년 전에 내가 잠깐 다니던 고등학교 담임 교사를 앞세우고 우리 집을 덮친 것은 내가 부산에서 돌아오고 나서 정확하게 사흘 뒤였다.

부산에서 온 형사는 나에게 물었다.

「지난 일주일 동안, 부산의 태종대에 간 적이 있나?」

나는 그렇다고 했다.

「태권도를 한 적이 있나?」

나는 있다고 했다.

「이 노트 자네 건가?」

나는 그제야 부산에서 노트를 잃어버리고 왔다는 것을 알았다. 고등학교를 떠나면서부터는 줄곧 비망록으로 쓰고 있던 노트였다. 물론 그 노트 겉장에는 학교 이름과 내 이름이 1년 전 그대로 쓰여 있었다. 나는 그제서야 형사들이 1년 전의 담임 교사를 앞세우고 내 집을 찾아낸 까닭을 이해했다.

형사들은 내 신발을 보고 싶어 했다. 내게는 약 한 달 사이에 물경 7백 킬로미터를 걸어 낸 미제 군화와 운동화가 한 켤레 있었는데, 형사가 관심을 갖는 것은 주로 내 배낭 속에 있던 운동화였다. 두 형사 중 하나는 내 운동화 모서리를 찬찬히 살펴본 뒤, 태종대에 갈 때 그 운동화를 신었었느냐고 물었다. 태종대의 벼랑에서 군화는 위험하기 짝이 없는 신발이었다. 내가 그렇다고 대답하기가 무섭게 형사는 억센 손길로 내 등덜미를 잡으면서 내 담임 교사에게 말했다.

「유감스럽게도, 틀림없습니다.」

담임 교사가, 이미 형사의 손아귀에 등덜미를 잡힌 나의 뺨을 철썩 소리가 나게 갈기고는 꾸짖었다.

「네가 그렇게 잘났어? 그렇게 잘난 녀석이 이 모양이야? 유학 시험에 떨어졌다더니 살인이나 하고……. 학교에서 기어 나가더니 네가 한 일이 고작 이거야? 이러지 않으면 시(詩)가 안 되는 거냐?」

나는, 내가 학교를 떠날 때 〈시는 삶이 아니고 삶의 그림자〉라고 주장하던 그분, 〈너 같은 아이는 우리 같은 교직자를 고통스럽게 만든다〉고 꾸짖던 그분을 별로 존경하지 않게 된 지가 오래였다.

「제가 살인을 해요? 저는 자살을 할지언정 살인은 않습니다. 그게 제 취미가 아니라는 건 선생님께서 잘 아시지 않습니까?」

「뭐, 취미? 취미로 살인하는 놈도 있어? 그리고 뭐, 선생님? 내가 네놈의 선생님이냐?」

「선생님이 아니라서 이렇게 경찰관 손에 뒤꼭지 잡힌 놈의 뺨을 갈기는 겁니까?」

이번에는 경찰관의 손이 조금 전에 담임 교사의 손에 얻어맞은 바로 그 자리로 올라왔다.

「이 자식 이거 굉장한 놈이구먼……. 어이 김 형사, 가지그래.」

내 뒤꼭지를 잡은 채로 뺨을 한차례 갈긴 형사가 대문 쪽을 향해 소리 쳤다. 밖에서 자동차의 시동 걸리는 소리가 났다.

나는 이렇게 해서 영문도 모르는 채 검은 지프에 실린 채 대구의 북부 경찰서에 잠깐 들렀다가 부산으로 실려 갔다. 대구 북부 경찰서 형사들이 부산에서 온 형사들에게 축하한다는 말을 무수히 하고 있는 것으로 미루 어 나는 부산에서 일어난 어떤 사건의 범인이 되어 체포되었다는 것을 어 렴풋이 짐작했다. 북부 경찰서 앞에서 지프로부터 내려진 담임 교사는 코 가 쑥 빠진 얼굴을 하고느 지프 꽁무니만 바라보고 서 있었다. 내가 그의 얼굴을 보면서 떠올린 언어는, 실제로 본 적이 없는데도 불구하고 정확하 게 〈제 서재가 수색되는 꼴을 내려다보고 있는 기회주의적인 무정부주의 자의 얼굴〉이었다.

무수한 축하 속에 파묻혀 의기양양해질 대로 의기양양해진 형사들 손 에 이끌려 부산 어느 경찰서의 취조실로 들어간 뒤에도 내가 당당할 수 있 었던 것은, 근 한 달 동안이나 7백 킬로미터를 도보로 주파한 힘 때문이었 을 것이다. 그러나 고문이라는 데 생각이 미치고부터는 그 힘이 도움이 되 지 않았다.

나는 조그만 책상을 사이에 두고 형사와 마주 앉았다. 내 뒤에도 형사 하나가 붙어 섰다.

앞에 앉은 형사는 일주일 동안의 행적을 물었다. 나는 되도록이면 소상 하게 대구에서 서울에 이른 경위, 서울에서 부산으로 도보 여행한 이야기 를 다소 시적인 어조로 담담하게 말할 생각이었다. 책상 위에는 똑같은 크기의 막대기 모양으로 둘둘 만 신문지말이가 여섯 개 있었다. 그런데 내 말이 어떤 고비에 이를 때마다 경찰관은 여섯 개의 신문지말이 중 하나로

248

내 머리나 어깨를 치고는 했다. 둘둘 말아 놓은 신문지에 얻어맞는 것이어서 별로 아프지는 않았다.

「태종대에 간 일이 있지?」

「있습니다.」

「거기에서 대변을 본 적이 있지?」

「있습니다.」

조금 창피한 일이지만 나는 태종대의 바위틈에서 대변을 본 적이 있다. 지금은 그런 곳에다 그런 짓을 하는 사람이 없지만, 20~30년 전에는 그런 짓도 큰 흉은 아니었다.

「태종대에 간 날짜는?」

「11월 4일에도 갔고, 5일에도 갔고, 6일에도 갔습니다.」

어깻죽지로 예의 그 신문지말이가 날아왔다. 그런데 얻어맞고 보니 그것은 신문지말이가 아니었다. 신문지에 싸인 몽둥이였다.

「했어, 안 했어, 임마!」

형사는 이 질문을 두어 차례 했다. 내가 〈뭘 말입니까?〉 하고 물을 때마다 그는 신문지말이로 나를 때렸다.

나는 그제야 알았다. 나는 주도면밀한 공포 분위기 조성 전문가들 앞에 앉은 것이었다. 신문지에 싸인 몽둥이에 한 대 얻어맞은 뒤부터 내게로 날아오는 신문지말이는 모두 몽둥이나 다름이 없었다. 말하자면 그 형사는, 여섯 개의 장탄혈(裝彈穴) 중 몇 개에다 무작위로 탄환을 장전하고는 나를 향하여 방아쇠를 당기고 있는 셈이었다.

그날 내가 십여 차례 얻어맞았는데도 불구하고 진짜 몽둥이에 얻어맞은 것은 두 차례밖에 되지 않는다. 따라서 많이 얻어맞은 셈은 아니다. 그러나 문제는 공포였다. 상상력이 부추기는 공포였다. 상상력이 얻어맞는 순간을 몹시 고통스럽게 했다. 상상력을 끊어 버리면 공포의 극복이 가능할 것 같았으나 내게 그것은 불가능했다.

전화가 왔었던가? 두 형사는 나를 그 독방에 남겨 두고 잠시 밖으로 나가면서 나에게 신문 두 장을 던져 주었다. 부산에서 발행되는 신문이었다. 나는 그중의 한 장을 뽑아 사회면을 펼쳐 보았다. 〈형사대 대구로 급파〉와 함께 꽤 큰 기사가 내 눈에 들어왔다. 작은 제목에는 내 이름까지 유력한 용의자의 이름으로 박혀 있었다.

태종대 사건 속보로 나온 기사의 내용은, 사체의 배에 남은 흔적으로 보아 피해자는 운동화를 신은 가해자의 발에 여러 차례 걷어채다가 벼랑 아래로 떨어졌을 가능성이 있다, 그런데 사체의 배에 남은 흔적을 분석한 결과 가해자의 운동화는 부산에서 생산되는 것이 아니라 대구에서 생산되는 농구화이다, 그런데 어제 오후 현장에서 범인의 것으로 보이는 배설물과 시작(詩作) 노트가 발견되었는데 그 노트 겉장에는 대구에 있는 고등학교 이름과 학년과 이름이 쓰여 있는 것으로 경찰은 범인에 대한 심증을 굳히고 형사대를 대구로 급파했다…….

나는 떨리는 손길로 다른 한 장의 신문을 펼쳤다. 내가 읽은 것보다 하루 전의 신문이었다.

〈태종대에 또 변사체〉라는 제목의 기사 내용은 이러했다. 지난 9월에 이어 11일 오후 태종대에서 또다시 고교생으로 보이는 신원 불명의 변사체가 발견되었다. 사체의 배에 남은 흔적으로 보아 피해자는 윗도리를 벗고 격투를 벌이다가 발길질에 능한 범인으로부터 같은 부위를 여러 차례 걷어채다가 벼랑 아래로 떨어진 것으로 보인다…….

나는 그제야 안심할 수 있었다. 보도에 따르면 피해자가 격투를 벌이다가 떨어져 죽은 것으로 추정되는 날짜는 9일이었다. 실제로 내가 사건의 현장으로 보이는 벼랑 근처에 있었던 것은 6일이기가 쉽고, 내가 용의자로 지목된 것은, 배설물과 배설물 근처에서 발견된 시작 노트 때문일 터였다. 그러나 내가 벼랑 근처에서 배변한 날짜, 배변하느라고 시작 노트를 잃어버린 날짜와 피해자가 실족사한 것으로 추정되는 날짜는 사흘이나 차이가 있었다. 법의학이라는 학문이 있다는 사실조차 알 리 없는 나이였지만, 나는 경찰이라면 피해자의 사망 일자뿐만 아니라, 배설물이 배설된 시점도 시각까지 거의 정확하게 추정할 수 있을 것으로 믿었다. 이 기본적인 과학적 사실만 밝혀져도 나는 혐의를 벗을 수 있는 셈이었다.

형사들이 다시 취조실로 돌아왔을 때 나는 내 생각을 그들에게 정확하게 전하려고 애썼다. 그러나 마음이 완전히 놓이는 것은 아니었다. 형사들이, 두 가지의 과학적 사실이 밝혀졌는데도 불구하고, 6일에 태종대로 간 것은 범행 장소를 물색하기 위해서였을 것이다, 따라서 범행 일자와는 다를 수도 있다고 주장하지 않으리라는 보장이 없기 때문이었다.

그러나 형사들의 태도는 나를 앞세우고 경찰서로 들어설 때와는 사뭇 달랐다. 그들은 나를 데리고 나와 경찰서 근처의 여관방을 잡아 주고, 마실 것 먹을 것까지 사다 넣어 준 다음 다시 오겠다는 말을 남기고 경찰서로 돌아갔다. 나는 형사들의 뒤꼭지에다 대고 무수히 절까지 했다. 그들이 그렇다고 말한 것은 아니지만 나는 내게 걸린 혐의가 완전히 벗겨진 것으로 믿었기 때문이었다.

다음 날 아침, 나는 베델 교회의 젊은 부목사가 들이닥치는 바람에 잠에서 깨어났다. 부목사는, 태종대 사건의 담당 형사들이 대구로 급파되는 바람에 대구의 조간신문도 부산의 석간신문을 인용 보도했다고 말했다. 그는 조간을 읽다 말고 부산으로 내려왔던 것이었다.

내가 고문에 무지했던 것은 얼마나 다행인가.

부목사는 나에게 고문을 하더냐고 물었다. 나는 몇 차례 얻어맞기만 했다고 했다.

「다행히도 육군에서 그쳤군.」

「무슨 말씀이십니까?」

「고문에도 육해공군이 있다더라. 육군식 고문은 두들겨 패기나 주리 틀기, 해군식 고문은 강제로 물 먹이거나 콧구멍에 고춧가루 물 부어 넣기, 공군식 고문은 천장에 매달아 두고 이따금씩 잡아 돌리는 거라더라.」

경찰서의 담당 형사들로부터, 전날 밤에 피해자의 신원이 밝혀지면서 진범이 검거되고, 나에게 걸려 있던 혐의가 완벽하게 벗겨졌음을 확인해 준 사람도 부목사였고, 명예 훼손으로 고소하겠다고 형사들을 협박하여 상당한 액수의 위로금을 받아 낸 사람도 부목사였다. 내 손을 끌듯이 하고 내 이름을 유력한 용의자의 이름으로 부제에 박은 신문사로 데리고 들어가, 편집국장에게 해명 기사를 실어 줄 것을 엄중하게 요구한 사람도 부목사였다. 그런데도 불구하고 내게는 부목사가 조금도 고맙게 여겨지지 않았다.

그날 문제의 석간신문은, 진범이 검거되었다는 기사와 함께 〈누명을 쓰고 대구에서 부산으로 압송되어 왔던 이(李) 군은 신문사를 찾아와, 할복자살이라도 하고 싶은 심정이라면서 울부짖었다〉는 해명성 기사를 실었다. 나는 울부짖은 적이 없다. 더구나 나는 죄 없이 명예를 훼손당한 것이 억울하다고 해서 할복자살을 하겠다고 길길이 뛸 정도로 무지하지는 않았다. 할복자살을 해야 하는 것은 신문사지 내가 아니었다.

이 사건과 기사는 두고두고 안팎으로 나를 괴롭혔다. 이러한 괴롭히기는, 사람의 편리한 기억이 세월에 의해 온전하게 마모되기까지 계속되었다. 신문과 방송이 비록 범죄자라고 하더라도 미성년자의 이름 명시하는 것을 삼가게 된 것은 먼 뒷날의 일이다.

내가 가장 분했던 것은 어쩌다 그따위 사건의 가해자 혐의를 받게 되었느냐 하는 것이었다. 살인 사건 자체가 싫었던 것이 아니다. 그것이 지극히 우발적이고 지극히 저급한 것이 문제였다. 동기가 복잡하고 고상한 살인 사건이었더라면 나는 덜 억울했을 것이다.

부목사가 형사들을 협박해서 상당한 액수의 돈을 빼앗지 않았어도, 부목사가 신문사 편집국장을 협박하고 저질 해명성 기사의 구체적인 내용까지 구술하지만 않았어도, 그래서 신문이 조리가 닿지도 않는 기사를 보도하지만 않았더라도 나는 덜 비참했을 것이다. 그리고 혐의가 풀린 것을 확인한 당사자인 부목사가 나에게 〈돌아온 탕아〉 이야기만 하지 않았어도 나는 부목사를 고맙게 여기려고 노력은 해보았을 것이다. 그런 의미에서 〈종교는 개똥벌레와 같아서, 그것이 반짝이게 하기 위해서는 우선 어둠이 필요하다〉고 주장한 쇼펜하우어는 옳다.

국토를 종단하면서 누리던 나의 행복한 산보자의 꿈이 사람들에 의해 누추하게 찢기고 만 것을 생각할 때면 나는 아직도 분을 삭이지 못한다.

15
바람개비

그해 겨울, 나는 하인후의 소개로 한 유복한 집안의 고등학생 딸을 가르치기로 되어 있었는데, 어느 날 나는 하인후를 통하여 그 집안이 나를 거절했다는 소식을 들었다. 인후는 그 까닭을 나에게 일러 주기를 꺼렸다. 나는 우격다짐을 하다시피 인후의 무거운 입을 열게 했는데 그 까닭이라는 것이 나를 경악하게 하기에 알맞았다.

그의 말을 내 식으로 요약하면 이렇게 된다.

「첫째는, 성적이 좋았건 나빴건 간에 학교를 뛰쳐나갔다는 사실이 그 집에서는 마음에 들지 않는 모양이다. 딸에게 나쁜 영향을 미칠 가능성을 배제할 수 없다는 거다. 둘째, 너의 속이야 어떻든 간에, 연좌제로 사회생활에 제한을 받게 된다는 사실이 그 집에서는 마음에 들지 않는 모양이다. 딸에게 나쁜 영향을 미칠 가능성을 전혀 배제할 수 없다는 거다. 셋째, 혐의를 벗기는 했지만, 살인 혐의를 받았다는 사실 자체가 그 집에서는 마음에 들지 않는 모양이다. 아무나 살인 혐의를 받는 것이 아니라는 믿음이 이런 생각의 단서가 된다. 다시 말해서 살인 혐의를 받았다는 사실 자체를 통해 너는 여느 사람보다는 살인의 현장과 훨씬 가까운 환경에서 살고 있음을 입증했다는 거다.」

「너도 그렇게 믿나?」

「아니. 하지만 내게 네 것과 다른 의견이 있다는 것만은 인정해 주었으

254

면 좋겠다. 내 의견은 이것이다. 나는 언젠가 너의 오버페이스를 우려한 적이 있다. 네가 고등학교를 우리들보다 한 해 먼저 끝낸 것은 확실하다. 그래서 너는 올해 대학에 들어갈 것이냐? 그때와 똑같은 말을 하겠다. 지름길은 종종 먼 길이 되는 수가 있다. 너의 오버페이스가 좀 더 실속 있는 오버페이스가 되었으면 좋겠다.」

「실속이 무엇인데?」

내게는 〈실속〉이라는 표현이 좋게 들리지 않았다.

「뚜렷한 목표 같은 것을 겨냥했으면 하는 거다.」

「어떤 사람들은 그걸 버리는 데 수십 년씩 걸린다는데?」

「그런 사고방식 자체가 이미 오버페이스야!」

인후가 두려웠다. 나는 한 달 동안 7백 킬로미터를 걸었는데도 여전히 그의 뒤를 좇고 있었다.

나는 그해 겨울, 사람의 힘으로는 도저히 나를 행복하게 만들어 줄 수 없는 그런 크리스마스를 보냈다. 사람의 힘으로 나를 행복하게 만들어 줄 수 없는 크리스마스는 그리스도도 행복하게 만들어 줄 수 없었다. 나는 어느새 그리스도를 사람보다 덜 사랑하는 기독교도가 되어 있었다. 그러나 으리으리한 화족의 세계는 나를 사랑해 주지 않았다. 그들에게 빈농의 아들은 극심한 기피의 대상일 뿐이었다.

진학의 진로를 놓고 고민하던 내가 한 방향으로 결론을 내리고 천천히 그 결론의 타당성을 점검하고 있을 무렵의 일이다. 나는 대학교수의 부인이자 교회에서는 지체 높은 집사인 어느 부인으로부터 이런 말을 들은 적이 있다.

「첫째 아들은 의과 대학에 가게 될 거야. 공부를 썩 잘하니까 틀림없이 합격할걸. 둘째는 수학과에 가고 싶어 해. 하지만 그게 무슨 돈이 되나? 그래서 나는 자연 과학 계열로 갔으면 하는데 자연계 취향이 아닌 모양이야. 막내는 신학교에 보내려고 해. 아들을 셋이나 두었으니 어차피 한 녀석은 하느님께 바쳐야 하지 않겠어? 십일조면 되는데 내가 너무 후한 것인가, 호호호.」

그 부인은 10분의 1만 바쳐도 되는 것을 3분의 1이나 바치게 되는 것이 약간 억울하다는 듯이, 그리고 자기가 그렇게 인심이 후한 것이 자랑스러운 듯이 말했다.

그러나 그 부인이 하느님에게 바치는 것은 10분의 1이 되지 못할 것이라고 나는 생각했다. 그의 맏아들은 온 대구 땅이 알아주는 수재였고, 둘째 아들도 망나니 같은 구석이 있기는 해도 역시 학교가 알아주는 준재였지만, 착하디착한 막내는, 저능아라고 할 수는 없었어도 성적표는 재생 불가능한 빈혈 증세를 보이고 있었기 때문이다.

나는 그 부인을 조롱해 주기 위해 무엇을 해야 할 것인가를 어렴풋이 알고 있었다.

하우스만 신부는 그때까지도 왜관의 그 성당을 지키고 있었다.

「꿍꿍이속으로 뭘 다 결정해 놓고 나에게 의견을 물으러 온 거지?」

그는 그 파란 눈으로 웃으면서 내 눈을 응시했다. 그가 그럴 때면 나는 고개를 숙여 버리는 수밖에 없었다. 나는 신학을 하고 싶다고 말했다.

「자네는 신학을 할 사람이 아니야.」 그의 어조는 단호했다.

「왜요?」

「자네는 혼자 다 정해 놓고 남의 의견을 떠보거든. 내 경험상 그렇게 자기주장이 강한 사람은 신학 공부를 해내지 못해.」

「저는 할 건데요?」

「왜 하고 싶은데?」

「신학을 알고 싶어서죠.」

「성직자가 되려고?」

「천만에요.」

나는, 대답은 이렇게 했지만 아닌 게 아니라 성직자가 되는 것도 근사할

256

것이라는 생각도 들었다. 성직자가 되어, 인간의 일을 두루 간섭할 권리를 누리는 성직자가 되어 하경을 신도로 거느리는 것도 썩 좋을 것 같았다. 나는 성의(聖衣)를 입은 사탄이 되고, 하경은 나쁜 소문의 벽에 갇힌 성녀 타이스가 되고……. 그러나 아니었다. 나는 그렇게 길고도 엄혹한 약속에 붙잡혀 있을 수 없었다.

「성직자 될 것도 아니면서 신학을 하겠다……. 그거 매우 언유주얼 하구면. 구원이 아직도 안 믿어지나?」

「공부하다 보면 믿어지겠죠.」

「알고 싶은 거로군? 하느님이 무엇인지, 인간이 무엇인지, 그리스도는 왜 위대한지, 우리가 왜 하느님과 그리스도를 믿어야 하는지, 뭐 이런 게 알고 싶겠지?」

「모르고 어떻게 사랑합니까? 어릴 적에 새를 사랑해 보려고 했는데, 새라는 것이 어떤 동물인지 몰라서, 그만 그놈을 죽이고 말았어요…….」

「여보게, 옛날에 어떤 사람이 독화살을 맞고 친구 집을 찾아갔어. 친구는 그 독화살을 빨리 뽑자고 했지만 화살 맞은 사람은, 독화살을 쏜 사람이 누구인지, 그 화살에 묻은 독이 무슨 독인지 알아내기 전에는 그걸 뽑을 수 없다고 우겼어. 잘한 일 같아, 못한 일 같아?」

「먼저 독화살부터 뽑게 했어야죠.」

「왜?」

「그런 걸 따지고 있을 동안 독이 온몸에 퍼질 것이고, 그러면 목숨을 건질 수 없을 테니까요.」

「잘 아시는군. 사변이 신앙을 강화시키지 못한다는 것을 알고 있군. 그런데도 자네는 지금 활을 쏜 사람이 누군지, 그 화살에 묻은 독이 무슨 독인지 그걸 알아내고 싶어 하는군.」

하우스만 신부 앞에만 앉으면 그 자리가 곧 고해 성사의 전문가 앞이 되고는 했다.

나는 신학 대학이라고 하는 메커니즘을 이용하여 고전어를 공부하고 싶었다. 히브리어를 공부하고, 고전 그리스어를 읽고 싶었다. 가능하면 라틴어도 공부하고 싶었다. 그래서 이 세 고전어를 바탕으로 영어의 구조를 가능한 한 깊숙이 이해해 나가면서 라틴어족의 언어를 한두 가지 더 공부하고 싶었다. 신학 대학의 수강 신청서에서 본 〈영어 원강〉이라는 과목도 나에게는 큰 유혹이었다. 나는 내가 받고 있는 유혹 쪽으로 마음이 기울어지는 것을 어쩔 수 없다고 고백했다.

「자네에게는 미국의 신학교가 도움이 되겠는데, 미국 유학도 일단 대학에 들어가야 가능하게 될 테지?」

「군대 문제도 해결되어야 가능하죠.」

「그 밖의 장애물은?」

그는 나의 경제적인 사정이 궁금했던 모양이었다. 나는 〈하늘 목장〉 장학회 이야기를 했다. 〈하늘 목장〉의 좌절을 이야기하자면 숙부 이야기도 하지 않으면 안 되었다. 하우스만 신부는 내 이야기를 들으면서 몇 차례 한숨을 쉬었는데, 서양식으로 표현하자면, 풍차라도 돌릴 듯한 한숨이었다.

「전쟁의 그림자가 어찌 이렇게도 짙고 긴지……. 가톨릭 신학교가 고려의 대상이 된 적도 있나?」

「없습니다.」

「왜?」

「여자랑 못 자게 하잖아요.」

「그래도 술 마시고 담배는 피우게 하잖아. 그게 어딘데.」

「차라리 술 담배를 참고 말지요.」 나는 그 전쟁의 그늘이라는 것이 하우스만 박사에게까지 드리워진 것이 미안해서 우스갯소리를 했다.

「못 하는 짓이 없고 못 하는 소리가 없구먼. 하지만 오늘은 참지 말게. 문득 자네와 막걸리가 마시고 싶어졌으니까.」

하우스만 신부는 내 손을 잡고 일어섰다. 비록 평복으로 나다니기는 하나 게르만 사람에 속하는 하우스만은 자주 막걸리 집에서 기묘한 풍경을 지어 내었다. 묘한 풍경에 호기심을 느낀 시골 마을의 술꾼들이 막걸리를

258

좋아하느냐고 물을 때마다 하우스만 신부는 〈막걸리도 나를 좋아할 테니까 짝사랑은 아니지요〉, 이렇게 복문장까지 써서 대답함으로써 시골 사람들을 머쓱하게 만들고는 했다.

「그나저나…… 농담 아니라고요. 신학교 다니면서 술 마시고 싶고, 담배 피우고 싶으면 어쩌지요? 뭐 훌륭한 이론 없어요?」

「나도 농담 아니야. 살짝살짝 하려므나. 이론은 만들면 되는 것이고…….」

「에이, 그래 가지고 불안해서 어떻게 살아요?」

「그럼 안 하면 되지.」

「그게 쉽습니까?」

「그럼 하려므나.」

그날 우리는, 선가(禪家)의 사투리 흉내를 내면서 시골의 탁주 집에서 취하도록 마셨다. 정확하게 말하자면 〈우리〉는 아닐 것이다. 내가 술을 마시는 목적과는 달리 그가 술을 마시는 목적은 취하는 데 있는 것이 아니었다. 나는 취한 그를, 얼굴이 붉어진 그를 본 적이 없다(황인종의 얼굴과는 달라서 백인종의 얼굴은 술을 마셔도 붉어지지 않는다는 것을 안 것은 먼 뒷날의 일이다).

이날 밤에 술상까지 치면서 그에게 거칠게 대들었던 일을 생생하게 기억하는 것은, 취중에도 상처 입기만은 한사코 거부하는 기질이 나에게 있기 때문일 것이다. 내가 화를 낸 것은 그가 성직자의 자질 이야기를 하는 중에 나를 〈팔랑개비 같은 사람〉이라고 했기 때문이었다.

〈팔랑개비〉는 〈바람개비〉라는 표준말의 단순한 경상도 사투리인것만은 아니다. 〈팔랑개비〉는 종잡을 수 없이 요랬다 조랬다 헤딱거리는 사람, 진중한 것과는 도무지 거리가 먼 사람을 일컫는 사투리이기도 하다. 쏟아지는가 하면 멎고, 멎는가 하면 다시 쏟아지는 비를 우리는 〈여우비〉라고 불렀는데, 취중에 생각하기로 하우스만 신부는 나를 〈팔랑개비 같은 사람〉이라고 부름으로써 사실은 〈여우같이 요랬다 조랬다 하는 사람〉이라고 한 셈이었다. 나는 성직자인 그로부터 그런 말을 들을 수는 없었다. 〈오버페이서〉라는 비난은 감수할 수 있었다. 오버페이서는 지진아가 아니기 때문이었다. 그가 〈곰같이 미련하고 늑대같이 의뭉하다〉고 했어도 나는 참을 수 있었을 것이다. 곰이나 늑대는 여우같이 변덕스럽거나 간사하지는 않다.

팔랑개비……. 학교를 뛰쳐나오고, 전공 선택을 몇 차례나 뒤집은 팔랑개비.

나는 성직자인 그로부터 배신당하는 데 그치지 않고, 모욕까지 당하고 있다는 분노를 달리 삭일 수 없었다. 그러나 뒤집어 보면 팔랑개비의 혐의를 몹시 두려워하고 있었기 때문에 그렇게 분노했던 것인지도 모른다. 그렇다면 내 분노는 부끄러움의 뒤틀린 표현 형식이었기가 쉽다. 부당한 비난을 당할 때의 분노와 정곡을 찔렸을 때의 분노는 다르다. 사람을 견딜 수 없게 만드는 것은 전자보다는 후자일 경우가 많다.

그는 웃었다. 그의 웃음만은 〈팔랑개비〉의 웃음이 아니었다.

「나는 〈바람개비〉의 사투리를 멋스럽게 쓰느라고 〈팔랑개비〉라고 해본 것에 지나지 않아. 자네가 그렇게 화를 내는 것을 보니 내가 제대로 쓰지 못한 모양이군. 자네를 팔랑개비라고 생각해 본 적은 없어. 나는 바람개비라고 하고 싶었던거야. 발 달린 바람개비……. 바람을 기다리지 못하는 바람개비……. 바람 앞에서 뱅글뱅글 돌다가 바람이 자면 바람을 찾아다니는 바람개비……. 바람개비는 풍차가 아니야. 앞으로 서울 갈 일 있으면 기차를 타게.」

이상한 일이다. 팔랑개비를 분명히 바람개비로 수정했는데도 불구하고 나는 그의 앞에 설 때마다 팔랑개비처럼 굴지 않으려고 애쓰고는 한다.

16
내가 다 건너지 못할 강

서울로 올라갔다.

서울은, 내가 대구에서 근 3백 킬로미터를 걸어서 도달했던 도시, 부산까지 4백 킬로미터를 걸어 내려가기로 작정하게 했던 도시였다. 따라서 내가 조금도 두려워할 것이 없는 만만한 도시였다.

서울에 당도하는 대로 인왕산 정상에 올라 도심을 내려다보면서 점잖치 못하게도 말뚝을 하나 박음으로써 서울을 두려워하지 않겠다는 맹세로 삼았다. 당시만 하더라도 산에서 배변하는 것은 큰 흉이 아니었다.

그해 겨울에도 나는 배수진을 쳤다. 당시의 대학 입학시험은 1차 시험이 있고, 여기에서 실패한 지원자들을 위한 2차 시험이 있었다. 나는 유혹받을 소지를 남기지 않으려고 배수진을 치고, 1차 시험이 진행될 동안은 술을 마시면서 놀다가 바로 2차 시험대에 속하는 신학 대학을 지원했다.

나의 신학 대학 시절은 길지 못하다.

나의 불행은 나의 무지에서 싹터 신학에 대한 절망과 함께 구체적으로 시작되었다. 그리고 2년 만에 끝났다.

나는 신학교 자체와 그 커리큘럼을 비난하지 않는다. 그것도 필요하기 때문에 존재한다는 것을 이해하기 때문이다. 내가 비난하면서 한심하게 여겨 마지않는 것은 나의 무지한 선택의 안목이다. 나는 무지했기 때문에

261

내가 필요로 하지 않는 것을 선택했던 것이다.

나의 절망은 〈신학theology〉에 대한 신학교의 해괴한 정의, 〈신학이라고 하는 것은 신(神), 즉 여호와 하느님을 학(學)하는 학문이다〉에서 시작된다. 어처구니없게도 나는 신학이라고 하는 학문이 물론 기독교 신학을 중심으로 이루어져 있겠지만, 당시에 내가 그 개념을 어렴풋이 헤아리고 있던 종교사학, 종교 현상학, 종교 철학을 비롯, 민속학, 신화학도 곁다리로 함께 다루어지는 학문으로 알고 있었다. 나는 순진하게도 신학이라는 학문이 그리스의 사변 철학과 기독교 교리를 성취시키는 데 거름이 되었던 아리스토텔레스의 신학관을 다루는 줄 알고 있었다. 신학으로부터 명칭을 차용당한 그리스어 〈테올로기아(神學)〉가 마땅히 그 권리를 요구했을 것이라고 나는 생각했다. 그러나 그것이 아니었다. 기독교 신학은 내가 예상했던 것 이상으로 인색했다.

나는 신학교에 들어간 다음에야 신학이라는 학문은 온갖 철학적 내용을 거부하고 오로지 성서의 내용을 중심으로 삼는, 신앙만을 위한 신학이라는 사실을 알고는 처음으로 절망했다. 신학교는 내가 순진하게 상상했던 학문적 연단의 불가마가 아니라 철학 대신 목회학이라는 해괴한 과목이 중요한 자리를 차지하고 있는 사관 학교 같은 곳이라는 데 절망했다. 철학의 한 모퉁이가 있기는 했다. 그러나 기독교의 신학이 빚을 진 그리스의 형이상학이 강의실에 등장하자 몇몇 열화 같은 신학생들은, 저희들이 왜 그런 것을 알아야 하느냐고 항변했다. 그곳은 교회와 만나기를 포기한 나 같은 사람의 무대가 아니었다.

모세가 쓴 것으로 믿어지는 이른바 모세의 오경과 큰 선지자들의 행적을 다룬 대선지서, 버금가는 선지자들의 행적을 다룬 소선지서는 하느님의 실재를 믿어야 비로소 의미를 지닌다. 나는 거의 두 학기를, 일련의 선지서가 그리스도의 강탄을 예언했다는 재미없는 주장에 시달리지 않으면 안 되었다. 선지자들의 예언으로 그 정통성이 확보되지 않아도 내 그리스도의 강탄은 강탄 그것만으로도 나에게는 눈물겨운 의미를 지니기 때문이었다. 나는 성경 학교에 앉아 있다는 느낌을 지울 수 없었다.

나는 신학교가 가르치는 고전어 커리큘럼이 어처구니없게도 구약 성서와 신약 성서를 해독하는 목적에만 겨누어지고 있다는 사실, 많은 신학생들의 스칼라쉽이 거기에도 어렴없이 미치지 못하는 수준에 머무는데도 학교가 이것을 자연스럽게 용인한다는 것을 알고는 두 번째로 절망했다.

무지하게도 나는 〈영어 원강〉이라는 것을 오해하고 있었던 것으로 판명되었다. 내가 생각한 영어 원강은, 텍스트가 영어인 것은 물론 처음부터 끝까지 영어로만 진행되는 강의였다. 그러나 신학교의 영어 원강은, 영어로 쓰인 성서 주석을 우리말로 풀이하는 것에 지나지 못했다. 견딜 수 없었던 것은 더할 나위 없이 쉬운 영어, 형편없이 간단한 개념 설명에 시간이 터무니없이 낭비되고 있다는 점이었다. 나는, 지나치게 친절을 베푸느라고 지면의 반을 각주에 할애한 엉터리 이론서를 읽고 있는 기분이어서 견딜 수가 없었다.

나는 신학이 그리스도에 대한 나의 사랑을 무참히 짓밟는 것을 참을 수 없었다. 린위탕(林語堂)은 천박한 논리의 칼을 휘둘러 성성(聖性)에 이론적 필연성이 있음을 증명하려고 무던히도 애를 쓰는 신학의 방법론적 오만이 그의 정신에 치명상을 입히더라고 고백한 적이 있다. 그리스도 자신의 말에는 우리가 교리 문답에 써야 할 만한 것은 아무것도 없는데도 불구하고, 그의 말 속에는 신비로운 정의도 없고 위태로운 추론도 없으며 자가당착적인 변증법도 없는데도, 신학자들은 분석함으로써 그것을 죽이고 논증함으로써 그것을 더럽히더라고 했다. 교회가 그랬듯이 신학도 그리스도의 가르침이 지니는 힘과 간결함을 무참하게 손상시키는 것 같더라고 했다. 그는, 그리스도보다는 베드로가, 베드로보다는 바울이, 바울보다는 4세기의 성직자들이 더 유식했을 것이라는 주장을 통해 기독교의 역사가 지니는 법전화의 오류를 지적하고는 한다.

나를 가장 절망하게 만든 것은 학교 안에 있는 교회였다. 학교 안에 교회가 있다는 사실부터가 나에게는 놀라웠다. 아니, 그것은 학교 안의 교회가 아니라, 학교 전체를 교회로 만들고 마는 거대한 중앙 통제 본부 같은 곳이었다. 학교에서 가르치는 모든 신학은 교수의 연구실에서 나오는 것이 아니라 바로 그 교회에서 나왔다. 교회 문 앞에 당도하기까지만 해도 교내 식당의 음식을 타박하던 교목은 강대에 올라가기가 무섭게 하느님의 저주를 무기 삼아 포효했고, 교회 문 앞에서도 살아 있는 눈으로 이성을 흘끔거리던 신학생들은 들어가 앉자마자 눈물을 흘리며 용서받기를 구걸하는 교회 안 풍경……. 나는 린위탕의 말마따나 교목과 죄인들은 그대로 두고 내 몫의 그리스도를 들쳐 업고 교회를 떠났다.

나는 그리스도만 업고 떠난 것은 아니다.

나는 한재인도 업고 나왔다.

그러나 내가 업고 나온 것이 재인의 육신에 지나지 않은 것으로 밝혀지기까지는 그리 오래 걸리지 않았다. 나는 업(業)을 업고 나온 것이다.

나는 4학기를 마치고 학교를 떠났다.

불행하기만 했던 것은 아니다. 백 리가 모래 바닥이라도 눈 찌를 가시가 있고, 천 리가 자갈밭이라도 나그네 목 축일 샘은 있는 법이다. 황당하게 삼엄한 신학교 시절에도 내게는 행복한 순간이 있었다. 비록 그 행복했던 순간순간이 오래 나를 괴롭게 되기는 하지만.

첫해의 어느 야간 특강 때의 일이었을 것이다. 강의 도중에 번개 같은 섬광이 일면서 전기가 나가는 바람에 전등이 일제히 꺼진 일이 있다. 잠시 뒤에는 무엇인가 터지는 소리도 들려왔다. 어지러운 발소리도 들려왔다. 우리가 특강을 듣고 있던 곳은 허름한 목조 건물 3층이었다. 여느 모임 같았으면 걷잡을 수 없이 술렁거렸을 터였다. 그러나 동요하는 학생은 하나도 없었다.

「기다려 봅시다. 교무과 직원이 양초와 성냥을 가지고 올라올 게요.」

교수도 이렇게 말했을 뿐 조금도 동요하지 않았다.

여학생 중 누군가 찬송가를 선창했다. 높고도 아름다운 소리였다. 불쑥 어디에선가 그 소리가 터져 나왔는데도 불구하고 고도의 종교적 절제가 지어 내고 있는 이상한 고요는 조금도 깨어지지 않았던 것 같다. 고운 소리는 서너 소절이나 계속되었다. 이윽고 굵은 바리톤이 그 소리에 합류했다. 그러자 학생들은 제각기 다른 가락으로 그 노래에 합류했다. 4부 합창에 길이 든 내 귀에 신학생들이 강의실을 울리는 합창은 40부 합창을 방불케 했다. 나는 기가 질려 그 엄청난 분위기에 합류하지 못했다.

한 곡이 끝나자 이번에는 테너 하나가 다른 찬송가를 선창했다. 테너의 선창에는 베이스가 따라붙었다. 이어서 처음에 들려왔던 예의 그 소프라노가 합세하자 이번에는 알토가 가세했다. 약속이라도 한 듯이 다른 학생들은 거기에 목소리를 보태지 않았다. 훌륭한 혼성 4중창이었다. 그런데 그 혼성 4중창은 어떤 약속 아래서 이루어진 것이 아니었다. 어떤 학생도, 나름의 가락으로 한 곡을 부른 다음에는 멋진 혼성 4중창을 들어 보기로 하자고 말한 적은 없었다.

〈이것들, 굉장한 기술자들이구나…….〉 나는 이렇게 생각하면서 숨을 죽였다. 혼성 4중창이 끝날 때까지도 교무과 직원은 올라오지 않았다.

「여기 이 교단 안에 마침 양초가 준비되어 있는데, 성냥이 없군요. 혹시 가진 사람 없나요? 신학생들에게 성냥 없느냐고 묻는 내가 그런가요?」 교수가 물었다.

나는 가만히 앞으로 나아가 라이터를 퍽 소리가 나게 그어, 교탁 위에 놓은 양초에다 불을 붙였다. 학생들의 무수한 머리 그림자가 강의실의 하얀 회벽 위에서 일렁거리기 시작했다. 얼굴들이 그렇게 행복해 보일 수가 없었다. 지하 묘지에 모여 있던 초대 기독교도들의 얼굴도 그랬을 것이다.

「신학생의 주머니에 라이터가 있다니. 학생, 나는 이것을 어떻게 받아들여야 하나요?」 교수가 웃으면서 물었다.

학생들이 까르르 웃었다. 나는 아마 학교에서 가장 많은 장학금을 받는 학생이었기 때문에 그럴 수 있었을 것이다. 믿음이 깊은 학생들도, 믿음이라고는 쥐뿔도 없는 나를 장학생이라는 이유로 터무니없이 부러워하고는 했는데, 지금 생각해도 이게 우습기 짝이 없다.

나는 내 자리로 돌아서면서 대답했다.

「이쑤시개 대용으로 가지고 다닙니다. 극비 사항인데, 멋진 4중창 들려준 게 고마워서 처음으로 공개했습니다.」

내 대답에 학생들이 또 한차례 까르르 웃는 판인데 전기가 들어오면서 강의실이 밝아졌다. 강의는 아무 일도 없었던 것처럼 계속되었다.

신학교의 경험을 떠올릴 때마다 나는 전등이 꺼지는 순간부터 일어났던 이 작은 사건을 소프라노 소리와 함께 떠올리고는 한다. 지극히 사적인 이 에피소드가 내 염두에서 사라지지 않는 것은, 당시 내 내부에서 빛과 어둠의 반전, 혼란과 평화의 역전이 되풀이되고 있었기 때문인지도 모른다.

나에게 순진무구한 이브의 모습을 보여 주지 않았더라면 그 소프라노의 주인공 한재인의 인상도 내 마음속에 그렇게 큰 자리를 차지하지는 않았을 것이다.

상급생 중 하나가 급성 맹장염으로 학교 앞의 병원에 입원하고 있을 때의 일이었을 것이다. 나는 그를 문병하기 위해 포도 몇 송이를 사 들고 횡단보도를 건너 병원으로 들어가다가, 병원에서 나오는 한재인을 만났다.

「수술은 잘 되었대요?」 내가 물었다.

「수술 자국 좀 보여 달라니까 죽어도 못 보여 준대요.」

한재인은 이렇게 대답하면서, 내가 들고 있는 종이 봉지 쪽으로 유난히 흰 손을 내밀었다. 허술한 종이 봉지 위로는 연두색 포도송이가 내비치고 있었는데, 재인은 아무 스스럼없이 그 포도를 한 알 따가지고는 소프라노를 노래하던 그 입속에 넣어 터뜨리고 눈을 보기 좋을만큼 찡그렸다.

「이상하게 나는 남자들 수술 자국이 그렇게 보고 싶더라.」

재인은 이러면서 같은 동작을 되풀이했는데, 나는 재인이 하얀 이빨로 포도를 터뜨리는 것을 보는 순간 온몸의 관능이 간지러워 견딜 수 없었다. 그 아름다운 입술 안에서 포도와 함께 내가 터지고 있는 것 같았다.

그날 나는 병원으로 들어가 그 상급생을 문병했을 것이다. 그러나 내 기

266

억에 남아 있는 것은 그 상급생이 아니다. 한재인이 예쁘게 눈살을 찡그리던 모습, 그 하얀 앞니 사이에서 터지던 그 포도와 그 사소한 동작 앞에서 전율하던 일……. 그런 것들만 내 기억에 남아 있다.

학창 시절 나는 주위의 수많은 친구들 사이에서 벌어지는, 이루어지는 사랑과 이루어지지 못하는 사랑을 무수히 보아 왔다. 대부분의 친구들은 한두 차례의 이루어지지 않는 사랑을 경험한 뒤에야 현실적인 사랑을 이루어 내고는 했다. 그런데 놀라운 것은 대개의 경우 그 친구들의 배우자들에게서, 이루어지지 못한 사랑의 상대와 아주 비슷하거나 아주 상반되는 인상을 받게 되더라는 점이다. 나는 그런 일을 겪을 때마다, 살아서 움직이는 모든 인간은 각기 자기가 걸어온 과거의 퇴적물임을 확인하고는 한다.

나처럼 한재인도 대구에서 서울로 진학한 유학생이었다.

「어째 미국 이름 같네요?」

「〈제인〉이 아니고 〈재인(宰仁)〉인데 성질 머리는 이름값을 못 한대요.」

「청주 한씨군요. 백 세대, 3천 년을 내려온 고가(古家)이지요, 아마?」

「어떻게 알죠?」

「우리 어머니가 쓸데없는 공부를 좀 시키더군요. 남의 족보 들여다보는 공부…….」

어머니는 여자 꾀라고 보학(譜學)이라는 것을 가르쳤던 것일까? 효과가, 어머니 말마따나, 〈부르고 대답하는 것처럼〉 신통했다.

생일이 나보다 두 달 늦은 동갑내기였지만 그의 고등학교 입학은 나보다 두 해나 빨랐다. 대학에서 나와 동급생이 된 것은, 그는 한 해를 쉬었고 나는 한 해를 뛰어올랐기 때문이다.

그런데도 그날 이후로 나는 하대하고 그는 공대하게 된다.

시작이 그랬다.

나는 그의 눈을 빤히 들여다보면서 이름을 불렀다.

「한재인!」

「네.」

「착하군.」

우리는 여기에서 시작했다. 그는 뒷날, 나의 기에 꼼짝없이 질려 버렸던 모양이라고 고백했다.

공교롭게도 한재인은 나와도 동향이고 선우하경과도 동향이었다. 서울의 지방 유학생들에게 동향은 특별한 의미를 지닌다. 정전된 날 밤의 소프라노가 아니었어도 나에게는 꽤 흥미로운 대상일 수 있었다.

재인에게는 대단히 미안한 말이지만 그의 면모는, 상반된다는 의미에서 선우하경을 떠올리게 했다. 선우하경에게서 받아 왔던 인상과 그즈음 내가 한재인에게서 받고 있던 인상은 서로 양극을 이루었다. 하경이 죽음을 떠올리게 했다면 재인은 삶을 떠올리게 했다. 하경은 어둠, 재인은 빛이었다. 하경의 전체적인 인상이 석양의 어둠 같은 것이라면, 재인의 인상은 새벽의 박명에 가까웠다. 폐활량이 모자라는 하경의 소프라노가 보호 본능을 자극하는 듯한 애처로운 소리라면, 건강한 재인의 소프라노는 삶의 윤기에서 묻어 나오는 듯한 관능적인 소리였다. 하경이 불임을 예감하게 했다면 재인은 풍요를 예감하게 했다.

가장 중요한 차이는 그런 하경은 내 기억의 뒤편으로 아득히 물러나 있었던 것에 견주어, 그런 재인은 늘 내 앞에 있었다는 점이다.

나의 결론은 명쾌했다.

나에게는 실낙원(失樂園)이 없었던 만큼 복락원(復樂園)이 있을 리 없었다. 재인과 내가 금단의 과물을 가까이하는 데 구태여 뱀의 도움은 필요하지 않았다.

나는 많은 부부들로부터, 그들이 서로 만나 사랑하게 되기까지 가장 많은 베푼 것은 〈우연〉이었다는 말을 자주 들었다. 〈일련의 우연〉이 서로 사랑하는 서로의 의지를 강화시키더라는 말을 들었다. 그렇다면 〈우연〉은 인연의 하수인인가? 그러나 나는 사랑하는 의지가 〈우연〉을 촉발한다고 지금도 믿고 있다. 〈사랑하는 의지〉라고 하는 추상 명사의 역동성은 〈우연〉이라는 구체적인 사건을 일으킬 수 있을 만큼 강력해질 수 있다는 믿음을 나는 버리지 않는다.

신학교에서 두 번째로 맞은 어느 봄날의 일이다. 3층 강의실로 올라가고 있는데 육중한 물체가 비명과 함께 계단을 굴러 내려오는 소리가 들렸다. 이어서 발소리가 어지럽게 들렸다. 나는 달려 올라갔다. 굽 높은 구두 한 짝이 먼저 보이고, 수많은 학생들의 발이 보이고, 무수한 다리 사이에 갇힌 채 모로 쓰러져 있는 여학생이 보였다. 여학생들은 〈어쩌나, 어쩌나〉 하면서 발을 구르고 있었고 남학생들은 여학생의 몸에 차마 손을 대지 못해서 그랬겠지만 구경만 하고 있었다. 그중의 한 남학생이 전화를 걸어 앰뷸런스를 불러야 한다면서 교무과 쪽으로 돌아선 것이 고작이었다.

「비켜라, 이 병신들아.」 나는 아마 그랬을 것이다.

나는 그 여학생을 안아 올리고는 계단을 두 개씩 건너뛰어 1층 로비로 내려왔다. 뒤따라 내려오는 여학생들의 걸음도 내 걸음보다 빠르지는 못했다. 그게 한재인이 아니었어도 나는 똑같은 짓을 했을 것이다.

한재인은 생각했던 것보다 무거웠다. 백지장도 맞들어야 하는 법이다. 배타적인 여자는 원래 무거운 것인가. 내 팔에 안긴 재인이 몸을 오그리고 두 팔로 젖가슴을 가리고 있어서 더욱 그랬다.

「나를 도와줘야지 이러면 쓰나!」 나는 재인에게 호통을 쳤다.

「멍청아, 지금 구두가 문제야?」 나를 따라잡고 재인의 발에다 뾰족구두를 꿰려는 여학생에게도 호통을 쳤던 것 같다.

「어떻게 해야 돕는 건데요?」 재인이 기어들어 가는 목소리로 물었다.

「두 팔을 내 목에 감아 줘야 덜 무거울 것 아냐!」

재인이 두 팔로 내 목을 안고부터는 무겁기가 훨씬 덜했다. 아니다. 덜했다기보다는 무게가 전혀 느껴지지 않았다는 편이 옳다. 재인의 딱딱한 것 같기도 하고 물렁한 것 같기도 한 젖가슴이 내 가슴에 부딪쳐 왔기 때문이었다.

나는 교문을 나와 학교 앞에 있는 병원으로 내달았다. 뒤에서 분위기를 읽고 누군가가 말렸던 모양인지, 남학생도 여학생도 따라붙지 않았다. 재인은 눈을 뜨지 않았다.

「이제 내려놓아도 되어요. 아무렇지도 않은 것 같아요.」 담 모퉁이를 돌았을 때 재인이 말했다.

「정말 괜찮아?」

「다행히 목조 계단이라서.」

「뛰어 봐요.」

재인이 땅바닥에 내려서서 몇 차례 뛰어 보기도 하고 몸을 뒤틀어보기도 했다. 다행히도 다친 데는 없는 것 같았다.

「여자를 그렇게 안으면 어떻게 해요? 터지는 줄 알았어요.」

「터지다니? 남자 앞에서 무슨 말이 그래요? 조심성 없이.」

「몸이 터지는 줄 알았다고요.」

붉어진 얼굴 보여 주기가 부끄러워서 그랬겠지만 재인은 필요 이상으로 오래, 흐트러진 옷매무새를 매만지고 구두를 고쳐 신었다. 나는 재인을 안고 뛸 때의 느낌을 그리워하고 있었고, 재인은 내 팔에 안겨 있을 때의 느낌을 그리워하고 있었음이 분명하다. 우리가 그 느낌을 재현하기까지 그렇게 긴 나날은 필요하지 않았다.

그로부터 며칠 뒤, 나는 가만히 술 한 병을 저고리 안주머니에 숨기고 과수원으로 올라갔다. 과수원에는 복숭아꽃이 만발해 있었다. 대학 본부 뒤에는 복숭아 과수원이 있었다. 학교가 조성한 것이 아니고 학교가 건물을 신축하기 위해 매수해 들인 과수원이었을 것이다. 그런데 이 복숭아 과수원이 버젓이 학교 안에 있을 수 있었던 것은 학교가 신학교였기 때문에 가능했을 것이다.

이 복숭아에 대한 우리 한국인의 속신(俗信)은 이중적이다. 집안에 든 귀신을 쫓아낼 때 무당들은 대개 이 복숭아나무 가지로 쫓아내고는 했다. 복숭아나무 가지가 축귀에 영험하다는 속설이 있는가 하면, 집에 복숭아

270

나무를 키우면 귀신이 담을 넘어 그 가지를 타고 내려온다는 속설도 있다. 점잖은 집에서는 복숭아나무를 울타리 안에 두지 않는다. 복숭아꽃이 풍기는 저 요요작작한 기운 때문일지도 모르겠다. 복숭아 꽃밭에 들어서면 나는 이상하게도 음탕한 무녀들에게 둘러싸인 것 같은 느낌에 사로잡힌다……. 아니다. 그런 느낌은 무수한 느낌 중의 하나에 지나지 못한다.

나에게는 복숭아꽃과 관련된 각별한 추억이 하나 있었다.

사춘기의 어느 봄날, 복숭아꽃이 만발해 있는 대구 근처의 어느 과수원을 지나다 그만 천지가 아득해지는 경험을 한 적이 있다. 천지가 아득해졌던 것은 만발한 복숭아 꽃밭에서 삶과 죽음, 이승과 저승이 한 덩어리가 되어 있는 것 같았기 때문이었다. 그 복숭아 꽃밭으로 들어가는 순간 세상은 수백만 마리의 벌들이 잉잉거리는 소리로 화하는 것 같았기 때문이다.

그런 복숭아 꽃밭 안으로 들어가는 내 귀에 어린아이가 자지러지게 우는 소리가 들렸다. 태어나는 아기의 울음소리 같기도 하고 죽어 가는 아기의 울음소리 같기도 했다. 그 소리를 듣는 순간, 문득 바닥 모를 심연으로 떨어지는 것 같았다. 그 아찔하던 순간이라니.

나는 두려움을 느끼고는 돌아서고 말았다. 〈정신의 사정(射精)〉이라는 말이 있는지 없는지 나는 모른다. 독수리는 교합한 상태에서 날개를 접고는 고공에서 떨어져 내린다던가? 그 아득한 높이에서 무서운 속도로 떨어져 내리는 도중에 수컷은 사정을 한다던가? 그 복숭아꽃 만발한 과수원에서 아기의 울음을 듣는 순간에 내가 했던 정신적 경험을 설명하는 데 〈정신의 사정〉이라는 말보다 더 적절한 표현을 나는 알지 못한다.

그 과수원에서 나오는 순간 나는 심한 갈증을 앓았다.

나는 그때의 기억을 떠올리면서 대학 본부 뒤로 올라갔다. 복숭아꽃이 보이면서부터 두려워지기 시작했다. 내 안주머니에 숨겨져 있는 한 병의 술은 그때 경험했던 갈증에 대비한 것이었다.

꽃이 만발한 복숭아나무 아래 가만히 드러누웠다. 내 눈에는 복숭아 꽃잎밖에는 보이지 않았다. 사방이 꽃이고 하늘도 꽃이고, 내가 누워 있던, 푸른 기가 돌기 시작하는 풀밭도 떨어진 꽃잎으로 덮여 있었다. 꽃잎 하나하나가 각각 한 마리씩의 벌이 된 듯이 천지가 잉잉거리기 시작했다. 마시지 않았는데도 취기가 느껴지기 시작했다. 한재인이 올라와 내 옆에 앉지 않았더라면 취기가 느껴졌는데도 불구하고 안주머니에서 술병을 꺼내고 말았을 것이다.

재인은 가만히 내 옆에 다가와 내 손이 닿지 않을 만한 거리에 자리를 잡고, 바닥에 손수건을 펴고는 가만히 그 위에 앉았다.

「여기에 있을 줄 알았어요. 어울리네요.」

재인은 이러면서 손가방에서 항공 봉투를 하나 꺼내어 들고는, 조용한 손길로 앞머리에 꽂혀 있던 실핀을 하나 뽑아 머리카락에 두어 번 문질렀다. 나는 가만히 보고만 있었다.

발신인이 누구인지는 하나도 궁금하지 않았다.

재인은 그 실핀을 항공 봉투 모서리에 찔러 넣고는 봉투를 솜씨 있게 찢어 나가기 시작했다. 무수한 벌들이 잉잉거리는 소리도 봉투 찢어지는 맑고 투명한 소리를 지워 내지 못했다.

「봉투 모서리를 보라고. 거기에 실이 비어져 나와 있을걸. 그 실을 당기면 봉투가 예쁘게 찢어질 텐데⋯⋯.」

「우리 엄마 보니까 늘 이럽디다.」

「편리한 걸 좋아하지 않는 집안인 모양인가?」

「편리하다고 다 좋은 건가요, 뭐?」 시선을 봉투에 둔 채로 재인이 대답했다.

기이한 일이었다. 재인의 이 말 한마디에 무수한 벌로 화했던 복숭아 꽃잎은 더 이상 잉잉거리지 않고 도로 꽃잎이 되었다. 천지도 더 이상 돌지 않았다. 취기도 느껴지지 않았다. 안주머니의 술은 마실 필요도 없었다.

나는 지금도 그때 일을 생각하고는 한다. 구원의 순간 같기도 하고 타락의 순간 같기도 한, 복숭아꽃 만발한 그 과수원에서 체험한 행복했던 순간을.

　나는 예나 지금이나 거래에 흐리고 사람들과의 약속에 깔끔하지 못하다. 나에게는 빈 돈을 갚지 않아 다시 빌 수 없게 된 친구가 허다하고 약속을 지키지 못해 다시는 약속을 할 수 없게 된 선배가 허다하다. 나는 지금도 제세 공과금의 지불 기일을 놓치고 막대한 과태료를 물고는 한다. 아마도 군자를 지향하지도 않는 주제에, 〈군자는 바른 길을 밟아 나가야지, 시비를 가리지 못하는 작은 신용에 얽매여서는 못 쓴다(而不諒貞)〉는 공자의 가르침과 〈큰 덕의 규범을 넘어서지 않는 한, 작은 일에 약간의 착오가 있는 것은 허물이 아니다(大德不踰閑 小德出入可也)〉라고 한 자하의 가르침을 잘못 따 담았기 때문일 것이다.

　정오에, 약속된 찻집으로 재인을 만나러 가던 도중, 악동 기동빈에게 붙잡혀 술집으로 끌려 들어갔던 일이 있다. 하인후와 기동빈은 내가 상경한 지 1년 뒤에 나란히 상경, 의예과에 다니고 있었다. 악동에게, 여자와 약속이 있다는 말은 역효과를 내는 법이다. 동빈이 오후에 별일이 없느냐고 물었을 때 없다고 대답한 것이 잘못이었다.
　「별일 없다며? 부탁이다, 함께 좀 마셔 다오. 너와 마시지 않으면 나를 마시고 말 것 같다.」 동빈이 선택하는 단어는 늘 거칠었다.
　일어나려고 할 때마다 동빈은 나를 붙잡아 앉혔다. 초조한 가운데 한 시간이 흘러갔고, 될 대로 되라는 심사에서 두 시간이 흘러갔다. 그러나 동빈과 둘이서 마시는 술을 나는 그다지 달가워하지 않았다. 그런 자리를 끝내는 방법은 수중전으로 확전시켜 상대를 질식시키는 방법뿐이었다. 동빈은 나의 무제한 수중전을 견디지 못했다. 그는 술 친구를 붙잡을 때는 두억시니 같아도 취해서 떠날 때는 바람 같았다. 화장실까지 따라다니며 나를 감시하던 동빈에게서 자유의 몸이 된 것은 근 일곱 시간 뒤였다.

오후 7시가 넘어서야 그 찻집에 들를 수 있었다. 행여나 해서 들른 것이 아니고 시중들던 낯익은 여자에게 재인이 몇 시까지 앉아 있더냐고 물어보기 위해서 들렀을 것이다. 놀랍게도 재인은 그때까지 찻집에 꼿꼿하게 앉아 있었다. 시중드는 여자가 나에게 말했다.

「일곱 시간째 한자리에 저러고 앉아 있답니다.」

재인은 독을 품고 있는 것이 아니었다. 일곱 시간을 기다린 재인은, 7분을 기다린 재인과 조금도 달라 보이지 않았다.

「술이 지나친 거 아닌가요? 큰 흠이라고는 생각 않지만 건강이 걱정스러워요.」

「죽을 죄를 지었소.」

「술은 왜 마시는 거지요?」

「취하고 싶어서.」

「왜 취하고 싶어지는데요?」

「잠이 그렇듯이 술은 조그만 죽음이거든. 하도 작아서, 죽어도 이튿날에는 다시 살아나는 죽음이거든. 술 마시는 사람 중에는 죽음이 두려운 사람이 많을 거라. 그래서 죽음이라고 하는 게 어떻게 생겼는지 보려고 조그만 죽음을 이따금씩 죽어 보는 것일 거라.」

「우리 오빠가 워낙 꽉 막힌 사람이라서 그 반대인 사람이 좋아 보였는데……. 합해서 2로 나누었으면 좋겠다.」

「보태고 나누고…… 그런 거 나는 싫다. 당신하고도 그런 건 싫다.」

「학교 앞이잖아요? 우리 학교 학생들에게도 좋은 본을 좀 보여 주면 좋을 텐데.」

「장학금 몫은 하고 있어. 사탄 노릇도 노릇은 노릇이야. 새끼 목사들의 신앙을 강화하는 데 일조를 하는 셈이니까……. 안티테제 없이 발전하는 테제가 있던가? 유다는 억울해, 유다가 불쌍해.」

「궤변.」

「궤변 아니다. 고난 없는 영광은 없다. 그 고난의 무대는 누가 마련하

274

나? 악역 배우 없는 드라마 있어? 없지? 악역 배우 유다가 빠진 그리스도의 수난극도 있어? 수난의 고난 없이 십자가의 영광이 가능했겠어? 유다의 배반 없는 그리스도의 고난이 있을 수 있어? 배신자 김질(金礩)없이 사육신(死六臣)이 빛날 수 있어? 없지? 빛은 왜 있나? 어둠이 있으니까. 행복이 왜 있나? 불행이 있기 때문이지. 한재인이 왜 아름다운가? 이유복이 추악하기 때문이지.」

「그중의 한마디만은 들을 만하다…….」

「궤변 아니다. 한마디만 더 한다. 어떤 스승이 제자에게 〈빛이 어디에서 왔느냐〉고 물으니까 제자는 촛불을 불어서 꺼버리더란다.」

「스님들 이야긴가요?」

「천만에, 십자군 전쟁 이래로 예수쟁이들과 대가리가 터지게 싸우는 회교도들 이야기다.」

내가 분위기를 그렇게 몰아갔기 때문이기도 하지만, 그래도 재인이 일곱 시간 기다린 여자의 심정을 조금도 드러내지 않은 것은 놀라운 일이었다. 고백건대 그의 이 살인적인 인내에서 나는 불길한 것을 예감했다. 그의 인내는, 악성(惡性)으로 발전할 경우 나에게는 치명적일 수 있는 그런 인내로 보였기 때문이다.

나는 예나 지금이나 거래에 흐리고 사람들과의 약속에 깔끔하지 못하다. 그러나 나는 늘 공정한 사람이 되려고 노력한다. 그러는 덕분에 나는 재인의 편에서 볼 줄도 안다. 재인도 틀림없이 불길한 것을 예감했을 것이다.

그러나 서로에 대한 불길한 예감도, 재인네 집에서의 따뜻한 만남을 방해할 수 있을 만큼 강력한 것이 못 되었다. 서로 반대 방향에서 타들어 오던 두 개의 불길이 한곳에서 만나면, 흡사 서로를 잘 알고 있었던 듯이 곧 하나의 불길이 되어 타오르는 법이다. 우리도 그랬다. 서로를 잘 알고 있고 있었던 듯한 두 개의 불길이 하나 되어 타오르는 데 서울의 소음은 적당하게 시끄러웠고 인왕산의 겨울 햇빛은 적당하게 나른했다.

재인의 순결은 나에게 그다지 놀라운 것이 못 되었다. 그런데 사랑에 무지한 것으로 드러나는 것과 함께 확인된 나의 순결은 재인을 놀라게 했던 것으로 보인다. 나는 그에게 〈술을 마셔서 그렇지 나는 참으로 순결한 사람이야〉 하고 말해 주었다.

공정하게 말하자면 이렇다. 그가 순결하지 않았다고 하더라도 나는 조금도 실망하지 않았을 것이다. 나를 만나기 전에 그가 한 일에 대해 책임을 요구할 권리가 나에게는 없기 때문에 그렇다. 사랑의 경험을 순결하지 않다고 한다면, 나의 주제로 그것을 확인하는 행위 자체가 조금도 순결하지 않기 때문에 그렇기도 하다.

재인은 그리스도에게 맹세하기를 원했다. 그러나 나는, 그리스도는 맹세를 별로 좋아하지 않는 분이니만치, 그리스도가 끊임없이 다른 모습으로 지나가고 있는 우리 마음에 복종할 것을 제안했다.

「각주구검이잖아요?」 재인이 말했다.

……어떤 무사가 배를 타고 가다가 강물에 칼을 떨어뜨렸어요. 무사는 칼 떨어뜨린 자리를 잊지 않으려고 뱃전에다 표를 했지요. 그러고는 그 순간에도 배는 달리고 강물은 흐르고 있다는 것을 모르는 채 칼을 건지겠다고 옷을 벗고 강물로 뛰어들었으니 어리석지 않은가요.

……달라. 무사는 뱃전에다 표를 했지만 나는 강물에다 표를 하자는 것이야. 식어 버린 마음 앞에서, 뜨거웠던 맹세 같은 것은 더 이상 유효하지 않아. 그런데 그리스도는 강일까, 그 강 위를 달리는 배일까.

……그리스도는 강물이에요. 우리 마음은 그 위를 달리는 조각배일 것이고요.

……마음이 강물일걸. 그 강물 위로 그리스도도 지나가고, 부처도 지나가고 할걸. 내 마음의 강물 위로 한재인이 지나가고, 그대 마음의 강물 위로 이유복이 지나가고 그럴걸…….

우리가 마음으로 나눈 이 대화는 우리에게 중요하다.

276

「아닐걸.」

나는, 하도 바빠서 이렇게밖에는 대답할 수 없었다.

우리 둘의 나이 만 스물한 살 때의 일이다.

17
인왕산장

유복했던 한씨 집안이 서울 유학생 재인을 위해 마련해 준 빨간 벽돌집은 홍제동에서 인왕산으로 올라가는 산비탈에 있었다. 우리는 이 집을 〈인왕산장〉이라고 불렀다. 집 앞의 길은 인왕산 등산로로 통하는 길이기도 했다. 우리가 미래를 확신하고 동서(同棲)하기 시작한 그 당시만 하더라도 인왕산 오르는 길은 누구에게나 열려 있었다. 그로부터 오래지 않아 북한의 무장 게릴라가 청와대를 기습하러 내려오는데 그 등산로를 이용한 것으로 알려지고, 그래서 입산이 금지되기까지, 우리에게 인왕산은 에덴의 동산이었다.

내가 인왕산 꼭대기에다 말뚝을 박아서 그 인연으로 그런 분복을 누릴 수 있었던 것인지, 장구하게 몸 붙일 곳이 인왕산일 것임을 예감한 내 무의식이 의식으로 하여금 그 산 정상에다 말뚝을 박게 했던 것인지, 잘 모르기는 하지만 나는 늘 뒤편에 선다.

집에 수도가 없던 시절이어서 우리는 집에서 수백 미터 떨어진 곳에 있는 공동 수도를 이용하지 않으면 안 되었다. 공동 수도 앞에는 많은 사람들이 줄을 서 있기가 보통이었다.

겨울 방학 중인 그해 겨울 나는 거의 하루 걸러 한 번씩 물지게를 지고 재인과 함께 인왕산을 올랐다. 공동 수도 앞에서 줄을 서기 싫어서 그랬을 것이다. 등산객들에게 정상 부근에서 만난 물지게 진 젊은이와, 배낭을 멘 꽃다운 색시의 모습은 참으로 진풍경이었을 것이다. 아무리 눈치 빠른 등산객이라도 색시의 배낭에 망치가 들어 있으리라고는 상상하지 못했을 것이다.

정상 부근에는 약수터가 있었다. 그러나 겨울철 약수터, 그것도 산꼭대기 가까이 있는 약수터는, 물이 나오는 족족 얼어 버려서 약수터 구실을 하지 못했다. 우리는 망치로 약수터 바위에 매달린 팔뚝만 한 고드름을 떼어 내어 양동이에다 담았다. 되도록 고드름을 잘게 부숴야 양동이에 고드름 조각을 많이 담을 수 있었다.

짊어지고 내려온 두 양동이의 고드름 조각을 녹이면 한 양동이의 물이 되었다. 우리는 이 물로 세수도 하고 밥도 지었다. 나는 꽤 힘들었지만 재인은 〈신선이 따로 없다〉면서 여간 재미있게 여기는 것이 아니었다.

행인지 불행인지 인왕산이 겨울의 에덴 노릇을 한 기간은 얼마 되지 않는다. 오래지 않아 봄이 왔지만, 나는 인왕산의 봄은 잘 그려 낼 수 없다. 사람의 마음이 변하면 산을 보는 사람의 눈도 변한다. 인왕산이 에덴 노릇을 못 하게 된 것은 우리 둘 중 하나가 철이 들어 버렸기 때문이다.

창부는 여염집 안방의 예절과 규범을 오래 견디지 못하고, 방랑벽이 있는 사람은 두꺼운 솜이불과 따뜻한 방을 오래 견디지 못한다. 그러나 나는 방랑벽이 있는 사람이 아니어서 방은 따뜻할수록 좋고 이불은 두꺼울수록 좋았다.

그런데 재인과 함께 인왕산에서 한겨울을 나면서 나는 내게 다소 놀라운 변화가 일어나고 있다는 것을 깨달았다. 그 전까지만 해도 내 수첩에는, 살면서 생각과 느낌에 잡히는 것들이 몇 줄씩 적히고는 했는데, 어느 날 문득 정확하게 인왕산으로 올라온 날부터 수첩이 하얗게 비어 있는 것을 발견한 것이다.

또 한 가지 변화는 끊임없이 내 내부에서 때로는 같은 목소리로 때로는 다른 목소리로 〈내 안의 나〉 노릇을 하고 있던 〈먹물 귀신〉과 〈빈 들 귀신〉이 침묵한 지가 꽤 오래되었다는 것이었다.

수첩이 필요한 삶보다 수첩이 필요 없는 삶, 〈먹물 귀신〉과 〈빈 들 귀신〉이 끊임없이 간섭해 오는 삶보다 침묵하는 삶이 훨씬 나은 삶이라는 것을 알기에 스물두 살이라는 나이는 너무 어렸을 것이다. 하여튼 나는 위기 비슷한 것을 느꼈던 것 같다. 피해 의식 때문이었을까. 천생 팔랑개비였던 모양이다.

정신이 퍼뜩 든 당시의 나 수첩에는 이런 메모가 보인다.

〈빈 들은 어디로 사라졌나. 나는 아직 이르러야 할 곳에 이른 것이 아니다. 나는 왜 이러고 있는 것이냐.〉

우리의 마음이 조금씩 어긋나기 시작한 것은 다음 해 봄 내가 3학년 1학기 수강 신청을 하지 않기로 결심하면서부터, 재인이 설득을 포기하면서부터였을 것이다. 이 시점은 대충 재인의 어머니가 혼인 날짜를 잡든지 헤어지든지 양자택일하지 않으면 송금을 중단하겠다고 재인을 위협하기 시작했을 즈음, 재인이 광신자의 조짐을 보이기 시작할 즈음이었을 것이다.

결혼에 대한 내 생각은 단순했다. 그것은 하나도 중요하지 않은 것, 언제든지 마음만 먹으면 할 수 있는 것, 따라서 서둘 필요가 전혀 없는 요식 행위, 그것이 결혼이었다. 그런데 문제는 새 학기였다. 수강 신청을 하지 않을 경우 나는 입대하지 않으면 안 되었다. 휴학생에게는 입영 연기 혜택이 돌아오지 않았다.

나는 재인과의 결혼식을 거부한 적이 없다. 단지 하나의 튼튼한 터전을 먼저 마련하고 싶었던 것뿐이다.

아기가 들어선 것을 확인하고부터 재인은 나에게, 나의 사생활을 간섭할 권리를 집요하게 요구했다. 그러나 나는 그런 식으로 길들여지기에는 너무 거칠었다. 나는 그것을 받아들일 수 없었다. 나는 재인에게 재인의 사생활을 간섭할 권리를 요구한 적이 없다. 내가 이것을 단호하게 거절하자 재인은 그리스도에게 탄원하지 않았나 싶다.

이런 조짐이 보이기 직전인 2월 어머니가 잠시 인왕산을 다녀간 일이 있다. 내 나이가 여자와 살기에는 조금 어렸을 테지만, 어머니는 잔소리를 하는 대신 분에 넘치게 어른으로 대접함으로써 아들로 하여금 거기에 상응하도록 처신하게 하는 그런 분이었다.

나는 그즈음 서울에서 합류한 기동빈 패거리와 어울리면서 담배를 배웠다. 그러나 고향에 내려가면 어머니 앞에서는 피울 수 없었다. 어머니와 긴 이야기를 나눌 때면 그것이 불편해서 살그머니 밖으로 나와서 피우고 들어가고는 했다. 어머니는 내가 겉도는 게 싫었던 모양인지, 그다음부터는 방에다 재떨이를 마련해 두고 일정한 시간이 지나면 당신이 자리를 비키고는 했다.

그런데 문제는 대구에서 서울까지 혹은 서울에서 대구까지 함께 기차 여행을 할 경우였다. 당시는 기차로도 열 시간 가까이 걸리던 시절이었다. 나는 수시로 어머니 옆을 떠나 객차의 승강구로 나가 담배를 피우고는 했다. 겨울철의 승강구는 혹독하게 추웠다. 어머니는 이게 안쓰러웠던지 일정한 간격을 두고는 눈을 감고 잠든 시늉을 해보이고는 했다. 만일에 내가 줄담배를 피웠다면 어머니는 열 시간 걸리는 거리든 스무 시간 걸리는 거리든 줄곧 눈을 감고만 있었을 것이다.

어머니는 담배를 가까이하지 말라는 말 대신 이런 이야기를 들려 준 적이 있다.

「부자(父子)가 쪽배를 타고 고기를 잡으러 나갔다. 그런데 아들이 아버지 앞에서 담배를 피울 수가 있나……. 아들의 고충을 짐작한 아버지는 담뱃대와 부싯돌과 잎담배를 아들에게 맡겨 놓고는 이따금씩 〈애야, 담배 한 대 붙여 다오〉 하더란다. 대담배라는 게 그렇다. 불을 제대로 붙이려면 볼따구니가 아리해지도록 빨아야 한다. 결국 아들도 담배 반 대는 피우는 셈이 되지. 아들의 입장에서 보면 이렇게라도 해주는 아버지가 고마웠겠지만, 그래 가지고라도 담배를 얻어 피우는 게 아들 된 사람의 도리는 어림도 없이 아니지.」

어머니는, 유선 형과 사는 형편이 어려웠을 텐데도 당시로서는 큰돈을 마련해 가지고 상경, 이 돈을 재인에게 내어놓았던 것 같다. 뒤에 알게 되었지만 그 돈은 안동의 선대 선산 관리인으로부터 받은 돈의 일부였다.

이때 재인은 어머니에게 결정적인 실수를 저지른다.

「때가 되면 받겠습니다. 그러나 아직 때가 아닙니다.」

재인은 어머니가 돈을 내어놓는 의도를 오해하고 이런 식으로 매정하게 반응했던 모양이다.

「때라니 무슨 때 말이냐?」

「어머니, 왜 이러시는 거예요?」

「왜 이러다니?」

「저는 이 돈 받을 수 없어요.」

「왜?」

「저는 기생이 아니에요.」

「그래? 네가 기생이 아니라는 것은 안다. 하지만 내 아들도 기둥서방은 아니다.」

「……」

뒷날 이 짧은 대화는 엄청난 오해의 불씨가 되었던 것으로 판명된다. 어머니는 아들이 한씨 집에 얹혀 살고 있다고, 그래서 아들이 고개를 들지 못한 채로 살고 있다고 믿었던 모양이다. 그래서 내가 사람 대접을 받으면서 살 수 있도록 하고 싶었던 모양이다. 그러나 재인은 이것을 전혀 다른 의미로 받아들이고 신경질적인 반응을 보였던 것이다. 그렇다면 재인의 진의를 몰랐던 어머니에게는 이 호의가 매정하게 거절당한 셈이 된다.

두 사람이 좀 더 긴 시간 이야기를 나눌 수 있었다면, 재인은 어머니의 뜻을 납득할 수도 있었을 것이다. 그러나 재인에게 그런 미덕은 희귀했다. 임신으로 인한 자기의 휴학 결심과 나의 자의적인 휴학 결심 이후, 재인의 심리 상태는 차분하지 못했다. 재인은 해명을 요구하는 어머니에게 자포

282

자기적인 심리 상태를 드러내었던 것 같다. 그렇다면 재인은 어머니의 자존심에 치명상을 입혔기가 쉽다.

「이것이 네가 홀어미에게 하는 대접이냐?」

어머니는, 내가 철든 뒤로는 처음으로 듣는 지독한 꾸지람과 함께 내 앞에다 돈다발을 던지고는 바람처럼 대구로 내려갔다.

명분이라는 말이 있다.

도덕이 정하는 명의(名義)에 따라 사람이 반드시 지켜야 할 본분의 한계가 곧 명분이다. 사람들은, 특히 자존심이 강한 사람들은 이것을 반드시, 그리고 반듯이 지키고 싶어한다. 이것이 거부당하면 어떤 한국인도 참지 못한다. 어머니는 이런 정서 쪽으로 기울어져 있어도 대단히 가파르게 기울어져 있는 분이었다.

대부분의 어머니들이 자식들에게는 참을성이 많은 분으로 기억된다. 내 어머니도 그랬다. 나는 그런 어머니가 열화같이 분노하면서 나와 형에게 목숨을 걸고 싸우기를 명하는 것을 딱 한 번 본 적이 있다.

그 일의 전모는 이렇다. 작은 이모, 즉 어머니의 동생은 처녀로 늙어 가다가, 아들 하나를 데리고 있는 홀아비 박 씨에게 시집을 갔다. 박 씨의 맏아들 이름은 박재구였다. 이 박재구는, 우리와는 아무 혈연 관계가 없다. 그러나 이모가 박 씨에게 시집을 갔기 때문에 박재구는 우리의 이종형이 된다.

이모는 그 집에서 아들딸을 다섯이나 낳아 길렀다. 이모가 낳은 아들 중 맏이의 이름은 박재환이었다. 그런데 이모가 그 집에 시집간 지 20년 만에 박 씨, 즉 이모부가 세상을 떠났다. 그때 이미 서울에 와 있던 나는 이모부의 부고를 받고 부랴부랴 당시 이모가 살던 선산으로 내려가, 대구에서 올라온 어머니와 형과 외가 쪽 문상객들과 합류했다.

장례에는 제문을 지어 읽는 순서가 있다. 이 제문은 사망한 분의 맏아들이 읽는 것이 보통이다.

박재구가 제문을 읽기 시작했다.

「고애자(孤哀子) 재구, 아버님 영전에 바치나이다······.」

제문은 이렇게 시작되고 있었다. 문득, 이게 아닌데 싶은 생각이 들어서 어머니의 눈치를 살펴보았다. 어머니의 얼굴은 하얗게 질려 있었다. 시선이 마주쳤을 때 어머니는 손가락을 하나 세워 입술에다 대었다. 가만히 있으라는 신호였다.

제문 읽기가 끝나고 평토제(平土祭)가 모두 끝나자 어머니는, 술상 앞에 둘러앉아 있는 박씨 가문의 어른들에게 다가가 정중하게 말했다.

「저는 재구와 재환이의 큰이모 되는 사람입니다. 제문은 어느 분이 초(草)하셨는지요?」

「문중이 의논해서 초했습니다만······.」 박씨 문중의 한 어른이 대답했다.

「박재구가 〈고애자〉라면, 제 동생이 박씨 가문에 와서 산 20년 세월은 무엇이고, 먼 길 마다하지 않고 여기에 와 있는 저희들은 무엇입니까? 실수를 하신 것 같은데, 그렇다면 사과하시는 것이 반듯하겠습니다.」

「박재구의 생모도 생각하셔야지요. 생모의 오라버니 되는 사람도 이 자리에 와 있습니다. 실수가 아니었으니 사과 못 합니다.」

박씨 문중에서는 사과할 눈치가 아니었다.

어머니는 의외로 완강했다. 어머니는 형과 나를 불러 단호한 어조로 명령했다.

「저 상을 엎어라. 명분 지킬 줄 모르는 박씨 가문 술상은 엎어도 된다. 어서 엎어라!」

말이 그렇지, 스무 살을 갓 넘긴 우리가 노인들의 술상을 엎을 수는 없었다. 우리 형제가 머뭇거리자 어머니가 술상 앞으로 다가갔다.

「너희들이 못 엎으면 내가 엎겠다. 실수를 사과하면 넘어가려고 했는데, 실수가 아니라니 이 수밖에 없다. 목숨이라는 것은 이런 데다 거는 것이다.」

어머니가 정색을 하고 저고리 소매를 걷어붙이며 다가서자, 그제야 한

284

노인이 일어서서 어머니를 만류했다. 그러고는 돌아서서 다른 어른들과 수의(收議)를 시작했다. 잠시 후 그 노인은 어머니와 우리에게 정중하게 사과하면서 갓 꼭지가 보일 만치 고개를 숙였다.

사정을 모르는 많은 사람들은 어머니가 화를 낸 까닭, 노인이 어머니에게 정중하게 사과한 까닭을 알고 싶어 했다. 그날 우리는 사람들에게 그 까닭을 설명했는데, 그 설명을 들은 상주 박재구는 글 못 배운 설움을 아버지 잃은 설움에 보탰다.

제문이라고 하는 것은, 생전의 덕을 기리어 사망한 분을 조상(弔喪)하는 글인데, 이때 제문은 〈어떠한 아들 누구, 아버님 영전에 바치나이다〉로 시작되는 것이 보통이다. 그런데 부모 중 사망한 분이 누구인지, 남아 있는 분이 누구인지에 따라 아들의 이름을 수식하는 말이 달라진다. 가령 박재구의 어머니는 살아 있는데 아버지가 세상을 떠날 경우, 이 제문은 〈고자(孤子) 재구〉, 즉 〈외로운 아들 재구〉로 시작된다. 그리고 아버지는 살아 있는데 어머니가 세상을 떠날 경우, 제문은 〈애자(哀子) 재구〉, 즉 〈슬픈 아들 재구〉로 시작되어야 한다. 어머니가 세상을 떠났는데 아버지마저 세상을 떠났을 경우, 제문은 〈고애자(孤哀子) 재구〉, 즉 〈외롭고 슬픈 아들 재구〉로 시작되어야 한다.

이종형 박재구 한 사람만 놓고 본다면, 이종형의 생모가 이미 세상을 떠난 상태에서 아버지마저 잃었으니 〈고애자 재구〉가 옳다. 그러나 박재구는 계모인 내 이모와 이복동생들인 내 이종제들을 염두에 두었어야 했다. 박재구는 형제들을 대표해서 제문을 읽은 것이지 저 혼자만의 제문을 읽은 것도 아니고, 이모부는 박재구 하나만의 아버지가 아니라 박재환 형제의 아버지이기도 하기 때문이다. 따라서 박씨 문중에서는 〈고애자 재구〉라고 제문을 초함으로써 내 이모, 내 이종제들, 그리고 무엇보다도 어머니와 우리 형제, 이모의 친정 식구들을 깡그리 능멸한 셈이 된다. 그러므로 제문은 〈고자 재구〉가 되었어야 했던 것이다. 그래야 이모의 낯이 서고 이모의 친정 식구들의 체면이 사는 것이다. 어머니가 사과를 요구한 것은 박

씨 문중이 사람의 도리인 명분을 다하지 못함으로써, 이모의 친정 식구들을 깡그리 부정함으로써, 그들의 문상 온 명분을 깡그리 무너뜨렸기 때문이었고, 박씨 문중이 우리에게 사과한 것은 우리 한국인들은 명분이라면 목숨도 능히 건다는 것을 잘 알았기 때문이다.

나와 재인 사이에는 그리스도가 버티고 있었다.

우리에게는 그리스도를 끔찍이 사랑한다는 공통점이 있었다. 그런데 나에게 그리스도는 〈나〉라고 하는 강 위를 지나는 아름다운 배인데 반해, 재인에게 그리스도는 〈재인〉이라고 하는 배를 띄운 아름다운 강이었다.

한방을 쓰고부터 약 반년이 되기까지 재인은 내 견해에 묵시적으로 동의하는 것 같았다. 나는 그가 그런 태도를 보인 까닭을 어렴풋이 이해한다. 그는 내 뿌리가 인왕산에 내릴 때까지 그 정도의 희생쯤은 일시적으로 감수할 수 있다고 생각했을 것이다. 이때의 재인은 참으로 연삽했고, 그래서 그렇게 사랑스러울 수가 없었다.

교미 중인 개의 눈을 본 사람은 알 것이다. 교미하고 있을 동안, 개는 분명히 눈을 뜨고 있기는 하나 그 눈은 결정적인 외부 정보에만 반응할 뿐 사소한 것에는 초점을 맞추지 않는다. 교미 중인 두 마리의 개를 장난삼아 강제로 떼어 놓으려고 해본 사람은 잘 알 것이다. 교미중인 개는, 사람이 가까이 다가가도 바로 반응을 보이지는 않는다. 다가온 사람이 저지를 행동이 저희들에게 결정적으로 위험하다고 판단되어야 비로소 움직이기 시작한다. 많이 움직이지도 않는다. 되도록 교미를 방해받지 않으려 하기 때문이다. 개뿐만 아니다. 포유동물의 대부분이 그렇다. 교미 중인 포유동물의 표정만큼 평화스러운 것은 없다. 인왕산 시절 초기에 재인이 보여 준 삶의 태도나 눈길은 늘 교미 중인 포유동물의 표정을 떠올리게 한다.

그런데 학교를 쉬겠다고 선언함으로써 나는 재인에게 불안을 안겼던 모양이다. 그 불안으로 인한 불만이 어머니에게 터져 나왔을 것이다. 아닌 게 아니라 아기를 가짐으로써 3학년 1학기 휴학이 기정사실이 되어 있는 재인에게, 나의 휴학 결심은 엄청난 충격을 주었을 것이다. 학교의 볼모가 되어 있던 나에게, 휴학은 입영을 의미했고, 입영은 3년간의 이산을 의미했다. 나는, 미혼모가 될 것임이 분명한 스물두 살배기 여인에게 이것이 얼마나 무서운 시련의 세월을 의미하는지 어렴풋이 알고 있었다.

그렇다고 해서 재인이 광신도가 되어, 그리스도를 제 편으로 삼고, 제 목숨만큼이나 사랑한다고 무수히 고백한 대상인 나를 탕아로 내칠 일은 아니었다. 이상하게도 그는 그리스도에게로 돌아서면서부터 나에게 공공연히 적의를 드러내고는 했다. 그것은 그리스도 탓이 아니다. 많은 사람들은 교회가 증오하지 말라고 가르친다는 것을 잘 알고 있다. 그런데도 그들은 증오를 해소시키지 않는다. 해소시키는 대신 증오의 대상을 무관심의 대상으로 변용시킨다. 이렇게 되면 무관심은 증오 이상으로 유독해진다.

상대가 여성일 경우 나에게는 그 음성만 듣고도 그 여자의 팔자를 짐작하는 이상한 재주가 있다. 나는 목소리만 듣고 남자의 사랑을 받고 있는 여자인지, 홀로 된 여자인지, 사랑에 빠진 과부인지를 알아내어 친구들을 더러 놀라게 하고는 한다. 재인이 광신도가 되어 가고 있다는 증거를 나는 그의 목소리에서 읽을 수 있었다. 봄이 되고 재인의 배가 눈에 띄게 부풀어 오를 즈음부터 그의 목소리는 나날이 음색이 탁해지고 음고가 낮아지더니 급기야는 소리가 갈라지기 시작했다. 나는 그의 묵도가 격렬한 통성 기도로 바뀌어 가고 있음을 의심하지 않았다. 통성 기도가 격렬해진다는 것은 나에 대한 절망이 그만큼 깊어 가고 있음을 뜻한다. 나에 대한 절망을 무관심으로 변용시키고 있었음을 뜻한다. 쉽지는 않았을 것이다. 그래서 그리스도의 이름을 점점 더 큰 소리로 부르게 되었을 것이고, 그래서 목소리가, 깨어진 종소리처럼 되고 말았을 것이다.

목소리가 탁해진 여자가 너그러운 예는 희귀하다. 너그러운 여자라면 그리스도에게 그렇게 바락바락 소리를 지르지는 않았을 것이기 때문이

287

다. 그의 목소리는 내가 그토록 사랑하던, 그 정전된 날 밤의 소프라노에서 걷잡을 수 없이 멀어져 갔다.

젊은 광신도 여성의 지나치게 큰 기도 소리는 지금도 나를 슬프게 하는 것 가운데 하나이다. 기도하는 소리가 크다는 것은 그 기도가 이루어지지 않고 있다는 증거이기 쉽기 때문이다. 긴 기도 역시 그렇다. 긴 기도는 기도의 실패를 의미한다.

이유복이 엉뚱한 결심을 굳혀 가고 있을 때 한재인이 먼저 해야 하는 일은 이유복이 그런 결심을 하게 된 배경을 이해하고 이것을 둘의 관계 속에서 해소시키는 일이지, 이유복으로부터 등을 돌리고 하느님에게 고소하고 탄원하는 일이 아니다. 자동차 타이어가 터질 경우 운전자가 먼저 해야 하는 것은 터진 것을 예비 타이어로 바꾸는 일이지, 하느님에게 큰 소리로 기도하는 일이 아니다. 그런데 운전자에게 이것을 깨닫기가 그렇게 어려운 일인가. 하느님이 귀머거리가 아니라는 것을 깨닫는 것이 그렇게 어려운 일일까.

당시 의예과에 다니던 하인후와 기동빈은 그 학교의 의예과 공부가 험악하기로 악명이 높았는데도 불구하고 틈이 나면 고깃근과 술을 사 들고 올라와 함께 마시고 돌아가곤 했다. 마음을 깊게 쓰는 하인후가 기동빈으로부터 무언의 약속을 받아 놓았기 때문에 그랬을 테지만, 둘 중 어느 하나만 올라오는 일은 없었다.

〈어린것들이 소꿉장난하는 데는 혼자 드나드는 법이 아니다.〉

인후는 동빈에게 이런 말을 했는지도 모른다.

전화가 귀하던 시절이라서 이들은 인왕산장까지 올라왔다가 집이 비어 있으면 그 먼 길을 되짚어 그냥 돌아가기도 했는데, 이렇게 될 경우 헛걸음하게 한 책임이 나에게 있는 것이 아닌데도 불구하고 나는 둘의 원망받이가 되어야 했다.

인후와 동빈이 올라오면 인왕산장은 온통 사투리 판이 되고는 했다. 이

들을 서울에서 다시 만나면서 느끼게 된 것 중 하나는, 재미있게도 사투리
는 같은 사투리를 쓰는데도 불구하고, 나와 재인이 쓰는 일상의 언어와
이들이 쓰는 일상의 언어가 현저하게 달라져 있다는 점이다. 말하자면 어
느 틈에 분야별로 또 하나의 사투리가 생기면서 그것이 또 하나의 문화가
되어 있는 것이다.

「있잖아, 기교파(기독교 교육학과) 애들이 쳐들어온대요. 아무래도 수
상해서 우리 집 호구 조사를 좀 해야 한다나?」

「호구 조사라면 우리가 나귀 타고 가서 받아야지 저희들이 왜 온대?」

「불경스럽기는……. 그나저나 어쩌지요?」

「입맛 없으니까 대접하든 말든 알아서 해요. 나는 이 일에서 손 씻겠어.」

「무책임하기는.」

「본디오 빌라도는 원래 그래.」

우리 대화에는 성서 패러디가 자주 등장했다. 이런 식의 대화는, 행간에
다 풍부한 의미를 묻을 수가 있어서 좋을 때가 많았다.

「나, 여고 시절에 프리마 소프라노 한 거 몰랐어요?」

「몰라.」

「입상 경력도 화려한데?」

「몰라.」

「그 유명한 한재인을 몰랐어요? 당시에는 내가 상급생 누나였겠지만.」

「기억이 안 나는데?」

「잘하면 닭 울겠다.」

이것이 우리의 사투리였다.

인후와 동빈이 저희들끼리 구사하는 의예과 사투리에는 영어가 많았
다. 겨우 의예과 2학년생들인데도 불구하고 그들은 믿어지지 않을 정도로
영어를 쓰는 데 익어 있었다.

나는 지금 그들이 쓰던 의학 용어를 다 기억하지 못한다. 그러나 그들의
사투리를 구성하던 세 가지 전형적인 패턴은 아직도 잊히지 않는다. 아직

도 잊히지 않는 것은 그것이 각각 하나의 현상이었기 때문일 것이다.

첫째는, 인체의 기관은 거의 영어로 불린다는 것이다. 그들은 영어로 지칭함으로써 우리 언어에 묻어 있는, 그 인체 기관에 대한 정서를 닦아 버리고 그 기관을 엄밀한 과학적 연구의 대상으로 바꾸어 내고 있는 것 같았다. 그들에게 가슴은 〈체스트〉, 간은 〈리버〉, 허파는 〈렁〉, 배는 〈어브도멘〉이었고, 환자가 앓는 병은 황달이 아니라 〈리버 시로시스〉, 위궤양이 아니라 〈개스트릭 얼서〉, 맹장염이 아니라 〈아펜디사이티스〉였다. 이 은어 아닌 은어, 사투리 아닌 사투리는 환자 앞에서 의사들끼리 소견을 토론할 때 아주 편리하다고 했다.

둘째는, 한국어가 섞여 쓰이는데도 그 단어에 대한 일체의 감정이 배제된 상태로 쓰이더라는 점이다. 인후와 동빈 사이를 오고 가던 이야기 중에는, 언어에 대한 감정적 반응은 물론 사체에 대한 일체의 감정적 반응까지도 제거해 버리는 어느 의사 이야기도 있었다.

「닥터 박 알지? 카디악터미(사체 해부) 시간이었대. 카디아(사체)의 어브도멘을 열고 들어가 서큘라 시스템(순환계)의 이름을 일일이 왼 뒤에 닫고 나온 것까지는 좋았는데, 어느 싱거운 녀석이 카디아의 브레스트 티슈(유방 피부)를 손바닥만 하게 뜯어 닥터 박의 도시락 위에다 놓았다나. 닥터 박이 어쨌는지 알아? 〈어느 놈의 짓이야? 브레스트 티슈가 반찬이 되나? 소금에라도 찍어 먹게 리버 한 조각 주면 안 되나……〉 아, 이러면서 젓가락으로 티슈(피부)를 집어 쓰레기통에 처넣은 다음 젓가락을 옷섶에다 스윽스윽 문지른 뒤 태연하게 밥을 먹더라는 거다. 너 같으면 그 밥 먹겠어? 그 양반, 철저한 메디칼 사이언티스트냐, 휴머니티가 이베포라이즈(증발)된 식맹(食盲)이냐……」

그들은 환자의 복부를 절개하는 일을 두고는 〈열고 들어간다〉, 복부를 봉합하고 수술을 마무리하는 일을 두고는 〈닫고 나온다〉는 건조하기 짝이 없는 단어를 쓰고는 했다. 그들에게 〈히스토리〉는 〈역사〉가 아니라 〈병력〉이었다.

친구의 예쁜 여동생 하나가 스무 살 꽃다운 나이에 실연으로 음독 자살한 사건이 있었다.

「디아이(DI)인데, 디오우에이(DOA)더라고…….」

그 예쁜 처녀의 최후가 궁금해서 어떻게 되었느냐고 묻는 나에게, 처녀가 실려 갈 당시 병원에 있던 인후는 이렇게 대답했다.

약물 중독*Drug Intoxication*인데, 병원에 왔을 때 이미 죽었더라*Dead On Arrival*는 것이었다. 맙소사…… 소설 한 권도 됨 직한 스무 살 처녀의 죽음이 묘사되는 데 알파벳이 겨우 다섯 자였다. D, I, D, O, A…….

세 번째의 사투리는, 외국어는 외국어인데 영어를 알아도 이해하기 어려운 희랍어 술어였다. 인후와 동빈은 우리가 영어로 된 대부분의 의학 전문 용어를 알아들어 버리는 게 약이 올랐던 모양인가? 그들은 우월감을 좀 즐기고 싶었던 것임에 틀림없다. 둘은 우리 앞에서 공공연히 희랍어로 된 전문 용어를 쓰고는 했다. 그러나 그것은 두 꼬마 의사의 오해였다. 나의 영어 공부는 희랍어를 토대로 이루어진 것이었다. 게다가 나와 재인은 진땀을 흘리기는 해도 희랍어로 된 신약 성서를 읽을 만한 고전어 바탕이 있었다. 나에게는 라틴어라고 하는 단도(短刀)가 하나 더 있었다.

우리는 〈헤파토(肝)〉라는 희랍어를 알고 있었다. 그러므로 그들의 대화에 등장하는 〈헤파타이티스(간장염)〉나 〈헤파타이제이션(간변)〉은 이해가 불가능한 단어가 아니었다. 〈하에모스〉는 〈피의 산〉이다. 그러므로 〈하에모(血)〉을 접두사로 거느린 수많은 의학 용어도 우리에게는 생소하지 않았다. 그들은 〈헤모필리아(혈우병)〉가 되었든, 〈헤모투리아(혈뇨증)〉가 되었든, 〈헤몹티시스(객혈)〉이 되었든 〈헤모스타시스(지혈)〉이 되었든 우리 모르게 쓸 수는 없었다. 〈케팔로(머리)〉와 〈브롱코(기관지)〉라는 단어는 〈케팔렐지아(두통)〉, 〈브롱카이티스(기관지염)〉, 〈브롱코뉴모니아(기관지폐렴)〉를 이해하는 데 도움이 되었다. 접미사 〈토미(절제 수술)〉의 의미를 아는 환자 앞에서, 〈오스테오토미(뼈 절제)〉, 〈오바리오토미(난소 절제)〉, 〈헤파텍토미(간 부분 절제)〉는 더 이상 은어일 수 없었다.

인후와 동빈은, 우리가 저희 사투리를 이해하는 것을 여간 신통하게 여기는 것이 아니었다.

18
반란

　어느 토요일, 하루 종일 국립 도서관에서 책을 읽다가 집으로 돌아가는 길이었을 것이다. 당시의 국립 도서관은 지금의 롯데 백화점 근방에 있었다. 나는 인왕산을 오르다, 위에서 내려오는 인후와 동빈을 만났다. 인후는 늘 그렇듯이 말짱하고 동빈은 늘 그렇듯이 취해 있었다. 여느 때 같으면 내 손을 잡고 어깨까지 두드렸을 동빈이 이상하게도 풀이 죽어 내 눈길을 마중하지 못했다.

　「다시 올라가자. 토요일 아니냐?」 하루 종일 도서관에 있던 참이라서 친구들이 반가웠다.

　「글쎄다. 아무래도 이대로 내려가는 게 좋겠다.」

　「내 목구멍은 목구멍도 아니냐?」

　「동빈이 벌써 취했고……. 인왕산장 기압도 좀 낮을 거다.」 인후가 조심스럽게 말했다.

　「왜?」

　「그렇지 않아도 내가 쥐 잡듯이 잡고 있는 중이다. 동빈이 이 녀석이 헛소리를 좀 하더라고.」

　인후의 말에 동빈이 지나치게 신경질적인 반응을 보였다.

　「그게 왜 헛소리냐? 나는 이유복 이 자식이 얼마나 좋은 자식인지 한재인에게 가르쳐 주고 싶었다. 손 한 번 안 잡아 본 여자를, 먼 빛으로 보면

293

서 몇 년씩이나 그리워한다는 게 우리 시대, 우리 나이에 얼마나 희귀한 미덕이냐? 보는 족족 고장 내어 버리는 이 더러운 시대의 지순한 베르테르라고 했다.」

동빈의 단어 선택은 늘 이렇게 거칠었다.

「임마, 자리가 있고 때가 있는 것이지. 한재인 씨는 유복의 아내 될 사람이고 복중에는 피터스(태아)가 있다. 남편 될 사람의 짝사랑 사연을 들어서 유쾌할 여자가 어디에 있어?」

「짝사랑 안 해본 사람 어디 있어? 그리고 유쾌하지 않으면? 〈상처 없는 영혼이 어디 있으랴, 성(城)이여, 계절이여〉다, 이놈아. 그것도 모르고 하는 소꿉장난이라면 판이 뒤집어져도 싸다.」

동빈은 미안하다고 해야 할 일이 있으면 그렇게 말하는 대신 걸판지게 술주정을 해버리고는 하는 그런 친구였다.

「동빈이가 좀 취한 것 같아서 아무래도 내려가야겠다……. 배웅 인사 다 받아먹고 다시 들어가는 것도 뭣하고.」

인후는 사태의 수습이 쉽지 않을 것이라고 생각하는 것 같았다. 그의 판단은 늘 정확했다. 나 역시 문제의 〈헛소리〉에 대한 재인의 반응은 혼자서 감당하고 싶었다.

재인은 술상을 치우고 있었다.

「〈젊은 베르테르〉께서 오시네. 그 양반들 뒤에 달려 있죠?」

「아니, 내려갔어.」

「올라오는 길에 만났군요. 따라가겠다고 안 했어요?」

「응…….」

재인은 비꼬고 있는 것 같지는 않았다. 그러나 목소리가 지나치게 가라앉아 있었다. 자제하고 있는 모양이었다.

「저 양반들, 하숙집 주인이 서울 토박이라서 음식의 간이 입맛에 안 맞는대요. 이구동성으로 화끈한 것 좀 먹여 달라고 해서. 하여튼 대구 촌사람들은…….」

아닌 게 아니라 고춧가루를 얼마나 넣었는지 찌개 냄비 속이 벌겋다. 서울 토박이들 사이에는 남부 지방 사람들이 맵고 짜게 먹는 것으로 소문나 있었다.

「〈젊은 베르테르〉가 싫어요?」

「동빈이 낯꼴이 말이 아니더라고. 인후가 헛소리했다고 하도 구박을 해서……」

「로테는 선우씨인 데다 굉장한 미인이라며?」

「응.」

「나도 미인이잖아? 그렇게 안 봤더니 미인 헌터였어.」

「……」

「얘기하기 싫어요?」

「태교에 안 좋다고. 얘기할 거리도 없고.」

「들어 두는 게 태교에 더 좋을 것 같은데……. 꼬마 의사들 말로는 임신부의 앤자이어티(심적 갈등)는 피터스에게 안 좋대요.」

「저녁이나 좀 얻어먹읍시다……. 꼬마 의사들 헛소리에는 영양가가 없어요.」

밤이 깊어 갔지만 동빈의 말은 재인의 염두를 떠나지 못하는 것 같았다. 나는 나의 고백이 재인이 느끼는 갈등의 해소에는 아무런 도움도 되지 못하리라는 것을 알고 있었다. 그러나 고백하지 않으면, 나와는 아무런 현실적인 관계가 없는 하경은 재인의 망상이 되어 갈 것임이 분명했다.

「여고 시절에 총각 선생님 짝사랑해 본 적 없어?」

「있지요.」

「그런 거.」

「되게 좋아했어요?」

「응, 혼자서.」

「그쪽에서는?」

「그냥, 웃기는 사람이었어.」

「상처 입었나요?」

「〈그림자가 푸른 물에 잠겨 봐야 옷 젖는 것은 아니고, 꿈속에 푸른 산을 걸어 봐야 다리가 아픈 것은 아니다〉, 이런 거. 상처 안 입으려고 도망 다녔거든.」

「짝사랑이라는 거 참 편리하군요. 하지만 내 옷은 젖어 버린 느낌인데요. 다리도 아파요. 나는 껍데기만 사랑하고 있는 건가?」

「내 공상 속에만 있었어. 그러니까 마음 쓸 거 없어.」

「그럼 나는? 현실적인 대용물 같은 거?」

「심해. 그만합시다.」

「나는 재미있는데? 자기 남자가 다른 여자를 짝사랑하고 있어서 기분 좋을 여자가 있겠어요? 현재형인가요, 과거형인가요? 미래 지향형인가요?」

「시작이 없는데 끝이 있겠어?」

「강박 관념이 되어 있는 것은 아니고? 짝사랑이 강박 관념이 되어 있으면 내 앞에 있는 남자는 껍데기라는 게 확실하잖아?」

「결벽이 지나치군.」

「결벽이라고요?」

「결벽이 지나치면 사방이 폐허가 되고 말아.」

「협박 같다?」

「서로의 개인사 가지고는 논쟁하지 맙시다. 나는 당신의 총각 선생 질투 않잖아? 질투할 권리도 없는 거고.」

「질투 아닌데? 되게 궁금할 뿐이라고요.」

「사람은 자기 과거의 상속자, 자기 과거의 퇴적이라는 게 내 생각이야. 당신은 당신 과거의 상속자이자 퇴적물, 나는 내 과거의 상속자이자 퇴적물. 내가 당신을 사랑하는 것은 곧 당신이라고 하는 사람을 구성하는 과거의 퇴적을 사랑하기 때문이야. 과거의 퇴적을 선택적으로 사랑하거나 미워해서는 안 되는 거라고…….」

「…….」

296

「세상에서 태어나서 처음으로 당신과 입을 맞추기까지, 사람들이 〈달콤한 키스, 달콤한 키스〉 하길래 정말 달콤할 줄 았았어. 그런데…….」

「그런데 달콤하지 않았나요?」

「나는 팥푼이같이 설탕 맛이 나는 줄 알고 있었단 말이야. 그런데 무취무미더라고. 하지만 그렇게 무지했던 게 별로 부끄럽지 않아. 당신 역시 무지했던 것 같아서 얼마나 고마운지 모르겠어. 그러나, 그러나 말이야, 만일의 경우 당신이 순결하지 않았다고 하더라도 나는 잠깐, 아주 조금 실망하고는 금방 잊어버렸을거야. 왜? 나는 당신의 몸만을 사랑한 게 아니고 한재인이라고 하는 당신 과거의 퇴적을 사랑했거든. 거기에는 모든 것이 다 포함돼. 당신의 아름답고 따뜻한 몸은 물론, 썩은 어금니, 노란 머리카락, 하루에 골백번씩 손 씻는 그 육체적인 결벽, 영수증을 수백 장씩 모으는 그 정신적인 결벽, 심지어는 잠자면서 이 갈고, 이불 밑에서 방귀 뀌는 버릇까지도…….」

「후후후, 내가 언제 그랬다고?」

웃기려고 한 것은 아닌데 다행히도 재인은 웃어 주었다.

재인에게 사랑을 느낀 뒤부터 이상하게도 악몽을 꾸는 밤이 잦았다. 재인이라는 처녀를 알기 전에는 없던 일이었다. 나는 내 주변 문제를 차근차근 따져 생각한 다음에야 악몽의 원인으로 보이는 생활의 변화 한 가지를 찾아낼 수 있었다. 내 생활에 일어난 변화라고는 재인이 등장한 것뿐이었다. 그러나 재인이 악몽의 직접적인 원인이 될 리는 없어 보였다.

나는 며칠을 생각한 끝에야 정답에 가까워 보이는 답을 찾았다. 재인의 옆에 있으면서도 이따금씩은 하경을 생각함으로써, 재인에게 어렴풋이 죄의식을 느끼고 있었음이 분명했다. 따라서 악몽의 원인은 그 죄의식이기가 쉬웠다. 하경과 관련된 생각을 한다는 것 자체가 재인에게 성실하지 못한 태도라는 것도 나는 알고 있었다. 그러나 하경은, 그냥 생각난 것이지, 내가 〈자, 지금부터 하경을 생각하자〉 하면서 생각한 것이 아니었다.

재인과 입씨름을 한 그날부터 나는 하경을 상기시키는 것들, 이를테면 〈베델 교회〉, 〈풍선〉, 〈폐결핵〉, 〈금오산〉, 〈라트라비아타〉, 〈비올레타〉 같은 단어를 만날 때마다 긴장했다. 그것이 재인에게 진정을 다하는 태도라고 생각했기 때문이었다. 그러나 그것은 허사였다. 발을 씻을 때마다, 브래지어나 겨드랑이가 드러난 여자 사진을 볼 때마다, 달이 밝을 때마다, 비누 냄새가 날 때마다 문득문득 하경이 생각나는 것까지 막아 낼 방도가 나에게는 없었다. 나는 그즈음에야 〈못 잊어〉가 왜 그토록 많은 노래 가사의 테마가 되는지 그 까닭을 이해했다.

그런데 나나 재인이나 한 가지 간과하고 있었던 게 있다. 내가 잊으려고 애를 쓰면 쓸수록, 재인이 나에게 잊기를 묵시적으로 요구하면 할수록, 그 대상은 내 안에서 그만큼 더 깊숙이 내면화한다는 점이었다.

나는 그것으로 해명이 된 것으로 알았다.

나는 재인을 과소평가하고 있었다. 재인은 기습과 역습의 명수였다.

음력으로 5월 초하루는 할머니의 제사가 드는 날이었다. 나는 중학교 시절부터 어머니에게서 거의 떨어져 살았지만 할머니 제사와 아버지 제사는 한 번도 거른 적이 없었다. 어머니는 나에게 제사에 맞추어 재인과 함께 하구(下邱)할 것을 엄명했다. 이 엄명은 추상같았다. 할머니에 대한 어머니의 효심은 강경했다.

중국에서 비둘기 고기는 중요한 요리 재료가 된다고 한다. 그러나 〈부귀다남(富貴多男)〉이 덕담이던 우리 시대에 여자들에게 비둘기 고기 먹는 것은 엄격하게 금지되고 있었다. 비둘깃과의 새들은 알을 한두 개씩밖에는 낳지 않기 때문이었다. 많은 어머니들이 한 탯줄에 예닐곱의 아들을 낳던 그 시대에 비둘기처럼 자식을 한둘만 낳고 마는 여자는 좋은 여자가 못 되었고, 그나마 하나도 낳지 못하는 여자는 비둘기 고기를 몹시 싫어하는 여자에게 자리를 내어주어야 했다. 따라서 아들 형제만을, 그것도 만득하느라고 할머니 생전에 손자를 안겨 주지 못한 우리 어머니는 늘 할머니에게 죄의식을 느끼고 있었다. 어머니는 이것이 한스러워, 비록 혼전이기는 하나, 아기를 가진 재인을 할머니 영전에 앉혀 보고 싶어서 함께 내려오라고 엄명했을 것이라고 나는 생각했다. 유선 형은 미혼이었으니까.

「선우하경이라는 여자 데리고 가면 되겠네…….」

「무슨 소리야?」

「대구에도 예쁜 처녀가 하나 있다며?」

「그건 현실이 아니라고 했다.」

「그 방면의 전문가잖아요? 현실이 아니라면 현실로 만들면 되잖아요?」

「이럴 수는 없다…….」

「제사 참례는 곤란해요. 이런 모양을 하고 갈 수도 없고요. 그러니까 나를 단념하세요.」

「단념하라니? 동행을 단념하라는 뜻이야, 당신이라는 여자를 단념하라는 뜻이야?」

「마음대로 해석하세요.」

재인에게는 아주 나쁜 버릇이 있었다. 오해의 소지가 대단히 많은 표현을 하고도 그 표현의 해명을 거절하는 버릇이 그것이었다. 재인은 선우하경 이야기가 나왔을 때 나에게, 자신은 현실적인 대용물 같은 것이냐고 물은 적이 있다. 그때 나는, 마음대로 생각하라고 말하지 않았다. 재인 같으면 그 경우에도 마음대로 생각하라고 말함으로써 그 자리를 싸움터로 만들었을 것이다. 〈마음대로 생각하세요〉라고 말하는 버릇은 우리 한국인들이 공유하고 있는 악습이기도 하다.

설득하려 했지만 그는 침묵으로 일관했다. 재인은 돈다발을 팽개치고 바람처럼 대구로 내려가 버린 어머니에게 저항하느라고 동행을 거절한 것은 아닐 것이다. 그는 교회가 조상 숭배를 이단으로 규정하고 있었으므로 나에게 제사 자체를 부정한다는 메시지를 전해 놓고 싶었기 때문에, 그리고 신학교에 다니던 유복한 집안의 믿음 좋던 외동딸인 자신이 결혼도 하기 전에 불룩한 배를 앞세우고 친정 마을에 나타나는 사태를 참을 수 없었기 때문에 그랬을 것이다.

잘 알려져 있다시피 기독교는 조상 숭배의 의식에서 제물을 흠향한다고 믿어지는 조상의 혼령을 일종의 신으로 보기 때문에 이 조상 숭배를 이단으로 규정한다. 조상의 혼령이 신이라면, 하느님 앞에서 다른 신을 섬길 권리를 포기한 기독교도들에게 이 신은 잡신 혹은 우상일 수밖에 없고, 따라서 조상 숭배는 우상 숭배와 동일시될 수밖에 없다. 그래서 이들은 조상의 기일이 되면 조상을 추모하고, 조상의 혼령을 잘 보살펴 달라고 그리스도의 이름으로 하느님에게 기도함으로써, 말하자면 추모 예배를 드림으로써 제사를 대신한다. 따라서 이 추모 예배의 객체는 결국 조상이 아니라 하느님이게 된다. 기독교도들이 조상 숭배를 견디지 못하는 것은 결국 조상이 신격화한 사태가 유일신에 대한 믿음과 모순되기 때문이다. 그래서 그들로서는 신격화한 조상을 우상과 동일시하지 않을 수 없는 것이다. 기독교도들은 이 모순을 해소할 수 없어서 공격적인 보수주의자로부터 〈조상이 우상이면 너희들은 우상의 새끼들이겠구나〉 하는 등등의 난감한 욕을 먹는다.

유교는 공자 및 그 제자들의 가르침이 양식화한 일종의 이데올로기이지, 우리가 알고 있는 것과 같은 그런 종교는 아니다. 그런데도 이 유교가 종교처럼 보이는 것은 조상 숭배라는 제사의 형식이 그 안에 자리 잡고 있기 때문이다. 그러나 유교에서 제물을 흠향하는 것으로 믿어지는 조상의 혼령은 기독교의 하느님처럼 우리의 생사병로와 길흉화복을 주재하는 그런 신은 아니다. 조상 숭배를 아무리 반듯하게 잘하는 사람이라도, 조상의 혼령을 향하여 기적을 일으켜서 고혈압을 고쳐 달라고 기도하지는 않는다. 왜 그런가 하면, 조상 숭배는 유교에서 강조하는 덕목 중의 하나인 〈효행〉의 연장선상에 있는 제례에 지나지 않는데, 유교에 오래 젖어 있던 사람들까지도 이것을 잘 알고 있기 때문이다.

공자가 이 제사의 중요성을 강조해서 가르치고 있기는 하다. 그러나 그

가르침은 소박하다.

〈아버지 대에서 모였던 자리에 모여, 그분들처럼 제사를 지내고, 그분들이 경의를 표하던 분들에게 같은 경의를 표하고, 그분들이 사랑하던 이들을 사랑하는 것은 얼마나 좋은 일인가. 이것은 곧 살아 계실 때처럼 그분들을 섬기고 우리와 함께 계시는 것처럼 그분들을 섬기는 것이니, 이것이야 말로 그분들에게 대한 진정한 효도가 아닐 것인가.〉

아름다운 기독교도인 중국의 철학자 린위탕은 조상 제사를 금하는 선교사들, 제사를 거부하는 중국의 기독교도들을 이렇게 놀려 먹는다.

〈……제사를 모실 때 제관들은 위패 앞에 무릎을 꿇는데, 서양의 교회가 제사라면 질색을 하는 것은 바로 이 때문이다. 그러나 중국인의 무릎은 서양 사람들의 무릎보다 훨씬 유연하다. 중국인들은 조부모들 앞에서도 격식을 갖추어야 할 때는 그 유연한 무릎을 꿇는데, 서양 사람들은 이걸 모르고 있는 게 분명하다……. 중국 속담은, 물을 마실 적에는 그 근원을 생각하라고 가르친다. 그런데 왜 중국의 기독교도들만 물의 근원을 생각하는 것을 금지당하고 죽자고 수도꼭지만 빨아야 하는가…….〉

물을 마실 때는 그 근원을 생각한다…….

우리 집안이 대대로 제례에 엄격했던 것은, 조상들이 제삿날을, 근원을 생각하는 날, 이산해 있던 형제들을 한자리에 모이게 하는 날로 지키고자 했기 때문이었다. 조상들이 이 두 가지를 특별히 강조했던 것을 보면 우리의 핏줄에는 근원을 잘 잊고, 형제가 이산하는 것을 대수롭지 않게 여기는 어떤 형질이 흐르고 있었던 모양인가.

나는 청소년 시절부터 교회를 드나들면서 교회의 가르침에 충실하고자 애쓰면서도 제사를 모시는 길과, 제사 끝에 복주를 음복하면서 배우게 되는, 술 마시는 일만은 조금도 죄의식을 느끼는 일이 없이 계속해 왔다. 나는 조상의 혼령을 하느님에게 의탁함으로써 제사의 의미를 약화시키고 싶지 않았다. 제사를 추모 예배로 바꾼 많은 기독교 가정에서, 제사가 지닌 이 두 가지 의미가 퇴색하고 약화하는 사례를 무수히 보아 왔기 때문이었다.

내가 제삿날을 아름답게 여겼던 것은, 어릴 때는 제사 때마다 나의 근원을 만날 수 있었기 때문이고, 나이가 들어서는 근원에서 내려다볼 수 있었기 때문일 것이다. 우리 형제는 제삿날마다 조부모와 아버지와 숙부 이야기를 푸짐하게 들을 수 있었다. 우리에게서 사라져 더 이상 눈에 보이지 않게 된 우리 근원에 대한 이야기는 그 근원의 혼백을 배웅하러 대문 밖까지 따라 나갔다 온 뒤에도 계속되고는 했다.

아버지의 제삿날이 되면 뜻밖에도 〈오늘이 그 형님 제삿날이지요, 아마?〉 이러면서, 오래 잊고 있던 노래가 기억의 한켠에서 떠오르듯이, 그렇게 불쑥 찾아드는 먼 일가붙이들도 있었다. 이런 분들로부터 내 아버지의 이야기를 들을 수 있는 것은 거의 아버지의 제삿날뿐이었다.

어머니는 바로 이런 가풍을 대물림하기 위해 나와 재인에게 할머니 제사에 참례하라고 엄명했을 것이라고 나는 생각했다. 그러나 나는 혼자 대구로 내려가야 했다. 어머니는 몹시 섭섭해했고 몹시 미안해했다. 어머니는 재인에 대한 자신의 꾸지람이 아들을 불편하게 만들었다고 생각했던 모양이다. 착하디착한 유선 형도 배부른 계수 만나는 데 잔뜩 들떠 있다가, 〈그것 참, 그것 참〉 하면서 퍽이나 아쉬워했다.

대구 집에는 입영 영장이 나와 있었다. 가을 학기에 복학하기로 결심하지 않으면 9월 초에 입영해야 했다. 따라서 나는 늦어도 1학기가 끝나기 전에 결정을 내리지 않으면 안 되었다. 재인이 나와 함께 할머니 영전에 앉을 수 있었다면 나는 어쩌면 가정을 이루어야 한다는 단 한 가지 이유만으로 복학을 결심했을지도 모른다. 그러나 그로부터 오래지 않아 나는, 복학은 물론 가정을 이루는 일까지 포기하겠다고 결심하는 불행한 계기를 맞게 된다.

하인후가 인왕산장으로 허겁지겁 뛰어 올라오기 전날 밤의 일이다.

만삭에 가까운 재인은 모로 누운 채로 곤히 잠들어 있었다. 그 옆에서 책을 읽고 있었는데 갑자기 재인이 소리를 질렀다.

「들어가지 마! 내 부엌이야!」평소에는 않던 재인의 잠꼬대였다.

「왜 그래? 악몽이야?」

재인을 흔들어 깨웠다. 재인은 잠깐 눈을 뜨고 나를 바라보고는 다시 눈을 감고 모로 누었다.

가위눌렸던 모양이라고 생각하고는 다시 책을 고쳐 잡았다. 그런데 반 시간이 못 되어 재인이 또 소리를 질렀다.

「들어가지 마! 내 부엌이야!」

다시 재인을 깨우지 않을 수 없었다. 내 느낌이 심상치 않았다.

「왜 그래? 일어나 앉아 봐.」

재인을 악몽으로부터 완전히 깨어나게 하려고 일으켜 앉힌 다음 찬물을 마시게 했다.

「아까 날 깨웠어요?」

「깨웠어. 깨우니까 날 잠깐 바라보고는 돌아눕던걸.」

「이상해요. 깼다가 다시 잠들었는데, 깨기 전과 똑같은 꿈을 또 꾸었어요. 영화관에서 같은 영화를 연속 상영하듯이…….」

「무슨 꿈인데?」

「어떤 할머니가, 약간 험상궂게 생긴 할머니가 우리 부엌으로 들어가겠다는 거예요. 그래서 못 들어가게 떠밀었는데, 날 밀쳐 내고는 기어이 들어가는 거에요.」

「왜 떠밀어 냈어?」

「내 부엌이니까.」

「그런데도 결국은 들어갔지?」

「그래서 내가 소리를 질렀잖아요?」

「당신 삼신할매 이야기 들어 본 적 있어?」

「없어요. 우리 엄마부터가 배냇크리스천이었는걸.」

「옛날 시골 살 때, 우리 어머니는 부엌에다 조그만 항아리를 하나 두고는 거기에다 곡식을 조금 넣어 두더라. 삼신할매 몫이라면서……. 이 삼신할매가 나서지 않으면 그 부엌의 주인이 자식을 잘 낳을 수 없어. 그 삼신할매였던 모양인가?」

「내가 그 신이 있는 줄 몰랐는데 어떻게 내 꿈에 나타날 수 있어요? 우리가 모르는 것은 꿈도 모른다면서요?」

「그럼 조왕신인가……. 어릴 때 보니까 부엌에서도 조왕굿이라는 걸 하던데…….」

「이럴 거예요?」

「농담이야…….」

농담이 아니었다. 나는 지그문트 프로이트의 도움 없이도 나 나름으로 그 꿈을 해석할 수 있을 것 같았다. 재인은, 이유야 어찌 되었든, 할머니의 제사에 참례하라는 어머니의 엄명을 거절하고는 상당한 마음의 부담을 느꼈던 모양이다. 더구나 어머니가 우리 인왕산장 일에 간섭한다는 인상을 주는 것에도 부담을 느끼고 있었던 것 같다.

나는 〈험상궂은 할머니〉는 할머니 이미지와 어머니 이미지의 복합체였을 것이라고 생각했다. 따라서 재인은 의식적으로 거절하고 있는데도 불구하고 그 복합된 이미지는 이미 재인의 무의식에 깊숙이 침윤해 있었던 것 같다. 그러나 삼신할매의 이미지일 것이라는 해석도 완전하게 물리칠 수는 없었다. 부엌에 터 잡고 한 집안의 길흉화복을 주장하는 여신의 원형적인 이미지가 그 집 안주인의 꿈에 나타나는 일은 그리스도도 원천적으로 봉쇄할 수 없는 모양이라고 나는 생각했다.

그러나 나는 농담이라고 말했다. 한밤중에 재인과 종교 전쟁을 벌이고 싶지 않았기 때문이었다. 그러나 두려웠다. 재인은 곧 잠이 들었지만 나는 잠을 이룰 수가 없었다.

하인후가 초저녁에 인왕산장으로 달려 올라온 것은 바로 그다음 날이었다. 인후가 숨을 헐떡거리면서 하던 말을 현실로 이해하기까지 어찌 그리 오래 걸리던지…….

「……놀랍겠지만, 내 말을 잘 들어라. 유선 형이 우리 하숙집으로 전화했더라. 어머니가 돌아가셨다. 오늘 오후 2시. 대학 병원이다. 사인은 뇌일혈이었던 모양이다.」

어머니의 부음을 듣고 내가 했던 생각은 정확하게, 〈아, 내게도 이런 일이 일어나고야 마는구나〉였다. 아름다운 재인과 평생을 함께하기로 약속하던 순간, 그 재인이 우리 아기를 낳게 된다는 것을 안 순간, 내가 했던 생각은, 〈아, 내게도 이렇게 좋은 일이 일어나고야 마는구나〉였다. 그 행운이 믿기지 않았듯이, 나를 찾아온, 어머니를 잃는 불행도 내게는 믿기지 않았다.

나는 외조부의 부고를 받고 어머니가 그랬듯이 돗자리를 내어 깔고, 그위에다 정하디정한 인왕산 약수 한 그릇을 놓고 북향재배함으로써, 돌아가신 어머니를 위한 기도문을 생각하고 있었음이 분명한 인후와 재인을몹시 어리둥절하게 만들었던 것 같다. 그러나 나는 그렇게 하지 않을 수없었다. 나는 어머니가 보여 주던 이 슬픈 의례를, 바로 그 순간에 재현하지 않을 수 없었다. 나는 이 슬픈 의례가 어머니의 죽음을 기정사실화시키고 내 마음을 평정하는 데 도움을 주었다고 믿는다.

재인은 동행을 거부했다. 산월이 가까워지면서 만삭이 된 그의 배 때문이 아니라는 것만 분명하게 밝힐 뿐, 더 이상은 밝히려 하지 않았다. 재인은 그때 벌써 나와 함께 가정을 꾸민다는 희망을 포기하고 은밀하게 반란을 준비하고 있었던 것일까? 나에게는, 재인에게 어머니의 장례식에 동행하기를 거부하게 만들 정도로 지독한 일을 한 기억이 없다.

사랑의 기술을 배우는 기독교도들에게도, 아니 기독교도에게야말로 관용이 희귀한 미덕이 되어 있는 사태는 예나 지금이나 나를 슬프게 한다.

대학 병원으로 달려간 뒤에야 나는 비로소 어머니가 우리에게 하구(下邸)를 엄명한 까닭을 이해했다. 어머니는 세상을 떠나기 한 달 전부터 무엇인가를 끊임없이 챙기고 준비하는 것 같았는데, 그게 바로 돌아가실 준비였던 모양이라고 내 형 유선은 울먹이면서 내게 전해 주었다.

305

의예과에 다니던 동기생 하나는 어머니가 전부터 대학 병원을 드나들더라는 소식을 전해 주었다. 형도 어머니의 병원 출입을 눈치채지 못하고 있었다.

형은 흐느끼면서 나에게 어머니의 마지막 소식을 전해주었다.

「마루에서 열무를 다듬고 계시더라고. 나는 옆방에서 고장 난 라디오를 손보고 있었고……. 그런데 뭔가가 떨어지는 소리가 나는거야. 어머니 쪽을 보고서야 어머니의 돋보기 안경이 떨어지는 소리인 줄 알았어. 졸리신가 보다…… 이렇게 생각하고는 〈방으로 들어가셔서 한숨 주무세요〉 하고 보니 이상해. 어머니는 원래 낮잠을 안 주무시잖아. 이상하다 싶어서 가까이 가는데 앞으로 쓰러지시잖아? 병원으로 모셨는데……. 평소에 왼발 왼다리가 저리다는 말씀 자주 하셨지만 내가 뭘 알았어야지. 어머니는 혈압 때문에 이 병원을 더러 드나드셨는데도 나는 까맣게 모르고 있었다……. 아우야, 미안하다…….」

습렴(襲殮) 때 형과 친척 어른들은 나에게 마지막으로 어머니 시신을 보아야 한다고 말했다. 보되 두 눈을 부릅뜨고 보아야 한다고 말했다. 그러나 나는 볼 수 없었다. 나는 어떠한 신학도 마련되어 있지 않다는 이유를 들어 어머니의 시신 만나기를 한사코 거절했다. 친척들은 〈겁이 그렇게 많아서야 쓰겠느냐〉, 〈사나이답지 못하다〉는 말로 나를 비난했다. 그러나 나는 끝내 사나이다운 모습을 보여 주지 않았다. 사나이다움을 증명하는 길이 그렇게 간단한 것인데도 불구하고 끝내 거절했다. 어머니의 시신에 습포를 돌려 감은 그들은 스스로를 명예롭게 여겼는지 모른다.

「내 나이 열두어 살 때 일인데, 자네는 기억 안 나나? 배가 아파서 마루를 구르다가 어머니에게 업혀서 읍내 병원으로 가지 않았어? 근 한 시간이나 걸려 병원에 도착하고 보니 멀쩡하더라고. 그래서 화장실에 다녀왔는데 어머니가 간호사 앞에서 피를 뽑히고 있더라. 이 시골 간호원은 어머니를 응급 환자로 착각했던 모양이야. 우리 어머니 자존심이 좀 강하셨

306

어? 왜 그러고 계시느냐고 여쭈었더니 어머니는 태연한 얼굴로 〈아들이 아프면 에미 피도 뽑는 줄 알았구나〉, 이러시면서 간호원을 웃기시더니…….」

어머니 돌아가신 순간부터 나는 형에게 〈자네〉가 되어 있었다. 형은 이 이야기 끝에 아주 잠깐 쓸쓸하게 웃고는 또 울음을 터뜨렸다.

〈좀 강하셨어〉 하는 형의 표현이 내 마음에 걸렸다. 어머니가 살아 계신다면, 〈좀 강하시니〉가 되었을 터였다. 형은 손바닥 뒤집듯이 아주 쉽사리 어머니 묘사도 과거형으로 바꾸어 내고 있었다.

상제인 형과 나는 병원 영안실에 사흘을 머물면서 조문객을 받을 동안 거의 음식을 입에 대지 못했다. 그 시절, 상제는 죄인이었다. 그들에게는 사람들이 보는 데서 음식을 먹을 권리가 없었다. 친척들은, 산 사람의 입과 죽은 사람의 입은 다르다느니, 그러다 줄초상이 난다느니 하면서 누가 보지 않을 때 음식을 내어 오고는 했다. 그러나 우리 형제는 그 음식을 먹지 않았다. 먹고 마시는 것을 완전히 끊고 사흘을 울었는데도 우리의 눈물이 마르는 일은 일어나지 않았다.

나는 우는 일밖에는 한 것이 하나도 없다. 그러나 형은 나보다 겨우 두 살이 많은데도 불구하고 조문객을 받는 틈틈이 친구들이나 아우들을 부려 그 많은 손님을 대접하는 데 소홀함이 없게 했다.

우리는 어머니를 고향 선산으로 모셨다.

영구차가 고향 마을 앞에 이르자 형이 울부짖었다.

「이렇게 가까운 곳에 오실 걸 왜 그렇게 돌아오셨어요?」

어머니의 시신은 마을 앞에서 상여로 옮겨졌다. 상여 지나던 길에 피어 있던 하얀 개망초 꽃이 유난히 내 기억에 선명하게 밝히고는 한다.

……저승도, 모르는 사이에 우리가 무수히 밟고 다니는 개망초밭 같은 것일까? 무서워라……. 천하디천하게 자라다가 사람의 손길이 잠시만 뜨면 슬며시 들어가 그 터를 제 마당으로 삼아 버리는 개망초의 무서운 생명력, 그 개망초의 의미 없음, 그런데도 불구하고 분명하게 존재하는 그 엄

연함……. 그런데도 어째서 우리는 죽음이라는 것을 모른다고 하는지…….

선산의 아버지 빈 무덤 옆에는 어머니의 관이 내려갈 자리가 네모나게 파여 있었다. 그 자리는 바로 어머니가 선산을 오를 때마다 앉아서 쉬기를 좋아하던 자리이기도 했다.

어머니로부터 들었던 이야기가 생각났다.

「……너희들 외가에 갔다 오는 길인데. 산자락에 무덤이 한 기(基) 앉아 있는데 자리가 좋다 싶어서 먼발치에서 물끄러미 보고 있으려니 웬 할마시 하나가 바구니를 들고 올라가더니…… 가까이서 그 무덤을 옆눈질로 한참을 바라보다가 치맛자락으로 눈을 찍더라. 필시 그게 영감 무덤이었던 게지……. 그게 늘 눈에 아물거리더라. 그런데 석달 뒤에 내가 또 너희들 외가에 갈 일이 있었다. 갔다 오다가 보았더니 그 영감 무덤 옆에, 갓 만들어 봉분의 흙도 덜 마른 새 무덤 하나가 생겨 있더라. 참, 억장이 무너져서……. 사람이라고 하는 것은 살고 있어도 살고 있다고 할 것이 없어…….」

하관하기 전에도, 우리 선산을 지켜 주던 고종형이 나에게, 비록 염습포에 싸여 있기는 하지만 어머니의 형상이나마 눈 부릅뜨고 보아 두라고 말했다. 나는 거절하고 돌아섰다.

돌아섰지만 내 눈에는 아무것도 보이지 않았다. 뭐라고 형용하기 어려운 육중한 냄새가 바람에 실려 왔다. 주검이 된 어머니의 냄새였다.

곧 목관에다 못질하는 소리가 들려왔다. 그 아름답던 선산 자락이 어찌 그리도 무정하게 보이던지. 나는 하관이 진행될 동안 돌아서서, 무정한 청산을 둘러보면서 기도했다. 하느님에게도 아니고, 부처님에게도 아니다. 그렇다고 해서 조상들에게도 아니다. 나는 어머니에게 기도했다.

〈사라지세요, 사라지세요. 어머니가 들어가실 것으로 믿던 그 문(門) 안으로 사라지세요……. 영생도 마시고 환생도 마세요. 그렇게 않으셔도 저희들 기억에서는 사라지지 않을 겁니다. 저는 어머니를 제 기억에 묻습니다. 저는 이 기억의 무덤에다 때가 되면 제사도 모시고 묘사도 모실 겁니다.〉

어머니를 땅 밑으로 모신 날 밤은 달이 몹시 밝았다. 나는 선산을 한 바퀴 돌아보고 어머니 무덤 앞에서 혼자 울어 보고 싶어서 고향 집을 나왔다. 달 아래 펼쳐진 개망초 꽃밭은 메밀 꽃밭을 연상하게 했다.

그런데 이상한 일이 일어났다. 언덕만 돌아 나가면 선산인데, 언덕을 돌아 나갈 수 없었다. 발이 떨어지지 않았다. 무서웠다. 어릴 때도 달밤에 흔히 다니곤 하던 선산이 갑자기 무서워서 한 발도 더 다가갈 수 없었다.

〈내가 겨우 이것밖에 안 되는 인간인가…….〉

나는 술기운을 빌어 기어이 올라가려고 했다. 그러나 되지 않았다. 처음에는 발이 떨어지지 않았는데 우격다짐으로 올라가려고 한 뒤부터는 몸이 말을 듣지 않았다.

하릴없이 고종형의 사랑방으로 돌아왔다. 고종형이 내 눈을 빤히 들여다보면서 말했다.

「산에 올라가 보려고 했지? 그런데 안 올라가지지? 무서워서 못 올라가겠지? 외숙모가 자네들과 정 떼려고 그러시는 게다. 나한테도 똑같은 경험이 있다. 그때 나는 비로소 산 사람 있을 자리와 망인 계실 자리가 다르다는 걸 알았다.」

「제가 한심합니다.」

「한심한 게 아니다. 요즘은 시속이 시속이라서 잘 따르지 않지만 옛날 상제들은 장례를 지내고도 사흘 동안은 매일 산에 올라 생전처럼 문안을 여쭙고 무덤돌이를 했다. 그러나 밤에는 문제가 달라진다. 밤중에, 홀어머니 모신 산소에 가보고 싶어하는 사람이 어째 자네뿐이겠나? 그러나 밤중에 무덤 앞으로 올라가 낸 사람은, 내가 알기로는 없다.」

많이 배운 사람이 아닌 것이 분명한 고종 형수가 그날 내게 한 말을 나는 아직도 못 잊는다. 그 한마디 말은 나에게 큰 위로가 되어 주었다. 그는 지나가는 말로 이랬다.

「도련님, 죽음이라는 것이 어째 좋은 법이기야 하겠어요만, 그렇다고 해서 그렇게 나쁜 법인 것만은 아닐시더…….」

어머니 장례가 끝나고 대구에서 마주 앉았을 때 형의 목소리는 유난히 차분했다.

「안동에 우리 선대의 선산이 있었던 걸 알지? 얼마 전에 그 선산을 관리하던 먼 친척이 돈을 마련해 가지고 우리를 찾아왔더라. 산자락에 논밭이 수월찮게 있어서 그 집 3대가 거기에서 나서 자랐고, 거기에다가 임자야 우리지만 세월이 많이 흘러서 그 집의 여러 조상이 이미 그 산에 묻힌 모양이더라. 산의 권리를 포기하라는 것은 아니고, 그동안의 은혜라면서 돈을 내어놓는데. 어머니는 내 의견을 묻더라. 내게 무슨 의견이 있겠어. 마음대로 하시랬더니, 돈을 받는 대신 권리를 그 집에 넘겨주겠다고 하시더라. 자, 이 통장에 그 돈의 일부가 있다. 액수가 적지 않다. 보다시피 통장은 한재인 씨의 이름으로 되어 있다. 지난번 할머니 제사 끝에 나에게 당부하시더라. 이것은 재인 씨의 몫이라는 것이다. 무슨 뜻인지 알겠지?」

「모르겠는데, 무슨 뜻이오?」

「자네 기분이 안 상했으면 좋겠다. 어머니 예감은 불길하신 모양이더라. 내가 곧 결혼을 할 것 같은데…… 어머니는 장차 태어날 아기의 입장이 난처해지는 일이 생기면 내 자식으로 입적시킬 마음의 준비를 하라시더라. 자네 마음 상하지 않았나?」

「……」

「어머니는, 자네들이 맺어지지 못할 것으로 보신 모양이다.」

「왜요?」

「어머니는, 자네는 난폭하면서도 어진 사람, 재인 씨는 부드러운 것 같으면서도 잔인한 사람으로 보신 모양이다. 어머니 말씀에 따르면, 난폭하고 잔인한 남자와 부드럽고 어진 여자는 살아도 자네들 같은 사람은 못 산다고 하시더라. 내 말이 심한가?」 형은 〈자네〉라는 말을 꽤 익숙하게 썼다. 「자네 형수 될 사람의 승낙도 얻어 두었다. 어머니는 그러시더라. 자네 하는 짓으로 봐서 곧 혼인 신고를 할 것 같지 않다고. 재인 씨의 의향도 대충 읽으신 모양이더라만, 좋은 쪽으로 읽으신 것 같지는 않더라.」

「……」

「이번에 재인 씨가 함께 왔더라면 내가 이 통장 내어놓지 않았을 것이다만 보다시피 이렇게 되었다. 절약해서 쓰면, 자네가 군대 다녀올 때까지 3년 생활비는 될 거다.」

「형이 쓰시오. 형도 넉넉하지 못하잖소? 그동안 나에게 빼앗긴 액수도 만만치 않을 겁니다.」

「이런 말 해서 뭣하다만…… 어머니 인덕이 좀 좋으셨나? 아껴 가면서 큰일을 치렀는데 향전(香奠) 들어온 걸 보고 내가 놀랐다. 그런데 말이다, 재인 씨 어머니 병원 다녀가신 거 자네 아니?」

「몰랐소. 그 노인네가 거기 올 리 없는데……. 형이 부고를 보냈소?」

「아니……. 딸 가진 죄인이라는 말도 있지 않나?」

「재인이 연락했을 리는 없소……」

「아무튼 또 돈 이야기다만…… 거기에다가 안동 산을 차지한 분이 어찌 알고 왔는지 〈대부인, 대부인〉 하면서 펑펑 울더니 또 엄청나게 많은 돈을 내어놓고 갔다. 안 내어놓아도 될 돈을 내어놓는 걸 보니, 어머니가 일으키신 기적 같더라. 해서는 안 될 소리다만 흡사 어머니가 돈으로 화하신 것 같다. 반으로 나누어 줄 테니까 용처는 자네가 정하도록 해라.」

〈어머니가 일으키신 기적 같다…… 어머니가 돈으로 화하신 것 같다…….〉

형의 말이 조금 경망스럽게 들렸다. 재인의 어머니가 병원을 다녀갔다는 말도 마음 귀퉁이를 떠나지 않았다.

서울로 돌아온 뒤로도 나는 열닷새 삼베로 지은 상복을 벗지 않았다. 재인은 출산을 앞두고 기저귀를 마련하거나 아기용 요와 이불을 마련함으로써 나의 분위기를 호전시키고 싶어 했다. 그러나 내가 지어 내는 분위기가 심상치 않았던지 드러내 놓고 상복을 벗기려고는 하지 않았다. 재인도 여름철에는 모시로 만든 짧은 치마저고리를 즐겨 입었기 때문에 겉보기에는 그 역시 복중이라서 소복하고 있는 것 같았다. 나는 그가 어머니에게 지은 죄를 참회하는 뜻에서 소복을 하고 있었기를 얼마나 간절하게 바랐던가.

그러나 상복 입는 기간은 길지 못했다.

재인을 안고 인왕산을 내려가는 데 삼베 옷은 어울리지도 않았다.

간호원이 신생아를 안고 나왔을 때 하인후는 간호원에게 물어보지도 않고 단언했다.

「틀림없이 네 아들이다. 발 봐라.」

나는 발이 커서 신발을 사는 데 늘 애를 먹고는 했다. 인후의 말마따나 신생아의 발이 커 보였다. 아닌 게 아니라 간호원은 서넛 되는 보호자 중에서 정확하게 내 이름을 불렀다. 인후가 간호원에게 다가가 무엇인가를 묻더니 나에게 다가와 이렇게 말했다.

「3포인트 7케이지란다. 조그만 아가씨가 고생깨나 했겠다.」

「〈3포인트 7케이지〉가 뭐야?」

「3.7킬로그램.」

「죽일 놈.」

나는 내 아들의 몸무게가 〈케이지〉라는 생소한 단위로 계량된 것이 별로 기분이 좋지 않았다. 〈케이지〉라는 말에는 〈킬로그램〉이라는 외국어가 그동안 획득했던 온기가 하나도 없었기 때문이었다.

재인은 튼튼한 아들을 낳음으로써 분만실 밖에서 기다리던 나와 하인후, 기동빈을 비롯한 수많은 꼬마 의사 동창들의 박수를 받으며 입원실로 올라갔다. 재인의 조그만 손가락이 그려 내는 V 자 모양은 어쩌면 그렇게도 염치없이 예쁘던지.

그렇게 좋을 수가 없었다. 펄쩍 뛰어오르면 머리가 천장에 닿을 것 같았다. 펄쩍 뛰어오르면 두어 길이 실히 되어 보이는 병원 복도 천장의 난방 파이프도 너끈히 손에 잡힐 것 같았다. 그 파이프를 잡고 턱걸이도 한 백 번쯤 할 수 있을 것 같았다.

나는 재인을 입원실에 남겨 놓고 악동들에게 끌려 나갔다가 통금 시간이 임박해서야 취한 채로 돌아갔다.

「술을 마셨는데 눈이 왜 부어요?」 재인이, 연습이 잘된 여인처럼 젖가슴을 문지르면서 물었다.

재인이 알 턱이 없었다. 대학 병원의 영안실 앞에서 내가 얼마나 울었는지 재인이 알 턱이 없었다.

병원으로 들어오려는데 영안실이 보였다. 나는 영안실 앞에서 설거지를 하고 있는 흰옷 입은 여자를 하나 골라 술을 좀 마시게 해줄 수 없느냐고 물었다. 나는 공술을 얻어 마시고자 한 것이 아니었다. 나는 그들의 장례식에 내 식으로 참례하고 싶었다. 상제의 아내인 듯한 여자는 아무 말 없이 술을 내어다 주었다. 그 술을 들고 향나무 아래로 나와 마시려는데 울음이 터져 나왔다. 그날 재인의 진통 주기가 짧아지기 시작하고 나서부터 처음으로 어머니가 생각났기 때문이었다. 분만실이 있고 영안실이 있는 그 병원 마당 향나무 아래에서…… 분만실에서 영안실까지의 거리, 그 거리가 그렇게 아득해 보일 수 없었다.

나는 예나 지금이나 우는 것을 부끄럽게 여기지 않는다. 나는 눈물이 내 감정의 청명함에 어울리면 언제든지 그것을 떨어뜨린다.

〈우리는 하나의 심연에서 솟아올라 또 하나의 심연으로 사라진다. 이 심연과 심연 사이를 우리는 인생이라고 부른다.〉

이렇게 말한 사람은 니코스 카잔차키스였지, 아마.

〈돌아가신 부모님들 생전에 효자였다고 생각하십니까, 불효자였다고 생각하십니까?〉

이런 질문을 받을 경우 우리 한국의 아들딸들 대부분은 〈불효자〉로 대답한다고 단언해도 좋다. 우리 한국인들은 부모에게 큰 빚을 진 사람들이다. 세상을 떠난 대부분의 부모들은 아들딸에게, 상환이 끝나지 않은 부채로 인한, 지울 수 없는 죄의식을 남긴다. 우리들에게 제사라고 하는 행위는 이 부채를 마음에 아로새기는 의식, 그것을 다음 대로 갚아 내리겠다고 다짐하는 의식이다.

〈자식들이 효자들이라고 생각하십니까, 불효자들이라고 생각하십니까?〉

이런 질문을 받을 경우 우리 한국의 어머니 아버지들 대부분은 〈효자들〉이라고 대답한다고 단언해도 좋다. 스스로를 불효자라고 규정하는 많은 한국의 부모들은, 자식에게 정성을 기울임으로써 부모의 죽음이 남긴 죄의식을 닦아 낸다. 그러나 이들 역시 〈불효자〉만을 뒤에 남겨 놓고는 세상을 떠난다.

나는 〈대부분의 아들딸〉에게도 속하지 못하는 특별한 불효자였다. 나는 그로부터 5~6년이 지나도록 〈어머니〉라는 말이 들어가는 노래는 하나도 부르지 않았다. 설움이 북받쳐 올라올 것 같아서 아예 시작도 하지 않았기 때문이다.

「이름은 〈마로〉라고 했으면 좋겠다.」

「〈마루〉는 어때요? 〈파도의 골과 마루〉할 때의 그 〈마루〉, 〈산마루〉할 때의 마루.」

「〈마루〉는 안 돼.」

「왜요?」

「우키시마마루(浮島丸)……. 아들 이름을 부를 때마다 수천 명의 조선인을 바다에 수장시킨 배 이름이 생각날 것 같아서.」

「아는 것도 병이다.」

「내 아버지, 〈마로〉의 할아버지가 그 배에 타고 있었다. 이걸 알고 있는 것도 병일까…….」

〈마로〉는 〈사나이〉를 뜻하는 옛말이다. 내가 뜻을 설명하고 동의해 줄 것을 부탁하자 재인도 어감이 좋다고 했다. 이로써 아들의 이름은 〈이마로〉가 될 모양이었다.

「어머니는 나를 낳으신 날, 아버지가 한 달 전에 일본에서 세상을 떠나

314

셨다는 기별을 받았다. 그때 마을의 한 싱거운 양반이 우리 집을 올려다보면서, 〈하나는 죽고 하나는 태어나고……. 결국 식구 수에는 변동이 없구면〉 했다던가. 어머니 돌아가신 지 한 달이 채 못 되어 마로가 태어났으니 우리 식구 수도 변함이 없구나.」

나는 말을 해놓고 생각해 보아도 기가 막혀서 재인을 붙잡고 울었다. 그 시각 어머니는 땅속에, 마로는 신생아실에 있었다.

「미안해요.」 재인도 눈물을 글썽거렸다.

이로써, 〈이 세상에 날 울릴 수 있는 사람은 당신밖에 없어요〉 하던 재인의 말은 사실로 증명된다. 그러나 주머니에 입영 영장을 숨긴 나에게 그 눈물은 시의적절해 보이지 않았다. 바람이 부는 곳으로 가지 않으면 안 되었다. 바람이 되기에는, 나는 너무 초라했다.

세 주일 뒤 논산의 신병 훈련소에 입소했다. 머리카락은, 훈련소에서 깎이는 것이 싫어서 미리 깎고 들어갔다. 죽어야 한다면 능히 죽을 수도 있을 것 같은 심정이었는데, 지금 돌이켜 보면 입영이라고 하는 것도 참으로 무서운 경험의 사소한 시작에 지나지 못한다.

제2부
가설극장

19
훈병의 노래

내 나이 쉰 살이 거진 되었으니 이제 군대의 경험은 내 안에서 어지간히 곰삭아 문드러졌을 터이다. 그런데도 군대 이야기를 하지 않고 넘어갈 수 없는 것을 보면 그 시절의 경험이 내 인생에서 절실하기는 절실했던 모양이다.

한국의 많은 남자들은 제대한 뒤에도 군대 이야기 하기를 좋아한다. 제대하고 쾌적한 삶터를 꾸민 남자들에게는 병영의 험악하던 측면을 강조하는 경향이 있고, 그런 삶터를 일구지 못한 사람들에게는 군대에서 보내던 세월 좋던 시절을 강조하는 경향이 있다. 많은 사람들에게 군대 이야기는 수많은 과장의 프로세스를 거치다가 슬그머니 개인의 신화로 둔갑하고는 한다. 그러나 그것은 크게 나무랄 일이 아니다. 가해의 기억을 마모시키고 피해의 기억만을 화석처럼 남기는 것은 기억이 지닌 편리한 재편 기능의 장난일 것이기 때문이다. 우리 한국 남자들의 대부분이 군대로 인한 상처를 공유하고 있는데도 그것이 밖으로 잘 드러나지 않는 것은 바로 이 때문이다. 이 상처의 후유증은 수시로 현실을 넘나들면서 때로는 남자들을 그 시절로 되돌리기도 하고 때로는 현실에다 그 시절을 재현하게 만들기도 한다. 아내들이 지아비들의 군대 이야기를 싫어하는 까닭은 여기에 있다. 남자들의 군대 이야기는 여자들이 일구려는 행복한 삶터에는 유독한 경우가 종종 있다.

우리가 산 군대살이는, 아래로는 혹독하면서도 위로는 가멸었다.

우리가 산 군대살이는, 집단의 이익에만 모질기 짝이 없게 봉사하는 일본 제국 군대의 잔혹 무비한 전통과, 하루하루를 여생이 시작되는 날로 치는 미합중국 직업 군인 무리의 자유분방한 전통 사이의 어느 어름에 존재한다.

군대의 조직을 피라미드에 견준다면 다수가 몰려 있는 피라미드 기단부 하부 조직은 일본 군대식, 소수가 차지하는 상부 조직은 미국 군대식이었다. 하부 조직은 혹독한 가난에 시달렸고 상부 조직은 잉여 가치로 부패했다. 거기에다 이 사이에는 많은 도적들까지 있어서 하부 조직으로 내려가는 국가의 은전을 가로채어 저희 사복(私腹)을 채우거나 상부 조직의 송유관 노릇을 하게 했다. 군대 시절을 세월 좋던 시절로 기억하는 자들 중에는 이런 도둑놈들이 많다.

내 어릴 적의 문화가 그랬듯이, 닳고 닳은 일본 말의 찌꺼기와 산뜻한 토막 영어가 공존하던 우리 군대에서는 이 두 전통이 충돌하면서 맹렬한 적의의 불꽃을 지어 내고는 했다.

요즘 훈련소에서는 그런 일이 일어나지 않는다니 다행이지만 우리 시절의 훈련소에서는 〈사회물〉이 덜 빠졌다는 이유로 훈련병이 기간병들로부터 물매를 맞는 일이 허다했다.

바로 그 시절의 일이다. 기간병들 회식에 불려 갔던, 몸집이 작은 안경잡이 훈련병이 밤늦게 막사로 돌아왔다. 그는 두 손으로 배를 감싸고 들어왔는데, 얼굴이 백지처럼 하얬다. 나는 왜 그러느냐고 물었다.

「좀 맞았어. 그런데 왜 배를 차냐.」 그가 대답했다.

「왜?」

「노래 안 부른다고.」

「부르지 그랬어.」

「……」

군인들은 병영 바깥을 〈사회〉라고 불렀다. 그들은 사회의 물 중에서도

320

수질이 가장 나쁜 물을 대학물로 쳤다. 대학물을 먹은 훈련병들은 같잖게 도, 말을 물가로 끌어갈 수는 있어도 말로 하여금 물을 마시게 할 수는 없 다는 서양 속담의 물을 먹었기 때문일까. 안경잡이 훈련병은 기간병 회식 에 불려 가기는 했어도 부르라는 노래는 죽자고 안 불렀던 모양이다. 이런 훈련병에게, 질이 좋지 못한 기간병이 한 짓은 상상하기 어렵지 않았다. 교육을 받지 못한 기간병들 대부분은 일본군 전통 쪽으로 기울어져 있었 으니까.

그다음 날의 일이다.

훈련소에 입소하고 나서 우리가 놀란 것 중 하나는 매시간 〈10분간의 휴식〉이 엄격하게 지켜진다는 것이었다. 〈10분간의 휴식〉은 훈련병뿐만 아니라 기간병들로 이루어진 훈련 조교들의 기본권이기도 했다. 훈련병의 휴식 시간 풍경은 참으로 가관이다. 조교가 매시 50분에 〈10분간 휴식〉 을 선언하면 훈련병들은 우렁찬 목소리로, 〈뭉치자, 야!〉 하고는 흩어진 다. 흩어지면, 화장실로 뛰는 훈련병, 봄철 씨보리 자루처럼 그 자리에 까 부라지는 훈련병, 이웃 소대로 고향 친구 만나러 가는 훈련병 등 십인십색 이기가 보통이다. 이 시간에는 무엇을 하건 군대가 지급한 담배를 한 대씩 뽑아 무는 것이 보통이다. 많은 훈련병은 이러면서 담배를 배운다.

그날은 휴식 시간이 시작되자마자 조교가 안경잡이 훈련병을 불렀다. 그 조교 옆에는, 언제 왔는지 다른 소대의 조교들도 모여들어 있었다.

「쉬엇, 차렷!」

조교가 앉은 채로 안경잡이에게 명령했다. 안경잡이가 그대로 했다.

「뒤로 돌앗!」

안경잡이가 제식 훈련 시간에 배운 대로 구두 뒤축에서 팍 소리가 나게 제대로 돌아섰다.

「시키는 대로 한다, 알았나? 복창한다. 훈련병 아무개 노래 〈일발 장전〉!」

「……」

우리는 그 희한한 광경을 바라보았다. 안경잡이는 시키는 대로 하지 않왔다. 조교의 흥이 바야흐로 고조되는 순간이었다.

「이 새끼 봐라. 여기는 너그 집 아랫목이 아니다. 다시 한 번 명령한다. 복창하라. 훈련병 아무개 노래 〈일발 장전〉…….」

「…….」

「기름을 더 먹여야 가죽이 부드러워지겠다.」 다른 조교가 거들었다.

「야, 박수가 모자라는 모양이다. 박수!」

조교의 말에 우리는 사연도 모르고 박수를 쳤다. 그러나 훈련병은 〈일발 장전〉을 신고하지 않았다.

「그래? 좋아. 훈련병들 잘 들어! 이 새끼가 노래를 하지 않으면 지금 이 시간부터 10분간 휴식은 없다. 그 시간에 군가를 연습한다.」

문제의 조교가 훈련병들을 선동하기 시작했다. 상등병 조교에게 정말 10분간 휴식 시간을 빼앗을 권리가 있는 줄만 알았던 훈련병들은 저마다 안경잡이에게 한마디씩 했다.

「얌마, 왕년에 노래 안 해본 놈 있어?」

「네가 뭔데 분위기 탁하게 만드냐?」

「너 하나 희생하면 누이 좋고 매부 좋은 거 아냐? 해라, 해.」

「저 새끼 저거 안정 저해 사범 아냐?」

「하지 말어. 통수는 불어도 세월은 간다.」

「암만, 지금 이 시각에도 국방부 시계는 돌아간다고.」

그러나 안경잡이는 끝내 노래 〈일발 장전〉을 신고하지 않았다.

그런데 일어서려고 소총을 집는데, 신고도 없이 그의 노래가 시작되고 있었다.

「……검푸른 바다에 비가 내리면…….」

분위기가 음산한, 그때까지 내가 들어 보지 못하던 노래였다. 그는 자그만 몸집에는 어울리지 않게 굵고 섬뜩한 목소리로 노래했다. 그것은 성악가의 목소리였다.

「……그 모두 진정이라 우겨 말하면, 어느 누구 하나 홀로 일어나 아니

322

라고 말할 사람 누가 있겠소……」

　이 대목의 노랫말을 정확하게 기억하는 것은 아니다. 내가 지금 여기에 소개하는 노랫말은 그 뒤에 만들어진 노래이다. 따라서 그가 부른 노래는 이 노래가 아니다. 그런데도 나는 그 안경잡이를 생각할 때마다 이 노래를 생각하고는 한다. 안경잡이의 노래와, 그 노래가 울려 퍼지던 연병장 공기를 구체적으로 설명하기에는 세월이 너무 흘렀다. 누워 있던 훈련병, 앉아 있던 훈련병, 화장실에서 돌아오던 훈련병…… 모두 그대로 굳어져 한 장의 정사진(靜寫眞)이 되었던 듯하다. 안경잡이의 안경 안에서 눈물이 반짝거리고 있었다.

　이상하게도, 노래가 끝났는데도 박수 치는 훈련병이 없었다. 한동안 연병장은 그렇게 고요할 수 없었다. 우리는 불과 몇 주일 전에 떠난 저마다의 〈사회〉 일을 생각하느라고, 조교가 휴식 끝을 알리는 호루라기를 세 번이나 불 때까지 자리에서 일어나지 못했다.

　훈련이 끝날 때까지 우리는 그 안경잡이에게 노래를 청하지 못했다. 안경잡이 덕분에, 조교의 회식에 불려 가 노래 부르기를 강요당한 훈련병도 없었다. 부르지 않겠다고 고집을 부리다 얻어맞고 돌아온 훈련병도 물론 없었다. 나는 안경잡이를 오랫동안 찬양했다. 무슨 일에 종사하게 되든 내가 하는 일은 안경잡이의 노래와 같아야 한다고 생각한 적도 없지 않다. 그러나 〈내안의 나〉는 그것을 거부했다. 그 안경잡이는 지금 어느 음악 대학의 성악 교수가 되어 있을 것이다. 나는 지금 그를 만난다면 그때 하고 싶어 했던 말을 들려줄 것이다.

　「너는 그때 노래를 부르지 말고 맞아 죽었어야 했다. 너는 계속해서 〈아니〉라고 말했어야 했다.」

20
물은 물이 아니다

　신병 훈련소에서 전반기 훈련을 끝낸 우리는 이등병 계급장을 달고 후반기 교육대로 넘어가 박격포 훈련을 받았다.

　가을비가 유난히 잦던 해였다. 〈일조 점호〉라고 불리던 아침 점호는 막사 밖에서 받는 것이 상례였다. 그러나 가을비가 몹시 내리는 날이라 우리는 내무반에 도열한 채로 일조 점호를 받았다. 훈련병 37명의 대표를 우리는 당시 〈향도〉라고 불렀는데, 불행하게도 내가 우리 소대의 향도였다. 내가 소대의 인원과 인원의 이상 유무를 보고하자 당직 장교는 침상 위로 올라가 이등병들의 관물을 쭈욱 둘러보다가 뻬치까(벽난로) 앞에서 나를 불렀다.

　「이게 뭐야?」 당직 장교가 뻬치까 위를 지휘봉으로 가리키며 물었다.

　나는 그제서야 〈아뿔싸〉 했다.

　「이게 뭐냐고 묻고 있지 않나?」

　「……」 나는 대답할 수가 없었다.

　우리는 전반기 훈련을 마치고 후반기 훈련단으로 갓 넘어온 이등병들이었다. 전날 밤 우리 소대에서는 후반기 훈련소의 입소를 기념하는 회식이 있었다. 당시의 우리에게 회식은 곧 술 마시기를 뜻했다. 6주일에 걸친 전반기 훈련소의 조식(粗食)과 강훈(強訓)으로 체력이 소모될 대로 소모된 이등병은 술의 유혹에 약했고 술에도 약했다. 당시 우리들의 감정 상태는 한 잔의 술에도 불덩어리가 되리만치 메말라 있었다. 그래서 포도주 몇 잔에 정신이 돌아 버린 이등병 하나가, 뻬치까 위의 물 데우는 홈통에다 오줌을 눌 수 있다고 호기를 부렸다. 또 한 이등병은, 소대원 36명이 지켜 보는 가운데 거기에다 오줌을 눌 수 있는 사내라면 제 누이동생을 기꺼이 내어놓겠노라는 말로 그 이등병의 호기에다 불을 질렀다. 결국 호기를 부리던 이등병은 거기에다 오줌을 누는 데 성공했고, 소대원들은 전우의 누이동생을 약속받은 것이 저희들인 것처럼 좋아했다. 그렇다면 뻬치까 위의 오줌은 누군가가 퍼내었어야 한다. 그러나 우리가 아는 한 서둘러야 하는 것은 아니었다. 막사 안에서 일조 점호를 받는 수도 있다는 것은, 기본 훈련을 갓 끝낸 이등병들에게는 상상도 할 수 없는 일이었다.

「이 새끼, 내 말 안 들려? 이게 뭐냐고 묻지 않았나?」

당직 장교 박 중위는 그게 무엇인지 알았기가 쉽다. 포도주 몇 잔에 취해 버린 우리들의 노랫소리도 들었을 터이고, 막사 밖으로 나가 오물을 토해 내는 이등병도 더러 보았을 것이므로.

내 낯색은 말이 아니었던 모양이다. 뻬치까 위에 오줌을 싸놓고 일조 점호를 받는 소대…… 바야흐로 고생문이 열리는 순간이었다.

「물입니다!」 나는 대답했다.

문득, 최전방으로 간 안경잡이 훈련병이 생각났다. 나는 〈아니〉라고 말하기로 결심했다.

「물이라? 물 냄새가 아닌데 그래?」

당직 장교 박 중위는 냄새를 맡아 보고는 교활하게 웃었다. 쥐 만난 고양이가 웃을 법한 그런 웃음이었다. 그의 말이나 움직임이 명쾌해지기 시작했다.

「물입니다.」

「물 색깔이 이래?」

「보리차인 모양입니다.」

「모양입니다? 차라리 맥주라고 하는 게 낫겠다. 거품이 있잖아.」

「분명히 보리차입니다.」

「분명히?」

「그렇습니다.」

「보리차가 주전자에 있어야지 왜 여기에 있어?」

「내무반 공기가 너무 건조해질까 봐 제가 부었습니다.」

「그래?」

박 중위는 심술궂게 웃으면서 뻬치까 바로 옆의 관물대에서 스테인리스 스틸로 만든 미제 수통 컵을 하나 집어 나에게 내밀었다.

「물이라고 했지?」

「넷!」

「빽빽 소리를 지르느라고 목 마르겠다. 한 모금 하고 소리를 지르지 그러나?」

내가 한 걸음 뒤로 물러났던가?

「퍼 마셔.」

「……」

「퍼 마셔, 명령이다. 못 마시면 이놈의 소대 오늘 곡소리 나는 줄 알아라.」

소대원들은 부동자세로 서 있었다. 그들에게는 부동자세를 하고 뻬치까 쪽을 바라보고 있는 도리밖에는 없었을 것이다.

……명령이라고? 그래 좋다……. 마른 옷을 입고 있으면 비가 두렵다. 이놈의 옷을 흠뻑 적셔 버리고 말자. 그래, 아래 진흙탕에 뒹굴어 버리고 말자. 여보, 박 중위, 나는 당신이 두렵지 않아…….

나는 천천히 뻬치까 홈통에 괸 오줌을 퍼 올려 역시 천천히 마셨다. 마셔도 많이 마셨다. 꼭두새벽에 자리끼 마시듯이 아주 달게 마셨다. 맛은 기억나지 않는다. 이것이 내가 첫 번째로 마신 오줌이다.

그로부터 2년 뒤 나는 월남의 밀림에서 한 번 더 오줌을 마시게 된다. 물이 떨어졌는데도 재보급 헬리콥터가 오지 않았다. 산속인 데다 건기여서 물이 없었다. 우리는 꼬박 하루를 갈증에 시달리다 못해 깡통에다 각

326

자 자신의 오줌을 받고, 휴대용 압박 붕대로 걸러 탈색시킨 다음 거기에다 커피 가루를 타 마셨다. 오줌에는 커피가 잘 녹지 않았다. 그걸 마구 저으면서 구역질을 하는 대원도 있었다. 그 오줌에서는 커피 맛이 났다. 우리의 처절한 리사이클링(재활용) 경험이다.

다 마신 나는 수통 컵으로 오줌을 퍼 올려 당직 장교 박 중위 앞으로 내밀었다.

「분명히 보리차입니다. 당직 사관님의 확인을 받겠습니다.」

「……」

그는 마른 옷을 입고 있어서 비를 두려워했다.

「보리차입니다. 확인하십시오.」

「이 새끼 봐라……」

「명령이 제대로 수행되었는지 확인해 주시기를 요구하는 것뿐입니다.」

「……」

이번에는 박 중위가 한 걸음 물러섰다. 나는 그 앞으로 한 걸음 다가서면서 다시 한 번 힘차게 수통 컵을 내밀었다.

「확인이 두렵습니까?」

「치워!」

「명령입니까?」

「삐치까 위에다 부어, 명령이다.」

나는 명령대로 오줌을 퍼 올린 자리에 다시 부었다.

「수통 컵 원위치!」

나는 명령대로 수통 컵을 원래 있던 자리로 되돌리고 다시 박 중위 앞에 부동자세로 섰다.

박 중위가 침상에서 바닥으로 내려서며 선언했다.

「일조 점호 끝.」

그러고는 우리 막사를 나갔다. 군화 소리도 요란하게, 아주 씩씩하게

327

나갔다.

　그날 밤 나는 나를 부르러 온 기간병 서무계원을 따라 중대 본부로 들어갔다. 부중대장 박 중위는 난롯가에 앉아 있었다. 내가 부동자세로 그 앞에 서서 경례를 붙이자 무시무시하게 가라앉은 목소리로 물었다.

　「오줌 맛이 좋았어?」

　「아닙니다. 저는 물을 마셨을 뿐입니다.」

　「너는 오줌으로 장교를 모욕했다.」

　「아닙니다, 저는 부중대장님의 명령을 받고 물을 마셨을 뿐입니다.」

　「너는 오줌으로 장교를 모욕했다.」

　「저는 장교님들을 존경합니다. 그러나 저 역시 오줌을 마셔도 좋을 만큼 비천한 인간은 아닙니다. 솔직하게 말씀드려도 좋겠습니까?」

　「짖어 봐.」

　「장교라는 신분은, 오줌을 마시게 하면서까지 저를 모욕해야 할 만큼 높지는 않다고 생각합니다.」

　「엎드려.」

　나는 주먹을 쥐어 정권을 바닥에 대고 엎드렸다. 박 중위는 중대 본부 책상 옆에 세워 두었던 곡괭이 자루를 집어 들었다. 군대에서 사람을 구타하는 데 자주 쓰이는 몽둥이에는 세 가지가 있었다. 〈마후라〉라고 불리던 야전 침대 가름대와, 공병 곡괭이 자루와 야전 곡괭이 자루였다. 모두가 미제였다. 공병 곡괭이 자루는 길이가 1야드에 무게가 5파운드여서 때로 〈5파운드〉라고 불리기도 했다. 야전 곡괭이는 휴대용이어서 자루 길이가 1피트 정도였다. 경벌에는 주로 야전 곡괭이 자루, 중벌에는 공병 곡괭이 자루가 쓰였다. 침대 〈마후라〉는 경중이 잘 가려지지 않을 때 애용되었다. 박 중위가 집어든 것은 〈5파운드〉였다.

　사람을 엎어 놓고 5파운드짜리 공병 곡괭이 자루로 사람을 패는 것은, 부하에 대한 가학 취미가 하나의 전통이 되고 있던 일본의 잔혹 무비한 군사 문화와, 물건을 만들되 무지막지하리만치 단단하고 완벽하게 만들어

군대에 납품하는 미국 군수 문화의 완벽한 합작품이었다.

「치실 수 없습니다. 저는 복중(服中)입니다.」

「〈복중〉이 뭐야, 이 새끼야?」

「아직 어머니의 소상(小祥)도 치르지 못했습니다.」

「〈소상〉은 또 뭐야?」

「어머니 돌아가신 지 이제 겨우 두 달입니다. 입대하지 않았으면 아직도 상복을 입고 있을 것입니다. 상복을 입은 상제는 때리지 않는 법입니다.」

「이 새끼, 상복 좋아하네.」

「그럼 치십시오.」

「치고말고. 단, 장교 모욕한 것으로 치지는 않겠다. 자, 묻겠다. 네가 마신 것은 오줌이었지?」

「물이었습니다.」

곡괭이 자루가 엉덩이 위로 떨어졌다.

「하나!」 나는 몇 대나 때리는지 헤아려 두고 싶었다.

「이 새끼 봐, 헤아려?」

「그렇습니다. 헤아려 두고 싶습니다.」 나는 그의 약을 올렸다.

「그래, 많이 헤아려 두어라. 묻겠다. 오줌이었지?」

「물이었습니다.」

곡괭이 자루가 떨어졌다.

「둘!」

「오줌이었지?」

「물이었습니다.」

곡괭이 자루.

「셋!」

그날 밤은 열 대를 맞고 끝났다.

내무반에 돌아왔을 때 무자비한 곡괭이 자루에 엉덩이 살점이 터져 있는 것을 보고 항복을 권유하는 전우도 있었고 박 중위를 저주함으로써 나

329

의 저항을 독려하는 전우도 있었다.

「그 새끼 악질이네. 의도적으로 엉덩이를 터뜨렸어. 한 번은 내려치고 또 한 번은 올려친 다음, 세 번째로 가운데를 치면 이렇게 터진대. 그 새끼 정말 악질이네.」

「그 정도 하고 말아. 향도가 이러면 나중에 우리가 어떻게 빚을 갚아? 우리에게는 이 빚 갚을 자신 없다고.」

동료들은 의무대에 가야 한다고 우겼지만 나는 단호히 거절했다.

나는 음독자살한 사람을 불쌍하게 여기지 않는다. 만일에 자살을 결행한다면 내가 택하는 방법은 격렬했을 터이다. 타살당하는 것도 그중의 한 방법이었다.

다음 날에도 나는 중대 본부로 불려 갔다. 박 중위는, 오줌이었다고 고백하기만 하면 없던 일로 해두겠다고 말했다.

「저에게는 기적을 일으키는 재간이 없습니다. 저는 물을 오줌으로 바꾸어 낼 수 없습니다.」

「네가 기적을 일으킬 수 없다는 것은 나도 알고 있다. 그런데 네 속에 있는 악마는 기적을 일으켜 오줌을 물로 만들고 있다.」

「그럴 리가 없습니다. 저는 어떤 악마보다 강합니다.」

「그래? 그럼 얼마나 강한가 보자.」

박 중위가 곡괭이 자루 대신 주먹으로 치고 발로 차는 것만 달랐을 뿐, 대체로 같은 일이 일어났다. 나는 쓰러지는 꼴을 보이지 않으려고 일부러 벽 모서리로 물러서서 그 각진 공간에다 나 자신을 끼워 넣고는 박 중위와 맞섰다. 맞으면서도 의식적으로 급소만은 피하고 있었는데 너무 맞아서 그 의식이 무디어진 탓일 것이다. 박 중위가 군화 신은 발로 마무리를 지었는데 그 마지막 구둣발이 날아든 곳은 바로 사타구니였다. 내무반에 돌아오고 나서야 나는 속옷이 붉게 물들어 있는 것을 알았다. 아무리 찾아보아도 상처는 보이지 않았다. 시간이 조금 흐르자 자지가 부어오르기 시작했다. 요도가 내상을 입으면서 자지에서 꽤 많은 피가 흘러나왔던 모양이었다.

포도주 한 병에 만취해 버린 동료 하나가 중대 본부 앞에서 부중대장의 만행을 규탄한 사태는 두고두고 우리 소대원들의 배꼽을 싸쥐게 했다. 그는 중대 본부 앞에 버티고 서서 〈반동 준비! 반동 시작! 하나 둘 셋 넷……. 반동 중에 군가를 실시한다. 군가는 「진짜 사나이」. 군가 시작. 하나 둘 셋 넷……〉 하고는 혼자 두 손을 허리에 올리고 몸을 좌우로 흔들면서, 말하자면 반동(反動)하면서 군가의 가사를 바꾸어 불렀다는 것이다.

〈사나이로 태어나서 할 일도 많다만, 불의를 보고는 넘어가지 못한다…….〉

그런데 부중대장이 나와 〈너 이 새끼, 거기에서 뭐 해〉 하는 바람에 그의 군가 시위는 하릴없이 거기에서 끝났다는 것이다.

한 주일 뒤 박격포 훈련장에서도 나는 교관으로 나온 박 중위에게 불려 갔다. 솔밭 속에는 박 중위 말고도 교도관이 셋이나 더 있었다. 내가 부동자세를 하고, 부름을 받고 왔노라고 신고하자 박 중위가 웃으면서 동료 교관들에게 말했다.

「문제의 이등병이야.」

그러자 교도관 하나가 나를 아래위로 훑어보면서 물었다.

「임마, 확인이 되었어. 너희 소대원 중 하나가 불었어. 거기에다 오줌을 눈 녀석이 누군지도 우리는 알아.」

「아닙니다, 저는 물을 마셨을 뿐입니다.」

「박 중위에게 맞았나?」

「아닙니다. 정신 교육을 좀 받았을 뿐입니다.」

「의무대에는 왜 안 가?」

「견딜 만합니다.」

견딜 만했던 것이 아니었다. 피고름이 엉겨 붙어 내 군복 엉덩이는 근한 주일째 나무껍질처럼 뻣뻣했다.

또 한 장교가 말했다.

331

「임마, 박 중위도 알고 보면 신사야. 박 중위도 오줌인 줄 알면서 너에게 마시라고 명령한 걸 후회하고 있어. 그러니까 너도 이제 마음을 풀어. 너도 잘한 건 아니다. 육군 장교에게 오줌을 마시라고 대들었으니. 너희들이야 3년간 군대 생활하고 나가면 그뿐이지만, 장교란 그런 게 아니야. 사병들 앞에서 한번 무너지면 끝장이야.」

「아닙니다. 제가 마신 것은 보리차였습니다. 저는 오줌을 마실 만큼 목마르지는 않았습니다. 목이 말랐다고 하더라도 오줌을 마시지는 않았을 것입니다. 비록 졸병이기는 하나 저는 자신을 꽤 고상한 인간이라고 생각하기 때문입니다.」

내가 독을 뿜기 시작하자 박 중위가 싸늘하게 웃으면서 다가왔다.

「너 이 새끼 다구리 타고 싶어?」

〈다구리〉는 집단 폭행을 뜻한다.

「그럴 생각 없습니다.」

「그래? 너 이 새끼 어쩔 셈이야?」

「저는 물을 마셨을 뿐입니다. 돌아가도 좋습니까?」

「가봐.」

나는, 돌아간다고 신고하고 돌아섰다.

박 중위는 동료 장교들에게, 내가 장교라는 신분 자체를 모욕했다는 사실만은 고자질하지 않았던 모양이었다. 나는 값을 치를 때 그것만은 공제해 주기로 마음먹었다.

4주일간의 교육 기간 동안 내가 네 차례나 박 중위에게 불려 갔다는 사실은 박 중위의 고통 또한 적지 않았음을 반증한다. 그러나 나에게 물은 어디까지나 물이었다. 오줌 사건으로 고생문이 열리리라던 소대원들의 예상은 전혀 적중하지 않았다. 내가 강제로 끌려가 엉덩이 치료를 받은 직후, 훈련병에 대한 구타를 다시 한 번 엄금한다는 대대장의 지휘 명령이 떨어졌다.

후반기 훈련이 끝나면 부대에서 20여 킬로미터 떨어진 배출 부대로 넘어가는데 거기까지는 자동차를 타지 않고 야간 행군을 하는 관례가 있었다. 행군 부대를 뒤따르는 차량은 낙오자를 주워 실을 트럭 한 대뿐이었다. 그런데 그 트럭 운전병이 나를 불러내고는 물었다.

「1중대 부중대장님이 너를 내 옆에다 태워서 가라고 하더라. 너하고는 뭐 되냐?」

「부중대장님일 뿐입니다.」

「너를 좋게 본 모양이더라. 누가 묻거든 부중대장님 친구라고 해라, 알겠지?」

「걷겠습니다. 타지 않겠습니다.」

「임마, 시키면 시키는 대로 하는 거다. 군대 생활 잘하려면 내 말 잘 들어. 군대에서는 임마, 주면 주는 대로 먹고, 시키면 시키는 대로 하고, 때리면 때리는 대로 맞을 줄 알아야 한다.」

「어쨌든 안 탑니다.」

운전병과 실랑이를 하고 있는데 부중대장 박 중위가 다가와 내 어깨를 안고는 한쪽으로 데려갔다.

「타고 가지그래?」

「걷겠습니다. 호의는 고맙습니다만……」

「방법이 나빴다. 사과한다. 임관 이래 최대의 실수였다.」

「……」

「처음에는 너의 항복을 받고 싶었다. 그래서 때렸다. 우리는 물과 오줌을 놓고 싸운 게 아니라 자존심으로 싸웠다. 장교의 자존심과 이등병의 자존심으로……. 엉덩이는 아물었나?」

「……」

「자네와 한 달을 싸우고 나서야 알았다. 자존심의 싸움이 아니라 사내 대 사내가 명예를 걸고 벌인 싸움이더라. 인간과 인간의 싸움이더라. 그게 물이었든 오줌이었든 이제 상관없다.」

「……」

333

「트럭이 싫으면 걸어가도 좋다. 자네를 만난 나는 운이 좋다. 건투를 빈다. 그래, 그것은 물이었다.」

박 중위는 이러면서 나를 포옹했다. 까치 둥우리는, 억수에는 잘 견디면서도 가랑비에는 샌다던가? 그러지 않으려고 했는데 눈물이 나와 박 중위의 견장에 묻었다. 떨어지고 보니 내 견장도 젖어 있었다.

「그러면 기적이 일어나서 그것은 오줌이 됩니다.」

나는 예나 지금이나 걷는 것을 좋아한다. 그러나 그날의 야간 행군 때처럼 발걸음이 가벼웠던 기억은 흔치 않다. 나는 박 중위의 사과를 받아들인 셈이 된다. 그러나 뒷날 월남에서 바로 그 박 중위가 대위가 되어 이웃 중대의 중대장으로 와 있다는 소식을 들었어도 그를 찾아가고 싶지 않았던 걸 보면 그를 용서했던 것은 아닌 모양이다.

지금 나는 그 시절을 자랑스럽게 기억하고 있지 못하다. 내 저항의 상대는 나였어야 했다. 그런데도 나는 이런 식의 저항을 그 뒤로도 여러 차례 되풀이하게 된다. 부끄러운 일이다.

21
보병의 가족

　나는 그해 초겨울 전방 전투 사단으로 배속받고 최전방 연대의 최전방 대대, 최전방 대대의 최전방 중대, 그리고 그 중대 최전방 소대 박격포 사수의 조수가 되었다. 우리 소대의 임무는 미군의 육군 항공 정찰대 활주로 외곽 경비였다.

　나는 전기와 수도가 없는 것은 물론 영구 막사조차 없는 이 부대에 배속되는 즉시 또 하나의 배수진을 쳤다. 나는 미제 야전 점퍼에서 방풍 후드와 견장을 떼어 내었다. 방풍 후드는 야간 보초 근무에 반드시 필요했고, 견장은 고참병이 되어 분대장이 될 경우 지휘자 휘장 다는 데 필요했다. 이 두 가지를 떼어 내는 행위는 무슨 수를 쓰든 이 두 가지 임무만은 피하겠다는 결심을 상징한다. 근무를 기피하겠다는 뜻은 아니다. 나는 이로써 보초 근무가 필요하지 않은 보직을 찾아갈 것, 한 부대에서 분대장이 되기까지, 다시 말해서 제대하기 직전까지 머물지 않기로 결심한 것이다.

　예상했던 대로 보병 부대 근무 기간은 길지 못했다. 내가 속한 부대의 상급 부대가 비밀리에 특수 기동 타격대 역할을 수행할 편의대 비슷한 부대를 편성하기로 하고, 교육 수준이 상대적으로 높고 체력이 좋은 신병들을 은밀하게 선발하기 시작한 것은 내가 입대한 지 겨우 4개월이 지났을 때였다. 그런데 내 이름이 그 명단에 실려 특명 형식으로 내려온 것이었다. 특명은 공수 특전단 위탁 교육 계획 참가자 명단 형식으로 되어 있었던 것 같다. 원래 〈편의대〉는 평복한 군인들로 구성된 중국의 특수 부대 명칭이고, 한국 전쟁 당시에는 우리에게도 〈편의 공작대〉라는 이름의 특수 부대가 있었다는 사실을 안 것은 뒷날의 일이다. 당시 나는 〈편의대(便衣隊)〉를 〈편의대(便宜隊)〉로 잘못 알고 있었다. 군대에서는 한자가 쓰이지 않았기 때문이었다.

보통 상부에서 내려온 특명은 개인이 거부하지 못한다. 그러나 이 특명은 개인의 의사에 따라 거부가 가능하게 되어 있었다. 뿐만 아니라 그 명단에 들어 있는 해당자라고 해서 모두 다 공수단에서 위탁 훈련을 받는 것이 아니라 특수 부대 자체가 운용하는 엄격한 적성 검사와 혹독한 체력 시험에 합격해야 비로소 위탁 훈련병이 되게 되어 있었다. 개인의 의사에 따라 거부가 가능하게 되어 있는 것도 바로 이것 때문이었다. 특명이 임의로 병사들을 엄선, 파견해도 편의대원이 될 의사가 없는 병사들은 얼마든지 이 체력 시험에 고의로 낙방함으로써 24주간으로 예정되어 있는 악명 높은 특수전 훈련을 기피할 수 있었다. 행정 요원들은, 특명이 개인의 의사를 존중하는 것은 훈련 과정이 얼마나 험악한가를 보여 주는 증거라면서 나에게 거부할 것을 종용했다.

당시 우리는 중대에는, 자기 입으로는 그렇게 말하지 않지만 어떤 이유에서 공수단에서 쫓겨 내려왔기가 쉬운 중사가 한 사람이 있었다. 그의 주력(走力)은 무서웠다. 그는 구보를 지휘할 때 호루라기를 불어 대면서 뒤돌아선 채로 우리를 지휘하며 거꾸로 달리고는 했다. 그렇게 달리는데도 제대로 뛰는 구보대에 수많은 낙오자가 생기고는 했다. 그는 특명지를 읽어 주면서 나에게 말했다.

「특수전 훈련에 비하면 4주간의 공수 기본 훈련은 몸풀기에 지나지 않는다. 공수 기본 훈련에 비하면 너희들이 받은 10주 신병 훈련과 유격 훈련은 초등학교 운동회에 지나지 않는다. 파라슈트는 아무나 타는 것이 아니다. 4주일 동안 훈련생들의 몸을 완전히 바라시(해체)했다가 다시 구미다떼(재조립)해야 파라슈트를 타는 데 알맞은 몸이 된다. 신병 훈련소가 인간 재생창이라고? 웃기지 말라고 해라.」

「…….」

「헛바람 잡을 생각 마라. 특수전단 태권도 훈련이 얼마나 타프한지 아
냐? 발이 올라가지 않으면 가랑이를 찢어서라도 올라가게 만든다. 가랑
이를 찢어도 훈련생은 죽지 않는다. 훈련이 무섭기는 하지만 훈련생을 죽
이지는 않는다. 그 직전까지 몰고 갈 뿐.」

「…….」

「피티 체조? 보병 부대 유격 훈련장의 피티 체조는 여기에 비하면 학예
회 연습이다. 네 시간 동안 계속되는 〈쿠샵〉(푸쉬업)을 상상할 수 있겠어?
착지 훈련장의 착지 동작은 유도의 낙법을 상상하면 된다. 땅바닥에서 하
루 천 번씩 후방 낙법을 쳐야 한다고 생각해 봐……. 파라슈트에 매달린
채 바람에 끌려갈 때를 대비해서 받는 훈련도 있다. 이 훈련장에 들어가면
너를 파라슈트 하네스로 꽁꽁 묶어 자갈밭에 굴려 놓고는 스리코타(드리
쿼터)로 끌어 버린다. 끝나고 나면 살 속에 콩알만씩 한 자갈이 무수히 박
힌다.」

「…….」

「너 내가 구보하는 거 봤지? 특수전단의 산악 구보에 비하면 이 부대의
구보는 할랑할랑한 산보에 지나지 않는다……. 착지 훈련, 송풍 훈련, 전
복 훈련, 모형 탑 훈련, 강하 실습, 화기 훈련, 침투 훈련……. 신병 훈련소
가 인간 재생창이라고? 웃기지 말라고 해라. 공수단 특수 부대야말로 명
실상부한 인간 재생창이다.」

그 중사는 몰랐을 것이다. 나 같은 인간을 위험한 일에 뛰어들게 하는
가장 확실한 방법은 그 위험을 정도 이상으로 과장하는 일이라는 것을.

나는 재인에게 마로를 데리고 한번 다녀가 줄 수 없느냐는 편지를 내었
다. 재인이나 마로가 보고 싶어서 오라고 했던 것이 아니다. 재인에게는
미안한 일이나 나는 많은 전우들과는 달리 성욕의 해소에 애를 먹어 본 적

이 별로 없었다. 성욕은 선산에서 어머니 장례식 때 맡던 어머니의 냄새를 기억하는 것만으로 간단하게 진압이 가능했다. 마로가 보고 싶었던 것은 사실이나 나에게는 그 아기에 대한 추억이 별로 없어서 그런지 그리움의 대상이 되지는 않았다. 나에게는 술을 사 마실 약간의 돈과 몇 권의 책이 필요했다. 일등병에게도 월급이 있기는 했지만 그것은 가장 값싼 술을 단 한 차례 취하도록 마시기에도 모자랐다.

군사 우편은 사신(私信)이라도 검열의 대상이 되었기 때문에 우리는 편지에다 부대의 위치를 밝혀서도, 숫자를 써서 날짜를 밝혀서도 안 되었다. 나는 부대원들이 대개 그러듯이 휴가병에게 편지를 주어 서울에서 부치게 했다. 그래야 검열을 피할 수 있었기 때문이었다.

재인에게서 온 답장이 나를 놀라게 했다. 그 편지에서는, 〈당신〉이라는 2인칭으로 불리던 내가 해괴하게도 3인칭 〈그〉로 바뀌고, 공대체 문장은 기이하게도 하대체 평서문으로 바뀌어 있었다. 그것은 편지가 아니라 1인칭 소설이었다. 봉투의 수신자 이름을 빼면, 편지의 어느 귀퉁이에도 내 이름은 보이지 않았다.

이 새로운 기술 방법은 히스토리가 아니라 내가 기술하는 〈허 스토리〉가 된다. 이것은 그가 속한 성(性)에 대한 나의 도전장이 아니고 오로지 그에게 보내는 나의 메시지, 내 목소리를 내어 보고자 하는 독립 선언이다. 이 독립 선언은 배타적인 것이 아니므로 이 기술 방법은 거부되지 않을 것으로 확신한다.

그에게서 편지가 왔다. 편지지에다 볼펜으로 음각하듯이 꾹꾹 찍어 누르면서 휘갈긴 난폭한 글씨. 행간에서 불쑥불쑥 고개를 들고 나오는 그의 불편한 심경. 그의 감정은 입으로든 손으로든 몸으로든 이렇게 터져 나오고는 했는데 이번에는 행간에서도 솟아오르니 좋은 징조는 아닌 것임에 틀림없다. 술 마실 약간의 돈이 필요한 모양이고 책도 필요한 모양이다. 마시는 술은 그를 호기롭게 할 것이고, 읽는 책은 그의 궤변을 강화할 것이다. 나는 그 호기와 궤변의 과녁이 되는 데 지친 것 같다.

그러나 그의 변모가 궁금해서 나와 아들은 1월 20일 오후 5시쯤 그가 일러 준 곳에 나타날 것이다. 속옷 일습을 비롯 따뜻한 점퍼를 가져오라고 한 까닭은 무엇일까? 탈출이라도 하려는 것일까? 그는 모세가 되려는 것일까?

달력과 시계와 지도를 앞에 놓고 계산을 맞추다 보니 시간과 공간의 무게가 나란히 느껴진다. 한재인.

고물고물한 글씨에 담긴 제법 억센 사연을 읽자니 웃음이 나왔다. 재인은 거듭되는 나의 〈폭거〉에 저항하여 자기 자존심을 곤추세우고 싶어졌던 것일까.

재인이 다섯 달배기 마로를 안고 나를 찾아온 것은 나의 공수단행 결심이 거의 무르익어 있을 무렵이었다. 재인과 마로가 눈물로 동맹을 맺고 대들었다면 나는 그 지원을 철회할 수 있었을까? 그러나 그때 이미 사태는 재인의 설득도 하릴없는 상태에까지 발전해 있었다. 아내와 아들을 만나기로 되어 있는 날 아침에 피멍이 들도록 엉덩이를 두들겨 맞은 한 일등병의 한은 그 아내와 아들이 하룻밤 사이에 삭여 낼 수 있는 그런 것이 아니었다.

나는 차마 입에 담기도 치사스러운 이야기를 해야겠다.

우리가 알기로 당시 육군의 급양대가 공급하는 주부식의 양은, 하급 부대 전투병들의 배를 곯릴 만큼 적은 양은 아니었다. 그러나 이 주부식은 공급되는 과정에서 수많은 도둑놈들의 손에 야금야금 뜯기다가 하급 부대에 이를 때는 거의 반으로 줄어들고는 했다. 그런데도 하사관들은 우리에게 하루의 정량이 얼마나 되는지 그 무게의 수치를 앵무새처럼 줄줄 외게 했다. 가령 우리가 먹는 한 끼 밥의 무게는 5백 그램이 채 되지 못했고,

닭고기와 쇠고기는 국물밖에는 먹어 본 적이 없는데도 불구하고, 우리는 누가 물으면 〈한 끼 밥의 무게는 7백 50그램, 닭고기는 한 주일에 두 차례씩 반 마리, 쇠고기는 한 주일에 한 차례 2백 그램〉 하는 식으로 대답할 것을 끊임없이 강요당했다.

우리 부대원들 대부분은 거의 매일 허기에 쫓겼다. 소규모의 독립 부대는 대개 독립된 취사 시설을 가지고 있었는데 여기에서 근무하는, 사고 경력이 있기가 보통인 취사병들의 행패 또한 대단했다. 이들은 하사관들과 공모하고, 절반도 안 되게 공급된 고기와 생선을 거의 매일 술안주로 포식하고는 했다. 모르기는 하지만 취사에 쓰이던 석유도 비슷한 과정을 거치면서 우리 부대에까지 보급되었을 것이다. 그런데 취사병들이 여기에까지 손을 대다 보니 취사용 연료가 부족할 수밖에 없었다. 그래서 취사병들은 한 가마를 끓여야 할 국을 반 가마만 끓이고 여기에다 물을 부어 우리들에게 먹이고는 했다.

연대에서는 일정한 기간을 주기로 감사관을 보내어 신병들을 상대로 설문 조사를 하고는 했는데 우리 신병 중의 하나가 그 사실을 설문지에다 썼던 모양이다. 내가 쓴 것은 아니었다. 감사관은 가만히 연대 본부로 돌아가 이것을 보고하고 사실 여부를 뒷조사했어야 했다. 그러나 그는 그러는 대신 우리 부대의 인사계 선임 하사를 불러 이렇게 호통을 쳤을 것이다.

「김 상사는 뭘 하는 사람이오? 이 중대 신병들은 교육이 제대로 안 되어 있잖아요!」

그래서 그랬을 것이다.

우리 소대와 중대 본부는 2킬로미터쯤 떨어져 있었다. 아내와 아들이 오기로 되어 있는 12월의 어느 추운 아침, 신병에 속하는 나는 중대 본부로 불려 갔다. 그리고는, 부대의 사정에 익숙하지 못해 그때까지는 보초 근무도 면제받고 있던 여섯 명의 동료 신병들과 함께 취사장 앞에 엎어져 야전 곡괭이 자루에 다섯 대씩 얻어맞고는 내 소대로 돌아왔다.

큰 도둑과 좀도둑 사이……. 나는 거기에 있었다. 도둑놈들은 병정놀이를 하고 있었는지 모른다. 그러나 우리의 엉덩이에는 피멍이 들었다. 치욕이었다. 맞은 것이 치욕스러웠던 것이 아니다. 거기에 내가 있다는 것이 벌써 치욕이었다.

사병으로 3년간 군대에 머물면서 나의 마음속을 떠나지 않던 소설 속의 인물이 둘 있었는데 그중의 하나는 일본 작가 고미카와 준페이(五味川純平)의 소설『인간의 조건』에 나오는 주인공인 〈가지(梶)〉라는 인물이었다. 내가 〈가지〉를 인상적으로 기억하는 것은, 그가 일본의 제국주의 시대 군인인데도 불구하고 제국 군대의 잔혹한 전통 앞에 맨몸으로 저항하는 휴머니스트였기 때문이었다. 이 소설에는 노병들이 감미품(甘味品)을 분배하면서 저희들 노병들에게 유리하게 분배하자 〈가지〉가 소총에 탄환을 장전하고 초년병들에게도 공평하게 분배하라고 요구하는 대목이 있었다.

절룩절룩 소대로 돌아오면서 나는 〈가지〉를 생각했다. 나는 큰 도둑과 좀도둑 사이에만 있었던 것이 아니었다. 나는 〈가지〉와 부패한 우리 하사관들 사이의 어느 어름에 있었다. 나는 부끄러워서 견딜 수 없었다. 일본군은 〈가지〉 같은 군인을 가지고 있었는데도 미국에 패배하지 않았던가? 우리에게는 그 〈가지〉도 없었다.

재인에게 안긴 다섯 달배기 마로는 넉 달 만에 만난 나를 보고 웃었다. 그에게 나는 하나의 움직이는 사물에 지나지 않았을 것이다. 내 피가 그 말랑말랑한 몸속을 흐르고 있다고 생각하니 온몸이 저려 왔다. 그러나 나는 내 뺨을 마로의 뺨에 댈 수 없었다. 마로에게, 내가 당한 치욕이 묻을 것 같아서 그럴 수가 없었다.

「나는 보이지도 않는 모양인가? 알은체도 않네.」

「아니, 마주 보다가 눈물이라도 나버리면 어쩌게……. 그나저나 안 그럴 줄 알았더니 아이 안은 게 되게 잘 어울린다. 대체 이것은 진화의 조짐인가, 퇴화의 조짐인가…….」

「조그만 여자가 아기 안고 다니니까 우습죠?」

「조그맣지도 않더라. 안아 본 내가 보증한다.」

「기억력 좋네?」

「어젯밤 꿈속에서도 안았는걸.」

나는 재인이 원망스러울 때면 이런 식의 표현으로 사태를 호전시키는 데 더러 성공을 거두고는 했다. 그러나 나는 상복을 입고 있는 셈이어서 오래, 그리고 깊이 그러기가 민망스러웠다.

우리는, 내가 전날 잡아 둔 이웃 마을의 허름한 농가 사랑방에 들었다. 가까운 곳에는 여관이 없었다. 여관이 있다고 하더라도 부대 주위를 벗어날 수 없었다. 내가 얻은 하루 반의 외박 허가에는 부대에서 반경 2킬로미터를 벗어나지 말아야 한다는 조건이 붙어 있었다.

안주인이 이불을 한 아름 안고 아래채로 내려왔다.

「엄마 아빠가 참 젊소. 엄마는 작고 예쁘고, 아빠는 크고 험상궂고…….
아기는 어떤지 좀 보자…….」

「겉모습만 그런 게 아니고 마음도 험상궂대요.」

「외탁인가 친탁인가……. 친탁이네?」

담요를 들치고 마로의 얼굴을 보던 안주인이 재인에게로 돌아서면서 물었다.

「서방님이 입을 옷 준비해 왔겠지요?」

「네.」

안주인이 이번에는 나에게 명령하듯이 말했다.

「군인 아저씨는 그 옷 받아 가지고 뒤뜰로 가서 군인 옷은 속옷 한 장까지 남김없이 벗고 사람 옷으로 갈아입어요. 알았어요? 실오라기 하나 남김없이…….」

「알아요. 사람을 만나려면 사람 옷을 입어야지요.」

재인은 영문도 모르고 〈군인〉, 〈사람〉 하는 것만 재미있어했다.

군인의 옷에는 이가 있었다. 안주인은 자기네 이불에 이가 옮겨 붙을까 봐 그 방에 군인이 들 때마다 반드시 옷을 갈아입혔다. 그는 군인이 그 방을 빌릴 경우 반드시 〈사람 옷〉으로 갈아입을 것을 조건으로 내걸었다. 그해 1월 전방의 보병들은 안으로는 이에 시달렸고 밖으로는 시도 때도 없이 걸리는 비상에 시달렸다. 그즈음 시중에는 군대의 도둑놈들이 내다 판 군용 디디티가 흔했다. 도둑놈들이 디디티 내다 판 돈으로 계집을 안고 술을 마시던 시각에 우리는 석유램프 아래서 이를 잡았다. 정경화가 바이올린 하나로 국제 콩쿠르를 휩쓸었다는 소식을 듣고 들어간 군대, 내가 서울의 시민 회관에서 스테파노의 독창회를 보고 들어간 군대는 그런 곳이었다. 그런 시대에 병정놀이에 동원된 우리는 이를 잡아 미제 숟가락에 올려놓고 싸움을 시키고는 했다.

재인은 나에게 술 부어 주기를 거절했다.

「왜, 〈그〉의 호기에 손수 불을 붙이기 싫어서?」

대답 대신 재인이 불쑥 내뱉은, 〈수강 신청 했어요〉만 아니었으면 우리는 한동안 마로를 어르면서 행복한 척할 수 있었을 것이다.

「마로 업고 학교 다니려고?」

「방 한 칸을 신혼부부에게 빌려 줬어요. 학교 가 있을 동안 마로를 맡아 주겠다고 하길래 고마워서 방세는 반만 받기로 했어요.」

「당신에게 아기가 있다는 건 학교가 다 알 텐데? 문제 삼는 목사나 교수는 없나?」

「어째서 나에게만 아기가 있나요? 당신은 아닌가요?」

「어쨌든.」

「묵인하나 봐요.」

「학칙은 퇴교를 시키게 되어 있는데도 묵인한다…….」

「안 해줬으면 좋겠어요? 그리고, 마로가 나 혼자서 만들어 놓았던가요?」

「어쨌든. 신학교의 주인도 역시 사람이었구나 하는 생각이 들어서 하는 말이야. 학교는 당신 같은 수재가 아까운 거야. 나는 학교의 이런 이기심이 싫을 뿐이야.」

「정말 절망적이다……. 벌써 싫증이 나요? 왜 벌써 일어나서 서성거리고 그래요?」

「아, 미안해.」

나도 모르는 사이에 일어나 서성거리고 있었던 모양이다. 앉아 있을 수가 없었다. 처음에는 재인 앞에 털썩 주저앉았지만 아침에 곡괭이 자루로 맞은 엉덩이가 아파서 오래 앉아 있을 수가 없었기 때문일 것이다.

「나, 온 길 되짚어가요?」

「아니.」

나는 방바닥에 엉덩이가 닿지 않도록 꿇어앉았다.

「그래서요? 이기심이 싫어서요?」

「신학교는 어떨까? 신학교는 강일까 배일까?」

「내 논리를 고집해서 강이라면요?」

「틀렸어. 강은 규칙을 위반한 배를 묵인하지 않거든.」

「왜 그래요, 도대체?」

「눈 열어 주고 싶어서. 지금은 하느님 믿는다고 다 아브라함이 되어야 하는 시대가 아니야. 나는 이걸 수긍했는데 당신은 아직도 버티고 있는 게 안쓰러워서 그래.」

「아브라함이 되면 안 되나요?」

「당신은 마로를 제물로 바칠 수 있어?」

「그 믿음에 이르려고 이렇게 발버둥 치잖아요?」

「그러면 장차 아들을 번제물로 바치는 날이 오기는 오겠구나. 그 믿음에 이르려고 당신은 경주마처럼 눈에다 눈가리개를 하나 했어. 옆도 안 돌아보고 달리려고……」

「당신이야말로 옆도 안 돌아보고 여기까지 달려와 있잖아요. 나는 왜 안 되나요? 나는 왜 마로만 안고 앉아 있어야 하나요?」

「미안해, 그 말에 대한 대답은 마련되어 있지 못해. 하지만 사람들이 각각 눈가리개를 하나씩 차고 다니면 이 세상은 싸움터가 되고 말아. 눈가리개를 하고 다니면 제 앞에 보이는 것만 확신하게 돼. 그래서 그 확신을 저마다 창칼처럼 휘두르는 날 이 세상은 전쟁터가 돼…….」

「당신은 그리스도가 당신이라는 강 위를 지나가는 많은 배 중의 한 척에 지나지 않는다고 확신하지요? 그 확신 또한 나에게 상처를 입히고 있지 않은가요?」

「아니야. 나는 아직도 확신 못 해. 그리고 나는 당신에게 상처를 입히고 있지도 않아.」

「혼자 사는 미혼모 여대생……. 여기에다 어떤 상처를 또 더 받아야 하나요?」

「재인아…… 우리는 왜 이러고 있냐? 우리는 왜 이렇게 상처를 많이 받고 있냐…….」

「당신도 나 때문에 상처받았다고 생각하나요?」

「당신은 나의 입대가 당신에게 상처를 입혔다고 생각한다. 그런데 나는 상처받은 사람이야말로 나라고 생각했다. 그래서 입대하고 말았는데 이번에는 군대로부터 또 상처를 받고 있다. 육체적으로 정신적으로 상처를 받고 있다. 나는 어쩌면 좋으냐?」

「당신은 휴학하지 말았어야 했어요. 입대하지 말았어야 했어요. 당신의 입대가 우리 모자에게는 견딜 수 없는 폭력이었어요.」

「그러니까 폭력을 쓰면 안 되는군?」

「절대로 안 되지요.」

「그게 당신에게 상처를 입혔군?」

「그것도 아주 깊은…….」

「내가 방아쇠를 당겨 버린 것이군?」

「그것도 급소에다 겨냥하고…….」

「총알도 내가 재었던가?」

「…….」

나는 재인에게 폭력의 얼개를 설명하려고 했다. 내가 알고 있는 한 폭력에는 보이는 폭력과 보이지 않는 폭력이 있다. 부부 싸움을 재판해 본 사람들은 잘 안다. 대개의 경우 남편은 아내에게 꼬투리를 잡히고, 아내는 이 꼬투리를 잡고 끊임없이 약을 올림으로써 간접 폭력을 쓰고, 약 오른 남편은 이 간접 폭력을 끝내기 위해 직접 폭력을 쓴다. 일이 이 지경에 이르면 간접 폭력을 쓴 아내는 동정의 대상이 되고 직접 폭력을 쓴 남편은 여론 재판의 대상이 된다. 이 여론 재판에서는, 폭력은 안 된다는, 정말 수상하기 짝이 없는 논리가 판세를 휘어잡는다.

폭력의 고수들은 직접 폭력은 쓰지 않는다. 그렇다고 해서 폭력을 전혀 쓰지 않느냐 하면 그런 것이 아니다. 폭력의 고수들은 간접 폭력으로 상대를 극한 상황까지 몰아간다. 직접 폭력으로 되받아치지 않을 수 없는 상황으로까지 몰아간다. 말하자면 총에다 화약을 장전해서 상대에게 쥐여주고, 상대로 하여금 방아쇠를 당기지 않을 수 없게 한다.

〈재인아, 너는 총을 하나 가져와 총알을 장전하고는 나에게 맡겼다. 나는 방아쇠를 당긴 데 지나지 않는다.〉

나는 재인에게 이렇게 말하지는 않았다.

우리는 너무 어렸던 것임이 분명하다. 우리는 사랑한다고 말하는 대신, 사랑이 지어 낸 자식을 어르는 대신, 서로 상대에게 책임을 묻고 변명하고 공격하고 방어하면서 그 밤을 보냈다. 나는 모든 일이 나의 휴학 결심에서 시작되었음을 납득하고, 학교가 나를 얼마나 불행하게 만들었던가를 설명했다. 그러나 재인은 그것을 이해하지 못했다. 나를 불행하게 만들었던 학교의 신학이 재인에게는 행복의 씨앗이었기 때문이다. 재인은, 자기가 광신도가 되어 갔던 것은 나의 휴학 결심 뒤에 온 자기 절망의 표현이었다고 말했다. 그는 나의 휴학 결심과 입영 결심을, 의도적인 결혼 기피로 받아들이지 않을 수 없었다고 고백했다.

「어머니가 나에게 돈다발 안긴 것을 나는 어떻게 해석했어야 하나요? 어머니의 메시지는 명약관화 아닌가요? 〈돈을 줄 테니 내 아들 곁을 떠나라〉가 아니었던가요?」

「세상에……」

346

참으로 놀랍고도 무서운 오해였다. 어머니가 그런 의도로 돈을 건넨 것이 아니라고 나는 확신한다. 어머니에게 도대체 그런 정서는 어울리지 않는 것이었다. 어머니는 재인을 존중하고 늘 어려워하던 분이었다. 어머니는 내가 재인에게 폐를 끼치고 있는 것으로 여기고 늘 재인에게 미안해하던 분이었다. 더욱 놀라운 것은 재인의 입장에서 보면 그렇게 받아들여졌을 수도 있었다는 점이었다. 나는 재인에게 어머니를 설명하려고 했다. 사랑을 드러내는, 어머니들 특유의 방법을 설명하려고 애썼다. 그러나 내 설명은 어머니를 오해한 재인이 자기방어를 위해 쳐놓은 망상의 논리를 뚫어 내지 못했다.

나는 그제야 재인이 어머니 앞에 나타날 수 없었던 까닭을 납득했다. 재인에게 어머니는 〈돈을 줄 테니 내 아들 곁을 떠나라〉라고 한, 도저히 용서할 수 없는 어머니였다. 그런데 나 역시 어머니의 장례식이 끝나고 나서 재인에게 돈다발을 안긴 사람이 아니던가. 재인은 내가 건네준 돈에도 그런 메시지가 담겼다고 생각했던 것일까?

우리에게 표현상의 오해를 푸는 것은 가능했다. 그러나 우리는, 그 오해가 야기시킨 증오까지 해소시킬 수 있을 정도로 성숙한 인간들은 못 되었다. 표현상의 오해가 풀렸다고 하더라도 재인은 여전히 휴학을 결심한 나를 용서할 수 없었고 나는 어머니의 장례식을 거부한 재인을 용서할 수 없었다.

「나는 다음 달쯤 공수단으로 들어가 6개월 동안 거기에서 훈련을 받게 된다.」

「누구나 하는 건가요?」

재인이 이 말을 한 뜻은 〈또 잘난 척하고 싶은 건가요〉이지 다른 것이 아니었다.

「아니. 명령이 내려왔어. 거부할 수도 있는데 거부하고 싶지 않아. 훈련이 끝나면 원대 복귀해서 일종의 편의대 같은 데 편성될 것 같다. 어쩌면 이름만 바뀐 채 바로 이 부대에서 근무하게 될지도 모르겠고……. 지금으로서는 내가 치욕스러워 여기에서는 견딜 수가 없다.」

「왜?」

「좀도둑의 소굴이야. 공수단이, 편의대가 더 나으리라는 보장은 없다. 단지 여기에서 탈출하고 싶을 뿐이다.」

「편의대라면 6·25 전쟁 때의 공작대 같은 거, 켈로 부대 같은 건가요?」

「편의 공작대를 알아?」

「우리 숙부가 편의 공작대 대원으로 적진에 숨어 들어갔다가 참살당하셨다더군요.」

「이건 그런 게 아니고, 일종의 기동 타격대에 가까워. 영어로는 〈퀵 리액션 포스〉라고 하니까 우리말로는 〈전격 대응군〉쯤 되겠네.」

「그러다 그것도 시원치 않으면 이번에는 월남행인가요?」

「거기다 싶으면 가야지. 순서가 그렇게 될지도 몰라.」

「한재인에게서 확실하게 달아나는군요.」

「내게는 말이다, 아주 뜨거운 피, 당신에게는 아주 해로운 피가 흐르고 있는 것 같다. 이 피는 일정한 기간이 지나지 않으면 식을 것 같지가 않아. 나는 늘 나이가 서른 살쯤 된 사람이 부러웠는데, 이제 이유를 알겠어. 피를 다 식힌 나이였기 때문일 거야.」

「피가 다 식을 때까지 기다릴걸 그랬어.」

「세월이 약간 도움이 될 거야.」

「지름길을 알아요. 들어 볼래요?」

「……」

「교회로 돌아오세요.」

「글쎄, 그리스도 옆에 있으라면 몰라도…… 당신의 노예가 되라면 몰라도.」

「그럼 그리스도에게로 돌아오세요.」

「돌아오다니. 나는 그리스도를 떠나지 않았어.」

「그럼 내 노예가 되세요.」

「당신이 교회의 조직에서 해방되면.」

「······.」

마로가 잠을 깨어 칭얼대기 시작했다. 마로는 제 어머니와 나 사이를 흐르는 적의를 원시적인 본능으로 감지했던 것일까? 나는 처음으로 마로를 안아 올렸다. 마로는 1~2분이 채 못 되어 거짓말같이 울음을 그치고 다시 잠들었다.

나는 왼팔로는 마로를 안은 채 오른손을 재인에게 내밀었다. 놀랍게도 재인은, 등이 벽에 닿으면서 쿵 소리를 내었으리만치 뒤로 물러났다.

「싫어요. 마로 하나로도 차고 넘쳐요.」

대사를 외우고 기다리고 있었던 듯한, 매정한 말투였다.

나는 마로 어미의 수고를 위로하기 위해 손을 내민 것이지, 내 애인 재인에게 추파를 던진 것이 아니었다. 할 말이 없었다. 피멍이 들도록 엉덩이를 두들겨 맞은 부끄러운 졸병이, 연중(然中)에 어머니 복(服)을 입은 아들이, 그것도 아들을 갓 재운 아비가, 그것도 입씨름 중에 느닷없이 욕정을 느낀 꼴이 된 것이 슬프고 부끄러웠다. 오래간만에 마신 술의 취기가 내 혐의를 더욱 깊게 했을 것이다. 어머니 혼령이 그 방에 와 있을 것 같아서 더욱 참담했다. 나는 하릴없이 그 손을 술잔 있는 곳으로 거두어들였다.

닭이 울었다.

어머니 혼령이 내 곁에 있었어도 닭이 울었으니까 떠났을 터였다.

서로 말 이을 기회를 잡지 못해, 재인은 마로 옆에 꼿꼿하게 앉아 있고, 나는 혼자서 재인이 사 온 소주를 마시다 잠깐 눈을 붙인 것 같은데 문득 바깥에서 군화 소리가 들려왔다.

「이 일병! 이 일병 안에 있소?」

소대의 고참 병장의 목소리였다. 고참 병장이, 아내 앞이라고 대접해서 쓴 〈있소〉가 몹시 듣기에 거북했다.

문을 열었다. 해가 중천에 떠 있었다. 문 앞에는 고참 병장과 상등병 하나가 와 있었다. 나는 맨발로 달려 나갔다. 놀랍게도 두 사람은 완전 군장을 갖추고 있었다. 병장이 철모를 벗어 들면서 재빨리 말했다.

「비상이다. 전군에 내린 비상이다. 휴가와 외출과 외박이 취소되고 모든 휴가병과 외출병에게 귀대 명령이 떨어졌다. 이 일병도 정오까지 귀대해 있어야 한다.」

「무슨 일입니까?」

군인에게는 묻는 자유가 허락되어 있지 않다.

「이 일병과 함께 부인을 버스 정거장까지 모시는 것이 우리 임무다. 그러자면, 대단히 미안하지만, 지금 준비하지 않으면 안 돼. 서둘러.」

「알았습니다. 5분 안에 준비를 마치겠습니다.」

나는 뒤뜰로 돌아가, 안주인이 소쿠리에 담아 뒤뜰에다 둔 군복을 꺼내 들고는 방 안으로 들어갔다.

「왜 그런데요?」

「나도 몰라. 빨리 준비나 하자.」

「이런 일 자주 있어요?」

「아니.」

「그런데 당신 엉덩이가 왜 그래요?」

뒤로 돌아서서 속옷을 갈아입는데 재인이 물었다.

「……」

「하느님 맙소사…… 피멍이잖아?」

「엉덩이에 몽고반점 찍어 가지고 나온 족속의 운명이야. 슬퍼 말어.」

재인은 울먹이면서, 내가 허물 벗듯이 벗어 놓은 사복 일습을 한 점 한 점 아주 천천히 개기 시작했다. 그에게는 감정이 격해지면 손길이 아주 느려지는 버릇이 있었다.

「그럴 시간이 없어. 그냥 집어넣고…… 어서.」

나는 순식간에 군복으로 갈아입고 밖으로 나섰다. 군복은 밤새 뒤뜰에서 얼음장같이 싸늘하게 식어 있었다. 이도 모두 얼어 죽었을 터였다.

병장과 상등병은 소총을 짚고 서 있었다.

350

「서울 나가는 버스는 어떻게 됩니까?」

「06시 30분에 첫차, 30분 간격으로 있을 거라. 여기에서 걸어 나가자면 30분이 걸리니까, 11시 00분 차는 탈 수 있겠어. 귀대하면 12시 00분…….

서둘러야겠다.」

「대체 무슨 일입니까?」

「심상치 않아. 라디오 방송에 따르면, 무장 공비가 침투했대. 청와대 근방에서 교전이 있었고 사상자가 적지 않다나 봐.」

재인이 마로를 안고 나왔다. 음식과 술은 방 안에 그대로 남아 있었다.

「잠깐 음식과 술을 드실 시간은 없을까요?」 재인이 병장에게 물었다.

「전시에 준하는 비상이랍니다. 탄약도 지급되었어요. 이놈의 군대라는 건 말이지요, 오랜만에 만난 사람들끼리 화기애애하게 노는 꼴을 못 본대요.」

우리는 마을을 빠져나와 비상 도로로 접어들었다. 병장과 상등병이 앞장서서 잰걸음으로 걸었다.

「날 쫓으려고 저 사람들과 짜고 이러는 거 아니죠?」

「그러자고 까마득하게 높은 병장과 상병에게 완전 군장을 시켜? 놀라지 마시라. 저 병장이 나에게는 학장보다도 높고 행정처장보다도 더 높다. 신학 대학 나온 군종 사병까지도, 고참은 하느님과 동창생이라고 참람을 떠는 데가 바로 군대다.」

재인이 뭐라고 하려는데 수하(誰何)가 날아왔다. 〈수하〉는 불러서 누구냐고 물어보는 것을 말한다. 수하하는 병사의 모습은 보이지 않았다. 수하를 당한다는 것은 총구 앞에 서 있다는 뜻이다.

「정지!」

「나야.」 병장이 소리쳤다.

「손들어!」

「새끼, 화기 소대 김 병장이다. 박팔수, 너 죽을래?」

「동양! 암구호 대시오.」

「너 이 새끼, 안 기어 나와?」

나와 재인과 마로는 총구 앞에 있었다. 그런데도 병장은 어쩌자고 욕지거리를 해대는 것인지⋯⋯

우리 소대원 둘이 잠복호 날개에서 머리를 내밀었다.

「김 병장님, 미안합니다.」

「새끼들, 난 줄 알고 놀려 먹었지?」

「수하 제대로 안 하면 안 한다고 또 혼낼 거면서⋯⋯.」

우리는 벌건 대낮에 잠복호 앞을 이렇게 지났다.

「어제 올 때는 이런 게 없었는데⋯⋯. 당신도 저러나요?」 재인이 걱정스러운 듯이 중얼거렸다.

잠복호가 있다는 것은 나도 알았다. 그러나 실제로 근무자가 들어가 있는 잠복호는 본 적이 없었다.

「좋은 세상만 사느라고 이런 게 있는 줄 몰랐지? 신학의 소비자들이 우글거리는 곳, 이곳이 바로 신학의 시장이야. 그러나 당신 학교의 신학은 물건이 될 것 같지 않아.」

재인이 떠나간 그 순간부터 부대는 전쟁터가 되었다. 북한의 무장 게릴라가 남한, 서울을 뒤집어 놓은 이른바 1·21 사태가 터진 데다 이틀 뒤에는 미군의 정보함 푸에블로호(號)가 원산 앞바다에서 북한의 해군에 의해 납치되는 사태까지 터진 것이다. 전군의 비상 태세령이 내리면서 휴가와 외출은 물론, 근무 연한이 연장되면서 제대까지도 취소되었다. 서른한 명의 무장 공비 중의 유일한 생존자가 남하 루트를 밝히는 바람에 수많은 지휘관들이 지휘 책임을 지고 군복을 벗거나 전출당하기도 했다.

우리는 몸으로 이 사태를 경험했다. 휴전선에서 서울까지, 무장 공비의 남하 루트 가까이 있는 부대는 일제히 수색 작전에 동원되었다. 우리 부대에도 영구 막사가 있었던 것은 아니지만, 우리는 거기에서도 잘 수 없어 야전 천막을 짊어지고 다니면서 낙엽을 이불 삼아 잠을 잤다. 주식은 꽁꽁 언 밥과, 소금기 때문에 얼지 못한 김치였다. 하급 부대까지 오면서 무수히 녹았다가는 얼고 얼었다가는 다시 녹는 과정을 반복한 두부는 스펀지로 만든 수세미 같았다. 수색대원들 사이에는 무장 공비를 원망하는 노래까지 유행했다. 노랫말 중의 이런 부분이 기억난다.

〈……고향 갈 날 내일인데 무장 공비 웬 말이냐…….〉

그즈음 재인에게서 편지가 날아왔다. 행간이 바스락거리면서 나에 대한 불편한 감정의 조각이 드러나고 있었던 것을 보면 재인의 새로운 기술 방법은 성공을 거두고 있는 셈이었다.

그는 잘 있다고 주장하겠지만 고생이 심할 것이다. 전방의 전투병들은 거의 매일같이 수색 작전에 동원되고 있다는 험악한 소식이 이따금씩 총소리처럼 들려오고는 한다.

마로는 옹알이를 시작함으로써 장차 제가 낼 목소리의 음질 견본을 나에게 들려준다. 마로의 목소리는 그의 목소리를 닮지 않아서 맑고 투명할 것이다.

그를 찾아가서 나는 무엇을 보았던가?

차를 타고 그렇게 오래 그렇게 멀리 달려갔는데도 우리 모자는 여전히 인왕산장에서 보았던 것과 똑같은 별자리 사이에 있었다. 그는 우리가 우리의 부처님인 그리스도의 손바닥에 있는 걸 알아야 할 것이다.

달밤에 보니까 검은 강이 번쩍거리며 흐르길래 〈어머나 이 골짜기에 무슨 강이 있어요〉 했을 때 그는 퉁명스럽게 대답했다.

〈활주로야. 강이 아니라.〉

나는 그에게, 왜 사물을 자꾸만 잘못 보는 여자가 되어 가고 있을까.

그는 내가 준 사탕도 와그작와그작 깨물어 먹고는 한다.

그는 왜 사탕을 입 안에서 녹여 먹지 못할까? 그는 왜 사탕을 와그작 소리가 나게 깨물다가 잇몸을 다쳐 피를 뱉고는 하는 것일까? 그는 사탕도 다루는 솜씨에 따라 사금파리가 되는 것을 왜 모르는 것일까?

피멍이 든 그의 엉덩이는 내 손길이 무수히 스치던 바로 그 따뜻하던 엉덩이다. 자업자득이라는 생각에서 털어 버리려고 해도, 온기가 하나도 없어 보이던 그 엉덩이가 눈앞에 어른거려 속이 많이 상한다. 그는 자존심이 강한 인간이니까 틀림없이 그것을 보았다는 단 한 가지 이유만으로 나를 미워할 것이다.

그가 우리를 전방으로 부르면서 노린 효과가 이것이었을까?

그는 나에게도 〈수하〉라고 하는 것을 한번 받아 보게 하고 싶었던 것일까? 그는 나를 총구 앞에 한번 세워 보고 싶었던 것일까? 기상천외한 것을 상상하건 말건 그건 자유다. 그의 말마따나 피가 식지 않아서일까? 우리 모자의 피는 식어 있는데……. 나는 그를 사랑하고 있는가, 증오하고 있는가.

나에게는 현실성이 전무하던 군대 혹은 전쟁이라는 개념이 내 신변에서 구체적으로 내 목을 조르고 있다. 군인이 된 그와 함께 하얗게 밤을 새우다가 무장 공비에 쫓겨 서울로 돌아올 때만 해도 군대는 현실이어도 전쟁은 현실이 아니었다. 그런데 인왕산 등산로가 차단되면서 그것마저 현실이 되었다. 그 무장 공비는 내 집 앞의 등산로를 타고 인왕산을 넘었단다. 그와 다니던 약수터 길은 철조망에 막혔다. 무장한 군인들이 자주 눈에 뜨인다. 그도 무장하고 있을 것이다. 무장한 그와 무장한 인왕산 군인 사이에 내가 있다. 나는 그를 사랑하고 있는 것이 분명하다. 그러나 나는 그와 같은 현실을 살게 된 것이 달갑지 않다. 줄 바꿨다 치고, 한재인.

1·21사태 직후에 나는 공수단으로 떠났다. 정확하게 말하면 떠났다기보다는, 4개 연대에서 모인 서른아홉 명의 훈련생들과 함께 공수단이라는 곳으로 실려 갔다. 서른아홉 명의 훈련생들의 대부분은 직업 군인이 되기로 결심한 초급 하사관들이었다. 나는 마흔 명 중의 막내였다. 1·21사태의 후유증으로 하루 두세 시간의 수면으로 버티어 가던 전우들은 떠나는

나를 보고 〈땡잡은 졸병〉이라고들 했다. 비장하게 죽기를 결심하고 떠나는 사람에게 땡잡았다는 표현은 적절하지 못했다.

22
안 되면 되게 하라

공수단은 〈할 수 있다〉는 한글 구호와 〈되게 하라〉는 영어 구호가 까맣게 음각된 거대한 현판에서 시작되고 있었다. 다른 보병 사단에서도 각각 비슷한 숫자의 훈련생들이 와 있었다. 나는 공수단에 도착하고 나서야 군대 경력이 겨우 4개월인 나에게 특명이 난 까닭을 이해했다. 대부분의 훈련생들은 장기 복무 하기로 결심한 초급 하사관들, 따라서 오래오래 군대에 머물 직업 군인들이었고, 몇 안 되는 일반병은 모두 초년병들, 따라서 30개월 이상 군대에 남아 있을 신병들이었다.

준장인 여단장의 〈환영사〉는 약간 난폭했지만 명쾌했다. 그의 연설 중 상당 부분을 기억하는 것은 논법이나 어조가 특이했기 때문일 것이다.

오느라고 수고했다. 이 부대가 바로 겁쟁이들에게는 악명 높은 공수 특전단이다. 이 부대를 두고 공수 부대라고 부르는 사람들이 있는 것으로 안다. 그러나 내가 여기에서 분명하게 밝혀 둘 것이 있다. 공수 부대에는 두 가지 종류의 부대, 즉 공수 기동대와 공수 특전대가 있다. 공수 기동대는 항공기를 이용하여 군수품과 병력을 공중 수송하는 수송 부대를 말하고, 공수 특전대는 항공기로부터 낙하산으로 적지에 투하되어 싸우는 특수 부대를 말한다. 우리 부대는 공수 기동대가 아니라 공수 특전대라는 것을 명심하라. 여기에서 나가는 날 제군들은 수송대원이 되는 것이 아니라 수송대원의 지원을 받는 공정대원이 된다는 것을 명심하라…….

……지휘관들은 〈죽음〉이라는 말을 입에 올리지 않는다. 그러나 나는 분명히 말하겠다. 나는 제군들이 보병 부대에서 왔다는 것을 잘 알고 있다. 적군과 교전하지 않는 한 보병 부대는 비교적 안전한 곳이다. 안전사고가 더러 있기는 하나 그다지 흔한 것이 아니다. 그러나 이 부대는 다르다. 제군들이 이 부대의 정문을 나설 때까지 죽음은 제군들 옆에 도사리고 있다. 사고로 죽는 군인의 죽음은 죽음이 아니다. 그러나 결과는 마찬가지다. 그러므로 죽지 말기 바란다. 나도 죽는 것은 싫다. 제군들도 죽는 것은 좋아하지 않을 것이다.

좋다. 죽지 않는 방법을 가르쳐 주겠다.

첫째, 이 부대를 떠나라. 나는 친절한 사람이니까 떠나는 방법도 가르쳐 주겠다. 내일 제군들은 체력 평가를 받게 될 것이다. 바로 이 체력 평가에서 병신 행세를 하면 된다. 우리는 그런 병신들에게 침을 뱉게 되겠지만 살고 싶은 병신은 수단과 방법을 가리지 말고 이 부대를 떠나라. 누구든 수단과 방법을 가려서는 안 되는 곳, 그곳이 바로 이 부대다.

둘째, 깨어 있으라. 이 부대의 훈련은 세계에서 가장 거칠 것이다. 그러나 우리의 목적은 제군들을 죽이는 것이 아니다. 제군들을 이 세계에서 가장 강한 인간으로 길러 내는 것이다. 가장 강한 인간은 늘 깨어 있는 인간이다. 병신으로 살기보다 사나이로 살고 싶은 병사는 깨어 있으라.

공수단의 훈련은 외줄타기와 같다. 줄에서 미끄러지지 말라. 미끄러졌으면 손으로 그 줄을 잡으라. 잡은 줄마저 놓쳤거든 나뭇가지라도 붙잡으라. 기회는 있다. 깨어 있는 병사만이 이 기회를 포착할 수 있다.

나는 우리 부대의 훈련이 세계에서 가장 거칠 것이라고 말했다. 이 말은 훈련이 끝나는 날부터 제군들이 누릴 명예가 세계의 어떤 군대가 누리는 것보다 빛날 것이라는 뜻이다. 나는 제군들에게 고통만 주는 지휘관이 아니다. 나는 제군들에게 그 고통 뒤의 명예도 함께 주는 지휘관이다.

어린아이들을 보라. 어린아이들은 자주 엎어져 무릎을 깬다. 어린아이는 무수히 무릎이 까진 다음에야 엎어지지 않고 걸을 수 있게 된다. 어째서? 어린아이의 무릎은 엎어졌을 때의 아픔을 기억하고, 이 기억이 어린아이로 하여금 다시는 엎어지지 않게 하는 것이다. 그러므로 어린아이게 무릎받이를 대어 주는 부모는 좋은 부모가 아니다. 고통은 학습의 지름길이다. 무릎받이는 무릎이 까지는 아픔을 기억하게 만들지 못한다. 그러므로 그 아이가 잘 걷기까지는 오랜 세월이 필요할 것이다. 나는 제군들이 무릎을 다치지 않도록 무릎받이를 대어 주는 지휘관이 아니다. 내일부터 제군들의 온몸은 그 어린아이의 무릎이 될 것이다. 제군들의 온몸에는 피멍이 들 것이다. 그러나 바로 이 피멍이 주는 아픔의 기억이 제군들을 외부의 공격에 항상 깨어 있게 할 것이라고 나는 확신한다.

분명히 말해 둔다. 사나이의 가슴에 달린 이 하얀 날개 휘장은 영광이다. 나는 이 휘장을 사랑한다. 이 휘장은 나의 별을 더 빛나게 한다고 확신한다. 제군들도 이 휘장의 주인이 되라. 그러나 제군들과 이 영광 사이에는 사막이 가로놓여 있다. 광야가 가로놓여 있다. 사막을, 광야를 지나지 않고 영광에 이르는 길은 없다. 제군들은 종종 고급 장교들, 심지어는 장군들까지도 훈련생으로 우리 공수단을 거치는 광경을 보게 될 것이다. 그들도 지프차로 사막을 가로지르는 것은 아니라는 것을 확인하게 될 것이다.

우리는 민주주의 국가의 군대다. 그러나 군대에는 민주주의가 없다는 것을 명심하라. 나는 제군들에게 명령할 뿐 당부하지는 않는다. 군대의 지휘 체계인 명령 계통은 목숨을 바쳐 민주주의를 지키는 군대에 국가가 부여한 특권이다.

우리 부대도 신사를 존중한다. 그러나 신사를 길러 내는 부대는 아니다. 그러므로 신사적인 행동이 반드시 미덕인 것은 아니고, 비신사적인 행동이 반드시 악덕인 것은 아니다. 명심하라. 군인이 지향하는 최고의 미덕이 무엇인가? 승리다. 승리를 지향하는 창조적인 폭력을 나는 금지시키지 않는다. 공수대원들에게 따라다니는 난폭하다는 평판을 나는 두려워하지 않는다.

공수대원은 잔치 때 잡으려고 살찌우는 돼지와 같다. 공수대원은 겨울에 쓰려고 닦고 기름칠하는 여름철 난로와 같다. 최고의 대접을 받을 때는 나의 이 말을 명심하라.

조금 전에 작전 참모는 실언을 했다. 그는 내가 환영사를 하게 될 것이라고 말했다. 그러나 이것은 환영사가 아니다. 나는 지금 제군들을 환영하지는 않겠다. 겁쟁이들을 쫓아 보내고 낙오자를 떨어낸 다음에, 제군들이 소정의 훈련을 끝마치고 진짜 사나이라는 것을 증명해 내는 날, 나 역시 한 사나이로서 제군들을 환영하겠다.

나는 건투를 빌지 않는다. 건투를 명령할 뿐이다. 이상.

여단장의 연설에 〈하기 바란다〉로 끝나는 문장은 단 한 문장도 없었다. 그의 견장에 붙은 단 한 개의 별과, 공수단의 여단장이라는 직책을 대단히 자랑스럽게 여기고 있음이 분명했다. 의도적으로 〈하기 바란다〉 대신 〈하라〉를 쓰는 것은, 그가 상식적인 인간이 아니라 창조적인 인간이라는 증거였을 것이다. 나는 그가 마음에 들었다.

내가 근무하던 미 육군 항공 정찰대 활주로 경비대에서는 정찰기를 타고 상공으로 올라갔다가 낙하산을 타고 내려오는 미군 장교들을 자주 볼 수 있었다. 미군 장교들 중에는 정찰기를 떠나는 순간에 바로 낙하산을 펴는 장교도 있었고, 한동안 돌멩이처럼 수직으로 떨어지다가 활주로에서 불과 3백~4백 미터 상공에서 낙하산을 펴는 장교도 있었다. 수직으로 떨어지다가 활짝 꽃을 피우는 낙하산을 올려다 볼 때마다 오금이 저려 오는데도 문득문득 황홀해지고는 했다. 동료들은 미군들이 특수 훈련을 받는다고 주장했지만 그것은 모르고 하는 말이었다. 그들은 일요일에도 그 짓을 했다. 미군이 일요일에 쉬지 않고 훈련을 받을 리는 없을 터이므로 그들에게는 낙하산이 일종의 스포츠가 되어 있는 것이 분명했다.

〈저것 참 굉장하다.〉

나는 낙하산에 매료당하고 말았다. 낙하산이 펴질 때마다 오금이 저려왔던 것은 바로 그 순간이 삶과 죽음의 갈림길로 여겨졌기 때문일 것이다. 낙하산이 강이라면 그 강의 한 언덕은 죽음, 다른 한 언덕은 자유일 터였다. 나는, 하늘에서 땅으로 내려오면서 그들이 누리는 듯한 굉장한 자유와 평화가 부러웠다. 그만큼의 평화와 자유가 보장되는 곳이면 죽음의 위험이 있는 것은 당연해 보였다. 낙하산에 매료당한 또 한 가지 이유는 낙하산이 상징하는 것에 대한 다분히 관념적인 기호 때문이었을 것이다. 낙하산은 나의 상상력을 터무니없이 자극했다.

……인류 문명의 발전은 자연의 모방에서 시작된 것은 아닐 것인가. 물고기의 지느러미는 노, 물고기의 뼈는 빗이나 바늘, 갑각류의 껍질은 갑주의 발명을 고무했던 것이 아닐까. 낙하산은 민들레 꽃씨의 모방일 것인가. 그러기가 쉽다, 〈파라슈트〉라는 말 자체가 씨 위에 관모가 달려 있는 민들레 같은 풍산 종자(風散種子) 식물을 지칭하는 말에서 나온 것이 아니던가. 그러나 풍산 종자가 오늘날의 파라슈트가 된 것은 관모를 나일론 캐노피로 바꾸는 근본적인 기능상의 발상 전환이 있었기 때문에 가능했을 것이다.

……옛날 사람들은 사슴보다 빨리 달릴 수 있기를 꿈꾸었을 것이다. 그러나 지금 이것을 가능하게 하는 기계는 다리를 바쁘게 놀리고 있지 않다. 발달 과정에서 발상 전환이 이루어졌기 때문에 이런 기계는 주로 바퀴를 굴리고 있다.

……옛날 사람들은 돌고래보다 빨리 헤엄칠 수 있기를 바랐을 것이다. 그러나 지금 이것을 가능하게 하는 기계는 지느러미를 바쁘게 움직이고 있지 않다. 발달 과정에서 발상 전환이 이루어졌기 때문에 지금 이런 기계의 대부분은 스크류를 돌리고 있다.

……옛날 사람들은 새보다 높이 그리고 더 빨리 날 수 있기를 바랐을 것

이다. 그러나 지금 새보다 빨리 나는 기계는 날개를 바쁘게 펄럭거리고 있지 않다. 발달 과정에서 발상 전환이 이루어졌기 때문에 지금 이런 기계의 대부분은 프로펠러를 돌리고 있다…….

……항공기와 낙하산의 만남은 무엇인가? 항공기는 거리를 극복하고 낙하산은 고도를 극복한다. 이 복합적인 발상 전환의 역사를 사고에 적용시켜 보면 안 될 것인가…….

불과 며칠 사이에 나의 꿈이 되어 버린 미군 장교들의 낙하산은 나에게 훌륭한 공상거리를 제공하고는 했다. 공상이 만들어 낸 발상 전환의 논리는 인식과 직관의 대극과 합일의 관계에 이르기까지 비약을 거듭했다. 낙하산은 무수한 인식과 직관의 발상 전환 프로세스를 통하여 사물의 본질에 사뿐히 내려앉겠다는 내 희망의 빛나는 상징이 되었다.

훈련은 지독하게 엄격하고 혹독했다. 그럴 수밖에 없었다.

신병 훈련소의 경우, 사격장이 아닌 한 훈련 중에 훈련병이 목숨을 잃는 예는 드물었다. 체력이 평균치를 밑도는 훈련병들을 위해 웬만큼 위험한 곳에는 안전장치가 마련되어 있었기 때문이다. 그러나 공수단의 훈련은 훈련 자체의 성격상 실수는 죽음으로 연결된 확률이 매우 높았다. 교관들은, 〈제군들의 몸은 중력의 법칙에 저항할 몸〉이라는 말을 자주 하고는 했다. 그 말은 우리의 신경 가닥 하나하나, 근육 한 올 한 올, 뼈마디 하나하나를 중력에 저항할 수 있는 강도로 높여 놓겠다는 뜻이었다.

신병 훈련 과정은 평범한 한국의 젊은이들의 수준에 맞추어진 것이어서 체력이 최상급에 속했던 나에게는 그리 힘든 것이 아니었다. 그러나 공수단에 입단한 병사들은 평균 체력 조건은 신병 훈련소의 최상급을 웃돌았다. 부대가 우리에게 수준 높은 훈련을 요구하는 것은 당연했다.

신병 훈련소에서 우리는 훈련 중 자주 〈선착순〉이라는 이름의, 주력을 강화시키는 체벌을 받고는 했다. 일정한 거리를 전속력으로 달려 목표물을 돌아오되 출발점으로 들어오는 순서에 따라 일렬로 서게 한 다음, 지휘자가 임의로 선착순으로 몇 명을 제하고 나머지에게는 똑같은 벌을 내리는 것이 〈선착순〉이다. 원칙대로 하자면 꼴찌로 들어오는 훈련병은 한 시간 내내 그 벌을 받고 있어야 하고, 그러지 않으려면 전속력으로 뛰어 그 〈나머지〉에서 제외되어야 한다. 그러나 신병 훈련소에서는 〈선착순〉의 명령이 떨어져도 훈련병들은 전속력으로 뛰지 않았다. 전속력으로 뛰어 보았자 이 체벌은 한 번으로 끝나는 수가 허다했기 때문이었다. 말하자면 1등이나 37등이나 체벌이 한 번으로 끝나기는 마찬가지인 경우가 대부분이었다. 교관들에게 낭비할 시간이 없었기 때문이다.

공수단의 선착순은 엄격했다. 교관들은 〈더러운 기회주의자 근성〉을 뿌리 뽑겠다고 으름장을 놓았다. 가령 쉰 명이 이 기합을 받고 선착순 다섯 명만이 다음 체벌에서 면제될 경우 이 선착순은 정확하게 10회나 계속되는 것이었다. 똑같은 체벌을 10회 계속해서 받지 않으려면 어떻게 하든지 한시바삐 선착순 다섯 명에 들어 횟수를 줄이지 않으면 안 되었다. 그러자면 체력의 안배가 중요했다. 다섯 명에 들 가망이 없으면서도 계속 전속력으로 10회를 계속 뛴 훈련생의 그날 하루는 비참해질 수밖에 없었다. 교관들은 〈인생을 사는 일이 공수단의 선착순 같다〉고 주장했다. 최선을 다하되 완급을 조절할 줄 알아야 한다는 뜻일 것이다.

우리의 훈련은 이전투구로 시작되었다. 이전투구장은 배구장 크기의 뻘밭이었다. 높이가 가슴께에 이르는 뻘밭의 가장자리는 가파르게 경사져 있었다. 서른 명씩 편을 가른 우리는 팬티 바람으로 이 한겨울 뻘밭으로 들어가 조교의 호루라기 소리를 신호로 일정한 시간 동안 서로 상대를 바깥으로 집어 던져야 했다. 일대일로 상대방을 밖으로 집어 던지기는 어려웠다. 따라서 우리는 두세 사람이 힘을 합쳐 상대방 하나를 집어 던지지 않으면 안 되었다. 상대방도 똑같은 방법을 구사했다. 밖으로 던지려는 훈련생과 던져지지 않으려는 훈련생 사이에 한 치의 양보도 없는 싸움이 벌어지는 것은 당연했다. 우리는 허수아비를 상대로 싸우는 것이 아니었다. 이전투구가 끝나면 주먹에 맞고 바닥에 패대기쳐지는 바람에 온몸은 상처투성이가 되고는 했지만 뻘 속을 마음껏 뒹굴면서 마음껏 때리고 맞을 수 있는 자유는 그래도 썩 괜찮은 것이어서 샤워장에서는 적의의 눈길 대신 자조적인 미소가 오가고는 했다. 공수대에서 사귀게 된 유대영이라는 이름의 일반병 하나는 어쩌면 그렇게 나와 똑같은 생각을 하고 있었던지.

「〈이전투구〉라는 이름부터가 마음에 들어. 차라리 이런 데가 좋잖아? 울고 싶던 차에 매 맞는 기분이라고.」

낙하산 강하에서 가장 중요한 것은 낙하산에 매달린 채 접지 지점으로 내려갈 때의 방향 잡기와 접지의 충격을 줄이는 훈련이었다. 평균 체중의 훈련생이 훈련용 낙하산으로 접지할 경우의 충격은, 약 2미터 높이에서 떨어질 때의 충격과 같다고 했다. 따라서 훈련생들은 떨어지는 순간의 충격을 줄이기 위해 그 충격을 온몸에 분산시키지 않으면 안 되었다. 착지 훈련 혹은 접지 훈련이라고 불리는 이 낙법을 우리는 하루에 수백 번씩 연습해야 했다. 이 훈련이 있는 날이면 많은 훈련생들은 술에 취하지 않고는 피에 젖은 채 아주 살갗에 맞붙어 버린 훈련복을 벗지 못했다.

내가 정찰 비행대에서 본 미군들의 착지에는 착지 동작이 없었다. 그들은 몸을 구르지 않고도 사뿐히 활주로에 내려서고는 했다. 낙하산이 달랐던 것일까? 나는 여러 차례 비행기에서 뛰어내리고서야 착지 동작을 제대로 배우지 않으면 그렇게 사뿐히 내려설 수 없다는 것을 알았다. 미군 장교의 그 유연하고 자유분방하기 짝이 없던 착지 동작은 충분한 데생 과정이 끝난 화가의 추상화 같은 것이었다.

우리가 훈련 받을 때 쓰던 낙하산에는 그 낙하산을 몸에서 빠른 시간에 분리시키는 해체 장치가 없었다. 따라서 착지가 끝나면 빠른 손질로 낙하산을 몸에서 풀어내지 않으면 안 되었다. 낙하산을 몸에서 풀어낼 동안 바람이 불고 그 바람이 캐노피를 날릴 경우 우리는 끌려가면서 낙하산을 풀어내지 않으면 안 되었다. 내가 있던 부대의 공수단 출신 중사의 설명에는 다소 과장이 있기는 했으나, 우리는 캐노피 없는 낙하산을 멘 채 자갈밭 위를 트럭에 끌려가면서 낙하산을 해체하는 훈련을 받지 않으면 안 되었다. 정상적으로 이 훈련을 받는다면 어려울 것이 없었다. 그러나 제대로 훈련을 받게 만들어야 하는 조교들과, 되도록 어물쩍 넘어가고 싶어 하는 훈련생들 사이에는 적의가 생기기 마련이다. 조교들은 훈련생들에게 적의를 드러내는 한 방법으로 트럭의 속도를 규정 이상으로 높이고는 했는데, 이렇게 트럭이 과속하는 날 훈련을 받은 훈련생의 어깨에는 정말 콩알만한 자갈이 박히고는 했다.

우리는 물 위에 떨어질 경우에도 대비하지 않으면 안 되었다. 물 위에 떨어질 경우 훈련생의 몸은 물 밑으로 가라앉아 가고 낙하산의 캐노피는 물 위에 뜬 채로 수련처럼 펼쳐진다. 훈련생의 체중이 아무리 무거워도 나일론으로 촘촘히 짜인 낙하산 캐노피의 부력을 이겨 내지는 못한다. 훈련생은 물에 떨어질 경우에 대비해서 재빨리 낙하산 하네스에서 풀려나 몸을 솟구치고 물 밖으로 헤엄쳐 나오는 훈련을 받지 않으면 안 된다. 그러나 솟구치되 수직으로 솟구치면 죽음을 면치 못한다. 촘촘한 나일론 캐노피가 수면을 덮고 있다가 훈련생의 코와 입을 막아 버리기 때문이다. 따라서 훈련생은 캐노피에서 되도록 멀찍이 떨어지면서 물에서 헤엄쳐 나와야 했다.

그리 어려운 훈련은 아니었다. 엄동설한에 그 훈련을 반복해서 받아야 하는 것이 아니었다면 틀림없이 그랬을 것이다.

일본식 발음으로 〈마꾸도하〉라고 불리는 모형 탑의 정확한 영어는 〈맥타워〉였다. 이 모형 탑 훈련은 많은 훈련생들에게 공포의 대상이었다.

당연한 일이지만 낙하산 강하는 공중에서 지상을 향하여 이루어진다. 따라서 강하는 공중에서 땅을 내려다볼 때 느껴지는 공포가 극복되지 않으면 불가능하다. 우리는 모형 탑에서 이 공포를 극복하는 훈련을 반복해서 받지 않으면 안 되었다. 모형 탑의 높이는 34피트, 따라서 약 10미터였던 것으로 기억한다. 통계적으로 인간이 가장 공포를 느끼는 높이가 10미터라는 이론에 따라 만들어진 탑이었을 것이다. 우리는 이 탑에서 캐노피가 없는 낙하산을 타고 뛰어내리지 않으면 안 되었다. 조교들은 훈련생들의 공포를 줄여 주기 위해 끊임없이 말을 시키고는 했다. 겁이 많거나 병적으로 높은 곳을 두려워하는 훈련생들은 이 모형 탑 위에서 혹은 강하하는 순간에 오줌을 싸는 일이 더러 있었다. 제 힘으로 뛰어내릴 수 없어서, 조교에게 뒤에서 걷어차 주기를 부탁하는 훈련생도 있었다.

강하대에 발을 대고 선 훈련생과 조교 사이에는 이런 말이 오고 가는 것이 보통이었다.

「32번 훈련생 강하 준비 끝!」

「기분이 좋습니까?」

「좋습니다.」

「애인 있습니까?」

「있습니다.」

「그럼 애인이 즐겨 입는 옷 이름을 부르면서 강하합니다. 강하!」

그러면 훈련생은 이렇게 외치면서 강하하고는 했다.

「판탈롱…… 일만, 이만, 삼만…….」

우리는 정신을 잃지 않기 위해, 시간을 초 단위로 세기 위해 의무적으로 〈일만, 이만, 삼만……〉을 외쳐야 했다. 모형 탑 훈련이라서 훈련생의 몸이 강하대를 떠나면, 진짜 낙하산일 경우 개산 장치가 열려야 하는 바로 그 순간에 강하에 제동이 걸리면서 앵커 라인을 따라 미끄러져 내려가게 되어 있었다. 훈련생은 앵커 라인에 걸린 채 내려가면서 방향 조절과 적절한 착지 동작을 취하지 않으면 안 되었다.

내 차례가 되자 조교는 나에게 〈애인과 함께 오른 산 이름을 부르면서 강하〉할 것을 명했다. 나는 〈금오산〉을 외치며 강하했는데, 착지하고 가만히 생각해 보니 한재인과는 금오산을 오른 기억이 없었다. 나는 〈인왕산〉이라고 외쳤어야 했던 것이다.

만족할 만한 수준에 이르지 못할 경우 이 모형 탑 훈련은 몇 차례고 반복되고는 했다. 개산 장치가 열리고 캐노피가 펴지는 순간 우리 몸이 받는 충격은 그다지 고통스러운 수준은 아니었다. 그러나 반복해서 이런 충격을 받는 훈련생들은 밤새 사타구니를 싸쥐고 앓고는 했다. 중심을 받는 낙하산의 하네스 벨트가 사타구니를 지나가기 때문이었다.

4주 만에 강하 실습 날이 왔다.

공중 수송대 막사 앞 활주로 끝에는 코가 까만 C-46 수송기가 지느러미를 편 돌고래 모양을 하고 기다리고 있었다. 먼저 도착한 훈련생들은 활주로 여기저기에서 긴장을 푸느라고 윗몸 일으키기를 하고 있었다.

「화장실들 다녀와! 점프하는 순간에 큰 거 작은 거 싸는 놈 하나둘이 아니다.」

검은 모자를 쓴 정비과 하사관은 훈련생들의 얼굴이 긴장으로 하얗게 질려 있는 것이 재미있었던지, 부러 말들을 험하게 했다. 담력이 약한 사냥꾼이 호랑이나 곰 같은 맹수를 만날 경우 생기는 일이 강하 실습하는 훈련생에게도 자주 생긴다고 그는 말했다. 누군가가 무슨 일이 생기느냐고 물었다.

「괄약근이 확 풀리는 일이지.」 검은 모자가 대답했다.

아닌 게 아니라 이상하게도 소변이 잦고 갈증이 잦았다.

점프 브리핑 시간이 되자 점프 마스터는 우리에게 수송기의 속도와 우리가 점프할 고도, 구름의 높이, 풍속 같은 것을 일일이 가르쳐 주었다. 그는, 운고가 높아 우리가 강하할 높이에는 구름이 없지만 풍속이 빨라 표류 거리가 다소 길어질 것 같다고 말했다.

군목이 와서 기도했다. 닳고 닳은 데다 입 때가 잔뜩 묻어 있는 그의 기도는 여단장의 훈시만큼도 감동을 주지 못했다. 군목이 훈련생들의 목숨을 하느님에게 맡긴다고 기도했을 때 내 옆에서 정비과 하사관이 중얼거렸다.

366

「지랄. 하느님이 오키나와 낙하산 정비 부대장이냐?」

군목은 강하 실습생 하나하나의 머리에 차례로 손을 올리고 축도했다. 이 엄숙한 기도는, 종군 법사 찾아다니던 독실한 불교도 신자도 거절하지 않았다. 그러나 나와 유대영은 축도받는 대열에서 빠져나와 화장실로 갔다.

그날 우리는 낙하산을 지급하는 정비과 하사관들로부터 끔찍한 농담을 들었다. 검은 모자를 쓴 정비과 하사관은 우리에게, 강하 실습 날의 관례라면서 이렇게 소리쳤다.

「낙하산이 펴지지 않으면 리거섹션(정비과)으로 바꾸러 와. 얼마든지 바꿔 주는 게 공수단 미풍양속이다.」

수송기가 프로펠러를 하나씩 차례로 돌리기 시작했다. 수송기 엔진이 돌기 직전에 내는 지독하게 높은 쇳소리는, 그런 소리를 유난히 싫어하는 내 신경을 몹시 피곤하게 했다. 그러나 기이하게도 그 혐오스러운 소리 덕분에 나는 지독한 긴장 상태에서 풀려날 수 있었다.

탑승 신호가 떨어지자 우리는 옆에 있는 동료 훈련생들과 악수를 했다. 손들이 모두 축축했다. 서로서로 귀에다 대고 뭐라고 떠들었지만 수송기 엔진 소리 때문에 언어는 소리 구실을 하지 못했다. 그래도 훈련생들은 건투를 빈다는 말은 기어이 하고 싶어 했다. 수송기에 접근하는데, 보이지 않는 거대한 주먹이 몸을 때렸다. 수송기 프로펠러가 휘저어 놓은 후류였다.

우리는 디플로먼트 베이로 올라가 두 줄로 마주 보고 앉았다. 두 팀 사이를 가르며 천장의 앵커 라인이 조종석 쪽으로 가는가 싶더니 문 쪽으로 줄줄이 우향우로 휘어지고 있었다. 항공기가 프로펠러를 일제히 돌리면서 독을 품다가 팽팽한 고무줄에서 놓여난 듯이 맹렬한 속도로 활주로를 미끄러지기 시작했다. 우리는 귀가 받는 충격을 줄여 주려고 입을 벌렸다. 유대영 일등병이 화물 수송용 나일론 그물 같은 의자에 앉고 눈을 감자 점프 마스터가 유대영의 헬멧을 주먹으로 쳤다. 수송기 안에서 사람의 언어는 무용지물이었다. 눈까지 감으면 점프 마스터의 수신호 역시 무용지

367

물이 될 터였다.

수송기가 활주로에서 이륙할 때의 느낌을 설명하는 데 〈붕 뜨는 느낌〉이라는 말보다 더 적절한 표현은 없을 것이다. 대지에서 발을 떼면서 우리는 기준점 노릇하던 2차원적 위치를 상실하기 때문일까? 산이 옆으로 90도나 기울어진 것 같은데도 무너지지 않았고 강물이 대지의 벽에 붙어 흐르는 것 같은데도 쏟아지지 않았다.

내 눈길을 만난 유대영 일등병이 오른손으로 술 마시는 시늉을 한 뒤 그 손으로 배를 누르며 얼굴을 찡그렸다. 〈어젯밤에 술을 너무 마셨더니 속이 쓰리다. 너는 어떠냐?〉 이런 뜻이었다. 나는 고개를 가로저었다. 나는 속이 쓰리지 않았다.

수송기의 터진 옆구리에 붙어 서서 지상을 내려다보고 있던 점프 마스터가 손뼉을 치고는 오른손을 번쩍 들었다.

「겟 레디(강하 준비)!」

준비 신호였다. 강하 4분 전을 알리는 신호이기도 했다. 훈련생들의 표정이나 몸짓은 가지각색이었다. 묵주를 굴리는 하사, 입술을 달싹거리는 상사, 손을 마주 비비대는 중사. 하품을 하는 훈련생이 유난히 많았다.

귀청이 찢어지도록 부저가 울리면서 조종석 뒤에 붙어 있던 빨간 등이 번쩍거렸다. 점프 마스터가 손바닥이 보이게 두 손을 들었다.

「스탠드 업(기립)!」

훈련생들은 벌떡 일어나 턱을 목에다 끌어다 붙이고 점프 마스터 쪽으로 좌우향우를 했다.

「첵 이퀴프먼트(장비 점검)!」

점프 마스터의 수신호에 맨 뒤에 있던 공수대원이 앞에 선 훈련생의 보조 낙하산과 주 낙하산을 점검하고는 그 훈련생의 헬멧을 툭 쳤다. 헬멧을 얻어맞은 훈련생 역시 자기 앞에 선 훈련생의 장비를 점검하고는 같은 신호를 했다. 이 신호는 순식간에 맨 앞의 훈련생에게까지 전달되었다.

「스탠드 인도어(문 앞에 섯)!」

우리는 잔걸음을 재게 놀리며 앞쪽으로 나갔다. 열린 문으로 들어오는 시속 140마일이나 되는 바람이 우리의 호흡을 힘겹게 했다.

「고(뛰어)!」

우리는 차례로 문밖으로 몸을 날렸다. 강하 실습 때 차례차례 문밖으로 몸을 날리는 것은 이성의 명령에 따라서 하는 행위가 아니었다. 훈련으로 몸에 익힌 습관일 따름이었다. 수만 마리의 쥐 떼가 선두의 뒤를 따라 차례로 강이나 바다에 몸을 던지는, 이른바 쥐 떼의 집단 자살 이야기를 읽은 일이 있다. 나는 그 이야기를 읽으면서 수송기 밖으로 몸을 던지던 강하 실습 때의 우리 모습을 떠올렸다.

강하 실습 나온 초보자는 제 손으로 낙하산을 펴지 못한다. 문밖으로 몸을 던지는 순간 정신을 잃고 마는 초보자가 더러 있기 때문이다. 낙하산을 펴지 못한 초보자가, 공수단의 미풍양속에 따라 정비과에 낙하산을 바꾸러 가는 일은 물론 일어나지 못한다. 그래서 초보자의 낙하산은 〈라이프 로프(생명 줄)〉라는 이름의 끈에 연결되어 있고 이 끈은 수송기 천정의 앵커 라인에 붙어 있다. 초보자가 문밖으로 몸을 던지면 이 끈이 팽팽하게 긴장하는데, 그러다 한계 장력이 넘으면 바로 끈이 낙하산의 개산 장치를 작동시켜 캐노피를 연다. 이 라이프 로프의 한계 장력은 360파운드였던가?

「일만…… 이만…… 삼만…….」

프로펠러의 후류에 맞는 순간 훈련생은 수송기 엔진 소리가 멀어지는 것을 느낀다. 바로 그 순간 목덜미와 사타구니를 몽둥이로 얻어맞는 듯한 충격이 온다. 낙하산의 캐노피는 항공기를 이탈하고 〈빌어먹을 해방감〉을 맛보는 바로 이 순간에 꽃을 피운다.

맨 먼저 눈에 들어온 것은 맹렬한 속도로 떠오르는 작은 산과 강과 그 강변의 하얀 모래밭이었다. 〈드로핑 존(착지 지점)〉을 알리는 연막은 바로 그 모래밭에서 피어오르고 있었다. 기이하게도 동료들의 낙하산은 내 눈에 들어오지 않았다. 나중에 안 일이지만 동료들의 낙하산을 구경할 만큼 여유 있게 강하한 훈련생들은 많지 않았다. 애써 강하 방향을 조절할 필요는 없었다. 점프 마스터 옆에 붙어 앉아 있던 계산 장교가 이미 항공기 속도와 풍속을 계산하여 초보자라도 쉽게 드로핑 존으로 들어갈 수 있는 위치에서 훈련생들을 강하시켰기 때문이었다.

내가, 모래밭에서 부풀어 오르는 내 낙하산의 희미한 그림자를 발견한 것은 바로 10여 미터 고도에서 접지 준비를 시작할 때였다. 나는 내 그림자 여부를 확인할 생각으로 하네스를 쥐고 낙하산의 슬리브(좌우 이동)를 시도해 보았다. 그 그림자는 정확하게 내가 의도한 대로 이동했다. 따라서 시시각각으로 부풀어 오르는 그림자는 내 것임이 분명했다. 나는 내게서 얼마 동안 떨어져 있던 그림자를 내려다보면서 그 그림자와의 감동적인 재회를 경험했다. 아, 떨어졌던 그림자를 내 발에 붙인다는 이 하찮은 일이 나에게는 어찌 그리도 감동적이던지……. 그렇다면 그림자를 떠나 공중에 머물러 있을 동안 나는 살아 있었던 것이 아닌가…….

「야, 88번 훈련생, 이 새끼, 뭘 봐!」 팀장이 소리를 질렀다.

나는 수십 마일을 수송기로 날고 수천 피트를 내 힘으로 날아 드디어 목적지에 정확하게 내려 내 그림자를 만난 것이었다. 욕을 먹은 것도 당연했다. 나는 흥분했던 나머지, 재빨리 벗어 놓은 속치마 같은 낙하산을 처리하고 재편성된 전투 대형에 합류하는 것도 잊고 있었다.

이튿날 우리의 모자와 군복 가슴에는 독수리 날개 모양으로 된 하얀 날개 휘장이 하나씩 붙었다. 우리는 바로 그 순간부터 〈훈련생〉이 아니라 〈대원〉이었다. 이때부터 우리는 더 이상 격리되어 위탁 교육을 받는 교육생이 아니라 당당하게 공수단 훈련대에 배속되었다. 우리는 영광스럽게도 공수대원이 된 것이었다. 그런데도 대장은, 〈겨우 걸음마를 시작했다〉고 말했다.

나는 결연하게 나 자신에게 다짐했다.

〈그래 좋다, 산이라면 넘어 주겠다. 강이라면 건너 주겠다.〉

강하 실습이 계속되고, 기본 공수 훈련은 지도 읽기와 목적지 찾아가기를 배우는 독도법 훈련, 적진을 벗어나 아군의 진지를 찾아내는 도피 및 도망 훈련, 담력을 키우는 담력 배양 훈련으로 이어졌다. 이때 배운 생존학의 슬기는 이 글을 쓰는 지금까지도 내게 그지없이 요긴하다. 생존학은, 무리로부터 고립되었을 경우에 대비해서 개인이 몸에 익히게 되는 〈살아남는 기술〉인데, 〈생존SURVIVAL〉을 뜻하는 영어 단어의 철자를 두문자로 하는 여덟 가지 심득 사항을 아직까지도 나는 생생하게 기억하고 있다. 먼저 〈자신의 상황을 헤아리되Size up the situation〉, 〈서둘지 말아야 하고 Undue haste makes waste〉, 〈자신의 처지에 유념하되Remember where you are〉, 〈불안과 공포를 극복해야 하며Vanquish fear and panic〉, 〈임기응변의 여유를 확보하고Improvise〉, 〈자중자애하며Value living〉, 〈현지인과 호흡을 함께하면서Act like the natives〉, 〈기본적인 생존의 기술을 습득해야 한다Learn basic skills〉는 것이 바로 생존을 위한 여덟 가지 심득 사항이다.

이 심득 사항은, 공구 스물여덟 가지가 내장되어 있는 스위스제 나이프와 함께 오랫동안 험한 내 삶의 벗이 되어 주었다. 나는 남들이 행복을 생각하는 순간에 생존을 염두에 두지 않으면 안 되었다.

그런데 이 훈련 도중에 다소 뜻밖의 일이 벌어졌다. 소정의 기본 낙하 횟수가 차지 않았는데도 불구하고 우리에게 자유 낙하 훈련 명령이 떨어진 것이다.

우리는 낙하산을 메고 비행기에서 뛰어내리는 것을 〈점프〉라고 불렀다. 그런데 이 점프에는 베이직 점프(기본 낙하)가 있고 프리 점프(자유 낙하)가 있었다. 우리가 강하 실습 때부터 몇 차례 한 점프는 모두 베이직 점프, 말하자면 초보자의 점프였다. 이러한 베이직 점프의 횟수가 늘어나고 상당히 숙련된 것으로 인정받게 될 때부터 하는 훈련이 프리 점프, 혹은 프리 드롭이었다.

베이직의 경우, 항공기에서 점프하기만 하면 생명 줄이 낙하산의 개산 장치를 작동시켜 캐노피를 펴게 되어 있다. 따라서 점프하는 순간에 대원이 의식을 잃게 되더라도 생명에는 큰 지장이 없다. 캐노피가 저절로 개방되기 때문이다. 순간적으로 의식을 잃는 경우라도 낙하하는 동안 정신을 차리고 접지하면 된다. 게다가 베이직 점프에서 쓰이는 낙하산은 캐노피가 넓다. 캐노피가 넓기 때문에 하강 속도가 느리고 바람의 영향에 따른 표류 거리가 긴 반면에 접지할 때의 충격은 그만큼 적다. 그러므로 치명적인 실수를 하지 않는 한, 낙하산의 개산 장치에 이상이 없는 한, 대단히 안전하다고 할 수 있다.

그러나 프리 점프에 이르면 문제는 달라진다. 전시에 적진이나 적의 후방에 공중 침투할 경우 강하 속도가 느리고 표류 거리가 길어 결과적으로 체공 시간이 긴 낙하산을 편 채로 할랑거리면서 침투할 수는 없는 일이다. 적의 눈에 발각될 경우 기관총의 사격 목표가 될 확률이 높기 때문이다. 따라서 체공 시간을 최대한으로 줄이는 침투 방법이 필요하다. 이 경우에 대비한 것이 바로 자유 낙하이다. 자유 낙하는 〈고공 침투〉라고 불리기도 하고 붙여서 〈고공 침투 자유 낙하〉라는 긴 이름으로 불리기도 한다. 고공 침투 할 때는 주로 자유 낙하법을 쓰기 때문이다. 이때 쓰이는 낙하산은 초보 점프 때의 낙하산과 달라서 캐노피가 작다. 캐노피의 면적이 작을수록 체공 시간이 짧아지기 때문이다. 물론 착지의 충격은 그만큼 커진다. 강하 실습에 쓰이던 훈련용 낙하산의 이름이 〈T-10〉이었던가, 캐노피가 작은 이 낙하산의 이름이 〈T-10〉이었던가…….

고공 침투는, 항공기가 적군이 보유하고 있는 재래 무기의 사거리에서 되도록 높은 곳을 지나가면서 공수대원을 투하한다. 그러면 대원들은 목적지 상공에 이를 때까지 낙하산을 펴지 않고 자유 낙하 하다가 적당한 때에 캐노피를 개방함으로써 체공 시간을 최대한으로 줄인다. 말하자면 적의 사격 목표가 되는 시간을 최대한으로 줄이는 것이다. 그러자면 항공기에서 점프한 뒤에도 상당한 높이를 자유 낙하 할 수 있어야 하고, 적절한 때에 릴리저(개방 손잡이)를 당겨 캐노피를 열 수 있어야 한다. 이러자면 자유 낙하의 공포를 견딜 수 있는 담력과, 고도계를 보면서 개산 시각을 계산할 수 있는 이성적인 판단력과, 캐노피가 펴지는 순간의 충격을 이

길 수 있는 체력이 필요하다.

낙하산을 펴지 않고 자유 낙하 할 경우에는 가속도가 붙기 때문에 시간이 흐름에 따라 낙하 속도는 수시로 변한다. 내 기억이 옳다면 낙하 1초 후의 평균 속도는 초속 10피트, 2초 후에는 62피트, 10초 후에는 엄청난 가속도가 붙어 낙하 속도는 물경 초속 4백 피트에 이른다. 자유 낙하가 5초 이상 계속될 경우 개방 손잡이를 당기면 캐노피가 열리면서 목 뒤와 가슴과 사타구니에 심한 통증이 오고 무서운 속도로 올라오던 땅이 눈앞에서 딱 멎으면서 창자가 목구멍을 막는 듯한 느낌이 오는데 이것은 어느 누구에게나 무서운 경험에 속한다. 물론 낙하산 캐노피를 개방하면 작은 낙하산의 캐노피가 먼저 펼쳐지면서 일단 낙하 속도의 일부를 줄인 다음에 주 낙하산의 캐노피가 열리면서 낙하병을 잡아채기는 한다. 그러나 이 것은 거의 동시에 일어나기 때문에 하네스에 매달린 낙하병이 이것을 느끼기는 쉽지 않다.

기본 낙하와 자유 낙하의 가장 큰 차이는 항공기의 출구를 떠날 때의 정신 상태의 차이일지도 모른다.

기본 낙하의 경우 대원들은 다리에 자동 장치라도 되어 있는 듯이 무의식적으로 앞 대원의 뒤를 따라 나가다가 바로 그 대원의 뒤를 따라 연못에라도 뛰어드는 자세로 항공기의 문밖으로 몸을 던지고는 했다. 그래도 캐노피는 설계된 대로 펼쳐졌다. 거기에는 개인의 자유 의지가 개입할 여지가 없었다.

그러나 자유 낙하는 다르다. 자유 낙하 하는 대원은 지상을 내려다보면서 우선 접지 지점의 지형을 보아 두지 않으면 안 된다. 이래야 자유 낙하 자세와 개산 시각을 가늠할 수 있기 때문이다. 자유 낙하는 철저하게 개인적이다. 자유 낙하는, 두 팔을 벌리고 선 자세로 기체의 문턱을 차면서 허공으로 몸을 던지는 것이 보통이다. 〈스프레드 이글(독수리 자세)〉라고 불리는 이 기체 탈출 자세는 담대하지 못한 대원에게는 공포를, 담대한 대원에게는 긍지를 안겨 주고는 했다.

23
포오트 노웨어

 이 자유 낙하 훈련이 몇 차례 계속되다가 영문도 모르는 채 미공군의 낯선 대형 항공기에 실린 것은 3월 중순이었을 것이다. 그 대형 항공기의 이름은 〈스타알리프터〉였던가, 〈갤럭시〉였던가? 하여튼 〈별〉 아니면 〈은하수〉라는 이름을 가진 거대한 수송기였다.

 항공기가 이륙한 다음에야 우리는 알래스카의 어떤 기지에서 4주간 실시되는 혹한 훈련장으로 파견되고 있다는 사실을 알았다. 그제야 우리는 전날 지급된 보급품 중에 평소에 보지 못하던 순백색의 두꺼운 양면 파카와 설상화와 눈과 코와 입만 나오게 되어 있는 털모자가 들어 있었던 까닭을 알았다.

 「이 새끼들, 보내면 보낸다고 말이나 하지.」 처자식이 있는 한 대원이 볼멘소리를 했다.

 군대는 이별의 짬을 주지 않았다.

 신병 훈련소에서도 그랬다. 나는 신병 훈련소에서 처음으로 지급받은 M1 소총의 일련번호를 그 뒤로도 오랫동안 기억했다. 이상하게도 나에게, 2차 세계 대전 때도 쓰이고 한국전 때도 쓰였을 터인 그 낡은 소총은 그렇게 매력적일 수 없는 연장이었다. 지급받을 당시 이 소총은, 몸집이 훈련병들의 평균치를 훨씬 웃돌았던 나에게도 너무 무거웠다. 그러나 밭게 짜인 훈련 일정에서 우리는 서서히 총의 무게를 잊어 갔다. 나는 두어 주일 그 총과 씨름하고 나서야 내가 총의 무게를 잊고 있었다는 사실을 깨달았다. 그때부터 이 M1 소총은 나에게 소총 이상의 어떤 역사성을 지닌 부적 같은 것, 혹은 페이소스의 결정이 된 것 같았다. 나는 바로 그 소총의 댕기걸이를 앞니로 물고 서 있어야 하는 벌도 받아 보았고, 바로 그 소총의 개머리판으로 가슴을 쥐어질리는 벌도 받아 보았다. 나는 다른 과목에서는 좋은 성적을 올리고는 했지만 사격은 늘 신통치 않아서 사격이 있을 때마다 그 소총을 어깨 위에다 올리고 오리걸음 걷는 벌을 받았다. 그러는 과정에서 정이 들어서 그랬을까. 나는 그 소총에 특별한 의미를 부여하고는, 꼭 그래야 하는 시간이 아닌데도 그것을 닦고 손질함으로써 그 의미에 걸맞은 대접을 하고는 했다.

어느 날 연병장에 집총 도열한 우리는 사총하라는 명령을 받았다. 〈사총〉이란, 소총을 네 자루씩 혹은 다섯 자루씩 엇비슷이 얽어 세우는 것을 말한다. 사총이 끝나자 우리에게는 〈좌로 10보〉 명령이 떨어졌다. 왼쪽으로 열 걸음을 옮기고 보니 우리는 M1 소총의 사총열을 지나 카아빈 소총의 사총열로 들어와 있었다. 그날은 우리에게 지급되는 소총이 M1 소총에서 카아빈 소총으로 바뀌는 날이었다. 크고 무거운 M1 소총 대신 작고 가벼운 카아빈 소총을 받은 훈련병들은 뛸 듯이 기뻐했다. 그런데 나에게는 그게 당혹스러웠다.

나는 조교에게, 내 M1 소총은 언제 돌려받게 되느냐고 물어보았다.

「돌려받기는? 엠원은 새로 들어온 신병들 손으로 넘어간다. 카아빈이 너희 선배들에게서 넘어왔듯이.」 조교가 대답했다.

「그러면 앞으로는 제 총을 쏘아 보지 못합니까?」

「별놈 다 봤네. 남의 총이 되는데 네가 어떻게 쏘아 봐?」

나는 사랑하던 내 소총과 그렇게 영원히 이별했다.

빌어먹을……. 군대는 이별의 짬을 주지 않았다.

내가 그 훈련 파견대에 합류하게 된 것은 두 가지의 우연이 겹쳤기 때문일 것이다. 특수 부대가 전지훈련을 하는 일은 그 전에도 더러 있었던 모양이다. 그러나 그것은 특수 훈련을 상당 기간 이수한 대원들에게 한했다. 그런데도 10주를 채우지 못한 위탁 교육생의 일부에게도 그런 기회가 베풀어진 것은 순전히 타이밍과 인적 자원 문제 때문이었을 것이다. 모르기는 하지만 대규모 작전 계획이 요구하는 바에 따라, 알래스카 기지가 해빙되기 전인 3월에 교환 계획의 일환으로 전지훈련이 강행되지 않았나 싶다.

또 하나, 해외 전지훈련 참가자들은 주로 장기 복무를 지원한 하사관들이었다. 나는 장기 복무를 지원한 것도 아니고, 계급도 하사관이 아닌 겨우 일등병이었을 뿐이다. 모르기는 하지만 나와 유대영 일등병이 거기에 합류하게 된 것은 초라하나마 파견 부대에 필요한 인적 자원이라는 인상을 주었기 때문일 것이다. 알래스카의 기지가 미군 기지였던 만큼 부대를 파견하려면 통역 장교가 필요했다. 그러나 일시 파견 부대에도 배속시킬 만큼 통역 장교가 넉넉하지는 못했다. 나는 유대영을 비롯한 동료 사병 둘과 훈련 중에 고급 장교들로부터 엉뚱하게도 약간의 영어 테스트를 받은 적이 있는데, 이 사건과 알래스카 파견은 무관하지 않아 보인다. 그로부터 1년 뒤 경기도 일원에서는 한미 합동 공수 기동 훈련 〈포커스 레티나〉, 그로부터 2년 뒤에는 〈프리덤 볼트〉 작전이 개시되고, 이 작전은 뒷날 연례 합동 공수 기동 훈련인 〈팀 스피리트〉 작전으로 발전하는데, 모르기는 하지만 우리의 파견은 이 입체적인 계획의 연장선상에 있지 않았나 싶다.

대형 항공기는 우리 대원의 수송에 쓰이던 〈코만도〉와는 달라서 그렇게 시끄럽지 않았다. 미군 장교 하나가 〈보딩 패스〉라고 불리는 서류를 한 장씩 나누어 주었다. 미군의 한국인 장교 하나가 우리에게 간단하게 설명했다. 그의 설명에 따르면, 우리는 작전 중이므로 두 나라의 협약에 따라 여권과 입국 사증은 〈보딩 패스〉로 대신하게 되어 있었다. 우리가 받은 것이 바로 그 보딩 패스였다. 보딩 패스는 영어로 쓰여진 특명지와 다를 것이 없었다. 따라서 우리는 훈련 파견대 전원의 이름이 인쇄된 똑같은 특명지를 한 장씩 가진 셈이었다.

「그렇다고 해서 단순한 탑승권인 보딩 패스를 여권이나 입국 사증으로 오해해서는 안 됩니다. 따라서 이 보딩 패스의 소지자는 미국에 입국하되 작전 지역을 벗어나지 못합니다. 질문은 일절 받지 않겠습니다.」그는 이렇게 덧붙이고는 조종실 쪽으로 사라졌다.

앞서 나왔던 미군 장교가 탑승 파견 대원들의 이름을 부르려고 명단을 훑어보다가 기가 막혔던지 두 팔을 벌리고 어깨를 으쓱했다. 〈킴〉과 〈리〉의 수가 너무 많았기 때문이었을 것이다. 그는 일일이 이름의 두문자에 성(姓)을 붙여 부르지 않으면 안 되었다. 그러나 그렇게 불려 본 적이 없는 우리에게는 그게 너무나 생소해서 제 이름을 알아듣는 데 몇 초씩 걸리고는 했다. 그럴 수밖에. 〈이유복〉은 〈와이비일리Y. B. Lee〉였다…….

나는 들떠 있었던 것 같다. 유학이 좌절된 지 4년 만에 나는 드디어 여권도 입국 사증도 없이 미국으로 가고 있었으니까.

1987년 여름의 일이던가.

나는 자동차로 미시간 주 디트로이트를 출발하여 근 한 주일 만에 미국 서부의 최북단 대도시 시애틀에 이르렀다. 본국에서 세미나 참석차 미국에 온 출판업자가 기어이 시애틀에서 나를 만나고 싶어 했기 때문이었다. 태평양에 면해 있어서 그런지, 일본식 조경이 자주 보여서 그런지, 어쩐지 동양풍이 느껴지는 이 시애틀에서 캐나다의 서부 남단 도시 밴쿠버까지는 얼마 되지 않았다. 시애틀에서 그 출판업자의 뜬구름 잡는 출판 계획을 때려 엎고 보니 한 주일 걸려 대륙을 횡단한 본전 생각이 간절했다. 나는 장난삼아 밴쿠버로 올라갔다. 밴쿠버는 시애틀에서 두어 시간밖에 걸리지 않는 곳에 있는 도시인데도 그 분위기는 판이해서 문득 20년 전 수송기에서 내려다보던 알래스카의 풍경을 생각나게 했다. 나는 계획에도 없던 즉흥 여행을 하기로 결심했다.

나는 20년 전에 상공에서만 내려다보았던 이름도 모르는 요새 도시를 찾아 나흘 동안 브리티시컬럼비아를 경유하며 북상했다. 험산 매킨리를 멀리 바라보면서 페어뱅크스를 지나 포트유콘에 이른 것은 닷새째 되는 날이었다. 내가 포트유콘으로 간 것은, 20년 전 당시 파견대의 대대장 한 사람으로부터 그 기지 가까이 포트유콘이라는 도시가 있다는 말을 들은 적이 있기 때문이었다. 포트유콘 근방에는 육군의 기지가 많아서 정복(正服)한 군인을 만나기는 어렵지 않았다.

나는 〈패라트루프 베이스〉였던 20년 전의 기지 모습을 설명하면서 꼬박 하루를 수소문했다. 그러나 〈패라트루프 베이스(공수 부대)〉는 고유 명사가 아닌 일반 명사이기 때문에 그 앞에 붙은 고유 명사를 기억해 내지 않으면 안 되었다. 나는 그것을 기억해 낼 수 없었다. 그 이름보다 더 선명하게 기억나는 것은, 이름은 들은 기억이 없다는 것이었다. 그 기지 이름은 지휘부에 의해 의도적으로 은폐되고 있었던 것일까? 대형 항공기가 이륙한 뒤에야 비로소 우리 목적지가 밝혀졌던 것이 그 반증일 수 있겠다. 게다가 알래스카 기지에서 우리는 편지를 보내는 것까지 금지당하고 있었다. 나는 의도적으로 은폐되었을 것이라는 쪽으로 결론을 내렸다. 은폐의 목적은 〈프리덤 볼트〉에서 〈팀 스피리트〉로 이어질 장기간의 대규모 기동 훈련과 관계가 있는 것이었을까?

호기심이 느껴졌을 뿐, 돌아서도 그만이었다. 그 기지에 대한 내 추억은, 유대영의 흔적이 어디에도 남아 있지 않은 이상 하루 수소문해 보았으면 포기해 버려도 좋은 그런 정도의 추억이었다. 항공기가 페어뱅크스에 잠시 기착했다가 북쪽으로 한 시간 정도 비행했으니까 포트유콘 근방이 맞을 것이라고 짐작했던 것뿐이었다. 만일에 포트유콘 근방의 어느 기지였다면 위도는 자그마치 북위 65도 아래위였기가 쉽다. 수소문 끝에 마지막으로 찾아간, 근방의 미군 기지에 정통하다는 한 군납업자는, 근처에 산이 있었느냐, 강이 있었느냐, 3월 하순의 평균 기온이 몇 도나 되었느냐는 등 자세하게 물었다. 그러나 나는 눈밖에는 본 것이 없었다. 그는 나에게 이렇게 말했다.

「당신이 말하는 〈포오트 네임리스〉는 〈포오트 노웨어〉일 것이오.」

〈이름이 없는 기지〉는 〈존재하지 않는 기지〉라는 뜻, 이름을 모르고는
찾을 수 없다는 뜻이었다.

〈포오트 노웨어〉에 대한 내 기억은, 몇 가지 불쾌한 추억과 그만큼의 아
름다웠던 추억을 제하면 풍부하지도 기름지지도 못하다. 시차 때문에 시
간이 헝클어진 채로 근 사나흘을 몽롱한 상태에서 지냈고, 돌아와서도 비
슷한 상태에서 비슷한 기간을 지냈기 때문일까?

아닐 것이다.

우리의 생활에서 달라진 것이 있었다면 그것은 개인용 침대가 스물두
개씩 놓인 넓고 깨끗한 숙소에서 잘 수 있었고, 일과 시간이 끝나면 피엑
스에서 끝없이 마실 수 있었으며, 24시간 열려 있는 매스 호올(대형 식당)
에서 기름진 음식을 배불리 먹을 수 있었다는 것 정도에 지나지 못한다.
우리 입맛에는 지나치게 기름진 음식과 지나치게 독한 위스키는 기묘한
악순환을 지어 내었다. 이런 것을 제외하면 나머지는 한국에서와 다를 것
이 없었다. 그 이유는 우리 지휘관들의 태도 때문이었을 것이다. 그들은
영어에 대해, 미군과 한국군이 어울렸을 때 발생할지 모르는 문제에 병적
인 공포를 느끼고 있었다. 따라서 그들이 취할 수 있는 최선의 방법은 스
스로를, 그리고 파견대원들을 되도록 미군들로부터 멀찍이 격리시켜 두
는 것이었다. 당시의 정부는, 한강에서 수영하다가 익사자가 생기면 그 길
고 넓은 강 전체를 수영 금지 구역으로 만들어 버리고는 했는데, 그 정부
에 충성하고 있었기 때문일까, 우리 지휘관들도 그랬다.

불쾌한 것을 경험한 추억과 아름다운 것을 보았던 추억은 한 사건의 표
리를 이룬다. 유대영 일등병과 하알란 시라키(白木) 중위는 아름다운 알
래스카 추억의 육질을 이룬다.

〈포오트 노웨어〉에 도착한 뒤 근 한 주일 동안 우리는 식당에서가 아니
면 미군 구경을 하지 못한 채로 3월 하순인데도 영하 30도를 오르내리는

눈밭에서 스카이 하이 점프(고공 자유 낙하)의 적응에 필요한 기본 훈련을 되풀이했다. 미군 공정대와의 스카이 하이 점프 대회전을 앞두고 있었기 때문이었다. 다행히도 당시 기지의 규정상 혹한기의 야외 훈련은 연속 30분 이상, 그것도 규정된 횟수 이상은 계속하지 못하게 되어 있었던 것 같다. 따라서 나머지 시간은 실내 교육으로 대체하지 않으면 안 되었다. 우리는 미군들이 빈둥거리며 노는 그 시간에도 체육관에서 태권도나 피티 체조 같은 것에 시달리지 않으면 안 되었다.

스카이 하이 점프 대회전도 소령이 지휘하는 한국군 2개 팀의 공수대원 스물두 명, 역시 소령이 지휘하는 미군 2개 팀의 공정대원 스물두 명이 대표로 뽑혀 친선 시합을 벌이게 되어 있었다. 미군 공정대원은 선발된 스물두 명을 제외하고는 거의 훈련 대상에서 제외되고 있었지만 우리는 전원이 훈련에 참가해야 했다. 우리의 이런 행태가 이상했던지 어쩌다 만나는 미군 공정대원들은, 〈한국의 지휘관들은 《사디스트》, 공수대원들은 《마조히스트》〉라고 놀려 대고는 했다.

나는 점프의 횟수가 적고 스카이 하이 점프 경험도 두어 차례밖에 되지 않아 대표에 뽑히지 못했다. 대표를 제외한 우리 대원들은 방한복으로 완전 무장한 채 거대한 경기장 스탠드에서 스카이 하이 점프가 시작되기를 기다렸다. 그냥 기다린 것이 아니었다. 끊임없이 피티 체조로 몸을 풀면서 기다렸다. 눈에 덮인 경기장 한복판에는 지름 25야드의 둥근 원이 검은색 물감으로 그려져 있었다. 원 안에 쓰여 있는 글씨는 〈프렌쉽 디쉬〉, 즉 〈우정의 쟁반〉이었다. 그 친선 경기의 목적은, 그 〈프렌쉽 디쉬〉를 목표로 하이 점프 한 뒤에 점수를 매겨 승부를 정함으로써 우정과 친선을 다지자는 것이었다.

정오가 되자 프로펠러 소리가 들려오기 시작했다. 경기장 건너편에서 수송기가 이륙하고부터 10분이 못 되어 중형 수송기 한 대가 기지 상공에 모습을 드러내었다. 프렌쉽 디쉬를 중심으로 지름 백여 미터 크기의 원꼴로 준비되어 있던 수백 개의 보라색 연막탄이 일제히 연기를 뿜기 시작했다. 연막탄의 노릿한 냄새가 경기장 가득히 퍼져 나갔다. 수송기에서도 파라슈트 플레어(낙하산 조명탄)가 하나 터져 살랑거리면 지상으로 내려왔다. 조명탄의 낙하산은 너무 작아서 우리 눈에 잘 보이지 않았다. 조명탄이 터지고 나서 우리는 숫자를 세었다. 조명탄은 하이 점프 10초 전을 알리는 신호였다.

이윽고 수송기 옆구리에서 검은 점들이 밭은 간격으로 쏟아져 나오기 시작했다. 검은 점들은 약 10여 초 수직으로 떨어지면서 빠른 속도로 굵어지기 시작했다. 처음으로 퍼진 것은 흰 캐노피였다. 눈에 보이지 않는 손이 보조 낙하산을 잡아채어 공중으로 다시 끌어 올리는 것 같았다. 그 순간 주 낙하산이 퍼지면서, 수직으로 낙하하던 물체를 붙잡았다. 그 낙하산 아래위로는 검은 점들이 빠른 속도로 떨어지고 있었기 때문에 처음에 퍼진 낙하산은 공중으로 솟아오르고 있는 것 같았다.

캐노피가 차례로 퍼지기 시작했다. 하얀 캐노피는 한국군, 색동 캐노피는 미군들이었다. 하얀 캐노피와 색동 캐노피는 일제히 슬리브(좌우 이동)를 시작하면서 〈우정의 쟁반〉이 놓인 경기장으로 접근하고 있었다. 파란 하늘을 배경으로 보이는 마흔네 개의 낙하산은, 지름이 25야드나 되는 거대한 꽃으로 접근해 오는 두 종류의 나비 떼 같았다.

그런데 바로 그 순간, 우리 눈을 의심하지 않으면 안 되는 사태, 우리의 귀를 의심하지 않을 수 없는 사태가 발생했다. 대공포탄 두 발이 거의 동시에 낙하산병을 명중시킨 형국이었다. 스물두 개의 하얀 캐노피 중 한 캐노피 아래서 무엇인가가 연쇄 폭발한 것이었다. 지근거리에서 난 두 덩어리의 검은 연기는 순식간에 한 덩어리로 어우러졌다. 나는 습관적으로 수를 세었다. 하나, 둘…….

「콰쾅…….」

약 2초 뒤에 두 발의 폭음이 거의 동시에 들려왔다. 거리는 7백~8백 야드 안팎이었다.

「수류탄이지?」 누군가가 소리쳤다.

「수류탄을 어떻게 두 발 동시에 터뜨리나?」 누군가가 반문했다.

문제의 낙하산 캐노피는 하강의 관성에 따라 내려오면서 검은 연기를 사방으로 비산하게 했다.

무서운 일이었다. 대원이 매달려 있어야 할 자리에 대원이 없었다. 캐노피는 중심을 잃은 채 잠시, 해파리처럼 흐느적거리면서 슬리브를 계속했다. 서른여섯 가닥의 하네스가 제각기 흐느적거리기 시작했다. 영락없는 해파리, 구완(口腕)을 잘린 해파리였다. 아니, 해파리라기보다는 하얀 꽃이었다. 공수 부대 군가의 가사에 나오는, 어법에는 맞지 않아도 좋은 〈하얀 백장미〉였다. 그런데, 파란 북국의 하늘을 배경으로 흐느적거리는 그 꽃은 그렇게 아름다울 수가 없었다. 그것은 해파리가 아니라 꽃잎이었다. 만개하자마자 시들어 메마른 바람 위에서 쉬게 될 꽃잎, 바람이 오래는 그 푸른 하늘에 머물게 하지 않을 것임이 분명한 꽃잎이었다. 그 꽃잎은 곧 바람에 실려 수송기가 사라진 쪽으로 흘러갔다. 그러나 그 꽃잎만을 끝까지 보고 있을 수는 없었다. 두 팀의 대표 선수들이 우정의 쟁반을 겨냥하면서 접지를 시작하고 있었기 때문이었다.

잠시 후 착지를 마치고 재편성 위치로 들어오며 대원 하나가 소리쳤다.

「수류탄임이 분명합니다. 바로 제 눈앞에서 수류탄 컨테이너(완충 용기) 두 개가 하늘로 솟아오르더라고요.」

나는 그 대원의 말을 이해했다. 수류탄의 컨테이너는 합지로 만들어지는 것이 보통이다. 재료가 합지이기 때문에 컨테이너는 가벼웠다. 가벼운 수류탄 컨테이너보다는 대원의 낙하 속도가 훨씬 빨랐을 것임이 분명했다. 따라서 그 대원의 눈에는 컨테이너가 하늘로 솟는 것으로 보였을 터이다.

인원 점검이 끝나면서 문제의 폭발과 함께 하늘에서 산화한 대원의 신원은 곧 밝혀졌지만 나는 문제의 대원이 누구인지, 폭음을 들은 순간부터 이미 짐작하고 있었다.

그 대원 이야기를 좀 하고 싶다.

382

공수 훈련은 온몸으로 받아 내어야 하는 무서운 훈련이다. 공수 유격장에는 푸쉬업만 몇 시간씩 하게 하는 교관도 있었고, 착지 훈련장에는 착지 동작, 곧 몸을 솟구쳤다가 땅바닥에다 굴리는 동작만 몇 시간씩 반복하게 하는 교관도 있었다. 우리는 교관이 그런 훈련을 강요하는 까닭을 알았다. 교관은 훈련받는 시늉만 해 보임으로써 훈련 자체의 의미를 부정하는 일부의 의도적인 훈련 기피자에 대한 감정적 보복의 하나로 그들에게 집중적인 훈련을 가하고 있는 셈이었다.

교관이나 우리는, 몇 시간씩 계속되는 그런 훈련을 곧이곧대로 받아들이는 일이 인간의 육체에 도무지 가능하지 않다는 것을 잘 알았다. 따라서 이런 식의, 고문에 가까우리만치 지독한 훈련을 강요하는 교관과, 이 훈련을 받아 내는 훈련생 사이에는 하나의 묵계가 있었다. 그것은 정상적인 궤도에서 이탈한 훈련은 전체를 대상으로 하고 있지 않다는 것, 그리고 교관이 가해 오는 압력을 〈요령 있게〉 피하면서 훈련을 받지 않으면 몸이 절대로 배겨 나지 못한다는 것이었다. 따라서 의도적인 훈련 기피자로 낙인찍힌 훈련생이 아닌 한, 요령 있게 교관의 눈을 피하면서 몸에 무리가 가지 않도록 동작을 단순화시키는 것은 큰 허물이 아니었다.

입단 직후 나에게는 공수단이 가해 오는 육체적 고문을 있는 그대로 받아들임으로써 나 자신의 육신을 극한에 가깝게 죽여 가보자고 결심한 한때가 있다. 죽는 것이 목표였던 것은 아니다. 죽게 된다면 나 자신이 죽어 가는 것까지 침묵으로 지켜볼 수 있을 것 같았던 것뿐이다. 당시 나에게 중요했던 것은 죽어 가는 내가 아니고, 죽어 가는 나를 침묵으로 지켜볼 수 있는 또 하나의 〈나〉였을 것이다. 그러면서도 고통이 약화시키는 정신과 육체의 긴장이 사람을 죽일 수 있을 뿐, 고통 자체가 사람을 죽일 수 있는 것은 아니라고 나는 믿었다. 고통이 극한에 이르면 정신과 육체의 상호 강화 작용이 시작될 것이라고 나는 믿었다. 나는 고통에 대해 침묵함으로써 이 상호 강화의 프로세스를 촉진시키고, 결국 이 프로세스에 대한 감정적 경험에 하나의 표정을 부여해 보기로 결심했던 모양이다.

우리는 40킬로그램에 이르는 완전 군장을 짊어지고 다섯 시간 만에 야밤의 험산 비상 도로를 40킬로미터나 주파한 적도 있고, 얼음덩어리가 둥둥 떠다니는 겨울 강에 알몸으로 잠긴 채, 우리를 회수해 갈 검은 고무보트를 기다린 적도 있다. 산악에서는 심장이 터지는 고통, 강물에서는 살갗이 터지는 고통을 우리는 겪었다. 그러나 그보다 더한 고통도 있었다. 산악에서는 쓰러지는 훈련생들이 있어서 거적말이 시체처럼 앰뷸런스에 실리고는 했고, 겨울 강에서는 팔다리가 마비되는 대원들이 있어서 양어장의 죽은 고기들처럼 커다란 뜰채에 건져지고는 했다. 그렇게 실리고 그렇게 건져지는 동료의 자리에 나 자신을 놓아 보던 나의 죄 많은 상상력, 항복하면 평화롭다고 무수히 속삭이던 저 불순한 낙오자들에게 화 있으라.

그렇게 고통스러웠는데도 나에게는 부를 이름이 없었다. 나에게는, 내가 다 지워 버려서, 부를 이름이 없었다. 그래서 또 고통스러웠다.

입단한 지 두 주일이 못 되어 나는 항복했다. 그러나 고통 앞에 항복한 것은 아니다. 나는 외부의 고통을 있는 그대로의 순수한 고통 그대로 받아들이고자 결심했던 나 자신에게 양해를 요구했다. 나에게는 부를 이름이 있어야 했다.

나는, 나에게 고통을 안기는 교관의 자리에 때로는 선우하경을 때로는 한재인을 세웠다. 한결 수월했다. 나는 고통을 고통스러워함으로써 선우하경을 실망하게 하고 싶지도 않았고, 고통 앞에서 내 몸을 요령껏 건사함으로써 한재인에게 승리의 명예를 안겨 주고 싶지도 않았다. 그래도 고통은 줄어들지 않았다. 맨정신으로는 벗을 수 없어서 탁주 몇 주전자에 취해 훈련복을 벗노라면, 훈련복이 마른 핏덩어리에서 떨어지느라고 지익지익 소리를 내고는 했다. 나는 술에 취하지 않고도 훈련복을 벗을 수 있는 동료들을 부러워하지 않으려고 했다. 그들의 까지지 않은 팔꿈치와 터지지 않은 무릎을 부러워하지 않으려고 했다. 부러우면서도 부러워하지 않으려고 애썼던 그때의 외로움을 무어라고 해야 할지…….

교관의 자리에서 선우하경과 한재인을 다시 한 번 멀리 떠나보내는 데 유혹을 느끼던 즈음 가까이 있는 유대영이 나에게 속삭였다.

「그동안 당신을 보고 많이 부끄러워했다. 나는 시간과 싸웠는데 당신은 몸과 싸우더구나. 나도 당신처럼 몸으로 싸워 보고 싶다. 그러나 내 몸은 그렇게 튼튼하지 못하다. 훈련 때는 늘 당신 곁에 붙어 있으면서 나를 채찍질하겠다. 당신 자신과의 그 몸싸움, 부디 포기하지 않기 바란다.」

가난한 사람의 신뢰를 받는 것은 또 얼마나 고통스러운 것인가. 나는 선우하경과 한재인을 멀리 떠나보낼 수 없었다. 나는 앞으로는 멀리 있는 선우하경과 한재인을, 뒤로는 가까이 있는 유대영을 거느려야 했다. 유대영의 감시망은 잠시도 풀리지 않았다. 유대영이 조금도 누그러뜨리지 않는 신뢰의 감시망은 나날이 나를 죽여 갔다. 그를 실망시키지 말아야 한다는 단 한 가지 이유 때문에 나는 얼마나 힘든 저녁을 맞고는 했던가.

훈련소에서 보병 부대에서 몇 차례 군대라는 조직에 대한 저항을 시도하던 나는, 공수단에서는 일체의 저항을 포기하려고 했다. 저항을 포기하고, 침묵으로 직면함으로써 공수단이 나에게 안기는 고통과 싸우려고 했다. 나는 완전한 복종을 통하여 극단적인 저항을 하고 싶었던 것일까?

그렇지 않다. 저항은 아마 유예되고 있는 데 지나지 않았을 것이다. 공수단은, 내 지능으로는 이해가 거의 불가능할 정도의 완벽한 상태로 조직되어 있었다. 거기에는 비겁한 장교도 없었고 하사관 좀도둑도 없었다. 공수단이 내리는 명령은, 어리광으로 혹은 뱃심으로 한번 맞붙어 거부해 볼 만한 그런 것이 아니었다. 거기에는 박격포 교육대의 박 중위 같은 장교는 없었다. 박 중위 앞에서 그랬듯이 내가 오줌을 마시고 물이라고 주장했더라면, 공수단의 장교들은 끼니 때마다 물이라면서 오줌을 퍼 먹이려고 했을 것이고, 나는 어쩔 수 없이 그것을 먹었어야 했을지도 모른다. 나는 공수단이 두려웠다. 그것은 내가 등을 대고 한번 어리광을 부려 보아도 좋을 그런 언덕이 아니라, 목숨을 걸고 올라 보고 싶은 그런 언덕이었다. 제 발로 인간 재생창으로 들어간 훈련생에게 〈인간의 존엄성〉은 언감생심이었다.

술에 취한 한 장교는 우리들과 우연히 군인의 의무를 놓고 왈가왈부하던 끝에 이렇게 막말을 했다.

「트럭이 아무리 속력을 내어 활주로를 달려 봐라, 그게 어디 뜨냐? 항공기는 어떠냐? 기어오르지 말아라. 너희 일반병과 장교의 관계는 트럭과 항공기의 관계와 같다. 때가 되면 군복을 벗을 졸병 놈들이 항공기의 의무를 논하지 말아라, 술 깬다.」

나는 옆에서 듣기만 했다. 〈당신에게는 그렇게 말할 자격이 있소.〉 나는 속으로 그를 승인했다. 태권도와 유도와 합기도를 10단으로 몸으로 익히고 있는 걸어다니는 폭발물이자, 항공기의 고도와 속도와 풍속과 풍향을 계산하여 낙하산병의 강하 위치를 산출하는 전문가인 육군 사관 학교 출신의 그 계산 장교는 도무지 내 상대가 될 것 같지 않았다.

그런데 불행하게도 이 무섭게 강인한 조직에 저항하는 한 사병이 있었는데, 그가 바로 유대영 일등병이다. 그는 그날 밤 말 한마디 잘못했다가 코뼈가 내려앉았다.

「직업 군인은 모두 나폴레옹인 줄 아시는 모양인데요, 그거 과대망상 아닌가요? 그리고 항공기, 항공기 하시는데, 미국 놈들이 만든 항공기 가지고 너무 그러시는 거 아니지요. 저는 미군 장교로부터도 그런 말은 못 들어 봤습니다.」

나는 교활하게도 유대영의 저항을 만류해 본 적이 없다. 그의 저항을 격려하고 그 조직 앞에서 폐허가 되는 것을 확인함으로써, 수시로 내 내부에서 고개를 드는 반골의 기질을 누르고 다독거리고자 했던 것일까?

나와 같은 일반병이었던 유대영 일등병은 서울 용산의 미군 부대에서 잔뼈가 굵은 트럼펫 주자였다. 그는 자신을 〈뻬따〉라고 불렀다. 그가 말하는 〈뻬따〉는 트럼펫 주자를 뜻했다. 〈섹스〉는 색소폰 주자, 〈테너〉는 테너 색소폰 주자, 〈스틱〉은 드러머, 〈클라〉는 클라리넷 연주자였다. 그는 졸병인 주제에 입이 험했다. 군대에서 험한 입은, 그 안에 있는 이빨과 함께 다치기가 십상이었다.

「유대영, 너 말이다, 영어 기차게 잘하겠다, 〈송장〉 좋겠다, 깡다구 좋겠다, 어떠냐, 공수 부대에 〈말뚝〉 박아라.」

일본 군대에 근무한 적이 없는데도 불구하고 우리 군대에서 그 제국 군대의 기강이 사라져 가는 것을 늘 아쉽게 여기는 늙은 직업 군인 한 사람이 그에게 이런 농담을 던진 일이 있다. 〈송장〉은 체격을 말하고, 〈말뚝을 박는〉 것은 직업 군인이 되는 것을 말한다. 그 상사는, 〈정신을 한곳에 모으는데 무슨 일이 아니 되겠느냐(精神一到 何事不成)〉이라는 경구를 퍽 인상적으로 기억하고 더러 인용하는 것은 좋은데, 일제 시대를 오래 살았던 사람이라서 그런지 인용할 때는 〈세이신이찌도(精神一到)〉로 시작함으로써 한글세대 앞에서 일본어를 즐기는 사치를 누리고는 했다. 그래서 우리는 그 상사를 〈세이신이찌도〉라고 불렀다. 대원들 중에는 〈세이신이찌로(精神一郎)〉라고 잘못 발음하는 이들도 있었다.

유대영은 직업 군인, 특히 일본 제국 군대의 근성을 버리지 못하는 늙은 하사관들을 극도로 혐오했다. 그는 그들을 일컬어 〈자동차로 실어다 군대에다 풀어 놓은 사회의 쓰레기들〉이라는, 지극히 공명정대하지 못한 험구도 서슴지 않던 사람이었다.

「상사님, 내가 골이 비었나요, 말뚝을 박게?」

유대영은 이렇게 반문했다가 그 자리에서 상사에게 몹시 맞았다. 상사는 유대영을 때리면서 몇 번이고 되풀이했다.

「이 새끼야, 그러니까 말뚝을 박은 우리는 골이 빈 놈들이다, 이거지? 너 이 새끼, 하사관들을 그렇게 모독해도 되는 거야?」

미군 부대의 악사로 잔뼈가 굵은 탓이겠지만 유대영은 영어를 잘했다. 일반병인 그와 내가 알래스카 파견대에 합류하게 된 것도 영어 때문이었을 가능성이 크다. 그러나 그의 영어와 내 영어는 달랐다. 그의 영어는 미군 부대에서 익힌 소리 나는 언어였다. 통역 장교가 배속되지 않은 파견대에서 그는 파견대 지휘관들의 입과 귀 노릇을 했다. 부끄러운 일이지만 나는 그가 하는 영어의 반의 반도 알아들을 수 없었다. 내 영어는 독학으로 익힌 침묵의 언어였다. 통역 장교가 배속되지 않은 파견대에서 나는 지휘관들의 벙어리 역관 노릇을 했다. 유대영은 내가 번역해 내는 명령서를 다 읽어 내지 못했고 내가 기안하는 영어 문건을 다 이해하지 못했다. 우리 둘의 동행은, 다리 성한 눈 병신이 눈 성한 다리 병신을 업은 형국이었다.

대회전 이틀 전, 스카이 하이 점프 대표로 선발된 유대영은, 대표 팀장의 허락을 받았다면서 나를 기지의 클럽으로 불러냈다. 둘이서 지휘부에 보고 할 〈라인업(대표 명단)〉과 〈점프 오더(강하 순서표)〉를 영문으로 기초(起草), 보고해야 한다는 것이었다.

우리가 소속된 팀의 선임 하사관은 우리의 클럽 출입을 지극히 못마땅하게 생각했다. 그는 유대영이 대표 팀장으로부터 허락을 얻었다는 것을 확인하고서야 나의 기지 내 외출을 허락했다. 대표 팀장이 스카이 하이 점프 경력이 많지 않은 유대영을 대표에서 제외시킬 수 없었던 까닭, 클럽에서 라인 업과 점프 오더를 짜는, 일반병에게는 사치스러운 특권을 부여한 것 역시 그의 귀와 입이 아니고는 미군 대표 팀과의 의사소통이 거의 불가능하기 때문이었기가 쉽다.

영화는 냄새를 표현하지 못하기 때문에 그랬을 것이다. 기지의 사병 클럽의 자욱한 담배 연기 속에서는 모깃불에서 쑥이 타는 냄새가 나는 것만 달랐을 뿐, 나머지 분위기는 영화에서 2차 대전 당시의 클럽을 자주 보던 우리에게 별로 생소하지 않았다. 자리에 앉는 대신 술잔을 든 채 서넛씩 몰려서서 마시거나, 깡통을 들고 클럽 안을 어슬렁거리는 병사들도 있었고, 술을 마시고 말을 타듯이 스탠드를 타고 앉아 팔씨름을 겨루는 미군 병사들도 있었고, 술을 마시고는 술잔을 어깨 너머로 던져 버리는 흑인 상사도 있었다.

흑인 병사 하나가 저희들끼리 말다툼 끝에 위스키 병을 거꾸로 쥐고 탁자 모서리를 쳤다. 나는 그를 바라보면서, 반은 깨져 나가고 반만 남은 병 유리에 배를 찔리는 병사를 생각했다. 그런데 병은, 주둥이 쪽으로 겨우 3~4센티밖에 남기지 않고 깡그리 부서져 나가고 말았다. 당사자는 겨우 손가락 두어 마디 길이밖에 남지 않은 병 모가지를 몹시 당혹스러운 시선으로 내려다보았다. 잔뜩 긴장하고 있던 미군들이 배를 잡고 웃었다. 병을 깨뜨린 병사는 몹시 무안했던지 병 모가지를 바닥에다 팽개치고는 문을 열고 나가 버렸다.

클럽 안에는 웃지 않는 사람이 없는데도 유대영은 본 척도 않고 앉아 위스키를 마시고 있었다. 이날 밤 우리는 일반병인 주제에 미군 클럽에서 영국제 위스키를 마시며 라인업과 점프 오더를 영문으로 초안하고, 초안이 끝난 뒤에는 미국제 맥주로 입을 가시는, 졸병들로서는 감히 상상도 할 수 없는 사치를 누린 셈이 된다.

「스카이 하이 때문에 긴장이 되는 모양이지?」 놓아줄 생각을 하지 않는 그에게 내가 물었다.

「아니.」 그가 대답했다.

「돌아가자. 높은 사람들은 죄 신경과민이야.」

「그러라지. 당신 겁나?」

「겁나지 않고. 우리 둘…… 파견대 최말단 아냐?」

「너나없이 목숨 걸고 뛰는데 그런 게 어디 있어? 사담 좀 하면 안 되나?」

술을 꽤 마셨는데도 그의 안색은 창백했다.

「해봐, 뭔데?」

「사실은, 오늘이 귀빠진 날이라고.」

「그랬어? 회람 돌릴걸 그랬다.」

생일 맞은 대원이 있으면 한 막사를 쓰는 대원끼리 회람을 돌리고 돈을 갹출하고 그걸로 술을 사 마시는 게 공수단의 미풍양속이었다. 당직 사관도 생일잔치만은 묵인해 주었다.

「둘이서 마시고 싶어서…….」

「왜 둘이서 마시고 싶었는데?」

「당신한테는 자살한 경력이 있는 것 같아서.」

「……없어. 자살 경력이 있는 사람이 이렇게 술을 마시고 있겠어?」

「거짓말. 한 맺힌 사람처럼 기는 걸 보면 안다. 당신에게는 자살 미수 경력이 있지? 백골이 진토 될 일이라도 있어?」

「……없어.」

「음독?」

「나 그렇게 시시한 건 시도 안 해.」

「어떤 게 안 시시한데, 그럼?」

「고구려 왕자던가? 땅에다 창을 꽂아 놓고 말이다, 말을 타고 싱싱 달리다가 그 창으로 몸을 날리는 거, 그거 근사하더라. 그쯤 되어야지. 조선의 충신들은 그랬다던가? 댓돌에다 머리를 쾅쾅 찧었다더라. 그쯤 되어야 자살도 폼 나지 않겠어?」

「당신은 어떻게 했는데?」

「없다니까. 죽을 때까지 걷는다고 걸어 본 적은 있어. 잘 안 되더라고. 굶어 죽을 때가 되니까 배가 고파서 안 되겠길래 밥 사 먹었어. 얼어 죽으려고 술 잔뜩 마시고 얼음판에 누워서 잤는데 깨어 보니 그 얼음이 녹는 바람에 옷이 젖어 있더라고. 그래서 포기해 버렸어.」

「왜 포기했어?」

「그 친구 끈질기네. 자살이 뭐야? 바깥으로 폭력을 휘둘러 봐야 별 볼일이 없으니까 나 자신에게 폭력을 휘두르는 거, 그게 자살 아냐? 그런데 나는 폭력을 휘두른답시고 잠을 잤으니 그런 엉터리가 어디 있어?」

「그러면?」

「눈 부릅뜨고 그 폭력이 자기를 어떻게 죽이는지 볼 수 있어야지. 그거 보지 않으려고 눈 감아 버리는 자살, 그건 자살이 아니야.」

「왜 얼어 죽으려고 그랬는데?」

「자네는 왜 물었어?」

「나도 한번 해볼까 하고.」

「왜?」

「그저.」

「말 안 하면 나 간다. 김 상사 신경 쓰여서 죽겠다.」

「안 웃겠어?」

「우스우면 웃지. 안 웃겠다는 약속은 못 한다.」

「사실은…… 재미가 없어서.」

「왜? 앞이 안 보여?」

「전혀.」

「죽고 싶을 만큼?」

「응. 총살형만 아니면……. 니기미, 왜 이렇게 기억이 희미해.」

「기억이 희미하다니? 뭘 기억해 내고 싶은 건데?」

「아무것도……. 술을 너무 먹어서 그런가…….」

이것이 대체로 그날 밤에 우리가 나눈 대화의 전부다.

우리는 밤 9시 30분까지는 막사로 돌아와 있어야 했다. 시간이 다 되어 가는데도 그는 더 마시고 가겠노라고 한사코 버티었다. 멱살을 잡아 일으키려는데 미군들이 나를 야유했다. 그들은 내가 유대영의 상급자인 줄 알았던 게 분명하다. 나는 혼자 막사로 돌아와 선임 하사관에게 유대영이 클럽에 있다고 보고했고 선임 하사관은 하사 셋을 보내어 유대영을 끌어오게 했다. 세 하사가 유대영을 끌고 온 것은 정확하게 10시를 넘긴 시각이었다. 유대영은 위스키 한 병을 들고 하사들 손에 덜미를 잡힌 채 막사로 들어섰다.

「유대영, 위스키를 네 사물함 위에다 두고 와.」 선임 하사관이 명령했다.

유대영이 위스키를 사물함 위에 놓고 선임 하사관 앞에 부동자세로 서자 선임 하사관이 다시 명령했다.

「일반병과 하사는 빤스 한 장을 제외한 완전 탈의 상태로 막사 뒤에 집합할 것. 단, 유대영은 지금의 복장으로도 무방하다.」

「혼자서 벌을 받겠습니다.」

유대영으로부터 〈상사님, 내가 골이 비었나요?〉 하는 말을 듣던 바로 그 상사였다.

「그것은 골이 비어서 영어를 한 마디도 하지 못하는 이 늙은 하사관이 정한다.」 상사가 대답했다.

우리는 알몸에 속옷 한 장만 걸친 채 막사 뒤로 끌려 나갔다. 하사 일곱 명에 일반병 두명, 모두 아홉 명이었다. 옷을 입고 있는 사람은 선임 하사관과 유대영뿐이었다. 선임 하사관은 그곳이 서울 근방이 아니라 알래스카의 어느 한 귀퉁이의 혹한 훈련장이라는 것을 알아야 했다. 그러나 늙은 공수 하사관에게 문제는 정신력이지, 〈아라스카〉가 아니었다. 세이신이찌도 상사에게 〈세이신이찌도〉는 만병통치약이었다.

막사 뒤에는 눈이 쌓여 있었다. 얼마나 두껍게 쌓여 있었는지 그것은 나도 모른다. 하여튼 발자국 하나 보이지 않는 막사 뒤의 눈 속으로 우리 무릎이 간단히 들어갔다.

우리가 누구던가? 우리에게, 영하 10도의 강가에서 얼음을 깨고 물속으로 들어가는 것은 호강에 속했다. 혹한에는 기온보다 낮은 수온은 없기 때문이었다. 밖으로 나온 뒤가 좀 견디기 어렵기는 했어도 그것은, 밖에다 세워 놓고 바가지로 물을 퍼서 알몸에다 휘익휘익 끼얹는 이른바 〈살수형〉에 견주면, 그래도 호강에 속했다. 그러나 그것은 북위 30도 안팎의 위도대에서나 있을 수 있는 일이었다.

「유대영은 내 옆에 서서, 네 버릇을 그 모양으로 방치해 둔 전우들이 어떤 일을 당하는지 잘 보도록. 낮은 포복 준비!」

우리는 눈 위에 엎드렸다. 몸이 눈 속에 파묻히는 바람에 옆의 동료가 보이지 않았다. 피부는 곧 감각을 잃었다.

「포복 앞으로.」

다른 하사들은 모르겠다. 나는 포복했다. 나는 그날 처음으로 두더지가 땅속에서 어떻게 굴을 파고 다니는지 그걸 이해했다. 낮은 포복으로 나아갈 뿐인데도 나는 눈 속으로, 두더지가 땅굴을 파듯이, 그렇게 눈굴을 파들어가고 있었다. 혹한만 아니었으면 재미 삼아서라도 해볼 만한 놀이 같았다. 그러나 재미를 누리는 시간은 길지 못했다. 호루라기 소리가 들리면서 미군 장교 둘과, 파견대장, 그리고 기지 전망 초소의 미군 헌병이 달려왔다.

파견대장의 명령을 받고 우리 여덟 명의 벌거숭이들은 눈 속에서 일어섰다. 대장은 우리들에게 어서 막사로 들어가라고 소리쳤다. 미군 장교는 피부가 노출된 여덟 명의 벌거숭이는 일단 외문으로 들여보내 마사지를 시킨 다음 병원으로 수송해야 한다고 주장했다. 유대영이 미군 장교와 파견대장 사이로 들어가 서로의 주장을 통역했다. 이 세상에서 입장이 가장 난처한 사나이의 표정 하나를 떠올려야 한다면 나는 그날 유대영이 짓던 표정을 떠올릴 것이다.

막사의 문은 세 겹으로 되어 있었다. 외문을 열고 들어가면 의자가 무수히 놓인 공간이 있고 거기에 중문이 있었다. 이 중문을 열고 들어가면 다시 의자가 놓인 공간이 있고 그 뒤로 내문이 있었는데, 내문을 열고 들어가야 비로소 우리의 숙소였다. 우리는 유대영이 통역하는 미군 장교의 명령에 따라 외문과 중문 사이에서 살갗을 비비면서 열 시간만큼이나 긴 10분을 기다려야 했다. 중문과 내문 사이에서도 비슷한 시간을 기다리며 살갗을 문질러야 했다. 막사 안에 있던 대원들이 모두 나와 우리의 알몸을 문질렀다.

여덟 명의 벌거숭이들에게 똑같은 증세가 나타나기 시작했다. 피부가 감각을 되찾으면서 하복부가 아파 견딜 수 없었다. 흡사 군홧발에 낭심을 걷어차였을 때 느끼던 고통과 흡사했다. 우리들의 정다운 라디에이터 노릇을 해오던 음낭과 음경은 아무리 주물러도 자꾸만 아랫배 속으로 쪼그라들 뿐, 따뜻해지지도 씩씩해지지도 않았다.

우리는 담요에 몇 겹씩 싸인 채로 기지 내 병원으로 실려 갔다. 다행히도 금발의 간호 장교는 없었다. 미군 위생병들은 엄숙한 표정을 하고 우리의 사타구니에 아이스크림같이 허연 고약을 한 사발쯤 끼얹고 그 큰 손으로 우리의 라디에이터를 주물렀다. 그중의 한 위생병이 웃음을 터뜨렸다. 우리 중 누군가의 음경이 외부의 자극에 반응했던 모양이었다. 내게도 오

393

래지 않아 좋은 소식이 왔다. 우리는 우리의 그 소중한 것들이 알래스카의
굵은 고드름이 되지 않은 것을 확인하고 그로부터 한 시간 뒤 일단 막사
로 실려 왔다. 나는 군의관에게 문어체로 작문해 낸 영어로, 괜찮겠느냐고
물었다. 군의관은 아주 빠른 말씨로 설명했다. 그래서 알아먹을 수 없었다.

「다시 한 번 천천히 설명해 주실 수 있겠습니까?」 나는 이 말을 두 번이
나 되풀이했다.

군의관의 말은 대강 이런 뜻이었던 것 같다.

「이런 일이 생길 수 있다니 믿기지 않는다. 그러나 자네들은 운이 좋다.
그 눈 위에 5분만 더 엎드려 있었더라면 자네들의 그 귀여운 〈페니스〉는,
다시는 〈홀스터(권총집)〉를 찾아 들어갈 수 없는 〈핸건(권총)〉 신세가 되
었을 것이다.」

약간의 통증에 시달리기는 했어도 한밤중의 막사는 다시 활기를 되찾
았다. 〈세이신이찌도〉 선임 하사관은 기지 헌병대로 넘어간 뒤였다. 파견
대장과 미군 장교 앞에, 사형 선고를 받은 무정부주의자처럼 서 있던 〈세
이신이찌도〉의 모습, 그것은 우리가 마지막으로 본 그의 모습이었다.

유대영도 보이지 않았다. 파견대장과 미군 장교 사이에, 이 세상에서 가
장 난처한 사나이의 얼굴을 하고 서 있던 유대영의 모습 역시 나에게는 마
지막 모습이었다. 그는 우리가 잠든 다음에 들어와 막사에서 마지막 밤을
보냈지만 길이 엇갈리는 바람에 우리는 다시 만나지 못했다. 다음 날 내가
다시 병원으로 실려 가 있을 동안 그는 막사에 있었고, 내가 돌아온 것은
그가 이미 스카이 하이 대표 팀과 합류한 다음이었으니까. 유대영은 그날
아침에, 숨겨 가지고 다니면서 전날 밤의 위스키 한 병을 다 마신 것이 분
명했다.

우리들이 돌아온 직후, 대원들은 희고 보드라운 미제 모포에 싸여있는
우리들 주위에서 배를 잡고 눈물이 글썽거릴 때까지 웃었다. 여자들은, 갓
퇴원한 여덟 명의 환자들을 둘러싸고 건장한 사내들이 박장대소하다 못
해 침대 모서리를 치면서까지 앙천굉소(仰天轟笑)하는 광경을 보았더라

394

도 그 까닭을 짐작하지 못했을 것이다.

나도 웃었지만 웃는 뜻은 그들과 달랐다. 내가 웃는 의미가 각별한 까닭을 짐작한 대원은 하나도 없었을 것이다.

〈피 흘리게 하고, 얼게 하고……. 미안하구나…….〉

주인을 잘못 만나 알래스카에서 고드름이 될 뻔했던 그 불쌍한 것은, 일찍이 후반기 교육대 박 중위에게 걸어차여 피 흘린 것을 기억하고 있을까?

이런 생각을 하고 웃자니 코끝이 시큰했다.

군대의 악습 중에서도 최악의 악습은 한 개인의 과오에 대한 책임을 무리에게 묻는 연대 책임의 관습일 것이다. 〈세이신이찌도〉는 유대영을 확실하게 죽이는 방법을 잘 알고 있었다. 그는 유대영의 과오에 대해 유대영만을 벌하는 대신, 일곱 명의 상급자와 동급자인 나까지 합해서 여덟 명의 피해자를 만들어 놓고 이 피해자들로 하여금 입체적으로 유대영을 박해하게 만드는 일본 군대식 박해 구도를 이용하려던 셈이었다.

세이신이찌도와 유대영이 사라진 막사에서, 내 옆 침대에 누워 있던 한 하사가 담요 밑으로 손을 넣어 사타구니를 마사지하고 있는 나에게 물었다.

「너, 유대영 저 녀석이 왜 저렇게 불깐 돼지처럼 설쳐 대는지 알아?」

「생일이라더군요.」

「그래? 생일 가지고 저럴 놈 아니다……. 용산 미군 부대에서 짝사랑하던 전속 가수가 양놈과 결혼을 한대.」

「언제요?」

「오늘 했는가, 내일 하는가……. 시간이 헝클어져 버려서 종잡을 수가 없네…….」

「저한테는 생일이라는 말밖에 않던데요?」

「한국에 있었어도 사고 쳤을 거다.」

「이 정도야 뭐 사고랄 거 있습니까? 어쨌든 하사님들께 죄송합니다. 제 손으로 끌고 왔으면 아무 일 없었을 텐데…….」

「세이신이찌도가 유대영을 조지기로 작정하고 있었어. 우리는 들러리들이야. 그러니까 네가 우리한테 미안할 건 하나도 없다. 자자.」

그 위에서 우정을 다지기는 고사하고 〈프렌쉽 디쉬〉를 유대영의 영결식 장으로 만들어 버린 책임이 대체 누구에게 있는가? 만일에 그가 내 말을 귀담아들었다면, 나에게도 없지는 않을 것이다. 미군 장교가 발음하는 유대영의 이름이 내 귀에는 자꾸만 〈유 다이 영 *You die young*〉으로 들렸다.

나는 강하 실습에서 항공기에 탑승하면서 헤어졌던 내 그림자를 착지의 순간에 다시 만나는 것을 얼마나 좋아했던가? 그런데 유대영은 그 그림자와 영원히 헤어진 것이다. 유대영의 살점은 하나도 회수되지 못했다. 그 파랗던 하늘에 구름이 몰려들면서 그날 오후는 폭설이었다. 해파리같이, 하얀 꽃잎처럼 바람에 날려 하느적거리며 하늘을 가로질러 가던 그의 낙하산 캐노피도 회수되지 못했다. 흔적도 없이 사라져 버린 것이다.

유대영은 〈고드름〉 사건 직후 심한 죄의식을 느꼈음이 분명하다. 그러나 그 때문에 그렇게 끔찍한 폭사를 선택한 것 같지 않다. 전날 밤 유대영이 들고 들어왔던 위스키 병은 빈 채로 막사 뒤에서 발견된 것으로 보아, 수송기에 오르기 전에 그것을 비웠던 것임이 분명하다. 따라서 그는 만취한 상태로 수송기에 올랐음이 분명하다. 그렇다면 대표 팀의 대원들이나 팀장은 그가 만취해 있다는 것을 눈치채지 못했을까? 그럴 수도 있었을 것이다. 그는 술에 취해도 얼굴이 붉어지지 않는 술꾼이었다. 게다가 그의 품속에 들어 있던 두 개의 수류탄 컨테이너와 그의 머리 속에 그려져 있던 선명한 자폭의 청사진이 지니는 긴장에 견주면, 한 병의 영국제 위스키는 맹물에 지나지 않았는지도 모른다.

유대영은 선임 하사관이었던 상사와 파견대장이었던 대령과 대표 팀장이었던 소령을 본국으로 조기 귀국시킴으로써 그들의 신세를 망치고, 육군 본부의 직할 부대인 대한민국 공수 부대의 이름에다 똥칠을 한 셈이나, 이런 일들은 그가 하늘에서 한 송이 꽃이 된 사건에 견주면 참으로 하찮은 사건이라고 나는 생각한다.

나는 궁금했다.

「수류탄 두 발을 어떻게 동시에 터뜨립니까?」

공수 특전단의 진짜 폭파 특기 하사관인 한 중사가 친절하게 가르쳐 주었다.

「양손에 수류탄을 각각 한 개씩 쥔다. 오른손 검지는 왼쪽 수류탄 안전 고리에 걸고, 왼손 검지는 오른쪽 수류탄 안전 고리에 건다…… 이렇게 해 가지고 동시에 당기면 안전 고리가 동시에 쑥 빠지겠지? 이제 손을 살짝 벌리면서 안전 손잡이를 동시에 풀어 준다. 수류탄의 신관이 지연 신관이라는 건 너도 알겠지. 하나, 둘, 셋, 넷, 다섯…… 콰콰…… 알아 둬라, 이 정도는 공수대원의 상식이다.」

나와 유대영에게는 공통점이 많았다.

그에게나 나에게나 군대는 고통스러운 조직이었다. 우리는 술을 좋아했다. 우리는 심각한 짝사랑의 경험을 공유했다. 우리는 자살의 충동을 느낀 경험을 공유했다. 우리는, 영어에 관한 한 파견대의 두 기둥이었다. 우리는 일본군의 잔재를 증오했다. 우리는 미국 문화의 신봉자였다.

그럼에도 불구하고 우리는 엄연히 서로 다른 둘이었다. 나는 훈련의 고통과 싸웠으나 유대영은 그 고통을 기피했다. 그런데도 나는 저항을 포기했지만 그는 저항했다. 둘 다 영어를 알았으나 나는 문어가 나았고 그는 구어가 나았다. 나의 영어는 침묵의 언어였고 그의 영어는 소리의 언어였다. 클럽에서 술을 마시던 날 나는 돌아올 수밖에 없었고 그는 남아서 소동을 부릴 수도 있었다. 나는 발가벗고 눈밭을 기었으나 그는 구경했다. 나는 지상에 남아 있었으나 그는 스카이 하이 대표로 수송기를 타고 있었다. 나는 자살에 대해서 말했으나 그는 그것을 결행했다. 나는 살아 있는데 그는 죽고 없다.

그런데 불가사의하게도 내게는 그가 타인으로 느껴지지 않았다. 내가 그의 그림자가 아니었다면 그가 나의 그림자였던 것일까. 내가 그의 등에,

아니면 그가 나의 등에 업혀 다녔던 것 같았다. 그가 없어진 그 기지에서 나는 홀로 서지 않으면 안 되었다.

유대영이 사라진 뒤 내 생활에 변화가 왔다. 나는 영어를 말하지 않으면 안 되었다. 그러나 나에게는 그럴 준비가 전혀 되어 있지 않았다. 나는 어쩔 수 없어서 영어를 말하기 시작하면서부터 나의 영어가 얼마나 철저한 침묵의 언어였던가를 깨달았다.

국민학교 졸업을 앞두고 나는 영어 공부라는 것을 시작했다. 어머니가, 고종형이 가지고 온 미군 병사의 주소를 북북 찢어 불 속에 처넣은 직후였을 것이다. 그 당시 나는 독학생을 위한 무슨 〈영어 강의록〉으로 알파벳과 문법과 단어를 익혔던 것 같다. 강의록은 친절하게도 기차 그림이 그려져 있으면 그 아래에 〈train〉이란 영어 단어를 쓰고, 또 그 아래엔 〈트레인〉이라는 음역을 달아 주고 있었다. 단원의 말미에는 테스트가 있었다. 가령 기차 그림이 나오고 그 옆에 괄호가 있으면 〈train〉이라고 써넣으면 되는 것이었다. 여자가 그려진 액자 그림 아래엔 〈picture〉라는 영어 단어와, 〈픽춰〉라는 음역도 있었다. 〈트레인〉이라는 말보다 철자의 수가 많아서 외우기가 까다로울 것 같은데도 나는 테스트에서 〈picture〉라고 정확하게 써넣을 수 있었다. 단어를 외우느라고, 〈피, 아이, 씨, 티, 유, 알, 이〉를 가만히 소리 내어 읽어 보는데 문득 국민학교 1학년 때 응원하던 생각이 났기 때문이었다.

「빅토리, 빅토리, 부이, 아이, 씨, 티, 오, 알, 와이!」

우리는 뜻도 모르고 이렇게 바락바락 악을 써대었는데 뒤에 알고 보니 물론 〈빅토리〉는 〈victory〉였다. 나는 이 〈부이, 아이, 씨, 티, 오, 알, 와이〉 덕분에 그것과 울림이 아주 비슷한 〈피, 아이, 씨, 티, 유, 알, 이〉를 간단히 욀 수 있었던 것이었다.

그런데 당시의 강의록은 인쇄도 조잡했지만 지질 또한 형편없었다. 한 페이지에는 정구채가 그려져 있고, 그 아래엔 〈racket〉이라는 영어 단어가 있고 또 그 아래엔 〈뢰킬〉이라는 음역이 있었다. 그런데 문제는 〈뢰킬〉이라는 기묘한 음역이었다. 〈t〉로 끝나는데 왜 〈리을〉 발음이 나는 것일까 싶었지만, 강의록이 틀릴 리 없겠지 하는 생각에서 그대로 외우고 말았다.

내가 들어간 중학교에는 정구장이 있었다. 동급생과 정구장을 지나는데 마침 정구장에는 정구채로 공을 치는 교사가 있었다. 나는 정구채를 가리키면서 동급생에게 무엇인지 아느냐고 물었다.

「라게또 아니냐?」 동급생이 대답했다.

나는 그의 발음을 고쳐 주었다.

「〈라게또〉는 일본식 발음이고 정확하게는 〈뢰킬〉이라고 한다.」

「〈뢰킬〉이라고?」

동급생은 영한사전을 꺼냈다. 발음 부호를 읽었더니 〈라게또〉도, 〈뢰킬〉도 아니고 〈래킷〉이었다.

집으로 돌아오는 즉시 나는 강의록을 확인해 보았다. 〈뢰킬〉은 〈뢰킷〉의 오식이었다. 강의록의 편자는 정확을 기하여 음역을 한답시고 〈래킷〉을 〈뢰킷〉으로 썼는데, 식자의 단계에서 〈킷〉과 비슷한 〈킬〉이 들어가 버렸던 모양이었다. 얼마나 그 동급생에게 창피하고 미안하던지. 그러나 지금은 그런 추억도 견딜 만하다.

중학교 3년 동안 나는 영문법 참고서 하나를 처음부터 끝까지 외워 버렸던 것으로 기억한다. 물론 영어 교사의 발음을 통해 단어가 어떻게 발음되는지 그것도 귀로써 체험했을 것이다. 그러나 중학교 교과 과정에서 내가 왼 단어는 그리 많지 않다. 내가 익히고 있던 대부분의 단어는 검정고시를 준비하면서 사전을 외는 단계에서 내 기억에 남은 것들이다. 그런데 이런 단어는 내가 귀로써 체험한 것들이 아니었다. 내가 익힌 침묵의 언어와 소리의 언어를 화해시키기 위해서는, 사전을 한 장씩 찢어 나가던 저 고통스럽던 시절이 또 한 번 되풀이되지 않으면 안 되었다.

한국군 파견대의 통역병 노릇을 하던 유대영의 파트너는 미군 공정대의 연락 장교였다. 그런데 공교롭게도 그는 미국계 일본인이었다. 파견대장이 조기 귀국하는 바람에 파견대장 임무를 대행하게 된 우리 작전 참모는 나에게 미군 연락 장교를 만나라고 말했다. 나는 그에게 애원했다.

「대장님, 명령하신 뜻은 압니다. 그러나 저는 영어를 하지 못합니다. 특히 말하고 듣는 영어는 아주 서툽니다.」

「그럼 자네는 어떤 영어를 하나?」

「저는 영어를 우리글로 옮길 수는 있습니다. 우리글을 영어로 옮길 수도 있습니다. 그러나……」

「이 사람아, 그러면 말할 수도 있을 것 아닌가?」

「읽고 쓰는 것과, 듣고 말하는 것은 다릅니다…….」

「어떻게 다른가?」

「설명하기 까다롭습니다만…… 똑같은 단어라도 눈으로 보면 뜻을 알지만 귀로 듣고는 그게 그 단어인지 잘 모르고는 합니다…….」

「사실은 나도 짐작은 한다. 나도 조금 읽고 쓰기는 하는데, 말하고 듣는 게 어렵다. 특히 듣는 게 거의 안 된다. 그러나 어쩌는가? 우리는 유대영을 믿었기 때문에 단 본부에 통역 장교를 요청하지 않았다. 지금으로서는 요청하는 것도 불가능하다.」

「……」

「유대영이 죽고, 파견대장이 조기 귀국을 당하고, 내가 대장 임무를 대행하고……. 이건 긴급 상황이다. 긴급 상황이니까 긴급으로 대처하는 수밖에 없다. 한번 해봐. 이건 부탁이다. 알겠지?」

〈부탁〉이라는 말이 듣기에 좋았다.

「최선을 다하겠습니다. 안 되면 필담이라도 하겠습니다. 양해해 주십시오.」

「좋다.」

「한 가지 질문이 있습니다. 미군 측의 연락 장교는 중위입니다. 유대영도 일등병이었고 저도 일등병입니다. 가령 상호 대응하는 자격 같은 것이 문제되지는 않습니까?」

400

「어차피 우리는 저들의 지휘를 받게 되어 있다. 우리가 통역 장교를 앞세운다고 하더라도 어차피 상응하는 자격을 얻는 것은 불가능하다. 저들도 그것을 잘 알고 있다. 최선을 다해 주길 바란다.」

「알겠습니다.」

중령의 〈부탁〉을 받고 나니 힘이 났다. 나는 미군 측의 연락 장교 하알란 시라키(白木)중위를 만나러 갔다.

그는 장교였고 나는 일등병이었다. 마땅히 대접하지 않으면 안 되었다. 그러나 상대의 국적이 미국이라고 하더라도 그는 엄연히 〈시라키〉라는 이름을 가진 일본인이었다. 해방동이인 1945년생이 일본인에게 경례를 한다……. 일본인들 손에 죽임을 당한 것이나 마찬가지인 아버지의 아들 이유복이 그로부터 한 세기의 4분의 1인 25년이 채 못 되어 일본인 장교에게 경례를 한다……?

〈하자.〉

나는 결심했다.

나는 그의 방문을 두드렸다. 그가 뭐라고 하는데 그것부터 알아들을 수 없었다. 다시 한 번 두드렸다.

「열려 있소.」

나는 연락 장교실로 들어갔다. 국방색 책상 뒤에 잘생긴 장교가 단정하게 앉아 있었다. 그것은 내가 생각하던, 키가 작고 두꺼운 졸보기안경을 쓴, 이마와 이빨이 앞으로 툭 튀어나온 왜놈이 아니었다. 나는 그의 책상 앞으로 다가가, 구두 뒤축이 꽉 소리가 나게 붙이고는 꼿꼿이 서서 빳빳한 경례를 올려붙였다. 그는 일어서서 내 경례를 받았다. 내 키는 한국인으로는 큰 키였는데도 불구하고 그의 키는 나보다도 컸다.

「당신이…… 하알란…… 시라키 중위님이십니까, 장교님?」

나는 천천히, 단어 하나하나를 물어뜯듯이 발음하면서 말했다. 말했다기보다는 고함을 질렀다는 편이 옳을 것이다. 긴장했기 때문일 것이다. 그의 눈이 휘둥그레졌다. 그러나 그 표정은 곧 부드러워졌다가 미소로 변했다.

「그렇소. 내가 하알란 시라키 중위올시다.」

「저의 이름은 이유복입니다, 장교님. 저는 영어를 읽고 쓸 수 있습니다, 장교님. 그러나 듣고 말하는 것은 매우 서툽니다……. 그래서…….」

「앉아서 이야기합시다.」 그는 웃으면서 악수를 청한 뒤 의자를 권했다.

우리는 마주 앉았다. 나는 그에게 하던 말을 계속했다.

「아시다시피 유대영 일등병은 사망했습니다, 장교님. 우리 파견대에서 저는 주로 영문으로 된 문서 번역이나 문건 초안을 담당했고, 유대영 일등병은 통역을 전담했습니다. 그러나 이제 그 통역까지 제가 하지 않으면 안 되는 사태에 직면하게 되었습니다, 장교님. 왜냐하면…….」

「알고 있소. 유대영이 죽었으니까.」

「그렇습니다, 장교님. 저는 영어를 쓰고 읽는 것은 가능합니다만…….」

「잘 알고 있어요.」

「제 말씀을 결론에 이를 때까지 들어 주시기 바랍니다. 장교님, 영어로 저의 의사를 표현하는 것은 어쩌면 가능할지도 모르겠습니다, 장교님. 두뇌를 써서 작문하면 될 것이기 때문입니다. 그러나 듣는 훈련은 전혀 되어 있지 않습니다. 그래서 만일에 중위님께서 천천히 말씀해 주시지 않는다면 저는 알아듣지 못할 것입니다. 따라서 저는 중위님께 천천히 말씀하심으로써 저로 하여금 저의 이 새로운 임무를 수행할 수 있도록 협조해 주십사고 부탁드리고 싶은 것입니다……. 장교님, 저는 이렇게 페이퍼 홀더와 연필을 가지고 왔습니다……. 제 말을 알아듣지 못하신다면, 여기에다 쓰겠습니다.

「계급이 뭔가?」

「일등병입니다.」

「당신의 영어는 훌륭하군.」

「그렇지 않습니다, 장교님.」

「이럴 때는, 그냥 고맙다고 하면 돼요.」

「알았습니다, 고맙습니다, 장교님.」

「긴장하지 않아도 좋아. 그리고 〈장교님〉이라는 말은 쓰지 않아도 좋아. 내 말 이해하겠나?」

「잘 알겠습니다만…….」

「〈장교님〉이라는 말을 쓰지 않겠다고 약속할 수 있나?」

「있습니다. 사실 〈장교님〉이라고 하는 데 익숙해져 있지도 않습니다.」

「대학에서는 무엇을 공부했나?」

「신학을 공부하다가 포기했습니다.」

「신학을 공부했다면, 고전어를 공부했겠군?」

「그렇습니다. 히브리어와 고전 그리스어를 조금 읽을 수 있습니다. 라틴어도 조금 읽을 수 있습니다. 일본어는 잘 읽을 수 있습니다.」

「일본을 좋아하나?」

「극도로 싫어합니다. 용서하십시오.」

「당신은 내가 일본인이라는 걸 알고 있지 않은가?」

「잘 압니다. 〈시라키〉라는 당신의 이름은 우리 한국의 고대 국가 〈신라〉의 일본식 이름을 상기시킵니다.」

「그래요? 그거 굉장히 재미있군. 그런데 일본을 극도로 싫어한다면서 당신은 나에게 경례하지 않았나?」

「일본에 대한 내 증오 표현의 방법에, 일본인 개인에게 무례하게 굴겠다는 나의 결심은 포함되어 있지 않습니다.」

「당신은 아직도 긴장하고 있어요. 그러니까 표현이 그렇게 어려워지지. 자, 긴장을 풀어요. 그렇다면 당신은 일본인에게 무례하게 구는 건 좋아하지 않는군?」

시라키 중위는, 빳빳하게 앉아 시선을 그의 미간에다 두고 시종일관 소리를 지르고 있는 나를 보면서 웃음을 거두지 않았다. 문득 〈이 친구 어쩌면 괜찮은 친구인지도 모르겠다〉는 생각과 함께, 〈어쩌면 영어를 말할 수 있을지도 모르겠다〉는 생각이 들었다. 그런데 그런 생각이 드는 순간에 기적이 일어났다. 혀가 풀리면서 머리가 돌아가고, 구문이 빨라지면서 단어가 제자리에 와서 꽂히고, 오래 잊고 있던 숙어가 유행가 2절처럼 내 기억으로 찾아들었다.

「나는, 아쿠다카와 류노스케(芥川龍之介), 다자이 오사무(太宰治), 미시마 유키오(三島由紀夫), 이시카와 다쿠보쿠(石川啄木) 등 일본이 자랑하는 많은 소설가와 시인들의 작품을 일본어로 독파해 보겠다고 결심하고 실제로 시도했고 어느 정도의 성공도 거두었던 사람입니다. 나는 조선인들을 박해했던 일본의 특정 계급을 경멸합니다만 그렇다고 해서 이런 사랑스럽고 위대한 일본인들에게까지 무례하게 굴어도 좋다고는 생각지 않습니다.」

「유대영은 나에게 경례하지 않았다. 유대영의 태도를 어떻게 생각하나?」

「옳지 않다고 생각합니다. 당신은 일본군 중위가 아니라 미국군 중위이기 때문입니다. 그러나 나는 당신이, 지금이 고인이 된 유대영을 비난하지 않기를 바랍니다. 많은 한국인에게는 아직 유대영의 그것과 같은 정서가 남아 있습니다. 그것도 너무 원망하지 말기를 바랍니다.」

시라키 중위는 악수를 청했다. 나는 그의 손을 잡았다.

「미국의 군대에서 상급자는 통상 하급자의 성 대신 이름을 부르는 것이 허용되어 있다. 나는 당신의 상급자인데, 당신의 성과 계급 대신 이름을 불러도 좋겠는가?」

「한국인은 이름을 불리는 걸 좋아하지 않습니다. 특히……」

「일본인에게는?」

「미안하지만 그렇습니다. 나에게는 아내도 있고 아들도 있습니다. 아내가 있고 아들이 있을 경우에는 부모도 이름을 부르지는 않습니다.」

「솔직하게 말해 주어서 고맙다. 미국인도 군대에서는 통상 하급자가 상급자의 성을 부르지, 이름을 부르지는 않는다. 나의 이름은 〈하알란〉이다. 앞으로는 내 이름을 불러 주었으면 좋겠다. 나도 당신의 이름을 부르고 싶다. 어떤가?」

「그렇다면 내 이름을 불러도 좋습니다. 그러나 내가 시라키 중위의 이름을 부를 수는 없습니다. 한국 군대에서 그런 일은 일어나지 않습니다.」

「나는 당신의 이름을 부르겠다. 유복, 당신이 내 이름을 불러 주지 않으면 나의 우정을 받아들이지 않는 것으로 알겠다.」

「……」

「나는 미국에서 태어난 미국인이다. 그러나 내 핏줄에는 일본인의 피가 흐르고 있다. 일본인이, 처음 만나는 사람에게 마음을 여는 경우는 매우 〈언유주얼〉하다. 어쩌면 나는 일본계 미국인이기 때문에 이렇게 언유주얼할 수 있는지도 모르겠다.」

「고맙습니다……」

오랜만에 〈언유주얼〉이라는 말을 듣고 보니, 오래 잊고 있던 하우스만 신부 생각이 났다. 나는 귀국하고 휴가를 얻는 대로 어머니 산소를 다녀오는 길에 그를 만나 보리라고 결심했다.

「당신이 마음에 들었다. 나는 이미 당신의 신상 명세서를 모두 읽었다. 오늘 업무 끝나면 술을 한잔 같이 마셨으면 좋겠다. 불행히도 나는 술을 조금밖에는 마시지 못한다. 당신의 지휘관으로부터 내가 허락을 받아 두겠다. 그러나 이 약속은 당신이 나를 〈하알란〉으로 불러야 유효해진다.」

「알았습니다, 하알란.」

「일본어를 말할 수도 있는가?」

「영어의 경우와 아주 비슷합니다.」

「당신은 운이 좋다.」

「어떤 의미에서 그렇습니까?」

「발음과 억양이 조금 서툴기는 해도 당신의 영어는 훌륭하다. 당신이 쓰는 어휘는 놀라울 정도로 풍부하다. 당신은 외국인이니까 발음과 억양이 조금 서툰 것은 문제가 되지 않는다. 그러나 어휘는 마음먹는다고 풍부해지는 것이 아니다. 그 점이 당신의 강점이다. 그리고 운이 좋다고 한 것은, 일본계 미국인인 나를 만난 것을 두고 하는 말이다. 언어에 관한 한 일본인과 한국인은 중요한 발음상의 핸디캡을 공유하고 있다. 그래서 서로 간에는 서툴러도 잘 알아듣는다. 거기에다가 나 자신이 알아들으려고 애를 쓰기 때문에 나는 당신의 말을 모두 알아들을 수 있다. 그러나 상대가 내 또래의 백인일 경우, 당신이 그들의 말을 잘 알아들을 수 있는지 없는지 그건 모르겠지만, 그들이 당신의 말을 잘 알아듣지 못할 것은 분명해 보인다. 함께 노력하자.」

하알란 시라키 중위는, 무섭도록 솔직하게 우리 파견대의 통역병이라는 것은 미군 측의 의도를 파견대에 전달하는, 사실상 미군 연락 장교의 파견대 측 전령에 지나지 않는다고 못 박았다. 그는 이 한마디 말로써 내역할의 한계를 분명하게 했다. 자존심이 상했지만, 상한 것이 나 개인의 자존심은 아니었다. 나는 그것을 호전시키는 데 최선을 다할 테지만, 내가 책임져야 하는 일은 아니었다.

하알란 시라키 중위를 만나면서 나는 처음으로, 각기 서로 독립된 상태에서 이루어지고 기록되어 온 일본과 한국과 미국의 역사가 복잡한 상호 관계사로 발전하고 있다는 것을 인식했다. 나의 내력을 들은 시라키 중위는 자기 내력을 이렇게 말했다.

「당신이라는 사람의 내력도 일단은 희한하다. 나는 그보다 2년 전에, 캘리포니아의 일본인 격리 수용소에서 태어났다. 내 아버지의 조국이 미국의 원자 폭탄에 불바다가 되기 직전, 내 어머니는 일본인의 간첩 행위를 저지하기 위해 미국이 캘리포니아에다 건설한 거대한 일본인 격리 수용소에 갇힌 채로 나를 낳았다. 나 역시 유복자였다. 당신의 아버지 일은 참으로 안됐다고 생각한다. 그러나 우리가 산 시대는 미쳐 버린 역사 시대였다. 당신은 혹시 미군에 속하는 재미 일본인 의용군 부대가 이탈리아 전선에서 싸웠다는 사실을 아는가? 이것은 사실이다. 미국과 일본의 관계가 최악의 상태로 악화되자, 재미 일본인들은 미국인들의 보복을 피하려고 미국에 충성을 맹세하고 그 맹세의 표적으로 의용군을 결성, 미군의 휘하로 들어갔던 모양이다. 내 아버지는 그 의용군으로 이탈리아 전선에서 싸우다 전사했다. 나는 내 아버지가 속한 의용군을 오키나와로 보내지 않았던 미군 당국에 감사한다. 만일에 오키나와로 보내졌다면 아버지는 무수한 동족의 군대를 옥쇄하게 만드는 데 결정적인 역할을 하지 않으면 안 되었을 것이기 때문이다. 우리는 그런 시대를 살아왔다. 우리가 앞으로 살 시대 역시 다르지 않으리라고 나는 생각한다. 미국이 일본에, 혹은 일본이 미국에 선전 포고하는 날이 온다면 나는 내 아버지의 조국이었던 일본을 상대로 싸워야 하는 불행한 군인이 될 것이다. 당신네들이 동족을 적대하고 있다는 것은 물론 잘 알고 있다. 그리고 그런 역사의 실마리를 누가 제공했는지도 나는 알고 있다. 나는 당신이, 단지 일본인이라는 이유로 나를 증오하지 않기를 바란다. 나는 민족 감정이 노출되면서 우리들의 대화가 분열하게 되지 않기를 바란다.」

시라키 중위가 계속해서 미군 공정대 측의 연락 장교로 있었더라면 나의 알래스카는 그렇게 비참하지는 않았을 것이다. 그는 입대해서 처음으로 나에게 인간적인 대화, 혹은 내가 인간적인 대화라고 믿었던 대화를 가능하게 해준 인물이었다.

나는 그 뒤에도 군대에서 두 친구를 만남으로써 내 삶을 풍부하게 하게 된다. 그런데 뒤에 만나게 되는 두 친구는 나와 마찬가지로 늘 은밀하게 비군대적인 동기를 숨 쉬는 사람들이었다. 그런 의미에서 본다면 시라키 중위는 군인다운 군인이었는데도 불구하고 짧은 기간이나마 나에게 좋은 인상을 준 유일한 군인이 아니었나 싶다. 나는 특정한 직업에 종사하는 사람들에게 편견을 가지고 있지 않다. 나는 직업 군인 중에도 아름다운 직업 군인이 얼마든지 있을 수 있다고 생각한다.

그러나 이별할 짬을 주지 않기는 미국 군대도 마찬가지였다. 시라키 중위는 나와 업무의 보조를 맞춘 지 한 주일이 못 되어 나에게는 짤막한 메모 한 장만을 남긴 채 월남으로 떠났다. 주월 미군과 일본의 대미 군납업체 사이에 발생한 문제 조정에 그의 이중 언어가 절실하게 필요했기 때문이었을 것이다.

그의 후임으로 연락 장교를 맡은 데이비드 보틀란 중위는 나의 말을 거의 알아듣지 못했고 나 역시 그의 말을 거의 알아듣지 못했다. 그는, 필담을 시도하려고 내가 책상 앞에 펼친 페이퍼 홀더를 집어 던짐으로써 문어체 영어에 대한 나의 긍지까지도 무참하게 짓밟았다. 부끄럽게도 나는 그가 나에게 퍼붓던 욕지거리도 알아듣지 못했다. 지금 이 세상 어딘가에서 살고 있을 것이나, 그는 몰랐을 것이다. 내가 유대영이 지어 낸 파문을 생각하면서, 알래스카의 파견대 막사 주위를 무수히 배회하며 내 머리를 식히지 않았더라면 그의 목숨이나 나의 목숨은 상당히 위험한 지경까지 갔을지도 모른다.

나는 이별할 짬을 주지 않는 군대를 얼마나 원망했던가. 그러나 그것은 반드시 그른 법인 것만은 아니었다. 나는 보틀란 중위와 이별할 짬을 주지 않았던 군대에는 감사하고 있다. 군대는 고맙게도 내가 보틀란 중위 앞에서 심한 모멸감을 느껴야 하는 기회를 한 번으로 줄여 주었다. 나는 그 뒤로도 종종 내가 악법이라고 규정한 어떤 관례의 은혜를 입고는 했는데, 이런 경험은 나에게 어떤 사물에 대한 단견적인 판단을 망설이게 해주었으니 이로부터 깨우침을 얻은 바 적지 않다.

4월 말 우리는 떠날 때처럼 감쪽같이 귀국했다. 귀국 직후 우리는 극심한 기합으로 파견대 생활로 해이해진 정신의 고삐를 다잡히지 않으면 안 되었다. 눈과 추위와 기지의 불빛과 유대영의 캐노피로 이루어진 알래스카의 기억은 급속히 내 머리에서 사라져 갔다. 유대영이 하늘에서 한 송이 꽃으로 피던 광경이 내 기억에서 아름답게 재생된 것은 먼 훗날의 일이다.

나는 지금 무대를 월남의 밀림 속으로 옮겨 놓는 데 쫓기고 있다. 공수단으로 돌아온 뒤에도 계속된 혹독한 훈련 이야기는 그 밀림 속에서 재현될 것이다.

공수 훈련의 전반부가 끝나자 일반병이었던 나는 5개월 만에 원대 복귀했다. 우리는 특수 기동대 같은 부대가 편성되어 있을 것으로 알고 있었다. 그러나 그런 부대가 있는 것은 아니었다. 나에게는, 일반병이었기 때문에 그랬겠지만, 그런 부대가 언제 어떻게 편성되는가에 대한 정보를 접할 기회가 전혀 허용되어 있지 않았다.

궁금증을 이기지 못하는 나에게 작전 참모가 들려준 말은 의외로 짤막했다.

「그것은 우리도 모른다.」

24
궤도 수정

　지금 돌이켜 보면 중학교 시절의 나는 견딜 수 없는 우월감과 같은 정도의 열등감을 동시에 느끼면서도 이를 조화시켜 낼 줄을 모르던 지극히 복잡한 소년, 따라서 대단히 부자연스러운 소년이었음이 분명하다. 내 친구 하인후의 눈에 비친 나는 독서에 미치고 짝사랑에 미친 문약한 기독교도, 집안이 너무 가난해서 남의 집에 얹혀사는 빈농 출신의 문학 소년에 지나지 않았을 것이다. 나는 학교에서는 불만스럽게도 내가 얼마나 잘난 아이, 강한 아이인가를 도무지 증명할 길이 없었다. 나는 이런 점에서는 늘 열등감에 사로잡혀 있어야 했다.

　나에게는 하나의 극적인 반전이 필요했다.

　나는 검도와 유도를 배운 이력은 있으나 그것은 싸움질이 아니었다. 나는 싸움질에는 도무지 자신이 없었다. 그런데도 목숨을 걸고 큰 싸움을 한판 벌였던 것을 보면 그때 이미 꼬마 허무주의자가 되고 있었던 모양인가? 당시 그리스도에 푹 빠져 있을 때여서 폭력배가 내 왼뺨을 때렸더라면 오른뺨을 들이대었을지도 모르는 상황이었는데도 내가 먼저 폭력배의 왼뺨을 갈겼으니 그렇게 생각될 수밖에.

　당시 우리 학교에는 〈마라푼타(불개미)〉, 〈빨간 마후라〉등의 고약한 이름을 지닌 폭력 서클이 여러 개 있었는데 그중의 한 서클에 속하는 불량배는 교실에서도 폭력을 휘두르고는 했다. 아마 그 폭력배가 학급에서 키가 가장 작은 동급생의 팔을 비튼 것이 사건의 발단이 되지 않았나 싶다. 나는 그 폭력배 동급생의 뺨을 올려붙이고는 몇 마디 훈시를 했던 것 같다. 그는 그 자리에서 나에게 보복하지는 않았다. 그러기에는 내가 너무나 맛난 식단이었기 때문일 것이다. 그는 내 손에 맞은 뺨을 문지르면서 나에게, 시간과 장소를 정하라고 말했다.

「수업 끝난 직후, 장소는 수영장. 떼거리가 다 와도 상관없지만 혼자 올 용기가 있느냐?」 나는, 죽을 작정을 하고 그에게 물었다.

「있다. 너는?」

「나도 혼자 나타나겠다.」

학교 운동장 한쪽에는 일제 시대에 만들어진 수영장이 있었다. 당시에는 학교의 예산이 달렸기 때문에 그랬을 테지만 이 수영장은 여름에도 늘 메말라 있었다. 학교 운동장 어느 곳에서 보아도 그 바닥이 보이지 않는 사각지대에 있던 이 수영장은 자주 격투장으로 쓰이고는 했다. 사각지대에 있었던 만큼 여기에서 벌어지는 격투는 대단히 격렬했다. 교사들의 눈에 띄지 않는 은밀한 격투장이어서 말리는 사람이 없다면 격투는 하나가 쓰러지거나, 하나가 항복해야 끝나는 일종의 〈데스 매치〉가 될 가능성이 컸기 때문이었다.

나는 그 불량배가 혼자 올 것으로는 기대하지 않았다. 그들은 단결력이 대단히 강해서 혼자서 어떤 격투를 치러 내는 예는, 통과 의례가 아닌 한 드물었다. 나는 쓰러질 각오를 하고 그 패거리를 맞아 단신으로 싸워 볼 생각으로 혼자서 수영장 바닥에 앉아서 기다렸다. 뒤에 안 일이지만 내 친구 하인후는 만일의 경우에 대비해서 다른 친구 하나와 수영장 옆의 플라타너스 나무 뒤에 한 대의 앰뷸런스가 되어 숨어 있었다고 했다.

기다렸는데도 그는 나타나지 않았다. 정시에 나타나지 않아 나는 그가 패거리를 모으고 있는 것으로 확신했다. 시간이 흐르면 흐를수록 내가 입을 상처는 그만큼 커지는 셈이었다. 나는 극도의 긴장 속에서 한 시간을 기다렸다. 그러나 그는 끝내 나타나지 않았다.

다음 날 내 시선을 만난 그는 얼굴을 붉혔다. 나는 수영장으로 나오지 않은 그를 질책하는 대신 내가 그 수영장에 혼자 기다리고 있었다는 것만 분명히 밝혔다. 그는 미안하다고만 말했다.

나는 팔을 비틀린 그 꼬마 친구에게, 부전승으로 끝난 내 무용담의 선전을 자제하도록 당부함으로써 그 패거리를 자극하지 않도록 했다.

그리고 세월이 흘렀다.

사단 사령부에서 하루, 연대 본부에서 하루, 대대 본부에서 한나절을 지내면서 지휘부에 차례로 원대 복귀 신고를 마치고 내 중대로 돌아왔을 때, 중대에는 꽤 반가운 친구 하나와 나에 대한 상당히 지나치게 왜곡된 소문이 기다리고 있었다. 반가운 친구는 바로 그때의 그 꼬마 동창생이었다. 나는 그에게 〈은인〉으로 미화되어 있었다.

꼬마 동창생은 공교롭게도 행정 담당 하사관이 되어 내가 파견 생활을 하고 있을 동안 부대로 전입했던 것이었다. 모르기는 하지만 그는 중대의 서류철을 점검해 나가다 공수단에 파견되어 있는 옛 동창의 신상 명세서를 우연히 발견하고는 그만 너무 반가웠던 나머지 그랬을 것이다. 그는 옛 동창 이야기를, 자신은 물론 나까지도 수습하기 어려우리만치 과장해서 퍼뜨려 두고는 나를 기다리고 있었던 셈이다. 〈박 하사〉가 되어 있던 그 꼬마 동창은 나에게 근 10년 전의 은혜 갚음이라도 하고 싶었던 것일까.

「박 하사한테 들었는데, 학창 시절에는 굉장했다더구나…….」 중대장이 말했다.

보다 계급이 까마득하게 높아진 박 하사는 중대장 뒤에서 은은하게 웃고 있었다. 박 하사가 퍼뜨린 소문에 따르면 나는 중학교 시절에 이미 학교의 비밀 격투장이었던 수영장에서 단신으로 5명의 폭력배를 꺼꾸러뜨린, 의협심이 강한 사나이였다. 내 손에 꺼꾸러진 것도 아닌 폭력배 하나는 어느새 다섯으로 늘어 수영장에 꺼꾸러진 셈이었다. 박 하사는 자신이 그 사건의 발단이었다고 증언함으로써 신빙성을 더할 나위 없이 드높였다. 그가 나보다 나이가 두 살이나 아래였던 것은 사실이다. 그러나 그가 퍼뜨린 소문에 따르면 나는 그보다 나이가 네 살이나 위였다.

「박 하사 이야기를 들었더니 나이가 아주 많더구먼. 결례한 것이 있으면 용서하오.」 이렇게 말하는 고참 병장도 있었다.

박 하사는 자기의 동창인 나를 군대의 조직으로부터 보호해 보자고 그랬을 것이다. 아무리 계급이 먼저 따져지는 군대였어도, 상대가 연상이고 처자식을 두고 온 기혼자일 경우는 하급자라도 함부로 다루지 않았으므로.

그런데 박 하사가, 내가 고등학교 시절에 유학 시험을 치른 적이 있다는 사실을 알았다는 것이 또 하나의 화근이었다. 그와 나는 중학교를 졸업한 이후로는 서로 만난 일이 없었다. 박 하사는 그것을 두고 내가 유학 중이었기 때문에 그랬던 것으로 지레짐작했던 모양이었다.

「고등학교 때 유학을 떠났다면서? 그러면 병역 문제 때문에 귀국한 거요? 고생이 많겠군.」 한 장교가 이렇게 말했을 때, 나는 비로소 〈아뿔싸〉 했다.

나는 사석에서 만났을 때 박 하사를 나무랐다.

「이 사람, 쓸데없는 소릴 했어.」

「쓸데없지는 않지. 내가 알아서 관리를 할 테니까 걱정 마. 너는 어차피, 행정 하사관인 나의 관리 품목에 들어가 있어.」

「싸움패로 만들어 놓은 건 싫은데?」

「그래야 너를 집적거리지 않지.」

「어째서 영감으로 만들어 놓았어?」

「쌍놈의 집구석에서는 이렇게 해둘 필요가 있어.」

「내가 그때 유학 시험에 떨어진 걸 몰랐나?」

「사실은 몰랐지만 그것도 문제없어. 파견 중에 통역을 했다며?」

「죽을 쑤었다……. 고개도 못 들 정도로.」

「걱정 마. 이제부터는 내가 너를 관리한다.」

「안 될걸…….」

우리는 이런 이야기를 나누고 헤어졌다. 내게는 박 하사가 여간 든든하지 않았다. 그러나 그는 나를 관리할 수 없다는 걸 알았어야 했다.

나는 내 중대의 융숭한 환영을 받았다. 신병으로 겨우 두 달을 근무하고 떠난 부대로부터 그런 대접을 받을 수 있었던 것이 반드시 내 동창인 박 하사가 퍼뜨린 허풍스러운 소문 때문이었다고는 생각하지 않는다. 군대에는, 장기간에 걸쳐 어려운 훈련을 받고 온 사람에게는 그에 상응하는 대접을 하고, 그 대접에 상응하는 보직을 주는 관례가 있었다.

중대 본부의 막강한 행정 하사관이 된 내 동창은 나에게 어떤 보직을 원하느냐고 물었다. 조직에 속한 채로 조직과 함께 움직이는 것을 지독하게 혐오하던 나는 부대를 떠나 무전병 한 사람과 근무하는 관측 팀 보직을 요구했다. 다행히도 나는 동창의 추천과 논리적인 설명 덕분에 중대장으로부터 부대 뒤에 있던 360고지의 관측 팀 보직을 받을 수 있었다. 360고지 관측소 옆에는 미군의 통신 중계소가 있었는데도 불구하고 의사소통이 되지 않아 그동안은 상호 협조가 불가능했던 모양이었다. 동창생은 중대장에게 바로 이 점을 논리적으로 강조함으로써 나에게 그 자리를 벌어준 셈이었다.

관측 팀은 무전병 하나와 관측병 하나로 이루어지고 있었는데, 중대는 두 개 팀을 편성, 이틀을 주기로 교대 근무하게 하고 있었다. 임무라고 해봐야 쌍안경과 항공기 식별표를 앞에 두고 고지 상공을 나는 항공기를 있는 대로 기록하고 한 시간마다 보고하는 정도였다. 짧은 기간이지만 입대해서 처음으로 나는 이곳에서 무료할 정도의 평화를 누릴 수 있었다. 그러나 나의 관측소 생활은, 뒷날 김하일의 편지를 통해 알게 되는 그의 대공초소 생활에 견주면 얼마나 초라했는지, 생각만 해도 얼굴이 달아오른다.

이틀간의 업무를 마치고 관측소에서 교대되어 부대로 내려오면 이틀간은 여느 보병으로 생활하지 않으면 안 되었다.

그런데 그즈음 나에게는 약간 놀라운 변화가 일어나고 있었다. 체력이 전에 비해 놀라우리만치 현저하게 향상되어 있다는 것을 발견한 것이다. 나에게도 훈련이 사람의 육체를 강화시킨다는 믿음이 있기는 했다. 그러나 아무리 별명이 〈인간 재생창〉인 특수 부대라고 하더라도 5개월 만에 인간의 육체적인 능력을 그 전에 견주어 30퍼센트나 50퍼센트 정도의 수준으로 향상시킬 것이라고는 믿지 않았다. 그러나 나는 분명히 그 전의 나는 아니었다. 신병 시절에는 그렇게 고통스럽던 산악 구보도 공수단을 다녀온 나에게는 조금도 짐이 되지 않았다. 나는 철모를 쓰고 탄대를 차고 소총을 들고 20킬로미터를 뛰는, 이른바 단독 군장 구보 대회에서도 가볍게 우승함으로써 수많은 고참병들을 무색하게 만든 일도 있고, 배낭까지 메고 40킬로미터를 뛰는 이른바 완전 군장 구보 대회에서도 공수단 출신 중사에 이어 두 번째로 결승점에 진입함으로써 젊은 하사관들로 하여금 단체 기합을 받게 한 일도 있다. 나는 이 경기 때 결승점을 지키던 한 소대장으로부터 〈김 중사를 먼저 골인시킨 것은 잘한 일이다〉라는 귓속말을 듣기도 했다.

지금 돌이켜 보면 이즈음의 내 머리에는 〈나는 너희들과 같을 수 없다〉는 생각이 강박증처럼 자리 잡고 있었던 것 같다. 〈나는 너희들과 같을 수 없다〉는 생각은 나에게 엄청난 자극을 주는 동시에 기분 좋은 긴장 상태를 조성했다. 따라서 공수단의 훈련과 시련은 내 육체적인 능력을 향상시켜 놓았다기보다는 내 정신에 강한 자신감과 우월감을 키워 놓았다고 하는 편이 옳다. 나는 어느새 불가능한 것을 가능한 것으로 바꿀 수 있다고 믿게 된 그 놀라운 변모가 자랑스러웠다. (나는 우월감을 견딜 수 없었다.)

겸손의 미덕을 내가 몰랐던 것은 아니다. 그러나 나는 전혀 겸손하게 굴고 싶지 않았다. 겸손하게 구는 순간 나는 언제 어디에서든, 단지 입대 일자가 나보다 조금 빠를 뿐인 상급자의 곡괭이 자루 앞에 엎드리지 않으면 안 되기 때문이었다. 그럴 수는 없었다. 나는 더 이상 같은 일반병 상급자로부터는 얻어맞지 않기로 했다.

나는 〈줄빠따〉라는 이름의, 영혼을 가진 인간이라면 그 이름조차 입에 올리기도 부끄러운 단체 기합은 더 이상 받을 수 없었다. 나는 이등병 시절에 이 치욕스러운 매를 한 번 맞아 본 경험이 있다. 〈줄빠따〉라는 것은 〈연속적인〉이라는 뜻을 가진 우리말 〈줄〉과, 〈몽둥이〉를 뜻하는 〈뱃bat〉의 일본식 발음인 〈빠따〉의 합성어일 것이다. 따라서 〈줄빠따〉라는 더러운 형벌은 〈연속적인 몽둥이질〉이라는 뜻을 지닌다. 소대의 줄빠따일 경우 중사인 소대의 선임 하사관이 소대원 서른여섯 명을 계급순, 군번순으로 엎어 놓고는 몽둥이로 한 대씩 갈기고는 그 자리에서 사라져 버린다. 그러면 그다음 순위에 해당하는 하사관이 또 한 대씩 갈기고는 사라진다. 이 매질은 그다음, 그다음으로 이어지다가 그 소대에서 가장 군번이 낮은 신병이 서른여섯 대를 맞을 때가 되어야 끝난다. 말하자면 그 막내를 때릴 상급자가 더 이상 없어야 끝나는 것이다.

어느 철없는 하사관은, 부대원들에게 누가 상급자이고 누가 하급자인지를 분명하게 가르치는 데 이것만 한 교육 방법이 없다면서 이 이름부터가 기괴한 기합 방법을 찬양했다. 한 대 맞고 서른네 대를 때릴 수 있었던 그는 그럴 수 있었을 것이다.

〈저항할 것인가……〉

나는 결심을 망설였다. 만일에 원대 복귀한 뒤에 이 더러운 매타작이 있었더라면 나는 저항했을 것이다. 그러나 다행히도 그런 일은 없었다.

나는 저항하되, 진지하게 온몸으로 저항하고 싶지는 않았다. 나 자신의 모든 것을 걸고 정면으로 맞붙고 싶지는 않았다. 나는 군대라고 하는 조직에 그런 가치를 부여하고 싶지 않았다.

어느 날 저녁 늦은 시각에 중대 본부에서 내 소대로 전화가 걸려 왔다. 박 하사의 전화였다. 박 하사는 검열에 대비하느라고 밤을 새워야 하는데 괜찮으면 자기 사무실로 와서 말 상대가 되어 줄 수 없느냐고 했다. 관측소 근무자로 야간 보초를 면제받고 있는 처지여서 거절할 이유도 없었다.

내가 중대 본부로 갔을 때 박 하사는 검열에 대비해서 보급품 수령 명세서와 창고의 재고 수를 맞추고 있었다. 야전 안락의자 앞에는 초라하나마 술도 마련되어 있었다. 박 하사는 자기 자리에 앉아 장부의 숫자를 맞추었고 나는 안락의자에 앉아서 술을 마셨다. 서로 시선은 다른 데 두고도 우리는 옛이야기를 나누었다. 그는 중학교에 이어 상업 고등학교를 마치고는 바로 입대하여 행정 하사관이 되었다면서 인연이 있어서 다시 만나게 된 것이 여간 반갑지 않다고 말했다.

우리의 이야기는 그의 업무 때문에 토막토막 끊어질 수밖에 없었다. 나는 심심했던 나머지 무심결에 서무계원의 책상에 놓여 있던 두꺼운 서류철을 하나 펴 들어 보았다. 놀랍게도 중대원들의 신상 명세서였다. 만일에 내가 펴 든 것이 중대원들의 신상 명세서인 줄을 알았더라면 박 하사는 질겁을 했을지도 모른다. 그러나 그에게는 나에게 눈을 줄 정신이 없었다. 본인이 작성하고, 서무계는 군무 기록을, 중대장은 평가 기록을 덧붙인 그 신상 명세서는 개인의 과거와 현재를 한데다 찍어 놓은 한 장의 선명한 사진과 같았다.

나의 신상 명세서에 덧붙여진 중대장의 평가 기록은 공정해 보였다.

〈유능하나 단체 생활에는 적응하기 어려울 듯. 파견 업무 혹은 단독 업무에 투입할 것을 권함.〉

신상 명세서를 일별하고 있는데 문득 한 가지 익살스러운 착상이 떠올랐다.

……군대라는 조직과 불쾌하기 짝이 없는 싸움을 벌일 것이 아니라 먼지를 피워 대면서, 이로써 조직의 관료적인 구성원들을 가끔씩 골려 주면서, 사이좋게 당분간 시간을 죽여 나가자……. 이것도 한 방법일 것이다…….

나는 중사에서 병장에 이르기까지, 나와 접촉이 잦은, 혹은 잦아질 가능성이 있는 상급자들의 신상 명세서를 일별했다. 중대 병력 가운데서 그럴 만한 상급자들은 스무 명이 채 되지 않았다. 나는 박 하사와 이런저런 이야기를 건성으로 나누면서, 약 스무 명에 이르는 상급자들의 신상을 암기했다. 한 대상자의 이미지를 먼저 떠올리고 그의 인상 및 평소에 자주 내

비치는 습관에다 그의 신상 명세서를 접목시킴으로써 나는 힘 안 들이고 내가 필요로 하는 정보를 단시간에 암기할 수 있었다.

백수십 명에 이르는 중대원들의 신상 명세서는 무작위로 추출된 당시 우리 사회의 작은 표본 전시장 같았다. 그 좋은 후방 부대에 배치되는 혜택 한 번 누려 보지 못한 채 최전방으로 배치된 것은 순전히 돈이 없고 배경이 없었기 때문이었다고 믿는 많은 사람들은 이 〈무작위〉라는 말에 거부감을 느낄 것이다. 그러나 나는 그렇게 보지 않는다. 우리 중대에는 정치학 박사 과정을 공부하다가 군대로 쫓겨 온 노병도 있었다. 내가 〈무작위 추출〉이라는 말을 쓴 것은, 군대가 아무리 썩어 있었다고 한들, 정훈 참모가 정치학 박사 후보자보다는 영사기 돌리는 법을 배워 온 떠돌이 가설극장의 기사가 연대의 정훈병에 더 잘 어울릴 것이라고 믿는 기이한 현상은 도저히 설명할 수가 없기 때문이다.

박 하사가 군수품 수령 장부와 재고 장부의 대조를 끝내고 자리에서 일어섰고 내가 신상 명세서 파일을 서무계원의 책꽂이에다 꽂은 것은 내가 거기에 도착한 지 두 시간쯤 지나서였다. 내 동창 박 하사는, 그 짧은 시간에 내가 20~30명에 이르는 상급자 신상 명세서를 거의 암기했을 것이라고는 꿈에도 생각하지 못했을 것이다.

나는 앞에서, 상대가 여성일 경우, 나에게는 그 음성만 듣고 그 여자의 팔자를 짐작하려고 애쓰는 버릇이 있다고 고백한 적이 있다. 나는 실제로 목소리만 듣고, 남자의 사랑을 받고 있는 여자인지, 홀로된 여자인지, 사랑에 빠진 과부인지를 알아내어 친구들을 더러 놀라게 하고는 하는데 이것은 사실이다. 여자의 팔자를 짐작하는 데 어떤 과학적, 객관적 기준이 있는 것은 아니다. 나는 문학의 인상 비평이 그렇듯이 단지 그 목소리가 나에게 주는 지극히 주관적인 느낌만을 말하는 것뿐이다.

관상법이라는 것에 대한 내 지식은, 사람의 뼈 생김새, 손발의 모양, 살갗의 색깔, 신체의 거동, 음성 같은 것을 통하여 그 사람의 성격을 판단하고 그 성격이 빚어낼 영고(榮枯), 화복(禍福), 빈부(貧富), 요수(夭壽), 현우

418

(賢愚)를 짐작하는 점술이라는 것 정도였다. 물론 〈행좌 와식〉이라는 말을 들어 본 적도 있어서 걸음새, 앉음새, 누움새, 먹음새를 보고 그 짐작한 것에 보태거나 빼기를 한다는 것도 어렴풋이 알고 있기는 했다. 굳이 기억을 더듬는다면 오형(五形)이니 오악(五嶽)이니 하는 술어에도 전혀 무지했던 것은 아니다. 우리 어릴 적의 사랑방 어른들은 이런 술어들이 그 시대의 교양 과목이나 되는 듯이 자주 입에 올리고들 했기 때문이다.

나의 장난은, 중대에서 말이 많기로 소문난 한 중사를 상대로 시작되었다. 어느 날 나는 〈주보〉라고 불리는 영내의 술집에 들렀다가 그 중사와 함께 술을 마시고 있는 박 하사를 만났다. 박 하사는 나에게 앉아서 한잔 마시고 갈 것을 권했지만 일등병이 중사와 합석한다는 것은 언감생심이었다. 그런데 그 중사는 그날 기분이 좋았던지 합석을 허락했다.

막걸리가 두어 순배 돌자 중사가 먼저 나에게 시비를 걸었다. 시비라기보다는 장난이었다는 편이 옳다. 아무리 동기 동창이지만 위아래가 분명한데 그렇게 말꼬리를 흐려서야 쓰겠느냐는 것이었다. 나는 누가 옆에 있을 경우 박 하사에게 꼬박 공대를 했다. 그런데 그 중사의 귀에는 하대하는 것으로 들렸던 모양이었다.

「자네, 박 하사의 동기 동창이라는 건 아는데, 사회에서 뭘 했어?」 중사가 물어 왔다.

나는 대답 대신 중사의 얼굴을 빤히 들여다보고만 있었다. 눈동자가 가운데로 몰린 전형적인 모들뜨기였다.

「사회에서 뭘 했느냐니까, 남의 얼굴을 왜 봐?」

「죄송합니다. 사회에서…… 관상을 보던 버릇이 있어서요.」 나는 천천히 대답했다.

박 하사의 안색이 변했다. 그는 예나 다름없이 폭풍 전야의 분위기를 읽는 데 대단히 민감했다.

「어디에서?」

「……주로 여기저기 불려 다녔지요.」

「이 친구 봐? 그럼 내 관상도 좀 봐주겠어?」

「법술 짐작하는 사람을 그렇게 대접하는 게 아니지요.」

「그럼 어떻게 대접해야 하나?」

나는 말문을 닫아 버렸다. 중사의 태도가 변화하는 과정은 내 눈에 정확하게 읽히기 시작했다. 중학교 시절에 내가 한문에 능했던 것을 기억하고 있던 박 하사가 장단을 맞춰 주었다.

「한문 잘하더니만, 거기까지 갔나?」

나는 대답 대신 웃었다.

「어떻게 대접해야 하느냐니까? 가르쳐 줘야 대접을 하지.」

나는 역시 대답 대신 중사의 얼굴만 빤히 쳐다보았다. 내 눈에 시선을 맞춘 채 그가 얼굴을 붉히기 시작했다는 것은 더 이상 나를 장난감으로 보기를 그만두었다는 뜻이었다.

「가보겠습니다.」

내가 시선을 거두고 일어서자 중사가 내 소매를 잡았다.

「앉아. 말 험하게 한 것은 미안하다. 술이나 마시자.」

나는 그냥 일어서려다가 다시 앉았다. 〈미안하다〉는 말이 나올 정도면 한 번쯤 장난을 쳐주어도 괜찮을 것으로 여겼기 때문이었다.

「선임 하사님, 연세 여쭈어도 괜찮을까요?」

「서른둘.」

「생일은요?」

그가 생일을 말했다.

「몸조심하셔야 합니다. 최근 6개월 사이에 액땜한 적이 없으면요.」

「……」

「간단한 액땜이 아닙니다. 액땜 자체가 대단히 위험해요. 십 리 길이 백 리가 될지도 모릅니다.」

「……」

나는 중사와 박 하사를 두고 그곳을 나왔다.

420

나는 그 중사가 권총 오발 사건의 주인공이라는 걸 잘 알고 있었다. 서무계원의 기록에 따르면, 권총을 오발하고도 다행히 총탄이 장딴지의 근육을 관통하는 데 그치는 바람에 원대 복귀할 수 있었던 장본인이 바로 그였다. 당시 그는 후송 병원에서 그 상처를 치료받고 돌아온 지 한 달밖에 되지 않았으므로 십 리 길을 걷는데도 백 리 길 걷는 노력이 필요했다.

당시 군대의 관례상 하급자는 모두 상급자의 노예와 같았다. 따라서 한 조직의 우두머리 하나를 제외하면 모든 구성원들이 누군가의 노예였다. 따라서 최하급자는 자기를 제외한 모든 부대원의 노예였다. 〈줄빠따〉라고 하는 악습은 바로 이런 관례에 의해 정당화되고 있었던 셈이다.

틈날 때마다 나는 책을 좀 읽고 싶었다. 천박한 조직 사회를 피해 나에게 버릇 들여진 세계로 들어가는 유일한 문이 바로 책이기 때문이었다. 그러나 최하급자 시절에는 책을 읽을 수가 없었다. 부대원 전부가 나의 주인이기 때문이었다. 그들에게는 언제든지 내 책을 빼앗아 읽을 수도 있었고 나로부터 책 읽는 권리를 빼앗을 수도 있었다. 그래서 나는 나에게 버릇 들여진 세계로 들어갈 수 없었다. 하사관들이나 고참병들은 내가 즐겨 읽는 영미 소설이나 일본 소설을 자주 빼앗아 가고는 했는데 나는 책을 빼앗길 때마다 심한 절망을 느끼고는 했다. 항의하다가 얻어맞은 일도 있다.

그러나 공수단에서 귀대한 뒤 나는 방침을 바꾸었다. 책 표지를 다시 만들어 씌우고 제목도 다시 쓴 것이다. 졸병이 독서하는 꼴을 못 보던 하사관들이나 고참병들도 내가 표지를 새로 만들고 제목을 다시 쓴 『세속의 길 열반의 길』, 『의지와 표상으로서의 세계』, 『존재와 무』는 빼앗아 가지 못했다.

관상쟁이로의 변신도 이런 전략 수정의 한 양상이다.

관상쟁이에 대한 소문은 곧 중대의 화젯거리가 되었다. 많은 하사관들은 내 앞에 얼굴과 손금을 들이대고 싶어 했고 소수의 하사관들은 내 앞에

421

서 좀도둑질하던 이력이 드러나는 것이 두려웠던지 후하게 술을 사고는 했다. 그들에게 나라는 존재는, 그렇지 않아도 심심하던 차에 적절하게 나타나 준 꽤 심오하고 철학적인 여흥거리였다.

내가 국민학교에 들어가기 전에 배워 둔 12지 헤아리는 법도 도움이 되었다. 당시 내가 배운 12지는 〈자축인묘진사오미신유술해〉가 아니라 이것을 한글로 풀고 거꾸로 순서를 뒤집은 〈돼개닭원양말뱀용토범소쥐〉였다. 왼 손가락 한 마디 한 마디에 순서에 따라 각각 한 마리씩의 짐승을 배치해 두고 그해의 지지(地支)부터 나이만큼 헤아리면 남의 띠, 다시 말해서 태어난 해의 지지를 짐작하는 데 편리했다. 어른들은 나이만 가르쳐 주면 띠를 알아내는 나의 재주를 물정도 모르고 신통하게 여겼다.

나는 전우들에게 먼저 천간과 지지 헤아리는 법을 가르침으로써 분위기를 잡고는 했다. 일단 분위기가 잡히면 이 분위기가 말의 빗장 노릇을 했다. 말하자면 듣는 사람들은 말의 빗장이 질린 문 안에 갇히게 되는 것이었다. 나는 사실 60갑자가 지니는 심오한 동양 철학의 의미를 잘 알지 못했다. 그러나 10간과 12지가 어울려 60갑자가 되는 방법을 나 나름의 방법인 〈돼개닭원양말뱀용토범소쥐〉로 설명해 놓으면 그때부터 내가 하는 말은 곧 동양 철학이 되었다. 천자문을 떼고 온 듯한 시골뜨기 일등병 하나는 나를 두고, 〈60갑자를 바로도 외고 거꾸로도 외는 무서운 양반〉이라는 과찬까지 했다. 사고방식이 단순하고 우직한 하사관들에게 나의 말 빗장은 잔인하리만치 끔찍한 무기 노릇을 했다. 그들은 내가 그들의 과거 한 자락만 엿보아 내어도 미래에 대한 현명한 충고를 애원하고는 했다. 나는 되도록 포괄적이고도 상징적인 표현으로 〈현명한〉 충고를 해두는 것도 잊지 않았다. 물론 이 충고 중에는 나 같은 졸병을 구박할 것이 아니라 후대함으로써 〈음덕〉을 쌓아 두어야 한다는 충고도 포함되고는 했다.

신상 명세서에 입창(入倉) 기록이 있는 한 하사가 있었는데, 이 하사는 정력이 지나치게 절륜해서 자주 천박한 여성 문제를 일으키고는 했다. 어느 날 이 하사가 술과 안주를 장만해서 360고지에 있는 내 관측소까지 몸소 올라온 적이 있었다. 여자에 관한 한 자칭 〈껄떡이〉인 이 날파람둥이는 내 앞에 단정하게 앉아 가르침 베풀기를 간청했다.

「혹시, 조부 대나 아버지 대에 군식구는 없었습니까?」

나는 입창 기록을 담보로 삼고 말의 자리를 펴나갔다. 내가 아는 바에 따르면 그 하사가 영창에 들어간 것은 부대 주변에 있던 술집 여자와의 천박한 정분을 주먹으로 끝장내려 했기 때문이었다. 정력은 그의 큰 자랑거리였다. 나의 추론에 따르면 정력이 절륜한 것은 선대의 내림이기가 쉬웠을 터이고, 만일에 선대의 내림이라는 것이 옳을 경우 하사의 조상들은 집안 살림을 제대로 간수했을 리 없기가 쉬웠다. 집안 살림을 제대로 간수했다면 자식으로 하여금 장기 하사관을 직업으로 선택하게 했을 리가 없을 것이기 때문이었다.

「군식구라니……?」 하사가 머뭇거리면서 조심스럽게 되물었다.

「혹시 아버님이 후처를 거느리지 않았느냐는 것입니다.」

「말도 마시오.」

단순하고 순박한 사람들은 가짜 관상쟁이인 내가 자기 내력에 조금만 접근해도 자진해서 이야기보따리를 술술 풀어 주고는 했다. 긴 이야기는 할 것도 없었다. 그들이 스스로 노출시키는 과거 이야기 한 가닥만 붙잡고 때로는 중국의 고사성어도 인용하고,『채근담』이나『명심보감』도 인용하면서, 때로는 나무라고 때로는 격려하면 되는 것이었다.

나는 말을 지독하게 절제하지 않으면 안 되었다. 되도록 포괄적인 의미를 아우르는 말을 쓰되, 상대가 세부적인 것을 요구하면 항상 정지 신호를 낼 준비를 하지 않으면 안 되었다. 나는 훌륭한 고객의 공통점은 총론으로 만족하는 미덕을 갖추고 있다는 것을 끊임없이 강조하는 것을 잊지 않았는데 고맙게도 많은 고객들은 자질구레한 각론을 캐어물음으로써 우리 대화의 질을 떨어뜨리는 위험을 감수하려 하지 않았다.

젊은 나이에 만고풍상을 겪은 듯한 전우가 나를 찾을 경우, 얼굴을 가만히 들여다보면서, 〈장편소설이 한 권 나오겠구려〉로 운만 떼어도 소설 같은 신세 자탄을 엮어 냄으로써 내 직관과 상상력에 불을 붙여 주고는 했다. 〈죽을 고비를 넘겼군요〉도 요긴한 말문 노릇을 했다. 고맙게도 이런 말을 들은 전우들은 자기가 넘긴 죽을 고비를 적어도 한 가지 이상 기억해 냄으로써 나를 도와주기도 했다.

나는 체제가 싫어서 먼지를 피워 대느라고 하던 이런 장난질을 두어 달 만에 걷어치웠다. 어쩐지 섬뜩한 느낌이 들었기 때문이다. 신상 명세서 훔쳐본 밑천이 거덜 나기 시작하고부터는 순전히 풍문에 들리는 정보와 직관에 의지하지 않으면 안 되었는데, 풍문으로 들은 정보가 들어맞는 것이야 이상할 것이 없지만 직관이라는 것이 자주 척척 들어맞는 것은 보통 섬뜩한 일이 아니었다. 뾰족한 병어 주둥이를 하고, 끊임없이 주위의 눈치를 헬금거리던 한 병장은, 내가 들려준 〈올가미 없이 개장수 하느라고 고생 많았겠구려〉 이 한마디만 듣고도 장사 밑천이 없어서 서울의 어떤 상가에서 남의집살이한 설움이 생각났던지 그만 눈물을 질금거리기도 했다. 내가 그 장난을 집어치우기로 결심한 것은 바로 그 병장으로부터 눈물 젖은 막걸리를 얻어 마신 날 밤의 일이었을 것이다. 나는 사기꾼이 되고 싶었던 것은 아니었다.

이 장난이 우리 중대의 인화에 기여한 바도 없지 않을 것이다. 나는 이 장난을 즐기면서 틈틈이 많은 하사관들에게, 자기네들 말마따나 〈말로만 들어 본〉『명심보감』이나 『채근담』이나 『논어』 같은 데 나오는 좋은 옛말을 실제로 들려주고는 했다. 당시의 많은 고참병들은 〈추억록〉이라는 이름의 일종의 서명록을 만들었는데, 이 서명록에는 서명하는 사람이 반드시 기억에 남을 말을 한마디씩 쓰는 것으로 되어 있었다. 나는 밤이면 늘 이 추억록에 훌륭한 옛말을 써주는 일에, 그리고 그 대가로 싼 막걸리를 얻어먹는 일에 늘 바빴다.

모든 것은 나를 〈위대한 동창〉으로 선전한 박 하사 때문이었다. 나는 당시에는 박 하사를 그다지 원망하지 않았다. 나는 박 하사 덕분에, 거칠어질 대로 거칠어진 많은 하사관들의 인성을 사람의 인성으로 되돌리는데 조그만 기여를 한 것 같기도 했다.

　그러나 나의 이 〈위대한 동창〉 행세는 머지않아 어마어마한 죄의식의 씨앗이 된다.

25
나팔수

　연대 본부에서 당시 내가 속해 있는 중대로는 끊임없이 차출 명령이 내려오고는 했다. 이 차출 명령을 받고, 파견할 대상자를 복수로 골라 중대장의 결재를 받는 행정 하사관은 물론 박 하사였다. 나의 은밀한 부탁을 받은 바 있는 박 하사는 차출 명령이 떨어질 때마다 나에게 가장 먼저 의향을 물어보고는 했다. 차출 명령은 〈대대 단위로 나팔수를 두 명씩 확보해야 할 것이므로 나팔수 교육 대상자를 연대 본부로 차출해서 파견할 것〉, 〈진중(陣中) 의학 특수 교육 대상자를 대학 졸업자 수준으로 차출해서 파견할 것〉, 〈군가를 정확하게 보급할 필요가 있으므로 음악에 조예가 깊은 사병을 차출해서 파견할 것〉, 〈국군의 날 행사에 필요한 병사를 차출해서 파견하되 신장은 175센티미터 이상이어야 할 것임〉, 〈각 중대는 연말까지 소악대를 편성하게 될 것이므로 고수(鼓手)의 이력이 있는 사병을 사단 군악대로 파견할 것〉 하는 식이었다.
　나는 파견 생활의 묘미를 공수단과 알래스카 전지훈련을 통해 잘 알고 있었다. 파견병은 어떤 부대에 임시로 배속되는 것일 뿐, 엄격한 의미에서 그 부대에 소속되는 것이 아니었다. 따라서 파견병은 본대가 요구하는 소정의 교육을 의무적으로 받기 위해서 임시 배속되는 부대의 지휘를 받되, 임시 배속되는 부대에서 자기 권리를 요구할 수 없다는 불편을 감수하지 않으면 안 되었다. 그러나 입대한 지 1년이 채 못 되던 나에게 요구해야 할

426

권리 같은 것은 없었다. 불편할 것은 조금도 없었다. 내가 파견 전문가로 변신한 것은 바로 파견된 자는 임시 배속되는 부대의 지휘를 받는다는 점 때문이었다. 임시 배속되는 부대는 나를 지휘하되 자기 부대원이 아니기 때문에, 그리고 그 규모가 극히 작았기 때문에 그 지휘라는 것이 그렇게 느슨할 수 없었다. 소대나 중대 규모에도 질식할 것 같던 나에게, 분대별로 혹은 개인별로 행동할 수 있는 파견병 생활은 내 취미에 그렇게 잘 어울릴 수 없었다.

박 하사는 중대장을 꾀어 〈위대한 동창〉인 나를 팔방미인으로 만들어 나가기 시작했다. 중대장은 연대나 사단 사령부에서 차출 명령이 떨어질 때마다 나를 불렀다.

「자네, 악보를 읽을 수 있나?」

「있습니다.」

악보를 읽다니? 나에게 악보라고 하는 것은 고대 이집트 문자로 기록된 『사자(死者)의 서』나 다름이 없었다.

박 하사를 통하여, 군가를 정확하게 보급할 필요가 있으므로 음악에 조예가 깊은 사병을 차출해서 파견하게 되어 있다는 소문을 들은 나는 중대장 앞에서 음악가가 되었다. 나는 동상(凍傷)에 관한 특별 교육을 받기도 했고, 군기수 훈련을 받기도 했다. 나는 변신에 변신을 거듭하면서 파견이라는 파견은 한 달에도 한두 차례씩 독식했다. 파견은 보통 한두 주일 기간인 것이 보통이었다.

내가 파견을 좋아한 것은, 중대라는 체제를 떠나 남의 부대에서 혼자 나그네로 살 수 있기 때문이었다. 그런 내가 국군의 날 행사에 동원되어 서울의 여의도 광장 같은 데서 받는 집체 제식 훈련을 좋아했을 리 없다. 신체 조건이 국군의 날 행사병에 적합했던 나는 여기에서 몸을 뽑기 위해 부득이 연극배우가 되지 않으면 안 되었던 적이 있다. 나는 연극에 뜻이 있었지만 무대에는 서본 적이 없었다. 내가 심하게 쓰던 경상북도 사투리로 무대에 선다는 것은 언감생심이었기 때문이었다. 그런데도 나는, 연대 본부가 순회 연극단을 만든다는 소문을 듣는 순간 연극배우가, 그 것도 세 후보자를 따돌리고 파견병으로 선발되는 연극배우가 되었다.

졸지에 연극배우가 되어 연대 본부로 달려갔을 때, 본부 중대 앞에는 〈연극배우〉들이 와 있었다. 하나같이, 비록 군복 차림으로 거덜이 나 있기는 하나 왼다리짓 하나만은 그대로 간직하고 있는 듯한 난봉꾼들이었다. 여기에는 물론 진짜 연극배우도 있었고, 음악도, 아나운서, 입담 좋은 재담가, 시골 장터의 왈짜도 있었다.

우리는 연극 연습을 핑계 삼아 산 좋고 물 좋은 계곡에서 막걸리를 마시며 그해 여름 한 달 세월을 한량질로 좋이 보낼 수 있었다. 우리를 공수단에 보내어 죽을 고생을 시키고도 특수 기동대를 편성하지 않았던 군대는, 우리가 산 좋고 물 좋은 계곡에서 연습한 계몽 연극도 끝내 무대에 올려 주지 않았다.

나에게 가장 깊은 영향을 끼친 김하일 상병을 만난 것은 바로 이 극단에서였다. 그는 우리 극단의 감독이자 대본의 집필자였다. 그런데도 우리가 근 한 주일을 합숙하기까지 그에 대하여 우리가 알아낸 것은 기껏해야 입대하기 전에 영화 조감독을 지냈다는 것, 오랫동안 희곡과 시나리오를 습작해 왔다는 것 정도였다. 턱이 유난히 강해서 고집이 몹시 세어 보였던 그는, 우리 동아리 중 입담이 유난히 좋던 한 단원이 〈저 양반, 엿 먹다가 개가죽에 엎어졌나〉 했을 정도로 수염이 짙었다. 특별히 나이가 많아 보이지는 않았으나 우리 연극의 연출가인 데다 털보였으므로 나는 그를 〈두목〉으로 부를 것을 제안했다. 그는 그로부터 26년이 지난 지금도 같은 별명으로 불린다.

그때 내 나이 스물셋이었지만, 나는 내 부대에서 하던 버릇대로 나이를 마음대로 늘였다 줄였다 하면서, 이로써 동년배를 어린아이로 취급하고 연상의 하사관은 동무로 삼으면서 기고만장했다. 그에게도 그랬을 것이라고 생각하면 지금도 식은땀이 난다.

428

그는 특별히 나이나 군번을 밝힌 일이 없다. 그럴 필요도 없었다. 그는 대단히 겸손한 사람이었다. 그의 목소리는 아주 작고 부드럽고 섬세했지만 지극히 설득력이 있어서 우리들의 두목 노릇을 하는 데 조금도 모자람이 없었다. 그런데 둘이서 함께 부대 정문을 나서면서 그의 외출증을 본 적이 있는데 놀랍게도 그의 군번은 우리보다 5년 먼저 입대한 군번이었고 나이도 나보다는 세 살이나 위였다. 나는 그에게 상응하는 대접을 하지 못한 데 대해 심한 죄의식을 느끼지 않으면 안 되었다. 군번이 5년 전에 입대한 군번인 까닭을 묻는 우리에게 두목은, 5년 전에 문득 달아나고 싶어서 훈련소에서 탈영, 3년을 숨어 살다가 자수해서 짧은 기간 복역한 뒤에 재입대했다고 대답했다.

나는 지금 그를 여기에다 묘사해 낼 길이 없다. 그것은 아마도 그로부터 4~5년 뒤에 알게 된 작가 니코스 카잔차키스의 〈조르바〉 이미지가 자꾸만 그에 관한 묘사를 가로막기 때문일지도 모른다. 나는 그를 묘사하려 할 때마다 카잔차키스의 문장에 걸려 쓰러지고는 한다.

……그는, 하찮은 겁쟁이 인간들이 주변에 세워 놓은 도덕이나 종교나 고행 따위의 모든 울타리를 때려 부수었다. 그는 화살처럼 창공에서 힘을 얻는 원시적인 관찰력과, 모든 것을 처음 보듯이 하면서 대기와 바다와 불과 여인과 빵 같은 일상적 요소에 처녀성을 부여함으로써 아침마다 새로워지게 하는 창조적 단순성과, 영혼보다 우월한 힘을 내면에 지닌 듯 자신의 영혼을 멋대로 조종하는 담대함과, 신선한 마음과 분명한 행동력으로 그것을 때려 부수었다. 그의 마음에는, 희생의 힘을 분출시켜야 하는 결정적인 순간마다 인간의 배 속보다 더 깊고 깊은 샘에서 쏟아져 나오는 듯한 야수적인 웃음이 있었다. 굶주린 영혼을 만족시키기 위해 오랜 세월에 걸쳐 책과 선생들에게서 받아들인 영양분과, 겨우 몇 달 사이에 그로부터 얻은 것을 돌이켜 보면 나는 격분과 마음의 쓰라림을 견디지 못한다……

나는 그가 누구인지 알지 못했다. 그러므로 그 역시 나에게는, 내가 수선을 피우면서 놀려 먹고 골려 먹어야 하는 체제 속의 한 대상에 지나지 못했다.

나는 그의 앞에서 인문학의 제 문제를 놓고 무수히 거품을 뿜었을 것이다. 나는 내 내부에서 또 하나의 나를 구성하고 있던 〈먹물 귀신〉과 〈빈 들 귀신〉과 공모하고는, 주워듣고 읽어 들인 미국과 일본과 온 세계의 모습을 그의 눈앞에 본 듯이 펼쳤을 것이다. 관상쟁이 노릇을 할 때 그랬듯이 나의 상상력은 상상력의 산물과 무수히 교접함으로써 끊임없이 다른 상상력으로의 점화를 계속했을 것이다. 나는 그의 앞에서, 그 자신은 오래전에 졸업한, 모든 형이상학적 추상을 보검이라도 되는 듯이 휘둘러 대었을 것이다. 나는 그가 영화에 정통한 전문가인지 알지 못하고, 본 적도 없는 로셀리니의 「무방비 도시」가 어떻고, 콕토의 「오르페」가 어떻고, 구로사와 아키라의 「라쇼몽」이 어떻다고 했을 것이다. 그러니 그가 조용조용한 목소리로 19세기의 시네마토그라프에서 시작되는 초기의 영화 발달사를 가만가만 짚어 내면서, 영국과 미국, 이탈리아의 영화사를 나누어 가면서 설명할 때 내가 얼마나 놀랐겠는가. 연극의 문제에서도 비슷한 일이 일어났다. 나는 그의 앞에 「햄릿」이 어떻고, 「오셀로」가 어떻고 대배우 존 길거드가 어떻고 로렌스 올리비에가 어떻고 했을 것이다. 잠자코 우리가 공연할 연극 대본을 장면별로 나누고 배우들의 동선을 그리고 있다가, 내가 샬랴핀을 위대한 연극배우라고 했을 때 잠깐 고개를 들고 나를 바라보던 그의 표정을 내가 어떻게 잊을 수 있겠는가.

나는 그에게 관상쟁이 시늉을 안 한 것은 잘한 일이라고 생각했다.

나는 그와 많은 이야기를 나누었다.

그에게 군대는 놀려 먹어도 좋은 군대가 아니었다. 그에게 철학은 논리와 사변을 창칼처럼 휘둘러 대는 그런 철학이 아니었다. 그의 군대는 순교자가 되는 한이 있어도 가르쳐 나가야 하는 군대, 그의 철학은 살아 있는 일상성의 철학이었다.

나는 잘나지도 못한 주제에 아둔한 인간들을 끊임없이 경멸했다. 그러나 그는 그들의 내면을 꿰뚫고 들어가 그들과 쉽사리 동화되는, 지극히 창조적인 정신의 소유자들에게서나 볼 수 있는 그런 희귀한 재능이 있었다. 그는 기독교 신앙과 별 인연이 없는데도 불구하고 기독교 성자들의 가르침이나 규범과 인연을 끊지 않음으로써 다른 종교가 내지 못하는 목소리를 이로써 들으려 했다. 그에게 모든 신들은 우상이었다. 그런데도 그에게는 그 많은 우상을 화해시키는 희한한 재주가 있었다.

나는 김하일처럼 유쾌한 이교도를 본 적이 없었다. 그러나 나는 여기에서는 김하일 이야기를 더 이상 하지 않겠다. 나는 그의 앞에서 나 자신을, 이 세상에서 모르는 것이 없는 사람, 이 세상에서 해보지 않은 일이 없는 사람, 이 세상에서 가보지 않은 데가 없는 사람으로 허풍을 쳤다는 것을 오래 부끄러워했다. 뒤에 월남에서 나는 그에게 내가 사실은 얼마나 무지하고 초라한 인간인가를 고백하고 그로부터 용서를 받게 된다.

내가 여기에서 그와 함께 경험한 에피소드를 기억해 내려고 애쓰지 않는 것은, 그리고 그의 이야기를 길게 쓰지 않는 것은, 내가 월남에 도착하는 순간부터 그가 더없이 싱싱한 그의 목소리를 내게 되기 때문이다. 연극단이 해산된 직후 나는 내 부대로 돌아왔다.

연대에서 신호 나팔수 교육 대상자 차출 명령이 떨어진 것은 내가 부대로 돌아온 지 한 달이 채 되지 않아서였다.

우리가 속한 연대의 각 예하 부대는 당시 전방에, 직경 수십 킬로 미터 넓이에 흩어져 있었다. 따라서 연대에 소속되는 대대 역시 멀찍멀찍이 떨어져 있었고, 대대에 소속되는 중대 역시 멀찍멀찍이 떨어져 있었다. 중대만 그랬던 것이 아니고 소대 역시 그렇게 떨어져 있었다. 심지어는 분대별로도 떨어져 있는 경우가 허다했다. 따라서 연대든, 대대든, 중대든, 잘 지어진 막사로 이루어진 어떤 병영을 구성하고 있지 못했다. 그런데 사단 사령부에서 각 대대별로 적어도 두 명 이상의 신호 나팔수를 확보하라는 명령이 하달된 것이다. 따라서 이 명령은 전방에 있던 우리 연대가 비교적 후방으로 교체될 준비가 시작되고 있다는 뜻이었다. 신호 나팔수는, 적어도 대대 단위가 한 울타리 안에서 독립된 부대를 구성하고 있을 경우에 필요했기 때문이었다.

나는 〈잡낭〉이라고 불리던 조그만 군용 손가방을 꾸려 들고 이번에는 내 부대에서 백 리가 넘게 떨어져 있는 사단 사령부 군악대로 들어갔다. 우리 대대가 파견한 교육생은 모두 다섯 명이었다.

사병으로 3년간 군대에 머물면서 나의 마음속을 떠나지 않던 군인이 둘 있었는데 그 하나는 일본 작가 고미카와 준페이(五味川純平)의 소설 『인간의 조건』에 나오는 주인공 〈가지〉였고, 또 하나는 미국의 작가 제임스 존스의 소설 『지상에서 영원으로』의 주인공인 〈프루이트〉 이등병이었다. 둘 다 소설의 주인공이기는 하나 당시 나는 〈가지〉는 소설 그 자체의 주인공으로, 프루이트 이등병은 몽고메리 클리프트가 연기해 낸 같은 제목의 영화를 통해 인상적으로 기억하고 있다.

영화는 대체로 다음과 같은 줄거리로 되어 있다. 하와이 스코필드 부대의 이등병 프루이트는, 권투를 하다가 링 위에서 우연히 친구 하나를 장님으로 만들고는 심한 죄의식을 느낀다. 부대가 권투부를 창설하고 유능한 복서인 그를 링 위에 세우고 싶어 하나 프루이트는 죄의식 때문에 끝내 권투를 거절한다. 수많은 하사관들과 장교들은 권투부에 합류하게 하기 위해 프루이트를 박해하나 프루이트는 끝내 굴복하지 않는다. 평론가들에 의해 〈고독한 영웅주의자〉, 〈개똥철학자〉, 〈현대의 이슈마엘〉이라고 불리는 비극적인 군인 프루이트의 유일한 친구, 알링턴에서 진혼곡을 불던 나팔의 석영 마우스피스이다. 그는 나팔을 불 때가 아니면 결코 자신을 노출시키지 않는다. 석영 마우스피스는, 프루이트의 세계를 여는 열쇠이다. 그는 술에 취하면 마우스피스만 들고 불어 대기도 한다. 프루이트에게는 마지오라는 친구가 있다. 그런데 이 마지오가 영창에서 뚱보 하사에게 맞아 죽는 사건이 발생한다. 프루이트는 뚱보 하사를 죽임으로써 마지

432

오의 원수를 갚고는 병영을 뛰쳐나간다. 하와이가 일본에 기습을 당한 직후 다시 한 번 심한 죄의식을 느낀 프루이트는 고의로 신분을 밝히지 않은 채 부대의 출입 금지 구역에 접근하다가 보초에게 사살당함으로써 이 죄의식을 청산한다.

영화는 대체로 위와 같은 줄거리로 되어 있다. 그런데 내가 뒷날에 읽은 몽고메리 클리프트의 전기에는 원작자 제임스 존스의 이 영화 「지상에서 영원으로」의 흥미로운 촬영 현장 목격담이 실려 있었다.

〈……몽고메리는 나도 생각하지 못했던 감정을 연출했다. 그는 파도 속으로 뛰어드는 것처럼 보초 앞으로, 죽음으로 뛰어들었다. 나는 쓰러지는 그의 얼굴이 백묵처럼 하얗게 변하는 걸 보았다. 흡사 자기 창자를 빼 들고 쓰러지는 사람 같았다. 그가 잔디밭으로 무너지자 프레드 진네만이 소리쳤다. 「컷!」 누군가가 목쉰 소리로 속삭였다. 「프루이트가 죽었다…….」 촬영이 끝나고 숙연한 얼굴들을 하고 호텔로 돌아왔을 때였다. 호텔의 매니저가 몽고메리 클리프트에게 다가가 누군가가 찾는다고 하자 몽고메리는 퉁명스럽게 내뱉었다. 「몽고메리 클리프트도 죽었소.」〉

어차피 나는 파견이라는 파견은 모두 도맡아 나다님으로써 어떻게든 정상적인 조직 체제 내의 병영 생활을 기피할 생각이었으므로 프루이트의 나팔에 강한 인상을 받지 않았어도 신호 나팔 교육 파견에 지원하기는 마찬가지였을 것이다. 그러나 나에게 나팔이라고 하는 악기는 프루이트의 나팔 이미지와 유대영의 나팔 이미지가 겹쳐져 비극적이고도 아름다운 악기의 상징이 되어 있었다. 따라서 나에게 신호 나팔은 여느 악기와 같은 것이 아니었다.

신호 나팔은 우리가 아는 트럼펫이나 트럼본 같은 나팔과는 다르다. 트럼본이나 트럼펫 같은 나팔에는 피스톤이 있어서 음을 다양하게 낼 수 있지만 신호 나팔에는 피스톤이 없다. 따라서 이 신호 나팔로는 〈자연음〉이라고 불리는 다섯 음계밖에는 내지 못한다. 그러므로 신호 나팔수는 마우스피스에다 불어 넣는 공기의 양을 조절함으로써 이 다섯 음계로만 작곡

된 멜로디를 불지 않으면 안 된다. 당시 야전에서 쓰이던 신호 나팔 모양을 떠올리자면, 남북 전쟁 때 미국의 신호 나팔수가 불던 뷰글을 떠올리면 된다.

신호 나팔을 배우면서 나는 썩 쓸쓸한 생각을 하게 되었다.

……군대는 어째서 7음계의 음악이 모자라서 12음계의 음계를 발전시킨 이 시대에 5음계의 자연음에 향수를 느끼고 있는 것일까. 나는 어쩌자고 7음계와 12음계의 음악 세계에 뛰어들지 못하고 겨우 뿔고둥이나 다름없는 5음계짜리 신호 나팔을 배우려고 하는 것인가? 프루이트의 비극은, 프루이트를 연기한 몽고메리 클리프트의 우수는 5음계의 뿔고둥으로 12음계의 무조(無調) 음악 시대를 살아야 했던 사람들의 비극이고 우수였던 것일까…….

우리의 신호 나팔 교육은 4주일 동안 계속되었다.

우리는 군악대 연병장에 쭈그리고 앉아 〈뷰글〉이라고 불리던 신호 나팔의 마우스피스에 공기를 불어 넣어 소리가 나게 하는 데만 한 주일을 보냈다. 군악대의 트럼펫 주자는 우리에게, 입술에다 힘을 주고 입술을 파열시키면서 공기를 불어 넣어야 한다고 가르쳤다. 푸른 군복 차림에, 짤막한 신호 나팔을 들고 눈을 부라리면서 뺨을 있는 대로 부풀리고 있는 우리는 영락없이 연못가에서 용을 쓰고 있는 청개구리 떼였다.

이틀째 되는 날에는 뷰글에 숨어 있던 웅장한 소리가 연병장을 울리기 시작했다. 뷰글이 처음으로 낸 소리는 이 악기의 이름인 〈뷰글〉과 아주 흡사했다. 소리가 나기 시작하고부터는 입술로, 배의 힘으로 소리의 높낮이를 조절하지 않으면 안 되었다. 닷새가 못 되어 입술이 모두 터졌다. 심하게 터진 사람은 마우스피스를 피로 물들이기도 했다. 우리는 일정한 시간을 연습하면 마우스피스를 뽑고 나선형으로 꼬인 나팔의 확성관에서 침을 뽑아내어야 했는데, 침을 뽑아낼 때마다 피가 섞여 나오는 경우가 많았다.

434

입술이 터진 뒤부터는 목소리로 멜로디를 익혔다. 〈기상 나팔〉, 〈일과 시작 나팔〉, 〈일과 끝 나팔〉, 〈하기식(下旗式) 나팔〉, 〈취침 나팔〉, 〈소등 나팔〉, 〈비상 나팔〉 등 곡에 따라 물론 멜로디가 달랐다. 빠르기도 달라서, 기상과 일과 시작과 비상을 알리는 신호곡은 매우 빨랐고, 하기식과 취침과 소등을 알리는 신호곡은 매우 느렸다. 소등 나팔은 진혼 나팔과 같았다.

4주일의 신호 나팔 교육이 끝난 뒤에는 소속 부대별로 테스트가 있었다. 나는 우리 대대에서 파견된 5명의 신호 나팔 교육생 중 넷을 대표해서 우리 대대의 나팔수가 되었다. 네 명의 교육생을 이겨 내었다는 것은 내 입술의 흉터가 다섯 중에서 가장 험악했다는 뜻이다. 나는 나의 조수로 뽑힌 신호 나팔수와 함께 각각 한 자루씩의 뷰글을 지급받아 들고 부대로 돌아왔다.

내가 신호 나팔 이야기를 장황하게 하는 데는 까닭이 있다. 귀대한 직후부터 나는 나팔수로 약 6개월 동안 대대의 위병소를 맴돌게 되는데, 이 시절은 나의 군대 생활 중 가장 한가하고 평화로운 시절이기도 했고, 한가롭고 평화로움을 견디지 못하고 월남행을 결심하게 된 시절이기도 하다. 나는 이 시절에 내가 누린 각별한 정서적 행복을 이따금씩 그리워하고는 한다.

귀대한 직후에 우리 부대는 서울과 비교적 가까운 곳으로 이동했다. 후방으로의 부대 이동은 곧 독립 부대의 구성을 의미했다. 부대 이동으로 그 전에는 전방의 각 지역에 흩어져 있던 소대와 중대가 비로소 독립된 대대를 구성하고 한 울타리 생활을 시작한 것이다.

나는 내 중대를 떠나 위병소에 배치되면서 〈나팔수〉 생활을 시작했다. 나는 나팔수가 된 것이 자랑스러웠다. 나팔수인 나는 내 중대에 소속되어 있기도 했고, 위병소에 소속되어 있기도 했는가 하면, 비상 훈련 시에는 대대장 직속이 되기도 했다. 내가 나팔수라는 직책을 좋아한 것은, 소속된 데가 너무 많아서 전혀 아무 데도 소속되지 않은 것처럼 혼자만의 군대 살이를 오붓하게 꾸릴 수도 있기 때문이었다.

나팔수의 임무는 위병소에 대기하고 있다가 새벽 6시에는 기상 나팔, 8시에는 일과 개시 나팔, 오후 5시에는 일과 종료 나팔과 하기식 나팔, 9시에는 취침 나팔, 10시에는 소등 나팔을 부는 것이 전부였다. 그 나머지 시간에 나팔수가 해야 하는 일은 나팔을 반짝반짝하게 닦거나 군복을 손질하고 구두를 잘 닦으면 그것으로 충분했다.

직업 군인으로 반평생을 보낸 내 부대의 대대장은 나팔 소리를 썩 좋아해서 소등 나팔 소리를 듣고 자리에 들 때면 이따금씩 위병소로 전화를 걸어 나를 격려해 주고는 했다.

처음 나팔수가 되었을 때는 꼬박꼬박 위병소에서 병영 쪽을 향하여 취침 나팔이나 소등 나팔을 불던 나는 조금씩 꾀가 생기면서부터는 일찌감치 근처 술집에 자리 잡고 앉아 있다가 시각이 되면 술집 마당에서 병영을 향하여 나팔을 불기도 했다. 물론 이런 일은 위병조장이라고 불리던 선임하사관의 양해 없이는 불가능했다. 그러나 그 시각에 술집에 있게 되는 대개의 경우, 위병조장은 늘 내 옆에 있는 것이 보통이었다.

한겨울 새벽 6시에 기상 나팔을 불자면, 한 30분 전에 일어나 난롯가에서 입술 운동을 좀 해두지 않으면 안 되었다. 초조하게 시계를 보고 있다가 정각 6시에 나팔을 불면, 나팔 소리는 새벽 공기를 가로질러 가 병영의 시멘트 벽에 부딪치면서 딱딱 부러지는 느낌을 주고는 했다. 가까이 있는 막사의 병사들은 위병소 앞에 선 내 쪽으로 주먹을 쥐고 흔들면서 〈이 자식아, 너는 잠도 없냐〉 하고 욕지거리를 하고는 했다. 그러나 신호 나팔에 기상 나팔만 있는 것은 아니고 다행히도 취침 나팔이나 소등 나팔도 있어서 나는 인심을 잃지 않고 지낼 수 있었다.

눈이 유난히 많이 쌓인 크리스마스 전날 밤이었을 것이다. 나는 위병소에서 연병장 안으로 열 걸음쯤 걸어 들어가 취침 나팔을 분 뒤에, 5음계밖에 나오지 않는 〈뷰글〉로 「고요한 밤 거룩한 밤」의 연주를 시도해 보았다.

물론 「고요한 밤 거룩한 밤」의 멜로디가 뷰글로는 불가능하다는 걸 알고는 이것을 나름대로 편곡해서 연주해 본 것인데, 뜻밖에도 위병소로 여러 통의 전화가 걸려 왔다.

「야 이놈아, 누구 속을 긁어 놓는 게냐!」

자기의 사사로운 감정을 좀체 겉으로 드러내지 않는 한 중대장은 나에게 전화를 걸어 이렇게 호통을 치고는 껄껄 웃었다.

나팔수로서 내가 누린 보람 중 기억에 남아 있는 것은 휴가에서 쓸쓸하게 돌아온 날 밤에 있었던 일일 것이다.

나는 휴가를 떠나기 전부터 내 조수를 근처 산으로 데려가 신호 나팔 연습을 단단히 시키는 한편, 이따금씩 나를 대신해서 불게 하기도 했다. 그런데 내 조수의 나팔 소리는 크기만 할 뿐 도무지 구성이 없었다. 그는 기상 나팔을 터무니없이 늘여 뺌으로써 잠에서 갓 깨어난 병사들의 동작을 몹시 굼뜨게 만들기도 했고, 소등 나팔을 우렁차게 불어 버림으로써 꿈나라 문 앞까지 간 수많은 병사들의 잠을 깨워 놓기도 했다.

두 주일 휴가에서 돌아온 날 밤, 나는 위병소에서 시계를 보고 기다렸다가 취침 나팔을 불어 대대원들에게 귀대 신고를 대신했다. 당시 대대 본부의 전화 교환기는 〈에스비투투(SB-22)〉라고 불리던 구식 교환기였다. 야전에서 쓰이도록 설계된 이 교환기에는 신호음이 들리는 것과 동시에, 교환을 부른 전화의 콘센트 뚜껑이 하얗게 뒤집히면서 열리게 되어 있었다. 하얗게 뒤집히는 것은, 전시에 음향과 등화가 통제될 때도 쓰일 수 있도록 뚜껑 위에 야광 물질이 도포되어 있기 때문이었다.

내가 취침 나팔로 귀대를 신고했을 때도 전화가 무수히 걸려 왔다. 대대의 교환병은 한차례의 파상적인 전화 공세가 끝난 직후 나에게 전화를 걸어 이렇게 말했다.

「너 한턱 내야겠다. 에스비투투의 콘센트 뚜껑이라는 뚜껑은 한꺼번에 죄 하얗게 뒤집어지는 바람에 애를 먹었다.」

6개월에 걸친 나팔수 시절은 나의 군대 생활 기간 중 상당히 한가했던 시절에 속한다.

이때 나는 고교 시절 이래 처음으로 소설을 습작했다. 당시 군대에서 지급한 휴지에다 쓴 단편 「보병의 가족」과 「비상 도로」는, 조만간 없애 버리기는 할 터이나 아직까지는 내 수중에 남아 있다.

이 두 개의 단편소설 중 「보병의 가족」은 재인이 마로를 데리고 내 부대를 찾아왔을 때의 정황을 비약시켜서 꾸며 낸 이야기이다. 실제의 재인은 상당히 야무진 구석이 있는 여자라서 최전방 부대에서 여러 차례 〈수하〉를 받고도 끄덕도 하지 않았으나, 이 소설에 나오는 어느 보병의 아내는 수하를 받을 때마다 기겁을 하고 참담하게 무너져 감으로써, 월남행을 결심한 남편의 가슴에 심한 동요를 일으킨다. 나는, 나의 공수단 지원도 재인에 의해 좌절되기를 바랐던 것임이 분명하다. 나는 앞에서, 〈재인과 마로가 눈물로 동맹을 맺고 대들었다면 나는 그 지원을 철회할 수 있었을까? 그러나 그때 이미 사태는 재인의 설득도 하릴없는 상태에까지 발전해 있었다〉고 썼지만, 내 안에 있는 또 하나의 나는 재인과 마로가 눈물의 동맹을 맺기를 기다리고 있었는지도 모른다.

「비상 도로」의 착상은 엉뚱한 데서 시작되었다. 우리 부대에, 흠잡을 데 없이 행복해 보이는 어느 일가족이 친지를 면회 온 일이 있다. 나는 그 행복한 일가족을 보면서 문득 〈저 가장은 가족의 행복을 보험에다 넣었을까〉, 이런 터무니없는 생각을 했다. 나는 가장의 자리에 나 자신을 세우고, 이번에는 가장의 눈으로 그 행복한 가족을 바라보았는데, 기이하게도 바로 그 순간부터 심한 불안이 느껴지기 시작했다. 나는 무사고를 자랑하는 대대장의 운전병에게 이 이야기를 하고는 〈너는 불안하지 않으냐〉고 물어 보았다. 늘 불안에 시달린다고 대답하는 운전병에게 나는 고사를 한 차례 지내면 불안이 가실 것이라고 농담을 했다. 그로부터 한 달 뒤 대대장의 운전병은 혼자서 실제로 고사를 지내고 그 술을 마시고는 〈6번 차〉라고 불리던 대대장의 지프를 몰고 가다가 앞자리에 탄 대대장을 비상 도로에다 처박는 사고를 일으켰다. 그러니까 「비상 도로」는 날마다 비상 도로로만 자동차를 몰던 대대장의 무사고 운전병에게 실제로 있었던 이야기를 다룬 것인 셈이다.

나팔수 시절의 일견 한가하고 평화로운 보이는 나의 모습은 실상, 행복에 겨워 하는 가족의 모습을 바라보면서 심한 불안을 느끼는 가장의 모습과 조금도 다를 바가 없었을 것이다.

내가 나팔수로 근무하고 있던 위병소는 야간 옥외 보초들에게 초저녁에 실탄을 지급했다가 아침이 오면 그 실탄을 회수하는, 말하자면 야간 보초용 실탄의 통제 본부이기도 했다. 새벽 6시에 기상 나팔을 부는 것으로 시작되는 나의 일과는 시간적으로 실탄을 회수하는 시각과 일치했다. 그래서 나는 거의 매일같이 야간 옥외 보초들로부터 실탄을 회수하고 이것을 일일이 헤아려 확인하는 일을 도맡았다. 초저녁에 지급된 실탄을 새벽에 회수할 때는 그 수를 정확하게 헤아려 확인하지 않으면 안 되었다.

이렇게 해서 나는 기상 나팔을 불고 나서 아침 식사를 할 때까지 매일같이 보초들이 가져온 실탄의 수를 헤아렸다. 나는 실탄을 헤아리고 있는 나의 행위를 이상한 것으로 의식하지 못한 채로 몇 달을 보냈다.

그런데 소설 「비상 도로」의 습작을 끝냈을 때의 어느 날이었을 것이다. 나는 희붐하게 터오는 동쪽 하늘을 바라보면서 실탄을 헤아리다가 문득, 대구에서 서울까지, 서울에서 또 부산까지 걸으면서 맞았던 새벽의 박명을 떠올렸다. 그때의 간난(艱難)과 신고(辛苦)와 평화와 행복을 떠올리면서, 실탄을 헤아리고 있는 나 자신의 형편과 견주어 보았다. 고인 채로 썩어 가고 있는 것 같아 견딜 수 없이 부끄러웠다.

후방에서 실탄을 헤아리고 있는 군인⋯⋯.

나는 실탄을 헤아리지 않아도 되는 곳을 알고 있었다. 그곳으로 가지 않으면 안 되었다. 그날 아침, 나는 실탄 헤아리는 일을 조수에게 맡기고 월남을 생각했다. 곧 동녘 하늘에서는 추위에 쪼그라진 듯한 붉은 태양이 떠올랐는데, 나는 그 태양을 바라보면서 전장으로 떠나기로 결심했다. 그 붉은 태양이 내 결심을 촉구했던 것은 아니다. 먼지의 입자가 없으면 이슬이 맺힐 수 없다던가? 그날의 태양은 나에게, 월남행의 결심이라는 이름의 이슬을 맺게 하는 결로의 촉매 노릇을 한 듯하다.

동창생인 행정 하사관 박 하사는 질겁을 했다.

「죽고 싶어? 나팔수로 군대 생활을 마치는 행운, 그거 아무나 누리는 것이 아니다.」

「가야 한다.」

「달러 벌고 싶어서?」

「아니. 나는 매혈(賣血)은 안 한다.」

「내 손으로는 상신(上申) 못 한다. 내 손으로 너를 죽일 수는 없다.」

「죽어? 너는 확률이라는 걸 모르는 모양이구나.」

「이 친구가 천지를 모르고 깨춤을 추는구나. 너에게는 공수단 훈련 기록이 있다. 따라서 장거리 정찰대에 배속될 가능성이 아주 크다. 월남에 파견되어 있는 장거리 정찰대원의 사망률이 얼마나 되는지 모르고 하는 소리는 아닐 테지?」

「백 퍼센트라도 나는 간다.」

「그래도 나는 못 한다. 연대에서 너에게 파월 특명이 내려온다고 해도 내가 몸으로 막고 나서겠다. 그리 알아라.」

「너를 여기에 두고 월남으로 가라? 너를 쏘아 죽이고 육군 교도소로 가라?」

박 하사는 나를 꺾지 못했다.

나는 휴가에서 귀대하면 파월 특명이 떨어지도록 일정을 맞추어 두고 서울로 떠났다.

26
미친개

서울에 나타난 것은 입대한 지 근 한 해 반 만의 일이었다. 서울로 간 나는 많은 첫 휴가병들이 그렇게 고백하듯이, 서울이라는 도시가 혹은 내가 아는 많은 사람들이 나의 부재중에도 조금도 불편 없이 살아가고 있는 데 대해 가벼운 배신감을 느껴야 했다.

입대 당시 무허가 시멘트 벽돌집 마을이던 인왕산장 주변은 무섭게 변해 가고 있었다. 나는 문화 주택이 무수히 들어선 그 평화롭던 산자락 막걸리 집에 앉아 나 자신에게 〈너에게는, 이 도시의 무서운 변모를 견딜 어떤 강력한 정서적 대처 방안이 있는가?〉 이런 질문을 던졌던 기억이 생생하다. 나는 오랫동안 그런 정서적 대처 방안도 없이 도시의 변모와 맞서지 않으면 안 되었다.

나는 막걸리에 취한 채로 〈재인의 집〉으로 들어갔다. 그리고 들어간 지 두 시간이 채 되지 못하는 시간에, 바로 그 집 안에서 〈미친개〉 한 마리와 재인의 애완견을 쳐 죽이는 엄청난 일을 저지름으로써 재인으로 하여금 나와의 결별을 결심하게 만드는 데 이른다.

귀대한 직후 나는 재인으로부터 긴 편지를 받게 되는데, 나를 예의 그 3인칭으로 부르는 이 편지에서 재인은, 나를 비난하는 한 방법으로 이 사건을 자세하게, 혹은 치밀하게 묘사하고 있다. 이 일에 관한 한 나는 공정해질 필요가 있다. 나는 재인의 비난을 여기에 옮겨 싣는 데 조금도 부끄

441

러움을 느끼지 않는다. 한 편의 단편소설과 같은 이 글을 재인은 자기 결심을 합리화하기 위해 썼을 것이라고 나는 생각한다. 뒷날 월남에서, 나의 시각으로 이 사건을 보면서 나 역시 한 편의 단편소설을 쓰게 된다.

재인이 자기 시각에서 보고 쓴 이야기를 여기에 기록해 두는 까닭은 다른 데 있는 것이 아니다. 나는 마로가 이 두 시각에서 기록된 이야기를 읽기를 바란다. 마로라는 존재는 나와 재인이 생득한 어떤 편차의 산물일 것이므로.

「마로야!」

그가 한 해 반 만에 마로의 이름을 부르며 대문을 들어섰다. 대문은 처음 열려 보는 것처럼 부서지는 소리를 내었다. 그는 이렇게 요란하다. 요란하지 않았으면 좋을 텐데도 그렇다.

씩씩한 그의 모습은 한여름의 비구름 같다. 코끝이 아려 왔지만, 그가 안긴 국방색 가방이 무거워 훔칠 겨를이 없었다. 피스는 짖기는커녕 질겁을 했는지 제 집 안으로 들어가 버렸다.

「사람 아는 체하지 않고 가방부터 받나?」

「갖다 안기고는…….」

그와 나의 만남은, 슬프게도 그가 거는 시비와 거기에 대응하는 나의 소극적인 말대답으로 시작되고는 한다.

「마로는?」

「조금 전에 재숙이랑 가게에 갔어요. 참, 재숙이가 여기에 와 있는데, 골목에서 못 봤어요?」

「대학에는 붙었어……?」

「다행히도.」

「아직 눈물이 남았나?」

「…….」

「고전적이다.」

442

「…….」

「됐잖아, 이제?」

글쎄, 되었을까?

그는, 우당탕 두드리고 지나가는 여름 소낙비 같은 사람이다. 오래 가물어 있던 땅은 아무리 억수라도 소나기 한줄금으로는 해갈이 되지 않는다. 그는 왜 내 시선을 만나지 못할까? 죄의식 때문일까? 그는 나 모르게 무슨 죄를 그렇게 많이 짓고 사는 것일까? 그는 내 시선은 슬슬 피하다, 수도를 틀어 머리를 감고는 그 짧은 머리카락을 털었다. 그러 자 그의 머리 주위에 무지개가 생겼다. 그에게는 전혀 어울리지 않는 작고 우스꽝스러운 무지개였다.

「피스, 강아지 이름이 〈피스〉예요.」 나는 그에게 강아지를 소개했다.

「이름 되게 평화롭다.」

그는 내 고무신을 깔고 앉아 군화 끈을 풀다가, 내가 맨발로 대문 앞까지 달려 나갔던 걸 알고는 또, 〈고전적이구나〉 했다. 그는 마누라가 맨발로 달려 나왔던 게 부끄러웠던 모양인가? 그는, 자기는 그런 환영을 받을 자격이 없다고 생각하는 모양인가?

「편지보다 빨리 올 뻔했네요. 편지, 오늘 아침에야 받았으니까.」

「편지 줘봐.」

「왜?」

「글쎄, 줘봐.」

「아니 왜?」

「편지 속에는 어리광을 부리는 내가 있을 거라. 제 손으로 쓴 편지는, 뱉어 놓은 침 같아.」

「자기 마누라에게 어리광 좀 부리면 안 되나요?」

「치마끈이나 잡고 칭얼대라는 말이야?」

「좋은 아이디어군요.」

나는 이러면서 편지를 건네주었는데, 그는 무정하게도 그 편지를 박

박 찢었다. 그는 나를 그렇게 찢고 싶었던 것일까? 나는 그에게 무엇을 그렇게 잘못하고 있었던 것일까? 내가 아들을 낳아 기르고 있다는 것 자체가 그에게는 견딜 수 없는 일이었던 것일까?

「편해서 좋다만, 화장실에서는 곤란하겠다.」

그는, 내 어머니가 그를 대접해서 만들어다 준 한복을 입고는 웃었다.

「허리띠 풀어서 목에다 걸고 볼일 본답니다.」 나는 그렇게 대답했다.

그렇다. 피스가 미친 듯이 짖어 댐으로써 〈미친개〉를 집 안으로 불러들이지 않았다면 나는 부엌에서 그에게 내어놓을 음식과, 그에게 할 말을 준비하면서 얼마간 행복해할 수 있었을 것이다.

피스가 미친 듯이 짖기 시작했다. 그는 피스의 짖는 소리가 성가셨던지 미간을 찡그렸다.

「낮달 보고 짖나?」

「담 저쪽으로 개가 지나가나 봐요. 피스는 안 보고도 신통하게 알아요. 무슨 냄새를 맡는 모양이지요?」

「저놈의 스피츠 짖는 소리는 멀리서 쏘는 전차포 소리 같아. 암컷이야?」

「수컷요.」

「사랑 냄새는 암컷이 잘 맡는데……. 쬐그만 게 벌써 때 되었어?」

그는 낯 간지러운 농담을 잘 한다. 그를 사랑할 때는 그런 농담이 좋다. 그를 미워할 때는 그런 농담이 싫다. 그는 그 농담 뒤로 무엇인가를 감추는 것 같다. 소매치기가 훔친 지갑을 감추듯이 감쪽같이 무엇인가를 감추는 것 같다.

그때 대문이 흔들리는 소리가 들려왔다. 피스는 이렇게 해서, 담 밖을 지나가는 제 재난의 씨앗을 불러들인 것이다.

「어렵쇼?」

이 소리는 주름 잡힌 그의 미간에서 튀어나오는 것 같았다. 피스처럼 그 역시 위기를 향해 예감의 더듬이를 흔들기 시작했을 것이다. 나는 밖을 내다보았다. 낯선 개 한 마리가 대문 안으로 들어와 있었다. 낯선 개

444

는 분명히 피스가 짖는 소리에 묻어 들어왔을 텐데도 어쩐지 내게는, 그의 냄새에 묻어 들어온 것 같았다.

「물러서, 이 사람아.」

그는 창 앞으로 바싹 다가서는 나를 거칠게 밀었다. 그러나 나는 창가를 떠날 수 없었다. 개가 짖으면 밖을 내다보는 것은, 그가 들여 놓은 아름답지 못한 버릇이다. 여자 혼자 가슴 졸이면서 집을 지키게 한 사람이 바로 그가 아니었던가.

피스의 집 앞에서는, 무서워라, 커다란 회색 잡종 개 한 마리가 피스와 뒤엉켜 있었다. 그는 대수롭게 여기는 것 같지 않았다. 난데없이 들어온 개의 머리만 해도 피스의 몸보다 컸는데도.

「되는 싸움을 싸워라.」

「싸운다고요?」

그것은 싸움이 아니었다. 피스의 하얀 털이 새빨갛게 젖고 있었는데도 그는 한가한 구경꾼처럼 굴었다. 내 몸은 마구 떨리기 시작했다. 나는 내 어깨에 올라와 있는 그의 손을 털어 내고 밖으로 나가려고 했다. 문득 그의 손이 생소하게 느껴졌다. 그가 옆에 있다는 걸 잊고 있었던 것이다. 그것도 그가 들인 나의 버릇이다.

난데 개는 한 발로 피스의 배를 누르고는 입으로는 피스의 목을 문 채로 우리가 서 있는 창가를 노려보다가 천천히 목을 쳐들었다. 잿빛 목털은 피에 젖어 옷솔처럼 일어서 있었다. 온몸에는 진흙이 반쯤 마른 채로 엉겨 붙어 있었다. 나는 피스의 이름을 부르고 싶었다. 실제로 불렀는지, 생각뿐 말이 되어 나오지 못했는지 그것은 나도 잘 모르겠다.

난데 개는 주인이 있는 개 같지 않았다. 입 가장자리에서는 붉은 침이 눅진하게 흐르고 있었다. 놀랍게도 난데 개는 윗입술을 들어 올려 이빨을 드러내고는 허공을 딱딱 소리 나게 물기까지 했다.

무서웠다. 마당에 코를 대고 부채꼴로 빙그르르 도는가 하면 이따금씩 자반뒤집기를 하고, 우리 쪽을 보고 짖는가 하면 털썩 주저앉아 뒷발

445

로 목을 터는 그 난데 개가…….

……〈미친개〉일지도 모른다…….

나는 이렇게 생각했다. 그러나 나는 〈미친개〉를 본 적이 없다. 그 역시 없을 것이다.

「〈미친개〉죠?」

「미치다니?」

「보세요. 하는 짓하며, 내는 소리하며…….」

「그런가?」

「미쳤어요.」

「맞아.」

내가 〈미친개〉로 규정하고 그가 이렇게 동의함으로써 그 개가 〈미친개〉라는 사실은 움직일 수 없게 되고 말았다. 그러나 그 개가 〈미친개〉가 아니었다고 하더라도 결과는 마찬가지였을 것이다.

내 어깨 위에 놓여 있던 그의 손에서 심술궂은 손아귀 힘이 느껴지기 시작했다. 그는 퉁겨 놓은 기타 줄처럼 떨었다. 무서운 눈이었다. 피스의 하얀 털에서 묻는 피의 잔상은, 창밖을 보면 창밖에서 어른거렸고 그의 얼굴을 보면 그의 얼굴에서 어른거렸다.

그는 나를 밀어내고 방을 나가 마루문을 열었다. 땅바닥에 코를 박고 있던 개가 그를 보면서 짖기 시작했다. 모르기는 하지만 난데 개의 이런 동작이 그의 광기에 불을 지른 것 같았다. 그는 마루문을 닫고는 다시 방 안으로 들어왔다. 그의 손은 무섭게 떨리고 있었다. 다리도 떨리고 있었다. 그런데도 그는 눈을 꼭 감고 주먹을 쥐었다.

나는 아이를 낳아 본 여자라서 주기적인 산통의 순간을 기다리는 분만실 임부의 심정을 잘 안다. 내가 보기에 그가 흡사 그런 임부 같았다. 임부 같았다는 것은 그가 주기적인 진통을 몹시 두려워하고 있었다는 뜻이다. 그는 강한 인간이 못 되었기가 쉽다. 그는 내 앞에서, 자기의 약한 모습을 보이게 되는 것을 몹시 두려워하고 있었음이 분명하다.

방 안을 두리번거리던 그의 시선이 옷장에서 멎었다. 그는 옷장으로 다가가 문을 열고는 옷걸이에 걸린 옷을 벗겨 방바닥에다 팽개쳤다. 그의 의도는 분명해 보였다. 그는 옷장의 가름대 철봉을 뽑아내려고 했다. 철봉은 단숨에 뽑혀 나오지는 않았다. 그러자 그는 두 손으로 철봉을 잡고 매달리기도 하고, 손날로 치기도 했다. 그가 철봉을 잡고 흔드는 바람에 옷장 위에 있던 상자가 그의 머리 위로 떨어져 내렸다.

「패 죽여 버린다. 패 죽여 버린다.」

　그는 개에게 모욕이라도 당한 사람처럼, 옷장의 가름대 철봉에게 모욕이라도 당한 사람처럼, 옷장 위의 상자에 모욕이라도 당한 사람처럼 중얼거렸다.

「쫓아야 해요.」

「쫓아?」

「쫓아야죠.」

「어떻게 쫓아? 빗자루로 쓸어 내?」

「모르겠어요. 하지만⋯⋯.」

「굿이나 보고 떡이나 먹어.」

「제발⋯⋯.」

　내가 이런 말만 하지 않았어도 그는 개를 쫓아낼 방도를 찾았을지도 모른다. 쫓아내자는 내 말이 그의 광기에 불을 지른 것 같았으니까.

　그는 옷장에 펄쩍 뛰어오르더니 옷장의 가름대 철봉을 걷어찼다. 옷장 옆면의 합판이 부서지면서 철봉은 나사못째 뽑혀져 나왔다.

　그는 기억하지 못할 것이다. 그는 철봉을 빼앗으려고 달라붙는 나를 거칠게 쓰러뜨렸다. 나는 그의 연인이 아니었다. 나는 한 덩어리의 짐짝이었다. 나는 그를, 여자를 강간하는 인간으로는 보지 않는다. 그러나 만일에 그가 여자를 강간한다면 여자를 그렇게 쓰러뜨릴 것 같았다.

　그의 표정은, 미안하지만 추악해 보였다. 무엇인가가 내 남편을 뒷구석으로 몰아붙이고, 나서기 좋아하는 군인 하나를, 겁이 많으면서도 겁

쟁이 소리 듣는 것을 몹시 두려워하는 군인 하나를 거기에 세워 놓은 것
같았다.

「편한 세상만 살아 봐서 모르는 모양인데…… 어디로 쫓아? 〈미친개〉
는 누구에게나 〈미친개〉야. 마로가 밖에 나가 있다며?」

〈미친개〉가 피스의 배를 밟고 있던 것처럼, 그도 내 가슴을 밟고 설
것 같았다.

「드디어 미쳤군요.」

나는 아마 이랬을 것이다. 속으로 〈이 양반이 미쳤나〉 하고 생각했던
것은 사실이지만 이 말을 입 밖으로 낼 생각은 없었다. 그런데도 나는
생각을 입 밖으로 내었던 모양이다.

「미쳐? 범 본 여편네 창구멍 틀어막는 소리하고 자빠졌네. 당신이야
말로 미쳤어.」

이것이, 오래 미워하고 오래 그리워하던 그로부터 내가 들은 소리이
다. 나는 무슨 죄를 그렇게 많이 지었던가. 귀밑머리를 당기며 멍청한
얼굴로 서 있는 것……. 내가 할 수 있었던 것은 이것뿐이었다. 귀밑 살
갗의 아픔은 혼란에 대한 어느 정도의 분별력을 일깨워 주는 것 같았다.

그는 철봉을 들고 밖으로 나가려다 저고리를 벗었다. 반팔의 국방색
속옷 한 장만 남았다. 나는 철봉을 빼앗을까 생각했지만, 또 한 번 방바
닥에 내동댕이쳐질 것이 겁이 났다. 무섭고 부끄럽고, 그래서 나는 움직
일 수 없었다.

「볼래? 〈미친개〉라며? 저걸 쫓아? 마로가 어디에 있는지도 모르면
서? 마로가 언제 저 문을 밀고 들어올지 모르는데?」

「위험해요.」

「위험……? 하지.」

그는, 뒤따라 나서는 내 가슴을 밀쳐 내고는 댓돌 위로 내려섰다. 어
찌나 거칠게 밀었던지, 그래서 가슴이 어찌나 아팠던지 악 소리가 나오
면서 눈물이 났다. 그 순간에 든 내 가슴의 멍은 아직도 삭지 않았다는

것을 그는 알아야 할 것이다. 겉으로 든 멍은 조만간 삭을 테지만 속으로 든 멍은 오래갈 것이다.

댓돌 위로 내려선 그는 선인장 화분 하나를 집어 들었다. 개를 향해 던지는 줄 알았는데 놀랍게도 그는 대문 쪽으로 던졌다. 화분은 대문에 부딪치면서 산산이 부서졌다. 마루에서 겨울을 나던 선인장이 대문에 부딪쳐 짓이겨지는 것을 보고 문득 아깝다는 생각이 들었는데, 이것만은 그에게 미안하다. 여자라서 그랬을 것이다. 가름대 철봉을 뽑으려는 그의 발길에 요절이 나고 있는 옷장을 보고도 나는 같은 생각을 했는데, 이것도 그에게 미안하다. 여자라서 그랬을 것이다.

그가 화분을 대문 쪽으로 던진 의도는 곧 명백해졌다. 〈미친개〉는 당겼다 놓아 버린 고무줄처럼 대문 쪽으로 달려갔다.

그는 마루문을 닫았다. 어찌나 난폭하게 닫았는지 천장과 벽이 울리면서 벽에 걸려 있던 사진틀이 떨어졌다.

〈미친개〉가 화분의 흙 냄새를 맡고 있을 동안 그는 마당으로 내려서서 철봉을 둘러메었다가는, 철봉 끝을 내리고 〈미친개〉를 겨누었다. 마당으로 내려가자마자 철봉으로 〈미친개〉를 두들길 것이라고 생각했는데 뜻밖이었다. 〈미친개〉는 윗입술을 흉하게 들어 올리고는 그를 노려보았다.

생각이 마로와 재숙이에게 미치고 보니 현기증이 났다. 재숙이가 금방이라도 마로를 앞세우고 대문을 밀고 들어올 것 같았다. 〈미친개〉의 몸집이 마로보다 훨씬 크다는 끔찍한 생각도 들었다. 만일에 재숙이가 마로를 앞세우고 대문을 밀고 들어왔다면 나는 그의 철봉에 맞아 죽거나 〈미친개〉에게 물려 죽는 한이 있더라도 마당으로 뛰어 내려갈 수 있었을까? 그것은 모르겠다.

그의 어깨와 함께 출렁거리다 이윽고 〈미친개〉의 코 앞에 멎는 철봉은 참으로 무거워 보였다. 개는 앞다리를 벌리면서 꼬리를 다리 사이로 감아 넣고 목털을 세웠다. 나는 유리에다 이마를 대었다. 그런데도 마음은 유리처럼 차가워지지 않았다.

　그는 한동안 꼼짝도 하지 않고 서 있었다. 〈미친개〉가 날아들어도 움직이지 않을 것 같았다. 그러던 그의 발이 미세하게 움직이기 시작했다. 그는 조금씩, 아주 조금씩 왼쪽으로 비켜서고 있었다. 철봉이 반사하는 빛 조각이 나무 그림자 위로 일렁거렸다.

　그때 〈미친개〉는 꼬리를 흔들었다. 내가 아는 한, 그것은 적의를 나타내는 몸짓이 아니었다.

　그는, 손을 내밀면 빗장에 닿으리만치 대문에 접근해 있었다. 그가 만일에 손을 내밀어 대문을 열었다면 〈미친개〉는 그 문을 통해 밖으로 도망쳤을 것이다. 그런데 놀랍게도 그는 오른손으로 철봉을 든 채 왼손으로 대문의 빗장을 지르고 있었다. 나는 소리를 지르고 싶었다. 안 된다고, 절대로 빗장을 질러서는 안 된다고…….

　그런데도 그는 빗장을 질렀다. 그는 그런 사람이다.

　그는 마로가 걱정스러워서, 마을 사람들이 걱정스러워서 빗장을 지른 것은 아닐 것이다.

　《《미친개》는 이 세상 어느 누구에게나 《미친개》다.》

　그는 그래서 빗장을 질렀다고 주장할 것이다. 그러나 내가 보기에는 그렇지 않다. 이제 빗장이 질렸으니까, 마로와 재숙이 걱정은 하지 않아도 된다……. 저 양반만 응원하면 된다……. 나도 이렇게 생각하고 싶었다. 그러나 그렇게 되지 않았다. 교육으로도, 여자로 하여금 이렇게 생각하도록 만든다는 것은 어려운 일이다.

　내가 보기에, 그에게는 처음부터 〈미친개〉를 쫓아내자는 생각이 없었다. 그는 자기의 힘을 여러 각도로 증명해 보이면서 그걸 즐기고 싶어 한 것임이 분명하다. 그는 나에게 열등감을 느꼈던 것일까? 내 아버지의 유산으로 마련된 내 집에 살았던 것을 몹시 부끄러워하고 있었던 것일까? 그래서 심리적 압박감을 일시에 만회할 수 있는, 안성맞춤의 기회를 만났다고 생각했던 것일까? 그는 아마 〈열등감〉이라는 말을 좋아하지 않을 것이다.

그가 〈미친개〉와 한 덩어리가 되어 서로 물고 물리고 할지도 모른다는 생각이 나를 괴롭혔다. 그에게는 미안하지만, 만일에 철봉이 없었더라면 그는 〈미친개〉를 물어뜯을 수도 있는 사람이라는 게 내 생각이다. 생각이 나를 괴롭혔다. 생각을 그만두면 공포가 생길 리 없겠지만, 나 같은 여자에게 그것은 도무지 가능한 일이 아니다.

빗장을 지른 뒤부터 그의 몸놀림은 선을 그은 듯이 경쾌해졌다. 물을 바라보는 것 같은 그의 표정도 나에게는 그렇게 생소할 수 없었다. 표정은 물을 바라보는 것 같은데도 그의 몸은 불길 속에 있었다. 어디에서 불어왔는지 모를 이상한 바람이 불길을 향해 부는 것 같았다. 불길 속에서 타오르고 있는 것 같더라고 한데서 그가 정당했다는 뜻은 어림도 없이 아니다. 〈미친개〉가 대문을 밀고 들어왔다고 해서, 그 〈미친개〉가 우리 피스를 물었다고 해서 그 역시 미친 듯이 철봉을 휘두르고 있었으니까. 미친 듯이…….

그는 〈미친개〉와 잠긴 대문과, 죽음과 싸우며 집요하게 살아 있는 시늉을 하는 피스를 번갈아 바라보았다. 내가 낄 자리는 없었다. 말리지도, 함께 싸우지도 못한다는 것은 참으로 억울하고 창피한 노릇이었다. 그런데 문득, 그가 이겨야 한다는 생각이 들었다. 이기는 일만 남아 있다는 생각이 들었다.

〈미친개〉는 기나긴 겨냥을 지루하게 여기는 것 같았다. 그가 철봉을 거두고 대문을 열어 준다면 〈미친개〉도 꼬리를 다리 사이에 묻고는 나가 버릴 것 같았다. 〈미친개〉의 살기가 철봉 끝으로 쏟아지는 것은 그가 철봉 끝으로 〈미친개〉의 코를 투욱투욱 건드릴 때뿐이었다.

그의 한복 바지 자락이 쓰레기통 철문 모서리에 걸린 것은 바로 그때였다. 너무 서둘렀기 때문이었을 것이다. 그는 왼손으로 바지 자락을 더듬어 내려갔다. 그런데 맨살로 드러난 그의 팔이 날카로운 철문 모서리에 찢기고 말았다. 그는 싸우느라고 몰랐을 테지만, 상처에서 피가 흐르면서 바지를 적시기 시작했다. 팔에서 흐르는 피는 〈미친개〉의 피를 요구했다. 그의 손끝에서 철봉의 움직임이 눈에 띄게 빨라져 갔다.

나는 회양목에 퇴로를 막힌 〈미친개〉가, 그가 찔러 오는 철봉 끝을 물기 위해 입을 벌리는 것을 보았다.

그때 그가 지른 소리를 나는 우리글로 표현할 수 없다. 〈앍〉이었던 것 같기도 하고, 〈깔〉이었던 것 같기도 하다. 어떤 소리였을까? 〈할〉이었음까, 아니면 〈딸〉이었을까. 하여튼 목젖이 울리는 소리가 섞여 있었던 것만은 분명하다.

목젖을 토해 내는 것 같은 그의 괴성을 들으면서 나는 그가 〈미친개〉의 목구멍에다 철봉 끝을 찔러 넣는 것도 보았고, 개가 피를 뿜으며 네 다리로 버티다 회양목 쪽으로 자꾸만 밀리는 것도 보았다. 그가 오른발로 개의 턱을 올려 차자, 개는 몸을 틀면서 까마귀 우는 소리를 내었다.

끔찍해서 쓸 수가 없다. 그러나 나는 써야 한다. 이 관전기가 그에게 우월감을 안겨 주지 않기를 나는 간절히 바란다.

그가 〈미친개〉의 입에서 철봉을 뽑아내자 〈미친개〉는 몸을 가누었다. 가누어 봐야 잠깐이었다. 그는 철봉을 뽑아 든 순간에 머리 위로 쳐들면서 〈미친개〉에게로 날아들고 있었으니까.

한 번, 두 번, 세 번⋯⋯.

나는, 산 것이 몽둥이에 맞는 소리를 들은 것은 이것이 처음이다. 산 것이 맞는 소리와 죽은 것이 맞는 소리가 다르지 않다는 것을 알게 된 것도 이때가 처음이다.

그는 철봉질을 그만두지 않았다. 그만두는 순간 〈미친개〉가 다시 살아나기라도 하는 듯이, 철봉을 던져 버리면 바로 그 순간에 공포가 고개를 들기라도 하는 것처럼, 철봉을 거두면 그 자신이 거둔 승리의 빛이 그 자리에서 바래고 마는 듯이 그는 수백 차례 철봉질을 했다.

우격다짐으로 옷장에서 뽑아낸 것이라서 철봉 끝에는 나사못이 무수히 박혀 있었다. 그가 철봉으로 내려칠 때마다 무수한 나사못은 〈미친

452

개〉의 몸을 갈갈이 찢고 있었다.

나는 마루문을 열고 나가지 않을 수 없었다. 마루문 열리는 소리가 그렇게 몸서리치게 들리는 수도 있다는 것을 그때 알았다.

그러나 바로 그 직후에 있었던 일을 그는 잊어서는 안 될 것이다.

피스가 내 앞에서, 허리가 부러져 나간 듯한 몸짓으로 걷기 시작했다. 하얀 털 끝에서 떨어지던 핏방울은, 가죽끈이 허락하는 만큼의 반원을 그렸다. 피스는 열심히 걸었다. 살아 있다는 것을 증명하려고 필사적으로 걷고 있는 것 같았다. 나는 어쩌면 피스를 살릴 수 있을지 모른다고 생각했다. 그는 나와 피스와 피투성이가 되어 있는 〈미친개〉를 번갈아 바라보았다. 끝난 것이 아니었다.

그가 다시 철봉을 머리 위로 올렸을 때 나는 눈을 감았다. 이번에는 나를 갈길지도 모른다……. 나는 이런 생각이 들어 두 손으로 얼굴까지 가렸던 것 같다.

그는 기어이 그 철봉으로 피스의 머리를 내리쳤다. 피스는 그의 철봉질 한 차례에 고깃덩어리로 마당에 무너졌다. 가죽끈도 끊어졌다.

그는 알까? 그의 눈앞에 있는 〈미친개〉의 시체는 곧 나의 시체였다. 피스의 시체는, 아, 무섭게도 마로의 시체 같아 보였다. 우리 둘을 때려 죽인 그의 얼굴은 우리의 피가 점점이 튀고, 우리의 골수가 점점이 묻은 두억시니의 얼굴이었다.

나는 그 자리에 부재했다. 따라서 마루로 올라가고 방으로 들어섰던 순간을 기억해 낼 수 없다. 그런데도 무슨 정신이 남아 있어서 그의 찢긴 팔에 약을 바르고 붕대를 감았을까? 시계가 딱딱거리고 있었다. 우리들 주위를 지나가는 듯한 시간이 딱딱거리는 소리만으로 된 단조로운 무늬의 댕기가 되어 시계 속으로 감겨 들어가는 것 같았다. 밖에서 〈미친개〉가 가르랑거리는 소리가 들려왔던 것 같다.

「재인아, 왜 이래?」

그의 목소리는 천둥소리였다. 내가 더 이상 견디지 못하고 방바닥으로 가라앉는 순간 붕대가 그의 팔에 매달린 채 스르르 풀려 내렸다.

「재인아, 왜 이래?」 그가 소리쳤다.

「엄마, 문 열어 줘!」

「언니, 우리 왔어.」

밖에서 마로와 재숙이의 목소리가 들려왔다.

참 이상한 일이다. 그는 조금도 자랑스러워 보이지 않았다. 그는 쓸쓸해 보였다. 그는 가련해 보였다. 그는 초라해 보였다. 나는 그렇게 초라한 그의 모습은 본 적이 없다.

「엄마, 엄마.」

……나는, 그가 얼굴을 좀 씻고 나가 대문을 열어 주는 게 좋겠다고 생각했지만 이 생각은 말이 되지 못했다.

나는 그가 체제를 몹시 싫어한다는 것을 잘 알고 있다. 그는 혹시 체제를 두려워하는 것은 아닐까? 체제나 조직 속에서 남들과 겨루는 것에 대해 극도의 공포를 느끼고 있는 것은 아닐까? 그래서 교묘하게 거기에서 이탈하고 있는 것은 아닐까? 그는 혹시, 체제 속에서 느낀 견딜 수 없는 열등감을 나와 마로에게서 보상받으려고 하는 것은 아닐까? 나에게는 왜 자꾸만, 그가 체제나 조직으로부터 받은 구박을 나와 마로를 상대로 복수하고 있는 것 같아 보이고는 하는 것일까?

나는 그를 사랑하는지, 그를 미워하는지 모르게 되고 말았다. 그를 만나도 반갑지 않으리라는 것만은 분명하다.

나는 그에게, 내가 어떻게 했으면 좋은지 물어보고 싶다. 그는 조만간 내 질문에 대답하지 않으면 안 될 것이다.

기도가 약이 되지 못하고 있는 것은 비극이다. 한재인.

재인아, 〈그것은 네 말이다〉…….

이제 나도 내 몫의 그 미친개 이야기를 하지 않으면 안 되겠다.

이 세상에서 재인의 표정을 나만큼 잘 읽는 사람은 없을 것이다. 그날 나를 맞는 재인의 표정은 이중적이었다. 얼굴은 웃고 있었지만 마음은 웃고 있는 것이 아니었다. 나는 그의 이중적인 표정을 보면서 〈저 웃지 않는 마음도 내가 녹일 수 있을 것인가〉, 이런 생각을 해야 했다.

내가 정확하게 13개월 만에 인왕산장으로 들어섰을 때 재인은 맨발로 마루에서 댓돌 위로 내려섰다가 내가 들고 들어간 군용 잡낭을 받았다. 재인의 맨발이 어찌나 예쁘게 보이던지 나는 재인을 잡낭째 안고 마루를 오르려고 오른손을 그의 목에 감고 왼팔로는 엉덩이를 받쳐 번쩍 안아 올릴 거조를 차렸다. 그런데 그는 가만히 내 손을 밀었다. 이것이 내가 그날 처음으로 경험한 재인의 냉기였다.

「마로는 안 보이네?」

나는 아마 이렇게 물으면서 그의 고무신을 깔고 앉아 군화 끈을 풀었을 것이다. 나는 아마 군화 끈을 아주 천천히 풀었을 것이다. 무안을 당한 군인에게는 군화 끈 푸는 절차 같은 것은 번거로우면 번거로울수록 좋은 것이다.

「재숙이가 데리고 나갔어요. 재숙이가 여기에 와 있어요.」

그는 이러면서 발가락으로 집게를 만들어 마루 가장자리에 놓여 있던 물걸레를 집어 살그머니 옆으로 밀어 놓았다. 그게 그렇게 자연스럽고 재인스럽게 보일 수가 없어서 나는 마루로 올라가려다 말고 그 발을 잡았다. 그가 가만히 있었더라면 나는, 파란 실핏줄이 지나다니는 그 조그만 발등에 입을 맞추었을 것이다. 그러나 그는 살그머니 발을 뽑았다. 이것이 내가 그날 두 번째로 경험한 재인의 냉기였다.

내가 인왕산장에 부재했던 1년 반은 그다지 긴 세월이 아니다. 그러나 재인이 알아야 했던 것은 그 길지 않은 세월이 흐를 동안 내가 살아 낸 삶이 어떤 삶이었던가 하는 것이다. 여자의 몸을 아는 사내에게 그 세월은 참으로 길고도 무서운 세월이다.

「편지보다 먼저 올 뻔했네요.」 재인은 말했다.

「그 편지 이리 줘.」

나는 편지를 받아서 그 자리에서 찢지 않으면 안 되었다. 편지 이야기를 듣고 몹시 당황했기 때문이다. 당황한 데도 까닭이 있다. 한 해 반 동안 아내를 안아 보지 못했던 내가, 조만간에 안게 될 아내를 생각하면서 쓴 것인 만큼 충분히 뜨거웠을 것이다. 밤에 썼으니까 더욱 그랬을 것이다.

편지를 찢은 것은 잘한 일이 아니다. 그런데도 내가 편지를 찢지 않을 수 없었던 것은 재인이 얼굴로는 웃으면서도 은연중에 나를 거부하는 몸짓을 했기 때문이다. 뜨거운 편지를 보낸 나를 쌀쌀하게 맞는 재인 앞에서 내가 어떻게 편지를 찢지 않을 수 있었겠는가. 나는 냉기가 도는 재인에게 추근대는 인상을 주는 것을 참아 낼 만큼 염치가 좋지 못했다.

대구의 처가에서 올라왔다는 한복 또한 나를 당황하게 했다. 나는 그렇지 않아도 한복 같은 걸 입어 보고 싶던 참이었다. 그래서 나는 한복을 입고 앉아 있었는데 재인이 웃는 웃음은 따뜻하지 못했다. 한복은, 따뜻한 웃음에 어울리는 옷이다.

〈피스〉라는 이름의 스피츠가 미친 듯이 짖기 시작한 것은 내 심사가 이렇게 불편해 있을 때였다. 많은 남자들, 특히 못난 남자들에게는 사랑하는 여자로부터 무안을 당하면 무의식적으로 무안풀이 할 거리를 찾는 경향이 있다.

무엇인가가 대문을 들이받는 소리가 들려왔다. 나는 〈아이들의 장난이겠거니〉 하는 생각에서 처음에는 대수롭지 않게 여겼다. 그런데 피스가 죽는 소리를 했다. 나는 그제야 밖을 내다보았다. 커다란 개 한 마리가 스피츠와 뒤엉키더니 순식간에 목을 물고는 흔들어 대고 있었다.

개들은 집 안에 있으면서도 집 바깥으로 개가 지나가면 용하게 알고 짖고는 한다. 후각이 발달했기 때문일 것이다. 모르기는 하지만 피스 역시, 낯선 개가 담 바깥 길을 지나가는 것을 알고는 미친 듯이 짖었을 것이다. 낯선 개는 내가 설닫은 대문 틈으로 안을 들여다보다가 조그만 스피츠가 미친 듯이 짖어 대니까 머리로 문을 밀고 안으로 들어왔을 것이다.

문득 이상한 생각이 들었다. 개가 다른 개를 공격하는 일은 흔히 있는 일이다. 그러나 낯선 개가 아무리 크고 피스가 아무리 작아도, 큰 개가 남의 영역을 침범하면서까지 작은 개를 공격하는 것은 흔한 일이 아니다.

　내가 이런 생각을 두서없이 하고 있는데 낯선 개는 판유리 창을 통해 우리를 노려보았다. 개는 어찌나 커 보였는지 피스의 몸뚱아리는 낯선 개의 머리 크기도 채 되지 않았다. 회색 셰퍼드 잡종인 것 같았는데, 윗입술을 자주 들어 올리고 으르렁거리는 모습이 몹시 추했다. 피스의 목을 물고 있다가 마당을 한 바퀴 돌고, 그러다가는 또 마당에 주저앉아 뒷발로 목털을 털어 대는 등, 하는 짓도 추했다. 게다가 몸에는 진흙이 마른 채로 엉겨 붙어 있었다.

　……미친개일까.

　나는 이런 생각을 잠깐 해보았다. 그러나 내가 뒤에 알아 본 바에 따르면, 미친개라면 몸에 진흙이 묻어 있을 리 없다. 미친개는 물을 몹시 무서워한다. 그래서 광견병은 〈공수병(恐水病)〉이라고도 불린다. 따라서 미친개가 물가에 갈 리는 없다. 뿐만 아니라 광견병이 가장 흔한 계절은 개의 발정기에 해당하는 봄철 아니면 가을철이다. 따라서 2월에 미친개가 나다니는 일은 극히 드물다.

　「미친개예요.」

　재인이 그 개를 〈미친개〉로 규정함으로써 그 개는 미친개가 되었다. 나는 일단 그 개로 미친개로 규정하고 나름대로 상황을 분석했다.

　재인은 내가 때맞추어 나타난 미친개와 한바탕 신바람 나게 싸우고 싶었던 거라고 생각한 모양이지만 그것은 순진한 발상이다. 재인은 나에 대한 선입견의 틀을 마련해 놓고 상황을 거기에 맞추어 이해한 모양이지만 그렇지 않다.

　개를 쫓아 버리는 것이 최선의 방법이기는 하다. 그러나 만일에 그것이 미친개라면 쫓아 버린다는 것 자체가 목숨을 건 싸움이 되어야 한다. 그렇다면 일단 그 개와의 일전을 각오하지 않으면 안 된다. 싸운다면? 무기가 있어야 한다. 나는 무기를 생각해 보았다. 언뜻 생각나는 것이 옷장의 가름대 철봉이었다.

그래서 나는 가름대 철봉을 뽑으려고 했다. 철봉은 옷장 양옆의 합판에 수많은 나사못으로 고정되어 있어서 쉽게 빠지지 않았다. 마음이 급할 수밖에 없었다. 처제와 마로가 언제 대문을 밀고 들어설지 모르는 상황이었다. 나는 옷장에 매달리면서 발로 걷어차지 않을 수 없었다. 철봉은 수많은 나사못과 합판 조각이 너덜거리는 채로 뽑혀져 나왔다.

재인은 나를 말리지 않을 수 없었을 것이다. 그러나 나도 말리는 재인을 밀쳐 내지 않을 수 없었다. 내게는 시간이 없었다.

「미쳤군요.」

재인은 이런 소리를 하지 말았어야 했다. 내가 어떻게 미칠 수 있는가? 집 안에는 아내가 있고, 마당에서는 아내의 애완견이 죽어 가고 있었다. 대문은 열려 있었고, 가녀린 내 처제와 두 살배기 내 아들이 언제 그 대문을 열고 들어설지도 모르는 상황이었다. 내가 어떻게 미칠 수 있는가.

철봉은 다행스럽게도 중량감이 있었다. 나는 마루문을 열고 나서면서, 마루에서 겨우살이를 하고 있던 선인장 화분 하나를 대문 쪽으로 던졌다. 개의 반응을 보기 위해서였다. 개는 화분이 떨어진 곳으로 달려갔다. 나와 개 사이의 공간은 그것으로 충분해진 셈이었다. 나는 마루문을 닫고 마당으로 내려섰다.

내가 철봉을 겨누고 다가서자 개는 겁을 집어먹는 것 같았다. 그러나 개라는 동물은, 아무리 겁을 집어먹었어도 상대가 주인이 아니면 공매는 맞지 않는다. 나는 철봉 끝을 개 앞으로 들이밀어 보았다. 예상했던 대로 개는 윗입술을 드러내고 으르렁거리기 시작했다. 으르렁거리면서도 개는 퇴로를 찾는 것 같았다. 퇴로를 찾고 있다는 것은 나와 목숨을 걸고 싸울 의사는 없다는 뜻이기도 하다.

나는 다행히도 개를 오른쪽으로 몰면서 대문에 접근할 수 있었다. 대문에 손을 뻗자 빗장이 손끝에 잡혔다. 망설였다. 대문을 활짝 열고, 말하자면 퇴로를 열어 놓으면 개는 간단하게 밖으로 도망칠 것 같았다.

그러나 나는 군인이었다. 두 살배기 아들의 아버지였다. 나는 차마 〈미친개〉를 골목에다 풀어 놓을 수 없었다. 나는 공수대원이 아닌가. 공수대원이기 이전에, 늘 충분했던 것은 아니지만, 그래도 나는 1년 반이나 국가가 주는 밥을 먹으면서 태권도를 익히고 총검술을 익힌 군인이 아닌가. 군인이기 이전에 이미 존엄한 사람의 자리를 지키기 위해 유도를 익히고 검도를 수련하던 청년이 아니던가. 그래서 나는 빗장을 질렀던 것이지, 미친개와의 싸움을 즐기고 있었던 것은 아니다. 나는 상대가 나 자신이 아닌 한 호전적인 사람이 못 된다.

시간이 얼마나 흘렀는지는 나도 모르겠다. 나는 미친개와 맞서 있을 동안 두 가지 점에 주의해야 한다는 것을 알았다.

그중 하나는 개 같은 동물과 속도전을 해서는 안 된다는 것이었다. 아무리 동작이 빠르다고 하더라도 전후좌우 이동의 속도에 관한 한 인간은 개의 상대가 될 수 없다. 교치성(巧緻性) 역시 사람은 개의 상대가 될 수 없다. 나는 되도록 아주 작은 동작, 느린 동작으로 개의 기를 꺾어 나갔다.

또 하나는, 개를 두드리기 위해 철봉을 머리 위로 쳐들어서는 안 된다는 것이었다. 나는 두어 차례 철봉을 쳐들었다가 미친개에게 허점을 찔리고는 철봉의 파지(把持)를 바꾸어 총검처럼 잡고, 공격 방법도 때리기에서 찌르기로 바꾸었다.

훈련이라는 것은 참으로 무서운 것이다. 나는 찌르기로 미친개를 밀어붙이면서, 1년 반 동안이나 훈련한 찌르기의 힘은 개에게 치명상을 입히기에 충분하다고 확신했다. 나는 이렇게 해서, 재인이 만들어 놓은 꽃밭의 회양목 산울타리 사이로 미친개를 몰아넣을 수 있었다. 미친개는 기역 자 모양의 회양목 산울타리에 퇴로를 차단당하고부터는 철봉 끝을 노리기 시작했다.

그러나 미친개에게는 그것이 바로 화근이었다. 내가 미간과 주둥이를 노리고 번갈아 찌르기를 시도하자 미친개는 그때마다 고개를 아래위로 주억거리면서 철봉 끝을 물기 위해 자주 입을 벌렸다. 나는 개의 주둥이가 벌어지는 타이밍을 노리다가 결정적인 한 차례의 찌르기로 철봉 끝을 미친개의 목구멍에다 찔러 넣을 수 있었다.

철봉 끝에는 옷장의 합판에서 뽑혀져 나온 수많은 나사못이 박혀 있었는데 이것이 미친개의 목에 깊은 상처를 입혔던 모양이었다. 더 물러설 데가 없어진 미친개는 필사적으로 고개를 저으면서 목구멍에서 철봉 끝을 뽑으려고 했다. 그러나 나는 그럴 기회를 주지 않고 미친개를 밀어붙였다. 밀어붙이는 힘으로 말하자면 개는 나의 상대가 되지 못했다.

미친개는 날숨을 쉴 때마다 피를 뿜었다. 나는 조금도 틈을 주지 않고 철봉을 비틀다 개의 목이 뒤로 꺾어지기 시작하는 순간 몸을 비틀면서 있는 힘을 다해 하악골을 걷어찼다. 미친개의 상반신이 회양목 위로 솟아오르면서 철봉이 빠져나왔다. 하반신이 회양목 사이에 끼인 채로 상반신이 들린 형국이었다. 나는 철봉을 야구 방망이 잡듯이 고쳐 잡고는 있는 힘을 다해 미친개의 목줄을 때렸다. 직구가 맞으면서 장타가 터지는 듯한 느낌이 철봉을 타고 전해져 왔다. 하반신이 회양목 사이에서 빠지면서 미친개의 몸이 뒤집혔다. 그런데도 목줄은 치명상이 못 되었다.

목줄을 맞는 바람에 뒤로 뒤집혔던 미친개가 몸을 일으키느라고 정수리가 무방비 상태로 드러났다. 나는 그제야 철봉을 머리 위로 쳐들고는 회양목 위로 날아들면서 있는 힘을 다해 정수리를 내리쳤다. 도끼날에 통나무가 갈라지는 소리가 났다. 그 일격이 치명상이었던 모양이다. 미친개는 일어나다 말고 씨보리 자루처럼 까부러졌다.

미친개가 다시 일어날까 봐 무서워서 그랬을 것이다. 나는 철봉질을 멈추지 않았다. 미친개의 귓전에서부터 앞다리에 이르기까지 털이라는 털은 하나도 남김없이 피로 물들었다. 철봉으로 내려칠 때마다 철봉 끝의 나사못은 미친개의 가죽을 사정없이 찢어 놓고는 했다. 재인이 마루문을 여는 소리에 나는 비로소 내가 어디에서 무엇을 하고 있는지 깨달았을 것이다.

재인의 눈은 나를 보고 있지 않았다. 재인의 시선은 피스에게 박혀 있었다. 피스는 재인이 묘사한 대로, 가죽끈이 허락하는 만큼의 반원을 그리며, 살아 있다는 것을 증명하려는 듯이 필사적으로 걷고 있었다. 그러나 재인이 알아야 하는 것은, 그것은 살아 있는 개의 걸음걸이가 아니라는 것이다. 앞다리와 뒷다리가 따로 놀고 있어서 흡사 허리가 부러진 것 같았다.

퍼뜩 어릴 때 거리에서 보았던, 자동차에 치인 강아지 생각이 났다. 승용차의 바퀴가 분명히 내 눈앞에서 강아지의 허리 위를 지나갔는데도 불구하고 강아지는 벌떡 일어나 집 쪽으로 한참을 달리다가는 헌 옷 자락처럼 무너지면서 다리를 달달 떨다가 숨을 거두었다.

나는 짧은 순간 망설였다. 피스의 걸음걸이는 그때 내가 보았던 바로 그 강아지의 걸음걸이와 다를 것이 없었다. 따라서 그것은 살아 있는 개의 걸음걸이는 아니었다. 나는 재인과 마로의 사랑을 많이 받았을 것임이 분명한 그 강아지가 두 사람의 무릎 위에서 고통 속에서 숨을 거두는 꼴을 보고 싶지 않았다. 나는 어쩌면, 치명상을 입은 애마의 머리에 총을 겨누고는 눈물을 글썽거리는 카우보이를 떠올렸는지도 모르겠다. 살릴 수 있어도 문제였다. 일단 미친개에게 물려 깊은 상처를 입었다면 문제는 살린 뒤부터 더욱 심각해질 가능성이 있었다.

그래서 나는 그 스피츠를 쳤던 것이다.

나는 철봉을 놓고, 쓰레기통의 문 모서리에 찢긴 팔을 재인에게 맡기고서야 미친개의 피가 내 팔의 상처에 튀었을지도 모른다는 생각이 들었다. 그러나 재인이 붕대를 감다 말고 눈을 감으면서 주저앉는 바람에 그런 걱정을 할 여유가 없었다. 내가 안으려고 할 때마다 몸을 뽑던 재인은, 피투성이가 된 내 품에 안겨 안방 이부자리에 눕힐 때까지 눈을 뜨지 못했다.

처제 재숙과 마로가 밖에서 재인을 부른 것은 바로 그때였다. 다시 말해서 재숙과 마로는 내가 미친개를 쳐죽이던 그 시각에 대문에서 백 미터도 채 안 되는 거리에 있었던 셈이 된다.

그 개는 미친개가 아니었는지도 모르지만 우리는 그 개를 미친개로 규정했다. 규정했기 때문에, 미친개가 대문을 빠져나갈 경우 재숙과 마로가 위험한 지경에 처할 수도 있다는 나의 가정은 유효해진다. 나에 대한 재인의 비난이 당치 못한 이유는 바로 여기에 있다.

이것이 그 미친개 사건에 대한 내 몫의 이야기이다.

나는 〈미친개〉와 피스의 주검을 쓰레기통 옆으로 치우고 얼굴을 씻고 옷을 갈아입은 다음에야 대문을 열고 처제와 마로를 맞을 수 있었다. 처제와 마로는 집 안의 적막을 눈치채지 못했다.

마로가 마당을 걷는 모습은, 그로부터 몇 달 전에 텔레비전을 통해서 본 우주인이 달 표면을 걷는 모습보다 훨씬 재미있고 신기했다. 그러나 그것뿐이었다. 나는 달 표면을 보행함으로써 우주인들이 보여 준 문명의 확실한 진보의 성과보다 재인의 집 마당에서 펼쳐지고 있는 마로의 걸음걸이를 더 확실하고 대견스러운 진보의 성과로 보았던 것은 아니다. 달 표면을 걷는 우주인들의 모습을 보면서 내가 했던 생각은, 마로가 걷는 모습을 보고 있을 때도 거의 정확하게 되풀이되고 있었다.

〈이것은 대체 무엇인가? 기독교가 그 이웃을 이해하는 데 번번이 실패하고 있는 바로 이 순간에 과학은 사람을 달에다 올려놓았다. 나는 재인에게, 재인은 나에게 다가서는 일에 번번이 실패하고 있는 바로 이 순간에 마로는 마당을 걷고 있다. 이것은 대체 무엇인가?〉

나는 그날 밤에 〈미친개〉와 피스의 주검을 재인의 집 뒤에 있는 공터의 언 땅에 나란히 밀장하고는, 재인이 술 대접을 거절했기 때문에 내 손으로 사다 마시지 않으면 안 되었다.

재인은 그날 밤에도 내 품에 안기기를 거절했다. 나에게는, 마로를 안고 자는 것도 허락되지 않았다.

〈누군가가 끊임없이 이 땅을 지옥으로 만들고 있다. 도대체 누가 지옥을 만들고 있는가?〉

나는 지금도, 천국이나 지옥은 이 땅에서 이루어지는 약속이라고 믿는다. 내가, 우리가 몸 붙이고 사는 땅을 끊임없이 지옥으로 만들어가고 있

462

었던 것일까? 나는 내 손으로 사다 내 손으로 따라 마신 술에 취한 채, 인왕산의 2월 바람 소리를 들으며 마루방에서 자야 했다. 바람이 창을 흔드는 그 인왕산장의 마루방은, 지옥은 아니라고 하더라도 나에게는 견디기 어렵게 쓸쓸한 곳이었다. 1년 반을 불기 없는 곳을 떠돌다 돌아온 나에게 내 아내가 만들어 준 잠자리는 마룻바닥이었다. 그러나 재인의 따뜻한 안방도 천국은 아니었을 것이다. 문을 잠그고 자야 하는 방이 천국일 리 없다. 그의 마음 역시 편하지 못했을 것이다.

나는 그 이튿날 아침 마로를 한번 안아 보고는 인왕산장을 떠났다. 재인이 틈을 주지 않아서, 월남으로 떠나게 되었다는 말은 끝내 하지 못했다.

서울을 떠난 나는 고향 선산으로 갔다. 아버지의 허묘(虛墓)와 나란히 앉은 어머니 묘소에 귀향 인사를 드리러 간 것이 아니었다. 나의 돌아오기는 또 한차례의 떠나기를 위한 절차에 지나지 못했다. 따라서 나는 귀향한 것이 아니었다.

내가 떠난 뒤로 잔디가 잘 착근이 되었는지 궁금해서 어머니의 산소 위에 쌓인 눈을 쓸어 내리고 있는데, 뒤따라 올라온 고종형이 나를 나무랐다.

「눈은 산소의 이불과 같은 것이다. 쓸어 내리지 말아라.」

「어머니께 어째서 이불이 필요합니까?」

「너희 어머니의 이불이라는 말이 싫으면 잔디의 이불이라고 생각하려무나.」

나는 어머니의 묘소 앞에서 사죄했다. 월남에서 살아서 돌아오지 못하면, 아버지의 뼈를 찾아와 가묘를 채우겠다고 한 나의 약속은 지켜지지 못할 것이기 때문이었다.

그러나 아버지의 뼈를 담보로 잡고 어머니의 가호를 빌고 싶지는 않았다.

27
춤꾼 타이스

토요일 오후 나는 선산을 떠나 대구로 가는 길에 왜관에 들렀다. 월포드 하우스만 신부를 만나고 싶었기 때문이었다.

성당 뜰의, 지붕만 덩그런 휴게소 바닥에는 눈이 쌓여 있었다. 포도 덩굴 지붕 밑에 놓여 있던, 비에 씻기어 가무잡잡하게 색깔이 변해 있던 탁자와 의자 위에도 눈이 쌓여 있었다.

뜻밖에도 김순희 수녀가 수녀복 팔을 걷어붙이고 관사 앞 장독대에서 항아리를 닦고 있었다. 수더분한 시골 아주머니 같은 김순희 수녀에게는 수녀복보다는 행주가 더 잘 어울려 보였다. 그의 손길이 닿지 않은 항아리는 여전히 눈을 쓰고 있었는데, 김순희 수녀와 눈을 쓰고 있는 여러 개의 항아리는 장독대에서 숨바꼭질이라도 하고 있는 것 같았다.

「수녀님, 안녕하세요? 예수님도 성모님도 안녕하시고요?」

내가 모자를 벗고 다가서자 김 수녀는 일어서면서 손으로 차양을 만들어 해를 가리고 내 모습을 읽었다. 찬물에 말갛게 씻긴 손목은 빨갛게 얼어 있었다. 내가 받은 군진(軍陣) 의학 전문 교육에 따르면 그것은 동상의 초기 증세였다. 그러나 동상에 걸린 수녀 이야기는 들어 본 적이 없다.

「그러면 그렇지. 이 근방에는 그렇게 인사성이 푸짐하고 밝은 사람이 없거든. 들어가요.」

「신부님은요? 사회 정의를 요구하는 주교단 성명이 나왔던데, 불칼 신부님이 벌써 쫓겨 들어가신 것은 아니지요?」

「허풍 그만 치고 들어가요. 쫓긴다면, 들어가기는 왜 들어가요? 나가는 거지……」

「신부님 근황이 어떠셔요? 수녀님은 여전히 가톨릭 병원에 계시고요?」

「차례차례로 물어. 나는 여전하지만 신부님은 여전하시지 못해. 요새 들어와서 부쩍……」

「부쩍?」

「강연을 자주 다니시는데……」

「불칼을 가지고 다니셔요?」

「농민들 모아 놓고 〈쌀값 안 올려 준다고 우는소리만 할 게 아니라, 먹을 것만 남겨 놓고 불 확 싸질러 본때를 보여라〉고 하신 모양인데, 이것 때문에 곤욕을 치르셨나 봐요.」

「천상 불칼이시네. 영감태기, 하늘 살림이나 하실 일이지……」

「입이 아주 험해지셨어.」

「누구 입요?」

「둘 다.」

하우스만 신부는 마을에서 돌아오는 길이라면서 청년 둘과 함께 왔다가 내가 와 있는 것을 알고는 청년들을 돌려보냈다. 그는 청년 운동 혹은 농민 운동을 주도하고 있었던 것일까.

근 5년 만의 만남이었다. 나는, 어머니 장례 직후에는 경황이 없어서 만나지 못한 채로 상경한 것을 사과한 뒤, 고해가 아니라는 단서를 달고 그동안 나에게 일어났던 일을 그에게 낱낱이 고했다. 어머니 무덤에 다녀오는 길이라는 말은 하지 않았는데도 그는 알고 있었다.

「그래서 어머니 무덤 다녀오는 길에 나에게 들른 거군.」

「어떻게 아시죠?」

「눈이 부었어.」

「에이, 설마 눈이 붓도록 울기야 했겠어요……」

「어머니 산소에 가서 뭘 빌었어?」

「빌어요? 나는 어머니의 산소 앞에서 비는 짓은 하지 않아요.」

「한 번도 빌지 않았어?」

「딱 한 번, 어머니를 산소에 모시고 평토제 지낼 적에……」

「그때는 뭐라고 빌었는데?」

「비는 데 왜 그렇게 관심이 많으세요? 적멸(寂滅)하시라고, 생멸(生滅)이 없는 무위 적정에 드시라고 빌었죠.」

「적멸하시라고 빌었으니까, 적멸하셨겠네?」

「그러셨겠지요.」

「그렇다면 산소 찾아가 작별 인사 드릴 일도 없고, 사죄드릴 일도 없지 않은가?」

「……」

「빌 데는 있는 게 좋아. 공자님도 〈하늘에다 죄를 얻으면 빌 데가 없다(獲罪於天 無所禱也)〉고 하신 것을 보면, 빌 데가 없는 상태는 좋은 상태가 아닌 거지.」

「저는 빌지 않아요.」

「왜?」

「빌면 희망이 생기니까요.」

「희망이 싫은가?」

「환상을 만들어 내어서 희망이 싫습니다.」

「환상이라고 하지 말고 의미 체계라고 한번 해보지그래? 희망의 약속에 대한 믿음과 함께 새로운 의미 체계로 들어간다고 한번 생각해 보면 안될까? 체계 안의 삶, 이것이 바로 사람의 삶이라네. 짐승은 저희 삶에다 의미를 부여하지 않네.」

「삶에 의미를 부여하게 되면서 인간이 낙원을 잃은 것은 아닙니까?」

「그렇게 보는 방법도 없지는 않지.」

「신부님, 저 원래 버르장머리가 좀 없습니다.」

「까까머리 고등학교 시절부터 자네에게는 그게 터무니없이 부족했어.」

「희망의 약속이라는 게 저에게는 멍에 같아 보입니다. 과거와 미래로 엮인 멍에 같아 보입니다. 새로운 생물이 되어 오늘을 정말 잘 살자면 종교가 안기는 환상에서 벗어나야 하는 것이 아닌가, 이런 생각을 자주 합니다.」

「희망의 약속은 환상이다, 환상 때문에 인간은 과거와 미래의 멍에를 차고 오늘을 불행하게 산다, 오늘을 자유롭게 살자면 종교의 환상을 벗어야 한다……. 지나치게 단순한 도식이기는 하지만 재미있군.」

「신부님, 단순한 도식이 아니라 무서운 도식입니다. 저는 희망이 안기는 환상과 좀 싸워 보면 어떨까 하는 생각을 곧잘 합니다. 우리가 정복해야 하는 원수 중에서 가장 무서운 원수가 바로 희망이 아니겠느냐는 것이지요.」

「불교적인가…….」

「장자적(莊子的)이기가 쉬울 겁니다. 한 뱃사공이 말이지요, 급류를 타고 내려가다가 폭포를 만났더랍니다. 뱃사공은 폭포에 떨어지지 않으려고 필사적으로 노를 저어 급류에서 헤어나려고 했더랍니다. 그러다 그만 노를 놓치게 되자, 뱃사공은 노래를 부르면서 폭포로 다가가더랍니다.」

「자네는 내가 하느님의 사제라는 것도 이따금씩 잊어 먹는가?」

「친구로 생각하라고 하지 않았어요?」

「그런데 자네는 그렇게 하지 않았어.」

「하지요……. 그러지 않아도 오늘부터는 그럴 생각이었습니다. 왜 그런가 하면, 신부님을 사랑합니다만, 그렇다고 해서 〈파더(아버지)〉라고 부르고 싶지는 않기 때문입니다. 나는 그리스도를 사랑합니다. 나는 신부님을 그리스도 안에 있는 나의 형제라고, 김순희 수녀님과도 동항(同行)인 형제라고 생각하고 있습니다. 신부님은 〈파더〉가 아니고 수녀님은 〈시스터(누이)〉가 아닌 것이지요.」

「자네는 누구에겐가 화가 많이 나 있군?」

「그렇습니다. 잘 보셨습니다. 혼례식을 올린 것은 아닙니다만 나에게는 아내와 아들이 있습니다. 그런데 아내가 나를 괴롭힙니다. 아내는 희망의 약속을 삶의 등대로 광신하는데도 불구하고 내 희망의 등대가 되어 주는 것은 한사코 거절하고 있습니다.」

「그러면 자네가 그의 등대가 되어 주면 되지 않나?」

「그에게는 벌써 등대가 있습니다. 내 아내는 그 등대 옆에 다른 등대 세우기를 한사코 거절합니다.」

하우스만 신부는 찻상을 보아 온 김순희 수녀에게 눈웃음을 보내며 싱겁게 웃었다.

「수니 아가씨. 이 시건방진 친구가 오늘 우리에게 설교를 하러 왔나 봐요. 이 친구는 한 수 배우러 왔다고 해놓고는 번번이 나를 가르치려고 들거든?」

「이유복 씨, 속지 말아요. 신부님이 얼마나 보고 싶어 하셨는데.」

「수니 아가씨같이 착하고 아름다운 분이나 보고 싶어 하지, 사제를 제 감정의 쓰레기장으로 아는 친구를 누가 보고 싶어 한대요?」

나는 차 대신 술을 좀 마시고 싶었다. 술이 없냐고 묻자 신부가 비아냥거렸다.

「사 들고 올 줄은 모르고 맨날 내놓으라고만 한다니까. 똑같아, 똑같아, 예수 믿는 사람들은 다 똑같아.」

그는 취하지 않은 나의 이야기가 듣고 싶다고 말했다.

「그런데 신부님을 제 감정의 쓰레기통으로 알면 좀 안 되나요? 고해는 감정의 쓰레기 처리가 아닌가요?」

「거기에는 〈성사〉라는 단서가 붙어 있어. 하지만 좋으니까 쓰레기장으로 알고 한번 쓰레기를 내놓아 봐……. 그런데 우리는 등대 이야기를 하던 중이었지?」

「그래서 제 사는 것이 험해요.」

「월남으로는 왜 가는가?」

「신부님은 왜 한국으로 오셨어요?」

「나는 희망을 이루려고 왔지.」

「나는 우리 삶에서 희망을 제거하면 어떤 일이 일어나는지 눈 부릅뜨고 한번 보려고 갑니다. 월남의 전쟁터보다 나은 연습장은 이 세상에 없을 겁니다.」

「죽는 것이 두렵지는 않나?」

「다행히도, 행복하지 못해서 죽는 것이 두렵지는 않습니다. 죽는 절차가 좀 마음에 걸리기는 합니다만……. 그러니까 너무 행복한 것도, 때가 되면 죽어야 하는 사람에게는 반드시 좋은 것만은 아닌지도 모른다 싶데요.」

「아내가 자네를 불행하게 만들고 있는 건가? 아내가 자네 삶을 험하게 만들고 있는가?」

「아내는 죄인을 하나 필요로 하는 거 아닐까 하는 생각이 자주 듭니다. 빛이 빛 노릇을 하자면 어둠이 있어야 할 테니까요.」

「자네는 내 충고를 바라나? 아니면 내가 자네의 쓰레기 처리를 구경만 하고 있기를 바라나?」

「가르쳐 주세요.」

「내 생각은 이래. 자네 아내가 자네 같은 죄인을 하나 필요로 한다는 말이 사실이라고 친다면 자네들은 시합을 벌이고 있는 게 분명해. 자네 역시 악녀를 하나 필요로 하고 있으니까.」

「필요하면 천사가 필요하지 왜 악녀가 필요하겠어요?」

「자네의 이기심 때문에 천사가 악녀로 변하고 말았어. 자네만 험하게 사는 것은 아니야. 자네 아내도 학교 공부하랴, 아이 키우랴, 아주 험한 삶을 살고 있는 것 같군그래. 한 가지만 묻겠네. 자네는 아내도 자네와 같은 생각을 가지고 살아 주었으면 하나? 희망의 약속을 파기하고 삶을 있는 그대로, 자네 식으로 말해서, 희망을 원수로 알고 무찔러 가면서 살기를 원하나?」

「……」

「자네에게 자네의 식이 있으면 되었어. 자네는 아내가 대학을 졸업한 뒤에 대학원에 진학하려고 하면 또 속이 몹시 상하겠군.」

「그렇습니다. 실제로도 그럴 것입니다.」

「그런데 자네 아내는 왜 자네가 군대에서 마음대로 몸을 굴리고 다니는 일에 속이 상하면 안 되는가?」

「……」

「수니 아가씨, 내 말 고깝게 듣지 마세요. 수니 아가씨는 차한(此限)에 부재하니까……. 나는 많은 여자들이 어떤 꿈을 꾸는지 잘 알고 있어. 여성은 현실 쪽으로 잘 기울어. 내가 이야기를 듣고 생각하건대 말이야, 자네 아내의 꿈은 천국에 대한 희망의 약속에 있는 것이 아니고 지극히 현실적인 데 있는지도 몰라. 자네는 지금 자기가 처한 형편을 터무니없이 과장해 놓고 허풍을 쾅쾅 치면서 그 드라마를 즐기고 있는지도 몰라.」

「……」

나는 〈수니〉 수녀의 얼굴에 어리는 홍조를 곁눈질하면서 그 분석의 일부를 수긍했다.

「자네는 하고 싶은 대로 해야 성에 차는데, 아내가 뒤를 따라 주지 않는다. 자네는 이것이 싫지? 하지만 아내들 가운데에는, 지아비가 하는 대로 따라가는 아내도 있고, 자기 갈 길을 가고 싶어 하는 아내도 있어. 자네 아내는 후자에 속하는 것뿐이야. 자네는 그런 아내를 모욕하면 안 될 거야. 자네는 굉장히 이기적이어서 다분히 그럴 가능성이 있거든.」

「신부님, 그리스도의 약속이 나와 내 아내의 삶을 험하게 만드는 것은 아닐까요? 아내가 즐겨 부르는 찬송가에 〈아, 하느님의 은혜로 이 쓸데없는 자, 왜 구속하여 주는지 나는 알 수 없도다……〉, 이런 게 있는데요……. 내가 보기에 많은 기독교인들은 하느님이 자기를 구속해 주는 은혜가 너무 고마웠던 나머지, 천국에의 약속에 너무나 흥감했던 나머지, 어깨에 못이 박히는 줄도 모르고 제 힘에 겨운 짐을 지고 있어요. 시골 아이들은 어른들로부터 〈너는 할 수 있다, 네가 누구의 아들인데〉, 이런 소리를 들으

470

면 어깨가 까지는 줄도 모르고 어른들의 짐을 대신 지고는 하지요. 내가
좋아하는 중국의 한 철학자는 이런 질문을 던지고 있어요……. 그리스도
교의 교리는, 그리고 많은 성직자들은, 어른들이 어린아이의 지게에다 짐
을 지우면서 그러듯이, 어린 양의 어깨에 마음의 짐을 지우면서 〈너는 착
하고 힘이 세니 이걸 너끈하게 질 수 있을 게다, 믿음만 있으면 되지 않는
일이 없다〉고 꾀고 있는 것이나 아니냐고요. 그래서 많은 어린 양들의 마
음의 어깨에는 물집이 생겨 있는 것은 아니겠느냐고요.」

「그게 바로 내가 말하는, 인간의 종교가 지니는 의미 체계가 아닌가? 그
의미 체계 안에서 의미 있는 어떤 일을 할 수 있다고 생각하는 그 순간에
인간은 예전의 존재 이상으로 드높여지는 것이 아닌가?」

「나도 그렇게 생각해 왔는데, 최근에 새로운 의미 체계를 만났어요. 그
리스도가, 회당장(會堂長) 야이로의 딸을 살리신 것은 신부님도 잘 아시
지요? 회당장의 지인이 야이로에게 〈딸은 죽었으니 선생님께 수고를 끼
치지 말라〉고 했는데도 불구하고, 야이로는 그리스도께 딸을 살려 달라
고 간청했지요? 그리스도가 그 집에 당도하여 〈아이야, 일어나라〉 하고
명하자 아이는 숨을 다시 쉬며 벌떡 일어났지요? 그리스도는 그 기적에
얼이 빠져 있는 제자들에게 〈이 일은 아무에게도 말하지 말아라〉 하고 당
부했지요. 청소년 시절 나는 이 성경 구절을 읽고 혼자서 펑펑 울었답니
다. 할렐루야! 그리스도의 간명한 말씀이 지니는 힘 앞에서 이따금씩 나
자신이 때로는 야이로가 되기도 하고, 때로는 야이로의 딸이 되기도 했지
요. 그런데 나중에 불교 설화를 읽기 시작한 뒤부터는, 야이로의 비극에
대한 그리스도의 해결 방안이 가장 적절한 방법은 아니었다는 생각이 들
었어요. 그때부터는 야이로가 불쌍해 보이기 시작하는 겁니다. 야이로는
언젠가는 딸과 이승과 저승으로 헤어지지 않으면 안 될 것이고, 그때가 되
면 야이로든 야이로의 딸이든 다시 한 번 애통해하지 않으면 안 될 것이기
때문입니다. 불교 설화에 따르면, 석가모니도 똑같은 간청을 받았지요.
어떤 부인네가 죽은 아들을 안고 석가모니를 찾아와, 아들을 살려 주십사

간청했지요. 석가모니도 그 아들을 살려 내고는 제자들에게 〈이 일은 아무에게도 말하지 말아라〉고 했을까요? 아닙니다. 잘 아시겠지만 석가모니는 그 부인에게, 죽음을 경험하지 못한 가장의 집을 찾아 그 집 아랫목에다 아이를 눕혀 두면 살아날 것이라고, 혹은 죽은 사람이 하나도 없는 집안을 찾아내고 그 집안의 가장으로부터 겨자씨를 좀 얻어 오면 아이가 살아날 것이라고 했습니다. 부인은 죽음을 경험하지 못한 사람을 찾아다녔지요. 하지만 이 세상에 그런 사람이 어디 있나요? 죽음을 경험하지 못한 사람을 수소문하는 과정에서 이 부인은 무수한 사람들이 〈우리의 삶이 죽음으로부터 왔는데, 죽음을 체험하지 못한 사람이 이 세상 어디에 있겠소〉, 이렇게 비아냥거리는 소리를 들었겠지요. 그런데 그렇게 다니던 부인은 퍼뜩, 헛된 희망에 사로잡힌다는 것은 또 하나의 절망의 씨를 뿌리는 짓이라는 것을 깨달았다지요. 그러고는 아들의 죽음을 피할 수 없는 현실로 받아들이고는 평화를 얻었다지요. 부러진 노를 버리고 용감하게 폭포로 돌진하는 뱃사공처럼 말이지요. 나는 마귀가 되어 가고 있는 건가요? 내 몸속으로는, 신부님 같은 성직자에게는 유독하기 짝이 없는 마귀의 피가 흐르고 있는 거지요?」

하우스만 신부는 대답하지 않았다. 대답이 궁색해서 침묵을 지키고 있었던 것은 아닐 것이다. 나는 그가 내 말에 반응하지 않은 이유를 두 가지로 나누어 생각한다. 그 하나는 내가 처음부터 의도하고 있었듯이, 그는 나의 질문을 하나의 선언으로 받아들이고 있었기 때문에 반응하지 않았던 듯하다. 말하자면 그는 나의 질문을 질문으로 받아들이지 않았던 것이다. 두 번째 이유는 나의 질문이 이성적인 대답을 요구하는 성질의 것이 아니었기 때문일 것이다. 나는 흥분하면 자주 과장된 언어를 휘두르고, 과욕한 표현을 동원하는 버릇이 있다. 나는 공중변소에서, 단정하지 못한 이용객들이 쓰고 그린 난잡한 낙서와 춘화를 볼 때마다, 지나친 표현을 자제하지 못하는 나 자신의 모습을 보는 듯해서 부끄러워지고는 한다. 언어적 표현이나 회화적 기법의 기초를 습득하지 못한 그들의 낙서나 춘화를 보고 있으면 의미의 전달에만 급급한 나머지 디테일 같은 데는 신경이 가 있지 않다. 기관총을 오래 쏘면 총열이 과열하는데, 총열이 과열하면 사거리가 짧아진다. 과열에 과열을 거듭하다 보면 총알은 사수의 발등에 떨어질지도 모른다. 흥분해 있을 때 내가 하는 말의 설득력은, 과열한 기관총의 사거리와 유사할 것이다.

나는 화제를 바꾸지 않으면 안 되었다.

「묻고 싶어요. 재인은 나에게, 돌아오라고 애원했어요. 그리스도에게로, 교회로 돌아오라고 애원했어요. 나는 돌아갈 수가 없었죠. 돌아가지 않으니까 나를 미워하더군요. 그런데 신부님은 왜 나에게 돌아오라고 하지 않습니까? 나를 포기하고 말았습니까?」

「자네는 아직 평화의 길, 구원의 길을 찾고 있는 것이 아니야. 자네는 어떤 체계를 세우고 그 방법을 모색하고 있는 것이 아니야. 내가 알기로, 자네는 단지 그동안 사랑을 기울여 왔던 그리스도에 대한 사랑과 자네의 믿음 사이에서 몸부림을 치고 있는 데 지나지 않아. 자네는 모순을 화해시키는 방법을 모르고 있을 뿐이야. 따라서 나는 자네가 그리스도로부터 멀리 떨어져 있다고는 생각하지 않아. 만일에 자네가 어떤 생각의 체계를 세우고 구원의 길을 모색하기 시작한다면 나는 자네의 그 모색이 나의 모색과 크게 다르지 않을 것이라고 믿어.」

「그럼 나를 미워하지 않는 것입니까?」

「수니 아가씨, 이 가련한 모순덩어리로부터 여자 이야기 좀 들어 봅시다. 이유복 군, 나는 가련한 모순덩어리를 미워할 만큼 매정한 사람이 아니야. 자네가 안티크라이스트(가짜 그리스도의 추종자)가 되더라도 내 우정을 의심하지는 말게. 그런데, 자네 언젠가 선우라는 여자 이야기를 나에게 아주 심각하게 한 적이 있지?」

「있습니다.」

「지금 그 여자가 자네에게는 무엇인가?」

「여전히 망상입니다.」

「만일에 그 처녀가 자네에게 청혼하면 자네는 아내를 포기하고 그 처녀를 아내로 삼겠나?」

「선우하경에게 그런 일은 절대로 일어나지 않을 것입니다만 나에게도 그런 일은 절대로 일어나지 않을 것입니다.」

「그렇다면 그 처녀는 자네에게 무엇인가?」

「현실화가 영원히 불가능한 이상입니다.」

「그럼, 아내는 자네에게 무엇인가?」

「실패로 돌아간 듯한 현실입니다.」

「내가 하고 싶었던 말을 자네 입으로 다 해주니 고맙군.」

「두 여자가 내 목을 죄고 있습니다.」

「목을 죄고 있는 것은 두 여자가 아니고 자네의 이기심이네. 하지만 좋아, 그렇다고 치세. 그런데 한재인 씨가 자네 목을 죄고 있다는 말은 이해가 가는데, 선우하경은 현실이 아닌데 어떻게 자네 목을 죄는가?」

「생각 속에서 지워지지가 않습니다.」

「그러면 자네가 자네 목을 죄는 것이지 어째서 선우하경이 자네의 목을 죄는 것인가? 선우하경에게는 책임이 없는 것 아닌가?」

「……그렇습니다. 역시 이기심입니다.」

「실패로 돌아간 듯한 현실인 한재인과, 현실화가 영원히 불가능한 이상인 선우하경……. 이 두 여자 사이에 자네가 있네. 내가 하고 싶은 말은 이것이네. 실패로 돌아간 듯한 현실, 이것은 자네 기독교의 모습인 것 같고, 현실화가 영원히 불가능한 이상, 이것은 자네가 모색하는 자기 구원의 모습인 것 같군. 나는 비아냥거리고 있는 것이 아니야. 자네는 안에서 일어나고 있는 현실과 이상의 갈등을 밖으로도 똑같이 체현하는 참으로 특이한 사람일세.」

「…….」

「섭리라는 것을 어떻게 생각하나?」

「나는 〈하느님의 섭리〉라고 부르지 않고 〈인연〉이라고 부릅니다.」

474

「그럼, 인연이라는 것을 어떻게 생각하나?」

「설명이 가능한 우연이라고 생각합니다.」

「그렇다면 마음먹기에 따라 인연을 짓지 않을 수도 있겠군?」

「인연이 깨어 있으면요. 전생의 인연은 믿지 않습니다.」

「좋아. 죽음의 공포도 극복이 가능하겠군?」

「죽음에 깨어 있으면요. 절차가 마음에 걸리기는 합니다만……」

「깨어 있어야 하네. 두 눈 부릅뜨고 깨어 있어야 하네. 19년 전에 나는 미군으로 이 한국 땅에 와서 죽을 고비를 넘겼네만 나는 깨어 있었기 때문에 죽지 않았을 것이네. 하느님께 깨어 있었고 나 자신에게 깨어 있었기 때문에, 그리고 깨어 있던 이 땅 사람들 덕분에 이렇게 살아 있을 것이네. 살아남기를 목표로 삼자는 말은 물론 아니야. 죽음이 불가피할 때는 죽음에도 깨어 있도록 하세.」

「……」

「내가 자네와의 우정에 걸고 하고 싶은 말이 또 하나 있네. 하느님의 집을 나가도 좋아. 다른 하느님을 또 한 분 찾는 것도 좋아. 하지만 외롭거든 우리 하느님의 집을 종종 찾아 주게.」

「……」

「사제로서 이런 말을 하는 것은 물론 아니네. 예전에 내가 미군으로 한국에 온 것과 똑같은 메커니즘에 실려, 이제 자네는 한국군으로 월남에 가네. 깨어 있게. 자네를 위해서, 살아서 돌아오게 해달라는 기도는 하지 않겠네. 수니 아가씨, 이제 이 주정뱅이 돈키호테에게 붉은 포도주를 한잔 먹이고, 우리 주님의 피 같은 붉은 포도주가 어떤 기적을 일으키는지 어디 좀 봅시다……」

그날 밤 나는 대구로 가기로 마음먹고 음악 대학 다니는 후배에게 전화를 걸었다. 그는, 내가 멀리 떠나면서도 만나 보지 않는다면 나중에 상처를 입을 그런 연하의 친구였다. 재벌의 아들인 후배는 여자 친구도 짝이

475

맞게 대령시켜 두겠노라고 말했다. 나는 여자들과 노닥거릴 기분이 아니었지만 좋을 대로 하라고 했다. 지극히 내성적인 내 후배에게, 일반에 무서운 싸움꾼으로 알려져 있던 공수대원은 좋은 장식이 될 터였다.

나는 약속 시간보다 한 시간이나 이르게, 약속 장소로 나가 대구를 떠난 뒤로 늘 그리워하던 동성로를 걸었다. 서성로, 남성로, 북성로와 함께 대구의 중심가를 이루던 동성로는, 걷고 있노라면 보고 싶던 또래들을 우연히 만날 확률이 가장 높은 거리였다. 크리스마스이브가 되면 젊은이들로 가장 붐빈다는 의미에서 대구의 동성로는 서울의 명동이었다. 그 시절 동성로는 20대에게 가장 인기 있던 거리였다. 동성로를 즐겨 찾는 이 나이층의 젊은이들과 이 세대의 구미를 겨냥하는 노변의 상가는 세대가 다른 사람들, 취향이 다른 가게들에게 배타적이었다. 나는 틀림없이, 하경과 우연히 만나는 행운을 기대하면서 동성로를 걸었을 것이다. 한 시간이나 이르게 그 거리에 나타난 것도 어쩐지 그를 만나게 될 것 같다는 예감 때문이었을 것이다.

나는 후배와 만나기로 한 술집으로 들어섰다. 후배가 먼저 와서 기다리고 있었다. 내 후배는 재벌의 아들로 태어난 것이 미안했는지 가난한 친구나 선후배들에게 후하게 술을 사고는 했다. 시력이 몹시 나빠 군인이 될 수 없는 것이 미안해서 그는 나에게 후하게 술을 사려고 했던 것일까.

「서울에서 하인후 형과 기동빈 형은 만났어요? 겨울 방학 때 내려와서 되게 궁금해하던데.」

「아니, 시험과 맞물리는 것 같아서 그냥 내려왔다. 올라가서 만나지 뭐.」

「굉장한 미인이 형의 파트너로 나오기로 되어 있어요.」

「취미 없다. 내가 오늘 너의 방자 노릇을 하마.」

「대구의 비올레타라고요. 다 아는데 형만 모르시나?」

「하필이면 비올레타냐? 비올레타는 창녀가 아니었나?」

후배의 말을 귓전으로 흘리면서 나는 선우하경을 생각했다. 중고등학교 시절부터 『춘희』라고 번역되어 있던 뒤마의 소설 『동백꽃 아가씨』를 읽

476

으면서, 그 소설을 각색한 베르디의 오페라 「라 트라비아타」를 들으면서,
여주인공 비올레타의 이미지가 어쩐지 선우하경의 이미지와 비슷하다는
느낌을 자주 받고는 했기 때문이었다. 그러나 이 느낌은 행복한 연상을 지
어 내지 못했다. 선우하경을 〈라 트라비아타(타락한 여자)〉에다 견주는
데 우선 무리가 있는 데다 내가 그 앞에 아르망으로 서는 일이 도무지 불
가능했기 때문이다.

「음대생의 가난한 상상력 탓이랍니다. 무용과 학생인데, 전도가 양양하
답니다.」

「어느 학교?」

「대구에 무용과 있는 대학이 어디 많소?」

「몇 학년인데?」

「졸업반인데, 왜요?」

「이름은?」

「선우하경이라고…….」

「……! 나는 간다.」 나는 자리를 차고 일어섰다.

「왜 그래요? 아는 사이예요?」

「아니……. 나는 일어서는 게 좋겠다.」

「늦었어요. 시간 맞추어서 들어오시는걸.」

후배의 말에 나는 다시 주저앉았다. 그러고는 얼굴에 불을 묻은 것 같
아 냉수를 들이켰다.

「형, 벌떡 일어서서 맞아요.」

나는 일어서서 후배의 시선을 좇았다.

하경이 거기에 와 있었다. 작약같이 눈부신 하경이 그리 밉지 않은 처녀
하나와 함께 우리 자리로 다가오고 있었다. 20세기의 대구 땅에 춘향이가
향단이를 거느리고 나타난다면 비슷한 그림이 되었을까? 나는 고개를 들
수 없었다.

「하경이 누나, 내가 이따금씩 자랑하던 사나이 중의 사나이 우리 유복

형입니다. 그리고 형, 이쪽은……」

후배의 말이 내 귀에 다 들리지 않았다. 마시기도 전에 흠뻑 취해 버린 기분이었다. 적어도 하경이 뜻밖의 반응을 보이기까지는 그랬다.

「처음 뵙겠습니다. 선우하경이라고 합니다. 말씀은 많이 들었습니다. 고생을 많이 하셨다고요……」

놀랍게도, 하경은 나를 기억하지 못하거나, 어떤 이유에서 일부러 기억하지 못하는 척하고 있음이 분명했다. 그러나 나를 기억하지 못할 가능성은 극히 적었고, 일부러 기억하지 못하는 척할 이유는 전혀 없었다. 우리는 적어도 4년 동안은 거의 매주 한 번씩은 베델 교회에서 만난 사이였다. 뿐인가? 우리는 흐르는 시냇물에다 서로의 발을 씻어 준 사이가 아니던가? 그는 나에게 〈나 좋은 아이가 못 되어요〉 하고 말한 적도 있고, 비록 〈왜 그렇게 웃겨요〉 이 한마디로 나에게 심한 상처를 입히기는 했어도 내 손에 발목을 잡힌 적도 있는 선우하경이 아닌가. 모형 탑에서 하강하던 날, 훈련 조교가 나에게 애인과 함께 오른 산 이름을 대라고 했을 때도 나는 〈인왕산〉 대신 〈금오산〉의 이름을 부르지 않았던가.

하인후는 고등학교 시절에 나에게 이런 말을 한 적이 있다.

「너, 하경이 앞에만 서면 왜 그렇게 멍청해지냐? 하경이가 그러더라. 너라는 사람은 〈눈에 손이 달린 것 같아서 바라보기가 민망한 사람, 소심하고 어정쩡한 사람, 비 오는 날이면 길모퉁이에서 툭 튀어나올 것 같은 사람〉이라고……. 천적이라는 게 있기는 있는 모양이구나.」

하기야 나를 기억하지 못할 가능성이 전혀 없는 것은 아닐지도 모른다. 어떤 사람의 일거수일투족이 다른 사람들에게는 친소(親疏)와 호오(好惡)에 따라 각각 다른 의미로, 혹은 다른 깊이로 받아들여진다. 〈나, 좋은 아이가 못 되어요〉가, 내 귀에는 사랑과 염려가 실린 한없이 따뜻한 말이었어도 하경에게는 아무 의미가 실리지 않는 단순한 진술이었을 가능성도 있다. 〈왜 그렇게 웃겨요〉도 그렇다. 나에게 깊은 상처를 입힌, 더없이 절망적이던 그 한마디를 어쩌면 하경은, 〈참 엉뚱한 사람이네요〉를 대신해서 쓴 것인지도 모른다. 나는 망원경으로 멀리 있는 하경을 가까이 보고 있었는지도 모른다. 하경은 망원경을 거꾸로 들고 가까이 있는 나를 멀리 보고 있었는지도 모른다.

하경과 함께 나온 처녀에 관한 기억은, 말 두어 마디 건넨 것 이외에는 하나도 남아 있지 않다. 그의 모습이나 그가 그날 밤에 한 말은, 온 신경을 하경에게 집중시키고 있던 나에게 아무 의미도 없었기 때문이었을 것이다. 그런데 이 처녀가 뒷날 많은 말썽의 씨앗이 된다. 그는 선우하경의 여고 후배이자 한재인의 후배이기도 했다.

하경은 술잔을 자주 비웠다.

나는 우리가 초면이 아니라는 것을 상기시키고 싶다는 유혹을 이겨 낼 수 없었다.

「많이 아름다워졌네요.」 나는 아마 이랬을 것이다.

「어머, 나를…… 아세요?」

이것이 그가 그날 밤 내게 한 말이었다. 나는 웃기만 했다.

그는 내 후배로부터 몇 차례 이야기를 들어서 나를 알고 있었다고 말했다. 그러나 놀랍게도 그가 아는 나는 청소년 시절의 내가 아니었다. 후배의 이야기에 등장하는 〈나〉, 그가 아는 〈나〉는, 그에 대한 나의 추억에 견주면 참으로 사소한 것이었다. 나는, 취한 귀 앞에서 취한 입으로는 베델 교회의 이름은 죽어도 들먹이지 않겠다고 결심했다.

「혹시 나를……아세요?」

시선이 만났을 때 그가 두 번째로 물었다. 나는 웃기만 했다.

후배는 하경에게 음악 이야기를 했다. 내가 인사 삼아 그 이야기에 끼어 들었을 때 하경은 속삭이듯이 물었다.

「어마나, 음악을 아세요?」

하경은 후배에게 무용 이야기를 들려주고는 했다. 내가 그 이야기에 끼어들었을 때 하경은 역시 속삭이듯이 말했다.

「어마나, 무용을 아세요? 부르농빌을 아세요? 알빈 니콜라이를 아세요?」

479

「뿐인가요? 유리잔을 꼭꼭 씹어 남의 얼굴에다 뱉을 줄도 안답니다.」

「에이, 신학 공부를 하신 분 답지 않게 난폭하시기는⋯⋯. 왜 신학을 하기로 결심했어요?」

「스님이나 신부님들도 그런 질문 자주 받는다고 하데요.」

「사랑에 속았어요?」

「맞아요. 내 애인은 그리스도를 좋아하는 바람둥이였어요. 그래서 약이 꽉 오른 김에 목사가 되려고 했지요. 파프누스 목사처럼 타이스에게 접근하려고요. 타이스를 구원해 놓고 나는 파프누스처럼 지옥으로 가려고 그랬어요.」

「틀렸어요. 〈무희 타이스〉를 말하는 모양인데요, 파프누스는 목사가 아니라 수도사였어요.」

「그랬군요? 하지만 파프누스가 목사가 되었든 수도사가 되었든 무희 타이스가 바람둥이였다는 사실이 바뀌는 건 아니죠?」

부끄럽게도 나는 아마 이런 식으로 심술을 부렸을 것이다.

⋯⋯나는 지금 복수를 당하고 있는 것인가? 그렇다면 그것은 더할 나위 없는 영광이다. 나는 선우하경에게 한 번도 내 마음을 비친 적이 없다. 그는 나에게 철저한 비현실화, 내재화의 대상이었다. 나는 거리에서 그의 모습을 보면 몸을 숨기고는 했다. 그러면서도 나는 그가 잘 나타나는 거리를 미친 듯이 나돌아 다니고는 했다. 나에게 절시(竊視) 취미가 있었던 것일까? 천만부당하다. 〈스콥토필리아(절시증)〉 환자는, 성적인 만남에 관심을 보이는 대신 오로지 이성의 알몸이나 성기를 보는 데만 만족을 느낀다. 따라서 그의 알몸을 한 번도 연상해 본 적이 없는 나에게 절시 취미가 있었던 것은 절대로 아니다. 하우스만 신부가 나에게, 신부가 될 생각이 없느냐고 했을 때 질겁을 한 내가 아니던가? 이런 빌어먹을 양(洋)영감태기 같으니, 내 집을 영원한 금녀의 집으로 만들려고 하다니! 나는 숨어서 그의 모습을 훔쳐 본 적도 없다.

⋯⋯나는 지금 복수를 당하고 있는 것인가? 그렇다면 그것은 더할 나위

없는 영광이다. 그는 나를, 나 아닌 다른 사람으로 인식하고 있다. 〈타자화〉라는 말이 있다면, 나는 철저한 비현실화의 대상으로 삼아 오던 그에 의해 철저하게 타자화하고 있다. 그는 왜 나를 타인으로 만들고 있는 것인가? 나는 취기와 이런 생각에 시달렸다.

내 후배와 하경이는 춤을 추었다. 후배는 플로어로 나가라고 내 등을 밀었고 하경은 플로어로 나오라고 내 손을 끌었다. 나는 플로어까지 끌려 나갔다가 테이블로 도망쳐 오는 모욕을 당하기도 했다.

나는 월남으로 떠나게 되었다는 말을 참으려고 무진 노력을 했다. 하경 앞에서 분위기를 고감도 신파극으로 만들고 싶지 않았다.

후배와 하경이 춤을 추고 있을 동안 나는 그날 밤 처음으로 하경의 친구 김진숙의 얼굴을 똑바로 쳐다볼 수 있었다.

그가 물었다.

「춤출 줄 정말 모르셔요?」

나는 고개를 가로저었다.

「제가 누군지 모르시겠죠?」

「미안해요.」

「그럼 됐어요. 춤을 가르쳐 드릴께요.」

심술이 났기 때문일 것이다. 나는 왜 애꿎은 그 처녀에게까지 심술을 부리고 싶었던 것일까.

「안 돼요. 곧 내 부고가 날아들 거예요. 나랑 춤을 춘 사람에게는 빠짐없이 날아들게 된대요. 비밀인데요, 나는 휴가 끝나고 돌아가면 바로 월남으로 떠나게 된답니다. 우리 같은 사람을 월남의 전쟁터에서는 소모품이라고 한대요.」

「……」

하경이가 다가와 내 눈을 똑바로 내려다보면서 손을 내밀었다.

「일어나세요.」

「나는 춤을 출 줄 몰라요.」 나는 하경에게 애원했다.

「가르쳐 준다잖아요?」

「싫어요. 나는 선우를 껴안을 자신이 없어요.」

「왜요, 좋은 여자가 못 되어서요?」

「……」

「바람둥이라서요?」

「……」

「테이블에 앉은 파프누스가 무슨 수로 플로어에 있는 바람둥이 타이스를 구원하나요?」

「……!」

이 결정타 한방에 나는 쓰러졌다. 권투 선수 중에는 링 위에 쓰러져서도 고통 대신 황홀감을 느끼는 선수도 있다던가? 그날 밤 나는 인사불성이 되어 있었는데도 틈틈이 정신을 차릴 때마다 하경의 마지막 한마디를 황홀하게 되씹어 보고는 했다.

아침에 정신을 차리고 보니 내 후배의 안방이었다.

「형, 복기가 되우?」 바둑을 좋아하는 후배가 바둑 용어로 물었다.

「안 돼.」

「무식하게. 그 비싼 술집에서 그렇게 퍼마시면 어떻게 한대요?」

「미안하다. 전쟁 치르는 기분으로 마셨다.」

「형, 하경이 누나와는 어떤 사이지요?」

「알지도 못한다.」

「거짓말. 하경이 누나는 하인후 형을 알고 기동빈 형도 잘 압디다. 삼총사 중에서 형만 모른다면 말이 되오?」

「보고도 모르냐?」

「하경이 누나도 딱 잡아떼기는 합디다. 기억나요? 형이 하경이 누나를 모욕한 거?」

「내가…… 그랬나?」

「형이 테이블에 꼬꾸라지고 나서 하경이 누나가 눈물을 닦습디다. 사과할 용의 없어요?」

「없어. 너한테는 미안하게 되었다.」

「지금 나한테 사과하게 생겼소……?」

나의 대구 방문은 이렇게 끝났다.

일요일, 선우하경이 토요일 밤에 술 마신 죄를 베델 교회에서 닦고 있을 그 시각에 나는 서울행 기차표를 끊었다.

차창 밖으로 낯익은 풍경이 자주 보였다. 도보 여행 때 길을 잃지 않으려고 자주 경부선 철로 변을 따라 걷고는 했는데, 낯익은 곳들은 대개 앉아서 쉬었거나 노숙해서 눈에 익은 곳들이었다.

기차를 타고 지나가면서, 걸어서 지나갈 때 정을 들인 풍경을 바라보는 느낌은, 정든 여자의 젖가슴을 장갑을 끼고 쓰다듬는 느낌이었다.

28
반란 2

　의과 대학 본과에 올라가 있는 기동빈과 하인후는 황음무도(荒淫無道)
의 절정을 누리고 있었다. 기동빈은 기고만장이 지나친 나머지 메스로 인
류의 사상사를 해부할 기세였다. 그에게는 원래 경조부박한 수재 기질이
있어서 그런 기고만장은 별로 부자연스러워 보이지 않았다. 그 좋은 머리
로 하루에 열다섯 시간씩 읽는다는 그는 〈신은 바쁜 세월, 행복한 시절에
는 존재하지 않는다〉고 주장했다. 소주를 세 병이나 마시고도 시험 준비
를 할 수 있는 특이한 체질의 소유자이기도 한 그에게 세상은 황홀하리만
치 아름다운 낙원이었다.

　순후진중(淳厚鎭重)하던 하인후의 변모도 놀라웠다. 인후는 마시는 이
유가 다른데도 매일 동빈과 같은 양의 술을 마셔 댄다고 했다. 인후의 믿
음은, 확신에 가득 찬 과학적 분석과 충전하는 젊음의 의기에 눌려 빈사
상태를 헤매고 있는 것처럼 보였는데, 아니었다. 그는 무서운 절망에 빠져
있었다. 그는, 〈세상에서 가장 고단한 나사렛의 젊은이……〉에게 수술실
에서 그려지는 악의에 찬 독신(瀆神)의 풍경화를 보여 주고 싶다고 말했다.

　「우리는 언젠가 우리에게는 본능이 있고, 본능 너머에는 이성이 있고,
이성 너머에는 감성이 있고, 감성 너머에는 영성이 있을 것이라고 했다. 너
는 기억할 것이다. 나는 이성으로는 형제들 육신의 병을 낮고, 감성으로
는 형제들 마음의 상처를 어루만지고, 영성으로는 절대자에게 다가가고

싶다고 말했다. 그런데 나는 지금 내 피가 한 방울도 통하지 않는 이 의학이라는 학문에 코를 처박고 있다. 나는 하지 않으면 죽을 것처럼, 내 삶에서 참으로 하찮기 짝이 없는 이 공부에 목을 달아매고 있다. 이게 아닌데, 이게 아닌데 하면서……. 유복아, 나는 어쩌면 좋으냐?」

그는 묻고 있는 것이 아니었다. 그것은 절망의 선언이었다.

「나는 삶을 사랑한다. 그런데 바로 이 때문에 나는 죽게 될지도 모른다. 인후야, 그러면 나는 어쩌면 좋으냐?」

동빈은 현실적이었다. 그는 물적 증거를 확보하고 있는 형사가 되어 나에게 물었다.

「네가 선우하경과 동성로에서 술을 마셨다는 보고가 올라와 있다. 너에게 선우하경은 무엇이냐?」

「아무것도 아니다.」

「정말로 아무것도 아니냐?」

「아무것도 아니다.」

「내가 고장을 내어도 좋으냐? 너에게 길티 필링(죄의식) 같은 거 안 느껴도 되냐?」

「그것은 네 마음이다.」

「그런데 너는 치명적인 실수를 했다.」

「……」

「그 자리에 하경을 따라 나간 여자가 누군지 아나?」

「이름을 들었는데 잊었어.」

「한재인이 총애하는 고등학교 후배다. 물론 너를 잘 알고 있다.」

「……」

「병신. 좁은 바닥에서 놀 때는 정신을 좀 차리거라. 네 진심이, 궁금해하는 사람이 있을 때마다 뒤집어 보일 수 있는 버선목이냐?」

하인후는, 자기에게 없는 강점을 무수히 가진 같은 의과 대학생 기동빈에게 경도되면서 한 가지 치명적인 실수를 하고 있는 것으로 보였다. 그것은 베델 교회에서 우리가 함께 사랑하던 수많은 처녀들을 이교도인 기동빈에게 노출시킨 것이었다. 나는 하인후가 늑대임이 분명한 기동빈을 순진한 양 떼가 노는 양 우리 앞에다 데려다 놓은 사태에 경악했다. 인후에게 경고해 두고 싶었지만 나는 자제했다. 동빈에게 정지 신호를 할까 하다가 그것도 자제했다.

인후는 취하면 그답지 않게 이성을 잃고는 했다. 그러나 동빈은 아무리 취해도, 동빈답게 정신을 잃을 지경으로 마셔도, 공수단의 계산 장교처럼 낙하산의 낙하 지점을 정확하게 계산할 수 있는 위인이었다. 나는, 취하면 이성을 잃는 하인후를 기동빈보다 더 오래 사랑하게 될 것이라고 생각했다.

두 사람은, 휴가 나온 나를 위해 〈풀 코스〉라면서 음식도 사고 술도 사고 여자도 샀다. 그러나 나는 마지막 코스는 한사코 사양함으로써 그들이 만든 새로운 풍속과 유복한 체제, 특히 기동빈이 주체가 되어 있는 풍속과 체제에 합류하기를 거절했다.

나는 두 사람에게 월남으로 떠나게 되었다는 말은 하지 않았다. 기동빈의 험구가 내 피를 더럽힐 것 같았기 때문이었다.

상대에게 행선지를 속이면서 하는 이별은 비장하다. 살아서 돌아가게 될 줄을 알았다면 나의 떠남은 그렇게 비장하지 않아도 좋았을 것이다. 이 말은 내 이별의 비장함은, 내가 죽었을 경우에 아주 적절했을 것이라는 뜻이기도 하다.

부대로 돌아와 취침 나팔을 분 것은, 바로 전화 교환병이 야전 전화 교환기 SB-22의 콘센트 뚜껑이 일제히 하얗게 뒤집어지더라고 하던 밤이다. 취침 나팔 30분 뒤에 부는 것은 소등 나팔이다. 진혼곡으로도 연주되는 이 애잔한 소등 나팔을, 나는 눈물을 흘리면서 불었을 것이다.

그로부터 일주일 뒤, 재인에게서 예의 그 1인칭 소설 같은 편지가 날아왔다. 감정이 무섭게 절제되어 있는 재인의 글귀를 읽으면서 나는 마취도 하지 않은 채 수술을 받는 고통을 맛보아야 했다.

486

재인은 그가 있는 북쪽으로 절하고 이 글을 쓴다.

나는 왜 요즘 들어서 부쩍 그에게 절이 하고 싶어지는 것일까? 그와 맞절을 한 적이 없어서 그럴까? 마주 보고 꼬꼬 재배를 한 적이 없어서 그런 것일까?

개를 두 마리씩이나 쳐 죽이느라고 지칠 대로 지친 그를 마루방에다 재워 놓고 재인과 마로가 소리 없이 운 것을 그는 모를 것이다. 따뜻하던 안방이 우리에게 지옥이었던 것을 그는 모를 것이다. 그러나 온 세상의 겨울이라는 겨울은 다 몸으로 겪고 온 그에게 싸늘한 마루방이 천국이었을 리가 없을 터이므로 그 역시 불행해했을 것이다. 피멍이 들어 있던, 온기라고는 하나도 없어 보이던 그의 엉덩이가 눈앞에 어른거렸다.

그의 눈앞에서는 무엇이 어른거렸는지 궁금하다.

그는 천국이나 지옥은 이 땅에서 이루어지는 약속이라고 주장한다. 그렇다면 사람은 마음먹기에 따라 자기가 몸 붙이고 사는 이 땅을 천국으로도 지옥으로도 만들 수 있다는 이야기가 된다.

우리는 어디에 살고 있을까?

천국에 살고 있을까, 지옥에 살고 있을까?

그는 내가 만든 지옥에 살고 있다고 생각할 것이다.

그러나 나는 그가 만든 지옥에 살고 있지 않다. 나는 단지, 잘 조화되지 못하는 현실을 살고 있을 뿐이다. 왜냐하면, 천국이나 지옥이 이 땅에서 이루어지는 약속일 것이라는 그의 주장을 나로서는 승인할 수 없으므로……. 그것은 우리가 지었다 부수었다 할 수 있는 가건물이 아니다. 천국과 지옥에 관한 한 그의 난폭한 언어로는 우리 삶의 어떤 미세한 시행 세칙 하나 마련하지 못한다.

인왕산장을 떠나, 서울의 친구들과 어울리고, 선산을 다녀오고, 하우스만 신부를 만나고, 대구의 친구들을 만나고……. 그러고는 기가 죽은 모습을 하고 인왕산장으로 올라올 것이라던 나의 예상이 참혹하게 빗나가고 만 것은 비극이다.

대구에서 선우하경과 눈물겨운 재회를 할 수 있었던 그에게 우선 박수를 보내지 않으면 안 되겠다. 아나톨 프랑스의 소설 한 권을 사다 읽고서야 나는 그들이 나누었다는 대화의 깊은 의미를 이해할 수 있었다. 그들에게 서로의 교양은 얼마나 기특했던 것일까. 우수에 젖은 얼굴을 하고 주고받더라는 두 사람의 대화가 궁금하지만 지금은 그럴 때가 아니다.

그의 말에 따르면, 나에게는 그런 일에 간섭할 권리가 없다. 그의 이론에 따르면, 사람은 과거의 상속자, 과거의 퇴적이다. 나는 내 과거의 상속자이자 내 과거의 퇴적물, 그는 그라고 하는 사람이 구성하는 과거의 상속자이자 퇴적물이다. 그러므로 나에 대한 그의 사랑은, 나라고 하는 여자를 구성하는 과거의 퇴적물에 대한 사랑이다. 따라서 과거의 퇴적을 선택적으로 사랑하거나 미워해서는 안 된다…….

그는 알아야 할 것이다. 그의 행동이 수상하게 보이면서 이론 또한 수상하게 보이기 시작했던 것을.

그는 드디어 월남행을 결심한 모양이다. 한재인은 물론이고 하인후나 기동빈, 심지어는 선우하경에게도 드러내지 않은 것을 내 후배에게만 살며시 심술에 섞어 드러낸 것을 보면 그 결심이라는 것이 비장하기는 비장했던 모양이다. 그의 연출 솜씨가 돋보인다. 나의 선택을 합리화하기 위해, 그는 그런 사람이 아니었다고 주장하는 것은 삼가자.

그가 즐겨 읊던 한 일본 시인의 시가 생각난다.

〈아무도 모르는 사이에 감쪽같이 사라지고 싶어라…….〉

나는 왜 그에게 절을 하고 싶은 것일까?

꼬꼬 재배를 하지 못해서 그럴까?

아니다. 나는 정말 그에게 절하고 싶다.

절을 하면 그는 나를 용서해 줄지도 모른다.

나는 그의 휴학을 저지하지 못했다.

그의 입대도 저지하지 못했다.

입대한 뒤로도 역시 아무것도 저지하지 못했다.

결국 나는 그의 월남행도 저지하지 못했다.

참혹하게 버림받았다는 느낌을 내가 어떻게 삭일 수 있겠는가. 이제 그는 나를 아내라고 요구할 권리가 없다. 따라서 마로를 자기 아들이라고 요구할 권리가 없다. 그는 이성적인 인간이니까 요구하지도 않을 것이다.

나는 지난주 그와 나의 아들 마로를 내 오라비 한재기(韓宰基)의 첫 아들로 입적했다. 그러고는 눈물의 잔치를 벌였다. 그를 초대하지 못했던 것이 마음에 걸린다. 그러나 나에게는 그의 행선지가 남아 있지 않았다. 그는 어쩌면 마로의 문제를 자기 나름의 방법으로 수습하려고 할지도 모른다. 나는 그의 요구를 받아들일 것이다.

그러나 나는 그에게, 최선을 다해 우리의 아들 마로를 보살피겠다고 약속할 수 있다. 그가 요구하면 언제든지 마로를 돌려주겠다는 약속도 할 수 있다. 마로에게 필요한 것은 호적이지, 한재기가 아니다. 마로는 그와 나의 아들이다. 이것은 한재기도 부정하지 못한다.

그가 내 옆에 있었다면 나를 저지할 수 있었을 것이다. 그러나 그는 내 옆에 있지 않았다. 내 어머니도 내 오라비 한재기도 내 올케도 저지하지 못했다. 그는, 마음먹은 바를 결행하되 나에게 저지할 겨를을 주지 않고 밀어붙이는 그만의 독특한 비법을 나에게 전수해 주었는데 이것만은 그에게 고맙게 생각한다.

그에게 고마워할 것이 또 있다. 마로를 한재기의 아들로 입적시키고 보니 그의 호적과 내 호적에는 우리가 만나서 사랑하고 아들을 낳았다는 어떤 흔적도 남아 있지 않게 되었다. 그는 얼마나 고마운 사람인가.

나는 그를 무섭게 사랑했다. 지금도 그를 사랑한다. 내가 그를 증오하고 있는 것이 그 증거이다. 나는 앞으로도 그에 대한 사랑 때문에 몸부림칠 것이다. 그러나 그를 잊으려고 애쓰지는 않을 것이다.

이 세상에서 내가 저지른 죄악 가운데서 가장 끔찍한 죄악, 영원히 용서받을 수 없는 죄악은 무섭게 짜릿하던 그의 사랑을 하늘의 은총에다 견준 죄악일 것이다. 나는 한 인간이 다른 인간을 그렇게 행복하게 만들어 줄 수 있다고 생각해 본 적은 한 번도 없다. 나는 그 사랑을 누리기 위해 그의 앞에 무릎을 꿇었다. 그런데 그는 조금씩 조금씩 내 곁에서 멀어지더니 지금은 아득히 먼 곳으로 떠나려 한다. 나는 이제야 한 인간이 다른 인간을 얼마든지 행복하게도 불행하게도 만들 수 있다는 것을 알게 되었다. 나는 죄가 많다. 만각(晩覺)의 죄악은 아니다. 나는 부러 모르는 척했으니 죄가 많다. 지금부터 나는 내가 지은 죄의 빚을 갚아 나가야 한다. 갚아 나갈 마음의 준비도 되어 있다.

그와 함께 하면서 내가 누린 행복은 감미로웠다. 이제 하늘은 그 감미를 상쇄하고도 남을 만큼 신산한 벌을 내릴 것이다. 나는 그것을 달콤하게 체험하고 또렷하게 기억하고 있는 나의 육신에 견딜 수 없는 배신감을 느낀다. 그러나 나는 내 육신의 잠을 깨우고 어머니가 되게 한 그를 더 이상 원망하지 않으려고 한다. 그는 위대했다.

그러나 하느님께 맹세코, 나는 이 세상의 다른 어떤 인간과도 그런 사랑을 되풀이하지는 않을 것이다. 그러므로 그는, 다른 사람의 품에 안겨 있는 한재인의 모습은 보지 않아도 좋을 것이다. 나도 다른 여자의 품에 안겨 있는 그를 보지 않았으면 좋겠다.

그가 나를 믿지 않으므로 그의 무운(武運)을 비는 내 기도는 유효하지 못할 것이다. 그래서 나는 그에게 비는 수밖에 없다. 물리학적 상상력이 조금 모자라는 그에게, 그 험한 나라 무서운 전쟁터인 베트남에서는 좀 자중자애하실 것을 마로의 손을 잡고 당부하는 수밖에 없다. 그가 내 앞에 있었다면 나는 이런 인사를 했을 것이다.

〈사랑합니다, 안녕.〉 한재인

어머니 장례에 불참하기로 한 이래 재인이 결정적인 대목에서 일으킨 두 번째 반란이었다. 반란의 빌미를 마련해 준 것이 나였다는 것은 부인하

490

지 않겠다.

2월 말에 나는 부대를 떠났다. 공교롭게도, 나팔수의 신호 나팔이 녹음된 신호 나팔 소리로 대체된다는 우울한 소식이 날아든 직후였다. 나는 운이 좋아서, 신호 나팔을 빼앗기고 녹음기나 틀고 앉아 있는 지독한 수모는 당하지 않아도 좋았다.

〈……신호 나팔이 곧 녹음기로 대체될 것이라고 한다. 《열반(涅槃)》은 아름답다. 그러나 《니르바나[涅槃]》라는 이름의 술집이 늘어 가고 있는 것은 한심하다.〉

불편한 심경이 드러나 있는 그즈음의 메모이다.

떠나기 전 약 한 달 동안 나는 강원도 산간 지방에 있는 어떤 부대에서 월남 전쟁에 적응하는 훈련을 받았다. 이 부대를 떠나기 직전 우리는 손톱, 발톱과 머리카락의 일부를 깎아 작은 봉투에 넣고 겉에다 수신인의 이름을 썼다. 이름을 쓰면서 우는 전우도 있었다.

〈전사할 경우 보상금의 수혜자가 될 사람의 이름과 본인과의 관계를 명기하시오.〉

나는 이 전대미문의 냉기가 도는 서류에 서명하고 수혜자의 이름을 썼다.

〈한재인. 처.〉

29
크레슨트 해변

강원도에 있던 현지 적응 훈련 부대를 떠나 기차로 부산에 도착, 부산에서 대기하고 있던 거대한 미군 수송선을 탄 것은 3월 말의 일이다. 약 7백명의 파월 병력을 실은 수송선은 부산에서 서남쪽으로 침로를 잡고는 타이완을 오른쪽으로 두고 남하, 한 주일 만에 월남의 북부 도시 다낭을 지나 캄란 항에 입항했다. 우리는 여기 항구에서 비행장으로 트럭에 실려 갔다가 다시 수송기로 사단 사령부가 있는 닌호아로 실려 가고, 여기에서 다시 헬리콥터에 실려 월남 중부의 해변 도시 뚜이호아의 전투단 본부 기지로 날아 들어갔다.

8일 동안의 긴긴 여정을 나는 이렇게 불성실해 보일 정도로 짧게, 그리고 숨 가쁘게 설명하고 넘어가지 않으면 안 되겠다. 새삼스럽게 그때의 착잡하던 심경을 떠올리기 싫은 탓이다. 한국의 초봄 날씨가 아열대의 혹서로 바뀌어 가는 것을 경험하면서 나는 여드레 동안 내내 죽음의 예감과 하경에 대한 죄의식과 재인의 배신을 되새기면서 끊임없이 악몽의 후유증에 시달리지 않으면 안 되었다.

내가 다시 스물네 살의 씩씩한 청년으로 되살아난 것은, 체구가 우리보다도 훨씬 작은 까만 파자마 차림의 월남 사내들, 허벅지가 드러나는 아오자이 차림의, 젖가슴이 작고 단단해 보이는 월남 처녀들을 보았을 때일 것이다. 우리는 그 월남 처녀들을 바라보면서〈조런 거라면 내 배 위에 셋

492

까지도 너끈하게 태우겠다〉는 농담을 하면서 긴장을 풀었다. 그들은 어찌
그렇게도 작아 보이던지. 한국 전쟁 당시 한국에 왔던 유럽의 많은 유엔군
병사들도 같은 느낌을 받았을 것이다.

월남에서는 한국 전쟁 중 혹은 그 뒤에 우리가 경험하던 현상이 되풀이
되고 있는 것 같았다. 그러나 그들이 우리가 겪은 것과 똑같은 가난에 시
달리고 있는 것 같지는 않았다. 먹거리에 관한 한 아열대의 물산이 풍부하
기 때문이었을 것이다. 문화가 앓고 있는 증세는 우리의 경우보다 심각한
것 같았다. 그들은 전쟁에 시달릴 대로 시달려 전쟁 경험에 관한 한 작은
도사들 같았다.

연대 규모의 전투단인데도 불구하고 우리는 헬리콥터로 들어갔다. 이
것은 육로가 시원치 않거나, 있다고 하더라도 대규모의 병력을 수송할 수
있을 만큼 안전하지 못하다는 뜻이다. 나는 헬리콥터 전투단 기지를 내려
다보면서 원형으로 둘러쳐진 철조망과 지뢰 지대가 원형에 가까운 단 본
부 기지 넓이의 몇 갑절이나 되는 데 우선 놀랐다. 상공에서 내려다보는
전투단 기지는 하나의 섬 같았다. 뒷날 육군 전세기 위에서 오키나와 근방
의 한 산호초를 내려다보면서도 내가 처음으로 공중에서 내려다보던 전
투단 기지를 생각했다. 항공기에서 내려다보면, 물 위로 드러나는 산호초
섬은 거대한 산호초 뿌리의 지극히 작은 정상 부분에 지나지 않는다는 것
을 알 수 있다.

전투단 한가운데 있는 단 본부를 제외하고는 거의 대부분의 주변 막사
가 지하로 들어가 있는 것도 대단히 인상적이었다. 나중에 알게 되었지만,
철조망 지대 밖에서 적군이 박격포 공격을 가할 경우에 대비해서 박격포
의 사거리에 들어가는 막사는 모두 지하 막사가 되어 있는 것이었다.

「실제로 박격포 공격이 있습니까?」

「어젯밤에도 있었다. 열두 발……」 나의 물음에 우리를 인솔하던 인사
과 선임 하사관이 대답했다.

내가 상상하던, 야자수 우거진 아름다운 해변 도시는 단 본부에서 십여

킬로미터나 떨어진 곳에 있었다. 그 십여 킬로미터가 얼마나 아득히 먼 거리인가를 깨달은 것은, 시내의 창가(娼家)에 갔던 한 하사관이 정체불명의 괴한들 손에 교살당하고 난 다음의 일, 월남에는 전선이 없다는 것을 체감한 뒤의 일이었다.

 단 본부에 있는 근무자들은, 10명 남짓한 미군 근무자와, 비슷한 숫자의 월남인 노무자를 제외하면 대부분이 한국군이었기 때문에 이국에 왔다는 느낌을 받을 기회는 적은 편이었다. 내 눈에 생소해 보인 것이 있다면 그것은 한국에서는 분재 식물인 열대 식물이 부대 안 곳곳에 야생하고 있다는 것, 길이가 한 자 가까이 되는 도마뱀이 식당 주변을 예사로 어슬렁거려도, 심지어는 막사 천장에 붙어서 모기를 잡아먹고 있어도 쫓으려하는 사람이 없다는 것, 죽음의 공포를 고통스러워하는 병사들을 위해 사격장이 개방되어 있어서 시도 때도 없이 기관총 소리가 들려오고 있다는 것, 단 본부에 붙어 있는 이동 외과 병원 헬리포트로는 끊임없이 병원 헬리콥터가 내려앉는데도 빈 헬리콥터는 지극히 드물다는 것, 전우들의 대화가 늘 〈죽음〉과 〈돈〉을 맴돌고 있다는 것 등등이었다.
 월남에 대해 내가 알고 있었던 것은, 군대가 제공하는 군사 정보의 수준을 맴돌았다. 문화적인 측면의 이해가 있었다고 해봐야 『삼국지연의』에 〈남만(南蠻)〉이라는 이름으로 등장하는 나라, 제갈공명의 손에 일곱 번 놓여나고 일곱 번 사로잡히는 맹획(孟獲)의 나라쯤으로 인식하는 한심한 수준에 있었다. 월남에 도착하는 대로 영어로 된 월남어 교본을 구해 읽고서야, 외세에 오래 시달림을 받아 왔어도 월남 역시 기본적으로는 풍부한 한자권의 문화를 뿌리로 삼고 있는 나라임을 알았다. 월남어의 상당 부분은, 일본어가 그렇듯이 한자 문화에 길이 든 우리에게는 상당히 친숙했다. 그러므로 한국인이 단 하룻밤에 수백 개의 월남어 단어를 암기해 냄으로써 월남어를 배우고 있던 미군들을 깜짝 놀라게 하기는 식은 죽 먹기였다.
 〈삭(冊)〉, 〈구옴(劍)〉, 〈쿵(弓)〉, 〈콩티(公司)〉, 〈친푸(政府)〉, 〈다이흑(大

494

學)〉 같은 명사, 〈카(佳)〉, 〈토(大)〉, 〈헵(峽)〉 같은 형용사에서는 물론, 심
지어는 〈단단(漸漸)〉, 〈치(只)〉 같은 부사에서도 우리는 한자의 흔적을 읽
어 낼 수 있었다. 〈다일로〉, 〈도클랍〉, 〈동타이남바크〉 같은 말들이 미국
인들에게는 암호처럼 들렸을 것이다. 그러나 우리에게는 이런 단어들은
각각 〈다일로(大路)〉, 〈도클랍(獨立)〉, 〈동타이남바크(東西南北)〉가 된다.
단 하룻밤 월남어 교본을 뒤적거린 깜냥으로 〈도클랍친푸(獨立政府)〉 같
은 복합 명사를 만들어 내는 것도 우리에게는 가능했다.

　미군이 군사 기지로 쓰고 있는 월남의 항구 도시 캄란(金蘭)에서 중국
문화의 오지랖을 생각해 보는 한국인……. 나는 이렇듯이 복잡한 시대를
살고 있었다.

　나의 월남은 벼랑 같은 곳이었다. 벼랑에서 아래로 몸을 날리는 것은 두
렵지 않았다. 그러나 마음이 담담했던 것만은 아니다. 나는 불확실한 미
래에 관한 불안을 떨쳐 버리는 한 방법으로 사격장을 찾아가는 대신 모래
밭에다 속에 모래를 채운 사낭(砂囊) 하나를 세워 놓고 거기에다 대검을
던지고는 했다.

　나는 일등병 시절 중대에서 관상쟁이로 이름을 얻은 이력이 있다. 앞에
서 썼듯이, 내가 관상쟁이를 그만둔 것은 어떤 사람에게서 받는 직관적인
인상이 종종 무서울 정도로 정확하게 그 사람의 과거를 읽게 만들었기 때
문이다. 나는 직관이 거기에서 더 발달하면 진짜 관상쟁이가 될 것이 두려
워, 그것을 이용해서 못된 짓을 하게 될까 봐, 장난으로 시작한 그 노릇을
그만두었던 것이다. 나에게 사람을 읽는 일이 가능했던 것은, 비록 장난이
기는 하지만 그 일에 온 정신을 집중시켰기 때문일지도 모른다. 그런 일에
정신을 집중시킬 수 없게 된 지금, 나에게 그때의 흉내를 내는 것은 전혀
불가능하다.

　나는 극도의 긴장 상태에 있는 정신은 종종 우리의 이성으로는 설명할
수 없는 일을 가능하게 한다고 믿는다. 나는 병적인 정신의 긴장 상태가

샤먼[巫覡]의 초능력을 가능하게 한다고 주장하는 어느 무속 학자의 글을 읽은 적이 있다. 사낭을 향하여 군용 대검을 던지는 연습이 반드시 장난으로 시작된 것만은 아니다. 공수단에서도 우리는 칼을 던지는 훈련을 얼마간 받은 적도 있다. 그런데 놀라운 일이 일어났다. 세 개의 사낭을 서로 잇대어 나란히 세워 놓고 칼을 던졌는데 연습을 사작한 지 사흘이 못 되어 어떤 사낭에든 마음먹은 대로 칼을 꽂을 수 있게 되었던 것이다. 칼이 꽂히는 깊이도 내게는 믿기지 않을 정도로 깊었다. 나는 칼을 〈티이삼삼(TE-33)〉이라고 불리던 군용 주머니칼로 바꾸어 보았다. TE-33은 다목적 주머니칼이어서 자루 쪽이 몹시 무거웠다. 자루 안에 소형 톱, 캔 오프너, 송곳 같은 것이 여러 개 접힌 채로 들어 있었기 때문이었다. 보통 자루가 무거운 칼은 던져서 목표물에다 꽂기 어려운 법이다. 칼이라고 하는 것은 날아가면서 무거운 쪽이 앞서기 때문이다. 따라서 칼을 잘 다루지 못하는 사람이 던지면 칼끝이 목표물에 꽂히는 대신 자루가 목표물을 때리는 것이 보통이다. 그런데 나에게는 다목적 주머니칼을 던지는데도 자루가 목표물을 때리는 일은 일어나지 않았다. 내 손을 떠난 주머니칼은 정확하게 세 개의 사낭 중 내가 마음먹었던 사낭에 깊이깊이 꽂히고는 했다.

전투단의 전투 부대에 배속되었는데도 월남으로 갓 파견된 이른바 월남 신병들에게는 보직이 주어지지 않았다. 우리에게는 근 한 달간을 놀고 먹으면서 해외 파견 전투 부대의 분위기를 익히는 자유가 허용되어 있었는데 이런 우리들을 월남의 고참병들은 〈돼지〉라고 불렀다. 잔칫날이 오면 전부는 아니라고 하더라도 일부는 희생을 면하기 어려웠기 때문일 것이다. 나는 이 기간을 거의 혼자서 칼을 던지는 데 보낸 것 같다.

내가 거의 매일같이 지하 막사 옆에서 이런 짓을 하고 있는 것을 본 한 중사가 미국에서 만들어진 투검용 나이프 한 자루를 보여 주면서 사지 않겠느냐고 물었다. 나는 호된 값으로 그 칼을 샀다. 접었다 폈다 할 수 있게 만들어진 이 투검용 나이프에는 역시 접었다 폈다 할 수 있는 날개가 붙어 있었다. 칼날과 날개가 펴져 있을 경우 이 칼은 초심자가 던져도 항상 똑바로 날아가게 설계되어 있었다. 똑바로 날아가야 날개가 공기의 저항을 가장 적게 받기 때문이었다.

나는 이 칼을 던져 도마뱀을 무수하게 죽이기도 했고, 작전 중에는 다람쥐를 죽인 일도 있다. 작전 중, 나무 밑에서 〈C 레이션〉이라고 불리는 전투용 식량을 먹고 있는데 무엇인가가 눈앞을 지나갔다. 어찌나 속도가 빠른지 나는 그것을 다람쥐로 알아보지 못했다. 나무 위를 올려다보니 언제 가로챘는지 다람쥐가 비스킷을 채어 물고 큰 가지를 건너고 있었다. 무심코 나는 투검용 날개칼을 펴서 다람쥐를 향해 던졌는데 놀랍게도 칼은 다람쥐의 몸을 관통한 뒤 나뭇가지에 꽂혔다. 핏방울과 비스킷이 거의 동시에 떨어졌다.

이 광경을 가까이서 본 세 전우가 다른 전우들 앞에서 이것을 어떻게 증언하게 될 것인가를 상상하기는 어렵지 않다. 그들은, 나의 칼은 〈M16보다 빠르고 정확하다〉는 소문을 퍼뜨렸다. 나는 그 뒤로 몇 차례 투검의 시범을 보이지 않으면 안 되었다. 나는 지금 과장을 하고 있는 것도 아니고, 나의 무용담을 자랑하고 있는 것도 아니다. 단지 내가 경험한 극도의 정신적 긴장을 설명하기 위해, 그 정신적 긴장이 도무지 가능하지 않는 일을 해내더라는 것을 설명하기 위해 이 이야기를 하는 것뿐이다.

7개월간 작전 요원으로 밀림을 누빈 뒤에 나는 한직을 얻었는데, 그때 도서관 기둥에다 장난삼아 그때 던지던 칼을 던져 보고 다시 한 번 놀랐다. 칼이 전혀 목표물을 명중시키지 못하는 것이었다. 그래서 나는 전설 같은 소문을 듣고 칼 던지기를 배우고자 하던, 뒷날 나의 사랑하는 친구 지명 스님이 되는 정태우 병장을 몹시 실망시키지 않으면 안 되었다.

이동 외과 병원 헬리콥터는 하루에도 몇 차례씩 피투성이가 된 전우들을 싣고 오고는 했다. 병원의 위생병들은 헬리콥터에서 내려진 담가를 들고 외래과 응급실로 들어가거나 영현 안치소로 들어가거나 했는데, 외래과로 들어갈 때는 위생병들의 발걸음이 몹시 빨랐고 영현 안치소로 들어

497

갈 때는 발걸음이 유난히 느렸다.

전투단에 떨어지고 나서 근 한 달간 그런 광경을 지켜보면서 죽음의 공포에 시달렸던 것은 사실이다. 자살을 결심한 사람에게도 느린 죽음은 무서운 법이다. 그러나 나는 죽음에 깨어 있고자 했다. 나는 말수를 줄이고, 술을 줄이고, 어떤 사람들이 죽어서 돌아오는지 죽음이 어떻게 그에게 다가갔는지 관찰했다. 나는 내 정신의 긴장 상태에 영향을 줄 만한 사람들에게는 편지를 자제하기로 했다. 나는 재인에게도 편지를 쓰지 않았고 인후에게도 편지를 보내지 않았다. 죽음이 두려워질 만큼 행복해지는 일도 생기지 않도록 주의를 기울였다. 그리고 만일에 죽음이 찾아오면 담담하게 그것을 맞아들일 마음의 준비도 했다. 나는 희망을 갖지 않으려고 애썼다. 사념은 사념체를 산출한다……. 이것은 내가 오랫동안 지녀 온 믿음이었다. 나는 죽음을 생각함으로써 죽음을 창출하지 않도록 마음을 다잡았다.

내가 월남에 도착해서 맨 먼저 편지를 써 보낸 대상은 김하일이었다. 아마 내 긴장 상태에 크게 영향을 줄 만한 사람이라고는 생각지 않았기 때문일 것이다. 나는 무지하고 경험이 적고 나이가 어린 주제에 그의 앞에서 허풍을 떨어 댄 데 대해 죄의식을 느끼고 있었다. 어쩌면 적당한 기회에 그것을 고백하기 위해 편지를 띄웠는지도 모른다.

그런데 그에게서 날아온 편지는 나를 경악하게 했다. 나를 경악게 한 것은 인생을 사는 그의 진지한 태도, 그가 구사하는 잔잔하면서도 아름다운 문장이었다.

이 편지에서 나는 〈이 박사〉라고 불리고 있는데, 이것은 연대 본부에서 연극을 연습하면서 내가 얻은 별명이다. 이것은 훈장이 아니다. 내가 얼마나 세상에 모르는 것이 없는 사람처럼 허풍을 쳤으면 이런 별명이 붙었을 것인가. 따라서 이것은 나의 훈장이 아니라 전과 기록인 셈이다.

나는 그로부터 받은 열다섯 통의 편지를 그럴 필요가 있을 때마다 여기에다 그대로 옮겨 놓음으로써 그가 인생을 얼마나 진지하게 사는 사람이고 얼마나 문장을 아름답게 쓰는 사람인가를 다시 한 번 확인하고자 한다.

이 박사.

이 박사가 부친 편지가 나에게는 최초의 〈월남에서 온 편지〉입니다. 몇몇 친구들이 그곳에서 복무하는 동안 야자수 얘기랑 월남의 달밤 얘기를 전해 주려고 노력은 하였지만 참담하게 실패한 것은 이 박사도 겪어 본 일이겠고, 우선 당신의 신뢰할 만한 르포르따주에 우선 감사를 드립니다.

우리들의 편지가 한 달의 반쯤이나 되는 날짜를 잡아먹으며 왕래할 적에 우리는 세월을 실감하게 되는 그런 행운을 누리게 될 것입니다. 중국식으로 과장하자면 이 박사 떠난 게 엊그제 같은데 말입니다.

이 박사가 주고 간 공수 교육에 관한 책은 정말 잘 읽었습니다. 마크 트웨인이 소설류보다도 수학에 관한 새로운 논문에 더 흥미를 가졌던 것처럼 우리들의 관심은 공수 교육과 같은 싱싱한 동작입니다. 책이 너무 남루하여 내 노트에 옮겨 적고 나서 희소가치를 부여하기 위해 아낌없이 불살랐습니다. 책갈피마다 틈틈이 적어 넣은 이 박사의 꼬불꼬불한 필체를 더듬어 보며 나도 어느덧 공수 교육의 이수자가 되어 가고 있습니다. 진하게 경험하는 분이여, 당신의 출국 선물은 정말 멋있는 물건이었습니다.

나는 아직 변함없이 대공 근무를 하고 있습니다. 습작 노트를 한 아름 껴안고 산정에 오를 때면 굉장한 대작이 하나 탄생할 것만 같더니 군대 생활이란 묘하게도 자유스러운 일에 압력을 넣을 줄 알더군요. 높은 사람들의 예기치 않은 순찰, 땍땍거리는 TA-1의 마찰음, 보고해 주어야 할 항공기의 비행, 너무 뜨거운 햇빛, 오후 1시부터 불어오는 정체 모를 편서풍, 이런 것들한테 굴복하여 결국 산 위에서 무엇을 써보겠다는 생각을 포기하였습니다.

일주일에 한 번씩 흐뭇하게 마스터베이션을 즐기고 지독한 공상 속에 빠져 있다 보니 열일곱 살 때의 혈기가 되살아나는군요. 대공 근무를 하면서 향상된 게 있다면 할미새의 상태, 솔씨를 먹고 사는 새들의 채집 행위, 산새들의 건축술, 도마뱀의 식성, 종달새의 교성, 꿩의 포복 능력과 위장술, 할미꽃의 생성 과정…… 이런 것들에 대한 관찰력뿐입니다.

이 박사, 정말 그렇습니다. 나는 자연 가운데 있습니다. 하루에 열 시간씩이나 말입니다.

가끔 도스또예프스끼나 까뮈, 앙드레 지드, 가와바타의 세계에 대하여 생각합니다. 그것들의 한 조각도 아직은 제대로 섭취하지 못하고 있지만 이것 한 가지만은 알고 있습니다. 우리는 어설프게나마 그들을 모방하기 위해서만이라도 우리 전 생애를 던져 다시 시작하지 않으면 안된다는 것을 말입니다.

무서운 일이 아닙니까?

그래서 나는 산봉우리에 앉아 항상 초조하고 고독하고 더 말할 수 없이 불행한 것입니다.

이 박사.

내가 10년 걸려 할 수 있는 일을 당신은 5년에 해치울 수 있습니다. 모든 것을 진하게 총명하게 경험하고 지칠 줄 모르는 호기심과 탄력으로 살아가는 당신 같은 분은 무엇이든지 할 수 있을 거예요. 제대하면 총알같이 뛰어나가 끈덕지게 일하겠습니다.

……새 친구는 조금만 사귀고, 너무 많이 먹지 말고, 그러나 많이 보고 많이 들을 것. 월남 여인과 절대로 간음하지 말 것이며 편지는 받는 즉시 답장할 일입니다.

가는 데 보름, 오는 데 보름.

그럼 한 달 동안 내내 건강하시오. 김하일.

나는 그에게 어떤 편지를 보냈는지 기억하지 못한다. 까닭은 뒤에 설명될 것이지만, 내 편지는 그의 수중에 남아 있지 않다. 우리의 서신 교환이

500

권투 시합에 견줄 수 있는 것이라면, 그때 어떤 주먹을 날렸는지 기억하지 못하는 나로서는 그의 움직임을 통해서 그때 내가 어떤 동작을 취했는지 짐작하지 않으면 안 된다.

어떤 의미에서 그의 편지는 당시의 내 모습이 비치는 대로 가만히 각인된 여러 장의 거울과 같다.

나는 월남의 해변 도시에 주둔한 전투단에서 두 차례의 〈장거리 정찰 작전〉과 네 차례의 〈수색 정찰 작전〉에 참가하면서 두 차례에 걸쳐 죽을 고비를 넘겼고, 두 차례에 걸쳐 적으로 하여금 죽을 고비를 넘기지 못하게 하였으며, 두 차례에 걸쳐 동료의 죽음을 곁에서 바라보았고, 두 차례에 걸쳐 부대를 탈출했다. 그러고도 총 맞아 죽지도 매 맞아 죽지도 않았던 것은 운이 좋았기 때문일 것이다.

월남에서 〈작전〉이라고 하는 것은 길게는 20일, 짧게는 10일간 일정한 범위에 이르는 적의 본거지, 혹은 적정(敵情)이 있는 것으로 판단되는 지역을 수색하는 일을 말한다. 병력은 보통 헬리콥터로 작전 지역에 투입되는데 이렇게 투입된 병력은 중대별, 대대별로 작전 담당 지역의 수색을 완료하고 사전에 약속된 작전 지점에서 합류, 헬리콥터 편으로 본대로 귀환하게 된다.

공수대원들이라고 해서 낙하산으로 작전 지역에 투입되는 것은 아니었다. 월남의 밀림은 낙하산이 뚫고 들어갈 수 있는 그런 숲이 아니었다. 초록색 털실 꾸러미를 계곡에다 꾹꾹 눌러다 놓은 것 같은 월남의 밀림으로는 햇빛도 창날이 되어 파고들어야 했다. 나는 월남에 낙하산 부대가 있다는 말을 들어 본 적이 없다.

작전이 계속될 동안 보급품은 3~4일 간격으로 헬리콥터에 의해 보급된다. 따라서 전투대원은 보급 당일의 경우 최소한 4일분의 식량과 4일분의 식수와 탄약을 짊어지고 다니지 않으면 안 된다. 우리 부대의 경우 하루의 수색 범위는 4킬로미터 정도였던 것으로 기억한다. 한국의 경우 4킬

로미터라면 한 시간 거리에 지나지 못한다. 그러나 정글 속의 4킬로미터
는 40킬로미터와 별로 다르지 않다. 대개의 경우 〈벌목도〉라는 칼로 정글
을 뚫으면서 나아가야 하기 때문이다. 정글의 가시나무, 그중에서도 우리
가 〈놀다 가세요 나무〉라고 명명한 가시나무는 시도 때도 없이 우리의 전
투복이나 배낭을 잡고 놓아주지 않았다.

거기에 전투대원이 짊어져야 하는 짐의 무게가 있다. 〈C 레이션〉이라고
불리는 전투 식량 한 끼분들이 상자는 목침 정도의 부피와 그 갑절의 무게
를 지닌다. 4일분이면 열두 개가 되는 셈이다. 식수는 넉넉하게 마시려면
한이 없지만 갈증이 날 때 수통 뚜껑으로 받아 목을 축이는 정도로만 준
비해도 하루에 군용 수통으로 네 통이 필요하다. 따라서 4일분이면 열여
섯 통이 되는 셈이다. 물론 식량과 식수의 무게는 날이 갈수록 줄어든다.
여기에다 실탄 150발, 연막탄 두 개, 수류탄 여섯 발, 방독면, 신호탄 두
개, 로켓포를 짊어지면 그 무게는 보통 40~50킬로그램에 이른다.

장거리 정찰이, 살인적인 더위와 독충과 〈부비트랩〉이라고 불리는 적의
함정과 저격이라는 변수가 없다면, 지금이라도 다시 한 번 떠나 보고 싶은
썩 괜찮은 정글 관광이기는 할 것이다.

월남 땅에 떨어진 지 두 달 만에 나는 행정 하사관으로부터 이상한 질문
을 받았다. 그는 나에게 물었다.

「최근에 잠자면서 가위눌려 본 적 있나?」

「없습니다.」

「이상한 예감에 시달리고 있나?」

「아닙니다.」

「그러면 이번 작전에 투입된다. 좋은가?」

「잠자면서 가위눌리고 시도 때도 없이 예감에 시달린다면요? 그러면 작
전에 투입되지 않습니까?」

「반드시 그런 건 아니지만 나는 죽어도 못 나가겠다는 사람은 내보내지

502

않는 주의다.」

「그런 사람은 여기에 와 있지도 않겠지요.」

이렇게 해서 나는 무전병으로 장거리 정찰 작전에 투입되었다.

투입되기 전날 밤에는 술이 거의 무제한으로 나왔다. 그러나 술을 많이 마시는 대원은 대개 고참 대원들이었다. 술을 마시는 대신 빨래나 하려고 양동이 대신으로 쓰이던 탄약통에다 물을 채우고 작업복을 담그고 있는 나에게 한 고참 하사가 말했다.

「불안한 줄 안다. 그러나 불안보다는 호기심이 도움이 될 것이다. 술이나 마셔라. 신변의 물건을 만지고 있으면 잡생각이 인다.」

아닌 게 아니라 잡생각이 일었다. 작업복을 넣고 있는데 문득 〈돌아와서 이 작업복을 입을 수 있게 될까〉, 이런 생각이 들었으니까.

작전 전날 밤에 나는 술자리에 끼지 않고 혼자 사냥을 세워 놓고 칼 던지기를 했다. 단 본부 직할 포대는 간헐적으로 조명탄을 쏘아 올렸는데 이 조명탄은 낙하산에 매달린 채 살랑살랑 내려오면서 단 본부 안을 대낮처럼 밝히고는 했다. 조명탄이 지면에 닿을 때면 무수한 그림자들은 하늘로 올라가다가 이윽고 어둠 속으로 사라지고는 했다.

헬리콥터에 실려 〈LZ〉라고 불리는 착륙 지점으로 들어가는데 갑자기 헬리콥터 양쪽 문에 붙어 서 있던 미군 기관총수들의 기관총이 불을 뿜었다. 착륙 지점 곳곳에서는 한 트럭은 좋이 되어 보이는 붉은 흙이 하늘 높이 솟았다가는 우수수 떨어지고는 했다. 적의 포격으로 오인하고 낯색을 잃어 가는 나를 보고 한 하사관이 손나팔을 만들어 내 귀에다 대고 〈겁먹지 마, 아군의 교란 사격이다!〉 하고 소리쳤다.

헬리콥터는 지상에서 한 길 정도 되는 높이에서 대원들을 투하했다. 전투대원들은 무거운 배낭을 벗어 먼저 떨어뜨린 뒤에 소총만 든 채로 가볍게 뛰어내렸다. 그러나 내 배낭에는 무전기가 달려 있어서 그럴 수가 없었다. 나는 배낭을 맨 채로 뛰어내렸다. 무릎과 발목에 통증이 왔다. 40킬로

그램이 넘는 배낭 짐에다 무전기와 무전기의 예비용 배터리까지 합해서 50킬로그램 이상의 전투 장비를 짊어지고 있었던 셈이다. 우리는 헬리콥터가 상공에서 사라지기가 무섭게 대장의 수신호에 따라 밀림 속으로 들어갔다.

그로부터 20일간이나 우리는 밀림 속을 수색해 나갔다.

상대가 군인일 경우, 본국에서 우리는 그 군인의 얼굴색만 보고도 그가 어떤 일을 하고 있는지, 고생스럽게 근무하고 있는지 편안하게 근무하고 있는지 대충 짐작하고는 했다. 산야를 헤매는 전투병들의 얼굴은 대개 햇빛에 그을리는 바람에 검고 거칠고, 실내에서 근무하는 행정병들의 얼굴은 희고 고운 것이 보통이기 때문이었다. 그러나 월남에서는 전투대원들의 얼굴보다는 행정병들의 얼굴빛이 더 검었다. 밀림에서 20일쯤 작전을 끝내고 오는 전투대원들의 얼굴은 핥아 놓은 죽사발처럼 허여멀게지는 게 보통이었다. 햇빛 아래로 노출되는 기회가 아주 적기 때문이었다. 월남의 행정병들은 실내에서 근무하는 시간이 많은데도 얼굴이 검었다. 복사광이 워낙 강하기 때문일 것이다.

작전 중에 내가 경험한 또 한 가지 재미있는 점은, 가령 네 개 팀의 마흔네 명 병력이 투입되어도 작전이 끝날 때까지 서로 만나 얼굴을 볼 수 있는 전우는 네댓명이 되지 않는다는 점이었다. 밀집하면 적의 로켓포나 기총 소사를 받을 가능성이 높아지기 때문에 우리의 개인 거리는 10여 미터에 달했다. 전투대원과 전투대원의 개인 간격을 10미터 정도로 유지한 채로 움직이기 때문에 장거리 정찰대는 길이가 4백~5백 미터에 이르는, 문자 그대로 거대한 장사진을 이루고는 했다.

선배들로부터 작전 중에는 세수도 않은 채, 이빨도 닦지 않은 채, 면도도 하지 않은 채로 지내야 한다는 말을 들었을 때 나는 처음에는 믿지 않았고, 그것이 사실이라는 것을 알고부터는 몹시 불편할 거라는 생각이 들었다. 그러나 내 경우 그 기나긴 20일 동안 조금도 불편을 느껴 본 적이 없다. 세수도 해보지 못했고 이빨도 닦아 보지 못했다는 것을 깨달은 것은 부대로 귀환해서 20일 만에 씻고 닦고 있을 때였다.

내 코는 아직도 훈련소에서 맡은 땀 냄새를 기억하고 있다. 내가 입대한 것은 9월이었는데, 나는 지금도 9월에 땀 냄새를 맡으면 그때 있었던 일을 용하게 떠올리고는 한다. 한여름의 땀내와 늦여름인 9월의 땀내는 다르다. 그러나 월남에서는 한 벌의 속옷과 한 벌의 전투복과 한 켤레의 양말로 열대의 밀림 속에서 20일을 견디어야 했는데도 불구하고 땀 냄새는 맡아 본 기억이 없다. 죽을지도 모른다는 긴장감 때문에 땀 냄새 같은 것은 코에 들어오지도 않았기 때문일 것이다. 그러나 땀 냄새와는 비교도 되지 않을 정도로 지독한 시체의 냄새가 기억에 남아 있는 것을 보면 긴장감과 시체의 냄새는 남남이 아니었던 모양이다.

김하일의 두 번째 편지를 받은 것은, 비교적 순탄했던 그 작전이 끝나기 사흘 전, 헬리콥터 편으로 마지막 보급을 받았을 때였다. 헬리콥터가 투하한 보급품에는 식량과 식수와 탄약 말고도 편지가 든 곡사포 장약 통이 포함되어 있었다. 나는 작전 전야에 노트에다 〈나는 무사히 돌아올 것이다. 왜냐하면 김하일이 보낸 편지를 읽어야 하기 때문이다〉라고 썼던 것이 창피했다. 김하일의 편지가 헬리콥터로 배달됨으로써 부대로 무사 귀환할 명분은 사라진 것 같았다.

이 박사.

며칠 전에 세 사람의 찢어진 시체를 매만져 장례를 치르는 일에 참가했어요. 모두 6중대에 같이 근무하던 사람들이었어요.

찢어진 시체입니다.

1년 동안 꾸준히 사용한 반피 수갑처럼 너절해진 손에는 패드를 감고 원형을 복구시켜야 하는 그런 작업이었습니다.

흘러나온 창자, 사금파리처럼 깨어진 두개골, 토막토막 부러진 다리뼈. 이런 것들을 맞추어 입관을 시켰습니다. 마스크도 하지 않고 장갑

505

도 끼지 않고 소주를 네 병이나 마신 후 땀을 뻘뻘 흘리며 나와 같은 중대에 근무하던 친근한 고깃덩어리를 열심히 주물렀던 것입니다.

정신이 나갈 지경으로 지독하게 술을 마시고 쓰러져 잠이 든 그날 이후 〈죽음〉은 나의 생활 가운데서 무척 어려운 명제가 되어 가고 있습니다. 모두 해결해 놓은 것으로 생각되던 문제들이 전혀 생소한 얼굴을 들이미는 것입니다.

자신이 없습니다.

무의미합니다.

모든 것이 역겹습니다.

이런 이야기를 전쟁터에 가 있는 당신에게 해도 괜찮을까 고심했습니다. 결국은 지금 나에게 가장 중요한 문제를 빼놓고는 아무것도 쓸 수 없다고 생각되어 간단하게, 홍수처럼 넘쳐흐르는 이 숱한 사연에 비하여 너무나 간단하게 이야기합니다. 전쟁터에 있는 사람에게는 너무 몰인정한 편지겠지만 나는 당신을 그런 식으로 사랑하고 있는 것은 아니니까요.

시체를 만지고 나서부터 식욕을 잃고 시들시들 말라 갑니다. 며칠 있으면 회복되겠지만 나로서는 씻은 듯이 회복될 수 있는 그런 육체에 혐오를 느끼지 않을 수 없습니다. 이번 일로 죽음이나 그 밖의 화제가 꼬리를 물 줄 알았는데 모두들 간간이, 관을 붙들고 울다가 기절한 처녀 얘기는 할망정 명부에 가서 자기 이름만을 지우고 나온 사람들처럼 소박합니다.

우리가 살고 있는 이 세대를 표현한다면 〈무감각〉이라는 말보다 더 적절한 표현이 없을 것 같아요. 언제부터 우리들이 시체를 보고도 농담을 나눌 수 있을 정도로 합리적인 국민이 되었는지 그저 이상할 뿐입니다.

이 박사.

당신의 정열적인 편지에 이런 식으로 김빠진 답장을 보내게 되어 미안합니다. 당신이 지금 내 곁에 있다면 나는 당신한테서 지극한 사랑을

506

받아 낼 수 있을 정도로 이쁜 모양을 하고 있습니다. 〈죽음〉의 문제로 순진하게 심각해진 총각을 당신은 사랑하지 않을 수 없을 겁니다.

당신의 편지는 맹렬한 것입니다. 나는 당신의 편지를 한 번 더 읽어 볼 만한 기력도 없습니다. 몹시 불행합니다. 소년 취미라고 할 이 우울증을 이 박사가 솔직하게 분석하고 비판해 주었으면 합니다.

우리는 서로 칭찬하고 감탄하기에만 바빴었지요.

아무래도 내가 쓸 수 있는 최악의 편지가 되고 만 것 같습니다. 김하일.

나는 이 편지를 읽고 적지 않게 당혹했다. 다행히도 작전이 막바지에 이른 그때까지 사상자는 없었다. 그러나 확률로 보아 조만간 사상자가 생길 터임이 분명한 상황에서 그런 편지를 읽는 것은 썩 기분 좋은 일은 아니었다. 그러나 나는 당혹감을 억누르고 편지를 다시 두세 번 읽어 보았다.

〈……전쟁터에 있는 사람에게는 너무 몰인정한 편지겠지만 나는 당신을 그런 식으로 사랑하고 있는 것은 아니니까요.〉

나는 그가 공포에 대한 저항력을 강화시켜 주기 위해 면역 요법에 필요한 에피소드를 하나 발명해서 보낸 모양이라고 생각하기 시작했다. 이렇게 생각하고부터 편지는 오히려 나의 불안한 마음에 좋은 격려가 되어 주는 것 같았다.

편지를 가슴에 올려놓은 채 바위에 기대 앉아 눈을 감고 있는데 선임 하사관이 다가와 편지를 가로채어 갔다. 다른 사람과는 개인 거리를 유지해도 나는 그로부터 그는 나로부터 떨어지면 안 되었다. 내가 지고 다니던 무전기는 곧 그의 입이자 귀였기 때문이었다.

「검열 좀 해도 되냐?」 그가 걱정스러운 얼굴을 하고 물었다.

「그러세요.」

선임 하사관은 편지를 읽은 뒤 나에게 건네주면서 퉁명스럽게 내뱉었다.

「이거 미친놈 아냐? 실전 중인 전투대원에게 안전사고를 보고해? 야, 마음에 담아 두지 마라.」

507

입으로는 그러마고 했지만, 〈명부에 가서 자기 이름만을 지우고 나온 사람들처럼〉이라는 구절이 계속해서 입가를 맴돌았다. 휴식 끝을 알리는 무전을 받고 일어서면서 나는 선임 하사에게 물어보았다.

「〈명부〉가 뭔지 아세요?」

「총원 명부 할 때의 그 〈명부(名簿)〉 아닌가? 그 친구 편지는, 명부에서 이름을 지우느니 마느니 하던데그래.」

「명부(冥府), 곧 저승이랍니다. 우리도, 명부에 가서 이름을 지우고 온 사람들처럼 굴면 되겠군요. 왜 안 됩니까?」

작전은, 해발 8백 미터에 이르는 산을 종주 수색하고 산기슭에 있는, 초 승달 모양의 크레슨트[新月] 해변을 지나 〈열무덤〉이라고 불리던 단 본부 외곽 10고지의 청음 초소 아래에서 헬리콥터 편으로 귀환하면 끝나게 되 어 있었다.

밀림을 빠져나오자 눈앞으로 바다가 펼쳐졌다. 놀랍게도 바다는 평평 하게 펼쳐져 있는 것이 아니라 옆으로 심하게 기울어진 것처럼 보였다. 나 중에 알게 되었지만 그것은 밀림 속에서 직립 감각을 잃은 우리 눈의 착각 이었다. 밀림에서 빠져나온 우리가 바위에 비스듬히 붙어 선 채로 바다를 바라보았기 때문에 바다가 금방이라도 쏟아질 듯이 기울어져 보였던 것 이었다. 처음으로 항공기를 탔을 때도 비슷한 일이 일어났던 것으로 기억 한다. 분명히 기체가 기울어지는데도 불구하고 우리 눈에는 기체는 가만 히 있는데 대지가 기울어지는 것처럼 보이고는 했다.

크레슨트 해변이 내려다보였을 때 우리는, 작전이 끝나지 않았다는 사 실을 잊고 함성을 질렀다. 크레슨트 해변은 이름처럼 초승달 모양이었다. 길이는 5백 미터 정도였을 것이다. 청록색 남지나해는 해변에 가까워질수 록 색깔이 옅어지다가 어느새 연둣빛으로 변하면서 바닥을 드러내었다. 바닥이 드러나면서부터 물은 푸른 기운을 잃고 흰빛을 띠면서 해변으로 나와 사구에서 흘러내린 모래를 만났다. 크레슨트 해변 한가운데 있는 높

508

이 4~5미터의 사구는, 맨눈으로는 시려서 볼 수 없을 만큼 하얬다. 그 해변이 그토록 아름답던 해변으로, 월남에 가면 꼭 한번 찾아가 보고 싶은 해변으로 내 뇌리에 남아 있는 것은 어쩌면 착각 때문인지도 모른다. 당시 우리가 처해 있던 상황 아래서는, 어떤 해변이든 그렇게 아름다워 보일 수밖에 없었기 때문인지도 모른다. 그러나, 그런데도 불구하고 그 해변은, 이 세상에서 가장 아름다운 해변으로 내 기억에 남아 있다.

갈증과 땀과 피로에 지친 대원들은 그 바닷가에 병력을 풀어 주지 않는 지휘부를 원망했다. 우리들에게 사실 해변은 아름답지 않아도 좋았다. 물이 있으면 그것으로 좋았다. 식수를 아끼느라고 20일 동안 수통 뚜껑으로 마셔 온 우리들에게, 목욕은 고사하고 세수도 해본 기억이 없는 우리들에게, 그 해변은 바로 낙원이었다.

우리는 선두 부대의 대원들이 10미터 간격으로 개인 거리를 뗀 채 바닷가를 걷는 것을 내려다보면서 함성을 질렀다.

「야, 사람 죽이는구나!」

원래의 작전 루트는 해변이 아니었기가 쉽다. 지휘관과 지휘자들이 끊임없이 대원들에게 바다 쪽으로는 접근하지 말라고 소리를 지르고 있었으니까……. 그러나 소용없었다. 대원들은 자꾸만 바다 쪽으로 접근했다. 소총을 머리 위로 치켜들고 가슴 깊이까지 들어가는 대원들도 있었다.

우리는 다행히도 크레스트 해변이 내려다보이는 그 산기슭에서 잠깐 휴식을 취할 수 있었다. 바닷물에 미친 선두 대원들이 속도를 늦추는 바람에 후속 팀의 진행이 자꾸만 정체되고 있었기 때문이었다. 〈PZ(헬리콥터 탑승 지점)〉 바로 위에 있는 열무덤의 청음 초소도 보이겠다……. 지척에는 끊임없이 파도를 밀어내는 파란 바다와 그 파도에 씻기는 파란 모래밭이 있었다. 해변은 단 본부에서 4킬로미터 정도, 열무덤에서 가까운 포대 고지 포병 부대의 곡사포와 무반동 직사포의 사거리 안에 있기도 했다. 아름다운 해변으로 보이는 것은 당연했다.

이윽고 우리 차례가 왔다.

내가 산기슭에서 해변의 모래밭으로 내려섰을 때 파란 바다에서 온 파란 파도는 대원들의 어깨에서 하얗게 부서지고 있었다. 나는 침을 삼키면서 천천히 바다 쪽으로 접근하고는 물을 밟았다. 밀림용 군화에는 밑창 바로 위로 난 공기구멍이 있다. 나는 그 공기구멍으로 들어온 차가운 물이 내 발을 적시는 기분 좋은 촉감을 고스란히 느낄 수 있었다.

백여 미터 앞서 가던 대원들에게서는 개인 간격이 무시되고 있었다. 소총을 어깨에 걸고 철모로 물을 퍼서 동료 대원에게 끼얹는 장난꾸러기도 있었다. 거기에 맞서, 물을 한 모금 들이마시고는 뿜어 대는 대원도 있었다. 파도는 그들의 어깨 위에서도 공평하게 하얗게 부서졌다.

그런데 이상한 일이 일어났다. 한순간, 대원들의 등과 어깨에 부딪쳐 하얗게 부서져야 할 파도가 빨갛게 부서진 것이었다. 픽픽 쓰러지면서 빨갛게 부서지는 파도를 맞은 대원들 셋은 일어나지 못했다.

「하나, 둘, 셋…….」 나는 숫자를 헤아렸다.

셋을 헤아리는데 기관총 드르륵거리는 소리가 산기슭 쪽에서 들려왔다. 산기슭의 기관총좌까지는 천 야드쯤 된다는 계산이 나왔다.

나는 재빨리 사구 앞으로 기어 들어갔다. 소리를 지르면서 앞쪽으로 내닫는 선임 하사관이 보였다. 그는 언제 벗었는지 배낭은 벗어 놓은 채로 뛰고 있었다. 그것은 도망이었다. 내 뒤로 10여 명의 대원들이 사구 밑으로 기어 들어왔다. 상황 보고를 받고 후속 부대가 병력을 정지시켰기 때문에 해변으로 들어오는 대원들은 더 이상 없었다. 사구 앞쪽, 그러니까 해변에는 네 구의 시체가 물에 뜬 채 붉은 피를 바다에 쏟으며 파도에 흔들리고 있었다.

총탄의 표적이 되어 본 사람은 살아 있지 못할 테니까 알아도 소용없다. 그러나 사격장의 감적호(監的壕)에 들어앉아 있어 본 사람들은 알 것이다. 총탄은 사람 옆을 지날 때 〈딱딱〉 소리에 가까운 특이한 소리를 낸다.

지름이 20미터, 높이가 두 길쯤 되는 민둥한 사구가 10여 명의 대원들에게는 유일한 엄폐물이었다. 앞서 간 정찰대장에게서 무전이 날아왔다.

「물가에 쓰러진 까투리 수를 숫자로 날려라, 오버.」

「숫자로 하나, 둘, 셋, 넷입니다, 오버.」

「부상당한 까투리도 있는가, 오버.」

「없는 것으로 보입니다, 오버.」

「모래 무덤 뒤에는 몇 명이 있는가, 오버.」

「열한 명입니다, 오버.」

「선임자는 어느 놈인가, 오버.」

「김 하사입니다, 오버.」

「그 새끼는 탯덩어리다, 오버.」

김 하사는 우리를 지휘할 형편이 아니었다. 그는 사구에 기댄 채 마른 목을 쥐어뜯으며 옆에 있는 대원에게 물을 구걸하고 있었다.

「움직이지 말고 다음 명령을 기다려라, 오버.」

「알았습니다, 오버.」

목이 탔다. 물통을 흔들어 보았다. 출렁거렸다. 나는 물 한 모금으로 목을 채우고 수통을 던지려고 김 하사 쪽을 보았다. 김 하사는 두 손을 내저으며 눈을 감아 버렸다. 나는 수통을 제자리에 넣었다.

중대장의 호출이 왔다.

「기관총좌 위치의 목측(目測)이 가능하겠는가, 오버.」

「해보겠습니다, 오버.」

나는 배낭을 벗어 놓고 무전기만 맨 채로 사구를 기어올라 산기슭을 향해 고개를 내밀어 보았다. 기관총탄이 4~5미터 주위까지 날아와 꽂히고는 했다. 조준 사격이 아니라 지향 사격인 것임이 분명했다. 사거리로 보아 여느 자동 소총이 아니었다. 경기관총이기가 쉬웠다. 사구에서 산기슭까지는 해변의 개활지여서 나무가 거의 없었다. 개활지가 산으로 변하고 있는 산기슭에는 동굴의 입구로 보이는 검은 얼룩이 여러 개 보였다. 거리는 천 야드 안팎이었다.

나는 좌표를 거중 잡아 무전으로 날리고는 어떤 조처가 취해지고 있는

지 대장에게 물어보았다.

「일단 그 좌표에 대한 포격을 요청하겠다, 오버.」

나는 대원들에게 대장의 명령을 전했다.

2~3분이 채 못 되어 포대가 발사한 곡사포탄이 내가 날린 좌표 가까이 떨어졌다. 포탄은 내가 날린 좌표에서 백여 야드 못 미치는 곳에서 폭발했다.

「포대는 대기하라. 이 병장은 탄착점을 수정하라, 오버.」

대장은 두 개의 무전기로 포대와 나와 번갈아 가며 교신하고 있었다.

「더하기 100, 오버.」

두 번째 포탄이, 적의 기관총좌가 있는 것으로 보이는 검은 얼룩 앞에 정확하게 떨어졌다.

「좌우로 소사를 요청합니다, 오버.」

「그 좌표 안 맞으면 네놈의 좌표를 일러 주고 말겠다, 오버.」 대장은 입이 험했다.

포대 고지에서 5문의 곡사포가 일제히 불을 뿜는 광경이 사구 앞에서도 보였다. 다섯 발의 포탄이 거의 동시에 산기슭을 나란히 때렸다. 포탄은 계속해서 날아왔다.

평소에는 촬영병으로 근무하고, 작전 때도 늘 카메라를 들고 다니던 고 참병 하나가 나에게 소리쳤다.

「나가야지 언제까지 이러고 있을 거야?」

「대기하랍니다.」

「네가 뭐야?」

「뭐였으면 좋겠소?」

그는 사구에서 튀어 나가기 무섭게, 속도도 채 붙여 보지도 못하고 앞으로 푹 꼬꾸라졌다. 산기슭에서 계속해서 포탄이 터지고 있었는데도 불구하고 기관총좌에서는 우리의 움직임을 읽고 있었던 모양이었다. 촬영병은 즉사한 것 같았다.

적은 동굴 깊숙한 곳에다 기관총을 차려 놓고 해변을 노리고 있음이 분

512

명했다. 그 산의 이름은 월남어로는 〈혼바〉였다. 우리말로는 〈바 산(山)〉이 되어야 할 테지만 우리는 편의상 〈혼바 산〉이라고 불렀다. 혼바 산의 기슭은, 빌딩 크기를 방불케 하는 거대한 바위들이 서로 뒤엉켜 있었는데 이 때문에 바위와 바위 사이는 기나긴 동굴의 미로였다. 기관총좌가 그런 바위와 바위 사이에 있다면 155밀리 곡사포로는 제압이 불가능할 터였다. 곡사포탄이 연이어 터지고 있었는데도 불구하고 기관총 사수에게 사구의 동향이 읽히고 있다는 것이 그 증거였다.

대원 하나가 촬영병을 끌어오려고 일어서는데 송곳으로 징을 치는 듯한 날카로운 금속성이 들려왔다. 기관총탄이 그 대원의 철모를 스친 것이었다. 그는 사구 앞으로 돌아와 배낭에서 간이 천막용 로프를 꺼내었다. 그러고는 로프 끝에다 주머니칼을 달고는 촬영병 쪽으로 던졌다. 주머니칼에 배낭이 걸렸으면 그는 촬영병의 시체를 회수할 수 있었을 것이다. 그런데 그 주머니칼에 걸린 것은 공교롭게도 그의 카메라 줄이었다. 그가 겨우 카메라만을 회수할 동안에도 기관총탄은 이미 시체가 된 촬영병의 철모를 날렸다. 지금도 나에게는 그 카메라의 필름에서 뽑아낸 나의 사진이 있다. 산기슭에서 해변으로 내려서기 직전에 촬영된 듯한 사진인데, 나는 지은 기억이 없는 표정을 하고 있다.

나는 대장을 불렀다.

「155밀리 소사는 효과가 없어 보입니다. 에어 스트라이크(항공 폭격)가 필요할 것으로 보입니다, 오버.」

「알았다, 현재까지는 이상이 없다, 오버.」

「촬영병이 전사했습니다, 오버.」

「김 하사 뭉치(무전기) 앞으로, 오버.」

나는 무전기의 핸셋(송수화기)을, 사색이 되어 있는 김 하사에게 넘겨주었다. 김 하사는 정찰대장과 교신하지 못했다. 입심이 좋은 대장의 험구에 걸려 말이 나오지 않았던 모양이었다. 그는 아무 말 없이 핸셋을 내게 넘겨주면서 중얼거렸다.

「니기미, 내가 촬영병 새끼의 등을 떠밀기라도 했나…….」

「복창하라, 이 병장이 지휘한다. 병력을 장악하라는 말이다, 알았나, 오버.」

「저는 일반병이고 월남전 초년병입니다, 오버.」

「하라면 하는 거야, 월남전에 2년병이 어디에 있어, 오버.」

「복창합니다, 제가 병력을 장악하겠습니다, 오버.」

나는 대원들에게 내가 지휘 명령을 받았다고 말했지만 그럴 필요도 없었다. 위급한 상황에 처했는데도 현저하게 계급이 높은 상급 지휘자가 없는 경우, 지휘관의 명령을 전달하는 무전병은 자연스럽게 지휘자가 될 수밖에 없었기 때문이었다. 하사가 둘 있었지만, 중대장은 그들의 상황 판단 능력을 믿지 않았던 모양이었다.

우리의 지휘 체계상, 에어 스트라이크 요청은 중대에서 전투단 전방 지휘부로 날아가고, 여기에서 다시 전방 지휘부의 미군 연락 장교단으로 날아가고, 연락 장교단에서 최종적인 판단이 내려져 에어 베이스(항공 기지)로 날아가야 정찰기가 날아와 연막탄을 쏘고 날아가고, 그런 다음에야 정찰기가 쏜 연막탄에 표적 위로 폭격기가 날아들게 되어 있었다.

「모래 무덤, 모래 무덤, 당소(當所)는 장(長)이다, 오버.」

「모래 무덤입니다, 송신하십시오, 오버.」

「에어 스트라이크 요청 완료. 5분 뒤에 정찰기가 현지에 도착할 것이다, 오버.」

「정찰기는 필요 없습니다. 포대에 연막탄을 요청하십시오. 곡사포의 백린(白燐) 연막탄 표적이면 팬텀이 바로 날아와도 폭격이 가능합니다, 오버.」

「큐트(좋은 생각이다). 다시 한 번 명령한다. 병력을 장악하라, 오버.」

「복창합니다, 병력을 장악하겠습니다, 오버.」

시계를 보았다. 상황이 터지고 나서 20분이 채 되지 않았다. 시간이 초 단위로 흐르는 것이야 당연하다. 문제는 초 단위로 의식되는 것이다. 초 단위로 의식되는 시간은 무서우리만치 더디 흐른다.

포대의 연막탄이 동굴의 입구로 보이는 검은 얼룩 앞에서 터지면서 백린 연막을 피웠다. 그러고 나서 2~3분이 채 못 되어 뚜이호아 에어 베이스 쪽에서 팬텀기(〈팬텀 4-D〉였던가) 두 대가 날아와 우리의 머리 위에서 〈Y〉 자로 찢어지면서 반대 방향으로 날아갔다. 서로 반대 방향으로 날던 팬텀기는 잠시 후 목표물을 향해 역시 각각 반대되는 방향에서 약간의 시차를 두고 내리꽂히기 시작했다. 먼저 오른쪽에서 내리꽂힌 팬텀기가 동굴 앞을 스쳐 지나가는 순간 동굴 앞에서 검붉은 불길이 일었다. 그 불길 위로 왼쪽에서 내리꽂힌 팬텀기가 이름을 알 수 없는 폭탄을 우수수 떨어뜨리고는 하늘로 날아올랐다.

에어 스트라이크는 약 3분 간 네 차례나 계속되었다.

팬텀기가 사라지자 사위는 무서운 적막에 휩싸였다.

대장의 명령이 있었다고는 하나 병장으로 갓 진급한 월남전의 신병이 병력을 장악할 수는 없는 일이었다. 나는 사구를 떠나지 말라고 한 대장의 명령만 전하고는 기다렸다. 나의 판단에 따르면 적에게는 곡사 화기가 없었다. 우리가 사구 너머 있는 것을 알고 있는데도 곡사 화기로 사구를 때리지 않고 있는 것이 그 증거였다. 따라서 훌륭한 엄폐물인 사구로부터 탈출만 시도하지 않는다면 더 이상 위험할 일은 없었다.

산기슭의 동굴 입구에 대한 포격은 에어 스트라이크 직후에 재개되었다. 그런데 바다 쪽에서 믿기지 않는 일이 일어나고 있었다. 10여 톤이 채 되지 않는 꾀죄죄한 어선 한 척이 사구 쪽으로 접근하고 있는 것이었다. 사구는 산기슭 쪽으로는 훌륭한 엄폐물이 되고 있었지만 그 앞에 엎드려 있는 우리는 바다 쪽으로는 완전히 노출되어 있는 셈이었다. 사구 쪽으로 접근하고 있는 어선은 월남군 정보 부대의 정부 수집선이 아니면 게릴라들의 보급선 그 둘 중의 하나일 수밖에 없었다. 민간인의 어선이, 에어 스트라이크가 터지고 곡사포 소사가 계속되고 있는 혼바 산 기슭의 해변으로 접근할 까닭이 없기 때문이었다.

내 삶에서 가장 초조했던 순간으로 기억하고 있는 시간이 숨 가쁘게 흘러갔다. 우리는 사구 쪽으로 접근하는 그 배를 바라보고 있는 수밖에 다른 도리가 없었다.

「일단 로켓포를 준비하랍니다. 명령이 있기 전에는 사격하지 마세요.」

나는 대원들에게 소리쳤다. 나는 대장의 명령을 빙자해서 병력을 장악하지 않으면 안 되었다. 로켓포는 두 문이 남아 있었다.

「M60을 바다 쪽으로 거치하랍니다. 명령이 있기 전에는 사격하지 마세요.」

경기관총 사수가 경기관총 총가를 모래 바닥에다 놓고 기관총을 거치했다. 검은 배는 시시각각 사구 쪽으로 접근하고 있었다.

사구가 분명히 소총의 사거리 안으로 들어왔을 터인데도 어선 쪽에서는 사격을 개시하는 기미가 보이지 않았다. 저쪽에서 사격을 개시하지 않는데 이쪽에서 공격할 수도 없는 노릇이었다. 사격을 가해 오지 않는 것을 보면 월남군의 정보선이기가 쉬웠다. 그러나 그 배에는 노란 바탕에 붉은 선이 그려진, 그 흔하디흔한 월남 국기도 게양되어 있지 않았다. 승선한 사람의 그림자도 보이지 않았다. 사구 앞으로 접근하면서 속도를 현저하게 줄이는 것으로 보아 유령선은 분명히 아니었다.

「야전삽이 있는 대원은 야전삽으로, 야전삽이 없는 대원은 철모로 모래를 파세요. 참호 작업을 시작하세요.」

나는 대장을 불렀다.

「어선의 정체 파악을 요망함, 어선의 정체 파악을 요망함, 오버.」

응신이 없었다. 대장은 다른 무전기를 붙잡고 있는 모양이었다.

나는 한 손으로는 무전기의 핸셋을 잡고 다른 한 손으로는 철모로 모래를 파기 시작했다. 로켓포 사수 둘과 경기관총 사수만 제외하고 나머지는 야전삽으로 철모로 모래를 파기 시작했다. 어선은 사구에서 2백여 미터 되는 곳에 정지했다. 대원들이 하나씩 둘씩 순식간에 만들어진 모래 구덩이 속으로 들어가 어선 쪽을 겨냥했다.

그때였다. 포탄이 어선 바로 옆에서 물기둥을 올렸다.

만일에 그 포탄이 포대 고지에 있는 아군의 포탄이라면 우리의 상황은 절망적이었다. 그 어선이 적의 보급선일 가능성이 높기 때문이었다. 어선에서 우리를 전멸시키는 데는 포격도 필요하지 않았다. 어선에 유탄 발사기나 총류탄 발사기가 한 대만 있다고 해도 우리의 전멸은 시간문제였다.

만일에 그 포탄이 산기슭의 동굴에서 날린 포탄이라고 해도 우리의 상황이 절망적이기는 마찬가지였다. 사구 뒤쪽에서 사구 앞쪽에 있는 어선을 포격했다면 그것은 분명히 곡사 화기일 것이기 때문이었다. 적에게 곡사 화기가 있을 경우에도 우리의 전멸이 시간문제인 것은 마찬가지였다.

「어선의 정체 파악을 요망함, 어선의 정체 파악을 요망함, 오버.」

대장에게서는 여전히 응답이 없었다. 대장의 핑계를 대고 사격 개시 명령을 내리려는 순간 두 번째의 포탄이 어선의 고물을 때렸다.

「대장 나오시오, 대장 나오시오, 아군의 포격입니까, 적의 포격입니까, 오버.」

「당소는 포대 고지 포대장 김 소령이다. 귀소는 누구인가, 오버.」

대장의 무전기 눈금이 다른 데로 돌아가 있어 답답했던 포대장이 바로 모래 무덤의 주파수로 들어왔던 모양이었다.

「당소 모래 모둠이다, 모래 모둠이다, 오버.」

「이 새끼야, 모래 무덤의 누구냐 이 말이다, 오버.」

「욕하지 마라, 이 개새끼야, 나는 이 병장이다, 오버.」

「이 새끼 봐라? 나는 포대장 김 소령이다, 오버.」

「김 소령이고 나발이고, 어선은 누가 때리고 있는가, 오버.」

「포대 고지의 무반동포다, 오버.」

「그렇다면 저 배는 적선인가, 오버.」

「확인이 안 되고 있다, 위협사격이 명중한 것이다, 오버.」

「모래 무덤, 모래 무덤, 당소는 장(長)이다, 포대 고지는 들어가라, 포대 고지는 들어가라, 오버.」

「모래 무덤입니다, 오버.」

「소화기로 어선 공격을 개시하라, 오버.」

「알았습니다, 오버.」

나는 소화기로 어선을 공격하라는 명령을 대원들에게 전달했다. 아홉 정의 소총이 일제히 어선을 향해 불을 뿜었다. 굴뚝으로 검은 연기를 올리면서 어선은 빠른 속도로 사구 앞을 빠져 바다 쪽으로 멀어져 갔다. 포격에 고물이 부서져 나갔지만 치명타는 아니었던 모양이었다.

그러나 한숨을 돌릴 계제는 아니었다. 포대가 공격했다면 여전히 그 어선은 적선일 가능성이 있었다. 어선은 바다로 멀어져 가면서도 여전히 중기관총의 유효 사거리를 벗어나지는 않았다. 따라서 언제든 중화기로 공격해 올 가능성은 상존해 있는 셈이었다.

이렇게 죽는 것이구나……. 희망을 버리자, 희망이 이 순간을 절망적으로 만들고 있다……. 진흙탕에 뒹굴어 버려라, 그러면 옷 젖는 것이 두렵지 않다…….

공포와 초조를 이기기 위해 안간힘을 쓰는 판인데 문득, 적이 아군의 정보에 그렇게 어두울 까닭이 없다, 적선이라면 포대 고지 직사포의 사거리 안으로 들어올 까닭이 없지 않겠는가, 이런 생각이 머리를 스치고 지나갔다.

나는 무전기를 벗어 놓고 촬영병이 쓰러져 있는 쪽으로 재빨리 뛰어나갔다가는 돌아서면서 무전기 쪽으로 몸을 날려 원래 있던 자리로 되돌아왔다. 예상했던 대로 기관총 점사가 날아왔다. 여전히 우리는 적의 기관총 사수에게 움직임을 읽히고 있었다.

「너 미쳤어?」 누군가 소리쳤다.

「도루 연습하냐?」 또 한 고참병이 중얼거렸다.

나는 대장을 불렀다,

「제안이 있습니다, 오버.」

「보내라, 오버.」

「우리는 여전히 기관총좌의 시계 앞에 노출되어 있습니다, 오버.」

「말하라, 오버.」

「포대가 날리는 고폭탄을 백린 연막탄으로 바꾸면 적의 시계는 차단이

가능합니다, 오버.」

「저스트 어 세컨드(잠깐), 오버.」

「에어 스트라이크도 고폭탄 소사도 기관총을 잡지 못했습니다. 백린 연
막을 치면 적은 이쪽의 움직임을 읽지 못할 것입니다. 적의 실탄 보급 사
정을 알지 않습니까? 기관총을 쏘되 점사밖에는 못 할 것입니다, 오버.」

「굿 아이디어, 다른 제안은, 오버.」

「영현(英顯) 회수 담당자를 명령하십시오, 오버.」

「대행하라, 오버.」

고폭탄을 쏘아 대던 포대가 백린 연막탄을 산기슭에다 때리기 시작했
다. 산기슭과 사구 사이의 개활지 위로는 하얀 연기가 오르기 시작했다.
우리의 시계에서 바 산이 사라지기까지는 5분이 채 걸리지 않았다.

대장의 명령이라면서 시체를 회수할 대원들을 지정하고 있는데 대장의
호출이 왔다.

「영현 회수는 APC(경장갑차) 부대가 맡아 주기로 했다. 현재 상태로
탈출할 것, 오버.」

「알았습니다, 오버.」

나는 대원들에게 대장의 명령을 전했다.

대원들이 사구를 빠져나와 촬영병의 시체를 넘어 열무덤 쪽으로 내닫
기 시작했다. 나는 맨 뒤에 처져 있다가 마지막 대원이 사구를 떠나는 순
간 바로 그 뒤를 쫓았다.

백여 미터 뛰었을까? 적의 기관총 점사가 시작되었다. 목표물이 보이지
않는 상태라서 소사로 실탄을 낭비하기보다는 실탄이 비교적 적게 소모
되는 점사를 택했을 것이다.

터질 듯한 심장을 움켜쥐고 뛰는데 실탄이 스치는 소리가 들리면서 내
몸이 오른쪽으로 기울어지는 것 같았다. 〈맞았구나〉 하고 생각되는 순간
나는 모래밭에 꼬꾸라졌다. 앞서 달리던 대원의 발소리는 순식간에 멀어
져 갔다. 고개를 들고 대원들 쪽을 바라보았지만 아무것도 보이지 않았

다. 바 산도 보이지 않았고, 바다도 보이지 않았다. 앞으로 꼬꾸라지는 바람에 배낭과 무전기가 흘러내려 머리를 짓누르고 있었다. 허리춤에서 무엇인가가 콸콸 소리를 내면서 흘러내리는 것 같았다. 횡경막 부근일까, 엉덩이일까……. 나는 이런 생각을 하면서 뜨끈뜨끈하게 젖어 오는 엉덩이에 손을 대어 보았다. 따뜻한 액체가 엉덩이로 흘러내리고 있었다.

끝났구나…….

무수한 얼굴이 떠올랐다. 어머니의 얼굴, 마로의 얼굴, 유선 형의 얼굴, 재인의 얼굴, 인후의 얼굴……. 기억은 그 순간을 위해 오래 준비해 두었던 것처럼 하나하나의 얼굴들을 차례대로 또렷하게 보여 주었다. 아픔은 전혀 느껴지지 않았다. 심장의 박동이 심장을 터뜨릴 것 같았다.

이렇게 끝나는구나…….

기다렸다.

그런데도 대포 소리는 계속해서 내 귀에 들렸다. 그 소리는 앞서 뛰던 대원의 발소리와는 달라서 내 귀에서 멀어지지 않았다.」

「모래 무덤, 모래 무덤, 당소 장이다, 오버.」 대장이 나를 부르고 있었다.

「송신하십시오, 오버.」

「왜 오지 않는가, 오버.」

「맞은 것 같습니다, 오버.」

「이 새끼야, 누구 마음대로 맞아, 오버.」

욕지거리의 끝이 흐려지는 것으로 보아 대장답지 않게 울먹이고 있는 것이 분명했다. 그 순간 그 비정하던 대장이 어찌 그리도 칙칙하게 사랑스럽던지.

그런데 이상했다. 아픈 데가 없었다. 숨이 조금 가빴을 뿐 목소리에도 이상이 없었다.

「어딘가, 어느 부위인가, 오버.」

대장의 목소리를 듣고서야 나는 내 손을 들여다보았다. 빨갛게 피에 젖어 있어야 할 손이 멀쩡했다. 다시 한 번 엉덩이를 만져 보았다. 분명히 뜨거운 것에 젖어 있었다. 다시 손을 끌어와 들여다보았다. 피가 아니었다.

물이었다.

바다가 다시 보이기 시작했다. 열무덤이 다시 보이기 시작했다. 불을 뿜고 있는 포대 고지의 곡사포도 보였다. 나는 다시 일어서 보았다. 아무 이상이 없었다. 뛰어 보았다. 역시 아무 이상이 없었다.

대장과 사구의 생존자들은 사구에서 5백 미터가 채 못 되는 구릉 뒤에 있었다. 나는 그들 사이로 날아 들어갔다. 뛰어 들어간 것이 아니었다.

「맞았다며?」

대장이 달려와 배낭과 무전기를 벗기고는 내 몸을 뒤집고 수통을 뽑아내었다. 수통을 살펴보고 있던 그가 중얼거렸다.

「조상 묘 잘 쓴 줄 알아라.」

그러고는 웃으면서 수통을 내 눈앞으로 던졌다. 알루미늄 수통 한 가운데에 구멍이 두 개 뚫려 있었다. 수통을 기울이자, 하루 종일 허리에 매달린 채 출렁거렸던 뜨끈뜨끈한 물이 흘러내렸다. 피가 되어 흐르고 남은 물이었다.

「안 그런 줄 알았더니, 너 임마, 엄살이 굉장하구나…….」

대장이 소리 내어 웃었다. 그는 대원을 다섯이나 잃었다는 사실을 잠시 잊은 듯했다.

〈PZ〉에서는 네 대의 헬리콥터가 대기하고 있었다. 소령 하나가 한 손으로 권총집을 잡고, 한 손으로는 커다란 상자 하나를 옆구리에다 낀 채 우리 쪽으로 달려와 고함을 질렀다.

「모래 무덤의 이 병장이 어느 새끼야?」

대장이 소령의 앞을 막아서면서 험악한 표정을 지었다.

「김 소령, 왜 이래요? 지금 사감 드러낼 때요?」

「육군 소령에게 이 새끼, 저 새끼 하면서 욕지거리를 한 병장 놈의 상판때기를 좀 보고 싶어서 그래요.」

「보려면 내 상판때기를 보시오. 대원을 다섯이나 잃은 내 앞에서 김 소령이 지금 이래도 괜찮은 거요?」

나는 대장 뒤에 서 있다가 포대장으로 짐작되는 소령에게 경례했다.

「제가 모래 무덤의 이 병장입니다. 죄송합니다.」

김 소령은 주먹으로 가볍게 내 명치를 쥐어질렀다.

「이 새끼 이거, 배짱 하나는 철판이네. 한 대 맞아, 임마…….」그는 상자를 내 가슴에 안기면서 말을 이었다. 「……주먹은 욕 값이고, 맥주는 아이디어 값이다. 백린 연막탄 아이디어 덕분에 너희들도 살고 나도 살았다. 진작에 나왔더라면 에어 스트라이크는 필요하지 않았을 것이다.」

맥주는 얼음같이 차가웠다. 당시의 맥주 캔에는 요즘처럼 간단하게 열 수 있는 개관 장치가 붙어 있지 않았다. 우리는, 대장이 슬픔과 근심에 젖어 있는데도 불구하고 그 앞에서 대검을 뽑아 캔에다 구멍을 내고는 그 맥주를 마셨다.

나는 그 전에도 그 뒤에도 그처럼 맛있게 맥주를 마셔 본 적이 없다. 그러나 그런 맥주 맛은 함부로 볼 수 있는 것이 아니다. 다시 한 번 그렇게 맛있는 맥주는 마셔 보고 싶기는 하지만 맥주의 맛은 맥주 자체가 내는 것이 아니다. 그런 맥주 맛을 보기 위해 목숨을 걸고 20일 동안 산중을 헤맬 기력이 이제는 없는 것이다.

해변에 남아 있던 다섯 구의 영현은 APC에 실려 우리보다 세 시간 뒤에 이동 외과 병원 영현 안치소로 들어왔다. 검은 배는 뒷날 자본주의에 맛을 들여도 단단히 들인 어느 민간인의 어선이었던 것으로 판명되었다. 그 배의 선장은 뚜이호아 어시장에 내다 팔 고기를 잡는 것보다는 사구에 갇힌 한국군을 구해 주고 보상금을 얻어먹는 쪽의 이문이 더 나을 것이라고 판단하고 접근했다가 고물만 부수고 하릴없이 퇴각했다고 한다.

그런데 문제의 수통은 지금 내 수중에 있지 않다. 뒷날 단 본부 단말 통신대에 근무하던 노스다코타 출신의 미군 병사 데니스 사킬라디 하사는 나에게 그런 수통이 있다는 것을 알고는, 월남의 고산족인 몬타냐족의 활하나를 들고 와 바꾸어 주기를 간청했다. 나는 별생각 없이 바꾸어 주었는데 사킬라디 하사는 고맙다면서 일제 〈산요〉 소형 냉장고 한 대를 덤으로 주었다. 몬타냐족의 활은 서울에 있는 내 책 짐 어딘가에 파묻혀 있을 것이다. 그리고 내 수통은 어쩌면 지금도 노스다코타 주의 어느 도시에서 한 월남 참전 미군의 무용담을 증언하는 생생한 기념품 노릇을 하고 있을지도 모르겠다.

월남이 관광객을 받아들이게 되는 시절이 오면, 가보고 싶다. 가장 가보고 싶은 곳은 바로 그 해변이다. 나는 사이공(지금의 호치민 시)에서 국내선으로 갈아타고 뚜이호아로 갈 것이다. 뚜이호아 에어 베이스(지금은 국내선 공항이 되어 있을 것이다)에서 남쪽으로 10킬로미터쯤 내려가면 옛날의 단 본부 자리가 남아 있을 것이다. 내 기억이 옳다면, 황량한 모래 벌판을 4킬로미터쯤 달리면 포대 고지가 나오고 포대 고지 너머에는 높이 10미터의 열무덤 초소가 있다. 크레슨트 해변은 열무덤에서 2~3킬로미터밖에 떨어져 있지 않다.

크레슨트 해변의 그 사구는 지금도 남아 있을 것인가? 그 사구에 기대어 맥주를 마시고 싶다. 사구를 넘어, 기관총좌가 있었던 곳으로 추측되는 동굴까지 걸어가 보고 싶다. 걸어갔다가 다시 사구 앞의 바닷물에 몸을 담갔다가 26년 전에 쓰러져서 엄살을 부리던 그 모래밭에도 한번 엎드려 보고 싶고, 포대장으로부터 맥주를 받아 마셨던 그 자리에서 또 한 통의 맥주를 마셔 보고 싶다.

단 본부로 귀환한 직후 나는 김하일 병장에게 연달아 매일 한 통씩, 서너 통의 편지를 써 보냈을 것이다. 나는 내가 그 크레슨트 해변에서 살아 돌아올 수 있었던 것은 그가 보낸 불길한 편지 덕분이었다고 생각한다. 그의 편지는 나에게 죽음을, 죽음이 다가오는 상황을 직시할 것을 요구한 것 같았다. 나는 부대로 귀환한 직후까지도 그가 공포에 대한 저항력을 강화시켜 주기 위해 면역 요법에 필요한 에피소드를 하나 발명해서 보낸 모양이라고 생각했다.

그에게서도 두 통의 편지가 한꺼번에 날아왔다.

이 박사.

편지가 연달아 날아왔습니다. 나는 당혹을 느낍니다. 조금도 누그러지지 않는 맹렬한 문장, 절박한 감정의 조각들이 사금파리처럼 돋아나는 성급한 이야기들을 봅니다. 당신은 그렇게도 욕심이 많고 할 이야기가 많은 사람입니다.

똑같은 이야기가 주어져도 나는 느릿느릿 더듬거리는 데 반해 당신은 숨 가쁘게 몰아치고 다음다음으로 재빠르게 넘어갑니다. 감지할 수 없는 굉장한 에네르기가 당신의 어느 구석인가에 흘러넘치고 있음을 압니다. 장소의 탓일까요?

아직은 당신의 손에 들어가지 않았겠지만 이 편지 앞에 받아 보는 내 편지는 당신을 불쾌하게 할는지도 모르겠습니다. 당신한테 보내는 사연에다 끓어오르는 열과 숨결을 불어넣어 보려고 무진 애를 쓰는데도 마음뿐, 막상 펜을 들면 편지 쓰는 일이 무척 어려운 일이라는 생각밖에는 들지 않는군요.

내가 편지 쓰는 재주가 없다고 한다면 믿지 않겠지요? 아마 그럴는지도 모릅니다. 편지뿐만 아니라 평상의 생활에서도 시들하게 지낼 수밖에 없는 이유를 최소한 두 가지쯤 찾아낼 수 있거든요.

군대에 와서 처음 본 장례식이 그 〈1〉이요, 내년 1월 이전에는 제대할 수 없다가 그 〈2〉입니다. 〈1〉에 관해서는 더 얘기할 게 없는 것 같고, 문제는 〈2〉입니다. 이번 초순에는 나갈 수 있으려니 믿고 앉아 있던 내가 얼마나 낙담했는지 상상할 수 있지요? 잘 나가다 아버지의 사보타주에 걸렸던 것입니다. 그래서 영리하게 7개월분의 일과표를 준비했습니다.

우리 부대에 방송실이 생긴다는 것 알고 갔던가요? 4월에 개국했어요. 상당합니다. 정훈과에 그냥 눌러 있을걸⋯⋯. 그런 생각이 들어요.

아나운서 겸 성우가 셋이나 확보돼 있고 기술 담당도 하나 있습니다. 하루에 다섯 시간씩 방송하는데 아침 방송에 10분씩 내가 쓴 방송극이 나갑니다. 이것이 7개월분 일과표 가운데서 반을 잡아먹는 일거리입니다. 성우가 셋이고 일체의 효과음이 배제된 데다 교육적 효과를 비벼 넣어야 하기 때문에 순 억지 춘향이지만 좌우간 제대하는 날까지는 쓸 작정입니다. 좋은 공부거든요. 오늘로 벌써 6회가 나갔습니다. 7시쯤(시간은 엄수되지 않고 있어요) 최성찬이가 〈우리는 명랑한 황룡의 용사〉하고 고함을 지른 다음에 시그널 뮤직이 잠깐 나가고, 〈김하일 작 연속 방송극, 오늘은 그 여섯 번째 시간으로 《아버지의 편지》입니다〉, 이런 식입니다.

처음에는 우습게 알고 덤볐는데 에누리 없이 하루의 반을 잡아먹는군요. 좌우간 쓰는 거예요. 덕분에 PX 같은 데서 대대 아이들한테서 〈잘 듣고 있다〉는 치사를 받고는 합니다. 대공 초소에 앉아서 방송극을 쓰는 군인. 행복한 군인입니다.

당신이 두 번째로 물어 오는 〈월남어〉 건은 의식적으로 묵살합니다. 왜 그렇게 많은 외국어가 필요합니까? 대민 업무는 당신 체질에 맞지도 않을 겁니다.

일본식 한자를 섞지 말아요. 퍽 오래 걸립니다. 한자를 쓸 땐 정자로 쓸 것.

나는 당신이 무전병이나 전투병이 아닌, 다른 모습으로 독특하게 월남전을 보고 돌아왔으면 싶습니다. 김하일.

그는 나를 위해서 소설을 썼던 것이 아니었다.

제3신에 해당하는 이 편지를 읽고 나서 개봉한 제4신은 제2신의 묘사를 치밀하게 보완한 상보(詳報)에 해당했다.

이 박사.

워낙 고참이어서 그런지 제대 7개월을 앞두고 벌써 말년 기분이 고개를 내밉니다. 7년 만의 말년 기분인 셈이지요. 이래서는 안 되겠다는 생각도 들지만 뭐 여기까지 몰고 온 이 어려운 게임이 말년 기분 때문에 어떻게 되리라고는 생각하지 않습니다. 그 아득하던 세월이 이렇게 접히고 반년 남짓이면 나는 날아오릅니다. 무한한 가능성을 향하여.

월남에서는 편지 쓰는데 검열을 의식하지 않아도 됩니까? 나는 그 보이지 않는 압제와 신경전을 벌이느라고 상당한 이야깃거리를 수록하지 못하고는 합니다. 솔직하지 못한 건 아니고 좀 소심해집니다.

꽤 시간이 지났으니까 이제 당신한테 전하고 싶어 온몸이 근질근질한 지난번의 폭발물 사고를 이야기하렵니다(전쟁터에서 이런 종류의 이야기가 징크스로 취급받지 않았으면 합니다).

새벽 3시쯤 갑자기 비상이 걸렸습니다. 디립다 깨우니까 그저 비상인 줄 안거죠. 사실은 시체를 안치하기 위하여 24인용 텐트를 치는데 그 방면의 책임자인 SP에 비상을 건 것이었습니다. 근무자가 뛰어 들어와 모두를 깨워 놓고 한마디 던지는 소리에 귀가 번쩍했습니다.

〈6중대에서 터졌다〉는 것이었습니다.

6중대에 대한 나의 연민이 얼마나 끈기 있는 것이었는지는 이 박사도 알고 있겠지요. 그것은 내 군대 생활의 가장 커다란 부분이었고 가장 진한 부분이며 또한 순수한 시간이었던 것입니다.

그런데 거기에서 이곳으로 쫓겨 올 적에 멍울진 아픔이 아직도 가시지 않았는데 무엇인가가 꽝 터지고 앰뷸런스에 시체가 실려 왔다는 것입니다. 그 시간에 이 박사가 이곳에 있었더라도 나하고 비슷한 감정이었을 것입니다. 나는 갑자기 신이 났습니다. 내가 피를 즐긴다든가 6중대에 대하여 무슨 앙심을 품고 있었던 것은 아닙니다. 사실은 그 반대인 셈이죠. 그런데 갑자기 가슴이 펑 뚫린 것처럼 신바람이 나더라는 말입니다. 그것은 일상생활 가운데서 이스라엘 전쟁이나 60명 정도가 몰살한 버스 사고가 우리에게 주는 그런 신선한 충격과 같은 것이었습니다.

526

그동안 우리는 감당하기 어려운 두꺼운 권태에 짓눌려 살고 있었던 것이 아닙니까? 고참답지 않게 제일 먼저 뛰어나가 텐트를 꺼내다가 의무중대 뒷마당에 설치를 하고 나니 먼동이 터오더군요. 모두들 차마 마주보지를 못하는 앰뷸런스의 문을 살그머니 열어 보았습니다. 굉장한 술냄새가 풍겨 나오는 비좁은 앰뷸런스 안에 모포를 덮어 놓은 세 개의 담가가 있었습니다. 그 문을 열기까지는 꽤 호기를 부렸던 셈인데 어둑어둑한 차 안에 조용히 숨을 죽인 세 개의 담가를 보니 아찔해지더군요. 그것은 귀가 멍하도록 처절한 침묵이었습니다. 막걸리가 틀림없는 술냄새가 풍기고 모포에 꺼멓게 배어 나온 피의 얼룩. 그리고 하얗게 핏기가 가신 손이 조금 보였습니다.

나는 조심조심 한 개의 담가에서 모포를 벗겨 보았습니다.

6중대에서 1년 동안 같이 본부 생활을 했던 아이였습니다. 머리를 단정하게 깎은 얼굴에는 전혀 표정이 없었고, 그 아래로 커다랗게 구멍이 뚫린 상처 안으로 배추색의 창자가 보였습니다.

뜨거운 한낮이 되어서야 입관이 끝났습니다. 알콜과 비누로 손을 씻고 의무 중대 내무반에서 4과 참모가 사 보낸 소주와 과일을 가운데 두고 6종 처리반 일동이 둘러앉았습니다. 나하고 6중대 파월 대기자 한 명, 의무 중대 인사계와 위생병 한 명이 직접 손을 댄 사람들이고 나머지는 곁에서 지독하게 잔소리만 늘어 놓던 장교들이었습니다. 술이 오르자 모두들 자기가 수소문한 사건의 진상에 관하여 떠들기 시작했습니다. 대강의 줄거리는 이런 것이었습니다.

M16 대인 지뢰를 터뜨린 아이는 제대를 두 달 앞두고 말뚝을 박았습니다. 내가 전입 가서 이곳으로 올 때까지 중대장 전령을 하던 아입니다. 군대 생활에 신이 나던 그런 다혈질이죠. 목포 아입니다. 얘가 하사를 달고 얼마 있다가 함께 술을 마신 적이 있습니다. 제 말로는 집에서 별로 알아주지 않는 아들이 되어서 말뚝을 박았는데 시간이 갈수록 자꾸 후회가 된다는 것입니다. 그래서 가장 타당하다고 생각되는 충고를

527

해주었어요. 월남을 가라고요.

지금은 불명예 제대를 하여 초라한 민간인이 된 6중대장. 그는 옛날부터 대단한 오기가 있습니다. 월남을 간다고 나서는 사병이 있으면 다 짜고짜로 자기에게 감정이 있는 놈이라고 찍어 버리는 그런 차원의 지휘관이었습니다. 불쌍한 김 하사는 월남에도 갈 수 없는 신세가 되고 만 것입니다. 거기에다 휴가도 안 보내 주고.

대강 이런 이유로 신형 M16 대인 지뢰가 터졌습니다. 중대장의 하숙집 마당에서. 김 하사가 도착하기 전에 중대장에게 위급을 알려 그를 피신시킨 중대장의 전령(파월 귀국자, 즉 월남에서도 살아 온 사람)과 제대를 한 달 앞둔 ROTC 5기생인 부관, 김 하사, 그리고 하숙집 주인. 이렇게 네 명이 숨지고 서너 명이 다쳤습니다.

이 박사.

나는 그들 유가족의 슬픔을 보았습니다. 서 중위의 누이동생이 세 번씩이나 기절하는 것을 보았습니다. 그리고 둔탁한 M1 소총의 조총 소리를 들었습니다. 표정이 풍부한 ROTC 5기생들이 한 줄로 도열해 서서 흰 장갑을 낀 손으로 화장터로 가는 앰뷸런스를 향하여 경례하는 것을 보았습니다.

신형 M16 대인 지뢰는 클레모어와 같은 작용을 하는 것으로, 견인줄에 의하여 폭발을 하는데 635개의 탄환이 튀어 나간답니다. 다친 아이들 중에는 불알 한쪽이 떨어져 나간 것도 있고 이빨만 세 대가 부러진 것도 있습니다.

6종 처리반원 일동은 땀을 뻘뻘 흘리며 소주를 마시고 과일을 먹었습니다. 모두 그럴듯하게 떠들기는 하지만 과연 누가 진상을 안다고 말할 수 있겠습니까.

우리는 진상을 알 수는 없는 것입니다.

내가 고등학교 3학년 때 세코날 음독으로 반쯤 죽었다가 사흘 만에 다시 살아났더니 동아일보 지방판에 〈대학 진학 못 함을 비관, 고교생 음독〉이라는 기사가 실렸더군요. 머리를 빡빡 깎은 사진도 실렸고요. 아버지가 국회 의원 선거에 낙선을 했으니 아주 빈털터리가 되었겠다, 대학을 못 가게 되었으니 세코날을 먹었으려니 생각한 거죠.

천만의 말씀이죠. 그날 오후에 나는, 내가 누나로 부르면서 사실은 애인을 만들고 싶었던 간호 대학생을 찾아갔었습니다. 굉장한 품위가 서려 있는 코스모스 같은 미인이었습니다(지금 생각하면 좆도 아니지만). 우리는 기숙사 뒤뜰에서 펜싱을 했어요. 몇 가지 공격 동작을 되풀이하다가 그 아가씨가 갑자기 클로버 풀밭 위에 넘어졌습니다. 그리고 나는 그녀의 빨간색 삼각팬티를 보았습니다. 이것이 진상입니다.

이 박사, 귀국하거든 그 시절의 순수했던 자살 미수 사건에 관하여 자세히 얘기해 드리죠. 그 시절이 그립습니다.

이 박사는 시를 쓰지 못할 것 같습니다. 그것이 당신의 강점이기도 하지만. 워즈워스의, 이른바 〈절박한 감정의 자연적인 발로〉에는 접근하였지만 운율을 살리지 못하였어요. 당신은 철저하게 산문적인 분입니다. 당신의 뛰어난 상징과 적확한 표현력에 나는 경외감을 느낄 정도입니다.

나도 고등학교 이후에는 한 편의 시도 제작하지 못하였기 때문에 당신에게 이렇게 말할 수 있습니다.

〈우리, 시를 쓸 수 있는 영혼으로 성장합시다.〉

당신의 편지는 나에게 엄숙한 임무를 명령하는 것 같습니다.

나는 술을 마시지 않고는 당신에게 편지를 쓰지 못합니다.

몹시 취해 오는군요. 김하일.

나는 크레센트 해변 이후로 마음이 격해진 나머지 도저히 산문만으로는 내 느낌을 전할 수 없어서 시를 써 보냈던 모양인가? 그런데 그는 나에게, 시는 쓰지 못할 것이라고 단언했다. 그 격정의 시절에 읽은 그의 이 한

마디가 내 뇌리에 기정사실로 각인되었음이 분명하다. 그 뒤로는 시를 써 본 적이 없으니까.

그의 편지가 연달아 날아왔다는 것은 내 편지가 연달아 날아가고 있었 다는 뜻이다. 그의 편지는 내 문장 수업의 교과서 노릇을 시작했다.

이 박사.

내 편지가 미처 이 박사 손에 닿지 못하는 수도 있는 모양입니다. 좀 얄미운 일이지만 나는 이 박사 편지를 받는 대로 꼬박꼬박 답장을 부치 고 있습니다. 지금 쓰고 있는 것이 일곱 번째의 편지라고 기억합니다.

전쟁터에서 죽을 것만 같다는 이야기는 어쩔 수 없이 나를 울적하게 만듭니다. 우리들에게 진실로 두려운 것은 죽음이 아니라 죽음을 예감 하는 데서 생기는 온갖 마비 증세입니다. 이 박사가 니힐리즘에 빠지고 그래서 신경이 둔해져 사소한 게으름이 어떤 기분 나쁜 사건을 만드는 것이 아니겠어요? 죽음에 대한 예감 같은 것은 그 사람이 죽어 없어진 다음에야 알려지고 신기하게 이야기되는 것입니다. 이 박사는 아직 살 아 있고 운명의 계시나 신탁을 들을 만큼 그렇게 나이 먹지도 않았습니 다. 죽을 것만 같다는 당신의 독백에 관하여 내가 얼마만큼의 참된 관심 을 가질 수 있는지 나도 모르겠습니다.

전쟁터에서 책을 읽을 수 있는 신경이라면 누구의 도움말도 필요하 지 않은 건강한 상태입니다. 그것도 『데미안』이나 바이블이 아닌 미시 마 유키오를 읽고 있으니 말입니다.

「병정놀이」라는 단편을 하나 시작했다가 깊은 좌절감을 느끼고 있습 니다. 도무지 문장이 돼먹지 않았어요. 중학교 3학년 때 어쩌다 쉽게 글 짓기를 시작한 것처럼 지금도 쉽게 소설을 써보려고 했던 것입니다. 그 래서 나에게 소설을 쓴다는 것은 먼 훗날의 이야기입니다.

고등학교 시절에 『죄와 벌』을 읽고 퍽 유치한 소설이라고 생각했었습 니다. 도스또예프스끼의 정신력이나 주제는 별도로 하고, 사건의 전개나 구성이 너무 단순하고, 특히 라스꼴리니꼬프의 대사가 막대기처럼 뻣뻣하고 직설적인 것을 느꼈던 것입니다. 전당포 주인 노파의 이마빡에 도끼를 내리찍을 수밖에 없었던 순수한 주인공의 언동이 마땅히 그래야 한다고 크게 깨달은 것은 훨씬 뒷날의 일입니다. 아직 다 알았다고 할 수는 없지만. (헤밍웨이가 이렇게 말했답니다. 〈우리는 도스또예프스끼가 신발을 벗어 놓은 현관의 댓돌까지도 이르지 못했다.〉)

『악령』, 『까라마조프 씨네 형제들』을 굉장히 좋아합니다. 원어로 읽어 볼 기회는 없겠지만 영어나 불어로 꼭 읽어 볼 작정입니다.

내가 탈영병으로 돈암동 산에 은거하고 있을 때 소설가 지망생들을 두 명 사귄 일이 있습니다. 둘 다 국문과 출신으로 그것과는 별로 관계가 없는 일에 종사하고 있었습니다. 둘 중 하나는 내 동생 친구의 애인이고 나머지 하나는 내 동생에게 마음이 있었던 모양입니다.

가끔 찾아와서 술도 사주고 통닭도 사주고, 한글의 기계화 문제에 대해서 토론도 하고 문단 동정에 관하여 이야기하는 가운데 드디어 그 사람들의 작품을 보게 되었습니다. 신춘문예 예선 3편에 올랐던 그런 것들입니다.

그 사람들의 견식이나 정열, 그리고 연륜으로 보아 상당한 소설이 나올 법한데 그러지를 못하고 있었어요. 드라이하고 심플하다는 헤밍웨이의 하드보일드 스타일도(사실 현존하는 문학 작품 가운데 이만큼 간단한 문장도 없습니다) 그것을 완성하기 위하여 에즈라 파운드의 색연필이 몇 개나 닳아 없어져야 했답니다.

이런 에피소드들도 사실은 「병정놀이」를 써보고 나서야 생각난 것들입니다. 너무 오랜만에 너무 쉽게 덤벼들었다가 뜨끈하게 데었습니다.

할 수만 있다면 내 운명을 바꾸어 놓고 싶습니다. 김하일.

이 박사.

일정한 간격을 두고 또박또박 부쳐 오던 당신의 편지가 며칠을 거르

531

기에 당신이 드디어 지쳤나 보다, 이렇게 생각했습니다. 당신이 원하고 있는 그런 성실한 답장을 쓸 줄 모르는 이 파렴치한에게 정이 떨어졌을 거라는 생각 말입니다. 당신의 편지를 받기 전에는 절대 답장을 쓰지 않기로 하고 있는 어설픈 오만에 당혹을 느끼고 있었어요. 오랜만에 차분하게 정돈된 사연으로 두 장이나 한꺼번에 날아들어 나를 기쁘게 해주었습니다.

입버릇이 나쁜 앵무새 이야기는 기발한 착상입니다. 그것이 소설로서 어떻게 연역이 될는지는 상상할 수 없지만 당신의 착상은 항상 나를 놀라게 합니다. 당신은 내가 미처 발견하지 못한 입구로 그곳에 도달하고는 합니다. 당신이 당신의 스타일을 결정하는 시기가 온다면 이 박사는 훌륭한 시추에이션 작가가 될 것입니다. 당신은 상당한 심미안을 가졌습니다(〈상당한〉이라는 표현에 저항을 느끼지 말아요). 그리고 예리한 통찰력을 가졌습니다. 〈무엇을 이야기하는가〉보다 〈어떻게〉가 중요한 습작 시절에 〈어떻게〉에 소홀한 점은 있지만요.

당신이 소설을 생각하는 동안만은 당신이 어떤 잘못을 저질러도 나는 당신을 사랑하지 않을 수 없습니다.

나는 남달리 누선(淚腺)이 발달한 것 같습니다. 고등학교 시절에는 농구 경기를 보다가 곧잘 눈물을 떨구었습니다. 성실하게 아리아를 부르는 소프라노, 바이올린 연주, 시 낭독, 한동일의 연주가 성공적이었다는 외신, 늙은이의 노동. 이런 것들도 나에게는 〈눈물의 씨앗〉이 됩니다. 그런데 나이 들면서 눈물도 속물적으로 되어 갑니다. 야당 후보가 패배에 접하여 눈물을 흘린다는 건 조금 칭찬할 건덕지가 있을까요? 배를 졸라매고 저금한 돈 5만원을 사기당한 어느 불쌍한 여인에게 온정이 답지합니다. 순경에게 고문당한 소년의 이야기, 일가족 자살 보도 같은 3면 기사도 박력 있게 메이크 미 크라이.

소나무가 상처에서 송진을 흘리듯이 나는 필요에 따라서 울고 있는 것 같습니다.

마스터베이션이 몸에 나쁘고 공격적인 성격을 만든다는 영국 왕립 의학 연구소의 발표를 보았습니다. 수긍이 갑니다. 월 1회 정도로 줄여 볼까 합니다.

휴가 귀대자가 사다 준 여자 사진을 대공 초소에 비치해 놓고 가끔 즐깁니다. 여자와 더불어 사는 일에 대하여 조금도 미련을 느끼지 못하는 사내가 사실은 굉장히 여자를 그리워하고 있었던 것입니다. 대공 초소 뒷산을 순찰할 때면 갑자기 숲 속에서 여자가 뛰어나올 것만 같습니다. 그 여자는 저항 없이 풀밭에 자빠져서 다리를 벌릴 것입니다. 이런 공상을 즐기다 보면 정말 두리번거리며 나물이라도 캐러 나온 여자가 없나 찾아보는 수가 있습니다.

우리는(나는) 마스터베이션으로 배설하는 것만으로는 만족할 수 없는 어떤 정서를 가지고 있는 모양입니다. 여자의 피부에 대한 정서일까요? 아니면 분위기에 대한 정서일까요? 아, 나는 여자를 구하지 않으면 안 됩니다.

너무 흉물스럽다고 경원하지 마시오. 처녀 손목 잡아 본 지 8년이 되었으니까요. 이런 종류의 아픔이 이 박사한테도 있었기를 바랍니다.

나에게는 다섯 명의 절친한 친구가 있습니다. 모든 것을 약속할 수 있는 진국들입니다. 그 친구들 중의 누군가가 하나 죽어 없어지기 전에는 새로운 친구가 있을 수 없다고 생각했었습니다. 그런데 지금 나는 서서히 당신에게 반하고 있습니다. 제대하여 그 친구들을 당신에게 소개하겠어요. 당신도 사랑하지 않고는 배겨 낼 수 없는 아주 좋은 친구들, 정말 좋은 사내들이에요.

하기 힘든 고백을 당신에게 한 셈입니다. 나는 당신을 좋아합니다. 당신이 발견할 수 있는 모든 방법으로 나를 채찍질해 주어야 합니다. 나는 당신과 나 사이에 잠재하고 있는 훌륭한 가능성을 감지하고 있습니다.

탈영병 시절, 가운이 기울어져 셋방으로 쫓겨났을 때, 여름날의 후덥지근한 저녁 무렵의 냇가에서 내 친구 이인하와 이런 이야기를 주고받은 일이 있습니다.

「나는 착하기만 한데……」

지쳐 버린 절망의 소리입니다. 이제 그 고난은 끝이 났습니다. 〈나는 착하기만 한데……〉 이런 소리를 지껄이지 않아도 됩니다. 살아 있는 것만으로도 감사하고 즐거우며 무럭무럭 투지가 일고 있습니다.

당신의 편지 사연은 당신의 시보다 훨씬 운문적입니다.

또 이런 생각도 해봅니다. 백 년 후에 당신과 나 사이의 서신들이 경매에 부쳐져 한 장에 60달러쯤. 그리고 박물관에 전시도 되고. 기분이 좋군요.

서울에 있는 당신의 여자 친구가 나한테 책을 부쳐 줄 수 있을까요? 번거롭겠지만 부탁해 봐주어요. 좋은 책을 읽고 싶습니다. 김하일.

김하일의 편지에는 〈일정한 간격을 두고 또박또박 부쳐 오던 당신의 편지가 며칠을 거르기에 당신이 드디어 지쳤나 보다, 이렇게 생각했다〉는 구절이 보인다. 나는 지쳤던 것이 아니다. 우리의 작전은 한번 시작되었다 하면 짧게는 두 주일, 길게는 세 주일씩 계속되고는 했다. 작전 지역에서 그의 편지를 받아 읽을 수는 있었다. 그러나 쓸 수는 없었다. 나의 신경은 그런 데서 편지를 쓸 수 있을 만큼 가닥이 굵지 못했다.

기억은 저희들끼리 상승 작용을 하는 버릇이 있다.

기억을 더듬어 보고서야 나는 34개월 동안 군대에 머물면서 약 스무 차례의 파견과 귀대, 전출과 전입을 되풀이했다는 것을 알았다. 짧게는 사나흘에서 한두 주일, 길게는 한 달에서 6개월씩, 나의 군대 생활은 단속적이다. 몇 차례의 드나들기가 있기는 하지만 가장 한곳에 오래 붙박여 있던 것은 기이하게도 월남의 전투 부대이다.

나는 월남에서 14개월을 머물렀다. 월남에서의 기억은, 기억이 저희들끼리 상승 작용을 일으키면서 연상을 계속하게 만들었기 때문에, 김하일이라고 하는, 내 사랑과 존경이 송두리째 바쳐지던 존재가 끊임없이 나에게 벌어지고 있던 일을 논평하고 상기시켜 주고 있기 때문에 상당히 다채롭고 풍부하다.

두 번째 작전에 투입된 것은 그로부터 한달 뒤, 그러니까 월남에 간 지 근 5개월이 되었을 때의 일이다. 혼까오숭(까오숭 산) 작전이었던 것으로 기억한다. 그즈음에 나는 이미, 바 산 작전 이래로 월남전의 중견 노릇을 하고 있었다. 나는 이 작전의 경험 일부를 녹여 뒷날 한 편의 중편소설로 만든 적이 있다.

이때 일을 떠올릴 때마다 나는 도끼가 나무를 찍는 소리를 가장 먼저 떠올린다.

30
죽음은 한낱 사념의 꽃

쿵, 쿵, 쿵, 쿵······.

도끼 소리 끝이 뭉툭했다. 이름을 알 수 없는 새가 울어 그 소리와 소리 사이에다 숨표를 찍었다. 시골 출신들로 이루어진 초퍼(도끼잡이)들이 밀림을 동그랗게 도려내어 헬리콥터 임시 착륙장을 만들고 있을 동안 우리는 바위 그늘에 숨어서 대장을 씹었다.

「초퍼 저 새끼들, 도끼날로 나무를 찍나, 도끼 대가리로 골병을 들이나. 도끼로 찍는데 어째서 복날 개백정 개 패는 소리가 나?」

내 옆에 있던 대원이 생존학 수첩을 부채 삼아 사타구니에 바람을 부쳐 넣으면서 중얼거렸다.

그 친구가 모르는 말이었다. 아열대 땅에 사는 나무라는 게 다 그 모양이었다. 저지대 나무는 도끼로 찍으면 물먹은 짚단 찍는 것같이 퍽퍽했고 고지대 나무는 도끼로 찍으면 쇳소리가 나리만치 단단했다.

그러나 나에게는 그 친구의 말을 마중할 여유가 없었다. 장거리 정찰대의 휴식이 예정에 없던 것이기는 하나 예정에 없는 휴식이 반드시 〈상황 없음〉을 뜻하는 것은 아니었다. 상황이라는 게 본디 예정에 없는 것이므로.

나는 불안했다. 도끼 소리가 정찰대의 분위기를 그렇게 만들고 있었다. 나는 그때 택시피(전방 지휘소)와 헬리포트의 교신을 엿들으려고 무전기의 눈금을 자르륵자르륵 돌리고 있었다.

「대장 저 친구 말이야. 조금 더 있으면 전쟁에 타임이라도 걸겠다. 내 적이라면 헬리콥터를 쏘겠어. 요렇게 내려오는 놈을 타앙!」

장 하사가 손바닥을 편 채로 오른손을 머리 위까지 올렸다가 살며시 땅바닥으로 내리면서 왼손으로 방아쇠 당기는 시늉을 했다.

첫 번째 작전을 뛰고 나서 알게 된 일이지만 대장은 입이 험했다.

「판단은 내가 한다. 네놈들은 번호순으로 연필로 점을 이어 나가기만 하면 된다. 비행기가 그려지든, 토끼가 그려지든 그것은 네놈들이 처음부터 알 바가 아니다. 점은 내가 찍는다. 번호도 내가 매긴다.」

「우리는 비행기나 토끼를 그리자고 여기에 와 있는 것이 아닙니다, 대장님.」

「시발놈, 이치가 그렇다 이 말이다.」

초퍼들을 지휘하던 중사가 무전으로 대장을 부르고 있었다.

「제로, 제로……. 당소는 둘.」

「보내라.」

「헬리포트 완전히 노출되어 있음.」

「귀소만 노출되어 있는 것이 아니다. 노출 안 시키고 어떻게 하늘에서 헬리콥터가 내려오나? 저 친구 죽이고 싶어?」

중사는 더 이상 대꾸하지 않았다. 부상병을 죽이고 싶은 대원이 있을 리 없다. 지형으로 보아서 위험하다고 했을 뿐이지, 중사에게도 부상병을 한시바삐 후송하는 데 이의가 있었던 것은 아닐 것이다. 중사의 말을 빌면 대장은 〈말장난으로 사람 병신 만드는 데 뭐 있는 놈〉이었다.

나는 끊임없이 전방 지휘소와 헬리포트의 교신을 엿들었다. 우리 좌표는 등장하지 않았다. 병원 헬리콥터가 배정되고 있지 않다는 뜻이었다.

쿵, 쿵, 쿵, 쿵…….

헬리콥터 발착장을 만들기 위해 나무를 찍어 내는 도끼는 우리가 기지를 출발할 때 이미 자루와 날이 분리된 채 누군가의 배낭에 들어 있었다. 우리는 우리들 중에 희생자가 생길 것임을 그런 식으로 인정하고 있었던 셈이다.

자그마치 40킬로그램이나 되는 전투 장비를 짊어지고 궤차 흡사 견본을 잔뜩 짊어진 철물 장수 꼴이 된 대원들은 도낏자루와 도끼날이라고 하는 여분의 짐을 되도록 피하고 싶어 했다. 너무 무거운 전투 장비를 진 채로 헬리콥터에서 〈LZ(착륙 지점)〉로 뛰어내리다 발목을 부러뜨리고 그 자리에서 후송되는 대원도 있었으니 무리도 아니었다. 그러나 배낭에다 도끼를 달기 시작하는 대원들을 대장은 지독한 말로 빈정거리고는 했다.

「네가 도끼로 헬리포트를 닦아 전우를 후송시킬 테냐? 아니면 내가 도끼를 짊어지고 가서 헬리포트를 닦고 너를 후송하랴?」

대장의 논리가 해괴했다. 그의 논리에 따르면 도끼를 짊어지고 간 대원은 부상을 당하지도, 죽지 않아도 좋았다.

쿵, 쿵, 쿵, 쿵······.

이슬이 밀림을 떠난 지 오래여서 풀잎이 졸기 시작했다. 엄폐물로 삼으려고 대원들이 사낭에다 퍼 넣고 있는 흙에서 먼지가 풀풀 일었다. 적의 B-40 로켓탄이 일으키던 바로 그 붉은 먼지가 일었다.

헬리콥터가 부상병을 실어 가기까지, 적어도 초퍼로 뽑히지 않은 우리들은 땀을 흘리지 않아도 좋았다. 한 자 앞이 보이지 않는 밀림의 긴장은 예정에 없던 휴식으로 조금은 풀려 있었다. 그러나 우리는 더위와 갈증과 긴장과 불안 대신, 마음이 느슨해질 때마다 어김없이 우리 가슴으로 묻어드는 공포의 그림자에 쫓겨야 했다. 우리의 차례가 가까워지고 있을지도 모른다는, 우리들 공통의 피할 길 없는 공포의 그림자에 쫓겨야 했다. 나무를 찍어 밀림을 도려내는 도끼 소리는, 그런 우리들에게, 그런 나에게 다가서는 죽음의 규칙 바른 발소리로 들리기 시작했다.

나는, 도끼 소리 사이사이에서 또 하나의 소리로 들리기 시작하는 밀림의 적막을 견딜 수 없었다. 나뭇잎 사이에 창날 같은 무게로 내리꽂히던 빛은 밀림을 떠나는 안개와 함께 증발을 시작했다. 낮이 밤보다 두려웠다.

538

「물을 아껴라, 오줌을 마시고 싶지 않거든.」

압박 붕대로 걸러 낸 오줌에다 커피 가루를 타 마신 적이 있는, 밀림의 경험이 풍부한 목소리가 마른 입술을 핥으며 수통을 흔들면서 물소리를 듣고 있는 신병에게 말했다.

「수통 뚜껑으로 홀짝거리자니 미치겠어요.」

「멍청이. 리서플라이(재보급)는 아직 이틀이나 남아 있다. 총알 없으면 죽고 물 없으면 사망이다.」

「아이고 시원해라. 한 따까리(뚜껑) 장리(長利) 놓을까요?」

신병이 수통 뚜껑으로 하나 물을 따라 마시고는 어깨로 이마의 땀을 씻었다. 알루미늄 혹은 플라스틱 수통에 든 채 섭씨 40도가 넘는 밀림에서 이틀 동안 출렁거린 물이었다. 시원할 리가 없었다.

「그 새끼 호조(戶曹) 담 뚫겠네. 장리 쌀에 녹아난 집구석이 한스러워 그린백(달러) 주우러 왔다. 뭐, 장리를 놓아?」

「그나저나 마시니까 살겠어요.」

「깨지지 말고 귀국해서 옛말해라.」

쿵, 쿵, 쿵……

부상병은 그날의 두 번째 희생자였다.

우리의 좌표로 헬리콥터가 떴다는 소식은 여전히 없었다. 부상병을 〈감시〉하고 있던 장 하사의 목소리가 무전기 속에서 대장을 부르고 있었다.

「제로, 제로, 당소는 셋……」

「보내라.」

내 무전기 핸셋에서 바람 소리가 났다. 바람 소리는 무전기의 침묵이었다.

「만세우편리봉(물)을 달라고 사람을 못살게 굽니다. 임금의정부서울이 순신개(의식)는 아직 좋고……」

장 하사가 〈아직〉 하면서 마른 침을 삼킬 동안 부상병의 신음 한 토막도 거기에 끼여 들려왔다. 지척이라서 그의 육성도 바람 소리에 실려 와 스테레오 효과를 내고 있었다.

진중 의학에 대한 대장의 상식이 장 하사의 수준을 앞지르는 거야 당연하지만 대장의 현학적인 설명은 늘 그 차이를 돋보이게 했다.

「물 먹이면 그 자식은 죽어. 헤모스타시스(지혈)나 똑바로 해. 물 먹여서 혈액의 농도가 희박해지면 끝이다.」

나는 부상병과 장 하사가 있는 바위 그늘로 기어갔다. 장 하사는 나를 보고 투정을 부렸다.

「들었어? 저 썩을 놈이 고등과 겨우 나온 놈에게 걸핏하면 원어로 씨부렁거리는 통에 영 죽겠어. 원어라는 거 그거 지랄 같아. 첫마디 나올 때 정신을 차리면 늦어. 아차 하는 순간에 끝나 버리잖아?」

대변 보다가, 보이지도 않는 적의 로켓탄에 한쪽 다리가 날아간 우리 부상병. 허벅지 짬에서 흘러내린 피가 그의 전투복 위에다 이상한 무늬를 그려 놓고 있었다.

월남의 밀림에서 가장 위험한 것은 개인 간격을 무시하고 대원들이 두셋씩 한자리에 밀집하는 것이었다. 〈밀집하면 로켓포가 날아온다.〉 밀림에서 이것은 상식이자 불문율이었다. 그래서 밀림에서는 그 흔한 트럼프 놀이도 화투 놀이도 엄격하게 금지되고 있었다.

그런데 이 무서운 불문율이 이른 아침이나 휴식 시간에 종종 깨어지고는 했다. 배변 때문이었다. 배변은 한 구덩이에 보게 되어 있었다. 그래야 떠날 때 간단히 묻어 버릴 수 있기 때문이었다. 우리는 그런 식으로 되도록 정찰 루트를 적에게 탐지당하지 않으려고 애썼다.

이 배변장에서는, 며칠 혹은 몇 주일 만에 만난 대원들이 엉덩이를 까고 앉은 채로 정담을 나누는 일이 가끔씩 있었다. 그래서 등을 돌려 댄 채 엉덩이를 까고 먼산바라기를 하면서 정담을 나누는 이 희한한 풍경이 밀림에서는 종종 웃음거리가 되고는 했다.

부상병은 다른 대원 하나와 그런 자세로 대변을 보고 있다가 적의 로켓탄에 맞아 다리가 잘린 것이었다. 다른 대원은, 옷에 대변이 좀 튀었을 뿐

털끝 하나 다치지 않은 것도 희한했다.

「전투에 진 군인은 용서를 받을 수 있을지언정 경계에 실패한 군인은 용서받을 수 없다. 그런데 무엇이 어째? 똥 싸다가 적의 공격을 당해? 에라, 이 똥만도 못한 놈.」

대변 보다가 적의 공격을 당한 부하를 둔 대장의 분노는 대단했다. 대장은 전방 지휘소에 보고할 때, 틀림없이 그 부상병이 수색 정찰 중에 부상을 당했다고 했을 터였다.

부상병의 피와 장 하사의 땀은 전투복 위에서 색깔이 같았다. 장 하사는, 부상병이 무릎 부근의 살점이 군복 자락과 함께 너덜거리고 있는 것을 자꾸만 비웃으로 덮어 주고 있었다. 부상병은, 땅 위로 솟아오른 나무뿌리에 두 팔을 묶인 채 반듯이 누워 있었다. 나는 부상병의 다리를 보는 순간 그쪽으로 기어간 것을 후회했다. 기어간 순간부터 장 하사와 함께 짊어져야 하는 연민의 무게가 번거로워졌기 때문이었다. 그렇다고 그 짐을 살그머니 장 하사의 어깨에 올려 놓고 내 위치로 돌아갈 수는 없었다. 부상병이 고통을 이기지 못해, 다리 잘린 풍뎅이처럼 몸부림치는 바람에 몸이 자꾸만 위로 위로 밀려 올라가고 있었다.

「이 새끼들아, 내 말이 안 들리냐, 이 새끼들아.」

부상병은 입술을 피가 맺히게 깨물면서 토막말을 내뱉었다. 욕말은 긴장을 푸는 데 요긴했고 때로는 공포를 잊게 하는 구실도 종종 하고는 했으므로 우리에게는 상용어에 속했다.

장 하사가 부상병을 쥐어박는 시늉을 하면서 욕지거리를 퍼부었다.

「이 새카만 자식이……. 오뉴월 하룻볕 좋아하지 마라. 여기는, 이 자식아, 작업복을 빨면 하루에 스물네 벌이 마르는 데다. 쫄병 놈의 자식이 어따 대고 욕을 해?」

「이 친구, 누구를 욕하는 거야?」 내가 물었다.

로켓포를 쏜 놈? 대장? 더스트오프(병원 헬리콥터)를 빨리 보내지 않는 헬리포트 연락 장교들? 아니면 장 하사? 부상병은 말을 조리 있게 할 줄 아는 친구였으니까, 다리만 잘리지 않았어도 누구를 욕하고 있는지 내게 일러 줄 수 있었을 것이다.

그는 위생병이었다. 그는 작전에 투입되기 전부터, 응급 처치 대상에서 자기를 제외시키고 있는 듯한 인상을 주던 대원이었다. 그러나 전쟁에서 그런 〈제외〉는 유효하지 못했다. 밀림으로 들어서기 전에 그에게 그 요상한 착각을 귀띔해 주지 못한 것이 부끄러웠다. 나 역시 그런 착각에 서서히 오염되고 있었기 때문이었는지도 모르겠다.

「장 하사, 좀 주라. 소원이다. 마지막 소원인지도 모른다.」

부상병이 〈마지막〉이라는 단서까지 달아가면서 이루어지기를 소원하는 것은 한 모금의 물이었다. 장 하사는 부상병이 소원을 말할 때마다, 땀에 젖은 수건으로 제 이마와 부상병의 입술을 번차례로 눌러 닦는 것이 고작이었다.

「좀 달라니까……. 당신 걸 나눠 달라는 게 아니야. 내 물, 내 물도 있어, 내 걸 달라…… 이 말이야.」

〈내 것〉이라는 말에 나는 가벼운 충격을 받았다. 장 하사도 그런 눈치를 보였다. 그러나 그의 물은 이미 그가 말하는 〈내 것〉이 아니었다. 부상병의 물통은 이미 그 부상병을 위해 수송 헬리콥터의 착륙장을 닦는 초퍼들 손으로 넘어간 지 오래였다. 착륙장 작업병들이 과외로 흘리는 땀을, 그 착륙장을 이용하여 매쉬(이동 외과 병원)로든 하늘로든 날아갈 희생자의 물통으로 보상해 주지 않으면 안 되었다. 그것이 밀림의 법이었다. 위생병도 그 불문율에서는 치외 법권일 수 없었다.

「장 하사, 이 병신……. 옆에 있는 게 누구야? 뭉치(무전병)지? 어이, 뭉치, 네가 줘. 너는 줄 수 있어.」

그는 나에게 〈너는 할 수 있다〉고 말했다. 그러나 나도 그에게 물을 줄 수는 없었다. 나는 그가 생각한 것보다 덜 무모했다. 줄 용의는 있었지만 줄 권리가 없었다. 그의 〈혈액 농도를 희박하게〉 할 권리가 없었다.

「뭉치야, 내 총 어디 있니? 내 허리에 수류탄은 달려 있니? 대검은 어디에 있니…….」

「왜, 죽으려고?」

「……주기 싫으면 안 줘도 좋아. 물 마시면 더 추워질 테니까……. 그나
저나 이 손목이나 좀 풀어 다오…….」

그의 팔목은 나무뿌리와 함께 질긴 낙하산 하네스에 묶여 있었다.

「이 새끼들, 안 풀어 주면 소리를 지를 거야! 진짜다, 지른다……. 사나
이 속에서도 굳센 사나이, 온 누리에 이름 떨친 검은 베레모…….」

「이런 썩을 놈.」

부상병이 있는 힘을 다해 군가를 부르는 순간 수건으로 그의 입을 틀어
막았고 나는 소총을 바로 잡고 그 옆에 엎드렸다. 주위에서 더러 들리던
두런거리는 소리, 전투 식량 깡통이 달그락거리는 소리, 심지어는 도끼 소
리까지 멎게 했을 만큼 처절한 부상병의 〈소리〉였다.

우리에게는 절규하는 부상병을 증오해 본 경험이 있다. 그 소리가 적을
불러들일 수 있기 때문이었다. 선한 목자 같았으면, 늑대를 불러들인다고
해서 부상당한 어린 양의 우는 입을 틀어막지는 않았을 것이다. 그러나
우리는 선한 목자는커녕 홀목자도 못 되었다. 우리는 어린 양이었다.

햇빛 창날이 숲을 뚫고 들어와 덩굴 식물의 X 자 꼴 그림자를 부상병의
얼굴에 드리웠다. 하늘을 가리는 빽빽한 나뭇가지와 땅바닥의 떨기나무
사이에는 잘 자란 덩굴 식물이 얽혀 있어서 우리는 흡사 굵고 가는 밧줄로
창살을 한 감옥에 들어앉아 있는 형국이었다. 도끼 소리가 다시 이어지고
있었다.

「목 마르고…… 춥고…… 총도 없고……. 쓰러진 말 대가리를 권총으로
팡 쏘는…… 카우보이도 못 봤냐?」

부상병의 입에 〈죽음〉이 오르내리기 시작했다.

「얼레, 구멍 봐가며 말뚝 깎아, 이 자식아. 상놈들 법이 예의동방지국에
서도 통할 줄 알아, 이 자식아.」 장 하사가 부상병의 배를 손칼로 내려치는
시늉을 하면서 웃었다.

위생병은 사람이 진중하지 못했다. 그는 죽어 가는 전우를 내려다보면서 〈좀 위대한 말을 남길 수 없냐〉 하고 빈정대던 위인이었다. 이동 외과 병원 위생병으로부터 성병 약을 떼어다가 비싸게 팔아 돈을 모으는 그 위생병을 우리는 〈임매하사(淋梅下士)〉라고 불렀다. 비싼 약값을 치러 본 경험이 있는 나도 그가 싫었다. 치러 본 경험이 있는 대원들은 그를 매우 싫어했다.

장 하사가 갑자기 제 주머니를 하나씩 더듬기 시작했다. 그러면서 주머니에 손을 넣어 보고는 고개를 갸웃거리고도 했다.

「뭘 찾아?」 내가 물었다.

「가만, 가만……」

장 하사는 이미 뒤진 주머니에 몇 번씩 손을 넣다가 이윽고 허리에 찬 압박 붕대 주머니에서 조그만 비닐 주머니를 하나 꺼냈다. 군용 모르핀 튜브였다.

장 하사는 표정을 꾸미고 있었다. 그러나 그는 착한 사람이라 제 속마음을 제대로 감추어 내지는 못했다. 얼굴이 붉어지면서 입가로 비굴한 웃음이 가볍게 번지고 있었다. 그는 군화 옆구리에 감추어 가지고 다니던 칼을 꺼내어 부상병 전투복의 견장 바로 밑을 찢어 내고 튜브의 바늘을 꽂았다.

「장 하사, 그런 걸 가지고 다녔구나.」

그는 내 말은 들은 척도 않고 모르핀 튜브를 부상병의 몸속으로 짜 넣은 뒤 홀쭉해진 튜브 끝의 바늘을 부상병의 옷깃에다 꽂았다.

「어디서 구했어? 내 말 안 들려?」

「사람 일, 한 치 앞인들 내다볼 수 있나? 그래서 이 친구에게서 샀다.」

「그런데 왜 진작 안 꽂아 줬어?」

「까맣게 잊어 버리고 있었어. 이 자식이 뭐 빠진 강아지 모래밭 싸대듯 하는 통에 어디 정신이 있었냐?」

「이 친구 구급낭에는 모르핀이 없었지?」

「다 팔아먹었는데 있을 리 없지.」

「웃기는 놈이군. 제 몫도 안 남기고 다 팔아먹었구나. 그것도 보급품을…….」

「도둑놈 집에도 되는 있다더라만 여기서는 그것도 안 통해.」

「도둑놈 물건 사서 꼬불친 장 하사 당신은? 진작에 놔줬으면 좀 좋았어? 아끼다 똥 만들 뻔했잖아.」

「잊어버리고 있었다고 하지 않았어?」

「알았어, 바쁘면 응용이 잘 안 되는 법이야.」

이렇게 말하면서 무심코 장 하사의 팔을 낚아채는데 그의 얼굴이 갑자기 험악해졌다.

「정말이라니까.」

「누가 뭐래?」

전우가 죽어 가는데도 제 몫의 모르핀을 숨겨 두었다고 장 하사를 욕보이려고 팔을 낚아챈 것은 아니었다. 나에게는 없고 그에게는 있는 시계를 읽기 위해서였다. 크레슨트 해변의 상황 이래로 나는 시계를 잘 차지 않았다. 나는, 우리가 얼마나 더 헬리콥터를 기다리고 있어야 하느냐고 헬리포트에 묻고 싶었던 것뿐이었다.

내가 무전기의 눈금을 헬리포트에 맞출 동안 장 하사는 부상병의 팔과 나무뿌리에 묶었던 낙하산 하네스를 풀었다. 하네스에서 풀려나자, 모르핀을 맞은 부상병은 바람 빠진 자루처럼 무너졌다. 장 하사는 내용물을 비운 부상병의 배낭과 소총을 하네스로 묶기 시작했다. 부상병과 함께 기지로 보내기 위해서였다. 나는 헬리포트를 불렀다.

「탱고(T), 탱고, 여기는 찰리 포(C-4), 레이디오 체크(무전기 점검), 오버.」

「여기는 탱고, 보내라, 오버.」

「빨간 잠자리 요청한 게 반 시간 전이다. 우리 리마로미오파파(LRP, 장거리 정찰대)가 소풍 나와 있는 줄 아나, 오버.」

「소풍 나간 거 아니냐, 오버.」

「이 새끼 봐라, 오버.」

「기지에도 빨간 잠자리는 한 대도 남아 있지 않다, 조금만 더 기다려라, 오버.」

「빨간 잠자리 없으면 그거라도 보내라, 거 뭐냐, 커다란 놈, 그거 이름이 뭐냐, 오버.」

덩치 큰 수송용 헬리콥터 〈치누크〉의 이름이 생각나지 않아 말을 더듬고 있는 판인데 헬리포트 무전병의 웃음소리가 날아들었다.

「그거 이름이 뭐냐, 오버.」

「헬, 리, 콥, 터, 오버.」

「내려가면 너 이 새끼, 긁어 버릴 거야, 오버.」

「무써워, 무써워, 오버.」

「얼마나 기다려야 하나, 숫자로 날려라, 오버.」

「둘공(20분) 오버.」

「하나공(10분) 안에 보내라, 오버.」

「나는 헬리콥터 운전사가 아니다. 그나저나 이번에 또 시체 보내면 다음부터는 빨간 잠자리가 뜨지 않을 것이다, 오버.」

「시체라고? 〈영현〉이라고 부르지 못해, 이 쳐 죽일 놈아, 오버.」

「라저(좋다), 레이디오 아웃(교신 끝), 오버.」

「라저, 아웃.」

욕말은 우리가 누리는 슬픈 특전의 하나였다. 그러나 우리는 이런 특전의 값을 비싸게 물었다. 우리 장거리 정찰대원이 쓰러진 지도 위의 지점에다 단 본부와 전방 지휘소 지휘관들은 빨간 세모꼴을 그리고 이 기호를 〈적의 출몰 지역〉으로 읽으니까.

부상병은 까맣게 탄 입술을 핥으며, 우의를 두 장이나 덮고도 몸살 앓는 사람처럼 부들부들 떨고 있었다. 모르핀 약효가 돌았는지 그의 눈동자만은 여느 때의 눈동자로 돌아와 있었다. 나는 그의 눈과 만나기가 두려웠다. 거기에 빠질 것 같았다.

「쳐. 피를 너무 흘린 모양이군, 장 하사, 장 하사…….」

「출혈 때문에 그런 게 아니야, 모르핀 때문일 것이다.」 장 하사는 거짓말을 했다.

부상병이 흙을 한 줌 거머쥐면서 소리쳤다.

「이 촌놈이 공자 앞에서 문자를 쓰지를 않나. 출혈 때문에 그런 게 아니면 물을 왜 안 줘? 모르핀이 에어컨디숑이냐?」

「…….」

「미안하다, 장 하사.」

「미안은 쌀눈이 미안(米眼)이여.」

「저놈의 아가리. 몇 분이나 흘렀어, 상황 벌어지고부터?」

「정확하게 말하면 네놈이 똥 싸다가 로켓포 맞은 건 20분여 전이다.」 장 하사는 〈정확하게〉 20분을 속여 먹었다.

「더스트오프 요청한 건?」

「30분 전에. 금방 올 거다.」

「이 시발놈이 사람을 아주 가지고 놀지를 않나?」

장 하사는 부상병이 왜 자기를 욕하는지 이해하지 못하는 것 같았다. 부상병은 눈을 감으면서 중얼거렸다.

「감 잡았다……. 그런데 뭐 이래?」

「뭐가?」

「뭐 이러냐고…….」

내가 무전기를 놓고 무릎걸음으로 다가갈 때까지 부상병은, 〈뭐 이래, 뭐 이래……〉 하고 중얼거리고 있었다.

쿵, 쿵, 쿵, 쿵…….

「어이, 이 병장, 뭐 이래.」

「뭐가 어때서?」

우리는 사실이지, 몰라서 서로 묻고 있는 것이 아니었다.

「기집 생각이 나. 이 지경이 되고 보니.」

「쓸 만한 지경이야, 허튼소리 마.」

「부탁이 있다……. 들어줄래?」

「언제부터 허락 맡고 했어? 말해 봐, 들어줄 테니까.」

「나 월남 올 때 기집을 패고 왔어. 오냐, 뼈 한 상자 하고, 전사 보상금 한 뭉텅이를 안겨 주마…… 이렇게 막말도 하고…….」

「쓸데없는 소리 다 한다…….」

「들어준다고 했잖아? 내가 〈포커스 레티나〉 작전 뛰고 월남 간다니까 그게 새끼를 긁어내었다고 하더라고…….」

「……계속해. 저마다 사연이 있지.」

「너에게도…… 있었어?」

「비슷하게…….」

「그래서…… 오냐, 죽어서 돌아오마, 그랬지.」

「…….」

「파울 볼 치고 1루까지 뛰어갔다가…… 타석으로 돌아가는 거, 그거 웃기지?」

「이 사람아, 그런 일은 얼마든지 있어.」

「야, 나 쑥스러운 거 하나도 없어졌다. 이제는 하나도 쑥스럽지 않다……. 죽으려고 그러나? 내 사물함에는 말이다, 너한테 임매하사 소리 들어 가면서 말이다, 모은 돈이 말이다…… 천오백 불인가, 천육백 불인가…… 있다.」

「멀쩡한 놈이 유언하고 자빠졌네.」 장 하사가 덜 좋은 낯색을 하고 꿍얼거렸다.

내가 장 하사 쪽을 돌아보며, 잠자코 들어 보자는 신호를 보냈다. 부상병은 말을 이었다.

「내가 만일에 말이다…… 일을 당하거든 말이다…… 그 돈 내 기집한테 말이다, 좀 전해 주라, 그 말이다…….」

「…….」

「아, 기집 한번 감동시키기 힘드네……. 내가 살아나면 말이다…… 오백 불은 너에게 주마……. 약속한다.」

「나 부자 되었네. 오백 불이면 내 1년치 봉급이다.」

「그러니까…… 물 한 통만 주라…….」 그는 농담을 하고 있는 게 아니었다.

「그래그래, 더스트오프 오면 물 한 통 주마.」 나는 거짓말을 했다.

듣고 있던 장 하사가 한마디 걸쩍하게 거들었다.

「이 병장, 저 새끼가 너를 물로 봐부렀구먼. 저 새끼 죽으면 오백 불은 공수표잖여? 물 빼앗기고 오백 불 날리고……. 뭣 주고 싸대기 맞고…….」

무전기가 저 혼자 딸꾹질을 하면서 감도 조정 신호를 받고 있었다.

「하나둘삼하나둘삼넷아홉, 공구팔칠육오넷삼둘하나……. 찰리 포, 찰리 포, 당소는 찰리 제로.」

장 하사 무전기는 꺼둔 채 내 무전기만 켜둔 것이 불찰이었다. 나는 부상병과 이야기를 나누느라고 내 무전기에서 7~8미터나 떨어져 있었다. 나는 무전기 쪽으로 기어가 핸셋을 들고 키를 눌렀다.

「찰리 포, 감도 숫자로 삼, 오버.」

키를 놓자마자 대장의 목소리가 건너왔다.

「뭉치(무전) 대기 안 하고 뭐 하노? 일로 좀 건너온나, 오버.」

「라저, 아웃.」

나는 20여 미터 떨어진 바위 아래로 기어갔다.

쿵, 쿵, 쿵, 쿵…….

무릎에 시커멓게 마른 피를 묻힌 대장이 작전 지도를 읽으면서 손으로 비스킷을 집고 있었는데 그 손이 자꾸 빗나가 흙바닥에 가 닿고는 했다.

「자네가 헬리포트와 하는 교신, 나도 들었다. 속상하다고 자꾸 싸우려 들지 마라. 싸우면 우리만 손해다. 칼날 잡은 우리가 칼자루 잡은 저 친구들과 게임이 되겠나.」

「…….」

「부상병 좀 어때? 무전으로 물으면 자네가 대답하기 곤란할 것 같아서
불렀다.」

「…….」

「사실과 희망 사항이 같지 않다는 뜻으로 듣겠다. 아까 꼴이 또 나면 지
휘 책임이 적지 않게 돌아올 게다.」

대장은 아침에 부비트랩에 걸려 전사한 박 하사 이야기를 하고 있었다.

첨병이었던 박 하사는 적의 발자국으로 추정되는 흔적을 따라가다가
적이 쳐놓은 임계 철선을 무릎으로 걸어서 당겼던 모양이다. 임계 철선이
란, 일정한 장력으로 당겨져 있는 철사를 말한다. 이 철사 끝에 매설되어
있는 폭발물의 뇌관은 철사의 장력이 늘거나 줄어들면 폭발하게 되어 있
었다. 박 하사를 때린 폭발물은, 아군이 버린 야전 식량 깡통에다 폭약과,
무수한 구리철사 토막을 채워 넣은 것이었다. 수백 개의 구리철사가 몸에
박히면서 박 하사는 전사했다.

밀림에는 잔인한 규칙이 하나 있었다. 그것은 중상자는 급행에 해당하
는 더스트오프(병원 헬리콥터)로 후송하되, 전사자는 완행에 해당하는 재
보급 헬리콥터로 후송해야 한다는 규칙이었다. 전사자가 재보급 헬리콥
터로 후송되어야 하는 규칙은, 전사자가 〈제6종 군수 물자〉로 분류된다
는 규칙에서 나온 것으로 보인다.

그러나 대장은 재보급 헬리콥터를 기다리면서 그 지역에 대원들을 풀
어 두고 싶지 않았다. 작전 지연도 문제지만 일단 그 지역이 부비트랩 필
드(지뢰밭)일 가능성이 크기 때문이었다. 그래서 대장은 박 하사를 부상
병으로 보고하고 급행에 해당하는 더스트오프를 불러 후송하게 한 것인
데 이것이 지휘부에서 문제가 되었던 것이었다.

「더스트오프 타는 호강도 죽어서는 누릴 수 없다는 것이냐?」

전투대원들은 이러한 규칙을 몹시 못마땅하게 여겼다.

헬리포트나 이동 외과 병원의 지휘관들의 주장에 따르면, 이미 숨이 끊

어진 전사자를 후송하는 데 더스트오프를 배정하느라고 살릴 수도 있는 부상병을 후송하는 데 차질을 빚어서야 되겠느냐는 것이었다. 그들의 주장에 일리가 있다는 걸 모르는 우리도 아니었다. 그러나 우리에게도 할 말이 있었다. 우리는, 전사자 때문에 작전을 지연시키거나, 같은 지역에서 다른 희생자가 날 경우 그 책임은 누가 지느냐고 항변했다.

열대의 밀림에서, 부패하기 시작하는 전우의 시체만큼 다루기 난감한 것이 없었다. 부패하는 전사자의 모습에서 대원들은 저 자신의 앞일을 상상했다. 대원들의 머릿속에서 떠나지 못하는 죽음의 공포는 전사자의 모습과 냄새를 통해 구체적인 모습을 갖추어 가기 때문이다. 따라서 전사자가 가까이 있을 경우 사기는 땅바닥이었다. 악취는, 진하고 끈끈했던 전우애의 발치에 몹시 걸리적거리고는 했다.

「악법이라도 따르는 게 선량한 시민의 의무라고 하더라.」

「대장님, 악법을 따르는 건 선량한 시민이 아니지요.」

「뜨리아즈(경환자 우선)가 사실, 반드시 악법인 것만은 아니야. 가혹한 개념이라는 건 나도 인정하지만…….」

「대장님, 그 해괴한 개념으로는 길 잃은 한 마리 양을 찾으려고 아흔아홉 마리의 양을 두고 떠나는 선한 목자의 행위를 어떻게 설명합니까?」

「종교가 들고 있는 자[尺]와 정치가 들고 있는 자는 다르지.」

「이해 못 하겠어요.」

「그래서 내가 가혹한 개념이라고 한 것이다. 유럽 어느 나라에서는 70세가 넘으면 기관 이식도 받지 못한다더라. 화생방 교육 때 들었는데, 방사선 조사량 450 플러스 램이 넘는 환자는 치료 계획에서 아웃이야.」

「그걸 누가 정합니까? 누구에게 그걸 정할 권리가 있습니까? 전사자는 더스트오프로 후송시키지 못한다……. 이건 하느님만 정할 수 있는 거 아닙니까?」

「임마, 지금 우리가 뭘 하고 있는 거야? 그 자식 죽겠어, 살겠어?」

대장에게 공연한 심술을 부릴 일이 아니었다. 크레슨트 해변 이래로 그가 쓰던 호칭인 〈자네〉는 순식간에 〈임마〉로 급전 직하했다.

「모르겠어요.」

「네가 왜 화를 내? 병(兵)인 네가 보는 전쟁과 직업 군인인 내가 보는 전쟁은 달라, 임마. 아흔아홉 마리의 양을 두고 길 잃은 양 한 마리를 찾아나선 목자 이야기는 알면서, 손이 실족게 하거든 그 손을 잘라 버리라던 목자 이야기는 왜 몰라, 임마.」

「……알겠습니다.」

나는 알겠다고 말했다. 뜨리아즈가 아니라 대장을.

「여기에서 더 이상 지체할 수 없다. 작업장 말인데, 도끼 소리 들으니까 시원치 않다. 콤포지션(무정형 폭약)으로 터뜨리라고 그래.」

「대장님, 지형을 보고도 그러십니까?」

「네가 대장이냐?」

「알겠습니다.」

부상병은 얼굴에 붙은 파리를 쫓느라고 입을 실룩거리고 있었다. 손이 풀리고 있다는 증거였다. 눈으로 흘러 들어가는 땀을 어깨로 닦고 있던 장 하사는 나를 향해 손가락을 입술에 갖다 대어 보이고는 부상병에게 하던 이야기를 계속했다.

「……그런데 그 여자 말이다, 시름시름 앓다가는 죽더란다. 그 오살맞을 놈의 동생이, 뱀이라고만 하지 않았더라면 그 여자는 지가 먹은 것이 여느 생선인 줄 알고 오래오래 안 살았겠냐? 죽고 사는 것은 마음에 달린 것이다. 유식한 말로는 도지재인심(都只在人心)이라고 하는 것이다. 나 과연 유식하냐?」

장 하사는 부상병을 위로하려고 그러는지 제 무서움을 덜기 위해서 그러는지 더스트오프가 헬리포트를 떠났다고 몇 번이나 거짓말을 했다.

내가 보기에 부상병은 장 하사의 말을 듣고 있는 것 같지 않았다. 설사 듣고 있었다고 하더라도 부상병은 장 하사가 선사하는 희망의 약속을 제 것으로 따 담지 못했을 것이다. 어두운 방이, 잠깐 열린 사이에 들어온 햇빛을 가두어 두지 못하듯이.

쿵, 쿵, 쿵, 쿵……

새로운 나무를 만났는지 도끼 소리가 무거웠다. 나무 한 그루가 쓰러져 밀림 안이 밝아질수록 공포는 그만큼 더 다가선 거리에서 우리를 괴롭혔다. 부상병은 잠들어 있었다. 가슴 위에 포개어진 손이 도끼 소리가 날 때마다 조금씩 꿈틀거렸다.

대장의 전령이 관목 숲 속에서 기어 나와 부상병의 뺨을 가볍게 때리며 나에게 대장의 명령을 전했다.

「작업장에서 콤포지션 터지는 시각은 저스트 1218시. 비둘기(뉴스) 날리랍니다. 괜히들 놀랠라.」

말소리가 너무 커서 전령이 장 하사의 눈총을 맞았다. 전령은 장 하사 앞에 있는 담배를 한 개비 꺼내어 불을 붙인 뒤 부상병의 입에다 꽂았다.

「너 임마, 장난하냐?」 장 하사가 눈꼬리를 쳐들었다.

「큰 피돌리기(음주) 못 할 처지가 되었으니 작은 피돌리기(흡연)이라도 시켜 주는 게 인사 아니겠어요?」

「지혈하느라고 진땀을 뺐는데 피를 돌려?」

「도끼 소리만으로도 불안해서 죽겠는데 콤포지션이라니……. 놈들이 사격 목표 되는 거 아닐까요?」

「늬 애비(대장)에게 그러지 그랬냐?」

「하기야 섰다 판 같은 게 전쟁입니다. 먹을 때도 있고 깨어질 때도 있고…….」

부상병은 담배를 놓치지 않고 가볍게 연기를 빨아들이고 있었다.

「전쟁이 섰다 판이라……. 너 전쟁 평론가 해라.」 내가, 듣고 있기가 민망해서 전령에게 핀잔을 주었다.

「귀족론 하나 쓸까요?」

「그게 뭔데?」

「장교론.」

「죽으려고 색 쓰냐?」

장 하사는 원래 전령과 사이가 좋지 못했다. 공부한 전령은 〈가방끈이 짧은〉 장 하사 같은 사람을 자주 얕보고는 했다.

「장 하사님, 봐요, 봐요, 다리로 연기 안 새는 것을 보니, 살기는 살 모양이오.」

장 하사가 총구를 전령의 인중에다 대고, 목소리 크다고 핀잔을 주던 사람답지 않게 소리쳤다.

「꺼져, 이 상놈의 자슥아. 네 섰다 판 끗수를 지금 알고 싶지 않거든.」

전령이 기가 죽어 관목 숲 사이로 기어 들어가더니 곧 모습을 감추었다. 장 하사가 소총을 내려놓으며 중얼거렸다.

「저 상놈의 자슥은 꽃밭에 불 지르는 게 취미랑게. 따까리(전령)들 정말 마음에 들었다 안 들었다 하는데, 대체로 안 들 때가 많아.」

도끼 소리가 멎으면서부터 무전기 끓는 소리가 되살아났다. 밀림은 귀가 멍할 만큼 고요했다. 부상병이 갑자기 어깨를 두어 번 추슬렀다. 숨을 토해 내지 못하고 있다는 증거였다.

「토해 내, 이 자슥아. 그 숨 못 토해 내면 사람들은 너를 보고 죽었다고 할 것이여.」 장 하사가 중얼거리며 부상병의 왼쪽 가슴을 눌렀다.

반듯이 누운 부상병이 빠는 것을 잊고 있는 담배 끝에서 가늘고 긴 연기가 오르고 있었다. 연기는, 아침 햇살을 받는 거미줄처럼 섬약하게 움직였다.

두 발의 폭음이 거의 동시에 들리면서 후덥지근한 바람 자락이 날아와 그 연기 자락을 때렸다. 그 바람에 머리 위에서 벌레와 한 자 길이의 청사(青蛇)가 우수수 떨어졌다. 〈이것 보라〉는 듯이 장 하사가 부상병의 목 언저리에 떨어져 타고 있던 담배를 집어 껐다. 작업장 쪽에서는 잡목 으스러지는 소리가 들려왔다.

「모르핀 맞으면, 어쩌냐, 숨도 안 쉬냐? 감각이 마비되냐? 뜨거운 것도 몰라? 죽는 거 아녀, 이 친구?」

554

장 하사는 부상병의 어깨를 잡아 난폭하게 흔들었다. 부상병이 눈을 가늘게 뜨고, 담배 종이가 조금 묻은, 마른 입술을 움직였다.

「무슨…… 소리야?」 그가 물었다.

「암것도 아냐……. 그나저나 요상시럽네. 자면서 담배 피우고, 자면서 소리 듣고…….」

「춰…….」

도끼 소리가 다시 들리기 시작했다.

「기분 나쁘네…….」 장 하사의 말이었다.

「왜?」

「도끼 소리라는 게 관에다 못질하는 소리 안 같으냐?」

「말조심해, 장 하사. 장 하사 말이 이 친구의 귀로 들어가 꿈이 될라.」

「기분 탓이여?」

「도지재인심이라며?」

「이 병장 기억력 하나는 알아줘야 한당게.」

「이제 조금만 있으면 저 작업장으로 천사가 내려와 이 친구를 실어 간다. 매쉬로 갈지 베드로 앞으로 갈지 그것은 모르겠지만…….」

우리는 더스트오프를 〈천사〉라고 부르고는 했다. 이 표현은 헬리콥터의 연약한 동체에 대한 우리들의 불안을 어느 정도 더는 데 도움이 되었다.

부상병의 어깨가 조용히 오르내렸다. 가슴 위로 포갠 손가락도 어깨의 박절(拍節)을 타고 꼼지락거렸다. 그가 입술을 움직이자 장 하사가 재빨리 귀를 갖다 대었다. 그러나 그의 말은 소리가 되지 못했다. 접촉이 나쁜 전구처럼 부상병의 생명은 깜빡거리기 시작하는 것 같았다.

「도끼 소리를 듣고 있는 모양이여. 봐, 도끼 소리와 손가락의 움직임…….」 장 하사가 부상병의 손가락을 가리켰다.

우연이었는지도 모른다. 그러나 그의 호흡과 손가락 움직임은 도끼 소리와 거의 일치하고 있었다. 도끼 소리가 잠시 멎자 부상병은 숨을 토해 내지 못하고 주먹을 쥐었다. 나는 작업장으로 달려가고 싶었다. 쓰러진 나무 위를 뛰어다니며, 더 큰 나무를, 고른 도끼질로 찍어 넘기라고 주문하고 싶었다. 도끼 소리가 계속되면 부상병의 심장도, 그 비장한 음악의 격려를 받고 씩씩하게 박동할 것 같았다. 우리가 잘못 본 것이 아니었다. 부상병의 호흡은 정확하게 도끼 소리의 리듬을 타고 있었다.

「봐라, 봐.」 장 하사는 그걸 나에게 다시 확인시키고자 했다.

장 하사가 배 위로 끌어 올려 주는 부상병의 손에는 피 묻은 붕대가 들어 있었다. 그는 그 손을 자꾸만 허리 밑으로 집어넣으려고 했다. 시체처럼 보이지 않으려는 집요한 그의 노력이었다.

「쌍놈의 더스트오프는 어째 이리 안 온다냐? 이 친구 춥다고 하지 않냐? 출혈이 과다해서…….」

하사의 눈은 은밀하게 졸고 있었다. 파리 떼가 날아와, 아직도 살아 있는 부상병의 잘린 다리 위를 윙윙거렸다.

「장 하사, 지혈대나 좀 올려 주시지.」

「병장 놈이 하사님께 명령하냐?」

하사는 분명히 병장의 상급자였다. 그러나 밀림에서는 경험이 많은 대원이 상급자 노릇을 했다. 내가 일반병인 주제에 장 하사에게 〈해라〉를 할 수 있는 것은 작전 경험이 있기 때문이었다.

장 하사는 이러면서도 제 허리띠를 풀어 부상병의 지혈대 곁에 감아 매고 칼집을 허리띠와 다리 사이에 넣어 단단히 죈 뒤에 아래쪽에 있던 지혈대를 풀었다. 더운 지방에서 지혈대를 한곳에 너무 오래 두면 그 부위의 조직이 기능을 잃는 수가 종종 있었다.

「찰리 포, 당소는 찰리 제로, 오버.」 대장의 목소리였다.

「매쉬에 도착하기까지…… 어떻게든 살아 있어야 한다.」

「도착할 때까지…… 입니까, 오버.」

「그 새끼 또 토를 다네. 얌마, 아침 꼴이 또 나봐. 네가 다쳐도 내가 다쳐도 더스트오프는 안 와.」

도끼질이 끝난 밀림은 물속처럼 조용했다. 이따금씩 들리는 바위에 소총 부딪치는 소리는, 물속에서 듣는 물 밑의 자갈 구르는 소리 같았다. 무전기만 바람 소리를 내었다.

「틀림없다……. 이 친구…… 도끼 소리 덕분에 숨을 쉬고 있었어. 봐라, 도끼 소리 안 낳게 숨을 못 쉬잖여?」

공연히 장 하사에게 짜증이 났다.

「그렇다니까. 그러니까 장 하사가 옆에 앉아서 북이라도 좀 울려 줘. 중중모리 장단으로…….」

정말 북이라도 울려 주고 싶었다. 시간을 끌어 내가 그 임종의 자리에서 비켜설 수만 있다면 그렇게라도 하고 싶었다. 우리는 지쳐 있었다. 유언처럼 피곤한 연설을 듣기에는 너무 지쳐 있었다. 피를 흘리고 죽어 가는 그의 얼굴은 아름다웠다. 자신의 탐욕을 거두면서, 보는 이의 탐욕을 기묘하게 유발하는 얼굴. 엄청나게 선명해진 이목구비, 그린 듯한 입술, 가지런하게 접힌 속눈썹…….

대장의 목소리가 무전기 핸셋에서 주먹처럼 튀어나왔다.

「더스트오프 떴다. 2분 뒤에 자색(紫色) 연막을 까도록, 오버.」

「헬리포트와 약속이 되어 있습니까? 자색 연막은 남아 있지 않습니다, 오버.」

「그럼 파란색. 더스트오프에 내가 다시 연락하겠다, 오버.」

「파란색이라면…… 녹색 말입니까, 오버.」

왜 그렇게 대장에게 심술이 나던지.

내 말이 채 끝나기도 전에 대장의 얼굴이 바위 뒤에서 나타났다. 성질 급한 그는 육성으로 고함을 질렀다.

「임마, 지금이 미술 시간이야?」

무르춤해하는 나에게 하사가 속삭였다.

「저것을, 놀던 왈짜의 왼다리짓이라고 하는 것이여. 저것을 호(號) 난 기집의 엉덩이짓이라고 하는 것이여. 긍게 네가 참아.」

헬리콥터 프로펠러 소리가 들려오기 시작했다. 착륙장 작업병들이 헬리콥터의 부상병 피킹업[引揚]을 엄호하기 위해 교란 사격을 시작했다. 장 하사는 부상병을 업고, 전령은 부상병의 엉덩이를 떠받치고 착륙장으로 달렸다. 두 사람의 아랫도리는, 다시 흐르기 시작한 부상병의 피로 젖고 있었다. 내가 무전기를 메고 달려가자 고글의 머리 끈을 죄며 나무 뒤에서 뛰어나오던 작업병이 헬리콥터를 가리켰다.

하얀 헬리콥터였다. 열흘 동안 한 번도 본 적이 없었던 듯한 낯선 태양이 착륙장 위에 눈부시게 떠 있었다. 밀림은 천사가 내려앉을 만하게 하늘로 동그랗게 뚫려 있었다. 처음에는 햇빛을 반사하고 있어서 하얗게 보이거니 했는데, 그게 아니었다. 헬리콥터의 통체는 정말 하얀색이었다. 하얀 바탕의 적십자가 밀림의 녹색과 대조되어 섬뜩한 느낌이 일게 했다. 꿈을 꾸고 있는 것 같았다.

하얀 헬리콥터는 선회 없이 똑바로 하강을 시작하면서 밀림을 휘저었다. 꿈을 꾸고 있기에는, 헬리콥터 프로펠러가 일으키는 바람이 너무 거칠었다. 녹색 연막이 프로펠러까지 비단처럼 감겨 올라갔다가는 사방으로 비산했다. 상의를 벗은 작업병 하나가 철모 턱 끈을 입에 문 채 한 손으로는 이마를 가리고 대장을 바라보면서 소리를 질렀다. 내 귀에는 들리지 않았으나 그는 이렇게 소리치고 있는 것 같았다.

「이 요상한 헬리콥터, 양놈들 거 맞습니까? 부상병을 넘겨주어도 괜찮겠습니까?」

대장은 손가락으로 동그라미를 만들어 보였다. 장 하사는 부상병을 업고, 쓰러진 나무둥치 위로 올라갔다. 그러나 하얀 헬리콥터는 내려오지 못했다. 어림도 없는 높이에서, 착륙장 근방의 나뭇가지가 이미 프로펠러를 위협하고 있었기 때문이었다. 쓰러진 나무둥치 위에 서 있던 작업병이 프로펠러의 강풍에 두어 번 기우뚱거리다 기어이 중심을 잃고 땅바닥으로 떨어졌다.

대장이 핸셋을 깨물듯이 입을 벌리고 고함을 질러 대고 있었다.

558

「헬리포트, 헬리포트, 양놈들에게 내 말 통역해! 로프를 내려 후킹하라고 해, 로프를 내리라고 해⋯⋯. 오버.」

헬리포트가 하얀 헬리콥터에게 대장의 말을 통역했던지, 헬리콥터 문에 붙어 서 있던 기관총 사수가, 끝에 갈고리가 달린 로프를 내렸다. 그러나 그 로프조차 형편없이 짧아 하사의 손에는 닿지 못했다. 피킹업과 후킹이 불가능하다고 판단했는지 하얀 헬리콥터는 순식간에 백여 피트를 솟아 올라가다가는, 하얀 꼬리를 들고 기지 쪽으로 날아가 버렸다.

나는 대장을 보았다. 그는 총구를 내리고 있었다. 하얀 헬리콥터가 내려오면서 자꾸만 망설이자 대장은 소총을 겨누고 조종사를 위협했던 모양이었다. 교란 사격이 멎었다. 작업병들은 물통을 빨기 시작했다. 대장은 무전기를 안고 헬리포트 장교들에게 악을 쓰고 있었다.

부상병을 업고 원위치로 돌아온 장 하사가 나에게 물었다.

「이 병장, 하얀 헬리콥터 본 적 있나?」

「없어. 탄손누트에서도, 캄란에서도, 나짱에서도 못 봤어.」

「102 후송 병원에는?」

「거기에는 못 가봤고.」

「섬뜩하더라고.」

「아닌 게 아니라.」

「기분 지랄 같은디⋯⋯.」

부상병이 눈을 떴다. 그의 이마에는, 프로펠러 강풍에 날아든 나뭇가지에 맞아서 그랬는지, 혹이 하나 생겨 있었다. 장 하사가 그 혹을 만지면서 농을 했다.

「이것이, 아직 네가 쓸 만하다는 증거인 거여.」

「영구차 같더라⋯⋯. 갔어?」 부상병이 말했다.

「영구차라니?」 내가 물었다.

「감 잡았다니까. 그건 말이야, 더스트오프가 아니었어.」

「그러면?」

「영현 전용 헬리콥터인가……」

부상병은 눈을 뜨지 않았다.

「야, 이 친구야. 하얀 헬리콥터가 헌병대 전용이면 전용이지, 왜 영현 전용이냐?」

「우리 아버지 염습포 같고, 우리 어머니 상복 같더라고……」

「이 사람아, 양놈들 상복은 검은색이야. 헛소리 말라고.」

「뭐 이래……. 뭐 이래……. 장의 헬리콥터가 왜 오고 그래.」

대장이 나를 불렀다. 대장 있는 곳으로 기어갔다. 대장은 무전기 옆구리에다 핸셋을 걸면서 중얼거렸다.

「하여튼 양놈들 겁 많은 거 하나는 알아줘야 한다니까.」

「하얀 헬리콥터 보신 적 있습니까?」

「없어. 헬리포트에 물었더니, 새로 배치된 더스트오프라더군.」

「왜 하필이면 하얀색일까요?」

「더스트오프가 자주 저격을 받으니까 그랬는지도 모르지. 놈들이 더스트오프를 저격해 놓고도 전투용인 줄 알고 저격했다고 오리발을 내미니까, 이번에는 아주 하얀 헬리콥터를 배치해 놓고, 자, 봐라, 하얀색이다, 또 더스트오프를 저격하면 한 대당 하노이의 정유 공장을 하나씩 폭격하겠다, 이렇게 엄포라도 놓은 모양인가.」

「부상병은, 장의차가 연상되나 봐요.」

「그런 소리 하는 걸 보면 아직 희망이 있다.」

「예감이 심상치 않던데요?」

「사람이 상상력만으로 제 몸을 죽일 수는 없는 법이다.」

「살리는 덴 도움이 되겠지요.」

「그때는 상상력이라고 하지 않고 신념이라고 하지.」 대장은 괜한 말장난으로 허세를 부렸다.

「저도 기분이 안 좋던데요?」

「문화 충격이라고 하는 것이다. 양놈들 우리 나라에 와서 〈만(卍)〉 자 보고 깜짝깜짝 놀라는 것과 같은 이치다. 비둘기(전언) 돌려 중식 까라고 해. 더스트오프는 곧 또 올 거니까.」

「그런데 왜 오라고 하셨어요?」

「응, 아까 욕한 게 미안해서……」

대장은 작업장을 불러, 수정된 작업 지시를 내렸다.

부상병 있는 곳으로 돌아갔을 때, 장 하사가 나를 보고 손을 내저었다.

「뭐야?」

「틀려 부렀어. 페이드아웃이여.」

「언제?」

「좀 전에.」

나는 부상병의 눈을 까보았다.

「동공 반응은 있는데?」

「2~3분 전에 칠성판 짊어졌당게. 맥도 모르고 침통 흔들지 말어. 죽어도 오금태기 뜨뜻한 동안은 동공 반응이 있는 법이여. 희뜩한 놈이 건쉽(무장 헬리콥터) 한 마리 안 거느리고 쳐들어왔을 때 알아봤어. 기분이 요상하더라고.」

「대장은 그걸 문화 충격이라고 하더라.」

「그 상놈으 자슥은 아는 게 많으니까 처먹고 싶은 것도 많을 것이여. 하기는 사실이 그려. 이 친구, 나보고…… 영구차 태우지 말어, 어쩌고 하더니 숨을 탁 놓아 버리더라고…….」

「이 친구 죽은 거 우리 둘만 알자. 대장이 알면 지금이라도 더스트오프를 취소시킬지도 모르니까.」

「내가 술 취했냐, 영현을 욕보이게.」

우리가 이야기를 나누고 있는 동안 더스트오프가 헬리포트를 뜬 모양이었다. 작업장 쪽에서 연막탄의 노린내가 났다. 시신을 업고 작업장 쪽으로 가면서 하사가 물었다.

「원형 부족인 시체는 그냥 꼬시르냐?」

「모르지. 나짱에 깎아 맞추는 목형소가 있는지 없는지.」

더스트오프가 혼자 날아온 것이 아니었다. 두 대의 건쉽이 먼저 날아와 작업장 주위를 기관총과 로켓포로 두드리기 시작했다. 이어서 날아온 더스트오프도 하얀 헬리콥터가 아니었다.

「요상시럽네, 요상시러워. 소리가 사람을 살리고, 색깔이 사람을 죽이고…….. 그러는 법도 있냐?」

「임매하사, 미워해서 미안하다.」

「썩을 놈, 동문서답하고 자빠졌어.」

더스트오프가 내려오고, 기총수가 시신을 안으로 안아 들였다. 프로펠러의 강풍에 몸을 바로잡으며 나와 장 하사는, 그때까지도 살아 있는 사람으로 대접받으며 헬리콥터 안으로 들어가는 전우의 피 묻은 다리 쪽에 경례를 보냈다.

더스트오프는 똑바로 떠올랐다.

「정찰대 출발 5분 전. 이 새끼들아, 경례는 왜 해?」

대장이 우리에게 고함을 질렀다.

크레슨트 해변이 나에게 관념적인 나 자신의 죽음을 체험하게 한 전장이라면, 하얀 헬리콥터가 내려왔던 혼까오숭은 한 사람이 사념으로 자기를 죽여 가는 현장을 목격한 전장이다.

월남에서는 전쟁터에서만 전투 요원들이 죽는 것은 아니었다. 자살하는 사람도 있고, 안전사고로 죽어 가는 사람도 있는 것은 어느 군대나 마찬가지일 것이나, 전투 요원들의 신경이 극도로 예민해진 데다 평소에도 실탄을 휴대해야 해야 하는 월남에서는 별별 일로 죽는 사람이 다 있었다.

내가 본 죽음 가운데 가장 어이없는 죽음은 아마 똥통의 폭발로 화상을 입었던 어느 신병의 죽음일 것이다.

혼까오숭 작전 직후, 장거리 정찰대가 우리 단 본부를 떠나는 바람에 원래 보병이었던 나는 보병 중대로 복귀했다. 내가 속한 보병 중대의 한 소초는 사막이라고 해도 좋을, 해변의 개활지에 있었다. 소초의 막사는 물론 지하 벙커로 되어 있었다. 그 지역의 건물 중에 지상으로 나와 있는 건물은 우리가 화장실로 쓰던 가건물뿐이었다.

월남에는 파리가 많아 화장실 관리하기가 여간 까다롭지 않았다. 우리 소초의 경우, 모래를 파고 빈 드럼통을 묻은 다음 그 위에다 발판을 놓고, 그 위에다 다시 위병 초소 같은 가건물을 하나 덮어 놓으면 그게 곧 화장실이었다. 드럼통이 다 차면 모래로 묻은 다음에 그 옆에다 다른 드럼을 묻고 발판과 가건물을 옮겨다 덮으면 그게 곧 새 화장실이 되고는 했다. 파리가 많았기 때문에, 따라서 오물이 차오르기가 무섭게 파리의 애벌레가 끓고는 했기 때문에, 우리는 거기에 거의 매일 경유를 한 홉가량씩 끼얹지 않으면 안 되었다.

그런데 어느 날 한 고참병이 신병에게 이런 지시를 했던 모양이다.

〈수송부로 가서 기름을 한 통 얻어다 화장실에다 좀 뿌려라.〉

신병은 5갤런들이 스페어 캔을 하나 들고 수송부로 달려가 기름을 한 통 얻어다 화장실에다 부었다.

내가 이상한 폭음을 듣고 화장실로 뛰어간 것은 한낮의 태양이 작열하는 오후 3시경이었다. 가까이서 본 대원의 증언에 따르면 폭음과 함께 화염이 일면서 화장실 가건물이 그 신병과 함께 5미터 가량 날아 올랐다가는 떨어졌다는 것이었다. 그 신병은 사건 직후에 이동 외과 병원으로 실려가 그날 밤에 사망했다.

문제는 고참병이 신병에게 설명을 제대로 해주지 않은 데 있었다. 기름을 한 통 얻어다 화장실에 뿌리라는 말을 들은 신병은 수송부로 달려가 휘발유를 한 스페어 캔이나 얻어다 화장실에다 몽땅 쏟아붓고는 고참병에게, 화장실에다 기름을 부었노라고 말했을 것이다.

중부 월남의 모래벌판은, 특히 건기의 한낮 모래벌판은 계란이 익을 정도로, 맨발로 그 모래를 디뎠다가는 발바닥의 화상을 면하지 못할 정도로 뜨겁다. 그 열사에 놓인 밀폐된 가건물 안에서 휘발유가 어떤 상태가 되는지, 월남 땅에 갓 떨어진 신병이 알 까닭이 없다. 휘발성이 강해서 이름조차 〈휘발유〉인 그 기름은, 열사(熱砂)의 화장실 안에서 증발을 거듭, 그 밀폐된 가건물 안에서 거의 포화 상태가 되어 있었을 것이다. 그런데 경험이 없는 이 신병은 몇 시간 뒤, 자기 손으로 휘발유를 한 통이나 쏟아 넣은 그 화장실 발판에 엉덩이를 까고 앉아 담배를 피우려고 성냥을 그었던 것이다. 뒤에 내가 들은 바에 따르면 그 불쌍한 신병의 죽음은 인정 많은 단 본부 인사 장교들의 배려에 힘입어 〈전사〉로 처리되고, 가족들에게는 필경은 미국 정부가 부담했을 터인 푸짐한 보상금이 돌아갔다.

월남에 도착하고 난 뒤부터 하우스만 신부의 충고는 나에게 큰 힘이 되어 주고 있었다.

〈깨어 있어야 하네. 두 눈 부릅뜨고 깨어 있어야 하네. 살아남기를 목표로 삼자는 말은 물론 아니야. 죽음이 불가피할 때는 죽음에도 깨어 있도록 하세.〉

김하일의 충고는 더욱 구체적이었다. 그의 메시지는 명약관화했다. 그역시 하우스만 신부와 마찬가지로 나에게 이렇게 말하고 있는 것이었다.

〈깨어 있는 자는 죽지 않는다.〉

……전쟁터에서 죽을 것만 같다는 이야기는 어쩔 수 없이 나를 울적하게 만듭니다. 우리들에게 진실로 두려운 것은 죽음이 아니라 죽음을 예감하는 데서 생기는 온갖 마비 증세입니다. 이 박사가 니힐리즘에 빠지고 그래서 신경이 둔해져 사소한 게으름이 어떤 기분 나쁜 사건을 만드는 것이 아니겠어요…….

31
스팀베이스

혼사레오 작전을 며칠 앞둔 어느 날 내 선임 하사는 나에게 뚜이호아 시내의 스팀베이스에 가지 않느냐고 물었다. 스팀베이스는 일종의 사우나탕 같은 곳이었는데 당시 그 말은 〈창가(娼家)〉의 동의어로 쓰이고 있었다.

〈스팀베이스에 간다〉는 말이 지니는 의미는 대단히 복잡했다. 그것은 우선 이국 도시의 시가지를 걸을 수 있다는 뜻이었다. 다음으로는 이국의 유곽을 체험한다는 뜻이었다. 마지막으로 그 말은, 전선이 따로 없는 월남이었던 만큼 목숨을 건 난봉 나들이를 뜻했다. 정확하게 말하자면 나는 스팀베이스가 유곽이었기 때문에 흥분했던 것은 아니다. 나는 이국의 도시를 보고 싶었고, 당시에 중공에서 군자금을 대신해서 월남 전역으로 밀수출한다던 〈영웅〉이라는 이름의 만년필을 사고 싶던 차여서 흥분했을 것이다. 〈월남 여인과 간음하지 말 것〉이라는 김하일의 충고 때문에 유곽을 기피한 것은 아니다. 체질상, 만고 풍상에 과부 물장수가 다 된 여자들이 우글거리는 유곽은 나에게 맞지 않았다.

선임 하사는 자기가 스팀베이스 안에 들어가 있을 동안 나를 바깥에다 보초로 세워 놓기 위해 데리고 가려고 했을 것이다. 그는 나에게 소총에는 실탄을 장전하고, 방탄복을 입는 등 만반의 준비를 갖출 것을 강권했다. 그는 또 멋을 부리려고 그랬겠지만, 어디에서 권총도 한 정 빌려 와 허리에 차기까지 했다. 단 본부 위병소에서는, 방탄복을 입지 않은 병사는 시

내 출입을 허용하지 않았다. 나는 위병소 앞에서는 잠깐 방탄복을 입었다가는 지나자마자 바로 벗고 말았다. 방탄복을 입고 이국 처녀를 바라보고 싶지 않아서 그랬을까.

드리쿼터의 적재함에는 나와, 단 본부 인사과의 병장 하나와 장갑차 부대의 하사 하나가 탔다. 나를 제외한 두 사람 역시 중무장을 하고 있었다. 운전석에는 물론 운전병, 그리고 그 옆자리에는 내 선임 하사가 먼저 탑승했다.

건기가 끝나면서 비가 한줄금 내렸을 것이다. 드리쿼터가 전속력으로 달리는데 아무래도 기분이 좋지 않았다. 노면이 너무 미끄러워 드리쿼터가 자주 기우뚱거렸다. 나는 나중에야 그 이유를 알았다. 그 지역의 농민들은 우리처럼 추수라는 것을 잘 하지 않았다. 그들은 논에서 일정량의 벼 이삭만을 잘라서 아스팔트 위에 넌 놓고는 했다. 뜨거운 아스팔트 위에서는 벼가 쉬 마르기 때문이었을 것이다. 이들이 넌 놓은 벼 이삭 위로 자동차가 달렸으니 그중에는 껍질이 까진 벼도 많았을 것이다. 문제는 바로 그 벼의 껍질이었다. 이 껍질이 아스팔트 위에 엉겨 붙어 있는 데다 비가 내렸으니 아스팔트가 몹시 미끄러울 수밖에 없었다.

적재함에 탄 인사과의 병장과 장갑차 부대의 하사는 무거운 방탄복을 입은 채 소총을 껴안고 단정하게 앉아 있었지만 나는 그럴 수가 없었다. 나는 자리에서 일어서서 운전석 뒤의 적재함 난간을 붙잡고 자동차의 진행 방향을 바라보고 있었다. 그렇게 바라보고 있었기 때문에 나는 골목에서 튀어나오는, 월남의 농부들이 즐겨 쓰는 소형 삼륜차를 볼 수 있었을 것이다. 전속력으로 차를 몰던 운전병은 그 삼륜차를 피하기 위해 왼쪽으로 핸들을 꺾었을 것이다. 그러나 드리쿼터는 왼쪽으로 꺾여 드는 대신 옆으로 미끄러지면서 삼륜차에 돌진했다. 앞으로 달리는 것이 아니라 옆으로 돌진한 것이었다.

그 직후에 운전병이 드리쿼터를 어떻게 조종했는지 그것은 잘 모르겠다. 눈 깜빡할 사이에 차는 뒤집히면서 공중으로 떠올랐다. 앞을 바라보고 있었기 때문에 상황을 읽을 수 있었던 나는 드리쿼터의 적재함을 차고 허공으로 날아올랐던 것 같다. 방탄복을 입고 있지 않았기 때문에, 소총을 안고 있지 않았기 때문에 그것이 가능했을 것이다.

내가 정신을 차린 것은 월남인 농부들이 뒤집힌 드리쿼터 운전석에서 중사와 운전병을 끌어내고 있을 때였다. 나는 뒤집힌 드리쿼터에서 5~6미터나 떨어진 논바닥에 처박혀 있다가 일어났다.

미군 구조대 헬리콥터가 날아온 것은 그로부터 5분도 채 안 되었을 것이다. 내 몸에는 긁힌 상처 한 군데 없었다. 그런데도 미군들은 에어베이스의 병원에서 하루 종일 나를 진찰하느라고 그날 밤이 되어서야 풀어 주었다. 미군 군의관들의 손에서 풀려난 뒤로는 수많은 보안 부대 조사관들에게 시달려야 했다.

진상은 이랬다. 전속력으로 달리던 드리쿼터는 〈람브레타〉라고 불리는 삼륜차를 피해 가기 위해 왼쪽으로 핸들을 꺾었다. 그러나 길이 워낙 미끄러워 차는 삼륜차를 피하기는커녕 측면으로 삼륜차를 들이받을 듯이 돌진했다. 기겁을 한 운전병은 브레이크를 밟는 대신 액셀러레이터를 밟았던 것일까? 어쨌든 차는 뒤집히면서 도로를 이탈, 앞 범퍼로 논바닥을 찍고 그대로 뒤집혔다. 나는 차가 뒤집히는 순간에 적재함을 이탈했던 모양이었다.

공중으로 떠오른 드리쿼터가 엔진의 무게 때문에 앞 범퍼로 논바닥을 찍는 순간 운전병과 선임 하사가 즉사했다. 뒤에 타고 있던 병장과 하사는, 드리쿼터에서 떨어지지 않으려고 적재함 난간을 붙잡고 있다가 차가 뒤집힐 때 먼저 논바닥에 떨어졌는데 뒤이어 위로 덮친 적재함에 깔려 즉사했다. 한국의 논이었다면, 운전석의 두 사람은 즉사를 면하기 어려웠겠지만 뒤의 두 병사는 죽음을 면할 수 있었을지도 모른다. 적재함이 위를 덮쳐도 논바닥과 적재함 사이에는 쓰러진 사람을 보호할 만한 공간이 있기 때문이다. 그러나 월남의 논바닥은 들어가면 무릎 깊이로 빠지는 것이 보통이었다. 심지어는 허벅지까지 빠지는 곳도 있었다. 적재함에 타고 있던 두 병사의 사인은 질식사였다.

이 사건으로 이국의 도시 구경은 뒷날로 미루어진다.

뚜이호아 에어베이스에서 돌아온 뒤로 나는 우울한 며칠을 보냈다. 바산에서도, 까오숭 산에서도 살아 돌아온 사람이 유곽으로 가는 길에 적재함에 눌려 죽을 수도 있다는 생각이 나를 괴롭혔다. 그런 죽음은 똥통의 폭발로 죽은 그 신병의 죽음과 다를 바가 없는 개죽음이라는 생각 때문에 괴로웠던 것이 아니었다. 그토록 엄숙한 죽음이라는 의례가 어떤 운명의 계시나 신탁과 함께 오는 것이 아니라는 사실, 인간은 죽음 앞에 무의미한 상태로, 무방비한 상태로 노출되어있다는 사실이 나를 울적하게 했다.

김하일의 편지를 읽을 때만 나는 행복했다.

이 박사.

구름이 낮게 드리운 산봉우리에 당면 줄기처럼 그렇게 비가 내리고 있었습니다. 오후 7시면 구름이 끼지 않은 날이라도 산에서는 어둠을 느낄 만합니다.

정기 교신을 위해서 나는 TA-1의 발전 키를 눌러 보았습니다. TA-1을 많이 다루어 본 사람이면 금방 알아볼 수 있는 합선 음향(단선과는 또 다릅니다)이 전해져 옵니다.

오늘 밤에도 경계 근무 검열이 있다는 것을 알고 있는데 합선이 되다니 환장할 일입니다. 걱정스럽게 빗줄기를 내다보다가 철모를 쓰고 탄띠를 맨 후 밖으로 나섰습니다. 대대 ATT 때 통신 가설병으로 발탁되어 교육받은 소지가 있었기 때문에 내 손으로 고장 부위를 찾아내어 고쳐 볼 작정이었지요. 아랫도리를 적시며 산을 내려가 본부에 도착하였더니 상병 하나가 〈어서 오십쇼, 이리 오십시오〉 하면서 편지함 쪽으로 나를 밀어붙이는 것이었습니다. 나는 거기에서 두 장이 나란히 겹쳐 있는 당신의 편지를 발견하였습니다.

오늘 하루 동안에 당신의 편지를 석 장이나 받아 보는 굉장한 행운을 맛보게 되는 순간입니다. 처음 한 장은 벌써 꿈뜨 「폭군」을 동봉하여 답장까지 써놓았는데 말입니다. 당신한텐 좀 미안하지만 그때 나는 〈이거 굉장한 인연인데〉 하고 중얼거렸던 것 같습니다. 당신이라는 임의의 원의 중심이 그려 놓은 인력권 내에 내가 함몰해 가고 있다는 실감을 맛보게 된 짜릿한 순간이었습니다. 흑청색과 적색으로 테두리가 장식된 VIA AIR MAIL의 봉투 두 장이 편지함에 비스듬히 꽂혀 있는 모양이란 그렇게 평화로울 수가 없는 것이고 또 나에게 사랑받고 있다는 앙증스러운 긍지를 살려 줄 수 있는 훌륭한 소도구였습니다.

나는 위병소 앞집으로 나가 초 한 자루와 백조 한 갑, 그리고 소주 한 병을 사 들고 산으로 올라왔습니다. 후줄근히 젖은 몸을 좁은 텐트 안으로 디밀고 〈야, 불 좀 켜〉 하고 초를 내밀었지요.

소주를 마시며(혼자서) 당신의 편지를 읽었습니다.

오늘따라 당신의 편지가 특별한 의미를 가지는 건 〈비〉 탓만은 아닙니다. 소주 탓도 아닙니다. 몇 주간씩 숨을 죽이고 잠복해 있다가 이따금씩 고개를 내미는 감상 때문도 아닙니다.

내 귀가 열린 탓입니다. 당신이 이미 보내 주었던 수많은 편지를 통하여 내게 쏟아 놓은 사연들이 갑자기 내 귀를 열어 주었고 나는 오늘 비로소 그 소리들의 첫 대가리를 감청할 수 있게 된 것입니다.

당신의 편지 마디마디에는 당신의 살냄새가 묻어 있습니다. 그런데 나는 대체로 편지를 쓰기 위한 편지만 써 보냈던 것 같습니다. 이 박사. 우리는 서로 허물없이 편지를 주고받을 수 있는 처지인 것 같으면서도 사실은 한 구절 한 구절에 객관적인 시선을 의식하고 신경을 써온 것은 아닙니까?

고백할까요?

나는 중학교 2학년 때부터 답장을 받을 수 없는 짝사랑의 편지를 120통 가량. 가장 친한 이인하와 엽서를 포함하여 20통 가량. 어머니와 군대 와서부터 10여 통. 다른 두 친구와 1년에 1통 가량. 내 누이동생하

569

고 10여 통. 이것이 내가 기억할 수 있는 편지의 질과 양의 전부입니다. 이 박사한테 보내는 내 편지 가운데 때때로 공허한 구석이 보인다면 이렇게 1년에 한두 번씩 주고 받은 편지에 익숙해진 게으른 사내의 약점이라고 생각해 주시오.

이 박사, 나는 『데미안』이나 『테레즈 데케루』, 그리고 『*MITTE DES LEBEN*』을, 좋지는 않지만 중요한 소설로 생각해 오고 있습니다. 그것들은 우리들이 체면상 입 밖에 내지 못하는 〈HOW TO LIVE〉의 문제를 다루고 있습니다. 어울리지 않게 체면만 성장해 버린 우리들은 그렇기 때문에 헤르만 헤세나 프랑수아 모리악이나 루이제 린저에게 간단하게 압도되고 맙니다.

왜 우리들은 좀 더 끈기 있게, 나이를 잊어버리고, 정열적으로, 순수하게, 〈HOW TO LIVE〉의 명제에 매달려 보지 못하는 겁니까?

당신과 내가 나누어야 할 대화는 바로 이것이었습니다.

지금 나는 가슴을 치고 싶습니다.

이 박사, 나는 헤밍웨이가 「위험한 여름」에서 보여 주는 완벽한 문장력을 획득하려고 합니다. 그리하여 내가 이야기하고 싶은 모든 것을 표현하는 즐거움 가운데 살다 죽고 싶습니다. 모파상, 까뮈, 서머셋 모옴, 헤밍웨이, 유키오 같은 사람들이 좋은 문체를 완성하였습니다만 그 사람들은 너무 적게 쓴 것 같아요. 파티와 사냥과 부인에게 너무 많은 시간을 빼앗겼기 때문일 거예요.

내 친구 이인하는 때때로 나를 앞에 놓고 〈너한테서는 피를 느껴〉라든가, 〈너는 마지막까지 순수한 놈이야〉, 혹은 〈너는 내 영혼을 사 간 놈〉이라고 직선적인 칭찬을 합니다. 나는 그때마다 깜짝 놀라도록 행복을 느낍니다만 내 입에서 그의 칭찬이 나올라치면 고작 〈너와 나는 위대한 커플이다〉 정도입니다. 내가 얼마나 자기중심적이고 독선적인가 아시겠죠? 남을 칭찬하는 데 인색하고 반면에 자기 칭찬에 대하여 병적으로 민감한 사내라니 참 한심합니다.

얼마 전에 나의 어머니께서 다녀가셨습니다. 중3짜리 막내 동생과 함께요. 위병소 애들이 〈누님이여, 어머니여?〉 하고 놀려 대었지만 그 녀석들의 그런 식의 무신경한 농담에 나는 혐오를 느낍니다. 동경에서 학교를 마치셨기 때문에 몸에 밴 양장이 조금 젊게 보이는 데 도움은 되었겠지만 엄마는 올해 쉰셋입니다. 이것저것 6천 원 가량 떼이고 나면 2만 7천 원 가량 남는 월급으로 내 등록금도 해주셨고 지금은 아버지와 동생들의 뒤치다꺼리, 그리고 내 술값까지 보태 주십니다. 우리 엄마는 경기도 어느 산골 국민학교 교사이십니다. 이 박사는 유복자의 변을 설파하였지만 나는 철들고 나서부터 지금까지 엄마의 월급으로 꾸려 나가는 그런 살림의 장남으로 성장하였답니다.

내가 군대 형무소에 들어가 있을 때 불고기를 싸 들고 면회를 오셨다가 굴비처럼 포승에 엮이어 헌병 따라 감방 문으로 사라지는 아들을 지켜보시며 〈둘째 아들부터는 죽어도 군대에 안 보내겠다〉고 결심하셨다는 엄마입니다.

제대하면 한 달에 6만 원은 벌어야 어머니를 퇴직시키고 아버지와 동생들 뒷바라지를 할 수 있을 것 같습니다. 그래서 시나리오를 씁니다.

이 박사. 자칫하면 유치하기 쉬운 이 고백을 당신은 당신의 가난의 경험으로 더듬어 이해하고 어루만질 수 있어야 합니다. 나에게 지금 유일한 평화는 가정입니다. 내 아내가 포함되지 않은 안락한 가정. 그것이 유일한 목적입니다.

당신이 〈나는 가난했기 때문에 많은 책을 읽지 못했다〉, 〈유복자로 태어난 놈에게《아버지》라는 말은 나다닐 때마다 피해 다니지 않으면 안 되는 채권자의 집 같은 것〉이라고 했기 때문에 잠시 내가 핏대를 올렸습니다.

이렇게 해서 우리가 좀 더 가까워질 수만 있다면 무슨 말인들 못 하겠습니까? 김하일.

나는 이즈음 김하일에게, 그의 앞에서 허풍을 떨어 대던 내가 사실은 얼마나 초라한 인간인가를 고백해 가고 있었던 것 같다. 그래서 유복자로 태어난 해방동이의 가난을 말하고, 〈많은 책을 읽지 못했다〉는 것도 고백한 듯하다. 편지를 읽고 있으면 그에게 보내었던 내 편지의 문체가 얼마나 기죽어 있었는지 손에 잡힐 듯이 읽힌다.

32
수이까이의 눈동자

스팀베이스 가다가 가까스로 개죽음을 면한 이야기에다 혼수이까이 (수이까이 산)에서 동굴을 수색하면서 겪은 일을 짤막하게 보태지 않을 수 없다.

수이까이 산은 망망 산과 함께 무수한 한국군들에게는 악명 높은 산이었다. 내가 월남으로 가기 한 해 전에 수많은 한국군들이 적의 매복에 걸려 목숨을 잃은 산이었다. 서울에 있는 국군 묘지의 묘비명에는 이 산 이름이 자주 오르내린다.

바 산이나 까오숭 산은 노년기에 가까워서 산의 흙 역시 사질토에 가까웠다. 사질토에는 발자국이 잘 남지 않는다. 그러나 수이까이 산의 흙은 점토질에 가까웠다. 점토질이었기 때문에 적의 발자국을 찾아내기가 바 산이나 까오숭 산에 견주어 훨씬 쉬웠다. 우리의 족적 역시 적에게는 그랬을 것이다.

당시 우리가 〈비에트콩〉 혹은 줄여서 〈뷔씨(VC)〉이라고 부르던 적은 맨발로 산야를 누비는 것이 보통이었다. 그래서 그들이 자주 다니는 통로의 점토는 빤질빤질하게 다져져 있고는 했다. 수이까이 산 계곡에는 동굴이 많았다. 빤질빤질하게 다져진 길 가까이에 동굴이 있다면 그 동굴은 일단 우리 의심의 대상이 되었다.

시골에서 너구리를 잡는다고 너구리 굴 앞에다 불을 피워 본 사람들은 잘 안다. 너구리를 잡으려면 굴 앞에다 연기가 매운 땔감을 놓고 불을 붙인 뒤 굴속으로 연기를 들여보낸다. 대개의 경우 너구리는, 다른 굴문을 마련하고 있어서 그쪽으로 빠져나가 버린다. 다른 굴문이 없을 경우는 연기가 굴속으로 잘 들어가지 않아서 너구리를 튀겨 내기가 쉽지 않다. 그러나 우리가 어릴 때는 이런 방법으로 더러 너구리를 잡고는 했다.

오래지 않아 월남을 여행할 예정인 내가 월남인들, 특히 당시 우리의 적이었던 〈해방군〉 출신 월남인들을 이렇게 말해서 미안하지만, 우리의 적굴(敵窟) 공격은 이 너구리 잡기를 방불케 했다. 나는 최선을 다해 그들과 싸웠지만, 이 동굴 공격이나 동굴 수색을 생각하면 그만 몹시 창피해지고는 한다.

나는 오래 망설이다가 이 이야기를 시작한다. 아무래도 하지 않고는 안 될 것 같다.

우리가 수이까이 산의 빤질빤질하게 다져진 길에서 가까운 동굴의 입구를 발견한 것은 건기가 끝나고 우기로 접어들 무렵의 일이었다. 우기에는 작전이 없었다. 그 작전은 그해의 마지막 작전, 우리가 동굴을 수색하기로 한 날은 작전이 끝나기 이틀 전이었다.

월남의 동굴은 그 깊이를 헤아리기 어렵다. 우리가 동굴이라고 부르는 것은 바위가 뚫린 동굴이기보다는 바위와 바위 사이의 틈새에 가깝다. 그런데 불규칙하게 쌓인 이 바위들이 워낙 크고 많아서 그 틈새는 복잡한 미로를 이루는 것이 보통이다.

우리가 찾아낸 동굴의 입구는 경사가 심한 비탈에 있었다. 동굴 위에는 천연의 처마 같은 것이 튀어나와 있어서 비가 쏟아져도 안으로는 물이 들어갈 것 같지 않았다. 모르기는 하지만 우기에 대비해서 마련한 동굴이기가 쉬웠다. 비가 적은 건기에는 저지대의 동굴, 우기에는 고지대의 동굴을 근거지로 삼는 것으로 알려져 있었다.

맨발에 의해 다져진 길은 동굴에 가까워지면서 슬그머니 사라지고는 했다. 적은 동굴에서 가까운 데 이르면 맨땅을 딛는 대신 징검다리처럼 바위

574

를 놓고 그 바위를 디뎌 동굴을 출입하고는 했다.

그날의 동굴 수색에 동원된 병력은 2개 분대였다. 스팀베이스 가다가 〈전사〉한 중사의 후임으로 온 선임 하사가 그때의 동굴 수색을 지휘했는데 그는 겁이 많아서 동굴의 동정을 근 반 시간이나 살핀 뒤에야 공격 명령을 내렸다. 공격은 〈CN 가스〉라고 불리던 최루탄과 수류탄 투척으로 시작되었다. 최루탄과 수류탄이 일제히 터지자 유탄과 로켓포가 공격에 가세했다. 개인 화기의 사격은 그다음이었다. 개인 화기 사격은 이른바 십자 포화라고 해서 가능한 한 모든 각도에서 동굴 안을 향해 사격하게 되어 있었다.

대원들은 수류탄이나 최루탄, 연막탄을 던져야 할 때는 인심이 좋았다. 많이 던지면 던질수록 그만큼 짐의 무게가 줄어들기 때문이었다. 그러나 소총의 실탄에는 인색했다. 결정적인 순간에는 실탄이 목숨을 지키기 때문이었다. 원래 최루탄은, 동굴 속에 있는 적을 밖으로 튀겨 낼 목적으로 쓰인다. 그러나 나는 적이 최루탄 연기가 너무 매워 두 손을 들고 동굴을 나오더라는 이야기는 들어 본 적이 없다. 우리가 최루탄과 수류탄을 동시에 던져 넣은 것도 바로 이 때문이었다. 수류탄은 입구에서 가까이 있는 적, 유탄 발사기가 쏘는 유탄은 동굴 속으로 깊이 들어가 있는 적을 겨냥한 것이었다. 경험이 풍부한 대원들은, 바위 동굴에 은거해 있는 많은 적들은, 수류탄이나 유탄이 폭발하는 순간 동굴 속에서는 일종의 확성 효과가 생기고 바로 그 순간에 동굴 속에 있던 적의 고막이 파열된다고 말했다.

동굴이 있던 산허리가 끊어져 나갈 듯한 폭음이 인 직후 선임 하사관이 대원들에게 말했다.

「수색조로 두 사람의 지원을 받겠다. 지원자는 귀국할 때까지 첨병을 면제한다.」

작전 중에 대원들이 가장 꺼려하는 임무가 세 가지 있었다. 그중에서 가장 꺼리는 임무는 동굴 수색이었다. 대개의 경우 수색은 동굴을 초토화시킨 뒤에 시작되기는 했다. 그러나 무수한 수류탄과 최루탄이 터지고, 유탄과 로켓포가 안에서 터졌는데도 불구하고 적이 살아남은 경우가 있었다. 적이 목숨을 잃었다고 해도 그 시체를 끌어내 오는 일도 대원들이 지극히 꺼리는 일 중의 하나였다. 동굴, 특히 수이까이 산의 동굴은 뱀과 지네를 비롯한 독충의 서식지로도 악명이 높았다.

그다음으로 대원들이 꺼리는 임무가 첨병 임무였다. 벌목도로 밀림을 뚫어야 하는 것도 어려운 일이지만 부비트랩을 건드려 희생되는 것은 대개 첨병들이었기 때문이다.

무전병 임무도 인기가 없는 임무 중의 하나였다. 밀림에서 무전기는 부대의 신경과 같았다. 적이 무전병을 최우선으로 노리는 것은 당연했다. 나 자신도 그랬지만, 대부분의 무전병이 정찰 중에 혹은 휴식 중에 가장 신경을 쓰는 것은 무전기의 안테나를 숨기는 일이었다. 나는 휴식 중에는, 휴대용 안테나를 나무 위에다 걸어 놓고 유선으로 이 안테나와 무전기를 연결시키고는 했다. 되도록 안테나와 멀리 떨어져 있고 싶어 하는 무전병은 나뿐만이 아니었다.

지원자는 나서지 않았다. 선임 하사는 똑같은 말을 되풀이해야 했다.

「수색조 지원을 받겠다. 지원자는 첨병에서 면제된다.」

여전히 아무도 나서지 않았다.

「그러면 차출하겠다.」

「……」

「이 차출에서 무전병과 오늘의 첨병은 제외된다. 차출당하는 것보다 지원하는 쪽이 명예롭다, 말하지 않아도 알겠지만……」

「……」

대원들의 시선이 나와 그날의 첨병에게로 날아들었다.

나에게는 허장성세하는 못된 습관이 있다. 한재인이 가장 싫어하는 나의 한 부분이라고 고백한 것, 그것은 바로 내 정신의 허장성세였다. 나는 앞에서 공수단 훈련의 어려움을 과장하는 중사를 두고, 〈그 중사는 나 같은 인간을 위험한 일에 뛰어들게 하는 가장 확실한 방법은 그 위험을 정도

576

이상으로 과장하는 일이라는 것을 몰랐을 것이다〉라고 쓴 바 있다.

단 본부 휴양소 앞에는 월남어로 〈송다농〉이라고 불리는 강이 있었다. 〈송〉이 〈강〉을 뜻하니까, 우리말로는 〈다농 강〉이 된다. 강 폭은 3백~4백 미터쯤 되었을 것이다. 이 다농 강 건너편에는 너비 5백 미터 정도 되는 아름다운 백사장이 있었다. 백사장 뒤로는 바다였다.

어느 날 휴양소에서 쌍안경으로 이 백사장을 바라보고 있던 휴양병 하나가 소리쳤다.

「백사장에 거북이가 올라왔다!」

나는 그 휴양병의 쌍안경을 빼앗아 들고 백사장을 바라보았다. 거대한 거북이 한 마리가 백사장을 넘어 다농 강에 접근하다가 뒤돌아서서 다시 바다 쪽으로 기어가기 시작했다.

휴양소 근무자들, 해수욕장의 긴급 구조 대원들을 방불케 하는 휴양소 근무자 둘이 달려 나와 다농 강에다 소형 고무보트를 띄웠다. 다른 근무자들 몇몇은 거북이를 뒤집는 데 쓰일 지렛대와 밧줄을 준비했다. 순식간에 일고여덟 명이 구명대를 차고는 강으로 뛰어들어 고무보트에 매달렸다.

내가 맨몸으로 강가로 접근하자 근육이 좋고 온몸이 구릿빛으로 곱게 타서 해수욕장의 구조 대원을 연상시키는 한 근무자가 소리쳤다.

「안 됩니다, 다농 강은 고요해 보여도 굉장한 급류라고요.」

그가 급류라고만 하지 않았어도 나는 맨몸으로 뛰어들지는 않았을 것이다. 그러나 그는 분명히 말했다. 굉장한 급류라고…….

나는 상류로 2백~3백 미터 달려 올라갔다. 그 정도면 강의 흐름에 떠내려가더라도 충분히 거북이가 있는 곳에 이를 수 있을 것이라고 계산했기 때문이었다. 나는 강으로 뛰어들어 천천히 강물의 유속을 가늠해 보고서야, 아뿔싸 했다. 돌아갈 수도 있었을 것이다. 그러나 강변 휴양소로는 수많은 휴양병들이 나와 서서 〈이 병장, 파이팅〉을 외치고 있었다. 나는 돌아가야 하는데 돌아갈 수가 없었다.

다농 강의 유속과 싸우면서 내가 강을 다 건넌 것은 처음 겨냥하던 지점에서 근 1킬로미터나 더 떠내려온 다음의 일이었다. 백사장에 올랐지만 나는 거북이가 있는 곳으로 뛰어갈 수 없었다. 나는 죽은 사람처럼 백사장에 엎드려 쉰 뒤에야 겨우 그쪽으로 뛰어갈 수 있었다. 거기에 도달했을 때 휴양소 근무자들은 이미 그 거대한 거북을 뒤집고 발을 묶은 다음 고무보트에 실은 뒤였다.

「거봐요, 흐름이 굉장히 빠르지요?」 근무자가 물었다.

나는, 죽을 뻔했다고 말했어야 했다. 그러나 그런 말은 나오지 않았다.

「중간에서 쥐가 났어. 느닷없이.」

「고무보트에 붙으세요.」

「싫어.」

근무자들은 보트를 다농 강에다 띄우고 상류로 5백~6백 미터쯤 올라간 뒤 보트 옆으로 매달린 채로 천천히 휴양소 쪽으로 헤엄쳐 내려갔다. 나는 거의 같은 지점에서 또 맨몸으로 뛰어들었다.

보트보다 먼저 휴양소로 돌아오겠다고 욕심을 부린 것이 탈이었다. 강한중간에서 진짜로 다리에 쥐가 났다. 나는 수면에 누워 한동안 다리를 주무른 다음에야 돌아누울 수 있었다. 휴양소에서는 아득하게 떨어져 있었다. 휴양소에서 근 1킬로미터나 떨어진 하류에서 가까스로 바다로 떠내려가지 않고 해변으로 올라섰을 때는 초주검이 되어 있었다. 그런데도 나는 휴양소로 뛰었다.

휴양소에서는 잔치가 벌어져 있었다. 거북이는, 등에 휴양병 셋을 태우고도 너끈하게 기어갈 수 있을 정도로 컸다. 근무자들은 거북이가 밥을 한 양동이나 먹고, 24캔들이 맥주 한 상자를 마셨다고 말했다. 내가 갔을 때 근무자 하나는 거북을 뒤집어 놓고 배에다 페인트로 멋대가리 없는 글씨를 쓰고 있었다.

〈승전 기원〉

내가 허세를 부리는 대신 보트에 매달려 강을 건너왔더라면 초주검을

578

면할 수도 있었을 것이고, 거북이가 밥과 술을 먹는 것을 구경할 수도 있었을 것이고, 무엇보다도 거북이 배에다 멋대가리 없는 기원문 쓰는 걸 저지할 수 있었을 것이다. 그러나 나에게는 그러기를 몹시 어려워하는, 천박하고 추악하다고밖에는 할 수 없는 어떤 기질이 있었다.

내가 싫었다.

70년대 초 서울의 내 하숙은 신촌에 있었다. 나는 아침마다 하숙에서 봉원사까지 뛰어 올라갔다가는 내려오고는 했는데, 정상적인 속도로 뛰어 올라가다가도 떼 지어 내려오는 이화여대생이나 금란여고생들을 만나기만 하면 나도 모르는 사이에 속도가 빨라지고는 했다. 무리한 속도로 봉원사에 이르러 불길 같은 숨을 토할 때면 나 자신에게 심한 혐오감이 느껴지고는 했다.

만일에 선임 하사가, 무전병과 그날의 첨병은 차출에서 제외된다는 말을 하지 않았다면 나는 수색을 지원하지 않았을지도 모른다. 무전병과 첨병은 차출에서 제외된다는 말을 들은 대원들의 시선이 나에게 쏟아지지만 않았어도 나는 수색을 지원하지 않았을 것이다.

나는 배낭을 풀어 무전기와 함께 내려놓았다. 그러고는 새 실탄 한 클립을 뽑아 소총에 바꾸어 끼우고는 탄띠도 풀고 방탄복도 벗었다. 방독면을 꺼내고 실탄 클립이 나란히 들어 있는 탄포만 허리에 두르는 나를 보면서 선임 하사가 말했다.

「방탄복은 입지그래? 한 사람 더 없나?」

선임 하사관의 목소리에는 힘이 없었다. 무전병을 동굴에 들여보내야 하는 부대의 지휘자가 된 것이 부끄러워서 그랬을까?

아무도 나서지 않았다.

「혼자 들어가겠어요.」

선임 하사가, 낙하산 하네스를 이어서 만든 가늘고 긴 로프 한쪽 끝을 건네주었다. 나는 그 로프 한쪽 끝을 내 허리에 돌려 감고는 매듭을 지었다. 동굴 앞으로 기어 올라가자 코가 아려 오면서 눈물이 피잉 돌았다. 최루 가스가 동굴 밖으로 퍼지기 시작한 것이었다. 나는 방독면을 쓴 뒤 소총을 왼손으로 옮겨 잡았다. 오른손으로는 대검을 뽑아 들었다. 그러고는 낮은 포복으로 들어갔다.

기가 막혔다. 바닥은 무수한 벌레와 뱀과 도마뱀과 새들의 주검으로 덮여 있었다. 나는 위로 기어 들어가면서 배로 그것들을 뭉개지 않으면 안 되었다.

동굴 속은 다행히도 바로 어두워졌다. 나는 되도록 뒤쪽의 동굴 입구를 보지 않으려고 애쓰면서 엎드린 채로 눈이 어둠에 익숙해지기까지 기다렸다. 손끝에 바스락거리는 비닐 조각이 잡혔다. 가만히 움켜쥐어 보았다. 셀로판지 같았다. 라면 봉지 같은 그것을 끌어 냄새를 맡아 보고 싶었다. 그러나 방독면 때문에 냄새를 맡아 볼 수는 없었다. 나는 그것을 주머니에 넣고는 기다렸다.

그때, 육중한 물체가 내 앞으로 떨어지는 소리가 났다. 가만히 손을 내밀어 떨어진 물체를 더듬어 보았다. 자루가 잡혔다. 손으로 잡기에 알맞은 굵기의 자루였다. 문득 중공제 수류탄 생각이 났다. 나는 황급히 몸을 뒤로 뽑고 두 손으로 귀를 막고는 숫자를 세었다. 폭발할 시간이 지났는데도 수류탄은 폭발하지 않았다. 중공제 수류탄 지연 신관의 시한은 미제 수류탄과 다를지도 모른다는 생각에서 조금 더 기다려 보았다. 크레슨트 해변의 모래 위에 쓰러져 있을 때와 똑같은 일이 일어났다. 기억은 무수한 얼굴을 차례로 보여 주었다.

그러나 역시 터지지 않았다.

나는 손을 내밀어 손잡이를 다시 잡아 보고서야 그 물건의 정체를 알아내었다. 선임 하사가 가지고 다니던, 자루가 긴 미제 손전등이었다. 선임 하사는 부주의하게도 손전등이 필요할 것이라고 생각하고 밖에서 내 위치를 겨냥해서 그것을 던졌던 모양이었다. 그러나 나는 그 캄캄한 동굴을, 손전등을 켜고 수색할 만큼 어리석지 않았다. 나는 어둠 속에서 나 혼자만 손전등 켜는 것을 좋아하지 않는다.

 냄새를 맡을 수 없는 것이 아쉬웠다.

 바닥을 덮고 있던 벌레나 파충류의 주검은 안으로 들어갈수록 줄어들고 있었다. 벌레나 파충류들은 최루탄의 세례를 받고 동굴 밖으로 탈출을 시도하다가 수류탄과 유탄과 로켓포의 화염에 떨어졌던 모양이었다.

 동굴에 날개가 있는 것 같지는 않았다. 우리가 까오숭 산에서 수색했던 한 동굴은 거대한 빌딩의 내부가 그런 것처럼 수많은 날개가 달린 겹동굴이었는데 그 동굴은 다행히도 날개가 없는 홑동굴이었다.

 눈이 어둠에 익으면서 동굴 내부가 희미하게 보였다. 아무것도 없었다. 사람이 머물고 있었던 흔적은 내 눈에 보이지 않았다. 아니다. 어쩌면 무수한 고폭탄의 폭발로 무너져 내린 천장의 흙에 묻혀 있었는지도 모른다. 어쨌든 내 눈에는 아무것도 보이지 않았다. 나는 허리에 걸린 로프를 당겨 신호를 보낼까 하다가 조금 더 기어가 보았다. 되도록이면 햇빛이 들어오는 동굴의 입구 쪽은 보지 말아야 했다. 어둠에 눈을 익히는 데 다시 시간이 걸리기 때문이었다. 나는 동굴 좌우의 벽을 바라보다가 천천히 시선을 입구 쪽으로 옮겨 보았다. 그러고는 동굴 안을 희미하게 밝히고 있는 빛이 그 입구에서 들어온 빛이 아니라는 걸 알았다. 나도 모르는 사이에 나는 동굴 속에서 기역 자 모양의 모퉁이를 돌았던 모양이었다. 나는 진행 방향을 다시 바라보았다. 빛은 그쪽에서 들어오고 있었다. 놀랍게도 동굴 뒤쪽에 출구가 있었다. 그쪽으로 조금 더 기어가 보았다.

 손끝이 미끄러운 것 같아 손가락을 꼼지락거려 보았다. 끈적거렸다. 피일지도 모른다는 생각이 들었다. 방독면 때문에 냄새를 맡아 볼 수는 없었다. 어두워서 눈으로 확인할 수도 없었다. 나는 왼손으로 소총을 들고 전방을 겨냥한 채로 오른손에 든 대검으로 땅을 찍어서 끌어당기며 낮은 포복으로 출구에 접근했다. 출구 가까이 다가가자 바닥이 보이기 시작했다. 혈흔이었다. 눈앞에 보이던 주먹만 한 돌멩이 하나가 온통 피에 젖어 있는 것으로 보아 누군가가 상당히 많은 피를 쏟으며 출구로 도망친 것 같았다.

나는 대검으로 허리에 묶여 있던 로프를 잘랐다. 동굴 입구에서는 로프가 잘리는 감촉을 내 신호로 알았던지 로프를 당기기 시작했다. 로프는 하얀 뱀처럼 저 혼자 입구 쪽으로 사라져 갔다.

출구 앞에서는 동굴의 오른쪽 벽에다 등을 붙인 채로 눈이 다시 바깥의 밝기에 익숙해질 때까지 기다리지 않으면 안 되었다. 사방은 쥐 죽은 듯이 고요했다.

……!

그 고요를 뚫고 아기의 울음소리 같기도 하고 고양이 우는 소리 같기도 한 소리가 그리 멀지 않은 곳에서 들려왔다. 나는 높은 포복으로 출구를 나섰다. 핏자국이 뚜렷이 보였다. 발자국을 세어 보았다. 둘이었다. 나는 방독면과 철모를 벗어 살그머니 옆으로 치워 놓고는 대검을 버리고 소총을 고쳐 잡았다. 그러고는 높은 포복으로 핏자국을 따라갔다.

얼마나 기어갔는지는 모르겠다. 핏자국이 왼쪽으로 꺾이고 있어서 나도 황급히 높은 포복의 방향을 바꾸었는데, 바로 그 순간에 나는 두 개의 눈을 만났다.

우기가 시작되고 있었기 때문에 그랬을 것이다. 내 앞으로 겨우 십여 미터 앞에는 세숫대야만 한 물웅덩이가 있었다. 그 웅덩이 위에서 절망에 빠진 두 개의 눈이 나를 바라보고 있었다.

그러나 눈은 두 개뿐만이 아니었다. 네 개였다. 물웅덩이 위에 있는 두 개의 눈 오른쪽에도 두 개의 절망적인 눈이 더 있었다. 피를 흘리며 달려가다가 돌아서서 동굴 쪽으로 시선을 박은 채 물웅덩이의 물을 마시고 있던 인간은 놀랍게도 한국제임이 분명한 정글복을 입고 있었다. 그러나 한국군은 아니었다. 한국군에 더벅머리에다 맨발로 다니는 군인은 없었다.

증오에 찬 눈도 아니고 그렇다고 애원하는 눈도 아니었다. 굳이 말한다면 절망에 빠진 눈이라고 할 수 있을 것이다. 그러나 역시 그냥 눈이라고 하는 편이 옳겠다.

그 오른쪽에 서 있는 까만 파자마 차림의 조그만 여자는 발가숭이 아기를 안고 있었다. 여자는 우는 아기의 입을 틀어막고 있었기가 쉽다. 아기는 코로 울고 있는 것 같았다. 여자에게는 무기가 없었다.

물웅덩이 위의 인간은 천천히, 총신을 잘라 놓은 M1 소총 같은 M-79 유탄 발사기를 쳐들었다. 쏠 의사가 있었던 것 같지는 않다. 그는 망설이고 있었던 것임이 분명하다. 그런데도 그의 움직임은, 소총의 방아쇠에 걸린 내 손가락을 반응하게 했다. 무수한 암시와 훈련에 의한 반사 신경의 반응이었을 것이다. 내 소총이 심하게 요동하기 시작한 순간 여자는 발가숭이 아기를 안은 채 돌아서서 내닫기 시작했다. 실탄 한 클립이 순식간에 물웅덩이 위로 날아갔다. 물웅덩이는 곧 피 웅덩이가 되었다. 나는 멀어져 가는 여자의 등을 보면서 일어섰다.

탄포에서 새 실탄 한 클립을 꺼내어 갈아 꽂고 나는 물웅덩이를 향해 그것을 마저 비웠다. 나는 가엾은 물웅덩이 위의 조그만 인간을 향해 세계에서 가장 잔인하다는 개인 화기 M-16의 실탄을 40여 발을 쏘았을 것이다. 무서워서 그랬을 것이다. 나는 내 아내의 옷장에서 뽑아낸 가름대 철봉으로 미친개를 때릴 때처럼, 무서워서, 피가 무서워서, 그 상황이 무서워서 그렇게 미친 듯이 쏘아 대고 있었을 것이다.

나는 이렇듯이 길게 쓰고 있지만, 그 눈을 만나고부터 내가 무릎을 꿇고 배 속에 든 것을 토하게 되기까지 불과 10여 초의 시간밖에는 흐르지 않았을 것이다.

나 때문에 죽음의 고비를 넘기는 데 실패한 그 인간의 영혼이 내 주위를 배회한다면 염치없이 바라건대, 내가 검은 파자마 차림의 여자와 아기의 뒤를 쫓지 않았던 것을, 그 자리에 여자와 아기가 있었다는 이야기를 아무에게도 하지 않았던 것을 어여삐 여겨 내게서 사라지시라.

물웅덩이에 있던 인간의 유탄 발사기에는 실탄이 없는 것으로 확인된 뒤에야 나는 알았다. 그는 유탄을 발사했어도 나를 다치게 할 수 없었을 것이다. 그와 나와의 거리는 10미터가 채 되지 않았다. 곡사화기인 이 유탄 발사기의 유탄은 12미터 이상을 비행하지 않으면 폭발하지 않는다.

배 속에 든 것을 하나도 남김없이 토해 낸 나는 작전이 끝나기까지 물과 소디움(농축염) 이외에는 아무것도 삼킬 수 없었다. 전투복 주머니 속에 비닐봉지가 들어 있다는 것을 안 것은 부대로 귀환한 뒤의 일이다. 놀랍게는 그 봉지는 군납용 〈삼양 라면〉 봉지였다.

그로부터 20년 뒤 나는 로스앤젤레스의 한 한국인 식료품 가게에서 물건을 진열하는 한 월남인 젊은이를 만났다. 캘리포니아에는 월남인이 많았다. 이민들에게는 이민을 하되 같은 위도대, 같은 기후대를 선호하는 경향이 있다. 북미 대륙의 무더운 서남부에 멕시코인이나 동남아시아인이 많고, 춥고 눈이 많이 내리는 중북부에 북유럽인들이 많은 것도 그 때문일 것이다.

내가 근무할 당시에 태어난 듯한 그 월남인에게 나는 고향이 어디인지 물어보았다.

「푸엔 퍼페트레이트(省)입니다.」 젊은이가 대답했다.

「푸엔 퍼페트레이트라면 나도 잘 아는데. 어디?」

「탁참 마을요…….」

「탁참이 어디에 있더라?」

「수이까이 계곡에서 가까워요.」

「…….」

나는 질겁을 하고는 도망가듯이 그 가게를 나왔다. 물론, 그 젊은이가 수이까이 산에서 내가 만났던 그 아기일 확률은 매우 희박하다. 그러나 나는 젊은이 앞에 더 이상 서 있을 수 없었다.

전쟁터……. 그것은 천생, 오늘은 독일 영화 내일은 미국 영화를 상영하는 극장 같은 것이 아닌가.

가설극장 같은 것이 아닌가…….

부대로 귀환하는 즉시, 몇 달 전에 받았던 김하일의 편지를 펴 들었다.

584

당시 나는 그의 편지를 거의 외고 있었던 만큼 꼭 다시 펴 들 필요는 없었다. 그러나 나는 그가 나의 증세를 어떻게 묘사하고 있는지 정확하게 알고 싶었다. 놀랍게도 나는 그가 앓았다는 것과 똑같은 증세를 시름시름 근한 주일을 앓아야 했다.

    ……정신이 나갈 지경으로 지독하게 술을 마시고 쓰러져 잠이 든 그날 이후 〈죽음〉은 나의 생활 가운데서 무척 어려운 명제가 되어가고 있습니다. 모두 해결해 놓은 것으로 생각되던 문제들이 전혀 생소한 얼굴을 들이미는 것입니다.

    자신이 없습니다.

    무의미합니다.

    모든 것이 역겹습니다.

    ……시체를 만지고 나서부터 식욕을 잃고 시들시들 말라 갑니다. 며칠 있으면 회복되겠지만 나로서는 씻은 듯이 회복될 수 있는 그런 육체에 혐오를 느끼지 않을 수 없습니다…….

그의 새 편지가 두 통이나 나를 기다리고 있었다.

나는 작전을 떠나면서, 설사 약간의 야유가 섞여 있다고 하더라도 나에게는 과분한 호칭이기 때문에 〈이 박사〉라고 하는 호칭을 쓰지 말자고 그에게 호소했던 기억이 난다. 그의 편지는 나의 호소에 대한 그의 반응인 셈이다.

    이 박사.

    당신이 짐작하고 있는 대공 초소 그 산봉우리에다 조그만 2인용 텐트를 치고 그 속에 들어앉아 있습니다. 벌써 나흘째입니다. 지휘 검열 기간 동안 급조 운영되는 검열용 대공 초소인 셈이지요.

    계속 비가 옵니다. 텐트 위에 덮어씌운 판초 우의에 떨어지는 빗방울

소리가 텐트 안에 가득합니다. 엎드리면 발목이 비에 젖기 때문에 지금 웅크려 앉아서 씁니다. 비가 오는 동안만은 검열관 나으리들이 여기 올라올 리가 없다고 믿기 때문에 안심하고 씁니다.

당신이 생각하는 것보다 답장이 늦어졌다면 얼마쯤은 일주일 동안이나 몰인정하게 계속되는 지휘 검열 탓인 줄 알아 주시오.

독후 냉암소에 보관하라는 편지는 1종 수령 내려갔던 일등병이 가지고 올라온 것입니다. 텐트 안에 들어앉아서 편지를 받아 보는 맛. 이 박사, 고맙소.

지휘 검열 결과가 너무 좋아서(95퍼센트) 다시 이틀을 연장한다는 울적한 소식을 전해 들었습니다. 잘들 하는 짓이지요.

〈이 박사〉라는 닉네임이 마음에 들지 않는다니 큰일이군요. 우리가 작년 여름 거기에서 만났을 때 서로 김 상병이니 이 상병이니 하고 함부로 부를 수 없다는 어떤 합의에 도달하여 창작된 것입니다, 〈이 박사〉라는 닉네임은……. 이 고색창연한 호칭을 당신 마음에 들지 않는다고 해서 갈아 치울 수는 없는데요. 〈팔랑개비〉라든가 〈바람개비〉처럼 확실한 이미지를 잡아낸 것이 아니고 막연하게 편의상 붙여 버리고 버릇된 것이기 때문에 나로서는 당분간 개칭할 의사가 없습니다. 생각하기에 따라서는 통속적이기도 하지만 그런대로 당신에게 어울리는 뉘앙스를 지니고 있고, 무엇보다도 〈버릇 들여진 시간〉이 중요한 것 아닙니까? 이 박사, 이 박사, 나는 절대로 양보 안 합니다. 박사 학위를 주는 일이 없었던 1970년 전에도 카스발 박사니 발사발 박사니 하는 사람들이 있지 않았어요? 나로서는 순수한 의미로 당신에게 이 박사라는 닉네임을 선사하였다고 재천명합니다.

8년 전에 근치 수술을 했던 중이염이 해수욕도 하지 않은 이번 여름에 재발했습니다. PX에서 쌔빈 대나무 젓가락을 깎아 면봉을 만들고 그것으로 열심히 옥시풀 소독을 했는데도 후두부에 통증이 생기는 중태에 빠지고 말았습니다. 귓속에 생긴 염증이 뇌막으로 퍼져 나가는 것

586

입니다. 외과 전문인 군의관은 깜짝 놀라 후송을 가야 한다고 하지만 그놈의 후송이라는 것이 얼마나 황량한 것인지 알기 때문에 버티는 데 까지 버틸 작정입니다.

온몸 구석구석이 말짱한 채로 살아간다는 것은 삭막한 일입니다. 다행스럽게도 나는 귓병을 간직하고 있습니다. 한 개 남아 있는 고막으로 정성스럽게 듣는 것입니다. 몇몇 동료에게, 내가 갑자기 쓰러지거든 엉뚱한 이야기를 하지 말고, 중이염 균이 임파선을 타고 후두부의 뇌막에 침범했다는 것을 증언하도록 농담처럼 부탁해 두었습니다. 그런 것쯤으로 죽어 자빠질 사내는 아니라고 생각하니까요.

집중력이 생기지 않은 이유가 바로 이것이었어요. 가만 두었다가 11월쯤 다시 수술받을 작정입니다.

구어체가 아닌 소설적 회화체로, 〈나는 그 아가씨를 사랑했었지〉 하고 이야기할 수는 있는 사람은 선량하고 멋있는 사람입니다.

2차 대전 전에 독일에서 제작된 기록 영화 「미의 제전」을 보면, 경기를 지켜보던 히틀러가 초조하게 손바닥을 비비는 장면이 있습니다. 게르만의 위대한 꿈이었던 아돌프 히틀러한테서 이런 순수한 순간을 잡아낸 그 여자 감독도 대단한 친굽니다.

슈바이처는 이런 말을 했지요. 〈우리 모두가 열네 살 적의 마음을 간직하고만 있다면 이 세상은 얼마나 아름다워질까〉, 혹은 〈황홀해질까〉……. 그러니까 우리 몽골리안의 나이로는 17, 18세가 아니겠습니까? 몹시 사납게 굴던 어떤 높은 사람이 코를 푸는 모습을 보고 나는 단박에 그 사람이 좋아졌습니다.

고등학교 3학년 때의 일입니다. 전주역에 나갔다가 지게 위에서 잠이 든 초라한 노동자를 본 적이 있습니다. 이인하라는 친구와 둘이서입니다. 우리는 한순간에 똑같이 그 지게꾼을 보고 다음 순간 서로의 얼굴을 마주 보았습니다. 우리는 짧막한 순간에 서로를 확인하게 된 것입니다. 지게꾼을 보고 무엇을 생각했느냐 하는 것은 별로 중요하지 않습니

587

다. 가장 사랑하는 친구한테서 나와 똑같은 밀도의 감동과 눈물이 솟아오르는 것을 확인한 기쁨이 중요합니다. 우리는 지금도 연인들처럼 유감없이 사랑하고 존경합니다. 그리고 어떤 일이 있어도 결코 절망할 수 없는 친구라는 것을 확신합니다.

〈그 아가씨를 사랑했었지〉 하고 말할 수 있는 사람은 선량하고 멋있는 사람입니다. 그 사람이 악다구니 같은 생활을 하고 열 손가락으로 꼽을 수 없을 만큼 악행을 쌓았어도 희망을 가져 볼 만합니다.

이 박사는 나더러, 〈결혼에 실패한 사람 같은 분위기를 느낀다〉고 했습니다. 내가, 〈그 아가씨를 사랑했었지〉라고 이야기할 수 있는 사내이기 때문일 겁니다. 세상만사에 덜컥덜컥 실패를 하고 당최 머리가 안 돌아가는 사람이라도 열일곱 살 때의 마음을 계속 간직할 수 있다면 그는 구원을 받을 수 있습니다. 그리고 평화 가운데 살 수 있을 겁니다. 나는 지금 나 자신을 격려하기 위해서 이런 이야기를 늘어놓고 있는 겁니다.

추석이 가까워지면서 달이 자꾸 밝아집니다. 침상에 드러누우면 포플러 잎사귀 사이로 왼쪽이 약간 일그러진 달이 보입니다.

열일곱 살 때 나는 달 뜨는 날이면 빼놓지 않고 그 아가씨를 불러내어 산길을 걸었습니다. 달이 뜨면 나는 내 왼쪽 팔에 스치던 그 아가씨의 감촉을 상기합니다. 그리고 그 아가씨의 머리 내음이랑……. 냄새가 머릿속을 지나간다고 할 수 있습니다. 달은 계속 뜨고 지고 할 텐데 이런 감상을 지닌 채 내가 얼마나 건강을 유지할 수 있겠습니까?

그러니까 〈그 아가씨를 사랑했었지〉 하고 이야기할 수 있는 사람은 선량하고 멋있고 씩씩한 사내라는 변명을 마련해 본 것입니다.

이 박사.

우리들의 편지에 지나친 기대를 걸지 맙시다. 2월 말이나 3월 초에 제대하는데 서울의 어느 곳에서 당신을 해후할 것은 틀림없는 사실이고 우리는 계속 만나 이야기할 수 있게 될 겁니다. 나도 편지에 너무 많은 이야기를 쓰려고 노력하지 않겠습니다.

「그대의 찬 손」이라는 시나리오를 완성했습니다. 심사 위원들의 관심을 끌려고 애쓴, 그러니까 당신한테 얘기할 만한 작품은 못 됩니다. 계속 단편소설 하나와 단막 희곡 하나를 완성하렵니다.

당신의 편지에는 상징적인 문구가 너무 많고 해서체의 한자 단어가 섞여 있어 나를 〈뿔대〉 오르게 합니다. 상징적인 문구는 내가 즐기는 것이니 문제없지만 한자를 쓸 경우 꼭 정자로 단정하게 쓸 것. 나는 한자라고는 이름 석 자를 간신히 쓸 수 있는 순수 한글세대입니다. 그렇게 이해하고 내가 한자에 익숙해지는 그날까지 꼭 정자로 써주시오. 김하일.

33
탈출

　부대로 귀환한 지 두 주일이 못 되어 사단 사령부 교육대로 전출 명령이 떨어졌다. 본국에서의 훈련 기록이 다채롭고 월남에서의 작전 경험이 풍부하니 전투단에서 우기를 날 것이 아니라 사단 사령부로 와서 월남으로 파견되는 신병들을 좀 가르쳐 줄 수 있겠느냐, 이렇게 물어 왔다면 내 생각도 조금 달랐을 것이다. 그러나 그게 아니었다. 특명지 한 장, 그것이 전부였다.

　나는 중대장에게 엄중하게 항의하고 전출에 승복할 수 없노라고 말했다. 중대장은 나를 달랬다.

　「단 본부 인사과에서 전화가 왔길래 내가 추천했다. 싫으냐?」

　「싫습니다.」

　「사령부는 안전지대다. 거기에다가 한밑천 장만해서 귀국하는 것도 가능할 것이다.」

　「저를 모욕하지 마십시오.」

　나는 본국에서도 파견 전문병으로 20여 차례 파견만 나돌아 다닌 것을 상기시켰다.

　「기록 카드에서 나도 확인했다. 그러나 너는 무전병인데도 불구하고 동굴 수색까지 자원했고, 훌륭하게 그 임무를 수행했다. 그래서 내가 큰 상을 내리는 셈 치고 추천한 것이다.」

590

「가지 않도록 해주십시오.」

「특명이 내려왔으니까 그렇게는 못 한다. 일단 가 있으면 내가 손을 써 보겠다.」

나는 그의 말에 따라 일단 헬리콥터를 타고 당시 닌호아에 있던 사단 사령부로 가서 신고를 하고 보직을 기다리면서 기회를 노렸다. 전투단의 말단 보병 중대가 주인인 중대장 마음대로 경영하는 구멍가게라면, 사령부라는 곳은 조직이 잘되어 있는 거대한 회사를 연상시켰다.

나의 강원도 적응 훈련 부대 동기생 하나는 다른 동기생들을 불러 모아 서울식 잔치까지 벌여 주었다. 그들은 하나같이 사령부로 입성한 나의 행운을 축하해 주었다. 그들에게 나는 운수 대통한 사나이였다. 그들의 말에 따르면 대부분의 사단 사령부 행정 장교들과 행정 요원들은 유복한 집안 출신의 학벌이 좋은 귀공자들이어서 우선 말이 통했다. 게다가, 사령부의 행정병들이 수많은 예하 부대 행정병들의 등을 치기 때문이었겠지만, 돈 돌아가는 속이 놀라울 정도로 가멸었다. 거기에는 지하 막사가 하나도 없었다. 김하일의 말마따나 〈명부에서 이름을 지우고 온 사람〉처럼 굴어도 좋은 데가 사령부였다.

그러나 나는 바로 그런 이유 때문에 한 주일이 되는 날부터, 고향을 그리워하는 나그네가 기차역 주위를 서성거리듯이, 갈대숲 속에 있는 사령부의 헬리포트를 맴돌면서 뚜이호아 전투단 본부로 가는 헬리콥터 편을 수소문했다.

나는 그런 부대의 체제에 맞추어 살 수 없었다. 그런 조직의 윤리를 좇을 수 없었다. 소대도 너무 큰 나에게, 중대도 아니고, 대대도 아니고, 전투단 본부도 아닌 사단 사령부라니…….

다행히도 다음 날 아침에, 뚜이호아로 신병들을 수송하는 대형 헬리콥터가 있었다. 병력 이동에 관한 한 헬리콥터의 이륙 시간 스케줄은 절대로 공개되지 않는 곳이 군대였다.

다음 날 새벽에 교육대를 무단이탈한 나는, 갈대숲 속으로 들어가 무시

무시하게 많은 모기에 뜯기면서 기다렸다. 두 시간쯤 기다렸을 것이다. 사단 보충대에서 30여 명의 보충병들이 내려와 헬리포트에 정렬했다. 갓 월남 땅에 떨어진 보충병들은, 우리가 공수단의 첫 강하 실습 때 그랬듯이 유난히 화장실 출입이 잦았다. 헬리포트에는 화장실이 따로 없었다. 넓은 갈대밭이 곧 화장실이었다.

헬리콥터 보딩 허가증이 없는 나로서는 편법을 쓰지 않을 수 없었다. 책략을 별로 좋아하지 않으면서도 책략을 쓰지 않으면 안 되었다. 치누크 헬리콥터가 헬리포트에 착륙하자 뒷문이 열리면서 기관총수가 내렸다. 나는 조금도 망설이는 기색을 보이지 않고 그에게 다가갔다. 그러고는 대단히 서툰 영어인데도 불구하고 오래 영어를 써 온 사람처럼, 말하자면 대미군 업무를 보아 온 행정병처럼 염치 좋게 물었다.

「뚜이호아 전투단으로 가는 헬리콥터 틀림없소?」

「틀림없고말고요.」

「내 조수가 보충병의 인원을 보고할 거요.」

「고맙소.」

나는 앞자리에 가서 앉아 눈을 감고, 보충병들이 탑승을 끝내고 뒷문이 닫히기를 기다렸다. 뒷문이 닫히고 헬리콥터가 이륙하면 보딩 허가증이 없는 한 사병의 탑승을 문제 삼아 헬리콥터를 되돌리지 않으리라는 판단이 섰기 때문이었다. 그러나 보충병과 인솔자인 단 본부 행정 요원까지 페이퍼 홀더에 서명을 받고 올랐는데도 기관총수는 뒷문을 닫지 않았다.

불안했던 나는 단 본부 행정 요원에게 다가갔다.

「보충병이군요. 몇 명이나 되나요?」

「30명입니다. 그런데 들어 본 이름인데요?」 행정 요원이 내 명찰을 읽으면서 물었다.

「뚜이호아에서 일주일 전에 사령부 교육대로 왔답니다.」

「그랬군요. 그런데 뚜이호아에는 웬일로요?」

「볼일이 있어서요.」

나는 부러 기관총수의 시선을 쫓다가 그와 시선이 마주치자 빙그레 웃어 주었다. 그 역시 웃으면서 가죽 장갑을 낀 오른손 엄지손가락을 세웠다. 그는 틀림없이 단 본부의 행정병인 내가 조수와 보충병 수송 업무를 의논하는 줄 알았을 것이다.

단 본부 주위에는 〈을지대〉, 〈충무대〉, 〈서장대〉니 하는 이름이 붙은, 높이 10여 미터에 이르는 관망 초소가 있었다. 단 본부에 도착한 나는 관망 초소의 근무자들이 누군가를 확인해 내고는 내 중대를 찾아가는 대신 〈을지대〉로 올라갔다. 을지대 근무자는, 작전 경험이 없는 우리 중대의 신병이었다. 나는 근무자를 협박하여 내려보내고 거기에서 중대장에게 전화를 걸었다.

「너 지금 어디에 있나?」 중대장이 물었다.

나는 을지대 기관총좌에 있다고 대답했다.

「임마, 협박이냐? 사단 교육대가 발칵 뒤집어졌다. 사령부에서 단 본부 인사과로 통보가 왔고, 아침에 보충병을 인솔한 인사과 행정병 하나가 너의 무단이탈을 확인했다. 어쩔 셈이냐? 헌병대가 눈을 벌겋게 해가지고 설친다.」

「잘못 온 겁니까?」

「무슨 말이냐?」

「기관총을 하나 들고 닌호아 시내로 뛰어 나갔어야 했습니까?」

「협박이냐?」

「그렇습니다. 품 안에 들겠다고 도망쳐 온 저를 헌병대에 넘기시겠습니까? 손을 써주겠다고 하시지 않았습니까?」

「사령부가 좋아서 꼼짝 않고 있는 줄 알았다.」

「어쨌든 저는 이 을지대에서 내려가지 못합니다. 헌병대 지프는 여기에 접근 못 합니다. 조금 전에 기관총을 거꾸로 돌려놓았습니다.」

「나한테로 오너라, 지금.」

「그렇게는 못 합니다. 중대장님 귀국하시는 데 누를 끼치고 싶지 않습니다. 저의 기록 카드를 다시 한 번 읽어 주시기 바랍니다. 이런 식으로 군대 생활을 끝낼 기록 카드는 아닙니다. 제가 사람을 쏘아 본 경험이 있는 부하라는 걸 참고해 주시기 바랍니다.」

귀국을 앞두고 있는 그에게 이것은 중대한 위협이었다. 그의 부하인 내가 을지대에서 정말 기관총을 거꾸로 돌리고, 접근하는 헌병대 지프를 쏘아 버린다면 직업 군인인 그의 장래는 암담해질 터였다. 나는 그것을 잘 알고 있었다.

그는 나의 제안을 거절할 수 없었다. 내가 만일에 문제를 일으키게 된다면 그는 바 산에서 크레슨트 해변에서 까오숭 산에서 단 본부를 명예롭게 한 본부 직할 전투대원을, 수이까이 산에서 망망 계곡에서 중대장인 그의 이름을 높여 준 부하를 궁지에 몰아넣은 장본인, 단 본부에 훈장이 내려와 있는 서훈 대상자를 감옥으로 보내는 한심한 지휘관이 되는 셈이었다.

「……좋다, 무단 귀대 명령은 내가 내렸다. 따라서 내가 책임진다. 내려와서 내 방에서 한잔하자. 됐냐?」

「됐습니다.」

그날 나는 그의 방에서 술을 얻어 마셨다. 그는 단 본부와 사령부와 헌병대에 번갈아 전화를 걸어 가면서 자기가 귀대를 명령했노라고 주장했다. 헌병대 쪽에서 뭐라고 했는지 그가 농반진반으로 헌병대장을 협박하고는 껄껄 웃었는데 나의 첫 탈출은 이렇게 해서 끝났다.

「일보(日報)가 아직은 나에게 있는데 내가 왜 명령을 못 해요? 정말 자꾸 이러면 우리 중대 몰고 헌병대로 쳐들어갈 겁니다.」

나는 김하일 병장에게 편지를 쓰면서 이 사연을 적어 보냈을 것이다. 그의 편지가 다음과 같이 시작되는 것은 그 때문이다.

이 박사.

사단으로 전출을 갔을 테니 새 주소가 오겠지 싶어서 답장을 안 하고

594

있었습니다. 〈치누크에 의한 상급 부대로부터의 탈출〉에 대하여 갈채를 보냅니다. 우리는 매사에 그런 식의 반골 정신을 살려야 합니다. 나 같았어도 꼭 그랬을 것입니다.

나한테는 글씨를 쓰는 일이 고역입니다. 이쁘게 되지 않고 또 바람직하게 개성을 반영하고 있지도 않으니까요. 타이프라이터를 한 대 구하면 무엇이든지, 자주, 많이 쓸 수 있을 것 같습니다. 그러니까 내년 이맘때쯤이면 이 박사는 타이핑된 유창한 내 편지를 받아 볼 수 있을 것으로 기대하여도 좋습니다. 넘쳐흐르는 사상과 감정이 글자를 그려야 하는 작업을 거치는 동안 얼마나 참혹하게 거세되고 있는지 나는 압니다. 맨 처음 그 기계를 사용했다는 마크 트웨인의 자유분방한 문장과 날카로운 해학이 일리 있는 것입니다. 또 있군요. 헤밍웨이도 쿠바의 사탕수수밭 가운데 있는 별장에서 하루에 여덟 시간씩 키를 두들겼답니다. 쓰는 게 아니고 두들겼다는 동작에서 능률과 자유를 느낍니다. 내년 요맘때쯤 돈 벌어서 한 대 구해 열심히 두들길랍니다. 탁탁탁탁, 톡톡톡톡……

신문을 볼 수 있는지요?

……(중략)

내가 눈물이 많다는 얘기 했지요? 감수성이 예민한 기자들의 특집 기사를 읽노라면 금방 눈물이 쏟아지는군요. 어제의 한 신문은 30년 전에 백두산을 등반했던 어느 선교사의 기행문을 싣고 있습니다. 사진 두 점도 곁들여졌는데, 백두산의 천지를 한라산의 백록담 비슷하게 생각하고 있던 나에게는 충격적인 것이었습니다.

너비가 4.5킬로미터, 길이 10.2킬로미터, 수심 150~350미터, 길이 8백 미터의 아름다운 백사장. 그리고 똑같은 길이의 초원. 수면에서 둘레의 봉우리까지의 높이가 3백 미터.

바람이 조금만 일어도 용틀임 같은 파도가 생긴대요. 정비석류의 감상적인 기행문이 아니고 지질학자나 생태학자의 리포트 같은 정확한 기행문이었기 때문에 나는 입을 딱 벌리고 〈아, 우리 나라에도 굉장한 물건이 있구나〉, 이렇게 소리쳤습니다.

이 박사.

공해나 무슨 비슷한 종류의 자연 현상 때문에 국토가 결딴이 나기 전에 우리는 백두산과 금강산, 압록강 같은 것을 구경할 수 있겠지요? 나는 카메라를 들고 가서 구로사와 아키라를 누를 수 있는 굉장한 영화를 찍겠습니다. 보안법이나 반공법이 사라져 버린 내 강산에서 최초의 자유인을 그릴 수 있는 위대한 드라마를 찍겠습니다.

지금 지휘 검열 준비로 분주합니다. 평소에 조금만 신경을 써두면 되는 것인데 검열 때만 되면 죽을 일이라도 생긴 것처럼 이 야단이군요. 개인적으로나 국가적으로 이런 투의 고질을 제거하지 않으면 큰일 날 거예요. 높은 사람들. 생각이 조금만 있어도 일이 닥쳐서야 큰소리를 치는 저희들 행동이 쑥스럽고 미안할 텐데 그런 염치는 약에 쓸래도 찾아볼 수 없어요. 오로지 검열 때문에 군대가 있는 것처럼 악을 씁니다. 한심한 일입니다.

전주에 있는 이인하라는 친구(녀석이 말하는 건 모두 기승전결이 뚜렷한 한 편의 논문입니다)가 시민들의 정치의식에 관해서 얘기한 일이 있습니다. 시민들 개개인이 자기 생활 가운데서 얼마만큼의 정치적 지향을 의식하고 있느냐 하는 애깁니다. 예를 들면 우리 사회의 가장 큰 명제가 〈통일〉이라고 합시다. 인하는 방송국의 PD로 있는 다른 친구에게 이렇게 묻고 있습니다. 〈너는 네가 제작하고 있는 프로에서 통일 의식을 몇 프로나 비벼 넣고 있느냐〉고 말입니다. 이러한 순수 의식의 표출을 북돋아 주고 사회 운동을 발전시키는 풍토를 마련해 주어야 하는데 우리 정치가들은 이 점에서 씻을 수 없는 오류를 범했던 것입니다. 이러한 의식과 사명감이 넥타이핀이나 귀고리처럼만이라도 달려 있는 인간들이 많이 모여 있으면 뭐가 될 텐데.

이 거대한 군대, 큰일입니다.

이 박사.

나는 궁극적으로 소설가입니다.

그러나 일곱 식구를 부양하기 위하여 제대하면 영화 관계나 TV 관계의 일거리를 갖게 될 것입니다. 그것이 보수가 너무 적다고 생각되면 건축 관계의 일거리 같은 걸 새로 시작하는 것도 좋을 것입니다. 혹은 자기가 하고 싶은 일에 막바로 뛰어들 수 있는 행운이 매복되어 있을는지도 알 수 없고요.

먹고살기 위하여 뛰는 시간을 제외하고 나머지의 전부를 쓰는 일에 쏟아 넣으렵니다. 그러니까 나는 궁극적으로 소설가입니다. 김하일.

본격적인 우기가 시작되기 직전부터 대규모의 작전은 소규모의 수색이나 매복으로 대체되었다. 그러나 내 이름은 번번이 수색조나 매복조의 명단에서 빠지고 있었다. 작전 경험이 평균치를 훨씬 웃돌아 그럴 때가 된 것으로 받아들였으나 한편으로는 견디기 어려울 정도로 허전했다.

믿기지 않겠지만 우리 중대에는, 관리가 제대로 되어 있지 않아서 그렇지 장서가 자그마치 5천 권에 이르는 도서관이 있었다. 정확하게 말하면 그것은 중대의 도서관이라기 보다는 우리 중대에 위치해 있는 단 본부의 도서관이었다. 당시 도서관은 중대의 행정병들이 순번제로 틈틈이 관리하고 있었다. 도서관 관리에 약간의 경험이 있는 나의 눈에 그것은 한번 갈아 보고 싶은 원광석 같은 것이었다.

나는 중대장에게 도서관을 나에게 맡겨 줄 것을 요청했다. 그는 나에게 중대 행정을 맡기려다가 내가 조직과 맞물려 돌아가는 것을 좋아하지 않는다는 걸 알고는 도서관을 맡겨 주었다. 나는 듀이 분류법에 따라 장서를 재분류하고, 대출 카드를 만들어 붙이고, 대출 대상을 단 본부와 이동외과 병원까지 확대시킬 준비로 서둘렀다.

나는 도서관에서 잠을 자가면서, 하루에 열다섯 시간 이상 읽는 행복한 군대 생활을 두 달간이나 할 수 있었다.

34
아름다운 사람들

이즈음의 어느 날 나는, 지금은 또 하나의 아름다운 친구이자 〈지명(知明)〉 스님이 되어 있는 정태우 병장의 방문을 받게 된다.

나를 찾아온 그는 퉁명스럽게 물었다.

「나는 십자성 부대 이동 외과 병원 외래과에 근무하는 위생병이오. 나에게도 책을 빌려 줄 수 있소?」

슬며시 부아가 치밀었다. 이동 외과 병원 외래과 위생병들이라면 모두 약장사로 알부자가 되어 있는 것으로 소문이 나 있었다. 그들은 귀국병들에게는 미제 영양제를, 난봉꾼들에게는 성병 약을, 월남인들에게는 치료제를 파는 것으로 알려져 있었다. 그러나 아무리 알부자라도 전투병 출신의 도서관 사서에게까지 자세(藉勢)할 일은 아니었다.

우리는 더없이 우스꽝스럽게 이런 이야기를 나누었을 것이다.

「겸손한 위생병에게는 빌려 줄 수도 있지요. 무슨 책을 원하시오?」

「키에르케고르를 읽고 싶소.」

「키에르케고르는, 외래과에서 성병 약 팔아 떼돈을 버는 위생병들 장사에는 도움이 안 될 것이오만…….」

「나는 야자수 부대의 위생병을 그렇게 말하는 보병을 본 적이 없소.」

「나는 이 전투단 본부에서 그렇게 말할 수 있는 유일한 보병일 것이오.」

「나는 당신의 태도가 마음에 들지 않소.」

「단지 말하는 태도가 마음에 들지 않는다고 해서 약이 되는 말도 마다 하는 어리석은 사람도 있기는 하오.」

「내가 건방지게 굴었소?」

「그래요.」

「사과합니다.」

「내 방으로 들어오시오. 나는 사과하는 사람에게는 술과 음식도 내어놓는다오.」

나는 그를 내 방으로 불러들여 맥주와 보병의 양식인 전투 식량 C 레이션을 대접했다. 그는 비전투 요원이라서 전투 식량을 먹어 본 적이 별로 없는 것 같았다. 그런데도 그는 전투 식량을 지나치게 신기하게 여김으로써 보병을 깔보는 인상을 주게 될까 봐 아주 조심스러워했다. 모자라도 갈아 쓰듯이 바뀌는 그의 태도가 재미있었다.

그가 나에게 물었다.

「월남에 오신 지 오래되었어요?」

「반년을 조금 넘겼지요.」

「이 부대에 이유복 병장이라는 사람이 있습니까?」

월남에서는 맨살이 이따금씩 〈월남 작업복〉이라는 익살스러운 이름으로 불리고는 했다. 실내에서는 웃통을 벗고 있는 게 보통이었기 때문이다.

「그 사람은 왜요?」

「칼을 잘 던진다고 소문이 자자해서요. 만나 보고 싶었지만 병원이라는 데가 워낙 바빠서요. 아직 귀국한 것은 아니지요?」

「아니지요. 왜요?」

「배우고 싶어서요.」

「못 배울걸요.」

「어떻게 아시지요?」

「가르쳐 주지 않을 거니까. 그 사람은 그런 소문이 난 걸 아주 불쾌하게 여기거든요.」

「왜요?」

「자기 자신에 대한 그런 소문을 반기는 것은 천박한 인간들이나 하는
짓이라고 믿거든요.」

「그러면 그 사람이 바라는 건 뭔가요?」

「도서관 사서 노릇이나 하는 것일 거요, 아마.」

「그렇다면…….」

「그렇소.」

우리는 그 자리에서 단박에 친구가 되었다.

그는 키는 크지 않아도 얼굴이 우락부락하고 어깨와 가슴은 역도 선수
처럼 넓었으며 팔은 굵기가 우리 허벅지만 했다. 그는, 자기의 그런 모습
에 전혀 겁을 내지 않는 내가 마음에 든다고 했다. 나는 그를 겁낼 하등의
이유가 없다고 고백하고 나서 그의 솔직한 태도 역시 더할 나위 없이 내
마음에 든다고 말했다.

친구가 된 직후 이동 외과 병원 외래과라는 곳으로 그를 찾아간 적이 있
는데, 외래과 위생병은 그가 막사에 있을 것이라고 말했다. 나는 지하 막
사로 그를 찾아갔다. 하얀 시트가 깔린 푹신해 보이는 침대가 있고 개인
용 테이블이 있는 그의 2인용 막사는 트윈 베드가 놓인 호텔을 방불케 했
다. 그는 두 개의 침대 중 하나에 걸터앉아 있었는데, 한쪽 눈두덩이 프랑
켄슈타인처럼 부풀어 올라 있었다.

「어찌 된 일이오?」

내 말에 대답하는 대신 그는 큼지막한 주사기로 약병의 약을 뽑은 다음
나머지 한쪽 눈두덩에 주삿바늘을 꽂고 주사약을 밀어 넣었다. 나머지 눈
두덩까지 부풀어오르자 영락없는 프랑켄슈타인이었다.

「어찌 된 일이냐니까?」

내가 다그쳐 묻자 그가 느릿느릿한 전라도 사투리로 대답했다.

「보세요, 눈썹이 좀 짙었으면 좋겠는데 보시다시피 이 모양이잖아요?
그래서 털 나는 약을 구한 김에 주사했답니다.」

600

나 역시 눈썹이 초라한 편이어서 대체 무슨 약인지 궁금했다. 나는 주사약 병에 쓰인, 영어로 된 설명서를 읽어 보았다. 앞부분은 기억나지 않지만 가장 중요한 마지막 부분은 지금도 선명하게 기억하고 있다.

……여성에게 이 약을 주사할 경우 호로몬의 균형에 이상을 일으키면서 다리와 팔에 털이 돋을 우려가 있는 만큼 특히 주의할 것.

내가 약병의 영문을 번역해 주었을 때 그가 보인 반응이 또한 가관이었다. 그는 눈두덩을 손으로 쓰윽쓰윽 문지르면서 중얼거렸다.
「그 녀석에게 속았잖아. 아, 우리 외래과에 있는 한 녀석이 발모제 주사약이라면서 주더라구요. 에이, 시간만 낭비했네…….」
내가 보기에는 시간만 낭비한 것이 아니었다. 눈썹을 짙게 하고 싶어서 발모제를 눈두덩이가 불룩해지도록 주사하는 사람……. 그런 사람이 바로 정태우였다.
어느 날 병원으로 찾아갔을 때는 만신창이가 되도록 얻어맞고 침대에 누워 있었다. 이유를 물었지만 한숨만 쉴 뿐 그는 대답하지 않았다. 나는 그의 룸메이트인 같은 외래과 위생병에게 물어보았다. 그가 들려주는 자초지종은 이러했다.
「강 중위라고 하는, 달덩이 같은 간호 장교가 있어요. 태우가 이 양반을 짝사랑했던 모양이에요. 아, 병장 놈이 중위를 짝사랑하면 가만히 짝사랑해야 할 일 아닌가요. 어제 수술실에서 드디어 일이 터졌어요. 강 중위의 도움을 받아 가면서 외래과장은 집도하고 태우는 지혈 겸자를 잡고 있었어요. 그런데 수술이 한창 진행되는 판에 태우가 느닷없이 강 중위에게 〈사랑합니다〉, 이래 버렸어요. 외래과장 앞에서요. 저녁에 군의관들이 태우를 불러, 사병이 장교에게 예의를 차려야지 그러면 못쓴다고 타일렀던 모양입니다. 그런데 이 친구는 장교들에게 대들었다지요. 〈가난한 농민의 아들인 병장은 왜 여자인 간호 장교를 사랑하면 안 됩니까? 내 팔을 보시오, 내 어깨를 보시오, 사랑은 이처럼 튼튼한 육체가 하는 것이지 장교 계급장이 하는 게 아니라고요〉 어쩌고…… 다구리를 탔지요. 못 말려요, 못 말려.」

사랑하면 사랑한다고 말해 버려야 속이 시원한 사람, 그런 사람이 바로 정태우 병장이었다.

김하일이 삶을 섬세하게 수용하고 그것을 낭만적이고도 아름다운 언어로 그려 낼 수 있는 사람이라면 정태우는 섬세하기보다는 똑바로 거기에 다가가 버리는 사람, 그대로 살아 버리는 사람이었다. 정태우는, 자기가 가난한 농민의 아들이고, 한학 이외의 공부에는 매우 소홀했던 농투산이이며, 세상 구경도 한 것이 없어서 군대가 굉장한 학교처럼 보인다는 고백을 조금도 부끄러워하지 않았다.

한번은 그와 둘이서 다농 강변에서 하루를 보낸 일이 있다. 그의 몸은 씨름 선수처럼 건장했고 실제로 이동 외과 병원에서는 씨름으로 그를 이겨 먹는 사람은 없는 것으로 알려져 있었다. 다농 강물 속으로 들어갔다 나왔다 할 때마다 맥주를 연신 들이켜는 나를 강변에서 가만히 보고 있던 그가 동갑내기인 나에게 속삭였다. 여자와 자보지 않은 사내는 아주 열등한 수컷으로 치던 그 시대 그 월남 땅에서 이러한 고백은 참으로 희귀한 것이었다.

「나는 아직 여자와 자보지 않았어요. 술도 못 배웠고요. 그리고 사실은…… 헤엄도 못 쳐요.」

별로 진지하지 않은 작가로 여기던 오 헨리를 읽은 것도 도서관 사서로 있었기 때문에 가능했을 것이다. 그의 단편소설 「도원경의 방문자」는 이런 내용이었던 것 같다.

식당의 한 급사가 휴일이 되자 정장하고 고급 음식점에 나타나 아주 참한 아가씨를 만났다. 급사는 아가씨에게, 자기는 공부를 많이 한, 재벌의 아들이고 막대한 재물의 상속자라고 말한다. 아가씨 역시 공부를 많이 한, 재벌의 딸이고 엄청난 재산의 상속자라고 하던가. 어쨌든 두 사람은 그날 하루를 아주 즐겁게 보낸다. 그런데 사실은 그 아가씨 역시 호텔의 여급이었다…….

그런데 이 단편소설의 말미에다 편집자가 인용해 놓은 한마디 경구가 내 가슴을 쳤다.

〈한마디의 허풍을 지켜 내기 위해 사람들은 스무 가지 허풍을 떨어야 하는 수도 가끔씩 있다.〉

월남에 도착하고부터 술을 상당히 자제하고 있던 나는 도서관 시절부터 다시 마시기 시작했다. 취기를 빌어 나는 김하일에게 편지를 썼다. 오 헨리의 단편소설도 오려서 보냈던 것 같다. 어떻게 썼는지는 기억할 수 없다. 그 편지는 그의 수중에도 남아 있지 않은데 그 이유는 그의 답장에 밝혀져 있다. 대충 이런 내용이었을 것이다. (〈두목〉은 연극단 시절에 내가 붙인 그의 별명이다…….)

……두목은 나를 보고 〈총명하다〉고 말한다. 그러나 나는 총명한 것이 아니고 두목을 놀려 먹으려고 허풍을 떨었던 것뿐이다. 두목은 나에게 〈진하게 경험하는 분〉이라고 했다. 그러나 나는 진하게 경험하는 사람이 아니라 무력하고 비겁한 떠돌이에 지나지 못한다……. 두목 앞에서 문학과 철학과 음악과 미술을 아는 척하던 일을 떠올리면 식은땀이 난다. 미국과 일본에 대하여, 그 문화의 특질에 대하여 내가 쏟아 놓은 무수한 〈통찰〉은 나의 것이 아니다. 삶에 대한 두목의 진지한 자세와 문학에 대한 뜨거운 열정에 나는 여지없이 부끄러워지고 말았다. 이제야 두목에게 고백하게 된 것을 부끄럽게 생각한다. 사람이 되어 가는 데 필요한 세월로 보아 주었으면 고맙겠다. 나는 총명하지 못한 사람이라서, 두목이라는 사람이 어떤 인간인지 아는 데 세월이 필요했다. 이제야 고백하게 된 것을 죄송하게 생각한다. 이것도 두목이 이 삶에서 거둔 작은 승리로 보아 주었으면 좋겠다. 다시 말하지만, 나는 군대를 놀려 먹으려고 했던 것뿐이다.

군대를 구성하는 사람들을 놀려 먹으려고 한 것뿐이다. 그러다 두목까지 놀려 먹고 속여 먹게 되고 말았다. 버림을 받아도 두목을 원망하지는 않을 것이다. 당신은 아름다운 사람이었다…….

편지를 보내고 보낸 한 달 동안의 내 심정은, 실연한 사람의 심정과 비슷했을 것이다. 나에게 그는 연인이었다. 연인은 절교를 선언하고도, 절교를 선언당하고도 한동안은 그게 믿기지 않아서 편지통을 기웃거리는 법이다.

한 달 뒤에 그에게서 답장이 날아왔다. 문장마다 바뀌는 행, 거칠게 쓴 굵은 글씨, 오르내리는 글줄……. 그 역시 몹시 취한 상태에서 쓴 것임이 분명했다.

이 박사.

내가 당신의 다채로운 칭찬에 대하여 겸사의 미덕을 발휘하지 못하고 있는 것은 당신의 칭찬이 합리적이라든가 적절한 표현이라고 생각된다든가 하는 그런 종류의 만족감을 느껴서가 아닙니다.

나는 다만, 당신의 칭찬에 대하여 거기에 합당한 어떤 내재율에 도달하기 위한 노력으로 그것을 감수하고 있을 따름입니다.

나는 우리가, 서로를 칭찬하는 데 골몰하고 있다는 취약점을 지적한 일이 있습니다.

당신이 오 헨리의 단편을 오려 부칠 만큼 심각한 일은 일어나지 않고 있습니다.

앞으로도 그런 일은 있을 수가 없는 것입니다.

왜냐하면 우리들의 생애는 그런 싱거운 일로 시간을 낭비할 만큼 풍부하지 못하거든요.

당신의 편지를, 스물두 통을 소각하면서 나는 그 누구보다도 많은 편지를 읽을 수 있었던 행운에 관하여 감격하였습니다.

604

이 박사.

나는 당신을 내 친구 사이의 어떤 서열에도 끼워 줄 만큼 사랑하고 있습니다.

이야기는 그것뿐입니다. 김하일.

35
탈출 2

한가한 도서관 근무는 두 달 만에 끝났다. 단 본부 지역에 있던, 내가 소속되어 있던 중대가 외곽에서 근무하던 중대와 교체되었기 때문이었다. 우리의 새 중대는 단 본부에서 헬리콥터로 20분 정도 날아가야 했으니 아주 먼 곳이었다. 단 본부에서 중대로 통하는 육로는 없었다. 새 중대는 밀림 속의 섬이었다.

단 본부 비행장 헬리포트 옆에는 공수장이라고 불리던, 공중 수송 파견대가 있었다. 작전 중에 있는 전투대원들에게 군수품을 재보급하거나, 독립되어 있는 자부대에 보급품을 공중 수송하는 소규모 파견대였다. 이 공수장에는 여러 개의 분견대가 있었는데 그 수는 독립 중대의 수와 같았다. 공수장 파견 대원들은 매일같이 자부대에다 전투 식량과 식수와 탄약 같은 군수품을 헬리콥터 편에 실어 보냈다.

나는 중대장에게, 공수대원인 만큼 공중 수송 파견대에 남아야 한다고 주장했다. 그러나 그는 한마디로 거절했다.

「말 잘했다. 바로 네가 공수대원이기 때문에 나와 함께 있어야 하는 것이다. 너도 알다시피 우리가 옮겨 가는 중대는 밀림 속의 섬이나 마찬가지다. 우기가 시작되면서 석 달째 대규모 작전이 없어진 것은 너도 잘 알지 않느냐? 그런데도 그 기간 동안에 보충된 신병이 중대원의 30퍼센트를 이룬다. 내가 어떻게 이들을 믿고 중대를 지킬 수 있느냐? 대규모 작전을 경험한 노련한 전투병들이 필요하다. 나를 도와 주었으면 좋겠다.」

나는 결국 중대를 따라 밀림 속으로 들어가지 않으면 안 되었다. 만일에 시한부 작전이었다면 나는 기꺼이 그를 따라가 그와 함께 있을 수 있었을 것이다. 그러나 새 중대는 나에게 조직에 순응할 것을 요구하는 또 하나의 〈고여 있는 삶〉이었다.

나는 새 중대에서 일주일밖에는 배겨 내지 못했다. 독립 중대는 규칙상 드라이 유니트(금주 부대)였다. 그러나 내가 금주 부대를 배겨 내지 못한 것은 술 그 자체 때문이 아니었다. 금주로 상징되는 어떤 숨 막히는 분위기였다.

중대가 새 기지로 이동한 지 사흘째 되는 날, 나는 주당들을 불러 모으고, 박격포 포열을 닦는 데 쓰라고 친절하게도 미군이 보급해 준 메틸알코올을 나누어 마신 일이 있다. 적은 양이어서 다른 주당들에게는 문제가 발생하지 않았는데 그중의 한 대원이 심하게 구토하는 바람에 한밤중에 병원 헬리콥터가 날아 들어오는 사태로까지 발전해 중대장으로부터 심한 질책을 받았다.

「메틸알코올에 중독되면 장님이 되는 것은 운이 좋은 편에 속한다. 모르고 그랬던 것은 아닐 텐데, 대체 어쩌자고 이러느냐? 집단 중독으로 번졌다면 너는 총살감이었을 것이다……」

그는 이렇게 말하고 돌아서면서 〈에틸알코올이라면 또 몰라도……〉 하고 덧붙였다. 바로 그의 이 한마디 때문에, 내가 중대를 탈출한 뒤에는 많은 대원들이 에틸알코올을 훔쳐 마심으로써 위생병을 매우 난처하게 만들었다는 후문이 있었다.

내가 그에게 단 본부의 공수장으로 가고 싶다고 떼를 썼을 때, 그는 나를 협박했다.

「갈 재주가 있으면 가봐라. 여기에서 나가는 병력은 내가 발행한 보딩 허가증이 없는 한 어느 누구도 헬리콥터를 탈 수 없다. 빠져나갈 재주가 있으면 어디 한번 빠져나가 봐라.」

「만일에 제가 빠져나가면요?」

「공수장에서 살아라.」

나는 정확하게 사흘 뒤에 중대를 빠져나왔다.

공수장에서는 닷새마다 한 번씩 5백 갤런들이 물탱크를 헬리콥터에 매달아 중대로 보급해 주고는 했다. 중대에서는 빈 채로 공수장으로 나가는 이 물탱크에다 중대의 보급 계원은 단 본부에 반납할 보급품이나 수리를 요하는 장비를 넣어서 보내고는 했다.

나는 이 물탱크를 타고 탈출하기로 결심했다. 그러나 이렇게 하자면 결코 작지 않은 위험을 각오하지 않으면 안 되었다. 적이 종종 지상에서 대공 화기로 화물을 공격하곤 했기 때문이었다. 물탱크가 대공 화기의 공격을 받으면서 공중에서 물이 깡그리 새버린 일도 없지 않았다. 적이 헬리콥터 대신에 보급품을 공격하는 까닭은, 우리 같은 사병에게는 불가사의였다. 장교들은, 미군 헬리콥터가 공격을 당할 때마다 북베트남의 수도 하노이가 극심한 보복을 받기 때문이라는 말을 공공연히 했다.

또 하나의 위험은 공수장에서의 착륙이었다. 나는 헬리콥터의 조종사로 하여금 물탱크를 공수장에 착륙시킬 때 살며시 연착하게 만들지 않으면 안 되었다. 조종사들 가운데에는 빈 물탱크라고 난폭하게 떨어뜨리는 바람에 탱크가 우그러지는 일도 종종 있었기 때문이다.

나는 탈출 전날 밤에 전투 식량 상자를 뜯어 커다란 플래카드를 만들고, 거기에다 먼 곳에서도 잘 보일 수 있도록 큼지막한 글씨로 썼다.

〈탱크에는 고성능 첨단 장비가 들어 있음. 연착을 요망함.〉

헬리콥터 조종사 앞에 내밀어야 하는 만큼 물론 영어로 썼다. 나는 이 플래카드를 헬리포트 근무자에게 주고는 헬리콥터가 빈 탱크를 달고 이륙할 때 조종석 앞에 서서 조종사에게 보이되, 일단 헬리콥터가 이륙하면 범행의 증거물이 되는 만큼 인멸하라고 단단히 일러두었다.

그러고는 다음 날 새벽 헬리포트의 빈 탱크 속에 들어가 기다렸다. 탱크 속에 사람이 들어 있다는 사실을 알았더라면 모르기는 하지만 미군 헬리콥터 부대는 우리 단 본부에 대한 헬리콥터 지원을 심각하게 재검토했을 것이다. 기다리면서 사단 사령부 헬리포트의 갈대밭에서 모기에 뜯기던 생각을 했다. 빈 물탱크 속에는 모기가 없어서 좋았다.

헬리콥터가 이륙하는 즉시 나는 물탱크 속에서 노래를 불렀다. 단 본부까지는 약 20분이 걸리는 거리여서 좋아하는 노래를 10여 곡 부를 수 있어서 좋았다. 물탱크 벽에 울려 내 목소리는 카루소나 마리오 란차의 목소리처럼 들려서 썩 만족스러웠다. 노래를 부르면서 나는, 빈 항아리 속에다 머리를 처박고 노래를 불러 보던 어린 시절을 생각했다.

조종사는 〈고성능 첨단 장비〉를 가볍게 공수장에다 내려 주었다.

공수장 근무자가 물탱크를 두드렸다. 나도 안에서 두드려 신호를 보내 주었다.

「기지로부터 무전 연락을 받았어요. 아직 나오지 마세요. 헬리콥터가 이상하게도 안 가고 선회하고 있네요.」

프로펠러 소리가 멀어지자 그 공수병이 말했다.

「이제 나오세요.」

나는 물탱크 위로 고개를 내밀었다. 다섯 명의 공수병들이 함성을 지르며 미제 샴페인을 터뜨렸다. 공수장의 선임 하사는 질책하는 대신, 〈공수장에 근무하는 보람을 느낀다〉면서 내 손을 잡아 주었다.

중대가 이동하기 직전에 있었던 미스 코리아 위문 공연은 나에게 작은 상처를 입힌 사건에 속한다.

여덟 명의 미스 코리아들로 구성된 주월 한국군 순회 위문단이 단 본부에 도착하자 본부에서는 한 가지 이색적인 연출을 했다. 미녀마다 단 본부가 선발한 나이트(기사)를 하나씩 붙여 무대에 올린 것이다. 나의 레이디는 미스 재일 교포였는데 우리는 노래도 하고 춤도 추고 KFVN(주월 한국군 방송)에 나갈 인터뷰도 했다. 우리 팀의 별명은 〈두꺼비와 개구리〉였다. 한국어를 거의 하지 못하는 이 재일 교포 아가씨는 단 본부에 온 소감

을 묻는 종군 기자에게, 〈지저분한 것 같아요〉 하고 대답함으로써 더듬더
듬 그 말을 통역하던 나를 몹시 난처하게 했다. 단 본부의 귀빈 숙소에 하
루를 묵으면서 무수한 희망적인 코멘트로 내 가슴을 부풀게 했고, 뒷날
편지까지 보내게 했던 이 아가씨는, 〈한국인과의 결혼은 전혀 고려하고
있지 않다〉는 엉뚱한 사연을 후지 산이 그려진 엽서에 써 보냄으로써 나
를 매우 분노하게 하기도 했다. 나는 그 처녀를 계몽하려고 했던 것이지
프러포즈를 한 것이 아니었다.

나는 이 두 번째 탈출 상보를, 그 직전에 있었던 미스 코리아의 위문 공
연 실황 보고에 덧붙여 김하일에게 보낸 것 같다.

그에게서 답장이 왔다. 거칠어졌던 그의 감정이 아름답게 다듬어져 있
는 것 같아서 그렇게 반가울 수가 없었다. 그는 내게서 떠나지 않을 것임
이 분명해 보였다. 그가 준 희망은 당분간은 정복의 대상이 될 것 같지 않
은, 헛된 희망 뒤에서 고개를 내민 또 하나의 새 희망이었다.

이 박사.

이 종이의 윗부분을 살펴보시오. 구멍이 두 개 뚫려 있지요? 돛단배
가 떠 있는 어촌의 예쁜 색채 사진으로 표지를 하고 적어도 150매는 붙
어 있을 듯한 최신형 노트에서 쇠고리를 풀어내니까 이렇게 훌륭한 편
지지가 되는군요. PX 물건을 혐오하기 때문에 이 박사에게 편지를 쓸
때마다 손에 닿는 것이면 아무거나 사용하고는 했는데 이제 이 박사 제
대할 때까지 편지지 걱정은 안 해도 좋을 것 같습니다.

스물여섯 난 누이동생이 사다 준 노트입니다. 무엇이든지 쓰면서 지
내라는 동생의 배려입니다. 그 애는 나한테 면회 올 때 통닭과 원고지와
책을 사다 주는데 이번에는 이런 노트를 가져왔어요. 나는 확실하고도
정다운 격려 속에 살고 있는 셈입니다.

지난번 사진을 동봉한 답장을 받고 나는 당신의 〈두꺼비와 개구리〉
를 얼마나 부러워했는지 모릅니다. 베트남에 가 있기 때문에 향유할 수

610

있는 특수한 행운에 대하여 나는 원통할 뿐인데, 이번에는 또 공수 네트를 타고 기분을 냈다고요? 잘한 짓입니다. 마땅히 그래야지요. 나는 원통할 뿐입니다.

나는 당신이 제기하고 있는 수많은 문제들에 신선한 충격을 받았습니다. 나이가 스물다섯쯤을 넘어서면 대개의 사내들은 〈사랑〉이라든가, 〈어떻게 살 것인가〉라는 말을 입에 올리지 못합니다. 계면쩍거든요. 한민족이 가지고 있는 가장 나쁜 조로 증세입니다.

당신과의 사이에는 특별한 유대가 이루어져 내가 늙지 않고, 그런 계면쩍은 질문을 진지하게 제기할 수 있는 데 신선한 충격을 받습니다. 그래야만 하는 어떤 패턴에 접근하고 있다는 실감이 느껴집니다.

이 박사. 나는 당신을 사귀면서, 〈폐기할 수속조차 필요 없는 과거〉를 몽땅 내던져 버리고 싶어졌습니다. 새롭게 배우고 새롭게 사랑하고 새롭게 마시고 싶어졌습니다.

당신하고라면 만사가 잘돼 나갈 것 같습니다.

죽지만 말고(팔이나 다리가 하나쯤 부러지는 건 멋있다고 생각합니다) 빨리 귀국하시오. 김하일.

월남의 크리스마스 날 나는 정태우 병장과 함께 대나무 숲에서 모기에게 뜯기면서 맥주를 마셨다. 맥주를 마시고 나란히 서서 대나무 뿌리에다 오줌을 누는데, 힐끗 나를 곁눈질하던 정태우가 바지 앞을 여미면서 말했다.

「포경 수술을 받아야 하겠네요. 나한테 오세요. 무료 봉사 해드릴 테니까.」

자살에서 포경 수술까지…… 놀라운 진화였다.

수술을 받고 어기적거리며 공수장 막사에 이르렀을 때 강 병장이라고 하는, 선병질적인 문학도가 비아냥거렸다.

「비극의 주인공보다는 아무래도 그 편이 낫기는 하지요.」

「이 사람아, 염세주의자 철학도를 병원으로 끌고 가서 포경 수술을 받게 했더니 그다음 날부터 낙관론자로 돌아서더라는 이야기가 있네. 나도 그렇게 될지 모르잖나.」

　「하여튼 실망했소. 전투대원만 죽고 공수대원은 안 죽는 줄 아는 모양인데……. 재보급하는 공수대원 또한 적의 표적이 되는 수가 왕왕 있어요. 알겠어요? 전쟁은 끝난 게 아니라고요.」

　나는 그에게 씩씩하게 말해 주었다.

　「내일 세계가 종언이 된다고 하더라도 나는 오늘 한 그루의 사과나무를 심겠네.」

36
전장과 극장

  그 강 병장이 죽어 가는 과정을 처음부터 끝까지 본 것. 이것이 내가 월남에서 마지막으로 체험한 가까운 이웃의 죽음이다.
  다음 해 1월의 일이었을 것이다.
  강 병장은 소총을 거꾸로 멘 채 내 앞에 서서 탄창을 오른손으로 던졌다 받았다 하면서 말했다.
  「이 병장, 나 열무덤(10고지) 가 있다가 내일 이맘때 내려오겠어요.」
  「기어이 일을 저질러?」
  「한 달 전부터 생각하던 일이라고요. 열무덤의 장(長)도 허락했어요. 마침 그쪽으로 가는 헬리콥터도 있고.」
  「한 달 동안 겨우 그 연구했나?」
  「연구만 했나요? 공작도 했으니까 열무덤의 허락을 얻었지요.」
  「모를 일이군.」
  「전쟁터에서 포경 수술 한 낙관론자에게야 모를 일인 게 당연하지요. 선임 하사가 찾으면 적당하게 하루만 넘겨 주세요.」
  「알았어.」
  그러나 여전히 모를 일이었다.
  여가수인 애인이 주월 한국군 위문 공연단에 지원, 사이공에 도착했다는 편지를 받은 날부터 근 한 달 동안 강 병장은 통 마음을 잡지 못했다.

여가수는 분명히 편지에다 오로지 강 병장을 만나기 위해 공연에 자원했 노라고 밝히고 있는데도 불구하고, 강 병장은 자기 여자와의 뜨거운 재회 를 조금도 반기지 않았다.

여가수의 편지를 본 사람은 그와 나뿐이었다. 따라서 우리 공수장 파견 대에 강 병장의 여자가 위문 공연단에 들어 있다는 사실을 아는 사람은 우 리 둘뿐이었다. 공연단이 주월 한국군 예하 부대를 순회 공연하면서 우리 부대로 오고 있을 동안 나와 강은 은어로, 강이 여자를 만나야 한다느니, 못 만난다느니 하면서 입씨름을 여러 번 했다. 그러던 강이, 우리 부대 공 연이 일정이 확정된 날 느닷없이 열무덤 청음 초소로 올라가겠다고 나선 것이었다.

〈열무덤〉이라는 은어로 불리던 청음 초소는 높이가 10미터쯤 되는 전초 기지였다. 거기에 이르려면 보급 차량을 타고 수십 겹에 이르는 철조망과 자동 지뢰밭을 지나야 했기 때문에 대개는 헬리콥터로 드나들고는 했다.

나는 그를 돌려세워 간곡하게 타일렀다.

「너를 만나러 이 멀고 험한 곳까지 왔다고 하지 않던가? 목숨을 걸고 사 지로 건너온 이 열녀를 못 만나겠다고 하는 이유를 나는 정말 모르겠다.」

「싫소.」

「왜, 아름답지 않은가? 남자는 전쟁터에 있고 여자는 위문 공연단원이 되어……」

「집어치워요. 그래서 싫은 거니까.」

「여자 구경 못 하고 싸우는 애들에게 미안해서? 전례가 없다고 조금 고 심은 할 것이다만 지휘부는 위문 공연단 프리마 돈나의 소원을 수리해서 하룻밤쯤은 늬들을 자유롭게 해줄 거다. 절도 좋아하는 자들이니까 절도 있는 범위 안에서 말이다. 폼 나는 일 아니냐?」

「그만두시라니까.」

「너무 눈에 바셔서?」

「아니오.」

「이유가, 내가 이해 못 할 만큼 어렵고 복잡하면 설명 좀 해주라. 여자의 현실 감각이 징그러운 거냐?」

「……」

「여자가 자기 입장을 너무 극화시키고 있는 게 싫은 거냐?」

「그만두시라니까.」

「미스 박의 오늘 밤 공연은 주월 한국군 위문 공연사상 가장 구슬픈 공연이 되겠구나.」

「이유를 꼭 알고 싶소?」

「그래.」

「이거요.」

강 병장은 탄창을 주머니에 넣자마자 내 눈앞에 쑥떡을 날리고는 돌아섰다.

「임마, 너도 편지질 계속해 왔을 것 아냐.」

「그런 일 없소. 월남으로 오네 마네 하길래 오면 내가 죽어 버리겠다, 오더라도 나와는 만나지 못한다, 정 만나고 싶으면 이 병장을 만나라, 괜찮은 치다, 이런 내용의 편지는 보낸 적이 있지만.」

「그 대목에서 내가 왜 나와, 임마?」

「가르쳐 드리지 않았소?」

「선문답하고 자빠졌네. 기지에 공연이 있는 날이면 열무덤이 얼마나 위험해지는지 모르고 그러냐? 그 새끼들, 우리가 기지 극장에서 여자들 알몸 보면서 시시덕거리게 그냥 놔둘 것 같냐?」

「그래서 가는 거요.」

「미스 박이 기지에 도착하면 내게 물어볼 텐데 〈당신 보기 싫다면서 전초 기지로 떠났습니다〉, 그래?」

「그러기 싫거든 이 병장이 태극기 한번 꽂으쇼.」

「나를 왜 여기에다 엮어 놓았어, 이 친구야.」

「양놈 말 갈아타듯이 남자 잘 바꾸는 여잡니다. 한번 해보세요. 잘하면

615

임무 교대가 가능할지도 몰라요.」

「너도 뺄 만큼은 뺐어. 이 삭막한 땅에서 우리도 아름다운 풍경 구경 한 번 하자.」

「모르면 가만히 있어요. 이 여자가 나를 만나지 못하고 기지를 떠나는 것, 그게 가장 아름다운 풍경입니다. 자꾸 귀찮게 하니까 한마디만 아뢰지요. 나 여기에서 아주 깨끗한 사람이 되었어요. 동정남으로 거듭났다 이겁니다.」

「이 땡볕 시궁창에서?」

「그러니까.」

「시체 썩는 냄새가 푹푹 나는 곳에서?」

「그러니까.」

「여자를 만나면 더러워지나?」

「여러 말 마시오, 나 갑니다. 이 병장이 어떻게 행동했든 나중에 나에게 설명할 것은 없어요.」

오후 3시, 닌호아 사령부 쪽에서 날아온 대형 헬리콥터가 헬리포트에 내리자 알로하셔츠 차림에 색안경을 낀 공연단원들이 정훈 장교의 안내를 받으며 뒷문을 내려섰다. 기지 공연 담당 장교들은 부러 색안경을 쓰고 모양을 내고 기다렸다가 프로펠러 바람에 날아가지 않도록 한 손으로는 철모를 누른 채 단원들과 일일이 악수를 나누었다. 공수창 국기 게양대의 월남 국기 자리에는 노란 국기가 어느새 브래지어와 팬티로 바뀌어 게양되어 있었다. 공수장 지하 벙커 지붕 위에서 공수병들이 쌍안경의 차례를 다투면서 〈이이쁘다!〉 하고 간드러지게 소리를 질렀다.

대부분이 여자들인 공연단원들이 대기하고 있던 지프에 나누어 타고 귀빈 숙소로 간 지 오래지 않아 공수대원 하나가 벙커 문 앞으로 고개만 내밀고 나를 불렀다.

「전화여! 귀빈 숙소여, 귀빈 숙소!」

616

그는 〈귀빈 숙소〉라는 말이 음란한 표현이기라도 한 듯이 수줍어하면서 발음했다.

「유선이야, 무선이야?」

지하 벙커로 들어서자 그가 유선 전화 수화기를 내밀었다.

「정훈과 김 대위다. 강창일 병장이라고 거기 있나?」

전화 감도가 몹시 나빴다. 이유는 뻔했다. 귀빈 숙소라니까 혹시 공연단 여자의 목소리가 섞여 들리지 않을까 해서 교환들이 엿듣고 있을 터이기 때문이었다.

「……없습니다.」

「임마, 근무지가 거긴데 지금은 자리에 없다는 거냐, 그런 병사가 아예 근무하지 않는다는 거냐. 감이 어째 이 모양이야? 교환병들, 못 들어가?」

「……재송(再送)하십시오.」

「너보고 한 말 아니다. 근무지는 거기 맞아?」

「맞는데 지금 자리에 없습니다.」

「어디로 갔나?」

「강 병장은 직책상 단 본부 출입이 잦습니다.」

「가수 박미숙 양이 통화를 원한다. 네가 대신 통화하도록.」

「알았습니다.」

「여보…… 세…… 요.」

군용 전화 수화기를 통해서 듣는 〈여보세요〉는 생소하면서도 신선했다. 라디오를 통해서 듣던 것과는 목소리가 전혀 달랐다.

「키를 꼭 누르고 말씀하십시오. 말씀이 끝나면 키를 놓으세요.」

「여보…… 세요.」

「말씀하십시오. 강창일 군의 친구 이 병장입니다.」

「안녕하세요……. 잘 알고 있습니다.」

「먼 길 오셨습니다, 정말 먼 길 오셨습니다.」

「강창일 씨 어디에 있는지……. 제가 온다는 건 알고 있겠지요?」

「알고 있고말고요. 온 부대원이 다 아는걸요. 찾아 보겠습니다.」

「죄송하지만, 이 병장님께서 숙소로 와주실 수 있으신지요……」

「미안합니다. 주간은 업무로 매우 바쁩니다. 공연 직전에 무대 뒤로 찾아뵙겠습니다.」

「알았…… 습니다.」

나는 말을 잘못한 것이었다. 공연 직전까지도 강창일을 찾아내지 못할 것이라는 인상을 주었을 터이기 때문이었다.

그러나 나는 극장에 가서도 무대 뒤로 그를 찾아가지 않았다.

냉방 장치를 할 수 없어서 기둥과 무대와 지붕만 지은 거대한 극장은, 이동 외과 병원과 함께 지름이 3킬로미터쯤 되는 전투단 기지 중앙에 자리 잡고 있었다. 기지에서 버젓이 지상으로 솟아 있는 건물은 이동 외과 병원과, 병원의 영현 안치소와, 헬리콥터에서 내려다보면 흡사 사막 한가운데 놓인 파르테논 신전 같은 그 극장뿐이었다. 막사 대부분이 지하 벙커로 되어 있는데도 불구하고 이들 건물이 지상으로 올라와 있는 데엔 각각 나름의 까닭이 있다. 기지 외곽에서 이 극장과 병원까지의 거리는 대략 1.5킬로미터. 이 거리는 적의 주 무기인 로켓포와 소형 박격포의 유효 사거리를 벗어나는 거리였다. 따라서 지하로 들어갈 필요가 없었다. 영현 안치소가 지상 건물인 까닭은 설명할 필요도 없다.

운동장의 스탠드 같은 객석이 차자 9인조 악단이 무대 뒤쪽으로 나와 자리를 잡았다.

「부대, 차렷!」

무대 앞으로 나와 차렷 자세를 한 선임 상사의 구령에 병사들은 앉은 채로 부동자세를 취했고 전투단장은 무대 바로 앞에 놓인 안락의자에서 일어섰다.

「1천5백 명, 공연 준비 끝!」

「쉬어.」

「부대, 쉬엇!」

군대에서 쓰이는 말은 이렇게 엉터리였다. 기지 내의 인원은 모두 모아도 천오백 명이 되지 않았을 뿐더러, 설사 된다고 하더라도 공연 준비를 끝낸 것은 관객이 아니라 공연단원들이었다.

악장인 듯한 트럼펫 주자가 마우스피스를 입에 댄 채 천장을 올려다보다가 허리를 구부리는 것과 동시에 공연은 우렁차게 시작되었다. 홀랑 벗었다고 해도 좋을 여자들이 무대 양쪽에서 나와 춤을 추기 시작했다. 〈춤〉은 아니었지만, 춤이든 춤이 아니든 그것은 병사들과 아무 상관이 없었다. 〈춤〉을 구경하고 있는 병사는, 내가 알기로는, 거기에 하나도 없었다. 관객석 뒤에서, 조명 기사가 조명 기구를 기관총 파지하듯이 잡고 서서 무대에다 삼원색 조명을 똑바로 쏘아 대었다.

서주가 끝나자, 매끔하게 차려입은 사회자가 쪼르르 달려 나와, 쥐어박아 주고 싶을 만큼 매끄러운 말투로 주월 한국군을 찬양했다. 그러나 그의 찬양은 병사들의 야유 때문에 종종 끊어지고는 했다.

「조국 근대화의 초석이며…….」

「조즐…….」

「세계의 자유와 평화를 위해…….」

「조즐…….」

근처 이동 외과 병원에서 붕대로 머리를 싸맨 부상병, 휠체어를 탄 부상병, 목발 짚은 부상병들이 느릿느릿 극장 쪽으로 다가오고 있었다.

가수들이 차례로 나와 노래를 불렀다. 여가수가 나올 때마다, 입장료를 몸으로 떼는 병사들은 박수에 후했다.

두 번째 가수던가, 세 번째 가수던가. 가수가 마악 노래를 끝내는 참인데 기지 서쪽에서 폭음이 들려왔다. 두 번째 폭음이 곧 그 뒤를 이었다.

「셋, 넷, 다섯, 여섯, 일곱…….」 객석의 병사들은 이구동성으로 폭음을 헤아리기 시작했다.

열두 발.

적의 포격이었다. 포격이 끝난다는 것은 아주 끝나는 것을 의미했다. 몇 몇 사병들이 자리에서 일어나 종종걸음으로 기지를 떠났을 뿐, 극장 안은 대체로 평온했다. 적이 박격포로 공격해 오는 한 극장은 안전했다. 적에게는 기지 외곽에서 극장을 공격할 만큼 사거리가 긴 화기가, 우리가 아는 한 없었다. 경험이 있는 병사들이 태연하게 자리를 지킬 수 있었던 것은 적의 수법에 익을 대로 익어 있었기 때문이었다. 적은 어둠 속에다 박격포 한 대를 차려 놓고 여남은 발 연속으로 소사하고는 어둠 속으로 사라지고는 했다. 공격용 헬리콥터가 뜨고, 조명탄이 뜨고, 포대가 응사를 시작할 때쯤이면 적은 이미 그 자리에 없기가 보통이었다. 그래서 포격이 잠시 멎는다는 것은 아주 멎는다는 뜻이었다. 적은 극장에서 위문 공연이 있을 때 자주 본부 기지나 전초 기지를 포격함으로써 극장에서 관능적인 공연을 관람할 기회를 얻지 못한 야간 근무자들을 몹시 울적하게 만들고는 했다.

포격이 끝나고 나서야 포대의 곡사포가 기지 위로 낙하산 조명탄을 쏘아 올렸다. 낙하산에 달린 채 하늘에서 내려오면서 조명탄은 수많은 알대가리 그림자를 무대 위로 밀어 올렸다:

쌍둥이 자매로 이루어진 보컬 시스터스가 이따금씩 조명탄에 시선을 던지면서 노래를 불렀다. 위문 공연의 단골손님이었던 쌍둥이 자매는 포대가 포격을 시작했는데도 놀라는 기색을 보이지 않았다.

수송부 쪽에서 앰뷸런스가 한 대 굴러 와 이동 외과 병원으로 들어가자 당직 위생병들이 들것을 들고 우르르 외래과 병동 앞으로 달려 나왔다.

쌍둥이 자매가 1절을 부르고 간주를 기다리는데, 병원 쪽에서 권총집을 한 손으로 잡고 달려온 상사가 무대 위의 마이크를 낚아챘다. 악단은 간주를 그만두었고 쌍둥이 자매는 잠시 무대 옆으로 퇴각했다.

「긴급 입전(入電)입니다. 전초 기지 3개소와 기지 수송부가 포격을 받았습니다. 포병은 위치로! 이동 외과 병원 위생병들 위치로! 이상입니다.」

객석을 메우고 있던 전투병들은 이 늙은 하사관의 연설에도 박수를 보냈다. 머쓱해진 상사가 허리를 구부리고 지휘관석을 지나 내가 앉아 있는 곳까지 다가왔다. 단장을 비롯한 지휘관들과 포병들과 위생병들이 극장

620

을 빠져나갔다.

공연은 계속되었다.

무안을 당하고 내 옆으로 와서 선 상사에게 내가 물었다.

「공수단 이 병장입니다. 공격받은 전초 기지 3개소에…… 열무덤이 포함됩니까?」

「몰라. 나도 보고받고 방송한 것뿐이니까.」

「수송부는요? 앰뷸런스가 수송부 쪽에서 오던데요?」

「응, 너였구나. 참 별일이야, 별일. 수송부 운전병 두 놈이 말이다, 술을 퍼마셨는데, 한 놈은 배짱 좋게 도라꾸 적재함에 드러누워서 잤고, 또 한 놈은 겁이 많은 놈이라 도라꾸 시다마리 아래에 들어가 잠을 잤는데. 박격포탄이라는 놈이 글쎄 도라꾸 밑에 떨어졌대요. 밑에 있던 놈은 박살이 나고, 적재함에서 자던 놈은 멀쩡하고…… 별일이야, 별일…….」

이동 외과 헬리포트의 붉은 항공기 유도등이 빙글빙글 돌기 시작했다. 어디에선가 더스트오프가 부상병을 싣고 기지로 접근하고 있다는 뜻이었다. 무대 위의 조명등이 일제히 꺼지면서 수상한 음악이 흘러나왔다. 조명기사는 동그란 불빛 하나만을 무대 한구석으로 쏘고 있었다. 누드 댄싱 순서였다.

댄서가 옷가지를 하나씩 벗을 때마다 병사들은 한숨을 쉬었다. 위장복 차림의 수색대원들이 무대 앞으로 나가 댄서를 흉내 내어 몸을 뒤틀기 시작했다. 간호 장교 앞으로 다가가 표정을 살피다가 수색대장에게 뺨을 맞는 대원도 있었다. 병사들은 볼을 싸쥐고 들어가는 대원을 보면서 배를 잡고 웃었다.

「사람 죽이네…….」 댄서의 움직임을 좇던 대원 중 하나가 한숨에 섞여서 말했다.

색소폰 소리는 무희의 살을 비집고 들어가는 듯한 인상을 주었다. 이 조용하면서도 뜨거운 춤이 끝나자 사회자는 휘파람을 불면서 미친 듯이 날뛰는 병사들을 향해 재치를 부렸다.

621

「이 춤에는 원래 앵콜이 없습니다, 네.」

강 병장 애인의 차례가 왔다. 그의 인기는 누드 댄서의 인기를 앞지르는 것 같았다. 위문 공연단 가수 치고 누드 댄서의 인기를 앞지를 수 있는 가수는 지극히 드물었다.

「……아, 찬바람에 식을까 봐 두려워서 눈을 감았네…….」

1절이 끝나자 박(朴)은 한 손으로 가볍게 악단을 지휘하는 흉내를 내면서 극장 천장으로 시선을 던졌다. 헬리포트의 빨간 유도등 불빛이 빙글빙글 돌면서 극장 천장을 어루만지고 있었다.

무전기 옆에 앉아 있던 상사가 또 무대 앞으로 달려나가 마이크를 낚아채고는 고함을 질렀다.

「본부 중대원들 위치로! 번개 지구 발전병들 위치로! 수송부 전원 위치로! 서치라이트병 위치로! 이상!」

박이 2절을 시작하는 참인데 헬리콥터 프로펠러 소리가 들려왔다. 헬리콥터는 극장 위를 지나 똑바로 헬리포트로 내려왔다. 박은 가슴을 안고 미친 듯이 노래를 불렀지만 가엾게도 그 소리는 우리 귀에 들어오지 못했다. 프로펠러가 일으킨 모래바람이 극장 안으로 쳐들어왔다. 박은 노래를 그만두고 무대에 선 채로 헬리콥터를 내려다보았다. 이동 외과 병원 위생병들이 헬리콥터에서 내려진 부상병을 들것에 실고 외래과 쪽으로 걸었다.

「위생병 놈들 동작 좀 봐.」

행정병인 듯한 병사의 말에 전투병인 듯한 병사가 대답했다.

「죽었다는 뜻이야. 위생병들은, 살릴 가능성이 있는 부상병이 아니면 뛰지를 않아.」

프로펠러가 회전 속도를 줄이자 박이 곡목을 바꾸어 「마음은 샌프란시스코에 두고」를 불렀다. 앞자리에 앉아 있던 미군들이 기립했다. 연락 장교단의 한 미군 장교는 통로로 나와 여자를 안고 춤을 추는 시늉을 했다.

헬멧을 벗어 든 헬리콥터의 조종사, 부조종사, 군의관이 장갑을 벗어 견장에 찔러 넣으며 극장 쪽으로 걸어왔다. 세 장교 중 하나는 샌프란시스

622

코를 노래하는 박을 보고는 의외라는 듯이 어깨를 으쓱해 보였다. 조종사는 소형 무전기를 견장에다 걸고 헬리콥터에 남아 있는 기관총 사수와 교신하면서 장갑으로 비행복 바지를 툭툭 털었다.

나는 군의관 쪽으로 다가갔다. 그는, 시선은 무대에다 둔 채 손으로는 비행복의 핏자국을 장갑으로 닦아 내고 있었다.

「어디에서 왔습니까?」

내가 묻자 군의관은 전초 기지 쪽을 가리켰다.

「사상자는 얼마나 됩니까?」

「온리 원 킬드(하나밖에 안 죽었어).」

「밖에? 하나도 너무 많소.」

군의관은 싱긋 웃었다.

「총격으로 인한 사망이오?」

「아니, 프래그먼터리(파편상), 이제 그만합시다.」

위문 공연은, 헬리포트 쪽으로 이따금씩 시선을 던지던 프리마 돈나의 노래와 함께 끝났다. 위문 공연이 있는 밤에는 PX가 바빴다. 위문 공연단의 누드 댄서가 퍼뜨린 전염병의 대증 요법으로 술은 탁효가 있었다.

천천히 걸어 공수장 지하 벙커로 돌아왔을 때 선임 하사는 무전기 앞에 앉아 있었다. 대원은 하나도 보이지 않았다.

그는 나를 보자 화부터 내었다.

「도대체 어디에 처박혀 있었나?」

「지휘관석 바로 뒤에. 처박혀 있었던 게 아니고 앉아 있었어요.」

「잘한다, 잘해.」

「찾았어요? 왜요?」

「극장에 있었으니 헬기 날아오는 것도 봤겠구나.」

「봤지요.」

「어디서 날아왔는지 아나?」

「전초 기지랍디다.」

「열무덤이다. 누가 당했는지 알기나 하나? 본부에서는 난리가 났다. 공수장에 있어야 할 공수병이 왜 전초 기지에 있었느냐, 이거야.」

나는 침대 위에 던졌던 철모를 다시 주워 쓰면서 다급하게 물었다.

「어딥니까? 의무 중댑니까? 매쉬입니까?」

의무 중대에 있으면 경상, 이동 외과에 있으면 중상이었다.

「의무 중대 좋아한다. 이동 외과 병원이다…….」

후다닥 벙커에서 뛰어나오는 내 뒤통수에다 대고 그가 덧붙였다.

「……그것도 영현 안치소. 뙬 거 없다.」

영현 안치소는 병원 남쪽 바닷가에 지상으로 솟아 있는 검은 판잣집이었다. 영현 안치소는 지하로 들어갈 필요가 없었다.

벽 중앙에 걸린 태극기. 그 앞 탁자에 놓인 촛대와 향합(香盒)……. 안치소 비품의 전부였다. 태극기 아래에는 검은 방습포 자루에 싸인 영현 두 구가 들것을 칠성판 삼아 반듯이 누워 있었다.

염불하는 흉내를 내고 있던 동료 공수병 하나가, 길이가 두 뼘이 넘는 월남향을 건네주었다.

「어느 쪽이야?」

내 물음에 그가 퉁명스럽게 대답했다.

「알아서 뭐하게? 소속을 따져서 향 피우는 데도 차등을 두게? 나머지 하나는 트럭 밑에서 자다가 박격포탄을 맞은 억세게 재수 없는 사나이다…….」

「염불은…….」

「염불을 해야 시신이 안 굳는대…….」

「내일 아침이면 냉동실에 들어간다. 안 굳게 해서 어쩌게?」

「향이나 피워. 그래도 선임 하사 다음은 자네 아니었나? 이 친구 열무덤으로 못 올라가게 할 수 있었던 사람은…….」

「열무덤 간다고 다 죽나?」

「술이나 마시자. 단장께서 하사하신 술, 합법적으로 취하게 마시기도 쉽지 않다.」

우리는 그날 밤새도록 독주를 마셨다. 나는 마시면서, 4과장(군수과장)이 하사한 술을 마시며 대전차 지뢰에 찢긴 시신을 염습했다는 김하일의 편지 내용을 생각했다. 그는 소주를 마셨을 테지만 우리에게는 영국제 위스키가 나와 있었다. 영현 보초 앞으로는 단 본부에서 술이 나왔다. 기지 안에서 밤새도록, 그것도 단장이 지급한 술을 합법적으로 마실 수 있는 군인은 오로지 영현 보초뿐이었다.

주월 한국군이 생기고 나서 해산되기까지, 수만 리를 날아온 애인을 5백 미터도 안 되는 귀빈 숙소에다 두고, 시체가 되어 영현 안치소에 누워 있어 본 주월 한국군은 아마 강 병장뿐이었을 것이다. 전례가 없다는 장교들 손에 덜미를 잡혀, 수만 리를 날아와서도 죽은 애인의 얼굴도 못 보고 공연 스케줄에 등을 떠밀려 울고 자빠지고 하면서 헬리콥터를 탄 여자도 아마 미스 박뿐이었을 것이다.

이동 외과 병원의 위생병 정태우로부터 강 병장이 사실은 지독한 시필리스(매독) 환자였다는 사실을 안 것은 강 병장이 냉동실로 실려 간 뒤의 일, 미스 박이 닌호아의 어느 부대로 떠난 뒤의 일이다. 진짜 쇼를 한 것은 미스 박이 아니라 강창일이었다는 사실을 안 것도 그때의 일이다.

나는 아직까지도, 강 병장이 과연 아름다운 사람이었는지 아니면 그 반대였는지 논리적으로 설명할 길이 없다.

37
다시 빈 들로

1월 말에 나는 본국 포상 휴가 길에 올랐다.

내가 보여 준 편지만 읽고도 김하일에게 홀딱 반한 정태우 병장은, 김하일과 함께 피우고 마시라며 담배와 최고급 위스키 두 병과, 내 여행을 위해 미국제 샘소나이트 트렁크까지 하나 사주었다. 뚜이호아에서 헬리콥터로 나트랑으로 갔다가, 나트랑에서 다시 사이공으로 날아가 여기에서 미 육군 전세기를 타고 오산 기지에 내린 날 경기도의 기온은 영하 12도였다. 섭씨 39도를 오르내리던 사이공에서 산 월남제 비닐 가방은 기온이 영하 12도인 오산 기지에서 군용 버스 문에 부딪히자 유리처럼 부서졌다.

가장 만나고 싶던 사람은 김하일 병장이었다. 나는 서울에 있는 하인후의 하숙에 짐을 푼 다음 날, 정태우가 사준 담배와 위스키를 들고 부대로 그를 찾아갔다. 그러나 그는 없었다. 그가 소속되어 있던 중대의 중대장은 나에게 이런 말을 들려주었다.

「참 좋은 분이었는데, 상관 폭행으로 구속되었어요. 소위를 두들겨 팼던 거지요. 같은 장교 입장이라서, 그분이 소위를 두들겨 팬 경위를 설명하는 것은 적절하지 못할 것 같군요.」

「사단 사령부 영창에 있을까요?」

「육군 교도소로 넘어갔어요.」

나는 그의 편지 구절을 떠올렸다.

……늘 호랑이처럼 사병들을 몰아세우기만 하는 인상파 높은 분이 어느 날 우리를 몰아세워 놓고는 돌아서서 코를 푸는 모습을 보여 주었는데, 나는 그날부터 그만 그 사람을 사랑하지 않을 수 없었습니다.

나는 마음에 들지 않는 놈은 꼭 한번 때려 주어야 한다는 방침을 실행하고 있는데 이따금씩 인간에게는 결코 실망할 일이 아니라는 생각도 들고는 한답니다. 이 박애주의가 식어 버리기 전에 결심을 다지고 남은 군대 생활에 사고가 없도록 각별히 주의하겠습니다. 요새 사고 연발이거든요…….

이런 편지를 보낸 직후, 1월 말에 나타날 것이라는 내용의 내 편지를 받은 직후 그는 구속된 것이었다. 그의 고등학교 후배이기도 한 중대장은 육군 교도소에서 그를 면회하는 것은 불가능할 것이라고 말했다. 김하일에 대한 정태우 몫의 예물인 술과 담배를 그가 근무하던 위병소에 남겨 두고 그 부대를 나섰다.

손꼽아 기다리던 열흘 간의 본국 휴가는 이 참담한 사건으로 시작되었다가, 만나기를 바라지 않는다는 재인의 진심을 확인하는 것과 함께 끝났다. 인후의 하숙방에는 재인의 메모가 이렇게 남아 있었다.

……지금 그를 만나서는 안 된다. 그는 아직 온전하게 돌아온 것이 아니다. 마로를 그에게 보여 주지 못한 것이 미안하다. 이제 내 집에 그의 자리가 없다는 말을 하는 것은 아직 온전하게 돌아오지 못한 그에게는 너무 잔인할 것인가. 나는 그를 위해서 기도하기 시작했다. 그의 기도가 다시 시작되게 해주시기를 기도하기 시작했다……. 한재인.

본국 휴가 기억 중 내 뇌리에 선명하게 남아 있는 것은 이 두 개의 울적한 사건에 관한 기억뿐이다. 단 본부로부터 받은 휴가비 150달러가 내 조국에서 어마어마한 구매력을 과시하던 일도 울적한 추억에 속한다. 지금의 환율과 물가로 치면 한자리의 술값도 채 되지 못할 이 돈이 당시 서울에서는 중견 월급쟁이의 한 달 봉급 노릇을 하지 않았나 싶다. 마셔도 마셔도 주머니는 비지 않았으니까.

나는 열흘 뒤에 오산 기지에서 비행기로 오키나와에 있는 가테나 기지로 갔다.

나에게는 오키나와에 오랜 숙제가 하나 있었다. 〈히메유리 탑(白百合塔)〉이라고 불리는 탑을 한번 보고 싶다는 것이 그것이었다. 내가 일종의 위령탑 같은 이 탑에 관해서 읽은 것은 1966년의 일일 것이다. 고미카와 준페이(五味川純平)의 『전쟁과 인간』이라는 소설은 오키나와 함락 당시, 거기에서 일하고 있던 백여 명에 이르는 백의의 종군 간호원들이 미군에 항복하기를 거절하고 절벽 아래로 몸을 던짐으로써 옥쇄한 사건을 상세하게 묘사하고 있었다. 민족 감정과는 전혀 상관없이 나에게는 그 광경 자체가 더할 나위 없이 비장한 아름다움이었다. 그 뒤로 나는 탑의 모양과 절벽의 모양을 여러 가지로 상상하고는 했다.

그러나 나는 가테나 기지 밖으로 나갈 수 없었다. 여권이나 비자 대신보딩 패스밖에 없는 군인인 데다 통과 여객에 지나지 않았기 때문이었다. 가테나에서 하루를 묵으면서 다행히도 어렵게 구한 관광 안내 사진에서나는 당시의 〈히메유리 탑〉의 사진을 찾아내어 볼 수 있었다. 탑은 작았지만 그들이 투신했다는 절벽은 무시무시하게 높고 그 아래의 바위와 바다도 상상했던 것보다는 훨씬 험악했다. 그 절벽을 부여의 낙화암과, 간호원들을 백제 의자왕의 3천 궁녀와 견주어 보고 있자니 쓰디쓴 느낌을 삭일수 없었다.

그런데 그로부터 20년 뒤인 1990년에 이 간호원들의 이야기를 그린 일본의 흑백 영화 「히메유리」를 본 적이 있다. 놀랍게도 흑백 영화는 1950년대 초에 제작된 것이었다. 나는 근 40년 전에 만들어진 이 영화의 이미지와 1966년에 내가 상상하던 이미지와 1970년에 본 흑백 사진을 비교하면서 나는 내 상상력이나 기억이 현실을 얼마나 왜곡시키고 있는가를 확인하고는 했다. 여기에 또 하나의 이미지가 덧붙여진다. 1991년, 진주만 피격 50주년을 맞은 미국이 이 히메유리 사건을 특집으로 보도하면서 간호원들이 투신한 그 절벽을 컬러 필름으로 장엄하게 보여 준 것이다. 내 머리에서 지금 히메유리의 이미지는 엄청난 혼란을 일으키고 있다. 언제 어떻게 본 히메유리가 내가 생각하던 것과 가장 가까운 히메유리인지도 모를 지경이 되어 버리고 만 듯하다.

오키나와는, 김중태라는 논픽션 작가의 『오키나와 한국인 학살기』에 따르면 시카야마(鹿山)라고 하는 일본군 중위를 비롯한 일본군 장교들이 수많은 조선인을 학살한 섬이다. 따라서 그런 사실을 밝히고 일본의 책임을 묻는 작업보다 다분히 일본적인 미학이 과장되고 일본의 비극만이 돋보이게 그려진 히메유리의 이미지에 관심을 갖는 것은 적절하지 못하다.

그러나 내가 히메유리에 대해 이토록 장황하게 쓰는 것은 전후 처리와 민족 감정의 문제에 대한 해법과는 아무 상관이 없는 지극히 개인적인 관심 때문이다. 히메유리에 대하여 내 뇌리에 남아 있는 다섯 이미지 간의 거리와, 내가 장차 가서 촉진(觸診)하게 될 히메유리 관련 유적의 실상과의 거리 점검은 내 기억과 실상 사이의 상징적인 거리 점검이 될 것이다. 히메유리가 나에게 경험하게 하는 것은 일종의 시간 여행과 같은 것이다.

오키나와에서 필리핀의 클라크 기지로 날아간 나는 거기에서 일박하고 다시 월남의 탄손누트 공항과 캄란을 거쳐 뚜이호아로 들어감으로써 이 상심의 휴가를 끝냈다. 내 짐의 대부분을 이루는 것은 사랑하는 사람들이 월남에서 전우들과 먹으라고 싸 준 고추장이나 된장이나 김이나 오징어 같은 순 조선식 먹을거리가 아니라 쓸쓸하게도 여러 개의 공항을 거쳐 다니면서 사 모은 페이퍼백 읽을거리였다.

상심의 휴가에서 귀국한 직후 이 순 조선식 먹을거리와 관련한 재미있

629

는 추억이 있다. 〈문화 충격〉이라는 말을 들을 때마다 나는 이 에피소드를
떠올리고는 한다.

　본국의 어머니들은 월남에 있는 아들에게, 내가 앞에서 든 먹을거리를
자주 보내 주고는 했다. 공수장에 있던 한 전라도 출신 공수병은 어느 날
고향의 어머니로부터 맵기로 소문 난 순창 고추장 한 통이 부쳐져 오자 고
맙게도 이것을 나에게도 나누어 주었다.

　3월의 어느 날 공수장 막사 앞에서 나는 본국 휴가 중에도 먹을 기회가
없던 이 고추장을 들여다보고 있었다. 그런데 단말 통신대장인 미군 장교
가 지나가다가 나에게 무엇을 그렇게 보고 있느냐고 물었다. 나는 조금
과장해서 그에게 설명해 주었다.

　「이것은 고추장이라고 하는 것인데, 옛날에는 왕실 진상만 담당하던 아
주 유명한 지방의 귀한 특산물이다. 우리는 이 고추장으로 비빈 밥을 아
주 맛있게 먹는다, 시도해 보겠느냐?」

　그는 고개를 끄덕였다. 나는 그 고추장으로 밥을 비비고는 숟가락을 하
나 그에게 내밀었다. 우리는 이렇게 해서 고추장에 비빈 밥 그릇을 사이에
두고 마주 앉았다.

　내가 먼저 먹었다. 순식간에 이마에 땀이 배었다. 내가 하는 대로 고추
장에 비빈 밥을 한 숟가락 퍼서 입안에 넣는 순간 그의 두 눈동자가 눈 가
운데로 모였다. 목 졸려 죽어 가는 사람의 표정은 아마 그때 그가 지은 표
정과 비슷할 것이다. 그는 벌떡 일어나면서 허리춤에서 권총을 뽑아 내 머
리를 겨누었다. 벌떡 일어나면서 손을 들지 않을 수 없었다. 고추장 때문
에, 권총 때문에 진땀이 흐르는 가운데 몇 초가 흘렀다. 공수장 막사에서
동료들이 내 쪽으로 걸어오다가 일제히 걸음을 멈추었다. 중위의 권총 앞
에서 내가 손을 들고 있었기 때문이다.

　내가 먼저 웃었을 것이다. 그 역시 웃으면서 권총의 격철을 가만히 제자
리로 되돌리고는 입술을 쥐어뜯었다. 내 동료들은 그제야 사정을 알고는
모래밭을 구르면서 웃었다. 그 중위는 나에게 〈정말 나를 죽이려고 그러

630

는 줄 알았다〉면서 용서를 빌었다. 그는 세상에 태어나서 그렇게 지독한 음식은 먹어 본 적이 없다고 했다. 나는 지금도 고추장만 대하면 월남에서 권총 맞아 죽을 뻔했던 그 사건을 떠올리면서 고소하고는 한다.

공수장은, 적어도 나에게는 군대가 허용할 수 있는 가장 이상적인 삶터였다. 하루에 혹은 이틀에 한 번씩 단 본부 군수과가 실어다 주는 탄약이나 군수품 같은 것들을 공수 네트에 옮겨 실어 헬리콥터에 매달려 보내는 일이 간단했던 것은 아니었다. 그러나 다섯이나 되는 우리 공수병들은 적절하게 업무를 분담했으므로 얼마든지 자유롭게 지낼 틈을 여투어 낼 수 있었다.

혼자 있고 싶으면 얼마든지 혼자 있을 수도 있었다. 읽고 싶으면 얼마든지 읽을 수도 있었다. 다른 도시로 여행하고 싶어지면, 한 일주일간 동료의 업무까지 도맡아 해주고는 몰래 헬리콥터를 타고 나갈 수도 있었다. 당시 공수장에 있던 우리에게 미군의 헬리콥터는 서울의 택시와 별로 다를 바가 없었다. 데니스 사킬라디 하사에게 총탄이 관통한 수통을 주고받은 소형 냉장고에서는 싸늘한 맥주가 떨어지는 날이 없었다. 내 냉장고가 공수장의 대여 금고 노릇을 했기 때문이었다.

건기와 함께 대규모 작전이 시작되자, 우리는 우기가 계속될 동안 누릴 수 없었던 우리 공수장의 사치를 다시 누릴 수 있어서 좋았다. 그것은 재보급 작전이었다. 공수병들은 작전 지역에서 요구하는 보급품을 마련했다가 사나흘 만에 한 번씩 헬리콥터를 타고 들어가 작전 지역에다 투하하고는 했는데, 우리들에게 이 공중 수송 작전은 긴장 상태의 조성 수단이기도 했고 해소 수단이기도 했다. 위험이 따르지 않는 것은 아니었다. 그러나 바로 적당하게 위험하기 때문에 우리는 공수장의 자유를 맘껏 누리면서도 전투대원들에 대한 죄의식은 느끼지 않아도 좋았다. 몇 차례의 공중 수송 작전에 참가하면서 나는 죽음의 공포라고 하는 것도 세월이 지나면 일종의 면역성을 획득해 나간다는 사실을 확인할 수 있었다. 나는 그제야 월남인들이 그렇게 오래 계속되는 전쟁에도 질식하지 않는 이유를 납득할 수 있었다.

1970년 봄에 귀국한 정태우 병장에게서 편지가 날아왔다.

당시 월남의 귀국병들에게는 쌀 서너 섬은 실히 들어갈 사물 상자를 하나씩 본국으로 들여갈 수 있는 자유가 허용되어 있었다. 많은 병사들은 이 상자를 텔레비전을 비롯한 고급 면세 전자 제품으로 채웠다. 국내외의 달러 구매력이 엄청난 차이가 나던 이 시절 귀국병들은 이런 물건을 국내로 들여가 상당한 금액의 차액을 챙기는 것이 보통이었다.

이동 외과 병원의 위생병들은 모두 부자가 되어 귀국하는 것으로 알려져 있었는데도 불구하고 정태우 병장은 국방색 수건 한 장만 목에 두르고 귀국했다. 나는 그에게 술을 가르친답시고 내 월급은 물론 그의 월급까지도 깡그리 마셔 치웠을 것이다.

나에게 보낸 편지에 그는 이렇게 쓰고 있다.

〈……나는 월남이라는 학교에서 많은 사람들을 만났습니다. 이 사람들이야말로 바로 내가 월남에서 가져온 수표입니다. 이 수표는 절대로 부도가 나지 않을 것이라고 나는 확신합니다……〉

나는 그해 초여름 월남을 떠나 열흘 만에 부산에 도착했다.

부두는 마중 나온 가족들의 눈물바다가 되었다. 나는 떠날 때 그랬던 것처럼 혼자여서 눈물 같은 것은 흘리지 않아도 되어서 호젓했다.

대구에서 짧은 휴가 기간을 보내면서 나는 정태우에게 편지로 귀국을 신고하고, 김하일의 옛집이라고 짐작되는 곳으로도 편지를 보내 두었다.

월남에서 귀국했지만 나에게는 한달 간의 군대 생활이 더 남아 있었다. 나는 이 기간을 임진강 변의 어느 관측소에서 보냈다. 민통선이라고 불리던 민간인 통제선을 지나야 하는 이 부대는 임진강의 철책선을 지키는 부대이기도 했다. 우리 관측소와 북한군의 관측소는 5백여 미터밖에 떨어져 있지 않았다. 나의 임무는 포대경으로 그들의 동향을 관찰해서 일지에다 기록하는 일이었다.

나의 적이 어느새 월맹군 게릴라에서 내 동포로 바뀌어 있다는 것을 인식하게 되는 순간, 나는 비로소 〈적〉을 정의하는 집단과 그 적을 맞아 피를 흘려야 하는 집단 사이에 나 자신이 서 있었다는 것을 깨달았다. 월남의 근무 기록이 부끄러워지기 시작한 것도 이즈음이었다. 그것은 가설극장에서의 근무 기록이었다. 그 근무 기록이 치열하였으므로 더욱 부끄러웠다. 우리들의 움직임을 일일이 읽고, 때로는 위로하고 때로는 회유하는 북한군의 중계방송은 나를 슬프게 했다. 이 슬픔은 그들로부터 개인적으로 위로를 받은 날 절정에 이르렀다. 관측소에서 조금 떨어진 바위에 앉아 지나간 날의 열정을 일일이 떠올리며 부끄러워하고 있는 나를 향하여 아름다운 여인의 음성은 확성기를 통하여 이렇게 말했다.

「거기 바위 위에 앉아 있는 병사는 무엇을 그렇게 골똘하게 고민하나요? 장교 놈들에게 맞았나요? 하사관 놈들 때문에 배를 곯고 있나요? 거기 바위에 앉아 있는 병사를 위하여 아름다운 관현악곡을 들려 드리겠습니다. 제목은 〈원쑤의 배아지에 죽창을 박자〉……」

김하일로부터 편지 한 장이 유탄처럼 날아들었다. 정신이 번쩍 났다.

이 박사.

나를 긍휼히 여기어 이 사내의 재생을 뜨겁게 축복해 주시오. 우리들은 어떤 운명의 힘에 의해서가 아니라 서로의 사랑하는 의지로 이렇게 다시 만날 수 있게 되었습니다. 그동안 뜸을 들이는 바람에 당신한테 하고 싶은 이야기가 너무너무 많이 밀려 있습니다.

지난 6월에 출감, 7월에 제대했습니다. 벌써 한 달 반이 지났군요. 보고 싶었던 사람들을 모두 만나 보고 살아 있는 것만으로도 충분히 행복할 수 있는 시간이었습니다.

갑자기 구속되는 바람에 당신의 편지 뭉텅이를 포함한 군대 보따리를 잃어버린 것이 못내 서운합니다(당신의 편지 보따리의 운명은 참으로 기구하군요). 제대하자마자 부대에 쫓아갔지만 당신이 들러 갔다는 안타까운 이야기뿐, 내 귀중한 재산은 하나도 건지지 못하고 말았습니다. 마침 베트남에 가 있는 내 친구가 당신이 근무했던 대대의 정훈관으로 근무하게 되어 연락을 했더니 당신은 귀국해 버리고 당신의 중대에도 주소를 아는 사람이 없다는 통보를 받고 나는 당신을 거의 단념하고 있었답니다.

대학을 중도 작파한 데다 군대 문제로 혹마저 한 개 붙어 있기 때문에 정상적인 취직은 어려운 것 같습니다. 전에 몸담았던 영화계는 불경기의 타격으로 빈사 지경이고 사회 전반에 걸쳐 고용 인원을 되도록 감축하는 추세이기 때문에 나는 고심하고 있습니다. 두목답지 않게 무슨 뚱딴지 같은 소리인가 의아스럽겠지만 내가 무엇을 목표로 살아갈 것인가와는 상관없이 무조건 한 달에 2만 원 이상을 벌어들이지 않을 수 없는 형편입니다. 혹심한 수형 생활에서 건강을 상했고 취직을 해야 한다는 강박 관념 때문에 나는 급속도로 쇠약해지고 있는 것 같습니다.

솔직하게 이야기해서 당신과 걱정을 나누고 싶은 건 아닙니다. 내가 생각해도 우습도록 〈자유〉 그 이후가 이렇게 부조리하군요.

그렇지만 당신을 다시 만나게 되어 기운이 납니다. 행운의 전조입니다. 이제 우리는 차분하게 밀월을 즐길 수 있게 되었습니다.

오래전에 이곳 상당한 변두리로 이사했습니다. 편지가 와 있을까 해서 전에 살던 집에 동생을 보냈더니 이렇게 당신을 만나게 되었군요.

제대가 언젠가요? 김하일.

내 편지 중에서 지금 남아 있는 것은 김하일의 집으로 날아간 것들뿐이다. 인멸과 실종의 운명을 피한 기구한 내 편지를 뒷날 다시 읽으면서 나는 내가 뱉어 놓은 가래침을 보고 있는 듯한 느낌을 삭일 수 없었다. 그의 수중에 남아 있는 편지에 따르면 나는 그에게 이렇게 써 보내고 있다.

두목

두목이 어렵게 어렵게 취직이 된 곳에서 첫 번째 월급을 받던 날 나도 천 원 남짓한 봉급을 받았습니다. 현역병으로는 마지막으로 받는 봉급입니다만 욕심 같아서는 봉급으로는 아주 마지막이었으면 싶군요.

며칠 전에는 미친 마음이 도져 일등병 하나를 두들겨 패고는 이틀 동안 기가 죽어 있습니다. 점잖게 타일러도 말을 듣지 않길래 따귀나 한 대 치려고 했는데 이 녀석이 내 손을 턱억 잡는 겁니다. 나도 모르는 사이에 손을 잡힌 채로 팔꿈치로 돌려 쳐버렸는데 이빨이 두 대나 나갔어요.

문제는 그다음에 터졌어요. 일등병 녀석은 쫓아가서 하사에게 일렀고 하사는 어떻게 맞았느냐고 물었겠지요. 아마 일등병은 이 병장이 따귀를 때리려고 하길래 손을 잡아 버렸다고 대답했던 모양이지요. 〈새카만 일등병 놈이 누구의 손을 잡아?〉 하사는 이러면서 이 녀석을 반쯤 죽여 놓았군요. 일등병 녀석은 나보다도 더 기가 죽어 있는데 불쌍해서 죽겠어요.

군대 감옥에는 아직 한 번도 안 들어가 봤지만 별로 장한 일은 아니라고 생각하고 있습니다. 나는 비겁해서 감옥에 들어가지 못했던 것이지 관대해서, 잘 참아서 안 들어간 것은 아닐 겁니다. 우리의 친애하는 이 군대도 그것을 시인해야 할 것입니다. 외모를 찾지 않고, 세계 앞에 혼자 벌거벗고 나설 수 있던 참 용감한 사람들은 그때 모두 감옥에 있었다는 것을 군대는 알아야 할 것입니다.

이달의 마지막 토요일을 기억해 주셔야 합니다. 어떻게 살아갈지는 잘 모르겠습니다만 두목의 분위기를 좀 읽어 보면 좋은 수가 생길 것 같습니다. 이유복.

그에게서 답장이 날아왔다. 군대에서는 마지막 받게 되는 답장이었다.

짤막한 사연에 긴 이야기가 담겨 있었다.

이 박사.

이 달의 마지막 토요일이라고 했지요?

우리들의 군대 생활이 늦가을 햇볕처럼 그렇게 비장하게 저물어 간다고 생각하지 않아요? 기막히게 즐거운 일입니다. 당신이 뛰어나온다는 일은…….

나는 우정의 연금술사는 못 되지만 그것을 예술로 알고 성실하게 노력할 수 있는 사내입니다. 그러지 못했다고 일축하지는 마시오. 군대에서 나는 너무 불행했으니까요.

자유의 혼을 가진 당신이 신천지로 나와 일구는 어떤 종류의 설계에도 기꺼이 뛰어들어 당신을 기쁘게 할 생각입니다.

목을 길게 늘이고 앉아 당신을 기다리고 있습니다. 김하일.

제대하는 날, 내가 소속되어 있던 철책선 부대 중대장은 자기 부대에서 겨우 한 달을 근무한 나를 위하여, 계급이 겨우 병장인 나를 위하여, 자기와 함께 중대를 사열하는 영광을 안겨 주었다. 내가 어떻게 눈물 없이 그 아담한 사열의 영광을, 노예가 공민이 되는 순간을 누릴 수 있었겠는가.

그 부대에서 제대를 신고해야 하는 연대 본부까지는 50리 길이었다. 철책선의 유일한 교통수단인 부식차를 나는 기다릴 수 없었다. 나는 중대에서 연대 본부까지, 막걸리를 사 마셔 가면서 걸었다. 울면서 걸으면서, 걸으면서 울면서 그때 부른 그 노래, 미술 대학 다니던 내 친구의 친구가 만든 그 노래를 나는 그로부터 십수 년 세월이 지나도록 눈물 없이는 다 불러 내지 못한다.

……태양은 묘지 위에 붉게 떠오르고

한낮의 찌는 더위는 나의 시련일지라.

나 이제 가노라, 저 거친 광야로
서러움 모두 버리고 나 이제 가노라⋯⋯.

제3부
패자 부활

38
앞소리

80년대에는 친구들과 함께 도봉산에 자주 올랐다. 어느 일요일 산으로 오르다 물 좋고 그늘 좋은 데 자리를 잡고 앉아 있는 한 무리의 처녀 총각을 만났다. 초여름 풍경과 기가 막히게 잘 어울린다고 생각하면서 가만히 내려다보고 있으려니 처녀 총각들이 노래를 부르기 시작했다.

「참 아름다워라, 주님의 세계는⋯⋯.」

찬송가였다. 나는 전기가 나가는 바람에 칠흑 어둠에 휩싸인 신학 대학의 강의실에서 한재인이 선창하던 성가를 생각했다. 나는 젊은 기독교인들에게 긴장미 혹은 절제된 아름다움 같은 것을 느끼고는 한다. 젊은 기독 청년들이 모여 노는 자리가 여느 청년들의 놀이판과 다른 것은 처음부터 끝까지 일종의 절제된 긴장미가 무너지지 않는다는 점이다. 화끈하지 못하기는 해도 추한 일은 좀체로 일어나지 않는다.

처녀 총각들에게서 돌아서서 돌계단을 열 개도 채 오르지 못했을 때였다. 위에서 한 노인이 흥얼흥얼 노래를 부르면서 내려오고 있었다. 돌계단이 비좁아서 서로 비켜서기가 어려워 나는 노인이 돌계단을 다 내려오기까지 기다렸다. 기다리면서 가만히 들어 보니 노인은 노래를 부르고 있는 것이 아니었다. 〈행심반야밀다시⋯⋯〉 하는 것으로 보아 정구업진언(淨口業眞言)이 끝나고 반야심경(般若心經)으로 들어가는 대목이었다. 역시 평화로웠다.

그런데 청년들의 찬송가 소리와 노인의 반야심경을 듣고 있으려니 슬며시 불안해지기 시작했다. 평화가 깨어지면 어찌나 하는 데서 오는 불안이었다.

「처녀 총각들은 찬송가를 부르고 있고, 노인은 반야심경을 읊고 있는데 참 아슬아슬하군요.」

내 말에 우리 산행 동패의 좌장인 송 화백이 물었다.

「무엇이 아슬아슬해?」

「노인은 곧 저 처녀 총각 옆을 지날 텐데요. 노인은 처녀 총각들의 찬송가에 초를 치는 셈이 되겠고, 처녀 총각들은 노인의 반야심경에 재를 뿌리는 셈이 될 텐데요.」

「이 사람 아직 멀었군.」

「멀었다뇨?」

「처녀 총각들이, 노인이 읊고 있는 게 반야심경인 줄을 어찌 알 것이며, 노인의 처녀 총각 부르는 게 찬송가인 줄을 어찌 알 것인가? 모르면 아무일 없을 것이 아닌가?」

「그거야 그렇지만…….」

「나는 모르니까 아무렇지도 않구먼. 자네는 아니까 불안한 것이고. 다 알아서 생기는 병이야.」

「……」

참으로 부끄러웠다. 나는 〈앎〉이라는 것을 다시 배우지 않으면 안 되었다.

〈운담풍경근오천(雲淡風景近午天) 소거(小車)에 술을 싣고……〉

이렇게 시작되어서 「운담 풍경」이라고 불리는 우리 단가(短歌)가 있다. 인생의 무상을 노래하는 것이 보통인 여느 단가와는 달리 이 「운담 풍경」은 자연의 아름다움만을 읊는 대단히 서정적인 단가이다. 이 단가의 아름다운 노랫말, 〈새벽별 가을 달빛 강심에 거꾸러져 수중 산천을 그려 있고, 편편 나는 저 백구는 한가함을 자랑한다〉는 대목에 이르면 이 단가를 쓴

이가 왜 〈소거〉에 술을 싣고 갔는지 알 만해진다. 나는 이 단가가 좋아지는 것과 때를 같이해서 판소리에 빠져들게 된다. 말하자면 우리 소리에 관한 한 「운담 풍경」은 나의 첫사랑인 셈이다.

내 주위에는 소리를 아는 친구들이 많았다. 남도 출신이 대부분인 내 친구들은 판소리 한두 대목쯤은 들을 줄도 알고 부를 줄도 알았다. 나는 이 친구들을 좀 놀라게 해주려고 녹음기를 틀어 놓고 이 「운담 풍경」을 부지런히 배우고는 어느 날 술자리에서 시연했다. 백 점 맞은 시험 답안지를 슬쩍 들켜 주는 기분으로 「운담 풍경」을 노래했다.

남도 친구 하나가 말했다.

「아가, 그것이 아니여.」

다른 친구들도 이구동성으로 말했다.

「애를 쓰기는 했다.」

어찌나 무안하던지. 무안해지면 목이 마른 법인가? 나는 이성을 잃을 만큼 술을 마시고는 그 자리에서 도망쳤다. 폭풍 한설 몰아치는 날이었는데 나는 외투도 챙겨 입지 못한 채 와이셔츠 바람으로 그 집을 나섰다. 모르기는 하지만 나오기는 나왔는데 내 집까지 돌아갈 방도가 없었던 모양이다. 지갑이 외투 안에 있었기 때문이다. 나는 엎어지고 자빠지고 하면서 산을 하나 넘어 집으로 돌아가긴 돌아갔다. 아침에 보니 온몸은 겨울나무에 긁힌 상처투성이였다. 이로써 소리에 대한 첫사랑 때문에 나는 몸과 마음의 상처를 두루 입은 셈이 된다.

「운담 풍경」은 이때부터, 사람으로 말하자면 타인이 아니었다. 「운담 풍경」에 대한 나의 짝사랑은 나날이 깊어만 갔다. 그런데 사랑에 빠져 있을 동안은 알지 못했는데 세월이 흐르고 그 사랑이 심드렁해지기 시작하면서부터 나는 나의 짝사랑에 약간의 문제가 있다는 것을 깨달아 가기 시작했다.

약간의 문제라는 것은 이런 것들이다. 나는 소리를 하는 사람을 만날 때마다 이 「운담 풍경」 들려줄 것을 졸랐다. 그런데 소리를 하는 사람이라면 누구나 부를 수 있을 줄 알았는데, 부르기는 고사하고 이 단가를 모르는 사람도 적지 않았다. 그래서 나는 이런 생각이 들었다.

〈거참 이상도 하다. 이렇게 좋은 단가를 왜 모르는 것일까? 이렇게 좋은 단가를 왜 으뜸으로 치지 않는 것일까?〉

세월이 흐르면서 나는 이 「운담 풍경」이 좋은 단가이기는 하지만 단가를 대표해야 하는 것도 아닐뿐더러, 실제로 소리의 전문가들은 그리 대단하게 치지도 않는 단가라는 울적한 사실을 알아내었다. 하지만 내가 좋으면 그뿐이다. 「운담 풍경」에 대한 나의 사랑은 처음처럼 되살아났다. 그런데 친구들의 권유로 나는 우리 단가와 판소리를 조금씩 듣기 시작했다. 「운담 풍경」만 자꾸 듣고 있을 수도 없어서 나는 다른 단가를 듣기 시작하면서 재미있는 것을 몇 가지 알아내었다.

첫째는 「운담 풍경」이 좋기는 하지만, 결국은 〈단가〉라는 숲 속에 있는 한 그루 나무에 지나지 않는다는 것을 알았다. 두 번째로는 귀를 열고 들으면 모든 단가가 다 그것만 못하기는 고사하고 훨씬 낫게 들릴 수도 있다는 것을 알았다. 그리고 세 번째로는 내가 「운담 풍경」을 좋아한 것은 정말 약 오르게도 아는 것이, 들은 것이 그것밖에 없었기 때문이었다는 것을 알았다.

「운담 풍경」에게는 퍽 미안하지만 이때부터 나는 모든 단가를 고루 좋아하게 된다. 판소리를 좋아하되 일본의 노라쿠(能樂)나 중국의 경극에서는 어떤 소리가 나고 어떤 판이 어우러지는지 기웃거려 보게 된다. 이런 것들을 고루 좋아하게 되더라도 우리의 유행가를 단칼로 치는 짓을 하지 않게 된다.

나는 「운담 풍경」을 좋아하지만, 그것만 사랑하기에는 세상이 너무 넓다는 것도 알게 되었다. 쓸쓸하지만 나라고 하는 존재 역시 내 아들에게 필경은 하나의 「운담 풍경」일 것이므로 그가 〈운담〉을 떠나는 날, 나는 쓸쓸하겠지만 박수를 보내게 될 것이다. 그 시대가 살아야 하는 세상은 아주 넓은 세상일 터이므로.

종교에 대한 〈앎〉과 믿음에 대해서도 같은 말을 할 수 있을 것이다. 종교에 대한 나의 앎, 나의 믿음 또한 하나의 「운담 풍경」에 지나지 못한 것으로 확인되었다. 나의 〈앎〉은 〈앎에 대한 의심〉으로 확대되지 않으면 안 되었다.

80년대에 들어 산행을 자주 하던 나는 친구의 집에서 스테인리스 스틸로 된 요강을 하나 발견했다. 친구의 집은 아파트라 돌아서면 욕실이니 요강은 요긴하게 쓰이지 못하는 무용 장기였다. 친구는 이 요강을 겨우 동전 모으는 통으로 이용하고 있었다. 나는 친구의 부인이 시대 계산을 잘못하고 혼수의 하나로 준비해 왔다는 그 요강을 얻어 내기로 마음먹었다.

요강이라는 것을 오래오래 바라본 경험이 없는 사람은 잘 모를 것이다. 사기로 된 하얀 요강은 참 관능적이다. 스테인리스 스틸 요강은 사기 요강만 못하지만 그래도 한참 바라보고 있으면 이상하게 정이 가는 데가 있어서 얼른 버릴 마음이 생기지 않는다. 내 친구 내외도 그래서 버리지 않고 동전 통으로 전용하고 있었을 것이다. 모르기는 하지만 이 물건을 버리는 데는, 한번 이 물건을 써보기로 결심하는 데 필요한 이상의 용기가 필요할 것이다.

내가 그 요강을 얻어 낸 것은, 그 물건을 가만히 보고 있다가 기발한 아이디어가 떠올랐기 때문이다. 마땅하게 쓰일 데가 없어서 아파트의 천덕꾸러기가 되어 있는, 뚜껑의 아귀가 기가 막히게 잘 맞는 그 물건을, 등산용 코펠 대용으로 쓰면 어떨까, 이런 기발한 생각을 한 것이다. 아닌 게 아니라 알루미늄 코펠은 몇 년만 끌고 다니면 밥솥, 밥그릇이라고 불러 주기 민망할 정도로 우그러지고 그을리고 찌그러지기 마련이다. 이런 코펠에 견주면 스테인리스 스틸로 된 물건은 얼마나 쓰임새가 좋고 보기에 아름다운가. 아름답다는 말이 나왔으니까 말이지만 잘 익은 복숭아만 아름답다고 하고 요강은 아름답지 않다고 하면 이것은 불공평하다. 말끔하게 닦인 사기 요강을 가만히 보고 있으면 그것을 타고 앉을 터인 여인의 하얀 엉덩이가 떠오른다. 한 물건이, 그 물건을 애용하는 인체의 한 부분을 이

토록 선명하게 떠올리게 하는 예는 요강 아니고는 찾아보기 어렵다. 나는 요강을 볼 때마다 요강만큼 디자인이 완벽한 물건도 드물 것이라는 생각을 종종 하고는 한다.

그런데 스테인리스 스틸 요강을 코펠로 전용하자면 한 가지 작업이 필요하다. 사람들의 머리에서 〈요강〉이라는 물건의 이름이 주는 선입견을 지우고 요강을 하나의 절대적 실체로 볼 수 있게 하는 작업이다. 나는 먼저 요강이라는 것을 한 번도 써본 적이 없는 내 친구의 아들을 상대로 이 작업을 벌였다.

「아파트에 사는 너는 잘 모르겠지만 옛날에는 이 물건이 소변기로 이용되었다. 지금도 이 물건을 소변기로 사용하는 사람은 얼마든지 있다. 그러나 소변기로 이용된다고 해서 이 물건이 더러운 곳에서 만들어진 것은 아니다. 이것은 스테인리스 스틸로 만들어져 있다. 〈스테인리스 스틸〉이라는 말은, 〈때가 끼지 않는, 녹슬지 않는 쇠붙이〉라는 뜻이다. 이 물건이 네 집에서 한 번도 쓰인 적이 없다는 것은 너도 잘 알 것이다. 따라서 이 물건은 스테인리스 스틸 그릇만큼이나 깨끗하다. 네 아버지께 이 물건을 등산용 코펠 대용으로 써보라고 하면 어떻겠느냐? 보아라, 모양은 얼마나 아름답고, 뚜껑은 또 얼마나 아귀가 잘 맞으며 뚜껑 손잡이는 얼마나 잡기 좋게 만들어져 있느냐? 아가리 가장자리의 마감질이 참 부드럽게 되어 있어서 절대로 손을 다칠 염려가 없다. 만일에 네 아버지가 여기에다 밥을 짓는다면 너는 먹을 수 있겠느냐?」

「뭐 그럴 수도 있겠죠.」 그 물건을 한 번도 써본 적이 없는, 어쩌면 쓰는 것을 본 적이 없을지도 모르는 아이가 대답했다.

나는 그다음 친구에게 수작을 걸었다.

「여보게, 동전 통으로 쓰인다니 아깝지 않은가? 자네 코펠이 너무 낡아서 뚜껑 아귀가 잘 안 맞더군. 그러니 산에서 밥을 지을 때마다 자네가 애를 먹지. 이걸 코펠 대용으로 써보게.」

「싫어. 나는 그렇게 시장하고 싶지 않아.」

「이 사람아. 〈요강〉이라는 이름은 이 물건이 만들어질 때의 이름, 옛날에 쓰이던 이름일세. 우리가 이 물건의 이름을 오늘 다시 지으면 되는 일 아닌가. 오늘부터는 이것을 요강이라고 하지 말고, 요강과 모양이 아주 비슷한 스테인리스 스틸 코펠이라고 부르세. 콜럼버스 달걀 세우기 아니겠어?」

「금싸라기 땅에다 묻는다고 개 꼬리가 황모 되는가?」

「헛배웠어, 헛배웠어. 이 물건의 이름이 주는 선입견을 털어 버리면 아주 실용적인 물건이 되는데 그 경계를 못 넘어?」

「경계 많이 넘게. 나는 암만해도 요강 경계를 넘을 것 같지는 않네.」

「그러면 날 주겠는가?」

「그러게.」

나는 이렇게 해서 그 친구 집에서 요강을 얻어 내는 데 성공했다.

그로부터 얼마 뒤 나는 내 친구 지명 스님이 주지로 있는 절을 바라고 산행을 떠났다. 나는 그 요강을 깨끗이 닦아 배낭에 넣었다. 내게는 정말이지, 그 물건을 곱돌솥처럼 요긴하게 써먹어 산행 동패들로부터 기발하고 혁명적인 아이디어라는 호평을 따낼 자신이 있었다. 하지만 남의 마음은 내 마음 같지 않았다.

소동은 내 배낭에서 이 물건이 나오면서부터 시작되었다. 내가 친구 집에서 그 요강을 얻어 오기 위해 했던 수작을 되풀이하자 당시 우리 산행의 좌장 노릇을 하던 김하일이 들고일어났다. 참고삼아 말하거니와 이 양반은 모델이 자꾸 바뀌는 것이 어째 불안하다면서 컬러텔레비전이 시판되기 시작하고 나서도 근 10년째 흑백텔레비전으로 견디면서 줄기차게 결정판을 기다리고 있는 양반이었다.

「무엇이 어째? 이름? 편견? 명(名)과 실(實)? 자네도 도통했어? 좋아, 내 눈에는 이것이 축구공으로 보인다. 코펠로 보이는 사람은 밥을 짓네만 내 눈에는 우선 축구공으로 보인다. 군말 없지?」

그는 이러면서 요강을 바위 위에 얹어 놓고 걷어찰 거조를 차렸다. 나는

647

기겁을 하고 골키퍼처럼 요강을 잡아 품 안에 안았다.

그 양반에 이어 국문학 교수가 말했다.

「말이 나온 김에 한마디 하세. 언어라고 하는 것은 일정한 개념과 청각 영상을 구성하면서 사람의 머리에 심리적 실체로 저장된다고 하네. 말하자면 〈요강〉이라는 언어는 요강을 나타내기 위한 기호에 불과한 것이 아니고, 〈요강〉이라는 개념을 포괄적으로 수용하는 심리적 실체라는 것이야. 자네가 이것을 어쩌겠는가? 거기에 밥을 짓겠다는 자네의 만용은, 우리에게 버릇 들여진 이 물건에 대한 심리적 실체를 깡그리 부정하겠다는 것이야. 그거 쉬운 일 아니야.」

우리의 친구 주지 스님은 국문학자의 설명에 질렸는지 눈만 껌뻑거리고 있었다. 지명 스님은 마지막으로 내가 한번 등을 대고 비벼 보고 싶은 언덕이었다. 나는 그래서 스님을 꾀었다.

「여보게 지명 스님, 여기에다 밥 지어 가지고 우리 둘이서 먹세. 이 양반들은 심리적 실체가 몹시 걸리는 모양이니까.」

그러자 지명은 고개를 가로저으며 죽죽 잡아 늘이는 말투로 대답했다.

「글쎄, 그게 쉽지 않을 것 같구먼, 원효 스님은 해골바가지의 물을 드시고 활연 대오하셨다지만, 요강 밥은 못 먹을 것 같은 것을 보면 나도 아직 공부가 덜된 모양이여…….」

일이 그렇게 되었다. 스님과의 공모가 실패로 돌아감으로써 나는 패배했다.

이렇듯이 나의 앎은 이성의 얼음장 위에도 놓여 본 적도 없고, 논쟁의 불바다에도 던져져 본 적도 없는 앎이다. 내 사념은 뜨거운 여름 불볕 아래서 해바라기를 할 필요가 있다. 빨래처럼 불볕 아래 널릴 필요가 있다.

39
도끼와 도낏자루

〈서러움 모두 버리고〉 나온 거친 광야에서 나는 김하일과 정태우를 재회 했다. 자유는 끊임없이 우리의 겨드랑이에 손을 넣고 간지럼을 태우는 것 같았다. 우리는 소인국을 다녀온 걸리버처럼 행복했다. 더러 소인국의 악몽에 시달릴 때도 있기는 했다. 그러나 악몽은 우리가 누리던 자유와 행복을 치장하는 사적인 신화에 지나지 못했다.

그러나 우리가 어울려 흠뻑 젖든지 마시든지 한 기간은 길지 않다. 김하일이 시달리고 있던 〈자유 이후의 부조리〉는 자유가 소용돌이치는 바다의 파도와 같은 것이었다. 나와 정태우가 뒤늦게 합류했을 때 그는 이미 이 파도에 흔들리면서 또 하나의 바다를 향해 닻을 올린 뒤였다. 우리는 함께 마시면서도 꿈은 따로 꾸었음이 분명하다. 우리의 권태는 강력한 극복의 수단을 요구했으므로 삶의 한가운데에 놓인 필연적이고 생산적인 권태였을 것이다. 나와 정태우도 닻을 올려야 했다.

우리는 대인국을 찾아 다시 떠나지 않으면 안 되었다.

김하일은 방송국으로 쳐들어갔다.

정태우는 중이 되겠다면서 서울을 떠났다.

정태우를 떠나보낸 날 김하일이 나에게 말했다.

「우리도 가세. 고래 잡으러.」

「저 친구, 눈썹이 옅어서 못쓰겠다면서 눈두덩에다 주삿바늘을 박고 고약을 한 병이나 짜 넣을 때 알아봤다고요. 저 친구는 꽃향기만으로는 만족하지 못해요. 뿌리째 뽑아 씹어야 직성이 풀리는 친구라고요.」

정태우를 떠나보낸 직후 고향의 선산을 다녀 나오는 길에 왜관에 들러 하우스만 신부를 만났다.

내가 왜관으로 가던 날 하우스만 신부는 마침 결혼식의 주례를 서게 되어 있었다. 천주교의 용어로는 결혼식을 혼배 성사라고 부른다는 것도 나는 그때 처음으로 알게 되었다.

「나 같으면 스님이나 신부님에게는 주례를 부탁하지 않겠어요. 도대체 남자와 여자 사이에 어떤 일이 벌어지는지 알기나 해야 말이죠.」

「그러게나 말이야. 나는 남자와 여자 사이에 벌어지는 일에 관해서는 도무지 무지하단 말이야. 어쩔 수 없지. 각론에 무지하니까 총론으로 무찔러 나갈 수밖에.」

나의 농담에 하우스만 신부는 고개를 절레절레 흔들면서 이렇게 말하고는 앞서 성당으로 들어갔다. 나는 아담과 이브 이야기가 나오고, 그리스도가 가나의 잔칫집에서 물로 포도주를 만든 이른바 가나의 기적 이야기가 등장하겠거니 여기면서 난생처음 성당 안으로 들어가 보았다.

그의 주례사에는 놀랍게도 성경 이야기는 하나도 등장하지 않았다. 그가 구사하는, 기독교의 사투리가 섞이지 않은 순수한 세속의 언어는 나를 놀라게 했다. 나는 하우스만 신부야말로 수단[法衣]을 벗고도 촌로들을 가르칠 수 있는 희귀한 성직자에 속할 것이라던 평소의 인상을 그날 그 자리에서 확인할 수 있었다. 그의 주례사는 나를 겨냥하고 있는 것 같았다. 이른바 명연설이라는 것은 듣는 사람들로 하여금 그런 착각을 하게 만드는 법이다. 모르기는 하지만 다른 하객들도 나와 같은 인상을 받았을 것이다.

그로부터 세월이 너무 흘러 그의 주례사를 다 기억할 수는 없지만 그의 논지는 아직까지도 내 뇌리에 남아 있다. 논지에 살을 붙인다면 이런 내용

650

이 될 것 같다. 그에게 누가 되지 않기를 바랄 뿐이다.

신랑 신부는 기왕에 우리 성당에 나오던 분들이 아니지만 결혼식을 성당에서 하게 되는 것을 계기로 성당에 열심히 나오겠다고 약속한 분들입니다. 나는 이분들의 약속이 지켜지기를 바라지만 약속보다는 두 분이 행복해지기를 더 바라는 사람입니다. 왜냐? 이분들은 가톨릭이 되기 위해서 결혼하는 것이 아니고 결혼식을 올리기 위해서 살짝 가톨릭이 된 분들이기 때문입니다.

이제 나는 이분들에게 네 가지 당부를 드리려고 합니다. 신랑 신부는 딴생각 말고 내 말에 귀를 기울여 주세요. 기왕에 결혼하신 분들에게도 같은 당부를 드리려고 합니다.

첫째 당부는 서로가 배우자를 어떻게 생각해야 하느냐 하는 것입니다. 나는 미국 사람이지만 미국 이야기하는 걸 별로 안 좋아하는 사람입니다. 그러나 결혼식 때는 꼭 이 이야기를 하고 싶어 합니다. 다른 이야기가 아니고 부부가 크리스마스 선물을 나눈 이야기인데, 젊은 분들은 읽어서 다 잘 아시겠지만 연세가 많으신 분들은 아마 들은 적이 없을 것입니다.

미국에 한 신혼부부가 살았는데, 그 시절이 미국의 경제 공황 때여서 몹시 가난했던 모양입니다. 그래서 이 신혼부부는 서로 매우 사랑했지만 크리스마스 선물을 사줄 여유들이 없었던 모양입니다. 색시는 신랑에게 무엇을 사줄까 곰곰이 생각해 보았어요. 그러고는 신랑에게 회중시계는 있는데 시곗줄이 없다는 것을 알았어요. 색시는 신랑에게 시곗줄을 사주기로 결심했습니다. 하지만 돈이 없었어요. 그래서 머리카락을 잘라서 팔고 그 돈으로 신랑의 시곗줄을 샀습니다. 한국에도 가난한 한 선비의 부인이 지아비의 친구를 대접하기 위해 머리카락을 잘라 팔아 술을 사 왔다는 등등, 머리카락을 잘라 파는 이야기가 많지요? 미국에도 있어요.

색시는 신랑의 시곗줄을 사다 놓고, 머리에는 수건을 쓰고 기다렸어요. 이윽고 신랑이 왔어요. 색시는 신랑에게 시곗줄을 선사하고는 신랑의 표정을 살폈어요. 그러고는 신랑이 안색이 밝아지지 않는 걸 이상하게 여겼어요.

신랑은 주머니에서, 색시를 위해 산 크리스마스 선물을 꺼냈어요. 한 세트의 빗이었지요. 신랑은, 색시의 머리카락이 치렁치렁해서 참 보기에 좋은데 빗이 없어서 매일 그 머리카락을 손질하지 못하는 게 안타까워서 선물로 빗을 골랐던 거지요. 그런데 색시의 안색도 밝아 지지 않는 거예요.

왜 그랬는지 아세요? 신랑은 시계를 팔아서 색시의 빗을 샀던 거예요. 색시는 머리카락을 팔아서 신랑의 시곗줄을 샀던 것이고요. 색시와 신랑은 이제는 쓸모가 없어진 빗과 시곗줄을 앞에 놓고 한참을 내려다보다가 서로를 껴안고는 울음을 터뜨렸어요. 색시가 울면서 신랑에게 뭐라고 했는지 아세요? 〈저의 머리카락은 굉장히 빨리 자라난답니다〉 이랬답니다.

부부 사이에 잘 오고 가는 말 중에 이런 게 있지요? 지아비가 부인에게 잘 하는 말 중에는 〈여편네가 집에서 하는 일이 무엇이냐?〉, 이런 게 있지요? 부인이 지아비에게 잘 하는 말 중에는 〈당신은 손도 없어요?〉 이런 게 있지요? 여기에 계신 분들 중에 이런 말 안 써본 분 손들어 보세요. 아마 별로 없을 거예요. 그런데 머리카락을 잘라 팔아 신랑의 시곗줄을 산 색시와, 시계를 팔아 색시의 빗을 산 신랑의 가정에서도 이런 말이 나올까요? 안 나올 겁니다. 왜냐? 생각하는 방법이 다르기 때문입니다.

나는 신랑에게 당부합니다. 색시가 당신을 위해서 존재하는 것이 아닙니다. 당신이 색시를 위해서 존재하는 것입니다.

나는 색시에게도 당부합니다. 신랑이 당신을 위해서 존재하는 것이 아닙니다. 당신이 신랑을 위해서 존재하는 것입니다.

아시겠어요? 이렇게 생각하는 순간부터 기적이 일어납니다.

이렇게 생각하겠다고 약속해 주세요. 그러면 결혼해서 성당에 나오겠다고 내게 한 약속은 무효로 만들어 주겠어요. 이렇게 생각하는 순간부터 두 분의 가정이 곧 성당이 됩니다. 성당에 나올 필요가 없는 거지요. 약속하는 거지요?

나는 모양을 내어 보느라고 이것을 한문으로 작문해 두었어요. 좋다면 나중에 내가 써드리지요. 나는 붓글씨를 못 쓰는 사람이니까 만년필로라도 써드리겠어요. 〈위군아재 군불위아(爲君我在 君不爲我)〉, 그대를 위해서 내가 있는 것이지 그대가 나를 위하여 있는 것은 아니다……. 어때요, 모양 나지요?

두 번째로 내가 두 분에게 말해 주고 싶은 게 있어요. 그것은 나날의 삶을 어떻게 살아야 하는가에 관한 겁니다.

나는 중국의 옛 시 모음인 『시경』이라는 책을 즐겨 읽어요. 한문으로만 읽으면 내가 원래 한문에 무식해서 별로 재미가 없는데 해석해 놓은 것을 읽으면 여간 재미있는 책이 아니랍니다. 얼마 전에는 〈도낏자루를 깎아라, 도낏자루를 깎아라, 그 깎는 방법은 먼 데 있는 것이 아니다〉하는 시를 읽었어요. 별 뜻이 없는 시구 같지요? 하지만 이것은 여간 재미있는 시구가 아니랍니다. 도낏자루를 깎으려면 도끼가 있어야 하잖아요? 그러니까 도끼를 오른손으로 잡고 다른 도낏자루를 깎아야 하잖아요? 〈깎는 방법이 먼 데 있는 것이 아니다〉라고 한 것은, 오른손에 들고 있는 도낏자루를 보고 깎으면 된다는 뜻입니다. 이 얼마나 아름답고도 멋진 시구입니까?

나는 두 분이 공부하는 마음으로 살기를 바랍니다. 남들이 훌륭하게 살아 놓은 삶을 본으로 해서 살기를 바랍니다. 남들이 훌륭하게 살아 놓은 삶은 바로 우리가 오른손에 들고 있는 도끼의 자루랍니다. 그걸 이따금씩 보아 가면서 새 도낏자루를 깎으면 되는 것입니다.

신랑에게 당부합니다. 색시에게 어떻게 해주었으면 좋을지 잘 생각이 안 날 때는, 당신이 색시로부터 바라는 것이 무엇인가, 이것부터 생각하세요. 그게 당신의 오른손 안에 든 도낏자루랍니다. 그 도낏자루를 보고 깎으세요.

신부에게 당부합니다. 신랑에게 어떻게 해주었으면 좋을지 잘 생각이 안 나거든, 당신이 신랑으로부터 바라는 것이 무엇인가, 이것부터 생각하세요. 그게 당신의 오른손 안에 든 도낏자루랍니다. 그 도낏자루를 보고 깎으세요.

적어도 한 주일에 한 번씩은 이 시구를 생각해 주기 바랍니다. 〈도낏자루를 깎아라, 도낏자루를 깎아라, 그 깎는 방법은 먼 데 있는 것이 아니다(伐柯伐柯 其則不遠).〉

세 번째 잔소리를 하겠어요. 미국 사람들은 훌륭하고 한국 사람들은 못났다는 뜻으로 하는 말이 아니니까 절대로 오해하면 안 돼요.

나는 내 아버지가 어머니에게 굉장히 정중했던 것으로 기억합니다. 그래서 나는 두 분을 보면서 〈남편은 아내를 저렇게 정중하게 대하는구나〉, 이런 생각을 하면서 자랐어요. 내 누이는 틀림없이 〈아내는 남편으로부터 저런 대접을 받는 것이 당연하구나〉, 이런 생각을 하면서 자랐을 거예요. 내가 기억하기로 내 어머니 역시 아버지에게 대단히 공손했어요. 나는 이런 어머니를 보면서 〈부인은 지아비에게 저렇듯이 공손해야 하는구나〉, 이런 생각을 하면서 자라났어요, 내 누이 역시 나와 같은 생각을 하면서 자라났을 거예요. 나는 장가를 못 들었습니다만 장가를 들었다면 아내에게, 내 아버지가 하던 대로 했을 것입니다. 아내에게 우리 어머니가 하던 것과 똑같은 것을 요구했을 테고요.

그런데 한국에 와서 약간 충격을 받게 되었어요. 아내와 지아비가 서로에게 정중하지도, 공손하지도 못했거든요. 특히 아내에 대한 지아비의 태도는 나를 놀라게 했어요. 아마 그분들 역시 부모님들로부터 그렇게 대하는 것을 배웠던 모양이지요?

나는 신랑과 신부에게 당부합니다. 알에서 갓 깨어난 오리 새끼는 이

654

세상에서 처음 본 움직이는 동물을 제 어미로 안다고 합니다. 그래서 처음에는 멋도 모르고 그 흉내를 낸다지요. 두 분에게도 조금 있으면 아들딸이 태어나겠지요? 그 아들딸은 알에서 갓 깨어난 오리 새끼와 같아요. 아들딸에게는 두 분이 곧 우주인 것이지요. 그러니까 아들딸에게 좋은 본을 보이세요. 그러면 두 분은 훌륭한 부부가 될 것이고, 두 분이 이룬 가정 또한 복이 많은 가정이 될 거예요.

내가 또 모양을 내느라고 한문으로 작문해 놓은 것이 있는데 들어 보겠어요? 〈아들은 아버지를 베끼고 딸은 어머니를 그린다(子描其父 女寫其母)〉, 그럴듯하지요?

네 번째로 당부하고 싶은 게 있어요. 확신은 모든 일을 가능하게 한다고들 합니다. 그러나 나는 말을 거꾸로 하겠어요. 확신이라는 것은 하지 않는 것이 좋습니다만, 확신하더라도 이것을 상대방에게 강요하는 것은 삼가지 않으면 안 됩니다. 의혹을 모르는 확신은 호전적입니다.

나는 신념이라는 것을 존중합니다. 그러나 이 신념 때문에 주위에 다치는 사람이 생긴다면 이것은 좋은 신념이 아닙니다. 나는 믿음이 강한 사람들을 좋아합니다만 그들의 그 강한 믿음 앞에서 사람들이 상처받는 일이 없기를 기도합니다. 불화라고 하는 것은, 싸움이라고 하는 것은, 전쟁이라고 하는 것은, 확신과 확신의 충돌입니다.

나는 신랑과 신부에게 당부합니다. 〈내 생각이 옳지 않은지도 모른다.〉 늘 이렇게 생각하는 버릇을 들이세요. 그래야 배우자의 자리가 생깁니다. 사랑은 스스로 늘 부족하다고 생각하는 배우자들 사이에서만 생깁니다. 부족을 메우려는 노력, 그것이 사랑입니다.

시계를 가진 신랑에게는 시곗줄이 없었지요? 그 자리가 바로 신부의 사랑이 따고 들어설 자리랍니다. 머리채가 좋은 신부에게는 빗이 없었지요? 그 자리가 바로 신랑의 사랑이 따고 들어설 자리랍니다.

행복하세요.

나는 재인과 합류해서 인왕산장을 다시 낙원으로 만들고 싶었다. 나는, 〈재인이 나를 위해 존재하는 것이 아니라 내가 재인을 위해 존재한다〉고 생각해 보려고 노력했다. 그것은 쉽지 않았다. 나는 하우스만 신부 앞에 서 있는 신랑 신부도 그 한마디의 의미를 다 감청하기까지는 많은 세월이 걸릴 것이라고 생각했다. 무엇보다도 좀 쉬고 싶었다. 군대 생활 3년에 나는 세상과 같은 정도로 나이 먹어 있는 느낌이었다.

인왕산장에 올랐을 때 재인은 내 품 안으로 뛰어들어 눈물로 내 가슴을 적셨다. 대학원을 세 학기째 다니고 있던 것만 제외하면 그는 옛 인왕산장 시대의 재인으로 돌아온 것 같았다.

그러나 그것은 내가 제대하고도 인왕산으로 올라오기까지 거진 한 달이 쓰여졌다는 사실을 알게 되기 전까지만 그랬다. 그는 손바닥을 뒤집듯이 태도를 바꾸었다. 일단 태도가 바뀐 그는 매서웠다. 결벽이 심한 그의 위장은 내가 고향에서 혹은 대구에서, 혹은 같은 서울 하늘에서 보낸 한 달 간의 세월에 대하여 극심한 소화 불량 증세를 보였다.

내 아들 마로는 이름이 무엇이냐고 묻는 나에게 〈한마로〉라고 똑똑하게 대답했다. 아버지 이름이 무엇이냐고 물었을 때도 마로는 〈한재기〉라고 자연스럽게 대답했다. 그 자연스러움이 나에게는 가혹하게 여겨졌다. 자연스러운 것은 가혹한 것인가.

「그러면 나는 누구냐?」

「엄마 친구……」

나의 물음에 내 아들이 대답했다. 마로는 나에게 안기기를 한사코 거절했다. 재인의 통역에 따르면 마로는 나를 무서워하고 있었다.

「피가 아직 식지 않아서 그럴 거예요. 마로는 당신의 눈을 똑바로 보아내지 못해요. 아이들은 민감하대요. 본능적이래요.」 재인이 마로를 안아 올리면서 말했다.

재인은 나에게 두 가지 화해의 조건을 내걸었다.

「복학하세요……. 나는 학위를 따고 학교에 남을 생각이에요. 당신도 비슷한 생각을 했으면 해요.」

나는 단호하게 거절했다.

「그러면 오빠 회사에 들어가세요. 오빠는 무역의 시대를 강하게 예감하고 있어요. 당신의 외국어가 필요하대요. 미국이나 일본에 상주할 도전적이고 호전적인 주재원이 필요하대요.」

「나는 군대에서 3년을 머물렀지만 한 번도 행정병 노릇은 한 적이 없어. 그것은 내 체질에 맞지 않아.」

이렇게 대답했지만 나는 정작 내가 무역 회사의 직원이 될 수 없는 까닭은 그에게 설명해 주지 않았다. 연좌제의 서슬이 퍼렇던 시절, 나에게 외국으로 나간다는 것은 불가능에 가까웠다. 나는 〈하늘 목장〉 이야기를 부연함으로써 다시 한 번 그의 가슴과 내 가슴에다 칼질을 하고 싶지 않았다.

「어떻게 하고 싶어요?」

월남에서 우리가 받아야 하는 봉급은 본국의 은행에 고스란히 모여 있었다. 나는 여느 월급쟁이의 한 1년치 봉급이 되는 그 돈을 재인에게 고스란히 맡긴 처지여서 좀 쉬고 싶다는 말은 할 수 없었다. 빈손으로 거기에 있었더라면 나는 틀림없이 쉬고 싶다고 말할 수 있었을 것이다.

「어떻게 하고 싶으냐고요.」

어떻게든 해야 한다. 나는 도낏자루를 하나 깎고 싶었다. 그런데 내게는 도끼가 없었다.

나에게 갈 곳이 한 군데 있었다.

공사장이었다. 내 종매형은 당시 규모가 꽤 큰 건설 회사의 재도급업자로 있었는데 마침 재종형이 그를 보좌해서 2백~3백여 명의 목공들을 지휘하고 있었다.

고향에 들렀다가 올라오면서 나는 구미에서 잠깐 현장을 들른 적이 있다. 공사장의 전나무 비계목은 가로세로로 짜여, 거기에 들어설 건물의 초벌 그림을 그려 내고 있는 것 같았다. 비계목 사이에 나선형으로 가설된

통로는 하늘을 오르는 계단 같았다. 나는 종매형과 재종형을 찾으며 공사장을 구경했다. 3층 발코니를 향해 두 손으로 손나팔을 만들어 해장 욕지거리를 퍼붓는 목수들…… 시멘트와 자갈과 모래를 섞고 있는 심술궂은 믹서 소리…… 2층에서 목재 야적장을 향해 망치를 휘두르며, 〈산승가꾸(三寸角木), 로꾸사꾸(六尺)짜리 올려〉 하고 소리치는 목수…… 조립이 끝난 철근에다 미리 짜인 기둥 형틀을 씌우는 목수들의 〈로가 에이샤〉…… 골마루에다 기역 자 꼴 곡자를 꽂고, 형틀을 밀어 올리는 목수들에게 〈허리 펴고 사타구니에 힘 넣어〉 하고 고함을 지르는 목수 우두머리……. 측량 기구에다 눈을 대고 예식장 사진사처럼 두 손으로 나비춤을 추는 토목 기사도 있었다. 그가 흰 장갑 낀 손으로 주먹을 쥐자, 저만치 떨어져 있던, 실습 고교생 같은 나이 어린 조수는 그 자리에다 말뚝을 박았는데, 말뚝 박는 소리는 마악 골조 공사가 끝난 이웃 건물 옹벽에 부딪쳐 딱딱 부러지는 것 같았다.

그 광경, 그 소리가 귀에 설지 않아서 흡사 야구장에서 경기 시작을 알리는 사이렌 소리, 극장에서 영화 시작을 알리는 벨 소리를 듣고 있는 기분이었다.

「괜찮은 곳이 아니어서 환영은 못 하지만 밥은 먹여 주마.」

종매형과 재종형은 선선히 나의 합류를 허락했다. 그러니까 나는 인왕산장에 오르기 전에 이미 갈 곳을 정해 두었던 셈이었다.

재인은 목 메인 소리로, 그러나 무정하게 말했다.

「숙소가 정해지는 대로 편지하세요. 짐을 모두 내려 드릴 테니까요.」

모두…….

40
누추한 기적

나는 신학교 시절만큼 불편했던 시절을 별로 기억해 낼 수 없다. 그러나 이제 거기에 가지 않아도 된다. 불행은 월사금이었던 셈이다. 신학교에서는 재인을 만나 꽤 행복했던 셈이니 억울할 것은 하나도 없다.

군대 시절도 행복했던 시절은 아니다. 그러나 이제 거기에 가지 않아도 된다. 군대에서 김하일과 정태우를 만날 수 있어서 나는 행복했다.

갑갑하던 두 시절은 내가 〈고야 시절〉이라고 명명하고 있는 그해 겨울을 자주 연상시키고는 한다. 공사장 잡역부가 되어 낮에는 뼈가 휘도록 일하고 밤에는 당시 〈고야(小屋)〉라고 불리던, 불기라고는 하나도 없는 창고에다 서재를 차리고 나는 그해 가을과 겨울을 났다. 그해 겨울, 나는 공사장에서는 아무것도 업고 나갈 수 없을 것이라는 불길한 예감에 시달려야 했다. 예감은 내가 연출하고 연기해 낸 한 가지 유쾌하지 못한 사건으로부터 시작되었다.

1970년대가 시작되고 있었는데도 불구하고, 나는 벌써 알래스카에서, 월남에서 두 차례 미국의 문명과 문화를 살고 들어왔는데도 불구하고, 공사장은 일제 시대에서 해방조차 되어 있지 않았다. 공사장의 회계 구조와 언어 문화에 관한 한 특히 그랬다.

나는 〈데모도(잡역부)〉로 공사장에 입문했다. 공사장 목공부의 작업 시간은 날이 밝아서 못이 눈에 보일 때부터, 해가 져서 못이 눈에 보이지 않을 때까지였다. 휴일은 없었다. 비가 와야 휴일이었다. 나는 잡역부가 되어 힘을 써야 하는 일이면 가리지 않고 뛰어들어 몸으로 견뎌 보았다. 내가 주로 한 일은 하루 종일 각목이나 합판을 운반하는 일이었다. 참고 견뎌 보자는 결심 같은 것이 새삼스럽게 필요하지는 않았다. 내가 받아 왔던 지독한 훈련에 견주면 잡역부의 단순노동은 휘파람을 불면서 몸을 푸는 데 지나지 않았다.

사람은 밥의 힘과 술의 힘으로만 일을 하는 것은 아니다. 그 힘이 다 떨어진 다음에도 사람에게는 몇 시간이고 있는 힘을 다해 몸을 놀릴 힘이 남아 있는 법이다. 더구나 자유 의지로 제 몸을 부릴 경우 그 힘은 거의 무한대에 가깝다고 나는 믿는다. 나는 완벽한 자유 의지로 내 몸을 부릴 수 있어서 그렇게 불행하지 않았다. 죽음에 깨어 있을 필요는 없었다. 그래서 머리는 늘 자유로웠다.

공사장의 잡역부는 군대의 졸병과 같은 것이다. 이것은 노예의 삶이지 사람의 삶이 아니다. 그런데도 군대 시절에 내가 산 삶은 달갑지 않은 노예의 삶, 공사장 잡역부 시절에 내가 산 삶은 행복한 노예의 삶이었다. 나는 두 곳에서 오로지 남들이 시키는 대로만 움직였다. 그런데도 잡역부 시절을 산 노예의 삶은 왜 그 전에 산 노예의 삶보다 더 행복했을까? 나이가 더 들어서 그랬을까? 그러나 누가 나에게 노예근성이 있다고 한다면 나는 찬성하지 않을 것이다. 나는 자유인이다. 노예의 삶 역시, 자유인이 추구하는 삶의 한 방법이다.

완벽한 복종은 완벽한 저항의 한 방법일 수도 있는 것이다.

이 기간이 좀 길지 못했던 것을 나는 늘 아쉽게 여긴다.

나는 석 달 만에 내 매형의 특명에 따라 〈데쓰라(총무)〉라고 하는 희한한 벼슬을 얻어 부산 현장으로 내려갔다. 이로써 재도급업자인 내 매형은 〈오야가따(사장)〉, 재종형은 〈세와(도목수)〉, 나는 〈데쓰라〉라는 기묘한 이름의 총무가 됨으로써 공사장의 목공부에 관한 한 완벽한 족벌 트로이카 체제가 만들어진 셈이었다. 목공부는 공사장에서 제재목으로 이루어지는 모든 공사를 담당했다. 콘크리트를 타설할 수 있도록 정확한 치수로 옹벽이나 기둥이나 슬라브의 거푸집을 짜 붙이고, 콘크리트 양생이 끝나면 이 거푸집을 헐어 내는 일이 목공부가 하는 일의 핵심이었다.

공사장에는 우리가 속한 목공부 이외에도 철근 콘크리트부, 토목부 하는 식의 재도급 회사가 더 있었다. 그러니까 건설 회사가 공사를 따낸 뒤 전문 분야별로 재도급업자들에게 일을 나누어 맡기고 이를 관리했던 셈이다.

공사장에는 건설 회사와 재도급업자들 간에 기묘한 신경전이 벌어지고 있다는 것을 안 것은 내가 총무가 된 직후였다. 원래 건설 회사는 재도급업자들에게 일정 기간마다 〈기성고(既成高)〉라는 이름으로 자재 대금과 노무자들의 노임을 지불하게 되어 있었다. 이 기성고는 공사가 진행될 경우 재도급 금액의 20퍼센트가 나와야 하는 것인데 문제는 이 20퍼센트라는 수치가 사람에 의해 평가되는 데 있었다.

건설 회사는 재도급업자들이 일정한 비율까지 공사를 해내는 데 어느 정도의 자재비와 인건비가 투입되었는지 알아야 한다. 그래야 재도급업자가 어느 정도 이득을 보는지 알아낼 수 있고, 다음의 재도급 계약 때 필요한 참고 자료를 확보할 수 있기 때문이었다. 회사는 그래서, 공사의 기성 비율은 되도록 낮게 평가하는 한편, 투입된 연인원수를 정확하게 파악하려고 애를 썼다. 그래야 건설 회사로서는 되도록 적은 액수의 기성고를 지불할 수 있는 것이었다. 그러나 재도급업자의 입장에서 보면 기성 비율은 되도록 높이고 투입된 연인원수는 되도록 과장해 놓는 편이 유리했다. 그래야 기성고를 넉넉히 받아 낼 수 있고, 따라서 자금 압박을 사전에 막을 수 있기 때문이었다.

〈오야가따〉인 내 매형은 나에게 공사장에 나와서 일하는 정확한 인원과 작업 시간을 파악하여 이들에게 정확한 인건비를 지급하는 것에 만족하지 말고, 건설 회사의 노무 관리자를 구슬려 되도록 투입 인원을 과장

하는, 말하자면 노무자의 머릿수를 늘여서 보고할 것을 요구했다. 나는
건설 회사의 간부들을 구슬려 어떻게 하든지 기성 비율이 높게 평가되도
록 하는 한편 건설 회사의 직원인 노무 관리자를 구슬려 어떻게 하든지 공
사에 투입된 인부의 연인원수를 부풀리려고 노력했다. 노무 관리자는 나
와 함께 일일이 현장을 돌면서 내가 올린 보고서의 숫자와 현장에서 일하
고 있는 실제 노무자 숫자를 일일이 대조하면서 확인했다. 그러나 대개의
경우, 내 매형과 노무 관리자가 의기투합해서 함께 술을 마신 다음 날에는
내 보고서 숫자와 실제 숫자를 대조하고 확인하는 절차가 생략되고는 했
다. 대조하고 확인하는 절차가 생략될 때마다 그는 우리의 양심을 한번
믿어 보고 싶다고 말했다. 나는 내 양심에 대한 그의 믿음을 이용하여, 매
일 20~30명의 유령 인부를 조작해 보고함으로써 건설 회사로 하여금 그
만큼의 노임을 먼저 지불하게 만들기를 원했던 내 〈오야가따〉의 소원을
은밀하게 성취시켜 주고는 했다. 결국 나는 끊임없이 술 마실 자리를 만들
어 건설 회사의 노무 관리자를 환대함으로써 회사로부터 지출되는 노임
의 액수를 늘려야 했고, 그 시간에 〈오야가따〉는 현장의 간부들과의 노름
에서 짐짓 많은 돈을 잃어 줌으로써, 그들에 의해 평가되는 기성 비율을
높이지 않으면 안 되었다.

청운의 뜻을 품고 빈 들로 나선다면서 내가 겨우 이따위 〈아다마도리
(머릿수 속이기)〉나 하고 있었다는 것은 한심한 일이다. 그러나 내가 공사
장을 떠나지 않았던 것은, 첫째는 내 매형과 재종형에게 내가 중노동을 두
려워한다는 인상을 주고 싶지 않았기 때문이고, 두 번째는 어디 판 돌아가
는 것을 좀 더 구경이나 해보자는 요량도 있었기 때문이었다. 좋게 말하자
면 김하일의 말대로 그것은 〈자유 그 이후의 부조리〉 체험이었다. 그렇다
고 해서 내가 그런 짓을 즐겼던 것은 어림도 없이 아니다.

나는 아마 몇 달 동안 회사로 하여금 수천 명에 이르는 인부들의 노임을
앞당겨 지불하게 함으로써 내 매형을 자금 압박으로부터 구해 주었을 것
이다. 그런데 늦겨울이 되면서부터 여기에 제동이 걸리고 말았다. 노무 관

리를 맡고 있던 노무계장이 바뀌어 버렸기 때문이다. 새로 온 노무계장은 재도급업자의 총무라는 자들에게 양심이 있다는 것부터 인정하지 않는 사람이었다. 그는 양심이 없다고 판단되는 사람들로부터 받는 환대가 무엇을 의미하는지 잘 알았다. 그래서 그를 술자리로 끌어내리려던 내 매형의 노력은 번번이 실패로 돌아가고는 했다. 그는 매우 부지런한 사람이어서 우리가 올리는 보고서의 인원과 현장의 인원을 일일이 대조해서 확인하는 데 그치지 않고 때로는 보고서의 오류까지 지적해 냄으로써 우리를 아연하게 하고는 했다.

매형은 죽을 맛이었겠지만 나에게는 차라리 새로 온 노무계장이 편했다. 노무 관리자가 깐깐해진 덕분에, 나보다 수입이 많은 여자들에게 돈을 뿌려 가며 마시는 사무적인 술은 더 이상 마시지 않아도 좋았기 때문이다.

우리 현장에서 조금 떨어진 포도원에 거대한 군용 천막과 함께 개척 교회가 들어선 것은 크리스마스를 보름쯤 앞둔 어느 날의 일이었을 것이다. 당시 우리가 짓고 있던 건물이 아파트였으니까 그 포도원은 종교 부지였던 모양인가. 개척 교회의 군용 천막은 내가 이등병 시절을 보낸 최전방의 막사와 똑같은 대형 미제 천막이었다. 그 안에서 벌어질 삶을 상상하는 일에 관한 한 나는 전문가였다. 내가 임시 숙소로 쓰고 있던 창고에서 개척 교회 천막까지는 3백 미터가 채 되지 않아 일요일 밤부터 찬송가 소리가 간헐적으로 낭자하게 들려 오고는 했다.

나는 수요일 밤에 그 천막 안으로 들어가 보았다. 교회로 들어간 것이 아니었다. 단지 전문가의 눈으로 확인해 볼 요량으로 천막 안으로 들어가 보았을 뿐이다. 나에게는, 그런 천막 안에서 도대체 어떤 일이 일어나고 있는지 몹시 궁금해하는 어떤 기질이 있다.

여남은 신도 앞에서 젊은 목사가, 상가의 지하실에서 접방살이를 하던 개척 교회로 하여금 포도원을 성전 부지로 사들일 수 있게 한 하느님의 은혜와 영광을 찬양했다. 아닌 게 아니라 그 젊은 목사로서는, 이스라엘의 상징인 포도의 밭이 제 교회의 부지로 선택된 것에 큰 의미를 부여하고 싶었을 것이다. 그런데 이스라엘의 포도 이미지가 우리 한국의 포도를 연상시키게 되면서부터 어쩐지 그 목사가 낯익어 보인다는 생각이 들었다. 그러나 천막 안의 밝기는 그의 얼굴을 확인하기에는 모자랐다.

그 천막 안에는 플랫폼(설교단)도 없고, 강대도 없었다. 십자가도 나무가 아니라 합지를 오려 만들고 겉에다 은박지를 붙인 종이 십자가에 지나지 못했다. 천막 교회 정면 벽에 걸린 그 종이 십자가 양옆에는 각각, 〈성전 축성을 위해 기도합시다〉와 〈축성 헌금을 약속합시다〉가 쓰인 내리닫이 현수막이 걸려 있었다. 만일에 상가의 지하실에서 접방살이를 했다는 목사의 말이 사실이라면 그 개척 교회는 오로지 교회 부지를 매입하기 위해 성물은 고사하고, 의자도 하나 사지 않은 채 신도들로부터 〈성전 부지 매입 헌금〉을 긁어 들여 왔다는 이야기가 된다.

놀라운 것은 바닥이었다. 그 흔한 마룻바닥도 아니었다. 땅바닥을 대강 고르고 그 위에다 가마니를 잘라 깐 것에 지나지 않는 거적 바닥이었다. 초라한 신도들은 불기 없는 천막 안의 거적 바닥에 앉아 목사의 질타에 얼이 빠진 채 오돌오돌 떨고 있었다.

그보다 더욱 놀라웠던 것은 젊은 목사가 나와 같은 학교 동창이었다는 점이다. 모들뜨기 눈과, 말이 하고 싶어서 끊임없이 안달을 부리는 듯한 그의 입 모양을 보고서야 나는 그것을 확인할 수 있었다.

나는 앞에서 신학교 시절, 상급생 중 하나가 급성 맹장염으로 학교 앞의 병원에 입원하고 있을 때의 일을 쓴 적이 있다. 당시 나는 그를 문병하기 위해 포도 몇 송이를 사 들고 횡단보도를 건너 병원으로 들어가다가 병원에서 나오는 한재인을 만났다. 수술이 잘되었느냐고 묻는 나에게 재인은 엉뚱한 대답을 하면서, 내가 들고 있는 종이 봉지 쪽으로 유난히 흰 손을 내밀어 허술한 종이 봉지 위로 내비치고 있는 연두색 포도송이에서 포도를 한 알 따가지고는 소프라노를 노래하던 그 입속에 넣어 터뜨리고 눈을 보기 좋을 만큼 찡그렸다. 나는 재인이 하얀 이빨로 포도를 터뜨리는 것을 보는 순간 그 작고 예쁜 입술 안에서 내가 포도와 함께 터지고 있는 것 같아서 온몸의 관능이 간지러워 견딜 수 없었다. 그것은 운명으로부터 등을 떠밀리는 순간이었다.

나는 그때 일을 〈그날 나는 병원으로 들어가 그를 문병했을 것이나, 내 기억에 남아 있는 것은 그가 아니다. 한재인이 예쁘게 눈살을 찡그리던 모습, 그 하얀 앞니 사이에서 터지던 그 포도와, 그 사소한 동작 앞에서 전율하던 일…… 그런 것들만 내 기억에 남아 있다〉고 썼다.

여남은 명도 안 되는 신도들을 모아 놓고 서 있는 천막 교회의 목사는 놀랍게도 한재인 때문에 내 기억의 저편으로 밀려나 버린 바로 그 불운한 상급생이었다.

예배가 끝나고 신도들이 하나둘 젊은 목사에게 고개를 조아리고 어둠 속으로 사라진 뒤에야 나는 그에게 다가서면서 손을 내밀었다. 5년 만인데도 그는 변모를 보였던 것 같지 않았다. 나는 맴돌기의 반복에서 온 것인 듯한 그런 따분한 분위기에는 걸핏하면 화를 내고는 한다.

「저를 기억하십니까?」

그는 나를 기억했다. 나를 보고 한재인을 연상한 것이 아니라 한재인을 먼저 떠올리고 나를 연상한 듯했지만 어쨌든 그는 나를 기억했다. 그는 나보다 3년이나 연상이었는데도 불구하고 〈하게〉를 하지 못할 정도로 기가 죽어 있었다. 상례청(喪禮廳) 같은 교회 분위기가 그를 그렇게 만들고 있는 것임이 분명했다.

도무지 목사관이 따로 있을 것 같지 않아서 나는 그를 현장에서 가까운 음식점으로 안내했다. 그는 음식을 먹었고 나는 술을 한잔 마셨다. 나는 두꺼운 점퍼를 입고 있어서 춥지 않았으나, 신도들 앞에 서야 했던 그는 넥타이 차림에 여름 양복을 한 벌 입고 있을 뿐이어서 그렇게 추워 보일 수 없었다. 그는 학교 이야기를 하고 싶어 하는 눈치였으나 나는 별로 그럴 기분이 아니었다. 화제를 자꾸 옛날에다 묶어 두려고 하는 듯한 그의 쭈뼛거리는 태도와 초라한 모습이 자꾸만 마음에 걸려들었다.

「교회 부지는 형님이 사신 거랍니다⋯⋯. 나는 교회 운영을 해야 하는
것이고요.」

「동업인가요? 잘될 것 같습니까?」

「신도들이 원주민들뿐이라 들어오는 것이 너무 없어서 걱정이에요.」

「원주민이라니요?」

「원래 이곳에 살던 사람들을 일컫는 말이지요. 논밭을 아파트 부지로
판 사람들요. 상당수는 떠났지만 아직은 더러 남아 있어요.」

내가 〈원주민〉이라는 표현을 처음 들은 것은 아마 이때였을 것이다. 같
은 한국인에 대한 이런 표현을 처음 접한 것이지, 이 말 자체가 생소했던
것은 물론 아니다. 이 〈원주민〉이라는 표현 뒤로 기묘한 뉘앙스가 감겨 들
어오는 기분이었다.

「걱정이에요. 그나저나 부산에는 어쩐 일이지요?」

나는 그에게 내 이야기를 조금 들려주었다. 내가 아파트 현장에서 일하
고 있다고 했을 때도 그는 쓸쓸하게 웃었다.

「한재인 씨는 학교에 남을 것 같더군요. 그분이 우수하다는 것은 이 형
도 잘 아시겠고⋯⋯. 대인 관계가 좋아요⋯⋯. 제대한 뒤에 만났겠지요?」

「물론 만났지요. 그나저나 저런 모양으로 크리스마스를 날 수는 없지
않아요?」

「그래서 내가 내일부터 한 사나흘 서울을 다녀올 참이랍니다. 크리스마
스가 나흘밖에 남지 않았는데, 돈을 좀 끌어와야 교회도 좀 밝히고, 중고
풍금이라도 한 대 사고, 장식도 좀 매달 수 있을 게 아니겠어요⋯⋯. 교회
를 떠난 것은 아니지요?」

「⋯⋯.」 나는 대답할 수 없었다.

「반가워요. 이런 데서 이 형을 만나다니⋯⋯. 천군만마를 만난 것 같아
요. 나를 좀 도와주세요.」

나는 우연히, 호기심이 나서 천막 안으로 들어가 보았던 참이라고 말할
수는 없었다. 그를 도와주겠다고 약속할 수도 없었다. 도울 처지도 아니

666

었고 돕고 싶은 생각도 없었다. 당시 그가 차지하고 있던 공간은 바닥에 거적이 깔린 천막 교회, 내가 차지하고 있던 공간은 공사장의 창고였다. 학교에 남아 있던 그가 차지하고 있는 공간이나, 학교를 떠난 내가 차지하고 있던 공간이나 불기가 없기는 마찬가지였다. 크리스마스가 임박한 엄동설한에. 남아 있던 자와 떠났던 자는 그렇게 재회한 셈이었다.

그날 밤 우리는 서로를 서먹서먹해하는 얼굴로 헤어졌다. 나는 저급한 목사로 보이는 그에게 연민을 느꼈음이 분명하다. 우리 공사판만큼의 신명도 없는, 그가 연출해 놓은 교회 안 분위기가 마음에 걸렸다. 그는, 모르기는 하지만, 시커먼 노무자 모양을 하고 목사 앞에서 소주를 벌컥벌컥 마시는 나에게 연민을 느꼈을 것이다. 그런 내 앞에서 천군만마를 만난 것 같다느니, 도와 달라느니 한 것에 심한 수치심을 느꼈는지도 모르겠다.

목사가 풍기는 분위기로 보아 천막 교회가 의자로 가득 차기까지는 세월이 꽤 걸릴 것 같다는 생각을 지울 수 없었다. 나는 그날 밤 내 방으로 돌아온 즉시 천막 교회의 평면도를 그려 놓고 거기에 투입할 자재의 양과 인원을 계산했다.

당시 우리가 짓고 있던 건축물은 군수 산업체인 무기 공장과, 그 공장의 종사원들을 위한 아파트여서 현장이 대단히 넓고 규모가 방대했다. 내가 관리하고 있던 목수의 숫자도 2백 명을 넘었다. 주로 제재목인 목공부의 자재 관리도 거의 내 몫이었다. 내 매형과 재종형은 업무상 서울로 출장 중이었고, 기온이 급강하하면서 콘크리트 양생이 어려워지는 바람에 공사도 소강상태에 접어들어 있었다. 공사가 소강상태에 접어들면서 일손이 급격히 감소하는 바람에 목수들의 숙소에서 대낮에도 술이나 죽이면서 노는 목수들도 많았다.

나는 목수 숙소로 찾아들었다. 목수들은 네댓 명이 방을 하나씩 차지하고 있었다. 목수들은 날씨가 궂거나 일에 공백이 생기면 저희들끼리 모여 화투나 장기나 바둑이나 윷놀이로 시간을 죽이고는 했다. 일이 없는 날의 목수 숙소에는 술에 취해 있지 않은 목수의 수가 그렇지 않은 목수 수보다 훨씬 적은 것이 보통이었다.

「데마찌(휴무일)를 이렇게 내면 우리는 어떻게 먹고삽니까요?」나이 많은 한 목수가 이죽거렸다.

「〈데마찌〉를 내가 냅니까? 기온이 떨어지니까 나는 거지? 정 항의하고 싶으면 하느님께나 하시오.」

나는 이렇게 대꾸하고 목수들 중에서 기독교인들만 한자리에 모아 보았다. 교회의 일을 시키려면 교회의 분위기에 익숙한 사람들이 필요하기 때문이었다. 의외로 서너 명이 앞으로 나섰다.

「하느님께 항의 사절로 보내려고요?」나이 많은 목수가 웃었다.

나는 대답 대신, 기독교인이라는 걸 숨기지 않고 나온 목수들에게 물었다.

「여러분 중에 〈다데꼬(소목)〉출신 있어요?」

공장의 목수들은 대개가 〈가다와꾸(형틀) 목수〉였다. 이들은 옹벽이나 기둥이나 슬라브의 형틀을 짜는 목수들이라서 일은 거칠어도 속도가 빨랐다. 이들에게 섬세한 것을 다루는 기술은 없었다. 공사장에는 〈다데꼬 목수〉라고 불리는, 섬세한 기술을 가진 목수들도 더러 있었다. 이런 목수들은 실톱이나 대패나 끌 같은 작은 목공구를 잘 다루는 특별한 기술자들이면서도 일단 공사장에 나서면 형틀에도 곧잘 적응했다. 따라서 〈다데꼬 목수〉는 기술상 〈가다와꾸 목수〉의 윗길이었다.

다행히 거기에도 섬세한 기술을 가진 목수가 있었다. 우선 그에게 지시했다.

「어떤 교회든 좋아요. 찾아 들어가서 강대를 잘 좀 보고 오세요. 강대 아시지요? 목사들이 설교할 때 짚고 서기도 하고 성경책을 놓기도 하는 거 있잖아요. 강대 앞에는 십자가와 포도 같은 게 새겨져 있을 테니까 그것도 잘 보고 오세요. 눈대중으로 안 되면 치수도 좀 재어 가지고 오세요. 와서 의자 두 개와 강대 하나를 만드는 겁니다. 자재는 내가 공급할 테니까 염려 마시고요.」

「교회 차리시려고요?」

「선물용이오.」

그를 보낸 뒤에는 열 명의 목수들과 열 명의 잡역부들을 데리고 천막 교회로 갔다. 천막에는 나무 문이 없었다. 따라서 자물쇠가 있을 수 없었다. 나는 잡역부들에게는 목공부의 창고에서 자재를 날라 오게 하고 목수들에게는 20여 평 남짓한 천막 교회의 바닥에다 마루를 깔게 했다. 마루가 깔린 뒤에는 교회 전면에다 높이 한 뼘 정도, 넓이 네 평 정도의 설교단을 따로 만들어 올리게 했다. 스무 명의 인부가 바닥에서 걷어 낸 거적으로 불을 지펴 놓고 이따금씩 나와 불에다 몸을 녹이면서 그 일을 끝내는 데는 하루도 채 걸리지 않았다.

교회의 일인 줄 알고부터 지독한 독신(瀆神)의 푸념을 서슴지 않다가도 일단 천막 교회 안으로 들어서고부터는 신명을 내어 일을 죽여 나가는 술꾼들의 태도 표변은 나를 놀라게 했다. 더욱 놀라운 것은 내가 그 독신의 푸념에 합류하자 그들이 일제히 나를 힐책했다는 점이다.

「우리는 마귀가 아니라고요. 시간이 없고, 돈이 없고, 어떻게 되어야 하는 건지 몰라서 천사가 못 된 것뿐이라고요. 우리가 그런다고 배운 사람까지 그러면 안 된다고요.」 술꾼 하나의 말이었다.

강대와 등받이가 높은 의자를 만드는 데는 이틀이 걸렸다. 강대 앞에 붙일 십자가와 포도와 펼쳐진 성경 모양을 세공해 내는 목수의 솜씨도 우리를 놀라게 했다. 기독교인이었던 그는 우리 목공부 창고에는 쓸 만한 나무와 연장이 없다면서 시내로 나가 필요한 나무와 목각 연장과 샌드페이퍼까지 사 왔다. 그는 그 나무를 깎아 포도가 무수히 달린 포도송이 모양을 조각해 내었는데 어찌나 솜씨가 좋은지 흡사 포도송이가 들어 있는 나무 토막을 사 온 것 같았다.

우리는 이렇게 만든 의자 둘과 강대를 교회 안의 설교단 위에 배치하고는 교회를 나와 술을 마셨다. 술꾼과 난봉꾼들은, 방학을 맞은 어린아이처럼 좋아했다. 교회에 대한 조그만 정성이 죄의식의 사슬에서 그들을 잠깐 풀어 주었던 것일까? 이로써 짧은 방학을 누릴 수 있게 했던 것일까?

우리는 아주 맛나게, 뒤끝 없이 술을 마셨다.

내가 비록 그의 자재를 엉뚱한 데다 전용했다고 하더라도 매형은 나를 용서해 주어야 할 것이다. 약간의 자재를 쓰기는 했어도 노임과 술값은 내 주머니에서 지불했고 또 이 일이 엉뚱하게도 그의 사업에 적지 않은 도움도 주었으므로 그는 손해를 입은 것이 없다.

그로부터 닷새 뒤, 그러니까 크리스마스 다음 날이었을 것이다. 나는 강대에 붙일 포도송이를 조각했던 목수로부터 해괴한 이야기를 들었다.

서울에서 돌아온 목사는 우리가 깔아 놓은 마룻바닥과 그 마룻바닥 위의 설교단과 설교단 위 반듯한 자리에 놓인 의자와 강대를 보고 순간에 내가 인부들을 동원해서 자기를 도왔다는 것을 알았을 것이다. 그렇다면 가만히 나를 찾아와 고맙다는 인사를 하면 된다. 하지 않아도 된다.

그런데 목수의 이야기에 따르면 이렇다. 목사는 나를 찾아와서 은밀하게 인사를 하는 대신, 몇 안 되는 신도들을 모아 놓고 기적이 일어났다고 떠들었다. 그는 신도들에게, 자기가 교회에다 하고 싶었던 것, 그래서 〈하느님께 간구한 것〉은 정확하게 마루와 설교단과 의자와 강대였다고 주장했다. 그런데 하느님만 아시는 익명의 독지가를 통해서 자기의 기도가 너무나도 정확하게 이루어졌다고 주장했다. 아무도 모르는 사이에, 마을의 신도들도 모르는 사이에, 독지가가 달려와 규모가 적다고 할 수 없는 바닥 공사와 설교단 공사를 끝마치고 의자와 강대까지 만들어 제자리에 놓고 간 것을 어떻게 해석해야 옳단 말인가?

이 일을 누가 했겠어요? 목수들이 했지 누가 했겠어요? 그리스도가 누구시던가요? 그분 역시 목수가 아니시던가요……. 성령이 임하시어 누군가를 움직였습니다, 할렐루야……. 하느님을 찬양합시다, 목수였던 그리스도를 찬양합시다, 여러분이 앉을 자리, 내가 설 자리 만들어 이렇듯이 교회에 헌납한 그 목수들을 찬양합시다, 할렐루야…….

목수는 얼굴이 간지러워 줄곧 고개를 숙이고 있었다고 고백했다.

그로부터 2~3일 뒤에 목사가 나를 찾아왔다. 그가 말했다.

「……고마워요. 정말 고마워요. 이 형을 모시고 감사 예배를 올리고 싶은데 수요일 밤에 나와 줄 수 있겠어요?」

「갑자기 감사 예배는 왜요?」

「나는 다 알고 있어요.」

……하느님만 아시는 익명의 독지가라고 했다면서……. 성령이 익명의 독지가를 움직여 기적을 일으켰다고 했다면서……. 나는 이렇게 반문하고 싶었지만 참았다.

「나는 아무것도 몰라요.」

「성도들의 마음이 뜨거워지기 시작했어요. 불이 붙었어요. 그저께는 신발장을 헌납하겠다는 분이 나왔고 어제는 또 방석 쉰 장을 헌납하겠다는 성도가 나왔어요……. 교회가 갑자기 신바람이 나기 시작했어요.」

「잘됐군요. 신바람을 내지 않으면 목수들 부려 먹기도 여간 어려운 게 아니랍니다.」

「형님께서 만나고 싶어 해요.」

「교회 부지를 샀다는 형님 말씀인가요?」

「그래요.」

「그분이 왜 나를 만나자고 한답니까?」

「사실은…… 현장의 노무계장이 내 형님이랍니다.」

「김 계장 말인가요? 최근에 온 김 계장 말이지요…….」

「이곳으로 전근 오면서 교회 부지를 산 거랍니다.」

「하지만 그분은 기독교인이 아니잖아요.」

「사실은 서울의 모 교회에서는 집사랍니다.」

「집사라는 작자가 목사 동생을 앞세워 교회에다 투자를 해요?」 나는 소리를 버럭 지르지 않을 수 없었다.

「…….」 그는 내 말에 대답을 내어놓지 못했다.

노무계장은 우리들의 업무 파트너였던 만큼 피하려야 피할 수 없는 상대였다. 그는 저녁을 함께하고 싶다고 말했다. 나로서는 그것까지 거절할 계제는, 적어도 그때까지는 아니었다.

저녁 자리에서 만난 그는 시원시원하게 말했다. 얼굴이 얼마나 두꺼운 인간인지 짐작하게 할 만큼 시원시원했다.

「나나 아우나 고맙게 생각합니다. 내가 대충 계산해 보았더니 자재 값과 인건비 해서 상당한 금액이 들어갔더군요. 한 달간 10퍼센트의 〈아다마도리〉를 묵인하겠어요. 현재 목수들이 투입되는 숫자로 보면 한 달간의 연인원이 6천 명가량 되니까 〈아다마도리〉는 6백 명이 되는 셈이군요.」

그의 말은, 한 달간 약 6백 명의 노임이 미리 지급되는 것을 묵인함으로써 교회가 나에게 진 빚을 갚겠다는 뜻이었다. 참아야 했다. 당분간은 참지 않을 수 없었다.

「그리고, 그다음은요?」

「털어놓고 이야기합시다. 재도급업자가 노무계장을 위해 약간의 유흥비를 지출한다는 것쯤, 이 바닥 물을 꽤 먹은 내가 모를 리 있겠어요? 나는, 나 혼자 가로로 뛰고 세로로 뛴다고 해서 이 바닥의 풍토가 하루아침에 개선되지 않는다는 것도 잘 알고 있어요. 이렇게 합시다…….」

「……..」

「나는 술을 마시지 못합니다. 그리고 교회는 성전 신축 헌금을 필요로 합니다. 무슨 뜻인지 아시겠지요?」

「모르겠는데요.」

「〈오야가따〉와 의논해서, 나 때문에 드는 술값을 교회에 헌금해 주면 되는 겁니다. 잘 아시다시피 개척 교회라서 어렵습니다. 쓸데없이 마셔서 날리는 술값으로 교회를 세우자는 겁니다.」

「동생인 김 목사를 끔찍하게 생각하시는 건 고마운데…… 그렇게 해서 교회가 설 것 같습니까?」

「세상이 다 그렇게 합니다.」

「어떤 세상이 말입니까?」

「서로 좋자고 하는 말입니다만…….」

나는 그를 때려 줄 것인지 알아듣게 설명해 줄 것인지 망설이다가 설명해 주는 쪽을 택했다. 그 역시 내가 보이는 반응에 적지 않게 당황하고 있는 것 같았다.

「잘 들어 봐요, 서로 좋은 게 어떤 것인지 모르는 것 같아서 설명해 주겠어요. 내가 옛 정리를 생각해서 헌금을 좀 한 셈이에요. 내 기분도 좋아요. 교회의 뗏물도 좀 나아졌지요? 기적이 팔린 덕분에 교회도 활기를 좀 얻었지요? 김 목사도 힘을 좀 얻었고요. 교인들도 힘이 났다더군요. 이게 서로 좋은 거 아닌가요?」

「내 말은, 좋아진 김에……」

그 이상은 참을 수 없었다. 나는 목소리를 낮추었다.

「당신 말대로 하면 좋아지는 건 당신밖에 없게 되잖아요. 집사라는 양반이 목사 동생을 앞세워 교회에다 투기를 해도 되는 거요? 남의 선의에 이렇게 상처를 입혀도 좋은 거요?」

그가 내 주먹에 맞지 않게 된 것은 우리 두 사람에게 다 행운이었다. 나는 그 뒤로 목사를 만나지 않았다. 노무계장과도 화해하지 못했다.

천막 교회는 내가 서울로 올라가기 한 달 전의, 어느 바닷바람이 심하게 부는 날 밤 잿더미로 화했다. 불길을 견디고 잿더미 속에 남은 것은 미제 천막 끈 조임쇠, 발갛게 변색한 못, 다 녹지 못한 양동이와 밀걸레의 스프링 등속에 지나지 못했다. 거적 위에 앉아 기도하던 가난한 〈원주민〉들의 시린 엉덩이에 대한 나의 연민도 불길을 견디지 못했다.

그즈음을 전후해서 날아든 김하일의 편지에 이런 구절이 보인다. 김하일이 말하는 〈로테〉의 정체가 대단히 상징적이다. 재인은 선우하경을 〈당신의 로테〉라고 불렀다. 그런데도 이 편지를 읽을 때마다 나는 이 편지에서 김하일이 말하는 〈로테〉는 아무래도 교회같이 여겨지고는 한다.

……군대 생활 때와는 달리 몹시 차분해진 당신의 편지를 읽으면서 나는 베르테르의 편지를 받는 기분이 되었습니다. 내가 감동을 느끼게

된 것은 로테의 주변을 서성거리며 보기 좋은 업적을 이루고 싶어 하는 한 사내의 고뇌와 연민을 상상했기 때문입니다. 당신을 깎아내리거나 비난하고 싶은 생각은 없지만, 언젠가 사랑했던 사람 곁으로 그렇게 자연스럽게 접근할 수 있었던 당신의 무신경에 화가 치미는군요. 배반당한 성실에 대해서 왜 분노할 줄 모르는 겁니까? 나 같으면 하루에 열두 번쯤 그 집의 유리창을 겨누어 커다란 돌멩이를 던지겠어요.

지나간 일, 철없던 때의 불장난, 이렇게 접어 두고 현실을 긍정하는 것은 슬픈 자기 배반이며 우리들의 운명 가운데서 연민과 소박한 진실을 소멸시키는 기나긴 추락입니다.

돌멩이를 던지는 일이 세련되지 못한 짓이라고 생각된다면 히스클리프가 되어야겠지요. 지금은 두 아기의 어머니가 되어 버린 나의 로테가 생각나서 이렇게 흥분하고 있는지도 모르지요…….

그때 일을 생각하면 나는 지금도 몹시 슬퍼지고는 한다. 김 목사 같은 인간이 이해하는 차원의 그리스도는 늘 나를 슬프게 한다. 내가 그런 인간에게 끊임없이 골을 내지 않고는 못 배기는 것은 내가 굉장히 기독교적이기 때문일 것이다. 지금 그 포도원, 그 기적의 잿더미 위에 진짜 교회가 서 있는지 없는지 그것은 조금도 궁금하지 않다.

이 일이 있고 난 직후부터 나는, 공사장에서는 아무것도 업고 나갈 수 없을지도 모른다는 불길한 예감에 시달려야 했다. 적어도 서울의 구로동 현장에 도착한 직후까지도 그랬다.

그러나 고맙게도 그것은 착각이었다.

군대가 그랬듯이 공사장 또한 나에게는 필경 하나의 학교였다. 나는 1년 동안 몇 개의 공사장을 옮겨 다니면서 여러 가지 사건에 연루되기도 하고 목격하기도 했다. 그중에서 가장 불쾌하게 기억하는 사건은 물론 천막 교회 사건이다. 그런데 그로부터 약 한 달 뒤, 그러니까 서울의 구로동 현장에 도착한 지 한 달이 못 되어 나는 또 하나의 사건을 목격하게 되는데, 이 사건은 늘 나에게 아름다운 것을 연상시킨다. 공교로운 것은 이 두 사건 다 교회를 중심으로 해서 일어났다는 점이다. 교회에 대한 나의 애증 탓이었을까? 다른 사건은 기억에서 사라져 버리고 이 두 가지만 상호 증폭되면서, 상호 공명하면서 내 기억을 맴돌기 바랐던 탓일까?

구로동 사건의 주인공이라고 할 수 있는 조동욱 기사 덕분에 나는 공사장에서도 튼실한 철학 하나를 업어 내어 갈 수 있었다.

공사장의 노무자들, 특히 그 바닥에서 20~30년 굴러 온 늙은 노무자들에게 토막 일본어는 곧 권위의 표상이었다. 그들은 자기네들끼리만 통하는 이 기이한 전문 용어의 세계를 구축하고 그 세계를 만나고자 하는 신출내기 노무자들에게는 호된 시련을 안겼다. 웬만큼 기술을 습득한 중견 기능공들도 바로 일본 말 때문에 그 세계에 합류하지 못했다.

나에게는, 약간의 일본어 기초가 있었던 덕분에 그 세계와의 합류가 그다지 어려운 일이 아니었다. 나는 공사장으로 나간 지 6개월이 채 못 되어 그들이 은어처럼 쓰는 일본어를 거의 대부분 구사할 수 있었다. 그런데 건축 기사들에게 영어로 된 술어는 늙은 노무자들로부터 그들의 권위를 지키는 또 하나의 표상이었다. 대학의 건축과를 졸업하고 까다로운 시험을 거쳐 면허를 얻은 건축 기사들 역시 자기네들 사이에서만 통용되는 전문 용어의 세계를 구축하고, 전문 기능공들과의 거리를 조정해야 하는 나 같은 사람을 몹시 난감하게 했다.

내가 공사장으로 뛰어든 직후, 『건축 시공학』 등 몇 권의 기초적인 건축 공학 책을 읽어야 했던 것은 바로 이 때문이었다. 건축 공학이나 토목 공학의 세계가 너무 넓고 깊어 내가 습득한 전문 술어는 지극히 작은 부분에 지나지 않을 것이다. 그러나 그 지극히 작은 부분을 알게 된 것도 나에게는 적지 않은 도움이 되었다. 야심만만한 건축 기사들은 노무자들을 상대로 술을 마시지 않는 것이 보통이다. 이 양자에게는 공사장이라고 하는 공통되는 화젯거리가 있는데도 불구하고 대화가 되는 경우가 드물다. 술어

675

자체가 다르고, 대화로 삼는 현장 상황의 수준이 다르기 때문이다.

부산 현장에서 만난 건축 기사 조동욱과 나의 사이는 예외에 속한다. 우리는 자주 어울려 마셨고, 자주 어울려 싸우기도 했다. 우리가 자주 어울려 마실 수 있었던 데엔 이유가 있다. 그는 언뜻 이야기를 들어 보면 굉장히 반문학(反文學)적인 사람 같아도 사실은 그 반문학성을 통하여 역설적으로 문학이라는 공간 안에 위치하는 사람이었다. 내가 그의 이야기 상대가 될 수 있었던 까닭은, 모르기는 하나 건축학이라고 하는 학문이 얼마나 넓고 깊은가를 인식하는 듯한 인상을 주었기 때문이 아닐까 싶다. 그런데도 우리는 자주 입씨름을 했다. 그가 속하는 건설 회사와 내가 속하는 재도급업자의 이익은 항상 상충하기 때문이었다. 우리의 화제는 항상 일반적인 것에 머물렀을 뿐, 인간적인 아픔을 서로 나누는 그런 처지는 아니었다.

그런데 바로 그 조동욱 기사가 한 달 먼저 상경한 나와 서울 현장에서 합류한 날, 현장에서 비계공 두 사람이 추락사하고, 조동욱 기사 자신이 중상을 입는 사고가 발생했다. 두 비계공은 6층에서 한 덩어리가 되어 떨어져 즉사했고, 조 기사는 이들이 떨어지면서 부서뜨린 방석망(防石網) 파편에 맞아 견갑골과 대퇴골이 부러지는 중상을 입은 것이었다.

사고 닷새 뒤 조 기사가 정신을 차렸다는 소문과 사고를 둘러싼 가닥도 안 잡히게 뒤숭숭한 소문을 듣고 나는 병원으로 그를 찾아갔다. 그는, 애인인 듯한 고운 여자의 시중을 받으며 침대에 누워 있었다. 놀랍게도 여자는 젖은 손수건을 들고 있고, 그의 눈이 심하게 부어 있는 것으로 보아 오래전부터 울고 있었던 모양이었다.

내가 들어갔지만 그는 웃지 않았다. 형식적인 인사를 건넸지만 그는 내 얼굴만 빤히 노려볼 뿐 대꾸를 하지 않아서 우리의 인사는 수인사가 되지 못했다. 그에게서 술 냄새가 났다.

「중환자에게 술이라니……. 괜찮은 겁니까?」

「배경이 좋아서…….」 내 말에 그가 코맹맹이 소리로 대답했다.

「어떻답니까, 병원에서는?」

「……」

내 얼굴을 빤히 바라다보고 있던 그가 애인이기가 쉬운 여자에게 물었다.

「산에는 언제 갈 거지?」

「내일모레요……」여자가 대답했다.

조 기사가 눈을 게슴츠레하게 뜨고는 나를 보고 물었다.

「이 형, 〈하드화이버〉라는 말 아시지요?」

「건축 기사들이 맨날 노무자들에게 쓰라고 볶아 대는 〈딱딱한 안전모〉아닙니까?」

「그렇다면 〈화이트칼라〉는 〈하얀 와이셔츠 칼라〉, 〈블루칼라〉는 〈파란 작업복 칼라〉게요? 그것은 축자역(逐字疫)이라는 거고…… 상징적인 의미 말입니다.」

「그런 게 있었어요?」

「〈하드화이버〉라는 말은, 정확한지 아닌지는 모르겠지만요, 합리적인 것이 아니면 좋지 않는 우리 같은 기술자를 야유하는 말일 거예요. 말하자면 반문학적, 반철학적, 반지성적…… 뭐 그런 거.」

「……」

「이 형이 남의 이야기 잘 들어 주는 걸 볼 때마다 나는, 천생 패관이로구나, 이런 생각을 하는데, 맞아요?」

「아마 그럴 겁니다.」

「좋아요, 모레, 이 사람 없을 때 오세요. 그러면 이 하드화이버가 패관에게 이야기 한 자루 들려줄게요.」

「오늘은 그만 가라는 뜻인가요?」

「그래요……. 오늘은 이 사람과 놀고 싶어서……. 대신 내일모레는 술을 넉넉하게 사 가지고 와서 마시세요. 내 이야기는 아주 길고 기니까.」

「그럽시다……」

나는 어정쩡한 얼굴을 하고 그 방을 나왔다. 여자가 따라 나오면서, 〈신경이 몹시 날카로우셔서요…… 죄송합니다〉 하고 말했다.

나는 그 다음다음 날, 저녁을 먹는 즉시 그의 말대로 술을 좀 사 들고 그를 찾아갔다. 그는 중환자실에서 일반 독실로 옮겨져 있었다.

다음에 싣는 이야기는 그의 말마따나 〈패관〉인 내가 옮겨 적은 〈하드화이버〉 조동욱의 기나긴 고백이다. 정확하게 말하면 패관과 하드화이버가 합작한 패자 부활의 노래이다. 그의 말이 구어체에만 머물지 않는 까닭이 여기에 있다.

41
패자의 부활

　당신네 로맨티시스트들은 여행을 찬양하지요? 하지만 나는 달랐어요. 부산 현장에서 서울 현장으로 올라오던 며칠 전까지만 해도 나에게 여행이라고 하는 것은 이 도시에서 저 도시로 가는데 필요한, 그러나 몹시 거추장스러운 요식 행위에서 더도 덜도 아니었지요. 나는 여행에 바쳐지는 찬사에 동의할 수 없었어요. 나에게 여행은 정신을 젊게 하는 샘물도, 영혼의 자유를 가르치는 사람의 학교도 아니었어요.

　부산에서 서울까지 단숨에 왔었어야 하는 건데, 그저께 특급 열차를 놓치고 완행열차밖에 잡지 못했어요. 그나마 일반 객실을요. 그래서 내 여행은 불행했지요.

　당신네들은 시장(市場)을 찬양하지요? 완행열차의 일반 객실을 찬양하지요? 나는 그럴 수 없었어요. 난방이 제대로 되면 까실까실하게 마르고, 난방이 안 되어 있으면 썰렁한 객실의 분위기가 싫었어요. 기탄없는 사투리에 당당하고 솔직하게 묻어 나오는 술 냄새, 담배 냄새가 싫었어요. 앉아 있기에는 너무 넓고, 기대기에는 너무 좁은 좌석과 좌석 사이의 그 공간이 지니는 비인간적인 공학이 싫었어요. 자리라도 모자라는 날이면 팔걸이에 옹색하게 걸터앉아 좌석 임자의 양심을 몹시 번거롭게 만드는 입석 승객이 싫었어요. 좌석에 술판이라도 벌어지면, 팔걸이에 걸터앉은 입석 승객의 입에서는 손이라도 하나 불쑥 튀어나올 것

679

같지 않던가요?

　밤차를 탔어요.

　창이기를 진작에 그만두어, 한낱 어둠의 벽에 지나지 않는 밤 열차의
차창, 거기에 비치는, 이쪽으로 떨어져 있는 만큼 저쪽으로 물러나 있는
텅 빈 내 얼굴. 긴 시간, 똑같은 후경(後景)을 짊어지고 있어야 하는 그
부담감. 긴 출찰구를 빠져나갈 동안 다리에 느껴져 올, 감미로울 것이
하나도 없는 피로감. 밤을 새우고 거기에서 하얗게 기다리고 있을 터인
아침. 너무 넓어 보일 광장에서의 짧은 망설임. 이게 어째서 아름다운
것인지 나는 알 수 없었어요. 나는 이런 경험을 사랑할 수 없었어요.

　야간열차 안에도 내가 좋아하는 것이 있기는 있었어요. 판매원들이
문을 열 때마다 묻어 들어오는 힘찬 기차 바퀴 소리. 열차가 내고 있는
속도를 상징하는 소리지요. 이 소리야말로 정체의 드라마에 완벽하게
저항하는 상징적인 소리 아닌가요.

　나는 저항하기로 마음먹고, 자리를 잡자마자 눈을 감고 잠을 청했어
요. 나는 특급 열차로 올라왔어야 했어요. 서지도 않고 통과해 버리는
특급 열차에 무시당한 데 자존심이 상한 듯이 배를 한번 쑥 내밀고 역두
에 서 있는 시골 역장 본 적 있어요? 나는 그런 시골 역장 앞을 지나오면
서 이렇게 소리를 질러 줄 수 있었어야 했어요.

　〈보세요. 거리를 가장 빠르게, 가장 확실하게 극복하는 이 눈부신 속
도 좀 보시라고요.〉

　그래야 했는데 완행의 일반 객실에 탔으니, 시골 역장을 향해서 그렇
게 외칠 수가 없었으니, 내가 얼마나 속이 상했겠어요. 얼마나 기가 죽
었겠어요.

　그런데 아버지와 내 아우 동주를 생각하니 힘이 솟더군요.

　〈……아버지, 제가 갑니다. 아버지 손에 쫓겨났던 제가 이제 갑니다.
빛나는 승자가 되어 이제 갑니다.〉

〈동주야, 내가 간다. 느리기는 하다만 나는 확실하게 가고 있다. 우리는 어쩌면 또 한 차례 승부를 가려야 할지도 모른다. 이제 나에게는, 아버지와 너에게 도전할 터전이 있다…….〉

「얼라, 조 기사님도 서울 가시네…….」

귀에 선 목소리지만, 분명히 내 이름을 부르는 소리라서 눈을 떴어요. 눈을 떠보았더니, 차림이 비슷비슷한 세 사내에게 갇혀 있더군요. 옆으로 하나, 앞에 둘.

「나를 아세요?」 목소리의 임자를 찾으려고 내가 물었지요.

「그럼요.」 앞에 앉아 있던, 늙수그레한 사내가 대답하더군요.

고개를 들고 그 사내를 바라보았는데, 세상에 이상한 일도 다 있지요. 사내의 얼굴이 낯익어 보이는 겁니다. 답답해 보일 정도로 좁은 미간, 푹 들어간 눈살, 늘여 놓은 듯이 긴 인중, 빨아 놓은 듯한 턱……. 나는 문득, 나는 분명히 이 사람을 안다…… 이런 생각을 했어요.

나는, 차림새가 비슷한 세 사내에게 둘러싸여 있었어요. 시커멓게 그을리고, 낡은 지폐처럼 구겨진 얼굴, 떡갈나무 가지처럼 메마른 손, 겨울이 온 지 오래인데도 그대로 입고 있는 여름 양복, 나이에 걸맞은 거드름을 배우지 못한 몸가짐.

당신도 잘 알지요? 너무나 잘 알지요? 이런 사내들이 많은 곳을?

「아, 부산 현장에 계셨군요?」

내가 이런저런 생각 끝에 말 마중을 하자, 내 바로 앞에 있던 사내가 갑자기 시끄럽게 굴기 시작하는 겁니다. 수리가 끝난 라디오처럼요.

「앗다, 나 모르시오? 〈도비(비계공)〉 김이묵이. 〈아시바(비계)〉에만 올려 놓으면 〈마루타(비계목)〉로 새도 잡소.」

「그러니까 비계공이시군요.」

「비계공? 그 말 재미없어요. 〈도비〉라고 해요, 〈도비〉…….」

「김이묵 씨라. 들은 적이 있는 것 같군요.」

「있을 겁니다.」

「일륜수차(一輪手車)의 김이묵 씨던가요?」

「하지만 〈이찌링데구루마(일륜수차)〉 도둑놈이라는 건 당치 않아요.」

「술 바꿔 자셨다면서요.」

「박 기사 눈앞에서 일어난 일인데, 박 기사 그 양반, 사람이 덜되었어.」

이 형, 당신도 이른바 〈일륜수차〉 사건을 잘 알지요?

부산 현장에서 우리는 골조 공사와 기계 설비를 동시에 했다. 군수 산업체여서 기계의 중요한 부분은 골조 공사 때부터 제자리에 찾아 앉혀야 했다. 그런데 여기에 쓰이는 부품은 대개 미국에서 수입된 값비싼 것들이 많았다. 값비싼 것들이라서 외부로 무단 반출되는 일도 더러 있었다. 현장소장이 경비원들에게, 퇴근하는 노무자들을 검신하기를 명한 것은 바로이 때문이었다. 검신이 제도화되고 난 뒤부터는, 노무자들이 자재 야적장으로 리어카나 일륜수차를 끌어내어 갈 때도 경비원들은 반드시 빈 리어카나 일륜수차 바닥을 조사한 뒤에야 야적장으로 내보내고는 했다.

토목의 박 기사 말에 따르면, 경비원들이 리어카나 일륜수차를 조사하는 광경을 바라보고 있던 비계공 김이묵이 불쑥 이런 말을 내어놓았다.

「기계 부속품은 안 새어 나가겠다만, 리어카나 이찌링데구루마 훔쳐 먹기는 여반장이겠구먼…….」

그 말을 듣고 있던 토목 기사가 김이묵에게 싱거운 수작을 걸었다.

「영감님이 한번 훔쳐 보시겠소?」

「박 기사, 내기합시다. 후문 〈한바(식당)〉까지만 끌어가면…….」

「훔치는 데 성공한 것으로 치고 내 술 한 말 사리다.」

박 기사가 가만히 보고 있으려니, 김이묵은 빈 일륜수차 바닥에다 거적을 한 장 덮고는 태연하게 밀고 후문을 나섰다. 경비원은 거적을 열어 보고, 그 안에 아무것도 없는 것을 확인하고는 일륜수차를 통과시켰다. 김이묵은 여상스럽게 그 일륜수차를 식당까지 밀고 갔다.

「이것을 허허실실이라고 하는 것이여.」

김이묵은 일륜수차를 되밀고 들어와, 비계공들 앞에서 삐기면서 박 기사에게 술 한 말 살 것을 요구했다. 그런데 이 일에 대한 박 기사의 대처 방법은 적절하지 못했다. 그는 김이묵에게, 일륜수차를 제자리에 밀어다 두라고 되려 호통을 쳤던 모양이다. 그날 밤에 김이묵은 다시 한 번 그 일륜수차를 밀고 나가, 마을에다 정확하게 술 한 말 값에 팔고는 동료들을 불러 그 술을 마셔 버린 것이다. 이것은 분명히 절도에 속하지만 뒤끝이 풀리기는 그 반대로 풀렸다.

우리는, 박 기사는 바보가 되고 김이묵은 영웅이 된 그 사건을 〈일륜수차 사건〉이라고 불렀다.

김이묵의 옆에 앉아 있던, 셋 중에서는 가장 젊어 보이는 사내가 엉덩이를 들었다 놓으면서 고개를 숙입디다.

「〈도비〉질 하는 장가(張哥)올습니다.」

그 옆에 앉아 있던 사내도 인사를 하는데…….

「저는 박문(朴門)에서 태어났지만, 하기는 박가(朴哥)라고 합니다.」
이러고는 깔깔 웃더군요.

「당연하지 않습니까…….」

내가 이렇게 재미없게 문자 박이라는 자가 재담 풀이를 하더군요.

「박문에서 태어나고도 장가라고 하는 놈이 있는데요, 뭘.」

「왜들 이래요?」

장가가 눈을 부라리자 김이묵이 점잖게 한마디를 내어놓습디다.

「다 그런 것이야. 인생이 노가다 판이요, 노가다 판이 곧 인생이라는 말도 못 들어 보았느냐? 〈야리가다(공사 시작)〉 매는 놈 따로 있고, 〈오시마리(일 매듭)〉 짓는 놈 따로 있다지 않더냐?」

「이무기 〈상(樣)〉 이칼라카는기요?」

「이무기? 이놈이 어른 별호를 함부로 부르고 있지를 않나? 이놈, 입만 벙긋하면, 〈한번 도비는 영원한 도비〉라고 하는 놈이 선배 대접을 이렇게 〈가라〉로 해?」

이 형, 알지요? 나이를 합하면 150살이 넘을 터인 세 사내가, 새파란 내 앞에서 씩뚝쌕뚝 말놀이를 벌이고 있는 겁니다. 하지만 이상할 것은 하나도 없지요. 〈도비〉가 원래 그런 사람들 아니던가요?

공사장, 그것 참 이상한 곳이었다.

공사장은 많은 사람들이, 들어가 살아 보지도 못할 건물을 세우기 위해 땀과 피를 흘리는 곳, 세운 다음에는 아무 미련도 없이 그것을 떠나는 희한한 사람들의 가설극장이었다. 공사장의 임시 울타리인 〈가리가꼬이(假圍)〉 안에는 〈임시〉가 아닌 것이 드물었다.

건축 자재 창고도 임시 창고인 〈가리고야(假小庫)〉, 경비 초소도 임시 건물인 〈가리스마이(假住)〉, 현장 사무소도 임시 조립 건물인 〈가리구미다데(假組立)〉, 노무자들의 숙소도 임시로 세운 〈가리야(假屋)〉였다. 재도급업자들로부터 늘 비싼 술을 얻어 마시고 취한 채로 돌아와 자는 건축 기사들의 숙소도 가건물이었고, 이들이 지휘하는 수많은 노무자들도, 재도급업자들의 가신(家臣) 몇몇을 제외하면 언제나 현지에서 조달되는 것이 보통인 임시 노무자들이었다.

임시 노무자들은 임시인 일터에서 임시로 지내면서 임시로만 쓰이는 말을 배웠다. 공사장에서 좀체 사라지지 않는, 귀퉁이가 닳을 대로 닳은 왜말 토막들은 이 임시 노무자들의 임시 관록을 과시하는 빛나는 계급장이기도 했다.

많은 노무자들은 〈데모도〉로 입문하여, 〈심보우(인내)〉를 썩 잘해 내어 〈히도리마에(한몫 일꾼)〉가 되거나 영원한 〈시로우도(초심자)〉로 공사장을 〈시마이(끝맺음)〉하거나 둘 중의 한 길을 택하는 것이 보통이었다. 이들은 하여튼 쓰일 데만 있으면 왜말 토막들을 귀신같이 찾아 씀으로써 땀으로 쌓은 제 관록의 아성에 초심자들이 다가오는 것을 견제했다. 그러나

684

아무리 왜말을 귀신같이 찾아 써도 〈곤니치와〉를 아침 인사로 삼을 만큼 왜말을 철저하게 섬기는 사람은 없었다. 어떤 의미에서 노무자들은 한 가지를 줄기차게 섬기는 데 실패한 사람들, 어느 것 한 가지에 철저하기를 진작에 그만둔 사람들이었다.

공사장의 임시 노무자들 중에는 제 목숨조차도 임시로 여겨 버리는 사람들이 있었다. 건물이 설 자리에다 전나무 원목을 얽고, 그 사이에다 장나무나 널나무를 깔아 인부들이 딛고 다닐 발판을 만드는 사람들……. 이들이 바로 자칭 〈도비(소리개)〉들인 비계공들이었다. 이들은 〈한번 도비는 영원한 도비〉라는 긍지에 찬 표어를 앞세워 저희들이 여느 노무자들과 얼마나 다른가를 끊임없이 상기시키려고 했다. 그래서 건축 기사들이 노임 계산표에다 그들의 직분을 〈비계공〉이라고 써넣으면, 〈도비는 어디까지나 도비〉라는 주장을 곁들여 술 냄새를 풍기면서 항의하고는 했다.

공사장을 군대에다 견준다면 〈도비〉는 장거리 정찰대 아니면 수색대에 해당했다. 적정 수색이 장거리 정찰대원들이나 수색대원들 없이 이루어질 수 없듯이 건물 또한 이들이 놓아 주는 임시 발판과 임시 계단 없이는 한 층도 올라갈 수 없었다. 〈도비〉는 그 임시 발판을 만드는 데 결코 임시일 수 없는 저희 목숨을 거는 것도 마다하지 않았다.

〈도비〉는, 위험하다는 건축 기사들의 현장 평가를 도무지 귀담아들으려 하지 않았다. 그들에게 위험을 강조하는 것은 쓸데없는 일이었다. 피가 뜨거운 전쟁터의 정찰대원들에게 그랬듯이 〈도비〉들에게도, 위험한 일을 맡기려면 그 위험의 정도를 살짝 과장해 보이는 전술은 언제나 유효했다.

그들은 높은 곳을 두려워하지 않았다. 그들은, 네 다리 중 한 다리만 바위에 걸려 있어도 다음 도약 지점으로 정확하게 뛸 수 있다는 산악 지대의 산양을 상기시키고는 했다. 그들은 저희들 손으로 얼기설기 엮은 비계목 사이를 잔나비처럼 넘나들면서 땅 위에서 꼼지락거리는 여느 인부들에 대한 우월감과, 일당에 얼마씩 더 붙어 들어오는 생명 수당을 뽐내었다. 그들은 빈 하늘에다 〈마루타〉를 엮어 〈아시바〉를 짤 때마다 그 위험을 감수하는 만큼의 대접과 명예를 요구했다.

　설 건물이 그 자리에 서고, 꾸며질 것이 다 꾸며지면, 맨 먼저 만들어진 〈아시바〉는 맨 나중에 헐려 나갔다.

　〈아시바를 날리자.〉

　〈도비〉들은 이렇게 소리치면서, 저희들이 목숨을 걸고 짰던 〈아시바〉를, 또 한 번 목숨을 걸고 헐어 내었다. 그러고는 〈아시바〉가 날아가고 거기 홀로 남은 건물을 돌아다보면서 그 현장을 떠나가고는 했다. 내가 〈도비〉들에게서 강한 인상을 받은 것은 나 역시 월남에서 그렇게 떠나왔기 때문일 것이다.

　이 형, 그래요, 그 사람들은 비계공들이었어요.

　내가 그 비계공들을 돌보고 있었기 때문에 비계공 이야기를 이렇게 장황하게 하는 것으로 오해하지 말아요. 이유가 있답니다.

　기술적인 용어로 말하자면, 우리에게 비계목은 〈제재목이 아닌, 육송과 미송의 원목〉입니다. 비계공은 〈파이프 스캐폴드 조립공의 대체 인력〉입니다.

　그러나 나에게, 이 비계공이라는 직업은 기술상의 용어 이상의 의미가 있기는 합니다. 아버지가 전직 비계공이었거든요.

　나는 아버지가 비계공이었다는 이유에서, 비계공들이 특권처럼 누리는 상스러운 욕지거리와 무절제한 생활을 경멸했어요. 나는 진심으로, 비계공이었던 아버지가 구축한 그 저급하던 생활을 밀어 버리고, 합리적이고 튼튼한 생활을 세우고 싶어 했어요. 나는 정말, 저 어처구니없이 감상적이고 터무니없이 공명정대하지 못한 인간들의 터전을 밀어 버리고 그 자리에다 새로운 세대를 세우고 싶어 했어요.

　세 사내는 곧 어지러울 정도로 바쁘게 소주잔을 돌리기 시작했어요. 내게 도로 소주잔과 질문이 주먹처럼 날아들었고요. 하지만 나는 어느 것도 받을 수가 없었어요. 과거를 모르는 사람들과 보내는 시간이 내게는 낭비였지요. 모르는 사람들이 쏟아 내는 그 과욕한 말의 불경제를 나는 견딜 수 없었어요. 틈만 나면 그들이 부리는 이른바 〈가라겡끼(허세)〉를 나는 견딜 수 없었어요.

싫었어요, 정말 싫었어요. 그들의 술이 싫었고, 처지를 모르고 술만 마시는 그 허장성세가 싫었고, 형편도 헤아리지 않고 호기를 부리는 그 무신경이 싫었어요.

그들은, 다음 날이면 옷을 벗어 붙이고 올라가야 할 비계의 위험을 생각해서라도 밤술을 절제해야 했고, 나는 새로 만날 현장 소장과의 상견례를 위해서 피로에 지치지 않은 말짱한 시간을 묻어 두었어야 했지요. 그래서 그들의 술을 단호하게 거절했어요. 단순한 거절이 아니었지요.

내게는, 내가 획득한 지위에 대한 자부심이 있었어요. 건축 기사인 내가 비계공인 그들과 같을 수는 없는 거지요. 나는 그들과 어울리는 대신 그들에게 군림해야 했지요. 그러자면 언제 어느 현장에서 당할지도 모르는 그들의 〈기어오르기〉에 대비해서 적당한 거리 감각과 적절한 권위 의식에 익어 있지 않으면 안 되었지요.

나는, 인생을 썩 잘 산 것 같지 않은 사람들과의 대화는 참아 낼 수 없었어요. 그들 나름으로만 의미심장한 에피소드, 그 에피소드의 배역을 다채롭게 하느라고 그들이 내세우는 수많은 곁다리 인물에 내가 어떻게 견딜 수 있었겠어요?

이 형, 나는 이제야 알게 되었어요. 필경은 내가 하고 있는 이 이야기조차도 결국은 그런 이야기의 범주를 벗어나지 못하고 있을 테지요. 그것이 이야기라는 것의 숙명일 테지요.

그런데 김이묵의 얼굴이 낯익어 보이는 겁니다. 김이묵의 얼굴이 자꾸만 나를 불쾌하게 만드는 겁니다. 나는 그 까닭을 헤아려 보았어요. 답답해 보일 정도로 좁은 미간, 푹 들어간 눈살, 늘여 놓은 듯이 긴 인중, 빨아 놓은 듯한 턱……. 이 얼굴이 왜 나를 이렇듯이 불편하게 만들고 있는가. 나에게, 이런 얼굴을 한 사람으로부터 오래 기억에 남을 만

큰 수모를 당한 적이 있던가……. 없었어요. 아버지와 동주 이외에, 내게 오래 기억에 남을 만한 수모를 안긴 사람은 없었지요.

아니면, 이런 얼굴을 한 사람의 농간에 휘말려 큰 손해를 입은 적이 있던가……. 그래서 이런 얼굴을 한 사람에게 적의를 느낀 적이 있던가……. 없었어요. 나는 모험을 해본 적이 없어요. 따라서 큰 손해를 본 적이 없어요. 내 여자를 비난하고, 나를 내 집에서 쫓아낸 아버지와 동주 이외에 나에게 손해를 입힐 수 있었던 사람은 없었지요.

아니면, 거짓의 울타리를 치고, 이런 얼굴을 한 사람으로부터 나를 지키려고 애쓴 적이 있었던가……. 그래서 내가 이런 얼굴을 경계하고 있는 것인가……. 없었지요. 나는 거짓말을 경멸했어요. 내가 알기로, 거짓말이라고 하는 것은 입구만 있을 뿐, 출구는 없는 방 같은 것이지요. 나는 출구가 없는 방으로 들어갈 만큼 어수룩한 인간이 아니었어요. 이 세상에 그런 울타리를 치고 살아온 사람들이 있다면 그것은 아버지와 동주라고 나는 생각했어요. 나는 그렇게 믿었지요. 아버지와 동주야말로 거짓으로 울타리를 하나 치고 그 울타리 뒤에 꽁꽁 숨어 산다고 믿었던 것이지요.

그래서 그런지도 모른다……. 쉰을 넘긴 것 같은데도 여전히 씩씩하고, 여전히 경망스럽고, 여전히 비계공이라는 직업을 자랑으로 여기는 김이묵에게서 아버지를 연상하고 있었기 때문에 갑자기 불쾌해졌는지도 모른다……. 나는 이런 생각을 해보았어요. 하지만 김이묵에 견주어 본 아버지는 너무 초라했어요. 김이묵은, 현재를 사는 씩씩한 강자, 아버지는 과거의 잿더미를 뒤적거리는 비굴한 약자에 지나지 못해 보였어요. 김이묵은 아버지보다 훨씬 잘난 사람으로 보였던 것이지요.   ·

하지만 그것뿐입니다. 쉴 새 없이 주고받은 술이 만들어 낸 기운으로 세 비계공의 말투는 걷잡을 수 없이 거칠어져 가더군요. 비계공들답게, 소리로 된 비계를 타고 까마득한 높이로 올라가 서로 상대가 타고 있는 말의 비계를 흔들어 대는 것 같더라고요. 비계공이 아닌 나를 쇠똥구리로 보는 것 같더라고요. 그 증거로, 내게로도 반말이 거침없이 넘어옵디다.

이 형, 당신은 재도급업자에 속합니다. 그런데도 나는 당신을 좋아해요. 이것은 진실입니다.

진실이 아닌, 사실을 한 가지 말할까요? 나는 선배 기사가 술기운을 빌어 내게 했던 말을 아직도 기억합니다.

〈현장의 노무자나 재도급업자와는 인간적으로 사귀지 마라. 언젠가는 불알을 잡힌다. 노무자와 업자는 현장의 자원이다. 시공 수첩에도 안전 관리 수첩에도 《인간적》이라는 말은 없다. 업자를 믿지 말고 검측 콘벡스를 믿어라. 희생자? 지름길에는 희생자가 있기 마련이다……〉

과연 하드화이버다운 발상이지요? 나는 그 말을 떠올리면서 창 쪽으로 돌아앉았어요. 서울이 가까워지면서 불빛이 이따금씩 얼굴 한가운데를 스치고 지나가고는 하더군요. 비계공들은 수원을 지나서야 잠이 듭디다. 산새 우는 소리를 내면서 자는 사람도 있습디다.

내 꿈은 설계 도면처럼 구체적이었어요. 내 머릿속에는 미래의 내 모습이 조감도처럼 선명하게 그려져 있었지요. 이스트엘리베이션, 웨스트엘리베이션, 사우스엘리베이션, 노오스엘리베이션…….

기차가 플랫폼으로 들어서면서 기적을 울리자 밤이 하얗게 깨어났지요. 수화물 창고 앞에서는 새들이 나뭇잎처럼 흩어졌고요. 느슨한 종착역 어나운스먼트가 들려오기 시작하자 열린 문으로 찬바람이 들어와 밤새 괴어 있던 탁한 공기를 씻어 나갔지요.

「일어나시오.」

나는, 썩은 나무토막처럼 아무렇게나 무너져 있는 김이묵을 깨웠어요. 나머지 둘도 따라 일어났어요. 취했던 것이 쑥스러워 그랬겠지만, 늙은 비계공들은 기차가 멎어 있는 것을 보고 화들짝 놀라는 시늉들을 합디다.

「저희들은 구로 현장으로 갑니다. 인연이 있으면 또 뵙겠지요.」

김이묵의 말입니다. 나는, 인연 한번 질기구료, 하려다 말고 외투를 입었지요. 세 사내는 문득 세상이 재미있어진 처녀들처럼 뭐가 그렇게 좋은지 서로 깔깔거리면서 출찰구 계단을 오릅디다.

목적지가 분명한데도 나는 텅 빈 역 광장에서 잠깐 망설였네요. 아침이, 고삐를 끊고 달아난 송아지가 얼마 못 가고 우는 울음소리처럼 텅비어 보여서요.

여자에게 전화를 걸었지요. 공중전화기 신호가 네거리를 건너고 육교를 넘고 강을 건너고 할 동안 가슴이 두근거리더군요. 여자는 제 집으로 오라고 하더군요. 처음 듣는 공대말로. 잠옷도 준비해 두었다고 하더군요. 하지만 나는 갈 수가 없었어요.

2년 동안 만나지 못했던 아버지와 동주를 먼저 만나야 했지요. 우리들의 싸움터, 우리들의 격전장을 먼저 방문해야 했지요.

서울의 물가에 밀리고 도시의 방세에 밀린 사람들이 더 이상은 물러설 수 없는 변두리 산비알 마을의 디근 자 집. 이 형도 그런 집을 아시지요? 이 집에서 우리 삼부자는, 자그마치 네 세대나 되는, 우리만큼이나 가난한 사람들과 함께 살았어요. 이 다섯 세대 중에서 네 세대는 겹방살이였지요. 방세로 먹고사는 주인도 넉넉한 사람이라고는 할 수 없었어요.

가난한 이유는 가지가지였지요. 우리 집에는 비천해서 가난한 사람도 있었고, 게을러서 가난한 사람도 있었으며, 무지해서 가난한 사람도 있었고, 가난한 줄을 몰라서 가난한 사람도 있었어요.

어느 날 단칸방에 사는, 자식을 셋이나 거느린 게으름뱅이 뚱뚱보 실업자는 공군 부대의 장교한테 얻어맞아 이빨이 세 개나 부러진 적이 있었어요. 그러자 약간 천박한 데가 있는 하사관이 달려가 공군 장교를 위협하여, 게으름뱅이 뚱뚱보로서는 쉽게 만져 볼 수 없는 거액의 치료비를 받아 내었지요. 게으름뱅이 뚱뚱보는 그 돈의 일부를 헐어 디근 자 집에다 잔치를 벌이더군요. 주인집 사내가, 사람이 재수가 좋으면 그렇게 횡재하는 수도 가끔 있기는 하지만 다 김 중사 덕인데 그 은공을 잊

690

으면 사람이 아니다, 이렇게 꼬드겼기 때문에 자리를 만들었던 겁니다. 게으름뱅이 뚱뚱보는 설사 주인이 그런 말을 하지 않았더라도 그런 자리를 만들지 않고는 배기지 못했을 그런 위인입니다.

나는 그런 자리에 어울릴 수 없었어요. 값만 제대로 쳐준다면 어금니까지 몽땅 뽑히는 것을 마다하지 못할 그들의 가난한 처지가 싫어서가 아니었어요. 그러고도 그걸 〈횡재〉라면서 한턱내지 않고는 배기지 못하는 그 서글픈 건망증이 싫어서였지요.

주인은 그릇이 그것밖에 되지 않아서 가난한 사람, 뚱뚱보 실업자는 게을러서 가난한 사람, 하사관은 비천할 만큼 호기 부리기를 좋아해서 가난한 사람이었어요. 이들은 싼 술 몇 잔에도 그 가난을 잊어버릴 만큼 건망증이 심하다는 것이었고요.

그런데 가난뱅이가 또 있었군요. 술자리가 벌어지면 우리 집의 가난뱅이들 중에서 가장 인기가 있었던 사람은 미울 것도 고울 것도 없는, 귀 어두운 작부와, 그 작부가 먹여 살리는 벙어리 남편이었지요. 이들은 무지해서 가난한 사람들이었을 겁니다. 작부는 술집을 옮겨 앉으면서 선금을 받을 때마다 디근 자 집 마당에다 잔치판을 벌였으니, 그런 잔치 마당에서는 늘 귀빈이었지요.

작부가 자주 선금을 받으면서 술집을 옮겨 다니는 걸 본 그 집 아낙네들은, 〈저게 어디가 고와서 그렇게 인기가 있는지 모르겠다……〉고 했지요. 하지만 아낙네들은 몰랐던 겁니다. 작부는 술을 잘 마셨어요. 그는 언젠가는 나에게, 귀 어두운 사람 특유의, 비강이 울리는 소리로 이렇게 말해 준 적이 있지요.

「나 술 많이 마셔요. 다른 애들이 나만큼만 마시면 마담 언니의 매상고는 세 곱절로 성큼 뛸 거예요.」

작부 아내는 술집에서 가난한 술꾼들의 호기에 불을 지르느라고 늘 술에 취해서 돌아왔고, 벙어리 남편은 늘 가난하고 한이 많은 사람들의 만만한 술친구가 되다 보니 늘 취해서 돌아왔지요. 이들 부부는 눈물이 많았어요.

밤이 이슥해지면, 여인네들이 소리를 죽이고 부르는 노랫소리도 더러 들려왔고, 술 냄새가 풍기는 날에는 여자들을 패는 사내의 고함 소리, 남자에게 얻어맞는 여자의 악다구니도 더러 들려왔지요. 그런 날에는 개가 유난히 많이 짖었어요.

아버지는 가난했어요. 아버지는 게으른 분도, 무지한 분도 아닙니다. 우리가 가난했던 건 아버지의 직무 유기 때문이었을 겁니다. 나중에 설명하지요.

그러나 그것은 나의 가난은 아니었지요. 나는 늘, 잠깐 그 가난한 집에 머물고 있을 뿐이라는 믿음을 버리지 않았어요. 나는 지름길을 선택해야 했어요. 곧장 가야 했어요. 곡선을 택하면 안 된다고 생각했어요. 나는, 방세로 먹고사는 주제에 한턱을 빼앗아 먹지 않고는 못 배기는 그 집 주인을 슬며시 꾀어다가 기어가지 않으면 안 될 정도로 여러 가지 술을 섞어서 먹여 놓고 싶었고, 이빨 값을 받아 온, 그 호기 부리기를 좋아하는 하사관을 메어다 하수구에 처박고, 이빨 값이 생겼다고 한턱을 내지 않고는 못 배기는 뚱뚱보 게으름뱅이는 이빨이 네댓 개 더 부러질 만큼 두들겨 패고 싶었어요.

그러나 아버지와 내 아우 동주에게는, 아무 짓도 할 수 없었어요. 나는 그저 아버지의 칙칙한 시선과, 동주의 가시 돋친 혀가 닿지 못하는 곳으로 물러서고 싶다는 생각밖에 하지 못했어요.

나는 아버지나 동주와 달라서, 갖가지 구실을 만들어 마당에다 술판을 꾸미는 그 괴상한 해질 무렵의 행복에 합류할 수 없었어요. 그것은 감정의 낭비였어요. 나는 아버지나 동주와 달라서, 그 실업자 가장들에게 다음 날이면 다시 그 더러운 도시로 쳐들어가지 않게 할 어떤 기적이 일어나기를 기도할 수는 없었어요. 그들에게 필요한 것, 우리 시대에 필요한 것은 노동이지 기도가 아니었던 겁니다.

나는 아버지나 동주가 포함되는 그들의 습관적인 가난, 만성병적인 건망증을 나의 빛나는 성공으로 짓밟아 주겠다고 생각했어요. 그때는 정말 그렇게 생각했어요. 영락없는, 하드화이버적 발상이지요.

2년 만에 그 디근 자 집 대문을 밀면서, 나는 아버지와 동주에게 승자가 되어서 돌아온 내 모습을 얼마나 들키고 싶었는지 몰라요. 그렇다고 해서 아버지와 동주로부터 칭찬을 받고 싶었던 것은 아니랍니다. 사실은 나는 그들이 여전히 당당하고 도도하게 내 직업과 내 사고방식을 깔보아 주기를 바랬어요. 그래야 내가 승리를 오래 즐길 수 있을 게 아니겠어요.

그런데, 이른 아침인데도 아버지와 동주는 집에 없었어요. 방 안에는 낡은 옷가지, 부엌에는 씻지 못한 그릇이 뒹굴고 있었어요. 동주의 서가에는 책이 엄청나게 불어나 있었고요. 휘어진 서가는 동주가 앓고 있는 지식의 소화 불량 증세의 상징 같은 것이라고 나는 늘 생각했었어요.

문을 열었지만 신발은 벗을 수가 없었어요. 내가 묻어 살던 흔적은 어디에도 남아 있지 않았거든요. 거절당하고 있는 느낌이었어요. 괘종 시계는 6시에 멎어 있었어요. 시계를 집어 태엽을 감다가 후회했어요. 태엽을 감으면, 거기에 애정이 채워질 것 같아서요.

주인을 불렀어요. 주인은 소식을 끊은 나에게, 왜 그렇게 소식이 없었느냐고 묻습디다.

「방이 비었군요. 아버지와 제 아우, 어디에 갔나요?」

「공사장에 나갔지.」

「공사장이라니요? 같은 공사장 말인가요?」

「그렇다니까.」

「어느 공사장요?」

「요 위에 있는 아파트 공사장. 그러고 보니 자네 회사 공살세……」

에멜무지로 내민 주먹으로 상대를 때려눕힌 기분이더군요. 그럴 수밖에요. 그게 바로 이 현장이었으니까. 알겠어요? 일주일 전의 일입니다. 내 아버지와 아우는 바로 이 현장에서 일하고 있었던 겁니다.

아버지와 동주가 현장에서 무슨 일을 하느냐고 물었더니 집주인은, 무슨 벼슬이라도 되는 줄 알았던지, 데모도, 데모도 하더군요. 그러고는 내가 바로 이 현장으로 왔다니까 주인은 혀를 차기 시작하는 겁니다.

〈큰일이구나, 큰일이구나……. 삼부자 싸움터가 공사장으로 옮겨 갔구나…….〉 그 집주인은, 말은 하지 않았지만 그렇게 생각했을 겁니다.

우리가 그 집에서 얼마나 싸웠는지 알겠지요?

아버지, 멀리 못 가셨군요……. 정말 그런 기분이었어요. 아버지는 30년 전에 떠난 공사장으로 되돌아갔으니까요.

현장으로 갔지요. 목재 야적장을 지나자 향긋한 바람이 불어와 아침 추위를 잊게 합니다. 헐려 나가는 각재 틈에서 까만 개미 떼가 톱밥에 섞인 채 우글거리고 있더군요. 제 거처를 헐린 개미들은 열을 짓지 못하고 추위에 새까맣게 얼어 죽고 있었고요.

동주가 거기에 있더군요. 톱밥과 먼지, 당혹스러운 가난이 동주의 옷자락에 묻어 있는 것 같더군요.

「동주, 너 여기에서 뭘 하냐?」

「보시다시피……. 다니러 온 거요?」

「아니.」

「그럼 본사 근무?」

「아니.」

「또 아니요? 아버지도 여기에 계셔요. 공사장으로 컴백하신 겁니다, 드디어…….」

「드디어? 황홀한 컴백이다, 임마. 아버지도 아버지지만 너는 왜 이꼴이냐? 이럴 생각이 아니었잖아.」

하기야 이 형도 인정하겠지만, 공사장에 생각이 있어서 머물고 있는 건 건축 기사들과 재도급업자들뿐이잖아요? 이 형을 비롯, 나머지 사람들은 잠깐 들렀다 가는 곳으로 인식한다는 거, 인정할 수 있지요?

694

「취직이 쉽지 않군요. 겨울은 어떻게든 나야 하지 않겠어요?」

「나, 이 현장으로 왔다. 일이 묘하게 꼬였구나.」

「꼬이기는?」

「그나저나 아버지는 웬일이시냐?」

「시대가 변하니 사람도 변해야지요. 아마 돈보다는 일이 필요해서 그러실 겁니다. 나도 아버지를 도우려고 애쓰고 있고요.」

「고맙다, 제발 그래라.」

나는 놀랐어요. 아버지가 공사장으로 돌아올 줄은 정말 꿈에도 생각해 본 적 없거든요. 그 이유도 나중에 설명하겠어요.

아버지가 현장 어디엔가 있다는 걸 알았지만 나는 아버지를 찾아다닐 수가 없었어요. 당연하지요. 아버지를 면회하러 간 것이 아니라 현장의 기사로 부임이라는 걸 했으니 당연하지 않은가요. 나는 현장 소장을 따라다니면서도, 그의 설명을 들으면서도 끊임없이 현장을 기웃거렸지요. 그러다가, 파이프 서포터 야적장 옆에서 이 형을 만났지요, 아마.

같은 현장에 한 주일 정도 있었어도 이 형은 동주를 잘 모를 겁니다. 동주는 이 형의 목공부 소속이 아니거든요. 어쨌든…….

나도 그 현장에서 조동욱 기사를 만났을 때의 일을 선명하게 기억한다. 파이프 서포터 야적장에서 만났을 때 조동욱 기사는 불쑥 이런 말을 했다.

「이 형에게 실망했어요…….」

「…….」

「노무계장의 마각이 백일하에 드러나고 말았거든요.」

「그게 나하고 무슨 상관입니까?」

「손 안 대고 코 푼다는 말 있지요? 김 계장은 말이지요, 다른 현장의 노무계장들이 재도급업자들로부터 술을 얻어 마시고 있을 동안 현장을 옮겨 다닐 때마다 사업을 벌이고는 그 사업체를 지원하게 만들었던 겁니다. 회사와 자기 직책을 2백 퍼센트 이용한 겁니다. 광주 현장에서는, 현장 옆

695

에다 가게를 하나 사놓고 재도급업자들이니, 노무자들이니, 회사 직원들이니 모조리 동원해서 시끌벅적하도록 번창하게 해놓고는 이걸 현지 사람에게 넘겨 권리금을 챙겼대요. 인천 현장에서는 암암리에 식당을 직영했고……. 부산에서도 똑같은 짓을 하려고 한 것은 좋은데…… 세상에, 교회에다 투기를 하다니……. 포도밭에다 땅 사놓고, 회사와 재도급업자와 노무자들의 관계를 이용해서 교회 신축 자금을 마련하려고 했던 거예요. 으리번쩍하게 지어 놓고, 제 동생 목사 놈 앞장 세워, 은혜로운 교회 어쩌고 하다가 이것도 팔아넘길 심산이었다는군요.」

「그런데 나에게 실망은 왜 합니까?」

「그놈의 천막 교회에다 불을 확 싸질렀던 사람이 이 형이었어야 했던 겁니다…….」 그는 목소리를 뚝 떨어뜨리고는 내 귀에다 입술을 대고 덧붙여 물었다. 「……이 형이 싸지르고 이리로 튄 거 아닙니까? 그 방면의 전문가일 테니까. 내가, 밀고할 사람으로 보입니까?」

「에이, 내가 교회에다 불을 싸지를 만큼 악당인 줄 아세요?」

「놈들의 행태를 가장 괘씸하게 생각해야 했던 사람이 바로 이 형인 것으로 판명되었거든요.」

「조 기사는 뭘 모르시는군. 그렇다면 방화범의 가장 유력한 용의자로 꼽히는 것도 나 아니겠어요?」

「그렇게 되나요?」

「내가 바본가요? 그것도 모르게? 그리고 나는 교회에 불을 싸지를 만한 악당이 아니랍니다. 교회의 식구는 아니라도 나는 여전히 그리스도의 추종자라고요.」

「어쨌든 실망했어요. 지금 이 형이 있어야 하는 곳은 이곳이 아니라 감옥이라고요. 감옥에 있으면 내가 틀림없이 면회 갔을 거요…….」

「조 기사나 가세요, 내가 면회 갈 테니까.」

「목공부 조 사장이 나중에 알고는 길길이 뜁디다만, 김 계장이 눈감고 봐주는 바람에 사업에는 굉장한 플러스가 되었을 겁니다.」

「해피엔딩이네요……」

사필귀정이니까 새삼스러운 소식은 아니었다. 따라서 반가울 것도 없었다. 조 기사와의 재회는 반가웠다. 그는 회의할 줄 아는 합리주의자였다. 눈에 보이지 않는 것보다는 보이는 것, 사람보다는 통계 숫자를 더 믿는 건축 기사들에게 회의는 보기 드문 미덕이었다.

정오가 되어서야 나는 비계목 야적장으로 가는 아버지의 리어카를 보았어요. 아버지의 손수레에 실린 비계목이, 아버지가 쓴 노란 플라스틱 화이버와 함께 출렁거렸지요. 오래 미워하고 오래 그리워하던 아버지의 박자였어요. 나는 하얀 알루미늄 화이버를 벗어 들고 아버지를 불렀어요. 아버지는 의외로 건강해 보였지요.

「연락도 없이……」

아버지는 이러면서 손수레 손잡이를 가만히 내려놓고 노란 플라스틱 화이버를 벗은 뒤 땀을 씻었지요. 그러고는 천천히, 반밖에는 펴지지 않는 왼쪽 다리를 비계목 토막 위에 올려놓더군요. 아버지는, 왼쪽 다리가 반밖에는 구부러지지도 펴지지도 않는 절름발이였어요. 이 형, 이제 우리 아버지가 어느 분이었는지 알겠지요?

「……다니러 왔나?」

「아뇨.」

잘 알겠지만 내 아버지의 풍채는, 여느 아버지들처럼 위풍당당하지 못해요. 아버지의 이마에서 땀이 한 가닥 흘러 내려와 주름살 속으로 스며들고 있었지요.

「동주도 여기에 있다, 만나 봤느냐?」

「아뇨.」

나는 만나 보지 못했다고 거짓말을 했어요. 우리 아버지는, 다 해야 둘밖에 안 되는 자식 농사에도 실패한 절름발이였어요. 시작부터가 그랬지요.

「〈도비〉를 다시 한 번 하자 했더니 안 된단다. 다리가 이 모양이라서 쉽지 않다는 것은 알았지만 늙어서 안 된다니 듣기 싫더라. 너 보기에도 내가 〈도비〉 노릇하기에는 너무 늙었다 싶으냐?」

「아뇨.」

아뇨, 아뇨, 아뇨……. 아버지가 뭐라고 하든 나는 아니라고 대답했을 겁니다, 아마. 아버지는 묻고, 아들은 다 들어 보기도 전에 아니라고 대답하는 기묘한 풍경……. 우리 부자의 경우, 이것은 별로 공교로운 일이 아니랍니다.

나는 또, 저만치서 뒷짐을 지고 걸어가는 현장 소장을 따라가지 않으면 안 되었어요.

「이따가 뵈러 가죠.」

「그래. 할 말이 많다.」

아버지의 손수레가 다시 출렁거렸어요. 현장 소장 옆을 지나면서 아버지는 절름발이로 보이지 않으려고 그랬겠지만, 비굴하리만치 조심스럽게 걸습디다. 아버지의 뒷모습을 바라보면서 나는 부산에서 올라오면서 만난 비계공들을 떠올렸어요. 그 양반들의 말이 생각납디다.

기사는 늙으면 현장 소장이 되지만, 〈도비〉는 늙으면 늙은 〈도비〉가 된다…….

대단한 오기 아닌가요? 아버지는 가엾게도 그렇게 당당하지도, 오기 있지도 못한 비계공 퇴물이었어요. 그래요. 아버지는 늙은 비계공이 되는 대신 늙은 잡역부가 되어 절룩거리면서 건물 모서리를 돌아갔지요.

나는 이렇게 해서 아버지와 동주를 바로 이 서울 현장에서 만났어요. 자, 이 형, 내가, 경영에 실패한 아버지의 인생을 비웃어 주기 위해서 이곳으로 왔나요? 동주에게 내 사고방식의 정당성을 입증해 보이기 위해 이곳으로 온 건가요? 아니지요? 우리를 이 자리에서 만나게 한 것은 우리의 의지가 아니지요? 운명의 힘인가요?

내가 아버지와 동주를 미워했던 것은 사실입니다. 그러나 이렇게 찾아다니면서까지 비웃어 주고 싶을 정도로 미워했던 것은 아니라고요.

그는 마지막 한마디에서 기어이 울음을 터뜨렸다. 나는 그가 우는 까닭을 짐작했다. 그의 아버지라고 하는, 절름발이 잡역부를 본 적이 있었다. 그가 어떻게 되어 있는지도 나는 알고 있었다. 그러나 동주라고 하는 그의 아우는 만난 기억이 없었다. 다른 부서에 소속되어 있었기 때문이다.

그의 말이 옳았다. 삼부자를 그 자리에 모은 것은 그들의 의지가 아니었다. 운명의 힘이었을까?

겨울 탓이었다. 추위 때문이었다.

오랜 가뭄으로 물이 줄면 큰 저수지의 물고기들이 바닥에서 옹기종기 만나듯이, 뿔뿔이 흩어져 있던 공사장 식구들은 곧잘 겨울 현장에서 서로 만나고는 했다. 겨울이 오면 공사 현장의 수가 현저하게 줄어들기 때문이었다.

겨울에는 타설한 콘크리트가 양생도 되기 전에 얼어붙는 일이 잦았다. 그래서 특별히 준공 일자에 쫓기지 않는 한 대부분의 공사는 봄으로 밀려났다. 따라서 겨울 공사장은 여름이나 봄에 견주어 그 수가 적을 수밖에 없었고, 그래서 기술을 요하는 겨울 공사장의 일거리는 기술에 뛰어나거나 업자들에게 오래 봉사해 온 노무자들에게 돌아갔다. 늦가을에 일을 끝낸 노무자들이 남쪽 도시로 차표를 끊거나, 겨우내 할 수 있는 다른 일을 겨냥하는 것은 다 이 때문이었다.

이런 이유에서 겨울 현장은, 현장 근무 경력이 모자라는 기사들, 업자들의 가신 혹은 사병이나 다름없는 노무자들, 그리고 현지에서 적당하게 끌어 쓰는 조식성(粗食性) 잡역부들 차지였다. 현지에서 적당하게 고용된 잡역부들에게 겨울은 추위에 시달려야 하는데도 불구하고 갑자기 모여든 너무 많은 잡역부들과의 경쟁과, 짧은 작업 시간 때문에 터무니없이 낮은 임금을 견디지 않으면 안 되는 불만의 계절이었다.

그들은 겨울이어서 거기에서 서로 만난 것뿐이었다.

이 형. 내 이야기를 다 들어 줘야 합니다. 나는 사고 직후에 정신이 난 뒤부터 누구에겐가 들려주기 위해, 하다못해 내 여자에게라도 들려주기 위해 몇 차례고 이 이야기를 연습했어요. 이 형에게 들려주는 대신 내 여자에게 들려주어도 좋아요. 하지만 내 여자에게 들려주다 보면 내 느낌이 자꾸 깨어질 것 같았어요. 그러니까 이 형이 들어 주어야 합니다. 누구에겐가 미주알고주알 하지 않으면 나는 구원을 받지 못할 겁니다.

강 이야기를 하려고 해요. 어쩐지 산다는 게 꼭 강 흐르는 것 같아서요. 우리 형제가 어린 시절을 보내던 고향 마을 앞에는, 마당에서도 보이고 방 안에서도 보이는 강이 있었어요. 마을 사람들은 그 강이 뱀처럼 꾸불텅거리면서 흐른다고 해서 〈뱀강〉이라고 했어요. 뱀강 둑에는 고목이 줄지어 있었는데 여름이 되면 고목에는 허연 학이 참 많이도 날아들었어요. 우리는 해 질 녘이면 그 고목을 내려다보면서, 〈학이 홀레붙는다〉하고 소리를 지르고는 했어요. 고향을 떠나 서울로 와 있는 고향 친구들은 하나같이 그 고목과, 학의 무리와, 해 질 녘에 붉게 타면서 강이 이루어 내던 장엄한 풍경을 잊지 못해요.

산을 끼고 내려온, 우리가 뱀강이라고 부르던 두 갈래의 사행천은 구불구불 하상을 기어 내려와 우리 마을 앞에서 잠깐 만났다가는 다시 헤어졌지요. 멀리서 보기에, 우리 마을 앞에서 만난 두 갈래 사행천은 썩 사이가 좋은 것 같아 보였지만, 가까이서 보면 그런 것도 아니었지요.

이 형은 산과 강 중에서 어느 쪽을 좋아하지요?

우리는 산도 좋아했고 강도 좋아했어요.

산은 겉보기에는 과묵하고 심술궂어 보여도 실제로는 늘 다정하고 순하지요. 우리가 잊고 있어도 산은 때만 되면 꽃도 피우고 산짐승도 안아 기르지요. 산은 우리의 친구였어요.

강은 말이지요, 겉모습은 평화롭고 조용한 것 같아도, 사실은 다정하지도 순하지도 않았어요. 멀리서 보면 강은 넓은 하상을 천천히 흐르다

700

가 가느다란 꼬리를 산모퉁이로 살며시 감추는 것 같았어요. 그러나 강이 그 격정이나 심술을 감추는 일은 없어요. 강이 그런 것을 감추는 것은 겨울뿐이죠. 산은 우리의 친구였지만 강은 우리를 적대했어요.

이 형이 잘 알다시피, 강은 제 버릇으로 제 겉모양을 만들어 가지요. 사람은 안 그런가요? 사람도 마찬가지죠. 그래서 나이 마흔이 되면 사람은 제 얼굴에 책임을 져야 한다는 말이 있지요. 따라서 내 고향 뱀강의 심한 굴곡은 저 자신의 나쁜 버릇을 자백하고 있다고 해도 좋은 거지요.

우리 마을 사람들은 장마철이 될 때마다 이 뱀강의 못된 버릇을 잡아 보려고 했어요. 그러나 노인들은 그랬지요. 강이 산의 자식인 만큼, 그 어미인 산에다 나무를 많이 심어야 강의 버릇을 바로잡을 수 있다고요.

〈땅세가 물길을 다스린다는 것은 흐르는 물이 많지 않을 때의 이야기여. 흐르는 물이 많아 봐. 물이 강으로 되어 봐. 강이 땅세를 다스리려고 할거여. 사람의 이치도 이와 같은 것이여. 환경이 사람을 다스린다는 것은, 그 사람이 어릴 때의 이야기여. 대가리가 굵어 봐. 사람이 환경을 다스리려고 하는 것이여……〉

이 형, 나는 이런 이야기를 들으면서 자라났는데도 왜 인간이 되지 못했을까요?

뱀강의 버릇 중에서 우리가 실제로 보았고, 학교에서 배우기도 했던, 참으로 인상적인 버릇 하나가 잊혀지지 않아요.

강은 굽이쳐 흐르면서 끊임없이 건너편 언덕을 깎아 내지요. 강은 이렇게 깎아 낸 흙을 날라 건너편의, 그 언덕에서 조금 떨어진 곳에다 쌓아 놓고 흘러가지요. 강은 끊임없이 깎고, 나르고, 쌓지요. 침식하고 운반하고 퇴적하지요. 강의 이 버릇이 결국은 저 자신의 얼굴을, 힘껏 당겼다 놓아 버린 고무줄처럼, 혹은 구불텅거리면서 기어가는 뱀 모양으로 만들고 말지요. 요컨대 사행천을 만들어 버리는 거죠.

이렇게 해서 구부러질 대로 구부러진 두 갈래의 사행천은 상류에서 따로따로 내려오다가 우리 마을 앞의 야산 기슭에서 서로 만났어요. 두 갈래 사행천이 만나는 곳, 마을 사람들이 〈와류 거리〉라고 부르는 곳에서는 엄청나게 심술궂은 소용돌이가 있었어요. 마을 사람들은 이 와류 거리에서 자주 희생되고는 했어요.

사행천이 구불텅거리다 구불텅거리다 아예 늪지에다 사생아 같은 호수 하나를 남기고 흘러간다는 것은 이 형도 잘 알지요? 호수는 혼자 남아서 썩거나 마르거나, 아버지 강과 합류할 때를 기다리면서 그냥 괴어 있거나 하죠. 강의 사생아, 사행천 변의 호수는 사행천이 남기는 실패의 유물 같은 것이 아니겠어요?

산중 사람들은 산을 닮고, 강가의 사람들은 강을 닮는 것일까요? 뱀강가에 사는 사람들은, 어린 내가 보기에는, 강처럼, 사행천처럼 아무 작정도 없이 제 버릇에만 기대고 사는 것 같았어요. 살면서 얻는 한, 살면서 겪는 슬픔을 그 강물에다 씻으면서 사는 것 같았지요.

그러나 강은 늘 새로운 강물로 흐르지요.

어린 시절 학교 가느라고 우리가 언덕을 오르는 시각은, 거의 빨간 기차가 사행천 위의 철교를 건너는 시각이었어요. 아침 햇살을 받고 빨갛게 빛나는 차창을 보려고 우리는 정거장 출발 기적을 신호 삼아 들고 뛰기도 했어요. 보이지도 않는 승객을 향하여 손을 흔들기도 했고요.

아, 그런데 그 기차가 내게는 그렇게 좋아 보일 수가 없는 겁니다. 기차는 사행천의 꾸불꾸불한 허리를 자르고 사행천을 앞질러 달렸어요. 기차는 힘이 있어서 아름다워 보였어요. 거기에 견주면 사행천 뱀강은, 늙으면서 심술만 는 초라한 패배자 같았어요. 뱀강가에서 젊음을 보낸 아버지의 삶 속에서 사행천의 달갑지 못한 습관을 보아 낸 것은 훨씬 뒷날의 일이랍니다.

나는 언덕 위에서, 사행천 위를 지나는 기차를 보면서, 그런 기차를 타고 뱀강을 떠나 버리거나, 내 힘으로 뱀강의 물길을 반듯하게 잡아놓는 꿈을 꾸고는 했어요. 듣기에도 힘 있고 유쾌한 기적은, 사행천의 무수한 꿈틀거림, 화가 치미는 습관에 대한, 통쾌한 배반의 선언 같았지요. 나는 이런 식의 유치한 하천 공학을 꿈꾸면서 이 배반의 대열에 참가하기로 마음먹었는지도 모르지요.

내 아버지는 절름발이였어요.

주위 사람들의 말에 따르면, 소싯적의 우리 아버지는 이름난 〈도비〉였다고 해요. 〈도비〉가 무엇인지 잘 모르던 우리들은 그 말을 그저, 높은 곳에 잘 올라가는 사람을 뜻하는 말 정도로 이해했어요. 아버지는 서울 사람들에게 불려 다니느라고 보리가 익는지 나락이 패는지 모르던 사람이었다고 합디다. 〈도비〉가 그렇게 훌륭한 직업이 아니라는 것을 안 것은 훨씬 뒷날의 일이지요.

나는 건축 기사가 된 뒤에도 현장의 비계에 올라가 있는 아버지를 상상할 수 없었어요. 우리가 아는 한, 아버지는 처음부터 절름발이였어요. 그럴 수밖에요. 내가 아주 어린 시절에 아버지는 부상을 당했다니까.

아버지는 젊은 비계공 시절에 3층 슬라브에서 뛰어내리다 다리를 부러뜨린, 요즘 말로 하자면 산업 재해 근로자였던 모양입니다. 이 부상으로 아버지의 왼 다리는 반밖에는 펴지지 않았지요. 그래서 걸을 때는 접혀서 모자라는 치수를 채우려고 늘 앞꿈치로만 땅을 딛다 보니 구두는 늘 앞창만 닳았답니다. 뒤축은 땅에 대어 보지도 못하고요.

우리가 그 내력을 소상하게 알 턱이 있나요? 아버지로부터 직접 들은 적이 없었으니까요. 아버지는 자기 이야기를 자기 입으로 하는 사람이 아니지요.

내게는 고모가 한 분 있어요. 중고등학교 시절이던가? 내가 한번은 고모에게 물었지요. 아버지는 어쩌다가 절름발이가 되었느냐고.

고모는 이럽디다.

「늬 아버지? 내겐들 선은 이렇다, 후는 이렇다면서 미주알고주알 섬길 사람이냐만 이야기인즉 이렇다. 늬 엄마 죽고 나서, 자고 새면 술타령을 일삼을 때의 일일 것이다. 마음이야 뒤숭숭했을 테지만, 어째? 그렇다고 일 안 하고 놀면 어린 너희들 입이 노는데. 공사판에서 점심 먹고 3층 꼭대기에서 낮잠을 잤다지 아마? 자다가 눈을 떠보니 건물이 한쪽으로 기울더란다. 벌떡 일어나 보니, 큰일이 났더란다. 에라…… 이래 죽으나 저래 죽으나 마찬가지……. 그래서 뛰어내리기로 작정했더란다. 뛰어내렸다지. 〈도비〉라는 말은 일본 말로 〈소리개〉라는 뜻이다. 하지만 늬 아버지가 사람이지 어디 소리개냐? 3층에서 뛰어내리고도 저만하기가 천행이지…….」

「그 집도 무너졌나요?」

「아무래도 늬 아버지가 지어낸 말이지 싶어. 3층 꼭대기에 누워서 하늘을 올려다보니 구름이 한쪽으로 막 쏠리더란다. 비구름이라는 게 원래 그렇게 빠르지 않냐? 흐르는 구름을 지붕 위에서 바라보고 있으면 지붕이 무너져 내리는 것 같은 법이다. 흘러가는 물을 다리 위에서 내려다보고 있으면 다리가 강 위쪽으로 막 올라가는 것 같지 왜? 말이 그렇다는 것이지, 아무래도 늬 아버지가 지어낸 말이지 싶어.」

그 말이 사실이든 아니든, 아버지는 이 형도 보았다시피 절름발이였어요.

내가 아는 한, 아버지는 자식 농사도 절름발이로 지어 놓은 분이지요.

나는 어머니의 얼굴을 기억해요. 내 어머니는 독실한 크리스천이었어요. 그런데도 어머니는 뱀강의 와류에 몸을 던져 세상을 버렸어요. 내 나이 일곱 살 때요. 이유를 알고 싶지요? 아버지가 밖에서 부정한 자식을 낳았거든요. 그게 바로 동주였답니다. 아버지는 어머니의 투신자살을 용서와 허락으로 알았던 것일까요? 어머니 세상 버린 직후에 아버지는 밖에서 낳아 기르던 동주를 데리고 들어왔어요. 마을 사람들이 애물단지라고 부르던 내 아우 동주를요.

어머니는 교회에서 끊임없이 용서를 배우면서도 끝내 아버지만은 용서할 수 없었던 모양이지요? 어머니의 주검은 내 기억에 남아 있어요. 물에 불어서 흉측해진 얼굴요. 그 나이에 나는 어머니의 주검을 똑똑히 보아 두었어요. 아버지와 동주에 대한 원망과 증오의 표적으로 삼으려고요. 그래서 내 가슴에서 지워지지 않았어요.

동주의 어머니가 누구인지, 어디에 사는지, 동주를 낳은 뒤 어떻게 되었는지 아는 사람은 아무도 없었어요. 아버지가 침묵했거든요. 아버지는 동주의 어머니에 대한 것이라면 어떤 사람의 질문도 허락하지 않았어요.

나는 1년에 두 차례씩 와류 거리 야산에 있는 어머니의 무덤에 성묘했는데, 어느 해에는 동주는 집에다 두고 가자고 했다가 아버지에게 맞은 일이 있어요. 내가 보기에 동주는 꼬마 늙은이처럼 비뚤게 비뚤게 자랐어요. 나는, 남의 어머니를 성묘하기 때문에 동주가 비뚤게 자란다고 생각했어요.

일에 관한 한 아버지는 완전한 절름발이였어요. 직업을 갖지 못하는 남자로서의 불행은 어떤 절름발이로서의 불행보다 아버지를 괴롭혔지요.

〈사내는 모름지기 일터에서 늙어야지. 일이 없는 사내만큼 불쌍한 사내도 없을 것이다……〉

그래서 아버지는 이런 말을 자주 했는지도 모르지요.

공사장에서 부상은 아버지의 일을 앗아 갔어요. 3층 슬라브에서 떨어지던 공포의 기억이 아버지의 뇌리에서 떠나지 않았기 때문일까요? 흉하기는 했지만 그런대로 다리를 쓸 수 있게 된 다음에도 아버지는 일터로 돌아가지 않았어요. 그러니까, 빨리 닳는 구두 앞창 갈듯이, 일도 자주 바꾸지 않을 수 없었답니다.

마을의 교회가 아버지와 우리 형제를 거두어 준 적이 있어요. 교회에 오래 봉사했던 어머니를 봐서겠지요. 우리가 국민학교 다닐 때 아버지는 팔자에 없는 사찰 집사라는 자리에 임명되었어요. 이름만 근사하지 사실은 종지기 아닙니까? 나중에 알게 된 겁니다만, 교회로서야 좋은 선전 자료였더군요. 어머니는 뱀강에 몸을 던짐으로써 결국은 노가다의 망나니인 아버지를 하느님의 품으로 인도한 셈이니까요. 필경은 작부의 자식일 터인 동주를 교회의 뜰 안으로 거둔 셈이니까요.

교회는, 아버지의 부정을 용서하지 못하고 결국은 뱀강에 몸을 던진 어머니의 허물에 대해서는 침묵했어요. 오로지 아버지를, 어머니 같은 사랑의 화신으로부터 용서를 받지 못한 중죄인으로만 부각시키려고 했죠. 결국 어머니는 거룩한 순교의 상징이었고, 아버지는 그 지극한 살신의 사랑으로 구제받은 〈돌아온 탕자〉였던 것이죠.

하지만 아버지는 돌아온 것이 아니었답니다. 아버지는 손바닥 뒤집듯이 바뀌는 장로들의 매도와 동정을 괴로워하면서도 교회가 가르치는 삶의 궤도에 오르려고 하는 것 같았어요. 아버지는 자기를 대신해서 교회가 우리 형제에게 우애 있는 삶의 방법을 가르쳐 주기를 바랐던 모양입니다. 그러나 우리는 걸핏하면 싸움으로써 아버지의 기대를 저버렸지요. 우리는 하여튼 새벽의 종각 아래서도 싸웠고 예수의 면전에서도 치고 패고 했어요.

그런데 이상하게도 아버지는 동주만 편들었어요. 내 눈에 동주가 어떤 아이로 보였겠어요? 어머니를 뱀강으로 밀어 넣고, 아버지를 3층 건물 옥상에서 아래로 떠민 조그만 악마 아니었나요? 그런데 악마만 편드는 겁니다.

아버지는 어머니 무덤을 다녀올 때마다 술에 취하고는 했어요. 낌새를 차린 목사가 냄새를 맡으려고 접근하자 아버지는 뒷걸음을 치다가 가엾게도 계단에서 뒤로 굴러떨어진 적도 있답니다. 그 교회에서 지낸 몇 년간, 아버지는 피나게 노력하는데도 불구하고 기독교인의 길로 들어서는 데는 끝내 실패하고 마는 것 같습디다.

이 형이 언젠가 나와 술을 마시면서 그랬지요? 이 형 자신에게는, 자유를 구속당하거나 긴 약속에 붙잡혀 있는 것을 몹시 견디기 어려워하는 어떤 기질이 있다고……. 우리 아버지에게도 해당되는 말이군요. 긴

기도는 실패한 기도를 의미한다는 말도 인상 깊었어요.

내가 고등학교를 졸업하던 해 우리는 서울로 왔어요. 서울로 가야 한다고 주장한 쪽은 진학을 희망하던 내가 아니라, 평소에 서울을 몹시 기피하던 아버지였답니다. 아버지는 어머니의 무덤이 있는 마을, 당신이 증오하던 교회가 있는 곳, 당신을 동정하던 사람들이 있는 곳, 성한 아버지와 불구자인 아버지를 동시에 기억하는 사람들로부터 우리를 떼어 놓으려 했는지도 모릅니다. 아마 그럴 겁니다.

마을을 떠나기 전날 우리는 어머니의 무덤에 올라가 오래 머물렀어요. 우리 형제를 내려보낸 뒤에도 아버지는 오랫동안 거기에서 내려오지 않다가 밤이 이슥해서야 집으로 돌아오더군요. 내가 언제 산에서 왔는지, 어디에서 술을 마셨는지 물었습니다만 아버지의 침묵은 그다음 날 아침까지 계속됩디다.

서울에서도 우리는 조금도 행복하지 못했어요.

서슬이 시퍼렇게 날이 선 말을 마구잡이로 휘두르는 짓. 복잡한 과거를 가진 사람들, 떳떳하지 못한 사람들이 그걸 감추려고 잘 하죠, 왜. 우리가 그랬어요. 우스운 일입니다만, 나는 늘 2대 1로 싸워야 했어요. 이런 싸움은, 도저히 더 이상은 참을 수 없게 된 내가 집을 뛰쳐나오기로 결심한 날까지 계속됩니다.

우리들의 결정적인 싸움의 발단은 이렇게 됩니다. 대학 졸업하고, 군대 다녀오고, 건축 기사 시험에 합격하고 지금의 이 회사에 취직이 되고……. 나는 운이 좋았어요. 이렇게 되자 나는 상당한 기간을 두고 거리를 재어 보던 여자를 우리 집으로 데려갔어요. 남자 셋이 두 편으로 갈려 패싸움하던 우리 집으로요.

내가 그렇게 한 동기에 불순한 의도가 깔려 있지 않았다고는 않겠어요. 그때는 약간 의기양양해 있었어요. 나는 여자에게, 불구자인 내 아버지와 나에게는 더할 나위 없이 불쾌한 존재인 동주를 내 빛나는 성공

707

의 빛나지 못하는 배경으로 보여 주고 싶다는 생각도 없지 않았을 겁니다. 아니에요, 나는 아버지와 동주에게 내가 새로운 생활에 접근해 가고 있다는 걸 보여 주고 싶었을 겁니다. 나에게 여자가 있다는 것은 결국 두 집 살림의 시작을 뜻하는 것이니까요. 나는 아버지에게 당당하게 맞서는 몸짓을 보여 주고 싶었던 겁니다.

여자에 관한 한 나는 지극히 현실적이에요. 나는 여자에게 지극히 작은 노릇밖에는 기대하지 않아요. 이상주의자인 동주와 나는 이 점에서 사뭇 달랐지요. 동주 이야기는 나중에 하리다만, 사실 동주와 내 여자가 서로를 인정할 가능성은 전혀 없었어요. 내 여자, 내 여자 해서 미안하지만, 달리 부를 말이 마땅치 않군요. 사실이지 내 여자는 〈가난한 사람도 사랑할 수 있는 여자, 꽃으로서가 아니면 잎으로서 아름다운 여자, 있는 것 같고 없는 것 같아도 분명히 가까이 있는 여자〉는 못 되었어요. 동주의 지론에 따르면 여자는 마땅히 그래야 하는 거지만요.

여자를 자세히 설명할 생각은 없어요. 공대 건축과 한 해 후배라는 것만 말하지요. 잘 아시겠지만 공대 건축과는 낭만주의자들의 천지인 국문과도 아니고 이상주의자들이 모인 사회학과도 아닙니다.

우리 세 식구와 내 여자가 단칸방에 둘러앉자 방 안의 분위기가 희한해지더군요. 환경이 서로 다른 두 종류의 인간이 만났을 때 필연적으로 생기는 미묘한 정서적 갈등과 그로 인한 악취 같은 거, 짐작할 수 있지요? 내 여자가 이고 사는 하늘과, 아버지나 동주가 이고 사는 하늘은 서로 달랐지요.

여자는, 우리 아버지 같은 인간이 자기를 얼마나 교활하게 탐색하고 있는지 전혀 눈치채지 못하데요. 아버지의 탐색전에 걸린 내 여자는, 난생처음 무대에 나온 외줄타기 광대 같았어요. 그런데 문제는 내 여자가 난생처음 무대에 나왔다는 건 아는데, 외줄을 타야 한다는 것은 모르는 데 있었어요.

「그래, 아버지는 무얼 하시는가.」

아버지는 이렇게 묻더군요. 모르기는 하지만 아버지는 내 여자를 거의 읽고 있었을 겁니다.

「계시기는 합니다만⋯⋯.」

「계시기는 하는데⋯⋯.」

「딴살림을 차리고 자식을 보셨습니다. 어머니는 그런 아버지를 용서하지 못하시고요.」

이 형, 알겠지요? 내 여자는 아버지에게, 나와 공모해서 당신을 궁지로 몰고 있다는 인상을 주고 있는 겁니다. 말하자면 초전 공세를 취하고 있다는 인상을 주고 있는 셈입니다. 나는 사람들이 자기 이야기를 하는데도 불구하고 문득문득 내 이야기를 하는 것 같아서 놀라고는 한답니다.

「저런, 자네가 혼자 나와서 산다는 말은 들었네. 그러면 셋이서 따로따로 사는 셈인가.」

「저도 아버지를 용서할 수 없어서요.」

「아버지를 용서할 수 없다⋯⋯. 그럴 수도 있기는 하겠군. 하면, 어머니와 함께 살지 않는 데도 까닭이 있겠군. 어머니가 퍽 외로워하실 텐데.」

「어머니도 용서할 수 없어서요.」

「⋯⋯.」

「아버지가 딴살림을 차린 책임은 어머니에게 있으니까요.」

「저런, 부모는 자식의 허물을 수백 번 용서하는데, 자식은 부모의 허물을 한 번도 용서 못 한다니, 이건 너무 인색하지 않은가. 그러면 집안이 전쟁터가 되는데⋯⋯.」

「전쟁터에서⋯⋯ 살아왔어요.」

「⋯⋯보다시피 우리는 이렇게⋯⋯ 없이 사네.」

「마음이 편하면⋯⋯ 가난은 그렇게 무거운 짐이 아니라고 들었습니다.」

「그런데 마음이 문제 아니겠나. 용서에 인색하지 않아야 하네. 인색한 마음이 지는 짐은 가난의 짐과는 유가 되지 않는 법이라네.」

아버지의 마른기침이 시작되더군요. 그 자리에서 빠져나가고 싶다는 신호 같은 것이었지요. 내 여자는 이불에 덮여 있는, 펴지지도 오므려지지도 않는 아버지의 다리에 노골적인 시선을 너무 오래 던짐으로써, 그런 일에 어지간히 익숙해진 아버지까지도 몹시 당황하게 했어요. 아니, 아버지는 당황했던 것이 아닐 겁니다. 아버지는, 자신의 불구에 쏟아지는 그처럼 솔직한 호기심에 두려움을 느꼈을 겁니다.

「다리가 불편하시다는 것은 진작 들어서 알고 있습니다.」

「이거 말인가……」

아버지는 다리를 덮고 있던 누비이불 조각을 벗기더군요. 참호에서 손을 들고 나오는 패잔병처럼요. 아버지의 마른기침이 다시 한 번 위기를 예고했어요. 그분의 마른기침은 정지 신호였지요. 어머니 이야기가 나올 때마다, 누군가가 당신의 다리 이야기를 꺼낼 때마다 그분이 내던 정지 신호가 바로 마른기침이었답니다.

「그럼 앉아서 이야기들 나누어라. 나는 바람이나 좀 쐬고 들어오겠다.」

아버지는 이 말만 남기고는 자리를 떴지요.

나와 동주는 아버지가 바람을 쐬러 가는 곳이 어디인지 알고 있었어요. 그분은 나와 내 여자에 대한 실망을 감추지 않은 셈이지요. 그러니까 아버지는 실망으로 쓰디쓰게 되어 버린 입맛을 그보다 더 쓴 술로 상쇄하고 싶었던 거지요. 아버지는 삶이 궁벽해질 때마다 귀 어두운 작부의 벙어리 남편을 불러내어 술을 마시고는 했어요. 말대답을 하지 않는 벙어리 남편은 아버지가 살던 디근 자 집뿐만 아니라 온 동네의 가난한 가장들이 즐겨 찾는 만만한 술상대였지요. 그는 많은 사람들이 울분을 싸고 뱉어도 좋은, 우리 산비알 동네의 만만한 공중변소 같은 존재였지요.

아버지가 나간 직후에, 나는 여자를 데리고 나왔어야 했어요. 여자와 동주에게 대화할 기회를 주는 것이 아니었어요. 그러나 나는 새사람 앞이니만치 어쩌면 나와 동주 사이에 새 우애라도 싹틀 것으로 기대하는 엄청난 실수를 저질렀답니다.

짧은 치마를 입고 있어서 방바닥이 불편했던 내 여자는, 아버지가 방을 나가자마자 양해도 얻지 않고 동주의 앉은뱅이 책상에 엉덩이를 붙이고 앉아 버리고 말았네요. 내 책상인 줄 알았던 모양이지요? 하지만 누구의 책상이든 마찬가지 아닌가요? 동주의 시선이 차갑게 식어지다가 어느 순간에 선이라도 그은 듯이 부드러워지더군요. 상대의 수준에 관한 이해가 끝났다는 신호 같은 거지요. 여자는 바로 그 순간에 급전직하한 겁니다.

그러나 내 여자가 도전만 하지 않았어도 동주는 인심이라도 쓰는 기분으로 새손님을 대접할 수 있었을 겁니다. 동주는, 약자에게는 관대했거든요.

「학교 다니다 입대하셨다고요? 어렵게 지내셨다고 형님이 걱정하셨어요.」

동주 같은 사람과 60년대 말의 정치 상황을 화제로 삼는 게 아니었죠. 하지만 사람들 중에는 초대면한 자리에서 오버액션을 쓰는 사람이 더러 있지 않아요? 내 여자도 그런 사람에 속했던 모양입니다.

「우리 형님이 나 흥보신 셈인가…….」

「잔인하고 과격한 분으로는 안 보이네요.」

「내가요?」

「…….」

「나는 혹은 우리는 약간 과격했을지도 모르기는 하지만 잔인하지는 않았어요. 과격한 무리와 잔인한 무리는 별개거든요.」

「어떻게요?」

「힘은 있는데 도덕적으로 열등한 무리는 그것을 지키자니 잔인해질 수밖에 없고요, 도덕적으로는 튼튼한데 그 도덕을 관철시킬 수단이 없는 무리는 대개 그 벽을 뚫으려다가 과격하다는 누명을 쓰지요.」

「〈누명〉인가요?」

「그럼요.」

「그럼 형님은 어느 무리에 속하나요? 잔인한 무리인가요? 내가 보기에는 잔인한 것 같지 않은데……」

「나는 그렇게 말하지 않았어요.」

「그만둬, 동주야.」

나는 그쯤에서, 달라도 많이 다른 두 인간을 떼어 놓지 않으면 안 되었어요. 내 여자는 치명타를 맞고도 맞은 줄을 모르더군요.

동주의 논법은 일단, 군부가 중심이 된 세력은 도덕적으로 열등해서 도덕적인 무리에게 잔인하다, 그런데 반정부 세력은 도덕적으로는 튼튼하지만 그것을 관철하는 수단이 없는 가운데서 싸우자니 그 과정에서 잔인한 세력으로부터 과격하다는 누명을 쓰고 있다……. 이렇게 가정한 모양입니다. 그런데 문제는 여자가 나를, 힘이 있는 세력, 터전을 가진 세력에 속하는 것으로 가정해 버린 데서 시작되었어요. 이 두 가정이 충동하면 결과는 뻔하지요.

하지만 동주는 나를 그렇게 악평하고 있지 않았던 게 분명합니다. 동주로서는, 내 여자가 어느 틈에 나를 힘 있는 세력권으로 분류하고 자기를 적대하는 게 견딜 수 없었는지도 모르지요. 말하자면 내 여자가 패싸움을 거는 것으로 보았던 겁니다. 사실 그렇게 생각하게 만들 소지가 다분히 있기는 했어요.

「역시 그랬군요. 나는 두 분이 본질적으로 다른 인간들 같다고 생각해 왔어요. 동주 씨는 오늘 처음 뵌 분이기는 하지만.」

「그렇다면 잘못 생각하신 게 분명합니다. 잔인한 세력과 과격한 세력이 이 시대에 공존하고 있다……. 이런 표현은 가능합니다. 그러나 형이 도덕적으로 열등하면서도 잔인한 세력에 속해 있는 것도 아니고 내가 도덕적으로 튼튼하면서도 과격한 세력에 속해 있는 것도 아닙니다. 두 세력을 대표하고 있는 것도 물론 아니고요.」

「형제분이 각각 다른 길을 걷고 있다는 게 보이는데도요?」

「이거, 이야기가 잘못되어도 한참 잘못되었네요.」

「그만두라니까, 동주야.」

「아니야……. 이렇게 마무리를 지읍시다. 형과 내가 본질적으로 다른 종류의 인간이라는 데는 동의합니다. 그러나 형은 도덕적으로 열등하지만 힘이 있는 사람, 나는 힘이 없으나 도덕적으로는 튼튼한 사람이다, 이런 뜻은 아닙니다. 형이 건축 기사라고 해서 이러는 게 아닙니다. 사고방식을 말하는 건데요……. 형은 굽은 길을 뚫어 곧고 넓게 만들자고 하는 사람, 나는 그 길은 그대로 두고 넓혀 보자고 주장하는 사람입니다. 이런 차이는 사실 있어 왔어요. 됐지요? 그것뿐입니다.」

「가난하고 궁색해도 이대로가 좋다, 이런 뜻인가요?」

「아닙니다, 아니에요. 나는 그런 말을 하고 있는 게 아닙니다. 나는 문화를 말하고 있어요. 사회를 말하고 있어요.」

「그렇다면 사투리로 문화를 말하고 있는 것이군요.」

「저런……. 사투리로 문화를 말하면 안 됩니까? 문화라는 것은 원래 사투리가 아니던가요?」

「그러면 형님의 문화는요?」

「우리는 적이 아닙니다. 우리는 형제랍니다.」

「……역시 동욱 씨 말이 맞았군요.」

「우리 형님이 뭐라고 했게요?」

「동주야, 관두라니까.」

「궤변에 능하다고 하더군요.」

나는 여자의 말을 들으면서 밖으로 나왔어요. 하얗게 질리는 동주의 얼굴을 더 보고 있을 수가 없었지요. 화장실도 문간에 있었고요. 나는 방 안에서 흘러나오는 이야기를 들으면서 별을 보았지요. 두 사람의 이야기는 이미 내 의도에서는 아득하게 멀어져 있었어요. 나는 여자에게 동주를, 궤변에 능한 사람이라고 한 적이 없었어요. 사물을 독특하게 본다는 말을 한 적은 있지만…….

「나는 궤변하고 있는 게 아닙니다. 형과 내가 조금 다르기는 합니다

713

만, 나는 형 같은 인간을 전면적으로 부정한 적은 없습니다. 나 같은 인간을 인정해 줄 것을 요구한 적은 있지만요. 우리는 공존해야 합니다. 그래야 형 같은 사람들은 불도저질하고, 나 같은 종류의 인간은 삽질을 할 수 있는 겁니다. 다시 한 번 말합니다만, 형은 도덕적으로 열등한 부자가 되고 나는 도덕적인 가난뱅이가 될 것이다, 이런 이야기는 피차 한 적이 없어요……. 이야기를 좀 비약시켜 볼까요? 이 세상에는 사형 제도를 폐지한 나라도 있고 아직도 도둑질한 사람의 손을 자르고 위증한 사람의 혀를 자르는 나라가 있어요. 전자가 후자를 야만적인 나라라고 할지 모르나, 후자에게는 나름대로 그래야 할 까닭이 있을 겁니다. 이건 선악의 문제가 아니라는 게 내 생각입니다. 너는 이거냐, 나는 이거다, 이러면 되는 겁니다. 말하자면 호오에 따라 선택할 수도 있다는 겁니다.」

「그런 생각을 관철하기 위해서는 과격할 수도 있는 거군요?」

「…….」

동주는 대꾸하지 않았어요. 동주의 침묵은 말에다 채우는 빗장 같은 것이었어요. 내가 방으로 들어갔을 때, 동주는 벌레 씹은 얼굴을 하고 앉아 있더군요. 내 여자는 동주의 말을 알아들은 것 같지 않았고요.

「자기가 이 집을 패싸움 터라고 하더니, 맞네요? 나도 모르게 싸움에 말려들고 말았어…….」

농담으로 들릴 만한 어조로만 말했어도 아무 일 없었을지 모르죠. 하지만 내 귀에도 그건 농담으로 들리지 않았어요. 동주가 내 쪽으로 돌아앉으며, 아닌 게 아니라 〈과격〉하게 내뱉더군요.

「형, 우리 말이지요, 정신 차리고 삽시다.」

「뭐라고요?」

「먹어 버려서 어쩔 수 없이 하는 사랑은 말자, 이겁니다.」

「…….」

여자가 일어섰어요.

동주도 그랬을 테지만 나 역시 꼼짝도 할 수 없었어요. 동주로서는 욱하는 기분에서 내지른 주먹이 너무 큰 데 충격을 받았을 터이고, 나로서는 졸지에 너무 큰 주먹을 얻어맞은 데 충격을 받아서 그랬을 겁니다.

〈먹혀 버린〉 여자는 이렇게 해서 우리 집을 떠났어요. 나는 동주 앞에 한참 그러고 앉아 있다가 서둘러 뒤를 밟아 버스 정거장으로 나갔어요. 여자가 그러더군요.

「꺼져요……. 알고 봤더니 거지 같은 것들이야…….」

그 말을 듣는 순간, 자연스럽게 아버지나 동주의 편이 되어 여자의 따귀를 갈긴 게 약간 감동적인가요?

하지만 감동적인 순간은 아주 짧았어요. 내게는 동주를 비난할 이유가 별로 없었어요. 그럴 염치도 없었고요. 하지만 동주가 싫었어요. 여자를 데리고 말장난을 시작한 그 현학 취미부터가 싫었어요. 나는 잠시 빈손으로 버스 정거장에 서 있었지요. 막막하더군요. 하지만, 나는 들어갔어요. 주먹을 쥐고 들어갔어요.

소갈머리 없는 어린 계집 하나도 당당하게 다루어 내지 못하는, 늘 몸보다 더 짙고 더 긴 그림자를 끌고 다니는 아버지……. 과격함을 도덕적 견고함으로 정당화하는 동주……. 말 밖의 말을 읽어 내지 못하는, 내 여자가 속하는 세대의 슬픈 전통……. 그리고 아버지나 동주와 한패가 되면서 한순간이나마 맛본 감동의 불쾌한 뒷맛…….

나는 다시 집 안으로 들어갔어요. 만신창이가 되어 버린 그 만남의 시체를 안고서라도 나는 돌격을 감행하지 않으면 안 되었어요.

「계집도 계집이지만 너도 그렇다. 철딱서니 없는 것의 면전에다 대고 그렇게 말해서 너한테 돌아오는 것이 무엇이냐? 대체 무슨 어미 잡아먹을 원수가 졌길래 나를 이렇게 비참하게 만들고 마느냐?」

「미안해요, 형. 형이 뭐라고 했는지 몰라도 나와 형 사이를 처음부터 아주 나쁘게 보고 있는 게 싫었고, 또…….」

「또?」

「턱도 없는 말대답이 싫었소. 어쨌든 미안하게 되었소, 형.」

「형이라고 하지 마. 동생이라면 형을 이렇게 병신으로 만들 수 없다. 너는 웃는 얼굴에 침을 뱉은 개새끼다. 너뿐만 아니다. 두 마리의 심술궂은……」

「두 마리?」

「그래. 네가 소속 불명인 것도 다 아버지가 심술궂은 두 마리의 개 중 한 마리인 데 이유가 있을 거다. 소속 불명인 동생, 나도 이제 질색이다.」

「……결국 그렇게 나오는군. 암, 아버지는 개고말고. 돌팔매질에 얻어맞아 절뚝거리는 개……」

「돌팔매질을 누가 했냐? 나냐? 아니면 너냐? 아니면 돌팔매질한 사람이 하나 더 있느냐? 있다면 여자일 테지.」

「형은 그러면 그럴수록 점점 더 비참해져.」

「너, 오늘 좀 맞아라.」

나는 이날 밤 동주의 멱살을 잡고 마지막으로 몹시 때렸어요. 동주는 내 손을 잡지도, 피하지도, 저항하지도 않았어요.

한동안 맞고 있던 동주가 벽을 지고 앉으며 나를 몰아세우기 시작하더군요. 패싸움의 끝을 예감하고 있던 나도 동주의 말을 가로막지 않았어요. 동주가, 제 뺨으로 올라가던 내 손을 가로막지 않았던 것과 같은 이유에서겠지요.

「형이나 나나, 상대의 말이면 개소리로 들어 왔는데…… 말 잘했어. 그러니까 우리 중 누가 개인지 한번 따져 봅시다. 이리저리 돌려서 말하는 데 이젠 지쳤지? 나도 지쳤어. 그러니까 짐승처럼 상처를 까놓고 핥아 내어 보자고. 우리 상처는 이미 이런 결정을 내리지 않으면 안 되리만치 깊어졌어. 참 많이도 싸웠지……. 형은 늘 외톨이가 된 것 같았지? 나는 형의 기분을 이해했어. 형은, 내가 아버지 편이 되고, 아버지가 내 편이 되는 게 분했지? 분했을 거야. 나도 알아……. 하지만 형은 한 번도 아버지 편에 서려고 안 했잖아? 형은 아버지를 이해하려고 안 했잖아? 나는 했어. 나는 아버지 편이 되려고 했어. 나는 아버지를 이해하려고

716

했어. 내가 형보다 잘나서 그럴 수 있었던 건 아닐 거야. 형질이 같은 인간이라서 그랬는지 몰라도, 하여튼 나는 했어. 나는 아버지를 이해했고, 지금도 그래……」

「이해? 많이 이해해라. 너는 임마, 아버지를 네 편으로 끌어들이지 않고는 견딜 수가 없었던 거야.」

「바로 그거야. 형은 역시 그렇게 아는군. 그런데 형이 모르는 게 한 가지 있어. 우리는 눈물겹게 컸지? 아버지가 불쌍하지? 아버지가 불쌍하지 않아? 나는 아버지를 불쌍하게 여겨. 그러나 형은 아버지를 경멸해. 무능력한 불구자라고 업신여겨 왔어. 형은 그래서 아버지의 가슴에 자주 못을 박고는 했어. 형에게는 아버지를 최악의 배경, 파기할 수 없는 장애물로 보고 증오하는 경향이 있어. 아버지와 나를 개라고 불렀지? 천만에, 나는 형이야말로 개에 가깝다고 생각하고 있어……. 여자를 고를 때는 안 그럴 줄 알았어……. 형은 합리적인 사람이니까 아주 합리적으로 여자를 골라낼 줄 알았어. 형은 맏아들이지? 맏아들이 데리고 온 여자가 뭐라고 했는지 기억하고 있지? 자기 아버지를 용서하지 못한대……. 자기 어머니를 용서하지 못한대……. 그래서 자기는 혼자 살고 있대……. 이건 말이야, 어른 앞에서, 잘못되었어도 아주 많이 잘못된 태도야. 방종 같은 게 흐르고 있었어. 남자를 치마폭에 완벽하게 집어넣은 여자, 또 이렇게 말해서 미안하지만, 먹혀 버린 여자 특유의 방종……. 자, 얼굴 자주 보니까 정이 들고, 정이 드니까 핑계를 만들어 눈을 맞추고, 그러다가 적당하게 먹고 먹히고, 그러고는 데리고 들어와 이 여자가 어떻습니까…… 하고 물었지. 좋다면 기어오를 거고 나쁘다면 원망하고……. 이거 개들이나 하는 사랑 아닌가? 필요를 체면에 앞세우는 사랑, 이거야말로 개들 사랑의 특징 아닌가? 말이 나온 김에 하나 더 물어보고 싶군. 내 어머니 어디에 있어? 형은 내 어머니가 돌을 던져 아버지를 불구자로 만들었다고 주장하고 싶은 모양인데, 그렇게 한 내 어머니 어디에 있는지 알아? 내가 형의 동생이 아니라고? 좋아. 하지만 그

게 나와 무슨 상관이야? 내가 형의 동생이 되고 싶어서 동생이 된 건 아
니지? 형이 아버지 아들이 되고 싶어서 아들 된 거 아니지? 형이 그걸 선
택했어? 내가 형을 선택했어? 다시 한 번 묻자. 내 어머니 어디 있어? 형
은 아버지에게 따지더군. 나는 따지지 않았어. 내가 왜 따지지 않았을
까, 스물네 살이나 된 아들이. 모르지? 형은 몰라.」

　「그래, 모른다. 모르니까 오늘 밤에 네가 설명 좀 해봐라.」

　「이런다니까. 이런다니까. 늘 정답을 찾으려 든다니까. 정답? 없어.
정답 없는 질문은 얼마든지 있어. 나는 이것 하나는 알아. 아버지가 왜
내 편이 되었는지 알아? 내가 왜 아버지 편이 되었는지 알아? 이유는 간
단해. 형이 아버지를 적대하니까. 형이 나를 적대하니까. 형이 모르는
것 중에 내가 아는 게 또 하나 있어. 아버지가 정답을 내어놓지 않는 데
는 이유가 있다는 거야. 만일에 이유가 없다면 아버지가 나쁘지. 그러나
아버지에게는 정답을 내어놓지 못하는 이유가 있을 거야. 형이 그렇게
집요하게 요구했는데도 불구하고 정답을 내어놓지 않았어. 이상한 결
벽 아니면 편집증이라고 불러도 좋겠지. 우리가 지금 해야 하는 일은 아
버지에 대한 공격이 아니야. 아버지에 대한 연민이야. 아버지를 건드리
지 않는 일이야. 형은, 답이 여러 개인 수수께끼가 있다는 거 알아? 열
살 때는 이게 정답이다 싶고, 스무 살 때는 저게 정답이다 싶고, 서른 살
때는 둘 다 정답이 아니다 싶은 수수께끼가 있다는 걸? 기다려야 해. 아
버지가, 이게 정답이다, 하고 내어놓을 때까지 기다려야 해. 나는 이렇
게 기다려야 한다는 걸 알아. 그리고 이걸 아는 것은 대단히 중요해.」

　「……」

　「형, 미안한 말이지만 형과 그 사람이 꾸밀 만한 생활에는 아버지의
자리가 없어. 아버지도 그렇게 생각하실 거야. 나는 아버지를 도와야
해. 아버지와 나에게는 형의 성공이나 형이 꾸밀 화사한 생활을 부러워
하지 않는 어떤 정서가 있어. 그러니까 형은 집을 떠나는 게 좋아. 알겠
지? 내가 형을 쫓아내는 게 아니라는 걸. 형이 떠나는 게 좋아……」

718

참으로 그럴 듯한 연설 같지요? 그러나 내 귀에는 그렇게 들리지 않았어요. 나는 동주를 잘 알고 있었거든요. 그래서 그 자리에서는 더 이상 반격하지 않았어요. 나야말로 동주를 더 이상 비참하게 만들고 싶지 않았거든요.

동주는 말이에요, 내게는 확실히 잘 이해되지 않는 인간, 만일에 내가 제대로 이해하고 있었다면 불쾌하기 짝이 없는 인간이었지요. 하지만 나는 동주를 이해하지 못하고 있었어요. 동주는, 다가가지 않으면 거기에 있는 것 같은데, 다가가 보면 다가갈수록 멀어지는 희한한 인간이었어요.

어린 시절, 우리가 친형제가 아니라는 건 동네가 다 알았어요. 나는 그게 창피했어요. 친형제는 아니라도 한 아버지를 섬기니 형제인 것은 분명한데도 불구하고 우리는 거의 맨날 싸웠지요. 학교에서 돌아오는 길에 내가 동주를 몹시 때려 준 날, 마을 사람 하나가 우리 둘을 불러 앉히고 짓궂게도 이렇게 물었어요.

늬 아버지가 앞밭에도 콩을 심고 뒷밭에도 콩을 심었다. 자, 늬 아버지는 가을걷이를 하겠는데, 앞밭에서 걷은 콩, 뒷밭에서 걷은 콩은 누구의 곳간으로 들어가느냐?

정답이 나와 있는 짓궂은 질문 아닌가요? 그러나 동주의 대답은 늘 상식을 비켜 갑니다. 열 살배기 동주는 뭐라고 대답했는지 아세요?

「아저씨 곳간으로요.」

이게 열 살배기의 대답이었어요.

동주가 중학교 때의 일인데요, 동주 학교에는 조 선생이라는 역사 교사가 있었는데 한번은 동주가 까다로운 질문으로 이 교사를 궁지에 몰아넣었더랍니다. 궁지에 몰렸던 적이 있는 이 교사는 역사 시간 때마다 역시 까다로운 질문으로 동주를 골리고는 했대요. 하루는 동주가 대답을 못 하자 동주의 약을 올렸다지요.

「조동주, 너 어디 조가(趙哥)냐?」

「김제 조씨요.」

「마, 어른이 물으면, 김제 조가입니다, 이렇게 대답해야지.」

「김제 조가입니다.」

「거참, 이상하구나. 우리 김제 조가에는 너 같은 돌대가리가 없는데……」

「아닌데요, 우리 집 식구들은 모두 다 돌대가리예요. 우리 김제 조가는 전부 돌대가리들이에요.」

애들이 한바탕 웃었겠지요. 그런데 이 조 선생이라는 분은 동주네 교실에 들어올 때마다 같은 우스개를 계속했던 모양이에요. 애들은 그 역사 교사가 이 우스개를 할 때마다 웃었고요. 이게 몇 차례 계속되니까 역사 교사의 별명은 자연스럽게 〈김제 조가〉를 거쳐 결국은 〈돌대가리〉가 되어 버리더랍니다.

이 역사 교사는 나도 아는 분입니다. 그분도 내가 동주의 형이라는 걸 잘 알았고요. 나를 만나더니 다짜고짜 이러더군요.

「자네도 김제 조가 돌대가린가?」

우리의 본(本)은 김제가 아니라 풍양(豊壤)입니다. 그래서 그 조 선생에게 〈저희는 김제 조씨가 아니라 풍양 조가입니다〉 했더니 얼굴이 해쓱해지더군요.

동주는 이런 애입니다. 누구든 걸려들면 어떻게 하든지 이런 식으로 웃음거리를 만들어 버립니다.

대학교 1학년 시절의 어느 늦가을, 동주네 패거리는 여학생들과 함께 놀이를 갔던 모양입니다. 동주는 입술이 잘 텄어요. 그래서 버스 안에서 여학생들에게 립크림이나 입술연지를 내어놓으라고 했답니다. 동주는 장난을 별로 좋아하지 않아요. 따라서 정말 유제 연고가 필요했을 겁니다.

짓궂은 친구 하나가 여행 상비약을 꺼내어 동주에게 주었던 모양입니다. 동주는 그걸 발랐겠지요. 그런데 연고를 건네준 바로 그 친구가 버스 안에서, 여학생들 앞에서 폭로한 모양입니다. 사실은 자기가 즐겨 쓰는 치질의 외용 연고였다고요. 여학생들이 까르르 웃고, 동주는 얼굴을 붉히고 그랬겠지요.

그런데 그 친구는 나중에도 두고두고 그 이야기로 공공연히 동주를 놀려 먹었다지요? 그러던 어느 날 동주로부터 이런 머퉁이를 먹었답니다.

「그만해. 나는 처음부터 그게 치질 약이라는 걸 알고 있었어. 자네의 흥을 돋우어 주려고 내가 짐짓 모르는 척 발라 준 거니까 이제 그만 우려먹어.」

이건 바로 동주로부터 머퉁이를 먹은 그 친구가 나에게 들려준 이야깁니다. 그 친구 말로는, 그 말을 듣고 나니 되게 무안해지더라고 하더군요. 동주의 말은 사실입니다. 동주는 그 시절에 이미 치질 때문에 심하게 고생하고 있었어요. 그게 치질 연고인 줄 모를 동주가 아니었지요.

동주는 이런 앱니다. 당해도 그냥은 안 당합니다. 언제든 결정타를 맞받아칩니다.

나는 단순했고 동주는 복잡했어요. 나는 현실주의적이고 동주는 이상주의적이었다는 말은 아까 초저녁에도 했지요?

소년 시절부터 나는 여러 가지 이유에서 동주에게는 개 아니면 돼지였어요. 나는, 아이를 낳을 여자에게 철학은 위험하다고 주장하다가 동주 앞에서 개가 되었고, 사랑은 성욕의 부산물이라고 주장하다가 동주 앞에서 돼지가 된 적이 있어요. 나는, 우정이라고 하는 것은 대등한 관계에서만 가능한 일종의 동아리 의식 같은 것이라고 주장하다가 개가 되었고, 예술이나 사회 과학은 공학 이상으로 사회의 발전에 기여하지 못한다고 믿었다가 돼지가 되었어요. 동주의 주장에 따르면 나라는 인간은, 수단이 목적을 신성하게 할 수 있다고 믿는 개돼지, 합리주의는 감상주의의 해독제라고 믿는 개돼지였답니다.

반듯한 여자와 소속이 분명한 자식과 끓는 물 주전자의 꿈을 가지고 있었던 나는 동주에게 어떤 개돼지보다 더 저급한 개돼지였어요. 왜냐?
동주의 꿈은 이보다 더 위대한 것을 성취시키는 데 있었거든요.

동주는 언젠가 나에게, 자기는 이 세상에다 자기의 판박이를 만들지
않겠다고 한 적이 있어요. 그 이유가 손에 잡힐 것 같더군요. 나는 동주
의 그런 꿈에 대해서만은 박수를 보냈어요. 그런데 어느 날 학교에 갈
시각이 되었는데도 불구하고 동주가 꼼짝도 않는 거예요. 아버지가 상
가 조문으로 며칠 집을 비우고 있을 때였죠. 왜 그러고 있느냐고 물었더
니 이러는 겁니다.

「정상 근무, 정상 등교할 수 있다더니 의사 놈들이 사기를 쳤어……」

솔직하게 말해서 가슴이 철렁 내려앉더군요. 나는 정관 절제 수술을
받고 온 줄로 짐작했지요.

「아버지 안 계신 틈을 타서 했어요. 아버지에겐 비밀이오. 침묵은 금
이오.」

그런데 나중에 내가 알아본 바에 따르면 동주에게는 못된 비뇨기 병
력이 있었어요. 의과 대학 다니는 동주 친구의 말을 들었더니, 그 병이
악화되면 고환염으로 발전할 수 있고, 고환염이 진행되면 정충 검사 반
응에서 음성 판정을 받을 가능성도 있다고 하더군요. 이러면서 그 친구
는, 동주가 이미 그런 판정을 받고 선수를 치느라고 아예 정관 절제 수
술을 받았는지도 모른다, 이런 냄새를 풍기는 겁니다.

「동주에게 그럴 가능성도 있느냐? 자네 귀로 들었어?」

「그 자식 하도 헛소리를 많이 해서요. 그거 아주 복잡한 놈이라고요.」

동주는 이렇게 복잡한 아이입니다. 한 인간을 이해한 것으로 착각하
기가 얼마나 쉽고, 제대로 이해하기는 또 얼마나 어려운 일인가를 이 형
도 알고 있지요?

자, 동주가 만일에 그런 이유에서 수술을 했다면 참으로 복잡한 인간
이었겠지요? 나는 그렇게 이해했어요. 그렇게 이해하고는 동주라는 인
간을 이해한 줄 알았어요. 아닙니다. 동주는 나를 희롱한 겁니다. 동주

는, 아버지가 집을 비운 사이에 포경 수술을 하고는 나를 희롱한 겁니다. 그걸 알고 멱살을 잡은 나에게 항의하더군요.

「형이 멋대로 추측한 거지, 내가 언제 정관 절제 수술을 받았다고 했소?」

동주의 말은 사실입니다. 나는 철저하게 희롱당한 겁니다.

아버지와 함께 술 냄새가 찬바람에 묻어 들어왔을 때, 동주는 부어오른 코를 휴지로 틀어막은 채 누워 있었고, 나는 초임지인 공사 현장으로 떠나기 위해 짐을 싸고 있었어요.

아버지가 두 번이나 불렀지만 나는 대답하지 않았어요. 아버지의 기억 속에 있는 과거의 창고, 아버지 기억의 무덤을 터뜨리자면 안전밸브를 열지 말고 내압을 높일 대로 높일 필요가 있었지요. 아버지의 내압이 오르는 낌새에 동주는 가만히 일어나 벽을 지고 앉더군요.

그러나 아버지의 어조는 변하지 않았어요. 내압의 상승이 일정한 데서 멈춘 거지요.

「나도 심했다만 네 성의도 적어 보이더라. 여자는, 남자 하는 대로 가는 법이다.」

「여자가 뭘 그렇게 잘못했습니까?」

「네 귀에는 안 들리더냐?」

「안 들립디다.」

「어쩔 생각이냐?」

「데리고 살 생각이었습니다.」

「지금은?」

「아버지와 동주가 훼방을 놓아 버리지 않았습니까?」

「성의가 적어 보이는 게 섭섭하더라. 어쩐지 진중하지가 못하고…….」

「술집 여자 같습디까?」

「나는 그렇게 말한 일 없다.」

「하지만 그 여자는 술집 여자가 아닙니다. 저는 아버지와 달라서 술집 여자나 보고 다니지는 않습니다.」

「아비가 술집 여자나 보고 다녔다는 말이구나. 그런 일 없다.」

「그러면 저 증거는 뭔가요? 아버지 옆에 있는 아버지 실패의 유물은 뭔가요? 아버지가 근 30년이나 끌고 다닌 저 실패의 유물이 그 증거가 아니라면 어디 말씀을 해보세요. 조동주는 뭡니까?」

「너 말을 그렇게 함부로 해도 좋으냐? 하기야 그럴 나이가 되기는 했다.」

「나이 서른입니다. 참을 인 자를 배우고도 20년 넘게 참아 왔습니다. 동주 불쌍하게 여기는 것은 이해합니다. 동주가 불쌍했으면 불쌍했지 왜 서로 한편이 되어 저를 들볶아 대는 겁니까?」

동주가 벌떡 일어나 벽을 지고 서더군요. 가엾다는 생각이 들기는 했어요. 내가 너무 잔인하게 군다는 생각도 없지 않았고요. 하지만 내친걸음이었어요. 나도 동주가 나를 다그치던 것처럼, 그처럼 모질게, 아니 더 모질게 아버지를 다그칠 생각이었어요.

「아버지, 여쭙겠습니다. 동주도 들어 둬라. 아버지, 동주 어머니 어디에 있어요? 왜 시원하게 말씀을 못 하십니까? 이런 일이 있었다, 한 번의 실수가 이렇게 오래가는구나, 미안하구나……. 왜 이렇게 어른답게 말씀을 못 하십니까? 그래야 자식들이 거울삼을 수 있지 않겠습니까? 아버지 모르십니까? 아버지의 그 실수 때문에, 그 실수의 열매인 동주 때문에 제가 어머니의 와석종신(臥席終身)을 못 본 것 아닙니까? 묻겠습니다. 더 늦기 전에 여쭙겠습니다. 동주 어머니 어디에 있습니까? 죽었습니까, 살아 있습니까? 살아 있으면 어디에 살아 있고, 죽었다면 무덤은 어디에 있습니까? 아버지, 저 자식이 저렇게 비뚤어진 게 다 누구 때문인지 아십니까? 아버지 때문입니다. 아버지야, 밝혀 보이기 싫은 과거지사라고, 꾹 눌러 덮어 놓고 사시면 그만이지만, 보세요, 저 자식은 저 나이 되도록 심술만 부립니다. 이게 다 제 어미 젖을 물고 자라지 못해서 생긴 일입니다. 대체 이게 무슨 꼴입니까? 아버지의 실책……. 네, 저도 이제 〈실책〉이라는 판결을 내릴 나이가 되었습니다. 그 실책의

724

책임을 셋이서 나누어 지고 이렇게 끙끙거려야 하는 겁니까? 아버지, 이 세상에서 우리 어머니를 폄하하는 사람 보았습니까? 어머니를 비난하는 소리 들어 보셨습니까? 어머니는 아버지의 실책에 몸으로 항거하다 돌아가신 분이 아니시던가요? 아버지에 견주면 어머니는 성녀 같은 분이 아니었습니까? 아버지가 보살펴 주던, 우리를 보살펴 주던 교회가 그걸 보증하지 않았습니까? 어머니는 아버지더러 돌아오시라고, 제발 가정으로 돌아오시라고 뱀강에서 순교하신 성녀 아닙니까? 그런데도 아버지는 아직도 이러고 계십니다. 아버지, 제가 왜 이런 대접을 받고 살아야 합니까? 제가 왜 아버지의 서자 대접을 받고 살아야 합니까? 이 것이야말로 주인과 객이 바뀐 형국이 아니고 뭡니까? 왜 이날 이때까지 저만 들볶았습니까? 제가 잘못을 그렇게 많이 저지르고 다녔습니까? 이럴 수가 있습니까? 찾아뵈러 온 사람을, 아버지는 술집 여자 취급하고, 동주는 갈보 대접을 해서 보냈습니다. 왜 서로 편을 들어 가면서 저를 이 지경으로 만들어야 합니까? 동주! 너도 잘 들어라. 너는 아까 나에게 묻는 것 같더라. 네 고민을 이해하려고 해본 적이 있느냐고 묻는 것 같더라. 있다. 있다. 봐라. 이렇게 있지 않으냐? 이제 너도 아버지께 요구해라. 네 어머니가 어디에 있는지 가르쳐 줄 것을 요구해라. 내 어머니의 내력을 밝힐 것을 요구해라. 너에게는 요구할 권리가 있다……」

아버지는 아무 대꾸도 하지 않았어요. 동주도 그랬고요. 아버지와 동주는 내가 생각했던 것 이상으로 철저하고 차가웠어요. 아버지와 동주는 앞을 보면서 살아가는 것이 아니라 뒤를 돌아다보면서 살아가는 사람들인 게 분명해 보였어요. 그러니까 과거의 창고를 열지 않지요.

아버지는 오래전부터 내 증오의 화살받이였지요. 그는 내가 가장 손쉽게 미워할 수 있는 대상이었고, 미워하면서도 양심의 가책을 느끼지 않아도 좋은 대상이기도 했지요. 아버지는 내 화살을 피한 적이 없어요.

「……한 말씀도 안 하시는군요. 좋습니다. 때가 되면……. 아니지요, 저는 때를 만들 겁니다. 아버지는 용케도 고모의 입을 봉하셨습니다만

725

이제는 안 됩니다. 용케도 고모의 발을 끊어 놓으셨습니다만 이제는 안 됩니다. 너무 늦기는 했지만, 이제는 제가 나섭니다. 제 손으로 동주의 어머니를 찾아냅니다. 아버지나 동주에게는 현실이나 미래보다는 과거가 더 소중한 모양이나, 저는 그럴 수가 없습니다.」

아버지도, 확실히 이 화살 한 대에는 위기를 느꼈던 모양이었어요. 꽤 오래, 목을 조르는 듯한 침묵이 계속되었지요. 나는 침묵도 두려웠고, 침묵이 깨어지는 순간도 두려웠습니다.

「……동욱이 너. 이제 집을 나가서 살아도 되지? 어차피 건축 기사는 현장 가까운 데서 기거해야 하니까. 너도 이제 홀로 설 수 있겠다.」

「그러지요. 이제 저도 더는 못 참습니다.」

「뭘 그렇게 못 참아? 아비는 그보다 더한 것도 참으며 이날 이때까지 산다. 네 말에 일리가 있기는 하다. 그러나 세상사 네 눈에 보이는 것처럼이야 어디 단순하겠느냐? 네가 나나 동주로부터 핍박을 받은 듯이 말한다만, 그건 네가 잘못 생각하고 있는 것이다. 나는 너를 미워한 적이 없다. 동주가 내 앞에서 너를 나쁘게 말한 일도 없다. 너는 이걸 알아야 한다. 네가 네 마음에 걸리는 대로 불려서 생각하는 것이나 아닌지 모르겠구나. 참아라. 참으면서 더 살아 보자.」

「아버지는 뭘 그렇게 참으면서 사셨습니까? 어쩔 수 없이 사는 것과 참으면서 사는 것은 다릅니다.」

「그래, 그 말에도 일리가 있긴 하다만, 많이 참으면서 어기영차 살아온 게 이 모양이다. 네 나이로 팔딱거릴 때는 안 되는 일, 못 할 일이 없을 것 같더니, 그래도 세상일은 뜻 같지 않더라. 안 되더라. 내 힘으로는 안 되더라. 막고 품어도 끝내 잡히지 않는 물고기가 있더라. 그 여자애, 좋게 말하지 못한 게 미안하구나. 그렇게 말하는 게 아닌데, 혹 네가 나를 그렇게 만든 게 아닌지, 너도 한번 돌아다보거라. 네 마음대로 하되, 다시 만나면 내가 미안하게 여기더라고 전하거라. 식구가 되면 다 좋아진다. 품에 덜 차면 용서라도 하면서 살아야 하는 게 여자이기도 하다.」

726

「어머니 이야기군요? 용서를 받아야 했던 분은 어머니가 아니라 아버지 아니었습니까?」

아버지는, 반백 머리카락에 손가락을 찔러 놓으며, 실에 꿰어져 있었던 듯한 마른기침을 줄줄이 토해 내었다.

「……네 어머니 이야기 오늘은 그만하자. 참으로 오래간만에 나온 이야기이기는 하다만, 그래, 언젠가는 할 때가 오겠지. 하지만 아직은 내 마음의 차비가 되어 있지 않다. 미안하구나.」

나는 활을 거두었어요. 더 이상 쏠 필요가 없었어요. 아버지는 빈사 상태였으니까요.

「동주야, 때려서 미안하다. 정말 미안하다. 당분간 집을 떠나서 살겠다. 앞으로는 미워하지 말자. 우리는…… 명색이 형제가 아니냐?」

동주가 얼굴을 들었어요. 눈이 벌겋게 울고 있더군요. 하기야 나도 울었으니까요.

「형을 미워한 적 없소. 성격이 달랐을 뿐……. 나도 오늘은 맞을 짓을 했어요. 미안해요.」

「동욱이, 동주……. 어느 놈은 곱고 어느 놈은 밉고, 그런 것 없다. 지금은 동욱이 네놈이 원망스러울 뿐이다.」

아버지의 독백은 지쳐 있었어요.

그다음 날 나는 집을 떠났어요. 임지로 떠나는, 희망과 기대와 야망에 부푼 초년의 건축 기사로서 의기양양 떠난 것이 아닙니다. 아버지와 동주의 패거리, 그리고 사랑에 실패한 참담한 패자로서 떠난 것이지요. 꼭지가 덜 떨어져서 그랬을 겁니다. 나는 자유로웠지만 쓸쓸했어요. 늘 아파하고, 괴로워하고, 그리워하면서, 승자가 되어 돌아갈 날을 기다리면서 나는 칼을 갈았지요.

이 현장에 도착한 날, 이 형을 만난 날, 아버지와 동주에게 수없이 〈아니〉라고 한 그날, 나는 승자가 되었다는 느낌으로 하루 종일 뿌듯해

727

했어요. 잡역부가 된 아버지는, 이등병으로 강등된 장군 같았어요. 그 아버지와 동주가 내 공사 현장의 잡역부가 되어 있는 것을 확인한 그날 나는 비로소 나의 승리를 확인할 수 있었어요. 그러나, 이 느낌 뒤는 매우 무거웠어요.

현장을 돌아다니다 보니까 부산에서 밤 열차를 함께 타고 왔던 세 비계공 가운데 둘은 벌써 현장에 나와 다리로 비계목을 감고 나무늘보처럼 거꾸로 매달린 채 비계를 매어 올리고 있더군요. 현장에 도착한 지 겨우 한나절밖에 되지 않을 터인데도 그들은 오래전부터 거기에 있었던 사람들처럼 현장에 적응하고 있는 겁니다. 차림도 열차 안에서 보았던 차림 그대로였어요. 무서운 적응력 아닙니까? 잡초가 따로 없지요.

김이묵이, 아래에서 비계목을 올려 주고 있던 장씨에게 걸직하게 한 마디를 합디다.

「이놈 장가야, 내가 어젯밤 그걸 과하게 했더니 다리 힘이 부실하구나. 내 떨어지거든 네가 받아 다오.」

「이무기 상, 공갈치지 마쇼. 말로 떡을 치면 삼이웃이 먹어도, 말로 그걸 하면 손(孫)이 귀하다고요. 어제 밤새도록 기차 타고 왔으면서 그걸로 다리 힘 뺄 새가 어디에 있었다고 공갈을 쳐요?」

「술 말이다, 이놈아. 〈마루타〉나 올려라.」

장씨가 길고 가느다란 전나무 원목을 김이묵 앞으로 올려 주자 김이묵은 이것을 받아 설렁설렁 흔들다가 그 반동을 이용해서 위쪽으로 쳐 올리더군요. 안 보이길래 이상하다 했는데, 박씨가 위쪽에 있더군요. 박씨는 4층 슬라브 옆의 비계목을 타고 앉아 있다가 이 긴 비계목을 가볍게 나꿔채는데, 굉장한 기술자들이더군요.

〈수고하십니다……〉하고 인사했더니 셋 다 안전모를 벗고 또 한 차례 호들갑을 떨어 댑디다.

「아이고, 조 기사님, 이 현장으로 오신 겁니까?」

「잘 부탁합니다.」

「열차 안에서는 아무 말씀 없으시더니.」

「이놈 장가야, 하면 기사 나으리께서 〈도비〉에게 일일이 신고를 해야 한다더냐?」

「그나저나 이무기 상 큰일 나버렸네.」

「그러게 말이다. 〈이찌링데구루마〉 이야기는 괜히 했어. 사람은 항상 입조심을 해야 한다니께.」

「저 위에 계신 김씨, 안전모 어디에 뒀어요? 안전모들 쓰세요…….」

나는 사무적으로 그들에게 이르고는 현장 사무소로 들어갔지요.

이 형, 짐작하셨겠지만, 아버지와 동주를 만났는데도 그날 나에게는 만날 사람이 하나 더 있었어요. 이틀 전 이 형이 중환자실에서 만난 그 여잡니다. 우리 집에다 대판 싸움을 붙여 놓고 뛰쳐나감으로써 나까지 쫓겨 나오게 했던 여자가 바로 그 여자, 건축과 후뱁니다.

동주의 환대를 받고 떠난 바로 그날부터 여자의 기억은 나를 얼마나 괴롭히는지요. 둘이서 버릇 들인 시간의 힘이라는 거, 그거 굉장한 겁디다. 우리는 한 덩어리가 되었던 몇 차례의 경험에 발목을 잡혀, 끝내 떨어지지 못했어요.

잊으려고 했지요. 많은 이유를 만들어 잊으려고 했지요. 그러나 마음이라는 것은, 강물처럼 제 마음대로 흐르고 제 마음대로 깊어지는 버릇이 있습니다. 황량한 밤바람이 현장 기사 숙소의 창문을 흔들면, 여자가 올 수 있는 거리도 아니고 때도 아닌데도 불구하고 마음은 제 버릇대로 가슴이 뛰게 하는 것을 어쩝니까? 우리를 다시 이어 놓은 것은, 〈잘못했어요〉로 시작된 그 여자의 기나긴 편지였지요.

이 형, 잘못했어요 하는 말, 여자로부터 들어 보았어요? 그거 희한한 겁니다. 단박에 여자의 죄를 걸레로 북북 문질러 닦고는 안아 올리고 싶어지게 만듭니다.

나는 그날 오후, 저녁을 하자는 현장 소장의 권유를 따돌리고는 설계

도면 사본을 말아 들고는 여자의 아파트로 갔지요. 내게는 잠이 필요했고, 설계 도면을 일별할 시간이 필요했고, 그리고 무엇보다도 여자를 만나면서 거기에 반응하는 내 마음을 읽을 시간이 필요했어요. 하지만 이형, 내 여자의 집에 갔던 이야기는 장황하게 하지 않을 테니까 걱정할 필요 없어요. 이 형이 장황하게 하기를 바란다고 하더라도 나는 하지 않을 거예요. 나는 지금 여자와 나 사이에 있었던 이야기를 자세하게 할 입장에 있지 않아요.

하여튼 나는 내 여자의 집으로 갔었어요. 그는 그 아파트가 자기 몫으로 아버지가 준 것이라고 하더군요. 문득, 나도 내 몫을 찾아야겠다, 아버지의 사랑과 동주의 우애를 내 몫으로 건져야겠다, 그런 생각을 하면서 현장에 버릇 든 내 눈에는 너무 간지럽게 포근하고 포근하게 관능적인 그 아파트에서 한강을 내려다보았어요.

한강은 둑에 갇혀서 얌전하게 흐르고 있었는데도 불구하고 거기에도 사행천이 있더군요. 하수구를 나온 도시 하수가 하상을 기어 본류 쪽으로 흐르면서 제 버릇을 어쩔 수 없는지 사행 놀이를 하고 있더군요.

겨울 강에 사람의 상상력에 불을 붙이는 이상한 힘이 있다는 걸 아세요? 나 같은 인간에게도 말이지요. 고향의 사행천, 뱀강의 버릇, 사람의 얼굴, 나이와 얼굴, 책임…… 아버지의 얼굴……. 이런 것들을 생각했어요. 나는 이런 이미지들을 논리 정연하게 꿰어 내는 데 전혀 훈련되어 있지 못해요.

철교 위로 열차가 달리고 있었어요. 열차는 흡사 도시를 습격하는 거대한 뱀 같았어요. 별난 일이지요, 문득 고향의 뱀강이 그리워졌던 것은.

「나 집에 가봐야 한다. 여기에서 잘 수 없다는 걸 잘 알지? 나는 혼전이니까 공식적으로는 거기에 소속되어 있다. 집에 가는 것은 나의 의무다. 오늘 현장에서 아버지와 동주를 만났다.」

「알고 있으니까 그렇게 거창하게 말할 것 없어요.」

「알 턱이 없지 않은가?」

「벌써 전화가 왔었어요. 동주 씨에게서.」

「동주가?」

「내가 몇 차례 아버님을 찾아뵈었어요.」

「아침에 전화했을 때는 아무 말 안 했잖아?」

「겨우 1분 30초 통화했어요. 그럴 여유가 있기는 했어요?」

「감정 안 남았어? 아버지와 동주에게?」

「……시작도 안 했는데 남을 게 뭐 있어요?」

아파트를 나서서 택시를 타는데 여자가 나와서 손을 흔들더군요. 행복을 보증받았다고 믿는 여자의 손 흔들림은 애처로웠어요. 이래서 남자는 여자를 떠나지 못하는 것인가 보다…… 이런 생각이 들었어요.

아버지와 동주는 조그만 술상까지 보아 놓고 나를 기다려 주었어요. 나는 그게 그렇게 쑥스러울 수가 없어서 하릴없이 세숫대야에 손을 담그고 한참이나 별을 바라보고 있었네요. 물에 잠겨 있는 손을 보면서 난생처음으로, 내 몫은 이 손으로 찾아야 한다, 이런 기특한 생각을 했네요. 너무 늦은 것 같지는 않았어요. 동주도 비아냥거리지 않았어요. 아버지도, 동주에게나 주던 푸근한 눈길을 하고, 기가 죽을 대로 죽은 나를 그 속으로 끌어들이는 것 같았어요.

사람이란, 자기보다 약한 자가 아니면 사랑하지 못하는 것일까요? 나는 승자가 되어 돌아온 것 같았는데, 그게 그렇지 않았던 것 같아요.

잠자리에 들기 전에 여자 이야기를 꺼냈어요. 2년 동안 먼 길을 돌고 돌았지만 결국은 원래의 자리로 돌아오지 않을 수 없었다고요. 역시 너무 늦었던 것은 아니더군요.

「너에게 그런 면이 있었다니 듣기에 좋다. 너는 아주 차가운 아이인 줄 알았는데……. 2년 전에는 우리 모두 미쳐 있었다. 이제 모두 제정신을 차린 것 같아서 좋다. 그것뿐이다.」

「잠깐 만나고 왔습니다. 용서 못 한다는 말도 못 했고, 아버지와 동생이 싫어한다는 말도 못 했습니다.」

「용서? 누가 누구를 용서해? 남과 싸우지 않으려면 저 자신과 싸우면 된다. 싸움도 마찬가지다. 형제간의 싸움, 부부간의 싸움…… 이긴 쪽의 속이 더 아픈 게 그런 싸움이다. 그러나 자기 자신과의 싸움은 달라. 일 놓치고 너희들 고생시킨 거 미안하게 생각한다. 너 현장으로 내려가고 나니 정신이 번쩍 들더라.」

「아버지는 이제 현장에 안 나오셔도 됩니다.」

「왜? 아비가 잡역부 노릇 하는 게 창피해서?」

「예, 예. 그러니까 내일부터는 현장 나오시지 마세요. 동주, 자니?」

「……」

동주의 대답을 기다리다가 잠이 들었어요. 그 전날 밤 열차에서 비계 공들에게 시달리느라고 눈을 붙이지 못했거든요.

다음 날 내가 잠을 깨고 보니 아버지와 동주는 벌써 현장으로 나가고 없더군요. 나도 출근했지요. 해 뜨기 전에 현장에 닿았는데도 소장의 잔소리를 듣고, 현장의 공정 차트와 기성고를 일별하다가 보니 오후 1시가 되어서야 현장에 나올 수 있었지요.

점심 식사를 끝낸 노무자들이 건물 남쪽에 모여 앉아 폐목 부스러기를 긁어모아 양철통에 불을 피우고 있었어요. 공연히 다가서면 무렴해 할 것 같아 부러 피해 다니면서 현장 사정을 익혀 나갔어요.

아버지와 동주는 보이지 않았어요. 하기야 점심시간에 공사 현장에서 사람을 찾는다는 건 쉬운 일이 아니지요. 겨울철이니 당연하지만 남쪽 벽 밑에는 사람들이 모여 있는데 북쪽 벽 밑에는 아무도 없었어요. 6층 슬라브로 타설한 콘크리트에서 물이 흘러 내려와 땅바닥이 살얼음판입니다. 북풍이 매서웠지요. 동주가 의외로 그 북쪽 벽 근처를 서성거리고 있었어요.

「점심은?」

「먹었어요.」

「추운데 왜 이쪽에 와 있어?」

「아버지가 안 보여서요.」

「나도 오늘은 못 뵈었다.」

「이상한데요…….」

「뭐가?」

이 형, 파이프 서포터 구멍으로 바람이 지나가면 플루트 소리 나는 거 알아요? 슬라브를 받치고 있는 수백 개의 파이프 서포터가 플루트 소리를 냅니다.

「별일이야……. 아버지 말이오. 아침에 현장 나오셨다가 일 작파하고 밖으로 나가시더니 술을 드신 모양이에요, 꽤 많이.」 동주가 비계 위를 올려다보면서 이러는 겁니다.

「그런데 위는 왜 올려다봐?」

「사람들이 그럽디다. 아버지가 비계를 오르시더라고.」

「전에도 낮술을 더러 드셨나?」

「아뇨.」

「아버지에게는 아크로포비아(고소 공포증)가 있을 거 아냐?」

「그러니까 이상하지. 일 봐요, 나는 저쪽으로 가서 찾아 볼 테니까.」

동주가 사라진 뒤로도 나는 걸으면서 이따금씩 비계를 올려다보았어요. 이따금씩 6층 슬라브에서 얼굴로 물방울이 떨어지는 바람에 정신이 번쩍번쩍 들었어요.

모자챙처럼 툭 튀어나온 6층의 방석망 아래서 누군가가 움직이고 있었어요. 바싹 긴장했지요. 비계공 김이묵이더군요. 강추위가 오기 전에 콘크리트 타설을 끝내야 했기 때문에 윈치 타워를 매는 비계공들에게는 점심시간도 없을 때 아닙니까? 김이묵은 거미처럼 비계를 타고 다니더군요.

「수고하십니다.」

김이묵이 나를 알아보고는 노란 안전모를 들어 올려 보입디다. 그를 올려다보고 있는데 또 한 비계공이 비계목 사이로 김이묵에게 다가서고 있었어요. 역광이라서 모습이 자세히 안 보였어요. 그래서 비켜서면서 각도를 바꾸어서 올려다보았어요. 복색이 낯익어 보였어요. 아버지였어요.

아버지가 아니어야 했지요. 비계와 절름발이 아버지는 전혀 어울리지 않았어요. 나는 그렇게 높은 곳에 올라가 있는 아버지를 본 적이 없었어요. 그러나 틀림없이 아버지였어요. 비계는 절름발이의 리듬을 타고 고르지 않게 흔들렸어요.

「아!」

김이묵의 비명이 내 얼굴 위로 쏟아져 내려왔어요. 아버지의 목소리와 김이묵의 목소리가 잠깐 섞여서 들리는가 하는데, 아버지의 그림자는 원숭이처럼 날아가 늙은 비계공을 덮쳤어요.

「……!」

아버지와 김이묵은 순식간에 한 덩어리가 되어 비계 사이로 떨어졌어요. 인간이 아니라 낙하하는 물체였지요. 나도 모르는 사이에 그쪽으로 몸을 날렸어요. 무수한 비계목이 낙하하는 물체에 맞아 부러져 날더군요. 나는 그 물체가 땅바닥에 떨어지는 소리와 노무자들의 고함 소리를 들으며 정신을 잃었어요. 부러지면서 쏟아져 내린 비계목 토막과 부서진 방석망에 머리와 어깨와 허벅지를 맞았던 겁니다.

이 병원에서 정신을 차렸어요. 그저께 이 형이 찾아왔던 중환자실에서요. 병원에서 꾼 꿈 이야기도 할까요?

……아버지는 자꾸만 좁아지는 벼랑길을 달렸어요. 내가 돌아가자고 졸랐지만 아버지는 미친 사람처럼 웃으면서 내달았어요. 길이 자꾸만 좁아지다가 나중에는 비계목의 너비만 하게 되었어요. 나는 균형을 잡을 수 없어서 비틀거렸어요. 아버지는 잘도 달리더군요. 벼랑길이 발 너비보다도 좁아지자 아버지는 소리개가 되어 날기 시작했어요. 한쪽 날

개는 반밖에 퍼지지 않는 소리개……. 날갯짓 소리가 났어요. 소리개는 멀리 날지 못하고 허공을 뱅글뱅글 맴돌았어요. 내가, 한쪽 날개가 퍼지지 않아서 저러지, 하면서 애를 태우고 있는데 아버지 소리개가 언제 왔는지 내 뒤로 날아와 나를 밀었어요. 고향 뱀강의 소용돌이로요.

나는 물속에서 결혼식을 치렀어요. 신부의 얼굴이 낯설지 않더군요. 용서하세요, 잘못했어요, 하면서 신부는 자꾸만 울었어요. 나는 신부의 손을 잡고 수면으로 떠오르려고 했어요. 그런데 다리를 버둥거리는데도 다리가 마음대로 움직여 주지 않는 거예요. 어디에선가 두런두런 말소리가 들렸어요. 물속 어디에선가 돌멩이가 서로 부딪치고 있는 듯한 소리였지요. 팔을 움직여 보았어요. 역시 움직여지지 않았어요. 그런데 어떻게 해서 수면으로 떠오를 수 있었던지……. 나는 신부의 손을 잡은 채로 몸부림치면서, 오래 참았던 숨을 한꺼번에 토해 내었어요…….

천장이 너무 눈부셔서 눈을 가리려고 손을 끌어당겼는데 움직이지 않는 거예요. 다리도 마찬가지였어요. 절름발이가 된 건가…… 이런 생각을 하는 순간, 아버지가 세상을 떠났다는 생각이 나더군요. 6층의 높이, 한 덩어리가 된 두 사람의 질량, 비계목을 부수며 떨어지던 그 무서운 낙하 속도……. 의심할 나위가 없는 거지요.

내 여자 얼굴이 내 얼굴 위로 무너져 내렸어요. 고모의 얼굴도 나를 내려다보고 있었고요.

「아버지는요?」

「너나 얼른 일어나라.」

고모는 손수건으로 눈물을 찍어 내고 있었어요.

「얼마나 되었지?」

입술이 제대로 움직여지지 않았어요. 머리가 아팠고요.

「닷새. 의사는, 걱정하지 않아도 된대요.」

졸지에 상주가 된 나에게 여자는 체면 없이 대답하더군요.

현장 소장에 묻어 경찰관이 들어왔어요. 경찰관은, 두 구의 시신이 한 덩어리가 된 채 땅에 떨어져 으스러져 있었다면서 김이묵의 신원을 알고 싶어 했지요.

「비계공이라는 것밖에는…….」

「김이묵은 부산 현장에서도 조 기사와 함께 일했습니다. 모르십니까?」

「부산은 규모가 큰 현장입니다. 비계공도 많았고요.」

「선장(先丈)께서는 다리가 불편한 분인데 어떻게 그 높은…….」

「이것 보시오. 내 앞에서 지금 중계방송이라도 하고 싶은 거요? 그렇게도 조사가 바빠요?」

현장 소장과 경찰관은 무춤무춤하다가 물러갔어요.

「장례식은?」

「네 경과가 한 치 앞을 알 수 없어서 먼저 모셨다. 뱀강 와류 거리, 네 어머니 곁에.」 고모는 울음을 참지 못했어요.

「동주는요?」

「거기에 가 있다, 이 불쌍한 사람아.」

「이 사람만 남겨 두면 되잖아요? 우리 집안에 사람이 어디 있다고 고모님이 병원을 지키셨어요?」

「이 불쌍한 사람아…….」

「수염이 가로 뻐드러진 서른입니다. 애들이 아니에요.」

「너 정신 드느냐?」

「들고말고요. 고모님은 내려가 보세요. 동주 혼자 있게 할 수는 없잖아요.」

「내 할 말이 좀 있어서 남아 있었다. 새아기도 곧 우리 집 사람이 될 테니까 들어도 좋겠지.」

「무슨 말인지 모르지만 듣고 싶지도 않아요. 사람 하나씩 죽어야 겨우 한마디씩 나오는 이야기, 싫어요.」

「동주 이야기 좀 하려고.」

「동주가 어때서요?」

736

「제 어머니 산소 옆에서 울고 있는 동주가 불쌍하지도 않으냐?」

「동주는 와류 거리에 가 있다면서요?」

「그래.」

「와류 거리 선산 자락에 동주 어머니 묻힐 데가 어디 있어요?」

「이것아, 네 어머니가 동주 어머니야, 이 불쌍한 것아.」

「…….」

「너희는 이복형제가 아니야, 이 불쌍한 것아.」

「고모가 그렇게 정했어요?」

「찬찬히 들어라……. 참, 새아기한테 이런 말 해도 괜찮을까?」

「나가라는 말만 빼놓고 뭐든 해요. 고모 말마따나 찬찬히…….」

「너와 동주는 이복형제가 아니라 이부형제다. 내 말 귀에다 박아라.」

「고모, 지금 정신 있어요?」

「있다.」

「있으면서 그런 소릴 해요?」

「그래, 근 30년을 입 꿰매고 살아온 나다.」

「그러면 동주가 아버지의 자식이 아니라는 말인가요?」

「그래.」

「어머니가 낳았다면서요?」

「네 어머니가 다른 씨로 지어 낳았다.」

「그렇다면 동주 아버지가 따로 있다는 말씀 아닌가요?」

「그래.」

「고모, 되는 말씀을 하세요.」

「하고 있다.」

「그러면 그게 누군가요?」

깁스가 아니었더라면 나는 침대에서 굴러떨어지고 말았을 겁니다. 아니, 바닥으로 바닥으로 내 몸이 꺼지고 있는 것 같았어요. 고모 역시 까부라지면서 의자 위로 무너집니다.

「나도 모른다. 옛날 너희 집을 드나들던 질이 좋지 못한 〈도비〉가 하나 있었다. 네 아버지를 따라다니면서 일을 배웠는데…… 그 소생이 아닌가 싶다.」

「……」

「네 어머니는 눈물로 세월을 보내다가…… 내가 혼자 사니까 우리 집에 와서 동주를 낳았다……. 인생이 불쌍하다고…… 그러고는 동주를 낳은 뒤에 자진(自盡)했다. 저는 불쌍한 인생이 아닌가……. 네 나이 다섯 살 때의 일이다.」

「그 〈도비〉라는 사람…… 어디 사람인가요?」

「〈도비〉라는 게 원래 떠돌이들 아니냐.」

「나이는요?」

「모른다만 얼추 내 나이쯤 될까. 내가 스물다섯에 홀로되었으니……. 너 알다시피, 내가 소생도 없이 청상을 입지 않았느냐. 동주를 내가 기르겠다고 사정사정했는데도 네 아버지 고집이 보통이냐? 바위에 대침 놓기더라.」

「……아버지는 왜 그랬을까요?」

「네 아버지 원래 안 그러냐? 나보고 그러더라. 계집질한 사내라고 손가락질당하는 게 쉬우냐, 오쟁이 진 사내라고 비웃음 사는 게 쉬우냐고…….」

「믿을 수가 없군요……. 고모, 믿을 수가 없어요.」

「내 말 아직 안 끝났다……. 네 아버지 불구자 된 것도 공사판에서 그 젊은 것과 싸우다 그랬을 거다. 그놈이 높은 데서 밀어서 그렇게 되었다는 소문을 들었다……. 네 아버지는 한동안 찾아다니더라만……. 남의 집 쑥대밭 만들고 떠난 떠돌이를 어디에서 찾아?」

「고모도 그 사람 본 적 없어요?」

「없다. 이름도 모르고……. 별호가 있던데, 〈구렁이〉라던가, 〈이무기〉라던가……. 위인이 의뭉스러웠던 모양이다.」

「그걸 왜 이제야 밝힙니까? 그것 때문에 집구석이 어떻게 된 줄이나 아세요? 도대체…… 고모가 하느님이에요?」

「네 아버지가, 내 입으로 발설하면 나 죽여 버리고 자기도 죽겠다고 으름장을 여러 번 놓더라. 네 아버지 능히 그럴 수 있는 사람이라는 거, 너도 알지 않느냐? 내가 너희 집에 발을 끊은 것도, 네 아버지가, 발걸음 하면 발목을 잘라 버리겠다고 해서…….」

「동주는, 알고 있어요?」

「불쌍해서, 불쌍해서 견딜 수가 있어야지……. 죽을 요량 하고, 동주 고등학교 다닐 때 넌지시 비치기만 했다만 그것이 영악하더라. 우리 둘이 붙잡고…… 울기도 많이 울었다, 울기도 많이 울었다.」

나도 울었어요.

이 형, 우리 아버지의 입장에 처했다면 이 형은 어떻게 했겠어요? 우리 아버지처럼 아내의 죄 짐을 지고 평생을 절뚝거리며 살 수 있어요? 〈이기고 보면 더 괴로운 싸움〉을 싸울 수 있어요?

내가 〈성녀〉라고 불렀던 우리 어머니는 세상에서 드물게 높고 진실한 사랑으로, 내가 〈돌아오지 못한 탕자〉로 여기던 아버지를 그 차가운 땅 속으로 맞아들였겠지요? 우리 아버지야말로 부활한 성인 아닌가요? 교회에도 이런 성인 있어요?

저 현장 공사가 완공되면 비계는 헐려 나가겠지요? 아버지는 위대한 비계였어요. 위대한 비계공이었어요. 나는 이제 비계가 헐려 나간 건물, 이제부터는 홀로 서 있어야 하는 건물이고요.

아버지와 동주는 위대한 승리자들이지요?

아버지와 동주가 승리자들이라면…… 그러면 나는 패자인가요?

아니에요. 나 역시 패자는 아니에요. 패자 부활전에서 승리한 또 하나의 승리자랍니다.

이제 나는 이 하드화이버를 벗을 수 있어요. 아버지가 나 같은 인간에게 남긴 메시지가 이제 분명해진 겁니다.

자, 이 패자 부활전에서 살아남은 나에게도 한잔 주세요.

42
토분일지(吐糞日誌)

　나는 경쟁을 끔찍하게 두려워하고 시험을 극도로 혐오한다. 논쟁에 휘말리는 것을 기피하는 까닭도 여기에 있을 것이다. 나는 사람들이 지닌 의견과의 부대낌을 통하여 자기 의견을 성숙시켜야 한다는 주장을 의심한다. 사람들의 모듬살이에 어울리다 보면 기묘하게도 자꾸만 복화술이 늘어 가는 것 같아서 견딜 수가 없어진다. 복화술은 선문답이 아니다. 모듬살이에 어울릴 때마다 만나게 되는 수많은 복화술사들은 나를 얼마나 골나게 했던가.

　나는 어떤 습관에 길드는 것을 두려워한다. 한자리에 길들어, 내가 의식하지 않는 순간에도 그 자리에 적당하게 들어맞게 되어 버리는 것을 나는 견디지 못한다. 버릇 듦은, 내 세계가 나날이 다른 모습으로 태어나는 것을 가로막는다. 이렇게 되면 나날을 전혀 다른 삶으로 살고자 했던 나는 재미가 없어진다.

　군대에서 여러 차례 체험했듯이, 하나의 조직 정비가 완료된 체제에서 도망쳐 가장 만만한 조직을 찾아 나가면 오래지 않아 그 만만한 조직 역시 하나의 체제가 되어 체제의 이름으로 내 목을 조르고는 했다. 나는 내가 하고 싶지 않은 일은 하지 못한다. 내가 하고 싶은 일은 해야 한다. 괴팍하다는 비난이 나는 두렵지 않다.

　내가 끊임없이 한 자리에서 다른 자리로 도망쳐 다닌 까닭은 어쩌면 이

세 가지 버릇 때문이었는지도 모른다. 그러나 한 자리에서 다른 자리로 옮겨 그 자리에의 적응 방법을 탐색할 때마다 내가 얼마나 재인의 옆에 마련된 내 자리에서, 그가 바라는 삶을 살고 싶어 했는지 그것은 아무도 모를 것이다.

재인은 나에게 이런 글을 써 보낸 적이 있다. 그의 결론에 일리가 있다.

나는 그가 체제를 몹시 싫어한다는 것을 잘 알고 있다. 그는 혹시 체제를 두려워하는 것은 아닐까? 체제나 조직 속에서 남들과 겨루는 것에 대해 극도의 공포를 느끼고 있는 것은 아닐까? 그래서 교묘하게 거기에서 이탈하고 있는 것은 아닐까? 그는 혹시, 체제 속에서 느낀 견딜 수 없는 열등감을 나와 마로에게서 보상받으려고 하는 것은 아닐까? 나에게는 왜 자꾸만, 그가 체제나 조직으로부터 받은 구박을 나와 마로를 상대로 복수하고 있는 것 같아 보이고는 하는 것일까? (……) 그는 그렇게 떠돌다가 문득문득 우리들에게 찾아들고는 한다. 재인(宰仁)은 늘 한자리에 있다. 재인은 한자리에 있으므로 〈재인(在人)〉이다. 그는 무엇인가? 그는 늘 재인을 지나치는 사람이므로 〈과인(過人)〉이라고 정의하자는 착상이 떠오른다. 많은 사람들은 사랑하는 사람의 주검 앞에서 슬퍼하기에 앞서 우선 짜증스러움과 참담함을 경험한다는 잔혹한 사실을 왜 그만 모르는 것일까…….

공사장에 1년 정도 몸 붙이고 있었던 덕분에 내 수입은 잡역부 봉급의 다섯 갑절에 가까웠다. 원도급 회사인 건설 회사 노무 관리자와 마시면서써도 좋은 술값의 지출은 거의 무한대에 가까웠다.

그러나 내 안의 먹물 귀신은 나를 꼬드겼다.

……이것은 너의 빈 들이 아니다. 공원도 풀밭도 없는 이 황량한 곳의 경험은 이것으로 족하다……. 너는 읽는 일과 쓰는 일을 미치도록 그리워하고 있지 않느냐? 너는 문화를 맴돌고 싶어 하지 않느냐? 너는 김하일의 말

마따나 〈일상을 깨뜨려 긴장을 얻고 싶어 하는 자, 보다 나은 존재를 획득하려고 떠도는 차〉를 얼마나 선망하던 사람이냐…….

김하일도 나를 꼬드겼다. 광주 현장에서는 이따금씩 소품을 써서 그에게 보내고는 했는데 한번은 이런 답장이 날아왔다.

내가 어떻게 흥분하지 않을 수 있었겠는가. 그의 말을 믿는다면 나는 벌써 작가가 다 되어 있는 셈이었다.

이 박사.

엎드려서는 도무지 무엇을 읽지도 쓰지도 못하던 내가 요즈음은 곧잘 따뜻한 아랫목에 배를 깔고 누워 지냅니다. 이런 모습으로 82매짜리 소설도 한 편 썼습니다. 날씨가 추워지고 나이에 어울리는 게으름이 들어붙는 모양입니다.

당신의 소품은, 이다음에 만나서 돌려줄 수 있게 될 때까지 내가 보관하도록 허락해 주시오. 이 집에 불이 난다면 맨 먼저 들고 뛰는 품목의 상위에 끼워 넣겠다고 약속합니다.

당신의 글을 읽고 있으면 당신이 참 좋아집니다. 당신은 꼭 글을 써야 할 사람이라든가 뭐 그런 얘기는 상투적인 냄새가 풍기니까 좋아진다는 말 한마디로 확 뭉개 버리지요.

「장례(葬禮)」라는 단편을 썼습니다. 군대에서 보았던 대인 지뢰 사건입니다. 군인들의 검열을 피할 수 있도록 교묘하게 각색을 한 셈인데 보다 어려웠던 일은 지독하게 삭막한 문장을 어떻게 유연하고 풍부한 표현력으로 늘려 보는가 하는 것이었습니다.

전라도 말에 〈쌈박하다〉는 게 있습니다. 신선하고 명료하고 단순하고 정확하다는 뜻의 최상급입니다. 당신의 소품이 쌈박합니다. 짧은 거지만 당신의 문장에 내 문장을 접목시키면 뭐가 생길 것 같아서 붙잡아 두고 연구해 보렵니다. 「장례」는, 좋은 소재인데 문장력이 뒷받침해 주지 못해서 지겨운 소설이 되고 말았어요.

743

난생처음으로 마음에 그리고 있던 이상식의 칩거를 즐기고 있습니다. 연말까지 들어앉아 실컷 써보려고 합니다.

당신의 일당이 오르기보다는 무엇이든지 쓸 수 있는 시간이 늘어났으면 좋겠어요. 솔제니찐을 읽어 보았는지요? 수필이랄 수도 없고 꽁뜨랄 수도 없는 그런 형식입니다. 당신의 소품이 그와 비슷합니다. 차분하게 가라앉은 분노와 페이소스, 그리고 기지가 번쩍거리는 문장 말입니다.

기운을 내고 정진해야 합니다. 내가 과문한 탓인지는 몰라도 아직 당신의 이번 소품만큼 훌륭한 글을 읽어 본 일이 없습니다. 당신한테 여지없이 꿀리는 걸 느낍니다. 하루에 다섯 시간이 아니라 열 시간씩이라도 공부하렵니다.

......

나는 만 한 해 반 만에 서울로 올라가 기자가 열 명이 채 안 되는 아담한 잡지사의 기자가 되었다. 거친 바다에서 문화의 나라에 상륙한 기분이었다. 주머니는 늘 빈 듯해도 행복했다. 잡지사의 공용어는 문화 사투리였다. 공사장에서 〈이 씨〉라고 불리던 나는 〈이 선생님〉이 되었다. 〈이 기자〉라는 호칭도 문화스러웠다.

잡지사에서 받은 내 첫 봉급은 공사장에서 받은 마지막 봉급의 5분의 1이었다. 따라서 잡지사 기자의 봉급은 공사장 잡역부 봉급과 같았다는 이야기가 된다. 내가 이런 것을 밝히는 의도는, 내가 당시 공사장에서 일자리를 잡지사로 옮기면서 얼마나 어려운 결정을 해야 했던가를 강조하는 데 있지 않다. 단지 나라는 인간이 얼마나 하고 싶지 않게 된 일은 하지 못하는 인간인가, 하고 싶은 일은 기어이 하고 마는 인간인가를 보여 주는 데 있다.

해외 출판물의 저작권은 거의 국내에서 인정되지 못하고 있을 때였다. 나는 이로부터 근 3년 동안 잡지사를 두 차례 옮겨 다니면서, 미국의 잡지

744

와 일본의 잡지 기사를 번역하는 일로 보냈다. 번역하다가 원문이 신통치 못하면 데스크 모르게 슬쩍슬쩍 창작해 넣는 기묘한 장난에 재미를 들이기도 했다.

한 해 전에 시인으로 데뷔한 기동빈의 뒤를 이어 한재인이 일간지의 신춘문예를 통해 소설가로 데뷔한 사건은 나를 얼마나 참담하게 만들었던가. 내가 사랑했던 여자, 나를 버린 것임이 분명해 보이는 여자, 그런데도 나로부터 버림을 받았다고 생각하는 여자가 입을 열기 시작한다……. 나는 견딜 수 없이 초조한 1년을 보내고는 다음 해에 같은 일간지 신춘문예를 통해 기동빈과 한재인의 대열에 합류할 수 있었다.

잡지사 기자가 된 뒤로, 문과 대학을 나온 여기자들과 누리던 농담하는 재미, 말이 화살이 되어 과녁에 꽂히는 과정이 훤히 보이던 그 재미, 원고 청탁을 하기도 하고 받기도 하면서 문인들을 자주 만나고, 이른바 문사(文士)로 분류되는 사람들과 어울리면서 자연스럽게 거기에 합류하게 된 당시의 행복을 잊을 수 없다. 그러나 무려 3년 동안이나 계속되었는데도 불구하고 나는 이 시절에 대해서는 별로 쓸 것이 없다. 야합의 쾌락이 내 오관을 마비시키던 시절, 나아가지 못하고 고여 있던 시절이었기 때문이다.

내 안에서 귀신들이 목소리를 내고는 했다.

……그 습관이 편안하게 느껴지는가, 그러면 엎어라…….

빈 들에 서지 않으면 메모장이 하얗게 빈다. 메모장이 하얗게 비어 있다는 것은 당시에 처해 있는 곳이 빈 들이 아니라는 뜻이다. 〈토분일지(吐糞日誌)〉라는 제목이 붙은 당시의 가난한 메모장에는 이런 구절이 보인다.

……바뀌어야 하는 것은 세계가 아니라 바로 〈나〉다……. 그런데, 보쿳테와나니(나는 무엇인가)?

……가서 둘러보면 알 수 있으려니 여기고 그 집의 옥호를 외우지도, 메

745

모도 하지 않고 가서는 아무리 둘러보아도 낯익은 옥호가 보이지 않는다고 해서 행인을 붙잡고, 내가 와서 둘러보다 보면 기억이 날 것이라고 생각되던 그 집 옥호를 혹 모르세요, 이렇게 묻는 어려움……. 창작이라는 작업의 어려움.

……12월 21일, 신춘문예에 당선했다는 소식을 들으니 토하고 싶어져서…… 토했지.

43
두 세상 살이

　잡지 기자 시절, 그즈음 이미 지명 스님으로 절 살림 두 해를 넘긴 정태
우는 잊어버릴 만하면 더할 나위 없이 시원한 바람처럼 나타났다가 올 때
처럼 훌쩍 사라지고는 했다.

　그 복잡한 서울 바닥에 있는 잡지사로 그가 충청도 어느 절에서 보낸 첫
번째 편지에는 수신인의 주소가 없었다. 그런데도 편지는 내 책상까지 정
확하게 올라와 편집실 직원들을 놀라게 했다. 봉투에는 주소 대신 다음과
같이 씌어 있었을 뿐이다.

　　……서울 서대문에서 신촌 쪽으로 5백 미터쯤 떨어진, 담배 가게가 있
　는 5층 벽돌 건물 3층 잡지사 이유복.

　1972년의 여름이었을 것이다. 소나기가 몹시 쏟아지던 날 산에서 내려
와 찻집으로 나를 불러낸 그는 돈 한 줌을 아무렇게나 끄집어내어 탁자
위에다 뿌리듯이 하면서 말했다.

　「한 철 살다가 내려간다고 했더니 멋대가리 없는 주지 놈이 이렇게 많
은 돈을 주는군그래. 차비 주면 되었지 부자 만들어 어쩌자고……. 〈구차
한 사람은 돕는 것이지 부자로 만드는 것은 아니더란다.〉 공자님 말씀이
여. 어여 가져. 가지고 있다가 김하일 형들하고 술 마셔 버려.」

그가 다시 떠날 때는 무지개가 배웅했다.

지명 스님의 한 도반(道伴)으로부터 이런 이야기를 들은 적도 있다.

「우리 중들도 앉으면 먹는 이야기, 마시는 이야기 많이 해요. 어느 날은 꼬냑이 맛있느니 없느니 했는데, 지명 스님은 그 어느 절에서 만 오천 원의 차비를 얻어 가지고 나오다가 문득 꼬냑이라는 게 어떤 건지 궁금하더랍니다. 그래서 서울 일류 호텔의 술집에 들어가, 〈꼬냑 한 잔에 얼마요〉하고 물어 보니, 〈작은 잔은 만 원, 큰 잔은 만 오천 원입니다〉하더래요. 그래서 큰 잔으로 한 잔 사서 단숨에 들이켜고 입술을 쓰윽 닦으면서 〈과연 맛있군〉. 하고는, 서울에서 수원까지 백 리 길을 걸어갔더랍니다.」

그해 하인후는 수련의였다.

그는 늘 병원 생활을 힘겨워하면서, 수련의 시절에 받는 스트레스는 의사라는 직업의 통과 의례라고 말하고는 했다.

그해의 어느 날 닥터 하는 상급 의사인 레지던트들로부터 조리돌림을 당하고, 따라서 스트레스에 몹시 시달린 몸으로 우울하게 하숙으로 퇴근하고 있었다. 여차하면 아무나 붙잡고 싸움을 걸고 싶더라고 했다. 상대를 떡이 되게 두들겨도 양심의 가책이 느껴질 것 같지 않았고, 떡이 되도록 얻어맞아도 억울할 게 없을 것 같은 그런 기분이었다고 했다.

그런데 그는 병원 문을 나서다가, 길바닥에 담배 파이프를 늘어놓고 파는 노점상을 만났다. 그 노점상은 행인들에게 연설을 어찌나 많이 했는지 입가에는 게거품이 허옇게 남아 있더라고 했다. 그러나 그가 보았을 당시의 그 노점상 앞에는 손님이 하나도 없었으므로 노점상은 연설을 하고 싶어도 할 수가 없었다. 연설할 기회를 잃은 노점상은 그렇게 후줄근해 보일 수가 없었다. 레지던트들로부터 스트레스를 호되게 받은 닥터 하와, 손님이 없어서 연설도 할 수 없게 된 노점상은 서로의 후줄근한 모습을 바라보고 있었다. 고단할 대로 고단해진 서로를 바라보면서 잠시 마주 서 있었다.

그때 닥터 하가 노점상에게 물었다고 한다. 노점상의 곤혹스러운 침묵을 깨뜨려 주고 싶었다고 한다.

「그 파이프, 무슨 나무로 만들었다고 했지요?」

그러자 노점상의 얼굴에는 생기가 돌았다. 그는 환해진 얼굴로 닥터 하에게 반문하더라고 한다.

「손님, 장미 뿌리라고 아시는지요…….」

장미 뿌리로 만들어진 영국제 파이프는 고급으로 소문나 있다. 그런데도 싸구려 파이프 장수는 시원시원하게 반문했다. 손님, 장미 뿌리라고 아시는지요…….

닥터 하는 웃었다고 한다. 그가 웃자 파이프 장수도 기가 막히는지 피식 웃다가, 닥터 하가 껄껄껄 웃으니까 저도 껄껄껄 웃더라고 한다. 그의 스트레스는 그것으로 말끔하게 닦이는 것 같더라고 한다.

이 이야기를 하면서 하인후는, 스트레스나 증오는 연쇄 작용을 일으키면서 악순환하는 무서운 전염병이라고 주장했다. 기독교도의 사명은 악순환의 고리를 저에게서 끊는 것이 아니겠느냐는 무서운 말도 했다.

김하일에게는, 취하면 가학 취미가 나오는 화가 친구가 하나 있었다. 이 화가 친구에게는 술에 취하면 작부들을 괴롭히는 좋지 못한 버릇이 있었다. 어느 날 이 친구는 김하일과 술을 마시면서 작부의 젖꼭지를 비틀었던 모양이다. 작부가 비명을 지르면서 놓아 달라고 애원했는데도 그는 작부의 젖꼭지를 놓아주지 않았다.

김하일은 단지 불쌍한 작부를 괴롭힌다는 이유로 그를 두들겨 이빨을 다섯 개나 부러뜨렸다. 그러고는 그 이빨을 모조리 새것으로 갈아 주느라고 한 달 수입을 모두 쓰고는 한숨을 쉬면서 술잔을 들어 올렸다.

「우리의 이런 정세에다 건배하세!」

「합시다.」

「기도하세. 주여, 우리의 도움이 필요한 사람들의 요청은 하나도 거절하지 말게 하소서. 젖꼭지가 아픈 여자들의 요청까지도 뿌리치지 않게 하소서······.」

술에 취한 기동빈으로부터 회사에서 가까운 여관으로 호출을 받은 것은 내가 이렇게 정다운 친구들의 격려 속에 살고 있을 때의 일이다. 회사는 지옥이었고 퇴근 후의 술집은 천국이던 시절이었다. 그런데 기동빈이 나타났다. 여자의 시체를 넘고 넘는 기동빈이 지옥을 하나 업고 나타났다.

여관방을 찾아 들어갔을 때 동빈은 방 한가운데 꿇어앉아 있었다. 그 역시 하인후처럼 수련의 근무 중이었다.

친구들은 그를 얼마나 부러워했던가. 인후의 말에 따르면 기동빈은 전국 의사 면허 시험에서 수석, 대학 부속 병원의 수련의 시험에도 수석이었다. 그는 작품 활동이 왕성한 시인, 대재벌 맏딸의 약혼자, 두주불사하는 호주가, 무술의 고단자이기도 했다. 그런 그가 내가 들어가 앉았는데도 불구하고 꿇어앉은 무릎을 풀지 않았다.

「나는 오늘 너에게 맞아 죽으러 왔다.」 그가 무릎을 꿇은 채로 나에게 말했다.

가슴이 철렁 내려앉는 것 같았다. 그에게 나는 공사장 인부 출신의 초라한 잡지사 기자 나부랭이에 지나지 못했다. 그런 그가 나에게 그런 말을 하고 있는 것이었다.

「들어 보자.」

그는 이야기를 시작했다.

「믿어지지 않겠지만 한마디도 틀림없는 사실이다. 나는 지난해 아무도 모르게 선우하경에게 접근했다. 인후도 모른다. 나는 네가 이러지도 못하고 저러지도 못하는 선우하경이 어떤 여자인지 궁금해서 견딜 수가 없었다. 처음에는 너의 복수를 대신 한다는 생각을 가지고 있었다. 그러다 후배를 통해서 하경을 만난 뒤로는 내가 너보다 얼마나 더 우월한 인간인가를 증명하는 기분으로, 네가 얼마나 하찮은 인간인가를 증명해 내는 기분으로 그를 차지했다. 그러고 나서야 네가 왜 거기에 접근하지 않는가를 알았다. 그는 기다렸다는 듯이 무너졌다. 그리고 아기가 들어섰다…….」

「그것은 네 일이다. 그러므로 나는 듣고 싶지 않다.」

「들어야 한다……. 너도 알다시피 나는 조그만 구멍가게의 주인이 될 수 없다. 교수가 되어 쥐꼬리만 한 봉급을 받아 가면서 살 수도 없다. 나에게는 내 재능에 알맞은 단단한 터전이 필요하다. 우리 수련의들에게 이런 야망은 큰 허물이 아니다. 나는 하경에게, 결혼할 수 없다는 것을 분명히 밝혔었다.」

「왜 결혼할 수 없나?」

「솔직하게 말하겠다. 선우하경에게는, 우리 기씨(奇氏)와 선우씨(鮮于氏)는 원래 통혼하지 않는다고 말했다. 물론 빌미에 지나지 않는다.」

「미안하지만 나는 더 듣고 싶지 않다. 이것은 내가 참가해야 하는 현실도 아니다.」

「너는 스파르타카스의 우정을 잊지 못할 것이다.」

「기씨와 선우씨가 통혼을 하지 않는다……. 3천 년 전에 갈라진 한 조상의 핏줄이라고? 이것이 너희 수련의들의 멘탈리티냐?」

「그래서 빌미라고 하지 않았나.」

「나는 손을 씻겠다.」

「이래도?」

동빈은 주머니에서 미제 과도 한 자루를 꺼내어, 나와 저 사이에다 놓았다. 한 뼘이 조금 넘는, 손잡이가 까만 과도. 칼날이 초승달처럼 구부러진 과도 한 자루. 월남국 푸엔 성 바 산 기슭의 크레슨트 비치를 상기시키는 초승달 모양의 과도 한 자루.

땀에 젖은 기동빈의 알몸과 땀에 젖은 선우하경의 알몸 사이의 거리. 선우하경의 겨드랑이 밑에 있을지도 모르는 수술 자국……. 나와 과도 사이의 거리, 나와 기동빈 사이의 거리……. 그 악연 사이에 가로놓인 과도 한 자루. 불유쾌한 신파극 같은 악연이었다.

「기동빈, 너는 친구를 몰라도 너무 모르는구나.」

「친구라니 고맙구나. 그러나 오해하지 마라……. 이것은 너의 것이다. 너에게는 이걸로 나를 찌를 권리가 있다.」

「나는 찔리지도 않거니와 찌르지도 않는다. 권리라고? 사양하겠다.」

「마저 들어 다오. 다 듣고 나서는 찔러도 좋다. 저항하지 않겠다. 그러나 내 말이 끝나기 전에는 찌르지 말아 다오…….」

「…….」

나는 기동빈이라는 인간을 잘 알고 있었다. 그는 나에게 찔러도 좋다고, 나에게는 찌를 권리가 있다고 말했다. 그러나 그는 나에게 찔리기 위해 온 것이 아니었다. 그는 분위기를 한껏 극화시킨 뒤에 나에게 수습을 부탁할 것임이 분명했다. 그는 필요하다고 생각되면 언제 어느 곳에서나 눈물을 비 오듯이 흘릴 수 있는 그런 사람이었다. 악어의 눈물. 악어는 짐승을 잡아먹을 때마다 눈물을 흘린다던가. 나는 기동빈이라는 인간을 필요 이상으로 잘 알고 있었다.

「……하경은 잠적해 있다가 두 주일 전에 대구에서 내 딸을 낳았다. 아기는 지금 내 하숙에 있다. 아기를 내 하숙에다 두고는 다시 잠적해 버린 것이다. 미안하다……. 네 진실은 이렇게 해서 내가 죽였다. 너의 아름다운 사랑은 이로써 폐허가 되었다.」

나는 그 과도를 집어 여관의 옷장으로 던졌다. 과도는 자루로 옷장 문을 쿵 소리가 나게 때리고는 맥없이 바닥에 떨어졌다.

「그래서 어떻게 할 참이냐?」

「용서해 다오.」

기동빈이 눈물을 평평 쏟았다. 악어의 눈물…….

「너, 나에게 이렇듯이 잔혹해도 되는 거냐?」

「미안…… 하다.」

「너희 둘 사이에 있었던 일 때문에 내가 이러는 거 아니다. 그 이야기를 내 앞에서 이렇게 하는 것은 나에 대한 대접이 아니다.」

「알고 있다.」

「아는 녀석이 이러는 데는 이유가 있을 것이다.」

「있다.」

「결혼해라. 너는 유능한 사람이니까 개업을 하든 학교에 남든 빠른 기간에 올라설 것이다. 부잣집의 재물도 필경은 너같이 유능한 사람의 손에서 일었을 것이다.」

「그렇게는 못 한다. 약혼자가 있다는 것은 너도 알고 있지 않느냐? 나는 약혼자에게서 몸을 뺄 수도 없고, 그럴 생각도 없다.」

「그래서 어떻게 할 참이냐?」

「어떻게 했으면 좋겠냐?」

「도봉산에다 갖다 버리랴, 한강에다 떠내려 보내랴?」

「수련의에게는 시간이 없다. 네 칼에 찔려 죽지 않는다면 오늘 밤에 또 병원으로 달려가 수술대 앞에 서야 한다. 수술대 아래로 날아오는 레지던트들 구둣발에 정갱이를 까여야 한다. 이것이 수련의의 현실이다.」

「시간이 좀 있게 만들어 주랴?」

「……」

「아이를 포기할 생각이냐?」

「하지 않을 방법이 없다.」

「선우의 의도는?」

「나에게 완전히 일임한 것으로 안다. 일임하지 않을 수 없는 상황에 있을 것이다.」

「영원히?」

「영원히.」

「너희들 사이에서 아기가 태어났다는 걸 누가 아나?」

「내가 아는 한, 우리 둘과 너밖에 없다. 인후도 모른다. 기록은 병원에도 남아 있지 않다.」

「나에게도 영원한 일임이냐?」

「그…… 렇다. 컨시더러블한 보상의 약속과 함께.」

「내가 왜 이런 일임의 대상이 되어야 하느냐?」

「친구니까…….」

나는 기동빈을 잘 알았다. 그는 나에게 아기를 어디로 데리고 가서 죽이든지 버리든지 하기를 바라는 것이 아니었다. 그렇다면 고아원으로 데려다 주기를 바랐던 것일까? 우리 동창 가운데 해외 입양을 주선하는 기관에 종사하는 친구가 있었는데, 기동빈은 그를 염두에 두고 있었던 모양이다. 제 꼬리를 감추기 위해 〈상당한 보상〉의 약속과 함께 제 일을 친구의 손으로 넘기는 위인……. 그가 기동빈이었다.

「너와 나는 이 일의 마무리가 끝나는 순간부터 친구가 아니다, 영원히…….」

「…….」

「약속해 주지 않으면 나 역시 아무것도 약속할 수 없다.」

「…….」

「그때부터 너와 나는 영원히 남남이 된다.」

「…….」

「손을 써보겠다만 실패해도 너와 영원히 남남이 된다는 약속은 유효해진다.」

「손을 써봐 다오.」

술을 하도 많이 마셔서 우리는 그의 위장을 〈시우쇠 위장〉이라고 부르고는 했다. 그의 위장이 술이라면 다소청탁(多少淸濁)을 불문하고 너끈하게 소화해 내는 용광로를 상기시켰기 때문이다. 그러나 그 용광로는 판판이, 철광석을 강철로 정련해 내는 것이 아니라 강철을 쓰레기로 태워 버리는 것으로 드러남으로써 우리 애를 태우고는 했다.

나는 그날 밤, 기동빈과의 영원한 고별을 기념해서 이런 이야기를 들려주었다. 그와의 영원한 고별을 위해 내가 치러야 하는 값을 과장하고 싶어서 이런 이야기를 들려 주었던 것은 아니다.

동빈아.

두 세상 살이가 가능하기는 하다.

내가 잘 아는 육군의 행정 장교 고 소령이라는 사람은 집 안팎으로 흠잡을 데 없는 가장이었다. 아내는 장군의 딸이었는데 그는 장군에게는 좋은 사위, 아내에게는 좋은 남편, 아이들에게는 좋은 아버지였다. 그의 퇴근과 귀가 시각은 정확했다. 그는 군인답지 않게 부대에서 행정 업무에 시달리느라고 운동할 시간이 없다면서 토요일 오후는 가까운 산, 일요일에는 반드시 먼 산을 오른다고 집을 비우고는 했지만 여느 날의 귀가 시각은 정확했다.

그런데 어느 날 초저녁 고 소령은 일찍 퇴근해서 마루에서 신문을 읽고 있었다. 그 집을 출입하던 계란 장수가 단골인 그 집 부인에게 살며시 물었다. 일찍 퇴근해서 마루에서 신문을 읽고 있는 고 소령을 손가락질하면서 물었다.

「주인이신가요?」

부인은 그렇다고 말했다.

「주말에도 댁에 계신가요? 주말에는 한 번도 뵌 적이 없어서요.」

부인은, 주인에게는 주말에 꼭 산에 가는 습관이 있다고 대답했다.

계란 장수는 부인에게, 세상에 참 이상한 일도 다 있다면서, 일요일 오후에 어떠어떠한 집을 찾아가 보라고 일렀다. 그 집은 고 소령의 집에서도 그리 멀지 않았다.

일요일이 되자 고 소령은 산에 간다면서 아침 일찍 집을 나섰다. 그날 오후, 부인은 계란 장수가 가르쳐 준 집으로 찾아가 초인종을 눌렀다.

〈누구세요〉 하면서 그 집의 바깥주인이 나왔다. 반바지 차림에, 슬리퍼를 끌고 나왔다. 산에 간다면서 아침 일찍 집을 나선 고 소령은, 고 소령의 부인이 찾아간 그 집의 주인이기도 했다. 고 소령에게 본가(本家)는 출세의 배경, 측실은 땀 냄새가 나는 삶의 현장이었다. 행정 장교 고 소령은 양쪽 집에다 각각 아이를 둘씩이나 낳아 두고 주중에는 이 집,

주말에는 저 집, 이렇게 살아왔던 것이다.

육군 소령 고 소령에게는 이렇듯이 양심이라는 것이 없었다.

두 세상 살이가 이렇게 가능하기는 하다.

동빈아.

두 세상 살이가 가능하기는 하다.

공사장에서 만난 김순노라는 목수로부터 들은 이야기를 하나 더 옮겨 주마.

김순노는 국민학교 다닐 때 길에서 고양이 한 마리를 주웠다. 죽어 가는 고양이……. 언제 머리통이 터졌는지 귀 뒤에서는 고름이 줄줄 흐르고 있더란다. 그는 고양이를 집으로 안고 집으로 돌아와 며칠 동안 정성껏 치료했단다. 그의 어머니와 힘을 합해서. 너도 알겠지만 고양이라는 놈은 치료하기가 여간 어렵지 않다. 제 몸이 괴로우면 주인에게도 이따금씩 대들기도 하는 것이 고양이다. 모자는 온갖 정성을 다 기울여 이 고양이를 낫우었더란다.

그런데 이 고양이에게는 아주 묘한 버릇이 있었더란다. 오전에는 김순노의 집에서 제 몫의 먹이, 제 몫의 사랑을 누리다가도 오후가 되면 온데간데없이 사라지더란다. 이런 일은 3년 동안이나 계속되었더란다.

그런데 어느 날 김순노는 학교에서 돌아오는 길에, 이웃 마을에 사는 상급생 하나를 만났더란다. 그 상급생은 놀랍게도 고양이의 주검을 파묻고 있었는데, 더욱 놀랍게도 그 고양이가 김순노 모자가 3년 동안이나 기르던 고양이더란다. 오후에는 사라지기는 했지만 틀림없이 모자가 사랑과 정성을 기울이던 그 고양이더란다.

상급생도 그러더란다. 이상하게도 오전에는 흔적도 없던 고양이가 오후에는 꼭 자기 집에 와서 살더라고. 참으로 이상한 고양이더라고.

김순노는 그 길로 집으로 돌아와 울었더란다. 제가 발붙이고 사는 데가 이승인 것 같기도 하고 저승인 것 같기도 해서 아득하더란다.

두 세상 살이는 이렇게 가능하다.

고양이만도 못한 고 소령…….

고양이만도 못한 기동빈아…….

서둘러야 했다. 기동빈에게 아기와 정이 들 만한 시간 여유를 주지 말아야 했고, 나 역시 아기에게 의미를 부여하고 애착을 느끼는 시간을 가져서는 안 되었다.

다음 날 나는 취재 스케줄을 하나 발명해 내어 대구로 출장했다. 유선형은 대구에서 남쪽으로 4~5킬로미터 떨어진, 당시에는 대구로 편입되기 이전인 월배면 송현동에 살고 있었다. 송현동은 대구 내당동에 있던 버스정거장에서 시외버스로 30분 정도 떨어진 데 있었다. 양쪽으로 구부러진 소나무가 줄지어 선 조그만 고개가 바로 〈송현(松峴)〉이었다. 제멋대로 구부러진 소나무를 볼 때마다 나는 술에 취한 채 나름의 춤법으로 춤을 추는 무희들을 연상하고는 했다. 송현을 넘을 때는 늘 술에 취해 있었기 때문이었는지도 모른다.

어머니를 모시고 이따금씩 나에게까지 재정 지원을 했던 형은 공부를 놓치는 바람에 좋은 일자리를 차지하는 데 실패를 거듭했다. 당시는 내 후임이 되어 매형의 공사장을 떠돌고 있었다. 성격이 무던했던 형수는 당시 만 네 살이 된 아들을 두고 단산한 것으로 나는 알고 있었다.

「제 자식이 처가의 호적에 올라가는 것도 모르고 있던 위인을 동생으로 둔 적이 있던가……. 제대하고 나서 이날 이때까지 마로를 찾았거나 찾으려고 애쓰는 성의를 보였으면 내가 이렇게까지 섭섭하지는 않을 거다. 내 조카 내놔라.」

일터에서 돌아온 유선 형은 나를 꾸짖기부터 했다.

「찾다니요……. 나는 잃은 것이 아닙니다.」

나는 저녁상을 물린 뒤에 형님 내외에게 말을 꺼내었다.

「두 분이 보시기에 내가 술덤벙물덤벙 함부로 살고 있소?」

「자네에게도 무슨 생각이 있겠지. 하지만 마로 문제는 빨리 수습해야지

757

이대로는 안 돼.」

「그래요, 아주버님. 준비만 하다가 한세상을 끝내면 되겠어요?」

이 세상에는 시동생을 걱정하기보다는 비난하는 형수가 많지만 내 형수는 나를 비난하기보다는 걱정하는 편이었다.

「내가 딸을 하나 또 낳았소.」

「……」

「길러 주세요. 양육비는 내가 댑니다.」

「자네는 자식 낳아다가 남에게 맡기는 게 취민가? 자네가 낳은 자식을 입적 잘 시켜 주는 자네 처남 있잖은가? 자네가 낳은 자식을 잘 길러 주는 마로 어머니가 있잖은가?」

「나는 아무렇게나 살지 않아요. 반드시 무슨 사연이 있겠거니 여기고 내 부탁을 들어주세요. 들어주셔야 합니다.」

「이게 사람이 할 짓인가……」

「사람의 짓을 제대로 좀 해보려고 이러는 겁니다.」

유선 형은 마로 문제의 수습을 요구하고 나섰다가 협박에 가까운 내 부탁을 받고 한동안 옥신각신하던 중에야 비로소 마로 문제에 대한 자기의 수습 요구가 그날 문제의 핵심에서 저만치 비켜나고 말았다는 것을 깨달았던 모양이다.

그와 나 사이에는 하나의 묵계가 있었다. 그것은 서로, 가능하지 않은 부탁은 처음부터 하지 않되 일단 입 밖으로 나온 부탁은 거절할 수 없다는 암암리의 약속이었다.

「누구 자식인지도 모르고 길러?」

「내 자식이라면 내 자식인 줄 아세요. 형님이 진학이를 낳기도 전에 내가 마로 낳은 게 미안해서 두 아이의 누이 하나를 더 낳았으니 그리 아세요. 형수님도 나를 좀 도와주세요.」

「아주버님, 마로 어머니 놔두고 다른 데서 딸을 낳아 온 것은 정말 아니지요?」

「이 사람이 시동생을 팔난봉인 줄 알아!」

「시원하게 말씀을 안 하시잖아요. 딱 부러지게 아니라고는 않잖아요.」

「저 사람 원래 그래.」

형수도 형과 똑같은 어법으로 승낙해 주었다.

「아주버님…… 일껏 정들여 놓으면 데려가는 거 아니지요?」

다음 날 첫차로 상경한 나는 기동빈의 하숙에서 고용된 보모의 보살핌을 받고 있던 아기를 안고 나왔다. 기동빈이 마련해 놓았다는 〈상당한 액수의 양육비〉는 만일의 경우에 대비해서 메모와 함께 동빈의 책상 위에다 그대로 남겨 두었다.

기동빈 군에게

소포클레스는, 라이오스 왕이 아기 오이디푸스를 테바이 목부(牧夫)에게 맡기면서 이렇게 말했다더라.

〈나는 너에게 네 자손이 대대손손 저주를 받도록 네 손에 아기의 피를 묻힐 것을 요구하는 것이 아니다. 이 아기를 키타이론 산의 실한 나뭇가지에 걸어 놓고 오기를 요구할 뿐이다. 그 나무 이름은 네가 기억하지 않아도 좋다. 소임을 다하고 내게로 돌아오지 않아도 좋다.〉

이제 자네도 나에게 이렇게 말한 것으로 이해하겠다.

〈나는 이제 자네 손에 이 아이를 붙인다. 이 아이의 이름이 무엇인가는 나에게 일러 주지 않아도 좋다. 이 아이가 살게 되는 도시의 이름, 마을의 이름은 일러 주지 않아도 좋다. 소임을 다하고 내게로 돌아오지 않아도 좋다.〉

〈상당한 양육비〉는 두고 감으로써 자네로부터 이 아이에 대한 권리와 의무의 수행 기회를 남김없이 박탈하고자 한다. 이 뜻을 읽는 데 한 치의 어긋남도 있어서는 안 될 것이다. 내 뜻을 읽지 못하는 날 자네는 나로부터 가혹한 보복을 받게 될 것이다.

씩씩한 스파르타카스여.

우리의 의절은 이 아기의 운명에 관한 질문이 다시 제기될 때까지 미루기로 하자. 나에게 맡겨진 이 책무가 얼마나 무섭고 무거운가를 짐작하거든 네가 지나간 길에 여자의 시체가 쌓이지 않게 하라.

타인의 가슴에 못을 박지 말라.

슬픈 스파르타카스.

아기는 태어난 지 세 주일 만에 내 형수에게 맡겨졌다. 아기의 이름은 지극히 평범한 이숙(李淑)이 되었다. 아기의 이름이 이렇듯이 평범한 것은, 그 태어난 내력이 평범하지 못한 데서 유래한다. 아기에게 의미 있는 이름을 지어 주고 싶은 유혹에 얼마나 시달렸는지……. 그러나 나에게는 그럴 권리가 없었다. 나는 지금도 아기의 이름에 어떤 의미를 부여하자는 유혹을 이겨 낸 것은 참 잘한 일이라고 생각한다. 섣부른 의미 부여는 종종 절망의 씨앗이 된다는 뜻에서 그렇다.

형수에게 맡기자면 그 아기에게 묻은 내 정서는 말끔히 닦아서 넘겨주지 않으면 안 되었다. 그것이 형님 내외에게 내가 해주어야 할 일이기도 했다.

형수의 가슴에 안긴 숙이를 보면서 우리 형제는 술을 많이도 마셨다. 각각 다른 이유에서 다른 감흥에 쫓기면서 마셨을 것이다. 이따금씩 내 눈이 붉어지는 것은 형님 내외의 눈에도 보였을 것이다. 그러나 두 분은 내 눈물의 의미를 제대로 이해하지 못했을 것이다.

다시 대구에서 서울로 돌아왔을 때 회사의 내 책상 위에는 재인의 편지가 와 있었다.

사무실에서 인왕산장까지는 4~5킬로미터에 지나지 못했다. 그 거리가 우리에게는 편지가 내왕해야 할 만큼 멀고도 멀었다. 재인도 마로도 보고 싶었다. 그의 편지 투는, 내가 일등병 시절에 처음 받았던 편지 투 그대로였다.

……아무래도 그의 빛나는 득녀(得女)를 축하하지 않으면 안 되겠다. 베르테르가 권총 자살에 실패하고 로테로 하여금 기어이 딸을 낳게 하는 데 성공을 거두었다면 이것은 축하해 주어야 마땅한 『젊은 베르테르의 슬픔』의 한국판 해피엔딩이다. 그는 두 세상을 한꺼번에 살고 있구나. 한 세상이 행복하지 못해서 또 한 세상을 꾸몄구나.

그는 이 편지를 받는 즉시 나에게 달려와 그 아이는 자기의 딸이 아니라고 주장하고 싶을 것이다. 나는, 그렇다면 누구의 딸이냐고 물을 것이고 그는 대답을 하지 못할 것이다.

그러나 그는 알아야 할 것이다. 이 일이 재인을 슬프게 하는 까닭은 그가 아기의 아버지라는 데 있는 것이 아니라 그가 그 아기를 완벽하게 거두고 간수하고 있다는 데 있다. 이로써 그가 아기의 생물학적 아버지의 역할은 물론 아기의 정신적인 아버지가 되는 절차까지 완결시키고 있는 데 있는 것이다. 인왕산장에는 그러지 못한 그의 아들이 있다…….

나는 이것을 해명하러 인왕산장으로 올라가지는 않았다. 선우하경과 한재인 사이에 있는, 내가 한 번 만난 적도 있는 그 여자, 필경 재인에게 아기의 일을 귀띔했을 그 여자가 원망스러웠지만 그것도 혼자 삭였다. 그 여자도 기동빈의 집을 떠난 뒤로는 아기가 어디로 갔는지 알지 못할 것이기 때문이었다. 인간은 모르는 것이 있어서 살아남는 데 성공하는 때도 종종 있다.

쉰 살이 되기까지 가장 어렵던 시절, 괴로웠던 시절이 언제였느냐고 묻는 사람이 있다면 나는 여관에서 기동빈을 만난 뒤부터, 짤막한 소설 한 편을 쓰기까지의 한 달간이었다고 대답할 것이다. 꼭 그래야 한다면, 공수단 훈련은 지금이라도 다시 한 번 받아 줄 수 있다. 그러나 이 시절을 다시 경험하라면 나는 거절할 것이다.

나를 정말로 견디지 못하게 만든 것은, 그로부터 며칠 뒤에 걸려 온 한 통의 전화였다. 기동빈은 나의 선의를 철저하게 짓밟은 것이었다.

「선우하경이에요. 옛 친구 선우하경이에요……」

승천하지 못한 무희 타이스였다.

「……가까운 데 있어요.」

그가 말했다. 만나고 싶다고…….

「나는 만나고 싶지 않아요.」

「할 말이 있어요.」

「나는 할 말이 없어요.」

「꼭 만나야 해요.」

「나에게 만날 것을 요구할 권리가 없어요.」

「권리는 없어요……」

「그렇다면 요구하지 말아요.」

「도와주세요……. 이대로 넘어갈 수는 없어요. 나는 복수를…… 해야 해요.」

「내가 그대에게 복수하던가요? 내가 그대에게 뭘 요구하던가요?」

「왜 요구하지 않았어요?」

「권리가 없으니까……」

「권리를 내세우지 못한다면, 우정을 내세우면 안 되나요?」

「누가 말인가요?」

「둘 다……. 하지만 이번에는 내가요……」

「그대와 나 사이에는 처음부터 우정이 있지도 않았어요. 나는 그대를 친구라고 생각해 본 적이 단 한 번도 없어요.」

「나만 가깝게 생각하고 있었나요?」

「천만에……. 그대에게 나는 두 사람의 타인이었어요.」

「한 사람으로 감당하기에는 너무 벅찼기 때문이라고 이해하면…… 맞을 거예요.」

「그래요, 우정이 있었다니 고맙군요. 하지만 나는 지금 몹시 아파요. 내 상처에 손가락을 넣고 휘젓지 말아 줘요.」

「부탁이에요. 만나고 싶어요.」

「나를 믿나요?」

「믿어요, 믿어요……」

「그러면 가세요. 아무것도 묻지 말고 가세요. 아주 멀리 가세요……」

「선우하경은 지금 식은땀을 흘리며 전화통에 매달려 있어요. 나를 그냥 보내지 마세요.」

「나는 절대로 그대를 만날 수 없어요……. 잘 가요.」

「믿어요……」

「믿으세요. 나에게 맡기고…… 나를 만나려고 하지 말아요, 절대로.」

「바보…… 였어요.」

「앞으로도 그럴 것이고요. 내내 아름다우시고요.」

「……」

이 전화를 받지 않았더라면, 그와 나 사이에 이렇게 비참한 대화가 없었더라면 짤막한 소설 「두 얼굴의 한 손님」은 씌어지지 않았을 것이다.

44
두 얼굴의 한 손님

1

해가 초겨울 추위에 오그라들어 오후는 잿빛이었습니다. 바다 위에는 우는 갈매기도 있었고 날아가 버리는 갈매기도 있었습니다.

산등이 뚜욱 잘라지고 마악 바다가 시작되는 언덕에 아이가 서 있었습니다. 아이는 횡대 지어 오는 백마 무리 같은 파도의 마루를 내려다보고 있었습니다. 바닷가에 사는 아이에게 그 바다와 파도는 심상한 풍경에 지나지 못했지요.

아이는 손가락에다 연두색 대님 한 짝을 걸고 있었습니다. 대님은 바람에 날려 자꾸만 아이의 소매 쪽으로 감겨들었습니다. 그때마다 대님을 매었던, 주름이 남은 바짓가랑이도 발등에서 팔랑거렸습니다.

아이는 돌아서서 코를 풀었습니다. 아이의 눈이 빨갰습니다. 그러나 울고 있는 것 같지는 않았어요.

두어 걸음 물러선 뒤 아이는 손에 들고 있던 대님을 바다 쪽으로 던졌습니다. 힘껏……. 그러나 가벼운 대님은 역풍을 뚫고 날아가지 못했습니다. 대님은 바다로 떨어지기는커녕 맞바람에 날아와 아이 뒤에 있는 팡파짐한 다복솔에 걸리고는 했습니다.

아이는 대님을 다시 접은 뒤 칼돌을 하나 주워 대님 끝으로 칼돌을 묶

764

었습니다. 손이 곱았는지 아이는 칼돌을 묶은 뒤 금방 일어나지 않고 두 손을 샅에다 넣은 채 한참 있다가 일어났습니다.

이윽고 아이는 대님을 다시 집은 뒤 머리 위로 빙빙 돌렸습니다. 대님은 물매 줄처럼, 상모처럼 아이의 머리 위에서 돌았습니다. 대님 쥔 손에 쾌적한 원심력이 느껴지자 아이의 표정이 환해졌습니다. 그러나 잠깐만 그랬어요. 아이는 상모 돌리듯이 물매 줄 돌리듯이 돌리던 대님 끝을 놓았습니다. 칼돌은 연두색 대님 꼬리를 달고 바다 쪽으로 날아갔습니다. 아이의 눈은 칼돌을 따라 날아가는 대님을 좇았습니다.

바다는 대님 하나 삼킨 흔적을 그 표면에 오래 남기지 않았어요.

아이는 돌아서서 마을 쪽으로 통하는 내리막길을 걷기 시작했습니다. 걸으면서 아이는 연신 길가를 두리번거렸습니다.

아이는 오후 내내 그렇게 두리번거리던 참입니다.

겨우 바느질을 배우기 시작한 열여섯 살배기 누나가 대님 한 벌을 만들어 아이에게 준 것은 그날 아침이어요. 누나가 아이에게 대님을 만들어 준 데엔 뜻이 있었습니다. 어머니 제삿날이었기 때문입니다.

아이는, 누나가 보기에 부풀리고 있다 싶을 정도로 기뻐했습니다. 누나의 서툰 인두질의 온기가 거기에 따뜻하게 남아 있기라도 한 것처럼 아이는 대님을 살그머니 뺨에 대어 보기까지 했어요. 아이에게는, 처음으로 받아 보는 선물이었거든요.

그러나 아이는 첫 선물의 의미를 알고 나서는 낯색을 바꾸었습니다. 어머니 제삿날이었거든요. 아이는 부러 꽁한 얼굴을 해 보이고 〈학교 갔다가 일찍 오마〉, 이렇게 말하고는, 바지 자락을 착착 접어 대님을 매고 학교로 갔습니다.

계집아이들이, 〈쟤 얼른 장가들고 싶은 게다〉 하면서 놀렸습니다. 아이는, 〈엄마 제삿날이라고 누나가 만들어 줬다. 신랑 되고 싶어서 맨 게 아니다〉 하고 당당하게 계집아이들을 윽박질러 주었고요. 제삿날이라니까 계

765

집아이들도 더 이상 놀리려 들지 않았지요.

　그러나 학교에서 돌아오는 길에, 대님 덕분에 바짓가랑이가 너무 가뿐해서 동무들과 장난을 지나치게 한 것이 탈이었습니다. 아이가 집 안으로 들어서자 누나의 눈길이 아이의 바짓가랑이에서 멎더니 떨어질 줄을 몰랐어요.

　「가뿐해서 좋더라. 썩 잘 어울리지?」

　「잘도 어울리겠다.」

　누나 말에 아이도 대님을 내려다보았습니다.

　한쪽 대님이 없었어요. 대님이 없는 쪽 바짓가랑이는 주름이 진 채 발등을 덮고 있었습니다.

　「얼라?」

　「장난 심하게 쳤구나. 대님 매면 새신랑처럼 점잖게 굴어야 하는 거다, 너.」

　「새신랑, 새신랑……. 그딴 소리 듣기 싫다.」

　아이는 돌담 밖으로 뛰어나와 학교 길을 되짚어 달렸습니다. 누나가 뒤에서 외치는 소리가 아이를 따라왔습니다.

　「바보야, 나머지 한 짝은 풀어 놓고 가. 놓고 가기 싫으면 풀어서 속주머니에 넣어.」

　아이는 학교 길을 되짚어가다 말고 되돌아와 함께 장난하면서 온 동무들에게, 혹시 대님 한 짝을 줍지 않았느냐고 두루 물어보았습니다만 주운 아이는 고사하고 아이의 대님을 눈여겨본 아이도 없었습니다.

　마을로 들어설 때까지만 해도 제자리에 매여 있던 대님입니다. 장 길 가던 아낙도 그랬으니까요.

　「저런, 이제 누나가 엄마 노릇을 하는구나.」

　하루에 두 번씩 오가는 길이 세 번째는 그렇게 생소해 보일 수가 없었습니다. 홀로 나무 사이를 가는 오솔길도, 길 위로 나서는 숲 그림자도, 바람도 아이에게는 문득문득 낯설게 느껴졌습니다.

　숨이 턱 끝에 오르자 아이는 천천히 걸으면서 잎을 벗은 떨기나무 가지를 유심히 살폈습니다. 오솔길을 이따금씩 가로막는 떨기나무 가지는 대님을 채어 제 목에 걸어 놓고 있을 만큼 심술궂어 보였습니다. 멀리 대님 같은 게 보일 때마다 아이는 그쪽으로 달려가고는 했습니다. 그러나 번번이 그것은 바람에 날아와 걸린 빛바랜 천 조각 아니면 겨울에도 죽지 않는 춘란 잎이기가 일쑤였습니다.

아이는 정말 대님 비슷한 게 보여서, 낮달이 걸린 나뭇가지를 겨냥하고 달려갔습니다만 이번에는 대님이 아니라 찢어진 연 꼬리였습니다.

아이는 나뭇가지에서 연 꼬리를 벗겨 내려 보고는 조금 놀랐습니다. 공책을 잘라 만든, 이제는 바람과 비에 시달려 노랗게 변색한 연 꼬리에 쓰인 서툰 글씨……. 그것은 바로 아이 자신이 쓴 글씨, 아이가 제 공책을 찢어 만든 연 꼬리였습니다. 아이는 연이 실을 끊어 먹고 마을 앞 언덕을 넘던 날을 기억할 수 있었습니다.

학교 길을 되짚어 다시 마을로 돌아오면서 아이는 그 대님이, 이미 찾아본 곳에 있을까 봐 연신 뒤를 돌아다보았습니다. 그러면서, 마을에서 멀어지던 연 꼬리를 다시 만난 것처럼, 잃어버린 대님 한 짝을 다시 만나는 상황을 잠깐 상상해 보았습니다.

아이에게는 너무 벅찼습니다.

그래서 마을로 돌아오자마자, 이제는 아무짝에도 쓸모없게 된 대님 한 짝에다 칼돌을 매달아 바다에 던져 버린 것입니다. 그래서, 돌멩이 하나 바다에 던진 것으로 치고 대님은 잊어버리기로 한 것입니다.

감나무 빈 가지에 걸려 있던 달이 이죽거리는 입 모양을 하고 바다 저쪽으로 가고 있었습니다.

누나는 집에 없었습니다. 아이는 누나가 집에 없기를 다행으로 여겼습니다.

(일껏 만들어 줬는데……. 한 짝은 잃어버리고, 한 짝은 바다에 던져 버렸다면 누난들 좋아할 리 없지……. 엄마 제삿날인데…….)

767

감나무 밑에서 머리를 감고 있던 아버지가, 머리채 사이로 아이를 보며 물었습니다.

「너 누구랑 싸웠냐? 잔뜩 빼물고 있게?」

「아뇨, 누나는요?」

「마을로 내려갔다. 곧 올 게다. 싸운 게로구나.」

「아빠는 모르셔요.」

아이는 안방으로 들어갔습니다. 방 안에는 누나가 펴둔 상이 있고, 상 위에는 쌀이 봉긋봉긋 두 무더기로 나뉘어 있었습니다. 누나는 젯밥 지을 쌀에서 뉘를 고르다가 나간 모양이었습니다. 누나는 제삿날마다 꼭 상에다 쌀을 쏟아 놓고 뉘를 고르고는 했습니다.

아이는 아랫목에 드러누워 천정을 올려다보았습니다. 방의 네 벽이 빙글빙글 도는 것 같았습니다. 바닷바람에 발갛게 얼었던 살이 저릿해져 왔습니다. 반침 위로, 제상 차릴 때 입으려고 곱게 다려 놓은 누나의 치마저고리가 보였습니다. 아이는 누나 저고리의 옷고름이 대님으로 보여서 그만 눈을 감아 버렸습니다.

그때 누나의 타박거리는 발소리가 들려왔습니다. 발소리는 댓돌 앞에서 멎었습니다.

「너 방에 있니? 있구나……」

누나의 목소리에서 기름이 자르르 흘러내릴 것 같았습니다. 누나에게 아이를 기쁘게 해줄 만한 일이 있을 때마다, 누나의 목소리에서는 기름이 흐르고는 했습니다.

「자니, 자는 척하니?」

「둘 다 아니야.」

「이리 나와 봐, 나 좋은 거 가져왔다. 안 볼래?」

「다 귀찮아. 나 졸리는걸. 밤중에 일어나야 하잖아. 제삿날이니까.」

「나와 보라니까 그러네, 쟨.」

누나가 누나답지 않게 억지를 부릴 때면 아이에게는 꼭 좋은 일이 생기고는 했습니다. 아이는 그걸 알면서도 그때마다 번번이 꾸물거리고는 했고요.

아이는 눈을 비비며 문을 열었습니다. 누나가, 왜 눈이 빨갛게 되었느냐고 물으면, 비벼서 그렇다고 대답할 참이었습니다.

그런데, 아! 대님 한 짝을 들고 있는 것이 아니겠습니까? 누나는 대님을 흔들면서 웃었습니다. 아이가 그 대님이 어느 쪽 대님인가를 알아내기까지는 약간의 시간이 필요했습니다.

(잃어버렸던 놈일까, 바다에 던져 버렸던 놈일까?)

「개울에서 놀았다면서? 거기에서 잃었다고 생각하지 않니? 뱀인 줄 알았다. 그치만 나도 바보야. 이 추운데 뱀이 어딨니?」

아이는 신발을 꿰어 신고 대님을 빼앗듯이 받아 든 다음 집을 나왔습니다. 그러고는 해 있을 때 다녀왔던 그 바닷가 언덕으로 달렸습니다. 언덕에서 바다로 던져 버렸던 그 대님이 해초처럼 바위 틈으로 밀려와 있기를 간절히 바라면서요…….

그러나 언덕 아래에서는 무겁고 빈 파도가 부서지고 있을 뿐이었습니다. 아이는 대님 끝에다 칼돌 달았던 것을 잠깐 잊었던 것입니다.

(이상하다, 참 이상하다…….)

아이에게는 참 이상했습니다.

대님 한 짝을 잃었을 때보다, 그래서 아무 쓸모가 없어진 한 짝을 바다에 버렸을 때보다, 처음 잃었던 한 짝을 다시 찾았을 때가 왜 그렇게 허전한지 그 까닭을 알 수 없었습니다.

(차라리…….)

아이가 〈차라리〉라는 낱말을 쓴 것은 이때가 처음이었는지도 모릅니다.

(……차라리, 누나가 찾아다 주지 말지……. 누나 때문에…… 나는 망했다…….)

아이가 〈차라리〉라는 말을 쓰는 것은 심상치 않습니다. 어린것이 한곳을 오래 바라보고 있는 것도 벌써 심상치 않은 사태입니다. 아이들에게 가을 바닷가라면 꽃게나 조개를 잡으며 놀기에 좋은 곳이었습니다만, 꽃게도 없고 조개도 없는 겨울 바닷가는 너무 추웠습니다.

그런데도 아이는 한참이나 바닷가의 그 심상한 풍경 앞에 서 있었습니다.

2

마을 위에서 서성거리던 그날의 저녁 연기가 산 중턱에 걸렸다가 어둠이 되어 다시 마을로 내려오고 있을 무렵이었습니다. 아이와 누나, 그리고 아버지, 이렇게 세 식구가 사는 외딴집에 한 손님이 황혼에 묻어 들어왔습니다.

업은 아기와 머리에 인 보따리를 합하면 제 몸보다 더 큰 도부 장수였습니다. 도부 장수가 나이 어린 처녀에게, 〈빈방이 있다지요〉 하고 공대말로 물을 동안 등에 업힌 아기는 뺨에다 보리튀김 과자 부스러기를 묻힌 채 방긋 웃었습니다.

마을 마을을 다니다 그만 해를 앞세우고 만 비단 장수였습니다. 어둠에 쫓기는 도부 장수들은 자주 그 집을 찾고는 했습니다. 식구가 단출해서 늘 빈방이 있는 데다가 집이 외딴집이어서 주인이 나그네 끓는 걸 싫어하지 않기 때문이었습니다.

「비단인가 봐요.」

누나가 이렇게 말하면서 발돋움을 하고 보따리를 건드려 보았습니다. 보따리가 금방이라도 아기 머리 위로 쏟아져 내릴 것만 같았습니다. 누나는 보따리를 마루에 내리는 비단 장수를 도왔습니다.

「참 잘 오셨어요. 마침 어머니 제삿날이에요. 손이 모자라서 걱정했는데 좀 도와주실 수 있지요?」 누나가, 오래 사귀던 사람이라도 만난 듯이 다정하게 말했습니다.

「도와주고말고. 가까운 친척은 없는갑네? 그러잖아도 마을 사람들이 그러더라. 나이 어린 처녀가 여간 기특한 게 아니라고……」

비단 장수는 고개를 좌우로 돌려 보따리에 눌려 굳어진 목을 풀었습니다. 그러면서 한꺼번에 집안의 사정을 다 구경해 버리는 일에 그 비단 장수는 익어 있는 것 같았습니다.

「비단이죠?」

「응.」

그런 비단 장수는, 나이 어린 처녀가 비단을 끊을 수 있을 것으로는 기대하지 않는 것 같았습니다. 아기가 보채기 시작했습니다. 비단 장수는, 업은 아기를 돌려 품 안으로 들어오게 하고는 크고 시커먼 젖을 꺼내어 아이에게 물렸습니다.

「겨우 열여섯인데 어머니 제사 차린데카제? 왐머이, 집 안 해놓은 것 좀 봐라. 새알에 멜빵하겠다.」

당당하고 투박한 사투리와 스스럼없는 몸짓이 어둑어둑한 밤 안개 속에서도 비단 장수의 나이를 어림하여 헤아릴 수 있게 했습니다.

누나가 시키지 않았는데도 아이가 부엌에서 초롱을 들고 나왔습니다. 상방에 창호지를 바른 초롱의 불빛은, 어둠이 짙지 않아서 그런지 겨우 아이의 발치밖에는 비추지 못했습니다.

누나와 비단 장수는 나뭇더미에서 땔나무를 한 아름씩 안고 와, 비어 있던 방 아궁이에 불을 때기 시작했습니다. 처마 밑이 밝아지면서 누나와 비단 장수가 환한 얼굴을 마주하고 웃는 모습이 드러났습니다. 아이는 거기에는 끼지 않고 뾰족한 나무 꼬챙이로 호롱의 심지를 돋우고 있었습니다.

누나가 다가와 아이를 감나무 아래로 데려갔습니다. 누나의 목소리가 아주 밝았습니다. 아궁이 불빛은 감나무 아래까지는 닿지 않았습니다.

「얘, 비단 장수래. 대님감쯤은 문제없이 얻을 수 있을 거다.」

「대님 같은 거 이제 싫다.」

「이번에는 한꺼번에 두 벌 만들어 주마. 비단장삥에게는 그런 조각 천 많아, 너.」

누나가 다시 아궁이 쪽으로 다가가 비단 장수에게 수작을 걸었습니다.

「비단뿐이에요?」

「아니다, 양단, 공단, 비로도, 유똥도 있다. 와, 처자도 한 감 할라카나?」

「아뇨, 하도 무겁길래요.」

「무겁지. 나락 철에는 나락도 받고 보리 철에는 보리도 받으니까…….
이놈의 장사는 어떻게 된 셈인지 팔면 팔수록 보따리가 무거버진다. 쌍배기 벗겨지도록 해봐야 입에 풀칠, 쌍배기가 성하면 빚이 늘고…….」

객식구가 들 때마다 방 소제도 하고, 군불도 때어 주던 아버지가 그날
은 웬일인지 방에서 한 번도 나오지 않았습니다. 어머니 제삿날이어서 그
런지 아버지의 마른기침이 유난히 잦았습니다.

「아버지…….」

「오냐.」

누나가 물 묻은 손으로 문고리를 달그락거리며 불렀을 때야 아버지의
어두운 목소리가 비로소 방 안에서 새어 나왔습니다.

「왜 불을 안 켜시고…….」

「나 누워 있다.」

「비단 장수래요. 아기가 어려요. 그래서 옆방에다 불을 때고 있어요.」

「오냐, 잘했구나.」

아버지는 그래도 문을 열지 않았습니다.

「어디 편찮으셔요?」

「아니다……. 욕심을 내어 머리를 감았더니 한기가 좀 들 뿐이다…….」

「아버지도……. 물 데워 달라시지요.」

「대단찮다……. 빨랫줄은 걷었지?」

「네.」

「너희 둘은 한숨씩 자둬야 할거다.」

「걱정 마셔요.」

누나가 빨랫줄을 걷은 것은 해 지기 전입니다. 어머니 혼백이 고개 숙이
지 않고도 들어올 수 있도록, 누나는 해 지기 전에 이미 빨랫줄을 걷은 것

772

입니다. 누나가 보기에 어머니 혼백은 제삿날마다 살짝 아버지를 만나러 오는 것 같았습니다.

「아빠가 오늘은…… 이상하시다.」

누나의 말에 아이가 속삭였습니다.

「쉬…….」

누나는, 어머니 제삿날에 갑자기 잦아진 아버지의 마른기침의 뜻을 헤아릴 수 있을 것 같았습니다.

3

어두운 방 안에서 아버지는 아버지대로 자기 몫의 옛 시절 일을 생각하고 있었습니다. 거부할 길 없는 바다의 거친 손길에, 바닷가 아이였던 자신이 튼튼한 청년으로 자라나던 옛 시절을 생각하고 있었습니다.

그 시절 청년은 바다가 길러 준 그 강인한 몸으로, 농부들이 땅을 그렇게 하듯이 공포와 신비로 가득한 파도의 이랑을 갈고, 그 품 안에서 그만큼의 땀을 흘리며 살진 양식을 수확했습니다. 청년에게 세계는 가슴 설레이리만치 아름다운 삶터였습니다.

고기잡이 배를 따라 나갔다가 며칠 만에 한 번씩 마을로 돌아오면 청년은 처녀의 집에서 환대를 받았습니다. 처녀의 아버지는 청년이 막소주 됫병과 몇 마리의 먼바다 생선을 들고 찾아오는 걸 좋아했습니다. 아버지, 어머니 그리고 처녀까지도, 청년이 들고 오는 막소주와 먼바다 생선은 처녀의 집을 찾으려는 청년의 구실에 지나지 못한다는 걸 잘 알고 있었습니다.

바다에 길든 청년에게 〈가정〉이라는 것은 겨드랑이 간지러울 만큼, 참으로 관능적인 것이었습니다. 청년은 이 간지러움을 현실로 누리는 희망을 부끄럽게 여기지 않았습니다.

처녀의 아버지를 〈아저씨〉라고 부르던 청년이 〈어르신〉이라는 호칭을 처음으로 써보던 날, 처녀의 어머니는 청년의 생년과 생월과 생일과 생시를 물었습니다. 처녀 아버지가 돌아가는 청년을 멀리 배웅하면서, 청년의 가슴에 든 것, 머리에 든 것, 손아귀에 든 것을 엿보려고 한 날도 이날이었고, 청년이 한 해만 더 벌면 선주에게 빌붙지 않아도 조그만 배나마 한 척 장만할 수 있다고 겸손하게, 그러나 당당하게 말한 것도 이날이었습니다.

처녀의 집을 나올 때 초롱에 불을 다려 아무 말 없이 아버지에게 건네준 것은 바로 처녀였습니다. 청년에게 처녀 아버지의 말이 다 들려오지 않았던 것은 다소곳이 돌아서던 처녀의 뒷모습을 생각하고 있었기 때문입니다.

청년과 처녀는 서로 알게 된 지 오랩니다. 서로 말을 주고받지 않게 된 지도 벌써 오래되었습니다. 청년과 처녀가 각각 늠름한 어부와 풍만한 처녀가 되고 나서부터 어릴 적에 버릇이 된 말투가 새로 싹튼 기이한 흥분을 실어 나르기에 적당하지 않다는 것을 알게 되었기 때문입니다. 그것을 알기까지, 청년과 처녀는 말놀이를 말싸움으로 끝내고 돌아서면서도 그 까닭을 몰랐던 것입니다.

청년이 언젠가 게를 한 마리 잡아 가지고 처녀의 집으로 간 일이 있습니다.

「이 게 봐라, 크지?」

「응, 크다.」

「그런데 알 뺐다.」

「…….」

가슴이 눈에 띄게 부풀어 오르던 처녀는 낯빛을 붉혔습니다.

「크기는 크다. 어떻게 잡았는데?」

「총 놔서 잡았지…….」

「이제는 놀리기까지 하네…….」

처녀의 부모와 청년 사이에 심상치 않은 침묵이 흐르기 시작한 뒤부터는, 청년이 그 집에 나타나도 처녀는 방에서 나오지 않았습니다. 그래서 청년은 마음을 바쁘게 먹지 않았습니다. 그 방문이 오래지 않아 열렸다가는 다시 닫히고, 오래 그리워하던 처녀의 가슴과 현실이 자기 몫으로 돌아올 날이 오고 만다는 것을 의심하지 않았기 때문입니다. 처녀는 청년에게,

774

바다와도 바꿀 수 없는 단 하나의 진실이었으며 미래의 행복에 대한 약속
이었습니다.

먼 뱃길을 떠나야 하는 날이 가까워지자 청년은 처녀의 부모에게, 말 매
듭을 지어 주십사고, 오래 미루어 오던 청을 넣었습니다. 처녀 부모의 침
묵은 그날따라 길기도 했습니다.

「말이 다 된 것으로 알고 다녀오게.」 이렇게 말뚝 박듯이 말한 것은 아
버지였고, 〈걔 생각도 들어 봐야지요〉 한 것은 어머니였습니다.

「눈치를 하루 이틀 봤나? 척하면 삼척이고 탁하면 목탁이지. 저것이 엉
큼한 것이여, 자네를 닮아서.」

「젊은 사람 앞에 놓고 무신 짓이고……. 엉큼하든 달큼하든…….」

「허허, 물어보나 마나여……. 염소 물똥 싸는 거 봤는가?」

「이 양반이 시방…….」

두 늙은이는 잠깐 거드름을 생략하고, 쑥스러운 것을 감추려고 토닥거
렸습니다. 장인 자리가 어린아이처럼 웃자 장모 자리는 늙은 서방의 허벅
지를 꼬집기도 했습니다.

그날 밤, 장모 자리는 열 살쯤 나이를 더 먹은 시늉을 했고 장인 자리는
떡갈나무 껍질 같던 얼굴을 펴고, 청년의 술잔을 받으면서 술잔 밑에 딸려
보내던 왼손을 거두었습니다.

장인 자리가 청년을 배웅하기 위해 뜨락으로 나서자 처녀가 초롱에 불
을 다려 내었습니다. 아버지가 듣기 싫지 않은 어조로 딸을 나무랐습니다.

「달도 안 보이느냐, 이것아!」

청년은 집으로 돌아오는 길에 바닷가로 내려가 둥근 달 아래 가슴을 열
어 놓고 있는 듯한 바다를 내려다보았습니다. 그는 바다가 아는 것, 이를
테면 부모나 형제에 대한 애정 같은 것에는 길들지 못한 사람이었습니다.
그런 그에게도 사랑의 약속만은 타인과 나눌 수 있는 것 중에서 가장 진
하고 가슴 두근거리게 하는 우애의 약속이었습니다. 마침내 그것을 껴안

았다고 생각한 청년은 가슴에 넘치는 힘과 보장받은 듯한 행복을 바다에 감사했습니다.

두 달 동안이나 바다에 있다가 돌아오는 회항의 밤바다에는 안개가 짙었습니다. 배가 닿자 어부들은 어부들답게 가족과의 재회를 무뚝뚝하게 나누었습니다. 어부들은 그들이 바다에 나가 있을 동안 가족들이 했던 기도를 그런 식으로 애써, 나는 모르오, 하는 것이 보통이었습니다. 선주와 그 아들이 나와 어부들의 손을 일일이 잡았습니다. 청년에게 선주 아들의 악력은 기이하게도 심술궂게 여겨졌습니다.

청년은 서둘러 그 자리를 피해 처녀의 집으로 달려갔습니다. 마을 사람들을 만나면 밤안개 속으로 몸을 피했습니다. 그는 처녀와 처녀 가족과의 재회를 오붓하게 누리고 싶었습니다.

그러나 처녀의 방에는 불이 없었습니다.

장인 자리는 사랑방에서 청년을 맞고, 손 대신 계절이 바뀔 동안에 빛깔이 바래 버린, 약속된 행복의 시체를 내밀었습니다.

「반갑기는 하네만…….」

장인 자리의 입 냄새 묻은 담배 연기가 청년의 가슴에 그을음 자국을 남기는 것 같았습니다.

「오는 길에 아무도 안 만났는가…….」

청년은 숨을 멈추었습니다. 그때까지 겪은 어떤 파도보다도 더 거센 파도의 전조를 읽은 것입니다. 그러나 바닷사람이 된 청년은 그런 것에도 길들어 있었습니다.

「나야 약속을 가볍게 여기는 사람이 아니네만, 여자들 약속은 무겁지 못한 법이네…….」

청년은 가만히 문을 열고 처녀의 방문을 내다보았습니다. 처녀의 방에는 불이 없었습니다. 파도에 지친 무기력한 50대는 선주의 아들에게 딸을 팔고, 바다에서 희생되는 어부의 명단에서 제 이름을 지운 것입니다. 조그만 항구의 황태자와 공모자들은 이렇게 해서 청년의 진실에다 모래를 끼얹은 것입니다.

어둠이 지키는 제 집으로 돌아오면서 청년은 바다에 돌멩이 하나를 던졌습니다. 그러고는 저항하는 것을 포기했습니다.

청년이 조그만 전마선 한 척을 밤바다에 띄운 것은 다음 날입니다. 소박한 사랑의 약속을 빼앗긴 이 절망한 청년의 발밑에서 바다가 전마선을 저어 주었습니다. 물풀의 씨앗처럼 청년은 이렇게 그 마을을 떠났습니다. 슬픔을 잊으려고 청년은 만나는 섬과 별의 이름을 외웠습니다.

물풀의 씨앗이 다른 물가에서 뿌리를 내리듯이 청년도 다른 해변에서 생활을 꾸몄습니다. 그러고는 가슴에 둥지 튼 적막을 신경통과 함께 다독거리며 나이를 먹었습니다.

아내를 얻고 생활을 마련했으나 그의 사랑은, 본능의 나무에서는 꽃을 피워 주지 않았습니다. 아내가 딸과 아들을 차례로 낳아 주고 죽었으나 그는 아내 몫으로 바다에 돌을 던진 적은 없습니다. 아내의 제삿날은 아무 일 없이 여러 차례 계속되었습니다.

4

어허…….

그 처녀가, 선주 아들의 첩이 되었던 그 처녀가, 뜨내기 비단 장수로 늙은 채 어둠에 쫓겨, 이제는 중늙은이가 된 옛날의 그 청년 앞에 나타난 것입니다. 사랑을 받지 못한 어머니의 혼백을 위해 딸이 초저녁에 빨랫줄을 건 그 마당으로, 아버지의 첫사랑이 고개도 숙이지 않고 들어선 것입니다.

비단 장수가 아이와 누나에게 뱉어 내는 무신경한 사투리는 큼지막한 돌멩이가 되어 아버지의 추억 속으로 날아들고 있었습니다.

「아버지, 멧밥 다 지었어요. 곧 닭이 울 텐데요.」

누나는 문고리를 달그락거리며, 갈아입은 옷의 옷고름을 만지작거렸습니다.

「오냐, 닭 울리면 큰일이지.」

아버지가 일어나면서 중얼거렸습니다.

그날 그 집에 한 손님이 두 얼굴을 하고, 혹은 두 손님이 한 얼굴을 하고 찾아왔다는 것을 아는 사람은 아무도 없었습니다.

상실한다는 것은 슬픈 일입니다. 그러나 그 상실 너머에는 또 하나의 상실이 있다는 것을 알아야 합니다. 그러면 최초의 상실은 그런대로 견딜 만해집니다.

45
사람의 그물

1974년 봄은 인왕산장의 두 식구와 나에게 두루 뜻깊은 해이다. 바로 이해 봄에 재인은 학위를 마치고 모교의 전임 강사가 되었고, 마로는 학교에 입학했다.

나에게도 뜻깊은 해이다. 잡지사 두 곳에서 3년 동안 번역을 전담하다시피 하다가 밖으로 뛰쳐나와 전문 번역가의 길로 나선 것은 바로 이해 봄의 일이다. 나는 혼자서 내 일을 선택할 수 있고, 일을 하는 시간도 마음대로 선택할 수 있는 그 전문 번역가가 되기 위해 꽤 곡절을 겪어 왔던 셈이다. 얼마나 그것을 찾아 헤맸던가. 조직이나 체제가 지닌 보수적이고도 회고적인 경향을 떠나 내 삶과의 독자적인 관계를 맺는 일, 그것은 나의 오랜 숙원이었다.

번역가는 짐작했던 대로 나에게는 이상적인 직업이었다. 이때부터 나에게는 봉급을 주는 사람이 없었다. 그러나 일을 시작하는 시각과 끝내는 시각을 정해 주는 사람도 없었다. 이때부터는 휴가비를 주는 사람도 없었다. 그러나 휴가에서 귀경해야 하는 날짜를 정하는 사람도 없었다. 퇴직금도 고이지 않았다. 그러나 대신 철조망이 사라졌다.

사실 나에게는 이보다 조금 더 큰 이상이 있었다. 그것은 훌륭한 소설을 쓰는 일이었다. 그러나 소설을 쓰는 데는 재능이 거의 없는 것으로 드러나자 나는 이 차선의 선택에 머물면서 여기에 시간과 정력을 쏟아부었다. 이

해부터 나는 하루 열 시간 이상 영어에서 한국어, 일본어에서 한국어를 번
차례로 옮겨 다니면서 한 달에 한 권꼴로 번역서를 펴내기 시작했다. 글을
판 이야기는 뒤에 딴 자리에서 하게 될 것이다.

　나의 오아시스 노릇을 하던 윌포드 하우스만 신부는 1973년에 미국으
로 돌아가 있었다. 그가 왜관에서 벌이던 사목 활동 안팎의 역사(役事) 이
야기, 한국 정부로부터 추방당하는 것이나 다름없이 미국으로 쫓겨 들어
간 사정 이야기도 다른 자리로 미루기로 하자. 나는 그에 관한 기록을 따
로 준비하고 있다.
　한 인간과의 인연이 끊기면서 정들었던 한 지역과의 인연이 더불어 끊
긴다는 것은 슬픈 일이다. 나는 한자리에 오래 살던 친지가 이사를 떠날
때마다 나와 그 마을과의 인연이 끊기는 것을 아쉬워하고는 한다. 하우스
만이 떠나면서 나와 왜관과의 인연도 끊기고 말았다. 고향과 대구를 드나
들면서 왜관을 지날 때마다 나는 그 작고 수더분하던 소도시와 김순희 수
녀를 그리워하고는 했다.
　하우스만과는 편지 왕래가 더러 있기는 했다. 군대 시절에 김하일이 지
적한 적이 있거니와, 나에게는 되지 못하게도 〈조금도 누그러지지 않는
맹렬한 문장〉에다, 〈절박한 감정의 조각들이 사금파리처럼 돋아나는 성
급한 이야기〉를 실어서 쏟아 내는 버릇이 있다. 그러나 그는 그림엽서 같
은 데다, 영어가 군데군데 섞인 묘한 한글로 한가한 문장을 몇 개 적어 보
내기가 일쑤였다.
　이런 식이었다.

　아버지를 사별했지만, 부모님의 집이 내 것이 되었으니 반드시 나쁜
일만은 아니다. 거실이 한국으로 치면 서른 평은 된다. 약이 오를 것이
다. 늙은 닥터 캔디데이트(박사반 학생), 윌포드.

홈커밍 1년이 되었는데도 야드 파운드법 때문에 애를 먹는다. 미국은 영국과 함께 아직까지 이 요상한 도량형법을 쓰는 미개국이다. 한국은 안팎의 도량형법을 복잡하게 잘 조화시키고 있다는 뜻에서 슬픈 선진국이다. 아직도 슈퍼마켓에서 정가표 가격을 원화로 환산하지 않고는 물건을 밀수레에 집어넣지 못하는 월포드 하우스만.

이런 식이었으니 내가 맞편지질을 자주 했을 리 없다.

　자네는 〈푸어 코레스폰던트〉야. 〈가난한 특파원〉이라는 뜻이 아니고 〈편지질에 게으른 사람〉이라는 뜻임. 편지에다가 자기 감정을 다 쏟아 놓으려고 하니까 자주 쓰지 못하는 거야. 살짝살짝 쏟아 놓도록.
　자네는 클럼지 크리스천이야. 크리스천으로 맵시가 나지 않는 것은 그리스도를 너무 거창하게 생각하기 때문이야. 성직자보다 더 요란하게 사랑하기 때문이야. 그러니까 그리스도 가까이 있지 못하는 거야. 가만가만 사랑하도록……. 넌 벋 어 디서테이션 닥터(논문만 끝내면 박사가 되는) 월포드.

그런데 떠난 지 2년이 된 해에는 월포드 하우스만으로부터 장문의 편지 한 장이 날아들었다. 나는 편지지 왼쪽 모서리에 인쇄된 주소를 보고는 소스라치게 놀랐다. 〈수니〉라는 여자와 결혼한 사람이나 쓸 수 있는 공동 씨명이었기 때문이었다. 맙소사, 월포드 하우스만에게 결혼이라니…….

WILFORD & SUNI HAUSMAN
1625 FOREST DRIVE
BETHEL CITY, MI 48824

AUG. 10, 1975

유복에게

내 주소를 보라. 내가 태어난 도시 이름, 내가 졸업한 중고등학교, 내가 졸업한 대학교의 이름이 〈베델〉이다. 10여 년 전 자네를 만난 순간, 자네가 베델 교회에서 왔다는 말을 듣는 순간, 예사 인연이 아니라는 것을 나는 눈치챘지. 얼마나 언유주얼한 일인가.

어린 자네를 볼 때마다, 대구의 그 으리으리하던 베델 교회를 볼 때마다 나는 고향을 생각했다. 그런데 이제 베델에 오고 나니 자네가 생각나고는 한다.

나도 이제 인연이라는 말을 곧잘 쓴다. 〈프로비던스(하느님의 섭리)〉라는 말도 좋지만 요즘은 인연이라는 말을 더 자주 쓴다. 전쟁과 인연을 맺은 이래로 나는 한국에서 14년을 살았고 이제 한국인 아내까지 두게 되었으니 이 인연이 질기기는 고래 힘줄이다. 나는 기왕 질긴 이 인연을 더 질기게 맺고 싶어서 자네에게 편지를 쓴다.

내가 교회를 떠난 것은 자네도 알겠고⋯⋯. 교회를 떠난 즉시 베델 대학의 강의 배급을 타는 동시에 대학원에 등록하고 마흔세 살의 만학도가 되었다. 내년 여름쯤 학위를 받을 것이다. 아무래도 베델 대학에서 가르치다 베델 시티에서 여생을 날 것 같다. 나에게 나날은 여생의 시작이다.

나를 의심하지도 말고 비난하지도 말아라. 남을 의심하고 비난하면 복을 못 받는다.

내가 이곳에 온 지 얼마 안 되어 교회를 떠났다. 믿음이 없어져서 떠난 것이 아니다. 조직이라는 것이 조금 싫고, 안팎이 따로 없는 것 같아서 학교로 옮겨 앉은 것뿐이야. 김순희 수녀도, 내가 미국으로 돌아온 직후에 교회를 떠났대. 나하고 생각이 비슷해서 떠났대.

자연인 수녀는 미국에 있는 자연인 윌포드 하우스만에게, 간호학 공부를 미국에서 더 하고 싶은데 어느 학교가 좋으냐고 묻는 편지를 보내더구나. 나는, 간호학과는 원래 훌륭한 데 안 훌륭한 데가 따로 없지만, 베델 대학에 진짜로 훌륭한 간호학과가 있다고 회신했다. 편입을 주선해 주겠느냐고 해서 해주겠다고 했지. 오겠다고 하길래 오라고 했지.

오겠다던 수니가 참말로 와서 우리는 베델 대학에서 하느님 보시기에도 아름답지 싶게 재회를 안 했는가. 수니로 하여금 교회를 떠나게 한 것은 내가 정말로 아니야. 그러나 수니에게 결혼하자고 조른 것은 내가 맞는다. 만일에 수니가 나를 시험하려고 베델로 왔다면 많이 엉큼한 여자다. 그런데 나는 이 엉큼한 여자가 날이 갈수록 좋아진다. 〈김순희〉는 작년에 베델 커디드랄(천주회당)에서 〈수니 하우스만〉이 되었다. 우리는 세상을 등지고 교회로 들어갔고, 거기에서 서로 만났으며, 이윽고 교회를 등지고 세상으로 나온 것일까? 노! 교회와 세상이 안팎이 아니니, 등지고 들어가고 등지고 나온다는 말이 벌써 실없다. 아모르 빈키트 옴누스(사랑은 모든 것을 정복한다), 마침내 교회까지도……

……나는 수니가 좋다. 자네보다도 더 좋다. 자네도 좋기는 하지만 말이 많고 주장이 강해서 덜 좋다. 그러나 수니는 조용해서, 도무지 주장하는 것이 없어서 좋다. 바보 같지만 바보가 아니고, 옆에 없는 것 같은데도 사실은 있는 수니가 얼마나 좋은데? 수니는 예쁘지 않아서 아무리 바라보아도 눈이 안 부셔서 좋다. 하느님의 종 노릇을 하던 사람이 이제는 바깥주인, 안주인 노릇을 하는데 이것도 재미있다. 주일은 교회의 시간이라서 우리는 사사롭게는 안 쓴다. 죄의식은 안 느낀다.

베델 시티에는 〈바파BAFA〉라고 하는 단체가 있다. 〈베델 지역 입양 부모 모임〉인데, 회원은 모두 2백 명이나 된다. 미국인 입양 부모들로 이루어진 이 모임 회원의 입양아들은 90퍼센트 이상이 한국의 고아들이다. 내가 이 모임의 사정을 잘 아는 까닭을 자네는 헤아려야 한다.

수니에게 아기를 안겨 주고 싶은데, 나는 마흔다섯 살이나 되었고 수니도 마흔을 넘겼다. 그러나 입양 사무실 같은 데를 기웃거리기에는 나는 너무 한국인이야. 자네의 의견은 어떤지.

한국의 아이를 입양하고 싶어. 〈한국〉이라고 정한 것이 자네 마음에
안 들지도 모르겠다. 그러나 소박한 나와 수니의 정서를 한번 돌아보기
바란다. 아들이든 딸이든, 어떤 집안의 어떤 아이든 상관없어. 장성해서
돌아갈 집안이 있어도 상관없고 없어도 상관없네. 자식에 관한 한 자네
는 나와 수니의 선배이니만치 전적으로 자네의 충고를 좇겠다고 약속
하겠네.

그놈의 연좌제라는 것이 사라지고 자네도 마음대로 바깥을 나다니는
세월이 어서 오기를 고대하네. 그래야 자네가 바람처럼 왜관을 거쳐 가
듯이 이 베델도 거쳐 갈 것이 아니겠는가. 수니가 옆에서 새색시처럼 쭈
글스러워하면서 안부를 전하라고 하네. 건투를 비네.

추신 : 수니의 별명은 미국 땅에 도착하자마자 대번에 〈이푸〉로 정해
졌네. 〈이프*if*〉를 아무리 가르쳐도 죽어라고 경상도식을 고집해서 〈이
푸*ipu*〉라고 하는데 어쩌는가. 사람은 사랑하는 사람을 닮아 간다고, 나
까지도 나날이 〈이푸〉로 퇴화해 가네.

나는 그에게 쓰는 편지에다, 〈거 보세요, 나보고 가톨릭 신학 대학에 가
라고 했을 때 내가 펄쩍 뛰면서 뭐랍디까〉라커니, 〈우리는 어린것들이 붙
었다가 떨어져 벌써 남남이 되었는데, 당신들은 그 나이에 붙은 것을 보
니, 어찌 보면 뻔뻔스러운 것 같기도 하고 어찌 보면 아름다운 것 같기도
합니다〉라커니, 하여튼 곱게 들리지 않을 법한 말도 더러 섞음으로써 꽤
미안해하고 있는 듯한 그의 심경을 다독거려 주었다.

그는 교회를 떠난 까닭을 나에게 설명하려 하지 않았지만 나는 이해할
수 있었다.

정장(正裝)한 성직자를 보면 나는 그 성직자가 너무 애처로워 견딜 수
없어진다. 이 세상에 서원처럼 무거운 것이 어디에 있는가. 내가 아는 한,

성직자는 안의 삶과 바깥의 삶을 똑같은 무게로 살아 내지 않으면 안 된다. 그것이 얼마나 어려운 일인가. 내가 성직자를 애처로워하는 것은 안의 삶과 바깥의 삶을 같은 무게로 살아 내는 성직자가 너무나 희귀하기 때문이다. 만일에 그렇게 살아 내는 성직자가 있으면 나는 그만 그의 앞에서 무릎을 꿇어 버린다.

신학교 시절, 목사가 되었노라고 빳빳한 칼라를 세워 정장까지 하고, 학교로 돌아와 교수들을 찾아다니며 자랑삼아 인사라는 것을 하고 돌아다니는 선배들을 나는 얼마나 경멸했던가. 그게 무슨 벼슬이던가? 내가 만난 목사들 중에서, 그 칼라가 얼마나 무거운 것인지를 아는 목사들을 꼽는 데는 한 손이면 족하다.

나는 하우스만에게 회신했다.

나는 성직자들을 좋아합니다. 그러나 내가 성직자보다 더 좋아하는 것은 옷을 벗은 성직자랍니다. 비로소 그 옷의 무게를 진심으로 깨닫게 된 것을 축하합니다. 이제 뭘 좀 알기 시작했군요…….

고백하거니와, 그해 추석 고향의 선산에서 유선 형네 가족을 다시 만나기까지는, 숙이를 미국으로 보내겠다는 생각을 한 번도 한 적이 없다. 하우스만의 부탁을 나는 의식적으로 묵살하고 있었던 것 같다. 모르기는 하지만 그의 부탁을 받은 직후에 기동빈의 뻔뻔스러운 얼굴과 함께 문득 〈내가 남이 버린 자식이나 거두고, 자식 없는 집에 입양이나 주선하는 사람이냐〉, 이런 생각까지 들었기 때문이다.

그해 유선 형의 아들 진학은 여덟 살, 숙이는 네 살이었다. 우리 선산에서 진학이와 숙이가 뛰노는 것을 보고 있노라니 마로 생각이 간절했다. 둘을 바라보면서, 마로가 빠졌구나 하고 느낀 순간, 숙이를 미국으로 보내어 늙은 두 천사 월포드 하우스만과 수니 하우스만의 손에서 자라나게 하자는 생각이 내 안에서 움직이기 시작했다.

숙이가 내 손을 거쳐 유선 형에게 맡겨진 이후로 그 아이 문제는 어떤 사람에 의해서도 거론된 적이 없었다. 그러나 거론되지 않으리라는 보장은 없었다. 기동빈은 문제의 부잣집 딸과 결혼해서 아이 낳아 가면서 행복하게 살고 있었고, 선우하경 역시 완벽한 새 삶을 꾸려 자식을 낳고 살고 있는 것으로 알려지고 있었다. 그러나 숙이의 문제는, 이 두 가정에 문제가 생길 경우 언제든지 나를 압박할 가능성이 있었다. 그렇다고 해서 그 압박의 가능성에서 벗어나기 위해, 혹은 그것을 봉쇄하기 위해 숙이를 떠나보낼 마음을 먹은 것은 아니다. 내가 그런 마음을 먹은 데는 다른 이유가 있다.

유선 형의 형편은 당시에도 넉넉하지 못했고, 엄밀하게 말하자면 가까운 장래에 넉넉해질 가능성도 그다지 높지 않았다. 거기에다 당시까지는 대구에서 가까운 월배면에 살고 있기는 했지만 그다음 해부터는 군인들이 근무지를 따라 옮겨 다니듯이 그 역시 공사장을 따라 옮겨 다니지 않으면 안 될 형편이었다. 그럴 경우, 형수는 아니라고 극구 부인했지만, 두 아이는 부담이 될 가능성도 없지 않았다. 유선 형의 형편에 견주어 윌포드 하우스만과 수니 하우스만의 가정은 이상적인 성장의 환경과 교육의 기회를 제공하게 되리라는 것이 당시의 내 생각이었다. 적어도 그런 내 생각은 현실적이었다.

그러나 숙이를 내 곁에 두고 보는 것과 멀리 보내는 것에 대한 나의 감정적 반응은 복잡했다. 숙이가 유선 형의 집을 떠나는 날까지, 숙이의 배경에 대한 내 집안 사람들의 호기심이 세월에 완전히 마모되는 날까지 나는 형으로부터, 형수로부터, 재인으로부터, 숙이의 아버지일지도 모른다는 의혹에 시달리지 않으면 안 되었다. 따라서 그 아이를 나 이외에는 아무도 알지 못하는 미국의 어느 가정으로 떠나보내게 되는 날은 내가 이 의혹에서 해방되는 날이 될 터였다.

그러나 그 아이를 가까이 두고 장성할 때까지 뒤를 돌보아 주고 싶다는 유혹 또한 나에게는 뿌리치기가 만만하지 않았다. 재인이 알았다면 몹시 슬퍼했을 테지만, 그런 유혹을 느끼는 나의 어떤 부분은 재인의 영역이 아니었다. 거기에다가 그리움이 완전히 식었다고 할 수는 없었지만 선우하경은 그때 이미 나에게는, 수많은 단가 가운데 하나인 「운담 풍경」에 지나지 않았다. 그러므로 내가 숙이를 선우하경의 그림자로 바라보고 있었던 것은 아닌 것이 분명하다.

그러나 이렇게 설명해 놓아도 미진하다.

기동빈이 고려의 대상에서 떠난 것은 오래전이다. 그렇다면 나는 선우하경이 남겨 놓은 실패의 유물을 볼모 잡아 놓고 싶었던 것일까? 이로써 내 이름이 그의 염두를 떠나지 않게 하고 싶었던 것일까? 이로써 그에게 자꾸만 빚을 지고 있다는 느낌을 주고 싶었던 것일까?

사악하여라. 나는 이것을 부정하지 못하겠다.

하우스만은 숙이의 내력에 대해 아무것도 묻지 않았다. 나도 아무것도 가르쳐 주지 않았다.

입양 수속은 베델 시티의 입양 수속 기관과 대구의 한 보육원이 대행했다. 경비 문제가 있었지만 나는 하우스만의 지갑이 열리게 할 수는 없었다. 수속이 진행될 때도, 숙이가 보육원의 보모 손에 이끌려 김포 공항을 떠날 때도 나는 얼굴을 내밀지 않았다. 만 네 살이 되어 나를 〈작은아버지〉라고 부르던 숙이로 하여금 내 얼굴을 기억하게 하고 싶지 않았다.

윌포드 하우스만이 박사 학위를 받은 1976년 초여름, 숙이는 베델로 건너가 수키 하우스만이 되었다. 하우스만 박사는 대단히 부적절하게도, 수키를 〈인간이 줄 수 있는 가장 은혜로운 졸업 선물〉이라고 했다. 나는 그에게, 그 은혜로운 졸업 선물이 얼마나 많은 사람의 가슴을 아프고 시리게 했는지 구태여 설명하지 않으려고 애썼다. 참으로 힘이 들었다.

수키가 떠난 그해는 나와 재인이 완전하게 갈라선 해이기도 하다. 그는 나에게 한 치의 틈을 보이는 것도, 한마디 따뜻한 말을 들려주는 것도 거절했다. 그러면서도 내 주위를 맴도는 여자들을, 내 주위에 여자들이 있다는 사실은 견디지 못했다. 그의 결벽은 그 여자들이 맴돌고 있다는 불쾌한 느낌을 잘라 내기 위해 나를 잘라 내는 것까지 불사할 그런 결벽이었다. 내가, 〈사방을 폐허로 만들어야 직성이 풀리는 결벽〉이라고 부른 그런 것이었다.

내 아들 마로를 위해 이것만은 분명하게 밝혀 두어야겠다. 당시 내 주위에는 여자 친구들이 셋이나 있었다. 하나같이 아름답고 선한 친구들이었다. 그중에는 내가 탐을 내던 여자 친구도 있다. 제대로 접근해 보기도 전에 정지 신호를 내는 바람에 그만두기는 했지만 나는 내가 이런 위기를 경험했다는 사실 자체를 두고두고 후회한다.

이성 간의 친구 사이라는 것은 서로 상대의 육체에 대해 혐오를 느끼는 정도까지는 아니더라도, 적어도 매력은 전혀 느끼지 못해야 가능하다. 상대의 육체에 매력을 느끼는 순간, 이성의 친구는 최단거리의 지름길을 통해 이성으로 원위치하고 말기 때문이다. 나는 이성 친구의 시체를 좋아하지 않는다.

새삼스럽게 기동빈을 비난하고 싶은 것은 아니다. 나에게 그는 더 이상 비난의 대상이 아니다. 무관심의 대상일 뿐이다.

그들에게는 몇 가지 공통점이 있었다. 그것은 기동빈으로부터 직접적으로 또는 간접적으로 상처를 받은 적이 있다는 점, 그에 관한 화제를 대단히 즐겼다는 점, 혹 그를 험담하는 날이면 술대접이 아주 후했다는 점, 그리고 다행히도 내가 다가서면 다가선 만큼 물러선다는 점이었다. 나 역시 그로부터 상처를 받은 사람이 아니던가. 그들에게는 내가, 기동빈의 모습이 비치는 거울로 보였던 것일까? 그들은 나를 대장으로 내세워 공동 전선이라도 하나 구축하고 싶었던 것일까?

내가 다가서면 정확하게 다가선 만큼 물러서던 사태를 나는 〈다행〉이라고 쓰고 있다. 다행인 것은 사실이다. 그러나 나는 그들과의 거리를 정확하게 계산하고 있었다. 나는 그들로 하여금, 내가 다가서더라도 그만큼 물러서도록 만들어 놓았기가 쉽다. 그들은 내 앞에서 자존심과 자부심을 다쳐 본 적이 없을 것이다. 자존심이라고 하는 것은, 그것을 알아주는 사람 앞에서는 좀체로 다치고 싶지 않은 물건인 법이다.

재인은 나를 박대하면서도, 이따금씩 마로가 궁금해서 인왕산장을 들를 때마다 내가 그들의 친구 노릇을 하는 것은 견딜 수 없다고 고백하고는 했다. 하기야 사랑의 신 에로스와 질투의 여신 젤로스는 더러는 따로 나다니기도 한다.

한 번도 〈장모〉라고 불러 본 적이 없는 재인의 어머니는 이해 늦여름에 세상을 떠났다. 한재기의 전화를 받은 것은 발인하기 하루 전이었다. 대구로 내려가 어머니 제사에 참례하고 마악 서울로 돌아온 참인데 다시 대구에서 걸려 온 전화를 받은 것이다. 재인은 부고를 받고도 나에게는 연락도 하지 않고 마로를 데리고 대구로 내려간 셈이 된다.

〈우연〉이 무섭다. 그냥 우연이 아니고 인과가 눈에 보이지 않게 얽혀서 문득문득 우리 눈에는 그저 우연으로만 보이는 사건을 지어 내는 것 같아서 무서워지고는 한다. 날짜를 따져 보니 재인의 어머니가 세상을 떠난 날은 내 어머니가 세상을 떠난 바로 그날이었다.

어머니의 시신이 대구의 대학 병원 영안실에 머물 때, 유선 형은 재인의 어머니가 가만히 상청 조문을 다녀가더라고 말했다. 내가 자리를 비운 틈을 타서 얼른 다녀가더라고 말했다. 형은 그때 〈딸 가진 죄가 크기는 큰가 보다〉 했던 것으로 기억한다. 그로부터 9년 뒤에는 당신이 거기에 누운 셈이다.

어쩌다 고향의 선산에 다녀오면서 들르겠다고 전화하면 재인의 어머니는, 〈밖에서 만나세〉 하고는 그렇게 몸 둘 바를 몰라 했다.

「재인이 그것이 독하기는 하다만, 어째서 자네 같은 사람이 그것을 하나 휘어잡아 내지 못하는가……. 이제는 오지 말게, 나한테 자꾸 죄주지 말어.」

그 재인의 어머니가 내 어머니와 같은 대학 병원의 같은 영안실에 있었다. 상청이 그때의 그 상청이었던 것으로 봐서 재인의 어머니가 그때 누워 있던

789

곳도 어머니가 누워 있던 바로 그 무정한 강철 빼닫이 속이었을 것이다.

아홉 살 난 마로가 달려와 내 품에 안겼다가 내가 힘을 주어 끌어안자 그게 제 느낌에 맞지 않던지 비비 꼬다가 기어이 몸을 뽑아 제 어머니 곁으로 가버렸다. 마음속으로 한재기의 자리에 마로를 세워 보고 있으려니 목이 메었다.

나란히 여러 개의 상청이 차려진 자리에서는 불교와 기독교가, 전통과 시속(時俗)이 재미없게 만나 심한 갈등을 빚어내고 있었다. 재인의 어머니 영정과 십자가 앞에서는 누구 고집으로 피운 것인지 향이 타고 있었다.

한재기와 한재인은 선 채로 조문객을 맞고 보내는 고집을 꺾지 않아서 나만 배례로 상주를 보고 나왔다.

삶과 죽음의 도돌이표가 빤히 보이는 그 대학 병원 영안실의 비닐 자리 때기에 나는 취하지 않은 채로는 앉아 있을 수가 없었다. 대부분의 조문객이 기독교인들인 그 자리에도, 저희 주머니 돈으로 술을 사다 마시는 시골 친척들이 없지 않았다. 나는 마로의 손을 잡고 그 자리에 어울려 술을 마셨다. 술을 너무 많이 마셨던 것은 마로를 내 아들이라고 하기보다는 한재인 교수의 아들이라고 하는 사람이 많았기 때문이었을 것이다.

한밤중에 소복한 재인이 다가와 나를 한쪽으로 끌어내었다.

나는 재인을 위로하고 싶었다. 어쩐지 그는 내 품속으로 뛰어들어 울음을 터뜨릴 것만 같았다. 강한 체하는 약한 여자야말로 정말 약한 여자라고 나는 생각했다.

그러나 아니었다. 그 여름까지만 해도 나는 그렇게 순진했던가 보다.

「여기는 당신이 올 자리가 아니에요.」

「올 자리가 아니라니…….」

「당신의 오버액션은 대체 어디까지 가요? 올라가요.」

「어디로?」

「서울로요. 오지 말았어야 했어요.」

「왜?」

「내가 연락하지 않았던 까닭을 몰라요? 제발 올라가세요.」

「그것은 내 질문에 대한 대답이 되지 못한다.」

「하여튼 올라가요.」

「이건 너무 심하다. 지금은 슬퍼해야 할 때지 화를 낼 때가 아니야.」

「잘 알고 있어요.」

「그런데도 당신은 지금 나한테 터무니없이 화를 내고 있다.」

「미안하지만 당신을 용서할 수 없어요.」

「장례가 끝날 때까지만 참아 줘.」

「그럴 수 없어요.」

「내가 지금 이 자리를 떠나 버리면…… 당신은 이승에서는 나를 만나지 못한다.」

「각오하고 있어요.」

「한재인, 이 자리가 어떤 자리인지 모르지? 9년 전에 당신이 나를 따라 내려오기를 거절했던 자리다. 당신의 어머니가 홀로 쓸쓸하게 내 어머니를 조문하고 간 바로 그 자리다. 자, 9년 전에는 당신이 빠졌으니 이번에는 내가 빠져야겠나? 도대체 왜 그러나?」

「인왕산에 올라오는 건 막아서지 않겠어요. 당신도 아들 보고 싶기는 나와 매일반일 테니까요.」

「그런데?」

내 아들이기는 내 아들이냐고 묻고 싶었지만 참았다. 아비인 내 허락도 없이 어미 마음대로 외숙의 호적에 올려진 마로가 내 아들이기는 내 아들이냐고 묻고 싶었지만 참았다.

「이 자리는 여자들과 놀아나던 당신이 나타나 술판이나 벌일 자리는 아니에요. 엄마를 모욕하지 말아요. 나를 모욕하지 말아요. 마로를 모욕하지 말아요.」

「결국은 그건가…….」

「올라가요. 후회 안 해요.」

「올라가라면 올라가마. 나도 당신과 더 말하고 싶지 않구나.」

「올라가요. 후회 안 해요. 필경은 대구 어디에 있을 테니, 올라가기 싫으면 딸이나 만나러 가든지요.」

「재인아……」

「내 이름을 이제 함부로 부르지 말아요. 이제는…… 싫어요.」

「그래, 올라가마. 그리고 이제는…… 나타나지 않으마.」

「……그렇게 해줘요.」

「인왕산에도 올라가지 않으마……. 마로를 부탁하자.」

「아들은 내가 기를 테니까, 당신은 딸이나 걱정하세요.」

「……」

딸이나 걱정하세요……. 재인의 이 한마디는 내 속에 있는 말을 걷어 내려고 내미는 재인의 갈고랑이 같은 것이었다. 그는 이야기를 거기에서 부러뜨리지 않기를 바라고 있음이 분명했다. 그는 나의 변명과 항복을 받고 싶어 하고 있음이 분명했다. 그러나 나는 그렇게 하지 않았다. 그의 어법에는 치명적인 결점이 있었다. 그것은 돌아서지 않을 수 없게 만든 뒤에야 그 갈고랑이를 내민다는 것이었다. 늘 너무 늦게…….

나는 그날 밤 그렇게 돌아섰다. 여자들과 놀아난 적이 없다는 것을 증명할 방법이 내게는 없었다. 숙이가 내 딸이 아니라는 것을 증명할 방법도 없었다. 있다고 하더라도 그럴 자리가 아니었다. 나의 부정에 대한 재인의 믿음은, 기독교에 대한 그의 믿음처럼 사변 앞에서는 난공불락이었다.

내 어머니가 세상을 떠나면서 시작된 우리의 불화는, 재인의 어머니가 세상을 떠나는 날 새로운 국면을 맞았다. 사람의 죽음에는 이상하게도 사람을 용서하게 하고 화해하게 하는 힘이 있는 법인데, 두 분의 죽음은 어째서 우리를 갈라 놓기만 했던지……. 아닐 것이다. 우리 둘 중의 하나가 죽음에 너무 무지해서 그렇게 보였을 것이다.

밤 기차를 타고 서울로 돌아가는 길은 어찌나 참담한지 재인이 싫었다.

그리워했던 것만큼 싫었다. 그 전에도 그 조그만 여인을 싫어해 본 적이 있던가…… . 원망은 많이 했다.

거울이 되어 버린 밤 기차의 창을 바라보면서, 거기에 비친 내 얼굴을 바라보면서 재인이 하던 말을 되씹어 보고 있으려니 자꾸만 술이 마시고 싶어졌다.

부끄러움이여, 무참함이여.

타조 이야기 한마디가 가당하다.

타조는 키가 3미터나 되고 급하면 시속 90킬로미터까지 내는, 새 중에서는 덩치가 가장 크고 발이 빠른 새이다. 다리는 굵고 실해서 걷어차기로 들면 하이에나 같은 짐승은 내장까지 터뜨려 버리는 정도라니 실로 대단하다. 하지만 동물원의 타조를 가만히 보고 있으면 무서울 거라는 느낌보다는 좀 맹한 동물일 거라는 느낌이 앞선다. 몸통 크기에 견주면 대가리가 코믹할 정도로 작아 보이기 때문일 것이다.

타조에게는 재미있는 습성이 있다. 위급해지면 딴에는 똑바로 질주하는데도 불구하고, 필경은 거대한 원을 그리면서 제자리로 돌아온다는 습성이 그것이다. 동물학자들은 근거 없는 속설이라고 일축도 더러 하는 모양이지만 내가 말하고자 하는 것은 우화의 문법이지 동물학자들의 논리가 아니다.

타조가 똑바로 질주하는데도 불구하고 거대한 원을 그리면서 스타트 라인으로 되돌아오는 속사정은 두 다리의 힘 때문이다. 두 다리의 힘은 같을 수가 없는 법이다. 그래서 달리는 타조의 몸은 자연히 힘이 약한 다리 쪽으로 기울 수밖에 없는 것이고, 바로 이 때문에 타조는 거대한 원을 그리게 되는 것이다. 두 다리가 낼 수 있는 힘의 차이가 많으면 많을수록 그 원은 작아질 터이다. 이러니 허풍이 심한 사냥꾼은, 추격하는 대신 공포만 뺑뺑 쏘면서 타조가 사막을 한 바퀴 돌고 스타트 라인으로 되돌아오기를 기다릴 법도 하다.

사람도 마찬가지다.

하지만 사람은 달리면서도 끊임없이 방향을 의식하고 이것을 수정한다. 설원에 비행기를 불시착시킨 비행사가, 자기 고향이 있는 남쪽을 겨냥하고 엎어지고 자빠지고 하면서 하루 종일 눈밭을 걷다가 보니 뜻밖에도 그 비행기의 잔해가 있는 곳으로 되돌아오게 되더라는 슬픈 이야기가 있기는 하다. 그러나 그 비행사가 헤맨 곳은 방향 수정의 가늠자가 없는 설원이다. 설원이 아니었으면 비행사가 그런 실수를 할 턱이 없다고 할 사람들이 있을 법하다. 그럴까?

〈의식화〉라는 말을 한번 써보자.

실하디실한 다리로 달릴 줄만 알았지, 제 주법을 의식화할 줄 모르는 타조는 파멸의 씨앗을 제 습관에 녹이고 사는 슬픈 새일 법하다.

하지만 그런 새가 타조뿐일까. 천방지축 달릴 줄만 알았지, 사냥꾼이 스타트 라인에서 방아쇠에 손가락을 걸고 기다리는 줄 모르는 게 어찌 타조뿐일 것인가.

언제부터, 나는 한재인이라는 사냥꾼 앞에서 커다란 동그라미를 그리며 도는 한 마리의 슬픈 타조로 전락하고 말았는가…….

〈이생(異生)〉의 한탄이 가당하다.

누가 무슨 까닭으로 저를 이 세상에 던졌는지 그것도 모르는 채, 그저 던져진 이 세상, 맞물려 어지럽게 돌아가는 이 세상에 코를 박은 이생이여……. 사랑하고 미워하면서, 화해하고 반목하면서, 선망하고 비방하면서 무리의 의견에 놀아나다가 때가 되면 절로 늙고, 때가 되면 절로 사라지는 이생이여……. 너는 왜 이생인 것을 한탄해 보지 않는가.

하늘로 솟은 포탄이 일정한 높이에 이르면 기어이 떨어지고 마는 것을 너는 보지 않았는가. 그런데도 이 땅을 박차고 솟은 위성은 저 성층권을 차고 나가 이윽고 하나의 궤도를 얻는 것을 너는 보지 않았는가. 이 땅을 박차고 솟은 우주선은 마침내 성층권과 대기권까지도 차고 나가 아득히 먼 우주로 날아가는 것을 너는 보지 않았는가.

그런데 어째서, 맞물려 어지럽게 돌아가는 구심력의 속박을, 보다 강력한 원심력으로 벗어나려 하지 않는가?

너는 지금 왜 불행한가?

너의 마음이 타인과의 관계로 채워져 있기 때문이다.

화해의 웃음을 개어 바르고 화평을 구걸했기 때문이다.

그러다 타인과의 관계에서 상처를 입었기 때문이다.

사람의 그물에 걸려 있기 때문이다.

타인에게서 벗어나라.

타인과의 관계는 이생의 소용돌이다. 너의 원심력을 시험하라. 타인에게 체중을 싣지 말라. 이생의 소용돌이와 싸우되 너 자신을 만나라.

어째서 너 자신에게로 돌아가려 하지 않는가? 어째서 너라고 하는 인간을 제어하는 너의 중심으로 돌아가려 하지 않는가? 어째서 생명으로 충만한 이 살아 있는 샘으로 돌아가려 하지 않는가?

화해하지 말라.

화평을 구걸하지 말라. 중용을 망령되이 일컫지 말라. 궁극적인 평화의 땅, 중용의 땅은 저 무수한 빈 들 너머에만 존재한다는 것을 인식하라. 십자가의 고난이 없는 구원은 이생의 환상이다.

영혼이 상처를 입었거든 침묵하라.

영혼이 상처를 입어도 무리의 의견에 충고를 요구하지 말라. 이생의 소용돌이 속으로 깊이깊이 휘말려 들어갈 뿐이다. 이생의 소용돌이에는, 중심을 잃은 이생을 구심으로 휘감아 들이는 속성이 있다.

795

사람의 그물을 벗어나라.

사람의 그물에서 벗어나 하늘이 짠 이치의 그물을 인식하라.

하늘이 짠 그물은 하도 커서 비록 그 올이 성기어도 무엇 하나 빠뜨리는 것이 없다(天網恢恢 疎而不失).

그리고 마침내 하늘이 짠 이치의 그물에서도 벗어나라.

벗어난 이들이 무수하다.

이 이생의 소용돌이를 깨뜨리고 스스로를 구원한 현자들을 보라.

이 중력의 법칙을 깨뜨리고 우주로 날아가는 우주선을 보라.

너는 어떤 인간인가.

너는 무엇에 의지해야 하는가.

너는 무엇을 지향해야 하는가.

46
현미경과 망원경

  세상이 사막 같아 보이던 시절, 수많은 빈 들을 지나서 이른 그 세상마저 사막 같아 보이던 시절에 나는 신화와 고대 종교를 만났다.

  내가 그 시절에 신화에 눈을 대게 된 데는 나름의 까닭이 있다. 70년대에 이르기까지, 내가 읽은 신화집은 청소년용 세계 명작 전집에 나오는 『그리스와 로마의 신화』가 거의 전부였다. 읽을 당시에는 신화의 중요성을 눈치채지 못했다.

  그런데 번역가 노릇을 시작하고 나서 내가 발견한 의미 있는 현상 중의 하나는, 서구의 많은 작가들이 끊임없이 신화를 자기 시대에 맞게 재해석하고, 신화로서 사람이 사는 이치의 규명을 시도하는 현상이었다. 이어서 쓰게 되겠지만 나는 니체가 많은 문화 현상을 신화로 설명하고 있고, 칼 구스타프 융이 신화를 보편적인 심상의 화석으로 파악하고 신화가 드러내는 이른바 〈아키타이프(원형 심상)〉를 정신 분석에 원용하는 데서 큰 감명을 받게 되었다. 수많은 문화권이 끊임없이 신화시대로부터 이름을 빌려 옴으로써 사물에 문화적 정통성의 세례를 베푸는 현상도 나에게는 흥미로웠다.

  60년대에 있었던 미국의 2인승 유인 위성 비행 계획의 이름이 〈제미니 계획〉이라고 불린 것도 우연이 아니다. 〈제미니〉는 제우스의 〈쌍둥이 아들〉을 뜻한다. 제우스 신의 쌍둥이 아들 카스토르와 폴리데우케스는 천하장사들인데다 장수한 것으로 유명하다. 미국 과학자들이 〈워싱턴 계획〉이니 〈링컨 계획〉이니 하는 미국적인 이름을 두고 신화로부터 이름을 차용한 까닭이 무엇이었을까? 모르기는 하나 그들은 두 우주인이 카스토르와 폴리데우케스처럼 강건하기를 신화의 이름으로 염원했기 때문일 것이다.

제미니 계획에서, 위성을 우주까지 실어 나르는 로켓의 이름은 〈타이탄〉이었다. 타이탄은 그리스의 거신족(巨神族) 〈티탄〉의 미국식 발음이다. 신교의 국가라고 할 수 있는 미국이 그 로켓의 이름을 〈골리앗〉이라고 하지 않은 것도 흥미롭다. 뒷날 한국의 어느 조선 회사가 거대한 기중기를 만들고 〈골리앗〉이라고 명명한 적이 있기는 하다. 이 〈타이탄〉이라는 이름도 뒷날 한국에서는 이삿짐을 나르는 트럭의 이름으로 차용되었다.

이 제미니 계획에 앞선 것은 〈머큐리 계획〉이었다. 〈머큐리〉는 로마 신화에 나오는 전령신 〈메르쿠리우스〉의 영어식 발음이다. 그리스 신화에서는 이 신이 〈헤르메스〉라고 불린다.

제미니 계획에 이어, 달에다 로켓을 쏘아 올리는 계획이 〈아폴로 계획〉으로 명명된 것도 우연한 일이 아니다. 달은 여신 〈아르테미스〉의 별이고, 아폴로는 아르테미스 여신의 오라비가 된다. 이렇게 해서 달나라로 가는 로켓의 이름은 〈아폴로호〉가 된 것이다.

승리의 여신 〈니케〉가 〈나이키〉라는 영어식 이름으로 대공 유도탄의 이름으로 차용당하고, 불의 신 〈불카누스〉는 〈발칸〉이라는 영어식 이름으로 중포(重砲)의 이름이 되는 현상이 나에게는 흥미로웠다.

〈니케(나이키)〉가 스포츠 상품의 이름이 되는 현상, 부엌의 여신 〈베스타〉가 가스레인지의 상표명으로 차용당하는 현상, 거인족 〈기간테스(자이언트)〉와 신화적인 야생의 반마(班馬) 〈핀토스〉가 야구 팀의 이름이 되는 현상, 아름다움과 사랑의 여신 〈베누스(비너스)〉가 젖을 가리는 브래지어의 이름이 되는 현상을 어떻게든 설명하지 않으면 안 되었다.

우리 시대를 나는, 사람들이 철저하게 현실적이고, 무서울 정도로 합리적이며, 비정하리만치 분석적인 시대로 파악한다. 내가 진단하는 우리 시대는 사실로써 상상력을 차단시키는 시대, 상상력이라는 것은 진화의 프로세스에서 아직은 퇴화가 끝나지 않은, 따라서 서둘러 떼어 버려야 할 꼬리뼈의 부끄러운 흔적이라고 믿는 시대, 〈이것이냐, 저것이냐〉의 선택을 강요당하는 시대, 〈저것〉이 가진, 어떤 방패라도 꿰뚫을 수 있는 창에 대처하여, 〈이것〉을 편들어 어떤 창이든 막아 낼 방패를 만들어야 하는 흑백 논리의 군비 경쟁 시대이다.

그러므로 시대가 요구하는 현실적이고 합리적이고 분석적인 삶을 성취시키는 것만이 유익하다고 한다면, 이것이나 저것을 편들어 창과 방패를 강화하는 태도만이 유익한 것이라고 한다면, 사람들은 상상력의 산물인 신화로 회귀하지 말아야 한다. 따라서 인간의 꿈과 진실을 담고 있는 〈뮈토스〉는 어떤 형태로든 유익한 이야기라는 이름을 요구할 권리를 갖지 못한다.

그런데 참으로 이상한 일이 아닌가? 그렇게 현실적이고, 합리적이고, 분석적인 시대라면 사람들은 꿈도 꾸지 말아야 하고, 신화시대의 이름은 입에 올리지도 말아야 하고, 시도 읊조리지 말아야 하고, 무지개를 바라보아도 가슴이 뛰지 말아야 한다. 시대가 그러하고 이 시대 삶의 모습이 그러하다면 마땅히 이름 할 수 없는 것은 그리워지지도 않아야 한다.

그런데 그렇지 않다. 사람들은 분석되지 않는 꿈도 꾸고, 유치한 신화시대의 이름도 끌어다 쓰고 싶어 하고, 프리즘이 발명되었는데도 불구하고 무지개를 보면 가슴이 뛴다고 하고, 이름 할 수 없는 것에 대한 그리움을 시로 읊조리기도 한다. 더러는 이로운 것이 아닌 줄을 알면서도 기어가지 않으면 안 될 정도로 술에 취하기도 하고, 더러는 우상인 줄을 훤하게 알면서도 겨레붙이의 제의에 참례하여 하늘과 땅이 열리던 아득한 때의 그 시간을 경험하면서 신화의 시대로 회귀해 보고 싶어 한다.

그 까닭이 나는 궁금했다.

절대적인 존재는 없다. 존재하는 모든 것은, 우리가 존재한다고 믿는 순간부터 존재하기 시작한다. 따라서 우리가 알지 못하는 것은 이 세상에 존재하지 않는다. 〈존재하는 모든 것〉은 우리가 앎을 통하여 사념하는 것에 지나지 않는다. 그런데 사념에는 독자적인 사념체를 창출하는 경향이 있다. 사람들은 바로 이 나름의 사념체를 통해 세계를 인식한다.

그렇다면, 존재하지 않던 것을 어느 날 문득 존재하게 만드는 것은 무엇인가? 존재하지 않던 것을 어느 날 문득 우리의 사념의 영역으로 편입시키는 것은 무엇인가?

무엇이 그렇게 하는가.

꽤 오랫동안 이런 어설픈 생각에 매달려 있던 나는 신화를 만나면서, 그것은 〈뮈토스〉일 것으로 가정하기에 이르렀다. 뮈토스는 〈말〉, 〈이야기〉라는 뜻이다. 영어의 〈미스(신화)〉는 바로 이 뮈토스에서 나온 말이다.

말에는 〈로고스〉와 〈뮈토스〉가 있다. 같은 말이라도 로고스와 뮈토스는 각기 다른 문법을 갖는다.

로고스는 논증하는 〈말〉이다. 로고스에는 목적이 있다. 로고스는 따라서 듣는 이를 논리적으로 설득하는 속성을 지닌다. 듣는 이는, 논증하는 말이 논리의 아귀에 맞을 때는 〈참〉이라고 하고, 그렇지 못할 때는 〈거짓〉이라고 한다.

그러나 뮈토스에는, 뮈토스 이외의 어떤 목적도 없다. 아름다우면 그만이고 진실하면 그만이다. 뮈토스에 고여 있는 아름다움과 사랑과 진실은 검증의 대상이 아니고 믿음의 대상이다. 여기에는 참과 거짓의 경계가 없다. 아름다움과 믿음이 있을 뿐이다.

뮈토스는 로고스로부터 논증의 임상적 증거를 빌지 않는다.

종교는 과학으로부터 임상적 증거를 빌지 않는다.

여기에서 뮈토스는 대뜸 종교의 자리로 뛰어오른다.

정신과의 임상 의사들이 자주 말하듯이, 무의식에 살의가 없는 사람은 의식 중에도 살인을 저지르지 않는다. 취중에 나오는 말은, 의식과 무의식을 가르는 문턱에서 들어갈까 나올까 망설이고 있던 말이다. 글을 써본 사람은 잘 알고 있듯이, 자기가 상상할 수 있는 수준 이상의 글은 써지지 않는다. 글은, 현실과 상상력의 문턱에 있다가 쓰는 사람의 근기에 따라 들어가고 나오고 하는 것이다.

많은 민족에게는 나름의 신화가 있고 민담이 있지만, 어떤 민족도 그 민족의 집단적인 멘탈리티를 뛰어넘는 신은 창조하지 못한다. 많은 민족에게는 나름의 신이 있지만, 어떤 민족도 그 민족의 집단적인 멘탈리티를 저만치 뛰어넘는 신은 창조하지 못한다. 신에게 바쳐지는 제물도 그렇다. 어떤 인간도 제가 가진 것 이상의 제물은 신의 제단에 바칠 수 없다.

그렇다면 한 민족의 신을 통하여 그 민족을 읽는 것도 가능하지 않을 것인가. 그렇다면 보편적인 신화의 상징을 통해서 사람을 읽는 일도 가능하지 않을 것인가.

우리 민족이 모두 알고 있는 국조 신화는 이렇다. 옛날에 이 땅에는 사람 되기를 원하는 호랑이 한 마리, 곰 한 마리가 있었다. 환웅이라는 어진 이는 이들의 소원이 이루어지게 하려고 쑥 한 줌, 마늘 스무 개씩을 이들에게 각각 나누어 주면서 이렇게 말했다.

「너희가 이것을 먹고 백 일 동안 날빛을 보지 않으면 계집사람이 될 것이다. 백 일을 참고 기다리겠다고 약속할 수 있겠느냐?」

호랑이와 곰은 참고 기다리겠다고 약속했다. 곰은 약속을 좇아서 참고 기다린 끝에 여자로 전신하나, 참고 기다리지 못한 호랑이는 우리 신화의 무대에서 사라지고 만다. 환웅이 여자를 아름답게 여기고 배필로 삼아 아이를 낳게 하고 이름을 〈단(壇)〉이라고 하니, 이 단이 장차 이 땅의 국조 단군 성조가 된다.

잘 참고 잘 기다리는 곰의 자손이라는 것과 우리가 참고 기다리는 것을 미덕으로 삼는 것이 어떻게 무관할 것인가. 참고 기다리는 것을 미덕으로 삼는 것과 우리에게 이러한 신화가 있는 것이 어떻게 무관할 것인가.

이웃 나라 일본의 국조 신화에는 이런 것이 있다.

아마테라스 오미카미는 세상을 두루 비추는 태양의 여신이다. 이 여신에게는 스사노라고 하는 괴망한 아우가 있는데 이 망나니의 행패가 여간이 아니다. 어느 날 아우의 행태에 몹시 토라져 버린 아마테라스 여신은 더 이상 세상을 비추고 있을 맛이 없어서 천계로 들어가 하계로 통하는 문을 닫아 버림으로써 세상을 암흑천지로 만들고 만다.

태양의 여신이 들어앉아 이 땅이 암흑천지가 되자 신들은 이 태양의 여신을 밖으로 꼬여 낼 궁리를 한다. 궁리한 결과, 큰 거울을 천계의 문 앞에다 내어 두고 밖에서 춤과 노래로 여신을 유인해 보자는 데 표가 많이 모인다.

신들이 천계 바깥에다 놀이판을 만들고 허드러지게 유탕하자 안에 있던 태양의 여신은 이렇게 생각한다.

〈내가 알음하지 않으면 땅은 암흑천지가 되어 있을 터인데, 이렇게 놀이판을 벌이는 것을 보니 필시 다른 태양신을 모신 것이 분명하다. 어떤 태양신을 모셨는지 내가 한번 내다볼밖에 없다.〉

이렇게 생각하고 태양의 여신이 문에서 빠끔히 내다보니 과연 태양신이 하나 있었다. 태양의 여신이, 그것이 다른 태양신이 아니라 거울에 비친 자기 모습인 줄을 알았을 때는 이미 다른 신들이 천계 문에다 〈시메나와〉라는 금줄을 쳐버린 뒤였다. 태양의 여신도 그 금줄을 범할 수는 없었다. 그래서 굽도 젖도 못 하고 태양의 여신 노릇을 계속했다.

신들의 술수에 쓰인 것으로 전해지는 거울을 보경(寶鏡)으로 섬기는 것과, 그들이 대체 술수에 능하고, 이것과 저것을 가름하는 데 철저하게 잔혹하고 완벽하게 깔끔한 것이 어떻게 무관할 것인가. 술수를 미덕으로 섬기는 것과 그들이 이러한 신화를 섬기는 것이 어떻게 무관할 것인가.

〈사(士)〉라는 글자를 〈선비〉라고 새기는 우리 민족에게는 또 이런 민화가 있다.

옛날에 윤회(尹淮)라고 하는 어진 선비가 있었다. 이 선비는 먼 길을 가다가 비도 오고 해도 앞세우고 해서, 여관과 비슷한 원(院)에 들었다.

선비가 객사에서, 빗물이 떨어지는 마당을 내려다보다가 마당에 떨어져 있던, 무엇인지는 몰라도 구슬같이 반짝거리는 물건을 보았다. 선비가 무엇일까 하고 궁금해 하는 판인데, 오리 한 마리가 마당을 돌아다니면서 무엇인가를 부지런히 쪼아 먹다가 그 반짝거리는 물건도 쪼아 삼켰다.

바로 그날 밤에 원주(院主)는 집안의 값비싼 보석이 없어진 것을 알았다. 원에 든 길손은 그 선비 한 사람뿐이었다. 원주는 선비를 의심하고 관가로 넘기고자 했다. 그러나 선비는 원주에게 애원했다.

「나는 도둑이 아니오. 아침까지만 참고 기다려 주시오. 정히 내가 도망칠까 염려스럽거든 기둥에 묶어 놓아도 좋소만 아침까지만 참고 기다려 주시오.」

원주는 선비를 기둥에 묶어 놓고 아침을 기다렸다. 아침이 되자 선비는 원주에게, 오리가 변을 보았을 것인즉 그 변을 헤쳐 보면 보석이 있을 것이라고 했다.

「죽을 죄를 지었습니다. 기둥에 묶이시는 액색한 변을 당하시고도 어째서 저에게 진작 오리가 삼키더라는 말씀을 않으셨습니까?」

그러자 선비가 대답했다.

「내가 그렇게 말했다면 오리가 무사했을까.」

〈사(士)〉라는 글자를 〈사무라이〉로 새기는 일본인들에게는 또 이러한 민화가 있다.

옛날 이 나라에는 외아들을 데리고 방황하는 홀아비 사무라이가 있었다. 이 나라의 사무라이들은, 옛날 중세의 유럽 기사들이 그랬듯이 이렇게 방랑하다가 자기를 알아주는 마땅한 영주가 있으면 그 영주의 가신이 되고는 했다.

　무사가 외아들을 데리고 저잣거리를 지났을 때 한 떡장수가 홀아비 사무라이에게 이렇게 말했다.

　「조금 전에 그대의 아들이 내 떡을 훔쳐 먹었다. 그러니 아비 된 그대가 마땅히 떡 값을 물어야 한다.」

　사무라이는 떡장수에게 이렇게 응수했다.

　「비록 헐벗고 굶주리는 처지이기는 하나 내 아들은 사무라이의 자식인즉 그런 짓을 할 리 없소이다.」

　그러나 떡장수는, 사무라이의 자식은 떡을 훔치는 짓은 절대로 하지 않는다는 사무라이의 주장을 도무지 이해할 수가 없어서, 떡을 도둑 맞았노라는 우김질을 계속했다.

　그러자 사무라이는 긴 칼로 외아들의 배를 가르고는 밥통에 떡이 들어 있지 않다는 것을 보여 주었다. 떡장수는 그제야 자기의 잘못을 알고는 사무라이에게 사죄했다. 그러나 사무라이는 아들의 결백을 증명한 기념으로 떡장수의 목을 베고는, 덤으로 제 배까지 가르고는 그 자리에서 숨을 거두었다.

　자, 언필칭 일의대수(一衣帶水) 하고, 이 두 나라의 민화가 암시하는 민족성과 두 나라의 과거사가 어떻게 무관할 수 있겠는가.

　신화와 민담과 전설을 통해서 신과 인간을 읽어 보고자 하는 나의 생각이 익기 시작한 것은, 아마도 서아프리카 한 종족의 민화에 등장하는 익살스러운 신 에드슈 이야기를 읽었을 때부터였을 것이다. 그 이야기는 다음과 같다.

　어느 날 장난꾸러기 신 에드슈는 밭 사이로 난 길을 걸어가다가 양쪽에서 일하고 있는 농부들을 보았다. 에드슈는 문득 길 왼쪽 밭과 오른쪽 밭에서 일하고 있는 농부들을 골려 주기로 마음먹고는 모자를 하나 꺼내어 썼다. 모자는, 오른쪽은 붉은색, 왼쪽은 흰색, 앞은 초록색, 뒤는 검은색인 모자였다. 에드슈는 그 모자를 쓴 채 태연히 밭 사이로 난 길을 걸어갔다.

두 농부는 에드슈의 모자를 보면서 일을 하다가 각각 집으로 돌아갔다. 그런데 마을에 이르렀을 때, 길 왼쪽에서 일하던 농부가 반대편에서 일하던 농부에게 물었다.

「자네, 오늘 흰 모자를 쓰고 지나가는 노인을 보았는가?」

그러자 다른 농부는 다른 소리를 했다.

「보았네만, 그 모자가 어찌 흰 모자던가? 내가 보기에는 닭 피같이 새빨간 모자였네.」

둘은 에드슈가 쓰고 있던 모자의 색깔을 놓고 옥신각신했다.

「내 눈으로 똑똑히 보았네. 분명히 까치 배 바닥같이 하얀색이었네.」

「까치 배 바닥 같은 흰소리는 하지도 말게. 분명히 빨간색이었네.」

「흰색을 붉은색으로 보다니 자네 눈에 문제가 있거나, 술에 취해 있었던 게 분명해.」

「이 사람아, 내가 자네 모르게 혼자 밭에서 술을 마셨다는 것인가?」

「자네는 능히 그럴 수 있는 사람이지.」

이 두사람은 에드슈의 모자 색깔을 두고 입씨름을 하다가 기어이 우격다짐까지 벌이게 되고, 급기야 칼까지 뽑기에 이르렀다. 마을 사람들이 달려오고, 시비를 가려 줄 추장이 달려왔다. 두 농부는 추장 앞에서도 흰색이었다커니 붉은색이었다커니 심하게 다투었다.

그때였다. 구경꾼들 사이에 섞여 있던 에드슈가 앞으로 썩 나서서 말했다.

「나는 세계의 중심을 상징하는 에드슈라는 신이다. 내가 지나갔으니 두 농부는 싸울 수밖에 없다. 내가 가장 좋아하는 일은 침묵함으로써 인간들에게 싸움을 붙이는 것이니라……. 나의 침묵을 깨뜨리는 것, 그것은 너희 인간의 침묵이니라…….」

동서양의 신화를 난독(亂讀)하면서 그리스 신화를 내 식으로 정리하고 해석해 보던 80년대 초반에, 나는 기독교도들에 의해 세계의 보편적인 신화가 어떻게 왜곡되고 있는가를 극명하게 보여 주는 작은 사건을 겪게 된다.

독실한 크리스천이던 한 의사 친구의 만혼 축하연에 초대되었을 때의 일로 기억한다. 초대된 하객들은 대부분이 의사들이었다. 마침 그 자리에는 군의관으로 있던 한 젊은 의사가 와 있었다. 축하 예배를 이끌던 목사는, 더할 나위 없이 훌륭한 설교거리를 찾아내었다고 생각했던지, 군의관에 군복 깃에 달린 기장을 가리키면서 이런 말을 했다. 군의관의 기장에는 지팡이를 감고 오르는 뱀의 형상이 수놓여 있었다.

「여러분, 이 군의관의 기장을 보세요. 지팡이와 뱀을 보세요. 구약 성경 〈출애굽기〉에 나오는 모세와 아론의 지팡이랍니다. 하느님께서 모세와 아론에게 이르셨지요? 〈애굽 왕이 너희에게 이적을 보일 것을 요구하거든 그 앞에다 지팡이를 던져라. 그러면 내가 그 지팡이로 하여금 뱀이 되게 하리라.〉 〈십계〉라는 영화에서도 보셨지요? 모세와 아론이 이 지팡이를 던지자, 지팡이는 애굽 왕 앞에서 정말 뱀으로 변하지 않던가요? 정말 뱀으로 화하여, 애굽 마술사들이 마술로 만들어 낸 뱀을 모조리 잡아먹지 않던가요? 군의관의 기장에 있는 지팡이와 뱀은 바로 이 지팡이와 뱀인 것입니다. 사악한 시대가 표적을 요구하거든, 여러분도 여러분의 지팡이를 던지세요. 그러면 하느님께서 기적을 일으키실 것입니다…….」

나는 속으로, 아닌데, 그것은 아닌데…… 싶었지만 가만히 있었다. 목사는 기고만장, 설교를 계속했다.

「……구약 성경 〈민수기〉를 보세요. 하느님께서 모세에게 이르셨지요? 〈불 뱀을 만들어 기둥에다 달아 놓고, 뱀에 물린 사람마다 그것을 쳐다보게 하라. 그리하면 죽지 아니하리라.〉 분명하게 이르셨지요? 모세가 어떻게 했던가요? 하느님의 말씀을 좇아 구리로 뱀을 만들어 기둥에 매달아 놓으니, 뱀에 물렸어도 그 구리 뱀을 쳐다본 사람은 죽지 않았어요. 군의관의 기장에 있는 기둥과 뱀은 바로 이 기둥과 구리 뱀이랍니다. 사악한 시대가 뱀에 물려 고통을 받거든 여러분도 기둥에다 구리 뱀을 만들어 매달아 놓으세요. 믿음을 버리지 말고 하느님께서 모세에게 시키신 대로 하세요. 그러면 하느님께서 기적을 일으키실 것입니다……」

끝내 가만히 있었으면 좋았을 것을, 〈상징 해석을 그렇게 마구잡이로 하면 안 된다〉는 투로 한마디를 건넸다가, 독실한 기독교도인들이자 용한 의사들인 친구들로부터 성경의 말씀을 잡학으로 해석한 독신자로 몰려 말몽둥이에 오지게 조리돌림을 당하지 않으면 안 되었다.

결국 나는 목사의 기세와 만혼한 친구의 흥을 깨뜨리고 싶지 않았던 데다 하도 기가 막혀서 할 말을 하지 못한 채 그 자리를 뜨고 말았다.

내 친구 하인후가 나를 따라 나왔다. 나는 인후에게 물어보았다.

「그게 아닌 것을 너는 알지?」

인후는 꽤 오래 침묵을 지키다가 대답했다.

「……의사들의 신앙이 나를 괴롭히고 있다. 의사들은 병의 치료는 과학으로 하고, 제가 물러앉을 자리는 신앙에다 마련한다.」

「프로이트의 정신 분석학이 억압된 본능의 충동에 눈을 돌린 것은 좋은 일이다. 그러나 정신 분석학은 다른 것을 도외시한 것 같지 않아? 억압된 본능에만 현미경을 들이대는 바람에 인간에게 상처를 입힌 것 같지 않아? 유미주의자들은 아름다움이라는 잣대로 모든 것을 재고 해석하지? 하지만 다른 잣대가 도외시되는 것은 어떻게 보아야 하나? 기독교인들이 현미경으로 성경을 들여다보듯 하는 태도에서도 나는 같은 느낌을 받고는 한다. 현미경으로 보아야 할 것이 따로 있고 망원경으로 보아야 할 것이 따로 있다. 현미경으로 보아야 할 것을 망원경으로 보아서도 안 되겠지만, 오늘 그 목사의 말을 듣고 있자니 망원경으로 보아야 할 것을 현미경으로 보고 있다는 느낌을 참을 수가 없었다.」

나는 그날 사랑하는 친구 인후를 위하여 기나긴 뱀 이야기를 하지 않으면 안 되었다.

……신화시대 그리스의 의신(醫神) 아폴론에게는 아스클레피오스라고 하는 아들이 있었다. 아폴론은 이 아들을, 당시의 용한 의사이자 현인(賢

人)이었던 케이론에게 맡겨 의술을 가르치게 한다. 아스클레피오스는 케이론의 가르침을 받아 대단한 의사가 된다.

아스클레피오스는 트라카라는 도시에다 요즈음의 의과 대학 겸 부속 병원 비슷한 걸 세우고 의술을 가르치는 한편 환자를 보는데, 어찌나 용했던지 〈아스클레피오스는 죽은 사람도 능히 살려 낸다〉는 소문까지 돌았다고 한다. 그리스 신화에 따르면 이 아스클레피오스는 실제로 죽은 자를 살려 내었다가, 이승의 이치와 저승의 이치를 분별하지 못하는 것을 밉게 본 제우스의 손에 죽임을 당한다는 대목이 나온다. 제우스의 불벼락에 맞아 죽었다지 아마…….

이 아스클레피오스에게는 트로이아 전쟁 때 종군한 두 아들 이외에도 이아소, 판아케이아, 아이글레, 휘게이아, 이렇게 네 딸이 있어서 아버지를 도와 간호원 노릇을 했다. 맏딸 〈이아소〉의 이름은 〈의료〉라는 뜻이고, 둘째 〈판아케이아〉의 이름은 〈만병통치〉, 셋째 〈아이글레〉의 이름은 〈광명〉, 넷째 〈휘게이아〉의 이름은 〈위생〉이라는 뜻이다. 이 네 자매의 이름 중 막내인 〈휘게이아〉의 이름은 지금도 의과 대학에서 쓰이고 있지 않은가. 〈하이지닉스(위생학)〉이라는 말은 〈휘게이아〉의 이름을 그 어원으로 하는 것으로 알려져 있다.

이 아스클레피오스의 의과 대학은 수많은 명의를 배출하게 되는데, 그 중에서도 가장 이름 높은 명의가 바로 오늘날 〈의성(醫聖)〉으로 불리는 히포크라테스다. 히포크라테스가 누구던가. 의사들은 물론이고 환자들도 익히 아는 저 〈히포크라테스 선서〉의 바로 그 히포크라테스가 아닌가. 〈히포크라테스 선서〉를 한 적이 있는 의사들이 어떻게 모세의 불 뱀 운운하는데도 가만히 있을 수 있는가.

의과 대학과 그 부속 병원과 아스클레피오스의 사당을 두루 겸하는 곳에다 제관들은 흙빛 뱀을 기른 것으로 전한다. 제관들이, 이 흙빛 무독사(無毒蛇)를 아스클레피오스의 사자로 여겼기 때문이다. 그러니까 지팡이는 아스클레피오스의 지팡이, 뱀은 바로 아스클레피오스의 사자인 흙빛 무독사인 것이다.

의술을 상징하는 앰블럼에 지팡이와 뱀이 그려지는 것은 이 때문이다. 목사가 기적의 연출자인 하느님에 대한 의사들의 믿음을 강화하는 것은 좋은 일이다. 그러나 인류 문화의 유산이 목사에 의해 이렇듯이 왜곡되어서는 안 되고, 알 만한 의사들이 이것을 좌시해서도 안 되는 것이다. 왜 망원경으로 보아야 할 것을 현미경으로 보는 것이 용인되고 있는가.

그렇다면 뱀은 결국 무엇인가. 뱀이라고 하는 것은 무엇을 상징하고 있는가? 조금 더 전문적으로 말해도 좋다면, 그리스 신화는 뱀을 일단 죽음의 상징으로 기록한다.

의신 아폴론은 어린 나이에, 죽음을 상징하는 거대한 뱀 피톤을 죽인다. 바로 이 때문에 아폴론은 〈피티온〉이라는 별명으로 불리기도 한다. 〈피톤을 죽인 자〉, 즉 〈죽음의 정복자〉라는 뜻이다. 영웅 헤라클레스는 생후 아흐레 만에 두 마리의 뱀을 죽이고, 장성한 뒤에는 머리가 아홉 개나 되는 거대한 물뱀 히드라를 죽임으로써 인간을 죽음의 공포로부터 구해 낸다. 헤라클레스 역시 〈헤라클레스 알렉시카코스〉, 즉 〈죽음을 정복한 헤라클레스〉라고 불리는 것은 이 때문이다.

가인(歌人) 오르페우스와 신부 에우리디케의 이승과 저승에 걸친 긴긴 드라마는 한 마리의 뱀이 등장하면서 시작된다. 이 의미심장한 드라마는 신부 에우리디케가 뱀에게 발뒤꿈치를 물리면서 시작되는 것이다.

저승의 나라, 곧 명궁의 문을 지키는 괴악한 번견(番犬) 케르베로스의 갈기, 의롭지 못한 자를 찾아 저승으로 데려가는 증오의 여신 에리뉘에스의 머리카락, 그 얼굴을 보는 사람을 돌로 만들어 버리는 저 무서운 요괴 메두사의 머리카락은 올올이 뱀이다. 파충류 시대에 인간의 유전자에 찍혀 버린, 파충류에 대한 공포 때문일까? 그리스 신화는 죽음의 상징으로 무수한 뱀을 등장시킨다.

그리스 신화는 뱀을 재생의 상징으로 기록하기도 한다. 폴리에이도스라는 사람은 죄를 얻어 석실에 갇히는 몸이 되었다가, 어느 날 우연히 숫뱀이 몸에 약초를 문질러 죽은 암뱀을 소생시키는 것을 본다. 다음 날 석실로는, 그 나라 왕자가 뱀에 물려 죽었다는 소문과, 왕자를 살려 내는 사람에게는 큰 상을 내린다는 소문을 듣는다. 폴리에이도스는 뱀이 쓰다 남긴 약초를 거두어 왕자를 살리고 자신도 석실에서 살아 나온다.

구약 성서의 요나가 그랬듯이, 그리스의 영웅 이아손도 거대한 뱀의 배 속에 들어갔다가 사흘 만에 새 생명을 얻어 나오고, 헤라클레스도 거대한 뱀이 삼키는 바람에 그 배 속에 들어가 있다가 사흘 만에 그 뱀의 배를 가르고 나온다. 뱀이 허물 벗는 것을 목격하는 데서 시작된 것일까? 그리스 신화는 재생의 상징으로 무수한 뱀을 등장시킨다.

그리스 신화는 뱀을, 이승과 저승을 번차례로 오르내리는 중재자의 상징으로 기록한다. 중재자의 상징은, 죽음의 상징과 재생의 상징 사이에 위치한다.

멜람푸스라는 사람은 어미 잃은 새끼 뱀을 구해 주는데, 뒷날 이 새끼 뱀이 귀를 핥아 주는 바람에 이승과 저승의 일을 두루 꿰어 아는 신통력을 얻는다. 〈점쟁이 멜람푸스〉는 이로써 이승의 이치와 저승의 이치를 중재한다.

아폴론의 손에 숫뱀 피톤을 잃은 암뱀 피티아는 땅 틈에서 솟아오르는 뜨거운 김을 쐬고는 신통력을 얻어, 신의 뜻을 인간에게 일러 주는 탁선당(托宣堂)의 무녀가 된다. 이로써 피티아는 신과 인간을 중재한다.

산 것을 잠재우는 최면장을 들고 이승과 저승 출입을 임의로 하는 제우스의 사자 헤르메스의 지팡이에도 뱀 한 마리가 기어오른다. 헤르메스의 별명이 〈프시코폼포스〉, 즉 〈영혼의 안내자〉인 것은 참으로 의미심장하다.

뱀이, 죽음의 텃밭이자 저승의 하늘인 이 땅에 온몸을 붙이고 다녀서 그렇게 보였던 것일까? 그리스 신화는 이승과 저승의 중재자, 순환하는 것, 돌고 도는 것의 상징으로 무수한 뱀을 등장시킨다.

죽음의 상징, 재생의 상징, 이승과 저승을 오가는 중재자의 상징은 서로 다른 것이 아니다. 서로 다르지 않은 것의 세 가지 다른 모습이다.

〈오르페와 유리디스〉로 불리기도 하는 저 유명한 오르페우스와 에우리디케 이야기가 어쩌면 이 간단하지 않은 이치를 간단하게 설명해 줄 수 있을지도 모른다.

오르페우스와 에우리디케는 갓 결혼한 신랑 각시다. 그런데 어느 날 이 신부가 그만 뱀에게 발뒤꿈치를 물려 저승으로 가고 만다. 신랑은 눈물로 세월을 보내다가 산몸으로 저승에 내려가 저승 왕과 담판하고 천신만고 끝에 신부를 찾아 나오는 데 성공한다. 그러나 이승에 도달하기까지 각시를 돌아다보아서는 안 되는 것을, 이 금기를 지키지 못해 신부를 놓치고 만다는 슬픈 이야기다.

이들의 팔자가 왜 이렇게 기박한가? 이 신화는 우리에게 무슨 메시지를 전하고 있는가?

신랑의 이름 〈오르페우스〉는 〈어둠〉이라는 말에서 생긴 말이다. 오르페우스는 어둠에 가까이 닿아 있는 가인이다. 신부의 이름 〈에우리디케〉는 바로 〈넓은 것을 다스리는 여자〉라는 뜻이다. 넓은 것은 무엇인가? 에우리디케의 별명인 〈아르기오페〉는 〈얼굴이 흰 여자〉라는 뜻이다. 얼굴이 흰 것이 무엇인가? 〈넓은 것을 다스리는 얼굴이 흰 여자〉는 결국 무엇인가? 이 여자가 뱀에 물려 저승에 갔다가는 신랑의 손에 이끌려 저승을 나오고, 나오다가는 다시 저승으로 되돌아갔다. 이것이 무슨 뜻인가?

〈넓은 것을 다스리는, 얼굴이 흰 것〉은 달이다. 차고, 기울고, 이우는 달이다. 달에게 이러한 운명을 부여한 것이 무엇이었던가? 뱀이다. 뱀은 이로써 달의 운명과 합류한다. 뱀이 그렇듯이, 달이 죽음과 재생과 순환의 상징인 것은 이 때문이다.

뱀을 죽음과 재생과 순환의 상징으로 기록하고 있는 것이 그리스 신화뿐인 것은 아니다. 불교와 더불어 인도에서 가장 유력했던 종교의 하나였던 자이나교는 돌고 도는 시간을 바퀴로 상징해 낸다. 자이나교는, 이 점에서만은 불교와 같다.

자이나교는 시간을 〈칼라카크라〉, 즉 〈시간의 바퀴〉라고 부른다. 영원히 순환하는 이 시간의 바퀴에는 두 종류의 바퀴살이 있다. 〈아바사르피니〉와 〈우트사르피니〉가 그것이다.

자이나교는, 시간이라고 하는 것은 〈최선의 때〉에서 〈최악의 때〉를 순환한다고 믿는다. 최선에서 최악으로 흐르는 것이 〈아바사르피니〉, 최악에서 최선으로 흐르는 것이 〈우트사르피니〉인 것이다. 〈사르피니*sarpini*〉가 무엇인가? 〈뱀*serpent*〉이 아닌가. 상승과 하강을 상징하는 뱀이 아닌가.

자이나교는, 시간의 순환을 상징하는 뱀이 몸으로 우주를 한 바퀴 휘감고는 제 꼬리를 입으로 물고 있다고 믿는다. 자이나교에 의한 이 시간의 순환관은 중세 연금술사들의 〈오우로보로스〉를 연상시킨다. 〈오우로보로스〉라는 말은 〈제 꼬리를 삼키는 뱀〉이라는 뜻이다. 오우로보로스는, 영원히 계속되는 죽음과 재생의 상징이다. 오우로보로스가 어떤 모양을 하고 있는지 궁금해할 것은 없다. 〈음〉과 〈양〉이 끝없이 생멸하는 태극의 모양을 상상하면 된다.

뱀의 이러한 상징성은 흘러간 옛이야기에서 끝나고 만 것일까? 이 죽음과 재생과 순환의 상징성은 오늘날의 우리에게는 계승되고 있지 않는 것일까?

한국의 작가 윤흥길의 소설 「장마」에 나오는 한 구절은 이 물음에 대단히 시사적인 답을 내린다.

이 소설에 나오는 외할머니는, 아무 날 아무 시에 살아서 돌아온다던 사돈의 빨치산 아들 대신, 상처 입은 구렁이 한 마리가 집 안으로 기어 들어오자 사돈을 대신해서 구렁이에게 이렇게 말한다.

「……아이고, 이 사람아, 집안 일 못 잊어서 이렇게 먼 길 찾아왔는가……. 자네 보다시피 노친께서는 기력이 여전하시고 식구들도 모두 잘 지내고 있네. 그러니 집안 일 아무 걱정 말고 어서어서 자네 갈 데로 가소……. 자꾸 이러면 못쓰네. 자네 심정을 내 짐작은 하겠네만 집안 식구들 생각도 해야지. 자네 노친 양반께서 자네가 이러고 있는 꼴을 보면 얼마나 가슴이 미어지겠는가…….」

불교의 〈나가(뱀)〉는 무엇이던가? 역질이나 기근에 시달리는 중생을 낫우려고 변신해서 세상에 나오는 부처가 아니던가?

십자가를 타고 오르던 뱀이 무엇을 상징하는가? 〈생명의 나무〉를 타고 오르는 그리스도의 원형이 아니던가? 초대 교부 테르툴리아누스는 그리스도를 〈선한 뱀〉이라고 부르지 않았던가?

그러므로 의사들 앞에서 목사가 한 말은 경솔했다. 그의 대롱 시각[管見]은 사악하기까지 하다.

저급한 읽을거리로 보이던 신화와 고대 종교가 때로는 깊은 숲이 되어 때로는 광활한 바다가 되어 내게로 다가서던 그즈음 우연히 잡은 책에서 읽은 한 장의 보고서가 생각난다. 신화의 보편적인 상징체계를 이해하지 못하던 17세기 선교사가 서인도 제도에서 교황청으로 보냈다는 한 장의 보고서는 교조적인 조직 종교가 인류의 문화유산에 얼마나 무지한가를 여지없이 드러낸다.

기독교의 한 경외전(經外傳)은 마리아의 회임과 관련된 부분을 이렇게 기술하고 있다.

어느 날 마리아는 항아리를 들고 우물가에 서 있었는데, 주의 천사가 나타나 이렇게 말했다. 「마리아여, 복을 받으라. 네 자궁은 하느님이 거하실 차비가 끝났음이라. 하늘에서 빛이 내려와 네게 거할 것인즉, 그 빛은 너로 인하여 세상을 비출 것이라…….」

문제는, 당시의 선교사들이 세계의 도처에서 이런 신화의 모티프를 발견하게 되었다는 데 있다. 이 이야기를 전한 신화학자 조셉 캠벨에 따르면, 그 주제나 흐름이 신약 성서 앞부분과 어찌나 똑같았던지, 선교사들은 악마가 성경 이야기를 위작하여 세계 도처에 뿌리고 다닌다고 주장했을 정도였다니 기가 막히는 일이다.

페드로 시몬이라는 선교사는 『서인도 본토 이야기』라는 저서에서 실제로 〈그 땅의 악마가 선교에 불리한 교리를 펴기 시작했다〉는 보고서를 쓰고 있다. 그의 보고서에는 다음과 같은 흥미로운 대목도 있다고 한다.

……그중에서도 가장 기가 막히는 것은, 선교사들이 수태에 대한 교리 설교가 시작되기도 전에 구아께타 마을 처녀 이야기를 알고 있다는 것입니다. 태양이 구아께타 마을 처녀의 자궁을 빌어 빛으로 수태시키고, 처녀의 몸은 그대로 둔 채로, 말하자면 동정녀에게 아기를 갖게 했다는 것입니다. 이야기인즉 이렇습니다.

구아께타 마을의 촌장에게는 두 딸이 있었는데 이들은 서로가 자기를 통해 그 기적이 이루어지기를 바랐습니다. 그래서 두 딸은 동이 틀 때마다 마을 뒤의 산에 오른 다음, 첫 햇살을 온몸 가득히 받을 수 있도록 다리를 벌리고 있었다는 것입니다. 이렇게 햇살을 받은 두 딸 중 하나가 수태하고 아홉 달 뒤에 에메랄드 하나를 낳습니다. 여자가 이 에메랄드를 솜에 싸서 젖가슴 사이에 넣고 여러 날을 데우니 에메랄드는 아기가 되었다는 것입니다. 〈고란자초〉라는 이 아이는 스물네 살이 될 때까지 외조부 되는 촌장의 집에 머물다가 당당하게 수도에 입성해서 〈태양의 아들〉이라는 칭호를 얻게 되었다는 것입니다.

우리나라 사람들은 대부분 어린 시절부터 〈임금님 귀는 당나귀 귀〉 이야기를 들으면서, 읽으면서 자라난다. 〈임금님 귀〉 이야기는 우리의 귀중한 문화유산의 하나인 『삼국유사』에 다음과 같이 기록되어 있다.

814

신라 경문왕(9세기)의 귀는, 그가 왕위에 오르고 나서부터 자꾸만 자라더니 마침내 당나귀의 귀 꼴이 되었다. 그러나 왕의 귀가 그렇게 길다는 것을 아는 사람은 오로지 왕의 복두를 만드는 장인(匠人)뿐이었다. 왕후도 궁인들도 알지 못했다.

장인은 왕의 비밀을 차마 발설할 수 없어 속을 태우다가 죽기에 앞서 인적이 없는 도림사 대숲 속으로 들어가 대나무를 향하여 〈임금님의 귀는 당나귀 귀, 임금님의 귀는 당나귀 귀〉 하고 외쳤다. 그런데 그 뒤로 바람이 불 때마다 도림사의 대숲에서 똑같은 소리가 났다.

왕은 그 소리가 듣기 거북해서 대나무를 모조리 베고 그 자리에다 산수유를 심게 했지만 하릴없었다. 그 뒤로도 바람만 불면, 〈임금님의 귀는 당나귀 귀, 임금님의 귀는 당나귀 귀〉라는 소리가 났기 때문이었다.

그리스 신화에서 〈미다스 왕의 귀〉 이야기를 구체적으로 읽게 된 것은, 적어도 나에게만은 충격에 가까운 일이었다.

땅으로 귀양 온 악신(樂神) 아폴론과 강신(江神) 마르시아스는 연주 솜씨를 겨루면서 미다스 왕을 판관으로 세웠다. 그런데 미다스 왕은 연주를 들어 보고는 강신에게 후한 점수를 줌으로써 악신의 노여움을 샀다. 아폴론은 〈강신 나부랭이의 가락과 악신의 가락도 가려 듣지 못하느냐〉면서 미다스 왕의 귀를 길게 늘여 당나귀 귀로 만들어 놓았다.

미다스 왕은 정사 돌볼 생각은 않고 자고 새면 귀 감출 궁리만 했다. 그러나 다른 신하들은 속일 수 있어도 조발사(調髮士)에게만은 귀를 내어놓지 않을 수 없었다. 그래서 미다스 왕은 조발사에게, 〈내 귀를 본 것은 너뿐이다. 죽고 싶지 않으면 입을 조심하라〉고 엄명했다.

조발사는 이 엄명을 받고부터는 시름시름 앓기 시작했다. 속에 든 말을 토해 내지 못해서 생긴 속병이었다. 견디다 못한 조발사는 밤중에 들판으로 나가 구덩이를 파고는 구덩이를 향하여 〈미다스 왕의 귀는 당나귀 귀〉 하고 외쳤다.

이로부터 오래지 않아 온 프리기아 도성에는 미다스 왕의 귀가 당나귀 귀라는 소문이 퍼져 나갔다. 조발사가 메운 구덩이에서 자라 나온 갈대가 바람이 불 때마다 일렁거리며 〈미다스 왕의 귀는 당나귀 귀〉라고 속삭였기 때문이다.

신라 경문왕 때인 9세기에 이미 간다라 문화를 통하여 그리스 문화가 신라에 유입되었을 가능성은 없지 않다. 따라서 미다스 왕 이야기가 신라식으로 윤색되었을 가능성도 배제할 수 없기는 하다. 그러나 유사하다 못해 주제나 흐름이 거의 똑같은 신화의 모티프가 문화적인 교류가 전혀 없던 별개의 두 지역에서 발견되는 현상은, 그렇다면 어떻게 설명해야 하는가?

신화를 통하여, 고대 종교를 통하여 인간의 참모습을 거꾸로 읽어 보자는 결심이 나날이 굳어져 가던 그즈음에 나는 뜻밖의 벽에 부딪치면서 또 한 번 상처를 받게 된다.

당시 신화에 관한 자료를 접하는 방법은 영어 원서나 일본 번역서를 전문으로 취급하던 서울의 외서 전문점을 자주 기웃거리는 길밖에, 적어도 나에게는 없었다. 신학 대학의 도서관은 신학생들에게 유독할 터인 그 방면의 전문서를 포용하는 데 지극히 인색했고, 인문학 서적이 비교적 풍부한 일반 대학교의 도서관은 나 같은 잡인의 접근을 허락하지 않았기 때문이었다.

어느 날 가까운 친구로부터 신화의 이미지에 관한 미국 책이 어느 외서 전문점에 들어왔다는 연락을 받았다. 나는 그다음 날 서점으로 나갔다. 전문점의 서가에는 분명히 그 책이 세 권이나 꽂혀 있었다. 꽂혀 있기는 꽂혀 있되 책등이 보이지 않게 거꾸로 꽂혀 있었다.

「어느 교수님이 이미 예약하셨습니다. 따라서 팔 수 없습니다.」

나는 그에게 묻지 않을 수 없었다.

「교수님이 왜 똑같은 책을 세 권이나 산답니까? 내게 한 권을 팔아 주어

816

도 좋지 않겠어요?」

그러자 직원이 대답했다.

「가까운 제자들에게 나누어 주시는 모양입니다. 그 교수님은 이런 책은 자주 이렇게 독점하시거든요……. 미안합니다.」

같은 책이 세 권밖에는 수입되지 않는 사회, 한 교수에 의해 지식이 독과점될 수도 있는 사회가 두고두고 나를 슬프게 했다.

우리나라의 많은 사람들이 역사상 유래 없이 누추했던 것으로 기억하는 1980년이 대단히 미안스럽게도 내게는 굉장한 은혜를 베풀게 된다.

아이소포스의 우화에는, 가시가 목에 걸린 사자가 두루미에게, 가시만 좀 뽑아내어 주면 은혜를 잊지 않겠다고 애원하는 이야기가 나온다. 두루미가 그 가시를 뽑아내 주고 은혜 갚기를 바라자 사자는, 〈아까 네가 내 목에 머리를 들이밀었을 때 깨물지 않았으니 이미 은혜는 갚은 셈이다〉하고 말한다.

그런 문맥에서, 1980년은 나에게 굉장한 은혜를 베푼 해이다.

이름조차 음침한 〈국보위〉가 이해 8월에 국민의 신원 기록을 일제히 정리하면서 연좌제를 공식적으로 폐기한다고 선언한 것이다. 연좌제에 이어 장발 단속을 더 이상 하지 않기로 하였고, 서울이 88년의 여름 올림픽 개최지로 확정되자 연달아 야간 통행금지까지 해제하는 일련의 코믹한 조처를 취해 준 것도, 앞의 문맥에서 본다면, 은혜로운 일이다.

연좌제로부터 해방되는 의미를 말하자면 나는 꽤 수다스러워지지 않을 수 없게 된다. 연좌제의 족쇄가 사라진다는 것은, 다소 한정적인 의미에서이기는 하지만 전쟁의 후유증이 현저한 상태로 감소되는 상황을 뜻한다. 물론 국민 모두가 신원 조회라고 하는 족쇄에서 완전히 해방되는 것은 아니지만, 불순한 의도가 표면적으로 드러나지 않는 한 연좌 그 자체는 해외여행의 결격 사유가 되지 못하는 상황으로 호전된다는 뜻이다.

일본으로 날아가 종형제의 주소지를 알아내어 북으로 떠났다는 숙부의 생사를 확인하고, 아버지의 묘소를 찾아내어 유골을 수습하는, 오래 묵은 숙제에 대한 도전은 이로써 가능하게 된 셈이었다.

나는 일단 미국으로 떠날 계획을 세웠다. 내가 가진 일본어, 내가 깔고 앉은 경제적 기반으로는 그 해묵은 숙제에 도전하기 어려울 것으로 판단했기 때문이었다. 더 정확하게 말한다면, 아버지의 흔적을 밟는 일의 중요성은 세월과 함께 어느 정도 마모된 데 견주어, 대학의 도서관을 뒤지고 다니면서 내 호기심이 요구하는 자료를 공급하는 일은 더 중요한 일로 떠올랐기 때문일 것이다.

나는 윌포드 하우스만 교수를 통하여 베델 대학에다 신화 및 고대 종교와 관련된 저서 및 역서 목록과 함께 〈연구 계획서〉를 보냈다. 서너 달 뒤에 날아온 하우스만 교수의 회신이 다소 실망스러웠다.

베델 대학에 머무는 데는 아무 문제가 없다. 자네의 결심을 환영한다. 그러나 우리 학교에는 학부에 종교 철학과가 있을 뿐, 대학원에는 종교학과가 없다. 이것이 고급 자료에의 접근을 어렵게 할지도 모른다. 중서부의 유수한 대학 도서관들은 〈인털라이브러리 서비스(도서관 간 대출 제도)〉를 돌리고 있으니까 어디든 큰 문제는 없을 것이나 참고하기 바란다…….

나는 도서관과 꽤 인연이 깊은 셈이다. 중학생 시절에 학교 도서관의 사서 노릇을 했고, 그 뒤로는 대구의 시립 도서관과 서울의 국립 도서관을 이전할 때마다 따라다니면서 드나들었고, 심지어는 군대에서까지 짧은 기간이나마 사서 자리를 지킨 적이 있는 데다 서울의 어떤 대학교 도서관에서는 잡상인 대접을 여러 차례 받은 경력이 있으니까 인연이 깊어도 상당히 깊은 셈이다.

그런데 베델 대학으로 가는 문제를 놓고 고심하고 있던 즈음, 중학교 시절 학교 도서관의 반장을 지내던 선배 한 분과 20년 만에 재회하게 된다.

20년 동안 늘 그의 안부를 궁금해하면서, 소극적인 방법이기는 하지만 연고가 있을 법한 사람만 만나면 붙잡고 그의 안부를 물어 오던 참이었는데, 결국 그를 만난 곳은 공교롭게도 우리 아파트 주차장이었다. 그가 나와 같은 아파트의 같은 동, 같은 층에 5년 동안이나 살고 있었다는 것을 확인했을 때의 놀라움도 작지 않았지만, 그로부터 다른 대학교도 아닌 바로 베델 대학에서 석-박사 학위를 마쳤다는 말을 들었을 때의 놀라움에는 견주어지지 못한다. 그는 베델을 권하면서, 〈베델 대학은 일본에도 분교를 가지고 있으므로 일본 분교로의 재유학도 가능할 것〉이라는 말을 덧붙였다.

〈베델과의 숙명적인 만남〉이라는 말을 한번 써보아도 과장을 섞은 것 같지는 않다.

베델과의 인연은 이렇듯이 끈질기다.

미국으로 떠나게 되었다고 했을 때 재인은 전화통에다 대고 차분하다고 하기에는 너무 싸늘한 어조로 말했다.

「잘 다녀오세요……. 언제는 물어보고 떠났나요? 드디어 따님과 합류하시는군요?」

〈내게는 아들이 하나 있을 뿐〉이라고 하고 싶었지만 그가 뿜는 맹렬한 냉기 앞에서 얼어붙는 바람에 생각은 말이 되지 못했다.

1983년 8월, 나는 다섯 권의 내 책과 120권의 역서를 남겨 놓고 일단 서울을 떠났다.

떠나기에 앞서 직업 번역가로서의 이력서를 한 편 써달라는 청탁을 받고 잡지에다 쓴 「바람과 커리큘럼」이라는 제목의 잡문은 그 방면 종사자로서의 내 생각이 담겨 있는 것이어서 쉬 버리지 못한다.

47
바람과 커리큘럼

　나는 지금도 사전에서 내가 바라는 항목을 찾을 때마다 항목의 미로를 헤매고는 합니다. 정작 찾아야 할 항목을 잊어버린 채 몇 분 동안이나 사전을 뒤적거리고는 하는 것입니다. 나와 비슷한 사람이 많을 것입니다. 가령, 감자 덩어리가 줄기인지 뿌리인지 알아보려고 〈감자〉를 찾다가는 김동인의 〈감자〉 항목도 읽어 보고, 사탕수수를 뜻하는 〈감자(甘蔗)〉, 경제 용어임이 분명한 〈감자(減資)〉, 자화(磁化)의 반대 개념일 터인 〈감자(減磁)〉 항목도 읽어 보고는 하는 것입니다. 물론 이런 버릇 때문에 시간을 많이 씁니다. 그러나 내게 이 버릇을 버릴 생각은 없습니다. 버리기는커녕 내 후배에게, 내 아들에게 권하고 싶은 심정입니다. 이것은 결국 내가 이 버릇을 은근히 자랑하고 있다는 뜻이기도 합니다.

　나는 소년 시절부터 〈말〉을 공부하되 감자 캐는 기분으로 했습니다. 감자를 캐본 사람은 잘 압니다. 감자 잎줄기를 잡고 그냥 뽑으면 감자가 딸려 나오기는 해도 하나도 남김없이 다 딸려 나오지는 않지요. 이럴 때 조심스럽게 호미를 흙 속에 박고, 무겁게 긁는 기분으로 당기면서 잎줄기를 뽑아 올리면 감자가 주렁주렁 딸려 나옵니다. 시간이 좀 걸리더라도, 나는 되도록 감자가 많이 딸려 나오는 것을 좋아합니다. 따라서 작업 능률의 극대화 같은 건, 적어도 내게는 쥐뿔도 아닌 것이지요.

가령 자전거를 영어로는 〈바이시클bicycle〉이라고 합니다. 이 단어의 접두사 〈바이bi〉 또는 〈비스bis〉는 〈둘〉을 뜻하는 라틴어입니다. 그런데 이것을 알아 놓으면 여간 편리한 것이 아닙니다. 〈바이애뉴얼bi-annual〉은 〈격년〉, 〈바이센티니얼bi-centinial〉은 〈2백 년 기념 축제〉가 되지요. 하여튼 이 〈바이bi〉라는 접두사는 단어의 의미를 때려잡는 데 여간 편리한 것이 아닙니다. 나는 이 〈바이〉라는 잎줄기를 잡고 수백 개에 이르는 감자를 캐냅니다. 그러나 약간의 주의는 필요합니다. 신약과 구약, 이렇게 두 책으로 되어 있어서 성경을 〈바이블Bible〉이라고 하는 것은 아니니까요.

그다음에는 〈-시클cycle〉이라는 잎줄기를 잡고 또 감자 캐기를 합니다. 이 말은, 〈바퀴〉를 뜻하는 고전 그리스어의 자손 〈퀴클로스kyclos〉에서 온 말입니다. 그러면 〈바이시클bicycle〉은, 자연스럽게 〈바퀴가 두 개인 탈 것〉으로 해석되지요. 〈-시클〉, 혹은 〈사이클cycle〉은 뭔지는 몰라도 어쩐지 뱅뱅 돌아가는 것, 순환하는 것이라는 느낌을 주지요? 이 말을 알아 두면 그리스 신화에 나오는 외눈박이 거인이 왜 〈퀴클롭스Kyclops〉라고 불리는지도 알 수 있게 되지요. 〈퀴클롭스〉는 〈쟁반같이 둥근kycle〉 〈눈op〉이 하나 이마에 붙어 있는 거인입니다. 이렇게 캐고 들어가다 보면 인도양의 태풍이 〈사이클론〉이라고 불리는 것은 이 태풍이 회오리바람을 몰아오기 때문일 거라고 하면 조잡하기는 해도 설명이 되기는 합니다(그리스 신화 해석학에서는 조금 다르게 설명하고 있기는 합니다).

내가 이런 짓을 하고 있을 동안 내 동급생들은 자전거의 페달, 크랭크, 스포크, 핸들을 차례로 배워 갔을 것입니다.

배우라지요.

나는 〈페달〉이라는 말에 또 한 번 매달려 봅니다. 〈페달pedal〉은 〈발〉 혹은 〈다리〉라는 뜻을 지닌 라틴어 〈페디스pedis〉, 같은 뜻의 그리스어 〈포도스podos〉에서 나온 말입니다. 그렇다면 〈바이포드bipod〉는 〈양각대〉, 〈트라이포드tripod〉는 〈삼각대〉이지 무엇이겠어요? 〈센티피드centipede〉라는 낯선 단어는 발이 〈백 개centi〉나 되는 동물이라면, 발이 많은 지네이

기가 쉽고, 〈옥토퍼스octopus〉는 발 혹은 다리가 〈여덟octo〉인 동물일 것입니다. 올데갈데없이 문어 아니면 낙지이겠지요. 문어에 달린 다리의 숫자가 곧 이 동물의 이름이 된 것은 우리말에서도 마찬가지입니다. 옛날에는 우리도 이 문어를 〈팔초어(八稍魚)〉라고 했던 모양입니다.

나는 많은 친구들이 서로 이웃하는 단어인데도 영어 단어를 하나하나 따로따로 외는 것을 볼 때마다 내 방법이 옳다는 것을 확인하고는 합니다. 내 방법에 따른다면 〈페디큐어리스트pedicurist〉라는 단어를 욀 필요가 없지요. 단어가 〈발을 전문적으로 치료하는 의사〉라는 뜻을 이미 훤하게 드러내고 있으니까요.

나는 감자 농장의 주인이 알면 기겁을 할 터인 내 나름의 감자 캐기로 청춘을 썼고 지금도 쓰고 있으며, 앞으로도 남은 것이 많으니까 열심히 쓰려고 합니다. 다행히도 농장주 섬기기를 극도로 싫어하기 때문에 노임 변제 요구는 받고 있지 않습니다.

하여튼 나는 이런 버릇에 힘입어 근 25년째 밤마다 사전을 뒤적거리며 삽니다. 그러나 워낙 바탕이 미욱해서 그런지 아직도 사전 없이는 영어나 일본어로 된 아동 도서 한 권 읽기도 숨가쁩니다. 오해와 오역의 두려움 때문입니다.

사전을 뒤적거리는 게 직업입니다만 나는 사전에 나와 있는 표현은 별로 즐기지 않는 사람입니다. 작가가 독자에게 전하려는 뉘앙스는 원서에 나오는 원어 단어와 그 단어의 사전 풀이 사이에 존재한다고 나는 믿습니다. 따라서 번역가는 그 말을 찾아내지 않으면 안 됩니다.

가령 많은 역자들이 〈저주받을 나의 운명Cursed destiny of mine!〉이라고 곧잘 번역하는 말 한마디를 두고 한번 생각해 볼까요. 사전적인 풀이로는 맞습니다. 그러나 화자가 남자인지 여자인지, 나이가 얼마나 되는지에 따라 이 말의 번역은 가변적이어야 합니다. 쉰 살이 된 여자가 빨래터에서 이런 말을 한다고 가정한다면 이 말의 번역은 마땅히 이래야 합니다.

〈지지리도 못난 이년의 팔자.〉

번역 이야기가 나올 때마다 사람들은 〈번역은 반역〉이라는 말을 곧잘 쓰지요. 〈번역〉이라는 말과 〈반역〉이라는 말의 의미 대비가 재미있는 데다 단어의 울림까지 비슷해서 아주 대단한 재담같이 들립니다.

원래 이 표현은 이탈리아어 〈번역자는 반역자*Traduttori traditori*〉에서 나온 것으로 되어 있습니다. 조심스럽게 읽어 보면(잘못하면 혀를 깨물게 될지도 모릅니다) 두 단어의 울림이 아주 비슷합니다. 이 말이 영어로는 〈*Translators are traitors*〉로 번역되고, 일본어로는 〈혼야쿠(飜譯)는 한캬쿠(叛逆)〉로 번역되면서 아주 본딧말이 풍기는 것과 비슷한 역어가 된 것입니다.

이 말을 내 식으로 해석하면 다음과 같이 됩니다.

번역가가 서양 사람들의 책을 번역하다 보면 별별 문화 사투리(나는, 어떤 문화 풍토에서 발생하여 특이하게 발전한 문화를 이렇게 부르기를 좋아합니다)를 다 만납니다. 우리가 『논어』나 『맹자』나 『노자』나 『장자』를 그렇게 하듯이 서양 사람들 역시 설명 한마디 없이 그리스어나 라틴어 고전을 슬쩍 자기 작품에다 녹여 놓는가 하면, 저희 민족의 육즙이 켜켜이 묻어 있는 관용어나 속담 같은 것을 은근슬쩍 뿌려서 맛을 내기도 합니다. 이럴 때 번역가는 정말 욕을 봅니다.

물론 히브리어가 나오면 히브리어 전문가를 찾아다니고, 헤시오도스가 나오면 그리스 고전학자를 찾아다니면 되기야 하겠지요. 하지만 어느 세월에요? 문맥 읽기가 까다로운, 이런 책의 원서가 넘어오는 날 번역가의 꿈자리는 사나워지기 마련입니다. 내 작업의 성과를 두고 질타할 것임이 분명한 히브리어와 라틴어 도사인 신학자들, 종교사학자, 수학자, 역사학자, 언어학자의 얼굴이 마구 떠오릅니다. 도망치고 싶어지지요. 감자 캐는 기술 가지고는 도통 당해 볼 수는 없는 것이지요.

그러나 번역가는 이 일을 해야 합니다. 위에서 말한 여러 학자들이 우우 달려들면 물론 완벽한 번역이 가능하기야 하겠지요. 하지만 현실적으로 그런 일은 일어날 수 없습니다. 그러니까 번역가가 이 일을 해야 합니다.

그래서 독자는 오류가 없기보다는 읽기가 쉬운 역서를 읽게 됩니다.

물론 오류를 최대한으로 줄이도록 애를 쓰기는 해야겠지요. 노력해야겠지요. 그러나 번역가의 노력에는 한계가 있습니다. 직업 번역가는 숙명적으로, 완벽을 기하고자 하는 열정과 출판사가 용인하는 시한 사이에 위치합니다. 사실대로 말하자면, 따라서 번역자는 처음부터 독자에게 〈죽일놈〉이 된 상태에서 일을 시작합니다. 내 작업의 오류를 지적해 주는 어느 학자 앞에서 몹시 민망해하면서 머리를 긁었더니 그분은, 〈잡초 없는 뜰이 어디에 있겠나〉 하는 말로 나를 격려해 주더군요.

나는 내 작업의 성과가, 잡초가 비교적 적은 뜰이 되기를 기도하곤 합니다만 그래도 악몽에 자주 시달리는 것을 보면 번역가는 기도보다는 사전을 더 믿어야 하나 봅니다. 오류를 범하는 것이 두려우면 완벽하다고 생각될 때까지 원고를 떠나보내지 않고 붙잡아 두거나, 아예 손도 대지 않고 가만히 있거나 둘 중의 하나를 택하면 되겠지요. 그러나 그럴 수도 없습니다. 쓰기가 민망합니다만, 엉터리 번역서가 나와 노벨상 수상자가 동대문에 패대기쳐지는 일이 생깁니다.

중고등학교 시절에는 외국어 단문을 우리말로 옮기는 것을 〈해석〉이라고 했지요. 그래서 번역이라는 것에 입문할 당시 남들이, 〈번역을 했더군요〉 하면 겸손을 떠느라고 〈웬걸요, 아직 해석하는 수준이지요〉, 이렇게 대답하고는 했습니다. 말하자면 번역을 해석의 상위 개념으로 이해하고 있었던 것입니다.

그러나 번역은, 한 나라 말로 쓰인 문장의 내용을 다른 나라 말로 옮기는 행위입니다만, 해석이라는 것은 그 내용을 살펴서 풀어내는 행위입니다. 조금 해석학적으로 말하자면, 해석이라고 하는 것은 한 문화가 드러내는 표현의 의미를 그 문화의 생체험을 통해 객관적으로 이해하는, 혹은 이해하게 하는 행위가 아닐까 싶군요. 그렇다면 해석이라는 것이 번역의 상위 개념일 수밖에 없지요.

중고등학교 시절에 우리가 쓰던 의미대로라면, 해석은 쉽습니다. 많은 중고등학생들은 지금도 부정사, 동명사, 관계 대명사의 지뢰밭을 헤매면서 이 〈해석〉이라는 걸 하고 있습니다. 이러한 의미의 〈해석〉에 견주면, 〈번역〉이라는 말은 어쩐지 문맥을 살펴 가면서 대량의 〈해석 작업〉을 하는 행위라는 느낌을 줍니다. 그러나 아무개 지휘자의 베토벤 〈해석〉이 탁월하더라고 할 때의 〈해석〉에 이르면 문제는 좀 달라집니다. 이때의 〈해석〉이라는 말이 번역가에게는 엄청난 부담이 됩니다.

동업자를 씹거나 까는 것을 나는 좋아하지 않습니다. 이것은 나 자신이 씹히거나 까이는 걸 두려워하기 때문일 것입니다. 하지만 이 이야기만은 하고 넘어가지 않을 수 없군요. 대국적인 견지에서 말이지요.

그리스 작가가 쓴 어떤 소설의 우리말 역본에 이런 문장이 나옵니다.

〈그의 별명은 《에펜디나 호르세둥》이었다.〉

이것 이외에는 어떤 설명도 없습니다. 모르기는 하지만 많은 독자들은, 응, 별명치고는 좀 길구나…… 하면서 그냥 넘어갔을 것입니다. 해석이 다 된 것인 줄 알고 말이지요.

그러나 정황을 보면, 〈에펜디나〉라는 사람은 기독교도 무리에 섞여 사는 회교도 터키인입니다. 그리스와 터키가 크레타 섬을 놓고 서로 개 고양이 보듯 하던 시절 이야기입니다. 기독교도들이 이 회교도를 예쁘게 보았을 리 없고, 듣기 좋은 별명을 붙였을 리 없지요. 거기에다가 이 〈에펜디나 호르세둥〉이라는 사람은 남자인데도 불구하고 도무지 남자답지가 못합니다. 똑같이 〈용기〉를 엄청나게 큰 덕목으로 치는 그리스인 기독교도들과 터키인 회교도들이 어울려 사는 마을에서 남자답지 못한 남자가 사람 대접을 제대로 받을 리 없습니다. 그래서 금석문 해독하듯이 한번 따져 보았더니 다음과 같은 해석이 나오더군요.

〈에펜디〉라는 말은 회교도 양반, 혹은 존경을 받을 만한 사람에 대한 경칭입니다. 〈에펜디나〉는 이 〈에펜디〉의 그리스어식 여성형입니다. 그 회교도 터키인 사내가 워낙 암상스러우니까 그리스인들은 그를 〈에펜디나〉, 즉 〈암나으리〉, 혹은 〈골샌님〉 정도로 불렀던 것이지요. 여기까지만 번역되어 있어도 소설의 문맥은 어지간히 따라잡을 만합니다.

그런데 〈호르세둥〉에서 희대의 반역이 시작됩니다. 그리스어 같지도 않은 이 말이 무슨 뜻일까 궁금해서 이 소설의 영어판을 보았습니다. 〈호르세둥〉은 〈horsedung〉입디다. 〈호오스덩〉이면 말똥 아닙니까? 따라서 〈에펜디나 호르세둥〉은 〈말똥 샌님〉쯤 되는 거지요.

영어판에 따르면 이야기가 이렇게 됩니다. 아시다시피 회교도들은 출타할 때는 꼭 터번을 씁니다. 그런데 이 에펜티나는 머리가 헌데투성이어서, 혹은 자기만 터번을 쓰고 나다니면 기독교도들에게 조리돌림이라도 당할까 봐 평소에는 맨머리로 지냅니다. 맨머리로 지내다 기도 시간이 되자 에펜디나는 황급히 마른 말똥 한 덩어리를 일단 머리에 얹고 기도를 드리게 됩니다. 회교도들은 맨머리로는 절대로 알라신 앞으로 나서지 않으니까요.

이때부터 이 사내에게는 〈말똥 샌님〉이라는 별호가 따라붙게 됩니다. 이때부터 이 〈말똥 샌님〉이 하는 짓거리는 독자의 배꼽을 쥐게 합니다. 〈말똥 샌님〉이 해석됨으로써 그의 짓거리가 이 이름에 어울리게 우스꽝스러운 짓거리로 해석되기 때문입니다. 이 별명이 해석되지 않은 상태에서, 독자들은 그가 벌이는 해프닝을 전혀 이해할 수 없는 거지요. 따라서 독서의 재미를 누리는 것도 불가능하고요.

이 소설의 역자는 작가가 그리스 사람이니까 약간 생소한 단어인 〈horsedung〉을 만나자 이것이 그리스어이겠거니 했던 모양입니다. 그래서 그리스식으로 음역했겠지요. 있어서는 안 되는 일이지만 있을 수도 있는 일입니다. 나는 지금 이 소설의 역자를 십자가에 매다는 것이 아닙니다. 내가 속해 있는 무리의 숙명을 말하고 있을 뿐입니다.

「지옥의 묵시록」이라는 영화를 기억하시지요? 미군 정보부의 밀명을 받은 정보 장교 하나가, 군대를 이탈해서 캄보디아 오지에서 숨어 사는 커츠 대령을 죽여 버리는 기둥 줄거리를 가진 영화입니다. 월남전에 회의를 느끼고 군대를 이탈하여 캄보디아 오지에서 만족(蠻族)의 왕이 되어 살아 가는 문제의 대령으로는 배우 말런 브랜도가 나옵니다.

정보 장교가 커츠 대령을 죽인 직후에 카메라는 탁자 위에 놓인 대령의 책을 잠깐 비춥니다. 그 책은 다른 책이 아니라 프레이저가 집성한 신화집 『황금 가지』입니다. 그런데 1초도 채 못 나오는 이 『황금 가지』 영상은, 적어도 내가 보기에는 이 영화의 백미입니다. 『황금 가지』의 문화가 해석되어야 대령의 성격에 대한 해석이 가능해지기 때문입니다. 커츠 대령은 결국 미치광이기는 하되 예사 미치광이가 아니고, 신화시대의 꿈이라는 계란으로 묵시록 시대의 아메리카라는 바위를 한번 쳐본, 더할 나위 없이 고단한 미치광이였던 것입니다.

이 영상의 해석은 작품 해석의 키워드입니다만 유감스럽게도 이 영상은 영화의 끝 부분에 잠깐 나오고 맙니다. 나는 이 영화를 본 많은 사람들에게 물어보았습니다만 그 『황금 가지』의 영상을 보았다는 사람은 거의 없었습니다. 영화 대사의 번역자가 이 영상에다 맞추어 조준선을 정렬시키는 이 영화의 대사를 번역했더라면 좋았을 텐데, 혹은 이 영화를 본 사람 중에 그 영상을 기억하고 있는 사람들이 많으면 좋을 텐데…… 하는 생각을 작품의 해석과 관련시켜서 두서없이 해봅니다.

번역이라는 것을 시작한 것은 1971년의 일입니다. 이해 겨울 나는, 지금은 중견 작가가 되어 있는 김하일 형과 영어 및 일본어 텍스트를 놓고 겁 없이 『니체 전집』의 번역을 시작했습니다. 물론 당시에 이미 나와 있던 한국어판 니체 전집이 큰 도움이 되었습니다. 한국어판이 있었는데도 불구하고 그와 내가 이 어마어마한 작업을 시작한 것은 당시 시중에 나돌고 있던, 일본어 세대에 의해 중역된 니체에 절망하고 말았기 때문입니다.

중역된 니체에 절망한 까닭은, 중역에 동원된 한글이 완전한 일본식 구조로 되어 있어서 가뜩이나 어려운 니체가 거의 해독 불가능한 철인이 되고 있었기 때문입니다. 이때 우리가 경험한 절망은, 중역 문화로 보이던 우리 문화 전체에 대한 절망에 이르기까지 확산됩니다.

우리는 볼펜 심만 죽으로 사다 놓고 다 닳을 때마다 껍데기에 갈아 끼우면서, 내용의 해석 및 표현 방법을 놓고 찧고 까불어 가면서 4~5개월 동안에 무려 1만여 장의 원고를 썼습니다. 우리의 번역 역시 중역이기는 마찬가지였습니다만 당시 우리는 한글세대를 위한 한글세대의 언어 감각으로 니체를 번역한다는, 대단한 긍지와 보람을 느끼면서 이 일을 했습니다. 책이 나올 때면 진짜 역자의 이름은 꽁꽁 숨어 버리고 으리으리한 철학 교수의 이름이 찍히는 이런 식의 작업은 두고두고 우리를 슬프게 했습니다만, 그로부터 십수 년이 지난 뒤에 우리는 엉뚱한 데서 보상을 받게됩니다.

공부를 많이 한 평론가 한 사람이 어느 자리에서, 니체 번역은 아무개 출판사에서 나온 것이 썩 좋더라는 말을 했기 때문입니다. 그 평론가로서야 나와 김하일 형이 그 전집의 진짜 번역가라는 것을 알 리 없습니다. 하지만 어쨌든 그는 우리의 작업을 알아주었던 것입니다. 이만하면 보람이 뒤쪽으로는 안 난 것입니다.

그런데 이 니체 번역 작업에서 나는 튼실한 것을 하나 건져 냅니다. 니체에 의한, 아폴론 및 디오니소스 신화 분석에서 문득 세계를 하나 발견하고 신화와 고대 종교 현상을 공부해 보기로 뜻을 세운 일이 그것입니다. 뒤에 C. G. 융의 『인간과 상징』을 번역할 때는 신화의 해석이 분석 심리학에도 적용된다는, 말하자면 신화에 대한 나의 예감을 구체적으로 확인하게 됩니다. 그때부터 나는 한 달에 한 권 꼴로 역서를 내어 벌써 한두 해 전에 1백 권을 채우게 됩니다.

좋아하는 분야, 익숙한 분야의 작업만 하면 그 방면에 대한 정보도 축적되고, 또 축적된 정보를 활용할 수도 있고 해서 좋을 테지만, 30대 직업 번역가가 이런 호강을 누리기가 어디 쉬운 노릇인가요? 70년대와 80년대 초반을 살면서 나는 출판사의 요구에 따라 문학은 물론이고 신학, 철학, 역사, 문화 인류학, 심지어는 음악, 미술 할 것 없이, 닥치는 대로라는 말은 좀 뭣하고, 하여튼 웬만하면 달려들어 보았습니다. 이런 방면에 두루 잘 알게 되었다는 뜻은 어림없이 아닙니다. 그러면서도, 이래 가지고는 안 되는데, 하는 생각은 줄곧 했습니다. 번역에 필요해서 때로는 범죄 수사학이나 곤충학 관계 서적까지 뒤적거려야 하는 묘한 경험까지 피할 수 없을 때는, 천상 잡학가로구나…… 이런 생각도 더러 했습니다.

그러나 그게 아니라는 게 지금의 내 생각입니다. 사람의 한살이가 반드시 직업인으로서의 한살이만을 뜻하는 것은 아닐 겁니다. 나는 잡학의 시대를 마감하고 내 관심의 초점을 한곳으로 모으면서 비로소 내가 사는 삶의 커리큘럼은 학교가 마련해 주지 않는다는 것을 알게 되었습니다. 그렇습니다. 사람은 자기 삶을 위한 자기 교육의 커리큘럼을 스스로 마련하지 않으면 안 된다는 것이 지금의 내 생각입니다. 나는 이것은 〈사제 커리큘럼〉이라고 이름 합니다. 내가 스승으로 섬기던 한 선교사 신부는 언젠가 나에게 이런 말을 한 적이 있습니다.

「시인 미당(未堂)이, 〈나를 키워 준 것은 8할이 바람이었다〉고 노래했을 때, 그 바람이야말로 바로 미당만을 위한 커리큘럼이 아니겠는가…….」

니체의 신화 분석에서 새로운 세계를 발견했고 융의 저서에서는 신화에 대한 평소의 예감을 구체적으로 확인하게 되었다고 제법 거창하게 말해서 미안합니다만, 나의 관심은 앞으로도 상당히 오래 이 신화와 고대 종교의 아득한 벌판에 머물 것이 거의 확실해 보입니다.

나는 우리 독자들에게 꼭 필요한 이 방면의 책이 너무 인색하게 출판되고 있는 것을 섭섭하게 여깁니다. 그래서 공부를 훨씬 더 많이 해야 그런 작업에 주체적으로 매달릴 수 있겠다는 생각에서 지금 그 사제 커리큘럼을 부지런히 손질하고 있습니다. 지금은 서울에 있는 나의 일터가 8월 말부터는 미국에 있는 베델 대학의 학사(學舍)로 바뀔 듯합니다. 길 떠나면서 책과 사람을 지금보다 더 많이 섬기겠다는 약속을 남깁니다.

48
아메리카 프래그먼트

□ 1983년 8월 29일

새벽. 지금이 몇 시인가. 내 시계는 아직도 서울 사투리를 쓴다. 벗을 것은 어서 벗자.

8월 28일 오후 2시 서울에서 비행기에 올라 열두 시간을 날아온 것 같은데 비행기에서 내리니 여전히 8월 28일 오후 2시다. 〈그럼 나는 내 삶에서 열두 시간을 번 셈이 되나요?〉 하고 물으니 수니 하우스만은 아니란다. 미국에서 한국으로 돌아갈 때 되돌려 줘야 할 시간이란다. 시간만을 따진다면 올 때는 공짜로 온 것 같아도 돌아갈 때 반납해야 한단다. 그래서 열다섯 시간 걸려 한국에 돌아가고 보면 시간은 스물일곱 시간이 흘러가 있다는 것이다.

역시 질량은 불변이다.

15년 전 월남에서 휴가 나올 때 오산 비행장의 세관에서 곤욕을 치르던 생각을 하면서 통관에 긴장한다. 그런데 내 짐을 맡긴 아시아인 짐꾼을 따라 곧장 나오고 보니 하우스만 부부와 수키가 기다리고 있다. 열한 살이 된 수키는 조그맣게 줄여 놓은 선우하경의 모양을 한 채 양부모 뒤에서 엄지손가락을 빨고 있다. 수키 앞에서 감정 처리가 힘들다.

「아니, 여기는 세관도 없어요?」

하우스만 박사에게 〈안녕하십니까〉 하는 인사 대신으로 한 말인데 뜻밖에도 앞서 가던 아시아인 짐꾼이 대답한다. 전라도 억양이다.

「조금 전에 벌써 통과했는디요.」

세상에……. 한국어, 그것도 전라도 사투리로 말하는 디트로이트 국제 공항의 짐꾼. 〈자네도 세월을 어쩔 수 없는 모양이구나. 잠은 좀 잤나?〉 하고 묻던 하우스만 박사의 경상도 사투리. 디트로이트 공항에서의 이 기묘한 모국어 체험이 어찌 우리가 이승에서 시도 때도 없이 할 수 있는 체험이겠는가.

자동차 공업 도시 디트로이트는, 일본인으로 오인되는 바람에 중국인 청년 빈센트 오(吳)가 일본제 자동차의 수출 공세로 실직한 미국의 자동차 공장 노동자들 손에 맞아 죽은 도시, 따라서 우리 동북아 사람들에게는 긴장의 도시다. 자동차 공업이 사양길로 접어들면서 디트로이트는 〈디케잉 시티(사양의 도시)〉로 불린다던가. 억울하게 매 맞아 죽은 가난한 중국인 빈센트와, 자동차 공장 노동자들에게 증오의 표적이 되고 있는 일본인……. 그 사이에 한국인인 내가 있다. 미국인들은, 대학생들이 부산에 있는 미국 문화원에다 불을 지른 사건을 기억하고 있을 것이다. 그래서 나는 공항에서 우리가 쓰는 한국어가 미국인들의 귀에 너무 크게 들리지 않게 되기를 바랐다. 엄청나게 큰 자동차와 사람들 사이에 끼게 되어서 그런가. 몸도 마음도 왜소해지는 것 같다.

하우스만의 자동차에 오르고 보니 문득 〈이름조차 에레나로 바뀐 순이……〉 어쩌고 하는 유행가 가사가 생각난다. 그러나 천부당만부당하다. 수니 하우스만으로 이름이 바뀌어 있기는 해도 김순희는 양공주가 아니었으므로 곰삭은 유행가의 애절한 정서가 그에게는 해당되지 않는다.

수키 하우스만이 되어 있는 숙이의 고사리손은 내 손이 갑갑한지 자꾸만 빠져나가려고 한다. 몇 살이냐? 「일레븐.」 몇 학년이냐? 「세븐스 그레이드(7학년).」

「호칭부터 정리합시다. 신부님이니 수녀님이니 하는 따뜻하고 포근한 말은 이제 못 쓰는 거지요?」

「성질 급한 것은 여전하구나……. 나는 이제부터 월포드, 이 사람은 수
니, 이렇게 된다……. 미국식으로 하자.」

「그러면 반말이 되잖아요?」

「우리 집의 오피셜 랭귀지는 영어다. 미국 말 쓰면 그런 느낌 곧 사라진다.」

「형수님이라고 부를게요.」

「영감은 미국 영감, 시동생은 조선 시동생……. 그거 괜찮네.」

수니 하우스만이 앞에서 웃는다. 쑥스러워 그러는지 뒤돌아보지는 못
한다. 시동생만 조선 시동생인가, 딸도 조선 딸이지……. 이렇게 말해 주
려다 수키가 알아들을까 봐서 그만두었다.

미국제 자동차 한 대에 한국의 현대사가 타고 있다.

사춘기가 될 때까지는 가네야마 사다코가 되어 「기미가요」를 불렀고,
처녀 시절에는 김순희가 되어 「애국가」를 불렀으며, 중년에는 김테레사가
되어 「키리에 일레이숀(주여, 긍련히 여기소서)」을 불렀고, 노년에는 수니
하우스만이 되어 「스타스팽글드 배너」를 국가로 부르느라고 상용 언어를
몇 차례씩이나 바꾼 운명이 기구한 여인이 내 앞에 앉아 있다. 운전석에는
한국 전쟁으로 한국과 인연을 맺고, 그 인연 값 하느라고 15년을 한국인
으로 살고, 한국인을 아내로 꿰차고 한국인을 딸로 들여 제 땅에 튼튼하
게 뿌리박은 듯한 월포드 하우스만이 자동차를 몰고 있다……. 한국에서
와는 달리 미국에서 만난 그는 몸에 딱 맞는 옷을 입고 있는 것 같다. 하우
스만이 뿌리박힌 듯하다면 수니 하우스만은 뿌리 뽑힌 느낌을 주어야 할
텐데, 그게 그렇지가 않다. 수녀복도 잘 어울리고, 하우스만 부인의 노릇
도 잘 어울리고, 간호사복도 잘 어울릴 터인, 하여튼 사람 좋은 이 여인네.

내 옆에는 수키가 앉아 있다.

나는 어디에 위치해야 좋을 사람인가.

산이 없어서 하늘이 무섭게 넓어 보인다. 구름은 그 거대한 화폭을 자유

자재로 누비면서 깨어지지 않아도 좋은 그림을 그린다. 사람의 생각은, 그가 사는 땅의 모양을 닮는 것인가.

고속 도로 상하행선 사이의 분리대가, 너비 수십 미터에 이르는, 경사가 완만한 잔디밭 도랑으로 되어 있다. 자동차가 주행선을 이탈해도 반대편 차선을 쳐들어가는 일은 일어나지 않을 것 같다. 도랑 대신에 숲이 들어서 있어서 역행선이 아주 보이지 않을 때도 있다.

땅 넓어서 좋겠다.

아니다. 그렇게만 말할 수는 없겠다. 고속 도로 변에는 자동차에 비참하게 깔려 죽은 짐승이 무수하다. 사슴도 있고 너구리도 있고 오소리도 있고 들고양이도 있다. 아예 10여 미터에 이르도록 선혈이 낭자하게 묻은 구간도 있다. 갓 부딪친 사슴을, 미처 피하지 못한 다음 차들이 차례로 〈밟고〉 지나갔기 때문이란다. 고깃점은 보이지도 않는다.

「이렇게 죽어야 생태계의 균형이 맞는다나? 자동차 문화가 어느새 생태계 먹이 사슬의 한자리를 차지한 셈이네.」

그 자리에 사람을 한번 세워 본다. 죽어 넘어져 있는 것이 사람이라고 하더라도 자동차는 급제동을 해낼 것 같지 않다.

차창에 이따금씩 새똥이 떨어진다. 그래서 차창이 아주 지저분하다.

「새똥이지요?」

「벌레가 날아와 부딪쳐 죽는 거라네. 여름철에는 벌레 때문에 하루가 멀다 하고 차창을 닦지 않으면 안 된다네.」

문명의 조직적인 폭력? 아니다, 구조적인 폭력이라고 하는 것이 좋겠다.

고속 도로 표지가 하나도 낯설지 않다. 미국의 고속 도로가 우리 고속 도로의 모델이 되었을 터이니 그럴 수밖에 없다. 〈민족 고유〉라는 말을 쓸 때는 조심해야겠다.

경상도 촌뜨기였음이 분명한 수니 하우스만은 미국인이 된 데다 베델 대학 교수의 마누라까지 된 것이 자랑스럽기라도 한 듯이, 〈여기부터가

834

베델 대학 땅〉이라고 말한다. 그런데 그로부터 근 반 시간을 달렸는데도 학교 같은 것은 나타나지 않는다. 초원 위로 양 떼도 지나가고, 돼지 떼도 지나가고, 말 떼도 지나가고, 소 떼도 지나간다. 심지어는 골프장이 둘씩이나 지나갔는데도 학교는 나타나지 않는다.

「넓제?」

수니 형수가 돌아앉으면서 짓궂은 얼굴을 하고 내 표정을 읽고 싶어 한다. 나는 비겁하게도 놀란 표정을 간수하고자 한다. 하우스만 박사가 근엄한 덩치에 어울리지 않게 캘캘 소리가 나게 웃는다. 웃음소리까지 검은 수단에서 해방된 것 같다.

「하여튼 한국 사람들……. 놀라는 모습을 보여 주면 자존심이 상하나 봐. 옛날부터 그랬대요. 미국 사람들이 처음으로 증기 기관차를 들여다 놓고 시골 노인들을 불러 시범을 보이는데…….」

「여기 한국 사람들 많으니까 흉볼 생각은 마시라고…….」

「유복이 하나밖에 더 있나…….」

박사의 말에 수키가 창밖으로 고개를 돌린다. 이 아이는 미국인으로 분류되는 게 반갑지 않은 모양인가.

「……하여튼, 증기 기관차가 칙칙폭폭 달리는데도 노인들은 담배만 버끔버끔 피우면서 멀뚱멀뚱 바라보기만 할 뿐, 조금도 놀라 주지를 않았다는군. 선교사가 증기 기관의 원리를 설명해 주니까 고개를 끄덕끄덕하면서 〈그러면 그렇지〉 할 뿐 여전히 놀라 주지를 않아. 그래서 선교사가 놀랍지 않으냐고 물었더니 〈여보, 쇳덩어리가 달리게도 되어 있구만. 놀랍기야 하지만, 우리더러 호들갑이라도 떨라는 게요〉 하더라는 거라……. 그랬다더니 지금은…….」

나는 〈지금〉에 해당하는 시절 사람인데도 놀라는 표정 보이기를 거절하고 있었음이 분명하다.

숲에 묻힌 아담한 아파트촌을 지나고, 시골의 간이역 같은 정거장을 지나고, 교회를 지나고, 거대한 경기장을 지난 뒤부터야 담쟁이덩굴에 묻힌 고색창연한 건물이 더러 눈에 뜨인다. 화창한 늦여름 풍경인데도 불구하고 걸어다니는 사람이 하나도 보이지 않아서 어쩐지 괴괴하다. 놀랍게도 학교 안에는 회교 사원도 있고 〈불교 센터〉라는 간판도 눈에 띈다. 청교도의 소굴로 알던 북아메리카의 중북부에 회교 사원이 있고 절이 있는 것이 조금 뜻밖이다.

「땅은 넓은데 건물은 왜 이렇게 옹색하게 모여 있어요?」

「1850년대에 설계되었거든. 그 시절에 마차 세우던 자리를 지금은 주차장으로 쓰니 옹색할 수밖에. 내가 다니던 시절만 해도 이렇지는 않았어. 학생 수가 적었거든. 하지만 지금은 사정이 달라져도 많이 달려졌어. 저기 보이는 강이 래피드 크리크인데, 대학 본부는 강 남쪽에 있고 강의실은 주로 강 북쪽에 있다네. 학생들은 강의 남쪽에 있는 주차장에 차를 둘 수 없어. 그래서 한국 학생들 사이에는 〈강남에 한번 살아 봤으면 원이 없겠다〉고들 하지.」

하우스만 박사 댁은 학교에서도 근 반 시간이 걸린다. 강가의 숲 가장자리에 자리 잡은 거대한 고가(古家)에는 기분 좋은 풀 냄새가 묻어 있다. 이웃에서 잔디를 깎고 있던 중년 사내가 우리에게 손을 흔들어 보인다. 자동차 뒷자리에 앉은 채로 그 사람과 인사를 나누었다. 윌리엄 셰퍼드 교수라는데 인사 나누기가 바쁘게 〈빌〉이라고 부르란다.

살수기에서 흘러나온 물에 젖어서 아스팔트 진입로 일부가 나무 그늘같아 보이는 줄 알았는데 실제로 그늘이다. 고목이 도처에 서 있다. 굵기도 하려니와 그 높이가 어마어마하다. 서너 아름드리는 실히 될 듯한 나무들이다.

집 뒤로는 자작나무 숲이다. 옛날 북아시아의 샤먼들이 자작나무를 성수로 삼았던 것은 수피(樹皮)가 희뜩하기 때문인지도 모른다. 수피가 희뜩해서 동물의 백변종과 비슷한 대접을 받았던 것일까? 백룡, 백호, 백마, 백사, 백록 같은 백변종은 우리 한국인도 영물로 여기는 만큼, 세계 도처에서 발견되는 이런 풍습을 두고 코케이시언(백인)의 음모라고 할 일은 아닐 듯하다. 빛과 어둠 중에서 빛의 이미지에 닿아 있기 때문이기가 쉽다. 그러나 백변종을 신성시하는 사람의 보편적인 심성이 우리의 미학적 무의식을 지배하게 된다면 그것은 예삿일이 아니다. 덩치가 크고 살갗이 허연 월포드 하우스만과 가무잡잡한 수니 하우스만을 번갈아 바라보면서 해보는 생각.

차고의 문이 뒤집히듯이 열리자 수니 형수를 닮은 개가 뛰어나온다. 이름이 〈워리〉란다.

「할마시가 촌스럽기는…….」

「날 놀려 먹을 사람이 하나 늘었으니 큰일이네…….」

주방이 면해 있는 거실이 어쩌나 넓은지 저만치 아가리를 벌리고 있는 벽난로가 멀리 보이는 동굴 같다. 집을 성당처럼 꾸미고 살 줄 알았는데, 거실 한 쪽에는 색동 방석도 있고 보료도 있어서 뜻밖에도 세속적이다. 기독교인 집 특유의, 이교도를 거부하는 듯한 분위기가 아닌 것이 반갑고 편하다. 미국식으로 군다고 신발을 신고 들어가다 보니 신발 신고 들어서는 사람은 나밖에 없다. 나는 어찌 이리도 주체적이지 못한지.

「왔으니 퍼야지?」

하우스만 박사가 술잔부터 챙긴다. 〈푸다〉는 말은 무지막지하게 마신다는 뜻을 지닌 경상도 사투리다. 그는 부러 내 정서에다 사이클을 맞추고 있다.

그러나 날이 어두워지고부터는 손바닥을 뒤집듯이 태도를 바꾸어, 쓰던 말을 영어로 바꾸어 버린다. 그것도 부창부수로……. 고향에 온 것 같다는 느낌도 잠깐이다. 시간이 헝클어진 데다 언어까지 그 모양이 되고 보니 술잔 손질만 잦아진다.

「매정하다고 여기지 말고, 앞으로는 영어만 쓰게. 마흔 살에 세상을 한번 바꾸어 살아 보는 경험, 용감한 사람 아니면 못 해. 사과를 〈애플〉이라고 부르기 시작하면서 자네는 또 하나의 세상을 살게 되네.」

베델 교회로 시작된 하우스만과의 〈인연〉을 생각하면서 취한다.

서울을 떠나 올 때 내 선배 이상우 박사가 하던 말을 명심할 것.

「미국에는 미국 사람만 살고 있네. 설사 한국인을 만나더라도 그를 한국인으로 생각하지 말아야 섭섭한 일을 당하지 않게 된다는 것을 명심하도록.」

오래 잔 줄 알았는데 겨우 두 시간이다.

뒤척거리다가 첫날을 그냥 보낼 수 없다는 생각이 들어, 비행기에 오른 이후로 헝클어져 버린 듯한 느낌을 적어 둔다.

알래스카 상공이었던가? 새벽녘에 보았던, 기이하게도 화투장 같던 풍경이 뇌리에서 사라지지 않는다. 하늘에는 붓으로 그린 듯한 초승달, 지평선에서 정확하게 초승달의 거리만큼 떨어져 있는 곳에서는 도시의 불빛이 보였다. 그것을 보면서 내가 했던 예감. 〈나는 이 풍경을 오래오래 기억하게 될 것임이 분명하다…….〉 그 초승달과 도시의 불빛 사이에 내가 있었다.

□ Aug. 30

8월 30일을 〈Aug. 30〉으로 쓰게 되는 문자 생활의 작은 변화.

호텔로 짐을 옮기려 해도 하우스만 부부가 허락하지 않는다. 당분간은 호텔에서 발가벗은 채로 호젓하게 찬 맥주를 마시는 행복은 맛보지 못하게 될 조짐이 보인다. 뒤에 한국에서 손님이 와서 호텔에 들겠다고 해도 나는 말리지 말아야지.

국제 대학으로 가서 입국 신고를 해야 한단다. 하우스만의 연구실 앞에서 국제 대학까지 걷기로 했다. 그는 은퇴한 뒤에도 연구실로 출근한다. 하우스만이 〈먼 길〉이라면서 말리는 것을 굳이 돌아섰다.

도중에, 나처럼 국제 대학 쪽으로 걷고 있는 한국인을 만났다. 미국에서 학위를 마치고 한국에서 관리로 일하다가 나온 연구원이라고 한다. 학

838

교 발전소 앞에서 미국인 소형 버스 운전사에게 길을 묻는 것을 보니 영어가 능통하다. 소형 버스 운전사가 길을 가르쳐 주고 돌아서자 그가 투덜투덜했다.

「미국인들도 날이 갈수록 각박해져 가요. 나 유학 시절에는 이렇게 길을 물으면 곧잘 타라고 하고는 했거든요.」

고급 관리를 지내고 있는 사람에게 아직까지도 이런 거지 근성이라니. 스프링클러의 물줄기를 요리조리 피하면서 젖은 잔디 뒤를 걸으니 이렇게 좋은 것을.

어쩔 수 없이 동료가 되어 버린 그 관리는 사람을 지나칠 때마다 이빨이 보이게 웃으면서 수작을 서너 마디씩 주고받는다.

「아는 사람인가요?」

두 번씩이나, 나는 이렇게 물었다. 그는 아니라고 했다.

「미국에서는 모르는 사람과도 인사를 나누는 걸 당연하게 여기지요.」

그랬던가? 내가 읽은 영어 책에는 없었는데? 하기야 너무나 당연한 것이라면 책에다 썼을 리 없겠다.

베델 대학 국제 대학 외국인 담당 교직원의 오리엔테이션이 있었다. 내가 입을 열 때마다 내 눈을 뚫어지게 바라보던 그 여자의 파란 눈이, 이상(李箱)의 말마따나 〈나의 삼정오행(三亭五行)을 비웃는 것 같다〉. 외국인의 서툰 영어를 알아먹으려 하다 보니 그런 버릇이 몸에 붙은 것 같다. 내 영어도 잘 알아듣는다. 잘 알아들어 준다는 것은 영어가 서툰 사람에게는 큰 격려가 되니, 외국인에게는 여간 고마운 여자가 아니다.

프로그램 디렉터가 나에게, 〈어디에서 시작할 생각이오?〉 하고 묻는다. 말을 할 때마다 매양 단어를 조합하자니 힘이 든다.

「우선 문어(文語)를 통해서 익힌 내 영어를 경험적 실재로 변용시키려고 합니다.」

디렉터의 두 눈이 휘둥그레진다.

「매우 어렵게 시작하시는군요.」

돌아오는 길에 동료가 나에게 말했다.

「〈엠피리컬 리얼리티(경험적 실재)〉, 〈트랜스폼(변용)〉 같은 말은, 미국인들 중에서도 못 알아듣는 사람들이 태반이라고요. 하여튼 영어 한번 골치 아프게 하네요.」

〈하우징 오피스〉라는 데서 전화가 왔다면서 수니 형수가 수화기를 건네준다. 하우징 오피스라면 교수나 학생들의 거처를 마련해 주는 곳이거니 짐작한 것은 좋은데, 유창하지도 못한 주제에 전화통에다 대고 유창한 척 몇 마디를 건넨 것이 화근이었다. 저쪽의 여자가 일단 내 영어가 괜찮은 것으로 판단했는지 기관총처럼 말을 쏟아 내는데 〈아파트먼트〉라는 단어밖에는 귀에 들어오지 않는다. 참담하다.

수니 하우스만에게 수화기를 넘겨주고 나니 얼굴이 뜨겁다.

수니 하우스만의 말.

「처음에는 자신 있는 문장이라도 너무 빨리 말하지 않도록 해. 저쪽에서, 〈영어를 잘하는 사람이구나〉 이렇게 생각하고 마음 놓고 지껄여 버리거든. 그러니까 한 마디 한 마디 똑똑 끊어서 천천히 말하라고. 그러면 저쪽에서도, 〈아직은 영어에 서툰 외국인이구나〉 이렇게 여기고 똑똑 끊어서 천천히 말해 줄 거야. 패컬티 아파트가 배정되었대. 외국인 교환 교수들이 쓰는 아파트인데, 오래되어서 낡은 것이기는 해도 국제 대학과 가까워서 편리할 거야. 우리 부부의 마음 같아서는 여기에 기거하면 여러모로 좋겠는데, 대통 고집으로 부득부득 우기니 어쩔 수가 없구나.」

하우징 오피스라는 데서 열쇠를 받아 들고 패컬티 아파트를 찾아갔다. 가봐야 가구를 마련할 수 있을 것 같아서였다.

1944년에 지어졌다는 붉은 벽돌 건물이다. 동마다 박공에 이름이 붙어 있다. 건립 기금 기부자의 이름인 모양이다. 학교 건물의 대부분에 이런 식으로 이름이 붙어 있다.

1944년이면, 경제 공황의 쓰라린 경험을 간직한 미국이 힘을 차리기는 했어도 오늘날처럼 세계의 종주국을 자처할 만한 자신감은 없었던 시대였음이 분명하다. 게다가 전쟁 중. 아파트의 창문이 유난히 작은 것이 그것을 말해 준다. 자국의 유전은 뚜껑을 닫아 두고 외국의 석유를 무한정 수입해다 쓰는 지금과는 형편이 달랐을 것이다. 그래서 북아메리카하고도 북부에 속하는, 그래서 태양광의 도움을 받을 가능성이 매우 적은 베델의 아파트는 난방의 효율 때문에 창문을 크게 뚫을 수 없었을 것이다. 집의 구조나 집의 크기는, 그 집의 가장이 조달할 수 있는 난방 연료의 양과 밀접한 관계가 있을지도 모른다. 내 어린 시절을 살던 어둡고 좁으장하던 토방을 떠올리면서 해보는 생각.

　　19세기 사람이 튀어나올 것 같은 고색창연한 아파트. 집을 지어 본 사람이라서 나는 잘 안다. 고색창연하기는 하나 실용적이면서도 대단히 아름다운 건축물이다. 붙박이 옷장, 신발장, 서가도 있다. 더욱 놀라운 것은, 냉장고와 전기 레인지, 침대, 책상, 식탁, 의자, 반닫이, 응접 세트, 전화기까지 갖추어져 있다는 것이다. 부엌의 붙박이 수납장을 열어 보았더니, 낡은 냄비와 접시 등속의 주방 기구가 들어 있다. 교환 교수들끼리 대물림한다는, 솔직하게 말해서 밥그릇이기보다는 개죽 그릇에 가까운 것들. 그러나 대물림하는 전통에 깃든 정신은 아름답다.

　　완공 직후인 2차 세계 대전 때는 유럽으로 파견할 모병 훈련소의 숙소로 쓰였고 한국 전쟁 당시에는 지방 지원병의 집결지로 쓰였다는 아파트. 그렇다면 나는 33년 전에 윌포드 하우스만이 한국 파견 부대원으로 집결해서 묵은 바로 그 아파트로 찾아 든 셈이다. 질긴 인연이라고 할밖에.

　　하우스만 댁에 있던 짐을 옮겼다.

　　사들일 것이 그래도 많은 것을 처음인 것처럼 깨닫는다. 필요 이상으로 문명화한 모양이다. 〈모올〉이라고 불리는 종합 상가에서 한국제 가전제품을 사들이는 감회는, 미국의 구호물자나 잉여 농산물을 경험한 세대에 속하는 나 같은 사람에게는 각별하다.

유학생들의 도움을 많이 받는다. 유학생들은 고맙게도 교대 근무로 내 운전사 노릇을 해준다. 자동차 없이 갈 수 있는 곳은 화장실밖에 없다는 말이 실감 난다. 도미한 지 몇 년씩 되는 유학생들과 이야기를 나누면서, 그들이 한국의 실정에 너무 어두운 데 놀라고는 한다.

곧 귀국할 터인 패기만만한 젊은 박사 후보생들을 보면서, 자기 솜씨를 믿는 것은 좋은데 싸울 상대가 누구인지 모르는 채 어서 빨리 콜로세움으로 뛰어나가고 싶어 잔뜩 흥분하고 있는 검투사들을 떠올린다.

「한국 학생들이 자네를 의심하는 모양이더라. 학교에 소속된 학자도 아니고, 회사에 소속된 연구원도 아니고, 그렇다고 해서 뚜렷하게 직함이 있는 관리도 아니잖은가? 그래서 혹시 학생들의 동향을 파악하러 와 있는 정보원이 아니겠는가 하고……」

조금 전에 수니 형수와 함께 다녀간 하우스만 박사가 웃으면서 한 말이다.

어처구니가 없어서 실소하고 말았다. 실소, 실소. 싫소, 싫소.

「몇 년 전에 취재할 것이 있어서 내 친구가 근무하는 병원 정신과에 가본 적이 있는데, 거기에서 묘한 환자 하나를 만났어요. 우리가 방을 찾아 들어가니까 이 정신병자는 오른손을 환자복 앞섶에 찔러 넣은 채 문 뒤에 숨어 있다가 들어온 사람이 자기 담당 의사라는 것을 확인하고 나서야 환자복 앞섶에서 손을 뽑더군요. 미국에서 박사 학위를 받은 직후부터 정신이 이상해졌다는군요. 마피아의 암살 지령에 쫓기는 망상에 시달리는 겁니다. 그래서 급거 귀국해서 입원했는데, 그날도 자기 방의 문이 열리니까 마피아가 자객을 보낸 것으로 생각하고는 문 뒤에 숨어 있었던 거지요. 저 고리 앞섶에 손은 왜 찔러 넣었느냐고 물으니까, 들어온 사람이 마피아 자객이라면 권총을 뽑아 응사해야 하지 않겠느냐는 것이었어요. 지독한 과대망상증 아닙니까? 걱정스럽군요. 여기에 있는 한국 학생들이 나를 정보원으로 오해한다면 이것도 과대망상증의 한 징후입니다. 한국 정보부의 예산 씀씀이가 넉넉하다고는 합디다만, 설마 겨우 백 명의 한국 학생의 동향을 감시하기 위해, 대단히 실례지만 그것도 한국에서는 이름도 모르는 시골 대학 학생들의 동향을 파악하기 위해 1년에 천수백만 원에 이르는 정보원의 체재비를 쓰게 할까요. 이건 과대망상의 징후임이 분명해요.」

□

미국에서 교포나 유학생들로부터 유난히 자주 듣게 되는 말.

「미국의 대외 정책이 지향하는 궁극적인 목표는 저희 나라 이익을 챙기는 것이다. 미국이 무슨 정의의 사자 노릇이나 하는 줄 아는 우리의 시각, 이거 참 문제다. 결국 문제는 잘못된 우리의 시각에 있는 것이지, 미국이 자국의 이익을 챙기려고 설치는 데 있는 것이 아니다.」

미국에서는 미국을 잘 알고 있는 외국인이 많다. 이들은 하나같이 미국에 대한 정보를 대량으로 획득, 확보하고 미국과 자국 간에 문제가 발생할 경우 대개 그 정보를 앞세워 미국을 두둔하고는 한다.

정보 획득의 주체에게는 그 정보 자체를 선한 것으로 보려는 경향이 있다. 여기에서 한 걸음 더 나아가 획득한 정보의 대상까지도 선한 것으로 여기려는 경향이 엿보인다. 까닭이 어디에 있겠는가. 정보 자체가 선한 것이어야, 획득한 정보의 대상이 선한 것이어야, 획득의 주체인 자신이 비로소 선한 것으로 확인될 수 있기 때문이다. 선전의 구조를 분석하는 데 유용할 터인 도식……. 많은 나라들이 많은 돈을 써가면서까지 외국의 유학생들을 불러들이는 까닭을 이해하는 데도 유용할 것이다.

□ Sep.

달이 바뀌고…… 오늘이 며칠인가.

문사가 대체 제 아비에게 글발로 안부 묻는 일이 희귀하고, 등산가가 대체 제 일족의 선산에 오르는 데 인색하다는 말이 빈말 아닌 듯하다. 청탁에 쫓기면서 글을 쓰던 버릇 때문에, 새삼스러움을 무릅쓰고 시작한 이 단상의 메모가 자칫하면 게을러지겠다.

이곳에는 나를 아는 사람이 거의 없다. 나를 증언하는 자료는 국제 대학에 들어가 있는 내 이력서와 리서치 프로포절(연구 계획서)과 내가 짝사랑하던 어느 종교학 교수의 추천서 한 장밖에 없다. 그래서 때로는 나 자신을 장황하게 설명해야 할 일이 생기고 그 때문에 더러 불편을 겪기는 한다. 그런데도 참 고즈넉하다는 생각이 문득문득 들어, 가만히 그런 느낌이 어디에서 연유했는지를 한번 따져 본다.

익명성의 홀가분함이다.

유명한 사람이 아니기는 해도 한국에는 아는 사람들도 많고 지어 놓은 인연도 깊다. 아는 사람들 앞으로 나설 때면 사람은 공격을 위해서든 방어를 위해서든 자기도 모르는 사이에 나름의 무장을 하기 마련이다. 어리석게도 나는, 사람들을 만날 때마다 그 사람이 나에게 남기고 싶어하는 것 이상으로 강한 인상을 상대에게 남기려고 했을 것이다. 그것에 지쳐 있었음이 분명하다.

왜 굳이 떠나야 하느냐는 지명 스님의 말에, 〈자네에게는 절이 산중이지만 나에게는 미국이 산중이다〉하고 호언한 것이 마음에 걸리기는 한다. 그러나 그 말에 의지하니 마음이 편하다. 나를 알아주는 사람을 만들고 싶지 않다. 나 자신이 인상적인 인간으로 기억되게 만들고 싶지도 않다. 그러니 이렇게 고즈넉하다.

산중으로 삼아야 할 테지만, 세월이 흐르면 여기에다 또 하나의 얼굴을 만들어 놓게 되는 것은 피할 수 없을 것이다. 또 한 꾸러미의 업을 지어 놓는 것을 피할 수는 없을 것이다. 하지만, 마땅히 경계하여 율기솔신(律己率身)할 일이다.

한 유학생이, 한국의 〈정지〉 표지판과 다르니까 미국의 〈스톱〉 표지판 앞에서는 반드시 자동차를 완전히 정지시키라면서 이런 말을 한다.

「마을의 〈스톱〉 표지판을 그냥 지나치면 영락없이 경찰서로 제보가 들어간답니다. 〈비지바디〉들을 조심하세요.」

〈비지바디〉라면 남의 일에 참견하기 좋아하는 사람이 아닌가.

그 학생의 설명에 따르면 이렇다. 끊임없이 외적을 경계하면서 살던 백성이라서 이런 전통이 생기게 되었는지 모르지만 미국의 마을에는 집 안에서 바깥을 망보는 노인들이 많단다. 하루 종일 밖을 내다보고 있기 때문에 마을에서 일어나는 일에 대한 정보통이 될 수밖에 없는데, 이들이 바로 탐문 수사가 벌어질 때면 큰 몫을 하는 비지바디, 좋게 말하면 사회의 감시자, 나쁘게 말하면 〈주제넘게 바쁜 사람〉이 된다.

〈독일 국민은 모두가 경찰관〉이라던 한 독일 유학생의 회고가 생각난다. 아침에 학교에 가려고 주차장에 나갔더니 자동차 옆구리에 흠집이 나 있고 유리창닦이에는 명함이 두 개 꽂혀 있더란다. 한 명함의 사연은 〈어떤 자동차가 이 자동차에 흠집을 내는 것을 목격했음. 아래 전화번호로 연락하면 증인이 되어 드리겠음〉, 다른 명함의 사연은 〈바삐 차를 돌리느라고 접촉 사고를 내고 말았습니다. 퇴근해서 사죄드리고 보상하겠습니다〉…….

우리나라에는 인심이 좋아서 비지바디가 없는 것일까, 아니면 무관심해서, 혹은 게을러서 사람들이 비지바디 노릇을 기피하는 것일까. 한국에서 맑은 시냇물에다 자동차를 닦는 사람, 독약을 풀어 물고기 잡는 사람을 만날 때마다 관가에 고발해야지 해야지 하면서도 한 번도 하지 못했던 나는 무엇인가.

증오보다도 유독한 무관심.

「스테이크 하우스로 저녁 먹으러 가세. 브랜드 뉴커머(미국에 갓 온 사람)에게 레스토랑은 여간 껄끄러운 곳이 아니니까 연습 삼아서 가는 것이야. 웨이터의 끝없는 질문과 식간에 들이닥치는 테이블 스피치라는 것 때문에 저녁 초대 받는 것이 겁난다고 하는 한국 사람을 여럿 봤어.」

하우스만 부부를 따라나선다. 웨이터가 자리로 안내하기까지는 조그만 대합실 같은 데서 기다려야 하는 것부터가 서울과 다르다.

과연 웨이터의 질문은 집요하다. 마실 것으로는 무엇을 드시겠습니까? 맥주라면 일곱 가지가 있습니다, 어떤 맥주를 드시겠습니까? 레귤러로 하시겠습니까, 드래프트[生]로 하시겠습니까? 주전자로 드릴까요, 병으로 드릴까요? 무엇을 드실지 정하셨습니까? 프라임 리브로 하시겠다면, 어떻게 구워 드릴까요? 감자구이와 버섯구이 중 어느 것을 하시겠습니까? 사워크림을 치시겠습니까? 샐러드를 드시겠습니까? 샐러드 드레싱은 여섯 가지가 있습니다만, 어떤 것으로 하시겠습니까? 커피는 네 가지가 있습니다만, 어떤 것으로 하시겠습니까? 레귤러로 드시겠습니까, 카페인을 뺀 것으로 드시겠습니까? 디저트 케이크에는 일곱 가지가 있습니다만, 특별히 좋아하는 것이 없으시면 견본을 가지고 오겠습니다…….

하우스만은 웨이터이 질문이 긴 까닭을, 〈여러 민족이 섞여 살아서 입맛이 제각각이기 때문일 것〉이라고 설명한다.

친구들과 함께 점심을 먹으러 중국집에 들어가 서로 제 입맛에 맞는 음식으로 시켰다가 웨이터로부터 지청구를 먹은 기억이 난다.

「지금은 바쁜 시각이니까 짜장면으로 통일하시죠.」

숨 가쁘게 살아야 했던 70~80년대 한국사의 산물이기가 쉬울 것이다. 우리는 웨이터가 시키는 대로 하고는 했다.

고기가 들어온다. 하우스만 박사는, 고기의 구워진 정도가 자기 주문과 다르다면서 다시 구워 올 것을 명한다. 미안해하는 기색을 조금도 보이지 않는다. 미안해하기는커녕 말소리에 노기까지 실려 있어서 내가 다 당혹스럽다. 수니 하우스만은 맞장구까지 친다. 인자하던 신부님과 수녀님은 어디로 갔나?

「그런 얼굴 하지 말게. 주문은 주문이야. 내게는 다시 주문할 권리가 있어. 사람을 사랑하는 것과 제 것을 챙겨 먹는 것은 다른 거라고…….」

그래도 그렇지.

매우 복잡한 저녁을 먹고 나오면서 하우스만 박사는 수니 형수에게, 손가방 주머니를 뒤져 동전으로만 행하(行下)를 셈하게 한다. 웨이터와 요리사의 봉사가 부적절한 것을 항의하는 뜻으로 부러 그런다는 것이다.

하우스만 부부에게, 내가 비행기에서 겪은 일을 얘기해 주었다.

비행기에서 나는 위스키를 여러 잔 마셨다. 내 자리 가까이 있는 서비스 캐빈으로 위스키를 가지러 갈 때마다 똑같은 여자를 만나게 되어서 몹시 민망해서 여섯 잔째 얻어 마실 때는 부러 내 자리에서 멀리 떨어진 앞 서비스 캐빈으로 갔다. 그런데 거기에서 위스키를 얻어 마시려다가 그만 뒤쪽 캐빈에서 나에게 위스키를 다섯 잔이나 주던 여자에게 들키고 말았다. 민망해하는 나에게 그 여자가 말했다.

「미안해할 것 없어요. 손님에게는 위스키를 얼마든지 요구할 권리가 있습니다. 내게는 드려야 할 의무가 있는 것이고요.」

그래도 그렇지. 〈염치〉라는 우리말에 해당하는 영어 단어가 있던가?

적응하자면 오래 걸릴 조짐이 보인다.

□

며칠째 텔레비전에 매달려 산다.

텔레비전이 바보상자라고? 천만에. 나에게는 훌륭한 학교 노릇을 한다. 학교 노릇이 끝나면 바보상자 노릇이 시작될지도 모르겠지만, 당분간이다, 마셜 매클루언은 물러가라!

놀랍게도 한국에서는 지나치게 잔혹하다고 해서, 혹은 혐오감을 준다고 해서, 혹은 선정적이라고 해서 금기로 되어 있는 장면들이 자주 나와서 여간 당혹스럽지 않다.

교사가 아이들을 모아 놓고 방울뱀을 주물러 보게 한다. 독니가 제거되었으니 물려도 해가 없을 것이라면서. 더욱 놀라운 것은 여자아이까지 태연하게 방울뱀을 주물러 대고는 한다는 것이다. 교사는 이렇게 말한다.

「징그럽다고 하는 것은 남들의 의견이다. 하지만 중요한 것은 남들의 의견이 아니라 여러분 각자의 의견이다. 여러분 각자의 의견을 말해 주었으면 한다.」

흰 가운을 입어서 과학 교사인 듯한 사람이 투명한 고무장갑을 낀 손으로 갓 잡은 소의 내장을 연신 주물럭거리면서 고등학생들에게도 만져 보라고 한다. 그러자 여럿이 달려들어 장갑도 끼지 않은 손으로 주물럭거리는데 그중의 한 아이는 〈사람의 내장도 이럴 테지요〉 하고 묻기까지 한다.

성인을 위한 프로그램이기는 하지만, 내시경으로 절묘하게 촬영한 섹스의 물리적 메커니즘에서부터 태아의 모습, 심지어는 태아가 어머니의 몸을 나서는 광경까지 천연색으로 보여 주기까지 한다.

폐암 환자가 웃음까지 띤 얼굴로 화면에 나와 이렇게 말하기도 한다.

「나는 담배를 너무 피워 폐암에 걸리고 말았다. 의사는 6개월 이상은 보장하지 못한다고 한다. 그러니까 청소년들은 담배를 가까이하지 말라.」

우리나라는, 텔레비전 화면에서 피를 보기가 유난히 어려운 나라이다. 영화감독, 방송 작가, 만화가들로부터 잔인한 장면, 혐오스러운 장면에 대한 윤리 차원의 규제가 지나치다는 불평을 자주 들은 적도 있다. 어떤 사람은 철권통치를 위해 국민을 순한 양으로 만들고 있다고 주장하기도 했다.

우리가 특정 사물이나 사물의 특정 측면을 감각적으로 기피하거나 혐오하는 데 상당히 집요한 일면을 보이는 것은 사실이다. 이러한 일면은 특정 사물에 내려져 있는 전통적인 평가, 동아리가 금기시하기로 승인한 약속을 범하지 않으려는 보수적인 경향과 무관하지 않을 것이다.

미국의 텔레비전에서 만나게 되는 현상 중에서도 두드러져 보이는 것은 사람들의 무의식 안에 그림자로 자리 잡고 있는 이런 유의 편견, 혹은 묵시적인 동의를 획득한 것으로 보이는 금기 사항을 의식 수준으로 끌어올리게 하고 이것을 자체 점검하게 하는 사회 교육 분위기이다. 우리에게는 어림없는 금기로 되어 있는 이미지가 여상스럽게 등장하는 것을 볼 때마다, 옳거니, 이들은 이로써 우리가 의식적으로 피해 가려고 하는 것들, 그러나 피해 가봐야 필경은 득 될 것이 하나도 없는 것들을 눈 부릅뜨고 보게 하는구나, 이런 생각을 하게 된다. 20~30년 전만 해도 영상에는 여러 가지 금기가 있었던 듯하나 민주주의와 표현의 자유가 이것을 차례로 무너뜨린 모양인데, 아닌 게 아니라 미국은 이른바 〈미신〉으로 여겨지는 것, 금기로 여겨지는 것들을 이성의 이름으로 차례차례 정복하는 데 성공을 거둔 듯하다.

하지만 그게 반드시 성공이기만 할까?

심리학적으로는 대단히 중요한 것일 터인 〈의식의 그림자에 대한 햇빛 비추기〉일 수 있는 이런 식의 교육 방법이 범죄 영화나 실제의 범죄 현상과 맞물리는 것을 보면 나는 얼마나 아연해지는가. 터부와 함께 신성하게 여겨지던 것까지도 소독되어 버린 듯한 느낌, 많은 미국인들이 합리주의에 등을 떠밀려 돌아오지 못하는 다리를 건너고 있는 듯한 느낌을 받고는 한다. 하우스만 박사는, 나의 시각이 오래 가위질의 문화에 길이 들어 있었기 때문일 것이라고 한다.

화면을 통해 임신한 돼지를 해부하는 광경을 본 적이 있다. 교사가 태아를 가리키면서 〈죽었나, 살았나〉 하고 묻자 한 처녀는 방긋 웃으면서 대답했다.

「언본(태어나지 않은 것)인데 죽음이 어디 있나요?」

이러한 의식의 확산은 필경 낙태를 죄악으로 여기는 지금의 종교적, 보수적인 의식 구조에 어떤 영향을 미치게 될 것으로 보인다.

□

수키가 학교에서 받은 밀봉된 봉투 하나를 내밀면서 하우스만 박사에게 이런 말을 한다.

「대디는 내가 무엇이 되려 하는지 알아요? 알고 있어도 비밀을 지켜야 해요. 나도 비밀을 지켜야 하니까. 오늘 학교에서 설문지 두 장을 받았는데 그중 한 장은 학교에서 내가 써냈어요. 뭐라고 썼는지는 대디에게 가르쳐 주면 안 돼요. 대디는 여기에다, 내가 장차 무엇이 되려 하는지 그걸 쓴 뒤에 봉투를 꽁꽁 붙여서 나를 주는 거예요. 그러고서 내일, 학교에서 내가 쓴 것과 대디가 쓴 것을 비교해 보는 거예요.」

학교에서, 부모와 자식 사이의 대화가 어떤 식으로 진행되고 있는지, 그 걸 알고 싶은 모양이다. 자식과 자주 속내 있는 대화를 나누지 않는 부모라면 자식의 장래 희망을 알 턱이 없겠다.

문득 심한 죄의식을 느낀다.

이름만 내 아들일 뿐, 마로는 만난 지가 오래다. 손을 꼽아 보고 나서야 고등학생이 된 것을 알았다. 나는 그가 무엇이 되고 싶어 하는지 전혀 알지 못한다. 이런 설문지를 받을 경우, 마로는 모욕감을 느낄 것이다.

내가 어떻게 아버지를 원망할 수 있을 것인가.

밤에는 같은 아파트에 사는 박 교수 집에서 맥주를 마셨다.

독신 경제학자인 박 교수는 내게 꼬장꼬장하다는 인상을 주고 싶었던 것일까? 그는 상대가 어느 나라 사람이든 신발을 벗어야 비로소 자기 아파트 거실에 들어오게 하는 방침을 줄기차게 실천하고 있다고 한다. 미국에서는 대단히 괴팍한 방침에 속하기가 쉽겠다. 그럴 수밖에 없는 것이, 이른바 〈블루칼라〉로 분리될 터인 학교의 영선공(營繕工)들은 날씨에는 아랑곳하지 않고 군화 비슷한 가죽 장화를 신는 것이 보통이다. 바쁘디바쁜 영선공들이 못 벗겠다고 버티면 거실 한 모퉁이에 모셔 놓은 불상을 가리키면서, 〈내게는 거룩한 곳이다〉 하고 엄포도 더러 놓는 모양이다.

대부분의 미국인들은 욕실에 들어가거나 잠자리에 들지 않는 한 집에서도 신발을 신고 산다고 한다. 신발을 신은 채로 침대에 드러눕는 미국인도 없지 않다니 어지간하다.

한 미국인 교수로부터, 서울에서 자기가 본 가장 인상적인 풍경 중의 하나는, 넥타이까지 맨 정장 차림의 신사들이 구두는 벗은 채 양말 바람으로 왔다 갔다 하는 좌식 음식점 풍경이더라는 말을 들은 것이 오전의 일인데, 오늘은 신발 이야기와 무슨 인연이 있나 보다.

국기에 별이나 달이 그려진 나라 사람들은 대개 유목민 아니면 수렵민의 자손들일 가능성이 크다. 낮에는 물론이고 밤에도 달이나 별을 나침반 삼아 이동하는 데 버릇 들여져 있기 때문일지도 모르겠다. 식민의 역사 자체가 대(對)인디언 전투의 출동 준비 상태에서 서성거려야 했던 항재(恒在) 전장의 역사라서 그런가. 성조기에는 별이 무더기로 박혀 있다.

미국인들이 즐겨 신는 가죽 장화는 쉽게 벗을 수 있게 되어 있지 않다. 그래서 서부극에는 발을 내밀어 마누라로 하여금 돌아선 채로 가죽 장화 한 짝을 잡게 하고, 남편은 아내의 엉덩이를 다른 발로 밀어 구두를 벗기게 하는 우스꽝스러운 장면이 자주 보인다.

가까운 나들이에는 한국에서 가져온 하얀 고무신을 신는다. 눈만 흘겨도 홀렁홀렁 벗어지는 말표 고무신.

□

수니 하우스만의 전화.

「유복 선생, 수키가 잔뜩 빼물고 있어. 어제 그 설문지 때문이야. 학교에서 제 손으로 설문지를 작성할 때 수키는 자기의 장래 희망은 〈유치원 보모〉 아니면 〈교사〉가 되는 것이라고 썼는데 우리가 써 보낸 것은 〈신문 기자〉와 〈교수〉였거든. 우리가 그렇게 쓴 것은 자기에게 관심이 없기 때문이라는 거야. 자주 들러서 나 좀 도와줘. 열한 살인데 벌써 힘들어……」

설문지 돌리는 게 재미있는 발상이다 싶더니 역시 그늘지는 구석도 있었구나.

□ Oct. 1, 1983

열흘 전에 신청해 놓은 책이 우편으로 들어왔다. 멀리 일리노이 주에 있는 대학 도서관의 책이다. 우리 도서관이 그 대학으로부터 빌려 나에게 보내 준 것이다.

우리 도서관……. 그래, 〈우리〉라는 말을 써보기로 할까. 언제까지나 〈베델 대학〉이라는 말을 쓰고 있을 수는 없겠다. 3인칭인 〈베델 대학〉이라는 말을 쓸 때마다 아웃사이더라는 느낌을 되새기게 하는 것이 좋지 않다.

그러나 안 된다. 〈우리〉라니…….

장서가 자그마치 3백만 권이 넘는 베델 도서관에 내가 찾는 책이 없는 것은 대체 내가 별 희한한 책만 찾기를 좋아하기 때문인가? 베델 도서관의 대출 기간이 3개월인 데 견주어 남의 도서관 책이어서 대출 기간이 짧은 것이 흠이지만 고맙기 짝이 없다. 부주의하게 미국의 도서관만 예찬하다 보면, 서울의 한 대학 도서관에서 당한 설움이 원한이 될지 모르니까 조심하자.

긴가민가했는데 실제로 〈인털라이브러리 서비스〉라는 것의 혜택을 입고 보니 조금 무서운 생각이 든다. 한 도서관이 축적하고 있는 정보의 양이 많은 것도 놀라운 일이려니와, 모자라는 정보는 서로 교환할 수 있도록 한 이 체제가 더욱 놀랍다. 정보를 어떤 계층에만 독점하게 하는 것이 아니라 무섭게 돌리는 것이 인상적이다. 학교 도서관이 베델 대학 학생이나 교직원이 아닌 베델 시민에게 개방되어 있는 것이 그렇다. 일반 시민도, 도서를 대출하기가 어려울 뿐 자료를 열람하거나 필요한 자료의 일부를 복사하는 것은 언제든지 가능하다. 베델 시민의 대표들이 베델 대학의 총장 선임에 막강한 영향력을 행사하는 까닭이 알 만해진다. 지역 사회와 대학이 닿아 있는 듯한 인상을 준다.

며칠 전, 민족 지도와 종교 지도 같은 것을 하나 만들고 싶어서 준비 작업이나 해놓을 요량으로 도서관 관리자에게 접근 방법을 물었더니, 아예 지도에 밝은 사서를 한 사람 붙여 준다. 그래서 화급을 요하는 일이 아닌데도 불구하고 관리자와 사서의 눈치에 쫓겨 하루를 꼬박 책 뒤지는 시늉을 했다.

□

미국인으로부터 성(姓) 아닌 이름을 불러 달라는 친근한 요청을 받을 때마다 난감해진다. 상대방도 내 이름을 부를 테니까……. 내가 부르는 것

852

은 좋은데, 새파란 녀석이 동네 강아지 부르듯이 〈유복, 유복〉하는 것을 듣고 있을 때마다 내 얼굴이 그만 붉어지고 만다. 그럴 때마다 우리가 이름이라는 것에 몹시 집착해 있었음을 깨닫고는 한다.

시귀(詩鬼)라고 불리는 당 시인 이하(李賀)가 진사시(進士試)를 보러 갔다가, 선친의 이름자에 〈진(進)〉 자가 들어 있었다는 이유로 문전에서 쫓겨났다는 것을 보면 중국의 사정도 비슷했던 모양이다. 시인 김삿갓이 방랑길에 나선 것도 결국은 홍경래에게 항복한 선천 부사 김익순이 제 조부인 줄을 모르고 쓴 〈정가산이 충절로 죽은 것을 찬양하고 김익순의 죄가 하늘에 닿아 있음을 한탄함〉, 이 한 편의 글 때문이 아니던가. 그는 이로써 조부의 이름을 욕되게 한 죄를 닦느라고 세상을 등지기까지 했다.

선친의 이름자는, 쓰는 것은 고사하고 부르는 것조차 심히 송구스럽게 여겨 기피해야 하는 이러한 기휘(忌諱)의 풍습이 제 이름까지도 훼손시키기를 꺼리게 만든 것일 게다. 오죽하면 〈성공한다〉는 것을 〈입신양명한다〉고 했을까.

이름으로 불리기를 꺼리는 미국의 한국인들은 아예 서양식으로 이름을 짓기도 하고, 이름의 두 번째 글자는 영어의 두문자로 감추어 버리고 첫 자만 부르게 하는 눈물겨운 수고를 하기도 한다. 이렇게 하면 〈이유복〉이라는 내 이름은 〈유 B. 리〉가 될 터이다. 개중에는 미국인으로 하여금 영어의 두문자 〈제이〉, 〈케이〉, 〈와이〉만을 부르게 하는 사람도 있다.

내 이름에도 수난이 닥칠 것 같다. 하우스만 박사의 종용이 심상찮다.

「수키가 어느 날 내게, 자네를 〈유복〉이라고 불러도 좋으냐고 하더라. 부르게 하겠는가? 어림도 없을 테지. 자네가 나를 〈윌포드〉라고 부르지 못하는 어떤 정서가 수키에게도 그걸 허락하지 않을 것이다. 자네는 이름을 단순한 기호로 여기는 문화권 사람이 아니니까. 내가 순희와 숙이를 〈수니〉와 〈수키〉로 만든 것은 부르기 좋게 하기 위해서였다. 자네에게도 부르기 좋은 이름이 하나 있어야 하지 않겠는가? 이름을 기호화시키는 게 싫으면 말이다.」

「창씨개명에 골병이 든 집안입니다. 내 숙부 〈나가이 마사오〉의 망령은 이날 이때까지도 우리 집안을 그늘지게 하고 있어요. 나가이 마사오가 기호인가요? 이 판국에 나까지 〈제임스〉가 되리까, 〈윌리엄〉이 되리까? 기호가 되었든 상징이 되었든 하여간 싫습니다.」

「미국식 이름을 지으라고 하는 것이 아니네. 〈유복〉이라고 불리는 것도 싫고, 〈유〉라고 불리는 것도 싫다니까 하는 말이야. 두 달만 지나 봐. 〈미스터 리〉라는 호칭은 아무도 안 쓸 테니까.」

「싫어요. 차라리 이름을 불리고 말지.」

가만히 생각해 보니 오래전에 재인이 나에게 보냈던 비아냥이 담긴 편지의 한 구절이 생각난다.

〈나는 한 곳에 붙박여 있으니 재인(在人)이다. 문득 내 앞을 지나가는 그를 과인(過人)으로 부르자는 착상이 떠오른다.〉

〈과인〉이라는 말은 〈초인간적인 사람〉을 뜻한다. 그러나 재인이, 나를 특출한 사람으로 여겨 본 적이 없을 것이니 과객(過客)에 빗대어 나를 그렇게 불러 본 것에 지나지 않을 것이다. 술 마시는 것을 제외하면 나에게 남을 앞서는 구석이 쥐뿔만큼도 없다는 것을 내가 아는데 총명한 그가 모를까.

그런데 이 비아냥이 은근히 마음에 든다. 〈과인〉은 지나가는 사람이니 곧 나그네가 아닌가. 나는 재인에게만 나그네인 것은 아닐 것이다. 확신하거니와, 나의 한살이가 지나가는 나그네의 한살이에 지나지 못한다. 내가 도대체 이 세상에서 나그네 이상의 무엇일 수 있다는 말인가.

〈과인〉이라는 말은 삶에 대한, 종교에 대한, 나의 소망이 담길 터이므로 곧 나의 간증이 된다. 이름이, 살고자 하는 삶의 모양을 그리고 있다면 근사할 게다.

과인……. 〈콰인Kwine〉이라고 하면 하버드 철학 교수의 이름을 베낀 인상을 주니까 〈과인Gwine〉……. 영어로 번역하면 〈행인passer by〉이 된다. 그러다 이 세상을 아주 지나가 버리면 이번에는 〈고인passer away〉이 될 터이고.

　구원을 믿지 않는 사람에게는 영생이 없다. 윤회전생도 믿지 않는 사람에게는 오로지 금생(今生)의 한살이가 있을 뿐이다. 나는 내 부모로 인하여 이 세상을 한 차례 지나갈 수 있게 된 것에 지나지 않는다. 금생의 한살이를 지나[通過]다가 이윽고 때가 되면 과거(過去)한다……. 이것만으로도 충분히 행복한 일이다.

　내세는 앞으로도 내 마음을 괴롭힐 것 같지는 않다. 지금 내 앞에서 벌어지고 있는 일들이 일회적인 것이라는 인식도 나를 초조하게 만들지 못한다. 지나가는 나그네……. 이것만으로도 내게는 충분히 고마운 일이다.

　나그네가 오래 쉴 곳을 찾듯이 나도 오래 머물 곳을 찾아야 한다. 남의 집 사랑방은 나그네가 오래 머물 곳이 못 된다. 남의 집 사랑방은 나그네가 주체적인 삶을 누릴 수 있는 곳이 아니니까. 그러므로 몸은 떠돌아도 마음만은 주체적인 삶의 주인 노릇할 곳을 찾아야 한다. 떠도는 나그네가 주체적인 삶의 주인 노릇을 할 수 있는 곳……. 그것은 마음속에만 있다. 마음의 중심에 있을 것이다. 마음의 중심으로 파고들면 거기에 마음을 돌리는 굴대가 있을 것이다. 그 굴대야말로 움직이는 것 한가운데 있는 움직이지 않는 중심일 것이다.

　마음의 중심으로 파고드는 것은 가능할 것인가?

　〈……이는 마치 모기가 무쇠 소에게 달려드는 것 같아서 장히 어려울 것이나, 목숨을 떼어 놓고 한번 뚫어 보면 몸뚱아리째 들어갈 것이다…….〉

　휴정(休靜) 대사던가?

　마음의 중심에서 굴대를 찾아낼 수 있다면, 굴대를 붙잡을 수만 있다면, 비록 몸이 떠돌아도, 마음의 바퀴가 돌아도 나는 움직이지 않을 것이다.

　굴대는 내 삶의 축……. 내 삶의 축은 곧 내가 인지하는 세상의 중심……. 태풍의 눈 속에 있는 무풍지대……. 내 우주의 중심. 그곳에 이르러도 내가 소멸하면 모든 것이 소멸한다.

〈하늘의 문〉이, 세키나(성소)가, 차크라(영적 중심)가, 어찌 기독교나 유대교나 힌두교에만 있을 것인가. 사람이 자연의 품 안에서 발생했듯이, 사람을 구원하는 신들 역시 사람의 품 안에서 발생하지 않았을 것인가.

□

눈발이 휘날렸으니까 조금 과장해서 말하자면 눈 내리는 추석이다.

팬티 바람으로 대나무 숲에서 얼음 채운 맥주를 마시던 월남의 크리스마스가 생각난다.

베델에는 가을이 없단다. 지도를 펴놓고 베델이 만주의 훈춘과 위도가 비슷하다는 것을 확인한다. 어떤 나무는 단풍이 드는가 싶더니, 누가 흔들기라도 한 듯이 와르르 쏟아져 버린다. 그러나 학교 안의 모든 나무의 단풍이 한꺼번에 떨어지는 것은 아니고 수종에 따라서 쉬 떨어지는 나무가 있고 더디 떨어지는 나무가 있다.

조경과 대학원생의 말에 따르면, 학교 안의 거의 모든 나무는 모양에 따라, 키에 따라, 잎이 돋는 순서에 따라, 꽃이 피는 순서에 따라, 잎이 지는 순서에 따라 절묘하게 혼합해서 배치되어 있다는 것이다. 그래서 차례로 잎이 돋고, 차례로 꽃이 피고, 차례로 잎이 떨어진다는 것이다. 나무의 가지 전체가 이루는 모양을 그는 〈캐노피〉라고 했다. 낙하산의 경우, 우리는 갓끈 위로 둥그렇게 펼쳐지는 것을 〈캐노피〉라고 불렀는데…….

유선 형이 제상을 진설하는 시간에 맞추어 북향재배하고 나니 바람에 낙엽이 날리는 소리가 한결 을씨년스럽다. 전화를 하려다, 명절이면 한국으로 통하는 전화 회선이 폭주한다기에 그만두었다. 어머니 돌아가셨을 때 비롯되신 곳으로 사라지시라고 기도해 놓고는 북향재배하는 것이 우스꽝스럽다. 어머니는 내 마음속에 있으니까, 내 마음이 장차 향할 곳을 향해 절을 한 것으로 치자.

한국인들이 한자리에 모였다. 음식을 한 가지씩 해 들고 모이는 것이 참 재미있어 보인다. 우리 어린 시절에는 잔치가 있을 때마다 한 집에서 술이면 술, 묵이면 묵, 떡이면 떡, 이렇게 한두 가지씩 음식을 만들어다 줌으로써 잔칫집의 번거로움을 덜어 주고는 했는데, 이런 풍습에 산업 시대가 오면서 사라진 듯하더니 미국에서 다시 보게 된 것이다. 30여 명이 모였는데 음식이 자그마치 스무 가지나 된다.

내 선배의 말이 옳다. 그들은 한국에서 태어났을 뿐, 한국인이 아니라 미국인들이다. 20여 명 되는 남정네들 중에 술을 마시는 사람은 네댓밖에 되지 않는다. 주인이 난색을 표하는 바람에 담배를 피워야 하는 사람은 밖으로 나가서 피우고 들어와야 했다. 만남이 모래알처럼 사그락거린다. 선배의 충고를 귀담아듣지 않았으면 크게 섭섭했을 뻔했다.

도미한 지 20년을 넘긴 사람들이 반쯤 된다. 의사들이 많다. 우리 땅에 내렸던 뿌리를 끊고 미국 땅에다 다시 뿌리를 박은 맹렬한 사람들이다. 〈목숨을 떼어 놓고 뚫어 몸뚱아리째 들어온〉 듯한 사람들이다. 한국어를 쓰기는 하는데 토씨만 쓴다. 좀 징그럽다.

「〈웨이러미닛, 웨이러미닛, 웨더 빌리브 인 오어 낫〉, 그건 〈토를리 퍼스널 프리덤 오브 릴리전〉에 속하죠. 〈벗, 크리스천〉 앞에서 〈갓〉의 〈익지스텐스 잇셀프〉를 놓고 〈아규〉 하자는 건, 〈휨 슈드 아이세이, 암, 하우 임배러싱, 예스〉.」

이건 어떤 기독교인이 한 말을 기억했다가 정확하게 되살려 본 문장이다. 〈잠깐만, 잠깐만요, 믿든 안 믿든 그건 전적으로 개인이 가진 신앙의 자유에 속하죠. 하지만 크리스천 앞에서 하느님의 존재 자체를 놓고 토론하자는 건, 뭐랄까요, 상당히 당혹스럽군요……〉 이런 뜻인데, 참으로 절묘한 기술이다.

「〈낫 뱃〉이라카이(맛이 괜찮다니까)…….」

「〈휨 더 헬 아 유 토킹 어바웃〉이여(대체 뭐라고 지껄이는 거야)?」

경상도 영어도 있고 전라도 영어도 있다.

〈어수룩한〉 미국 경찰 골려 먹은 것을 자랑하는 사람도 있다. 주로 젊은 층이다. 비좁은 한반도에서는 자동차를 원 없이 몰아 보지 못한 사람들이어서 그럴까. 고속 도로 이야기가 유난히 많다.

순찰차에 붙잡히면 영어를 전혀 알아듣지 못하는 척한다는 것은 애교에 속한다. 과속으로 달리다 적발되자 면허증 대신 크레디트 카드를 차례로 내밀어 미국 경찰관을 매우 당황하게 만들었다는 젊은이도 있다. 뇌물로 경찰관을 매수하려다 뇌물 공여 혐의로 체포당하자 〈미국에서는 위반 현장에서 벌금을 내는 줄 알았다〉고 발뺌했다면서 자기 재치를 자랑하는 사람도 있다. 임기응변의 챔피언은, 제한 속도가 65마일인 80번 고속 도로를 80마일로 달리다 적발되자, 80번 고속 도로 표지판을 가리키며 어수룩한 영어로 〈저것 봐요, 80마일로 달리라고 되어 있잖소〉 하고 대들었다는 어느 식료품 가게 주인. 그러나 이 양반의 임기응변도, 80번 고속 도로의 지선인 496번의 도로 표지판을 가리키며 〈그럼 저기에서 달려 보겠소?〉 하고 물었다는 경찰관의 재치 앞에서는 그만 빛을 잃고 만다.

하우스만 박사는, 부인의 향수를 달래 주느라고 이런 모임에는 빠지지 않고 참석한다는데, 그를 대하기가 면구스럽다.

「자네 나랑 따로 술 한잔 하세. 할 말이 좀 있네.」

모인 자리가 파하고 나오면서 이런 말을 하는 하우스만 박사의 표정이 침통하다.

「하지 마시라니까.」

부인이 말리는 것으로 보아 하우스만 박사는 내게 또 고언을 할 모양이다.

이 양반이 어째 예전처럼 인자하지를 못할까. 인자하다는 것은 상대 위에 서 있다는 의식이 있을 때 가능하다. 따라서 그가 예전처럼 인자하지 못하다는 것은 나를 동등한 위치에서 대하려고 하기 때문인지도 모르겠다.

「한국 사람을 비판한다고 너무 듣기 싫어하지 말게. 사랑하니까 비판하는 거야. 비판할 힘이 남아 있을 동안은 한국인을 미워하지는 않을 것 같군. 사랑하니까 비판하고 사랑하니까 절망하는 것이 아니겠나. 종교인의 소질이 없는 사람은 종교에 절망하지 않아. 자네는 여기에 오래 머물 사람이니까 우리 지역의 한국인들을 상대로 계몽 운동이라도 펼쳐 주었으면

해서 이런 말을 하는 것이니까, 내 충정을 부디 오해하지 말게. 한국인을 보면 말일세, 난방이 잘되어 있는 대합실에서도 오돌오돌 떨면서 욕지거리를 하고 있을 사람들이 아닐까 하는 생각이 종종 든다네. 난방이 잘되어 있는데 왜 추위에 떠느냐 하면, 드나드는 사람들이 출입구를 닫는 데 마음을 전혀 쓰지 않기 때문이네. 대합실에서 오돌오돌 떠는 사람들은 드나드는 사람들을 향해 욕지거리를 할 것이 아니겠나? 하지만 문제는, 그렇게 욕지거리를 하던 사람들 역시 출입구를 나갈 때는 문을 닫는 데 마음을 쓰지 않는다는 데 있어. 건망증이 심해. 자네, 언제 나에게 자기 자신을 〈실패한 오버페이서〉라고 한 것 생각나나? 한국인들의 이야기를 들을 때마다 나는 늘상 이 〈오버페이서〉라는 말을 떠올린다네. 언제부터 한국인에게는 정상적인 페이스가 성에 차지 않게 되었을까? 남들이 걸을 때는 뛰고, 뛸 때는 날고, 그것도 〈앳 애니 코스트(무슨 수를 써서라도)〉……. 가난? 했지. 내가 한국으로 파송될 당시 이승만 대통령은 미국을 향해, 〈항공모함 미주리호의 1년 예산만 원조〉해 주기를 요구한 적이 있네. 그렇게 가난했네. 지금 미주리호의 1년 예산이 경제에 어떤 영향도 미칠 수 없을 정도로 성장해 있는 것도 어쩌면 한국인들이 오버페이서였기 때문에 가능했을지도 모르겠네. 그런데 정도가 심해요. 자동차로 고속 도로를 달리는 걸 보면 숫제 한풀이야. 앞지르는 자동차의 꼴을 못 봐. 주행선은 마다하고 오로지 추월선으로만 달리는 사람들 많이 보았어. 고속 도로 위에서의 주행 속도로 한 민족이 우월하고 열등한 것을 판가름하는 것도 아닌데 말이야. 물리학에 대한 상상력의 결핍에서 비롯된 버릇일까? 대도시에서 장사하는 사람들을 보면, 잠은 언제 자는지 궁금해질 정도야. 부지런해서 그럴까? 그런 분석도 가능하겠지. 하지만 내게는 그게 오버페이싱으로 보여. 다른 〈에스닉 그룹(인종)〉에서 벌써부터 빈정거리기 시작하는 모양이더군. 길게 보아서 득 될 것이 없어. 〈과욕〉이라면 지나친 말이 되나? 이곳에는, 사냥 나가서 잡을 수 있는 동물의 수, 낚시터에서 낚을 수 있는 물고기의 수가 법으로 정해져 있네. 주에 따라서 그 수가 다르기는 하나 수를 규정하고 있는 것은 어디나 마찬가지야. 다른 주에서 있었던 일이네만, 한 한국계 미국인이 두 마리로 포획을 제한하는 연어를 백여 마리나 잡아 구속된 일이 있네. 뒤에 들으니, 3천 달러의 벌금을 물고도 지역에 봉사하라는 판결을 받고 3개월 동안이나 하루에 몇 시간씩 고속 도로 변의 쓰레기를 주웠다는군. 연어는 올렸다 하면 10킬로그램짜리가 보통인 대형 물고기 아닌가. 식구가 아무리 많아도 두 마리면 포식해. 그런데 이 사람이 왜 백 마리나 잡았을까? 과욕 아니면? 뉴저지 어느 해변에는 대형 조개가 아주 많았다는데 한국인이 몰려들고부터는 씨가 마르고 말았다는 얘기를 들은 적이 있네. 조금 과장되기는 했겠지만, 이 얘기를 내게 해준 사람도 그 해변에 가서 부부가 빠듯이 들어서 자동차에 실어야 했을 만큼 주워 왔다니까 아주 꾸며진 이야기는 아닐 것이네. 미국인들은 그런 곳이 있어도 대개 한두 끼 먹을 수 있을 정도만 줍지 한 자루씩 주워 오지는 않아. 그러고 보니 비난할 일인 것만은 아닌 것 같군. 곤고한 시절의 경험을 가진 사람들에게는 식탐이라는 공동의 탐욕이 있는 법이니까. 오늘날에도 독일인의 지하실을 뒤지면 1년 먹고도 남을 분량의 저장 식품이 나온다던가? 수니의 언니니까 내게는 처형이 되는군. 우리 부부의 초청으로 미국에 온 그 양반, 처음에는 화장실에 들어갈 때마다 화장지를 한 움큼씩 뜯어 손가방에 넣어 가지고 다녔다는군. 만일의 경우에 대비하겠다고 그랬을 테지. 수니로부터 들으니, 화장지가 없는 화장실이 미국에는 없다는 걸 알게 되기까지 처형은 그 습관을 버리지 않더라고 했네. 따라서 과욕이라는 내 표현은 지나친 말이기가 쉽겠네. 우리 베델 시티의 경찰 간부로부터 들은 이야긴데, 아시아인들 중에는 몰라서 법을 위반하는 경우도 있지만 알면서도 교묘하게 위장하다가 〈치팅(속임수)〉 혐의를 받는 사람도 적지 않다는군. 문제는, 음주가 금지되어 있는 공공장소에서도 교묘하게 마시다가 적발되는 수가 종종 있다네. 음료수 병 같은 데 옮겨 따른 뒤에 태연하게 마시다가 적발된다는 것이네. 이렇게 되면 속임수를 쓴 셈이 되니까 벌이 아주 무거워져요. 공원 같은 데 가거든 유심히 살펴보게. 경찰이 아

860

시아인들의 잔치 마당을 맴돌면서 냄새를 맡는 광경을 더러 볼 수 있을 것이네. 하우징 오피스가 자네 아파트에 가구를 실어다 주었지? 자네가 떠날 때는 아파트와 가구의 상태를 하우징 아파트에서 검사할 것이네. 만일에 자네가 머물 동안 가구가 부서졌다거나 벽에 못 박은 자국이 있다거나 하면 벌금을 물어야 하네. 그런데 말일세, 고장 난 가구를 이웃집의 말짱한 가구와 바꾸어 놓은 뒤에 검사를 받고는 귀국한 한국 학생이 있어서 말썽이 생긴 적이 있네. 이런 일 정도야 머리를 조금만 쓰면 얼마든지 가능한 일이지. 하지만 부끄러운 일이 아닌가? 미국의 환불 제도는 자네도 알 것이네……. 물건을 샀다가도 마음에 들지 않으면 한 달 이내에는 환불을 받을 수 있네. 일본을 제외한 아시아 여러 나라의 수출품은 이 환불 제도 때문에 곤욕을 치른다는 이야기도 들은 적이 있을 것이네. 그런데 이 제도를 또 악용해요. 미국에 와서 한 달을 머물다가 떠날 사람이 값비싼 가전제품을 다 사들일 수는 없지 않은가? 그런데도 어떤 사람은, 필요한 물건을 모조리 들여놓았다는군. 그리고 한 달을 쓰다가 떠날 때는 환불받아 현금으로 챙겨 갔다고 하네. 그런데 문제는, 그 사람이 이 얘기를 자랑삼아 떠벌리고 다녔다는 데 있네. 이것이 어째서 자랑이 될 수 있겠는가? 한국인은 대체 동화(同化)에 특출한 재주가 있는 민족인가? 잊어버리기를 잘하는, 천박한 민족인가? 고깝게 듣지 말고, 자네가 곰곰이 좀 생각해 주었으면 하네. 새마을 운동의 멘탈리티와는 다른 것일세…….」

하우스만 박사는, 〈대합실〉로써 〈한국인 커뮤니티〉를 은유해 낸 것 같다. 베델 시티에는 한국인 커뮤니티로부터 상처를 입었다고 주장하는 한국인들이 꽤 있는 것 같다. 상처를 입고, 〈다시는 어울리나 봐라〉 하고 돌아서는 사람이 많단다. 하지만 커뮤니티를 원망하면서 돌아섰던 사람도 세월이 지나면 복귀한단다. 복귀한 뒤로는, 원망하고 돌아서는 사람을 원망하기 시작한단다.

춥다고 불평하면서도 나갈 때는 출입문 닫는 것을 잊는 이 건망증…….

추석날이 되면 먹을 것이 많아서, 우리 어린 시절에는 〈더도 말고 덜도 말고 365일이 추석날만 같아라〉 했었지.

달이 밝다. 감상적인 상투어 〈내 님도 저 달을 보고 있겠지……〉가 더는 통하지 않겠다. 이곳 하늘에는 달이 떠 있지만 지구 반대편에 있는 한국은 대낮일 테니까.

하우스만 댁 거실에서 2차로 마신 술이 취해 온다.

　□

노상(路上)에서.

두 개의 차선이 나란히 달린다. 추월선과 주행선. 주행선은 추월선보다 정체의 가능성이 조금 더 높다. 그러나 주행선이 정체되면 추월선도 마침내 정체되고 만다.

정체된 주행선과 추월선을 갈지자로, 지그재그로 넘나들면서 조급을 떠는 사람들은 서울에도 있고 베델에도 있다. 그런데 서울에는 많고 베델에는 적다.

베델의 운전자들이 드러내는 경향 하나. 정체된 주행선에서보다는 추월선에서 속도를 더 낼 수 있을 것 같아 보여도 좀체 차선을 넘지 않는 경향. 주행선이 정체되면 추월선도 같은 정도로 정체될 것임을 예견하기 때문인 것 같다. 따라 해보니 신통하다. 주행선 속도가 느릴 것 같은데도 그렇지가 않다. 추월선으로 빠져나가 버리는 자동차들이 많아서.

내 차선을 지키자.

나는 차선을 어지럽게 바꾸면서 달려온 사람이다.

　□

20대에는 잠이 안 오면, 방사능에 노출된다든지 하는 비정상적인 경험을 통해 일정한 조건 아래 초능력을 얻는 상상을 더러 하고는 했다. 가령 불의의 사고로 벽을 투과하는 능력을 얻게 된다든지, 메피스토펠레스 비슷한 초인간과의 계약으로 아무리 빠르게 움직이는 물체라도 극복해 낼 수 있는 괴력을 얻게 된다든지 하는…….

하루아침에 억만장자가 되었다고 가정하고 그때의 삶의 모습을 상상해 보다가 잠을 이룰 때도 있었다.

그런데 이런 유의 상상은 대개 맹렬해지는 것이 보통이어서 오히려 신경을 흥분하게 하는 일이 잦고는 했다. 초인간이나 억만장자의 뒤끝도 해피엔딩으로는 수습이 불가능했다. 능력이든 돈이든 너무 많이 지닌다는 것은 생각만 해도 끔찍할 것 같아서 그만두었다. 평화와 소유는 공존이 불가능할 것 같다. 두 가지 다 고도의 정신 집중을 통해서만 지켜 나갈 수 있는 것이라서.

30대에는 마라톤 선수가 되어 풀코스를 단조롭게 완주하거나 농사꾼이 되어 쟁기로 끝없이 긴 이랑을 갈아엎어 나가는 상상을 더러 하고는 했다. 이런 식의 단조로운 상상 덕분에 잠자리에서도 만 가지 생각을 풀어헤치지 않을 수 있어서 좋았다.

미국에 온 뒤로는 잠자리에 들 때마다 내가 다른 사람이 되는 상상을 한다. 오늘은 이 사람이 되어 세상과 나를 보고, 내일은 저 사람이 되어 세상과 나를 바라본다. 윌포드 하우스만이 되어 보기도 하고, 수니 하우스만이 되어 보기도 하고, 수키가 되어 보기도 한다. 한재인이 되어 보기도 하고, 마로가 되어 보기도 하고, 선우하경이 되어 보기도 하고, 기동빈이 되어 보기도 한다. 그럴 때마다 내가 한없이 우중충해진다.

이상하다. 이렇게 상상하다가 잠이 들면 꿈속에서 내가 객체화하는 것은…….

□

뚱뚱한 사람이 유난히 많다 싶은 날은 하루 종일 뚱뚱한 사람만 눈에 보여서 미국 천지에 뚱보만 뒤뚱거리고 다니는 것 같다.

장애자 천국이라는 말이 있으니 나다니는 장애자가 많은 것은 당연할 테지만, 유난히 장애자가 많다 싶은 날은 하루 종일 장애자만 보인다. 이런 날은 뚱보는 눈에 들어오지 않는다.

연극배우 김명곤의 말이 생각난다.

「무대에서 절름발이 연기를 하자면 절름발이를 잘 관찰하고 저는 시늉을 배워야 합니다. 하지만 절름발이가 어디 많습니까? 어느 날 절름발이를 찾아볼 양으로 종로 2가로 나가서 기다렸어요. 그런데 세상에, 절름발이가 왜 그렇게 많습니까? 종로 바닥이 절름발이 천지더라고요. 그날 많이 배웠지요. 그런데 절름발이로부터 배울 것이 없어지고 보니 절름발이가 하나도 보이지 않게 되더라고요.」

보려고 해야 보이고, 보려 하지 않으면 보이지 않는다.

무서운 일이다. 마음먹는 데 따라 세상이 이렇게도 보이고 저렇게도 보이고 한다는 것은.

□

낚시 면허증이라는 것을 샀다. 잡고기 면허가 따로 있고 송어 면허, 연어 면허가 따로 있다. 점원이 키가 얼마나 되냐고 묻길래 그건 왜 묻느냐고 했더니, 〈표류 시체의 신원을 확인하는 데 필요하다〉는 대답이다. 죽일 놈들. 말을 비단결같이 하는 줄만 알았는데 이럴 때는 사정도 없고 삼가는 것도 없다.

미국 온 지 한 주일밖에 안 되는 연구원 한 사람과 낚시터에 갔다.

강 상류에서 〈스타피시〉라고 불리는 블루길을 낚다가 손을 씻으려고 그 옆에 있는 실개천으로 갔는데 놀랍게도 연어가 실개천을 거슬러 올라간다. 그 속도가 느리기 짝이 없다.

아마 그래서 눈이 뒤집히고 말았을 것이다.

깊이가 정강이에도 못 미치는 실개천이어서 부러진 나뭇가지를 하나 주워 연어를 갈겨 보았다. 그러나 몽둥이는 수면을 때릴 뿐 연어에게 닿는 것 같지는 않다. 남은 방법은 한 가지뿐. 왼손으로 꼬리를 겨냥하고 그대로 덮치면서 오른손으로 주둥이 앞을 가로막았다. 예상했던 대로 왼손이 꼬리에 닿는 순간 연어의 주둥이가 오른손으로 들어온다. 몸부림이 대단해서 한동안 연어를 안은 채로 실개천을 굴러야 했다. 그러다 힘이 빠진 연어를 안아 올려 보니 아닌 게 아니라 베개만 하다.

한기가 몹시 나서 동료에게 온도를 물었더니 화씨 32도란다. 정확하게 섭씨 0도. 눈이 뒤집혔던 것임이 분명하다.

아파트에 들러 옷을 갈아입고 하우스만 댁으로 갔다. 20파운드라면 9킬로그램이나 된다. 포를 떠서 회를 치고. 나머지는 소금구이가 좋단다. 연방 재채기를 해대는 나를 한심하다는 눈길로 바라보면서 하우스만 박사가 한마디 한다.

「그 육탄 공격하는 버릇은 몇 살이나 먹어야 없어지나? 나이가 마흔일세, 이 사람아. 하여간 운이 좋기는 했네. 고기잡이도 조심해서 하게나. 포획 가능한 크기는 가이드북에 자세하게 나와 있을 것이고, 그물질은 이 땅의 임자였던 인디언만이 할 수 있는 것이니까 유념하도록. 연어를 몽둥이로 때려잡는 것도 위법이야. 자네는 결정적인 순간에 몸으로 덮친 것이니까 위법은 아마 아닐 거라.」

내 품 속에서 몸부림치던 연어의 감촉이, 술기운이 돌아도 없어지지 않는다. 처음에는 미국에서만 누릴 수 있는 행운이다 싶었는데 시간이 갈수록 느낌이 좋지 않다.

　□

드디어 우려하던 일이 벌어지고 말았구나.

어제 나와 함께 갔던 동료 연구원이 골프채로 무장하고 그 실개천을 다녀왔다면서 자기 집으로 오란다. 가보았더니 내가 잡은 놈의 갑절이나 되는 연어가 골프채에 맞아 허리가 터진 채로 그 집 도마 위에 누워 있다. 배를 가르자 콩알만씩이나 되는 알 한 되가 족히 나왔다.

고기는 한 점도 입에 넣을 수가 없었다.

연어잡이는 않게 될 것 같다.

□ New year day, 1984

크리스마스를 맞고 보내면서, 나라는 사람은 명절이라는 것에 사념의 때를 너무 묻힌다는 생각을 했다. 크리스마스였는데도 그리스도 생각은 않고, 지나간 세월의 수많은 크리스마스를 떠올렸으니까.

아파트 출입구가 호텔의 객실처럼 복도 양옆으로 나 있어서 좋다. 다른 아파트에서는, 문 앞에 눈이 어찌나 쌓였는지 문을 여는 데 애를 먹었다는 소식이 들린다. 눈이 어찌나 많이 내려 쌓이는지, 눈 속으로 뚫린 도로들이 가느다란 운하 같다. 구름만 끼어도 자동차의 전조등을 켜는 미국인들의 기묘한 습관. 대낮인데도 운하 위로는 등불을 켠 쪽배들이 오고 가는 것 같다.

새해 아침.

한국의 새해 아침이 지나간 지 열두 시간이나 된 이 시각을 나는 새해 아침이라고 불러도 좋은 것일까?

시간이라는 것을 생각해 본다. 미국에는 일곱 개의 시간대가 있다. 동단에 있는 뉴펀들랜드 시간대와 서단에 있는 알래스카 시간대의 시간차는 무려 여섯 시간이나 된다. 태평양 시간대에 속하는 LA와 동부 시간대에 속하는 뉴욕만 하더라도 시간차는 세 시간이나 된다. 따라서 뉴욕 시민들이 새해의 시작을 카운트다운 하다가 0시 정각에 거대한 사과를 떨어뜨리며 새해가 왔다고 호들갑을 떨고 있을 때 LA의 시민들은 저녁상을 물린다.

비행기를 세 번씩이나 갈아타고 동부의 뉴욕에서 서부의 시애틀까지 가면서 아침 식사를 세 번씩이나 했던 기억……. 새로 탑승한 승객에게 저마다 아침이라면서 아침 식사를 대접한 까닭이다.

〈시간〉, 〈후회〉 같은 어휘를 유난히 자주 만나기도 하고 떠올리게 되기도 하는 때다. 흐르는 세월에다 무수한 금을 그어 놓고 금 안쪽과 바깥쪽에 무수한 의미를 부여하는 날이다.

866

호들갑 떨 것이 없다. 우리가 경험하는 섣달그믐이니 새해 첫날이니 하는 것은 흐르는 세월에다 임의로 새긴 눈금인 만큼 의미를 부여할 일은 아니다. 한국의 정월 초하루는 이미 밤이 된 지 오래다. 진짜 설날, 음력 설날이 오려면 스무 날을 더 기다려야 한다. 회교력은 7월에 시작되고, 유대력은 10월에 시작된다. 남들이 그어 놓은 금에 연연할 것이 아니라 내 손으로 금을 그으면 되는 일이다.

하우스만의 말마따나 〈오늘〉은 여생의 첫날.

날마다 좋은 날(日日是好日)이면 그뿐이다.

□

〈디너〉라고 불리는 만찬 모임이 한 달에 한 번꼴로 생긴다. 참석자의 범위는 그날의 주인공 노릇 하는 외부 연사, 한국인 연구원들, 미국인 교직원…… 이렇게 해서 20~30명에 이르는 것이 보통이다. 정장하는 것은 그럭저럭 참을 만한데 식전이나 식간이나 식후에 짤막한 연설을 해야 하는 부담 때문에 잘라 먹은 고깃점이 배 속에서 풀어지지를 않는다. 실수 없이 멋들어지게 해내고 싶다는 욕심이 마음의 짐을 더욱 무겁게 하기 때문일 것이다. 스피치의 부담 때문에 먹은 것이 살로 가지 않겠다.

만찬이 끝나고 한국인끼리 어울릴 때면 모국어를 지껄이는 행복이 그렇게 오붓할 수가 없다.

오늘도 웨이트리스에게 여지없이 당하고 말았다.

당할 때마다 정신을 가다듬어도 하릴없다. 부정 의문문에는 한 번도 제대로 대답해 본 적이 없다.

「식사 안 끝나셨죠?」

「응.」

무심결에 그렇다고 대답했는데 접시를 걷어 가버린다. 끝나지 않았으면 〈아니〉라고 대답해야 하는데 우리말 구조에 버릇 들어 있어서 제대로 안 된다.

한 번 성공해도 두 번 성공하기는 어렵다.

「미국 시민권자 아니시죠?」

「아니오.」

여기까지는 성공이다.

「그럼 영주권자도 아니신가요?」

「네.」

이렇게 대답하면 상대방은 나를 틀림없는 영주권자로 여기고 그린카드를 보자고 한다.

「마인딥, 담배 좀 피우면…….」

헤드테이블에 앉은 초청 연사가 나에게 이렇게 묻는데, 〈마인딥〉이라는 말이 들리지도 새겨지지도 않는 내 귀에는 영락없이 〈담배를 피워도 좋을까요〉로 들렸다.

무심결에, 〈네, 물론이죠〉 하고 대답했는데 그 초청 연사는 주머니로 들어가던 손을 내리면서 무추름해한다. 한국인 교수가 수습해 주어서 알게되었지만, 〈담배를 피우면 당신 기분이 상하시겠습니까〉 하고 물은 그 초청 연사의 질문에, 나는 〈물론 상하고말고요〉 하고 대답해 버린 셈이 된다.

부정 의문문이 어째 이렇게 어려우냐고 하소연을 했더니 그 교수는, 자기는 10년을 살아도 잘 안 되는데 자기 아들은 미국으로 온 지 1년도 채안 되어 척척 받아 내더란다. 자기 영어는 의식적인데 견주어 자기 아들의 영어는 반사적이기 때문에 그렇단다.

영어에 관한 예비 지식이 전혀 없는 어린아이의 영어 익히기와 같은 경우인 어른의 영어 익히기……. 예비 지식이 없을 경우, 어른은 어린아이의 상대가 되지 못한다. 어린아이들은 암기와 기억의 재생 과정을 통하지 않고도, 체험한 언어를 훌륭하게 재생해 낸다. 어린아이의 반응은 반사적인데 견주어 어른의 반응은 의식적이라고 한 그의 말이 옳다. 한국의 어린아

868

이는 미국에 온 지 1년이 채 못 되어 영어 감탄사를 쓴다던가.

그러나, 희망 사항에 지나지 않을지 모르나 어린아이의 영어와는 다른 측면이 내 영어에는 있다.

영어를 말할 때마다, 다리를 몹시 다치고 정형외과에서 물리 치료를 받고 있는 회복기 환자가 생각나고는 한다. 물리 치료를 받고 있는 그 회복기의 환자는 비록 사고로 마비되어 있기는 하나 두 다리로 걸은 풍부한 경험의 소유자다. 다리의 근육만 풀리면 그는 의식을 가동시키지 않아도 걸을 수 있을 것이다.

비록 문어를 통한 것이기는 하나, 나에게도 영어 체험이 있기 때문에 그런 연상을 했기가 쉽다. 나의 근육은, 회복기 환자의 근육이 그렇듯이 땅을 박차고 달리는 학습은 어느 정도 되어 있는 셈이다. 따라서 나는 그 회복기의 환자처럼 일정한 물리 치료의 과정만 거치면 걸음마를 배우는 어린아이보다 먼저, 그리고 더 빨리 대지를 가로지르며 달릴 수 있을 것이다.

영어 생활에서 드러나기 시작하는 현상 몇 가지. 침묵의 언어에 속하던 내 영어 단어 하나하나가 이윽고 소리의 언어가 되어 구체적인 의미 전달의 현실에 합류해 나가는 것……. 문어와 구어와의 만남……. 이것은 굉장한 경험이다.

나에게 외국어의 단어는 작은 연인들이다. 연인과 만날 때 통역을 세우다니. 침묵의 세계에서 홀로 속삭여 보던 단어의 울림과 같은 단어의 현실 세계에서의 울림……. 침묵 속에서의 울림이 사진을 통한 연인과의 만남이라면, 현실 세계에서의 울림은 따뜻한 실물과의 만남이다. 따라서 시시각각으로 작은 연인들을 애무하는 셈인데, 나는 이 흥분을 조금도 감추고 싶지 않다.

이 흥분은 순수한 것이지 사대적인 것이 아니다.

연인들과의 의기투합이 지진하기는 하다. 가령 〈어포인트〉라는 단어가 귀에 들어올 경우, 이 말을 〈약속〉으로 새기고 있을 동안 화자의 말은 저만치 나가 버린다. 그래서 되도록 화자의 키워드를 붙잡으려고 애를 쓴다.

단어를 번역하는 속도가 조금씩 빨라지기 시작하면서부터는, 단어는 귀에 들어오는데 문장의 전체적인 의미가 파악되지 않는 과정이 온다……. 여기에서 몇 달을 더 지냈더니 어느 날 어느 순간부터 문장이 귀에 들어온다. 그러나 문장은 들리는데 여전히 대의(大義)가 들어오지 않는다.

이 기간이 꽤 오래 계속되는 것으로 미루어, 내 영어는 한동안 여기에 머물 조짐이 보인다.

베델은 다민족 사회이다. 사람은 영어의 발음을 인식하되 저희 민족 언어의 음운 표기 체계에 맞추어 인식하는 듯하다. 한 마리 새의 울음소리를 듣는 데도 표기하는 방법이 각기 다른 것도 그 때문일 것이다.

중국인에게는 설전음 〈R〉과 설측음 〈L〉을 모두 〈L〉로 발음하는 경향이 보인다. 일본인에게는 〈R〉과 〈L〉을 모두 〈R〉로 발음하는 경향이 있는 듯하다.

내게도 비슷한 현상이 생긴다. 우리말에는 설전음과 설측음이 따로 있다. 사투리에서는 엄격하게 지켜지지 않고 있기는 하나 초성 리을은 〈R〉에 속하고 종성 리을은 〈L〉에 속할 것이다. 그러나 우리말에서는 종성 리을도 그다음 음절에서 모음을 만나면 초성 리을, 곧 설전음인 〈R〉로 변하는 특성이 있다. 이 때문에 〈말이 풀을 먹는다〉를 발음할 경우, 〈말〉의 받침 리을은 분명히 설측음 〈L〉에 해당하는데도 불구하고 〈마리 푸를 먹는다〉고 하지, 〈말리 풀를 먹는다〉고는 하지 않는다.

〈R〉과 〈L〉의 발음 구분이 잘 안 되어 단어의 두문자일 경우 〈R〉은 〈으르〉, 〈L〉은 〈을르〉로 발음하는 훈련을 혼자 해본다. 40년 동안이나 강화된 내 혀의 주체성. 자존심이 강한 혀가 되어 있다.

미국인으로부터 부사의 어미 〈-ly〉의 발음이 자꾸만 〈-ry〉에 가깝게 들린다는 지적을 받게 되는 것을 보면 초성은 곧잘 발음하다가도 다음 음절에서 모음이 올 경우 〈L〉을 〈R〉로 만들어 버리고는 하는 모양이다. 천상 조선 사람이다. 〈R〉과 〈L〉이 겹쳐지는 〈girl〉 같은 단어의 발음은 영원히 잘해 내지 못할 것 같다.

우리에게는 영어 단어의 음절 사이에 든 〈R〉을 발음하지 않는 경향, 〈B〉와 〈V〉, 〈P〉와 〈F〉를 구분하지 않는 경향이 있다. 한국어 일상 회화에 영어 단어를 섞어 쓸 때는 한국어 음운 체계에 맞추어 발음해야 하는, 일종의 국수주의적인 정서에 훈련되어 있기 때문일 것이다. 〈아〉와 〈어〉의 중간 발음도 〈아〉 아니면 〈어〉로 치우치게 발음하는 특징이 있다. 그래서 우리가 자주 쓰는 〈중요한 사람man of importance〉이라는 말이 미국인의 귀에는 더러 〈성불구자man of impotence〉로 들리기도 하는 모양이다.

〈P〉와 〈F〉를 구별하는 것까지는 좋은데 도가 넘치는 바람에 창피를 당했다는 사람의 이야기. 주차장의 경비원에게, 〈여기에 주차해도 좋은가요 Can I park here〉 하고 물었더니, 경비원이 빙그레 웃으면서 〈커튼 가리고 하세요〉 하더라고 했다. 경비원의 귀에는 〈주차한다〉는 말이 상스럽게도 〈퍽fuck〉으로 들렸던 모양이다.

〈P〉와 〈F〉, 〈아〉와 〈어〉의 구분, 단어 속에 든 〈R〉의 발음에 소홀한 결과. 타산지석으로 삼을 일이다.

그리스 신화와 신구약 성서에 등장하는 고유 명사의 영어식 발음을 익히지 않으면 대화는 물론이고 프리젠테이션은 어차피 절망적일 수밖에 없겠다. 〈다윗〉이 〈데이빗〉이 되고, 〈야고보〉가 〈제임스〉가 된다는 것 정도를 아는 것으로는 어림도 없겠다. 선지자 〈엘리야〉는 〈일라이쟈〉가 되고, 여신 〈아프로디테〉와 〈디오뉘소스〉가 각각 〈애프로다이트〉, 〈다이오나이서스〉가 될 때는 눈앞이 캄캄해진다.

□

슈퍼마켓 바닥에 미끄러지다.

바닷가재 수조에서 물이 새어 나왔던 모양.

점원들이 우르르 달려와서 나를 일으키고, 매니저가 달려와 백배사죄한다. 사죄가 어찌나 간곡한지 내가 오히려 송구스럽다. 환갑을 저만치 넘겼음 직한 노인이, 〈있을 수 없는 일〉이라면서 매니저를 몹시 꾸짖는다. 노인은 나에게, 슈퍼마켓을 고소하면 자기가 증인이 되어 주겠다고 했다.

꼬리뼈 언저리가 아픈 것은 견딜 만한데 넘어지는 순간의 긴장이 부담이 되었던지 허리가 몹시 무겁다. 무거운 허리를 소파에 눕히고 텔레비전을 트는데 공교롭게도 변호사 사무실 광고가 한눈에 들어온다. 나 같은 사람의 소송을 대신해 주겠단다. 피해 배상금을 받아 내기까지는 돈이 한 푼도 들지 않는단다. 눈길에서 넘어져도, 그 눈을 치워야 할 책임이 있는 사람이 반드시 있을 것이므로 그를 걸어 고소할 수도 있단다.

사회 정의 실천을 바라는 내 의욕은 그렇게까지 뜨겁지는 않다.

어떤 지방이나 나라에 오래 머물 경우 그곳에 대한 기행문이나 풍물지를 쓰려면 바로 시작하라는 말이 생각난다. 조금 지나면 신기해 보이던 풍물이 도무지 새삼스러워 보이지 않게 되기 때문이란다.

미국에 도착한 직후 대형 식료품 가게 바닥에 서 있던 A 자 꼴 〈웨트 플로어(바닥이 젖어 있음)〉 표지를 유심히 본 적이 있다. 물걸레질이 갓 끝난 바닥이 미끄러우니까 주의하라는 표지……. 그 표지를 보면서, 참 친절하기도 해라 싶었겠다.

친절 좋아하시네……. 어떤 풍물에 대한 피상적인 견해를 주의할 것.

□

4월……. 이곳에서는 〈마뇰리아〉로 불리는 목련 꽃은 필 생각을 않는다. 베르테르의 편지를 읽는 것도 아직은 때가 아니다.

눈이 녹으면서 강물이 분다. 강물이 아주 흙탕물인 것은, 땅이 너무 기름져서 그렇단다. 아닌 게 아니라 전봇대 세우는 공사 현장을 유심히 보았더니 시커먼 흙으로 이루어진 표층이 근 한 길이 된다. 표층이 한 뼘도 못 되는 내 고향 땅을 생각한다. 〈금수강산〉이라는 척박한 땅의 미명.

학교 구내의 눈이 녹으면서 겨우내 눈 속에 묻혀 있던 시체가 두 구나 발견되었다는 우울한 소식이 학교 신문에 실린다. 둘 다 흑인이란다.

킬리만자로…….

□

기온이 영하 20도를 오르내리는데도 파랗던 잔디가, 봄이 오는데도 누렇게 죽어 가는 것이 이상했다. 추위에는 강한데 가뭄에는 그렇게 약할 수가 없단다. 봄비를 맞으니 언제 그랬더냐는 듯이 생기를 되찾는다.

맨발로 답청하다가 크게 실망했다. 잎이 칼날같이 매서워서 맨발로 밟다 보면 발바닥이 따끔거리다 못해 얼얼해지고는 하던 고향의 잔디…….한증막에서 냉탕으로 옮겨 갈 때 경험하던 피부의 감촉과 비슷했다. 그러나 이곳 잔디는 잎이 부드럽기가 짝이 없어서 답청의 재미가 하나도 없다.

□

5월……. 잎이 돋아나는 속도가 믿기지 않을 만큼 빠르다. 2~3일 전까지만 해도 아파트 창가에서 학교 체육관이 보였는데, 어느 순간부터 그 체육관이 무서운 속도로 무성해 진 활엽수의 캐노피에 가려져 버린다.

북국의 나무에게는 일정한 조건만 주어지면, 서둘러 한살이를 완료하려고 몹시 서두는 경향이 있단다. 하기야, 6월이 되어야 녹음이 짙어졌다가 9월이면 떨어지기 시작하니까 무리도 아니다.

〈몽골 버섯〉이라는 말이 생각난다. 몽골의 메마른 초원에서도 버섯이 자라기는 한단다. 초원은 비가 내리기가 무섭게 말라 버린다. 그러므로 버섯으로서는 바쁘지 않을 수 없다. 밤사이에 한살이를 완료하지 않으면 다음 날은 말라 버릴 것이므로, 따라서 몽골의 버섯은 민첩하다.

버섯이 돋아나자마자 거기에 알을 까는 몽골의 나비는 버섯보다도 더 민첩하단다. 나비의 알은 버섯이 피어 있는 하룻밤 사이에 유충기를 완료하고 용화하지 않으면 안 된다. 몽골의 버섯에게나, 그 버섯에 알을 까는 나비에게나 그 하룻밤은 한세월이다.

873

하우스만 선생…… 한국인의 오버페이스를 너무 탓하지 마시오. 일정한 면적에 쥐를 풀어 놓으면 그 수가 불어날수록 쥐의 성정은 그만큼 조급해진다고 합디다. 당신이 조심스럽게 비판한 우리 한국인의 조급해하는 심성은 그나마 두 도막으로 나뉜 좁은 땅덩어리, 그리고 숨 가빴던 현대사와 무관하지 않을 것이고, 미국인이 대체로 유장한 것은 이 가면 자원과 넓은 땅덩어리와 무관하지 않을 겁니다.

내 말이 믿기지 않거든 이 북국의 나무들을 좀 보세요. 저렇게 조급해하지 않나요. 저렇게 조급해하는 것이 어찌 이 북국의 여름 짧은 것과 무관할까요. 당신이 살던, 내 고향 경상도의 나무가 저렇게 경조부박을 떱디까?

땅의 넓이가 눈에 보이는 생존의 조건이라면 여름의 길이는 눈에 보이지 않는 존재의 조건일 것이외다.

□

낚시터에서.

윌리엄 나일즈 노인.

낚시질을 하고 있는데 그가 다가와 나에게, 〈몇 시가 되었소?〉 하고 묻는다. 그에게, 나는 한국에서 배운 영어로 시각을 가르쳐 준다.

「어 쿼터 투 식스 어클락(6시 15분 전입니다).」

노인이 껄껄 웃는다.

왜 웃으십니까…….

「당신, 고색창연한 영어를 쓰고 있군요. 이제 그런 영어는 쓰는 사람이 자꾸만 줄어들고 있어요.」

왜요?

「바늘 대신 숫자가 나오는 시계 탓일 거요. 숫자만 나오는 시계에는 〈몇분 전〉이라는 게 있을 리 없지 않아요?」

그럴 것이다.

바늘 시계의 문자판은 우리가 쓰고 있는 일정표와 같은 것이다. 거기에

874

는 써버린 일정도 있고, 쓰이지 않은 일정도 있고, 기록되지 않은 일정도 있다. 말하자면 과거도 있고 현재도 있고 미래도 있는 것이다.

디지털 시계의 숫자판에는? 거기에는 〈지금〉밖에는 없다. 오로지 지금의 시각만이 깜빡거릴 뿐 과거와 미래는 캄캄하다. 거기에는 〈5시 45분〉이 있을 뿐, 〈6시 15분 전〉은 없다.

문명이 언어의 습관을 간섭하는 증거. 서울에서 했던 황당한 경험과 맥이 닿는다.

미국으로 오기 전 한 출판 회사에 전화를 걸어, 어떻게 하면 그 회사에 이를 수 있느냐고 물었더니 여직원 왈…….

「홍익대학교에서 한강 쪽으로 직진하다가 상업 은행 못 미쳐서 우회전하시고, 조금 오시다가 〈평양면옥〉에서 좌회전하시면 우측으로 빨간 벽돌 건물이 보일 겁니다. 그 건물 3층입니다.」

빌어먹을…….

일단 나를 자동차 운전자로 상정하고 쓰는 이 무신경한 표현법. 나는 자동차를 몰고 가던 길이 아니고 털신털신 걸어서 가는 길이었다.

야, 그런데 나더러 〈좌, 우회전〉하고, 〈직진〉하라는 것이냐? 그리고…… 길을 가르쳐 주려면 묻는 사람 입장에서 가르쳐 주어야지 네 입장에서 가르쳐 주면 어쩌냐? 너야 〈상업 은행〉이 어디에 붙어 있는지 잘 알아서 거기에 못 미쳐서 우회전하면 되겠지만, 은행이 어디에 붙어 있는지도 모르는 내가 어떻게 거기 못 미쳐서 우회전 할 수 있느냐? 초행인 사람은 그 앞을 지나 봐야 은행인 줄 알 것이 아니냐?

이런 뜻에서 그 여자가 쓴 언어는 자기중심적인 자동차 시대의 언어이다.

일맥상통하는 이 두 에피소드에 유념, 한 시대와 그 시대에 속하는 표현 문법 사이의 거리를 한번 점검해 보면 안 될까? 시대가 변했는데도 재바르게 그 언어에서 시대의 변화를 읽지 못하는 태도야 내가 취할 바가 못 된다.

각주구검이라는 말이 새삼스럽다.

시대가 변하면 재빠르게 그 언어에서 시대의 변화를 읽는 데까지는 가 있어야 할 터이다. 눈으로 본 바를 어림 살펴 그 뜻을 헤아리고(乘望風旨), 낌새에 따라서 손속을 꾀한다(見機而作)……. 언어의 변화에서 시대의 변화를 읽어 내는 사람이라면 가히 〈승망풍지〉에 〈견기이작〉은 하는 셈이겠다.

비구름은 먼저 기둥을 습하게 하는 법(雲蒸礎潤). 기둥이 습해지는 것을 보고 비가 올 것을 짐작할 수 있으면 참 좋을 것이다. 숫자판 시계가 바늘 시계를 밀어내는 것을 보고 미리 〈6시 15분 전〉이라는 어법이 점점 사라져 갈 것이라고 예견할 수 있으면, 자동차 문화가 보급되는 것을 보고 〈좌, 우회전〉, 〈직진〉 같은 말이 보편화될 것임을 어림해서 헤아릴 수 있다면, 가히 선견지명을 얻었다고 할 만하다.

문득 생각이 표현의 문법, 번역의 문법에 관한 문제에 미친다.

가장 한국적인 것이 가장 세계적이라는 주장이 맞기는 맞는가……. 이거 미신 아닌가……. 우리 문화가 어떤 의미에서 특수한 문화이기는 하다. 그런데 그 특수한 것을 특수한 모습 그대로 가만히 놔둬도 마침내 보편성을 획득하게 되는 것일까. 되게 한국적인 것을 되게 한국적인 것으로 고집하면 필경은 그게 세계적인 것이 되고야 마는 것일까…….

우리가 사는 이 시대는 종교 현상학이니 문화 인류학이니 민속학이니 하는 학문이 있어서 남의 나라 종교나 문화나 민속을 보편적인 술어로 꿰어 내는 것이 어느 정도까지는 가능한 시대이다. 그 술어의 그물코가 꽤 촘촘해서, 웬만큼 이 방면을 훑어본 사람에게는 한 문화를 그 술어에 따라 번역하는 것이 가능해진 시대……. 이런 시대에 우리 문화를 보편적인 술어, 보편적인 이미지로 번역해 내는 일에 관심을 좀 기울이면 안 될까?

이 시대는, 표현 정서가 지나치게 특수하고 함의가 지나치게 복잡한 문화, 너무 긴 각주를 요구하는 문화는 사용 방법이 너무 복잡한 전기 제품처럼 시장성이 없어지는 시대가 아닐는지.

언필칭 〈글로벌 빌리지, 글로벌 빌리지〉 하는데, 우리의 전통문화는 이 시대를 어떻게 맞으면 좋을지. 그대로 두어야 할는지, 아니면 지구촌의 언어로 번안해 내어야 할는지.

□

세 번째의 만남인가…….

윌리엄 〈클라우드〉 나일즈 영감.

〈클라우드〉라는 미들네임이 왜 괄호 속에 들어 있느냐고 물었더니, 자기가 별명으로 지어 붙인 거란다. 말하자면 아호(雅號)인 모양이다.

이름 안에 들어 있는 괄호의 의미를 이제 알겠다.

「왜 하필이면 〈클라우드〉지요?」

「구름이 좋아서.」

「왜요?」

「그냥. 왜 안 돼?」

구름 운(雲) 자를 써서 자호(自號)한 노인……. 구미가 확 당긴다.

「윌리엄 클라우드 나일즈 씨, 직업이 무엇이오?」

「그냥 〈클라우드〉라고 불러. 저기 보이는 〈나일즈 태클 샵(나일즈 낚시용품점)〉이 내 거야.」

「주 중인데, 장사 안 하고 낚시질을 해요?」

「장사는 주말에 하지. 어차피 주 중에는 손님도 별로 없거든.」

「주 중에는 늘 이렇게 낚시질을 해요?」

「할 만한 게 이것뿐이잖아?」

「물고기 요리 좋아해요?」

「아니야. 잡아서 다 놓아줘.」

「말하자면 놀이군요?」

「그냥 이러고 살아.」

「…….」

「젊을 때는 굉장히 열심히 살았어. 돈도 벌어 보았고, 나라가 시키는 일은 뭐든지 했어. 유럽에서도 싸웠고, 한국에서도 싸웠지만 헛거야. 돈 버는 게 가장 힘들었는데 그것도 헛심부름이다 싶더군. 자식 키우는 데 재미를 들였지만 그것도, 훌훌 떠나보내고 나니 그리워해 봐야 나만 손해다 싶어. 믿을 것은 자연밖에 없다는 생각이 들어. 자연을 즐기면서 이러고 살아.」

「자연이 영감의 사랑을 보상해 줍디까? 그거 짝사랑 아닌가요?」

「보상 바라다가 마음만 다쳤는데 또 그걸 바라? 나, 바보 아니라고. 짝사랑이 좋다고.」

「폼 나네요? 말하자면 엘레멘탈리스트로군요?」

「나는 어려운 말 잘 몰라.」

「대기, 물, 불, 땅…… 그리스 사람들은 이 네 가지 엘레멘트(근원적인 요소)야말로 세계를 구성하는 것이라고 믿었지요. 이런 것에만 믿음을 기울이는 사람이 곧 엘레멘탈리스트지요. 당신의 별명인 〈클라우드〉도 결국은 대기에 속하는 것이니까, 당신이야말로 엘레멘탈리스트라는 겁니다.」

「재미있군.」

「주앙쯔(莊子)라는 사람은요, 사람은 마땅히 시비선악을 넘어 자연을 있는 그대로 살아야 한다고 했어요. 우리 한국에는 주앙쯔 모르는 사람은 거의 없지요.」

「……」

「소로의 『월든』이라는 책 알지요? 그 양반은, 조직이나 권위나 재물 같은 것은 내적인 삶의 원수라고 했어요. 훌륭한 엘레멘탈리스트 아닌가요?」

「주앙쯔는 이름만 들었고…… 헨리 데이비드 소로는 나도 읽었는데, 그렇게 훌륭한 사람이던가? 내 생각과 아주 같구먼. 마음에 드는데?」

「루소를 모르지 않겠지요? 인위와 문명이 사람을 아주 부자유스럽고 불평등하게 만들었으니까, 사람은 마땅히 자연으로 되돌아가야 한다고 했어요. 지금은 너무 늦었지만요.」

「루소는 문명을 말한 것인데……. 안 늦었어. 그 사람도 혼자 돌아갔고 나도 혼자 이렇게 돌아와 있거든. 혼자 돌아가면 돼. 당신도 돌아오지그 래. 책은 확 불 싸질러 버리고…….」

「책이 가르쳐 줬는데 책을 불 싸질러요? 책을 읽지 않았으면 나 같은 사 람은 아무것도 모르는 채로 죽었을 거라고요. 엘레멘탈리스트는 마음이 있는 사람이나 짐승 같은 것 대신, 마음이 없는 자연에만 믿음을 기울이지 요. 마음이 있는 것은 변하지만 마음이 없는 것은 변하지 않으니까요. 마 음이 없는 것에 믿음을 기울이는 것이야말로 영원에 귀의하는 것이 아닌 가요?」

「그건 굉장하군. 그러고 보니 나도 엘레멘탈리스트야. 이름을 짓고 나니 아주 근사한데? 나는 어떤 주의 주장에도 속하지 않는 줄 알았더니…….」

「우리 한국의 선비들은 별명이나 집 이름 짓는 걸 아주 좋아하는데요……. 여기에 단골로 들어가는 말이 〈달, 별, 돌, 바위, 바람, 구름, 바다, 강, 시내, 풀, 나무〉 같은 단어, 다시 말해서 마음이 없는 자연물의 이름이지요.」

「왜 그런 단어들로 별명을 삼는데?」

「그런 것들과 비슷하게 살아 보겠다는 거지요. 말하자면 자기의 이상적 인 삶의 모습을 거기에서 발견했던 거지요. 마음이 없는 것들에게서…….」

「와우, 천재적인 엘레멘탈리스트들이네.」

□

낚시터에서의 명상? 미국의 낚시터에서는 이것이 불가능하다. 미끼를 갈아 주기가 바쁘다. 그렇다면 이것은 차라리 어업 아닌가. 계속할 것인 지, 그만둘 것인지 고려해 볼 것.

여름 낚시터에는 모기가 많다. 낚시꾼을 떠메고 갈 것처럼 많다. 이걸 불평하는 나에게 클라우드 노인이 묻는다.

「미국이 살기 좋은가?」

「좋군요.」

「모기에게도 좋아.」

□

오대호의 하나인 미시간 호를 바라본다. 우리나라 땅 넓이의 반이 된다니 넓기는 넓다. 물에 소금기가 없다 뿐이지 바다와 다를 것이 하나도 없다. 나이아가라 폭포가 필경은 이런 호수에 이어져 있을 테니, 끝없이 물을 쏟을 수 있는 까닭을 이제 알겠다.

그 넓은 미시간 호안에서 만난 갈매기 한 마리. 갈매기가, 파도가 밀려올 때마다 발을 재게 놀리며 모래톱을 오르내리는 것 같았다. 그런데 그게 아니다. 잠깐 그렇게 보였을 뿐이다. 갈매기는 가만히 서 있는데 파도만 모래톱을 드나든다. 갈매기가 보고 있으면 갈매기가 모래톱으로 오르내리는 것 같다. 그러나 오르내리는 것은 파도이지 갈매기가 아니다.

사물을 볼 때마다 미시간 호반의 갈매기를 생각할 것.

□

동북쪽으로 자동차로 열다섯 시간 거리. 현지의 불어 발음으로는 〈몽헤알〉에 가까운 캐나다 퀘벡 주의 〈몬트리올〉.

도로 표지판이 모조리 불어로 되어 있어서 애를 먹는다.

불어로 씌어진 도로 표지판을 떠듬떠듬 읽으면서 문득 알아낸 새로운 사실 하나. 미국에 온 뒤로 애를 먹은 것 중의 하나는 운전하면서 표지판의 영어를 읽는 일이었다. 그게 왜 그렇게 속을 썩이는지 곰곰 생각해 보지 않았다니 어리석다.

한글 표지판에는 글씨가 아무리 많아도 읽는 것이 어렵지 않았는데 영어는 몇 자 안 되는데도 그렇게 어려웠던 이유를 이제야 납득한다. 한글의 경우는 문자로 인식하지 않고 이미지를 그대로 받아들였는데 반해 영어는 혀를 굴리는 문자 인식의 과정을 거쳐야 했기 때문일 것이다. 영어 표지에 어느 정도 익숙해진 것은 문자 인식의 과정이 슬금슬금 생략되기 시작했기 때문이기가 쉽다. 익숙해지면 일단 정지를 알리는 표지판에 〈정지〉라는 문자 대신 〈스톱〉이 씌어 있어도 브레이크에 발이 간다.

880

그런데 이게 몬트리올에서 또 한 차례 시련에 직면한다. 〈스톱〉에서 자동으로 브레이크에 가던 발이 〈아레*arrêt*〉 앞에서는 문자 인식의 고달픈 과정을 고집한다.

문자의 자리에 이미지나 기호가 자꾸만 들어서는 것도 이 때문일 것이다. 문맹자가 많은 나라, 외국인이 많은 나라가 언어의 기호화를 선도하는 이유가 여기에 있을 것이다.

서울에서 출판사를 열고 좋은 책을 내어 보려고 그토록 애쓰더니 그것 들어먹고 캐나다로 이민 온 대학 강사 출신의 이(李) 사장. 몬트리올에서는 〈데빠노〉라는 이름의 구멍가게를 열어 놓고 있는데 불어 때문에 죽을 쓴단다. 장기 이식 수술을 받고도 경과가 좋지 않아서 다시 받아야 하는데, 수술실 앞에서 벗어 놓고 들어가는 신발을 도저히 다시 신을 것 같지 않단다.

자기 땅에서 버림받은 이 사장……. 이제 이승에서도 버림받게 되려는가.

우리는 그를 버리지 말았어야 했다. 북미 대륙에는 우리 땅에서 버림받은 사람들이 많이 살고 있다.

〈제발 잔디를 좀 밟으면서 지나가 주세요.〉

몬트리올의 한 공원 잔디밭에 세워져 있던 표지. 그런데도 잔디를 밟고 지나가는 사람이 없다. 겨울이면 혹한의 서릿발 때문에 이런 표지가 서 있을 것이다. 우리가 옛날 보리밟기를 했듯이, 밟아 주지 않으면 잔디 뿌리가 떠버리기 때문에 밟아 주기를 권하고 있을 것이다.

그러므로 〈잔디밭 출입 엄금〉의 서슬 시퍼런 표지 보기에 버릇 든 우리는 행복한 셈이다. 서울의 땅이 너무 가난해서 잔디밭이 인색하기는 하지만…….

□

사다리…….

사다리의 이미지가 나를 사로잡는다.

땅과 하늘 사이에 가로놓인 사다리.

수성(獸性)과 신성(神性) 사이에 가로놓인 사다리.

이승과 저승 사이에 가로놓인 사다리.

가로장이 하나인 사다리, 둘인 사다리, 셋인 사다리, 넷인 사다리, 다섯인 사다리, 여섯인 사다리, 일곱인 사다리…….

야곱이 브엘세바에서 하란으로 가던 도중 돌베개를 베고 자다가 꿈속에서 보았다는, 천사들이 오르내리더라는 그 사다리……. 성 베네딕투스가 오르내렸다는 그 사다리……. 부처의 발자국이 찍혀 있다는 그 사다리……. 이집트의 호루스 신이 올랐다는 그 사다리……. 믿는 자와 알라신 사이에 놓여 있다는 모하메드의 사다리…….

사람이 인성을 벗고 영원한 평화에 이르자면, 수피교도는 일곱 골짜기를 건너고, 힌두교도는 일곱 차크라를 차례로 육화해야 하고, 불자는 일곱 가로장 사다리에 올라야 한다.

우리는 가로장이 몇 개인 사다리를 올라야 하는가.

카잔차키스의 세 가로장 사다리.

하나, 정치적 압제자에게 저항하는 가로장. 조직 종교와 합류하여 〈주여, 나는 당신의 활이올시다. 당겨 주소서〉, 이렇게 기도하는 가로장.

둘, 그의 마음속에 들어 있는 또 하나의 정치적 압제자인 무지와 편견과 공포와 악의와 형이상학적 추상에 저항하는 가로장. 〈주여, 너무 세게는 당기지 마소서. 그러면 부러질 것입니다〉, 이렇게 기도하는 가로장.

셋, 형이상학적 추상에서 자유로워진 자리에 들어선 또 하나의 추상에 저항하는 가로장. 〈주여, 마음대로 당기소서. 부러진들 어떠하리까〉, 이렇게 기도하는 가로장.

882

피터 버거의 세 가로장 사다리.

하나, 외재화의 가로장.

둘, 객관화의 가로장.

셋, 내재화의 가로장.

포이스의 세 가로장 사다리.

하나, 우리들이 알고 있는 세계 위에 존재하는, 보다 평화롭고 보다 감미로운 세계를 인식하는 가로장.

둘, 우리가 알고 있는 세계를 총체적으로 받아들이는 가로장.

셋, 종교가 제공한다고 주장하는 보다 평화롭고 감미로운 세계에의 유혹을 거부하고 싸우는 가로장.

윌포드 하우스만의 세 가로장 사다리.

하나, 수성의 그물에서 벗어나 사람의 그물에 드는 가로장.

둘, 인성의 그물에서 벗어나 신성의 그물에 드는 가로장.

셋, 마침내 신성의 그물에서도 벗어나는 가로장.

불교가 가르치는 일곱 가로장 사다리.

하나, 육신의 가로장. 이생 범부가 머물다 가는 가로장. 유물론자가 더이상 오르기를 포기한 가로장. 라즈니쉬에 따르면 파블로프와 스키너 같은 생리학자, 행동 심리학자의 가로장.

둘, 정신과 육신이 상호 작용하는 가로장이다. 정신과 물질이 상호 환원이 가능한 정신 역동의 가로장. 배꼽 아래에서 어두운 신을 찾아 헤메는 로런스의 가로장, 범성욕주의자 프로이트의 가로장.

셋, 정신의 가로장. 애들러 같은 정신 분석학자의 가로장.

넷, 정신과 영성이 상호 작용하는 가로장. 프로이트나 애들러를 저만치 뛰어넘는 칼 구스타프 융의 가로장.

다섯, 영성의 가로장. 조직 종교의 가로장.

여섯, 영성 초월의 가로장. 요가의 가로장. 사다리를 버리는 가로장. 통발을 버리는 가로장. 똥 속에서 도를 보는 가로장. 똥 작대기에서 불성을 읽는 가로장.

일곱, 해탈의 가로장. 가로장 없는 사다리······. 바닥 없는 배······.

〈소 콜드so called〉 과인(過人)의 세 가로장 사다리, 그 하나.

하나, 물리적 변화를 바탕으로 하는 변형(變形)의 가로장. 으깨어진 포도가 포도즙이 되는 가로장.

둘, 화학적, 연금술적 변화를 바탕으로 하는 변성(變成)의 가로장. 포도즙이 포도주가 되는 가로장.

셋, 초물질적 변화를 바탕으로 하는 변역(變易)의 가로장. 포도주의 취기가 시가 되고 유익한 농담이 되는 가로장.

과인의 세 가로장 사다리, 그 둘.

하나, 신성을 빙자하였으되 사실은 지극히 세속적인 의미 체계로 이루어진 환상의 가로장. 의미의 가로장. 무리 짓는 철학을 위한 가로장.

둘, 의미 체계의 배후를 직시하고 거기에 합류하기를 거절하는 존재의 가로장. 탈의미의 가로장. 벗어나는 철학을 위한 가로장. 삶이 다하는 순간에 그가 서 있을 가로장이 이것인가······.

셋, 슬그머니 우상으로 자리 잡는, 벗어나는 철학에서도 마침내 해방되어 홀로 서는 가로장. 세상 지나가기가 끝났을 때 그가 서 있을 가로장이 이것인가······.

왕지환(王之渙)의 「관작루에 올라」.

해는 산 끝에 지고 황하는 바다로 든다. 천리를 보고자 하면 한 층을 더 올라야 하리(白日依山盡 黃河入海流 欲窮千里目 更上一層樓)······.

한국인 연구원들만의 여름휴가.

특강 형식의 프리젠테이션을 준비하라는 학교의 주문을 받고 두서없이 해보는 생각…….

「사다리를 찾아서」라는 제목의 3부작 특강을 구성한다. 제3부는 영원히 불가능할 터인 3부작…….

□

당송의 시문(時文)에 가로막혀 내 목소리가 나오지 못한다.

미국 땅에서 당시(唐詩)와 송사(宋詞)를 새롭게 만난 것은 다 가을 탓이다. 어릴 적에는 이백의 기개가 좋더니 아무래도 왕유의 아취만 못해 보인다. 왕유가 가슴을 저민다.

달이 갓 떠, 가을 밤이슬이 아직은 차지 않다. 홑옷이 얇은 듯해도 굳이 갈아입을 생각이 없다. 밤늦도록 거문고를 뜯을 뿐, 빈방이 두려워 차마 들어가지 못한다(桂魄初生秋露微 輕羅已薄未更衣 銀箏夜久慇懃弄 心怯空房不忍歸).

남송 때 사람 신기질(辛棄疾)은, 이백보다는 왕유가 좋아지는 내 속을 들여다보고 있는 것처럼 이렇게 쓴다.

어릴 적에는 〈수심〉이 무엇인지 모르고 높은 데 오르는 것만, 높은 데 오르는 것만 좋아했었지. 시를 쓸 때는 공연히 없는 수심도 있는 것처럼 썼었지(少年不識愁滋味 愛上層樓 愛上層樓 爲賦新詩強說愁).

그런데 이제 수심의 뜻을 알겠다. 돌아가고 싶다고, 돌아가고 싶다고 말하고 싶지만, 않으리라. 그저 가을 날씨가 참 좋군요. 이렇게만 말하리라(而今識盡愁滋味 欲說還休 欲說還休 却道天凉好個秋).

이따금씩 게으르게 게으르게 재인을 그리워하는 마음을 이상은(李商 隱)은 어찌 아는지…….

그대 떠나니 물결은 난간에 차고 매미 소리 그치니 나뭇가지가 이슬 에 젖는다. 사무치게 그대 그리워하노라면 시간이 어찌 가는지 모르겠 다. 북두성 있는 곳은 봄처럼 아득하고, 서울에서는 소식이 어찌 이리 더딘가. 행여 꿈에나 보이라고 빌어 보고 싶어도 새사람 생겼을까 두려 워서 그러지도 못한다(客去波平檻 蟬休露滿枝 永懷當此節 倚立自移 時 北斗兼春遠 南陵萬使遲 天涯占夢數 疑誤有新知).

술이 몸을 해친다고?
마음도 해치는가?
이상은이 옳다.

……인심이 사나와 새 친구는 만나기가 어렵고 옛 친구 좋은 연분은 끊긴 지 오래. 애끓어 마시는데 술값 몇 천 달러쯤이야(新知遭薄俗 舊好 隔良緣 心斷新豊酒 鎖愁斗幾千).

황정견(黃庭堅)도 옳다.

국화 송이에 냉기가 도는데, 사람이 얼마나 산다고 술잔을 말리는가. (……) 취중에 머리에 꽃 꽂으니 (……) 황국과 백발이 어울리지 않으면 어떠랴, 괘념하지 않으련다(黃菊枝頭生曉寒 人生得意酒需乾 (……) 醉裡 簪花 (……) 黃花白髮相牽挽 付與時人冷眼看).

이청조(李淸照)의 글은 한재인의 글처럼 단정하다. 그러나 이청조에게 는, 〈오래 자고 났는데도 술기운이 가시지 않는다(濃睡不消殘酒)〉는 풍류

가 있다. 한재인은 강하고 이청조는 약한가? 천만에……. 한재인은 약해
서 강한 척할 뿐이고 이청조는 강해서 약한 척하는 것일 뿐.

……고독이 마음을 상하게 하지 않는다고 하지 말라. 대발이 서풍에
일렁거리니 비로소 사람이 국화보다 연약하다는 것을 알겠다(莫道不消
愁 帘卷西風 人比黃花瘦).

진자앙(陳子昂)과 함께 유주대(幽州臺)에 오른다. 〈수심〉이니 〈술〉이니
〈황국〉이니 하는 것들이 일시에 부질없어진다. 이 진백옥(陳白玉)의 눈물
에 나는 한 방울 보태지도 빼지도 못한다.

앞을 보아도 먼저 간 사람 보이지 않고, 뒤를 보아도 장차 올 사람 보
이지 않는다. 유유한 천지를 생각하자니 홀로 망연해서 눈물이 난다(前
不見古 後不見來者 念天地之悠悠 獨愴然而涕下)…….

49
아웃사이더의 사다리

제1부 무리 짓는 철학, 혹은 의미의 철학

엘클레이크……. 엘크의 호수가 참 아름답지요?

잘 아시다시피 〈엘크〉는 황소만 한 사슴을 일컫는 말입니다. 우리말로는 말코손바닥사슴이라고 하지요. 사실 이 엘클레이크 주변에는 엘크가 많답니다. 새벽녘의 이 주위를 운전할 때는 조심할 필요가 있습니다. 엘크와 부딪칠 경우, 소형차는 대형 사고를 면하기 어렵습니다.

옛날 이 호숫가에 살면서 엘크를 사냥해다 고기도 먹고 가죽으로 옷도해 입고 하던 인디언들은 이 호수에 어떤 의미를 부여하기 위해 〈엘클레이크〉라는 이름을 붙였겠지요. 그런 인디언에게 이 호수가 지니는 의미와, 오늘 이렇게 호반의 호텔에 모여 앉아 이야기를 나누는 우리에게 이 호수가 지니는 의미를 한번 견주어 보면 어떨까요? 같을 수가 없겠지요.

인디언들에게 엘크는 〈초자연적인 힘〉을 상징합니다. 수우족 인디언 샤먼 중에 〈블랙 엘크〉라는 이름의 전설적인 샤먼이 있었습니다. 사우드다코타에 살고 있던 이 블랙 엘크는 이런 말을 남긴 적이 있습니다.

〈나는 환상 속에서 세계의 중심에 있는, 이 세상에서 가장 높은 산, 이 세상에서 가장 거룩한 산으로 올라갔습니다. 나의 경우 그 산은 사우스다코타에 있는 하아네이 산이었습니다. 그러나 그런 산은 세계 도처에 있습

니다.〉

놀라운 말이지요? 이 세상에서 가장 높고 거룩한 산이 하아네이 산이라면서도 그런 산은 세계 도처에 있다니 참 놀라운 말 아닌가요? 〈그런 산은 도처에 있다〉는 이 한마디로 블랙 엘크의 말은 무서운 보편성을 획득합니다. 우리도 우리의 하아네이 산을 찾아야 하지 않겠습니까?

그러나 오늘의 문제는 이 호수가 지니는 의미입니다.

조금 전에 한 〈의미〉라는 말을 한번 되풀이해 보기로 하겠습니다.

인디언들에게 이 호숫가는 신성한 사냥터이자 삶터일 수밖에 없었으니 굉장히 뜻깊은 곳이었을 수밖에 없겠지요. 우리에게는 어떻습니까? 우리에게는 쉼터이자 놀이터이지요. 그러니까 아름답고 쾌적할 곳일 뿐이지, 그렇게 뜻깊은 곳이라고는 할 수 없지요. 똑같은 엘클레이크라도 인디언에게 주었던 의미와 우리에게 주는 의미는 이렇게 서로 다릅니다.

오늘은 의미에 대해서 생각해 보는 날이라서 대뜸 이렇게 한번 시작해 봅니다. 의미라고 하는 게 대체 무엇인지요?

학교로부터 이 아름다운 엘클레이크 호반에서 종교 이야기를 좀 하라는 주문을 받았을 때 나는, 사람이 짐승과 다른 방법으로 그 삶을 곧추세워 나가는 철학과 관련시켜 3부작 특강을 구상했었습니다. 종교 이야기를 하루에 다 할 수는 없는 것이지요.

일단 제1부 〈무리 짓는 철학〉과 제2부 〈벗어나는 철학〉, 그리고 제3부 〈홀로 서는 철학〉이라고 이름했습니다만, 여기에 대해서 약간 설명할 필요가 있을 듯합니다.

제1부를 〈무리 짓는 철학〉이라고 한 것은, 사람에게는 어떤 의미 체계로 동화되면서 서로 무리를 지으려는 경향이 있는 것으로 보이기 때문입니다. 이 제1부는 문화 현상이나 종교 현상을 소박하게 한번 검토해 보는 것으로 시작됩니다. 그 까닭은 문화 현상이나 종교 현상이라고 하는 것이 사람이 의미에 갈증을 느끼는 데서, 혹은 하나의 의미 체계로 동화되기를

바라는 데서 비롯되지 않았을까 하는 생각이 앞서기 때문입니다. 그러므로 이 〈무리 짓는 철학〉의 다른 이름은 〈의미의 철학〉이 될 수도 있을 것입니다.

제2부를 〈벗어나는 철학〉으로 부르기로 한 것은, 예외가 없는 것은 아닙니다만, 사람들에게는 하나의 의미 체계에 완전히 동화되는 데 만족하지 않고, 그 의미 체계 자체를 의심해 보는 경향을 보이는 것 같아서입니다. 말하자면 하나의 교리로 굳어진 조직 종교의 의미 체계 안에서 자기 구원을 확신하는 데 그치지 않고 그것을 벗어나고자 하는 호전적인 경향을 보이기도 한다는 것입니다. 그러므로 이 〈벗어나는 철학〉의 다른 이름은 〈탈의미의 철학〉이 될 수도 있을 것입니다.

제3부는 〈홀로 서는 철학〉이라고 한번 불러 보았습니다. 우리는 특정한 의미 체계가, 혹은 이 세상의 회고적이고 보수 지향적인 모든 의미 체계를 떠나 자기만의 철학 체계를 통해서, 혹은 모든 의미 체계나 철학 체계에서 완전히 해방된 상태에서 자기 구원을 성취시킨 사람들을 무수히 봅니다. 무리 짓기의 산을 오르고 벗어나기의 빈 들을 지난 사람들이 홀로 서기의 오아시스를 찾아가는 이 과정은, 건방지다는 말이 두렵기는 하지만 〈해탈의 철학〉이라고 한번 불러 보았으면 합니다.

오늘의 이 〈무리 짓는 철학〉은 적당한 기회가 주어지면 〈벗어나는 철학〉으로 이어질 것입니다. 그러나 〈홀로 서는 철학〉으로 이어질 기회는 영원히 오지 않을지도 모릅니다. 그 까닭은 나중에 말씀드리기로 하겠습니다.

내가 여기에서 〈철학, 철학〉 하고 있습니다만, 이것은 인문학으로서의 철학을 말하는 것이 아니고, 〈그 사람에게 철학이 있다〉고 할 때의 철학, 우리가 〈개똥철학〉 어쩌고 할 때의, 소박한 뜻에서의 철학이라는 걸 강조해 두겠습니다. 한 시대의 철학은 그다음 시대에는 상식이 되는 경우가 자주 있습니다. 나는 이것을 철학의 타락이라고는 보지 않습니다. 철학이 만일에 사물에 관한 분석적이고 비판적인 견해나 제출하느라고 우리 마음의 상처 어루만지기를 거절한다면 무슨 자격으로 유효한 학문이라는 권리를 주장할 수 있겠습니까? 이 이야기가 도무지 학문적일 수 없는 그런 것이기는 합니다만 나는 존재의 기원이나 미래의 본질이나 논하는 정밀하게 조직화한 형이상학으로서의 철학이 아닌, 종교의 유효한 대용물로서의 철학 이야기를 펼쳐 볼 것입니다.

나는 종교와 철학의 언저리를 떠돌고 있는 사람입니다만, 종교학자는 아니고 철학자는 더욱 아닙니다. 나는 학자라기보다는 시인에 가까운 사람입니다. 그래서 나는 나에게 편리할 대로 때로는 종교학자 흉내를 내기도 하고 그게 잘 안 되면 시인 흉내를 내기도 할 것입니다.

야단법석이라는 말 아시지요? 들판에다 차려진, 법문하는 자리가 곧 야단법석(野壇法席)입니다.

어떤 스님이 바로 야단법석에 앉았습니다. 대중은 그 앞에 앉아서 스님이 입을 열 때를 기다렸고요. 그런데 그 스님이 설법을 마악 시작하려는 찰나 가까운 나무에 깃들어 있던 새 한 마리가 그만 노래를 불러 버렸다지요? 그러자 그 스님은 빙그레 웃으면서 법석을 내려오더랍니다. 〈법문 끝났네〉 하면서 말이지요.

종교 이야기가 이렇습니다.

종교라고 하는 것, 혹은 종교학이라고 하는 학문은 이른바 인문 과학의 방법론만 가지고는 그 진수를 규명해 낼 수 없는 괴팍한 학문입니다. 그 까닭은 종교라고 하는 것이 사람의 마음이 일으키는 작용을 아우르고 있기 때문일 것입니다. 절대적인 실체가 번듯하게 있는 것이 아니고, 사람의 마음과 아주 가깝게 닿아 있는 추상적인 것이기 때문에 거기에 가깝게 다가가기가 아주 어려운 것입니다.

종교 이야기를 하다 보면 더러 뜬구름 잡는 것 같은 에피소드가 자주 나오고는 하지요. 언어로 다가가기가 쉽지 않으니까 외곽을 투욱 때리면서 듣는 사람으로 하여금 실체에 다가가게 해야 하기 때문에 이런 일이 자주 생기는 것입니다.

많은 종교학자들은, 종교학이라고 하는 학문의 거대한 흐름을 따라가다가도 그게 너무 어렵고 피곤하면 자기 문학이라는 뗏목을 타고 그 흐름을 타고 떠내려가면서 잠시 쉬기도 합니다.

한국의 어떤 종교학자가 자기의 저서에서, 〈나는 종교학자이지만 늘 비학문적인 동기를 남몰래 숨 쉬고는 한다〉고 고백한 것을 읽은 적이 있습니다. 이것은 종교라고 하는 것이 원래 문학적이기 때문이 아니고 문학이라고 하는 것이 때로 대단히 종교적일 수 있기 때문이 아닐까 생각됩니다. 그래서 종교학자들은 〈종교란 무엇인가〉 하는 질문을 통해서 종교의 본질을 규명해 들어가기보다는, 〈무엇이 종교인가〉라는 질문을 통해서 종교의 현상에 다가가려고 하는 것이지요.

종교를 말로 정의한다는 것은 대단히 어렵습니다. 그러나 어렵다고 해서 말하지 않고 넘어갈 수도 없으니까, 대단히 실례지만, 종교에 관해서 어떤 생각도 해보신 적이 없는 분도 알아들을 수 있도록 쉽게 쉽게 종교의 외곽을 한번 때려 보겠습니다. 쉽게 쉽게 하고자 하는 것은, 어렵게 하자면 내가 먼저 난처해지기 때문이기도 합니다.

종교 이야기에 앞서 문화 이야기를 한 자루 하겠습니다. 내가 문화 이야기를 종교 이야기에 앞세우는 까닭은 곧 분명해질 것입니다.

우리 문화에서 하나의 식물과 하나의 짐승인데도 불구하고 단순한 식물과 동물 이상의 지위를 의미를 획득하고 있는 것이 있습니다.

무엇일까요?

식물로는 쌀이 되겠고, 동물로는 소가 될 것 같군요. 아마, 우리의 삶에서 없어서는 절대로 안 되는 것들이기 때문에 이런 의미를 획득하게 되었을 겁니다. 조금 전에 엘크 이야기를 했습니다만, 인디언들에게는 동물로는 엘크나 들소, 식물로는 옥수수가 우리의 소와 쌀에 해당되겠습니다.

나는 어릴 때 어머니로부터, 쌀알 하나하나에는 다 삼신할매가 깃들어 있다, 그러므로 쌀알이나 밥알을 그냥 내버리면 삼신할매가 그 쌀이 다 썩을 때까지 수챗구멍에서 지켜보면서 버린 사람을 저주한다는, 아주 무서운 말을 듣고 자랐습니다. 정말 삼신할매가 수챗구멍에서 지켜보고 있었을까요? 설마 그러기야 했겠어요?

가령 먹다가 남긴 밥이 쉬어 버릴 경우, 요즘 사람들은 그냥 버립니다만 어머니 세대 사람들은 이걸 어떻게든 재활용합니다. 할머니 세대 사람들은 억지로라도 그걸 먹었고요. 왜 그랬을까요? 그분들에게 쌀이라고 하는 것은 예사 물건이 아니었던 겁니다.

나이를 먹고, 기독교적 사고방식에 젖어 들면서 나는 어머니에게 반항하고는 했지요. 내 주장은 이랬습니다.

……쌀은 그냥 쌀일 뿐입니다. 거기에 왜 의미를 부여해서 섬기려고 하십니까? 식은 밥을 먹고 배탈이라도 나면 어쩌려고요? 모판에 볍씨를 뿌리고 모를 심고 쌀을 거두기까지 우리가 얼마나 고생을 했습니까. 그런데 그걸 먹으면서까지 고생할 이유는 없지 않습니까…….

어머니의 생각은 달랐지요. 어머니는, 부엌에다 조왕 단지라는 것을 두고 밥을 지을 때마다 조왕신의 몫이라면서 쌀을 한 숟가락씩 거기에다 바치고는 하던 분이었습니다. 조왕신은, 서양식으로 말하면 부엌의 신 같은 것입니다. 그런 어머니에게 쌀은 예사 곡물일 수 없는 거지요.

그래서 어머니와 자주 다투고는 했답니다. 이 다툼을 나는 합리주의 정신과 거의 종교의 수준에까지 이르러 있는 문화와의 다툼이라고 생각합니다.

쌀이라고 하는 것은 이렇듯이 어머니 세대 사람들에게는 하나의 문화, 하나의 종교가 되어 있었습니다. 어느 정도냐 하면, 삼신할매가 쌀 한 알한 알에 깃들어 있다고 믿어질 정돕니다.

우리나라에서뿐만이 아닙니다. 미작(米作) 문화권에서는 다 마찬가지입니다. 일본인들은, 우리가 관자놀이라고 부르는 것을 〈고메카미〉라고 한답니다. 즉 쌀을 씹을 때 옴쭐옴쭐하는 곳이라는 뜻입니다. 관자놀이가 급소라는 것은 다 아시지요? 이런 우리와 일본 사람들에게 쌀이라고 하는 것은 미국의 농부들이 대량으로 생산하는 쌀과 같을 수가 없는 것이지요. 왜요? 쌀이라고 하는 먹거리에 대단히 실존적인 의미가 첨가되었기 때문입니다.

소도 마찬가지이지요?

춘원 이광수 같은 사람은 소를 두고, 〈짐을 지고 가는 양이 거룩한 종교가가 창생을 위하여 자기의 몸을 바치는 것과 같아서 눈물이 나도록 고맙다〉느니, 〈소는 사람이 동물성을 잃어버리고 신성에 도달하기 위해서는 꼭 본을 받아야 할 선생이다〉, 이렇게 극찬하고 있습니다.

소는 농사꾼들에게는 없어서는 안 될 아주 소중한 동물입니다. 이 소는 평생을 농사꾼들을 위해 일을 하는데, 죽어서는 또 그 몸이 바로 우리의 먹이가 되고 일상 용품이 됩니다. 고기와 가죽은 말할 것도 없습니다. 뼈는 사골이 되고, 꼬리는 꼬리곰탕이 됩니다. 혀는 우설이 되고, 심장은 우심이 되고, 생식기는 우신이 되고 우랑이 됩니다. 피는 선지가 되고 뿔은 우각이 되어 옛날에는 플라스틱 구실을 했답니다. 지금도 경상도 시골에서 플라스틱을 〈뿔〉이라고 하는 것은 다 이 때문이랍니다.

똥은 소용없는 줄 아십니까? 마라도 같은 섬에 가면 소의 똥은 훌륭한 연료가 된답니다. 2차 대전 말기에 일본군은 이 소나 말의 똥으로 합지를 만들었답니다. 그래서 요즘도 누런 종이는 마분지라고 불리는데, 이 말은 말똥 종이라는 뜻입니다.

조선조의 재상 황희 대감에게 재미있는 일화가 있지요. 대감은 길을 가다가, 검은 소와 흰 소를 함께 부리면서 논을 갈고 있는 한 농부를 만납니다. 황희 대감이 농부에게 〈어느 쪽이 일을 잘 하오?〉 하고 묻지요. 그러자 농부가 일손을 멈추고 대감에게 다가와 귓속말로 〈아무래도 흰 소가 낫군요〉 하고 말합니다. 왜 귓속말로 그랬을까요? 대감이, 왜 귓속말로 하느냐고 묻자 이 농부는 이렇게 반문하지요.

「듣는 데서 어느 한 소를 욕보일 수야 있소?」

황매천 선생에게도 비슷한 일화가 있지요. 매천 선생은, 큰 소리로 소를 꾸짖고 있는 농부를 보고는 그 사람을 한쪽으로 데리고 가서 〈소도 지각이 있을 터인데 그렇게 꾸짖으면 얼마나 마음이 아플 것인가. 가만가만 타이르게〉 했다지요.

하여튼 이 소는 우리 농경 문화권에서는 아주 소중한 동물이 되어 있습니다. 소 꿈은 조상 꿈이라는 말이 있지요? 이 정돕니다.

백정이 그렇듯이 천대를 받았던 것은, 우리 문화권에서 조상같이 소중한 소를 죽이는 직업에 종사하고 있었기 때문입니다. 말하자면 백정이라는 직업은, 도저히 조상 같은 소를 죽이는 죄를 지을 수 없는 농사꾼들을 대신해서 그 죄를 지어 주던 대리 범죄자였던 셈입니다. 그런 백정들을 농사꾼들조차 천민으로 대했으니 참 부당하지요. 사람들에게는 이렇듯이, 자기 죄를 대신해서 지어 주는 사람을 우러러보기보다는 천대해 버리고 박해해 버림으로써 자기는 그 죄에서 손을 씻어 버리는 묘한 속성이 있답니다. 신약 성서 시대에는 세리가, 필경은 그리스도가 그런 대접을 받았을 테지요.

어쨌든 소는 우리들에게 여느 짐승이 아니라 조상에 견주어질 정도로 귀한 짐승입니다.

왜 그럴까요? 짐승 이상의 어떤 의미가 첨가되었기 때문입니다.

나는 이것을 문화적 의미라고 부르기로 하겠습니다. 세계의 모든 민족에게는 나름의 의미가 부여되었기 때문에 소중해진 동물이 있고 식물이 있습니다. 우리에게 쌀과 소에 해당하는 식물과 동물이 아메리카 인디언들에게는 옥수수와 들소랍니다.

알곤퀸 인디언의 민담 한 가지를 소개할까요?

한 알곤퀸 인디언 소년이 꿈속에서 머리에 초록색 깃털을 꽂은 한 젊은이를 만납니다. 만난 곳은 소년의 마을 뒷산 기슭쯤 되겠지요. 그런데 그 잘생긴 젊은이는 소년에게 씨름을 하자고 합니다. 이 씨름에서 소년이 이

기지요. 젊은이는 또 하자고 합니다만 이번에도 소년이 이깁니다. 그러자 젊은이는 다음 판에 또 지면 자기는 죽을 테니까, 그때 땅에 묻고 그 무덤을 잘 보살펴 달라고 말합니다. 소년이 다음 판에 또 이기자 젊은이는 죽어 버립니다. 소년은 약속했던 대로 젊은이를 땅에 묻습니다. 그랬더니 여기에서 옥수수가 돋아나지요. 소년은 여기에서 꿈에서 깨어납니다.

원래 알곤퀸족은 수렵민이었던 만큼 이 소년도 수렵민의 자식이었습니다. 이 소년의 아버지가 늙어서 더 이상 사냥으로 먹거리를 마련할 수 없게 되자 꿈속에서 젊은이를 보았던 뒷산 기슭으로 가만히 가봅니다. 물론 거기에는 옥수수가 자라고 있었지요. 북아메리카 원주민의 문화는 대체로 수렵 문화권에 속합니다만 위에서 예를 든 농경 문화적 민담 역시 흔하게 발견됩니다. 따라서 북아메리카 문화권은 수렵 문화와 농경 문화가 상호 작용하는, 대단히 흥미로운 일면을 보여 주는 문화권인 셈이지요.

어쨌든, 이렇게 해서 옥수수를 재배하게 된 알곤퀸 인디언에게 옥수수는 여느 식물일 수 없겠지요? 알곤퀸 인디언은, 민담에 나온 그 잘생긴 젊은이를 저희 조상으로 믿는답니다.

조상의 육신이 땅에 묻혀서 곡물이 된다는 신화나 민담은 이루 셀 수 없이 많습니다. 그리스 신화에서는 곡물의 여신을 〈데메테르〉라고 한답니다. 〈따 마테르〉, 즉 〈땅의 어머니〉라는 뜻이지요. 이 여신의 딸인 페르세포네가 죽어서 돋아나는 것이 바로 곡식이었지요.

데메테르 여신의 딸 페르세포네 신화 한 토막을 들려 드리지요.

땅의 여신 데메테르는 혹 누가 채어 갈까 봐 딸 페르세포네를 엔나 골짜기라고 하는 데 숨겨 놓고 길렀답니다. 그런데 저승의 왕 하데스가 페르세포네를 보고는 첫눈에 반해 그만 저승으로 채어 가고 말지요. 데메테르는 신들의 아버지인 제우스에게, 하데스에게 명하여 딸을 돌려주게 하라고 탄원합니다.

그러자 제우스는 이렇게 말합니다.

「헤르메스를 알지요? 내 심부름꾼으로 자주 저승을 드나듭니다. 그러나 헤르메스는 저승에서는 절대로 무엇을 먹지 않습니다. 왜 그러는지 아세요? 저승에서 무엇이든지 먹으면 곧 저승의 식구가 되어 버리고 말기 때문입니다. 내가 페르세포네를 찾아 주리다. 그러나 페르세포네가 저승에서 입을 다신 것이 있다면 그때는 나도 어쩔 수 없으니 그리 아세요.」

제우스가 이렇게 말하고 나서 사자 헤르메스를 보내어 알아보았더니 페르세포네는 저승에서 폼그라나툼이라는 과일의 씨를 하나 먹었더랍니다. 폼그라나툼은 〈씨앗을 품은 괴물〉이라는 뜻입니다. 이 말을 영어로는 〈폼그래니트〉라고 하지요. 석류랍니다. 섹시한 과일이지요. 많은 학자들은 이브가 에덴동산에서 먹은 과일도 사과가 아니라 석류였을 것이라고 주장한답니다.

좌우지간 페르세포네는 저승에서 뭘 먹기는 먹은 셈입니다. 그러니까 제우스도 저승의 법을 어길 수는 없는 것이지요. 그래서 데메테르에게 이렇게 말합니다.

「페르세포네가 저승에서 뭘 먹었으니까 그대에게 온전하게는 돌려줄 수 없어요. 이렇게 합시다. 1년의 반은 그대와 함께 지내고 나머지 반은 저승 왕 하데스와 살게 합시다.」

이렇게 해서 페르세포네는 1년의 반은 땅 밑의 저승에서, 나머지 반은 땅 위의 어머니 곁에서 살게 됩니다.

〈페르세포네〉라는 말은 고전 그리스어로 〈썩다, 빛나다〉는 뜻입니다. 다시 말해서 〈땅 밑에서 썩음으로써 싹을 틔우고 다시 빛나는 밀알〉이라는 뜻입니다. 페르세포네가 뭡니까? 씨앗입니다. 페르세포네 신화는 씨앗의 운명을 의인화한 것이랍니다.

이 데메테르 여신을 로마 신화에서는 〈케레스〉라고 합니다. 영어로는 〈시어리즈〉라고 하지요. 우리가 이 미국 땅에서 아침마다 먹는 시어리얼은 〈케레스의 선물〉, 즉 〈시어리즈의 선물〉이라는 뜻입니다. 세계에서 가장 큰 시어리얼 공장이 어디에 있는 줄 아세요? 바로 이 미시간의 배틀크리크에 있는 켈로그 공장이랍니다. 그래서 배틀크리크의 별명이 〈아메리칸 시어리얼 보울〉이랍니다. 뭔가요? 〈미국의 죽사발〉이지요.

이 학교에도 켈로그 센터가 있지요? 켈로그 센터가 있는 이 베델 대학의 별명이 뭔지 아세요? 〈유니버시티 오브 마그나 마테르〉랍니다. 〈큰 어머니의 대학〉이라는 뜻이지요. 큰 어머니가 누군가요? 소아시아 사람들이 신들의 어머니로 섬기던 여신이랍니다. 그리스에서는 바로 삼신할매인 곡물의 여신 데메테르, 즉 케레스가 된답니다. 베델 대학의 또 하나의 별명인 〈스파르탄〉은, 바로 그리스의 대표적인 농업 국가 〈스파르타〉인 것입니다.

보세요, 미국의 인디언은 혹은 베델 대학은 곡식에다 이렇게 큰 의미를 부여하고 있답니다.

이번에는 들소 이야기를 할까요?

블랙풋 인디언은 〈들소 춤〉이라는 군무로 유명한 종족입니다. 이 블랙풋족의 들소 민담 한 가지 들어 볼까요?

어느 가난한 인디언 처녀가 있었어요. 이 처녀의 이름은 〈민네하하〉라고 합니다. 이름 예쁘지요? 이 처녀가 살 당시 블랙풋족은 겨울이 오고 있는데도 불구하고 들소 사냥이 잘 안 되어 애를 먹었더랍니다. 어느 날 이 처녀는 물을 길으러 나왔다가 절벽 위에 들소 떼가 있는 것을 보고는 무심코 이런 말을 한답니다.

「저들이 절벽에서 떨어져 죽어 주기만 하면 내가 들소에게 시집인들 못갈까……」

이 당시에는 들소를 가파른 절벽으로 밀어 몰살시키고 그걸 한겨울 양식으로 삼고는 했던가 봅니다.

그런데 처녀의 말이 끝나기가 무섭게 들소 떼가 절벽으로 막 떨어지기 시작합니다. 이게 첫 번째로 놀랄 만한 일입니다. 그런데 두 번째로 놀라운 일이 생깁니다. 들소 떼 속에서 대장 노릇을 하던 늙은 들소 한 마리가 처녀에게 다가와 이렇게 말합니다.

「이제 들소 떼가 절벽에 떨어져 떼죽음을 했으니 그대는 나하고 가자.」

이 민화는 대단히 깁니다만, 하여튼 민네하하는 들소의 아내가 되고 맙니다.

자, 이런 종족에게 들소는 여느 짐승일 리 없지요.

그렇다면 옥수수나 들소는 인디언에게 굉장히 상징적인 의미를 가지는 동식물이겠는데, 과연 인디언이 이것을 지켜 내었던가요? 저희들의 실존이 투사된 이 상징적인 의미를 지켜 내었던가요?

지켜 내지 못했어요. 알곤퀸 인디언은 옥수수의 터전을 백인들에게 빼앗기고 말았어요. 블랙풋족은, 연발총을 들고 들어온 백인 사냥꾼들의 손에 들소 떼가 무참하게 떼죽음을 당하는 것을 결국 저지하지 못했어요. 『허퍼스 위클리』라는 잡지에 따르면 1874년에는 하루에 들소 6백 마리를 죽인 사냥꾼도 있었답니다.

들소에게 의미를 부여하고, 그래서 들소를 저희 문화적 상징으로 삼던 그 인디언은 지금 어떻게 되었지요? 들소는 동물원에 있고, 인디언은 풀떡 먹다 쫓기는 강아지처럼 경찰에 쫓기면서 유원지에서 기념품이나 판다고 합니다. 상징적 의미를 지켜 내지 못한 종족은 이렇게 됩니다.

자, 이렇게 해서 옥수수는 인디언의 손에서 백인들의 손으로 넘어갑니다. 다시 말해서 유럽으로부터 건너온 청교도들에게 문화적인 의미를 지니는 대단히 상징적인 식물로 바뀌는 것입니다.

유럽에서 건너온 백인들은 그 상징적인 의미를 어떻게 지키는지 한번 볼까요?

시카고 어름, 어바나샴페인이라는 도시에는 일리노이 대학이 있습니다. 그런데 하버드 대학 다음으로 장서가 많다는 이 대학의 거대한 도서관이 지하로 들어가 있답니다. 도서관이 지하에 있으면 습기 때문에 관리가 어렵겠지요? 그런데도 지하로 들어가 있다지요. 그 속사정을 한번 들어 둘 만합니다.

옛날, 학교 가까운 곳에 아주 넓은 땅을 가지고 있던 부자가 세상을 떠나면서 이 땅을 농과 대학 옥수수 재배 시험장으로 기증했답니다. 부자는 땅을 내어놓으면서 한 가지 조건을 내세웠다지요. 자기가 기증한 땅 근처에, 옥수수 재배 시험 조건에 영향을 줄 만한 구조물이 들어서게 해서는 안 된다는 것입니다. 가령 시험장 근처에 건물이 들어서면 이 건물이 이상한 바람을 지어 내거나 그림자를 드리우게 될 테고, 이렇게 되면 미국인들이 저희 문화의 상징적인 곡물이라고 할 수 있는 옥수수 재배 시험 조건이 달라지게 될 텐데, 이래서는 절대로 안 되겠다는 것이었지요. 물론 학교로서는 이 부자의 조건을 받아들이고 땅을 기증받았을 것입니다.

그런데 1950년대에 학교는 새 도서관 부지를 물색하게 되는데, 이때 선정된 땅이 바로 이 옥수수 재배 시험장 옆에 있던 땅입니다. 학생들의 접근이 쉬운 곳이 그곳뿐이었다면, 부자가 세상을 뜬 지 오래된 데다가, 부자와의 약속이 법적인 구속력을 가진 것도 아닌 바에 학교로서는 옥수수 재배 시험장 옆에 살짝 도서관을 지을 수도 있었을 겁니다.

그러나 학교 당국은 그러지 않았어요. 도서관은 지하로 들어갔습니다. 수백만 권의 귀중한 문화유산이, 지금은 인기 있는 상품 노릇조차 제대로 못 하는 옥수수 수염에 그림자를 드리울까 봐 지하로 들어간 것입니다. 이 대학에 유학한 어느 한국인 경영학자는 이 지하 도서관을 가리켜 〈약속이 섬겨지는 사회의 기념비〉라고 하더군요.

그럴까요? 이게 약속일까요?

아닐 겁니다.

부자는, 자기가 기증한 땅에서 옥수수가 뿌리 뽑히는 날 무엇이 뿌리 뽑히게 되는가를 알고 있었던 것이지요. 들소 떼가 떼죽음을 당하는 것과 인디언의 운명이 거덜나는 것을 이 부자는 보고 있었던 것이지요.

1852년을 전후해서, 미합중국 정부는 늘어나는 미국인들을 이주시키기 위해 지금의 워싱턴 주 땅을 관장하던 한 인디언 추장에게 땅 팔기를 요구하지요. 이 추장의 이름은 〈시애틀〉입니다. 지금 워싱턴 주에 있는 도시

900

시애틀은 바로 이 추장의 이름을 딴 것입니다. 그때 이 추장은, 대세에 몰려 땅을 팔기로 하면서도 미국 대통령에게 공개서한을 보내는데, 이 공개서한은 지금도 대단한 명문으로 꼽힙니다.

환경에 대한 관심이 고조되고 있는 요즘이라서 구구절절이 옳게 들리지만 시간이 없으니까 그중 한 구절만 소개하지요.

〈……그대들의 운명이 우리들에게는 수수께끼랍니다. 들소가 저렇듯이 살육되고 말면 어떻게 되는 것이지요? 야생마라는 야생마가 모두 길들여져 버리면 어떻게 되는 것이지요? 누리는 삶이 끝나면 살아남기 위한 삶이 시작된답니다……〉

그렇습니다. 결과적으로 봐서 저희들의 상징적인 동물인 들소를 지켜내지 못한 인디언들은 몰락의 길을 걷고 있습니다. 그러나 미국은 그리 쉽게는 몰락할 것 같지 않습니다. 어바나샴페인의 부자 같은 사람이 있는 한, 말하자면 저희 문화의 상징적인 의미가 투사된 것들을 지키는 노력이 계속되는 한, 그 종족은 몰락하지 않습니다.

나는 지금까지, 문화적 의미 첨가가 이루어질 경우, 쌀, 소, 옥수수, 들소 같은 것들이 어떻게 다른 것이 될 수 있는가를 살펴보았습니다. 내가 문화적 의미가 첨가되는 현상을 한번 짚어 본 까닭은 이렇습니다.

사람은 삶에서 중요해 보이는 것에 의미를 부여하고 싶어 하고, 다른 사람이 부여한 의미라도 자기와 호흡 주기가 동일하면 그 의미 체계 안으로 들어가고 싶어 합니다. 이렇게 의미가 부여되면 그 사물은 그 동아리 문화의 상징이 되고, 그 문화적 의미에 절대적인 의미, 신성한 의미, 초월적인 의미가 첨가되면 그 문화는 동아리의 종교가 됩니다.

자, 그러면 종교는 무엇일까요?

시카고 대학의 유명한 종교사학자 미르체아 엘리아데 교수에 따르면, 또는 이른바 시카고 학파에 따르면, 인간은 서로 반대되는 두 겹의 세계를 살고 있습니다. 이 두 겹이 바로 〈성(聖)〉과 〈속(俗)〉입니다.

이 성과 속은 분명히 상호 반대되는 개념입니다. 그러나 반대 개념이면서도 언제나 역전이 가능한 상태로, 좀 어려운 말로 하자면 변증법적 합일의 원리에 따라 공존하면서 보다 성스러운 상태, 보다 속된 상태로 변전합니다. 그러므로 성과 속은 편이 갈려 있는 것이 아닙니다. 엘리아데 교수에 따르면, 종교적 경험이라고 하는 것은, 이 〈두 겹의 질서를 한 덩어리로 경험하는 것〉입니다. 그의 설명에 따르면, 어떤 사물이 성스러워지는 것은, 그로 인하여 〈성스러운 것이 드러나기 때문〉입니다. 이 〈성스러운 것의 드러남〉을 그리스어로는 〈히에로파니〉라고 합니다.

〈히에로파니〉라는 말은 〈히에로〉라는 말과 〈파이네인〉이라는 말의 합성어입니다. 〈히에로〉라는 말은 〈성스럽다〉는 뜻입니다. 성스러운 문자라는 뜻으로 쓰이는 〈히에로그라피〉, 성스러운 결혼이라는 뜻으로 쓰이는 〈히에로가미〉, 성스러운 도시라는 뜻으로 쓰이는 〈히에로폴리스〉에 접두사로 딸려 있는 이 〈히에로〉가 바로 그 〈히에로〉입니다. 〈파이네인〉이라는 말은 〈나타난다〉는 뜻입니다. 그래서 이 〈히에로파니〉를 우리나라 학자들은 〈성현(聖顯)〉이라고 번역합니다. 따라서 지금부터는 〈히에로파니〉라는 말 대신 거룩한 것이 드러난다는 뜻인 〈성현〉을 쓰기로 합니다.

이 성현 현상은 어떤 사물에서건, 어느 때건, 어느 곳에서건 나타날 수 있습니다. 그런데 이 성현 현상이 생기면 그때, 그 사물, 그곳은 〈속〉의 세계에서 분리됩니다.

어떻게 분리되는 것일까요? 의미가 첨가되면서 분리됩니다. 아까 문화에서 일어났던 것과 똑같은 현상이 일어나는 것이지요. 그런데 문화에서와는 달리, 종교의 성현 현상에서는 그 첨가되는 의미가 절대적인 의미, 신성한 의미, 탈속의 의미, 초월적인 의미가 됩니다.

예를 한번 들어 보지요. 구약 성서 「창세기」를 보면 야곱이 브엘세바에서 하란으로 가던 도중에 한 곳에서 돌을 베고 노숙합니다. 그런데 그날 밤 야곱은 꿈속에서 하늘나라로 걸린 사다리와 이 사다리를 타고 오르내리는 천사와 야훼를 보지요. 꿈에서 깨어난 야곱은 이러지요.

「참말 하느님께서 여기 계셨는데도 내가 모르고 있었구나. 이 얼마나 두려운 곳인가. 여기가 바로 하느님의 집이요, 하늘의 문이로구나.」

성서의 이러한 기록은, 힌두교의 진리에 담겨 전해 내려오는 링감 이야기와 불가에 잘 알려져 있는 한 선화(禪話)를 상기시킵니다.

먼저 힌두교에 전해져 내려오는 이야기부터 하지요. 성스러운 갠지스 강가에서 한 힌두교 행자가 시바 신을 상징하는 링감과 요니상(像)에다 발을 터억 올려놓은 채 쉬고 있었답니다. 〈링감〉이라고 하는 것은 〈남근〉이고 〈요니〉라고 하는 것은 〈여근〉입니다. 따라서 시바 신의 상징물은 이두 가지가 결합되어 있는 것인 만큼, 우리 눈으로 보면 점잖은 것이 못 되지요.

지나가던 성직자가 이 행자의 방자한 소행을 꾸짖었답니다.

「감히 거기에다 발을 올려 시바 신을 능욕할 수 있느냐?」

그러자 행자가 응수했습니다.

「정말 미안하게 되었습니다. 바라건대 제 발을 들어 성스러운 링감과 요니가 없는 데 놓아 주셨으면 합니다.」

성직자가 그 시건방진 행자의 발목을 잡아 땅에다 내려놓는 순간 남근상이 불쑥 솟아 그 발을 받쳐 주더랍니다. 몹시 놀란 성직자가 다시 한 번 발목을 잡아, 거기에서 내려놓습니다만 거기에서도 남근상이 불쑥 솟아 그 발을 받쳐 주더랍니다. 성직자는 그제서야 그 행자가 예사 행자가 아닌 것을 알고는 예의를 차려 사죄하고는 제 갈 길을 가더랍니다.

또 어느 큰스님의 시중을 들던 시자 중에 나이가 일곱 살밖에 안 되는 동승이 있었는데, 어느 폭풍우 몰아치는 날 밤 이 동승이 법당에다 오줌을 누었더랍니다. 이 동승이 바로 임제선(臨濟禪)의 비조인 임제였다는 말도 있습니다. 하여튼 동승은, 바깥에 있는 변소로 나가기가 무서웠던 게지요.

큰스님이 이 동승을 나무랐습니다.

「하필이면 왜 법당이냐? 부처님 계신 곳이 아니냐?」

그러자 동승이 감히 이 큰스님에게 반문하더랍니다.

「스님, 부처님 안 계신 곳이 어딘지 좀 가르쳐 주세요. 제가 거기에 가서 오줌을 누겠습니다.」

이 말에 큰스님은 문득 큰 깨달음을 얻었다지요.

불가에서는, 시방 세계에 부처님이 깃들어 있지 않은 것은 없다고 합니다. 불가에서는 이것을 〈개유불성(皆有佛性)〉이라고 하지요. 이 세상에 부처님이 깃들어 있지 않은 사물은 없다는 말은 어디에나 부처님이 깃들어 있다는 뜻이 됩니다. 그러므로 대도로 들어가려는 사람에는 따로 문이 없습니다(大道無門). 도처에 문 아닌 것이 없는 것이지요. 이 개유불성과 대도무문의 가르침은, 똥 속에도 도가 있다고 한 장자의 말씀에서도 되풀이됩니다.

내가 앞에서 잠깐 언급한 인디언 샤먼 블랙 엘크도 같은 말을 했지요? 〈세계의 중심에 있는, 가장 높고 가장 거룩한 산은 세계 도처에 있다〉고요.

야곱이, 〈참말 하느님께서 여기 계셨는데도 내가 모르고 있었구나〉라고 한 것은 바로 이 개유불성의 유대교적 표현이 아닐는지요. 야곱이 베델(하느님의 집)에 쌓은 돌단은 〈이 세상 어느 한 곳, 하느님의 집 아닌 곳이 없고, 하늘로 들어가는 문 아닌 것이 없다(皆是天城 皆是天門)〉는 선언의 기념비가 아닐는지요.

기독교인들은 잘 아시겠지요. 야곱은 기름을 부어 그 돌을 성별, 즉 거룩한 것으로 구별하고는 〈벧엘〉, 즉 〈하느님의 집〉이라고 명명합니다.

〈벧엘〉에서 〈엘〉은 〈하느님〉이라는 뜻입니다. 〈전능하신 하느님〉이라고 할 때의 〈엘로힘〉, 〈지극히 높으신 하느님〉할 때의 〈엘 엘리욘〉의 〈엘〉은 바로 〈하느님〉이라는 뜻입니다. 〈벧〉은 〈집〉이라는 뜻입니다. 베들레헴, 베다니, 벧사이다……. 이스라엘 지명에는 이 〈벧〉이 유달리 많지요? 베들레헴은, 〈빵의 집〉이라는 뜻이랍니다. 우리 학교 이름 〈벧엘〉, 즉 〈베델〉도 여기에서 나온 말입니다.

성경에 보면 〈기름을 부어〉라는 말이 자주 나오는데 이것은 〈기름을 붓는 행위〉가 곧 거룩한 것으로 구별하는 행위였기 때문입니다. 이것을 한 자말로는 〈성별(聖別)〉이라고 합니다. 속된 것과 구별해서 거룩한 것으로 세우는 것을 성별이라고 하지요.

그리스도를 고전 희랍어로는 〈예수스 크리스토스〉라고 하는데 이 말은 〈기름 부음을 받은 예수〉라는 뜻입니다. 즉 영어로는 〈어노인티드 지저스〉라고 하지요. 미국에서도 어떤 공직자가 의회로부터 승인받는 것을 〈어노인트〉라고 하기도 합니다. 이 〈어노인트〉를 가톨릭에서는 부유 성사라고 한답니다.

하여튼 야곱은 그 돌무더기를 〈어노인트〉하고 베델, 즉 〈하느님의 집〉이라고 명명합니다.

그러면 이 야곱의 돌이 어떻게 성스러워졌는지 살펴보기로 하지요.

야곱이 베개 삼아 베고 자기까지 그 돌은 여느 돌, 즉 〈속〉의 세계에 속하던 돌에 지나지 않습니다. 그러나 그 돌이 촉매가 되어 거룩한 것이 드러났기 때문에 야곱이 잠을 깬 순간부터 그 돌은 〈성〉의 세계, 즉 거룩한 세계에 속하는 돌이 됩니다. 전혀 다른 돌이 된 것입니다.

그렇다고 해서 수성암이었던 그 돌이 화성암이 되었다거나, 퇴적암이었던 그 돌이 화강암이 된 것이 아닙니다. 단지 의미가 보태어진 것에 지나지 않습니다. 어떤 의미가 보태어졌지요? 탈속의 의미, 신성한 의미, 절대적인 의미, 초월적인 의미가 덧붙여진 것에 지나지 않습니다.

그 사실을 누가 알지요? 당장은 야곱 혼자밖에 모릅니다. 따라서 야곱에게는 그 돌이 성스러운 〈하느님의 집〉이자 〈하늘의 문〉이겠지만, 여느 사람들에게는 그 돌이 여전히 속된 세계에 속한 돌입니다. 따라서 다른 사람은 그 돌을 하느님의 집으로, 하늘의 문으로 승인하지 않겠지요.

바로 이때, 이 돌은 거룩한 세계와 속된 세계라고 하는 이중적인 세계를 구성합니다. 조금 전에, 〈성과 속은 분명히 서로 상호 반대되는 개념이면서도 언제나 역전이 가능한 상태로, 어려운 말로 해서 변증법적 합일의 원리에 따라 공존한다〉고 했지요? 종교 경험이라고 하는 것이 결국 무엇일까요? 엘리아데는 종교 경험을 〈거룩한 것과의 관계의 경험〉이라고 정의합니다. 말하자면 이 거룩한 것과의 관계하는 경험을 통해서 자기 존재의 모습을 깨닫는 경험, 세계 안에서 자기 현존을 확인하는 경험이라고 설명합니다.

그런데 사람의 일상적인 삶은 〈속된 세계〉의 경험으로 이루어져 있습니다. 그래서 여느 사람에게는 이 〈거룩한 것이 드러나는 세계〉의 경험은 경험적 실재가 아닙니다. 그렇다면 여느 사람에게도 경험적 실재가 될 수 있도록 〈거룩한 것이 드러나는 현상〉이 계속해서 나타나 주면 좋겠지만 실제로는 그렇지 못합니다.

그렇다면 종교에서 이 성속의 세계는 어떻게 어떤 조화에 이를까요?

의례와 상징을 통해서 조화를 이루어 나갑니다. 야곱이 그 베델의 돌이 신성하다는 사실을 혼자만 알고 있으면 이 돌베개 사건은 종교적인 사건이 되지 못합니다. 야곱은 그래서 이스라엘 사람들로부터 그 돌 제단이 신성한 것이라는 하나의 약속을 도출해 냅니다. 약속을 도출해 내는 데 그치지 않고 이 거룩한 것이 드러나는 성현 현상이 되풀이되게 합니다.

다시 말해서 의례를 통하여, 종교 상징을 통하여, 역사적의 뒤편으로 밀려난 〈거룩한 것이 드러나는 현상〉을 경험적 실재로 만드는 것, 이로써 〈거룩한 것이 드러나는 현상〉이 되풀이되게 하는 것, 〈거룩한 것이 드러나는 현상〉을 확대시키는 것입니다.

그렇다면 의례라는 것은 무엇일까요? 제사 지내는 행위, 예배하는 행위, 축제하는 행위, 이런 것을 의례라고 하는데요, 이 의례라고 하는 것은 무엇일까요?

종교학에서는 세계의 모든 종족이 벌이고 있는 의례에는 하나의 공통점이 있다고 여깁니다. 그것은 상징적인 행위를 통하여 역사적인 시간, 구체적인 시간을 거절하고, 다시 말해서 소거(消去)하고, 끊임없이 그 〈거룩한

906

것이 드러나던 시간〉, 혹은 〈비롯된 때〉로 되돌아가는 행위로 이루어진다는 것입니다.

많은 종교학자와 신화학자들은 대체로 종교 현상을, 내가 지금까지 말씀드린 것으로 정의하는 데 동의합니다.

나는 지금까지, 문화와 종교에서 일어나는 의미 첨가 현상에 대해서 말씀드렸습니다. 문화에서 그랬듯이 종교에도 의미 첨가 현상이 일어납니다. 사람이 어떤 문화에 진정으로 속한다는 것은 그 개인과 그 문화의 의미 체계가 한 덩어리가 될 수 있게 되는 것을 말합니다. 사물놀이 판에 앉아 있으면, 무엇인지 모르기는 하는데도 우리 어깨가 들썩거리는 것은 우리가 바로 이 의미 체계에 제대로 속하기 때문입니다.

옛날 우리가 살던 마을을 한번 예로 들어 볼까요? 어릴 때 밤마실을 나서면 무서웠지요? 큰 나무도 무섭고 큰 바위도 무섭고 그랬지요? 그때 만일에 우리에게 권총이 한 자루 있었다면 안 무서웠을까요? 천만에요. 우리의 두려움은 총으로는 해결이 안 됩니다. 왜냐? 그것은 종교적인 두려움이기 때문이지요. 수많은 옛이야기의 의미가 나무 한 그루 바위 한 덩어리에 스며들어 우리의 실존이 되고 있기 때문이었지요.

나는 지금도 제 고향에 돌아가 밤마실을 다니면 무서워지고는 한답니다. 왜냐? 내가 바로 그 문화의 의미 체계, 이승과 저승을 한 덩어리로 아우르는 의미 체계에 속하고 있었기 때문이지요.

그런데 한 20여 년 전 월남에 갔을 때의 일입니다. 그때 월남은 무서운 전쟁터였어요. 어디에서 적이 나타나 칼이나 밧줄 같은, 이른바 무성 무기로 이쪽을 공격할지 모르는 전쟁터였어요. 그런데도 월남의 밤 나들이는 하나도 무섭지 않더군요. 총만 있으면 그만이었습니다. 왜? 내가 속하는 문화의 의미 체계가 아니었기 때문입니다.

안 되는 것을 억지로 하고 있으면 안 됩니다.

우리는 우리가 진정으로 속하는 문화의 의미 체계, 종교의 의미 체계를 찾아내지 않으면 안 됩니다.

교회 부흥회에서, 부흥회가 지어 내는 열기에 합류하고 싶어도 그렇게 안 되어서 굉장히 참담해진 부인네가 있었답니다. 그런데 이 부인의 옆에 있는 한 할머니는 꺼뻑 죽는시늉을 하면서 〈할렐루야〉를 외치더랍니다. 이 부인네는 그 할머니가 부러워서 〈어떻게 하면 그렇게 은혜를 받을 수 있느냐〉고 물어보았더라지요. 그랬더니 할머니가 이러더랍니다.

「글쎄 말이오, 은혜가 하도 안 내려서 이래 보는 거라오.」

이 할머니는 기독교의 의미 체계에 합류하지 못하고 있습니다.

내 친구 스님으로부터 들은 이야깁니다. 그는 몇 년 전 여름 남도 화순에 갔다가 어느 매운탕 집 술청에서 서양인 스님을 한 분 만난 적이 있다고 합니다. 서양 스님과 매운탕 집의 기묘한 어울림이 퍽 신기하게 보였던 그는 〈스님, 어디에서 오셨습니까?〉 하고 물었더랍니다.

눈이 깊고 코가 높은 스님이 주욱주욱 잡아 빼는 한국어로 이렇게 대답했다는군요.

「갈 데 없으니 온 데도 없습네다.」

화순에서 멀지 않은 곳에 송광사라고 하는 유명한 절이 있습니다. 외국인 스님들도 많이 있는 이 절에는 그 스님의 도반도 더러 있었고, 당시 영국에서 공부하러 온 내 친구도 하나 그 절에 있었습니다. 그러니까 내 친구 스님은 그 서양 스님이 송광사에 있다고 대답하면 자기 도반과 내 친구의 안부를 두루 수더분하게 물어볼 참이었는데 그 서양 스님은 엉뚱하게 굴고 있었던 것입니다. 〈엉덩이에 뿔이 났구나〉 하고 싶은 것을 꾹 참고 스님은 다시 물어보았더라지요.

「스님, 그런 게 아니고, 어느 절에서 공부하시느냐고요.」

그다음 대답이 더 걸작입니다.

「허무산(虛無山)의 무착사(無着寺)랍네다.」

스님은 속으로, 〈그런 게 아니야, 이 멍충아〉 하고 생각했더랍니다. 그게 아니고말고요. 내가 보기에도 이 서양 스님은 불교의 의미 체계에 합류하지 못한 채 시늉만 하고 있는 게 분명합니다.

그렇다면, 어떻게 하면 진정으로 자기가 속하는 의미 체계를 찾아낼 것이냐 하는 문제와 관련해서 나 개인의 문화 체험과 종교 체험에 관한 이야기를 한번 해보기로 하지요.

나는 기독교인이었습니다. 〈였습니다〉라는 말은, 지금은 아니라는 뜻이 들어 있습니다만, 이 말이 기독교인에게 모욕적으로 들리지 않기를 바랍니다. 자기가 진정으로 속하는 의미 체계가 무엇인지 그것을 찾아다닐 자유는 누구에게나 있는 만큼, 내 말이 누구를 까는 인상을, 어떤 종교를 까는 인상을 주지 않게 되기를 진정으로 바랍니다. 나는 중고등학교 시절 내리 기독 학생회의 감투라는 감투는 다 써보았으니만치 기독교인이 되려고 굉장히 노력했던 사람입니다.

그러나 지금은 아닙니다. 왜 아니냐 하면, 기독교의 의미 체계는 나와 사이클이 잘 안 맞는다는 것을 깨달았기 때문입니다. 다시 말해서 내 정서의 무게가 온통 실리지 않더라는 것입니다.

자기 정서의 무게가 고스란히 실리지 않는 종교에 몸을 담고 있으면 불행해집니다. 의미를 느끼지 못하기 때문입니다.

스물서넛 전후였으니 60년대 말의 일입니다.

서양 고전만 읽어야 읽은 것 같고, 서양 고전 음악 레코드만 골라서 들어야 들은 것 같던 시절, 정교한 신학이 있는 종교만 종교 같고, 훌륭한 감독이 만든 서양 영화만 좋은 영화로 보이던 시절의 일입니다.

하여튼 이 시절 대구에 있던 〈하이마트〉라고 하는 음악 감상실에서 어찌나 많이 듣고 외우고 했던지, 레코드가 2천 장이나 된다는 이 하이마트에 내가, 혹은 우리 동아리가 듣지 않은 음반이 없었을 정돕니다. 이 하이마트의 벽에는 〈아인잠카이트 이스트 마이넨 하이마트(고독은 나의 고향)〉이라는 하이네의 시구가 걸려 있었습니다. 허영기 있는 청년들 꼬이기에 이만한 시구가 또 있을까요?

그때 나는 시건방지게, 〈베드로의 운명 및 요한의 운명과 비교 고찰한 베토벤의 음악 및 멘델스존의 음악〉 어쩌고 하면서 논문 쓰는 흉내를 내었을 정돕니다.

그러던 내가 입대 직전에 고향에 내려와 있던 중 우연히 대보름 동신제 풍물판에 뛰어들게 됩니다. 징잡이가 어찌 되는 바람에 얼떨결에 징을 치게 된 것이지, 동신제라고 하는 의례 행위나 풍물놀이에 공감하고 있었던 것은 어림도 없이 아닙니다. 당시의 시건방지기 짝이 없는 나에게, 동신제는 우리가 서둘러 떼어 내지 않으면 안 되는 저급한 문화의 꼬랑지뼈 같은 것, 풍물이라고 하는 것은 가락 음악을 발전시키지 못한 미개한 문화의 단순하기 짝이 없는 타악기 음악 같은 것이었지요.

그런데 나는 그 풍물놀이에서 무엇인가가 내 정수리로 내려와 등뼈를 타고는 대지로 스며드는 듯한 기묘한 감흥을 경험하게 됩니다.

나는 처음에는 징채로 쳤습니다만, 짚으로 만든 징채가 부서져 나가고부터는 주먹으로 쳤습니다. 이 신들린 듯한 징 치기는 흰 바지저고리가 피투성이가 된 것을 안 마을 사람들이 나를 놀이판에서 끌어낼 때까지 계속되었습니다. 나와서 보았더니, 주먹이 부서져 정권의 뼈가 허옇게 보이더군요. 이때의 흉터는 아직도 내 정권에 남아 있습니다. 그러나 아픔을 느꼈던 기억은 없습니다. 무엇이 아픔을 느끼지 못하게 했을까요?

나도 모르게 내가 속하는 의미 체계로 들어가 거기에 완벽하게 동화되었기 때문일 것입니다. 동아리의 의미 체계에 완벽하게 동화되는 순간, 나는 우리가 무아지경이라고 부르는 상태, 서양 사람들이 〈엑스터시〉라고 부르는 상태에 들어갔던 것임이 분명해 보입니다. 이것은 문화적 의미 체계의 극치인 동시에 종교적 의미 체계의 극치임이 분명합니다.

우리는 어머니들이 꾸는 태몽이라는 것을 통하여 태어나기도 전에 한국인의 의미 체계로 들어섰다가 아들딸의 꿈자리를 시끄럽게 하면서 그

910

의미 체계를 나섭니다. 그러나 아주 사라지는 것은 아닙니다. 자손이 있어서 기일이 기억되는 한 우리는 그 의미 체계를 벗어나지 않습니다. 의미 체계 안에서는, 눈에 보이지 않는 것도 섬김을 받게 됩니다. 마을이 섬기던 동수(洞樹)를 한번 보시지요. 의미 체계에 속하지 않았다면 그 동수가 고목이 되기까지 자랄 수는 없었을 터입니다.

지금도 동의하고 있는 것은 아닙니다만, 옛날에 내가 모시던 한 신부님은 인간의 삶에 의미가 부여되지 않았다면, 다시 말해서 인간이 어떤 의미 체계 안으로 들어가지 못했다면 그 지위가 지금처럼 높지 못할 것이라고 한 적이 있습니다.

소박한 이야기 한 토막 더 함으로써 결론으로 삼기로 하지요.

고미카와 준페이라는 일본 작가의 『자유와의 계약』이라는 소설에는 내연의 부부 사이인 일본 남자 센코쿠 겐스케와 백계 러시아인 베라 카차브가 나옵니다. 백계 러시아 여자를 아내로 맞은 센코쿠는 베라가 완전히 일본화되어 있는 줄 알고 있다가, 어느 날 러시아인의 축제 판에 뛰어들어 춤추는 베라를 보고는 충격을 받게 됩니다. 베라가 그렇게 황홀해하는 모습을 센코쿠는 한 번도 본 적이 없기 때문입니다. 벌겋게 상기된 채, 땀 냄새와 술 냄새와 거친 숨소리로 짐승 같은 분위기를 지어 내는 베라에게서, 이성적인 인간 센코쿠는 심한 열등감을 느낍니다.

자, 베라가 어떻게 그런 분위기를 지어 낼 수 있었을까요? 자기도 모르는 사이에 원래 자기가 속하던 의미 체계로 들어갔기 때문입니다. 이것은 문화의 의미 체계인 동시에 종교의 의미 체계이기도 합니다.

앞에서 말씀드렸습니다만, 사람은 나름의 의미 체계 안으로 들어가고 싶어 합니다. 의미 체계라고 하는 것은 자기 동아리와 호흡 주기가 동일한 문화, 혹은 종교이기 때문입니다. 내가 주먹이 부서지는 것도 모르고 징을 칠 수 있었고, 베라가 짐승같이 황홀해하면서 이성적인 인간 센코쿠에게 열등감을 안길 수 있었던 것은 각각 동아리 고유의 의미 체계 속으로 들어

갔기 때문입니다.

문화와 종교의 의미 체계는 우리 삶을 의미 있는 것으로 바꾸어 놓습니다. 내가 문화와 종교라는 말을 대단히 좋아하는 까닭이 여기에 있습니다.

나는 여러분의 종교도, 여러분과 사이클이 딱 떨어지게 맞는 여러분의 의미 체계이기를, 그리고 딱 떨어지게 맞지 않아서 겉돌 경우에는 믿음이라는 것을 통하여 거기에 합류하게 되기를 바랍니다. 그런 뜻에서, 중국의 근대 사상가 고홍명이 종교와 그것을 믿는 사람들에게 던진 무서운 경구 한마디를 꼭 여러분께 선물로 드리고 싶습니다. 이 말이 나에게 아주 귀한 선물이 되었듯이 여러분에게도 귀한 선물이 되기를 바랍니다.

〈그대가 어떤 인간인가에 따라 어떤 종교가 그대의 종교가 되는 것이지, 그대의 종교가 그대를 어떻게 만들어 줄 것이라고 믿어서는 안 된다.〉

Summer, 1984

제2부 벗어나는 철학, 혹은 탈의미의 철학

오늘의 이 두 번째 특강에서는 종교에 대한 내 개인의 소견을 여러분에게 털어놓겠습니다. 따라서 오늘의 특강은, 종교학이라는 족보에 덩그렇게 등록되어 있는 이론을 소개하는 것이 아니고 종교에 관한 나의 간증이 될 것입니다. 기독교에 대한 간증이 아니라는 것을 강조해 두겠습니다. 〈벗어나는 철학, 혹은 탈의미의 철학〉이라고 이름 한 이 프리젠테이션에서는 종교를 통한, 혹은 종교로부터의 자기 구원을 어떻게 기도해야 할 것인가 하는 문제가 다루어질 것입니다.

〈무리 짓는 철학〉을, 〈사람은 마음의 평화를 찾으려면 마땅히 어떤 의미 체계로 들어감으로써 무리를 지어야 한다〉는 주장으로 오해하신 분들이 있는 것 같아서 이 자리에서 한 말씀 드려 둡니다. 나는 오히려 그 반대편에 섭니다. 나는 문화와 종교가 보이는 하나의 두드러지는 현상을 소개한 것일 뿐, 그것을 권면한 것은 아닙니다. 나는, 진정한 평화에 이르는 길은 종교의 의미 체계가 안기는 환상에서 벗어남으로써 과거에 대한 지나친 자기 비하와 미래에 대한 지나친 자기 최면을 극복하고, 전혀 새로운 존재로서 현재를 사는 것이라고 믿습니다.

나는, 사소한 몸짓에다 지나치게 의미를 부여하고, 상대가 그 의미의 틀 안으로 들어오지 않는 것에 절망하고 몹시 괴로워하는 연인들을 무수히 보았습니다. 나는 사람들이 〈스스로 그러한〉 자연(自然)의 사물에 너무 많은 의미를 부여하는 것을 보면 그만 안타까워지고는 합니다. 자연이, 우리가 부여한 의미를 기억할 리 없습니다. 그러니 자연에 지나치게 의미를 부여했던 사람은 자연의 무상함에 절망할 수밖에 없지요. 의미 부여 자체가 환상인 것을요.

가장 아름다웠던 순간에 연인과 함께 걷던 발자국의 모양을 기억하지 못한다고 바닷가의 모래를 원망해서는 안 됩니다. 옛날에 함께 놀던 동무들은 다 어디로 가고 없느냐고 유달산을 원망해서는 안 됩니다. 우리에게는 눈물로 자연의 무정을 원망하는 노래가 너무 많습니다. 자연의 무정물이라고 하는 것이 원래 무정한 것을요.

우스운 이야기부터 시작하겠습니다.

고등학교 2학년 시절, 나는 구세군 교회가 운영하는 고등 공민학교 강사로 일한 적이 있습니다. 정식으로는 고등 공민학교라고 했지만 대개는 그냥 〈야학〉이라고 부르기도 했습니다. 그해 여름 이 야학에서 겪은 일을 나는 잊을 수 없습니다.

내가 일을 하기도 하고, 배우기도 하고, 가르치기도 한 야학은 주택가 한가운데 자리 잡고 있는 구세군 교회 2층이었습니다. 나는 여기에서 새벽까지 공부하다가, 춥지 않을 때는 거기에서 자기도 하고, 추울 때는 통금 풀리기를 기다렸다가 집으로 돌아가고는 했습니다.

한밤중의 교회는 참으로 기묘한 곳이 되고는 하지요. 아무도 없는 한밤중의 교회라도 여전히 그리스도의 성전이어야 하는지, 아니면 주일에 성전이 되기 위해서 빈 채로 기다리는 여느 구조물이라고 해야 하는지, 소년도 아니고 청년도 아닌 열여덟 살배기에게는 그게 분명하지 못했어요. 모르기는 하지만 나는 그 구세군 교회가, 내가 소속되어 있는 교회와는 교파가 다른 데다 그 건물이 주중에는 야학으로 쓰여졌기 때문에 성전이라는 의식은 희미하게밖에는 갖지 않았던 것 같습니다.

교회는 뱀을 사갈시하는 곳이지요. 바로 이브를 꾀어 금단의 과일을 먹게 한 혐의가 씌워져 있기 때문입니다. 그러나 열여덟이라는 나이는 무수한 뱀에게 둘러싸이는 나이, 심지어는 제 몸속에도 한 마리의 뱀을 기르는 나이입니다.

나는 그 한여름 밤에 물소리를 들었습니다. 누군가가 몸에 물을 끼얹는 소리를 들었습니다. 샤워가 없던 시절에 남자는 초저녁에도 물을 끼얹을 수 있었지만 여자는 식구들이 다 잠이 든 자정 어름이 아니면 물을 끼얹을 수 없었지요.

나는 망설이다가 가만히 복도로 나가 창가로 다가갔습니다. 주택가의 불은 거의 꺼져 있었지만 야학과 담 하나를 상거해 있는 집 안뜰은, 외등 아래 희미하게나마 드러나고 있었지요. 거기에서 누군가가 알몸에다 물을 끼얹고 있었습니다. 여자이기 때문에 자정을 넘긴 시각에 물을 끼얹고 있을 터입니다. 아니, 자정을 넘긴 시각에 물을 끼얹고 있었으니까 분명히 여자일 수밖에 없지요. 우리의 선입견이라는 게 이렇습니다.

내 눈앞에서 여자는 몸을 훔치다가 이따금씩 젖가슴을 두 손으로 들어 올리면서 그 무게를 가늠해 보는 것 같더군요. 비누질을 하다가도 여자는 이따금씩 몸을 꼬고 제 몸매를 자랑스럽게 내려다보는 것 같았어요. 여자의 몸에 묻은 거뭇거뭇한 어둠, 그것은 내 상상력 안에서는 도저히 헤어날 수 있을 것 같지 않은 어둠이었지요.

여자는 오래지 않아 방으로 들어갔습니다. 그는 금방 잠들 수 있었을 테지만 나는 잠을 이룰 수 없었습니다. 고통스러웠지요. 십자가에 달린 채 고통스러운 얼굴로 나를 내려다보는 예수 그림도, 기도하는 어린 사무엘 그림도 나에게는 위안이 되지 못했습니다. 다행히도 곧 장마철이 되었으므로 나는 두 번 다시 악몽에 시달리지 않아도 좋았습니다.

장마가 끝나고 나서 그 집에 이웃해 있는 구멍가게에 그 집 가족 구성을 물은 것은 나의 고상하지 못한 호기심 때문이었을 것입니다. 그러나 그 집에 홀아비 부자밖에 살지 않는다는 것을 확인했을 때 나는 키가 한 뼘 자라는 기분이 되더군요.

나는 알게 되었지요. 나는, 분명히 여자의 요염한 몸매와 여자에게 묻은 어둠을 보았으므로 그것은 절대로 환상일 리가 없다고 확신했지만, 물을 끼얹는 사람을 여자로 상정해 버리면 그런 환상은 얼마든지 시작될 수 있다는 것을 알게 되었던 것입니다. 선입견에 사로잡힌 나머지 존재하지도 않는 환상을 만들어 내고 거기에 시달릴 수 있는 나 자신이 참으로 부끄러워 그 뒤로도 오래 자책하고는 했습니다. 나는 야학의 청소년에게 이 체험을 들려주지 못했던 것을 지금까지도 부끄러워하고는 합니다.

나는 이때부터, 사념이라고 하는 것은 나름의 사념체를 만드는 것인지도 모른다, 따라서 어떤 사물에 대하여 〈존재한다〉고 믿는 순간부터 정말로 그 사물이 존재하기 시작하게 될지도 모른다는 생각을 하게 됩니다.

〈존재한다〉고 믿는 순간부터 정말로 존재하게 된다는 말은, 많은 종교인들은 동의하지 못하거나 전폭적으로 동의하거나 둘 중의 하나일 것입니다.

여기에서 사념체라는 것을 좀 설명해 보겠습니다.

나의 가까운 친구였던 어느 스님으로부터 이런 이야기를 들은 적이 있습니다. 무주 적성산에는 안국사라고 하는 큰 절이 있고, 이 안국사에서 한 시간쯤 더 올라가면 토굴이 하나 있습니다. 이 토굴 뒤에는 가느다란 폭포가 하나 있고요. 이 토굴에 오는 스님들에게는 금기가 하나 있습니다. 그 실폭포 아래서는 절대로 몸을 씻어서는 안 된다는 것입니다. 거기에서 몸을 씻으면 죽는다는 것입니다.

내 친구 스님은, 그 토굴에 오는 객승에게 일일이 그것을 일러 주고는 했는데 어느 객기 있는 스님이 술김에 그 실폭포 속으로 들어갔더라지요. 그러고는, 옆에서 들려온 살쾡이 소리에 그만 심장 마비로 숨을 거두고 말았다지요. 모르기는 하지만 그 스님은 술김에 객기를 부리느라고 실폭포로 몸을 적시고 있기는 했어도 몸과 마음은 더없이 긴장되어 있었을 것입니다. 그러니까 살쾡이의 울음소리가 일종의 방아쇠 노릇을 한 것이지요.

재미있는 것은, 그 폭포에서 몸을 씻으면 죽는다는 말은 내 친구 스님이 지어낸 말이라는 점입니다. 스님이 왜 그런 말을 만들어 내었는가 하면 바로 그 실폭포 아래에서, 토굴에서 쓰이는 식수를 취수했기 때문이었답니다. 그런데도 그 스님은 죽었어요. 내 친구 스님이 그 스님을 죽였던 것일까요? 사념체가 죽인 것이지요.

우스운 이야기를 하나 더 하지요.

옛날 어느 곳에요, 악처에 시달리면서, 살아도 몹시 피곤하게 사는 아주 사람이 좋은 서방이 있었답니다. 오죽했으면 서방이라는 사람이 아내 몰래 한숨을 내어놓으며, 〈악처시하에는 지옥이 따로 없다더니 옛말 하나도 그른 것이 없구나〉 하고 혼잣말하는 버릇까지 있었을까요. 악처 밑에서 철학자 난다는 말이 있지요만, 이 서방은 그럴 푼수도 못 되었던 모양입니다.

그런데 그런 서방에게도 좋은 날이 올 조짐이 보였습니다. 옛날 그 아내와 초례 지내던 날 이래로는 처음으로 말이지요. 서방에게 좋은 일이 무엇이냐……. 악처가 이름 모를 병을 얻어 몸져눕더니 백약의 보람은 뒤쪽으로 나고 내일을 기약할 수 없게 된 것입니다.

아내는 마지막 숨을 모으면서도 끝내 착한 아내가 되지 못했어요. 말하자면 임종의 자리에서까지, 베갯머리에 쭈그리고 앉은 서방을 신칙해 대는 겁니다. 이렇게요.

「나 죽는 것은 서러울 것 하나 없어도, 어떤 연놈 좋은 일 시킬 생각을 하니 발이 떨어지지 않소. 하지만 나 죽는다고 당신 좋아할 것은 하나도 없을 게니 그리 알아요. 귀신이 되어 당신의 발뒤축에 묻어다닐 테니까,

행여 나 없다고 술청 노름방 기웃거린다든지, 임자 없는 계집에게 눈길 주거나 하는 짓은 아예 마음도 먹지 마시오.」

그러고 나서는 숨을 턱 놓고 말았지요.

서방은, 물론 그런 낯색이야 보이지 않았겠지만 속으로는 〈더러운 처, 악한 계집이 그래도 빈방보다는 낫다고 한 놈이 어느 놈이여〉 했을 법하지요. 말하자면 서방은 참으로 오랜만에 가슴도 한번 펴보고, 하늘도 한번 올려다보면서 자유라는 것을 누려 보았을 터입니다.

그래서 서방은 상배 조문객의 발길이 뜸해질 때부터 자유라는 것을 한번 누려 봅니다. 슬금슬금 노름방도 기웃거려 보고, 술잔도 더러 사 마시기도 하고 얻어 마시기도 하고, 남의 여자 아랫도리도 더러 곁눈질해 보는 것입니다. 아내 생시에야 마음먹는 것만으로도 크게 송구했을 짓거리였지요.

덤불 속 메추리 튀겨 내는 것은 사냥개요, 뱃속의 말 튀겨 내는 것은 술이라는 옛말이 있지요. 술잔이 들어가니 서방의 입에서 속에 든 말이 슬슬 나오기 시작합니다.

「무엇이 어째? 귀신이 되어 내 발뒤축에 묻어다녀? 좋아하시네. 아나, 뒤축 여기 있다!」

그러고 나니 얼마나 통쾌했겠어요? 서방은 자유를 마음껏 누렸지만 구천의 아내에게 미안해하지 않았다면 거짓말이겠고, 겨자씨만큼만 미안해했어요.

그러나 좋은 날은 오래가지 않았어요. 왜냐? 어느 날 밤 꿈에 아내가 터억하니 현형해 가지고는 아주 종주먹까지 들이대면서 서방을 볶았어요.

「잘하십니다, 잘해요. 속이야 어떻든, 내 생전에는 안 그러더니 이제는 노름방을 기웃거리지 않나, 술을 마시지 않나, 남의 계집을 흘끔거리지를 않나……. 무엇이 어째요? 아나, 뒤축 여기 있다? 어디 그 발뒤축 구경 좀 합시다.」

서방이 기겁을 해서 꿈을 깨고는 뒤축을 만져 보았어요. 이를 어째요?

뒤축이 벌겋게 부어 있는 겁니다. 식은땀이 주르륵 쏟아질 노릇 아닙니까?

서방의 자유는 그걸로 끝이었습니다. 아내가 밤이면 밤마다 꿈에 나타나서 아예 일일 결산을 하자고 덤비는 겁니다. 길 묻는 아낙네에게 길 가르쳐 주었다고 타박하지를 않나, 남의 마누라 새참 광주리 내려 주었다고 볶아 대지를 않나, 씨 뿌리고 김매고 거두는 일이 하루만 늦어도 다그치지를 않나……. 죽은 아내가 정말 귀신같이 알고는 들볶아 대는 데는, 하룻밤에 머리가 모시 바구니 될 노릇이었지요.

견디다 못한 서방은 인근에서 선견자로 소문이 자자한 도사님을 찾아갑니다. 가서, 도사님 앞에서 아내 생전에 구박받던 이야기, 사후에는 꿈속에서 시달리던 이야기를 일일이 고해바칩니다. 눈물을 흘리면서 이런 하소연까지 합니다.

「아내가 죽으면 나을까 했더니……. 차라리 살아 있어서, 할 일 못한다고 사설하고, 못 할 일 한다고 책망하는 편이 낫겠습니다. 아내가 그리워서 이러는 게 아닙니다. 죽어서 나를 더 괴롭히니 살아 있는 편이 차라리 낫겠다는 것이지요. 죽어서 망령이 되더니, 제 쌈지에 든 돈 액수까지 귀신같이 세고 있는데 이걸 어떻게 견딥니까? 차라리 나도 죽어 버리자……. 이런 마음도 먹어 보았습니다. 그러나 죽는 것은 두렵지 않은데 만의 하나라도 구천에서 제 아내를 만나면 이 일을 어쩝니까? 그래서 굽도 젖도 못 하고 이러고 삽니다. 제 아내는 살아서는 원수더니 죽어서는 애물단지요, 저는 살아도 지옥이요 죽어도 연옥일 터이니, 대체 이 일을 어쩌면 좋습니까?」

잠자코 듣고 있던 도사는 밖으로 나가서 한참 뒤에 들어왔습니다. 도사의 손에는 조그만 주머니 하나가 매달려 있었어요. 그 주머니를 서방에게 건네주면서 도사가 이렇게 묻습니다.

「그 주머니 속에 무엇이 들어 있을 것 같으냐? 끈을 풀어 보지 말고 대답해 보아라.」

「자르락거리는 것이, 공기만 한 조약돌인 것 같습니다.」

「몇 갠지 알겠느냐?」

「세어 볼까요?」

「세어 보면 안 된다. 주머니 끈을 풀면 안 된다. 풀어 보지 말고, 잠을 잘 때는 꼭 쥐고 자도록 해라. 그리고 망부가 또 꿈에 나타나거든, 다짜고짜 주머니 속에 조약돌이 몇 개나 들어 있는지 물어보아라. 다시 한 번 이르거니와, 절대로 주머니 끈을 풀고 조약돌의 개수를 세어 보면 안 된다. 망부에게 몇 개인지 알아맞혀 보라고 하되, 알아맞히거든 나를 찾아오너라. 망부가 대답을 못 하더라도 역시 나를 찾아오너라.」

서방은 집으로 돌아와 도사가 시키는 대로 그 주머니를 꼭 쥐고 잠자리에 들었습니다. 아내의 망령은 그날 밤에도 어김없이 현몽해서는 서방 잡도리하기를 팥죽 먹은 개 후리듯 합니다.

「아이고, 밉다니까 업자는구려. 그래, 도사 찾아가면, 내가 어 뜨거라 할 줄 알았소? 살아서는 원수더니 죽어서는 애물단지라고요? 살아도 지옥이고 죽어도 연옥이라고요? 그래, 도사가 준 그 주머니 구경 좀 합시다. 무엇이 들었길래 그걸로 나를 몰아낸답니까?」

서방은, 이번에는 지지 않고 냅다 소리를 질렀습니다.

「오냐, 주머니 여기 있다. 공기만 한 조약돌이 든 것은 자네도 잘 알 터이니, 자, 어디 대답해 보아라. 몇 개냐! 이 주머니 속에 조약돌이 대체 몇 개나 들어 있는지 맞혀 보아라!」

참으로 이상한 일입니다. 몇 개냐고 대갈일성하는 순간, 아내의 망령이 흔적도 없이 사라져 버린 겁니다. 서방은 방 안을 휘 둘러보다가 꿈에서 깨어났습니다.

서방은 행여나 하고 아내의 망령을 기다려 보았습니다. 그러나 그날 밤에는 물론 이튿날 밤에도 사흘째 되는 날 밤에도 아내는 나타나지 않았습니다. 닷새째 되는 날 밤부터는 꿈자리가 사납기는커녕 꿈이라는 것조차 내비치지 않았습니다.

서방은 도사를 찾아갔습니다. 찾아가서는, 그동안에 있었던 일을 낱낱이 고하고, 대체 무슨 술법을 썼길래 그렇게 악마구리 같던 아내가 다시는 꿈에 비치지 않느냐고 물었습니다.

도사는 껄껄 웃었습니다.

나는 도사가 그에게 무슨 말을 했는지 기억하지 못하겠습니다. 모르기는 하지만 도사는 이렇게 말했기가 쉬울 것입니다.

「꿈속에 나타났던 것은 네 아내가 아니고 네 사념이 만들어 낸 허깨비일 뿐이다. 따라서 꿈속에 나타났던 네 아내는, 아내의 구박에 대한 너의 두려움이 물화한 것인즉 곧 너다. 그래서 네가 알고 있는 것은 꿈속에 나타난 네 아내도 알고, 네가 알지 못하는 것은 네 아내도 알지 못하는 것이다. 네 쌈지에 든 돈의 액수까지 꿈속의 네 아내가 알고 있었던 것은 네가 알고 있었기 때문이다. 네 아내가, 네가 나에게서 주머니 받아 온 것을 알고 있었던 것은 네가 알고 있었기 때문이다. 네 아내가, 그 주머니에 조약돌이 들어 있다는 것을 알고 있었던 것은 네가 알고 있었기 때문이다. 그러나 네 아내는, 그 조약돌이 몇 개인지는 알아내지 못했다. 이것은 네가 알지 못했기 때문이다. 네가 조약돌이 몇 개냐고 묻는 순간 네 아내는 사라졌다. 이것은 네가, 꿈속에 나타난 것이 네 아내가 아니라 바로 너 자신이라는 것을 깨달았기 때문이다. 한 종족이 섬기는 신이 그 종족이 공유하는 사념의 산물이라는 것을 이제야 알겠느냐? 한 종족이 섬기는 신은 그 종족보다 조금밖에는 더 현명하지 못한 까닭을 이제야 알겠느냐? 닭이 울면 귀신이 떠나는 이유를 이제야 알겠느냐? 가거라. 이제는 네 사념이 꿈을 빌어 너를 시비하는 일은 결단코 없을 것이다. 너는 네 사념이 지어 낸 허깨비의 존재를 인식함으로써 그로부터 자유로워졌구나……」

사념이라고 하는 것이 이렇듯이 요사스럽고 간특합니다. 그래서 삿된 사념에 사로잡히면 세상은 순식간에 지옥이 되어 버립니다.

내가 여기에서 〈사념〉이라고 부르는 것은 우리가 그냥 수시로 하는 생각을 말합니다. 따라서 철학적인 의미로 쓰이는 〈관념〉과는 조금 다릅니

920

다. 내가 생각하기로 사념이 집단화하면 모듬살이의 관념이 되고, 이 관념이 모듬살이 안에서 강화되면 〈이념〉이 되지 않을까 합니다. 이념이라고 하는 것은 모듬살이가 이상적인 것으로 승인한 관념을 뜻합니다. 우리가 〈정치적 이데올로기〉, 〈종교적 이데올로기〉 할 때 쓰는 이 〈이데올로기〉가 곧 이념입니다. 사념은 대체로 이런 단계를 거쳐서 정치적 혹은 종교적 이데올로기로 진화한다는 것이 내 생각입니다.

그런데 이 이념이라는 것에는, 모듬살이에 의해 이상성(理想性)을 획득했기 때문에 이 이상성을 부정하는 구성 분자에게는 박해를 가하는 속성이 있습니다. 말하자면 그 이상성을 부정하는 이탈자를 모듬살이에 대한 약속 위반자 혹은 배반자로 규정하는 속성이 있는 것입니다. 정치나 종교의 이데올로기가 그 이데올로기를 부정하는 이탈자에게 가혹한 까닭이 여기에 있습니다.

그런데 말이지요. 당연한 일이지만 정치적 이데올로기라는 것도 그 이데올로기가 허상이었다는 것이 증명되면, 다시 말해서 그것을 이상적인 관념으로 승인한 사람들에 의해 이번에는 허상이었다는 동의가 내려지면 여지없이 파기됩니다. 많은 민주주의 국가의 이데올로기는 이런 과정을 거치면서 공산주의화하고는 했는데, 이번에는 오늘날의 공산주의가 대체로 이런 길을 걷고 있는 것으로 보입니다.

종교는 어떨까요?

조심스럽게, 시대의 변화에 취약한 일면을 보이는 하등 종교 이야기부터 해볼까요? 고등 종교니 하등 종교니 하는 말을 해서 뭣합니다만 편의상 이렇게 써봅니다. 어떤 민족에게 고유했던 것이기는 합니다만 불교나 기독교 같은 종교에 의해 쉽사리 소독되어 버리는 듯한 민속 신앙을 고등 종교라고 부를 수는 없지 않나 생각됩니다.

어느 마을엔들 없었겠습니까만, 우리 마을에도 서낭당이라는 것이 있었습니다. 마을에서 읍내로 통하는 산 중허리에는 서낭신이 깃들어 있다고 믿어지던 서낭목이 있고 그 서낭목 아래에 서낭단이 있었습니다. 내 어

린 시절 이 서낭단은 커다란 돌무더기가 되어 있었는데, 어른 아이 할 것
없이 산을 올라 이 서낭단을 지날 때는 돌멩이를 서너 개 쌓아 올리면서
소원을 빌고는 했습니다.

지금은 환갑을 아득히 넘긴 내 집안 누님 이야기가 한번 들어 둘 만합니다.
누님이 시집 간 다음 해였다지요. 시집살이 1년에 자식까지 뱄으니 시
살림이 자기 살림 같고 친정 걱정은 남의 걱정 같을 때도 되었으련만 그게
아니더랍니다. 어찌어찌 시아버지 허락을 얻어 친정 가는 날짜가 잡히니
그렇게 좋을 수가 없더라나요. 드디어 그날이 되자 누님은 동백기름 발라
머리 빗고, 빳빳하게 풀해 다림질한 열닷 새 무명 단속곳에 유똥치마 받쳐
입고 시집을 나왔더랍니다. 머리에는 떡 보퉁이를 이고, 한 손에는 시아버
지가 친정아버지 옻닭 해드리라고 보자기에 싸준 오골계 한 마리까지 들
었으니 신바람이 났을 테지요.

시집에서 30리 길을 걸어와 우리 마을의 앞산에 들어서고부터는 인적
이 끊기면서 무서운 정이 들기 시작하더랍니다. 무서운 정이 들고부터는
귀에 이상한 소리가 들리기 시작했지요.

싸박 싸박 싸박…….

누님의 귀에는 분명히 발소리로 들리더랍니다. 어찌나 무서웠던지 누님
은 우리 마을 앞산을 더 올라가지도 내려가지도 못한 채 걸음을 멈추고는
사방을 둘러보았답니다. 걸음을 멈추니까 발소리도 더 이상 들리지 않더
랍니다.

별것이 아니구나 싶어서, 또 산을 오르려니까 예의 그 소리가 또 들리더
라지요. 발을 재게 놀리면 발 소리도 싸박싸박싸박 재게 나고, 걸음을 늦
추면 발자국소리도 싸…… 박…… 싸…… 박…… 느려졌고요.

미행당하고 있는 모양이다……. 누님은 이렇게 생각했대요. 바람 소린
가 싶어서 둘러보아도 아니고, 바람에 억새 슬키는 소린가 하고 둘러봐도
아니고, 오골계가 내는 소린가 하고 내려다보아도 아니고…….

하여튼 못 들은 척하고 계속 산을 올랐답니다. 머리끝이 서고 등짝에

식은땀이 번지더랍니다. 낮 귀신이니 예사 귀신이 아니겠다 싶어서 누님이 큰맘 먹고 휙 뒤를 돌아다보았더니, 맙소사……. 다복솔 뒤로 검은 그림자가 휙 들어가더랍니다. 누님은, 아이고 사람 살려…… 하는 심정으로 그 자리에 덜퍼덕 주저앉고 말았답니다.

처음에는 개호주인가 했다지요. 개호주가 누님의 들보따리에 든 오골계가 탐이 나서 뒤를 밟는 줄 알았다지요. 하지만 누님에게는, 오골계를 선뜻 풀어 줄 마음이 안 생기더랍니다. 이게 어떤 오골계인데…… 이런 생각을 했기 때문일 테지요.

누님이 일어나서 걸으니까 그 발소리도 계속되더랍니다. 누님은 우리 마을에서 가까운 해운사 신장에도 빌어 보고, 칠성각의 칠성님, 산신각의 산신님께도 빌어 보고, 돌아가신 조상님께도 빌어 보았답니다. 빌고 또 빌면서, 그 싸박 싸박 하는 소리에 쫓기면서 진동한동 서낭당으로 올랐답니다.

서낭당에 이르니까, 이제 살았구나 싶더라지요. 누님은 뒤로 돌아서서 침 세 번 뱉고 당에다 돌을 올렸답니다. 처음에는 손이 떨려서 돌이 자리를 잡지 못하더래요. 서낭신이 응감을 않는 모양이다 싶어 이번에는 떡 보따리 오골계 보따리를 내려놓고 싹싹 비니까, 돌이 자리를 잡더라지요. 이로써 공포는 사라지더랍니다. 서낭신이 응감을 했는데 두려울 게 없는 거지요.

누님은 서낭신을 터억 믿고, 자기를 따라온 것의 정체가 무엇이었는지 알아보려고 온 길을 되짚어 내려가 볼 생각을 했다니 대단하지요? 하지만 누님은 열 걸음도 채 못 옮기고, 자기를 따라온 것의 정체를 알아내었답니다. 무엇이었을까요? 그 싸박 싸박, 혹은 싸그락 싸그락 하던 것의 정체가요.

풀 먹여 다려 입은 열닷 새 무명 단속곳 가랑이가 슬키는 소리였답니다. 광목 바지저고리를 입어 본 적이 있는 내 귀에는 지금도 그 소리가 들리는 것 같네요. 우리는 누님으로부터 그 이야기를 들을 때마다 허리가 끊어지게 웃고는 했지요.

단속곳 가랑이 슬키는 소리……. 이게 누님의 사념 속에서는 낮 귀신도 되고 개호주도 되었던 것입니다. 그런데 서낭신에 대한 누님의 믿음이 그런 허깨비를 몰아낸 것이지요.

누님의 소싯적에 서낭신에 대한 믿음은 우리 마을의 종교 중의 하나였지요. 서낭신의 존재는 사념에서 관념이 되고 관념에서 종교 이념이 되어 있었던 것이지요. 그 당시에는 마을의 어느 누구도 성낭당을 훼손할 수 없었어요. 마을 사람들 모두가, 누구든지 그 서낭신을 훼손하면 동네에 동티가 내린다고 믿었기 때문이지요. 말하자면 서낭당은 당시 우리 마을의 성소였던 셈입니다. 성소를 훼손하면요? 마을 어른들의 조리돌림을 당해도 호소할 데가 없었어요.

미국으로 오기 직전에 나는 일흔을 넘긴 집안 누님과 함께 바로 그 서낭당 옆을 지났답니다. 우리 어린 시절에는 서낭당의 돌무더기가 어른의 키로 두 길이 넘도록 높았는데, 그때 보았더니 그게 다 허물어져 있더군요. 새로운 이데올로기에 의해 훼손되어 버린 것입니다.

그런데, 나는 당연히 누님만은 그 서낭당에다 돌을 얹을 줄 알았는데 얹지 않는 겁니다. 그래서 내가 물었지요.

「누님, 돌 안 얹어요? 서낭신에게 빌 게 없어졌어요?」

그랬더니 누님이 그럽디다.

「서낭신이 떠났어.」

「어디로요?」

「누가 알아?」

정말 거기에 서낭신이 있었을까요? 있다가 시절이 아무래도 서낭신의 시절이 아니라는 것을 알고는 떠나 버린 걸까요? 우편 번호도 안 가르쳐 주고 떠나 버린 걸까요?

내 고향 마을 사람들은 지금 기독교인들이 되어 있지 않습니다. 그런데 서낭신만 놓쳐 버리고 말았지요. 서낭신을 떠나보낸 내 집안 누님이나 내 고향 마을 사람들은 그렇게 초라해 보일 수 없었습니다. 새 약속을 받아 내지도 못한 채, 예부터 유효하던 희망의 약속을 순식간에 파기당하고 허탈해하는 사람들 같았습니다. 실존적 의미를 소독당한 듯한 내 고향 사람들에게, 나는 무엇인가를 손에 쥐여 주지 않으면 안 됩니다. 하지만 무엇을요?

서낭신이 어떻게 있다가 없다가 할 수 있는 것일까요? 누님의 소싯적에는 서낭당에 있던 서낭신이 정말 새 시대가 오니까 그 자리를 떠나 버린 것일까요? 이 〈있음〉과 〈없음〉은 물리적인 현상인 것일까요?

이것을 조잡하게나마 한번 설명해 볼까요?

우리 학교 정치학과에 백 박사라고 하는 젊은 교수가 있습니다. 워낙 술을 좋아하는 양반이니까 여러분 중에도 그 양반과 술을 마신 적이 있는 분들이 많을 것입니다.

이 백 박사는 사냥과 낚시를 대단히 좋아했습니다. 〈좋아했다〉고 하는 까닭은, 현재 이 취미에 약간 이상이 생겼기 때문입니다. 백 박사는 사냥과 낚시를 그냥 좋아하기만 하는 것이 아니고 솜씨가 굉장합니다. 중학생 시절에 미국으로 건너와 미국 시민이 된 백 박사는 겨울철에는 사슴이나 오리를, 여름철에는 물고기를 잡아 많은 사람들을 즐겁게 해주고는 했습니다. 이 미시간 주에는 자그마치 백만 마리의 사슴이 있는 것으로 알려져 있지요. 고속 도로 곳곳에 사슴을 주의하라는 표지가 부지기수로 서 있는데도 불구하고 사슴은 해마다 2만여 건의 교통사고를 일으킵니다. 사냥 좋아하는 백 박사에게 이 미시간 주는 참 살기 좋은 고장이었을 터입니다.

그런데 한 3년 전에 현 박사라는 한국인 교수가 시카고에서 우리 베델 대학으로 왔습니다. 독실한 불교 신자인 이 현 박사는 골프를 대단히 좋아합니다. 그냥 좋아하기만 하는 것이 아니고 솜씨가 굉장해서 많은 초심자들에게는 좋은 사부님이 되기도 합니다. 이 미시간 주는, 미국에서 두 번째로 골프장이 많은 주라는 걸 아시지요. 골프를 좋아하는 현 박사에게도 미시간 주는 참 살기 좋은 고장일 터입니다.

그런데 한 2년 전부터 이 두 사람 사이에 껄끄러운 일이 생기기 시작했습니다. 독실한 불교 신자인 현 박사가 백 박사의 사냥질, 낚시질 취미에

925

시비를 걸기 시작한 것입니다. 아닌 게 아니라 불자인 현 박사로서는, 백 박사가 차고 천장에다 사슴을 매달아 놓고 육포를 뜨는 짓거리나, 눈을 껌벅거리는 생선의 배를 가르고 회를 뜨는 짓거리를 견딜 수 없어서 그랬을 것입니다. 현 박사는 내가 듣는 데서도 종종 백 박사를 비난하고는 했는데, 그럴 때마다 백 박사는 내게 〈나는 현 박사 골프 취미를 비난한 적이 없어요〉하고 투덜대고는 했답니다.

그런데 현 박사의 비난이 날이 갈수록 심해지니까 백 박사도 드디어 참을 수 없게 되고 만 게지요. 어느 날 백 박사는 내게 이렇게 하소연을 합디다.

「내 안에는 불길이 있어요. 이 불길은 늘 나를 싱싱하게 살아 있도록 만들지요. 내가 골프보다는 사냥이나 낚시를 좋아하는 것은, 전자는 내 안에 있는 불길을 자꾸만 죽이려 드는 데 반해 후자는 그 불길을 자연스럽게 활활 타오르게 하기 때문입니다. 현 박사가 오기까지 나는 참 행복했어요. 그런데 현 박사로부터 용서받지 못할 죄인 취급을 당하기 시작하고부터는 도무지 행복하지 못합니다. 내게는 원래 지옥이 없었어요. 그런데 지옥이 생기고 말았어요. 나는 나의 천국에서 천진한 야만인으로 행복하게 살고 있었는데 현 박사가 지옥을 하나 만들어 주고 만 겁니다.」

나는 백 박사를 찬양하고 현 박사를 비난하고 있는 게 아닙니다. 단지 백 박사에게 지옥의 〈있음〉과 〈없음〉은 물리적인 현상이 아니었다는 것을 설명하고자 했을 따름입니다.

이제 지극히 사적인, 내 개인의 종교적인 경험을 간단하게 들려 드릴 차례가 되었습니다.

나는 독실했다고는 할 수 없으나, 오래 교회에 몸을 담았거나 담고자 애썼던 사람입니다. 교회에 몸을 담고자 애썼다고 하는 것은, 민속 신앙의 소독에 가담하면서 기독교의 의미 체계를 내 실존으로 승인하고자 노력했다는 뜻입니다.

그런데도 나는 교회를 떠나게 되었습니다. 떠나게 된 것은, 행인지 불행

926

인지 기독교의 의미 체계에 대한 믿음에 방해물이 하나 끼어들었기 때문입니다. 그것이 무엇이냐 하면, 내 믿음 또한 조직적이고 집단적인 사념 체계에 대한 믿음에 지나지 못하는 것이 아닐까 하는 의혹입니다. 나 역시 언젠가는 파기해야 마땅할 사념과 관념과 이념이라는 허깨비에 들려 있는 것이나 아닐까 하는 의혹 때문입니다.

기독교는 믿음을 귀하게 여깁니다. 그래서 그리스도는 〈너희에게 믿음이 겨자씨만큼만 있어도 능히 산을 옮길 수 있다〉고 했습니다. 불교는 〈이것이 무엇이냐〉를 화두로 삼고 의심하기를 가르칩니다만, 기독교는 의심하는 행위를, 의혹이라고 하는 것을 큰 악덕으로 칩니다. 그래서 그리스도는 의심이 많은 도마 사도에게 〈너는 나를 보고도 믿지 못하느냐, 보지 않고도 믿는 자는 복되다〉고 합니다.

그런데 나는 의심하기 시작한 것입니다.

그 과정을 간단하게 설명해 보자면 이렇습니다. 나는 그리스도의 간결한 가르침이 지니는 무서운 힘에 압도당한 나머지 그리스도에 입문함으로써 그 의미 체계에 합류했습니다. 거기에 합류하고 보니 세상이 정말 달라져 보이더군요. 세상이 달라져 보였던 것은 내가 어렸기 때문일 것입니다. 종교 조직과의 단순한 합류를 통해서 달라져 보이는 세상과, 거듭남을 통하여, 이른바 〈회심〉이라고 하는 영적인 소스라침을 경험하면서 달라져 보이는 세상은 엄연히 다릅니다. 내가 여기에서 세상이 달라져 보이더라는 것은 가치 체계에 일대 변화가 왔기 때문에 하게 된 단순한 경험이 아니었나 생각됩니다.

그런데 스무 살 전후가 된 연후에 가만히 나 자신을 반성해 보니, 내가 합류한 데는 그리스도의 의미 체계라기보다는 종교 조직이라고 할 수 있는 교회의 의미 체계인 것 같아 보였습니다. 말하자면 그리스도와 교회를 이원적으로 인식하기 시작한 것입니다.

종교적으로는 불행했다고밖에 할 수 없는 내 개인사는 교회와 신학에 대한 절망과 함께 시작되었다고 해도 과언이 아닙니다. 교회의 발길에, 신학의 발길에 그리스도에 대한 나의 사랑이 무참하게 짓밟히면서 시작되었다는 말을 나는 겁 없이 곧잘 합니다.

이때부터 그리스도와 교회와 신학이 내게는 각기 다른 것으로 보이기 시작했습니다. 달라 보여서는 안 되는 것인데 말이지요.

그리스도는 우리 영혼의 자기 구원과 자기 부흥에 필요한 불변의 원리를 제시하고 있었음에도 불구하고, 교회는 이것을 세속적인 자기 도피와 자기 최면의 원리로 변질시키고 있다는 느낌을 나는 자주 받았습니다. 교회가 영혼의 약국 아니면 내세를 위한 보험 회사로 전락하고 있다는 느낌, 신학은 그 약국의 처방 아니면 내세를 위한 보험 약관으로 타락하고 있다는 생각을 지울 수 없었지요. 종교 경험에 관한 한, 내가 한 가장 치명적인 실수 중의 하나는 그리스도를 친견(親見)하러 교회를 찾아 들어간 실수일 것입니다.

교회와 신학에 절망한 뒤부터 내 의심의 화살은 성경 쪽으로 겨냥을 바꾸면서, 기독교인들에게는 더없이 독신적(瀆神的)인 발언으로 들릴 터입니다만, 성경 역시 또 하나의 정교한 신화집이 아닐 것인가 하는 의심을 하기 시작합니다. 의심이 송구스러웠던 나는, 송구스러움을 이기지 못하는 사람들이 대개 그러듯이 지독하게 호전적인 태세를 취하게 되고, 이 때문에 그리스도 안에서 만난 많은 친구들의 적이 됩니다. 그러나 그들은 알았어야 했고 지금도 알아야 합니다. 기독교의 교회에 이렇게 골을 내고 있는 것은 내가 지독하게도 기독교적이기 때문이라는 것을요.

내가 어떤 종교에다 절대적인 가치를 부여하는 것을 포기하고 인간이 도대체 어떤 의미 체계를 만들어 가고 있는가, 어떤 사념체를 만들고 있는가, 그래서 이걸 어떻게 종교 이념으로 빚어 가고 있는가, 하는 것을 한번 곰곰이 따져 보기 시작한 것은 세계 여러 나라의 신화를 읽기 시작하고 나서부터입니다. 세계 여러 나라의 신화나 고대 종교의 경전은, 창세의 모티프와 아담과 이브의 실락원 신화와 노아의 홍수 설화는 물론이고 심지어는 동정녀 수태와 수태 고지와 그리스도의 고난 및 부활의 모티프까지도

928

유대교와 기독교의 전유물이 아니라는 것을 깨우칩니다. 나는 신화를 접하면서 교회와 신학이 한사코 내 눈에다 채우던, 경주마의 가죽 눈가리개 같은 블라인드를 벗게 됩니다.

나는 한 종교를 통하여 구원을 비는 것을 거절하고, 오로지 인간의 사념이 그물코처럼 짜놓은 의미 체계를 통해서, 사념이 관념으로 진화하고 관념이 이념으로 진화하면서 정교하게 확립된 종교의 의미 체계를 통해서, 종교가 그 의미 체계를 일반에게 쉽게 전하기 위해서 꾸며 놓은 무수한 상징체계를 통해서 거꾸로 인간의 보편적인 모습을 한번 들여다보기를 바라게 됩니다. 이 말은, 어떤 종교의 의미 체계도 절대적일 수는 없음을 인식하게 되었다는 뜻입니다. 어떤 종교의 의미 체계는 그 종교의 신학에 의해서 확립된 것임을 인식하게 되었다는 뜻입니다. 확립된 것은 허상이기가 쉽습니다. 절대적인 것이 아니라는 확신, 허상일 것이라는 확신은 그 체계로부터의 이탈을 언제든지 가능케 합니다.

여기에서 문득 신화적인 상징 혹은 종교적인 상징 이야기를 좀 해보겠습니다. 상징이라고 하는 것은 어떤 종교의 의미 체계와 대단히 관계가 깊은 것이기 때문입니다.

〈상징〉이라는 말은 정의하기가 무척 까다로운 말입니다. 그러나 〈추상적인 것이 구체적인 것에 빗대어 드러난 것〉이라고 하면 퍽 조잡하기는 해도 말머리는 풀어 나갈 만합니다. 가령, 죽음이라고 하는 것, 저승이라고 하는 것은 추상적인 것이지요? 우리나라 사람들은, 〈지하에 계신 영령〉이라는 말을 곧잘 씁니다. 이때 〈지하〉는 죽음과 저승의 상징이 됩니다. 기독교인들은 〈세상을 떠났다〉는 말 대신 〈하늘나라로 갔다〉는 표현을 곧잘 쓰고는 하지요. 이때 〈하늘〉은 이들에게 죽음이나 천국의 상징이 됩니다.

상징이라고 하는 것은 인류가 오랜 세월에 걸쳐 사용해 온 표현 수단이자 가장 근본적인 표현 방식입니다. 그 까닭은 상징이라고 하는 것을 사용하면, 다른 표현 양식을 통해서는 도저히 드러낼 수 없는 인간의 존재론적 측면을 드러내는 것도 가능하기 때문입니다. 인간 존재의 문제가 폭넓게 다루어지는 종교가 무수한 상징으로 이루어져 있는 것은 바로 이 때문입니다.

여기에서, 종교가 지니는 상징적 의미 체계의 허실을 짚어 보기 위해서는 세계의 종교 문화권에서 두드러지는 몇 가지 종교적 상징물을 검토해 볼 필요가 있을 듯합니다. 나는 여기에서 공유가 가능한 보편적 상징물로는 나무를, 독점되지 않으면 안 되었던 배타적인 상징물로는 종교적 갈등의 현장에 있는 한 구조물을 예로 들어 보겠습니다.

나무는 세계의 거의 모든 종교가 깊은 의미를 부여하고 있는 보편적인 상징입니다. 많은 종교는 그래서, 뿌리는 땅속으로 박아 지하와의 접촉을 도모하고, 가지는 하늘로 뻗어 영원과의 화해를 시도하며, 그러면서도 몸속의 나이테로 시간을 기록하는 나무를 하늘과 땅의 의미를 총체적으로 아우르고 현현 세계의 존재를 몸으로 드러내는 신성한 상징으로 세웁니다.

한 그루의 특정한 나무가 여러 종교 문화권에서 어떤 상징적 의미를 지니는지 우리나라를 필두로 한번 살펴보기로 하지요.

단군 신화에서 환웅이 어디로 강림했습니까? 신단수(神檀樹) 아래로 강림한 것으로 전해집니다. 말하자면 우주의 기운이 한 그루의 나무를 타고 지상으로 내리게 된 셈인데, 신화 속의 이런 나무가 종교학에서는 〈우주수(宇宙樹)〉, 혹은 〈세계의 축〉이라고 불립니다. 더러 이런 나무가 〈옴팔로스〉라고 불리는 수도 있습니다. 옴팔로스는 〈배꼽〉이라는 뜻입니다. 사람은 배꼽을 통해서 모태의 정기를 받기 때문에 이렇게 불릴 것입니다.

신단수를 통해서 강림한 환웅의 내림이어서 그렇겠지만 우리나라 사람들은 유난히 나무를 신성시합니다. 당신(堂神)이 깃들어 있는 것으로 믿어지는 당산나무와 서낭신이 깃들어 있는 것으로 믿어지는 서낭목이 바로 그런 나무입니다. 연신 굿 무당 집 지붕 위로 불쑥 솟아오른 간대[竹竿]를 잘 아시겠지요? 우리 나라에서, 마른 대나무가 한 그루 쫑긋하게 솟아 있는 집을 보면 점쟁이 아니면 무당 집이라고 보면 됩니다. 왜 그런 나무를 세워 놓았는지는 설명이 된 셈이겠지요.

그리스 신화에 따르면 제우스는 도도나에 있는 참나무에 자기 뜻을 맡깁니다. 신이 어떤 사물에 자기 뜻을 맡기고 자기를 대신해서 인간에게 전하게 하는 것을 〈탁선(託宣)〉이라고 하고, 신이 맡긴 뜻을 〈신탁(神託)〉이라고 하는 모양입니다. 도도나는 제우스의 신탁소가 있었던 곳으로 유명한 곳입니다.

구약 성경을 보면 야훼 하느님이 두 번씩이나 나무를 통하여 강림하니 유대교도들에게도 나무라고 하는 것은 신성한 것이지요. 모세가 호렙 산으로 올라갔을 때 야훼는 떨기나무 가운데서 이는 불꽃으로 나타나 〈모세야, 네가 서 있는 곳은 거룩한 곳이니 신을 벗어라〉 하고 말하지 않습니까? 그 뒤 야훼는 다윗에게도 〈바카 나무 숲 위에서 발소리가 나거든 진격하여라, 그 발소리는 나 야훼가 앞장서서 블레셋군을 치러 가는 소리이다〉 하고 말합니다.

기독교도들에게도 십자가는 〈생명나무 십자가〉로 불립니다. 중세의 신학자들은 십자가를 이렇게 부르는 데 그치지 않고 골고타 산의 십자가가 섰던 그 지점은 바로 아담의 배꼽 자리였다는 이론을 발전시키고 나무의 상징성과 〈옴팔로스(배꼽)〉의 상징성을 하나로 통합시킴으로써 그 자리를 우주의 중심, 세계의 축으로 세웁니다.

불교에서 〈지혜의 나무〉라고 불리는 게 무엇입니까? 부처가 대각(大覺)하는 순간에 의지하고 있던 피팔 나무, 곧 인도 보리수가 아닙니까? 부처의 삶을 그린 마명(馬鳴)의 『붓다 차리타(佛所行讚)』는 인내를 뿌리, 의지를 착근, 판단력을 가지, 진실을 열매라고 부릅니다. 부처가 이룬 대각성이 실로 나무의 한살이에 견주어지고 있지 않습니까.

부처가 열반에 드는 대목에도 상징적인 나무가 등장합니다. 수많은 비구를 거느리고 역사성(力士城)의 우파바타나(沙羅樹林)에 이른 부처는 아난다에게, 〈저 사라수 아래에다 머리가 북으로 향하게 눕혀 다오〉 하고 명하지요. 아난다가 그렇게 하자 때가 아닌데도 사라수가 꽃을 피워 꽃잎을

여래의 몸 위로 떨어뜨립니다.

니코스 카잔차키스라고 하는 그리스 소설가는 부처의 이러한 모습에 큰 감동을 받았는지 후일, 〈신(神)이 무엇이냐고 물었더니, 편도 나무는 때 아니게 꽃을 피우더라〉 했습니다.

북유럽 신화에는 〈익드라실〉이라고 하는 상록 우주수(宇宙樹)가 나옵니다. 불사를 상징하는 이 나무는 뿌리는 하계에 뻗고 둥치는 하늘을 받침으로써 지하와 인간 세계와 하늘을 통합하는데, 신들은 모임이 있을 때마다 이 나무 아래 모인다고 하지요. 크리스마스 때마다 상록의 크리스마스트리를 등장시키는 풍습이, 영생 불사의 상징으로 상록수를 섬기는 북유럽의 풍습에서 전래한 것임은 너무나 잘 알려져 있습니다. 이 상록의 크리스마스트리에 매달리는 무수한 별은 바로 죽은 자의 영혼을 상징하는 것이랍니다. 조상의 넋에 공양하고 부처와 스님과 중생에게 공양하는 모임인 우란분재(盂蘭盆齋)의 제등 역시 다른 것이 아닙니다.

도교가 우주의 중심으로 상정하는 서방 정토의 복숭아나무(天桃)는, 뿌리는 지하 세계로 가지는 천계로 뻗고 있는 힌두교의 우주수와 다르지 않습니다.

이런 이야기는 끝이 없습니다만 한마디만 더 하지요.

나무는 우주 기운이 하강한 곳이자 인간의 영혼이 저승을 향하여 상승하는 사다리이기도 합니다. 그래서 상징적인 나무 오르기는 상징적인 죽음의 체험인 것입니다.

북국의 샤먼은 굿을 할 때마다 자작나무에 홈을 파고 이것을 오르내림으로써 상징적인 상승과 하강을 거듭한다는 기록을 읽은 적이 있습니다. 오르는 것은 천계 상승이요, 내리는 것은 지상계 하강인 것입니다. 나는 이 기록을 읽는 순간, 우리나라의 무당들이 왜 그렇게 어디에 오르기를 좋아하고, 펄쩍펄쩍 뛰기를 좋아하는지 그 까닭을 짐작할 수 있었습니다.

그런데 작년에, 오랫동안 말레이시아를 현지 조사한 우리 학교의 한 문화 인류학 교수가 그곳의 돌잔치 풍습을 슬라이드에 담아 온 것을 보고는 깜짝 놀랐습니다. 놀라운 것은, 돌맞이하는 아기 앞에는 가름대가 일곱 개인 A 자 모양의 조그만 사다리가 놓여 있었는데, 부모는 아기를 부축해서 그 사다리 가름대에 일일이 발을 대게 하면서 걸음마를 시키고 있었다는 것입니다. 즉 아기는 부모의 도움을 받아 사다리에 올라갔다가는 내려오는 것입니다.

나는 그 문화 인류학 교수에게, 말레이시아의 그 사다리 타넘기 풍습이 혹시 북국 샤먼의 자작나무 오르내리기와 관련이 있는 것이 아니냐고 물어보았습니다. 그의 대답이 더욱 놀랍습니다. 그는 이렇게 대답하더군요.

「바로 그겁니다. 부모는 나무를, 혹은 사다리를 오르내리게 함으로써 아기에게 상징적인 죽음을 체험하게 하고 있는 겁니다. 말하자면 육신의 죽음은 미리 죽어 두게 함으로써 우주의 중심에서 영원한 삶을 누리게 해 주자는 뜻이지요. 보편적인 상징으로 마음을 연다는 것은 굉장한 것입니다. 그것은 우주를 향하여 마음을 여는 것이거든요.」

이렇듯이 나무는 세계의 많은 종교나 신화에서 상승과 하강의 보편적인 상징 노릇을 합니다. 주의해야 할 것은 이 나무의 상징성은 각 종교 간에 서로 배타적이지 않다는 것입니다.

〈진리는 하나이되 현자들은 이것을 여러 이름으로 언표한다〉는 말이 『우파니샤드(奧意書)』에 나옵니다. 나무의 상징적인 의미를 대하고 있으면 수많은 현자들이 여러 이름으로 존재론적 진실을 드러내기도 하는구나, 하는 느낌을 받게 됩니다.

그런데 이와는 달리 종교 상징 중에는 교조주의적이고 따라서 상호 배타적인 상징도 있습니다. 나는 종교 상징이 지니는 의미의 절대성을 생각할 때마다 떠올리는 한 상징적인 유적이 있습니다. 예루살렘에 있는, 황금빛 돔으로 덮인, 사원이라고도 불리고 교회라고도 불리는 건물이 그것입니다. 기독교에서는 이 건물의 바닥에 반석(너럭바위)이 있다고 해서 〈반

933

석 위의 돔〉이라고 부릅니다. 우리말로 하자면 반석 교회 혹은 너럭바위 교회가 되겠지요.

예루살렘은 현대의 대표적인 일군의 고등 종교에 속한다고 할 수 있는 유대교와 기독교와 회교가 앞을 다투어 성도(聖都)로 꼽고 있는 도시입니다. 이 도시의 역사는 유대인의 운명만큼이나 기구해서 이스라엘이 강력한 현대 국가로 발돋움한 오늘날에도 유대인들만의 도시가 되어 있지 못합니다. 그래서 예루살렘은 북쪽은 모슬렘 지역, 서쪽은 기독교인 지역, 남쪽은 아르메니아인 지역, 동남쪽은 유대인 지역으로 나뉘어져 있습니다. 내가 조금 전에 소개한 반석 위의 돔은 예루살렘 동쪽, 그러니까 옛날 솔로몬의 행각(行閣) 근방에 있습니다.

「마태 복음서」는, 〈아브라함과 다윗의 자손 예수 그리스도의 족보는 이러하다〉로 시작됩니다. 따라서 아브라함은 그리스도의 시조가 되는 셈이지요. 그리스도의 시조인 이 아브라함에게는 이삭이라고 하는 귀한 아들이 있었는데, 어느 날 하느님은 아브라함에게 〈모리아 땅으로 가서, 내가 일러 주는 산으로 올라가 네 아들을 나에게 불살라 바쳐라〉 하고 명령합니다. 아브라함은 하느님이 명하는 대로 하지요. 이 산꼭대기에서 이삭이 불타 죽은 것은 아닙니다만, 하여튼 이 산은 하느님이 아브라함에게 내린 산, 따라서 하느님이 머문 산이 되고, 하느님에 대한 아브라함의 절대복종을 상징하는 하나의 성지가 되지요. 그러니까 아브라함의 자손인 그리스도를 섬기는 기독교도들에게 이 자리가 성지 노릇을 하는 것은 당연합니다. 이 반석의 돔에서 그리 멀지 않은 곳에는 그리스도의 비통한 기도의 현장인 올리브 산(감람산)도 있고, 겟세마네 교회, 승천 교회 같은 명소도 있습니다.

그런데 아브라함의 16대손이자 다윗의 아들인 솔로몬은, 야훼의 음성이 아브라함의 귀에 들렸던 〈예루살렘 모리아 산에 야훼의 성전을〉 세우고 언약 궤를 모시게 됩니다. 이 솔로몬이 세운 성전에 관해서는 구약 성서의 「역대지하」 전반부가 아주 자세하게 묘사하고 있습니다. 이 성전이

934

세워진 것은 물론 기독교가 성립되기 훨씬 이전의 일인데 이로써 이곳은 유대인들에게도 성지가 됩니다. 야훼 하느님이 내린 산, 저 현군 솔로몬이 하느님의 성전을 세우고 이스라엘 백성과 하느님 사이의 약속의 징표인 언약 궤를 안치한 곳이니만치 예사 성지가 아닐 터입니다.

그런데 7세기가 되자 이슬람의 지도자 압둘 마리크 이븐 마르완은 바로 그 자리에다, 오늘날과 같은 반석의 돔을 세웁니다. 이슬람의 주장에 따르면 이 자리는 그들의 교조(敎祖) 모하메드가 승천한 자리라는 것이지요. 그래서 이 자리는 메카를 비롯, 이슬람교의 3대 성지 중 하나가 되어 있습니다. 이슬람이 모하메드가 승천한 자리라고 주장하는 이 반석의 돔에서, 그리스도가 승천한 것으로 믿어지는 자리인 올리브 산 북쪽의 승천 교회까지는 거리가 얼마 안 됩니다. 그래서 이 반석의 돔의 기단은 비잔티움 양식, 다시 말해서 초기 기독교의 건축 양식으로 되어 있고, 중간에는 유대의 건축 양식인 주랑의 흔적이 있으며 그 윗부분은 정교한 기하학적 도형 위로 돔이 올라선, 말하자면 전통적인 모스크 양식으로 이루어져 있다고 하지요.

자, 성지 쟁탈의 피비린내 나는 역사를 겪었음 직한 이 갈등의 현장을 어떻게 받아들여야 할까요? 헤브라이즘은 옳고 모하메다니즘은 그른 것인가요? 아니면 모하메다니즘은 옳고, 헤브라이즘은 그른 것인가요? 다 옳은가요, 다 그른가요?

기독교와 유대교와 이슬람교 교도들에게야 이 성지가 지니는 의미는 절대적인 것일 터입니다만 일단은 제3자에 속하는 우리들에게는 어떨까요? 야훼 하느님이 내린 그 자리를 통해서 모하메드가 승천하고 그리스도가 승천하는 일이야 얼마든지 가능하겠습니다만 이 때문에 그 자손들이 무수히 피를 흘리면서 싸워야 했던 역사를 아는 바에, 우리들로서야 그 의미의 절대성을 승인하기 어렵지요.

나는 그 반석의 돔이 지니는 의미를, 공유 가능한 보편적 상징의 의미가 아닌, 사념 체계에 의해 〈확립된 의미〉로 보지 않을 수가 없습니다. 세 종교 집단의 갈등은 종교적인 의미보다는 생존권의 의미에서 비롯되었기 쉬울 터이니까요. 따라서 내 말은, 생존권과 관련시켜 그들이 확립한 의미를 종교적인 의미로 받아들여서는 안 되겠다는 것입니다. 유대교 국가인 이스라엘과 가톨릭의 본산인 바티칸이 아직도 화해에 이르지 못하고 있는 것을 보면서 나는 종교의 가르침과 화해의 미덕 사이에서 고개를 갸우뚱거리고는 합니다.

하나의 의미 체계와 합류하는 것은 좋은 일입니다. 이상적인 의미 체계로 믿어지는 어떤 종교에 합류하는 것도 좋은 일입니다. 그러나 그 의미 체계를 확신하는 것은 어쩔 수 없는 것이겠으나, 그 확신을 절대적인 것으로 여겨서는 안 됩니다. 절대적으로 여길 때 확신은 배타적인 것으로 변하게 됩니다.

내가 종교를 가장 아름답게 보는 것은, 종교가 우리 삶의 보다 나은 존재의 획득에 요긴한 사다리 노릇을 할 때입니다. 이 말은, 내가 종교를 일종의 사다리로 파악하고 있다는 뜻이기도 합니다. 나는, 종교는 보다 나은 존재를 획득하기 위한 사다리이지, 사다리를 올라 이르러야 할 목적지는 아니라고 믿습니다.

한 종교는 종종, 다른 종교가 침묵하고 있는 문제에 훌륭한 해답을 주는 수도 있습니다. 그런데 내가 합류하기를 거절한다고 해서 다른 사람의 종교가 주는 해답을 한사코 거절해야 합니까?

『코란』에 나오는 〈모세와 크히드르〉 이야기를 여러분께 들려 드리지요. 회교도인 어느 이집트 물리학자로부터 들은 이야깁니다.

모세는 묵상에 잠긴 채 사막을 떠돌다가 크히드르라고 하는 사람을 만납니다. 크히드르는 사실은 인간이 아니라 알라신이 보낸 천사였답니다. 모세가 동행을 청하자 크히드르는 이렇게 말합니다.

「인간의 호의는 제 이해의 범위를 넘어서지 못한다. 동행하는 것은 좋으나, 그대가 내 행위를 그대의 자로 재고 나를 핍박하게 될까 봐 두렵다.」

이 둘은 동행이 되어 사막을 건너 바닷가에 이릅니다. 그런데 크히드르는 바닷가에 이르자 한 가난한 어촌에 한 척밖에 없는 어선의 바닥에다 구멍을 내어 가라앉혀 버리지를 않나, 그다음 마을에서는 모세가 보는 앞에서 잘생긴 청년을 하나 죽이지를 않나, 이교도의 성벽을 온전하게 수리하지를 않나, 하여튼 모세로서는 도저히 용서할 수 없는 짓을 줄줄이 저지릅니다.

도저히 견디지 못하겠다고 판단한 모세가 화를 내면서 설명을 요구하자 크히드르는 이렇게 말합니다.

「내가 그 배를 가라앉힌 까닭은, 해적이 그 배를 빼앗기 위해 그 마을로 오고 있었기 때문이다. 가라앉은 배는 끌어 올리면 된다. 만일에 그 배가 거기에 있었더라면 그 가난한 마을 사람들은 배를 빼앗기는 데 그치지 않고 목숨까지 잃었을 것이다. 내가 잘생긴 청년을 죽인 까닭은, 그 청년이 사람 다섯을 죽이러 가는 길이었기 때문이었다. 내가 그 청년을 죽이지 않았으면 선량한 사람 다섯이 죽었을 것이다. 내가 이교도의 성벽을 수리한 것은, 성벽 아래에 많은 재물이 묻혀 있고 선량한 두 청년이 그 재물을 발견해 내게 되어 있었기 때문이다. 나는 이로써 신심이 깊은 두 청년을 파멸로부터 구했다. 누가 옳은가? 그대의 도덕적인 의분이 옳은가? 나의 잔인한 손속은 그르기만 한가? 가라, 모세여. 신의 뜻을 머리로만 헤아리지는 말라.」

나는 의심합니다.

종교는 교조주의에 의해 확립된 종교 상징에 절대적인 의미를 부여하기를 강요하는 것은 아닌가. 어떤 종교의 의미 체계에 대한 확신과 이로 인한 배타적인 시각은 보다 나은 존재를 획득하고자 하는 사람에게 오히려 장애물이 되는 것은 아닐 것인가.

이 세상에는 우리가 모르고 있을 때는 존재하지 않다가 알게 되면서부터 존재하기 시작하는 것들이 얼마든지 있을진대, 그 〈있음〉과 〈없음〉은 우리 사념의 작용에 따라 있다가 없다가 하는 것일진대, 그것은 내 사념이

짜거나 풀거나 하는 것일 뿐 어떻게 절대적인 것일 수 있는가. 절대적인 것이 아니면 필경은 사념이 무너지면 함께 무너질 것들이 아닌가. 그런데 내가 왜 필경은 허상일 터인 특정한 의미 체계를 좇아야 하는가. 특정한 의미 체계에 대한 의혹이 없는 믿음으로 다른 의미 체계를 촌단해야 하는가?

　신화는 모듬살이의 꿈이요, 꿈은 개인의 신화라는 말이 있습니다. 이 말에 빗대어 해보자면 종교는 무리의 꿈이요, 꿈은 개인의 종교입니다. 그런데 나에게 이제 필요한 것은 무리의 종교가 아니라 〈나〉의 종교입니다. 무리의 의미 체계라는 것을 내가 기필코 무찔러야 할 허상으로 삼는 까닭, 벗어나는 철학을 확립할 필요를 느끼는 까닭은 여기에 있습니다.
　벗어나는 철학의 확립은 무리 짓는 철학과의 한바탕 싸움으로 시작되지 않으면 안 됩니다. 글머리에서 〈종교에 대한 나의 간증〉이라는 말을 썼으니까 일단 내가 벌이는 싸움 이야기를 해보렵니다.
　불교에서 쓰이는 〈이생(異生)〉이라는 말을 한번 써보겠습니다.
　범부(凡夫)라고도 불리는 이생은 누가 무슨 까닭으로 저를 세상에 던졌는지 그것도 모르는 채, 그저 던져진 세상, 맞물려 어지럽게 돌아가는 세상에 코를 박은 채 번뇌하면서 삽니다. 사랑하고 미워하면서, 화해하고 반목하면서, 선망하고 비방하면서 무리의 의견에 놀아나다가 때가 되면 절로 늙고, 때가 되면 절로 사라지는 것이 이생입니다.
　나의 싸움은 이생인 것을 한탄하는 것으로 시작되지 않으면 안 됩니다.
　첫 단계의 싸움은 일단 이생인 것을 한탄하고, 내가 알고 있는 세계 이상으로 감미로운 어떤 관념론적 세계를 겨냥하고 이생에서 뛰쳐나가기를 기도함으로써 시작되어야 합니다. 이 싸움에는 청소년 시절에 내가 했던 불행한 경험과의 싸움도 포함됩니다. 이 싸움을 치러야 나는 비로소 이생의 그물을 벗고 어떤 의미 체계 안으로 들어가 그 세계를 총체적으로 받아들일 수 있게 될 것입니다. 이 싸움이 완료되어야 나는 비로소 모듬살이의 무리에 합류하게 됩니다. 이 싸움은 수성을 벗기 위한 싸움이기도 합니다.

두 번째 단계의 싸움은 그 받아들인 세계를 의심해 보는 것으로 시작되지 않으면 안 됩니다. 이생의 번뇌에서 놓여나 영성의 그물로 들어가게 되었다면 그 그물을 의심하기 시작해야 합니다. 나의 경험이 내 내부에서 어떤 사념으로 변모했는지 그것을 추적해 내고 이번에는 여기에 싸움을 걸어야 합니다. 무리 짓는 철학에 이어 이번에는 거기에서 벗어나는 철학이 시작되어야 합니다. 이 싸움은, 수성을 벗기 위해 알게 모르게 내가 섬겼을지도 모르는 우상과의 싸움이기도 합니다. 벗어나는 철학의 문제와 씨름하면서 나는 이 싸움이 처절해질 것임을 예감하고는 합니다.

그러나 벗어나는 철학이 세워진다고 해서 싸움이 끝나는 것은 아닐 것입니다. 왜 그런가 하면, 우상과의 싸움에서 내가 동원했던 수많은 생각들이 내 안에서 또 하나의 우상이 되어 있을지도 모르는 일이기 때문입니다. 그렇다면 이 싸움에서 내가 쓴 무기에서 또 한 차례 벗어나야 진정한 자유인이 될 수 있을 것입니다. 그렇다면 또 한 차례의 싸움이 있어야 할 것입니다.

이 세 번째 싸움을 통해서야 비로소 홀로 서는 철학이 선다고 나는 생각합니다. 그렇다면 이 세 번째 단계의 싸움은 외적과의 싸움이 아닌, 내적과의 싸움일 터입니다. 따라서 세 번째 싸움은 우리가 섬기는 중에 슬그머니 우상이 되어 버린 형이상학적 추상과의 처절한 싸움이 될 것입니다.

이 싸움은, 기독교도라면 〈주님, 만일에 내가 지옥의 불이 무서워서 당신을 믿고 있거든 지금이라도 그 불로 나를 홀랑 태워 버리소서〉 하고 비통하게 기도할 만큼, 불교도라면, 〈부처를 만나면 때려 죽여서 고기는 개에게 던져 주겠다〉는 통절한 선전 포고로 시작될 만큼 치열할 것입니다.

짐승의 그물을 벗고는 사람의 그물에 들고, 사람의 그물을 벗고는 천리(天理)의 그물에 드는 것이 가능한데, 마침내 천리의 그물에서도 놓여나는 것이 어떻게 가능하지 않겠습니까.

나는 어떤 형식으로든, 이 싸움에서 일정한 성취에 이르렀음을 암시하지 않았습니다. 사실 나는 일정한 단계의 싸움에서 승리한 것이 아니고,

겨우 내가 기필코 물리쳐야 할 원수를 찾아낸 데 지나지 못합니다. 그러므로 나의 경우 이 싸움은 이제부터 시작될 것입니다.

나는 올가을에 미국을 떠나 일본에 반년쯤 머물다가 한국으로 돌아가게 됩니다. 미국도 결국은 마찬가지가 되고 말았습니다만 한국은 내가 근 40년이나 살아오면서도 아무것도 이루지 못한 채 패배자로 떠났던 땅입니다. 그로부터 세월이 흘렀습니다만, 패배자로 떠났던 것을 인정하는 일이 이제는 조금도 두렵지 않습니다. 패배를 자인하기를 두려워하는 내 안의 어떤 허약한 근성 역시 내가 싸워야 할 대상 중의 하나입니다. 그런데 무엇이 두렵겠습니까?

지극히 사적인 고백이 되겠습니다만, 무리 짓는 철학과 벗어나는 철학과 홀로 서는 철학을 생각하면서 비로소 나는 조상에게는 자손의 노릇에, 아내에게는 지아비의 노릇에, 자식에게는 아비의 노릇에 철저하게 실패했다는 무서운 사실을 깨달았습니다. 원망의 대상이었던 그들이 사실은 속죄의 대상이었다는 인식이야말로 내 유랑의 세월이 길러 낸 작은 열매입니다. 이 인식은, 나 자신을 주체와 객체의 자리에 번갈아 놓아 보는 희귀한 경험에서 시작됩니다.

나는 실패로 돌아간 것임에 분명한 내 인생을 수습하기 위해서, 나 자신과의 싸움다운 싸움을 싸우기 위해서 원점으로 돌아갑니다. 내가 비롯된 곳, 비롯된 곳인 줄을 모르고 마침내 떠난 곳에, 내가 그동안에 던져 왔던 무수한 질문의 해답이 있을 것으로 믿기 때문입니다.

세 단계 투쟁이 완료된 경지, 이것이 궁극적으로 평화를 얻는 경지가 될 것입니다. 이 평화에 도달하면, 거기까지 오르는 데 쓰였던 모든 무기는, 높은 곳에 오를 때 쓰였던 사다리처럼 버려져도 좋을 것입니다. 그러나, 자기와의 싸움이 완결되지 못한 단계에서는 버릴 것이 없습니다. 『장자』를 보면 〈득어망전(得魚忘筌)〉이라는 말이 나옵니다. 고기를 다 잡으면 통발을 버린다는 뜻인데, 고기도 잡기 전에 통발을 버리면 고기 구경은 영

영 못 합니다. 불교에서는 이것을 〈등루거제(登樓去梯)〉라고 하지요. 높은 데 오르면 사다리는 치운다는 뜻인데, 오르기도 전에 사다리를 치우면 망합니다.

이 특강의 모두에, 〈홀로 서는 철학〉은 언제 하게 될지 모르겠다면서 그 이유는 나중에 설명하겠다고 했는데 이제 그 뜻이 분명해집니다. 〈홀로 서는 철학〉은 곧 해탈의 철학입니다. 해탈의 철학이 무엇입니까? 어태취(집착)된 상태에서 디태취(해탈)되는 것을 말합니다. 다시 말해서 홀홀 털어 버리는 경지를 말하는 것이지요.

그러니 내가 이 이야기를 언제 하게 될지 모를 수밖에요. 어쩌면 영원히 못 하기가 쉬울 겁니다. 고기를 다 잡고 통발 버리는 이야기를 해야 하는데, 고기 잡는 것도 요원한 이 판국에 통발 버릴 생각을 지망지망히 할 수는 없기 때문입니다. 누각에 올라야 사다리 버리는 이야기를 할 텐데, 오르는 것도 요원한 이 판국에 사다리 버리는 이야기는 당치도 않은 것이지요.

Summer, 1985

50
전설을 찾아서

　서울이 올림픽으로 몹시 바쁘게 돌아가던 해 늦여름에야 나는 일본으로 건너갈 수 있었다. 미국에서 5년의 세월을 흘려보낸 뒤에야 일본으로 떠날 수 있었던 것은, 나에게 일본은 일정한 수준의 경제적 터전이 마련되기까지는 함부로 방문할 수 있는 나라가 아니었기 때문이다. 1988년은 내가 일본에서 견딜 수 있는 힘을 확보한 해이기도 하고, 미국으로부터 떠나야 하는 해이기도 했다.

　일단 미국을 떠나야 했던 것은, 교환 교수 비자로 입국한 외국인은 5년 이상 계속해서 미국에 머물 수 없다는 이민법의 금지 조항 때문이었다. 나는 1년 이상 미국을 떠나 있지 않으면 안 되었다. 나는 바로 이 기간을 일본 체재와 맞물리게 했다.

　나는, 베델 대학이 고베 소재 베델 대학 일본 분교로 파견하는 연구원 자격으로 일본에 입국했다. 그러나 이 자격에는 중요한 결함이 있었다. 베델 대학이 나에게 부여했던 자격은 체재 기간의 만료와 함께 해제된 터였으므로 엄밀하게 말하면 베델 대학에 소속된 연구원일 수 없었다. 따라서 나는 다시 한 번 박빙을 걷는 무자격자로서, 사람의 자격을 회복하는 일에 뛰어들지 않으면 안 되었다.

　일본 입국의 목적에 관한 한 고베 분교와 나는 동상이몽이었다. 나는 고베에서 게르만 문화권과 함께 희귀하게도 태양신을 여신으로 상정하는 문화적 배경에 관한 자료를 모을 예정이었다. 그러나 일본의 여신에 대한 나의 관심이 내 선사 역사의 발굴에 앞설 수는 없었다.

고베에 있는 베델 대학 일본 분교는 일본 안에 있는, 조그맣게 줄여 놓은 미국이었다. 고베 분교는, 일본인 흉내를 내는 미국인들과 미국인 흉내를 내는 일본인들은, 나의 짧은 고베 생활을 재미없게 만들었다. 고베 분교에 있는 몇 안 되는 한국인 연구원들은 친구의 밀회에 들러리로 따라나선 불청객처럼 겉돌고는 했다.

고베와, 후세가 속해 있는 오사카는 지척이었지만, 나는 후세에 접근하기 전에 약간의 탐색이 필요했다. 후세를 지척에 두고 머나먼 도쿄로 가는 심정이 착잡했다.

나는 도쿄로 가서 한국의 은행 도쿄 지점장으로 나와 있는 선배를 만났다. 미국에서 학위를 마치고, 말하자면 미국을 상당한 깊이까지 읽어 내고 바야흐로 도쿄 지점장이 되어 일본 마스터를 노리는 야심가이기도 한 이 선배는 동창 사회에 관한 한 세계적인 마당발이었다. 우리는 그를 〈114〉라고 불렀다. 그에게 운을 떼기만 하면 어떤 방면이든, 그 방면에 종사하는 지인의 인맥이 주르륵 쏟아지기 때문이었다.

그는, 언어와 문화를 통틀어 미국통과 일본통을 겸하는 희귀한 재능의 소유자였다. 그는, 일본을 보되 일본의 현상만을 읽고 돌아서서 이죽거리는 한국인들을 극도로 경멸했다. 그와 자리를 같이하면 나는 자주, 극일(克日)은 친일(親日)에서 시작되어야 한다는 과격한 주장을 두려워하지 않는다.

도쿄의 금융 중심가 도라노몬에 있는 집무실로 그를 찾아갔다. 나는 그에게 일본에 오게 된 이유를 설명했다.

그는 나를 위해서 일주일분의 시간표를 마련해 주었다.

「꽤 민감한 사안이다. 따라서 다음과 같이 움직일 필요가 있다. 대원칙은, 숙부의 연고지, 즉 사촌들을 찾겠다고 총련을 쑤시고 다니는 것은 바람직하지 못하다는 것이다. 순진한 자네가 저쪽에 이용당할 가능성도 있고, 무엇보다도 도쿄에 나와 있는 우리 정보기관으로부터 쓸데없는 오해를 불러일으킬 가능성이 있기 때문이다. 자네의 의도가 아무리 순수하다고 해도 이 점에 대해서만은 신경을 좀 쓰겠다고 약속해 주었으면 한다. 따라서 이렇게 하자. 첫째, 도쿄에서는 대사관과 정보기관을 접촉해서 자네의 방일 목적을 분명하게 밝히고 그들로부터 협조를 얻어야 한다. 다행히도 내가 아는 사람들이 많이 있으니까, 도움을 받을 수 있을 것이다. 둘째, 총련으로부터의 협조는 자네가 직접 구하는 것보다 민단을 통하는 것이 좋다. 그럴 경우 도쿄에 있는 중앙 본부보다는 오사카나 교토 지방 본부 쪽이 유리하다. 왜냐, 첫째는 자네 숙부가 살던 곳이 그쪽이기 때문이고, 둘째는 그쪽 간부들 중에 최근에 전향한 분들이 많은데, 이들에게는 총련으로 통하는 라인이 있기가 쉬울 것이기 때문이다. 일본 말은? 혼자 뗄 수 있겠어?」

「조금…….」

「일본 공부는 좀 되어 있는 셈인가?」

「그렇다고 생각합니다.」

「새로 시작하라고……. 일본을 아는 거? 그거 쉬운 일 아니야. 그렇게 간단하지 않더라고. 일본 말 배우기 쉽다고 한 놈이 어떤 놈인지 모르지만, 그렇게 간단하게 생각하는 태도로는 일본 문화에는 접근이 안 돼. 한국에서 일본으로 온 놈들 중에는 루스 베네딕트의 책 한 권 읽었다고 일본인들에게 큰소리 팡팡 치는 얼간이들이 많다고. 우리의 허장성세……. 이게 큰 문제야, 문제.」

「…….」

「자네 고라쿠엔(後樂園) 알아? 그게 뭐 하는 데야? 왜 하필이면 고라쿠엔이야?」

「야구장 있는 데 아닙니까? 야구장만 있는 줄 알았더니 굉장한 도심 유원지더군요…….」

「내 그럴 줄 알았어. 자네 눈에는 야구장과 도심 유원지밖에 안 보였어. 하지만 고라쿠엔을 먼저 알자면 〈고라쿠(後樂)〉의 속뜻을 먼저 알아야 해. 이 말의 속뜻을 알아?」

「……」

「먼저 천하의 근심거리를 걱정한 연후에 천하의 복락을 누린다(先天下 之憂而憂 後天下之樂而樂)는 뜻이다. 나는 이것을 내 나름대로, 먼저 아랫 것들을 유원지에다 풀어 즐기게 해주고, 윗자리에 있는 놈은 〈뒤에 즐기겠 다(後樂)〉는 뜻으로 해석하네. 〈상것들은 물렀거라〉와는 사뭇 다르지 않 나? 강자의 오만이 엿보이는 발상 같다고 해도 좋겠지. 〈꼬붕(부하)〉들을 우선 헬렐레하게 만들어 놓고 〈오야붕(우두머리)〉은 나중에 슬슬 즐기 자……. 어째 사무라이 냄새가 풍기는 발상 같지? 하지만 우리가 따 담아 가야 할 것은 바로 이런 발상이 지니는 긍정적인 의미라고……. 일본 아니 꼽거든 연구실 불도 끄지 말고 잠도 자지 말자고……. 이제 대한 독립 만 세 그만 부르고 시간 싸움을 벌여야 해. 같은 아이템에 투입하는 시간을 놓고, 네가 이기나 내가 이기나, 이런 싸움을 벌여야 한다 이 말이야.」

다혈질인 그 선배로부터 들은 호된 꾸중……. 나의 일본은 이렇게 시작 되었다. 그 선배는 나 하나를 겨냥해서 그렇게 열을 올린 것은 아닐 것이 다. 그날 그 집무실에서 그의 퇴근 시간을 기다리고 있으려니 문득, 도쿄 어디엔가에 있을 야마자키(山崎) 교수 생각이 났다.

장년의 일본인 교환 교수 야마자키 부부가 미국을 떠나기 전날 젊은 일 본인 학자 하나가 자기 집에다 송별 잔치를 벌이겠다고 나서자, 야마자키 는 자기 이름으로 사람들을 그 집으로 초대했다. 초대를 받고 그곳에 이 르고 나서야 나는 그 자리가 일본인들만의 송별회 자리라는 것을 알았다. 주인인 젊은 물리학자로부터 〈일본인들의 잔치에 초대받게 된 것을 축하 한다〉는 기묘한 인사를 받은 것을 제하면 나는 대체로 환영을 받은 셈이 된다. 나는 일본인들의 비단결 같은 말 속에 숨어 있는 이런 식의 태도에 대단히 민감하다.

그런데 가만히 보니 야마자키 부부는, 거기가 자기 집도 아니고, 손님 시중들 후배나 제자들이 얼마든지 있는데도 불구하고 마당에 쪼그리고 앉아 숯불을 피우고 고기를 굽는다든지, 마실 것을 나르는 등 끊임없이 일 거리를 찾아 자로 잰 듯이 움직였다. 나는 가만히 앉아서 먹을 것이 나올 때만 기다렸다.

야마자키 부부는 대단히 야문 사람들이었다. 귀국하면서 나에게 큰 인심이나 쓰는 듯이 넘겨준 가재도구들은, 대학 아파트에서 오랜 세월 대물림이 된, 솔직하게 말해서 넉넉하지 못한 나 같은 사람도 쓰기 민망한 그런 물건들이었다. 야마자키 부인은 브라질 교수를 송별하는 어느 자리에서, 〈우리도 이제 일본의 경영 방식을 배우고 있다〉는 미국인의 말을 납죽 받아 〈일찍 일어나고 늦게 자는 법부터 배워야 할걸요〉 하고 응수함으로써 좌중의 분위기를 험악하게 만들었던 장본인이기도 하다.

「야마자키 박사, 장유유서도 모르오? 젊은이들 됐다 어디에 써요. 이리 와서 일단 한잔하고 봅시다.」

나는 그날, 바쁘게 움직이는 야마자키 교수에게 이런 농담을 하는 실수를 범하고 말았다.

야마자키는 웃으면서 대답했다.

「우리는 나중에 마시지요, 뭐.」

그 자리에는, 2년쯤 대학에 머물면서 미국의 레저 산업 현황을 살필 겸 이론도 공부할 겸해서 와 있다는 일본의 이른바 〈땅부자 아들〉이 있었다. 나는 그에게 지나가는 말로 물었다.

「미시간 주는 골프 천국인데, 그래 골프는 좀 쳐요?」

그러자 그 땅부자 아들이 대답했다.

「나중에 치지요, 뭐……」

도쿄에 도착한 날 밤에는 선배가 소집한 고향 학교의 선후배들로부터 환대를 받았다. 대사관의 외교관, 정보기관, 신문사 특파원들 중에는 동기

동창도 있었다. 우리는 서울식으로, 대구식으로 술을 마셨다. 일본에 오래 머문 선후배들도 일본식으로는 마시지 않는 것이 인상적이었다. 또 하나 인상적이었던 것은 일본의 주재원들은 마시면서도 피곤한 기색을 숨기지 못한다는 것이었다. 나는 곧 그 이유를 알아내었다. 나에게는 일본에 있는 선후배들, 일본의 거리, 일본의 술집은 신기한 이국의 풍물이었으나, 그들에게 미국이나 유럽으로 오가는 길에 들러서 마시고 떠나는 선후배들은 별로 신기한 풍물이 못 되었을 것이다.

선후배들이 민단의 오사카 지방 본부와 교토 지방 본부의 지인들을 통해 내 사촌과 사촌 누이의 연락처를 수소문하게 할 동안 나는 하루 더 도쿄에 머물렀다. 나는 그들에게, 고베에서 복사해 온, 숙부 일가와 아버지의 인적 사항을 건네주었다.

도쿄는 나에게 그렇게 이국적인 도시가 못 된다는 의미에서 한정적으로 이국적이었다. 도쿄라는 도시가 서울에 와서 36년 동안이나 머문 역사가 있는 데다, 서울이라는 도시가 끊임없이 도쿄를 의식하면서 부지불식간에 그 모양을 그대로 그리고 있었기 때문일 것이다. 도쿄 거리거리의 표지판은 거의 대부분이 내게 낯익었다. 나는 표지판을 볼 때마다 내가 일본어로 혹은 한국어로 읽은 사람들, 그곳에 살았거나 그곳을 거쳐간 수많은 일본인들을 생각했다. 지하철역 〈아비코(我孫子)〉에서는 쓴웃음이 나왔다. 어머니가 〈아비〉라고 부르는 〈아들〉의 〈코(아들)〉이니 〈아비코(내 손자)〉가 아니겠는가 싶은 생각이 들었기 때문이다.

풍물에 대한 견해도 십인십색이지만 여행의 방법에 관한 사람들의 생각도 각양각색이다. 50년 가까이 한국에 뿌리박고 사는 것은 좋은데 도무지 밖으로 나올 생각은 하지 않는 한 시인에게 내가, 〈당신의 혀는 자존심이 너무 강하니, 한 경계만 허물고 바깥세상도 좀 나돌아다니시오〉 하고 말했을 때 그는, 〈나에게는, 산으로 난 창 하나면 충분하니 자네나 많이 오르쇼〉 하고 응수해 왔는데 그의 말도 옳다.

그러나 나에게는, 산으로 난 창 하나로는 충분하지 않다. 나는 산이라면 오르고 물이라면 건넌다. 나는 알프스가 아니라서 가만히 붙박인 채로 나그네를 기다릴 수가 없기도 하려니와, 알프스가 되기보다는 나그네가 되는 편이 좋다. 나는 문진(問診)보다도, 청진(聽診)보다도, 촉진(觸診)하기를 좋아한다.

그러나 산을 오른다고 해서 꼭 정상을 밟아야 한다고 고집을 부리거나, 배낭을 매고 하루 종일 싸돌아다니거나 하기보다는 일단 현장의 한자리에 가만히 머물기를 좋아한다. 나는 대체로, 그렇게 머물면서 한두 개의 풍경을 통해서 그 나라를 혹은 사회를 정의하기를 좋아한다. 부분을 통해서 전체를 읽는 솜씨가 썩 좋은 것은 아니어서, 말하자면 고수가 못 되어서 자주 무리를 빚고는 하지만 세계는 나의 훌륭한 연습장이 되어 주고 있다.

유난히 정장한 술꾼이 많은 도쿄의 뒷골목에서, 하수구에 머리를 박고 마신 것을 토하는 한 젊은이와 뒤에서 등을 두드리는 또 한 젊은이를 본 적이 있다. 사진가라면 카메라를 들이대었을 것이지만, 나는 카메라를 들이대는 대신 두 사람의 말에 귀를 기울였다.

「나 먼저 집으로 돌아가겠어.」

토하던 젊은이의 말에, 등을 두드려 주던 친구가 대꾸했다.

「안 돼, 아무 일 없었던 듯이 들어가지 않으면 부장이 너를 우습게 볼 거야.」

나는 일본 월급쟁이들의 모습을 이보다 더 잘 보여 줄 수 있는 삽화는 흔하지 않다고 생각한다.

다음 날 대사관으로부터 특기할 만한 회신이 없다는 말을 듣고 나는 도쿄 역에서 교토로 가는 신칸센 차표를 끊었다. 목적지가 오사카인데도 교토로 차표를 끊었던 것은 가까운 선배이자 나와 베델 대학의 국제 대학 학장 사이에 다리를 놓아 주었던 고향의 선배가 당시 교토 대학교 농학부에 초빙 교수로 가 있었기 때문이었다. 썰렁한 고베의 연구원 숙사에 있기보

948

다는, 당분간 관서 지방의 명문인 교토 대학과 도시샤(同志社) 대학도 구경할 겸 교토에 머물면서 전철로 오사카를 드나드는 게 편리하지 않겠느냐는 그의 친절한 충고를 좋은 것이었다.

도쿄의 선배가 그랬듯이 고향 선배 역시, 사촌을 찾는답시고 조총련 지부를 뒤지고 다니는 것은 현명하지 못한 처사라고 말했다.

「조총련계 인사들이 최근 들어서 우리 쪽 사람들에게 다소 신경질적인 반응을 보인다고 하더라. 조총련계 인사들이 자꾸만 민단 쪽으로 전향하는 바람에 자기네들의 우세 국면이 반전되었기 때문이지. 설사 사촌을 찾는다고 하더라도 조총련계 인사가 분명하면 그 집으로 쳐들어가는 것도 일단은 삼가게. 우리 쪽 친척이 다녀갔다는 소문이라도 나면 당사자가 조총련 내에서 처신하기가 어려워진다고 하니까.」

교토의 기타시라카와(北白川)에 있는 조그만 그의 셋집 벽에는 자신이 손수 쓴 두루마리가 걸려 있었다.

〈도리에 밝되 이로써 이문을 도모하지 아니하고, 의에 바르되 그 공을 셈하지 아니한다(明其道而 不謀其利 正其義而 不計其功).〉

두루마리를 읽고 있는데 뒤에서 그가 혼잣말하듯이 중얼거렸다.

「주자(朱子)야……. 하도 좋아서 써보았는데……. 볼 때마다 애가 달아. 주자학이라면 우리가 일본보다 몇 술 더 뜨는 줄 알았는데 그게 아니야. 일본에서 그걸 확인하는 기분, 〈애가 단다〉는 말로써 밖에는 설명할 수가 없어. 우리는 어째 도리에 밝지 못하면서도 이문만 도모하고, 의에 바르지 못하면서도 공만 셈하려 하는 것인지…….」

그는 교토에 있는 두 명문 대학과 미시마 유키오의 소설로 유명한 긴가쿠지(金閣寺)와, 도쿠가와 이에야스(德川家康)의 명에 따라 17세기 초에 지어졌다는 니조죠(二條城)로 안내하면서, 간간이 내가 들려주는 아버지와 숙부 이야기, 우키시마마루 이야기에 한숨을 쉬고는 했다.

「우리 또래에 그런 상처 안 가진 사람도 있던가……? 교토와 나라를 다니다 보면 고대 한일 관계사의 박물관을 보는 것 같아. 그런데 그 이면에서는 누더기가 된 현대의 한일 관계사가 치고받고 있으니 기가 막히는 일 아닌가?」

다음 날 교토의 데마치야나기(出町柳)에서 게이한(京阪) 전차를 타고 오사카의 교바시(京橋)로 갔다. 오가는 데 걸리는 시간이나 풍물이 서울과 인천을 오가는 것과 비슷했다.

기이하게도 총영사관이나 민단의 지방 본부는 일제 시대의 징용자나 자유노동자의 명단을 가지고 있지 않았다. 대사관으로부터 소개받은 영사 한 분이 친절하게도 손수 내 숙부와 사촌들의 인적 사항을 받아 공문을 만들어 민단 지부로 전송해 주었다.

「오사카 근방에 후세 시라는 도시가 있기는 있습니까?」 내가 그에게 물었다.

「있었어요. 한자로는 〈보시(布施)〉라고 쓰지요. 지금은 히가시오사카(東大阪) 시의 한 구가 되어 있지만요.」

「아라카와라는 동네는요? 〈황천(荒天)〉이라고 쓰는 것 같은데요.」

〈황천(黃泉)〉을 연상시켜서 아라카와의 음독을 자중하고 있던 터였다. 나에게 전설처럼 들리던 후세의 아라카와는 지척에 있으면서도 사실은 황천만큼이나 먼 미지의 땅이 아니었던가.

「동네 이름은 택시 운전사들이 더 잘 알아요. 택시를 타고 물어보세요. 후세라면 여기에서 그리 멀지도 않아요.」

「후세를 아십니까? 부탁합니다.」

택시를 잡아타고 운전사에게 우선 목적지를 일러 주었다.

후세로 달리면서 운전사가 물었다.

「후세 어디로 모실까요?」

나는 설레는 가슴으로 우리 집의 전설에 나오는 마을 이름을 대었다.

「〈아라카와 산초메(荒天 三丁目)〉라고 아시오?」

운전사는 고개를 갸웃거리더니, 잠깐만 실례한다면서 전화를 걸었다. 자기 회사 아니면 운송 사업 조합 같은 기관의 독도(讀圖) 전문가와 통화하는 것 같았다.

「나는 지금 난바(難波)에서 한신(阪神) 고속 13번을 타고 동쪽으로 달리고 있습니다. 후세의 아라카와 산초메로 가자면 어떻게 가야 합니까?」

그쪽에서 세밀도를 보고 방향을 지시하는 모양이었다. 택시 운전사는 조금도 망설이는 기색이 없이 달리더니, 다 왔다면서 차를 세웠다. 미터기를 보고 요금을 지불하려는데 그가 말했다.

「손님이 대는 지명이 생소해서 방향을 생각하느라고 양해도 얻지 않고 고속 도로로 올라서고 말았어요. 고속 도로로 오면 사실 요금이 좀 더 나온답니다. 1천 엔 덜 주셔도 됩니다.」

기가 질려서 1천 엔을 덜 줄 수가 없었다. 나는 이렇게 해서 아라카와 산초메에 내렸다.

예상했던 대로 〈아라카와 산초메〉 입구에는 안내판이 서 있었다. 아라카와 산초메는 삼각형에 가까운, 대도시 중하류층의 주택가였다. 안내판으로 헤아려 천여 가구가 될 것 같았다.

고향 마을에서 걸어서 읍내까지, 읍내에서 버스로 대구까지, 대구에서 기차로 부산까지, 부산에서 부관 연락선으로 시모노세키(下關)까지, 시모노세키에서 기차로 머나먼 오사카까지, 오사카에서 다시 기차로 후세까지 온 아버지가 필경은 걸어서 이르렀을 마을……. 아무런 사전 준비도 없이 그 마을에 이른 나는 역시 아무 생각 없이 좁으장한 마을 길을 걸어 보았다.

〈가네모토(金本)〉, 〈다카키(高本)〉, 〈곤토(權藤)〉, 〈야스다(安田)〉 같은, 귀화하면서 창씨개명한 듯한 이름이 유난히 문패에 자주 보였다. 〈가네우미(金海)〉, 〈도요야마(豊山)〉, 〈게쓰시로(月城)〉, 〈기가와(木川)〉 같은 한국의 지명을 성으로 쓰는 사람들도 있었다. 본관을 성으로 삼았기가 쉬웠다. 〈나가이(永井)〉라는 이름의 문패를 만날 때마다 가슴이 덜컥덜컥 내려앉는 것 같았다.

김(金), 이(李), 박(朴) 같은 성이 그대로 씌어진 문패도 더러 있었다. 그러나 그런 집의 대문을 두드릴 수는 없었다. 이름을 그대로 쓰는 동포는 대부분 조총련계라는 귀띔이 있었기 때문이었다.

야트막한 대문의 문패를 읽으면서 걸어가는데 갑자기 대리석으로 올린 4층 건물이 나서면서 어깨를 내리누르는 것 같았다. 그 마을에 있는 유일한 다층 건물은 아니라고 하더라도 유일한 4층 건물인 것은 분명했다. 문패 대신 처명(處名)을 음각한 대리석이 서 있었다.

〈재일 조선인 총연맹 동오사카 지부〉

나는 일본에 살다가 우리 마을로 돌아와 〈그 양반은 맨날 마을의 금융 조합만 뻔질나게 드나들면서 일을 꾸몄는데 나중에 그 금융 조합은 조총련 후세 지부가 되더라고요〉, 이렇게 험담하던 한 징용자의 말을 떠올렸다. 그렇다면 조총련 동오사카 지부는 그때 숙부가 뻔질나게 드나들었다는 그 금융 조합의 후신이기가 쉬웠다.

들어가서, 〈내 숙부 나가이 마사오(永井正雄)의 아들인 마사모토(正基)와 교코(京子)의 주소를 내어놓으시오〉 하고 싶었다. 그 길이 가장 빠른 길일 터였다. 그러나 그럴 수가 없었다. 나를 도와준 무수한 사람들 때문에 그럴 수가 없었다.

나는 그 대리석 건물을 빙빙 돌면서 숙부가 수십 년을 살았던 마을, 아버지가 자주 드나들다가 1945년에 숨을 거두었던 그 마을의 문패를 읽어 나갔다. 종형 마사모토와 종매 교코가 그 마을에 살 가능성은 지극히 희박했다. 그 마을에 사는 것이 마지막으로 확인된 것만 해도 물경 30년 전의 일이었기 때문이었다.

마을에서 40~50년 이상 산 것으로 보이는 노인을 만날 때마다 물어보고는 했다.

「실례합니다. 나는 미국에서 살고 있는 한국 사람인데요, 사람을 찾으러 일본에 왔습니다. 내 숙부의 이름은 나가이 마사오, 25년쯤 전에 〈북조

952

선〉으로 〈귀국〉한 것으로 압니다. 내 종매 교코는 1942년생이니까 마흔
여섯 살이고요, 다리를 조금 저는 내 종형 마사모토는 1944년생이니까 마
흔네 살입니다……. 종매와 종형은 30년 전까지 바로 이 아라카와 산초메
에 살고 있었습니다…….」

〈미국에 사는 한국 사람〉이라는 대사는 도쿄에 있는 친구의 권유로 끼
워 넣은 것이었다. 그래야 일본 사람들이 관심을 조금이라도 더 가져 준다
고 했다.

노인들은 고개를 갸웃거렸다. 야트막한 담 너머에서 정원수 향나무를
손질하고 있던 노인은 고개를 갸웃거리고 나서 나에게 일러 주었다.

「한국에서 왔다면 조총련 지부에 가봐도 사람을 찾을 수는 없을 거예
요. 가까운 곳에 후세 경찰서가 있으니까 가서 도움을 청해 보세요.」

후세 경찰서는 가까운 데 있었다. 사람을 찾으러 왔다니까 수위가 젊은
여직원 앞으로 안내해 주었다.

나는 지갑에서 한국의 주민등록증과 베델 대학이 발행한 신분증과 한
국의 면허증과 미국의 면허증을 꺼내어 여직원 앞에다 좌악 깔아 놓고 예
의 그 연설을 시작했다. 〈나가노〉라고 자신을 소개한 젊은 여직원이 웃으
면서 말했다.

「일본어가 힘드시면 영어로 하시지요. 저도 영어를 조금 하니까요.」

나가노는 내가 복사해 가지고 간 숙부 가족의 인적 사항을 받아 들고는
영어로 물었다. 그러나 이번에는 그의 영어가 어찌나 독창적인지 내가 알아
들을 수 없었다. 대충 이해한 바에 따르면 나가노는 이렇게 말하고 있었다.

「내가 민단과 조총련에 전화를 걸어 확인해 보겠습니다. 25년 전에 〈귀
국〉했다면 그 사람의 기록은 조총련이 분명히 가지고 있을 것입니다. 종
매와 종형의 주소도 컴퓨터로 찾아보기로 하겠습니다만, 혹시 관내에 살
고 있을지도 모르니까 최근에 발행된 이 지도에서 확인해 보시기 바랍니
다. 단, 이 지도는 여기에서 보고 돌려주셔야 합니다. 반출이 금지되어 있
으니까요.」

받아 들 때는 조그만 수첩 같았는데 펴고 보니 전지 크기의 관내 지도였다. 이 세밀도에는 각 가구의 호주 이름과 전화번호가 씌어 있었다.

근 한 시간 걸려 꼼꼼히 읽어 보았으나 나가이 마사모토가 호주로 되어 있는 집은 없었다.

「전과자나 우범자의 신원 파악은 우리 경찰서가 쉽습니다만 그렇지 않을 경우에는 구야쿠쇼(區役所) 외국인계가 도움을 줄 수도 있습니다. 내일 다시 한 번 들러 줄 형편이 되시는지요? 우리가 확보하고 있는, 연배의 조총련계 간부들을 통해 수소문해 드리지요.」

나는 구청에 해당하는 구야쿠쇼의 약도를 얻어 들고 경찰서를 나와야 했다. 문까지 따라 나선 나가노가 영어로 말했다.

「아이 테레폰 오루도 소샤리스트, 아이 테레폰 소렌 리더, 아이 두 마이 베스트, 이프…… 노, 왓 세루 아이 두…… 아이엠 소리(연세가 많은 사회주의자들에게도 전화를 걸어 보겠어요, 조총련 간부들에게도 전화를 걸어 보죠. 최선을 다하겠지만 그렇게 해도 안 될 경우에는 나도 어쩔 수 없는 거니까 양해해 주세요).」

한국과 일본의 표현 정서가 비슷하다는 사실을 깨닫는 순간부터 나가노의 영어는 이해가 쉬웠다.

구청의 외국인계원 앞에 줄지어 선 사람들은 전부 교포들이었다. 두어 사람에게 말을 걸어 보았으나 우리말은 전혀 통하지 않았다. 차례가 오자 나는 외국인계원 앞에서 또 일장 연설을 해야 했다. 내가 숙부 댁의 인적 사항이 든 쪽지를 내밀자 계원은 질렸다는 시늉을 하면서 웃었다.

「어제 도쿄의 대사관에서 조회 원서와 함께 이 쪽지가 날아왔어요. 오늘 아침에는 오사카 영사관에서 날아왔고요. 그것뿐인 줄 아세요? 정오 경에는 민단 오사카 지방 본부에서도 날아왔어요. 조금 전에는 후세 경찰서의 나가노 형사가 전화로 협조를 의뢰해 왔고요……. 나가이 마사오라는 분, 굉장하군요? 사정을 말씀드리지요…….」

그는 내 눈을 빤히 들여다보면서 설명하다가 내가 완전하게 알아듣지 못한다는 걸 알았는지 메모지를 꺼내 놓았다. 그 방면의 눈치가 대단히 빠른 것과 그가 외국인계원이라는 것은 무관하지 않아 보였다.

「……귀화인이라고 하더라도 외국인의 경우는 관내를 떠나면 15년 뒤에 자료가 주소지로 송부되거나 파기된답니다. 특별한 주민이 아닌 경우에는 그렇지요. 내 말은 특별한 주민인 경우 기록이 남아 있을 수도 있다는 것입니다. 그러나 이 기록은 본인의 양해 없이는 열람이 안 됩니다. 그것은 외국인 그 본인과 우리 정부와의 계약과 같은 것이지요. 따라서 우리는 설사 자료나 기록이 있다고 하더라도 보여 드릴 수가 없는 것입니다. 선생님을 위해서 한 가지 방법을 가르쳐 드리지요. 오사카 한국 총영사관이 있는 주오구에는 국제 적십자사의 일본 지사 오사카 지부가 있어요. 일단 거기에 민원을 접수시키세요. 그러면 적십자사가 우리에게 협조를 의뢰할 것입니다. 우리는 적십자사가 개입해야 비로소 이 일에 협조할 수 있다는 걸 양해해 주셨으면 합니다……. 안녕히 가십시오.」

구청을 나와 아라카와 산초메에서 가장 허름한 구이 집을 찾아 들어가 혼자서 술을 좀 마시면서, 며칠이 걸리든 몇 달이 걸리든 종매나 종형이나 숙부의 지인을 찾아내지 못하면, 그리고 아버지의 무덤이 있는 곳을 알아내기까지는 고베로 돌아가지 않을 결심을 했다.

아니다, 정확하게 말하자. 나는 고베 분교로 가기 전에 어떻게든 찾아보기로 결심했다. 술을 마시면서 나는 고향 마을 근처의, 아버지의 〈애인〉 집에서 술을 마시던 생각을 했다. 그러나 아라카와 산초메에는, 내 큰 발을 눈여겨보고, 어디에서 많이 본 발 같다면서 알은체하는 아버지의 애인은 없었다.

나는 후세에서 택시로 오사카의 우메다(梅田)로 나와서는 신카이쇼쿠(新快速) 전철을 타고 교토로 돌아갔다.

고향 선배와 나, 이렇게 두 홀아비는 식료품 가게에서 장을 보아다가 저녁을 먹으면서 술을 마셨다. 다소 유난스럽게 친절한 가게 안주인을 두고 내 선배 이 박사가 비아냥거렸다.

「동포인 게 분명해 보이는데도 몇 달째 저렇게 시치미를 떼고 있어. 조선인의 후손이라는 게 그렇게 부끄러울까…….」

잠자리에 들고부터는 눈물이 자꾸만 흘러내렸다. 도저히 참을 수가 없어서 욕실로 들어가 변기를 타고 앉아 방성대곡을 하고 나왔다.

「이유나 들어 보세.」 이 박사가 일어나 앉으면서 따지듯이 물었다.

「어찌나 복잡한지 나도 모르겠어요. 일본이 원망스럽기도 하고, 아버지가 불쌍하기도 하고, 우리 시대의 무지몽매가 어이없기도 하고, 어머니에게 죄송스럽기도 하고, 총련 지부를 옆에 두고 빙빙 둘러 다닌 꼴이 한심하기도 하고…….」

「45년 동안이나 나 모르쇠 하고 있다가 겨우 오늘 하루 찾아보고 일이 마음대로 안 풀린다고 방성대곡을 내놓아? 하기야 자네는 행복한 편에 속하지…….」

「형도 아버지 찾아 일본 오셨소?」

「6·25 때 행불이시라네. 제삿날을 아는 자네가 부럽네. 누대 족보를 끼고 있으면 무얼 하나? 우리의 근대사가 이렇게 캄캄한데…….」

다음 날 다시 오사카로 나가 쓰루바시(鶴橋)에 있는 〈조센이치바(朝鮮市場)〉으로 갔다. 미유키도오리(御行通) 위로는 〈조선 시장〉을 알리는 현수막과 올림픽 깃발이 펄럭거리고 있었다. 일본의 조센이치바의 〈조선인〉들은, 미국이나 캐나다에 있는 한국 상가 밀집 지역의 한국인과 사뭇 달랐다. 미국이나 캐나다의 한국인 상가 밀집 지역의 한국인들은 대부분 우리 말을 쓰는 데 비해, 조센이치바에서는 한국어를 거의 들을 수 없었다. 60, 70대의 노파까지도 일본어를 썼다. 한국어로 말을 걸면, 젊은 여자들은 안채로 뛰어 들어가거나 옆 가게로 달려가 노인들을 불러오고는 했다. 이주의 역사가 그만큼 길기 때문일 것이다.

의외로 순댓국 집이 있었다. 일본식 주렴을 열고 안으로 들어갔다. 다행히도 안주인은 오래전에 환갑을 넘긴 것 같았다.

「한국말 하세요?」

「조선말이면 조금 하지요.」내 물음에 안주인이 응수했다.

순댓국을 시켜 놓고 이런저런 이야기를 하던 중에 내가 후세의 아라카
와에서 숙부를 찾아다니던 이야기를 했다. 안주인이 바지런하게 움직이
면서 푸념하듯이 말했다.

「에이, 그래 가지고는 못 찾아. 일본도 옛날과 달라서 사람 물갈이가 여
간 빠르지 않은걸……. 아라카와 산초메면…… 천 호쯤 되지? 한자리에
오래오래 살면서 단골을 상대로 하는 장사가 뭘까, 어디 보자……. 기름집
은 다 없어졌을 게고. 소유야(간장 가게)나 고메야(쌀가게)는 어떨까…….
지금도 쌀이나 된장이나 간장 같은 건 배달시켜다 먹거든…….」

조센이치바에서 후세로 간 나는 바로 경찰서의 미스 나가노를 찾아갔
다. 미스 나가노는 함박꽃처럼 웃으면서 달려 나왔다. 가슴이 뭉클했다.
우선은 나가노의 표정으로 보아 무엇인가를 알아낸 것임이 분명해 보였
기 때문이고 그다음으로는 그렇게 웃는 풍만한 여자를 본 지 오래되었기
때문이었다. 나가노는, 대부분의 일본 여자들이 그렇듯이 윗잇몸이 시커
멓게 드러나게 웃는 것만 빼면, 썩 보기가 좋은 일본 여자였다.

그러나 그가 수확이 있어서 그렇게 웃으면서 나를 맞았던 것이 아니었
다. 여자의 수선스러운 친절에 번번이 속아 넘어가기는 미국이나 일본이
나 마찬가지였다.

「유감스럽게도, 내가 수소문한 범위 내에서 말씀드린다면 관내에는 아
는 사람이 없습니다. 소렌(總聯)에서는 이 선생님더러 직접 와서 물으라고
하고요. 구야쿠쇼에서는 뭐라고 하던가요?」

「구야쿠쇼에 전화 걸어 주신 것 감사드립니다. 적십자 지부를 통해서
청원하라는군요.」

「일단은 그렇게 해야겠군요. 오사카에는 오래 머무시나요?」

「사실은 교토의 친구 집에 머물고 있어요. 여러 가지로 고맙습니다, 미스 나가노.」

「도움이 되어 드리지 못해서 뭐라고 말씀드려야 할지……. 후세에 들르는 일이 있으면 꼭 한번 찾아 주세요.」

나가노의 손은 늦여름인데도 차가웠다.

전철 슈도쿠에키(俊德驛) 밑의 자전거 주차장을 지나 나는 다시 아라카와 산초메로 들어갔다. 그 거리를 무작정 걸으면 좋은 생각이 떠오를 것 같았다.

몇 가지 방법이 더 있었다. 민단의 산하 기구인 군민회 중 숙부의 고향이자 내 고향 군위 군민회 회원을 일일이 방문하는 것도 한 방법이었고, 오사카에 파견되어 있는 한국 정보기관의 니시 지부의 협조를 요청하는 방법도 있었다. 징용자 보상 협의회 같은 단체, 자유노동자 보상 협의회 같은 데도 뒤질 생각이었다. 이 박사의 말에 따르면, 민단 교토 지방 본부를 수소문하면 조총련의 히가시오사카(東大阪) 지부에 직접 문의하고 협조를 얻을 만한 간부도 있었다.

나는 한 주일이 걸리든 한 달이 걸리든 오사카를 샅샅이 뒤질 결심을 했기 때문에 우선은 느긋하게 아라카와 산초메를 걸었다. 걷다가 보니 미국식 〈거라지 세일〉에서 볼 수 있는 것과 비슷한 좌판이 하나 빈 가게 자리에 있었다. 이사하면서 쓸모없는 물건을 파는 모양인데 물건 자체의 상태나 가격으로 보아 가난한 집에서 나온 물건인 모양이었다.

나는 몇 개의 탁자를 붙여서 만든 한 평 남짓한 좌판을 둘러보았다. 쓰던 컵, 찻잔, 여름 구두, 고풍스러운 주전자, 인형, 낡은 스케이트…… 내게는 별로 쓸모없는 물건들이었다. 그런데 그중 눈길을 끄는 물건이 하나 있었다. 됫박이었다. 여느 됫박이었으면, 일본도 됫박을 썼으니까 별로 눈여겨보지 않았을 터인데, 됫박에 〈박(朴)〉 자 소인이 그려져 있었다. 물건을 파는 여자의 나이도 쉰 살 안팎이 되어 보였다.

문득 조센이치바의 순댓국 집 안주인 말대로 쌀집을 찾아가 보자는 생

958

각이 들었다.

「실례지만, 한국인이신가요?」 나는 조심스럽게 물어 보았다.

「아니에요.」 부인이 대답했다.

「이 됫박에 쓰인 〈박〉자는 한국인의 성씨 같은데요…….」

「이거요? 우리 마을에는 조선인들이 많았거든요. 어떻게 이게 우리 집에 있게 되었는지는 모르겠지만……. 이제 이런 건 아무도 쓰지 않아요. 저울로 무게를 달아서 파니까요.」

나는 이렇게 말하는 그 부인에게 〈나는 숙부를 찾으러 왔다……〉로 시작되는 예의 그 일장 연설을 시작했다. 내 종매 교코가 그 부인과 나이가 비슷할 것이라는 말도 덧붙였다.

부인은 고개를 갸웃거렸다.

「혹시 이 근처에 쌀집이 있는지요?」

「오고메야(쌀집)? 있고말고요.」

「몇 군데가 있나요?」

「요 뒤에 한 집이 있고, 구야쿠쇼 쪽으로 하나 더 있지요.」

「두 가게의 주인 중 어느 가게 주인의 연세가 더 많은가요?」

「요 뒷집……. 그 오고메야 상은 여든이 넘었어요.」

「동네 사정을 잘 알겠지요?」

「토박이니까요. 한번 가보세요. 이케가미 사부로 상인데, 연세가 그만한데도 불구하고 애 어른 할 것 없이 아직도 안 듣는 데서는 그 노인을 〈사부로〉라고 부른답니다. 어릴 때부터 이 마을에 쌀 배달을 했대요.」

「고맙습니다.」

나는 됫박을 사고 싶었지만 짐스러워질 것이 걱정스러워 미안한 마음으로 돌아섰다.

〈사부로고메야(三郞米屋)〉는, 말쑥한 주택 한가운데 자리 잡고 있었는데도 불구하고 가게 문은 한국에서 흔히 볼 수 있는, 진흙 튄 자국이 덕지덕지 묻은 시골 읍내 쌀가게의 미닫이와 모양이 똑같았다. 깨끗한 것만 시골 읍내의 가게 미닫이와 달랐다. 그 문에 어울리게 짐받이가 커다랗고 뼈대가 실한 짐 자전거도 한 대 그 앞에 서 있었다. 문을 열고 들어서자 노파가 가게 바닥에 앉아 있다가 일어섰다.

「이케가미 사부로 상 계시는지요?」 일삼아 기억해 둔 그의 이름을 대었다.

자그마한 노인이 나왔다. 유복해 보이지는 않아도 초라해 보이지도 않았다. 햇빛과 노동에 어찌나 잘 단련되었는지 죽어도 썩지 않을 듯한 그런 풍모였다.

「내가 사부로올시다만……. 내 이름은 어찌 아셨지요?〉

「마을의 어떤 분이, 어르신네야말로 아라카와 산초메의 살아 있는 역사라고 하더군요.」

「허허, 너무 오래 살았나? 하지만 쌀이라면 좀 알지요.」

「저는 사람을 찾으러 왔습니다. 50년 전에 이곳에 살았다가 20~30년 전에 이 아라카와 산초메에서 〈북조선〉으로 떠났다는 나가이 마사오를 찾습니다. 한국 이름은 〈이대복〉, 일본 말로 발음하면 〈이다이후쿠〉일 것입니다. 저의 숙부가 됩니다. 그 아들은 금년에 마흔세 살이 되는 나가이 마사모토, 딸은 금년에 쉰 안팎인 나가이 교코라고 하는데, 종형인 마사모토는 다리를 저는 사람입니다……. 기억을 더듬어 봐주시겠습니까?」

나는 단어 하나하나에 정성을 실어 간곡하게 말했다.

「더듬을 것도 없소.」

「네?」

「나가이 마사오는 도쿄 올림픽이 열리기 전후니까, 어디 보자…… 쇼와(昭和) 39년 전후에 기타조센(北朝鮮)으로 떠나고, 그다음 해 교코와 마사모토도 여길 떴어요.」

「어디로 갔는지 혹시…….」

「그건 모르겠어요……. 그렇다면 당신은 〈이다이하무(李大函) 상〉의 아들이오?」

「그분을 아십니까?」

「몇 차례 만난 적이 있지요.」

「그렇습니다, 어르신, 그렇습니다. 제가 바로 그분의 아들입니다…….」

눈앞이 캄캄해지면서 현기증이 나는 바람에 서 있을 수가 없었다. 몸집이 자그마한 이케가미 노인의 모습이 가까워졌다 멀어졌다 하는 것 같았다. 노인을 껴안고 싶었지만 겨냥이 잘 되지 않았다. 노인은 웃고 있었다. 〈거봐, 살아 있는 아라카와 산초메의 역사 맞지〉, 이렇게 말하고 있는 것 같았다.

「……좀 앉아도 좋겠습니까?」

「앉아야겠지……. 자, 이제 뭘 더 알고 싶소?」

「어르신네의 그 한마디를 듣기 위해 저는 40년을 기다렸습니다.」

「왜 진작 안 왔소?」

「아버지를 아십니까?」

「이(李) 상은 오미나토(大湊)에 일터가 있어서 여기에 살지는 않았소. 세상은 여기에서 떠나기는 했지만……. 세상 떠난 것은 알고 있겠지요?」

「물론 압니다. 저는 그 유복자입니다. 〈배 속에 끼쳐 둔 자식〉이라는 말 알고 계신가요?」

「알고말고……. 나는 쌀을 팔아도 공부는 꽤 한 사람이라오. 당신은 옛날 문학 서적을 꽤 읽었지요? 아까 당신은 사촌이 다리를 전다면서 〈아시나에히토〉라고 그러더군. 옛날 소설에나 나오는 말이지, 지금은 그런 말 안 써. 그냥 〈진바〉라고 하면 돼요.」

「저는 아버지가 오사카 근방에 묻힌 것으로 알고 있습니다. 아버지의 유골을 수습하려고, 사촌들을 찾으려고 이렇게 왔습니다. 저의 신분증은 여기에 있습니다……. 아버지와 숙부, 종매와 종형의 이름이 적혀 있는 족보도 가져왔습니다.」

「그런 거 보여 줄 필요 없어요. 얼굴에 쓰여 있군그래. 한 자[尺]나 되게 길쭉한 얼굴만 봐도 알겠어……. 그건 그렇고 난처하구먼…….」

「난처하시다니…….」

「모르거든…….」

「숙부님이나 아버님의 지인이 혹 없는지요…….」

「가만가만……. 몰아치지 말아요…….」

노인이 바지 주머니에 손을 넣으려고 했다. 나는 담뱃갑을 그의 앞에 내밀었다. 담배를 한 대 피워 문 그는 담배 끝에서 오르는 연기 자락을 가만히 바라보고 있다가 〈에리〉 하고 소리쳤다. 아내의 이름을 불렀던 모양이다. 노파가 뒷문을 열고 나왔다.

「이 양반이 나가이 마사오의 조카라는군.」

「나가이 마사오가 누군가요?」

「저러니 여자는 대접을 못 받지……. 구니모토 히로요시(國本弘吉)가 아직은 살아 있겠지? 전화번호 책 가지고 와봐.」

구니모토……. 일본인일 가능성도 없지 않았지만 귀화하면서 창씨개명한 조선인 〈이씨(李氏)〉일 가능성이 더 컸다. 그가 숙부나 아버지와 아는 사람이라면 더욱 그러했다.

이케가미 노인이 안경을 쓰고 전화번호 책을 읽으면서 다이얼을 돌리고 있을 동안 나는 아버지가 아라카와 산초메에서 세상을 떠난 뒤로 흐른 세월에게 목을 졸리고 있는 듯한 고통을 느꼈다. 견딜 수 없이 목이 말랐다. 주머니에 자꾸만 손이 갔지만 아버지를 아는 노인 앞에서 담배를 물 수는 없었다.

「허허허허…….」

이케가미 노인의 웃음소리에 정신이 번쩍 들었다. 이케가미 노인이 아내에게 〈아직은 살아 있겠지?〉 하고 묻는 것으로 보아 구니모토 히로요시라는 사람은 아버지나 숙부 연배의 노인일 가능성이 컸다. 그렇다면 이케가미 노인의 웃음은, 구니모토 씨가 살아 있다는 뜻일까…….

「에리……. 종이하고 구리스펜(볼펜)을 줘……. 아니야, 그럴 필요 없어요…….」

한동안 전화통에다 대고 웃으면서 빠른 일본 말로 떠들던 이케가미 노인이 수화기를 내려놓고는 화색이 도는 얼굴로 돌아섰다.

「당신은 운이 좋아요. 구니모토 상이 아직 살아 있어요. 여기에서 아들 따라 교토로 간 지 몇 년 되었는데도 아직 정정하구먼……. 내가 전화번호를 적어 줄 테니까 내일 오전 중에 전화를 걸고 찾아가든지 노인네를 불러 내든지 해서 만나도록 해요…….」

나는 말을 할 수가 없었다. 그의 손은 작고 깔깔했다.

「……구니모토 상도 조요(징용)와 해난 사고의 희생자였어요. 당신 아버지처럼……. 울 것은 없어요. 〈호도케사마(부처님)〉 은덕으로 내가 아직까지 살아 있는 것이 고맙구먼……. 당신과 당신 사촌을 이어 줄 수 있었으면 더 좋았을 것을……. 하지만 구니모토가 당신에게는 더 적절한 사람일지도 몰라. 당신 사촌은 그때 너무 어려서 모르겠지만 구니모토는 〈이다이하무 상〉과 아주 친했거든……..」

「…….」

나는 구미모토 씨가 아버지가 매장된 곳을 알고 있을 가능성이 있는지 그게 궁금해서 견딜 수 없었다. 그러나 그런 질문을 던지기에는 이케가미 노인의 어조가 너무 가라앉아 있었다.

「내가…… 쌀 배달만 하고 있었다면 나가이 마사오를 이렇듯이 생생하게 기억할 리 없지. 그 형인 〈이다이하무 상〉은 물론이고……. 나도 마사오와 함께 사회주의로 기운 적이 있어요……. 쌀가게 팽개치고, 저기 소렌 히가시오사카 지부 자리에 있던 금융 조합을 뻔질나게 드나드느라고 우리 마누라 에리의 속을 좀 썩였거든……..」

「…….」

「일본, 참 죄 많이 지었어……. 구니모토의 이야기를 들으면 기가 막힐 것이구먼. 당신을 조금이라도 도와줄 수 있어서 반갑소……. 다 호도케사마의 은덕인 줄 아시오. 참, 숙소가 어디지요?」

「마침 교토입니다.」

「잘되었구먼. 어서 가요. 내 집 전화번호를 적어 가지고 가요. 구니모토

상 만나게 되면 경과나 좀 가르쳐 주오.」

「이 은혜는 잊지 못합니다.」

「구원(舊怨)과 함께 잊으시오. 나도 이 작은 보람으로 우리 일본인들이 조선인들에게 진 빚의 탕감을 비리다.」

노인 양주(兩主)에게 정중하게 인사하고 나오면서 나는 하늘을 향해 외마디 소리를 크게 내지르고는 너울너울 춤을 추는 시늉을 했던 모양이다. 춤추는 시늉을 한 것은 적절하지 못했는지도 모른다. 아버지의 족적과의 만남은 필경은 아버지나 그 시대 조선인들이 흘린 눈물 자국과의 만남일 터이기 때문이다. 그러나 그런 만남의 슬픈 조짐도 내 감흥을 저지하지는 못했다.

나는 영화에서 본, 우산을 든 채로 빗속에서 춤을 추는 진 켈리처럼 그렇게 춤추는 시늉을 하면서 순도쿠 가이도(俊德街道)를 따라 순도쿠 역쪽으로 걸었다.

〈순도쿠 가이도〉라고 해봐야 소형 자동차 아니면 두 대가 비켜 가기도 힘에 겨울만큼 비좁은 골목길이었다. 전철 순도쿠 역 조금 못 미처 검은 판에다 흰 글씨로 쓴 무슨 안내판이 있었다. 무심코 안내문을 읽다가 보니 정신이 번쩍 들었다. 안내문은 〈순도쿠 가이도의 전설〉이었다. 친절하게도 안내판 위에는 환한 등이 달려 있어서 읽기에 좋았다.

옛날 다카야스(高安)의 노부요시(信吉) 장자의 적자에 순도쿠마루(俊德丸)라고 하는 영특하고 잘생긴 아이가 있었는데 이 아이는 곧 사천왕사(四天王寺)에서 베풀어지는 부가쿠(舞樂)의 아기 역할을 맡게 되면서, 같은 다카야스의 장자 가게야마(蔭山)의 딸과 사이 좋은 친구가 된다.

순도쿠마루는 계모의 손에 자라고 있었는데, 이 계모는 아들을 낳자마자 재산을 제 자식에게 물려주려고 순도쿠마루를 저주했다. 순도쿠마루는 계모의 저주를 받아 장님이 되어 사천왕사 앞에서 걸식을 하게 되었다. 이를 안 가게야마의 딸은 천신만고 끝에 순도쿠마루를 찾아내고는 사천왕사의 관음보살상에 순도쿠마루의 쾌차를 빌었다. 이 기도에 영험이 있어서 순도쿠마루는 눈을 뜨고, 장차 가게야마의 사위가 되어 그 재산을 상속했다.

한편 그의 본가에서는 아버지 노부요시가 죽자 가산이 기울어지면서 결국 계모의 아들은 거지가 되었다가 순도쿠마루의 은덕을 입고서야 겨우 제 삶을 찾았다.

이 길은 순도쿠마루가 부가쿠를 수업하기 위해 다카야스에서 사천왕사로 가던 길이라고 해서 〈순도쿠 가이도〉라는 이름을 얻게 되었다.

히가시오사카시(東大阪市) 교육 위원회

그렇다면 그 지명인 〈후세(布施)〉는 괜히 〈후세〉였던 게 아닌 셈이 된다. 그 순도쿠마루의 귀신에 씌어서 그랬던지, 과거의 무게에서 풀려나서 그랬던지, 아라카와 산초메에서 순도쿠 역으로 가기까지 나는 춤추는 진 켈리처럼 뛰기도 하고 걷기도 했다.

다음 날 아침 일찍 구니모토 히로요시(國本弘吉)라는 이름을 쓰고 사는 이홍길(李弘吉) 옹에게 전화를 넣었다. 저승같이 먼 데서 굵은 목소리가 말했다.

「모시모시…….」

나는 우리말로 물었다.

「구니모토 히로요시 선생님이신지요?」

「그렇습니다. 누구신지요…….」

내 귀에는 〈구롯습니다, 눙우싱지요〉로 들렸다. 나는 단숨에 아버지와 숙부의 함자와 내 이름을 대었다.

「반갑소. 전화 기다리고 있었소.」

「댁으로 찾아뵙고 싶습니다만…….」

965

「그래요? 지금 거기가 어디시오?」

이 말 역시, 〈구래요? 지굼 공이가 오디시오〉로 들렸다. 교포들이 할 법한 우리말 발음에 대한 선입견 때문에 그렇게 들리는 것 같았을 것이다. 있는 곳을 밝히자 그가 말했다.

「택시를 타고 가와라마치이마데가와(河原街今手川)……. 아니지, 일본에 처음 온 사람에게는 이름이 너무 길지……. 택시 운전사에게 전철역 이마데가와 근처에 있는 가테이사이반쇼(家庭裁判所) 앞에 내려 달라고 해요. 내가 그 앞에서 기다리겠소. 사이반쇼 앞에 노인네가 하나 서 있거든 그게 나 이홍길인 줄 아시오.」

가정 법원 앞에는, 버르장머리 없이 말하자면 〈곱게 늙었다〉는 표현이 어울릴 노인이 서 있었다. 선이 굵은데도 그다지 선명하지는 않은 이목구비, 가느다란 머리 올……. 나는 한국인과 일본인을 구별할 때 가장 먼저 수염이나 머리카락의 올을 보고는 한다. 일본인의 머리카락이나 수염의 올은 한국인의 그것보다 굵다는 것이 내 생각이다. 깎은 수염 자국도 일본인의 경우는 험해 보인다.

그는 택시에서 내리는 나에게 손을 내밀며 내 발에다 잠깐 시선을 던졌다.

「당신이 이 씨지요? 말 안 해도 알아보겠어. 선고장께서도 당신처럼 얼굴이 길고 발이 컸어요. 나이가 얼마나 되오?」

「마흔셋입니다.」

「선고장이 돌아가실 때 나이보다 많군. 선고장은 서른일곱에 돌아가셨지……. 경술국치년에 태어나서, 해방되던 해 8월 29일에 세상을 떴으니 이 또한 국치일(國恥日)……. 해방된 조선에서는 단 두 주일밖에는 못 사신 분이오…….」

「어떻게 그렇게 소상하게 기억하십니까?」

「내 나이 서른다섯이었는데……. 잊을 수가 없는 거요. 잊고 싶어도 잊을 수가 없는 거요. 자, 어서 가요. 내 집은 예서 가까우니까…….」

그의 뒤를 따라갔다. 시모가모마치(下鴨街)의 조그만 호텔 뒤에 그의

966

집이 있었다. 뜰은 오밀조밀한 일본식이어도 집 안의 서실은 한국의 중류 가정 거실과 다를 것이 거의 없었다.

「앉으시지요, 인사를 올리렵니다.」

나는 의자에 앉으려는 그를 바닥에 앉게 하고, 두 손을 모은 채 거실 벽을 지고 섰다.

「절은 무슨 절…….」

그러면서도 그는 맞절할 차비를 했다.

「어서 앉게.」

절을 받고 난 뒤부터는 그의 말투가 〈하게〉로 바뀌었다.

나는 배낭에서 족보를 꺼내어, 아버지와 숙부의 함자가 나와 있는 선대 항렬과, 우리 형제와 종형제의 이름이 나와 있는 당대 항렬의 항목을 그에게 보여 주었다. 신분증을 꺼내어 이름을 대조하게 하고 싶다고 하자 그가 손을 내저었다.

「이 사람, 내가 자네 얼굴을 보고 벌써 이름을 짓지 않았는가. 자네가 이씨 형제분의 재산을 상속받으러 왔다면 또 모를까, 자네가 물려받는 것은 재산이 아니라 짐이라네.」

「제 위로 두 살 맏이인 유선이 있고 저는 유복입니다. 공교롭게도 아버지의 부고를 받은 날 태어난 유복자입니다. 저희 숙부님도 유복자이십니다. 이 역시 공교롭지 않습니까?」

「공교로운 것이 많던 시절이었어……. 사람의 뜻이 하릴없던 시대였다네……. 그래 지금은 어떤 일을 하는가?」

「철들고부터 아버지 산소를 찾고, 종형제를 찾고 싶었습니다. 그러나 잘 아시겠지만 숙부님의 이력 때문에 출국이 쉽지 않았습니다. 미국으로 건너가 한 5년 머물다가, 6개월쯤 공부한다는 핑계를 대고 고베에 있는 저희 학교 분교로 왔습니다. 물론 제 목적은 아버지의 산소를 찾아내는 일입니다……. 어떻게 하든지 찾고 싶습니다.」

나는 그의 반응을 예의 주시했다. 나는 숙부가 아버지를 매장했을 거라고 확신하고 있었다. 비록 공산주의자가 되었다고 해도 숙부에게는 유교식 사고방식의 틀이 있었다. 우리 조부께서 묻히신 선산을 사들이고 조부 산소 옆에 조모를 모신 장본인도 바로 숙부였다. 나는 숙부에게 우리 정서에 어울리는 어떤 요량이 있었을 것으로 확신했다.

「찾을 수 있고말고…….」

「……아시는지요?」

「아네…….」

「유골이라도 선산으로 모시고 싶습니다.」

「암……. 자네 숙부는, 비록 〈귀국〉한다면서 북으로 넘어가 거기에 묻힌 사람이 되었지만, 그래도 요량은 다 하고 있었네. 그래서 화장은 피한 것이네. 자네 선고장 돌아가신 직후에 내게도 말하더구먼……. 조카가 있으니까 언젠가는 유골을 찾으러 올 것이라고……. 모르기는 하지만 자네 종형제들에게도 일러 놓았을 거라. 죄 많은 세월이, 그러고도 자네 머리가 희끗희끗해지도록 흘러갔구나……. 그래, 마사모토와 교코는 찾았는가…….」

「뒤가 밟히지 않습니다.」

「잘 왔네, 나를 용케 찾아왔네……. 그래, 언제쯤 모시고 갈 참인가?」

「지금은 모시고 갈 생각보다는 어디에 어떤 모습으로 계시는지 그걸 제 눈으로 보는 것이 바쁩니다.」

「그 안에 내가 죽기라도 할까 봐? 안 죽어, 안 죽어……. 하지만 자네 마음이 그렇다면 내일이라도 가보세. 후세에서 동쪽으로 40~50리 가면 자네 숙부의 친구가 농사를 짓고 사네. 선고장께서는 그 숙부 친구의 밭자락 뒤의 산기슭에 묻혔네……. 모르기는 하지만 자네 숙부는 그 친구에게 밭자락 값을 셈했을 것이네.」

「세월이 43년이나 흘렀습니다. 봉분인들 남아 있을지요.」

「마사오가, 아니지, 대복이가 이북으로 넘어가기까지는 해마다 성묘한답시고 들르더라고. 봉분이라니까 하는 말인데…… 봉분은 처음부터 없었어.」

「그렇다면 더욱이 찾기가 어려울 것이 아닙니까.」

「이 사람아, 밀장(密葬)은 아니었네만 남의 땅에 성분(成墳)이 당한가…… 언제 함께 가보도록 하세…… 내게 생각이 있으니까 가보면 아네.」

「그렇다면 평장(平葬)이 되어 있다는 말씀이십니까?」

「평장을 않으면? 밭 주인이 바뀌면 유골을 파내어 버리게? 평장을 하되 깊게 하는 것……. 남의 땅에 오래 떠돌면서 사는 사람들의 풍습이야……. 나를 찾아내었으니 되었어.」

「아버님과는 어떤…….」

내게는 아버지를, 〈아버지〉라고 불러 본 적이 없다. 그러므로 내가 쓰는 〈아버지〉라는 말에는 어떤 체험적 정서도 묻어 있지 않았다. 따라서 그것은 매우 건조한 일반 명사에 지나지 않았다. 그러나 아버지의 무덤을 내 눈으로 확인한 것도 아니고 거기에 묻힌 유골이 아버지의 유골임이 분명하다는 것을 확인한 것도 아닌데도 불구하고, 건조한 일반 명사인 〈아버지〉는 더 이상 쓰고 싶지 않았다.

아버님……. 아버님……. 이렇게 부름으로써 나는 이홍길 노인의 말을 현실로 만들고 인정해 버리고 싶었을 것이다.

「……예사 인연이 아니지……. 오미나토(大湊)에서 배를 타기 전부터, 아니 후세에서부터 친구였다네. 내가 두 살이 어려 나이로는 대복이와 동갑이었네만 선고장은 늘 나를 친구로 대하면서 아우 대복이에게는 호형을 하게 했네……. 이 기나긴 이야기를 어디에서 시작할거나……. 그러나 시작하기 전에 하나 물어보세…….」

「…….」

「자네 해방둥이가 맞는가?」

「맞습니다.」

「흠……. 아들은 아들이었군…….」

「무슨 말씀이신지요?」

「응, 아무것도 아니네만, 자식은 얼마나 두었는가…….」

「아들을 하나 두었습니다만…… 지금은 혼자 살고 있습니다.」

「그런가? 흠, 그것은 그렇고, 어디에서 시작할까나. 자네 혹 〈우키시마 마루〉라는 배 이름 들어 보았나?」

「어린 시절 어머니께서 더러 말씀하셨습니다. 아버님께서는 우키시마 마루에 타셨다가 조난하셨다고요.」

「한국의 언론으로부터는?」

「읽어 본 적이 없습니다.」

「나도 1985년까지는 읽어 본 적이 없네. 수백 명이, 수천 명이 죽었는데도 말이 없네. 일본이 오랫동안 이 문제를 자아서 거론하지 않고 있었던 것이야 당연하지만, 한국에서 80년대가 되도록 이 이야기를 꺼내지 않는 까닭은…… 나는 이해 못 하네……. 일본에서는 11년 전에 〈바쿠친(爆沈)〉이라는 제목으로 NHK가 처음으로 이 문제를 거론했고, 3년 전에는 교토 신붕(京都新聞)이, 그리고 한국에서는 2년 전에는 〈월간 동아〉라는 잡지가 40년 만에 처음으로 이 이야기를 썼네.」

「월간 동아가 아니고 『신동아』일 겁니다만…….」

「옳아…….」

「저는 당시 미국에 있어서 본국의 잡지를 읽지 못했습니다. 자세히 좀 들려주실 수 있겠습니까? 기억을 더듬으시면서요.」

「암, 기억을 더듬어야지……. 하지만 자료는 거진 외다시피 하고 있는걸. 자료가 없이는 아무것도 말할 수가 없을 거야……. 하도 오래된 일인 데다가 그 당시 우리는 뭐가 뭔지 몰랐거든. 일본이 패전했다, 조선이 독립되었다, 귀국한다……. 이렇게 잔뜩 들떠 있는 판이었으니 뭐가 뭔지도 모르는 게 하기야 당연하지……. 최근에 와서야 생존자들과 희생자 유가족들이 손배 소송을 준비하고 있네. 자네도 지나가는 이야기로 듣지 말기 바라네. 이 이야기 여러 사람에게 하기는 했어……. 하면 할수록 속이 상하더군. 하지만 자네처럼 당사자에 속하는 사람에게 하기는 처음이야. 자네는 당사자의 아들이니까, 시큰둥하게 들어서는 안 되네……. 일본…….

나는 이 어마어마한 모순덩어리 앞에서 이 나이가 되도록 오도 가도 못하고 이렇게 살고 있네. 이야기에 앞서, 내가 하나 사족을 붙여 놓을 것이 있네. 그것은 일본인은 바보가 아니라는 것일세. 일본인은 공정하려고 애를 많이 쓰는 족속이라는 것일세. 이런 뜻에서는 선고장의 의견도 나와 같네. 해방되기 전해에 나는 선고장과 함께 시모노세키(下關)의 한 허름한 여관에서 일박하고 다음 날 연락선을 타고 부산으로 간 적이 있네. 선고장은, 연락선에 오르고 나서야 나카오리(中折帽)를 여관방 벽에다 걸어 두고 온 걸 알고는 몹시 애돌애돌해했네. 값나가는 것은 아니었네만 우리는 원래 머리에 쓰는 걸 소중하게 여기는 백성 아닌가……. 그런데 근 한 달 만에 부산에서 시모노세키로 건너온 우리는 에멜무지로 그 여관에 들러 물어보았네. 세상에……. 그 조그만 여관에는 유실물만 보관하는 방이 따로 하나 있었네. 선고장의 모자도 물론 거기에 있었네. 〈소화 19년 모월 모일에 투숙한 조선인 이대함 씨의 모자〉라는 딱지까지 붙어 있었네. 더 놀라운 이야기를 들어 보려나? 그 방에는 그로부터 근 20년 전인 쇼와 원년은 물론, 메이지 10년의 유실물도 딱지가 매달린 채 보관되고 있더라는 말일세. 메이지 10년이라면, 우리가 태어나기 반세기 전 아닌가……. 그런데 말일세…… 그런데도 우키시마마루 이야기가 나올 때마다 모른다고 하네……. 자료가 없어서 모른다고 하네. 우리가 자료와 증언을 코앞에 들이밀어야 그렇다고 고개를 끄덕이는 게 일본인이네. 내 어깨에는 우키시마마루의 갑판에서 왜놈의 몽둥이에 맞아서 생긴 흉터가 반세기가 지난 지금까지도 남아 있네. 왜놈들은, 저희들이 벌인 전쟁을 위해 비행장을 지어 준 나를 그렇게 모질게 때렸네. 그것도 해방되어 귀국하는 독립 국가의 백성을……. 이게 일본의 백성들이네…….」

그는 한국제로 보이는 자개 문갑을 열고 와이셔츠 통 같은 것을 하나 꺼내고는 그 안에 들어 있던 잡지와 신문 스크랩, 복사된 서류 같은 것들을 하나씩 하나씩 꺼냈다. 자료는 그다지 많지 않았다.

그의 기억은 이렇게 해서 43년 만에 다시 한 번 부산항을 향해 우키시마마루의 닻을 올렸다. 그러나 그의 기억력과 상상력이 띄운 우키시마마루 역시 부산항에는 이르지 못한다.

51
우키시마마루(浮島丸)

　자네 선고장의 별명은 〈히다리모치〉였네만, 평소에 잘 웃지 않는 분이
라서 우리는 그분 앞에서는 이 별명을 한 번도 불러 보지 못했네. 우리끼
리 있을 때는 〈히다리모치〉라는 말만 나와도 까르르 웃었네만…….

　자네, 〈히다리모치〉가 무슨 말인지 알겠는가? 조선 일본 말을 알 턱이
없지. 내가 내력을 일러 줄 테니 들어 보게.

　해방되기 한 해 전이었을 것이네. 평소에 농담을 잘 않던 선고장이, 우
리가 재미있는 이야기 한 자루 해보라고 하도 조르니까, 못 이기는 체하고
한 이야기가 바로 이 〈히다리모치〉 이야기라네. 선고장이 어디에서 듣고
옮긴 것인지, 아니면 지어낸 것인지는 나도 모르겠네만 하여튼 이런 이야
기를 했네.

　……우리 마을에 말이오, 일본 말을 조금도 못 하는 김 노인이 있었소.
그런데 이 김 노인의 사돈인 박 노인은 소싯적에 일본에서 공부한 양반이
라서 일본 말을 아주 조선말처럼 했던 모양이오. 김 노인이 박 노인을 만
날 때마다 한 수 꿀릴 수밖에……. 우리 조선 사람, 남한테 꿀리고는 못 사
는 사람들 아니오? 특히 사돈에게 꿀리고는 못 삽니다. 그래서 이 김 노인
은 박 노인 모르게 일본 말을 공부하기 시작한 모양이오. 한두 해 일본 말
을 공부하고 나니까 자신이 생겼던 모양이지요?

　어느 날 장바닥에서 김 노인은 사돈 박 노인을 만났어요. 박 노인은 마

침 떡전에서 떡을 사 먹고 있다가 김노인을 떡전 차일로 불러들이지요? 김 노인이 떡전 차일로 들어가면서 일본 말로 왈(曰).

「스이치 히다리모치데스카.」

자, 이 일본 말이 무슨 뜻인지 알겠소……?

우리 중에는 아무도 그 일본 말을 알아듣는 사람이 없었네. 동패 중에는 일본에서 태어난 조선 사람이 많었어. 그런데도 그 말을 알아듣는 사람이 없었지. 그러니까 선고장께서 싱긋 웃더군.

……박 노인이 알아듣지 못하니까 김 노인은, 사돈의 일본 말도 별것 아니네요, 그러더라나. 이게 무슨 뜻이냐 하면, 이런 뜻이었다오.

스이치히다리모치(初市左餠). 〈초〉는 그냥 읽고, 〈시(市)〉는 곧 〈장터〉니까 〈장〉으로 읽고, 〈좌(左)〉는 〈왼쪽〉이니까 〈왼〉으로 읽고, 〈병(餠)〉은 〈떡〉으로 읽어 보세요. 붙여 읽으면 〈초장왼떡〉이 되지 않소? 말하자면 김 노인은 사돈에게, 〈초장에 웬 떡입니까〉 한 셈이 되지 않은가요……?

우리는 선고장의 말에 배꼽이 끊어지게 웃었네. 하지만 당사자는 배를 잡고 웃는 우리를 한심하다는 듯이 내려다보고는 혀를 끌끌 차더군.

……사람들이 웃는 풍신하며…….

이러면서 말이네.

그런데 이 이야기 때문에 일본인 십장과 시비가 벌어지는 사건이 터지고 말았네.

그해 겨울, 미사와 읍내의 조선인 술집에서 이 이야기를 하면서 또 한바탕 웃었네. 마침 성미가 강퍅해서 우리 조선인들이 언제 한번 손을 보아 주자고 벼르고 있던 일본인 십장 하나가 그 술집에 들렀다가 우리가 허리가 끊어지게 웃고 있는 것을 가만히 보고는 나에게 와서 그러더군. 무슨 이야기가 그렇게 우스운지 자기도 좀 알자고…….

우리야 조선말을 아니까 이게 우습지만 조선말을 모르는 일본인에게야 우스울 턱이 없지 않은가? 설명할 도리도 없는 것이고. 내가 설명해 주니

974

까 우리 조선인들은 또 까르르 웃었지. 왜놈은 낯색을 바꾸었고……. 그러니까 이 왜놈 십장은 우리가 짜고 조선말 말장난으로 저를 비웃고 있는 것으로 오해하고 말았어. 안색이 변하면서 눈이 도끼눈이 되더군. 그놈 오기가 또한 대단했어.

미사와가 혼슈(本州)의 북단에 있는 곳이니 겨울철에 좀 추워? 그 술집 주인인 조선인은 우리 방에다 커다란 무쇠 화로에다 숯불을 피워 들여다 놓았었어. 술상이 타지 않도록 두꺼운 석판을 올리고, 그 위에다 화로를 놓았을 것이네 아마. 안주인은 우리가 숯 가스를 맡을까 봐 이따금씩 들어와 당시로서는 꽤 귀한 축에 들던 왕소금을 뿌리고는 했고…….

약이 오를 대로 오른 이 왜놈 십장이 우리 방으로 들어오더니 말야, 궐련을 한 대 물고는 시뻘건 숯덩이 하나를 맨손으로 집어 올리더니 태연하게 담뱃불을 붙이는 거라. 깡을 시위하는 거지. 십장의 굳은살 박인 손가락 끝이 타면서 연기가 오르고 노린내가 등천을 했네. 분위기는 순식간에 얼음장이 될 수밖에…….

가만히 보고 있던 선고장 역시 담배를 한 대 말아 입에 물더니…… 어쨌는지 아는가……? 벌겋게 달아오른 무쇠 화로의 갓을 맨손으로 잡더니 번쩍 들어 올려 숯불에다 담뱃불을 붙이는 것이 아니겠나. 선고장의 굳은살 박인 손끝에서도 연기가 무럭무럭 오르고 노린내가 났네.

왜놈 십장의 상이 노래지더군. 그럴 수밖에……. 우리 미사와(三澤) 비행장 노무자나 왜놈 감독을 통틀어, 한 손으로 그 화로를 집어서 들어 올릴 수 있던 사람은 선고장뿐이었으니까. 그것도 벌겋게 달아오른 화로의 갓을 잡아서 말일세. 굉장한 악력이었네.

왜놈 십장이 달아나듯이 우리 방을 나가고 나서 우리는 선고장으로부터 야단을 들었네.

……사람들, 그렇게들 체신머리 없이들 웃어 쌓았으니 저놈이 저 욕하는가 보다 하고 오해했을 수밖에.

사실 선고장은 웃는 일이 더러 있기는 해도 오래 웃는 법이 없었네. 허허, 하면 그걸로 끝이지.

자네도 허우대가 어지간하네만 엄장하기로 말하자면 선고장께는 견주
어지지 못하겠네. 일본 놈들이 지게를 질 줄 아나? 선고장은 공사장에서
지게를 하나 만들어 가지고는 자재를 일본 놈들 리어카로 한 리어카씩 짊
어지고 다니면서 기를 죽였다네.

우리가 부산행 송환선을 탄 곳은 오미나토(大湊)였네. 혼슈 최북단에는
갈쿠리 같기도 하고 배의 닻 같기도 한 시모기타한토(下北半島)가 있네.
오미나토는 이 시모기타 반도에 둘러싸인 작은 항구 도시였다네. 오미나
토는, 거기에서 그리 멀지 않은 오소레 산에 오르면 홋카이도 남단의 항구
도시 하코다테의 불빛이 보인다고 할 만큼 홋카이도에서는 가까워. 〈시모
기타(下北)〉라는 이름도 〈홋카이도 바로 아래〉에 있어서 생긴 것이 아닌
가 몰라.

선고장의 함자에는 조선인의 이름에서는 보기 드물게 〈하코(函)〉라는
글자가 들어 있어서 우리는 더러 〈하코다테(函館)〉를 자네 선고장의 고향
이라는 농담도 더러 했다네.

나와 자네의 선장은 자유노동자로 당시 미사와 비행장을 보수하고 있
었네. 당시 시모기타 반도에는 우리 같은 자유노동자 말고도 수천 명의
징용공들이 와 있었네만, 우리는 그 사람들에 비하면 형편이 아주 좋았네.
강제로 조선에서 연행되어 온 징용공들은 왜놈들의 노예나 다름없었네.
징용공들은 〈다코베야〉라고 불리는, 감옥이나 다름없는 합숙소에 갇혀
지내다시피 했어. 이게 왜 〈다코베야〉, 즉 〈문어의 방〉이라고 불렸는지는
나도 잘 모르겠어. 합숙소가 문어 대가리에 해당하는 감시 본부를 중심으
로 문어가 다리 여덟 개를 펼치고 있는 형국으로 배치되어 있었기 때문인
지, 문어가 궁하면 제 발을 잘라 먹으면서 산다는 속설에서 나온 이름이었
는지는 모르겠어…… 〈다코베야〉를 나오는 길은, 죽을 각오를 하고 도망
쳐 나오거나, 도망치다가 맞아 죽어서 나오거나, 전쟁이 끝나는 길밖에 없

다는 말이 돌고 있던 만큼, 어쨌든 비참했어.

당시 나와 선고장은 미사와 비행장과 오미나토 사이에 있는 조그만 도시 노헤지(野邊地)에서 합숙하고 있었네. 나는 당시 자네 숙부가 살고 있던 오사카 부 후세 시에서 쌀집 배달원 노릇을 하고 있다가 마침 거기에서 자네 선고장을 만나 미사와에 가 있었던 것일세. 우리는 노헤지에 숙소를 두고 미사와로 다니면서 비행장의 지하 격납고 공사를 하다가 해방을 맞았어.

미사와 관제탑 기초 공사를 하면서 겪은 일이 잊히지 않네. 전쟁이 막바지에 접어들면서 일본인 감독이나 십장과 우리 조선인 노무자들 사이는 최악의 상태였을 것이네. 그럴 수밖에······. 시모기타 반도에 지하 터널 공사가 진행 중이라는 정보가 들어가면서 미국 공군은 이 지역을 집중해서 공습했는데, 이 공습에 대한 감정적 반응이 서로 달랐거든. 일본인들이야 죽을 맛이었겠지만, 우리에게는, 다소의 위험이 뒤따르기는 하지만 통쾌한 불구경 같은 것이었거든.

어쨌든 이렇게 감정 대립이 팽팽한 판에 미사와 읍내의 유곽에서 조선인 노무자 하나가 일본인 감독한테 폭행을 당하는 사건이 발생했네. 그 조선인 노무자는, 조선인에게는 금지되어 있는 것을 잘 알면서도 일본인 유곽에 갔다가 일본인 기생의 면전에서 폭행을 당했던 모양이네.

폭행을 당한 조선인은 그걸 잊지 않고 있다가 공습이 있던 어느 날 그 일본인 감독에게 복수를 했을 거라 아마. 관제탑 기초 공사장에 서너 길이 실히 됨 직한 호리가타(구덩이)를 파고, 거기에다 철근을 얽은 다음에 콘크리트를 비벼 넣는 공정에서 발생한 사건이었네. 마침, 철근 얽는 공정이 끝나고 자갈과 모래와 시멘트를 비벼 넣으려는 찰나 공습경보가 울렸을 거야. 모르기는 하지만 폭행을 당했던 조선인은 공습경보가 울리고 모두들 지하 격납고의 완공된 구간으로 피신해야 하는 순간에 감독을 삽으로 찍어 호리가타의 철근 사이로 밀어 넣고는 그 위에다 콘크리트를 덮어 버렸을 것이네. 그런 일은 일본 전역의 강제 노동 현장에는 종종 있던 일이거든. 콘크리트 다루는 삽에는 오사베루(큰 삽)와 고사베루(작은 삽)가 있었는데, 이 중 고사베루는 날이 작고 날카로워서 자주 치명적인 무기가 되고는 했네. 하여튼 그 조선인은 감독을 콘크리트와 함께 호리가타에다 쏟아 넣은 다음에야 방공호 대신으로 쓰이던 지하 격납고의 완공된 구간에 피신했네. 공습이 끝나면 비행장은 쑥대밭이 되고는 했어. 사상자, 실종자들도 적지 않았고…….

감독이 실종된 것으로 확인된 것은 그날 밤이었어. 수색을 하고 난리를 피웠지만 지하 격납고 공사하느라고 파놓은 산 같은 흙무더기가 내려앉은 난리 통에 어디에서 찾아? 그런데 감독이 관제탑 기초 공사장에서 실종되었을지도 모른다고 의심한 다른 감독이 있기는 있었던 모양이네. 하지만 타설한 지 하루가 지나면 콘크리트는 벌써 상당한 수준까지 굳어져 있어서 굳이 해체하려면 다가네(정)로 까내어야 하는데 그 절박하던 시점에 무슨 수로 그걸 다 까내?

기초를 흙으로 묻고 그 위에 기둥 철근이 오르기 시작한 날, 말하자면 감독의 실종이 기정사실이 된 날 밤 우리 조선인 노무자들 서너 명은 미사와 조선 술집에서 술을 마시게 되었네. 그런데 그날 밤 선고장은, 그럴 만한 이유가 있어 보이지 않는데도 불구하고, 유곽에서 일본 감독한테 폭행당한 조선인 노무자의 뺨을 여러 대 때리더군. 그 기세가 어찌나 거친지 아무도 말리지 못했어.

……유곽을 드나드는 것도 창피한 일인데 거기에서 얻어맞고도 창피한 줄을 모르다니 자네가 사람인가? 창피를 닦기는커녕 오욕을 또 하나 지어 보태다니 그래도 자네가 조선인인가?

뺨을 맞은 친구는 아무 말도 하지 못하고 무릎을 꿇은 채 벌벌 떨고 있었네.

……창피한 줄을 알면 술을 마시고, 아직도 모르겠으면 이 자리에서 사라져 버리게…….

선고장이 문제의 친구에게 이렇게 말하자 그 친구가 술을 들이켜기 시작했네. 그 자리에 있던 조선인들 중, 선고장이 그자의 뺨을 때린 이유를 안 사람은 당사자 둘과 나밖에 없었을 것이네. 다른 노무자들은 우리 공구 사람들이 아니었거든.

참으로 부끄러운 이야기지만, 경술생(庚戌生)인 자네 선고장과는 달라서, 임자생(壬子生)인 나에게는 해방이라는 게 별로 실감이 나지 않았어. 일제 시대에 태어났으니 독립이 무엇이고 해방이 무엇인지 알았을 턱이 없지. 게다가 나는 후세에 살고 있던 자유노동자여서 여러모로 꽤 여유도 있고 자유로웠거든. 자네 선고장과 함께 해방되기 전해에 고향에 다녀올 수 있을 정도로 자유로웠네. 우리는 부산까지 함께 갔다가 자네 선고장은 대구로 가고 나는 부산에 머물렀네. 나중에 선고장과 부산에서 합류해서 다시 일본으로 들어왔네. 물론 징용공들에게야 해방은 글자 그대로 해방이었을 것이네만 우리에게는 일본살이가 그렇게 가혹한 살림만은 아니었네…….

우리가, 시모기타 반도의 조선인 노무자들은 모두 오미나토 항구의 기쿠치 산바시(菊池棧橋)로 집결하라는 지시를 받은 것은 해방된 지 닷새 만인 8월 20일이었을 것이네. 보도가 통제되던 시절이어서 정확한 것은 아무도 모르고 있었네만 우리는 당시 오미나토에 있는 조선인만 해도 7천 명이 넘는다는 소문을 들은 일이 있네…….

시모기타 반도 같은 벽지의 항구 도시에 조선인들이 그렇게 많았던 까닭은 오미나토가 당시 해군 경비 사령부가 있는 굉장한 규모의 군항이었던 것과 관계가 있을 거라. 당시 오미나토 해군 경비 사령부는 쓰가루 해협의 북쪽에 있는 가라후토와 홋카이도와 지시마의 방위 임무를 맡고 있었거든.

미드웨이 해전에서 일본이 참패하면서 태평양의 작전 주도권이 사실상 미군의 손으로 넘어간 것이 1942년일 거라. 이때를 전후해서 일본은 본토를 중심으로 결사 항전을 준비하게 되었는데, 당시 오미나토에는 5만 ~6만 명의 병력이 3개월 동안 버티면서 본토 결전에 임할 수 있는 거대한 지하 터널을 만들고 있다는 소문도 있었어.

선고장과 나는 노헤지에서 분위기를 보고 있다가 20일에 오미나토에 있는 기쿠치 산바시로 갔네. 산바시(棧橋)……. 응, 〈잔교〉라고 하면 자네도 알겠구나……. 간이 접안 시설물 같은 것이야. 오미나토 항구에는 훌륭한 군용 접안 시설이 많이 있었지만 왜놈들이 조선인에게 그런 시설을 개방하지 않았던 것은 당연하지. 사실 당시의 분위기가 여간 험악한 게 아니었거든.

왜왕의 이른바 〈옥음 방송〉이 나간 다음 날에도 해군 방위 사령부의 한 청년 장교는 경비행기에다, 〈센소와 이마카라다(전쟁은 지금부터다)!〉라는 내용의 삐라를 싣고 올라가 온 오미나토 시내에다 뿌렸다는군. 하지만 이런 열혈 분자가 반드시 환영을 받는 분위기는 아니었어. 많은 장교들은 오랜 전쟁에 지친 나머지 하루빨리 고향으로 돌아가고 싶어 했거든. 사실을 말하자면 전쟁에 지친 나머지 패전을 하루바삐 자인하고 죽이 되든 밥이 되든 귀향부터 하고 보자는 분위기가 팽배해 있었을 거라.

장교들 중에는, 놔둬 봐야 미군이 진주하면 미군 좋은 일 시킨다면서 사령부 지하호의 군수 물자를 약탈한 장교들도 있었다는 걸 보면 오미나토 사령부의 군기는 해이해질 대로 해이해져 있었던 모양이야. 이게 결국 뭘 말하겠어? 일본군의 사기는 나날이 떨어져 가고 있었다는 게 결국은 뭘 말하겠어? 조선인 노무자들의 사기는 나날이 올라가고 있었다는 뜻이 아니겠어?

모르기는 하지만 패전한 군부로서는 뒤가 구리지 않을 수 없었을 거야. 그 지역에 있던 조선인만도 수천 명이었으니 폭동이라도 일으킨다면, 기가 죽을 대로 죽은 일본군 가지고는 수습이 어려웠을 테지. 실제로 조선인들 중 왜놈을 붙잡아 두들겨 팬 사람들도 있었대. 군부에서도 똑같은 일이 일어나고 있었어. 수많은 일반병들이 평소에 감정이 있던 장교와 하사관을 두들겨 팼다니까. 해군의 지휘 체계가 그때까지 남아 있기는 했어도 하극상을 입건할 정도는 아니었기가 쉬워.

우리가 오미나토에 갔을 때 기쿠치 산바시에서 조금 떨어진 바다에는 우키시마마루가 이미 정박해 있었어. 어쨌든 크더군. 우리야 항공모함 구경을 했나, 일본이 세계 제일의 크기라고 떠들어 대던 전함 〈야마토(大和)〉를 보았나.

크더라고……. 까마득하게 솟은 두 개의 마스트를 중심으로 갑판 한가운데 흰 테가 둘러진 굴뚝이 우뚝 서 있었어. 우키시마(浮島)가 뭐야? 떠 있는 섬 아니야? 회색 군함만 본 우리 눈에, 솔직하게 말해서 우키시마마루는 참 아름다워 보였네.

기쿠치 산바시 옆 해변에는 수천 명의 조선인들이 승선 명령을 기다리면서 노숙하고 있었네. 8월 20일, 21일의 일이야.

조선인 중에서도 자유노동자들 혹은 기주 조선인들에게는 가족이 딸려 있었어. 이들은 징용공으로 강제 연행된 사람들이 아니고 징용이 시작되기 전부터 일본에 살고 있던 사람들이었다. 나나 선고장도 일본에 가족이 없었다 뿐이지 기주 자유노동자에 속했네. 이 자유노동자와 기주 조선인들은 여유가 있어서 대개 기쿠치 해변에 노숙하는 대신 오미나토 시내의 숙박 시설을 찾아 들어가 있었네. 그러니까 기쿠치 해변에는 징용공들이 대부분이었다고 하는 편이 옳아.

징용공들은 자유노동자들과는 달리 월급을 받지 못했어. 한 달에 한 번씩 고즈카이(잡비)를 타는 게 고작이었네만, 기쿠치 해변 곳곳에서는 어디에서 어떻게 술을 사 왔던지 좌우지간 술판이 벌어져 있었네. 1~2년씩, 혹은 강제로 계약이 연장되는 바람에 3~4년씩 강제 노동에 시달리다가 해방이 되어 조국으로 돌아가게 된 사람들의 심정……. 자네는 상상할 수 없을 것이네. 곳곳에서 만세 소리도 들리고, 노랫소리도 들렸네.

술에 취한 채 기쿠치 해변 모래톱에 퍼지르고 앉아 육자배기를 부르던 사람의 모습이 눈에 선하네. 어찌나 구성지게 불렀던지 그 사람의 목소리가 울려 퍼지기 시작하고부터는 해변이 조용하더니, 끝나고 나서도 한동 안은 아무도 노래를 이어 부르지 못했네.

우키시마마루는 18일에 쓰가루 해협에서 돌아와, 모항이던 요코스카 (橫須賀)로 돌아갈 준비를 하고 있었다는군. 요코스카 알지? 도쿄 만 입 구에 있는 항구. 승무원들은 잔뜩 들떠 있었을 테지.

그런데 오미나토에 입항한 바로 그날 귀환 조선인을 싣고 부산으로 출 항하라는 뜻밖의 명령이 내려왔다는 거라. 귀향 조치를 기다리고 있던 승 무원들에게야 맥이 풀리는 명령이 아닐 수 없었을 테지. 승무원들 사이에 는, 기뢰밭이나 다름없는 일본해를 무사히 빠져나가기도 어렵거니와 설 사 빠져나간다고 하더라도 조선에 가면 다 맞아 죽는다느니, 소련이 곧 부산까지 진주할 텐데 거기에 갔다가는 소련군의 포로가 된다느니, 온갖 소문이 다 돌고 있었대.

무리도 아니었을 거라. 반도에 있던 일본인들 중엔 당시에 이미 용케 귀 향한 자들이 더러 있었는데 이들이 악의에 찬 별별 소문을 다 퍼뜨렸을 테 니까. 이렇게 되니까 오미나토 경비 사령부의 참모가 우키시마마루에 올 라가 선원들을 집합시켜 놓고는 〈천황 폐하의 뜻〉이라면서 협박도 하고, 구슬리기도 했던 모양이야.

……천황 폐하도 이 이상 국민이 죽는 것은 바라지 않을 것이다. 소카이 (掃海)가 안 되어 기뢰 천지인 일본해를 항해한다는 것은 자살행위이다, 따라서 폐하의 뜻에 어긋나는 것이다.

……우리는 못 가겠어. 군법으로 다스리려면 다스려 봐. 패전했는데 군 대가 어디 있고 군법이 어디 있어?

……조선인들이 배를 탈취할지도 모른다.

해군 승무원들이 이러니까 참모가 일본도를 뽑아 들고, 불평하는 놈은 앞으로 나오라고 위협하기까지 했던 모양이야. 어쨌든, 평소에 기합을 받 고 잔뜩 감정이 상해 있던 병사들이 하사관 몇 놈을 바다로 집어 던지기까

982

지 했다니까 하여튼 군기 같은 것은 이미 없었지.

그런데 출항도 하기 이전에 이미 일본군들 사이에도 이런 소문이 돌았다고 하네.

……조선인들은 강제 노동의 증거물들이다, 따라서 해군 수뇌부는 이 배를 일본해에서 자폭하게 함으로써 증거를 인멸하려고 한다.

……우키시마마루의 목적지는 부산이 아니라 교토 부의 마이즈루(舞鶴)이다, 조선인들은 마이즈루에서 하선시키게 되어 있다.

불안을 느낀 한 승무원이 무전병에게 이런 말을 했다는 증언도 뒤에 나왔을 정도네.

……출항을 지연시키는 수밖에 없다. 내가 책임을 질 테니까 요코하마 사령부로 타전하라.

그러자 사령부에서는 이런 회신이 왔다고 하네.

……항행 금지 명령이 곧 내릴 것이다, 따라서 출항한다고 하더라도 곧 후속 회항 명령이나 기항 명령이 있을 것이므로 출항해도 상관없을 것이다.

그런데 오미나토의 기쿠치 산바시 근처에서 노숙하고 있던 우리 조선인들 사이에서도 비슷한 소문이 돌고 있었네.

……강제 송환을 거부한 조선인에게는 식량이 배급되지 않는다. 따라서 조선인에게는 선택의 여지가 없다. 즉 일본인은 어떻게 하든지 조선인들을 시모기타에서 쫓아내려고 한다.

……오미나토 항구에서 떠나는 배는 우키시마마루가 처음이자 마지막 송환선이다.

……일본 놈들은 강제 징용과 강제 노동의 증거를 인멸하기 위해 시모기타의 노무자를 우키시마마루에 실어 보낸 다음, 니가타(新潟)까지 가는 동안에 폭파할 속셈이다, 그러니까 절대로 승선해서는 안 된다.

이건 내가 지어내서 하는 이야기가 아니야. 나도 당시에 오미나토에서도 들은 적이 있고, 11년 전에 방영된 NHK의 〈바쿠친(爆沈)〉에도, 그런 소문이 있었다는 증언이 있었어. NHK의 논조는 다분히 음모가 있었기 쉬웠다는 쪽으로 몰아가더라고. 아키모토(秋元)라는 사람의 증언에 따르면 자기 친구 중에 오미나토 해군 공작부에 근무하던 문관의 아들이 있었는데, 그 친구가 자기에게 이렇게 말했대.

……우리 아버지가 들은 정보에 따르면, 우키시마마루는 폭파 장치가 된 채로 출항, 일본해에서 폭파될 예정이었다.

나는 그로부터 43년이 넘도록 일본에 살고 있는 사람이네만 일본 언론, 무서운 데가 있어. 조선의 언론이 가만히 있을 동안에도, 일단 의심을 품고 달려들어서 선수를 쳐버리는 게 일본 언론이라고. 하지만 일본 언론이 내세우는 정의에는 한계가 있어 보여. 사견인데, 한바탕 난리를 피워 보기는 하지만 결국은 슬그머니 저희 국익을 감싸고 챙기는 게 일본 언론이거든.

승선이 시작된 것은 22일부터 아침부터였네. 우리는 일렬로 기쿠치 산바시에 서 있다가 두 척의 거룻배를 타고 우키시마마루에 오르기로 되어 있었네. 거룻배는 몇 척 되지 않았고 한꺼번에 승선할 수 있는 인원은 50~60명이 채 되지 못했어. 수천 명이 우키시마마루에 옮겨 타는 데 하루 종일이 걸렸을 거라.

우리 조선 사람들 성질 급한 거 자네도 알지? 가족이 없는 사람들은 대개가 강제 연행되어 온 징용자들이었네. 따라서 징용공들이 자유노동자들보다 훨씬 거칠었지. 징용공들 중에는 산바시 앞에서 기다리는 걸 못 참고 바다에 뛰어들어 헤엄쳐 우키시마마루까지 가는 사람들이 많더라고. 우키시마마루까지 가지 못하고 중간에서 익사한 사람도 있었다지 아마.

우키시마마루는 어찌나 큰지 멀리서 볼 때는 갑판 위가 잘 보이지 않았네만 오르고 보니 갑판 위로 3층이 더 있었네. 물론 1, 2, 3층은 조선인에게는 출입이 허락되지 않았어. 승무원들은, 징용자들은 주로 선창으로 내려가게 하고 자유노동자와 아녀자들은 갑판에 있는 것을 허락하더군. 징용자들을 선창으로 내려보낸 것은 한곳에다 모아 두고 쉽게 통제하려는 심산이었을 거라.

징용자들의 짐은 단출했네만, 가족을 거느리고 귀국하는 자유노동자들에게는 짐이 많았어. 참으로 가난하던 시절이었네. 조선에서 가지고 온 고리짝, 쌀자루, 이불…… 삼복더위에 땀을 뻘뻘 흘리면서도 이불을 짊어지고 오르는 아낙네들이 많았네. 우리 조선 사람들이 이불에 얼마나 집착하는지 자네도 알지? 아낙네들은 집에 불이 나면 맨 먼저 들고 나오는 게 이불이었다네. 나중에 알았네만, 자유노동자 가족들은 중요한 물건은 모두 이불 속에 다 넣고 꽁꽁 묶었다더군.

갑판에도 가득 찼고, 선창에도 가득 찼지. 나중에 어떤 일본인 승무원이 그랬다는군. 나쓰미캉(밀감)이라도 그렇게 쟁여 넣었으면 상해서 못 쓰게 되었을 거라고…….

배가 닻을 올린 것은 22일 밤 10시였네. 뒷날 일본 측이 발표한 숫자에 따르면 조선인 승객 3,730명, 승무원 225명……. 승객의 숫자가 얼마나 되는지, 우리로서야 알 수 있나. 부산까지의 거리는 약 1,600킬로미터. 사흘이면 간다는 소문은 들었어. 사흘이면 부산이다……. 선창은 찜통이었을 것이네만, 분위기가 비참했던 것만은 아니었네. 일본 해군 승무원들도 우리를 마구잡이로 다루지는 못했고…….

나나 선고장은 주로 갑판에 머물러 있었네. 일본의 지리를 잘 아는 사람이 자꾸 이상하다고 그러더군. 우키시마마루가 쓰가루 해협에서 일본해로 나와 해안선을 따라 남하하는 게 이상하다는 것이었네. 시간도 절약하고 연료도 절약하고, 그리고 무엇보다도 일본 연근해에다 미군의 B-29가 투하해 놓은 부유 기뢰를 피하자면 한시바삐 일본해로 들어가 바다를 가로질러야 하는데도 배는 해안선을 벗어나지 않고 있다는 것이었네.

일본 승무원들에게 배가 해안선을 벗어나지 않는 까닭을 물어본 조선인이 있었던 모양이야. 일본인 승무원은 이렇게 대답했다는군.

……일본해 역시 위험하기는 마찬가지다. 우리에게는 기뢰 제거 현황이 명시된 해도(海圖), 말하자면 소해 현황도가 없다. 따라서 우리는 기뢰의

바다를 더듬어 가면서 항해하는 수밖에 없다. 우리가 해안선을 따라 항해하는 까닭은 만일의 경우에 대비하고자 함이다.

그런데 우키시마마루가 오미나토를 출항한 직후에 다이카이시(大海指), 즉 대본영(大本營) 해군 지시가 내려왔던 모양이야.

……8월 24일 오후 6시 이후로는, 항행 중인 함선은 제외하고 모든 함선의 항행을 금지한다.

이런 내용이었던 모양이네.

우키시마마루가 니가타켄(新潟縣)의 내륙과 사도지마(佐渡島) 사이를 지나기까지는 그래도 큰 동요가 없었어. 어차피 부산으로 간다고 해도 거기까지는 일본 해안선을 따라 내려올 수 있거든. 그런데 이시카와켄(石川縣)의 노토 반도를 돈 다음에도 계속 해안선에 붙어서 항해하더니 결국 와카사(若狹) 만에 접근하고부터는 많은 조선인들이 술렁거리기 시작했어.

배가 와카사 만을 돌고 바쿠치(博奕) 곶을 돌아 마이즈루 항구로 들어서고부터, 그 지역을 잘 아는 많은 사람들이 항의를 제기했네. 〈바쿠치〉라는 말은 〈모험〉, 혹은 〈도박〉이 아닌가? 아닌 게 아니라 흰 바위, 거뭇거뭇한 바위로 이루어진 해안선은 상당히 험해서 작은 배들은 도박이라도 하는 심정으로 그 곶을 돌아 나가야 할 거라는 생각이 들기도 하더군.

조선인들의 항의에 대한 일본 해군 승무원들의 해명도 갖가지였네. 식수가 떨어져 마이즈루에 들러야 한다는 승무원도 있었고, 중유를 넣어야 한다고 대답하는 승무원도 있었다고 하네. 그런가 하면, 〈가장 가까운 항구에 기항하라〉는 명령을 받았다고 하는 승무원도 있었네. 뒤에 당시의 계산병은 〈처음부터 부산으로 가는 게 아니고 마이즈루에서 승무원을 해산한다는 묵계가 되어 있었다〉고 증언했는가 하면, 기뢰병은 〈쓰가루 해협을 벗어난 직후에, 오미나토 사령부로부터 회항 명령이 전보로 전달되었지만 함장은 이를 무시하고 마이즈루로 들어갔다〉고 증언하기도 했네. 우키시마마루가 마이즈루에 입항한 이유는 〈24일 오후 6시 이후로는 항행을 금지한다〉 대본영의 해군부 지시 때문이라고 설명하는 승무원도 있었던 모양이네만 이건 천만의 말씀이네. 해군부 지시에는 〈현재 항행 중인 배는 제외하고〉라는 단서가 붙어 있었다지 않은가.

그런데도 왜 마이즈루로 들어갔을까…….

갑판에서 내려다보고 있으려니, 배가 바쿠치를 돌아 나가자, 만구로 불어 들어오는 바람을 가로막을 듯이 앞을 터억하니 막고 있는 조그만 섬이 있었네. 만 입구의 양쪽은 산이었네. 물론 나중에 알게 되었네만, 어촌 히가시마이즈루(東舞鶴)과 니시마이즈루(西舞鶴) 사이에 있는 작은 섬, 마이즈루의 관문이나 마찬가지인 이 섬이 바로 도지마(戶島)였네. 우키시마마루는 도지마를 지나는 즉시 침로를 동쪽으로 바꾸었네. 아마 당시 마이즈루 해군구를 관할하던 기관인 진쥬후(鎭守府)로 들어가고 있었을 것이네.

이때가 바로 소화 20년(1945년) 8월 24일 오후였네.

군데군데 아사히 기를 게양한 채로 정박 중인 해군의 함정도 보였고, 가라앉은 배의 마스트도 보였네. 바닥이 야트막한 아사세에 올라앉은 배도 있었네. 침몰한 배를 손가락질하면서, 미군의 공습으로 침몰했다커니, 부유 기뢰에 침몰했다커니 말들이 많았네.

갑판에서 마이즈루 만을 내려다보고 있는데 느닷없이 왜놈 수병들이 몽둥이를 들고 나와 선창으로 내려가라고 마구 몽둥이질을 해대는 거라. 나는 그때 왜놈 앞을 가로막고 나섰다가 그 몽둥이에 몹시 맞았네. 선고장이 나와서 몽둥이를 빼앗아 바다에다 던지고는 두 눈을 부릅뜨고 수병을 노려보았네. 수병이 저희 동패 쪽으로 숨어 버리고 말더군.

선고장이 나에게 물었네.

……오미나토에서 그냥 일본해로 나갔으면 내일 밤이면 부산에 닿을 텐데, 근 이틀을 남하해서 겨우 마이즈루로 들어가는 속셈이 뭘까…….

나는 그 말에 대답할 수 없었네. 모르기는 하지만, 나는 선고장에게 이렇게 말한 것 같네.

……잘되었지 뭐. 마이즈루에 내려서 오사카로 내려갑시다. 오사카까지

987

는 대여섯 시간밖에 안 걸릴 것이니까.

그랬더니 선고장이 화를 버럭 내더군.

……일단은 해방된 조선으로 들어가야지 무슨 소린가. 해방이 되었는데 왜놈들 사이에 섞여서 죽어 지낼 게 무언가? 자네 이 〈히다리모치〉와는 사돈하기 싫은가?

……아우가 걱정 안 되오?

……그 사람 왜놈 찜 쪄 먹을 사람이네. 자네나 나와는 달라.

〈사돈〉 어쩌고 하는 이야기의 내력은 나중에 들려줌세……. 우키시마마루에서 우리가 나눈 이야기는 이게 전부일 것이네. 이런 이야기를 나눈 직후에 우리는 각각 폭풍에 날려 바다로 떨어졌고 이어서 우키시마마루는, 아니 마이즈루 앞 바다는 지옥의 아수라장이 되어 버렸거든.

일본인들은 우키시마마루가 기뢰에 폭침당했다고 주장하는데 그 근거는 이래.

통상 군함이나 우키시마마루 같은 대형 특무함이 입항할 경우에는 일단 진쥬후(鎭守府)에다 기뢰 배치 상황이나 항행 금지 구역을 문의하고 군사 기밀에 해당하는 이런 사항을 완벽하게 확인한 다음에야 입항하게 되어 있었다네.

당시 마이즈루 만에 기뢰가 있었던 것은 사실일 것이네. 당시의 마이즈루는 기뢰의 바다였다는 증언도 있기는 있었지. 1945년 5월부터 8월 13일까지, 마이즈루 해병단의 서치라이트 사이로 날아든 미군 B-29가 투하, 설치한 파라슈트 기뢰가 5백여 개나 되었다니까. 당시 해군의 마이즈루 방비대 소해 책임자는, 미군의 기뢰 투하가 있는 밤이면 방공호에도 들어가지 못한 채 육안으로 기뢰의 낙하지점을 확인해야 했다고 증언하기도 했네. 육안으로 기뢰 투하 지점을 확인해 두어야 다음날 소해 작업을 할 수 있기는 하지.

또 어떤 일본인 승무원은, 마이즈루 경비대와 수기 신호를 주고받았는데, 이때 이미 소해가 끝나 있다는 연락을 받았다고 했네. 이 사람의 주장에 따르면 우키시마마루는 가이보칸(해방함)의 선도를 받으면서 엔진을 끈 상태로 입항했다고 했네. 이따금씩 부유 기뢰가 보일 때마다 기총 소사로 그걸 제거했다는군.

그러나 그건 말이 되지 않아. 나는 아무리 기억을 더듬어 보아도 해방함이 우키시마마루를 선도했던 것 같지는 않아. 군함을 처음 타보는 사람은, 우리같이 갑판에 있던 사람은, 항만의 분위기에 굉장히 민감해. 나는 해방함이 우키시마마루를 선도한 것 같지 않아. 더구나 기총 소사로 부유 기뢰를 제거했다는데 이것도 말이 되지 않아. 아무리 귀향의 감격에 젖어 있었기로 우리 귀에 총소리가 들리지 않았을 턱이 있어? 우리의 신경이 얼마나 예민한 지경이었는데? 총소리가 들렸다면 갑판은 우키시마마루가 폭발하기 이전에 벌써 아수라장이 되었을 거라고.

그런데 그날의 소해 책임 부서의 당직 사관이었던 사토 대위가 나중에 한 말은 앞의 일본인들이 한 말과는 전혀 달라. 종전이 되기는 했지만 해군의 조직은 종전 전과 조금도 다름없이 가동되고 있었다는 것을 전제로 하고 이 사토 대위가 하는 주장은 이래.

……우키시마마루가 마이즈루에 입항하기는 처음이었다. 내가 알기로 우키시마마루에는 소해 수역과 항로를 표시하는 해도도 없었다. 우키시마마루 앞에는 소해정이 달리고 있었다고 하는 사람도 있지만 내 기억과는 다르다. 우키시마마루같이 큰 배가 들어왔는데도 불구하고 사전 연락이 없었다. 입항하는 선박에 소해 정보를 전하거나 항로를 지시하기 위해 마이즈루 만의 입구에 설치된 신호소는 기능이 마비되어 있었다. 만일에 연락이 있었다면 유도선이 나갔을 것이다. 나는 당직이었는데도 그런 연락을 받은 기억이 전혀 없다…….

당시 폭발 현장을 목격한 마이즈루 시민의 증언에 따르면 배 한가운데서 수증기가 오르면서 처음에는 ⟨∧⟩ 자 모양으로 꺾였다가 이어서 ⟨∨⟩ 모양이 되면서 가라앉더라고 하네만, 나는 아무것도 기억할 수 없네.

정신을 차린 것은 바다에 처박힌 직후였을 것이네. 우키시마마루 쪽을 바라보고 있을 사이가 없었네. 우선 정신없이 해안 쪽으로 헤엄쳐 가는데 몸이 잘 나아가지가 않아. 그제서야 수면에 중유가 퍼지고 있다는 걸 알았지. 해안 쪽에서 작은 배들이 몰려들고 있었네. 나는 다행히도 부산 출신이어서 헤엄치는 데는 자신이 있었네. 갑판에서 튕겨져 나온 수백 명의 조선인들이 중유의 바다 위를 허우적거리는 사이로 몇 척의 소형 선박이 접근하는 것 같았네. 너무 많은 조선인들이 뱃전에 매달리는 것을 본 어떤 선원이 노를 들어 조선인들의 손을 갈기는 것도 나는 보았네.

일단 물속으로 머리를 담근 사람은 소생하기가 어려웠네. 여름이었다고는 하나 수온은 중유를 덩어리지게 할 만큼 차가웠거든. 일단 그 중유를 얼굴에 뒤집어쓰면 호흡이 힘들어져. 만일에 겨울이었다면, 그래서 중유가 해수 위에서 그대로 굳어지고 말았다면 살아남은 사람은 없었을 것이네.

이성을 되찾은 뒤에야 우키시마마루 쪽을 뒤돌아볼 수 있었네. 물 위로 나와 있는 것은 이물과 고물뿐이었네. 따라서 〈∧〉 자 모양으로 꺾였다가 이어서 〈∨〉 모양이 되면서 가라앉더라는 것은 나도 확인한 셈이네. 이물과 고물로 수많은 사람들이 몰려 아우성을 치고 있었네. 선창에서 올라오는 사람은 많아지고, 배가 가라앉고 있었으니까 이물과 고물은 점점 좁아졌을 것이 아니겠나. 무수한 사람들이 이물과 고물에서 바다로 뛰어들고 있었네만, 내 눈에는 뛰어든다기보다는 우수수 떨어지는 것 같았네. 마스트로 기어오르는 사람도 있더군. 그걸 바라보고 있노라니 양대콩 새순에 새카맣게 달라붙은 진딧물 생각이 났네. 중유를 뒤집어쓰고는 허우적거리다 가라앉는 사내, 일본인이 내미는 노 끝을 잡으려다가 그대로 가라앉는 아낙네, 일본인을 향하여 돈뭉치를 흔드는 뚱보, 갑판에서 뛴 것임이 분명한 판자에 몸을 의지하고 있다가 여럿이 달려드는 바람에 한꺼번에 가라앉아 버리고 마는 어느 부인……. 일본인의 소형 선박에 구조되고 난 뒤에도 누군가의 이름을 목메어 부르다가 다시 바다로 뛰어드는 가장……. 수많은 시체가 내 앞을 가로막고는 했네……. 나는 그때 처음으로 조선인의 모습을 보았네.

당시에는 어디고 소금이 귀했네. 해변에 이른 나는 소금을 굽는 소금가마 옆에 쓰러진 채 정신을 잃었는지, 잠이 들었는지 한동안 의식을 잃고 있었네. 바다 쪽에서 울부짖는 소리가 줄어들면서 해안 쪽에서 울부짖는 소리가 자꾸만 높아지고 있었네. 내가 깨어난 것은 거의 석양 무렵이었네. 우키시마마루의 굴뚝은 가라앉아 보이지도 않았네. 물 위로 보이는 것은, 마스트와 우리가 당시 〈덴탄(電探)〉이라고 부르던 전파 탐지 장치뿐이었네.

사고 다음 날 나도 일본군들이 배를 타고 나가 시체를 건질 때마다 우키시마마루의 마스트에다 매다는 것을 보았네. 여러 구가 인양되면 한꺼번에 걸어 와 다이라 해병단이나 마쓰가자키(松崎) 해병단 근처 빈터로 옮겨진다고 하더군.

역시 뒷이야기네만, 시체는 그로부터 근 두 주일 동안이나 조류에 밀려오고는 하는 바람에 시모사바카 사람들은 문을 열어 놓고 살 수가 없었다고 하네.

사고 당시 마이즈루에는 피항해 있다가 종전을 맞은 구축함 〈스미레〉호가 있었는데 그날 저녁으로 생존자들이 먹은 주먹밥은 그 구축함에서 마련한 것이라는 이야기가 있었네.

성한 사람들은 다이라 해병단으로, 부상당한 사람은 마이즈루 해군 병원으로 실려 갔네. 나중에 알고 보았더니 나도 어깨에 심한 타박상을 입었더군. 가만히 생각해 보니까, 배가 마이즈루로 입항할 당시 왜놈 승무원의 몽둥이에 맞았던 기억이 났어. 그래, 놈들은 마이즈루에 입항하는 순간부터 우리를 자꾸만 선창으로 몰아넣으려고 했어…….

나도 마이즈루 해군 병원으로 실려 가, 그날 밤을 보냈네. 그다음 날은 부상당한 사람이 너무 많아서 해군 공창 공원 숙사로 갔는데 나는 여기에서 자네 선고장을 다시 만났네. 선고장은 그때 이미 폐렴 증세를 보이는 것 같았네. 모르기는 하지만 당시에 조난한 사람들 중에는 중유가 폐로 들어가는 바람에 생긴 후유증으로 목숨을 잃은 사람이 많을 것이네.

해군 병원의 조선인들 사이로는 별별 소문이 다 퍼지고 있었네.

……조선인들을 학살하기 위해 놈들은 배에다 자폭 장치를 했다. 군인들이 상륙한 직후에 배가 폭발한 것만 보아도 알 수 있다.

…… 아니다, 일본 놈들을 잘 알지 않느냐? 자포자기한 해군 승무원들이 부산으로 가기 싫어서 자폭한 것이다.

……근처의 구축함이 포격했다.

……일본 해군 승무원들은 오미나토를 출발한 지 하루 뒤 몇 차례 비밀 집회를 열더니 배에 실려 있던 이불, 의류, 식량 같은 것들을 바다에 투기했다. 승무원들은 이미 그 배가 부산으로 가지 못하리라는 걸 알고 있었다.

그런데 다이라 해병단은 물론 마이즈루 해군 병원, 해군 공창의 공원 숙사 할 것 없이 끊임없이 나돈 소문은 〈미나미(南)〉로 창씨개명 한 조선인 해군 중위 백(白) 씨 이야기였을 것이네.

이야기인즉 이러하네. 폭발이 일어난 곳은 기관실이었는데, 이때 이미 대부분의 해군 승무원들은 대부분 갑판에 올라와 있다가 폭발 직후에 보트로 배를 탈출했다네. 뒷날의 증언자들의 주장에 따르면 바로 이런 즈음에 미나미 중위는 갑판으로 뛰어 올라와 〈배가 침몰한다, 일본 놈들이 우리를 전멸시키기 위해 폭탄을 장치했던 것이다〉 하고 소리를 지르고는 바다로 뛰어들었다는 것이네. 미나미 중위가 갑판에서 바다로 뛰어들자 일본인 해군 승무원 세 사람이 일제히 바다로 뛰어들어 미나미 중위를 뒤따라가면서 일본 말로, 〈야쓰오 고로세(놈을 죽여라)!〉 하고 소리소리를 질렀다는 것이네만, 일본인 승무원들도 결국은 미나미 중위를 찾아내지 못했다고 하네. 얼굴은 물론이고 온몸에 중유가 묻어 누가 누군지 알아볼 수 없었기 때문이었네. 나중에 조총련에서 나온 보고서에 따르면, 이 미나미 중위가 기관실에 폭발물이 장치되어 있었다는 사실을 동포에게 알리려

992

했기 때문에 일본인들이 그를 죽이려고 했다는군.

그런데 사건 다음 날 생존자들이 수용되어 있던 다이라 해병단 숙사에서 증기 탱크가 폭발하는 사고가 터지면서 50명에 이르는 조선인들이 중상을 입었네. 미나미 중위 사건과 관계가 있었는지 여부는 나도 잘은 알지 못하네. 하지만 그 소문까지 듣고 보니 분위기가 심상치 않더라고. 처음부터 오사카로 내려갈 생각이 있던 나는 선고장의 속을 떠보았네. 선고장은 부상을 당하는 바람에 기가 꺾였는지 이러더군.

……부산으로 가는 배가 오늘내일에 있을 것 같지도 않고, 놈들의 하는 짓이 심상치 않으니 이곳을 빠져나가 자네 말마따나 오사카로 내려가는 방법을 생각해 보세.

해군 병원 진료실 바닥에는 수많은 부상자들이 누워 있었네. 중유독 때문에 사소한 상처도 익어 터진 석류처럼 벌겋게 벌어져 있더라고. 내 오른쪽 어깨에 난 상처도 마찬가지였네. 우리 둘은 살그머니 병원을 빠져나와 소로로 접어들었네. 그러고는 그날 밤늦게까지 아야베 쪽으로 걷다가, 밤도 늦고 선고장이 하도 힘들어하는 바람에 길가에서 노숙하고, 다음 날 트럭을 얻어 타고 교토로 갔다가 다시 기차를 타고 오사카로 내려갔네.

나중에 알고 보았더니 잘한 일이었더군. 우리가 해군에서 지급한 작업복을 입고 교토로 내려갔는데도 우키시마마루 사건을 아는 사람이 없어서 아무 어려움이 없었네. 일본 언론이 그 사건을 전혀 보도하지 않았던 것이네.

역시 나중에 알게 되었네만, 일본 정부는 우키시마마루 사고의 조선인 생존자들을 귀국시키기 위해 9월 17일 야마구치켄의 센자키로 가는 열차를 편성한 모양이네. 하지만 이 열차를 탄 생존자는 9백 명밖에 되지 않았다네. 나머지 생존자들은 일본을 의심했던 나머지 귀국을 연기했다고 하네.

그런데 내가 지금도 이해할 수 없는 것은, 일본이 왜 9월 16일에 마이즈루의 조선인 노무자들은 마이즈루에서 바로 귀국시키면서도 오미나토에서 우키시마마루를 탔던 생존자들은 하루 뒤인 9월 17일에 머나먼 센자키로, 그것도 열차 편으로 보냈느냐 하는 것이야. 야마쿠치켄이라면, 혼슈 최남단에 있는 현이 아닌가 말이야. 왜놈들은 오미나토의 조선인 노무자들, 다시 말해서 우키시마마루의 생존자들을 다시 한 번 몰살시킬 기회를 노리고 있었던 것일까?

이것 역시 후일의 일이네만 일본 정부의 발표는 지극히 간단했네. 일본의 공식 발표 자료가 마침 여기에 있군. 들어 보겠나……?

……특설 수송함 우키시마마루(4,730톤), 1945년 8월 24일 오후 5시 20분, 마이즈루 만 시모사바카(下佐波賀)에서 기뢰 충돌로 침몰함. 조선인 승선 총원은 오미나토 해군 시설부 공원 2,838명, 민간인 897명, 일본 해군 승무원 255명, 계 3,980명. 조난 사망자는 조선인 524명, 일본 해군 승무원 25명……. 계 550명…….

일본의 정부 당국과 우리 조선인 사이에는 수많은 쟁점이 있네. 우선 조선인들은 촉뢰에 의한 침몰이라고 주장하는 반면에 조선인들은 아직까지도 의도적인 자폭이라는 의심을 거두지 않는 것이 그 하나일세. 조선인들은, 촉뢰로 인한 폭발이었으면 미즈바시라(水柱), 물기둥 말이야, 미즈바시라가 올랐을 텐데도 왜 그걸 본 사람이 없느냐, 촉뢰로 인한 폭발이었으면 폭발흔(爆發痕)의 강철판이 배 안으로 휘어져 있어야 하는데, 왜 밖으로 휘어져 있느냐……. 끊임없이 문제를 제기하면서 보상 문제를 두고 일본 정부를 상대로 끈질긴 싸움을 벌이고 있는 실정이네…….

자네가 일본으로 온 목적은 일단 자네의 선고장의 유골과 종형제를 찾아내는 데 있을 테니까 이 문제에 대해서는 더 이상 말하지 않겠네만, 우키시마마루의 의혹에 대해서는 일단 이렇게나마 얘기하지 않을 수 없었네.

조금 전에 이미 말을 했네만, 많지는 않았으나 내 수중에 돈이 조금 있어서 다행히도 후세에 있는 자네 숙부 댁으로 선고장을 모실 수가 있었네. 돈이라는 게 참으로 무섭지 않은가? 그다음 날이 되니까 오사카에는 우키시마마루 사건을 아는 사람이 거의 없는데도 중유가 묻은 돈은 벌써 시중에 나돌아 다니고 있었다니…….

우리가 후세에 도착한 것이 8월 27일일세. 선고장은 자네 숙부가 일하던 금융 조합의 건강 문제를 담당하던 의사로부터 폐렴이던가, 폐기종이던가, 하여튼 그런 진단을 받고 이틀 동안 고생 고생 하더니 결국 이틀 뒤인 29일에 숨을 거두셨다네.

경술 국치년에 태어나신 선고장께서는 이렇게 허무한 세상을 해방되던 해의 국치일에 마치셨다네……. 해방된 지 열나흘 되던 날의 일일세.

나도 그 자리에서 선고장의 종신(終身)을 했네.

그런데 자네가 바로 그해에 태어났다고? 바로 그해에 태어난 이대함의 둘째 아들이라고?

스크랩북을 껴안는 노인의 손 주름이 남의 주름으로 보이지 않았다.

52
나의 선사 시대

「그렇습니다……. 그해 9월 29일에 태어났습니다……. 제가 태어난 날, 후세에서 귀국한 고향 사람 편에 아버지가 세상을 뜨셨다는 소식이 전해 졌다고 합니다. 그 소식이 전해지면서 어머니는 아들을 낳은 날 과부가 되었고, 저는 태어난 날 유복자가 되었다고 합니다.」

「사실은 한 달 전에 벌써 과부가 되고 유복자가 되어 있었던 것이 아니겠는가…….」

「그렇지요……. 그러나 어르신, 그 소식이 전해지기까지, 그 소식이 사실인 것으로 확인되는 순간까지 어머니에게 아버지는 여전히 살아 계신 분이었습니다. 이런 일은 자주 있는 일이지요…….」

나는 노인 앞에서 적절하지 못한 말을 하고 있었던 것임이 분명하다. 그러나 내가 마음에 없는 말을 하고 있었던 것은 아니다. 그때의 느낌도 그랬지만, 나는 지금도 그런 생각을 가끔씩 하고는 한다.

나는 이홍길 노인의 말을 들으면서 줄곧 노트에다 메모를 계속하고 있었는데 이런저런 생각을 하면서 노트를 보았더니 거기에 메모된 사실의 조각조각들이 흡사 깨어 버린 꿈의 잔해 같았다. 꿈속에서 경험한 느낌이나 감흥은 어디론가 사라지고 사실만이 앙상하게 남은 꿈의 화석과 같았다. 메모한 양은 그 노트 한 권에 가까웠다. 나는 그 꿈의 화석을 일별하면서 상상력으로 행간을 부풀리다가 갑자기 내 뒤에서 나타난 엄청나게 큰 사람의 그림자에 질겁을 했다.

「호오, 가모가 네기오 시옷테 기타네(마침, 오리가 파를 지고 왔으니 안성맞춤이로구나), 언제 왔더냐?」 노인이 반색을 했다.

「조금 전에 왔습니다만, 방해가 될까 봐 기다렸습니다.」

마흔 중반이 될 듯한, 펑퍼짐한 여자가 말했다. 역시 일본 말이었다. 검은 정장 바지에 비치는 다리는 굵기가 내 허리만 했다.

「……너, 아주 좋은 시각에 잘 왔다……. 여보게, 자네와는 동갑인 내 딸 히라노(平野)라네. 부부가 요 앞의 가정 법원에 함께 근무하는데, 고맙게도 점심때는 이렇게 친정에 들러 준다네……. 하지만 히라노, 오늘은 귀한 손님이니까 함께 외식하고 싶다.」 노인이 딸에게 내 소개를 한 뒤에 이렇게 말했다.

딸이라는 중년 부인이 다소곳이 목례를 했다. 나는 그 목례에 답하면서, 그 큰 여자가 고개를 숙이는 바람에 시원하게 드러난 벽면의 시계를 보았다. 아침에 들러 잠깐 이야기를 나눈 것 같았는데 놀랍게도 정오가 지나 있었다.

「히라노, 이대함 선생을 기억하느냐?」

「교코 상의 백부 되시는…….」

이홍길 노인이 껄껄 웃으면서 딸에게 말했다.

「그래…… 이분이 이대함 선생의 둘째 아드님이시란다.」

「아, 그랬군요……. 그런데 아버지, 왜 웃으세요?」

「해방동이라는데 너는 기억이 안 나느냐?」

「무슨 말씀이신지…….」

이홍길 노인은, 나와 자기 딸 히라노를 번갈아 바라보면서 처음에는 웃더니 급기야는 눈시울을 붉혔다가 이야기 중간중간에 다시 간간이 웃음을 터뜨리고는 했다.

「해방되기 전해에 자네 선고장과 내가 함께 일시 귀국했노라고 했지? 그 뒤 종전되기 직전 미사와 비행장에서 우리 둘 다 고향의 아내가 만삭이 거진 다 된 것을 알았어. 고향에 머문 시기가 같으니 산월 또한 거진 같을 것이 아니겠나. 자네 선고장의 별호가 〈히다리모치〉였다고 했지? 주위에서 농으로 권하는 바람에, 둘 다 딸이거나 둘 다 아들이면 어쩔 수 없거니와, 서로 아들딸을 엇낳으면 사돈을 하기로, 물론 우스갯소리지만 약속을 했다네. 무려 43년 전에⋯⋯. 내가 자꾸 자네 나이를 물은 까닭을 이제 알겠는가? 선고장이 먼저 세상을 뜨고, 우리 가족이 일본으로 들어오는 바람에 흐지부지 없었던 이야기가 되기는 했네만, 나는 자네 숙부 대복이를 통해서 자네 어머니가 아들을 낳았다는 것은 알고 있었네⋯⋯. 물론 종전 직후에 나는 이 히라노를 낳았지⋯⋯. 재미있고도 슬픈 일 아닌가? 내가 무심해서 챙기지 못했네만 그로부터 43년, 내 나이 여든이 되어 가고, 자네와 내 딸의 머리카락이 희끗희끗한 것을 보니 기분이 묘해지네⋯⋯. 선고장과 내가 가깝게 지내던 까닭을 이제 알겠나, 내가 선고장의 일을 이렇듯이 생생하게 기억하는 까닭을 이제 알겠나⋯⋯. 우리는 서른 중반의 나이에 어울리지 않게 서로 〈사돈, 사돈〉 하면서 곧잘 농치기를 하고는 했네⋯⋯.」

나와 히라노는 마주 보면서 웃었다. 얼굴을 붉힐 나이가 아니어서 좋았다. 그러나 서로 웃은 까닭은 달랐을지도 모른다. 솔직하게 말해서 내가 웃은 것은, 몸무게가 나의 갑절을 넘을 듯한 마흔 중반의 펑퍼짐한 여자가 하도 끔찍했기 때문이었다. 남편이 가정 법원의 판사라는, 이홍길 노인의 딸 스기다니(杉谷) 부인은 반평생을 홀로 떠돈 내 모습이 하도 초라하고 우스꽝스러워서 웃었는지도 모른다.

기묘하게도 유복자로 이 세상에 태어난 이래 난생처음으로 경험하는 아버지라는 존재가 내 옆에 다가와 있는 듯한 뿌듯한 느낌은 몸에 맞지 않는 새 옷 같았다. 나에게도, 진담이었든 농담이었든, 복중에 든 나를 두고 정혼을 의논하던 아버지가 있었다⋯⋯. 이것은 일찍이 내 현실이 되어 본 적이 없는 실팍한 아버지 체험이었다.

그러나 내 생각은 거기에 오래 머물지 않았다. 내가 모르는 사이에 빚어지고 있던, 그러나 내가 모르고 있었기 때문에 결국은 나에게 한 번도 존재한 적이 없는 아버지와 이홍길 노인의 약속을 곱씹어 보려니 더 이상 웃고 있을 수가 없었다. 노인의 말마따나 그에게는 그것이 재미있으면서도 슬픈 일일 수 있었을 터이다.

그러나 나에게 그것은 무서운 일이었다. 나의 선사 시대 이야기가 나에게는 자꾸만 버겁게 느껴졌다. 나는 한시바삐 나의 선사 문화를 만나야 했다.

우메다 마을은 교토에서 자동차로 한 시간쯤 걸린다고 했다. 교토에서 보면 서남쪽, 히가시오사카 후세에서 보면 동북쪽이 될 터였다.

이 노인은 우메다 마을에 몇 차례나 전화를 걸어 주었다. 우메다 마을과의 첫 통화가 끝났을 때 그는 돌아앉으며 한숨을 쉬었다.

「자네 숙부의 친구는 세상을 떠났다고 하는군. 맏아들이라는 사람이 전화를 받는데, 자기 아버지로부터 이야기를 익히 들어서 잘 알고 있으니까 언제든지 와서 유골을 모셔 가라고 하네. 정부의 감작(減作) 정책에 따르는 형편이어서, 일본 농촌이 손바닥만 한 밭뙈기까지 뒤져 먹어야 할 만큼 형편이 어려운 것은 아니네만, 남의 손으로 넘어간 밭이라고 해서 수십 년을 감나무밭으로 묵힌다는 것은 보통 의리가 아니야. 그 아들이 그러더군. 〈나가이 마사오가 밭 값을 치른 것으로 아는데 어떻게 그 자손의 허락 없이 그 밭에다 씨를 뿌리느냐〉고……. 이참에 그 밭의 소유권을 그 집에 넘겨주면 은혜를 갚는 셈이 되겠네만…….」

그러나 나에게는 그 밭의 소유권을 넘겨줄 권리가 없었다. 그것은, 만일에 일본에 남아 있다면 내 종형이 해야 하는 일이었다.

이 노인은, 유골을 수습해도 그대로 한국으로 모시기에는 까다로운 수송의 문제가 발생할 터인 만큼 오사카 인근에서는 쇄골이 어렵지 않으니까 분골로 모시면 어떠하겠느냐고 했다. 나는 그 말을 따르기로 했다.

「자네가 손수 파묘하고 습골할 수 있겠는가?」

「못 할 것은 없습니다만…….」

「어려울 것이네. 육친의 무덤을 파헤치고 그 뼈를 수습하는 것은 말이 쉽지 여간 어려운 일이 아니야. 오사카 쓰루바시(鶴橋)의 조센이치바(朝鮮市場)에는 조선인 노동 시장이 있네. 여기에 전화를 걸면 한국인 노동자를 보내 줄 것이네. 아주 날을 잡고 매듭을 짓기로 하세.」

바로 그다음 날 나와 이 노인은 교토에서 내려가고, 오사카의 인부들은 올라와서 우메다에서 만나기로 했다. 이 노인의 딸 스기다니 히라노가 자동차를 빌려 주겠다고 했지만 나로서는 그 자동차를 빌릴 수가 없었다. 운전석이 오른쪽에 붙어 있는 데다 자동차가 도로의 좌측을 주행하게 되어 있어서 운전할 자신이 없기도 하려니와 자동차를 빌리게 되면 다시 교토를 들렀다가 내려가야 하는 것이 번거로웠다. 아버지의 유골을 안은 채로 일본 바닥을 누빌 수는 없는 일이었다.

매실주 향기가 돈다고 느껴진 것은 〈우메다(梅田)〉라는 마을 이름이 안긴 편견 때문이었을까. 우메다 마을에서는 매실주 냄새가 났다. 오사카에서 올라온 인부에게는 가져온 연장이 많았다. 나이가 많아 보이는 분은 창녕이 고향인 성(成) 씨라고 했고, 젊은 쪽은 제주도가 고향인 고(高) 씨라고 했다. 파묘의 경험이 많다는 성 씨는 웃으면서 이런 말을 했다.

「서울 근교에 있는 묘원에서 광중 자리 파는 일을 했지요. 그러다 그게 심드렁해서 왜놈 돈 좀 빼앗아 먹으러 일본으로 건너왔는데 오늘은 또 선생님의 면례를 거들게 되었네요. 팔자에 매인 것은 끌로 파도 안 된다더니 그 말이 맞는 모양입니다. 아무리 놓으려고 해도 삽과 곡괭이가 내 손을 떠나지를 않습니다.」

숙부 친구의 아들이라는 50대 중반의 일본인은 떡갈나무 같은 손으로 명함을 건네주는데, 농부가 명함을 내미는 것도 뜻밖이었지만 그 디자인이 또한 어찌나 산뜻한지 흡사 교토의 유수한 경요리(京料理) 집 주인으로부터 받았던 명함과 별로 다르지 않아서 놀라웠다. 활자로 찍었을 터인데도 〈오이시 이치로(大石一郎)〉라는 이름은 붓으로 멋스럽게 휘갈겨 쓴 듯했다. 명함에서 일본 활자 문화의 두께가 느껴졌다.

오이시 댁의 지붕에 덮여 있는 이끼가 그 지역의 강우량을 짐작하게 했다. 집 뒤의 대밭에서는 섬뜩하게 푸른 댓잎이 바람에 흔들리면서 소나기 쏟아지는 소리를 지어 내었다. 오이시 씨는 마당의 대나무 널평상 비슷한 데 우리 일행을 앉히고 대밭에서 나는 생수라면서 물을 대접하는데 주전 자와 잔이 모두 대나무를 잘라 만든 것이어서 놀라웠다. 인부들은 대나무 잔에다 오사카에서 가져온 일본 소주를 철철 넘치게 따라 몇 잔을 거푸 마 셨다.

「아버님께서는 리 상의 가족을 오래 기다리시다가 세상을 떠나셨습니 다. 오늘 이렇게 오신 것을 뵙게 되니 묵은 빚을 갚는 기분입니다. 사진을 찍어도 좋습니까?」 오이시 씨가 연신 절을 하면서 물었다.

그의 말을 듣고서야 나는 아뿔싸 했다. 카메라를 잊고 온 것이었다. 다 른 사람은 몰라도 한국에 있는 유선 형에게만은 우메다 마을과 아버지의 유택 사진을 보여야 할 터인데도 내 생각은 거기까지 미치지 못했던 것이 었다. 이 노인이 비닐로 된 돗자리를 빌리면서 파묘 전후에 간단한 의식이 있을 것이라고 한 말이 그의 호기심을 자극했던 것일까, 아니면 이장(移 葬)의 기록을 남기려고 했던 것일까.

묵은 빚을 갚는다는 말이 착잡하게 들렸다. 우리는 서로 묵은 빚에 시 달리고 있는 셈이었다. 그러나 나는 사진 때문에, 그에게 또 한 차례 빚을 지지 않으면 안 되었다.

나지막한 마을 뒷산을 넘자 색깔이 각기 다른 고만고만한 밭뙈기들이 눈앞으로 펼쳐졌다. 수종이 다르고 숲이 짙은 것이 다를 뿐, 산의 높이나 산세가 고향의 선산과 놀랍도록 비슷했다. 그러나, 신세를 지게 된 오이시 집안에는 미안하지만, 나는 거기에 의미를 부여하고 싶지는 않았다. 우메 다 마을 뒷산과 견주기에 내 고향의 선산은 너무 신성했다.

산속이라서 논은 없었다. 오이시 씨는 그중의 하나를 가리키면서 이흥

길 노인에게 물었다.

「저 아래, 다섯 그루의 감나무가 서 있는 밭이 있지요? 바로 그 밭뙈기가 나가이 마사오 어른께서 저희 아버님으로부터 사들인 밭뙈기입니다. 저 감나무도 나가이 마사오 어른께서 심으신 것이라고 합니다만 부끄럽게도 저는 이대함 어른의 무덤이 어디에 있는지 알지 못합니다. 어르신께서는 아시는지요?」

그 밭에는 조선식 봉분도, 각진 됫박을 엎어 놓은 것 같은 일본식 오하카(墓)도 없었다. 내 눈에는 그냥 감나무가 몇 그루 서 있는 묵밭으로 보였다.

이 노인은 나와 오이시 씨를 번갈아 바라보면서 웃었다.

「나가이 마사오, 이대복이 말일세, 북쪽으로 가기는 했어도 생각이 아주 깊었어. 조선식이든 일본식이든 봉분이 있으면 이 오이시 집안의 후손들이 부담스러워할 것이 아니겠나? 그렇다고 해서 이대복이나 그 아들이 이 마을에 들어와 저 밭에다 농사를 지을 형편도 아닐 테니 말이네. 그래서 찾는 이 없이 세월이 흐르면 그냥 잊혀져 버리도록 평장을 한 것이라네.」

「하면 어르신네, 광중 자리를 어떻게 찾습니까? 저 밭뙈기를 다 파헤칠 수는 없지 않습니까?」

「다섯 그루의 감나무를 보게. 오각형을 이루고 있지 않은가? 그 가운데 있을 것이네. 해방 다음 해던가? 이대복이가 밭에다 감나무를 심고 왔다면서 내게 일러 주었네. 그 뒤에 같이 한 번 온 일도 있고……. 그래서 내가 이것을 준비해 온 것이야. 보게.」이 노인은 이러면서 가방에서, 빨간 포장 끈 뭉치를 내보였다.

내 눈에는 다섯 그루의 감나무가 오각형을 그리고 있는 것 같지 않았다. 두 그루가 선 자리는 다른 세 그루가 선 자리보다 낮았다. 모르기는 하나 강우량이 많은 지방인 데다 세월이 오래 흐르면서 지반이 내려앉았기 때문인 것 같았다.

노인은 막대기를 주워 땅바닥에다 오각형을 그려 보이면서 말을 이었다.

1002

「보게, 이 오각형이 결국 무엇을 그리고 있나?」

노인이 다섯 그루의 감나무 자리를 차례로 잇자 별 모양이 그려졌다. 문득 섬뜩한 생각이 들었다. 별 모양이, 북한의 국기에 그려진 인공(人共)의 별을 연상시켰기 때문이었다.

「별이군요. 숙부님께서 별을 그리신 거군요.」

「이 사람이, 틀렸어. 〈큰 대(大)〉 자를 쓴 거야. 자네 선대의 돌림자가 대자 아니던가. 대 자의 한가운데에 선고장이 계신 것으로 아니까 내려가 보세. 평장을 가슴 아프게 여기지 말게. 내 어제도 말한 일이 있거니와, 엄밀하게 말하면 이 경우는 밀장이 아니네만, 밀장을 할 때는 이런 머리도 더러 쓴다네.」

밭으로 내려서자 이 노인은 그 붉은 포장 끈의 한쪽 끝을 주면서 한 감나무에 묶게 했다. 눈높이 되는 데 묶고 있으려니 이 노인이 저쪽에서 소리를 질렀다.

「이 사람아, 끈이 바닥에 닿도록 묶게. 지금 땅에 있는 것을 찾지 하늘에 있는 것을 찾는가?」

포장 끈이 땅바닥에 별 모양을 그리며 얽히자 이 노인이 맨 중앙을 가리키면서 인부들에게 명령했다.

「이곳을 긁어 보세요. 곡괭이로 찍으면 안 됩니다. 삽으로 긁듯이 파 들어가 보세요. 묻을 때는 깊게 묻었지만 세월이 많이 흘렀으니 지표로 솟았을지도 모르겠어요.」

삽질하는 인부들을 보고 있으려니 금방이라도 삽날이 목관을 치는 소리가 들릴 것 같아서 바라보고 서 있기가 민망했다. 아버지가 반세기를 머문 유택의 이웃이라도 눈에 담아 두어야겠다는 생각이 들어 사방을 둘러보는데, 삽 끝이 사금파리를 때리는 소리가 들렸다. 이 노인이 팔짱을 풀었다.

「옳거니. 지석(誌石)이에요. 조심스럽게…… 조심스럽게……. 사발일 테니까 깨뜨리지 않도록 해요.」

1003

성 씨가 삽으로 긁고 손으로 더듬어 꺼낸 것을 보니 무수한 숯 덩어리 사이에 묻혀 있던 하얀 사발이었다. 어린 시절 우리 집에서 쓰이던 것과 똑같은 사발이었다. 이 노인이 사발에 묻은 흙을 조심스럽게 닦아 내고 속을 들여다보고 난 뒤에 나에게 건네주었다.

「사발을 깨뜨리지 않았으니 오사카에서 오신 두 분에게는 술값을 두둑하게 드려야 하네. 자, 읽어 보게. 지석이네. 반세기가 거진 지났는데도 지석명(誌石銘)의 먹물이 어제 쓴 듯하네.」

사발 안쪽에 쓰인 열한 자의 단정한 붓글씨……. 글씨는, 필경은 우리의 눈물일 터인, 이 세상에서 가장 청명할 수밖에 없는 이슬에 젖어 있었다. 사발이 엎어져 있었을 것이므로, 글씨가 쓰여 있는 사발의 바닥은 반세기 동안 하늘 노릇을 했을 것이다.

온몸이 부르르 떨리던 기억밖에는 남아 있지 않다. 모르기는 하나 한동안은 망연자실, 그저 그렇게 서 있지 않았나 싶다.

〈경술생영춘이공대함지묘(庚戌生永春李公大函之墓)〉

지석명이 새겨진 사발은 내 선사 시대의 유물이었다.

「이 사람아, 그렇게 껴안으면 사발이 부서지겠네. 이제 좌향(座向)이 나왔으니 지석 있던 자리에다 제물을 진설하고 고유(告由)나 하게. 고유를 해야 제주를 마시고, 제주를 마셔야 일들을 할 것이 아닌가.」

이 노인의 채근에 따라 간소한 제물을 진설하는데 오이시 씨의 카메라는 필름을 자동으로 감느라고 연신 자르륵거렸다.

광중이 깊었다.

객지 무덤을 먼가래라고 한다던가? 아버지의 기나긴 먼가래의 세월은 그렇게 끝나 갔다. 한 점씩 드러나는, 사질토가 묻은 아버지의 뼈를 내려다보고 있으려니 눈에 보이는 것으로는 이 노인과 성 씨와 고 씨와 오이시와 일본의 산천이, 눈에 보이지 않는 것으로는 세계와 내 삶과 역사가 흐느적거리다 썩어서 흙이 되고 돌이 되는 것 같았다.

어머니의 유골을 이장할 때 본, 썩지 않고 묻혀 있던 흰 고무신이 오래

오래 마음에 남아 썩지 않는 슬픔이 되더라던 어느 시인의 말이 생각났다. 그러나 아버지의 무덤 안에서 썩지 않은 것은 하나도 없었다. 뼈조차도 돌이 되어, 내 아버지의 살로써 이루어진 흙과 함께 있었으니 필경은 썩은 것이었다.

아버지의 모습을 기억하지 못해서, 그 육신에 대한 추억이 없어서 그랬을까. 혹은 육신을 환기시키는 어떤 기념품도 썩지 않은 채로 남아 있지 않아서 그랬을까. 나에게 아버지의 뼈는 시인이 본 어머니의 썩다 만 흰 고무신처럼 〈어두운 마음 어느 구석에 초승달로 걸려 오래오래 흐린 빛을 뿌릴〉 것 같지 않았다. 슬픔이 되는 것은 결국은 추억인데, 나에게는 그것이 없었다. 흙이 되고 돌이 되어 버린 그의 살과 뼈는 무상의 본모습이었으므로, 그 뼈와 살은 햄릿이 손에 들고 들여다보던 어릿광대 요릭의 해골처럼 삶의 무상을 노래하는 긴긴 대사를 마련하게 할 것 같지도 않았다.

〈무엇이라고? 네가 사명(司命)의 신에게 청을 넣어 나를 되살려 부모처자 있는 곳으로 돌려보낸다고? 네가 한 말은 다 삶의 찌꺼기일 뿐이다. 사후에는 다만 자연과 더불어 편안할 따름이다. 천지의 세월이 나의 일월이고 천지의 계절이 나의 계절인즉 이로써 누리는 즐거움은 죽기 전의 제왕이라도 감히 견주지 못한다. 그런데 나를 돌려보낸다고? 싫다.〉

아버지 뼈를 바라보고서야, 나는 해골이 꿈속으로 들어와 이렇게 장자(莊子)를 꾸짖었다는 옛이야기의 참뜻을 헤아려 볼 수 있었다.

산길을 가다가 풀섶에 놓인 해골을 보고 〈생사가 따로 없다는 것을 그대와 나만이 아는데, 그대가 괴로울 리 있겠으며, 내가 즐거울 리 있겠는가〉, 이렇게 노래한 열자(列子)는 얼마나 현명했던가.

어머니와 유선 형의 몫까지 보태어 눈물을 흘리게 되리라던 내 예상은 전혀 적중하지 않았다. 술도 마시고 싶지 않았다. 나는 그의 육신이 흙에서 나와 흙으로 돌아간 것을 믿고자 했다.

……그의 영혼은, 필경은 흙으로 돌아갈 그의 육신에 마음이 있을 때만 유효했을 것이다……. 그러던 그가, 살은 땅의 살인 흙으로 되돌리고 뼈는

땅의 뼈인 돌로 되돌리자, 마음은 땅의 숨결인 대기가 되었을 것이다……. 육신이 흙이 된 뒤에도 그가 영혼만으로 이 세상을 떠돈 것은 아닐 것이다……. 보지 못해서 믿지 못하는 것이 아니다……. 믿지 않으니까 존재하지 않는 것이다……. 그의 뼈조차도, 내 눈에 보임으로써 존재하기 시작하지 않았던가…….

마음이 대기로 비산하면 유정물이던 육신은 무정물로 되돌아간다. 우리는 미생(未生)과 적멸(寂滅)이라는 영원한 침묵 사이에 한동안 존재하다가 이윽고 사라지는데 그 존재하는 동안을 우리는 삶이라고 부른다. 유정물은 유한하나 무정물은 영원하다. 유정물이던 육신이 무정물이 됨으로써 영원한 주기에 합류하는 것을 우리는 죽음이라고 부른다. 이것이 슬퍼할 일인가…….

그런데도 나는 왜 무정물로 돌아간 육친의 뼈와 내 본능이, 슬픔까지는 아니더라도, 기이하게 감정적으로 상호 작용하고 있다는 느낌을 뿌리치지 못했던 것일까. 어째서 궁극적인 우주의 신비를 온몸으로 빚어내는 무정물을 내 어머니 옆으로 모시고자 그토록 오랜 세월을 별러 왔던 것일까. 어째서 나는, 다시 한 번 칠성판에 오른 아버지의 유골을 택시의 트렁크에 실으려 하는 성 씨와 고 씨에게, 뒷자리에 정중하게 모시라고 호통을 쳤던 것일까.

이틀 뒤에, 나는 성 씨와 고 씨가 곱게 빻아다 준 아버지의 뼈를 안고, 공로(空路) 대신 시모노세키(下關)에서 부관(釜關) 페리 편으로 귀국했다. 시모노세키에서 배를 탔는데도 일본에서 선산이 있는 내 고향 마을까지 당도하는 데 걸린 시간은 겨우 열세 시간……. 비행기를 탔다면 네 시간이면 넉넉했을 터였는데, 이 네 시간이 우리 형제를 두고두고 슬프게 했다.

나는 그로부터 만 5년 뒤인 1993년 8월 26일 일본에 들렀다가 도쿄에서 볼일을 마치고는, 일본에 온 김에 오사카와 교토를 방문하고 내친걸음에 마이즈루까지 올라가 보기로 했다.

그러나 이홍길 노인을 찾아보겠다고 생각하고 일단 교토로 간 뒤에야, 아뿔싸 했다. 매년 8월 24일이면 마이즈루에서 우키시마마루의 순난자 추도 모임이 열린다는 사실을 알고 있었는데도 불구하고 까맣게 잊었던 것이었다. 내가 만일에 그 사실을 기억하고 있었더라면 분명히 8월 24일에는 마이즈루에 있었을 터였다. 우키시마마루가 침몰하고 나서 흐른 40년이 그랬듯이 나에게 이홍길 노인을 만난 뒤에 흐른 5년이라는 세월도 기억을 마모시킬 만큼 긴 세월이었던 것은, 아마도 내가 무심하거나 게으른 탓일 것이다.

교토에 가서야 나는 스기다니 히라노로부터 이홍길 노인이 한 해 전에 세상을 떠났다는 사실을 알았다. 망연자실한 나에게 스기다니 부인은 몇 개의 신문 스크랩을 복사해 주었다. 교토에 사는 한 한국인이 하와이에서 조선인 군인과 군속 3천 명분의 명단을 작성, 보관하고 있다는 「교토신문」의 기사와, 우키시마마루 사건의 생존자와 희생자 유족이 사죄와 보상을 요구하면서 교토 지방 재판소에 청구 소송을 제기했다는 「통일일보」의 기사가 눈길을 끌었다. 흥미를 자극하는 기사는 역시 우키시마마루가 관련된 「통일일보」의 기사였다. 「배상 청구 총액이 19억 엔」이라는 제목, 일본 정부에게는 조선인들을 무사히 귀환시킬 의무가 있었다는 또 하나의 제목도 내게는 인상적이었다.

나의 관심은, 배상 청구 소송을 제기한 당사자들에게는 대단히 송구스러우나, 여전히 진상에 관한 호기심 수준에 머물러 있었다. 조금 더 엄밀하게 말한다면, 진상보다는 사람의 기억이 보이는 어떤 현상에 더 주목했다고 할 수 있을 것이다.

나는 배상 청구 소송의 소장이 우키시마마루 사건을 어떻게 서술하고 있는지 그것이 궁금했다. 1988년 이래로 나는, 1977년 8월에 이 사건을 처음으로 보도한 NHK의 45분짜리 다큐멘터리 「폭침(爆沈)」의 대본 일부와, 1984년 조총련계의 동포 김찬정(金贊汀) 씨가 고단샤(講談社)에서 펴

낸 『우키시마마루, 부산으로 향하지 못하다』, 「교토신문」이 1985년 7월 24일에서 8월 9일까지 15회에 걸쳐 연재한 〈우키시마마루 특집〉, 그리고 「동아일보」의 이종각(李鐘珏) 기자가 『신동아』에 쓴 장문의 현지 특파 취재 기사 「해방 귀국선 우키시마마루 폭침의 의혹」, 그리고 일본의 우키시마마루 순난자 추도 실행 위원회가 엮어 낸 『우키시마마루 사건의 기록』 등의 자료를 찾아 읽은 일이 있다. 이런 자료를 찾아 읽은 내 목적은 이홍길 옹의 기억을 돕는 데 있는 것이 아니었다. 보상을 요구하는 목소리에 어떤 힘을 싣고자 하는 데 있었던 것은 더욱이 아니었다.

나는 1993년 늦여름 민단 교토 지방 본부를 통하여, 우키시마마루 사건의 생존자와 희생자 유가족 50명이 연명으로 1992년 8월 25일 교토 지방 재판소에다 제출한 소장의 사본을 입수할 수 있었다.

나는 여기에서, 이홍길 옹의 회고와 동포 및 한국 필자들의 서술에서 다소 감정적이라는 인상을 받았었다는 것을 고백해 두어야겠다. 조총련계 동포의 서술 방법은 특히 그러했다. 내가 굳이 소장의 사본을 읽어 보고 싶었던 것은 일본의 법률 앞에서 이 사건이 어떤 시각에서, 어떤 방법으로 서술되고 있는지 그것이 궁금했기 때문이었다.

그리고 나는 이 소장의 사본을 읽고 놀라고 말았다. 우리 동포의 서술이 감정적이라는 인상을 받았던 것이 이 사건에 대한 나의 시각에 문제가 있었기 때문이라는 사실을 확인할 수 있었다. 이 점에서 나는 세상을 떠난 이홍길 옹을 비롯한 우리 동포에게 사죄하지 않을 수 없다. 나는 지나치게 순진했던 것임이 분명하다.

여기에 그 소장 중 우키시마마루에 관련된 부분을 원문 그대로 번역, 전재하고 싶다. 그 까닭은 우리 동포의 서술이 전혀 감정적이지 않았다는 것을 확인시켜 두기 위함이다.

밝혀 두거니와, 이홍길 옹의 회고를 여기에다 옮길 당시에는 이 소장의 서술이 한 구절도 거기에 반영될 수 없었다. 따라서 판단이나 기억에 오류가 있을 수 있는 이홍길 옹의 회고에는 이 소장과 일치하지 않는 부분이 있다는 것, 그런 부분이 있었지만 굳이 뒤에 확인된 자료 혹은 소장과 일치시키려 하지 않았다는 점도 밝혀 둔다.

……전략(前略)

二. 우키시마마루 사건

1. 우키시마마루의 출항

(一) 1945년 8월 15일, 일본이 포츠담 선언을 수락함으로써 전쟁은 종결되고, 일본의 조선에 대한 식민지 지배도 사실상 종언했다. 일본 본토나 가라후토(樺太), 지시마(千島)에는 강제 연행되어 온 조선인 군속, 징용공이나 식민지 수탈로 인한 생활고로부터 도일한 조선인이 다수 거주하고 있었다. 오랜 세월 그들에게 강제 노동을 강요하고, 엄혹한 억압을 가해 온 군부를 비롯한 일본인 간에는, 일본이 패전한 기회를 노린 조선인 폭동의 환상에 시달리는 사람도 많았다.

(二) 아오모리(青森) 현 오미나토(大湊) 지구에도, 오미나토 해군 시설부나 오마(大間) 철도 건설을 위해 강제 연행되어 온 조선인 군속, 징용공 등, 다수의 조선인이 거주하고 있었다. 오미나토 해군 경비부 사령관은 패전한 지 나흘째 되는 8월 19일, 해군에 징용되어 있던 수송선 우키시마마루(4,730톤)에다 오미나토에 있는 조선인을 실어 조선으로 회항시키라고 명령했다. 일본에 재류하던 조선인이 귀국을 희망하고 이것을 일본 당국에 요청하기 시작한 것은 동년 9월 들어서부터였다. 그런데도 패전 직후의 혼란 중에 굳이 조선인의 송환을 결단한 의도는 조선인의 폭동을 두려워하고, 그것을 예방하기 위한 조처이지 다른 것일 수 없다.

(三) 그러나 당시의 일본해에는 일본군의 기뢰가 부설되어 있었고, 항구에는 미군이 투하한 무수한 기뢰가 소해(掃海)되지 않은 상태였다(당

시 와카사 만에 611개, 마이즈루 항에만도 116개의 미군 기뢰가 투하되어 제거되지 않은 상태였다고 한다). 더구나 일본의 기뢰 위치를 명시한 기밀 해도는 패전과 함께 소각되어 우키시마마루에는 교부되지 않았으며, 조선으로 갈 경우 승조원들이 그대로 체포되는 가능성도 부정할 수 없는 상태였다.

(四) 우키시마마루의 승조원들은 귀향의 기대가 무산되고, 항해의 위험 또한 두려웠던 데다 패전으로 군의 규율이 이완된 상태이기도 해서 조선으로의 항행에 불만을 토로하는 자도 많았다. 헌병이나 참모들은 병사들을 군법 회의의 공포를 위압하고 일본도로 위협해서 출항시키지 않으면 안 되었다.

(五) 한편 오미나토 부근의 조선인은, 해군 관계자로부터 〈조선으로 가는 배는 이것이 마지막이다〉, 〈이 배에 타지 않으면 앞으로 배급은 지급하지 않는다〉는 말을 듣고는 속속 오미나토에 집결, 야숙하면서 대기하다가 우키시마마루에 승선했다. 처음부터 조선인들도 귀환을 바라지 않았으나 군속, 징용공들은 감독자의 인솔을 받고 사실상 강제로 승선했고, 민간인들도 〈배급이 지급되지 않는다〉는 말을 들은 참이어서, 당시의 식량 사정으로 미루어 승선 이외의 선택의 여지는 있을 수 없었다.

(六) 우키시마마루는 선저에서 갑판까지 조선인을 만재하고 8월 22일 밤 10시경 오미나토 항을 출항했다.

2. 우키시마마루의 침몰

(一) 우키시마마루는 일본해를 횡단하여 조선 반도로 가는 최단 코스가 아닌, 일본 열도를 따라 그 연안을 남서쪽으로 항행했다. 처음부터 출항을 기피하던 승조원들의 사기는 저하되어 대낮부터 술판을 벌이는 자도 있었고, 전쟁 중에 병사들을 학대한 하사관들에게 집단 린치를 가하는 소동이 벌어지기도 했다.

(二) 동년 8월 24일, 우키시마마루는 항로를 왼쪽으로 바꾸어 마이즈

루 만으로 입항하려고 했다. 그러나 마이즈루 만내의 시모사카바 앞 3백 미터 지점에 이른 오후 5시 20분경, 선체 중앙부에서 돌연 폭발이 일면서, 선체가 두 동강이 나고 그대로 마스트 만을 해상으로 남기고 해저로 침몰했다. 승객과 승원들은, 어떤 자는 바다에 던져져 익사하고, 어떤 자는 배에서 탈출하지 못하고 선체와 함께 바다로 가라앉았다.

3. 승객, 승원의 희생자 수

(一) 우키시마마루에 승선한 것은, 후생성의 발표에 따르면 승원 255명, 조선인 3,735명(징용공 2,838명, 민간인 897명)이었다. 그러나 정규의 수속을 거치지 않고 승선한 자도 있어서 훨씬 더 많은 사람들이 탔을 수밖에 없다고 주장하는 목격자도 있어서 정확하게는 파악할 수 없다.

(二) 또 오미나토 해군 시설부가 동년 9월 1일에 작성한 〈사몰자 명부〉에 따르면, 사망자 수는 승객 524명, 승원 25명으로 되어 있다. 그러나 이 명부는 사건 직후의 혼란 중에 작성된 것으로서 그 신뢰성에는 의문이 있고 이로써는 사망자의 수도 정확하게 파악할 수 없다.

4. 생존자의 귀환

침몰 시 배에서 탈출한 승객 중, 부근의 어민 등으로부터 구조된 자는 마이즈루의 다이라 해병단 숙사에 수용되고, 그 뒤 해군 공창 숙사로 옮겨졌으며 부상자는 마이즈루 해군 병원에 입원했다. 해군은 생존자를 귀환시키기 위해 9월 17일에 야마구치(山口) 현 센자키(仙崎)행 열차를 준비했으나 해군의 귀환 사업에 불신을 품은 생존자들의 다수는 이 열차에 타지 않고 자력으로 고향으로 귀환했다.

5. 자폭설(학살설)의 유포

(一) 우키시마마루의 침몰은 전후 해난사상 유구의 대사건인데도 불

구하고 일본의 신문에는 전혀 보도되지 않았다. 이런 분위기에서 우키시마마루의 침몰은 일본 해군이 조직적으로 계획한 음모라는 소문이 생존자들 간에 유포되기 시작했다. 그리고 9월 18일자 「부산일보」는 〈음모인가? 과실인가? 귀국 동포선 폭발. 일본인은 사전에 하선 상륙〉이라고 우키시마마루 침몰을 대대적으로 보도하고 침몰의 원인이 자폭(학살)이 아닐까 하는 강한 의혹을 표명하면서 사망자의 수를 5천 명이라고 전했다. 이로써 우키시마마루 사건은 일본군에 의한 조선인 학살 사건이라는 인식이 확산되고, 오늘날의 한국에서는 이것이 정설적인 지위를 점하고 있다. 원고들 중에도 자폭설(학살설)을 확신하고 있는 자들도 많다.

(二) 자폭설의 근거가 되고 있는 것은 대체로 다음의 제점(諸点)이다.

(1) 출항 전의 우키시마마루에는 대량의 다이너마이트와 총포류가 적재되어 있었다.

(2) 오미나토 출항 후, 이 배가 과연 무사히 조선에 닿을 수 있을지 여부를 알 수 없다는 소문이 선내를 떠돌고 있었다.

(3) 승선자에게 지급되기 위해 배에 쌓여 있던 모포, 의류 등 필요한 물자를 바다에 투기하는 광경이 목격되었다.

(4) 부산이나 원산으로 직행하지 않고 마이즈루에 기항할 이유가 없다.

(5) 배가 마이즈루에 가까이 가고 있을 즈음 조선인 헌병 백(白) 씨는 선저에 폭발물이 장치되고 전선이 연결되어 있다는 것을 알고는 놀라, 배가 마이즈루 만으로 들어가자 배에서 바다로 뛰어들어 도망쳤고, 일본 수병들은 백 씨를 추적했다.

(6) 일본군 장교가 보트를 내리고 배에서 탈출한 직후에 폭발이 일어났다.

(7) 침몰 시에 폭발음이 세 차례 들렸으나, 촉뢰(觸雷)라면 한 차례밖에는 없다.

(8) 촉뢰라면 마땅히 오르게 되어 있는 수주(水柱)가 목격되지 않았다.

(9) 뒤에 선체가 인양되었을 때, 선체가 내측에서 외측으로 부서져 있는 것이 확인되었다.

6. 침몰의 진상

(一) 위의 자폭설에 대하여, 일본 정부는 미국 기뢰 접촉이 원인이라고 주장하고 있다. 그러나 진상 해명을 위한 적극적인 노력으로 촉뢰설을 뒷받침하려고는 하지 않았다.

(二) 우키시마마루 사건을 상세하게 취재, 1984년에『우키시마마루, 부산으로 돌아가지 못하다』를 출판한 저널리스트 김찬정 씨는 조선행을 기피한 일부 하사관에 의한 자폭의 가능성을 시사하고 있다.

7. 희생자의 유골

(一) 사건 당시 해안으로 밀려온 유체는 마이즈루 해병단 부지에 가매장되었고, 배와 함께 가라앉은 유체는 그대로 방치되었다.

(二) 1950년 3월, 한노(飯野) 살베지 주식회사가 우키시마마루를 인양하여 재이용하는 계획을 세우고 선체의 후반부를 인양, 그 속에서 103구의 유골을 회수했다. 그러나 인양된 기관부가 사용 불능인 것으로 판명되자 배의 나머지 부분은 그대로 방치되었다.

(三) 동년 4월, 가매장되어 있던 유체가 화장되었다.

(四) 1954년 1월, 한노중공(飯野重工)이 우키시마마루를 파쇄로 이용하기 위해 제2차 인양을 시도했다. 그때 인양된 선체 전반부에서 9년 만에 다수의 유골이 인양되었다. 일본 정부는 이것을 245위뿐이라고 발표, 가매장되어 있던 유골과 제1차 인양에서 발견된 유골을 합하여 사몰자 명부의 524명과 일치시키려 했다.

(五) 이들 유골은 마이즈루의 도우혼겐지(東本願寺) 별관에 보관되어 있었으나 1955년 1월 21일에 쿠루(吳) 지방 원호국, 1958년에는 도쿄의 후생성 원호국으로 옮겨졌다가 1971년부터는 도쿄 메구로(目黑)의

유텐지(祐天寺)에 보관되었다.

(六) 1971년 11월 20일과 1974년 12월 8일에, 외무성을 통하여 신원이 판명되었다고 할 수 있는 유골이 한국으로 반환되었다. 그러나 오늘날도 285위나 되는 유골이 유텐지에 보관되어 있다.

……후략(後略)

1993년 8월 30일, 교토에서 마이즈루로 올라갔다. 자동차로 두세 시간 정도 걸리는 거리였다. 마이즈루는, 아버지가 비록 거기에서 사고를 당했다고 하나 사고 직후에 후세로 내려와서 세상을 떠났으니, 내 개인사적으로는 반드시 찾아가 보아야 할 만큼 의미 있는 곳은 아니었다. 그러나 일본 정부의 발표를 믿는다고 하더라도 5백 명이 넘는 동포가 목숨을 잃은 곳, 공정하게 말해서 목숨을 잃은 동포보다 더 많은 수의 동포를 구출해낸 마이즈루 시민의 자손이 사는 곳, 사망자의 대부분이 남쪽 사람들이었는데도 불구하고 조총련계 동포들이 세운 추도비가 있는 곳이었다. 나는 마이즈루 만의 바다 냄새를 좀 맡아 보고 싶었다. 그 냄새는 48년 전, 동포들이 우키시마마루를 타고 입항하면서 맡은 냄새와 크게 다르지 않을 터였다.

히가시마이즈루 역 근처에서 내려다보이는 마이즈루 만은 흡사 영어 발음 기호를 배울 때 자주 보던, 성대와 연구개, 경구개와, 혀, 입술, 치근의 단면을 그린 발음 기관도를 연상케 했다. 아랫입술과 윗입술 사이에 해당하는, 만에 갇힌 바다에는 이름 그대로 관문을 연상시키는 문섬[戸島], 그 안쪽으로는 조그만 뱀섬[蛇島]과 새섬[鳥島]이 입안에 든 밥풀처럼 떠 있었다.

윗입술에 해당하는, 툭 불거져 나온 산이 오우라(大浦) 반도였다. 안내도에 명시된 우키시마마루 침몰 현장은 이 오우라 반도의 하단에 있는 시모사바카 앞바다……. 정확하게 가볍게 벌어진 아랫입술과 윗입술 사이에 해당하는 해역이었다. 애도비는 바로 시모사바카의, 침몰 해역이 내려다보이는 공원에 있었다.

동마이즈루 역 앞으로는 히다치(日立) 조선소가 내려다보였다. 만의 입구에 해당하는 시모사바카에는 어패류 양식장의 발이 더러 보여서 군항 냄새가 나지 않았는데, 거기에서 옛 다이라 해병단 쪽으로 들어서면 영락없는 일본 해상 자위대의 요충지가 되어 있는 군항이었다. 다이라 해병단 자리에는 해상 자위대 교육대가 있었다. 교육대와 일본의 판유리 공장 사이의 바다에는 몇 대의 자위대 소속 군함이 보였다.

조총련계의 저널리스트 김철수(金哲秀) 씨는, 이 마이즈루가 군항으로 재개항한 사실을 두고 이렇게 쓰고 있다.

……일본 군국주의자들은 이 마이즈루를 일본해에 면한 일본 해군 기지로 재건을 시작하고 있다. 일본의 방위청은 제3차 방위 계획으로 마이즈루에다 어마어마한 역량을 집중시키고 있다. 해상 자위대 총감부, 통신대, 보급처, 경비대, 교육대가 이곳에 배치되어 있다. 교육대의 신입 대원들은 조선어를 정규 과목으로 배우면서 훈련을 받고 있다고 한다. 그 밖에도 가까운 다케노 군에는 레이더망이, 마스가자키에는 헬리콥터 기지가 있고 미군으로부터 대여받은 구축함, 부속함, 호위함, 소해정, 상륙주정 등이 만내에 정박하고 있다. 뿐만 아니라 옛 일본 해군 공창은 한노 조선소로, 해군 화약창은 일본 판유리 주식회사로 변신해 있는데 이런 공장은 언제든 군수 산업으로의 전환이 가능하다…….

인양 기념 공원의 시모사바카가 내려다보이는 언덕에 위령비가 서 있다. 플레이트에 양각된 정확한 이름은 〈우키시마마루 순난자 추도의 비(浮島丸殉難者追悼之碑)〉. 벽돌색 타일을 박은 옹벽을 배경으로 150센티미터 정도 되는 대좌 위에는 250센티미터 크기의 치마저고리 차림의 부인이 왼손으로는 목이 뒤로 꺾인 아기를 안고, 오른손으로는 앉은 채로 하늘을 향해 울부짖는 사내의 손을 잡고 서 있다. 부인의 뒤에서는 여남은 살 된 사내아이가 부인의 허리를 안은 채 역시 울부짖는다. 부인의 발치에는 사내들이 쓰러진 채 고통으로 몸부림친다. 흡사 폼페이 화산의 화산재 속에서 발굴된 유해들 같다.

나는 그 위령비 한가운데 서 있는 여인을 보면서 그리스 신화에 나오는 〈니오베〉 바위와, 유적에서 출토된 니오베상(像)을 연상했다. 니오베상의 니오베는, 아들딸의 주검 한가운데 서서 막내 하나만은 살려 달라고 하늘을 우러러 애원하고 있었다.

니오베는 자식 많이 둔 것을 자세(藉勢)하여, 남매밖에 두지 못한 레토 여신을 비아냥거렸다가 그 아들딸인 아폴론과 아르테미스의 화살에 아들딸 14남매를 잃은 비극적인 여인이다. 신화에 따르면, 마지막으로 막내가 아르테미스의 화살에 목숨을 잃는 순간 니오베는 두 신들을 원망하면서 석화하기 시작한다. 먼저 머리카락이 석화하면서 바람이 불어도 날리지 않는다. 이어서 눈이 움직이지 않게 되고, 혀가 굳고 피도 흐르기를 그친다. 니오베는 이로써 니오베 바위가 된다. 테바이에 있는 이 바위에서는, 수원이 있을 턱이 없는데도 물방울이 마르는 법 없이 떨어지는데, 사람들은 물방울을 니오베의 눈물이라고 부른다고 한다.

갸름하면서도 당차 보이는 위령비 여인의 얼굴에는 슬픔과 분노와 결의가 복잡하게 어우러져 있다. 여인은 입술을 굳게 다문 채로 시모사바카 앞바다를 내려다보고 있다. 여인에게 손을 잡힌 사내는 하늘을 향해 절규하고 있고, 여인의 앞에 앉은 사내는 쓰러진 다른 사내를 안은 채 여인의 왼쪽을 응시하고 있어서, 흡사 만내에 정박해 있는 자위대 군함을 노려보고 있는 것 같았다.

니오베와 여인 사이에 다른 점이 있다면, 니오베에게는 레토 여신을 비아냥거린 잘못이라도 있지만 여인에게는 지아비를 따라와 일본의 전쟁 수발을 들어 준 죄밖에 없다는 것이다. 그래서 그런지 니오베의 눈에서는 눈물이 떨어졌어도 여인의 눈에는 눈물이 보이지 않았다.

위령비 앞으로는 산보길 손질이 잘되어 있었다. 앞을 지나가던 한 일본인 부인이 남편에게 속삭였다.

「쪼고리(저고리)상(像)이 잔뜩 화가 나 있네요?」

유선 형과 함께 아버지의 유골을 어머니 옆에 모신 것은 시모노세키를 떠난 바로 다음 날이었다.

유선 형은, 가보로 간직하라는 내 청을 기어이 거절하고 지석명이 든 그 사발을 아버지 산소 앞에다 묻었다. 사람이나 사발이나 언젠가는 흙으로 회멸될 물건이기는 매한가지지만, 우선은 사람에게 정을 기울이는 일만으로도 벅차다면서…….

형은 선산의 도래솔 아래에서 늙은이 시늉을 했다.

「이제 마로네 모자만 데려다 이 앞에 앉히면, 숙부와 사촌이 마음에 걸리기는 하네만, 직계의 이산은 수습되는 셈이 될 것인데, 어떤가, 방법이 없는 것인가?」

「그 이야긴 맙시다. 때가 오겠지요.」

「사상 때문에 갈라진 것이야 수습이 어렵지만, 이것은 사상도 아니잖나. 마음의 앙금이 어째 이렇게도 골이 깊어지면서 오래가는가.」

「그러다 사상을 만들지요.」

내 형은 〈사상〉을 〈이념〉이라는 말 대신에 즐겨 쓰고는 했다.

한동안 고향과 대구를 오가면서 쉬고 싶었지만 재인과 마로에 대한 형의 추궁은 집요했다. 떠나지 않으면 안 되었다. 조금만 더 있으면 이번에는 수키의 행방에 대한 추궁이 시작될 것 같았기 때문이었다. 분위기를 탐색하는 듯한 형수의 눈길이 위기를 예고했다. 나에게는 마로와 수키에 대한 형님 내외의 집요한 질문에 대답할 준비가 전혀 되어 있지 않기도 하려니와, 때가 아니었다.

……세월이라고 하는 것은 우리 마음이 일으키는 화학 변화의 촉매 노릇을 할 때가 자주 있습니다. 세월은, 때로는 미움을 삭혀 지극한 사랑이

되게도 합니다. 그러나 날을 잘못 잡아 뚜껑을 열면 미움은 때로 산패(酸敗)하여 원한이 되기도 하지요. 나는 그 〈때〉의 냄새를 어렴풋이 맡아 냅니다. 마냥 세월에 맡겨 둘 수만은 없는 일이라는 것을 나는 잘 압니다…….

그해 가을 나는 서울로 돌아가 내 과거의 흔적을 배회하다 아무래도 내 자리가 생기지 않은 듯해서 고향 마을로 내려왔다. 재인은 만나지 못했다. 우연히 만나게 되기를 바라면서 모교의 복숭아 과수원을 거닐었을 뿐.

늦여름의 복숭아밭은 복숭아 향기의 송장이다……. 복숭아나무에서 흐르는 수액은 송장의 추깃물 같다.

고베로는 돌아가지 않았다.

서울 이야기는 재인이 소상하게 써서 남기고 있으므로 여기에다 쓰지 않는다. 고향으로 내려온 나를 두고 그가 〈사라졌다〉고 호들갑을 떨고 있는 것이 우습다. 단지 지력이 미치지 못한다는 이유만으로 아무것도 아닌 것을 비장하게 극화해 내는 버릇이 나의 전유물인 것만은 아닌 모양이다.

53
내 하늘의 門

    일본에서 아버지의 유골을 수습해 온 이래 줄곧 내 고향 선산 자락에 머문다. 미국 나들이를 한 번, 서울 나들이를 서너 번 했을 뿐, 당분간은 어디에 갈 생각이 없다. 마음이 생기면 떠나면 된다.

    고향집 툇마루에 앉으면 지사 고개가 빤히 바라다보인다. 그 고개가 보일 때마다, 5년 전 베델로 돌아갔을 때 받은 충격을 떠올린다.

    베델에서 한 달을 머물다 한국으로 돌아오기 전날, 그러니까 학교 연구실에 있는 내 책 짐을 하우스만 댁 지하실로 옮긴 날 밤이었다. 하우스만 박사는 여느 때와는 다르게 몹시 우울해했다. 나와의 기약 없는 이별을 앞두고 있어서 그렇게 우울해하는 것 같지는 않았다. 그의 나이도 순간의 이별에서 영원한 이별의 불길한 징후를 읽을 나이는 아니었다.

    대부분의 미국인들이 그렇듯이 하우스만 역시 이별의 슬픔은 졸업한 사람이다. 고향 베델과 부모와의 인연을 칼로 자르듯이 끊고 떠나 60, 70년대의 한국 땅에서 15년을 머문 사람, 그렇게 머물던 땅과의 인연을 역시 그렇게 자르고 베델로 돌아간 장본인이다. 나는 한국에서 미국을 그리워하는 그의 모습을 본 적이 없고, 미국에서도 한국을 그리워하는 그의 모습을 본 적이 없다.

    짐을 옮기면서 그는, 떠나지 말고 거기에서 자기랑 한세상 살자고 말했고, 나는, 미국이 한국과 다르게 생각되지 않을 때가 오면 다시 오겠다고 했다. 고향에 대한 집착이 풀려 버리면 내 나라에 대한 집착도 풀리게 될 것이라는 뜻이었다.

벽난로 앞에 앉아 술을 마시다 밤이 늦어 지하실에 마련된 잠자리로 찾아 내려가려 하자 하우스만 박사는 메모지를 뜯어 몇 자 적더니 나에게 건네주었다.

「한국에도 지금쯤은 주민 등록 업무가 전산화되어 있을 테지? 하기야 지난번 이산가족 찾을 때 보니까 전산화가 덜 된 것 같기도 하더라만……. 자네는 일본에서 사람을 찾는 재능을 마음껏 펼친 모양인데, 수고가 되더라도 이 사람 좀 찾아 주게.」

「누군데요?」

「전쟁 때 내가 만난 아이야. 자네 나이가 되어 있을 걸세. 내가 신세를 좀 졌거든.」

「신문사에 제보할까요? 찾으면 미담 토막 기사가 되겠네요.」

심드렁하게 응수하고 돌아서면서 쪽지를 읽다가 나는 소스라치게 놀랐다. 여러 차례 읽었다. 소리 내어서도 읽어 보았다. 하우스만 박사가 그려 낸 한자에 오자가 있기는 했다.

「무슨 신세를 졌는데요?」

「빚졌어. 밥 한 덩어리, 물 한 바가지……. 그리고 결국은 목숨까지…….」

소스라치게 놀랄 수밖에……. 하우스만의 몸이 거대한 느낌표로 보였다. 입이 말라 와서 견딜 수 없었다. 술을 더 마시지 않고는 말을 할 수 없을 것 같았지만 그래도 마시지는 않았다.

「아이에게 목숨을 빚지다니, 아이는 죽었나요?」

「다른 사람들이 대신 죽었지…….」

「한국 계실 때 찾아보지 않았어요?」

「휴전이 되자 귀국했다가 한국에 파송되는 대로 그 아이 마을을 찾아가 봤어. 떠나고 없더군. 내 주소를 남겨 놓았는데도 연락이 오지 않아. 그 뒤에 한 번 더 찾아갔지 아마. 그 아이 옛집에 사는 사람에게 쫓겨나다시피 했어.」

「……」

「나는 아직까지도 그 까닭을 몰라. 그 양반, 공산주의자였던가? 우리 대신 북한군이 죽었거든. 그 아이 덕분에 도망자와 추격자의 입장이 바뀌면서 내 동료가 쏘아 죽였어.」

「……」

「그러다가 사목(司牧)의 세월에 묻혀 버렸어. 자네가 선친의 유골을 찾아 선산에다 모셨다는 소리를 들으니 견딜 수 없이 부끄러워지는군…….무심했어. 자네가 한번 찾아보아 주게.」

「그러지요.」

나는 돌아서서 지하실에 내려가는 대로 그 쪽지를 찢어 버렸다.

　　……慶尙北道 君咸郡 友保面 社北洞 이해동(45歲 前後)…….

〈함(咸)〉자가 〈위(威)〉자의, 〈사(社)〉자가 〈두(杜)〉자의 오자이기는 했다. 그러나 틀림없는 내 고향집 주소와 해방둥이인 내 아명이었다.

그다음 날 베델 공항으로 나를 실어다 준 하우스만 박사 부부와 수키를 돌려세우면서, 운명의 힘에 이끌려 다녔던 것을 보면 나는 참 근기가 모자라는 사람이었구나…… 이런 생각을 했다.

하늘을 날아오면서 나는 내내, 사람의 한살이를, 눈에 보이지 않는 인연의 사슬에 엮인 채로 맴돌다 깨는 긴긴 꿈으로 파악하고 싶다는 유혹과 싸워야 했다. 인연이라는 말 대신 의미라는 말을 써보아도 좋겠지만, 그것은 아니다. 단지 그렇게 보이는 것일 뿐.

미국에서 돌아온 이래 나는 조부모와 부모가 묻힌 곳, 내 태(胎)가 묻힌 고향 집에서 행복한 척, 평화를 찾은 척하면서 살고 있다. 살다 보니 참 행복과 평화가 느껴질 때도 자주 있다.

내 평화의 공식은 지극히 간단하다. 여기에서 〈간단하다〉고 언명한 배후에는 간단하게 쓰고자 하는 나의 계략이 숨어 있다. 장황하게 쓰기에는, 나는 간단한 것, 단순한 것, 단출한 것을 너무 좋아하게 되었다.

베델에서 만난 하메드처럼, 나는 이제 색안경 없이도, 간이침대 없이도 풀밭에 누울 수 있다.

나는 종교를 떠났다.

이 세상의 모든 사념체는, 있기로 하면 있고 없기로 하면 없다. 나는 어릴 적 밤 나들이 하다 보면 온갖 사물이 다 이매망량이던 그 고향으로 장성한 뒤에 돌아와 이것을 확인한다. 내가 없다고 인식하는 순간부터 이매망량은 자취를 감춘다.

그러나 사후에 갈 세상에 믿음을 기울이는 것을 비난하지 않는다. 그들이 믿는 순간부터 그 세상 또한 틀림없이 존재하게 될 것이므로.

나는 정(情)이 있는 것에는 정을 기울이지 않으려고 한다.

마음이 있는 것에는 마음을 기울이지 않으려고 한다.

포우이스가 일찍이 갈파한 바 있거니와 마음이 없는 무정물은, 마음이 있는 유정물의, 더 물러날 곳 없는 궁극적인 피난처이다.

아버지 유골과의 만남이 이것을 인식할 수 있게 했다. 나의 육신 또한 언젠가는 뼈가 될 것이고 이 뼈는 장차 흙이 되고 돌이 된다는 것을 나는 내일 일어날 일처럼 확신한다. 장자와 열자와 햄릿과 에제키엘이, 그리고 무엇보다도 포우이스가 내 힘이 되어 주었다.

마음이 없는 사물은 나의 궁극이다. 궁극에 이른 사물의 넉넉한 평화가 나를 사로잡는다. 더 물러설 곳이 없는 데서 오는 넉넉함……. 마음 없는 사물이 지닌 담연(淡然)한 평화의 공간, 영원한 자유의 여지가 나를 사로잡는다. 마음 없는 사물을 통하여 나는 사람의 원초적 습관을 만난다. 이 원초적 습관의 파장과 함께하는 것, 그것이 나의 평화이다.

갈등이라는 것은 마음과 마음 사이를 흐르는 저급한 전류와 같은 것이다. 의식의 매개 없이 우주의 궁극적인 신비를 몸으로 조형하는 무정물, 혹은 무정물에 기울어지는 사랑, 그것은 마음과 마음 사이의 절연체와 같은 것이다. 나는 여기에서 대뜸 「오우가(五友歌)」를 부른 고산 윤선도를 만난다.

나는 〈나〉에게로 돌아왔다.

회향을 통하여 〈자아〉로 회귀하게 된 것이 아니다. 자아로의 회귀가 회향을 가능케 했을 뿐이다.

나는 불행을 느끼던 순간순간을 잘 기억한다.

나의 불행은, 타인에게 체중을 싣는 순간에 시작된 것이지, 자생적인 것이 아니다. 내가 타인에게 무수히 체중을 실은 까닭은 고독으로부터 도피하고자 했기 때문이었다. 고독으로부터 도피하고자 했던 것은 〈나 자신〉과의 독대가 두려웠기 때문이었다. 〈나 자신〉과의 독대가 두려웠던 것은 벌거벗을 수 없기 때문이었다.

이제는 내 자아와의 독대도 두렵지 않다. 나는 흠뻑 젖고 나면 비 맞는 것이 두렵지 않다는 것을 알게 되었다. 내 자아는 누덕누덕 기워진 돛폭 같은 것이었다. 그러나 그것을 인식하는 순간 내 자아는 온전함을 얻는다. 그러므로 그것은 둘이 아니다.

삶이라고 하는 것은 시간이라는 바퀴에 잠깐 실렸다가 사라지는 것에 지나지 못한다. 어디에 처할 것인가. 바퀴살을 잡고 있으면 바퀴가 구를 때마다 내 몸이 오르내린다. 나는 이 기복이 싫다. 그래서 굴대 쪽으로 다가가 본다. 굴대의 중심에 부동의 일점(一點)이 있다. 그 일점이 내 자아가 있는 자리다. 자아와의 만남은 또 하나의 회심이다. 또 하나의 소스라침이다. 이 소스라침이, 내가 오르는 사다리의 어느 가로장에서 일어나는 사건인지 나는 알지 못한다. 분명한 것은 내 자아는 더 이상 외물(外物)을 두려워하지 않는다는 것이다.

자주 오르내리다 가만히 보면, 선산에는 내가 오르내리는데도 부동하는 한 점이 있다. 그 한 점은 내 아버지 대에 그랬듯이 내 아들 대에도 움직이지 않을 것이다. 이 부동의 일점이 내가 인식하는 하늘의 문이다. 그 문에 다가섬으로써 나는 한 시야를 얻는다. 나의 하늘은 거기 있다. 내가 그렇게 믿음으로 그것은 나의 하늘이 된다.

그러므로 〈우리가 여기에 계시다고 믿는데 어머니가 어디로 가시겠느냐〉고 한 내 형의 말은 전적으로 옳다.

그러나 이 확신 또한, 버려야 할 때가 오면 버린다.

이따금씩, 패자 부활전에서 회생했다고 주장하던 조동욱 기사를 생각한다.

그의 메시지를 곱씹는다. 그는 자기 아버지의 문맥 속으로 들어가는 순간 눈이 열리면서 아버지가 자기의 문맥으로 들어오더라고 했다.

나에게도 기적이 일어났다.

고향으로 돌아온 뒤로도 나는 한동안 마을 사람들에게 시달리지 않으면 안 되었다. 그들은, 사람의 무리를 피해 온 나에게 또 하나의 무리 노릇을 하고자 했다. 나는 그들을 피해 노장(老莊)으로 도망치고는 했다.

그런데 기적이 일어났다. 그들이 노장으로 화하는 순간이 왔다. 이번에는 내가 그들은 좇았다. 그들은 도망치지 않았다.

그래서 이제는 나도 좇지 않는다.

이 기적의 연쇄 반응은 아마도 내가 남기는 이 글의 결론이 될 것이다. 세계를 내 문맥 속으로 끌어들이기를 그만두고 내가 세계의 문맥 속으로 들어서는 순간에 내 애인 한재인이 내 문맥 속으로 들어오기 시작한 것을 나는 기적이라고 부른다.

1988년에 한재인이 쓴 글을 나는 그로부터 5년이 지난 어느 날 낡은 잡지에서 읽었다. 수니 하우스만이 보낸 기나긴 편지, 마로의 기나긴 편지를 읽은 직후의 일이다. 마로를 위하여 여기에다 그 일부를 남겨 둔다. 일부일 수밖에 없다. 어떻게 내가 이 찬란한 사랑의 고백을 전재할 수 있겠는가. 일부를 남기는데도 내 얼굴에는 벌써 모닥불이 묻힌다.

나의 등 뒤에서 일어나고 있던 일을 서술하고 있어서 이것은 적어도 나에게는 김하일의 편지와 함께 귀하디귀한 글에 속한다. 서술하는 경험이 아닌, 서술당하는 경험은 누구에게나 희귀하다. 주체로 사는 경험이 아닌, 객체로 사는 경험은 누구에게나 희귀하다.

이 글에서 〈남궁하경〉과 〈지동우〉와 〈하인호〉는 각각 선우하경과 기동빈과 하인후를 지칭하고 있는 것이 분명해 보인다. 하인후에게 과잉 반응을 보인 것이 마음에 걸리기는 하지만 한재인의 글은 그가 삶의 안팎을 보기 시작했다는 의미에서 행복하게 충격적이다.

이 글은, 재인이 오랜 세월을 통해서 내게 내려 둔 선고에 대항해서 이번에는 내가 마로에게 던지는 항소에 해당한다. 나는 죄가 많다. 그러나 재인의 선고에 관한 한 나는 많이 결백하다.

마로는 내 항소를 기각하지 않을 것이다.

우리가 오래오래 편싸움을 벌이던 법정은 해피엔딩으로 단출하게 끝날 것이 확실해 보인다.

54
여인의 학교

바람개비가 왔단다…….

늦여름 오후 4시는 꼭 마흔네 살 먹은 여자의 세월같이 어정쩡하다. 딱히 마무리 지어야 할 일도 없고 새 일 시작하려니 너무 늦은 것 같고…….
그래서 문득 문밖으로 나서면 낯익은 것 같기도 하고 낯선 것 같기도 하고, 시원한 것 같기도 하고, 후덥지근한 것 같기도 한 바람 한 자락이 휙 불어오고…….

어째서 그런 꿈을 꾸었을까?

잿빛 논바닥에, 발 딛는 곳마다 나뒹구는 뱀의 주검. 가느다란 살모사도 있고 장딴지만 한 구렁이도 있다……. 토막 난 것도 있고 모서리가 썩어 가는 것도 있다. 논물에 빠져 허우적거리다가 손끝에 닿는 것이 있어서 붙잡고 보면 그것 역시 뱀의 주검…….

흑백의 영상이다.

문득 언덕 위로 눈이 가는데, 참으로 이상하게도 흑백의 영상이 천연색이 되면서 그 언덕 위로 보이는 구렁이 한 마리. 제 꼬리를 물고 꾸불텅거리고 있는 금빛 구렁이 한 마리. 아름드리가 실히 되어 보이는 그 구렁이가 치마 속으로 기어들 듯한 기이하게도 뿌듯한 느낌……. 스크린 프로세스로 짜깁기한 듯하던 그 기묘한 흑백과 천연색 영상…….

오전에는 오전이라서 누구에게 말을 못 했고, 오후에는 상대가 없어서 말을 못 한 채 오후 4시까지 마음에다 넣고 이리 굴려 보고 저리 굴려 보고 하던, 참 이상한 꿈……

오후 4시의 그 물속 같은 고요를 깨뜨리고 걸려 온 전화에서 하성자 교수가 뜬금없는 소리를 한다.

「한 선생님, 이유복 선생 만났어요?」

「아니.」

「전화는요?」

「금시초문이기도 하지만, 스물여섯에 집 떠난 낭군, 마흔에는 소식조차 끊은 낭군이야. 아는 척할 생각이었다면 옛날에 했을 테지.」

「왔어요. 학교 뒤 복숭아밭에서 보았어요. 옛날에 두 분이 연애하던 곳 아닌가요……」

「언제…… 왜 왔대……」

「분위기가 어찌나 삼엄한지 말도 못 붙여 보았어요……」

그가 왔단다.

이제 알겠다. 이 소리 들으려고 그런 꿈을 꾼 것임이 분명하다.

나는 왜 하 교수에게 엉뚱한 이야기만 했을까?

「하 선생, 있지…… 나 왜 이런가 몰라……. 우리 이웃에 아기 밴 새댁이 살아. 밴 애가 둘째니까 하기야 이제는 새댁도 아니구나……. 하지만 버릇이 돼서 나는 아직도 새댁이라고 불러. 그 새댁이 나에게 〈아기가 하나뿐인데도 이렇게 힘이 드는데 둘씩이나 되면 어떻게 키울지 걱정스러워요〉, 이러는 거야. 나는 무심코 〈애가 둘이 되면 새댁의 어깨는 둘을 한꺼번에 안기에 넉넉할 만큼 넓고 튼튼해질 거야〉, 이렇게 말하고 말았어. 애를 하나밖에 안 낳아 본 여자가 이런 말을 한다는 게 주제넘다 싶었지만, 무심코 그렇게 말했던 거야. 새댁은 〈아닌 게 아니라 참 그렇겠네요〉, 이러면서 무슨 큰 가르침이라도 받은 양 듣고 따 담더라. 작년 가을 이야기야. 이

번 초여름에 있지, 이 새댁과 함께 시장 다녀오는 길이었는데, 새댁이 가지 모종을 파는 사람이 눈에 띄니까 모종을 사더라고……. 심어 놓고 가지 따 먹으려고 그랬던 것은 아닐 테지. 바탕이 시골 사람이니까 화분에다 심어 두고 꽃 피고 열매 맺는 걸 재미 삼아 보려고 가지 모종 샀을 테지. 그런데 그로부터 한 달쯤 되었나……. 새댁이 나에게 〈들에 나가 보면 가지가 지천으로 열렸는데 우리 집 가지는 꽃만 무성하게 피웠지 열매 맺을 생각을 안 해요……〉, 이러는 거라. 가만히 있었으면 좋았을 것을…… 입빠르게 그만 이런 말을 하고 말았어. 〈식물은, 제 가지가 열매의 무게를 감당할 수 있을 때가 되어야 열매를 맺어〉 운운……. 새댁은 〈어머나, 그래요? 아주머니는 모르는 게 없으셔〉, 이러더군. 그런데 혼자 곰곰 생각해 보니 내가 이만저만한 실언을 한 게 아니야……. 실언이잖고. 아기가 둘이 되면 엄마의 어깨는 둘에 걸맞게 넓고 튼튼해지게 되어 있다, 이렇게 말해 놓고 이번에는, 식물은 제 가지로 열매의 무게를 감당할 수 있어야 비로소 열매를 맺는 법이다……. 이렇게 앞뒤가 안 맞는 말을 했는데도 실언이 아니야?」

어쩌면 엉뚱한 이야기가 아니었는지도 모른다.

나의 어깨는 마로와 그를 한꺼번에 끌어안을 만큼 넓고 튼튼한가……. 내 존재가 열매를 맺지 못하는 것은 내 가지가 아직은 그 열매의 무게를 감당할 수 있을 만큼 실해지지 못했기 때문인가.

바람개비가 왔단다. 대학 본부 뒤의 복숭아밭을 배회하더라란다. 9월의 복숭아 과수원은 흉한데…….

하필이면 뱀이야?

입으로 사람의 발뒤꿈치를 물게 마련되어 있다는 그 무서운 악업……. 사람의 눈에 뜨이는 족족 대가리를 찍히고 몸을 찢기어야 한다는 그 끝없는 응보……. 제 몸보다 큰 것을 끌어다 삼킨다는 그 탐욕…… 꽃부리 짬에 숨어 꽃 구경꾼을 미혹게 한다는 그 야료(惹鬧)……. 몸에는 티끌 한 점 붙이지 않는다는 그 청정……. 눈 속에 자침(磁針)을 숨기고 눈빛에는 자력(磁力)을 감춘다는 그 표독…….

아니다. 나는, 그의 전령사일지도 모르는 이 꿈의 이미지를 너무 비난하지 말아야 한다.

그가 왔다…….

서울은 이제 겨우 무풍지대가 되었는데……. 그는 어떤 방식으로 또 바람개비를 잡아 돌리려 할지 기다려진다.

올림픽이 끝나서 쓸쓸해진 텔레비전에 나와 현대인의 정신 건강을 무척 걱정하던 것이 생각나서 지동우 박사에게 전화를 건다. 그에게라면 바람개비의 냄새가 묻어 있을지도 모른다는 생각에서…….

신호가 오래 간다.

「지동웁다. 한 선생이지요?」

전화 건 사람이 나라는 걸 어떻게 알았는지 몹시 궁금하다.

낮술을 한 것임에 분명하다. 무엇이, 세상에 부러울 것이 하나 없어 보이도록 성공한 이 의사로 하여금 낮술을 마시게 하는지 그것도 궁금하다.

「내가 전화할 것을 짐작했다는 말본새네요. 그렇다면 예언자가 된 것 아닌가요?」

「알았지요. 마로 어머니 같은 중년 생과부들이 가장 견디기 어려워하는 시각이 오후 4시와 밤 12시라고요. 예언이라고 하는 게 별건가요? 이 이치 저 도리 두루 잡도리하다 보면 앞일 짐작은 가재 물 짐작이 되는 법이랍니다.」

「낮술 했네요. 그 밥통은 생고문가…….」

「시우쇠 위장이라고 해야 점잖은 말이 되지…….」

「해몽 하나 부탁하려고요.」

「요셉은 아니지만……. 그리고 보니 그렇네……. 예수 믿는 사람도 해몽 부탁하나요?」

「심심한 파라오가 되었나 봐요.」

「거 재미있네……. 말해 봐요. 말을 지어내면 안 돼요. 꾸며도 안 되고. 그 이미지를 되도록 정확하게 전하도록 애써 봐요. 깼었을 때의 느낌까지도…….」

「깼었을 때의 느낌도 필요한가요?」

「그럼요……. 꿈이라고 하는 것은 깨어 있을 때의 느낌과 한통속이거든요…….」

꿈 이야기를 한다.

주먹처럼 튀어나오는 의외의 코멘트.

「한 선생, 태몽 꿀 일 있어요?」

바람개비 이야기는 내비치지도 않는다. 바람개비는 지동우에게 연락을 하지 않은 것임에 분명하다. 그는 어디로 갔는가…….

지동우에게 전화한 것을 후회한다. 그에게는 대화를 배꼽 아래로 끌고 내려가는 이상한 취미가 있다.

수화기를 놓은 지 얼마 안 되는데 전화가 울린다. 지 박사에게 할 말이 남았나 싶어서 수화기를 드는데 들어 보지 못한 목소리다.

「남궁하경이라고 합니다…….」

남궁……. 전설에 등장하던 젊은 베르테르의 로테. 바람개비의 베아트리체……. 온몸의 피가 귀로 몰리는 것 같다.

「글쎄요, 누구신지…….」

그 이름을 내가 어찌 잊을 수 있을까. 무수히 떠올려 본 정체불명의 이름. 죄를 줄 수 없어서 용서할 수도 없었던 이름……. 하지만 기억한다고 해놓으면 내 처신이 궁색해진다.

「사모님이시지요?」

「……그랬습니다만…….」

「유복 선생의 옛 친구입니다…….」

「무엇을 도와 드릴까요?」

1030

「유복 씨가 돌아오신 것으로 압니다.」

「저는 금시초문인데요.」

「조간에 단신이 났던걸요.」

조간의 단신…….

그랬구나.

지동우 박사가 수화기를 들자마자 〈한 선생이지요〉 하고 신통하게 알아맞히던 까닭을 알겠다. 지동우에게는 여러 종류의 명함과 여러 개의 전화 번호가 있다. 그에게는 의사의 명함이 있고, 의과 대학 교수의 명함이 있고, 시인의 명함이 있고, 무슨 심의 위원의 명함이 있다. 명함에 따라서 전화 번호가 각각 다르다. 그는 바람개비가 돌아왔다는 조간의 단신을 읽고, 당연히 내 전화가 걸려 오려니 하고 기다렸던 것임이 분명하다. 올무에 걸려든 기분.

그 역시 또 하나의 바람개비. 이유복이 이상주의적인 바람개비라면 지동우는 풍향에 대단히 민감한 지극히 현실주의적인 바람개비이다. 언제 어느 쪽에서 불어오건 그 바람 부는 쪽으로 돌아설 줄 아는, 좋게 말하면 현명한 바람개비. 아니다. 카멜레온이다.

카멜레온과 교우하는 나는 무엇인가. 바람개비가 그리는 동심원의 가장자리를 배회하는 나는…….

「저를 만나 주실 수 없으신지요……. 도와주세요…….」

「나야말로 도움을 받아야 할 여잡니다. 나는 그가 돌아왔다는 것도 모릅니다. 내가 어떻게 남을 도울 수 있겠습니까?」

「저를 만나 주실 수 없으신지요……. 부탁입니다…….」

내 앞에서, 우리는 서로 사랑했었지요…… 이런 말을 하려는 것은 아닌 듯하다. 여자의 예감이 이럴 때 민감하다. 남궁이 이렇듯이 절박하게 애원하는 까닭이 무엇일까……. 기이하다. 남궁에게 우정이 느껴지는 것은…….

그에게 무슨 일이 생긴 것인가.

「참 고우시네요.」

인왕산을 바라보고 있던 남궁이, 자리에 앉는 내 움직임을 하나하나 읽으면서 한 말. 여자들이 쓰면 함의가 무궁무진한 이 한마디. 곱네요…….

남궁도 곱다. 나보다 4년 연하가 된다. 고향의 여고 선후배 사이가 되지만 남궁은 나를 기억하지 못할 것이다. 나도 그를 처음 본다. 화장기가 없는데 입술 색깔이 유난히 짙다. 병증 아니면 한창때의 화장독일 것이다.

사투리를 쓰고 싶어 하는 남궁의 정서가 내 감각에 잡혀 온다. 나의 우정이 필요한 모양이다.

「저에게는 딸이 있었습니다.」

남궁이 쏘아 올리는 핵탄두.

남궁의 핵탄두 앞에서 나는 지리멸렬한다.

……〈있었〉나요? 딸에게 아버지를 찾아 주고 싶다. 그 말인가요? 나에게도 아들이 있어요. 나도 아들에게 아버지를 찾아 주고 싶어요…….

이렇게 말하고 싶었다. 그러나 하지 않았다. 내 짐작만으로 남에게 죄를 주지는 말아야 한다는 생각에서……. 그에게 벌써 너무 많은 짐을 지운 것 같아서…….

「어떻게 하든지 유복 씨를 만나고 싶어요. 만나야 합니다.」

「하경 씨의 딸과 이유복 씨 사이에 무슨 관계가 있는데요?」

「죄 많은 세월이 많이도 흘러서 제 딸은 올해 열일곱 살이 됩니다. 저는 제 딸이 어디에 있는지 알지 못합니다.」

「그게 무슨 말인가요? 딸이 어디에 있는지 모르시다니.」

「유복 씨는 압니다.」

「역시 이유복 씨의 딸이었군요.」

「천만부당합니다.」

「아니었던가요?」

「그렇게 아셨군요……. 그래서 그랬군요…….」

「나는 그렇게 알았어요. 이유복 씨도 아니라고는 하지 않았고요…….

아닌가요?」

「아닙니다, 아닙니다. 하느님께 맹세코…… 아닙니다.」

「하경 씨는 하느님을 믿으시나요?」

「믿습니다. 하느님께 맹세코…… 아닙니다.」

「아니라니…… 아닌 것으로 알지요. 그런데 따님이 있는 곳을 이유복 씨만 알고 있다니 그건 또 무슨 이야기지요?」

「혼전에 낳은 딸인데…… 아버지 되는 사람이 저와의 결혼을 거절했어요……. 그 사람이 우리 딸을 유복 씨에게 맡겼어요.」

「그 사람이 이유복 씨를 어떻게 알아서요?」

「……친구 사입니다만…… 더 묻지 말아 주셨으면 합니다…….」

「하경 씨…… 아직도 묻지 말아야 하는 것이 있나요? 그런데 나는 이런 이야기를 왜 당신에게 들어야 하지요? 이유복 씨의 친구라는 분…… 지금 하경 씨의 부군이신가요?」

「……아닙니다. 제가 딸의 행방을 물을 수 없었던 것도 이 때문입니다.」

「이유복 씨에게 그렇게 엄청난 부탁을 할 수 있는 친구라……. 이유복 씨가 거절할 수 없었던 친구라……. 내가 알기로 이유복 씨에게 그런 친구는 많지 않은데요…….」

「이런 말씀 드려서 송구스럽습니다만 저 때문에 거절하지 않았는지도 모릅니다.」

「무슨 말인지 알겠어요. 나는 함께 살 때도 이유복 씨의 껍데기하고만 산다는 생각을 자주 했어요. 하경 씨는 내가 이런 말을 하는 뜻을 짐작하겠지요?」

「사실은 다릅니다만…… 그런 오해도 가능했으리라고 믿습니다. 김진숙을 아시지요?」

「알고말고요. 대구에서 벌어지는 일은 진숙이 때문에 알게 되었어요. 반갑지 않은 손님 노릇을 했었지요. 하지만 진숙이는 우리의 본론이 아니잖아요?」

「딸이…… 보고 싶어졌어요…….」

「그동안은…… 보고 싶지 않았나요?」

「그동안은…… 숨기고 있었어요.」

「지금은요?」

「최근에 들어서야…… 수습하고 싶어졌어요. 어떤 희생을 치르든지 수습하고 싶어요. 남편에게도 혼전에 둔 아들이 있다는 걸 알았어요. 그래서 저도 남편에게…… 떳떳한 것은 아니지만……. 허깨비들만 행복한 건가요…….」

「하경 씨…… 상처 없는 영혼은 없다고 하지 않아요? 당신의 말이 옳다면, 나는 그로부터 상처받은 여자가 아니게 됩니다. ……그야말로 나로부터 상처받은 남자가 됩니다…….」

「너무 놀라시게 한 건가요?」

「그래요……. 나는 이렇게 놀라 본 적이 없어요. 그 양반은 워낙 사람을 깜짝깜짝 놀라게 하는 사람이었지만요…….」

「연락이 있으시면…… 제가 꼭 뵙고 싶어한다는 말씀, 전해 주실 수 있으실는지요…….」

「있고말고요. 하경 씨. 당신과 이유복 씨가 부둥켜안고 재회의 감격을 눈물로 적신대도 나는 질투하지 않을 거예요. 비아냥거리는 게 아니고…… 이건 내 진심이에요.」

「고맙습니다…….」

「하경 씨…… 나는 이유복 씨가 당신을 몹시 좋아했다는 걸 알고 있었어요. 당신이 16년 전에 딸을 낳았다는 건 나도 알고 있었어요. 나는 그 딸이 이유복 씨의 딸이라는 걸 한 번도 의심해 본 적이 없었어요…….」

「저도 짐작은 했습니다.」

「그는 왜 나에게 해명하지 않았을까요?」

「……모르기는 하지만, 그걸 해명하자면 아기 아버지가 누군지 밝혀야 하는 절차가 남기 때문이 아니었을까요?」

「그렇다고 16년 동안이나 내 속을 썩혀야 했을까요?」

건방스럽게 들리던 그의 언명……. 증오의 사슬은 내게서 끊어진다……. 증오라는 연쇄 반응의 무한 순환은 내게서 비로소 유한 순환이 된다……. 그래서 그랬을까?

「솔직하게 말씀드리겠습니다. 어린 시절의 친구였고 그 뒤로 몇 번 뵌 적은 있지만 저는 그분을 잘 모릅니다……. 그런데 사모님의 뇌리에는 제가 아주 과장된 채로 새겨져 있을 것이라는 인상을 받았습니다.」

「이유복 씨가 그렇게 만들었지요.」

「그분에게는 대단히 미안하지만, 저는 그분이 저를 좋아한다는 걸 어린 시절부터 알고 있었습니다. 그러나 저는 그분을 좋아해 본 적이 없습니다. 딸을 낳은 직후에, 제 딸이 그분 손으로 넘어갔다는 걸 안 직후에 나는 그분에게 한 번만 만나 달라고 간청한 적이 있습니다……. 거절당했지요. 매정하게…….」

「배신당한 데 대한 분노 때문이 아닐까요.」

「사모님께서는…… 사랑을 배신당한 데 대한 분노…… 라고 하고 싶으신 거지요?」

「하경 씨, 〈사모님, 사모님〉 하지 말아요. 사모님은 이제 유효하지 않기가 쉬워요. 그런데 하경 씨, 조금 전에 당신이 한 말은 다 믿어야 하겠지요?」

「믿으세요. 꾸며서 말하기에는 너무 지쳤어요.」

「하경 씨, 당신이 좋아졌어요. 나는 당신을 무지하게 질투하고 무지하게 미워하고 그랬거든요.」

「…….」

「당신이 부러웠어요. 그런데…… 이렇게 말해서 미안하지만…… 당신도 무수하게 상처를 받으면서 살아왔군요. 나는, 나만 비참한 여자인 줄 알았어요.」

「선배님, 저를 도와주세요.」

남궁하경은 폐허가 되어 버린 내 손에 전화번호를 남기고 갔다. 나는 남궁하경에게, 딸이 미국에 있을 것이라는 말은 하지 않았다. 남궁하경도 미국 이야기는 하지 않는다. 모를 리가 없을 텐데도…….

그가 미국으로 떠나는 날 내가 했던 말이 되살아나면서 가슴이 아프다. 그의 가슴앓이가 전해져 오는 탓이다.

잘 다녀오세요……. 언제는 물어보고 떠났나요? 축하해요, 드디어 따님과 합류하시는군요…….

나 모르게 조그만 역사를 지어 내고 그 캄캄한 역사를 가만히 살고 있는 그는 어디에 있는가. 남궁의 딸이 이유복의 딸이 아니라면 〈이유복의 네 가지 대죄〉는, 한 모서리가 와르르 무너진다.

결국은 나의 네 모서리 중 한 모서리가 와르르 무너지는 것.

하인호 씨의 전화.

방송 작가가 방송극 도중에 걸핏하면 전화벨이 울리게 하는 까닭을 알겠다. 나의 일상에서도 전화는 국면 전환의 포인트 노릇을 한다.

하인호 씨는 바람개비 트라이앵글의 한 꼭짓점을 구성하는 또 하나의 바람개비. 현실주의자 지동우와 이상주의자 이유복의 삶을 적절하게 조화시켜 내는 절충형 바람개비. 그는 화려한 의사와 학자의 삶과 고달픈 선교사의 삶 사이에 위치한다.

회교 국가에서 선교한다더니 의사, 목사로는 부족하던지 40대에 선교학 학위까지 시작해서 마친 하 박사.

이번에는 파키스탄으로 파송된단다.

죽은 크리스천과 산 크리스천 중 그는 어디에 속할까? 세상에는 신학을 가르치는 죽은 크리스천이 있고, 신학에 대항하는 산 크리스천이 있다. 그것을 구별할 수 있어서 나는 행복하다. 의학 박사, 신학 박사에다 이번에는 선교학 박사까지 거머쥔 하 박사는, 학위 수집광이 아니라면, 박해받는 것을 순교하는 것으로 오해하는 호전적인 박애주의자가 아니라면, 분명히 살아 있는 크리스천일 것이다.

지동우는 화려해서 공작을, 하인호는 순해서 사슴을 연상시키고는 했다. 이유복은 오랑우탄 같았다.

홀로 다니는 오랑우탄이 〈숲의 사람〉이라는 이름을 획득한 것은 고독을 좋아하기 때문이라는 통설은 허구에 지나지 못한다. 오랑우탄은 고독이 좋아서 홀로 다니는 것이 아니다. 대식가라서, 오랑우탄은 무리를 짓고는 배를 채울 수가 없다. 먹거리 때문에 고독해 보이는 오랑우탄……. 오랑우탄은 나뭇잎을 먹고 이유복은 바람을 먹는다. 이유복에게 이 이상의 야유는 없을 것이다.

「미국에서 떠나오면서 전화했더니 일본으로 떠났다더군요. 일본에 있는 베델 대학 분교로 찾아갔더니 이 도깨비는 거기에도 없어요. 서울로 기어 들어왔을 테니까 연락이 있었겠지요?」

연락이 없다는데도 하인호는 〈연락하게 될 것〉이라면서 기어이 인왕산장으로 올라온단다. 처음에는 낭패다 싶었는데, 올라오라고 한 것은 역시 잘한 일이다. 하 목사……. 이자의 위선을 발견하는 데 나는 25년을 쓴 셈이다.

「L.A. 왔을 때 보니까 그렇게 외로워 보이고 지쳐 보일 수 없더라고요. 상상해 보세요. 혼자서 일주일 동안이나 자동차를 몰고 온 그 도깨비의 모습을요. 한재인과 한마로가 보고 싶어 죽겠다면서 눈물을 글썽거리는 걸 보니까 공부는 된 것 같지 않데요. 그 도깨비, 튼튼한 척하지만 사실은 한없이 여린 친구라고요. 그 여린 걸 감추려고 튼튼한 척하는 거라고요. 내가 L.A.에서 확인했어요. 우리 집에서 밤새 술 퍼마시더니 날이 새니까 〈나 간다〉 하고는 자동차를 몰고 온 길을 되짚어 떠납디다. 그 도깨비는 나에게 모양 나게 떠나는 모습, 그거 하나 보여 주기 위해 능히 두 주일을 차 속에서 지낼 위인입니다, 아시잖아요…….」

「비난인가요, 칭송인가요?」

「내가 언제 도깨비를 칭송하던가요?」

「남궁하경…… 아시죠?」

「……」

「다녀갔어요.」

「왜요?」

「남궁이 낳은 딸…… 알아요?」

「……」

「하 선생님의 딸 아닌가요?」

「목사 옷 벗길 일 있어요?」

「그럼 누구 딸인가요?」

「몰랐어요?」.

「몰랐고, 지금도 몰라요. 하 선생님은, 마로 아버지가 결국 그 아이 때문에 나와 갈라서게 된 거 아세요?」

「어렴풋이……」

「그 아이가 마로 아버지의 아이가 아니라는 것도 알았나요?」

「알았지요.」

「지동우 씨도 알았을까요?」

「나보다 더 확실하게.」

「지동우 씨의 딸이라는 뜻이겠지요?」

「나는…… 손을 씻겠어요.」

「하 목사, 손은 이럴 때 씻는 게 아니에요. 이유복 씨가 내게 해명하지 않으면 당신네들이라도 해명해 주었어야 하는 일 아닌가요?」

「〈당신네들〉이라…… 고 했어요?」

「70년대에, 이유복 씨의 주위에는 여자들이 맴돈 적이 있지요?」

「모두 지동우의 옛 친구들이었어요.」

「역시 지동우의 뒤치다꺼리였군요. 이 때문에 내가 이유복 씨와 몹시 다툰 것을 알고 있었지요?」

「알았어요.」

「기억하나요? 지동우 씨가 나 있는 데서 이유복을 〈염복 터진 사람〉이라고 불렀던 것으로 나는 기억하는데요? 하 목사는 그때 긍정도 부정도 않고 웃기만 했지요.」

「남의 일에는 잘 끼어들지 않는 체질이라서…….」

「그래요? 성직자의 발언치고는 희한한 발언이군요. 성직자는 남의 일에 끼어드는 걸 직업으로 삼은 사람들 아닌가요? 그러고도 당신네들이 이유복의 친구라고 할 수 있나요? 이유복은 결국 지동우의 뒤치다꺼리하느라고 이 한재인으로부터 배신자로 낙인찍힌 게 아니었던가요? 그것도 알고 있었겠지요?」

「알고 있었어요. 유복을 변호하지 못한 것은 내 잘못입니다. 하지만 그것은 의식적인 과실이라기보다는 내 체질입니다.」

「죄 없는 친구가 핍박을 받는데도, 그 친구의 아내가 지아비를 무고하는데도 수수방관하는 아주 비열한 체질이군요. 의식적인 과실만 죄악인 것이군요? 하지만 그런 체질이 벌써 죄인의 소질 같은 것 아닌가요? 그런데 구태여 죄인을 찾아다닐 필요가 있겠어요?」

「심하군요…….」

「심한지 당연한지 볼까요? 내 눈에 비친 이유복은 실패의 전형, 지동우, 하인호는 성공의 전형이었어요. 이틀 전까지만 해도 지동우에게 해몽 좀 해달라고 어리광을 부린 여자가 바로 나랍니다. 그런데 남궁하경이 내 눈을 열어 주었어요. 이래도 심한가요? 두 분의 공모가 아니었어도 내가 이유복을 이렇듯이 핍박했을까요? 두 분이 아니었어도 내가 이런 죄인이 되었을까요?」

「한재인 씨가 죄인 된 게 우리 잘못입니까?」

「그러면요? 간음만 죄던가요? 우상 숭배만 죄던가요? 죄인을 구하는 의무가 소중한가요, 친구의 과실을 가로막는 권리가 소중한가요? 권리를 사랑으로 누리지 못할 때 의무가 발생하는 거 아니던가요?」

「유복의 논리로군요…….」

「안 되나요?」

「학자답지 못하다는 생각이 드는군요.」

「정식 루트를 통해서 공급받은 논리가 아니라는 뜻이군요. 두 분은 그 양반을 늘 이런 식으로 비아냥거렸겠군요.」

「……」

살아 있는 크리스천으로 인왕산을 올라온 하인호는 무안한 듯이 사슴 눈을 굴리다 적어도 내겐 죽은 크리스천이 되어 인왕산을 내려갔다.

회심의 프로세스를 거치면서 휴머니티에 대한 원시적인 반사 신경을 죽여 버린 크리스천. 이런 사람들은 신학적 분석의 틀과 교리적 해석의 틀 속으로 들어와야 비로소 사물을 판단한다. 이런 신학자가 개구리를 관찰하는 광경을 생각하면 웃음이 나온다. 개구리에게 적용될 분석과 해석의 틀은 없다. 그 개구리를 악마의 편이라고 해야 할지 천사의 편이라고 해야 할지 모르니 그 신학자는 얼마나 난감해질까.

지동우와 하인호가 정의롭지 못한 친구로 확인되는 순간, 이유복의 네 가지 대죄는, 또 한 모서리가 와르르 무너진다.

결국은 나의 네 모서리 중 한 모서리가 와르르 무너지는 것.

……

그가 입경(入京)한 지 한 달이 지난다. 내 꿈은 맞지 않을 모양이다.

주위에 바람의 시체가 즐비하다. 나도 더 이상 바람이 아닌 것이 분명하다.

아들의 눈치를 곁눈질하면서 보낸 한 달이다.

삼종지례(三從之禮)는 고스란히 나의 현실이 되고 있다. 아버지의 그림자조차 두려워하던 세월. 이유복의 지청구 속에서 보낸 세월. 이윽고 마로의 눈치를 곁눈질하는 세월이 온다. 마로에게, 그의 귀국 언저리 소식을 전혀 들은 바가 없어 보이는 것은 다행이다.

그가 일본을 경유해서 귀국했다는 하인호의 말이 귓가를 오래 맴돈다.

일본에 계시다는 마로 조부의 유골을 수습해 온 것일까? 그렇다면 그는 분명히 고향의 선산으로 갔을 것이다. 거기에 가면 그를 만날 수 있을지 모른다. 그러나 나는 거기에 가지 못한다. 거기에는 내 자리가 없다.

내 편지에 대한 고종형이라는 분의 짤막한 답신. 유골을 선산에 모시고는 또 사라졌어요…….

그의 역사는 회복되었음이 분명하다. 그의 역사는, 과거는 회복되었는데 흐르지를 못하는 역사이다.

마로의 역사는, 흐르기는 하는데도 근원이 오리무중인 역사이다. 공백이 되어 있는 마로의 아버지 역사는 그가 수습해야 하는가, 내가 수습해야 하는가, 마로가 수습해야 하는가.

그는 사라졌다. 그는 나의 사죄를 절대로 받아 주지 않을 모양인가.

사라진다는 것은 참으로 이상한 것이다. 사라진 증거는 세월에만 새겨진다.

학생들 앞에서 바리사이와 사두가이를 논리적으로 비판하던 내가 밖에서는 그의 바리사이, 그의 사두가이가 되었다. 그 역시 누군가의 바리사이 노릇, 사두가이 노릇을 하고 있을 것이다.

내 사는 데가 큰 학교라는 생각이 든다.

숨 거두기까지는 아무래도 졸업장을 줄 것 같지 않은 학교…….

55
에필로그

수신 : 윌포드 하우스만 박사 부처
참조 : 〈이〉마로와 수키 하우스만
일자 : Mar. 15, 1994

반가운 소식을 드립니다.

손꼽아 헤어 보니, 두 분은 각각 박사의 나이 마흔다섯, 수니 하우스만의 나이 마흔하나 되던 해에 부부로 만나셨군요. 그때 나는 겉으로는 비아냥거리면서 속으로는 무척 좋아했지요. 혼자 사는 것은 좋은 일이기는 합니다만, 좋아하는 사람을 만나 함께 사는 것도 굉장하다고 생각했기 때문에 좋았던 거지요. 홀로 있는데 길이 든 사람은, 사랑하는 사람과 함께 있어도 언제든지 홀로가 될 수 있다고 생각했기 때문에 좋았던 거지요. 결국은 둘이 아니고 하나라고 생각했기 때문에 좋았던 거지요.

나도 처음으로 결혼이라는 걸 하게 됩니다. 박사가 신부를 맞을 때보다는 나이가 좀 많기는 합니다만 새로운 시작이 가슴을 설레게 합니다. 신부는 나와 동갑내기입니다. 우리 둘의 나이를 합하면 백 살이 됩니다. 27년 전에 벌써 내 아들을 낳아 준 적이 있는 이 신부는 봄 방학을 맞아 내가 있는 곳으로 내려오더니 개강한 지가 벌써 여러 날 지났는데도 상경할 생각을 않습니다. 이 결혼은, 그의 기다림과 나의 구혼이 맺은 열매입니다. 지금 선산 자락의 내 고향 집은 온통 낙원이 되어 있습니다. 복사꽃이 만발입니다. 질 때 질 값이라도, 흐드러집니다.

우리는 6월에 맞추어 결혼식을 대신해서 한바탕 잔치를 벌입니다. 굳이 6월로 잡은 것은 마로와 수키의 여름 방학에다 맞추었기 때문입니다. 〈이〉마로와 수키 하우스만은 주빈으로 초대됩니다. 이 젊은이들은 나의 초대를 절대로 거절하지 못합니다.

이마로가 못나게도 아직까지 내 컴퓨터를 열고 들어가지 못한다면 귀띔해 주시지요. 까짓것, 다 가르쳐 주고 말지요. 내 파일의 패스워드는 곧 파일의 이름이라고 해주세요. 사는 것이 그런 것을요.

하우스만 박사 부처 역시 내 초대를 거절하지 못합니다.

여기에는 두 가지 이유가 있습니다.

첫 번째 이유는, 하우스만 박사가 나에게 심인(尋人)을 의뢰한, 문제의 소년 이해동의 소재가 확인되었기 때문입니다. 이제는 장년이 된 이해동 씨도 물론 이 자리에 초대될 것입니다. 이해동 씨는 하우스만 박사로부터 45년 전에 받았다는 까만 만년필을 아직까지도 간직하고 있더군요. 박사가 이해동 씨를 만난 경상도 그 시골 마을을 방문하는 것도 물론 가능해집니다. 하우스만 박사는 그 시골집에서 이해동을 해후하는 순간, 내가 왜 문서 파일 이름을 패스워드로 삼았는지 그 까닭을 납득하게 될 것입니다.

두 번째 이유는, 수키 하우스만의 생부모도 이 자리에 초대될 것이기 때문입니다. 하우스만 부처는, 수키로 하여금 생부모를 만나게 해야 하는데 심각한 생물학적, 도덕적 이유가 있다는 것을 잘 아시겠지요? 이 두 분을 찾아내느라고 내가 들인 세월의 수고를 수키 하우스만은 알아야 할 것입니다. 이 해후의 자리는 다소 습윤해질 것입니다. 도미(渡美)하기 전에 수키 하우스만을 맡아 4년을 길러 준 이유선 씨 부부와, 이 부부의 아들 이진학 군도 이 자리에 초대됩니다.

우리의 이타카는 이렇게 섭니다.

부인께는, 내가 패자 부활전에서 살아남았다는 소식에다, 내게도 따뜻한 우편 번호가 생겼다는 반가운 소식을 덧붙여 부디 전해 주시기 바랍니다.

그러나 이 우편 번호는 우리 부부가 또 다른 바다로 돛을 올릴 때까지만 유효합니다. 언제 돛을 올리게 될지 그것은 아무도 모르지요.

사랑합니다, 안녕.

작가의 말

변역을 찾아서

　나는, 사람의 삶은 나남의 삶에 간섭하면서 끊임없이 그 삶을 변화시켜 가는 과정으로 이루어진다고 생각합니다. 그리고 나남의 삶 사이에 일어날 수 있는 변화에는 세 단계가 있다고 나는 가정합니다.

　첫 번째는 포도가 포도즙이 되는 것과 같은 물리적인 변화의 단계인데, 나는 이것을 〈변형(變形, transformation)〉이라고 한번 불러 봅니다. 두 번째는 포도가 포도주로 되는 것과 같은 화학적, 연금술적 변화의 단계입니다. 나는 이것을 〈변성(變成, transmutation)〉이라고 불러 보기로 합니다. 세 번째는 포도주가 그것을 마신 사람 안에서 성체가 되기도 하고 술주정이 되기도 할 때 일어나는 제3의 초물질적인 변화의 단계인데, 나는 이것을 〈변역(變易, transubstantiation)〉이라고 한번 불러 봅니다. 이 변역의 특징은 끊임없이 변역의 연쇄 반응을 일으킨다는 것입니다. 우리가 〈말씀〉이라고 부르는 종교의 가르침이 여러 각도로 달리 해석되는데도 불구하고 연쇄 작용을 통하여 끊임없이 사람의 삶을 변화시키고 있는 까닭이 여기에 있습니다. 우리가 〈사랑〉이라고 부르는 것도 같은 연쇄 작용을 하는 속성이 있습니다.

　〈나는 내가 경험하는 사물을 무엇으로 변화시키고 있는가. 저 사람은 저 사람이 경험하는 사물을 무엇으로 변화시키고 있는가.〉

　이것은 내가 들게 된 화두이자, 나와 남이 지어 내는 행위를 평론할 때

1045

자주 써먹는 잣대이기도 합니다. 소설이라는 것이 변역의 역사에 가담하는 노릇을 할 수 있으면 얼마나 좋을까요.

　내 딸은 1991년 열한 살 때 나와 함께 미국으로 건너갔습니다. 그 아이는 또래의 한국 아이들이 대개 그렇듯이 영어를 많이 공부하지 못한 채로 갔습니다. 나는 미국의 중학교에 들어간 딸이 한동안 힘든 생활을 했을 것으로 짐작합니다. 동무들의 언어와 생김새가 달라 심한 소외감을 느꼈을 것이기 때문입니다.

　그런데 미국의 중학교에 입학한 지 한 주일이 못 되어 내 딸은 밝은 얼굴을 하고 돌아와 나에게 베이징에서 온 중국 아이를 친구로 사귀게 되었노라고 했습니다.

　대단히 반가웠지요. 상대가 중국 아이라면, 언어 소통은 여전히 자유롭지 않다고 하더라도 적어도 생김새만은 비슷해서 약간의 동질감은 느껴질 것으로 판단되었기 때문입니다. 영어를 익히고 있던 그즈음은 내 딸에게나 중국 소녀에게나 참으로 어려운 시절이었을 것입니다.

　집에서 중국 소녀 얘기를 자주 하던 딸아이는 하루는 나에게, 그 애의 할아버지가 한국 전쟁 때 우리를 도와주다가 전사했다는데, 우리가 그때 중국군의 도움을 받았느냐고 물었습니다.

　나는 웃는 것으로 대답을 대신했습니다. 한국전사를 잘 알 리 없는 딸에게 진상을 설명해 주기에는 때가 이른 것으로 판단되었기 때문입니다. 나는 한국 전쟁 이야기 대신 우리 문화가 중국 문화와 얼마나 가까운지 설명해 주었습니다. 한국전의 실상을 알면 딸이 중국 소녀에게 편견을 가질까 두려웠기 때문입니다.

　1년쯤 지났을 때 두 소녀는 아주 단짝 친구가 되어 있었습니다.

　그때에 이르러서야 나는 비로소 딸에게 물어보았지요.

　「그 애의 할아버지가 우리 적이었어도 너와 그 애 사이는 변함없겠니?」

　그러자 딸은 〈이제 우리는 단짝 친구가 되었으므로 어떤 것도 나와 그 애를 갈라놓을 수 없다〉라고 대답하더군요.

나는 그제야 딸에게 한국 전쟁 이야기를 들려주었습니다.

「한국전이 우리와 미국, 북한과 중공의 편싸움이 되었다는 것은 너도 알 게다. 그런데 중공은 지금의 중국이다. 베이징에서 왔다는 네 친구의 할아버지는 중공의 의용군이었을 것이므로 우리의 적이었던 셈이다. 내 숙부 한 분도 사실은 중공군과의 싸움에서 전사했는데 어쩌면 네 친구 할아버지들과 싸우다 전사했는지도 모른다.」

그런데 그 뒤 내가 보기에 참으로 반가운 일이 벌어졌습니다. 두 아이의 사이가 벌어지기는커녕 그 이전보다 더 가까워진 것입니다. 불행했던 두 나라의 역사가 한국 아이와 중국 아이의, 어렵던 시절의 가슴을 터놓은 만남을 조금도 방해하지 못했다는 사실이 나에게는 기분 좋은 놀라움을 안겨 주었습니다.

내가 4년째 머물고 있는 미국의 미시간 주립 대학 국제 대학에서 한국 통일 문제에 관한 심포지엄이 열리던 지난 해 어느 날 만찬석장에서 나는 두 소녀 이야기를 했습니다. 내 결론은 소박합니다.

〈딸아이는, 어째서 중공군의 손녀와 친구가 되면 난처해지는가를 따지기 전에 이미 그 소녀와 사랑에 빠지고 말았다. 내 딸은 무지했는가? 그럴지도 모르지만 나는 딸의 무지를 아름답게 여긴다. 어느 시인의 말마따나 《나비가 바다를 조금도 무서워하지 않는 것은 그 수심(水深)을 모르기 때문》일지도 모른다. 새는 제 몸무게를 모르기 때문에 어쩌면 하늘을 더 잘 나는지도 모른다. 사람은 어디를 향하고 어떻게 올라가고 있는지 모를 때 어쩌면 가장 높이 올라갈 수 있다는 말도 있다. 남북은, 사랑에 빠지는 줄도 모르는 채 사랑에 빠질 수는 없는 것인가? 그렇게 만들 수는 없는 것일까? 사랑에 빠지는 줄도 모르는 사이에 사랑에 빠지게 하는 일, 나는 예술이 이것을 성취시키는 데 큰 몫을 할 수 있다고 믿는다.〉

그러나 그 이야기는 몇몇 학자들에 의해 순진한 발상이라는 비판을 받음으로써 부적절한 것으로 판명되는 듯했습니다.

나는 시인스러운 사람이므로, 따라서 학자가 아니므로, 통일 문제에 관한 여러 학자들의 이론적인 논쟁을 논리적으로 논박하고 싶다는 생각을 가지고 있지는 않습니다. 그러나 솔직하게 말해서, 통일의 문제를 이론적 필연성으로만 풀어내느라고 논리의 칼만을 휘두르는 학문적 방법론의 폭력이 오만하게 느껴졌던 것은 부정하지 않겠습니다. 이런 느낌은, 재회의 노력은, 갈라져 산 사람들의 마음을 여는 데서 시작되어야 할 것이라는 나의 소박한 믿음에서 시작됩니다. 나는 어느 한쪽이 다른 쪽을 논리적으로 승복시킴으로써, 갈라섰던 부부가 재결합하게 된 사례를 별로 알지 못합니다. 그래서 나는 내 딸에게 일어났던 일을 대뜸 조그만 변역의 반열에다 놓아 봅니다.

움베르토 에코는 작가가 제 글을 해석함으로써 작품과 독자 사이를 가로막고 나서는 것을 극구 경계했습니다만, 변역의 역사에 대한 나의 짝사랑이 이 긴 글의 한 측면을 이룬다는 귀띔만은 기어이 해두고 싶습니다.

20세기가 끝나 가면서 세계와 사람들이 보이는 몇 가지 경향을 조심스럽게 기웃거려 봅니다. 그러다 보면 19세기 사람들과는 달리 20세기 말 사람들에게서는 기존의 조직화한 이념이나 종교나 철학의 으리으리한 흐름에서 가만히 빠져나와 사적인 공간을 확보하는 경향이 엿보입니다. 말하자면 이념이나 종교나 철학을 방언화, 혹은 사물화하는 경향 같은 것입니다. 하나의 거대한 마을이 되어 가다 못해 하나의 안방이 되어 가는 세계, 대량 생산 체제를 통해 규격화하는 세계에 대한 개개의 개성적인 반작용인지도 모르겠습니다.

그래서 나도 그런 경향을 가진 사람 이야기를 하나 써본 것입니다. 그러니까 이 이야기는 조직 종교의 체제에서 이탈해서 혼자 자기 평화와 자기 구원을 성취시키려는 한 쓸쓸한 떠돌이 이야기가 됩니다. 나는 그 떠돌이가 소영웅주의적인 사람으로 비치지 않도록 무던히도 애를 썼습니다만 그게 쉽지 않았습니다. 어차피 소영웅주의자가 아니면 아웃사이더로 배겨 나기 어려울 것 같았고, 소영웅주의야말로 아웃사이더가 조직적인 사회 체제 안에서 배겨 내는 데 필요한 강력한 정서적 대처 방안 같아 보이기도 했기 때문입니다. 이 글에서 소영웅주의자인 아웃사이더 이유복이 거두는 조그만 성공은 나의 희망 사항입니다. 종교나 철학의 방언화, 사물화 현상에 대한 나의 관심은 이 긴 글이 지니는 또 하나의 측면이 됩니다.

〈자전적인 소설〉이라는 말은 늘 나를 당황하게 만들고는 합니다. 이 세상의 사물은 어차피 개인의 경험이라는 문맥 안에서 읽히기 마련이므로 소설이라고 하는 것은 어차피 모두 자전의 운명에서 완벽하게 벗어나지는 못한다고 나는 생각합니다. 우리의 인식, 우리가 쓰는 언어도 마찬가지일 듯합니다. 나는, 남들의 인식이 끊임없이 내가 세상을 인식하는 힘의 밑거름이 되어 주는 경우를 허다하게 경험했습니다. 내가 쓰는 글 또한 다른 무수한 사람들의 인식과 언어가 내 안에서 녹아 나온 것일 터입니다.

그러므로 이 글이 자전적인 것이라고 한다면 나는 정직하지 못한 셈이 되고, 허구라고 한다면 상상력이 너무 부족한 셈이 됩니다. 따라서 이 글은 개인적 경험과 소설적 허구 사이, 나의 믿음과 희망 사이의 어느 어름에 위치합니다. 나는 내가 쓰는 글의 좌표를 이렇게밖에는 찍을 수 없습니다.

요컨대 이 글은 나 자신과, 내가 지어낸 인물의 공동 체험담입니다. 오래 망설이다가 그동안 틈틈이 써 온 중단편 소설을 중간중간에 삽입하는 권리를 한번 누려 본 까닭이 여기에 있습니다. 이윤기가 쓴 글이 이유복의 체험담이 되고 있다는 의미에서 보면 이 글은 퍽 자전적일 수 있겠습니다만, 이 글을 쓰면서 실제로는 굉장히 행복한 사나이에 속하는 내가, 대단히 불행했던 사나이를 그려 내는 고충을 적잖게 경험했으니 결코 자전적일 수 없는 것이지요.

이 글은, 앞으로 나아가기 위해 뒤를 한번 돌아보기 위한 작업의 하나입니다. 나는 비교적 순수한 허구의 세계를 그리는 희망에 사로잡혀 있는데, 어차피 거대한 학교일 수밖에 없는 이 세상에서 내가 살면서 만난 사람들, 살면서 겪은 일들이 내 발목을 영 놓아주지 않습니다. 그래서 이 긴 글을 쓰게 되었습니다. 나는 이제 앞으로 나아갈 것입니다.

나는 어쭙잖게도 영어와 일본어에도 한국인의 정서를 한번 실어 보자는 야심에 사로잡혀 있습니다. 이 긴 글의 상당 부분은 오래지 않아 영어와 일본어로도 출판될 것입니다. 그러나 그것은 이 글이 더 갈리고 닦이어 한국 문학의 말석에라도 편입된 뒤의 일이 될 것입니다. 이 글이 갈고 닦는 데 걸리는 세월은 좀 길어져도 상관이 없겠습니다. 내가 평생의 숙제로 삼는 것은 어디까지나 한국어입니다.

서울과 경주의 처가와, 미국의 랜싱과 마운트플래전트와 일본의 교토와 도쿄를 오가면서 이 글을 썼습니다. 그러자니 마음 빚이 대추나무에 연 걸린 듯합니다. 내 아내 소천(小泉)과, 아들딸의 어깨에도 빚 짐을 지우면서 늘 미안해합니다. 글쓰기에 매달린 20년 세월, 김준일, 김영석, 정병규 제형(諸兄)과 마주 앉는 자리는 세상이라는 거대한 대학의 강의실 노릇을 합니다. 미시간 주립 대학 국제 대학장 임길진 박사와 교토 대학 농학부 초빙 교수 이상무 박사는 마주 대할 때마다 내 눈에 덮여 있던 비늘이 흘렁흘렁 벗겨지게 합니다. 일본에서는 주일 대사관의 정정겸 참사관, 오홍식 공보관, 박영철 일등 서기관, 배인준 특파원, 정남진 지점장, 김재하 민단 교토 본부단장, 장수택 국장으로부터 큰 도움을 받고 고마워합니다. 1992년 이래로 실제 나의 미국 생활을 재정적으로 지원해 온, 출판사 〈열린책들〉의 홍지웅 사장에게도 고마운 뜻을 간곡하게 전합니다. 나는 농 삼아 그의 재정적 지원을 〈열린책들〉의 〈열린 금고〉라고 부르고는 합

1050

니다. 살면서 입은 은혜의 보답을 세월에만 맡겨 놓지는 않으렵니다.

1994년 7월

LEE, EYUNKEE

704-208 FACULTY APT, CHERRY LANE,

EAST LANSING, MI 48823 USA

이윤기가 있었다

황현산 | 문학평론가

〈에케 호모〉는 오래된 서양 말이다. 얻어맞아 상처를 입은 몸에 가시관을 쓴 예수를 총독 빌라도가 유대 군중들에게 내보이며 했던 말이라고 한다. 니체는 이 말을 제목으로 삼아 저 자신이 누구인지를 뭇사람들에게 밝히기 위해 책을 한 권 썼는데, 내가 가진 한글판 니체 전집에서 번역자는 이 말을 〈이 사람을 보라〉라고 옮겼다. 그러나 나는 〈여기 사나이가 있다〉라는 번역으로 이 말을 처음 접했다. 필경 잘못된 번역이겠지만, 사람의 첫 기억이란 무서운 것이어서 이 말을 만나면 나는 늘 그 역어를 먼저 떠올리고, 또한 그때마다 이윤기를 생각한다. 내가 젊은 시절에 〈여기 사나이가 있다〉라고 말해야 할 사람을 이윤기에게서 처음 만났던 것이다.

군대에서 전역하고 첫 직장으로 어떤 잡지사에 들어가니, 거기 이윤기가 있었다. 두 개의 잡지를 출간하는 이 잡지사에서 그는 학생 잡지 담당이었고, 나는 미혼 여성 잡지 담당이었지만 우리는 곧 친해졌다. 그는 키가 컸다. 나보다 머리 하나가 더 있었으며, 어깨가 넓었다. 어디서건 몸을 부리고 힘을 쓰는 일을 주저하지 않았으며, 지식욕이 왕성해서 잠시도 쉬는 법이 없었다. 그는 나와 다른 사람이었다. 주어진 문제 앞에서 내가 분석적이었다면 그는 종합적이었고, 내가 비관적인 데 비해 그는 낙관적이었다. 그러나 사고하는 방법은 달라도 결론은 늘 비슷해서 두 사람 사이에 깊은 유대감 같은 것이 생겨났다. 나로서는 오직 생계를 부지하고 대학원 입학금을 벌기 위한, 그래서 팍팍할 수밖에 없는 그 직장 생활에서 어떤 위대한 연구에라도 매진하는 듯 씩씩한 그의 모습은 적잖은 활력의 계기를 만들어 주기도 했다. 한 달에 2백 자 원고지 3백 매가 넘는 내고를, 취재로건 허구로건, 수단을 가리지 않고 써내야 하는 불모의 작업을 나는 고통스럽게, 그는 즐겁게 마무리 짓곤 하였지만, 그 시절을 문필가의 수업 시대로 여긴 것은 그에게도 나에게도 마찬가지였다.

그가 온갖 방면에 다양한 지식을 지니고 있었다는 이야기와 그가 노래를 잘했다는 이야기를 함께 해야 한다. 인쇄소에 마지막 원고를 넘기고 회식이라도 하는 날이면, 이윤기는 그 신화와 민담과 역사적 예화들, 민간 처방에서 최근의 발견에 이르는 의학 지식, 동서양의 명언들과 낯익은 시구들을 엮어 끝이 보이지 않는 〈미학 강연〉을 설파하며, 거기에 간간히 오페라의 아리아에서 판소리와 육자배기에 이르는 목청 좋은 노래를 섞어 넣어 〈축제의 퍼레이드〉 하나를 훌륭하게 꾸며 내었다. 프랑수아 비용의 『대유언집』에서 그 비극성을 제쳐 놓는다면, 이윤기의 〈퍼레이드〉가 필경 거기에 육박한다고 말할 수 있을 것 같았다. 나로서는 놀라운 체험이었다. 지식이 다양해서 놀라운 것이 아니고, 그의 노래가 유장해서 놀라운 것이 아니고, 그 크고 작은 담화들과 높고 낮은 감정들이 높은 원기를 타고 한꺼번에 동시에 솟아오를 수 있다는 것이 놀라운 것이었다.

이윤기의 본질적 재능도 거기 있었다. 그는 모든 사물과 그 정황으로부터 시간을 제거하는 기술이 있었다. 그에게는 사라진 과거도 완전히 사라진 것이 아니었고, 죽은 사람도 완전히 죽은 것이 아니었다. 등산길에 큰 바위를 만나면 그 앞에서 부족민들에게 호령하던 삼한 시대 족장의 모습을 곧바로 발견하였으며, 그 당시 한국 사람들에게는 너무도 넓은 길이었던 경부 고속 도로에서 옛날 그 자리에 있던 샛길을 찾아낼 줄 알았다. 시영아파트의 화단에 초라하게 피어 있는 진달래도 천 년도 더 전에 암소 몰던 노인이 벼랑을 기어 올라가 꺾던 그 꽃과 다른 것이 아니었다. 단골 인쇄소에서 새 기계를 들여놓게 되어 마른 명태를 걸어 놓고 제를 올렸다.

구경하던 우리들도 한 차례씩 절을 올리고 술잔이 오기를 기다릴 때, 그는 단언했다. 공장장과 인쇄공들의 절은 조선 천지에 떠도는 귀신들이 받는 것이고, 서양 공부를 하는 나는 헤르메스 신에게, 기독교에 연이 있는 자기는 가톨릭의 어느 성인에게 절을 하는 것이라고 말했다. 그의 상상력 안에서는 신화 속의 존재들과 동서양 역사상의 모든 영웅들, 무훈담이건 소설이건 온갖 서사에 등장하는 인물들과 그가 생애에서 만났던 사람들이 같은 자격으로 동일한 공간에 모여 있었으니, 그보다 더 밀도 높은 공간을 소유한 정신을 나는 끝내 찾아내지 못할 것이다. 『하늘의 문』의 어느 페이지를 열어 보아도 항상 떠날 준비가 되어 있는 그의 타임머신은 그때부터 가동 중이었다.

　그는 시간의 축지법을 알고 있었다. 아니 그에게는 시간이 존재하지 않았다. 그는 강한 전사의 기억을 오롯하게 간직하고 있어서, 그 파노라마 속에서 아메리카 인디언과 사막 부족과 여전히 석기 시대를 살던 그의 고향 사람들이 수시로 연락을 취했다. 이윤기는 근원주의자이며 본연주의자였다. 그는 한때 정신 분석학에 경도하였지만, 프로이트보다는 융을 더 좋아하였다. 당연히 콤플렉스나 외상에 대해 적게 말하고 인간의 본성이라고 해야 할 어떤 심정 세계의 상징에 대해서 많이 말했다. 사람의 이력보다는 한 사람이 거기 있음이 중요하였고, 그 사람의 에로스가 중요하였다. 순결한 본질 위에 덮인 녹이나 이끼는 중요한 것이 아니다. 그가 카잔차키스의 『그리스인 조르바』를 그렇게 열정적인 문체로 번역하고, 그 조르바와 자기를 거의 동일시하기까지 한 사정도 거기에 내력이 있을 터이다. 이윤기는 어떤 비틀린 말을 들어도, 어떤 조각나고 불순한 사물을 보아도, 저 전사의 기억, 민담과 신화의 기억, 어린 시절의 체험인 석기 시대의 기억, 기록이 남아 있지 않은 순례의 기억, 역사가 일실된 왕국의 기억에서 그 원형을 찾아내는 데 실패하지 않았다. 그가 소설에서 서사를 중요하게 여기지 않았던 것도 그 때문이다. 신라 시대 금오산의 소나무와 지금 눈앞에 서 있는 저 남산 위의 소나무가 다른 역사를 지닐 수 없다. 브로셸

리앙드 숲을 헤매는 수습 기사에게도, 손목이 잘린 고려의 도공에게도, 현대의 출판사 교정원에게도 오직 사람의 역사가 있을 뿐이다. 그가 어떤 지경에서도 한 사나이로 서 있었듯이, 사람은 어떤 핍박 속에서도 사람으로 서 있어야 한다. 그러나 이 본원주의의 알레고리는 늘 지금 이 자리에서 실천되기에 그 신화적 몽롱함을 벗어 버리고 최고도의 활력을 누린다. 그것이 이윤기의 재능이었을뿐더러 〈하늘의 문〉을 몸 둔 그 자리에서 만나는 방식이 되기도 했다. 하늘은 모든 원형의 알레고리 바로 그것이기 때문이다.

이윤기는 『하늘의 문』에서 인간의 철학을 세 가지로 구분하였다. 군집과 의미의 철학이 그 하나이며, 벗어남의 철학이 그 하나이며, 독립과 해탈의 철학이 마지막 하나이다. 군집의 철학이 세상과 존재의 의의를 믿고 그 의미의 실천인 질서에 헌신하는 철학이라면, 이탈의 철학은 그 질서의 외각으로 나가려는 타자의 철학이다. 그러나 독립하고 해탈하는 자는 그 질서를 제 안에 놓아 버린다. 이윤기는 인간들이 무의미를 숭상하면서도 저 자신을 자진하여 사물로 만드는 이 기이한 종속의 시대에 근원과 그 원리를 끝까지 믿음으로써 타자가 되었으며, 마침내 의미와 질서를 자신의 육체 안에서 확인하는 철저한 독립인이 되었다. 그는 질서가 자유인 세계로 갔다. 그러나 그 전에 기록이 일실된 이 세상의 모든 순례가 그를 통해 다시 기록을 얻었다.

이윤기를 이해하는 한 가지 방법

배문성 | 시인

1

길은 안개에 가려 보이지 않았다. 한강에서 시작한 안개는 가좌천을 따라 천천히 올라왔다. 안개는 천 주변을 조금씩 점령하더니 이내 장월평 일대를 하얀 장막으로 덮어 버렸다. 저지대에서 웅크리고 있던 안개의 장막은 좀 더 높은 지대를 향해 낮은 포복으로 다가오고 있었다. 안개는 조용히 나아가면서 앞을 가로막는 모든 것을 하얗게 지워 버렸다. 수로가 가장 먼저 지워졌다. 수로를 따라 서 있던 키 낮은 나무가 안개에 잠겨 버렸다. 길이 지워졌다. 결국 길가에 늘어서 있던 포플러 나무도 지워져 버렸다. 풍경은 천천히, 그러나 순식간에 사라졌다. 언젠지도 모를 정도로 짧은 시간에 안개는 주변 풍경을 모두 삼켜 버렸다. 풍경이 사라지면 시간도 안개에 잠겨 버린다. 현실 감각도 함께 사라졌다. 시간이 얼마나 됐는지, 여기가 어디쯤인지 가늠하기 힘들었다. 길옆으로 추수가 끝난 들판이 어슴푸레하게 보였다. 길은 넓은 평야 한가운데를 지나가고 있을 터였다.

이윤기 병장은 더플백을 길 위로 던져 버렸다. 더 이상 걸어가는 것은 의미가 없었다. 어디로 가는지도 모르는 길을 따라 무작정 걸어갈 수는 없었다. 더플백 위에 앉아 안개가 걷히기를 기다리기로 했다. 담배를 꺼냈다. 몇 개피 남지 않았다. 담배 때문에라도 저녁이 되기 전에 연대에 도착해야 할 것 같았다.

문산행 기차에서 내린 지 벌써 두 시간이 흘렀다. 곧바로 백마역을 출발해 연대를 향해 걷기 시작했으니 닿을 시간이 됐다. 상사는 시간 반이면 도착할 거라고 했다. 이제 연대가 나타나야 한다. 그러나 안개는 바로 눈앞도 보이지 않을 정도로 점점 더 짙어졌다. 상사는 그를 백마역에 떨어트리며 짧게 끊어지는 두 마디 말을 함께 떨어뜨렸다.

「귀대 시간은 6시. 도착하면 보고하라.」

두 토막으로 잘린 상사의 말은 플랫폼 위로 재빠르게 굴러갔다. 상사는 기차에서 내리지도 않고 곧바로 떠났다. 그는 가능하면 빨리 자신의 임무를 마치고 떠나고 싶은 모양이었다. 이 복장 불량 상태의 말년 병장을 백마역에 데리고 오는 것까지가 자신의 임무란 사실을, 짧게 끊긴 두 마디 말이 전하고 있었다. 상사는 베트남 파병에서 돌아온 병장을 각 부대에 배속시키는 일을 전담하고 있었다. 가능하면 말썽을 피우지 않고 조용히, 가능하면 이 처리 곤란한 병장을 잘 달래서 배속 부대까지 넘기는 것이 임무였다. 상사를 태운 기차가 짧은 기적 소리를 남기고 문산 쪽을 향해 떠나자, 이 병장은 작은 기차역에 자신과 더플백만이 남았다는 사실을 느낄 수 있었다. 이제 아무도 기다리지 않는 연대로, 몇 개월 남지 않은 말년을 보내야 할 부대로 혼자서 걸어가야 한다.

안개는 쉽게 걷히지 않았다. 그렇다고 안개에 가려 보이지 않는 길을 무작정 걸어갈 수도 없었다. 무엇보다 6시까지 자신이 귀대하지 않는다고 해서 더 큰 일이 벌어질 것도 아니었다. 6시까지 자신이 부대에 귀대하는 것은 상사의 임무이지 자신의 일은 아니다 싶기도 했다. 어쩔 것인가 싶었다. 아무도 건드리지 않는 베트남 파병 병장이다. 그는 연대를 찾는 것보다 가까운 마을을 찾는 것이 낫겠다고 생각했다. 무엇보다 연대로 가는 길보다 마을로 가는 길이 더 뚜렷할 것이다. 이제 길을 찾을 이유가 생겼다.

「마을로 가는 길……로 가자.」

다시 더플백을 맨 이 병장은 안개 속에 희미하게 드러나있는 길을 따라 가제울 마을로 향했다.

안개 낀 그날, 이 병장이 연대에 도착한 시간은 저녁 9시가 되기 직전이었다. 부대에서는 베트남 파병 병장이 부대 복귀를 하지 않는 바람에 비상이 걸렸다. 이 병장을 부대까지 인솔하지 않고 백마역에 떨어트리고 간 상사는 부대보다 더 비상이 걸렸다. 이 병장이 저녁 8시가 넘어서 부대 입구에 도착하자 그를 기다린 것은 초병이 아니라 상사였다. 상사는 이 병장이 복귀하지 않았다는 소식을 듣고 지프차를 타고 달려와 기다리고 있었다. 상사가 본 것은 더플백도 매지 않은 한 병장이 끈이 반쯤 풀린 군화를 신고, 소주 냄새를 풀풀 풍기며, 휘적휘적 걸어오는 모습이었다. 물론 상사는 이 병장을 아주 반갑게 맞이 했다. 전혀 화를 내지 않고……. 그렇게 베트남에서 복귀한 이 병장은 한강 하류에 자리잡은 연대에서 말년 몇 개월을 보냈다.

그로부터 30여 년이 지난 2000년. 이윤기는 미국에서 갓 돌아와 경기도 일산 가좌동에 자리 잡은 내 작업실로 찾아왔다. 집필실을 알아보고 있는 중이었다. 내 작업실에 자신의 집필실을 꾸릴 수 있는지 확인해 볼 요량이었다. 그날 그는 집필실 마련에 대한 이야기는 더 하지 않았다. 대신 인근에 있는 또래 소설가와 함께 내 작업실에서 밤새 술을 마셨다. 술 마시는 내내 그는 30년 전 그 안개 속의 귀대, 베트남 전쟁이란 지옥에서 살아 돌아온 한 병장이 안개 속을 헤매던 이야기를 했다. 그 안개 속에 전전하던 곳이 공교롭게도 이 작업실 근처였다는 말을 계속 했다. 작업실 근방을 그날 오후 내내 헤맸다는 말도 했다. 마치 베트남 전쟁에서 겪은 상흔을 그날 안개 속을 헤매면서 하나씩 벗겨 내는 것 같았다는 말도 했다. 아니면 안개 속의 느낌과 베트남 전쟁의 기억이 겹쳐졌는지도 모르겠다. 그에게서 베트남 전쟁 이야기를 들은 것은 그때가 처음이었다.

2

후에……. 베트남 마지막 왕조인 응우옌 시대의 수도다. 다낭, 호이안

등과 함께 베트남 전쟁에서 전투가 가장 치열했던 지역이다. 청룡 부대가 주둔한 지역이기도 하다.

2005년, 후에 변두리에 있는 한 시골 마을. 이윤기는 후에의 한 시골 마을 공회당에 앉아 있다. 마을 촌로들이 그를 둘러싸고 있다. 한국에서 온 유명한 소설가를 만나러 왔다. 촌로들은 멀리 한국에서 이 시골마을까지 찾아온 그가 신기하다. 공산당 공보 담당 관리가 그를 안내하고 있다. 한국 관광객들은 대부분 후에까지만 둘러보고 간다. 후에에 남아 있는 옛 왕조의 유적을 관광하는 것이다. 그러나 이 남자만이 후에의 궁벽한 시골 마을까지 찾아왔다. 관광객이 볼 만한 것이라곤 있을 리 없는 이곳까지 이 남자가, 그것도 한국에서 문명을 날리고 있는 유명 작가가 찾아온 이유를 알 수 없다. 관리까지 대동하고 왔으니 잘 대접하고 싶다.

이 남자가 마을에 찾아 온 이유를 관리가 설명한다. 촌로들은 그제야 그가 이곳까지 찾아온 이유를 이해할 수 있다. 35년 전 마을은 격전지였다. 한국 군인들이 이곳에서 격렬한 전투를 벌였다. 촌로들은 자신과 비슷한 또래인 이 한국 남자가 어쩌면 35년 전 자신과 이곳에서 전투를 벌였을지도 모르겠다는 생각을 한다. 그러나 그건 이미 35년 전의 일이다. 지금은 다 지나갔다. 모두 지나간 일이다.

남자는 다르다. 스스로도 왜 이곳에 찾아올 생각을 했는지 모르겠다. 가당찮은 사죄의 맘을 담고 온 것도 아니다. 그렇다고 지나간 일을 되짚어 훑어 버리고 싶은 것도 아니다. 이곳에 남아 있을 지도 모르는 35년 전의 흔적을 찾아보자는 것도 아니다. 호기심이 남아 있지도 않다. 그때 이 마을에서 무슨 일이 벌어졌는지 기억을 다시 풀어내고 싶은 것도 아니다. 그러나 후에에 간다고 했을 때 이 마을이 떠올랐다. 그리고 가보기로 했다. 나에게 무슨 일이 남아 있는지 알고 싶었다. 그다음 일은 그때 다시 생각하기로 했다. 관리가 운전하는 차를 타고 마을에 들어섰을 때 이 마을이 맞는지조차 확실하지 않았다. 그 마을이 이 마을인지는 중요하지 않다고 생각하기로 했다. 가보면 알 것이다 싶었다.

촌로들이 웃는다. 아주 해맑게……. 따뜻하게 맞이한다. 관리가 촌로들에게 설명하고 있는 것이 35년 전의 일인 것을 알겠다. 사정을 듣고도 촌로들의 표정에는 변화가 없다. 촌로들은 똑같이 웃고 있다. 도리어 나를 위로하는 듯한 손짓을 한다. 지나갔다, 잊었다고 말하는 것 같다. 나도 웃는다. 웃는 것이 맞는 지 모르겠다. 그렇다고 침통한 표정을 짓는 것도 어울리지 않는다. 무표정한 것은 더 어렵다. 무표정한 것은 무례하게 보일 수도 있다. 관리가 나에게 느낌을 이야기하라고 한다. 말하는 것은 더 곤란하다. 뭐하고 말해야 할지 알 수 없다. 반갑다고 할 수는 없는 노릇이다. 사죄하는 것은 더 웃기는 짓이다. 지금 사죄하는 것이 가당키나 한 것인가. 그냥 계속 미소만 짓고 있을 수 밖에 없다.

가장 나이가 많아 보이는 촌로가 술을 권한다. 촌로가 먼저 술을 따라 단숨에 들이켠다. 괜찮다는 말인가. 관리는 나도 술을 마시라고 손짓을 한다. 이곳의 풍습이 손님이 찾아오면 좋은 술을 권하는 것이라고 한다. 방문객은 즐거운 마음으로 술을 들이키는 것이 답례라는 말도 덧붙인다. 마셔도 되는 것인가. 의심조차 스스로를 가소롭게 만든다.

촌로가 권하는 술잔을 들었다. 갑자기 35년 전으로 생각이 거슬러 올라간다. 그때 정신 교육 시간에 귀에 딱지가 앉도록 듣던 말이 있다. 절대로 마을에서 취득한 음식을 먹지 말 것. 독극물이 들어 있을 수 있다는 것이다. 그랬나……. 지금 이 촌로가 권하는 술은 무엇인가. 화해의 술잔인가. 아니면 전쟁 승리에 대한 자축인가. 그것도 아니면 35년 만에 권하는 복수의 독배인가. 내가 이 술을 마시면 35년 만에 복수의 죽음을 당하는 것인가. 이런 소인배…….

저 촌로의 순박한 모습 어디에 35년 전의 기억이 있단 말인가. 그는 단지 마을에 찾아온 방문객을 대접하고 싶어하는 것이 아닌가. 복잡하고 가소롭고 어처구니 없는 생각에 빠진 것은 나 자신 아닌가. 그렇지만 나는 왠지 비장하다. 이 술을 마셔야 하나 말아야 하나. 나는 어처구니 없이 비장하다. 이 비장한 나를 나만 어처구니없어하고, 그런 나를 나만 이해할 수 있다. 나는 어처구니 없지만 비장한 마음으로 결심한다.

〈그래 마시자. 설사 독배라 하더라도…… 마시자.〉

이 이야기를 나는 2005년 그해 이윤기가 베트남에서 돌아와 양평 작업실에 있을 때 들었다. 그로부터 두 번째 들은 베트남에 대한 이야기다.

3

이윤기의 작가 이력을 보면 베트남전 이야기가 소략하다는 사실이 조금 놀랍다. 번역서까지 더하면 꽤 다작이랄 수 있는 그의 작가 이력에서 베트남전을 다룬 것은 두 번에 지나지 않는다. 그의 데뷔작인 「하얀 헬리콥터」(1977년 중앙일보 신춘문예)와 『하늘의 문』(1994년)이다.

피하고 싶었을 경험이고, 또 피할 수 없는 상흔이었기 때문이라고 이해된다. 이윤기의 삶 전체에서 베트남전 경험은 비켜 갈 수 없는 것이리라싶다. 그는 지워 가면서 잊어 가면서, 그럼에도 지워지지 않는 그 기억을 조금씩 내비쳤다. 그의 후반기 소설들…… 『두물머리』, 『숨은그림찾기』, 『나비넥타이』 등에 등장하는 아름다운 어른들……. 세상사에 치이고 상처받았음에도 삶을 품으려는 그 고초의 흔적들을 베트남전 참전 기억에 얹어 보면 그의 작품들이 다른 방식으로 이해된다. 왜 그가 그렇게 힘들게, 또 열심히 삶을 껴안으려 했는지…….

그의 말년에는 특별한 교류가 없었다. 그는 굳이 만나려 하지 않았고 가끔 전화로만 안부를 주고받았다. 이제 와서 생각하면 그의 과도한 술, 일에 대한 과도한 집착, 지겨울 정도의 완벽주의적인 태도는 다른 방식으로 이해할 수 있다. 그의 사라지는 방식까지, 세상과 이별하는 방식까지 다르게 이해할 수 있다. 그럴 수밖에 없었으리라 싶다.

「성님……」

똥폼의 싸나이, 이윤기

이남호 | 문학평론가

1. 신화

윤기 형, 그래 윤기 형이라 부르자. 지하에서 윤기 형도 그게 편하다고 하실 것 같다. 나이 차가 좀 있지만 그래도 윤기 형은 나를 동생처럼, 친구처럼 대해 주셨으니까 그게 좋겠다. 나의 윤기 형에 대한 기억은 80년대 중반으로 거슬러 올라간다. 당시 문단의 신입생이었던 나는 천방지축으로 글을 써댔다. 아는 것은 없어도 호기심도 많고 오기도 넘치던 시절이었다. 대학 시절 하늘처럼 높아 보였고, 엉터리 신화에 감동을 받았던 그런 선배들과도 쉽게 친해졌다. 그런 시절 나는 윤기 형을 만났다. 윤기 형을 만나기 전에 윤기 형의 신화부터 먼저 만났는데, 그 신화는 두 가지이다. 하나는 윤기 형이 『그리스 로마 신화』를 번역해서 자기 스타일로 꾸민 책인 『뮈토스』라는 신화 책이다. 외국의 책을 단순 번역한 것이 아니라 〈이윤기표 그리스 로마 신화〉여서 폼이 나는 책이었다. 이 세 권짜리 『뮈토스』는 훗날 윤기 형을 유명 인사로 만든 『그리스 로마 신화』의 저본이 되는 셈이다. 비슷한 시기에 〈이문열표 삼국지〉는 세상에 나오자마자 인기를 끌었는데, 〈이윤기표 그리스 로마 신화〉는 15년이나 지나서야 세상의 인기를 얻었다. 씨앗을 뿌리기는 일찍 뿌렸는데 그 수확이 상당히 늦어져서 윤기 형의 고생이 길어졌다. 윤기 형과 관련된 또 하나의 신화는 글 쓰

1063

는 후배들 사이에 은근히 퍼져 있던 그에 관한 소문이다. 경북고를 자퇴하고 신학 대학도 다니다 말고 블랙 베레를 쓰고 월남에서 전투에 참가했고, 소설로 신춘문예에 당선했으면서도 소설 발표에 연연해하지 않고, 독학으로 공부를 해서 어학과 종교학에 능통하고, 번역을 백 권도 넘게 해서 파커 만년필 촉이 다 닳아 없어졌고, 말술도 마다 않는 호주가이고, 홀로 익힌 예술적 문학적 소양뿐만 아니라 타고난 유흥적 소양까지도 그야말로 〈방외문사(方外文士)〉요 호걸이라는 것이다. 쫀쫀한 세상의 좁은 틀로 가둘 수 없는, 그래서 돈과 권력의 혜택 없이 살고, 그래도 폼이 나는 사람이 곧 윤기 형이었다. 지금 돌이켜 보면 그때의 그 신화는, 모든 신화가 그러하듯이, 반쯤은 사실이고 반쯤은 허풍이었던 것 같다. 아니, 대부분은 사실인데 다만 그 사실 위에다 우리 후배들이 만들어 붙인 아우라가 허풍을 좀 일으켰던 것 같다.

윤기 형과 관련된 두 가지 신화를 먼저 만나고 곧 이어 윤기 형의 소설과 사람을 만날 계기가 생겼다. 정병규 선생님의 소개로 윤기 형의 첫 번째 소설집 『하얀 헬리콥터』(영학출판사, 1988)의 해설을 쓰게 된 것이다. 1977년에 등단하고 11년 만에 묶는 작품집인데, 그동안 쓰기만 썼지 발표는 거의 하지 않아서 작품집 속에는 미발표작들이 여러 편 있었다. 사정이야 어찌 되었건 나로서는 소설도 흥미로웠지만 〈발표를 하지 않았다는 사실〉이 멋지게 생각되었다. 책이 나오기 전후로 소주를 몇 잔 했을 것임에 분명하지만 지금은 기억이 잘 나지 않는다. 이 당시 윤기 형과의 만남이 뚜렷한 공간은 뜻밖에 충주호 낚시터이다.

2. 붕어 매운탕

1988년 무렵은 한국의 낚시꾼들에게 〈황금광 시대〉였다. 한반도에서 제일 큰 인공 담수호인 충주호에 물이 찬 지 몇 년이 지나 바야흐로 자생 토종 붕어들이 나오기 시작한 것이다. 이때 충주호 붕어는 그야말로 낚시꾼들을 정신 못 차리게 하기에 충분했다. 다들 동창생이라 그런지 크기는 대략 20~25센티미터 정도로 일정했다. 바다 같은 충주호에서 헤엄쳐 다녀서 그런지 등이 두껍고 아주 잘생겼을 뿐만 아니라 힘이 무척 좋았다. 힘이 좋아 잠깐 한눈파는 사이에 네 칸짜리 낚싯대를 끌고 달아날 정도이니 손맛은 이루 말할 수가 없었다. 그러면서도 찌를 올릴 때는 두자나 되는 찌를 있는 대로 천천히 다 올려 넘어뜨리는 점잖음을 보여 주었고, 그 깨끗하고 늠름한 모습은 차라리 황홀했다. 몇 년 후 충주호 시대도 가버렸지만, 낚시꾼들은 지금도 그 시절의 충주호 붕어를 잊지 못한다. 그 무렵 충주호 붕어의 손맛을 보지 못한 낚시꾼은 붕어 낚시에 대해 말할 자격이 없다.

나 역시 그 무렵 충주호 붕어 낚시를 부지런히 다녔다. 항공대 교수로 계시는 윤석달 선배와 단짝이 되어 충주호에서 밤낚시를 했다. 어느 날 정병규, 이윤기, 윤석달, 이남호 이렇게 네 사람이 충주호 낚시를 가기로 했다. 윤석달 선배와 내가 먼저 가서 낚싯대를 풀고 있었고, 정병규 선생님과 윤기 형은 직장 일을 끝내고 후발대로 와서 텐트를 치고 야영을 하기로 했다. 저녁 무렵 정병규 선생님과 윤기 형이 도착했다. 윤기 형이 주방장을 자청했다. 마침 살림망에는 잡아 놓은 붕어가 두 마리 있었다. 윤기형은 낚시에는 초보였으나 야영에는 고수인 것처럼 보였다. 야영 준비가 완전 고수의 수준이었다. 뻔한 곳에 야영을 왔는데 나침반이나 망원경이 왜 필요한지 몰라도, 2차 대전 때 미군들이 사용했음 직한 항고(반합)나 수저에서부터 만능 칼에 이르기까지 모든 것들이 구비되어 있었다. 게다가 큼직한 워커에 베레모까지 쓰고 왔으니 베트남 메콩 강가에 작전 나온 것 같았다.

그러나 그런 준비물보다 더욱 놀라운 것은 시장에서 얼갈이배추를 사온 것이었다. 붕어 매운탕은 냄비 바닥에 얼갈이배추를 깔아야 진짜 맛이 난다는 설명이었다. 충주호 붕어가 원래 맛도 좋지만 그날 윤기 형이 얼갈이배추를 넣고 끓인 붕어 매운탕은 참으로 일미였다. 하늘에는 별이 초롱

초롱하고 수면 위에는 야광찌가 반짝이는 시원한 여름밤에 나는 윤기 형이 끓인 붕어 매운탕과 소주에, 그리고 윤기 형의 구수한 입담과 흥에 취하였다. 그날 이후 윤기 형이 요리에 대해서 허풍을 칠 때 나는 그 허풍에 대체로 순종하는 태도를 취하게 되었다. 윤기 형은 자기 아파트 지하상가에서 호텔 주방장으로 알려져 있다고 농담 삼아 말하기도 했다. 그리고 놀 때 즐거운 친구와 가까워지지 말라고 부모님이 일렀지만, 윤기 형이 없이 술 먹고 노는 자리는 늘 뭔가가 아쉬웠다. 윤기 형은 함께 있으면 재미있고 흥겹고 언어적 생활적 감각의 자극을 얻을 수 있는 그런 사람이었다.

3. 소리꾼

소리에도 여러 가지가 있다. 똑 부러지는 참소리도 있고, 어물쩡 넘어가는 허튼소리도 있고, 사람 웃기는 흰소리도 있고 소리 한 자락 할 때의 노랫소리도 있다. 판을 벌리고 하는 소리가 판소리인데, 그런 소리를 잘하는 사람을 소리꾼이라 한다.

윤기 형은 재미있는 말도 잘하고, 재미있게 노래도 잘한다. 노래의 종류도 다양한데, 그래도 가장 잘하는 노래는 흘러간 옛 노래 스타일이다. 흥이 나면 입으로 샤미센도 뜯고, 팬파이프도 분다. 윤기 형은 노래할 때도 가사나 사연이 중요하다. 노래 가사 실력이 더 뛰어난 형인데, 가사에 치중한 노래가 대개 그러하듯이 노래의 연극적 상황이 분위기 조성에 큰 역할을 한다. 흥이 나면 때때로 일본 엔카 쪽으로 튀기도 한다. 그럴 경우조차 미소라 히바리의 사연도 소개하며 한 자락 한다. 윤기 형식의 〈노래 부르고 술 마시며 놀기〉는 그래서 노래방과는 영 어울리지 않는다. 소위 방석집 스타일이 제격이다. 그러나 방석집 스타일로 퍼질러 앉아 술 마시고 놀 수 있는 기회는 많지가 않고, 그마저도 세월이 흐를수록 급격히 줄어들었다. 그런 술자리가 없어지는 것이 시대의 순리요 개명(開明)인지는 알 수 없으나 풍류와 인간미가 함께 없어지는 것은 분명해 보인다. 윤기 형은 사라져 가는 시대의 끝자락을 잡고 세상살이를 했던 사람이었던 것 같다.

윤기 형의 소리는, 인간미 넘치는 방석집 스타일의 자리에서 잘 어울리는 것이었고 또 그런 자리가 점점 드물어졌던 것이지만, 노래를 부르지 않는 평범한 회식 장소나 모임에서도 비슷한 효력을 가진다. 단, 이 경우는 노랫소리가 아니라 말소리로 분위기를 만들어 낸다. 윤기 형은 말하기의 감각이 뛰어나다. 대화 혹은 중구난방의 어느 대목에서 찬스를 잡아야 할지도 잘 알았고, 그 찬스를 어떤 어조와 대사로 살려 내야 할지에 대해서 천부적인 감각이 있었다. 윤기 형의 용어 중에 〈말의 빗장〉이라는 것이 있는데, 그것은 상대방이 자기의 말에 더 이상의 의문이나 대구를 가질 수 없도록 만들어 버리는 화술이다. 윤기 형은 자유자재로 말의 빗장을 지르기도 하고 뽑기도 하면서 좌중의 주목을 끈다.

윤기 형이 말을 사용할 때는 그 말에 부수적으로 담겨 있는 여러 가지 역사적, 사회적, 어원적 의미들을 잘 활용한다. 다르게 말하면, 어떤 말의 함의connotation에 대해서 남달리 능통하다. 윤기 형은 이야기를 할 때 어떤 말이 지니고 있는 생활이나 아우라를 적극 활용하여 의미를 전달한다. 특히 말 속에 담겨 있는 인생론을 활용하는 데 재주가 있다. 이런 말재주는 그의 글에서도 그대로 이어진다. 윤기 형의 수필과 소설의 문체는 다분히 구어체적 성격이 강하다. 윤기 형의 말투는 그대로 그의 문체가 된다. 인생의 굴곡이 그대로 담겨 있는 실생활의 말을 그대로 글로 옮김으로써 그의 글은 인생을 담게 된다. 그래서 윤기 형의 글에서는 동사나 형용사보다도 명사가 훨씬 중요하다. 윤기 형은 명사로 글을 쓰는 글쟁이라고 할 수도 있다. 윤기 형의 번역이 지닌 장점도 이와 관련이 있을 것이다. 윤기 형은 외국어를 우리말로 옮길 때 살아 있는 실생활의 말로, 생생한 구어체로 옮기려 애쓴다. 그래서 윤기 형이 번역한 책들은 마치 우리말 책처럼 술술 잘 읽힌다. 윤기 형의 문체는 우리말의 구어체를 잘 살려 내는 특징을 지닌다.

그런데 윤기 형의 말발은 영어나 일본어 단어도 자주 활용한다. 일본어 단어의 함의는 우리 역사적 삶과 관련이 있으므로 그렇다 치고, 영어 단어의 함의를 어떻게 활용할까? 윤기 형의 지식과 어학은 거의 모두 독학이다. 독학으로 영어를 배우고 그 영어로 많은 번역을 했다. 당연히 사전 뒤지기에 이골이 났다. 그런데 윤기 형이 생소한 영어 단어가 그것이 놓인 문맥 속에서 정확하게 어떤 뜻이 될 수 있는지 알기 위해서 치중한 것이 어원 찾기였다. 어원을 찾으면 그 단어의 원래 뜻을 비교적 정확하게 짐작할 수 있을 뿐만 아니라 동일한 어원이 들어 있는 여러 다른 단어들도 알 수 있게 된다. 그래서 윤기 형은 사전을 뒤지다가 어원 찾기에 빠져 몇 시간씩 다른 단어들을 여행하고 다니기도 했다고 한다. 또 어원 찾기를 하다 보면 많은 영어 어원이 그리스 로마 신화와 연결되어 있기 때문에 그리스 로마 신화에 관심을 가질 수밖에 없게 된다. 윤기 형에게 그리스 로마 신화는 영어 단어 어원 찾기의 연장선상에 있는 것인지 모른다. 그 속에 그리스 로마 신화를 함의로 담고 있는 단어가 얼마나 윤기 형을 매료시켰을 것인가는 안 봐도 알 만하다.

윤기 형에게 대부분의 단어들은 세상의 이치와 삶의 장면을 담고 있는 작은 책과 같다. 그래서 그 단어들을 재미있게 풀어놓으면 세상에 대한 이야기가 되고 글이 된다. 그의 말은 그의 노래만큼 구성지고 여운이 있다. 윤기 형은 천생 소리꾼이다.

4. 조르바

윤기 형이 번역한 책 2백여 권 가운데 『그리스인 조르바』가 있다. 니코스 카잔차키스라는 고집 세고 제멋대로인 영감의 놀라운 소설이다. 윤기 형을 보면 때때로 조르바의 모습이 떠오른다. 윤기 형과 나는 그리스의 한 섬에 있는 니코스 카잔차키스의 무덤에 함께 간 적도 있다.

1996년 봄부터 윤기 형과 나는 한 달에 한 번씩 있는 〈현대문학 자문 회의〉에서 정기적으로 만났다. 윤기 형이 그 모임에 나오지 않게 된 2001년 무렵까지 약 5년 동안 그 만남은 지속되었다. 다니던 출판사를 그만두고 윤기 형이 미국 미시간 주립 대학으로 떠난 게 1991년쯤 된다. 공식적으로는 1996년까지 미시간 주립 대학에 적을 둔 것으로 되어 있지만, 사실은 1993년쯤부터 내면적으로는 절반쯤 한국의 전업 소설가로 산 것 같다. 윤기 형이 미국으로 떠난 것도 대책 없는 그의 〈빈 들 귀신〉 때문인지 알 수 없다. 그러나 마흔이 넘은, 솔가한 가장에게 〈빈 들 귀신〉은 너무나 위험하다. 1994년 윤기 형은 자전적 장편소설 『하늘의 문』을 출판사 〈열린책들〉에서 출간한다. 전3권으로 된 『하늘의 문』은 그때까지의 윤기 형의 인생과 문학을 몽땅 담은 소설로 보인다. 〈빈 들 귀신〉이란 말의 의미도 이 소설을 보면 알 수 있다. 그리고 이때부터 무서운 에너지로 소설을 발표하고, 문단의 이런저런 모임에 자주 출현해서 문단에 윤기 형의 존재감을 강화한다. 각종 문예지에 윤기 형의 이름이 보이지 않으면 허전하고, 각종 문학행사의 뒤풀이에 윤기 형이 모습이 보이지 않으면 서운했다. 소설에 대한 오랜 갈망이 그 에너지가 되었는지 아니면 현실의 생활고가 그 에너지가 되었는지 아니면 둘 다인지 알 수 없다. 윤기 형은 늘 가난했고 그래도 호쾌하고 여유 있는 사람이었지만 이 무렵 특히 심각한 경제적 어려움 속에 있었던 것으로 짐작된다. 지극히 경제적인 의미에서 쓰는 것만이 사는 길이 아니었을까?

윤기 형이 있을 때 〈현대문학 자문 회의〉는 참 재미있었다. 새롭게 결성된 자문 위원회 위원들은 일하는 데도, 노는 데도 의기투합했고 최고라는 자존심이 있었다. 양숙진 주간의 전폭적인 지원도 있었다. 우리는 꽃 피는 봄이면 봄을 맞으러 남도로 함께 여행을 했고, 가을이면 가을바람이 등짝을 밀어서 1박 2일로 서울을 떠나 어느 산골짜기에서 폭음하였다. 그러다가 큰 〈구찌〉가 생겼다. 1999년 1월 현대문학 주관으로 〈그리스 터키 문화 탐사대〉를 조직한 것이다. 그리스에서 공부를 한 그리스 전문가 유재원 교수와 터키에서 공부를 한 터키 전문가 이희수 교수가 코디 겸 가이드를 맡았고, 자문 위원들이 중심이 되었다. 그리고 각계의 인사들이 참여했는데, 그중에는 항공대학교 교수인 윤석달, 연극 연출가요 한국예술종합학교 교수인 김석만, 평론가요 서강대 교수인 우찬제 등도 있었다. 그런데 막상 윤기 형이 못 간다는 것이었다. 윤기 형이 안 가면 여러 가지 면에서 김이 빠질 것은 당연하다. 우리는 윤기 형의 불참을 강요하는 장애물이 무엇인가를 찾아서 그것을 제거해야만 했다. 그 장애물을 이리저리 탐색해 본 결과, 그것은 돈 문제였다. 나는 놀랐다. 윤기 형이 어려운 줄은 알았지만 그리스 신화 전문가가 돈이 없어 그리스 여행을 포기할 정도인 줄은 몰랐다. 그래도 윤기 형은 늘 넉넉해 보였고, 자신만만했다.

우여곡절 끝에 그 장애물은 제거되었고, 윤기 형은 〈그리스 터키 문화 탐사대〉의 중심이 되어 참가했다. 우리는 한 달에 걸쳐 그리스와 터키의 유적들을 돌아다녔다. 유재원 교수는 유적들에 대한 쉼 없는 학문적 설명으로 우릴 고문했고, 김석만 교수는 촌철살인의 우스갯소리로 우릴 고문했다. 그 사이에 윤기 형의 유쾌한 〈뽐뿌질〉이 분위기를 두 배로 증폭시켰다. 가는 곳마다 신화가 되살아났고 머무는 곳마다 배반낭자(杯盤狼藉)의 술판이 이어졌다. 참 많은 곳을 돌아다녔지만 윤기 형과 관련하여 특히 기억에 남는 곳은 크레타 섬의 이클라레온이라는 조그만 도시다. 이 도시의 언덕 위에 니코스 카잔차키스의 무덤이 에게 해를 내려다보고 있다. 돌로 평평하게 사각형을 만들고 그 앞에 아주 소박한 나무 십자가를 세워 두었다. 우리는 마치 할아버지의 무덤에라도 온 듯이 감개무량하여 술을 올리고 절을 했다. 그리고 음복을 핑계로 낮술을 마셨다. 『그리스인 조르바』를 번역하면서 감동을 받았던 윤기 형이 조르바와 카잔차키스에 대해서 많은 이야기를 했는데 지금은 다 기억이 나지 않는다. 하여튼 조르바, 카잔차키스, 이윤기가 세 사람이 되었다가 한 사람이 되었다가 했다.

조르바와 윤기 형의 유사성은 무엇일까? 윤기 형은 좀 나이가 들어 보이는 편이었는데, 그 모습이 조선의 시골 영감 같다기보다는 지중해의 시골 영감 같다. 그리고 강인해 보이고, 낙천적이고, 한량 기질이 있다. 그러나 그런 점보다는 세상의 질서와 권위에 얽매이지 않는 반항아 기질, 길들

1070

여지지 않는 야생마 기질, 어느 곳에도 안주하지 못하는 〈빈 들 기질〉, 돈과 권력을 우습게 여기는 야인 기질, 중심을 싫어하는 방외인(方外人) 기질 등등에서 윤기 형은 조르바의 아우쯤 되지 않을까 상상해 본다.

5. 은행나무 숲길

마침내 윤기 형에게도 차례가 왔다. 너무 기다려서 이젠 가망이 없는 듯 보일 때 대박이 터졌다. 〈이윤기의 그리스 로마 신화〉가 세상에 뜬 것이다. 물론 1994년 이후의 전력 질주로 소설가로서의 큰 이름은 얻었지만 (하나의 예가 1998년 동인문학상 수상이다), 그래 봤자 글쟁이 동네에서 좀 알아줄 뿐인 가난한 소설가이긴 마찬가지였다. 그런데 〈이윤기의 그리스 로마 신화〉가 매스컴에서 뜨자 온 나라가 신화로 신들린 듯했고, 윤기 형은 스타가 되었다. 우리가 함께 식당에 밥 먹으러 가면 식당 주인이 윤기 형을 알아보고 사인도 받고 특별 서비스 음식도 더 내왔다. 윤기 형은 자기를 알아보는 대중들에게 대답하느라 같이 있는 우리들과 대화할 시간이 없을 정도였다. 그럴 때 나는 무언가 편치 않은 마음으로 고개를 밥상에 처박고 음식만 우거적우거적 입안에 밀어 넣었다. 텔레비전은 윤기 형의 출연을 기다렸고 잡지와 신문은 윤기 형의 글을 기다렸고 출판사는 윤기 형의 원고를 기다렸다. 윤기 형은 나와 옛날처럼 놀아 줄 여유가 없었고, 나는 너무 잘나가는 윤기 형과 놀기가 싫어졌다. 그리고 또 다른 이유가 있는지 모르겠는데, 어쨌건 윤기 형과 나는 점점 뜸해졌다. 2001년쯤 윤기 형은 현대문학 자문 위원을 그만 두었고, 그 후로 급격하게 만남이 적어졌다.

윤기 형은 경제적 여유가 조금 생기자마자 과천에 집을 지었다. 자기 손으로 자기 스타일의 집을 짓는 것이 오랜 꿈이었던 것 같다. 어느 모임을 파하고 윤기 형은 우리들을 자기 집으로 데리고 갔다. 집들이였던 셈이다. 나는 윤기 형이 집을 얼마나 멋지게 지었을까 궁금했다. 집은 나의 예상과는 달리 그저 그랬다. 윤기 형의 내공과 감각이 잘 느껴지는 집이었다면 내 배가 많이 아팠을 텐데, 별로 그렇지 않았다. 통나무 책장의 서재라거나 몇몇 군데가 범상치 않아 보이는 곳이 있었지만 특별한 감흥은 없었다. 카잔차키스의 무덤에서 느껴졌던 그 소박하면서도 강한 힘이 느껴지지 않았다.

윤기 형은 유명해지면서 집이 달라졌고 또 노는 물이 달라졌다. 내 눈에는 권력 지향이 강하게 보이는, 우리나라에서 내로라하는 진보적 문화 지식인들과 자주 어울리는 듯했다. 선인세에 쫓겨서인지 아니면 출판쟁이들과의 안면 때문에 그랬는지 윤기 형답지 않게 비슷한 내용의 책을 여기저기서 내곤 했다. 그리고 또 무어라 딱 집어 말하기는 그렇지만, 다른 면에서도 달라진 것처럼 느껴졌다. 어쩌다 큰 모임에서 윤기 형을 만나면 윤기 형은 예전과 똑같이 나를 반겼고, 술잔을 나누고자 했지만, 내가 부담스러워 조금씩 발을 뺐다. 그러다가 어느 해 봄날, 윤석달 형과 나는 강원도를 갔다 오다가 윤기 형 생각이 나서, 그의 양평 집을 방문했다. 윤기 형은 양평에 땅을 사서 그해 봄 전원주택을 짓고 나무를 심느라고 열심이었다. 나더러 요즘 양평에 자주 가 있으니 언제라도 전화하고 한번 들르라고 했다. 산비탈을 허물고 길을 내고 나무를 심느라고 어수선한 곳에서 윤기 형은 장화를 질컥거리며 우리를 반갑게 맞아 주었다.

그날 저녁 산 너머에 사는 장석남 시인도 마실 와서 자리를 함께했다. 윤기 형은 양평 집 마루에 앉아 조니워카 잔을 돌리며 양평의 꿈에 대해 이야기했다. 지금 은행나무 숲길을 조성하고 있다. 집 뒤쪽으로 산책로를 조성하여 거기다 제법 큰 은행나무를 몇 백 주 심어서 가을이면 노란 은행잎으로 뒤덮이게 하겠다. 아내가 은행나무 물든 것을 좋아하는데, 예전에 아내를 위한 은행나무 산책로를 만들어 주겠다고 약속을 했다. 이제 그 약속을 이행하는 것이다. 이렇게 큰 은행나무를 심으면 당장 올가을부터라도 노란 은행잎 속을 거닐 수 있게 될지 모르고 적어도 내년부터는 대단한 은행나무 숲길이 될 것이다……. 그 산책로가 몇 백 미터나 되는지 그

때 심은 은행나무가 정확히 몇 백 그루나 되는지 기억이 나지 않지만, 좌우간 보통의 전원주택에서는 상상하기 어려운 규모였다. 나는 이 이야기를 들으면서 너무나 낭만적인 외국 영화의 한 장면을 머릿속에 그렸다. 그리고 한편으로는 감동을 받았고 다른 한편으로는 다시 한 번 윤기 형과 나와의 거리감을 확인했다.

이제 와 다시 생각해 보면, 은행나무 숲길 조성은 정말 윤기 형다운 일이었던 것 같다. 그 허황에 가까운 낭만주의는 윤기 형만이 잡아 볼 수 있는 〈똥폼〉일 것이다. 시정에서 막 쓰는 말 가운데, 〈폼생폼사〉라는 말이 있다. 폼에 살고 폼에 죽는다는 말이다. 이때의 폼은 많은 경우 현실의 여러 조건과 가치를 무시하는 것이어서 〈똥폼〉이기 쉽다. 그래, 이젠 윤기 형의 똥폼에 대해서 좀 생각해 보아야겠다.

6. 똥폼의 사나이

윤기 형이 폼을 좀 잡는다는 사실은 일찌감치 눈치챘다. 20년 전 마치 메콩 강변에 장기 작전을 수행하러 출동한 특수 부대원같은 차림새와 장비로 충주호 낚시터에 나타난 윤기 형을 봤을 때부터 대충 짐작했다. 평소에도 윤기 형의 스타일은 평범하지 않다. 검정 베레모, 파이프 담배, 멜빵, 멜빵 달린 청바지, 미국 철강 공장 직원용같은 신발 등등 이윤기표 패션이 확실히 있었다. 윤기 형에게 그 패션은 폼이 났다. 돈이 없어도 술은 위스키를 좋아했다.

윤기 형의 폼이 겉치레에만 있는 것은 아니다. 지적 취향에서도 윤기 형의 폼은 느껴진다. 독학으로 지식을 쌓은 그는 신화학이나 종교학에 관심이 많다. 엘리아데, 융, 캠벨의 책을 즐겨 번역했다. 그런가 하면 특히 지중해 쪽 지식을 선호한다. 그리스 로마 신화가 그렇고, 카잔차키스나 움베르토 에코 등이 그러하다. 이런 지식의 공간은 우리나라 지식인들의 보편적 교양에서는 낯선 것이며, 쉽지도 않다. 방외 지식인의 지식으로서는 지나치게 폼 잡는 현학이고 고고함이 아니었을까?

그러나 윤기 형의 폼은 그의 라이프 스타일에서 보다 흥미롭게 나타난다. 1994년에 발표한 장편 『하늘의 문』은 거의 자전적인 소설이다. 거기에 그려진 그의 젊은 날은 야생마와 같다. 일류 고등학교를 버리고 가출을 해서 7백 킬로미터를 도보로 무전여행했고, 신학 대학을 다녔고, 자신을 사랑하는 여인을 남겨 둔 채 입대를 했고, 군에서는 자원해서 월남전에 참전했다. 그 고비마다 주인공의 선택과 태도는 세속의 상식적 질서와 가치를 우습게 여겼다는 점에서 건방지기 이를 데 없다. 그리고 거기서 비롯된 현실의 가혹한 복수를 꿋꿋하게 견뎌 내는 모습에서는 힘겨운 자존과 똥폼이 느껴진다. 나이 마흔이 넘어 직장을 그만두고 가족들을 데리고 미시간 주립 대학으로 떠난 것도 현실적인 선택은 아니었을 것이다. 윤기 형이 한창 인기가 좋을 무렵 좀 알려진 문화 지식인들은 거의 모두 대학 교수 이름을 달았다. 윤기 형에게도 제의가 있었던 것으로 알고 있다. 윤기 형은 어느 술자리에서 지나가는 말로 〈내가 뭐 대학 교수 자리에 목매단 놈도 아니고……. 아무나 하는 거 그거 별로 보기 안 좋다. 글쟁이면 됐지〉라고 했다. 폼 나는 태도여서 속으로 박수를 쳐주었다. 이 말을 떠올리니 다른 말도 떠오른다. 어떤 예쁘장한 후배 여류 소설가가 윤기 형에게 약간 미안한 일이 있었던지 눈치를 봐가면서 조심스레 사과를 했다. 그랬더니 윤기 형은 큰 목소리로 〈허어 참, 별것도 아닌 것 같고……. 예쁘면 됐지 뭣이 문제고〉 하며 말문을 막아 버린 적도 있다. 너같이 예쁘고 참한 아이는 실수조차도 예쁘다고 그렇게 말해서 그 후배의 마음을 가볍게 해준 것이다.

윤기 형이 조금씩 유명해지기 시작할 무렵인 것 같다. 몇 명이 평창 법흥사 쪽으로 놀러 갔다. 윤기 형은 바빠서 밤에 합류하기로 했다. 우리는 평창 산골 민박집에 먼저 가서 짐을 풀고 윤기 형을 기다렸다. 깊은 밤, 윤기 형은 차에 내비게이션이라는 것을 달고 우리 있는 곳을 찾아왔다. 그때는 내비게이션이 막 나온 때라 우리는 그게 가능한 것인지조차 몰랐다. 그것은 마치 세수시켜 주는 로봇같이 쓸데없는 장난감처럼 보였다. 그냥 물어물어 찾아오면 될 일을 쓸데없는 이상한 기계를 갖고 찾아와서는 자랑하다니…… 윤기 형다운 폼이었다.

항상 가난한 아웃사이더로 지내다가 매스컴의 각광을 받고 돈이 좀 생기자 윤기 형은 좀 다른 식으로도 폼을 잡았던 것 같다. 과천과 양평에 집을 지은 것이 그것이다. 특히 양평의 전원주택과 관련해서 윤기 형의 스타일은 강하게 드러난다. 그는 시골에 땅을 마련하자마자 즉시 차도 한 대더 샀는데, GMC 스리쿼터 트럭이다. 시골 살면 연장이나 농산물 등등 여러 가지 짐을 실어 날라야 할 일이 많으므로 그런 차가 필요하다는 것이었다. 그러나 그런 필요성보다 6.25 전쟁 때 미군들이 쓰던 그 트럭 혹은 〈미제〉에 대한 윤기 형만의 추억과 동경이 있었던 것으로 보인다.

또 기억나는 게 있다. 윤기 형의 딸 다회 결혼식에서도 윤기 형은 폼을 잡았다. 윤기 형은 과감하게 주례 없는 결혼식을 보여 주었다. 상투적 형식인 주례를 없애고 사회가 결혼 잔치를 진행하는 파격의 결혼식에 우릴 초대했다. 그 결혼식은 그 자체로 결혼식 피로연같이 단연 흥겹고 정다웠다. 그리고 앞서 말한 그 〈은행나무 숲길〉은 이윤기식 똥폼의 한 극단을 보여 준다. 또 윤기 형이 유명해지고 난 이후의 특정 문화 인사들과의 〈교유(交遊)〉 또한 이것의 연장선상에서 이해될 수 있을 것 같다.

윤기 형의 폼은, 아웃사이더의 감각이고 현실을 별로 개의치 않으며, 현실적 효용보다는 자신의 취향과 자존심을 더 앞세운다는 점에서 똥폼이라 할 수 있다. 현실에 직접 도움도 안 되는 똥폼을 중시한다는 점에서 윤기 형은 낭만주의자다. 그러나 윤기 형의 똥폼은 단순히 낭만주의자의 아웃사이더 취향에 그치는 것이 아니라 보다 심각한 실존적 의미가 있는 것 같다. 그것은 재주는 많지만 가진 것은 없는 아웃사이더가 엉터리 세상을 살면서 자존심을 지켜 내는 하나의 방식이 아니었을까? 엉터리 세상의 엉터리 질서와 엉터리 권위와 엉터리 가치에 굴복하지 아니하고 자기를 지키는 〈이윤기표 삶의 방식〉이 바로 똥폼 잡기가 아니었을까? 돌아가시기 전 한두 해 전부터 윤기 형은 병색이 완연했다. 매우 야위었고 갑자기 늙어서 모두 걱정했다. 태평스러운 사람은 윤기 형 혼자였다. 돌아가시고 난 후 들은 바에 의하면, 윤기 형은 끝까지 병원 신세를 거부했고 병명도 알리지 않았다고 한다. 세상에 이보다 더 심한 똥폼이 있을까? 윤기 형의 멋진 똥폼들 가운데는 물론 내 마음에 들지 않는 것도 있다. 그러나 그 똥폼의 목록보다 더 중요한 것은 엉터리 세상에 굴하지 않는 그 똥폼의 정신일 것이다. 윤기 형이 살아생전 힘겹게 실천했고 또 이렇게 우리에게 남긴 〈똥폼의 자존심〉은 그리스 로마 신화보다도 더 소중한 그의 유산일지도 모른다.

『하늘의 문』을 재출간하며

정병규 | 디자이너

    많은 생각들…… 이 많은 생각들이 아니면 그냥 묻혀 있을 기억들이 마구잡이로 밀려온다.

    그래서 혼란스럽기까지 한 기억들의 흐름과 마주침과 늘어짐을 멍하게 보고 있기도 한다. 『하늘의 문』을 재출간하기로 하고 그 진행을 도우면서 더욱 그렇다. 삶, 인생, 문학 등의 범주들과 이 많은 생각들이 부딪치면 참으로 혼란스럽다.

    2004년 가을, 이윤기가 불쑥 사무실로 찾아왔다. 그는 나를 만날 때 그렇게 나타나지 않는다. 주변 술집에 자리 잡고 앉아서, 여기 있으니 천천히 일이 끝나면 들르라는 식이 보통이었다. 또 언젠가부터는 딱히 무슨 용무가 있기보다는 형이 보고 싶어 왔노라고 하기가 일쑤였다. 그래, 보고 싶은 것보다 더 중요한 일이 있을까마는……. 그러나 그날은 그렇지 않다. 천장 높은 서교동 사무실에서 많은 이야기를 했다. 가장 중요한 이야기는 『하늘의 문』 재출간 이야기였다. 윤기의 제안은 같이 출판사를 시작하자는 것이었고 그 첫 책으로 『하늘의 문』을 출간하자는 것이었다.

    그날 긴 이야기 중, 자기 독자가 제법 있다는 말을 계면쩍어하면서도 힘주어 얘기했다. 제법이라니, 『이윤기의 그리스 로마 신화』가 벌써 낙양의

지가를 올리고 있은 지 오래인데……. 우리 둘 사이에는 같이 출판사를 꾸리는 것이 인생의 숙제처럼 여겨지고 있었다. 1979년, 내가 그를 〈각종 문제 연구소〉로 꼬여 낼 때 삼은 평계가 같이 출판을 하는 것이었다. 나는 편집과 디자인을 맡고 그는 나머지 일을 하기로 굳게 약속한 터였다. 『이윤기의 그리스 로마 신화』의 바탕인 『아드리아네의 실타래』 원고를 웅진에 넘기면서, 〈형, 이거 우리가 해야 하는데〉 하고 씁쓸해하던 그의 모습이…… 가슴이 아프다.

그가 타계를 하고 나서, 어느 날 나는 『하늘의 문』 초판이 1994년에 발간되었다는 사실을 새삼 깨달았다. 그러니 2004년은 『하늘의 문』이 나온 지 10년이 되는 해였다. 그때 나는 그 사실을 모르고 있었다. 그 후에도 윤기는 띄엄띄엄 나에게 『하늘의 문』 재출간을 상기시켜 주었지만 나는 약속을 지키지 못했다. 그의 1주기 모임을 다녀온 후 『하늘의 문』 재출간은 한시도 머리에서 떠나지 않았다.

두말 않고 『하늘의 문』 재출간 제의에 선뜻 나서 준 열린책들 홍지웅 대표에게 마음으로 고마움을 전한다. 윤기는 지금 없지만, 얽히고설킨 우리의 인연이 『하늘의 문』 재출간으로 더욱 아름다워지리라. 일정상 강행군을 할 수밖에 없음에도 선배의 말에 꼼짝 못 하고 진행을 도맡아 준 강무성 주간에게도 고마움을 보낸다. 그리고 무엇보다도 재출간에 즈음하여 원고를 보내 준 현산, 남호, 문성에게 우정의 이름으로 고마움을 드린다. (윤기를 대신해서?)

이윤기 연보*

1947년 ^{출생} 6월 경상북도 군위군 우보면 두북동에서 7남매 중 막내로 태어났다. 첫돌이 지난 후 아버지가 돌아가시고 어머니는 생계를 책임져야 했기 때문에 열 살 때까지 할머니 손에 자랐다.

1958년 ^{11세} 우보 국민학교 4학년 재학 중 대구로 이사했다.

1962년 ^{15세} 대구에서 칠성국민학교를 졸업했다. 경북중학교 재학 중에는 학교 도서관에서 사서로 일하며 책의 종류를 가리지 않고 탐독했다. 고전 명작은 물론 만화 책도 즐겨 봤다. 한때 만화가가 될까도 생각했으나 백일장에서는 상을 탔어도 그림으로는 상 탄 적이 없어 포기했다. 영어와 일본어를 독학했다.

1965년 ^{18세} 중학교를 졸업했다. 고등학교에 입학하고 기독교 학생회에서 활동했으나 3개월 만에 학교를 그만두었다. 중퇴 후 어머니를 도와 농사를 짓고 제분소 등 공장에서 일을 하다가 대학 입학 자격 검정고시를 준비했다. 준비 기간 동안은 야학 강사를 했다.

1966년 ^{19세} 대학 입학 자격 검정고시에 합격했다.

1967년 ^{20세} 진학하기 위해 상경하여 신학대학 기독교학과에 진학했으나 우여곡절 끝에 대학을 포기하고 다시 귀향했다. 대구 근교 가창에서 3천 평가량 되는 뽕나무밭을 가꾸며 1년 가까이 입영 영장을 기다리면서 숨어 살았다. 영미와 일본의 근현대 작가들 작품을 원서로 읽었다.

1969년 ^{22세} 입대했다. 이등병 시절, 일산 고봉산 정상의 관측소에서 관측 근무를 했다. 틈틈이 군수용품 휴지에 「보병의 가족」, 「비상도로」 등의 단편을 썼다. 일등병 시절, 연대 본부가 기획한 계몽극단에 연극배우로 뽑혀 나갔다가 당시 극작가이자 연출가였고, 훗날 방송작가, 소설가가 되는 김준일을 만났다. 김준일과 함께 지내는 동안 잠재워 두었던 문학에의 열정이 되살아났다.

1970년 ^{23세} 신호나팔을 배워 한동안 신호나팔수 노릇을 했다.

* 이 연보는 작가 자신이 생전에 직접 남긴 연보에 객관적 사실을 추가하여 작성한 것이다.

1971년 24세 4월에 월남으로 갔다. 맹활약을 하며 훈장을 받았다. 다섯 차례 〈작전(장거리 정찰)〉을 경험했다. 전투 일선에서 물러난 뒤로는 2개월간 발전기 기사, 도서관 사서를 했다. 철야로 돌아가는 발전기 옆에서 단편소설 「하얀 헬리콥터」, 「손님」을 완성했다. 사서로 일할 때는 수많은 장서를 미친 듯이 읽었다. 헬리콥터로 보급품을 전투지역으로 실어 보내는 공수병도 3개월간 했다.

1972년 25세 월남에서 귀국한 뒤 임진강변 오두산 관측소에서 잔여 기간 3개월을 마저 복무하고 제대했다. 제대하는 날 아침, 관측소에서 대대 본부까지 30~40리 되는 길을, 막걸리 사 먹어 가면서, 「아침이슬」을 부르면서 걸었다. 9월부터 약 1년간, 재도급업자인 종매형과 도목수인 재종형의 그늘 아래 건설 공사장을 전전하며 서기혹은 해결사를 겸했다. 집 짓는 데 필요한 건축 기술을 읽혔다. 중편소설 「패자부활」이 이 시기의 산물이다.

1974년 27세 공사장을 나와 김준일과 일종의 해적판인 『니체 전집』의 윤문을 시작했다. 일본어에서 중역한 모본(母本), 영어, 일본어 텍스트를 두고, 하루에 2백 자 원고지 백여 장씩 써가며 완역에 가깝게 작업했다.

1975년 28세 청소년을 위한 잡지 『학원』을 내던 학원출판사에 기자로 들어갔다. 양희은, 송창식, 김정호, 김세환 같은 가수들을 만나고 다녔다. 영어 잡지, 일본 잡지의 기사 번역을 주로 전담했다. 지금의 소설가 김상렬, 최학 교수, 시인 권오운, 원동은, 박정만, 신학대학 교수 김성영, 평론가 황현산 교수 등과 함께 근무했다. 아내 권오순을 여기서 만났다.

1976년 29세 아동 잡지를 내던 육영재단으로 자리를 옮겨 일했다.

1977년 30세 「하얀 헬리콥터」로 중앙일보 신춘문예 단편소설 부문에 입선했다. 본격적으로 번역 일을 시작했다. 〈이원기〉라는 이름으로 한동안 소책자를 번역하다가 어니스트 헤밍웨이가 편집한 선집 『전장의 인간』(전4권, 태양문화사)과 카를 융의 편저서 『인간과 상징』의 번역을 시작했다. 최초의 역서 앙리 샤리에르의 『카라카스의 아침』(홍성사)과 노먼 빈센트 필의 『기적의 실현』(언어문화사)을 번역 출간했다. 당시의 홍성사 편집주간이 정병규였다.

1978년 31세 7년 연하 권오순과 결혼했다. 이해부터 거의 한 달에 한 권 꼴로 역서를 출간했다. 1년에 1만 5천 장 가까이 썼다. 미국제 파카 만년필이 해마다 한두 자루씩 닳았다. 어니스트 헤밍웨이 편 『전장의 인간』(전4권, 태양문화사)을 번역 출간했다. 리처드 아모어의 『모든 것이 이브로부터 시작하였다』와 『모든 것이 돌멩이와 몽둥이로 시작되었다』(홍성사)를 번역 출간했다.

1979년 32세 아들 〈가람〉이 태어났다. 김준일이 이름을 지어 주었다. 얼 햄너 주니어의 『둥지를 떠나는 새』(고려원), 클라우스 만의 『소설 차이코프스키』(고려원), 존

바스의『키메라』(고려원), 솔 벨로 편『유태인 대표작가 단편선』(고려원), 로스 맥도널드의『잠자는 미녀』(홍성사), 제럴드 그린의『대학살』(전2권, 세종출판사)을 번역 출간했다. 정병규와 서대문로터리 근처 오갑순 무용연구소 아래층에 편집 디자인 회사를 마련하고 매일 출근하였다. 사람들은 이 사무실을 〈각종 문제 연구소〉, 〈여러 가지 문제 연구소〉 등으로 불렀다.

1980년 33세   딸 〈다희〉가 태어났다. 시인 김영석이 이름을 지어 주었다. 고전어를 배우고 싶어서 신학대학에 들어갔다. 로빈 쿡의『스핑크스』(나남), 제임스 존스의『휘파람』, 프레더릭 코너의『종이로 접은 여자』(문지사)를 번역 출간했다.

1981년 34세   니코스 카잔차키스의『그리스인 조르바』(고려원), 고도우 벤의『지구 최후의 날, 1999년 8월 18일-노스트라다무스의 대예언』(고려원), 노먼 빈센트 필의『당신도 할 수 있다』(언어문화사), 제프리 아처의『카인과 아벨』(전2권, 심지)을 번역 출간했다.

1982년 35세   제임스 존스의『지상에서 영원으로』(전3권, 고려원)를 번역 출간했다.

1983년 36세   출석일수를 채울 수 없어 신학대학 졸업을 포기했다. 히브리어, 헬라어, 라틴어 공부를 시작했으나 실패로 끝났다. 〈이가현〉이라는 이름으로 청소년 소설 네 편을 어린이 잡지에 연재했다. 서울 방배동에서 과천으로 이사했다. 니코스 카잔차키스의『미칼레스 대장』(고려원), 제임스 미치너의『약속의 땅』(주우)을 번역 출간했다.

1984년 37세   제프리 세인트 존의『코브라의 날』(영학출판사), 존 쿠퍼 포어스의『고독의 철학』(까치), 위틀리 스트리버와 제임스 쿠네트카의『전쟁, 그날』(중앙일보사), 교황 요한 바오로 2세의 선집『고통이 있는 곳에 위안을』(김춘호 편, 제삼기획)을 번역 출간했다.

1985년 38세   움베르토 에코의 첫 장편소설『장미의 이름』의 번역에 착수했다. 니코스 카잔차키스의『돌의 정원』(고려원), 조셉 캠벨의『천의 얼굴을 가진 영웅』(평단문화사)을 번역 출간했다.

1986년 39세   정병규의 주선으로『장미의 이름』이 열린책들에서 나왔다. 하라다 야스코의『다프네의 연가』(고려원)를 번역, 제럴드 그린의『홀로코스트』(세종출판공사)를 개역 출간했다.

1987년 40세   크리슈나무르티의『삶과 지성에 대하여』(학원사)를 번역 출간했다.

1988년 41세   그리스와 로마 신화의 해석을 시도한『뮈토스』3부작을 고려원에서 펴냈다. 중단편 소설집『하얀 헬리콥터』를 중학교 동창이 경영하던 영학출판사에서 펴냈다. 문학 평론가 이남호의 권유로 필기구를 만년필에서 워드 프로세서로 바꾸었다. 무려 200만 원에 달하는 워드 프로세서 전용기 〈젬워드〉의 비용은 정병규가 물다시피 했다. 번역의 속도가 곱절로 빨라졌다. 오쇼 라즈니쉬의 『반야심경』(학원사), 길버트 비어스의 『신약 핸드북』과 『구약 핸드북』(성서교재간행사)을 번역 출간했다.

1989년 42세 오비디우스의 『둔갑 이야기』(전2권, 평단문화사), 존 버니언의 『천로역정』(학원사)을 번역 출간했다.

1990년 43세 고려원에서 편집주간으로 1년간 일했다. 서화숙 기자의 주선으로 한국일보에 「과학 소설의 세계」를 한동안 연재했다. 과학 소설에 대한 관심은 이후 장편소설 『만남』에 투영된다. 움베르토 에코의 『푸코의 추』(열린책들), 조셉 크로닌의 『천국의 열쇠』(학원사), 애거서 크리스티의 『열 개의 인디언 인형』(학원사)을 번역 출간했다.

1991년 44세 8월 이상무 박사의 주선으로 미국 미시건 주립 대학 국제 대학의 초청을 받고 초빙 연구원 자격으로 가족과 함께 미국으로 갔다. 대학 도시 이스트랜싱의 교환 교수 아파트 체릴레인에 머물렀다. 서울대 정진홍 교수가 당장 박사 과정에 넣어서 공부를 시켜도 좋겠다는 추천장을 써주었으나 학자의 길보다는 소설가의 길을 걸어야 한다는 결론을 내렸다. 짧은 소설 모음집 『외길보기 두길보기』(열린책들)를 출간하고, 조셉 캠벨의 『세계의 영웅 신화: 아폴론, 신농씨, 그리고 개구리 왕자까지』(대원사), 빌 그로만의 『파울 클레』, 로버트 골드워트의 『폴 고갱』(중앙일보사), 토머스 해리스의 『양들의 침묵』(고려원), 프레드릭 코너의 『몽빠르나스의 끼끼』(명진출판), 파울 프리샤워의 『세계 풍속사』(상권, 까치), 움베르토 에코의 『장군과 폭탄』(열린책들)을 번역 출간했다. 길버트 비어스의 『쉽게 해설한 구약성경』과 『쉽게 해설한 신약성경』(성서교재간행사)을 개역 출간했다.

1992년 45세 『장미의 이름』과 『푸코의 추』를 개역했다. 『푸코의 추』는 처음부터 다시 번역하고 제목도 『푸코의 진자』로 바꾸었다. 개역하면서 교환 교수 아파트에서 살고 있던 백여 개국 학자들 도움을 많이 받았다. 다시 소설을 써야겠다고 결심하고 번역 청탁은 가능한 한 거절했다. 최구식 기자의 추천으로 조선일보에 주간 칼럼 「동과 서의 만남」을 연재했다. 움베르토 에코의 『나는 〈장미의 이름〉을 이렇게 썼다』(열린책들), 조셉 캠벨과 빌 모이어스의 『신화의 힘』(고려원), 도나 타트의 『비밀의 계절』(전2권, 까치), 미르치아 엘리아데의 『샤마니즘』(까치)을 번역 출간했다. 열린책들의 홍지웅 사장이 미국 체재 비용의 일부를 간헐적으로 지원하기 시작했으며, 1992년 8월부터 1995년 8월까지는 매월 2,500달러씩 송금하였다.

1993년 46세 장편소설 『하늘의 문』을 쓰기 시작했다. 겨울에 일본을 여행했다. 조총련 간부였던 숙부의 행방을 찾아, 오사카의 위성 소도시 후세 시와 아라카와 구를 뒤지고 다녔다. 보리슬라프 페키치의 『기적의 시간』(전2권, 열린책들)을 번역 출간했다.

1994년 ^{47세} 『하늘의 문』(전3권, 열린책들)을 출간했다. 진 쿠퍼의 『그림으로 보는 세계 문화 상징 사전』(까치)을 번역 출간했다.

1995년 ^{48세} 민음사 주간 이영준의 도움으로 계간 『세계의 문학』에 중편소설 「나비 넥타이」를 발표함으로써 소설 쓰기의 출사표로 삼았다. 이 소설은 〈이상문학상〉, 〈동인문학상〉의 후보에 올랐다. 정중수 주간의 배려로 계간 『중앙문예』 가을 호에 장편소설 『사랑의 종자』를 발표했다. 이 소설은 『실천문학』 겨울 호 〈오늘의 민족문학〉으로 뽑혔다. 계간 『문학동네』에 장편소설 『햇빛과 달빛』을 연재하기 시작했다. 오비디우스의 『변신 이야기: 신들의 전성시대』(민음사)를 번역, 움베르토 에코의 『푸코의 진자』(전3권, 열린책들)를 개역 출간했다. 『월간 에세이』에 「이윤기가 건너는 강」 연재를 시작했다. 이후 15년간 연재를 계속했다.

1996년 ^{49세} 8월 아들만 남겨 두고 아내, 딸과 함께 귀국했다. 『세계의 문학』 겨울 호에 「뱃놀이」, 『문학사상』 8월 호에 「떠난 자리」, 『문학과 사회』 겨울 호에 「구멍」을 발표했다. 장편소설 『사랑의 종자』를 『만남』(중앙일보사)이라는 제목으로 출간했고, 장편소설 『햇빛과 달빛』(문학동네)을 출간했다. 토머스 불핀치의 『그리스와 로마의 신화』(대원사), 알베르토 모라비아의 『로마의 여자』(둥지), 움베르토 에코의 『전날의 섬』(전2권, 열린책들), 칼 융의 편저 『인간과 상징』(열린책들)을 출간했다. 『인간과 상징』은 1976년에 번역을 시작했으나 여러 출판사로부터 거절당하거나 미루어지다가 근 20년 만에 출간된 것이다.

1997년 ^{50세} 9월 미국 미시건 주립 대학 사회 과학 대학의 초청을 받고 다시 미국으로 갔다. 『문학사상』 2월 호에 「갈매기」, 『현대문학』 4월 호에 「낯익은 봄」, 『세계의 문학』 여름 호에 중편 「직선과 곡선」을 발표했다. 중편 「직선과 곡선」, 단편 「사람의 성분」(『작가세계』 가을 호)으로 연작소설 『숨은 그림 찾기』를 시작했다. 장편소설 『뿌리와 날개』를 월간 『현대문학』에, 「플루타크 영웅 열전」을 조선일보에 연재했다. 산문집 『에세이 온 아메리카』(월간 『에세이』)를 출간했다. 지그문트 프로이트의 『종교의 기원』(열린책들), 로즈메리 섯클리프의 『트로이아 전쟁과 목마: 일리아드 이야기』(국민서관)를 번역 출간했다.

1998년 ^{51세} 「숨은그림찾기 1-직선과 곡선」으로 제29회 동인문학상을 수상했다. 양헌석 기자의 주선으로 세계일보에 「세계사 인물기행」을 연재했다. 『라쁠륨』 봄 호에 중편소설 「진홍글씨」, 『무애』 여름 호에 단편소설 「세 동무」, 『세계의 문학』 여름 호에 「오리와 인간」, 『문학과 의식』 여름 호에 「두물머리」, 『상상』 여름 호에 「손가락」, 『금호문화』에 「넓고 넓은 방 한 칸」, 『황해문화』 가을 호에 「좌우지간」을 발표했다. 소설집 『나비 넥타이』(민음사), 장편소설 『뿌리와 날개』(현대문학사), 중편소설 『진홍글씨』(작가정신), 산문집 『무지개와 프리즘』(생각의 나무), 신화 해설서 『아리아드네의 실타래』(웅진출판사)를 출간했다. 오비디우스의 『변신 이야기』를 세계문학전집

(전2권, 민음사)으로 다시 출간. 로즈메리 섯클리프의『오뒤세우스의 방랑과 모험』(국민서관), 미우라 아야코의『양치는 언덕』(학원사), 스치야 도시아키의『간부의 용병작전』(언어문화사)을 번역 출간했다.

1999년 52세 미국과 한국을 오가는 생활을 하다가 영구 귀국했다. 그리스와 터키도 두 차례 여행했다. 이후『이윤기의 그리스 로마 신화』에 쓰일 사진 상당량을 이때 찍었다. 촬영 장비 구입과 기본 촬영 기법을 사진가 강운구가 지도하였다. 소설선집『나무가 기도하는 집』(세계사), 산문집『어른의 학교』(민음사)를 출간했다. 장편소설『그리운 타부』를 월간『문학사상』에 연재, 장편소설『나무 기도원』을 계간『작가세계』에 분재했다. 조셉 캠벨의『천의 얼굴을 가진 영웅』(민음사)을 개역, 토머스 해리스의『양들의 침묵』(전2권, 창해)을 개역, 존 버거의『결혼을 향하여』(해냄)을 번역 출간했다.『뮈토스』(고려원)의 개정판을 출간했다.

2000년 53세 대한민국 번역가상을 수상했다. 소설집『두물머리』(민음사)를 출간했고 이 작품으로 제8회 대산문학상을 수상했다. 장편소설『그리운 흔적』(문학사상사), 문화 칼럼집『잎만 아름다워도 꽃 대접을 받는다』(동아일보사), 신화 연구서『이윤기의 그리스 로마 신화 1』(웅진지식하우스)를 출간했다. 토머스 불핀치의『그리스 로마 신화』(전5권, 창해)를 번역, 리처드 아머의『모든 것은 이브로부터 시작되었다』,『모든 것은 돌멩이와 몽둥이로부터 시작되었다』(시공사)를 개역, 파울 프리샤워의『세계 풍속사 3』(까치)을 번역,『세계 풍속사 1, 2』를 개역 출간했다. 경기도 양평에 작업실을 마련했다.

2001년 54세 산문집『이윤기가 건너는 강』(작가정신), 대담 모음집 26인 공저『춘아, 춘아, 옥단춘아, 네 아버지 어디 갔니? : 우리 시대 삶과 꿈에 대한 13가지 이야기』(공저, 민음사)를 출간했다.

2002년 55세 산문집『우리가 어제 죽인 괴물』(시공사)을 출간, 신화 해설서『길 위에서 듣는 그리스 로마 신화』(작가정신),『이윤기의 그리스 로마 신화 2』(웅진지식하우스)를 출간했다. 계간『문학과 사회』겨울 호에「숨어 있는 그림들」을 연재했다. 조셉 캠벨과 빌 모이어스의『신화의 힘』(이끌리오)을 개역 출간했다. 경기도 양평 작업실에 나무 5백여 그루를 심었다.

2003년 56세 딸 이다희가 결혼했다. 소설집『노래의 날개』(민음사), 연작 장편소설『내 시대의 초상』(문학과지성사),『이윤기, 그리스에 길을 묻다』(해냄), 산문 모음집 24인 공저『해인사를 거닐다』(옹기장이)를 출간했다. 7월 몽골을 여행하고 문화일보에「알타이를 찾아서」를 연재했다.『이윤기의 그리스 로마 신화』첫 권이 중국에서 출간되었다.

2004년 57세 『이윤기의 그리스 로마 신화 3』(웅진지식하우스), 산문 모음집 16인

공저 『저기 네가 오고 있다: 사랑에 대한 열여섯 가지 풍경』(섬앤섬, 2007년에 『사랑은 미친 짓이다』로 재출간)을 출간했다. 베트남을 떠난 지 33년 만에 한겨레신문사 주최 〈베트남 평화 기행〉에 참여했다.

2005년 58세 순천향대학교에서 명예 문학 박사 학위를 받았다. 셰익스피어의 『겨울 이야기』와 『한여름 밤의 꿈』(달궁)을 딸 이다희와 공역하여 출간했다. 직접 찍은 사진이 포함된 산문집 『시간의 눈금』(열림원), 6인 공저 『21세기를 바꾼 상상력』(한겨레신문사)을 출간했다.

2006년 59세 순천향대학교 인문과학대학 명예 교수로 임명됐다. 성결대학교에서 명예 졸업장을 받았다.

2007년 60세 우리 신화 에세이집 『꽃아 꽃아 문 열어라』(열림원), 산문집 『내려올 때 보았네』(비채), 『이윤기의 그리스 로마 신화 4』(웅진지식하우스)를 출간했다. 셰익스피어의 『로미오와 줄리엣』(이다희 공역, 달궁)을 번역, 도나 타트의 『비밀의 계절』(전2권, 문학동네)을 개역 출간했다.

2008년 61세 니코스 카잔차키스의 『미할리스 대장』(전2권, 열린책들)을 개역 출간했다. 독일어로 번역 출간된 소설집 『직선과 곡선』(독일 발슈타인 출판사)의 낭독회가 〈독일 5개 도시 순회 문학 행사〉에서 열렸다.

2010년 63세 1월 예술 기행집 21인 공저 『북위 50도 예술여행』(컬처그라퍼)을 출간했다. 8월 25일 오전 심장 마비를 일으켜 입원, 치료를 받았으나 끝내 일어나지 못하고 8월 27일 별세했다. 유작이 된 『이윤기의 그리스 로마 신화 5』(웅진지식하우스)가 10월에 출간되어 이 시리즈가 완간되었다. 오쇼 라즈니쉬의 『반야심경』(섬앤섬)을 재출간했다.

2011년 유고작인 『이윤기의 그리스 로마 영웅 열전 1, 2』와 소설집 『유리 그림자』, 『위대한 침묵』(이상 민음사)이 출간되었다. 어니스트 헤밍웨이 편 『전장의 인간』 중 『죽은 자는 말이 없다』, 『노병은 죽지 않는다』(이상 섬앤섬)를 재출간했다.

하늘의 문

발행일	2012년 10월 23일 초판 1쇄
	2012년 11월 30일 초판 2쇄

지은이	이윤기
발행인	홍지웅
발행처	주식회사 열린책들

경기도 파주시 문발로 253 파주출판도시
전화 031-955-4000 팩스 031-955-4004
www.openbooks.co.kr

Copyright (C) 주식회사 열린책들, 2012, *Printed in Korea.*
ISBN 978-89-329-1594-4 03810

이 도서의 국립중앙도서관 출판시도서목록(CIP)은 e-CIP 홈페이지(http://www.nl.go.kr/ecip)와 국가자료
공동목록시스템(http://www.nl.go.kr/kolisnet)에서 이용하실 수 있습니다. (CIP제어번호: CIP2012004747)